ars vivendi Bibliothek
Band 14

HENRY JAMES

PORTRÄT
EINER JUNGEN DAME

Ins Deutsche übertragen
von
Gottfried Röckelein

ars vivendi verlag
Cadolzburg

Die Originalausgabe erschien 1881 unter dem Titel
The Portrait of a Lady

1. Auflage 1996
© ars vivendi verlag · Norbert Treuheit
Cadolzburg

Lektorat: Birgit Fromkorth, Bernice Frey
Gestaltung: Armin Stingl
Umschlagillustration: Anton Atzenhofer

Gesetzt aus der ITC New Baskerville
Druck: Druck + Papier Meyer, Scheinfeld

ISBN 3-931043-35-5

PORTRÄT
EINER JUNGEN DAME

BAND I

1. KAPITEL

Wenn ganz bestimmte Umstände zusammentreffen, dann gibt es nur wenige Stunden im Leben, die angenehmer sind als die, welche jenem Zeremoniell gewidmet sind, das als Nachmittagstee bekannt ist. Und es gibt Umstände, in denen die Situation an sich, ob man sich nun am Tee gütlich tut oder nicht – was manche Menschen selbstverständlich niemals tun –, zum Anlaß eines Entzückens wird. Die speziellen Umstände, die ich gerade jetzt vor Augen habe, da ich diese simple Geschichte darzulegen und zu entfalten beginne, gaben einen vortrefflichen Rahmen für arglose Kurzweil ab. Die Utensilien für die kleine Festivität waren auf dem Rasen eines alten, englischen Landsitzes zurechtgelegt zu einer Tageszeit, die ich als genau die Mitte eines großartigen Sommernachmittags bezeichnen würde. Ein Teil des Nachmittags war schon verstrichen, doch eine gute Spanne von ihm übriggeblieben, und das, was blieb, war von einmaliger und auserlesenster Beschaffenheit. Bis zur eigentlichen Abenddämmerung waren es noch etliche Stunden, doch hatte die Flut des sommerlichen Lichtes schon begonnen abzuebben; die Luft war mild geworden, und lang lagen die Schatten auf dem ebenmäßig weichen, dichten englischen Rasen. Mählich nur, jedoch unaufhaltsam wurden sie immer länger, und die Szenerie vermittelte jene Ahnung kommender Mußestunden, die vermutlich die hauptsächliche Quelle unserer Freude bei einem solchen Anblick und zu solcher Stunde ausmacht. Unter gewissen Gegebenheiten stellt die Zeitspanne zwischen fünf und acht Uhr eine kleine Ewigkeit dar, aber bei einem Anlaß wie diesem konnte es sich dabei nur um eine Ewigkeit des Vergnügens handeln. Die mitwirkenden Personen gönnten sich dieses Vergnügen in aller Ruhe, und es handelte sich bei ihnen nicht um Angehörige jenes Geschlechts, von dem man gemeinhin erwartet, daß es bei besagtem Zeremoniell eine dienende oder eher dekorative Funktion übernimmt. Die Schatten auf dem tadellosen Rasen verliefen gerade und im Winkel zueinander. Es waren der Schatten eines alten Mannes, der in einem bequemen Korbsessel bei dem niedrigen Tischchen saß, auf dem der Tee serviert worden war, und jene von zwei jüngeren Männern, die vor dem alten Mann hin und her schlenderten und zwanglos miteinander plauderten. Der alte Mann hielt seine

Tasse in der Hand; es war eine ungewöhnlich große Tasse, von anderem Dekor als das übrige Service und mit leuchtenden Farben bemalt. Er nahm ihren Inhalt mit großer Behutsamkeit zu sich und hielt sie lange dicht vor dem Kinn, das Gesicht dem Haus zugewandt. Die Männer, die ihm Gesellschaft leisteten, hatten ihren Tee entweder schon genossen oder nahmen ihr Recht auf Teilhabe an dem exquisiten Genuß gleichgültig zur Kenntnis. Sie rauchten Zigaretten und schlenderten dabei weiter auf und ab. Von Zeit zu Zeit betrachtete einer von ihnen beim Vorübergehen den alten Mann mit einer gewissen Aufmerksamkeit, welcher selber wiederum, der Beobachtung nicht gewahr, den Blick auf die leuchtendrote Vorderfront seiner Behausung gerichtet hielt. Das Bauwerk, das sich jenseits des Rasens erhob, war von einer architektonischen Beschaffenheit, die eine solche Wertschätzung belohnte, und war zugleich für dieses spezifisch englische Gemälde, das ich zu entwerfen trachte, das am meisten charakteristische Objekt.

Es stand auf einer flachen Anhöhe über dem Fluß, bei dem es sich um die Themse handelte, gut vierzig Meilen von London entfernt. Eine lange, gegiebelte Vorderfassade aus rotem Ziegelstein, mit dessen Farbton Zeit und Witterung allerlei malerischen Schabernack getrieben hatten, wodurch er jedoch nur um so besser und raffinierter zur Geltung kam, präsentierte sich zur Rasenseite hin mit stellenweisem Efeubewuchs, mit dicht beieinanderstehenden Kaminen und mit von wuchernden Kletterpflanzen eingerahmten Fenstern. Das Gebäude hatte einen Namen und eine Geschichte. Der alte Herr, der gerade seinen Tee trank, hätte jedem Betrachter liebend gern davon erzählt: wie es unter Edward VI. erbaut worden war; wie es sich eine Nacht lang mit seiner Gastlichkeit der großen Königin Elizabeth zur Verfügung gestellt hatte (die ihren königlichen Leib auf einem riesigen, prachtvollen und fürchterlich kantigen Bett ausgestreckt hatte, das noch immer die unangefochtene Zierde der Schlafgemächer bildete); wie es während der Cromwellschen Kriege beträchtlich in Mitleidenschaft gezogen, verunstaltet und dann, in der Restaurationszeit, renoviert und erheblich vergrößert worden war; wie es schließlich im achtzehnten Jahrhundert Umbauten und Entstellungen durchgemacht hatte und anschließend in die pflegliche Obhut eines lebensklugen und gewitzten amerikanischen Bankiers übergegangen war, der es ursprünglich nur deshalb gekauft hatte, weil es (wegen gewisser

Umstände, die zu kompliziert sind, um sie hier auszubreiten) als außerordentlich günstiges Angebot offeriert worden war. Begleitet von heftigem Murren über des Hauses Häßlichkeit, sein hohes Alter und all die damit verbundenen Unannehmlichkeiten, hatte er es gekauft, und jetzt, nach immerhin zwanzig Jahren, war aus seinem Grummeln eine wahrhaft ästhetische Leidenschaft geworden, so daß er nunmehr alle Vorzüge und Eigentümlichkeiten kannte und einem Betrachter genau die Stelle zeigen konnte, von wo aus man sie alle zugleich in ihrem Zusammenwirken sah, und ihm genau die Stunde nennen konnte, in der die Schatten seiner verschiedenartigen Vorsprünge, die so weich auf das einladende, verwitterte Mauerwerk fielen, gerade die richtigen Abmessungen hatten. Zudem hätte er, wie schon angedeutet, die meisten Besitzer und Bewohner der Reihe nach aufzählen können (von denen mehrere von allgemeiner Berühmtheit gewesen waren), und dies hinwiederum im Ton unaufdringlicher Überzeugung, daß das jüngste Stadium seiner Bestimmung keineswegs das am wenigsten ehrwürdige sei. Die Frontseite des Hauses, welche jenen Teil des Rasens überblickte, dem gerade unser Interesse gilt, war nicht die Eingangsseite; diese befand sich in einer ganz anderen Richtung. Hier vorne regierte private Zurückgezogenheit vor allem, und der breite Rasenteppich, der die auf ihrem höchsten Punkt ebene Anhöhe bedeckte, erweckte den Eindruck, als sei er nichts anderes als die äußere Fortführung einer luxuriösen Innenausstattung. Die hohen, erhabenen, stillen Eichen und Buchen warfen einen schwarzen Schatten auf die Erde, undurchdringlich wie ein Samtvorhang, und der Ort, von dem gerade die Rede ist, war tatsächlich mit Attributen eines Innenraums dekoriert: mit Sitzpolstern und farbenprächtigen Teppichbrücken, mit Büchern und Zeitungen, die auf dem Gras lagen. Der Fluß befand sich in einiger Entfernung – dort, wo die sanft abfallende, grasbewachsene Böschung flach auslief, um genau zu sein. Nichtsdestoweniger war es ein ganz entzückender Spaziergang hinunter zum Wasser.

Der alte Herr am Teetischchen war vor dreißig Jahren aus Amerika herübergekommen und hatte seinerzeit, ganz obenauf im Reisegepäck, sein amerikanisches Wesen mitgebracht, all das, was den Amerikaner ausmacht: äußere Erscheinung, Physiognomie, Charakter. Und er hatte es nicht nur mit herübergebracht, sondern auch tadellos in Schuß gehalten, so daß er, falls nötig, alles genauso wieder hätte zusammenpacken und mit größter Selbstverständlichkeit in das Land seiner Herkunft mitnehmen können. Im Augenblick sah es allerdings gar nicht danach aus, als hätte er vor, sich vom Ort seiner Wahl selbst zu verbannen. Die Zeit seiner großen Reisen war vorbei, und er genoß jetzt die Ruhe vor dem ganz großen Ausruhen. Er hatte ein schmales, glatt rasiertes Gesicht mit gleichmäßigen Zügen und einem Ausdruck von friedfertiger Gelassenheit und pfiffiger Klugheit zugleich. Augenscheinlich handelte es sich um ein Gesicht mit einem begrenzten Repertoire an Ausdrucksmöglichkeiten, so daß die Miene zufriedener Gewitztheit um so vortrefflicher zur Geltung kam. Sie schien mitzuteilen, daß er zwar im Leben erfolgreich, daß dieser Erfolg aber kein uneingeschränkter oder Neid und Ärgernis erregender gewesen war, sondern ihm auch viel von der Gutartigkeit des Mißlungenen eignete. Ganz sicher hatte der alte Herr umfassende Erfahrungen im Umgang mit Menschen gemacht; dennoch spiegelte sich soeben eine fast bäuerliche Einfalt in dem schwachen Lächeln wider, das auf seinen großflächigen, eingefallenen Wangen spielte und seinem heiteren Blick zusätzlichen Glanz verlieh, als er schließlich langsam und mit Bedacht die große Teetasse auf dem Tischchen abstellte. Seine Kleidung war von schlichter Eleganz, ein sauber gebürstetes Schwarz. Aber über seine Knie war eine zusammen-gelegte Stola gebreitet, und dicke, bestickte Hausschuhe um-schlossen seine Füße. Ein hübscher Collie lag neben seinem Sessel im Gras und beobachtete das Gesicht seines Herrn mit fast der gleichen zärtlichen Zuneigung, mit der jener den noch imposanter gewordenen Anblick des Hauses in sich aufnahm, und ein kleiner, struppiger, lebhafter Terrier widmete den ande-ren Gentlemen sporadisch seine Aufmerksamkeit.

Von diesen war der eine ein bemerkenswert gut gebauter Mann von fünfunddreißig Jahren mit einem Gesicht, das so englisch war wie das des von mir soeben skizzierten alten Herrn unenglisch. Ein auffallend schönes Gesicht von frischem Teint, offen und ehrlich, mit festen, klar geschnittenen Zügen, lebhaf-ten, grauen Augen und der prächtigen Zierde eines rötlichbrau-nen Bartes. Diese Person hatte das gewisse Aussehen eines vom Glück begünstigten, außergewöhnlichen, intelligenten Men-schen – die Ausstrahlung eines heiter-ausgeglichenen Gemüts, durchdrungen von höchster Kultiviertheit, was sicher fast jeden Betrachter auf der Stelle neidisch gemacht hätte. Der Mann war gestiefelt und gespornt, als sei er gerade nach langem Ritt aus dem Sattel gestiegen. Er trug einen weißen Hut, der ihm augenscheinlich zu groß war. Beide Hände hatte er auf dem Rücken, und in einer von ihnen – in einer großen, weißen, wohlgeformten Faust – hielt er ein Paar zerknüllter, verschmutzter Hundslederhandschuhe.

Sein Begleiter, welcher gemessenen Schrittes neben ihm auf dem Rasen spazierte, war ein Mensch von völlig anderer Erscheinung, der – obgleich unsere Neugierde auch durch ihn in erheblichem Maß geweckt worden wäre – in uns doch nicht den Wunsch hätte wach werden lassen, aufs Geratewohl mit ihm tauschen zu wollen. Groß, schlank, von unproportionierter Gestalt und schwächlicher Konstitution, hatte er ein häßliches, kränkliches, geistreiches, reizvolles Gesicht, mit einem widerborstigen Schnurr- und Backenbart ausgestattet, aber keinesfalls geziert. Er sah klug und zugleich krank aus – eine nicht gerade sehr geglückte Kombination – und trug ein braunes Samtjackett. Die Hände hatte er in die Taschen gesteckt, und die Art und Weise, wie er das tat, verriet, daß es sich dabei um eine unausrottbare Angewohnheit handelte. Sein Gang war ein watschelndes Dahintrotten; der Mann war nicht sehr sicher auf den Beinen. Wie schon gesagt, ließ er jedesmal, wenn er an dem alten Herrn im Sessel vorüberging, den Blick auf ihm ruhen, und in genau diesem Augenblick, in dem man beide Gesichter zueinander in Beziehung setzen und miteinander vergleichen konnte, war leicht zu erkennen, daß es sich bei den zwei Männern um Vater und Sohn handelte. Schließlich fing der Vater doch noch den Blick seines Sohnes auf und erwiderte ihn mit einem freundlichen Lächeln.

»Ich mache sehr gute Fortschritte«, sagte er.

»Du hast deinen Tee schon getrunken?« fragte der Sohn.

»Ja, und er hat mir gut geschmeckt.«

»Soll ich dir noch etwas nachschenken?«

Der alte Mann überlegte in aller Ruhe. »Na – ich schätze, ich warte erst mal ein bißchen.« Beim Sprechen hörte man den amerikanischen Tonfall heraus.

»Ist dir kalt?« erkundigte sich der Sohn.

Der Vater rieb sich bedächtig die Beine. »Na – ich weiß nicht so recht. Ich kann das erst sagen, wenn ich was fühle.«

»Du könntest ja jemanden mitfühlen lassen«, sagte der junge Mann lachend.

»Oh, ich hoffe doch, daß da immer jemand mit mir fühlt! Haben Sie etwa kein Mitgefühl mit mir, Lord Warburton?«

»Aber ja, unendlich viel«, reagierte der mit Lord Warburton angesprochene Gentleman prompt. »Was mich zu der Feststellung zwingt, daß Sie ein wunderbares Bild gemütlicher Geruhsamkeit abgeben.«

»Na – das trifft vermutlich auch zu – zum größten Teil, jedenfalls.« Und dabei sah der alte Mann auf seine grüne Stola hinab und strich sie über den Knien glatt. »In Wahrheit habe ich es mir schon seit so vielen Jahren in meiner Geruhsamkeit eingerichtet, daß ich mich wahrscheinlich völlig daran gewöhnt habe und sie gar nicht mehr registriere.«

»Ja, das ist ja das Langweilige an der Geruhsamkeit«, sagte Lord Warburton. »Wir registrieren sie erst wieder, wenn uns etwas Ungemütliches dazwischenkommt.«

»Ich habe den Eindruck, wir sind ganz schön versnobt«, bemerkte sein Begleiter.

»Keine Frage – und wie wir versnobt sind!« brummte Lord Warburton. Und dann verharrten die drei Männer eine Weile in Schweigen. Die beiden jüngeren standen da und sahen auf den dritten hinab, der alsbald doch nach mehr Tee verlangte. »Man könnte meinen, daß Sie mit dieser Stola nicht recht glücklich sind«, nahm Lord Warburton das Gespräch wieder auf, während sein Begleiter die Tasse des alten Mannes erneut füllte.

»Sei still, die Stola *muß* er haben!« rief der Gentleman im Samtjackett. »Setz ihm keine Flausen in den Kopf!«

»Sie gehört meiner Frau«, sagte der alte Mann schlicht.

»Oh, wenn es aus sentimentalen Gründen ist – «. Und Lord Warburton machte eine Geste der Entschuldigung.

»Wenn sie kommt, werde ich sie ihr wohl zurückgeben müssen«, fuhr der alte Mann fort.

»Du wirst, bitte sehr, nichts dergleichen tun. Du wirst damit schön deine armen, alten Beine zudecken.«

»Na – was fällt dir denn ein, meine Beine zu beschimpfen!« sagte der alte Mann. »Die dürften noch genausogut sein wie deine.«

»Ach – aber die meinen darfst du nach Herzenslust beschimpfen«, erwiderte sein Sohn und schenkte ihm Tee nach.

»Tja – wir sind eben zwei Krüppel und zu nichts zu gebrauchen. Viel Unterschied besteht da wohl nicht zwischen uns.«

»Recht herzlichen Dank für den Krüppel! Wie ist dein Tee?«

»Recht heiß.«

»Was ja allgemein als Vorzug gilt.«

»Oh, dann hat er reichlich Vorzüge«, knurrte der alte Mann gutmütig. »Er ist nämlich ein hervorragender Pfleger, Lord Warburton.«

»Stellt er sich denn nicht ein wenig arg tolpatschig an?« fragte Seine Lordschaft.

»O nein, er ist überhaupt nicht tolpatschig, wenn man bedenkt, daß er ja selbst Invalide ist. Er gibt einen hervorragenden Pfleger ab – für einen kranken Pfleger. Ich nenne ihn immer meine kranke Schwester, weil er selbst krank ist.«

»Jetzt reicht's aber, Daddy!« rief der häßliche junge Mann aus.

»Na – du bist aber doch krank! Ich wollte, du wärst es nicht. Aber das ist ja wohl nicht mehr zu ändern.«

»Ich kann's ja mal versuchen! Das ist überhaupt *die* Idee«, sagte der junge Mann.

»Sind Sie je krank gewesen, Lord Warburton?« fragte sein Vater.

Lord Warburton dachte kurz nach. »Ja, Sir, einmal war mir speiübel, im Persischen Golf.«

»Er macht sich über dich lustig, Daddy«, sagte der junge Mann. »Das sollte eine Art Scherz sein.«

»Tja – wo man heutzutage auch hinsieht: Scherze aller Art«, gab Daddy gelassen zurück. »Jedenfalls sehen Sie nicht so aus, als seien Sie je krank gewesen, Lord Warburton.«

»Er leidet unsäglich am Leben, wie er mir gerade gestanden hat. Und zwar in einem ganz fürchterlichen Ausmaß«, sagte Lord Warburtons Freund.

»Stimmt das, Sir?« fragte der alte Mann ernst.

»Falls es stimmen sollte, dann hat mir Ihr Sohn keinerlei Trost gespendet. Als Gesprächspartner ist er schlichtweg ekelhaft – ein richtiger Zyniker. Er scheint an überhaupt nichts zu glauben.«

»Das sollte schon wieder ein Scherz sein«, sagte die des Zynismus beschuldigte Person.

»Das kommt daher, weil es so schlecht um seine Gesundheit bestellt ist«, erklärte der Vater Lord Warburton. »Das beeinträchtigt seinen Geist und verfälscht seine Wahrnehmung der Umwelt. Er bildet sich offenbar ein, nie eine Chance gehabt zu haben. Aber das ist fast alles reine Theorie, wissen Sie. Seine Lebensgeister scheinen jedenfalls nicht darunter zu leiden. Ich kann mich nicht erinnern, ihn jemals nicht gutgelaunt gesehen zu haben, etwa so, wie er im Moment ist. Mich muntert er oft genug auf.«

Der so beschriebene junge Mann sah Lord Warburton an und lachte. »War das jetzt eine flammende Lobrede, oder wurde ich gerade des sorglosen Lebenswandels gescholten? Hättest du es vielleicht gern, daß ich meine Theorien in die Tat umsetze, Daddy?«

»Heiliger Bimbam, das gäbe eine schöne Bescherung!« rief Lord Warburton aus.

»Ich hoffe, du fängst nicht damit an, solche Töne zu spukken«, sagte der alte Mann.

»Warburtons spuckt viel schlimmere Töne. Er spielt andauernd den Angeödeten. Ich bin nicht im mindesten angeödet. Dafür finde ich das Leben zu interessant.«

»Ach, zu interessant findest du es. Da solltest du aber etwas dagegen tun, hörst du!«

»Ich bin nie angeödet, wenn ich hierherkomme«, sagte Lord Warburton. »Hier kann man immer so ungewöhnlich gute Gespräche genießen.«

»Ist das schon wieder so eine Art Scherz?« fragte der alte Mann. »Für Sie gibt es überhaupt keine Entschuldigung, irgendwie angeödet zu sein. Als ich in Ihrem Alter war, hatte ich von so etwas noch nicht einmal gehört.«

»Dann waren Sie vermutlich ein Spätentwickler.«

»Nein, ich habe mich sehr früh entwickelt. Genau das war ja der Grund. Im Alter von zwanzig war ich tatsächlich schon recht gut entwickelt. Ich habe wie ein Irrer geschuftet. Sie wären auch nicht angeödet, wenn Sie was zu tun hätten. Aber ihr jungen Männer seid ja allesamt nur Tagediebe. Ihr denkt zuviel an euer Vergnügen. Ihr seid zu verwöhnt und zu gleichgültig und zu reich.«

»Na, das sagt der Richtige!« rief Lord Warburton. »Sie sind ja wohl kaum derjenige, der einen Mitmenschen des Reichtums beschuldigen dürfte!«

»Sie meinen, weil ich Bankier bin?« fragte der alte Mann.

»Deswegen auch, wenn Sie so wollen; und weil Sie ja anscheinend über unbegrenzte Mittel verfügen – oder tun Sie das etwa nicht?«

»So reich ist er nun auch wieder nicht«, schaltete sich der andere junge Mann barmherzig ein. »Er hat Unsummen an Geld verschenkt.«

»Na gut, aber es dürfte ja wohl sein eigenes Geld gewesen sein«, sagte Lord Warburton, »was dann der beste Beweis für Reichtum wäre, oder? Man darf einem öffentlichen Wohltäter nicht gestatten, sich über die angebliche Vergnügungssucht anderer auszulassen.«

»Daddy ist selbst sehr vergnügungssüchtig – süchtig danach, anderen Vergnügen zu bereiten.«

Der alte Mann schüttelte den Kopf. »Ich behaupte nicht, irgend etwas zur Belustigung meiner Zeitgenossen beigetragen zu haben.«

»Mein lieber Vater, nun bist du aber viel zu bescheiden!«

»Das soll wohl eine Art Scherz sein, Sir«, sagte Lord Warburton. »Ihr jungen Männer besteht nur noch aus Scherzen. Wenn man euch die Scherze wegnimmt, habt ihr gar nichts mehr.«

»Glücklicherweise gibt es immer mehr zu scherzen«, bemerkte der häßliche junge Mann.

»Das glaube ich nicht. Ich glaube, daß die Lage immer ernster wird. Das werdet ihr jungen Männer schon noch herausfinden.«

»›Der zunehmende Ernst der Lage‹: Das ist doch *das* Thema für Scherze.«

»Dabei wird es sich zwangsläufig wohl um makabre Scherze handeln«, sagte der alte Mann. »Nach meiner Überzeugung stehen uns große Umwälzungen bevor, und zwar nicht zum Besseren.«

»Da bin ich absolut Ihrer Meinung, Sir«, erklärte Lord Warburton. »Ganz bestimmt wird es große Umwälzungen geben, und es werden jede Menge absolut komischer Dinge passieren. Und aus diesem Grund fällt es mir ja so schwer, Ihren Rat zu befolgen. Sie wissen wohl noch, daß Sie mir neulich sagten, ich solle mir ›einen Fixpunkt für mein Leben suchen‹, etwas ›zum Festhalten‹. Da zögert man dann schon, sich etwas zum Festhalten zu suchen, wenn einem das in der nächsten Sekunde gleich wieder entrissen werden kann.«

»Du solltest dir eine hübsche Frau zum Festhalten suchen«, sagte sein Begleiter. »Er bemüht sich nämlich im Augenblick sehr, sich zu verlieben«, fügte er als Erklärung an seinen Vater gewandt hinzu.

»Die hübschen Frauen können einem genauso schnell abhanden kommen!« stellte Lord Warburton nachdrücklich fest.

»Nein, nein, die bleiben Fixpunkte«, mischte sich der alte Mann wieder ein. »Die werden von den sozialen und politischen

Umwälzungen, von denen ich gerade sprach, nicht betroffen sein.«

»Sie meinen, man wird die Frauen nicht abschaffen? Um so besser! Dann werde ich sehen, daß ich baldmöglichst eine zu fassen kriege, die ich mir, wenn's soweit ist, als Rettungsring um den Hals legen kann.«

»Die Frauen werden unsere Rettung sein«, sagte der alte Mann. »Das heißt, die besten von ihnen, denn ich sehe da sehr wohl Unterschiede. Machen Sie sich an eine gute heran und heiraten Sie sie, und schon wird Ihr Leben viel interessanter.«

Einen Augenblick lang herrschte Schweigen bei seinen Zuhörern, hervorgerufen vielleicht von der Empfindung der Großmut, die hinter dieser Rede steckte, denn weder für den Sohn noch für dessen Besucher war es ein Geheimnis, daß sein eigenes Experiment mit der Ehe nicht als geglückt bezeichnet werden konnte. Allerdings hatte er ja gesagt, er sehe sehr wohl Unterschiede, was man vielleicht als Eingeständnis eines persönlichen Irrtums werten durfte. Selbstverständlich wäre es für beide seiner Gesellschafter unschicklich gewesen zu bemerken, daß die Dame seiner Wahl ganz offensichtlich nicht zu ›den Besten‹ gehört hatte.

»Wenn ich also eine interessante Frau heirate, dann wird es erst richtig interessant: Ist das Ihre Rede?« fragte Lord Warburton. »Eigentlich bin ich überhaupt nicht scharf aufs Heiraten; das hat Ihr Sohn völlig falsch wiedergegeben. Aber ich weiß natürlich auch nicht, was eine interessante Frau alles mit mir anstellen würde.«

»Ich würde gerne einmal deine Vorstellung von einer interessanten Frau zu Gesicht bekommen«, sagte sein Freund.

»Vorstellungen kann man nicht zu Gesicht bekommen, mein Guter, besonders solche höchst durchgeistigten wie die meinen nicht. Es wäre schon ein gewaltiger Fortschritt, wenn ich sie selbst zu Gesicht bekäme.«

»Na – Sie können sich ja verlieben, in wen immer Sie wollen. Aber in meine Nichte verlieben Sie sich gefälligst nicht«, sagte der alte Mann.

Sein Sohn brach in Gelächter aus. »Womöglich faßt er das gleich als Herausforderung auf! Mein lieber Vater, seit dreißig Jahren lebst du nun unter den Engländern und hast dir eine Menge von der Art angeeignet, wie sie reden. Aber die Dinge, über die sie *nicht* reden, hast du bis heute noch nicht begriffen!«

»Ich sage, was mir paßt«, gab der alte Mann mit aller Gelassenheit zurück.

»Ich habe nicht die Ehre, Ihre Nichte zu kennen«, sagte Lord Warburton. »Ich glaube, es ist das erste Mal, daß ich von ihr höre.«

»Sie ist eine Nichte meiner Frau. Mrs. Touchett bringt sie nach England mit.«

Daraufhin erklärte der junge Mr. Touchett: »Meine Mutter hat nämlich den Winter in Amerika verbracht, und wir erwarten sie demnächst zurück. Sie schreibt, sie habe eine Nichte entdeckt und sie eingeladen, mit ihr zusammen herüberzukommen.«

»Ah ja – sehr großzügig von ihr«, sagte Lord Warburton. »Ist die junge Dame interessant?«

»Wir wissen von ihr kaum mehr als du; meine Mutter hat keine Einzelheiten geschrieben. Sie verkehrt mit uns hauptsächlich per Telegramm, und ihre Telegramme sind reichlich rätselhaft. Im allgemeinen heißt es ja, Frauen könnten gar keine Telegramme abfassen; doch meine Mutter beherrscht die Kunst der Würze in der Kürze meisterhaft. *Amerika satt, Hitze grauenhaft, Rückkehr England mit Nichte, nächster Dampfer mit anständiger Kabine.* So sehen die Botschaften aus, die wir von ihr kriegen, und das war bisher ihre letzte. Aber davor hat es noch eine gegeben, in der, wenn ich mich recht erinnere, die Nichte zum ersten Mal erwähnt wurde. *Hotel gewechselt, absolut schrecklich, Sekretär unverschämt, Adresse hier. Tochter von Schwester mitgenommen, starb letztes Jahr, fahre nach Europa, zwei Schwestern, ziemlich selbständig.* Über diesen Text rätseln mein Vater und ich seitdem quasi ununterbrochen, denn er scheint eine Unmenge von Deutungen zuzulassen.«

»Eine Sache darin ist sehr klar«, sagte der alte Mann. »Sie hat dem Hotelsekretär kräftig den Marsch geblasen.«

»Selbst da bin ich mir nicht sicher, denn schließlich wurde sie ja rausgeekelt. Zuerst dachten wir, es handelt sich bei der besagten Schwester vielleicht um die Schwester des Sekretärs. Aber die nachfolgende Erwähnung einer Nichte scheint zu bestätigen, daß hier auf eine meiner Tanten angespielt wird. Dann gab es die Frage, zu wem die beiden anderen Schwestern gehören. Wahrscheinlich handelt es sich um zwei Töchter meiner verstorbenen Tante. Aber wer ist *ziemlich selbständig*, und in welchem Sinn wird der Begriff hier gebraucht? Über diesen Punkt sind wir uns noch nicht einig. Wird die Formulierung eher auf die junge Dame bezogen, die von meiner Mutter adoptiert wurde, oder charakterisiert sie auch die beiden Schwestern? Und: Wird sie in einem moralischen oder in einem finanziellen Sinn gebraucht? Bedeutet das, daß sie eine hübsche Erbschaft gemacht haben? Oder bedeutet es einfach, daß sie eben ganz gut allein zurechtkommen?«

»Was auch immer sonst es bedeuten mag, *das* wird es mit ziemlicher Sicherheit bedeuten«, bemerkte Mr. Touchett.

»Es wird sich ja bald herausstellen«, sagte Lord Warburton. »Wann trifft Mrs. Touchett ein?«

»Da tappen wir völlig im dunkeln. Sobald sie eine anständige Kabine bekommen kann. Vielleicht wartet sie noch immer darauf. Vielleicht ist sie aber auch schon in England eingetroffen.«

»In diesem Fall hätte sie Ihnen doch wahrscheinlich ein Telegramm geschickt.«

»Sie telegrafiert niemals, wenn man es erwartet; immer nur dann, wenn man es nicht tut«, sagte der alte Mann. »Sie liebt es, aus heiterem Himmel über mich hereinzubrechen. Sie glaubt, sie erwischt mich dann bei etwas Unrechtem. Das ist ihr zwar bis jetzt nicht gelungen, aber sie hat noch längst nicht aufgegeben.«

»Das ist ihr Anteil am Familiencharakter, die Selbständigkeit, von der sie spricht.« Ihr Sohn beurteilte den Sachverhalt positiver. »Wie groß auch immer die Courage dieser jungen Damen sein mag, die unserer Mutter ist genausogroß. Sie macht sowieso am liebsten alles selbst und glaubt nicht daran, daß irgend jemand sonst genug Energie und Schwung hat, um ihr eine Hilfe sein zu können. Mich hält sie für so wertlos wie eine Briefmarke ohne Gummierung, und sie würde es mir nie verzeihen, sollte ich mich erdreisten, sie in Liverpool abholen zu wollen.«

»Wirst du es mich wenigstens wissen lassen, wenn deine Cousine eingetroffen ist?« fragte Lord Warburton.

»Nur unter der genannten Bedingung – daß Sie sich nicht in sie verlieben!« rief Mr. Touchett dazwischen.

»Das kommt mir denn doch recht hart vor. Halten Sie mich für nicht gut genug?«

»Ich halte Sie für zu gut, und mir gefiele es nicht, wenn sie Sie heiraten würde. Sie kommt ja, hoffentlich, nicht deswegen her, um sich einen Mann zu angeln. Das tun jetzt so viele junge Damen, als gäbe es bei ihnen zu Hause keine guten Männer. Und außerdem ist sie ja wahrscheinlich verlobt. Normalerweise sind amerikanische Mädchen sowieso verlobt, glaube ich. Und zudem bin ich mir gar nicht sicher, ob Sie einen vorzeigbaren Ehemann abgeben würden.«

»Sehr wahrscheinlich ist sie verlobt. Ich habe bisher viele junge Amerikanerinnen kennengelernt, und die waren allesamt verlobt. Aber ich schwöre, daß ich nie bemerkt habe, was das für einen Unterschied gemacht hätte! Und was meine Eignung zum guten Ehemann angeht«, fuhr Mr. Touchetts Besucher fort, »da bin ich mir dessen selbst nicht so sicher. Man müßte es mal versuchen!«

»Versuchen Sie's, so oft Sie wollen, aber verschonen Sie meine Nichte mit Ihren Versuchungen«, erwiderte der alte Mann lächelnd, dessen Einwände gegen eine derartige Vorstellung von einem kräftigen Humor geprägt waren.

»So ist's recht!« sagte Lord Warburton mit noch ausgeprägterem Humor. »Aber vielleicht ist sie ja den Versuch gar nicht wert!«

2. KAPITEL

Während sich die beiden auf diese Weise in Witzeleien ergingen, schlenderte Ralph Touchett mit dem für ihn typischen vornübergebeugten Gang ein Stück davon, die Hände in den Taschen, den kleinen, frechen Terrier an den Fersen. Ralphs Gesicht war dem Haus zugewandt, den Blick aber hatte er sinnend auf den Rasen gerichtet, weshalb der junge Mann zum Gegenstand der Beobachtung für eine Person wurde, die soeben in dem großzügig dimensionierten Hauseingang aufgetaucht war, ein paar Sekunden, ehe er sie selbst wahrnahm. Das Gebaren seines Hundes lenkte seine Aufmerksamkeit auf sie. Mit kurzem, durchdringendem Kläffen, das jedoch mehr nach einem Willkommensgruß als nach einer Herausforderung klang, war das Tier unvermittelt losgeschossen. Die betreffende Person war eine junge Dame, welche die Begrüßung des kleinen Kläffers ohne Umschweife richtig zu verstehen schien. Der Hund rannte mit hoher Geschwindigkeit zu ihr hin, blieb zu ihren Füßen stehen, sah zu ihr auf und bellte wie wild, woraufhin sie sich ohne Scheu zu ihm hinabbeugte, ihn festhielt und auf

Augenhöhe hochhob, derweil er seine ungestüme Begrüßung
fortsetzte. Sein Herr war zwischenzeitlich nachgekommen und
nun in der Lage zu erkennen, daß Bunchies neue Freundin ein
hochgewachsenes Mädchen in einem schwarzen Kleid war und
auf den ersten Blick hübsch aussah. Eine Kopfbedeckung trug
sie nicht, so als habe sie sich im Haus aufgehalten, ein Umstand,
der den Sohn des Hausherrn einigermaßen verwirrte, war er es
doch – bedingt durch den schlechten Gesundheitszustand des
Vaters – schon seit längerem gewohnt gewesen, daß kein Besuch
kam. Mittlerweile hatten auch die beiden anderen Gentlemen
vom Neuankömmling Notiz genommen.

»Du lieber Himmel, wer ist denn die Fremde dort?« hatte Mr.
Touchett gefragt.

»Vielleicht ist sie Mrs. Touchetts Nichte, diese unabhängige
junge Dame«, schlug Lord Warburton vor. »Nach meiner Ansicht müßte sie es sein, so wie sie mit dem Hund umgeht.«

Auch der Collie geruhte nun, sich ablenken zu lassen. Er
trottete in Richtung der jungen Lady im Eingang und versetzte
dabei allmählich seinen Schwanz in wedelnde Bewegungen.

»Aber wo steckt dann meine Frau?« brummte der alte Mann.

»Wahrscheinlich hat die junge Dame sie irgendwo zurückgelassen. So macht man das, wenn man unabhängig ist.«

Das Mädchen sprach Ralph mit einem Lächeln an, während sie
den Terrier noch immer hochhielt. »Ist das Ihr Hündchen, Sir?«

»Das war es noch bis vor einer Sekunde, aber Sie haben ja
erstaunlich schnell Ihren Besitzanspruch auf den Racker ange-
meldet.«

»Könnten wir ihn uns nicht teilen?« fragte das Mädchen. »Er
ist ein so süßer, kleiner Kerl.«

Ralph sah sie kurz an. Sie war wirklich unerwartet hübsch. »Sie
können ihn ganz behalten«, antwortete er dann.

Obschon die junge Dame eine gehörige Portion Vertrauen zu
besitzen schien, und zwar sowohl zu sich selbst als auch zu
anderen, ließ sie seine unvermittelte Großzügigkeit dennoch
erröten. »Ich sollte Ihnen wohl sagen, daß ich wahrscheinlich
Ihre Cousine bin«, brachte sie heraus und setzte den Hund ab.
»Da ist ja noch einer!« fügte sie schnell hinzu, als der Collie zu
ihr kam.

»Bloß ›wahrscheinlich‹?« rief der junge Mann lachend aus.
»Ich hatte geglaubt, das sei sicher! Sind Sie zusammen mit
meiner Mutter angekommen?«

»Ja, vor einer halben Stunde.«

»Und sie hat Sie wohl hier abgesetzt und ist dann gleich wieder davon?«

»Nein, sie ging sofort auf ihr Zimmer, und mir hat sie aufgetragen, ich solle Ihnen, falls ich Sie sehe, ausrichten, daß Sie sich dort um Viertel vor sieben einzufinden hätten.«

Der junge Mann sah auf seine Uhr. »Ich danke Ihnen. Ich werde pünktlich sein.« Und dann sah er wieder seine Cousine an. »Ganz herzlich willkommen hier! Ich freue mich sehr, Sie kennenzulernen.«

Sie ließ den Blick über ihre Umgebung schweifen, und ihr klares Auge verriet, daß ihr nichts entging. Sie betrachtete den Cousin, die beiden Hunde, die beiden Männer unter den Bäumen, die schöne Gegend um sie herum. »Noch nie habe ich so etwas Hübsches gesehen wie diesen Ort. Ich bin auch schon durchs ganze Haus gewandert. Es ist absolut hinreißend.«

»Ich muß mich entschuldigen, daß wir Sie so lange nicht bemerkt haben.«

»Deine Mutter sagte mir, daß man in England kein großes Aufheben macht, wenn man irgendwo ankommt. Und da dachte ich mir, das sei ganz normal so. Ist einer dieser Herren dort dein Vater?«

»Ja, der ältere, der im Sessel«, sagte Ralph.

Das Mädchen ließ ein Lachen hören. »Daß es der andere sein könnte, habe ich eigentlich auch nicht angenommen. Wer ist der andere?«

»Ein Freund von uns – Lord Warburton.«

»Genau das hatte ich mir erhofft, einmal einen Lord kennenzulernen. Fast wie im Roman!« Und dann: »Ach, du süßes, kleines Ding!« rief sie übergangslos aus, bückte sich und hob den kleinen Hund wieder auf.

Sie verharrte weiterhin an der Stelle, wo sie sich begrüßt hatten, und machte keinerlei Anstalten, ins Freie zu gehen oder sich bei Mr. Touchett vorzustellen, und während sie so nahe der Schwelle verweilte, rank und schlank und bezaubernd, überlegte ihr Gesprächspartner, ob sie wohl erwartete, der alte Herr werde herüberkommen und ihr seine Aufwartung machen. Amerikanische Mädchen waren ja wohl ein gerüttelt Maß an Ehrerbietung gewohnt, und es hatte bereits im voraus Andeutungen gegeben, daß dieses hier ein recht selbstsicheres Exemplar sei. Was Ralph auch problemlos ihrem Gesicht entnehmen konnte.

»Soll ich dich nicht mit meinem Vater bekanntmachen?«
wagte er dennoch zu fragen. »Er ist alt und gebrechlich; er muß
den ganzen Tag über sitzen.«

»Der Ärmste! Das tut mir aber leid!« sagte das Mädchen
gerührt und tat gleich ein paar Schritte nach vorn. »Von den
Berichten deiner Mutter her hatte ich eigentlich den Eindruck,
er sei ein recht – ein recht aktiver Mann.«

Ralph Touchett verstummte kurz. »Sie hat ihn seit einem Jahr
nicht mehr gesehen.«

»Ach so. Wenigstens hat er einen schönen Platz zum Sitzen.
Los, komm mit, Hündchen!«

»Ja, es ist ein schönes Plätzchen, das ihm ans Herz gewachsen
ist«, sagte der junge Mann und schaute seine Begleiterin von der
Seite her an.

»Wie heißt er?« fragte sie, und ihre Aufmerksamkeit war
schon wieder zum Terrier zurückgekehrt.

»Mein Vater?«

»Ja«, sagte die junge Dame amüsiert. »Aber verrate ihm nicht,
daß ich dich gefragt habe.«

Inzwischen waren sie bei dem alten Herrn angelangt, der sich
langsam erhob, um sich vorzustellen.

»Meine Mutter ist eingetroffen«, sagte Ralph, »und dies hier
ist Miß Archer.«

Der alte Mann legte ihr beide Hände auf die Schultern, betrachtete sie einen Augenblick lang mit größtem Wohlwollen und gab
ihr dann galant ein Küßchen. »Es ist mir ein großes Vergnügen,
dich hier bei uns zu begrüßen, aber mir wäre es lieber gewesen, du
hättest uns die Chance gegeben, dich gebührend zu empfangen.«

»Aber wir wurden doch gebührend empfangen«, sagte das
Mädchen. »In der Halle stand ungefähr ein Dutzend Dienstbo-
ten bereit. Und am Tor war eine alte Frau und hat uns mit einem
Knicks begrüßt.«

»Da brächten wir noch ganz andere Dinge fertig – wenn man
uns nur vorher Bescheid gäbe!« Lächelnd rieb sich der alte
Mann die Hände und schüttelte dann den Kopf. »Aber Mrs.
Touchett liebt keine Empfangszeremonien.«

»Sie ging gleich auf ihr Zimmer.«

»Natürlich – wo sie sich einschloß. Das tut sie jedesmal. Na ja,
vermutlich bekomme ich sie nächste Woche zu Gesicht.« Und
bedächtig nahm Mrs. Touchetts Gemahl seine Sitzposition wieder ein.

»Nein, schon früher«, bemerkte Miß Archer. »Sie will um acht zum Dinner kommen. Und du vergißt bitte nicht: um Viertel vor sieben«, ergänzte sie mit einem Lächeln zu Ralph gewandt.

»Was gibt's um Viertel vor sieben?«

»Da bin ich zu meiner Mutter bestellt«, antwortete Ralph.

»Glückspilz!« kommentierte der alte Herr. »Aber so setz dich doch. Trink ein Täßchen Tee mit uns«, forderte er die Nichte seiner Frau auf.

»Aber ich habe schon Tee bekommen, gleich nachdem ich mein Zimmer betreten hatte«, entgegnete besagte junge Dame. »Es tut mir leid, daß es Euch nicht so gut geht«, fuhr sie fort und sah ihren väterlichen Gastgeber lange und direkt an.

»Ach was, ich bin ein alter Mann, mein Kind, und das darf ich jetzt auch ruhigen Gewissens sein. Doch nun, da du bei uns bist, werde ich aufblühen.«

Wieder hatte sie ihre Umgebung ringsum gemustert: den Rasen, die prächtigen Bäume, die schilfgesäumte, silbrige Themse, das wunderschöne, alte Haus. Und noch während sie mit dieser Bestandsaufnahme beschäftigt war, hatte sie den Umstehenden gleich ihre Plätze darin zugeordnet, und das mit einem Einfühlungsvermögen und einer so umfassenden Wahrnehmung, wie man es sich bei einer offenbar intelligenten und aufgeregten jungen Frau leicht vorstellen kann. Sie hatte Platz genommen und den kleinen Hund auf die Erde gesetzt. Die weißen Hände lagen in ihrem Schoß über dem schwarzen Kleid gefaltet; den Kopf hielt sie gerade, und ihre Augen glänzten, während sie sich mit ihrer geschmeidigen Gestalt ohne Mühe hierhin und dorthin wandte, im Gleichklang mit jener wachen Beobachtungsgabe, mit der sie augenscheinlich Eindrücke in sich aufnahm. Deren gab es viele, und alle spiegelten sie sich in einem offenen, ruhigen Lächeln wider. »So etwas Schönes wie das hier habe ich noch nie gesehen.«

»Es macht ganz hübsch was her«, sagte Mr. Touchett. »Ich kann nachvollziehen, welchen Eindruck es auf dich macht. Mir ist das früher ebenso ergangen. Aber du bist selbst auch ganz hübsch«, ergänzte er mit einer Höflichkeit, die ganz und gar nichts Plump-Vertrauliches an sich hatte und aus dem fröhlichen Bewußtsein stammte, daß ihm sein fortgeschrittenes Alter das Vorrecht gab, dergleichen Äußerungen zu tun – selbst gegenüber jungen Dingern, die darob womöglich gleich vor Schreck erstarrten.

Das genaue Ausmaß, in welchem dieses junge Ding vor Schreck erstarrte, braucht nicht weiter ermittelt zu werden. Jedenfalls stand das Mädchen sofort auf und wurde rot, womit sie das Gesagte keineswegs widerlegte. »Na klar, selbstverständlich bin ich wunderschön!« gab sie mit einem nervösen Auflachen zurück. »Wie alt ist Euer Haus? Elisabethanisch?«

»Frühes Tudor«, sagte Ralph Touchett.

Sie sah ihn prüfend an.

»Frühes Tudor? Einfach herrlich! Und vermutlich gibt es davon noch recht viele.«

»Viele, die auch noch schöner sind.«

»Sag doch so etwas nicht, mein Junge!« protestierte der alte Herr. »Etwas Besseres als das hier gibt es nicht.«

»Meines ist ganz gut. In mancherlei Hinsicht halte ich es sogar für um einiges besser«, sagte Lord Warburton, der bis dahin kein Wort gesagt, dafür aber Miß Archer die ganze Zeit über aufmerksam angeblickt hatte. Er lächelte und verneigte sich leicht. Mit Frauen konnte er hervorragend umgehen. Das junge Mädchen reagierte auch prompt. Schließlich hatte sie nicht vergessen, daß sie es mit *Lord* Warburton zu tun hatte. »Ich würde es Ihnen außerordentlich gern einmal zeigen«, fügte er hinzu.

»Glaub ihm bloß nicht!« rief der alte Mann dazwischen. »Da darfst du nicht mal hinsehen – zu diesem baufälligen, alten Kasten! Überhaupt kein Vergleich mit unserem Haus!«

»Ich weiß es nicht – ich kann es schlecht beurteilen«, meinte das Mädchen und lächelte Lord Warburton an.

Ralph Touchett zeigte an dieser Diskussion nicht das geringste Interesse. Mit den Händen in den Taschen stand er da und sah ganz so aus, als würde er am liebsten die vorherige Unterhaltung mit der neu entdeckten Cousine wieder aufnehmen. »Machst du dir viel aus Hunden?« wollte er vorsichtig wissen. Es schien ihm sehr wohl bewußt zu sein, welch peinliche Gesprächsaufforderung das für einen intelligenten Menschen darstellte.

»Sehr viel sogar.«

»Dann mußt du den Terrier unbedingt behalten, ja?« fuhr er fort, noch immer verlegen.

»Ich behalte ihn, solange ich hier bin, mit großem Vergnügen.«

»Das wird doch hoffentlich recht lange sein.«

»Du bist zu freundlich. Ich weiß nicht recht. Das muß die Tante für mich regeln.«

»Das regle ich schon mit ihr, um Viertel vor sieben.« Und Ralph sah erneut auf seine Uhr.

»Ich bin jedenfalls glücklich, daß ich hier bin«, sagte das Mädchen.

»Ich habe nicht den Eindruck, als würdest du deine Angelegenheiten gern von anderen regeln lassen.«

»O doch, wenn sie so geregelt werden, wie ich es gerne hätte.«

»Ich werde das so regeln, wie *ich* es gern hätte«, sagte Ralph. »Es ist absolut unentschuldbar, daß wir dich bisher nicht kennenlernen durften.«

»Aber ich war doch da! Du hättest nur zu kommen und mich zu besuchen brauchen.«

»Du warst da? Wo denn?«

»In den Vereinigten Staaten: in New York und Albany und anderen Orten in Amerika.«

»Aber dort war ich ja, überall, und nie habe ich dich angetroffen. Es ist mir ein Rätsel.«

Miß Archer zögerte kurz. »Es lag daran, daß es zwischen deiner Mutter und meinem Vater einige Mißhelligkeiten gegeben hatte, und zwar nach dem Tod meiner Mutter, als ich noch ein kleines Kind war. Infolgedessen erwarteten wir auch nie, dich jemals kennenzulernen.«

»Ach so – aber ich werde mich doch nicht mit jedem Streit meiner Mutter identifizieren – um Himmels willen!« rief der junge Mann aus. »Du hast unlängst deinen Vater verloren?« fuhr er, ernster geworden, fort.

»Ja, vor gut einem Jahr. Danach hat sich meine Tante ganz lieb um mich gekümmert. Sie besuchte mich und schlug vor, ich solle mit ihr nach Europa kommen.«

»Ich verstehe«, sagte Ralph. »Sie hat dich adoptiert.«

»Mich adoptiert?« Das Mädchen starrte ihn entgeistert an, und erneut breitete sich die Röte auf ihrem Gesicht aus, begleitet von einem flüchtigen, schmerzlichen Ausdruck, der ihren Gesprächspartner bestürzte. Er hatte die Wirkung seiner Worte unterschätzt. Lord Warburton, der sich danach zu verzehren schien, Miß Archer aus der Nähe betrachten zu dürfen, kam in diesem Augenblick herbeigeschlendert, und Ralphs Cousine betrachtete ihn mit deutlich geweiteten Augen. »Aber nein, sie hat mich nicht adoptiert. Ich bin nämlich zur Adoption nicht freigegeben.«

»Ich bitte tausendmal um Vergebung«, murmelte Ralph. »Ich wollte – ich habe gemeint ...« Er wußte selbst kaum, was er gemeint hatte.

»Du hast gemeint, sie hätte mich vereinnahmt. Ja, das tut sie ganz gerne, Menschen vereinnahmen. Sie ist die ganze Zeit sehr nett zu mir gewesen, aber«, fuhr sie mit deutlich sichtbarem Bemühen fort, sich unmißverständlich auszudrücken, »meine Freiheit ist mir schon sehr wichtig.«

»Sprecht ihr da gerade über Mrs. Touchett?« rief der alte Herr von seinem Sessel aus dazwischen. »Komm herüber, mein Kind, und erzähl mir was von ihr. Ich bin stets dankbar für Informationen.«

Das Mädchen zögerte erneut und lächelte. »Sie ist wirklich sehr gutherzig«, erwiderte sie und begab sich zu ihrem Onkel, den ihre Worte heiter gestimmt hatten.

Lord Warburton sah sich allein bei Ralph gelassen, zu dem er kurz darauf sagte: »Du wolltest doch vorhin meine Vorstellung von einer interessanten Frau sehen. Dort siehst du sie!«

3. KAPITEL

M rs. Touchett war mit all ihren Wunderlichkeiten zweifellos ein Original, wovon ihr Verhalten bei der Rückkehr ins Haus ihres Mannes nach vielmonatiger Abwesenheit eine bemerkenswerte Probe abgab. Sie hatte ihren eigenen Kopf bei allem, was sie tat, und das stellt die einfachste Beschreibung eines Charakters dar, dem es, obwohl durchaus zu Großzügigkeit und Freigebigkeit fähig, nur selten gelang, den Eindruck von Verbindlichkeit und Charme zu vermitteln. Mrs. Touchett war sehr wohl in der Lage, viel Gutes zu stiften, aber gefallen wollte sie nicht und tat es auch nicht. Dieser Eigensinn, auf den sie soviel Wert legte, war an sich keineswegs kränkend oder provokativ gemeint. Er unterschied sich nur voll und ganz von den Handlungsweisen anderer Menschen. Die Ecken und Kanten ihres Verhaltens traten so ausgeprägt zutage, daß es für empfindsame Gemüter gelegentlich die Schärfe einer Messerklinge hatte. Diese verletzende Härte offenbarte sich in ihrem Handeln während der ersten Stunden nach ihrer Rückkehr aus

Amerika, als es unter den gegebenen Umständen wohl angebracht und natürlich gewesen wäre, zunächst einmal Gemahl und Sohn zu begrüßen. Statt dessen pflegte Mrs. Touchett aus Gründen, die sie für absolut übergeordnet hielt, sich zunächst stets in eine unzugängliche Klausur zurückzuziehen und das eher sentimentale Ritual so lange hinauszuschieben, bis sie auch die kleinste Unordentlichkeit der Kleidung gnadenlos beseitigt hatte, was eigentlich ein völlig unwichtiges Unterfangen darstellte, zumal weder Schönheit noch Eitelkeit dabei irgendeine Rolle spielten. Sie war eine alte Frau mit einem gewöhnlichen Gesicht, ohne Anmut oder bemerkenswerte Eleganz, doch mit der ausgeprägten Neigung ausgestattet, sich beständig mit den Gründen für ihre Handlungsweisen zu beschäftigen. In der Regel legte sie diese bereitwillig dar, falls die Gunst einer solchen Erläuterung ausdrücklich erbeten wurde, wobei sich dann in deren Verlauf herausstellte, daß es sich bei ihren Motiven um völlig andere handelte, als man ihr unterstellte. So lebte sie zwar praktisch von ihrem Mann getrennt, doch schien sie an dieser Situation überhaupt nichts Irreguläres zu finden. Bereits zu einem sehr frühen Zeitpunkt in ihrer ehelichen Gemeinschaft hatte sich herausgestellt, daß sie beide nie das gleiche zum gleichen Zeitpunkt wollten, ein Umstand, der Mrs. Touchett veranlaßte, Uneinigkeiten nicht dem Reich des ordinären Zufalls zu überlassen, sondern sie zum Naturgesetz zu erheben, was für sie eine weitaus erbaulichere Sicht der Dinge darstellte. Konsequenterweise entschloß sie sich, nach Florenz zu ziehen, wo sie ein Anwesen kaufte, in dem sie sich häuslich einrichtete, während sie ihren Mann in England zurückließ, damit er sich um seine dortige Bankniederlassung kümmern konnte. Dieses Arrangement erfüllte sie mit höchster Zufriedenheit, denn es war von einer trefflichen Entschiedenheit. Im gleichen Lichte, doch weniger trefflich, sah es auch ihr Mann, dem es in der Londoner Nebelsuppe das einzig Konkrete zu sein schien, was er wahrnehmen konnte. Er hätte es allerdings vorgezogen, wenn dergleichen Unnatürlichkeiten weniger entschieden und konkret gewesen wären. Das Ja zum Nein hatte ihn einige Anstrengung gekostet. Zu fast allem anderen hätte er bereitwilliger ja gesagt, denn es leuchtete ihm nicht ein, aus welchem Grund Übereinstimmung oder Nichtübereinstimmung etwas so fürchterlich Endgültiges an sich haben sollten. Mrs. Touchett gab sich weder dem Bedauern noch irgendwelchen Spekulationen hin und kam meist einmal im Jahr, um einen Monat mit ihrem Mann zu verbringen, den sie in dieser Zeit offenbar unermüdlich von der Richtigkeit ihrer Grundsätze zu überzeugen trachtete. Der englische Lebensstil behagte ihr gar nicht, wofür sie drei oder vier Argumente parat hielt, die sie beständig vorbrachte und die sich auf unwesentliche Eigentümlichkeiten uralter englischer Sitten und Gebräuche bezogen, die aber für Mrs. Touchett eine mehr als ausreichende Rechtfertigung des Wohnsitzwechsels waren: Sie verabscheute jene Brottunke aus Brotkrumen, Milch, Zwiebeln und Gewürzen, die meist zu Geflügel gereicht wurde und die, nach ihren Worten, wie ein Breiumschlag für einen Kranken aussah und wie Seife schmeckte. Daß ihre Dienstmädchen Bier tranken, erregte ihre Mißbilligung. Und ihrer britischen Wäscherin bescheinigte sie, keine Meisterin ihres Faches zu sein, wo doch Mrs. Touchett so penibel mit ihrer Wäsche war. In regelmäßigen Abständen stattete sie ihrem Heimatland Amerika einen Besuch ab, aber dieser jüngste war länger gewesen als irgendein anderer zuvor.

Sie hatte drüben ihre Nichte für sich vereinnahmt, daran gab es keinen Zweifel. Eines regnerischen Nachmittags, etwa vier Monate vor der zuletzt beschriebenen Begebenheit, war die junge Dame ganz allein über einem Buch gesessen. Die Feststellung dieser Tatsache bedeutet, daß Miß Archer damals keineswegs unter Einsamkeit litt, denn sie hatte einen höchst gesunden Wissensdurst, gepaart mit einer regen Vorstellungskraft. Allerdings bestand bei ihr zu jenem Zeitpunkt auch ein Bedürfnis nach Abwechslung, welches durch die Ankunft von unerwartetem Besuch zufriedenstellend gestillt wurde. Die Besucherin hatte sich nicht angekündigt, und das Mädchen horchte erst auf, als es im Nebenzimmer Schritte vernahm. Schauplatz der Handlung war ein altes Haus in Albany, ein weiträumiges, quadratisches Doppelhaus, das, einer Notiz im Fenster eines der unteren Zimmer zufolge, zum Verkauf stand. Es hatte zwei Eingänge, von denen der eine zwar längst nicht mehr benutzt wurde, jedoch nie zugemauert worden war. Beide waren völlig identisch: große weiße Portale, mit bogenförmigen Rahmen und breiten Seitenfenstern, gestützt von kleinen Sockeln aus rotem Stein, von denen beiderseits Stufen zum Backsteinpflaster der Straße hinabführten. Beide Häuser bildeten einen einzigen Wohnbereich, denn man hatte die Trennmauer durchbrochen und die Räume miteinander verbunden. Von denen gab es im ersten Stock eine ganze Anzahl, alle genau gleich gestrichen, und zwar in einem gelblichen Weiß, das im Lauf der Zeit immer mehr ausgeblichen war. Im zweiten Stock gab es eine Art Durchgang mit gewölbter Decke, der beide Häuser miteinander verband und den Isabel und ihre Schwestern als Kinder immer den »Tunnel« genannt hatten. Obwohl er nur kurz und durchaus hell war, kam er dem Mädchen stets sonderbar und verlassen vor, besonders an Winternachmittagen. Sie hatte, zu unterschiedlichen Zeiten, einen Teil ihrer Kindheit in dem Haus verbracht; damals hatte ihre Großmutter darin gewohnt. Danach war Isabel zehn Jahre lang fort gewesen und erst vor dem Tod ihres Vaters wieder nach Albany zurückgekehrt. Ihre Großmutter, die alte Mrs. Archer, hatte früher, hauptsächlich für die nächsten Angehörigen, ein sehr offenes und gastfreundliches Haus geführt, und die kleinen Mädchen lebten oft wochenlang unter ihrem Dach, Wochen, an die Isabel die glücklichsten Erinnerungen hegte. Der dortige Alltag war ganz anders gewesen als in ihrer eigenen Familie: abwechslungsreicher, spannender, glanzvoller eben. Die übliche Zucht der Kinderstube fand hier nur andeutungsweise statt, sehr zur Freude der Kinder, und es bot sich ihnen allenthalben Gelegenheit, den Unterhaltungen der Erwachsenen zu lauschen, was vor allem für Isabel ein durch nichts aufzuwiegendes Vergnügen war. Es herrschte ein ständiges Kommen und Gehen; Großmutters Söhne und Töchter sowie deren Kinder schienen sich einer Dauereinladung zu erfreuen, jederzeit hereinschauen und nach Belieben dableiben zu dürfen, so daß das Haus zeitweise den Eindruck eines gutgehenden Landgasthofs machte, der von einer nachsichtigen alten Wirtin geführt wurde, die viel stöhnte und nie eine Rechnung ausstellte. Von Rechnungen wußte Isabel damals natürlich noch nichts; dafür aber war ihr Großmutters Haus schon als Kind romantisch vorgekommen. Auf der Rückseite gab es eine überdachte Veranda mit einer Schaukel, die der Mittelpunkt atemlosen Interesses war. Dahinter lag ein langer Garten, der sich bis zum Stall hinab erstreckte und mit Pfirsichbäumen bestanden war, die für Isabel etwas unglaublich Vertrautes darstellten. Obwohl sie zu den unterschiedlichsten Jahreszeiten bei ihrer Großmutter gelebt hatte, waren doch alle ihre Besuche irgendwie vom Duft von Pfirsichen überlagert gewesen. Auf der gegenüberliegenden Straßenseite hatte ein altes Haus gestanden, das sie das Holländische Haus nannten. Seine auffallende Bauweise stammte noch aus der frühesten

Kolonialzeit: gelb angestrichene Ziegelsteine, gekrönt von einem Giebel, auf den man Ortsfremde immer gesondert hinzuweisen pflegte, geschützt durch einen wackeligen Lattenzaun und mit der Längsseite zur Straße hin gebaut. Im Haus war eine Grundschule für Kinder beiderlei Geschlechts untergebracht, geleitet beziehungsweise eher vernachlässigt von einer auffallenden Dame, von der Isabel vor allem die Frisur im Gedächtnis behalten hatte, weil sie ihre Haare mit absonderlichen Frisierkämmen an den Schläfen feststeckte, sowie die Tatsache, daß sie die Witwe eines bedeutenden Mannes gewesen war. Zwar hatte man dem kleinen Mädchen die Chance geboten, in jenem Etablissement den Grundstock seines Wissens zu legen; aber schon nach dem ersten Schultag hatte sie gegen die dort herrschenden Vorschriften rebelliert und durfte fortan zu Hause bleiben, wo sie in den Septembertagen, wenn die Fenster des Holländischen Hauses offenstanden, oft das Gesumm der Kinderstimmen hörte, die das Einmaleins herunterleierten – ein Erlebnis, das für sie eine undefinierbare Mischung aus überschwenglichem Freiheitsgefühl und schmerzlicher Ausgeschlossenheit darstellte. Der wirkliche Grundstock ihres Wissens wurde in der zwanglosen Atmosphäre von Großmutters Haus gelegt, wo Isabel, da die meisten Mitbewohner nicht belesen waren, ungehinderten Zugang zu einer Bibliothek voller Bücher mit prächtigen Titelblättern hatte, die sie sich nur herunterholen konnte, indem sie auf einen Stuhl kletterte. Hatte sie eines nach ihrem Geschmack entdeckt, wobei sie sich bei der Auswahl hauptsächlich von den Titelblattillustrationen leiten ließ, trug sie es in das geheimnisvolle Kabinett, das hinter der Bibliothek lag und seit eh und je, ohne daß jemand den Grund dafür kannte, »das Büro« hieß. Wessen Büro es gewesen war und wann es seine Blütezeit durchgemacht hatte, erfuhr sie nie. Ihr genügte es vollauf, daß der Raum ein Echo hatte, wunderbar muffig roch und als Verbannungsort diente für alte Möbelstücke, denen man ihre Altersschwäche durchaus nicht immer gleich ansah (weshalb die Verbannung unverdient erschien und die Möbel zu Opfern ungerechter Willkür wurden) und zu denen sie, wie es Kinder eben tun, fast menschliche, auf jeden Fall aber aufregende Beziehungen hergestellt hatte. Insbesondere ein altes Leinensofa hatte es ihr angetan, dem sie Hunderte von kindlichen Nöten anvertraute. Der Raum verdankte seine geheimnisvolle Melancholie zum großen Teil dem Umstand, daß man ihn eigentlich durch die zweite Eingangstür des Hauses betrat, also durch jene, die geächtet und dieserhalb mit Riegeln gesichert worden war, welche ein so schmächtig geratenes Mädchen wie Isabel unmöglich bewegen konnte. Sie wußte, daß dieses stumme, reglose Portal auf die Straße mündete. Wären seine Seitenfenster nicht mit grünem Papier beklebt gewesen, hätte sie auf den kleinen roten Sockel und das schon recht holperige Straßenpflaster hinaussehen können. Aber die kleine Isabel verspürte gar nicht das Bedürfnis hinauszusehen, hätte das doch ihre Vorstellung zerstört, daß es dort draußen einen seltsamen, unsichtbaren Ort gab, einen Ort, der in der Phantasie des Kindes, je nach seiner wechselnden Stimmung, entweder zu einem Reich der Freude oder des Schreckens wurde.

Auch an diesem trübsinnigen Nachmittag zu Frühlingsbeginn, den ich soeben erwähnte, saß Isabel in besagtem »Büro«. Sie hätte das ganze Haus zu ihrer Verfügung gehabt, doch sie hatte sich den Raum ausgesucht, der die deprimierendste Stimmung von allen verbreitete. Nie hatte sie die verriegelte Tür geöffnet oder das grüne Papier (von fremder Hand erneuert) von den Seitenfenstern entfernt. Nie hatte sie sich davon überzeugt, daß jenseits eine ganz gewöhnliche Straße vorbeiführte. Draußen prasselte ein unfreundlicher, kalter Regen hernieder. Der Frühlingsanfang stellte in Wirklichkeit einen einzigen Appell an die Geduld dar, und einen zynischen, unaufrichtigen noch dazu. Allerdings schenkte Isabel dergleichen kosmischen Heimtücken so wenig Aufmerksamkeit wie nur möglich. Sie hielt den Blick auf ihr Buch gerichtet und übte sich in geistiger Konzentration. Es war ihr kürzlich aufgefallen, daß ihr Geist weithin einem Vagabunden glich, woraufhin sie ihm mit großem Einfallsreichtum ein Übungsprogramm verordnete, bei dem er im militärischen Exerzierschritt vorwärts zu marschieren, stehenzubleiben, kehrtzumachen und noch viel schwierigere Manöver auszuführen hatte, und zwar auf Kommando. Gerade eben hatte sie »Vorwärts marsch!« befohlen, und er hatte sich daraufhin schwerfällig über die sandigen Ebenen einer »Geschichte des deutschen Geistes« geschleppt. Plötzlich registrierte sie den Klang von Schritten einer ganz anderen Gangart als der ihres Intellekts. Sie lauschte ein wenig und begriff, daß sich jemand in der neben dem Büro liegenden Bibliothek bewegte. Zuerst schienen es die Schritte von jemandem zu sein, dessen Besuch sie erwartete, aber gleich darauf offenbarten sie sich als die einer

Frau und einer Fremden, was auf den erwarteten Besuch in keiner Weise zutraf. Der Tritt hatte etwas Neugieriges und Experimentierfreudiges an sich und klang ganz so, als werde er an der Schwelle zum Büro nicht haltmachen. Tatsächlich wurde der Zugang zu diesem Zimmer gleich darauf von einer Dame ausgefüllt, die dort stehenblieb und gestrengen Blickes unsere Heldin betrachtete. Sie war eine unscheinbare, ältere Frau in einem knöchellangen Regenmantel. Ihr Gesicht hatte einen ausgeprägt energischen Zug.

»Oh«, begann die Frau, »ist das hier dein Lieblingsplätzchen?« Sie musterte das Durcheinander von Stühlen und Tischen.

»Nicht, wenn ich Besuch bekomme«, sagte Isabel und erhob sich, um den Störenfried zu begrüßen.

Geschickt steuerte sie in Richtung Bibliothek, während sich ihre Besucherin weiterhin umsah. »Ihr scheint ja eine Menge anderer Zimmer zu haben. Und in einem besseren Zustand sind sie auch. Aber ansonsten ist alles ziemlich heruntergewirtschaftet.«

»Sind Sie gekommen, um das Haus zu besichtigen?« fragte Isabel. »Dann wird das Dienstmädchen Sie herumführen.«

»Wozu brauchen wir ein Dienstmädchen? Ich will doch nicht das Haus kaufen. Außerdem sucht sie wahrscheinlich gerade nach dir und irrt oben umher. Die sieht ja alles andere als intelligent aus. Du sagst ihr vielleicht besser Bescheid.« Und da das Mädchen weiterhin zögernd und verwundert da stand, fragte die ungebetene Kritikerin unvermittelt: »Ich vermute, du bist eine der Töchter?«

Nach Isabels Meinung legte die Dame ein höchst merkwürdiges Verhalten an den Tag. »Das hängt davon ab, wessen Töchter Sie meinen.«

»Die des verstorbenen Mr. Archer – und meiner armen Schwester.«

»Ach so«, sagte Isabel langsam, »dann bist du bestimmt die verrückte Tante Lydia!«

»Hat euch das euer Vater beigebracht, mich so zu nennen? Ich bin deine Tante Lydia, aber ich bin keineswegs verrückt oder leide unter Wahnvorstellungen! Und welche der Töchter bist du?«

»Ich bin die jüngste von uns dreien und heiße Isabel.«

»Richtig. Die anderen sind Lilian und Edith. Und du bist die hübscheste?«

»Da habe ich nun wirklich keine Ahnung«, sagte das Mädchen.

»Meiner Meinung nach bist du es.« Und auf diese Weise schlossen Tante und Nichte Freundschaft. Jahre zuvor, nach dem Tod ihrer Schwester, hatte die Tante mit ihrem Schwager einen Streit gehabt, weil sie ihm die Leviten gelesen hatte wegen der Methoden, mit denen er seine drei Töchter erzog. Als Mann von jähzornigem Temperament hatte er sie daraufhin aufgefordert, sie möge sich gefälligst um ihre eigenen Angelegenheiten kümmern, woraufhin sie ihn beim Wort genommen hatte. Über viele Jahre hinweg hatte sie die Verbindung zu ihm abgebrochen und sich auch nach seinem Tod mit keinem Sterbenswörtchen bei seinen Töchtern gemeldet, die mit jener respektlosen Meinung über ihre Tante aufgewachsen waren, mit der Isabel soeben herausgeplatzt war. Mrs. Touchetts Vorgehensweise war wie stets perfekt kalkuliert. Sie hatte geplant, nach Amerika zu reisen, um sich um ihre Kapitalanlagen zu kümmern (womit ihr Mann, trotz seiner bedeutenden Position im Bankwesen, nichts zu schaffen hatte), und dabei wollte sie die günstige Gelegenheit ergreifen, sich nach dem Ergehen ihrer Nichten zu erkundigen. Sie hielt Briefeschreiben für überflüssig, da sie ohnehin keinen Wert auf Informationen legte, die sie hätte aus den Kindern herauslocken müssen. Sie glaubte ausschließlich das, was sie mit eigenen Augen sah. Isabel entdeckte allerdings, daß ihre Tante eine ganze Menge über die Mädchen wußte, zum Beispiel, daß die beiden älteren verheiratet waren, daß ihr Vater nur sehr wenig Geld hinterlassen hatte und daß daher das Haus in Albany, das ihm vermacht worden war, zu Gunsten der Kinder verkauft werden sollte. Schließlich wußte sie auch noch von Edmund Ludlow, Lilians Mann, der sich dieser Angelegenheit angenommen hatte, weswegen sich das junge Paar, das während Mr. Archers Krankheit nach Albany gekommen war, gegenwärtig noch immer hier aufhielt und mit Isabel zusammen das alte Haus bewohnte.

»Was glaubt ihr, wieviel es bringen wird?« wollte Mrs. Touchett von ihrer Begleiterin wissen, die ihr einen Platz im vorderen Salon angeboten hatte, den sie ohne jede Begeisterung inspizierte.

»Da habe ich nun wirklich keine Ahnung«, sagte das Mädchen.

»Mit dieser Antwort kommst du mir jetzt schon zum zweiten Mal«, erwiderte ihre Tante. »Dabei siehst du gar nicht dumm aus.«

»Ich bin ja auch gar nicht dumm. Bloß von Gelddingen verstehe ich überhaupt nichts.«

»Ganz recht, so hat man euch ja auch erzogen – als hättet ihr eine Million zu erben. Was habt ihr denn eigentlich tatsächlich geerbt?«

»Ich kann es dir wirklich nicht sagen. Da mußt du schon Edmund und Lilian fragen. Die sind in einer halben Stunde wieder zurück.«

»In Florenz gälte das da als miserables Objekt«, sagte Mrs. Touchett. »Hier könnte es jedoch, meiner Ansicht nach, einen hohen Preis erzielen. Das wäre dann ein hübsches Sümmchen für jede von euch. Darüber hinaus müßt ihr aber doch noch mehr haben. Das ist ja allerhand, daß du davon keine Ahnung hast. Die Lage des Hauses ist absolut günstig, und wahrscheinlich werden sie es abreißen und eine Ladenzeile daraus machen. Ich frage mich, warum ihr das nicht selbst tut. Dann könntet ihr die Läden mit größtem Profit vermieten.«

Isabel machte große Augen. Der Gedanke, Geschäftsräume zu vermieten, war für sie neu. »Hoffentlich reißen sie es nicht ab«, sagte sie. »Ich hänge nämlich sehr daran.«

»Ich verstehe nicht, aus welchem Grund du daran hängst. Schließlich ist dein Vater in dem Haus gestorben.«

»Stimmt, aber das ist für mich kein Grund, es nicht zu mögen«, gab das Mädchen etwas pikiert zurück. »Ich mag Orte, wo etwas passiert ist, sogar wenn es sich um traurige Dinge handelt. Hier drinnen sind eine ganze Menge Menschen gestorben. Das Haus ist immer voller Leben gewesen.«

»Voller Leben nennst du das also?«

»Voller Erlebnisse meine ich damit – was die Leute an Gefühlen und Schmerzen erlebt haben. Und natürlich nicht nur die Schmerzen, denn ich bin hier als Kind sehr glücklich gewesen.«

»Du solltest nach Florenz kommen, wenn du Häuser magst, in denen etwas passiert ist, Todesfälle vor allem. Ich wohne in einem alten Palast, in dem drei Menschen ermordet wurden, das heißt, von dreien weiß man es; wie viele es sonst noch waren, ist mir nicht bekannt.«

»In einem alten Palast wohnst du?«

»Ganz recht, Kleines. Das ist schon ein bißchen was anderes als diese bourgeoise Hütte hier.«

Isabel spürte eine leichte Erregung in sich aufsteigen, denn vom Haus ihrer Großmutter hatte sie stets eine hohe Meinung gehabt. Doch die Erregung war von anderer Art und veranlaßte sie zu sagen: »Ich würde gern einmal nach Florenz kommen.«

»Also: Wenn du ganz brav bist und alles tust, was ich dir sage, nehme ich dich dorthin mit«, erklärte Mrs. Touchett.

Die Gefühlsregung unserer jungen Frau wurde stärker. Sie errötete ein wenig und lächelte ihre Tante ruhig an. »Alles tun, was du mir sagst? Ich glaube nicht, daß ich das versprechen kann.«

»Nein, du siehst mir auch nicht danach aus. Du bist stolz auf deinen eigenen Kopf, und es steht mir nicht zu, dich dafür zu schelten.«

»Trotzdem – um einmal nach Florenz zu kommen«, entfuhr es dem Mädchen gleich darauf, »würde ich fast alles versprechen!«

Edmund und Lilian ließen sich Zeit mit dem Nachhausekommen, so daß sich Mrs. Touchett eine ganze Stunde lang ungestört mit ihrer Nichte unterhalten konnte, für die sie als ein wunderlicher und außergewöhnlicher Charakter von Interesse war, tatsächlich als eine der wenigen Charakterpersönlichkeiten, die sie bisher kennengelernt hatte. Mrs. Touchett war genauso exzentrisch, wie Isabel es sich stets vorgestellt hatte; und bis dahin hatte das Mädchen, wann immer jemand als exzentrisch beschrieben worden war, darunter ein taktloses oder besorgniserregendes Verhalten verstanden. Mit dem Begriff hatte sie stets etwas Haarsträubendes oder Unheilvolles verbunden. Ihre Tante füllte ihn aber mit einer ausgeprägten, gleichwohl unspektakulären Ironie, ja mit Komik, so daß Isabel sich schließlich fragte, ob der Umgangston, den sie als einzigen bisher gewohnt gewesen war und für normal gehalten hatte, auch nur entfernt so interessant war. Auf jeden Fall hatte bislang niemand sie so in ihren Bann gezogen wie diese kleine, schmallippige, fremdländisch aussehende Frau mit den strahlenden Augen, die ein unscheinbares Äußeres durch außergewöhnliche Umgangsformen ausglich und in ihrem abgetragenen Regenmantel dasaß und mit verblüffender Sachkenntnis und Ungezwungenheit über die europäischen Fürstenhöfe plauderte. Dabei entfaltete sie keineswegs einen Hang zum Seichten und Oberflächlichen. Es war einfach so, daß Mrs. Touchett soziale Unterschiede nicht gelten ließ und aus dieser Überzeugung heraus die Großen dieser Erde ihrem Urteil unterzog, während sie sich gleichzeitig darüber freute, welch sichtbaren Eindruck sie damit auf ein unverbildetes und empfängliches Gemüt machte. Isabel hatte zunächst eine ganze Reihe von Fragen beantwortet, und aus ihren Antworten hatte sich Mrs. Touchett offenbar eine hohe

Meinung über ihre Intelligenz gebildet. Doch dann hatte das Mädchen selbst eine Reihe von Fragen gestellt, und die Antworten der Tante, wie auch immer sie ausfielen, gaben ihr Stoff zu gründlichem Nachdenken. Mrs. Touchett wartete eine geziemende Weile auf die Rückkehr ihrer zweiten Nichte, doch als Mrs. Ludlow um sechs Uhr noch immer nicht eingetroffen war, rüstete sie zum Aufbruch.

»Deine Schwester muß ja eine alte Klatschbase sein. Bleibt sie immer stundenlang fort?«

»Du bleibst doch auch stundenlang fort«, erwiderte Isabel. »Sie kann erst ganz kurz vor deiner Ankunft gegangen sein.«

Mrs. Touchett betrachtete das Mädchen ohne Groll. Sie schien sich vielmehr über eine schnippische Antwort zu freuen, weil diese ihr Gelegenheit zu huldvoller Herablassung bot. »Aber sie hat vielleicht keine so gute Ausrede wie ich. Richte ihr in jedem Fall aus, daß sie mich noch heute abend in diesem grauenhaften Hotel aufsuchen soll. Sie kann ihren Mann mitbringen, wenn sie möchte, aber dich braucht sie nicht mitzubringen. Wir beide werden uns noch zur Genüge sehen.«

4. KAPITEL

Mrs. Ludlow war die älteste der drei Schwestern und galt allgemein als die vernünftigste, wobei die übliche Einstufung die war, daß Lilian als die Praktische galt, Edith als die Hübsche und Isabel als die »intellektuell« Überlegene. Mrs. Keyes, die zweite, war die Frau eines Offiziers der US-Pioniere, und da unsere Erzählung sich nicht weiter mit ihr befaßt, mag es genügen zu wissen, daß sie in der Tat sehr hübsch war und die Zierde all jener vielen Garnisonen bildete, hauptsächlich im stil- und geschmacklosen Westen, wohin ihr Gatte, zu ihrem tiefen Verdruß, immer wieder versetzt wurde. Lilian hatte einen New Yorker Anwalt geheiratet, einen jungen Mann mit lauter Stimme und großer Begeisterung für seinen Beruf. Eine glänzende Partie war es nicht, genausowenig wie die von Edith, doch bei Lilian hatte es hin und wieder geheißen, sie könne froh sein, überhaupt einmal zu heiraten, da sie weitaus weniger attraktiv war als ihre Schwestern. Dafür war sie sehr glücklich und schien jetzt, nunmehr Mutter zweier dickköpfiger Knaben und Hausherrin eines brachial in die Fünfunddreißigste Straße gezwängten Sandsteinklotzes, ihre Situation voll und ganz zu genießen als das Ergebnis eines kühnen Ausbruchs. Sie war klein und stämmig, und ob sie eine weibliche Figur besaß, darüber konnte man streiten. Dennoch vermittelte sie einen imponierenden, wenn auch nicht majestätischen Eindruck. Außerdem hatte sie, wie es damals so hieß, seit ihrer Heirat »gewonnen«, und die zwei Dinge in ihrem Leben, auf deren Feststellung sie Wert legte, waren die ausgeprägten argumentativen Fähigkeiten ihres Mannes und der originelle Charakter ihrer Schwester Isabel. »Ich bin nie gegen Isabel angekommen; es hätte meine *ganze Zeit* in Anspruch genommen«, pflegte sie oft zu bemerken. Und dennoch betrachtete sie ihre Schwester wehmütigen Blickes, etwa so wie ein mütterlicher Spaniel einen freien Windhund betrachtet. »Ich möchte sie solide verheiratet wissen, mehr will ich ja gar nicht«, bekannte sie ihrem Mann wiederholt.

»Tja, also ich hätte kein sonderliches Verlangen danach, sie zu heiraten«, lautete stets die außerordentlich nachdrücklich vorgetragene Antwort Edmund Ludlows.

»Ich weiß, daß du das nur aus Lust am Streiten sagst. Du beziehst immer gleich die Gegenposition. Mir ist völlig schleierhaft, was du gegen sie haben kannst, außer daß sie so einen originellen Charakter hat.«

»Ganz recht. Ich mag nämlich keine Originalausgaben. Ich mag lieber Übersetzungen.« Mr. Ludlow hatte mehr als einmal verkündet: »Isabel ist für mich ein Buch mit sieben Siegeln und in einer fremden Sprache geschrieben, die ich nicht entziffern kann. Sie sollte einen Armenier oder Portugiesen heiraten.«

»Genau dazu wäre sie imstande! Das ist es ja, wovor ich Angst habe«, hatte sich Lilian daraufhin erregt, die Isabel alles zutraute.

Jetzt lauschte sie mit großem Interesse dem Bericht ihrer Schwester vom unverhofften Auftritt der Tante und traf danach Anstalten, deren Anordnung zu befolgen. Was Isabel sonst noch alles erzählte, ist nicht überliefert, doch war es zweifellos der Grund für die Unterhaltung, die Lilian mit ihrem Mann führte, während sie sich für den Besuch zurechtmachten.

»Ich hoffe inständig, sie wird sich Isabel gegenüber großzügig erweisen. Sie hat sie augenscheinlich ins Herz geschlossen.«

»Und was sollte sie deiner Ansicht nach tun?« fragte Edmund Ludlow. »Ihr ein Präsent machen?«

»Aber nein, nichts dergleichen. Sie soll an Isabel Anteil nehmen, sich für sie interessieren. Sie ist offensichtlich genau der Typ, der ihren Charakter zu schätzen weiß. Sie hat ja ewig lange im Ausland gelebt, wie sie Isabel erzählte. Und du warst es doch immer, dem Isabel beinahe wie eine Ausländerin vorkam.«

»Du möchtest also, daß sie von ihr ein bißchen ausländisches Mitgefühl kriegt, ja? Einheimisches kriegt sie deiner Meinung nach wohl nicht, wie?«

»Ach was, sie sollte jedenfalls in der Welt umherreisen«, sagte Mrs. Ludlow. »Das würde richtig zu ihr passen, in der Welt herumzukommen.«

»Und die alte Dame soll sie wohl mitnehmen, wie?«

»Sie hat es ihr jedenfalls angeboten; sie ist ganz versessen darauf, Isabel mitzunehmen. Nur möchte ich gerne, daß sie ihr, wenn sie sie tatsächlich mitnimmt, dann auch alle Möglichkeiten bietet, die ein Auslandsaufenthalt mit sich bringt. Und diese Chance sollten wir ihr keinesfalls verbauen«, sagte Mrs. Ludlow.

»Was für eine Chance?«

»Die Chance zur Selbstentfaltung.«

»Gütiger Himmel, hilf!« rief Edmund Ludlow entsetzt. »Meinetwegen braucht sie sich nicht weiter zu entfalten!«

»Wenn ich nicht genau wüßte, daß du das nur sagst, um mit mir zu streiten, dann fände ich das gar nicht lustig«, entgegnete seine Frau. »Aber du weißt selbst am besten, daß du sie magst.«

»Weißt du denn auch, daß ich dich mag?« fragte der junge Mann ein wenig später Isabel im Scherz, während er seinen Hut ausbürstete.

»Ich weiß bloß, daß mir das völlig egal ist!« gab das Mädchen spitz zurück, wobei ihr Tonfall und ihr Lächeln jedoch weniger hochnäsig waren als ihre Worte.

»Oh, wie kommt sie sich doch seit Mrs. Touchetts Besuch großartig vor«, meinte ihre Schwester.

Doch Isabel begegnete dieser Stichelei mit betonter Ernsthaftigkeit. »So was darfst du nicht sagen, Lily. Ich komme mir ganz und gar nicht großartig vor.«

»Aber das ist doch nicht weiter schlimm«, lenkte Lily versöhnlich ein.

»Mrs. Touchetts Besuch ist doch kein Grund, warum ich mir großartig vorkommen sollte.«

»Oh«, rief Mr. Ludlow aus, »jetzt ist sie noch großartiger als je zuvor!«

»Sollte ich mir jemals großartig vorkommen«, sagte das Mädchen, »dann aber bestimmt aus einem triftigeren Grund.«

Ob nun großartig oder nicht, auf jeden Fall kam sie sich verändert vor, hatte das Gefühl, als sei etwas mit ihr geschehen. Sich für den Abend selbst überlassen, saß sie eine Zeitlang mit leeren Händen unter der Lampe, ohne den gewohnten Beschäftigungen und Steckenpferden nachzugehen. Dann erhob sie sich und ging im Zimmer umher, wanderte von einem Raum zum anderen und wich dabei möglichst dem diffusen Schein der Lampe aus. Sie war nervös, sogar aufgeregt; manchmal zitterte sie leicht. Die Bedeutsamkeit der Ereignisse stand in keinem Verhältnis zu deren äußerem Anschein. In ihrem Leben war eine Veränderung eingetreten. Was diese bewirken würde, war im Moment in keiner Weise abzusehen. Doch Isabel befand sich in einer Lage, in der sie jede Veränderung begrüßte. Sie verspürte das Bedürfnis, die Vergangenheit hinter sich zu lassen, wie sie es selbst nannte, und von vorn zu beginnen. Allerdings war dieses Bedürfnis keine Frucht der aktuellen Ereignisse. Es war ihr so vertraut wie das Geräusch des Regens am Fenster, und schon mehr als einmal hatte es sie dazu gebracht, von vorn zu beginnen. Sie setzte sich in eine der dämmrigen Ecken des stillen Salons und schloß die Augen, doch nicht aus dem Wunsch heraus, sich im Dahindösen dem Vergessen anheimzugeben. Es geschah im Gegenteil auf Grund einer zu intensiven Wachheit, daß sie der Fülle der Bilder, die ihr alle auf einmal vor Augen schwebten, Einhalt gebieten wollte. Ihre Phantasie war schon unter normalen Umständen von einer geradezu grotesken Lebhaftigkeit. Versperrte man ihr Tür und Tor, sprang sie einfach durchs Fenster davon. Isabel war es nicht gewohnt, sie hinter Schloß und Riegel zu halten, und so mußte sie in bedeutsamen Augenblicken, wenn sie es dankbar begrüßt hätte, allein ihrem *Urteil* zu vertrauen, dafür büßen, daß sie ihrer Fähigkeit des unkritischen Sehens ungebührlich viel Spielraum einräumte. Jetzt, wo sie spürte, daß entscheidende Veränderungen vor sich gingen, stiegen nach und nach eine Unmenge Bilder in ihr auf von dem, was sie im Begriff war zurückzulassen. Die Jahre und Stunden ihres Lebens zogen an ihr vorüber, und in der nur durch das Ticken der großen Bronzeuhr unterbrochenen Stille ließ sie sie lange Revue passieren. Es war ein sehr glückliches Leben gewesen und sie ein vom Glück begünstigter Mensch; diese Wahrheit schien sich am deutlichsten in ihr Bewußtsein zu drängen. Ihr war immer nur das Beste zuteil geworden, und in einer Welt, in der so viele Menschen unter wenig beneidenswerten Umständen lebten, war es ein Vorzug, niemals etwas wirklich Unangenehmes erfahren zu haben. Es kam Isabel so vor, als sei das Unangenehme sogar viel zu weit außerhalb ihres persönlichen Erfahrungsbereichs gewesen, denn von ihrer Beschäftigung mit Literatur her wußte sie, daß das Unangenehme oftmals eine Quelle des Interessanten, ja sogar des Lehrreichen darstellte. Ihr Vater hatte all das von ihr ferngehalten – ihr attraktiver, heißgeliebter Vater, dem Unangenehmes stets von Herzen zuwider gewesen war. Es war ein Segen, ihn zum Vater gehabt zu haben; Isabel empfand sogar richtiggehend Stolz auf ihre Abkunft. Seit er tot war, schien es ihr freilich, als habe er seinen Kindern nur die strahlende Seite seines Wesens zugewandt, ohne daß es ihm in der Wirklichkeit des Alltags gelungen wäre, die unschönen Seiten in dem Maße zu ignorieren, wie er es eigentlich angestrebt hatte. Doch das ließ ihre zärtliche Liebe für ihn nur noch größer werden. Es war auch nicht mehr besonders schmerzlich, sich ihn als zu großzügig, zu gutmütig, zu gleichgültig gegenüber garstigen Kleinlichkeiten vorstellen zu müssen. Nach Meinung vieler hatte er diese Gleichgültigkeit zu weit getrieben, besonders nach Meinung der großen Anzahl jener, denen er Geld schuldete. Über deren Ansichten, ihren Vater betreffend, war Isabel nie genau informiert gewesen. Aber es interessiert vielleicht den Leser, daß jene einerseits dem verstorbenen Mr. Archer nicht nur gutes Aussehen, sondern auch einen beachtlichen Verstand und ein einnehmendes Wesen zuerkannten (einer von ihnen hatte es sogar auf die Formel gebracht, Mr. Archer habe eigentlich immer nur »eingenommen«), andererseits aber erklärten, er habe aus seinem Leben so gut wie nichts gemacht. Er hatte ein beträchtliches Vermögen durchgebracht, war bedauerlicherweise auch der feuchtfröhlichen Geselligkeit zugetan und als leichtsinniger Spieler bekannt gewesen. Ein paar besonders unerbittliche Kritiker gingen so weit zu behaupten, er habe noch nicht einmal seine Töchter erzogen. Diese hatten keine systematische Ausbildung erfahren und kein festes Elternhaus gehabt. Sie waren zugleich verwöhnt und vernachlässigt worden. Sie hatten bei Kindermädchen und Gouvernanten (meist sehr schlechten) gelebt oder waren auf Schulen geschickt worden, die nichts taugten (und meist von Franzosen geleitet wurden), von denen sie am Monatsende und unter vielen Tränen wieder heruntergenommen wurden. Eine solche Sicht der Dinge hätte jedoch Isabels Entrüstung hervorgerufen, denn nach ihrem eigenen Verständnis hatte sie alle Chancen und Möglichkeiten gehabt. Sogar als ihr Vater seine Töchter für ein Vierteljahr in Neufchâtel bei einem französischen Kindermädchen untergebracht hatte (die dann mit einem russischen Adeligen aus demselben Hotel durchbrannte), sogar in dieser chaotischen Situation (die im elften Lebensjahr über das Kind hereinbrach) hatte sie sich weder geängstigt noch geschämt, sondern das Ganze als romantische Episode im Zuge einer liberalen Erziehung betrachtet. Die Einstellung ihres Vaters gegenüber dem Leben war von Großzügigkeit geprägt und frei von Vorurteilen gewesen. Seine Unrast und eine gelegentlich zutage tretende Widersprüchlichkeit des Verhaltens stellten dafür nur die Bestätigung dar. Es war sein ausdrückliches Anliegen gewesen, daß seine Töchter schon von Kindesbeinen an möglichst viel von der Welt sehen sollten, weshalb er sie alle, noch vor Isabels vierzehntem Lebensjahr, dreimal über den Atlantik geschleppt, ihnen dann aber nur ein paar Monate Zeit gelassen hatte, sich gründlich umzusehen – ein Anschauungsunterricht, der die Neugierde unserer Heldin nur angestachelt, aber nicht befriedigt hatte. Sie hätte für ihren Vater eigentlich die beste Kampfgefährtin abgeben müssen, denn sie war diejenige aus seinem Trio gewesen, die ihn am meisten für all das Unangenehme entschädigte, über das er nicht sprach. In den letzten Tagen seines Lebens war seine grundsätzliche Bereitwilligkeit, aus einer Welt zu scheiden, in der es mit zunehmendem Alter zunehmend schwieriger wurde, das zu tun, was man wollte, dann auch empfindlich von dem Schmerz überschattet, sich von seinem klugen, außergewöhnlichen, erstaunlichen Mädchen trennen zu müssen. Auch als es mit den Reisen nach Europa ein Ende hatte, wurden die Kinder von ihm weiter auf jede nur erdenkliche Art verhätschelt, und mochte er noch so schwerwiegende Geldprobleme haben, so beließ er seine Töchter dennoch in dem durch nichts gerechtfertigten Glauben an zahlreiche Besitztümer. Obwohl eine gute Tänzerin, war Isabel ihrer eigenen Erinnerung nach in New York keineswegs als vielversprechende Teilnehmerin an Tanzveranstaltungen aufgefallen; hingegen hatte ihre Schwester Edith nach allgemeiner Ansicht als die weitaus attraktivere gegolten. Edith war ein so eindrucksvolles Beispiel für Erfolg, daß sich Isabel keinerlei Illusionen darüber hingeben konnte, was die Gründe für diesen Erfolg betraf beziehungsweise was ihre eigenen Grenzen beim Tanzen und Springen und Fröhlichsein anbelangte, schon gar nicht, wenn es darum ging, Eindruck zu machen. Neunzehn von zwanzig Personen (darunter selbst die jüngere Schwester) erklärten Edith zur mit Abstand hübscheren der beiden; doch die zwanzigste hatte dann nicht nur das Vergnügen, dieses Urteil auf den Kopf stellen, sondern auch noch alle anderen für ästhetische Banausen halten zu können. Isabel hegte im Grunde ihres Wesens ein noch weitaus unstillbareres Verlangen zu gefallen als Edith; aber der Grund ihres Wesens war ein außerordentlich abgelegener Ort, und die Kommunikation zwischen diesem und der Oberfläche wurde durch ein Dutzend kapriziöser Faktoren ständig gestört. Sie lernte all die jungen Männer kennen, die in Scharen herbeikamen, um ihre Schwester zu besuchen. Vor Isabel aber hatten sie alle Angst, da sie annahmen, man müsse sich erst einmal vorbereiten, ehe man sich mit ihr unterhalten könne. Ihr Ruf, eine Leseratte zu sein, umgab sie wie der düstere Umhang einer Göttin aus einem Heldenepos und wurde dahingehend interpretiert, daß man sich auf schwierige Fragen und unterkühlte Konversation gefaßt machen müsse. Dem armen Mädchen gefiel es, daß man sie für gescheit hielt, aber sie haßte es, als Bücherwurm verschrien zu sein. Also las sie nur noch heimlich, und obwohl sie ein ausgezeichnetes Gedächtnis hatte, versagte sie es sich, mit ihrer Bildung zu protzen. Zwar hatte sie einen ausgeprägten Wissensdurst, doch zog sie jede andere Informationsquelle dem gedruckten Wort vor. Sie war immens neugierig auf das Leben und wunderte sich und staunte ununterbrochen. In ihrem Innern ruhte ein enormer Vorrat an Lebensbejahung und Lebenskraft, und ihr größtes Vergnügen war es, die Synchronität zwischen den Regungen ihrer Seele und den Aufgeregtheiten der Außenwelt zu spüren. Aus diesem Grund mochte sie große Menschenmengen und ausgedehnte Landschaften, las sie gern von Revolutionen und Kriegen und sah sich historische Gemälde an, wobei sie sich bei den zuletzt genannten Kunstbemühungen oft genug des Fehlers bewußt war, nachsichtig über schlechte Maltechnik hinwegzusehen zugunsten des gewählten Sujets. Den amerikanischen Bürgerkrieg erlebte sie als noch sehr junges Mädchen, aber sie verbrachte Monate dieses langen Zeitraums in einem Zustand fast leidenschaftlicher Erregung, in dem sie sich, zu ihrer grenzenlosen

Verwirrung, von den Heldentaten beider Armeen gleichermaßen beeindruckt fühlte. Die vorsichtige Umschau argwöhnischer Verehrer war, natürlich, nie so weit gediehen, als daß sie gesellschaftlich kompromittiert worden wäre, denn die Anzahl derer, deren Herzen bei einem Annäherungsversuch gerade so schnell schlugen, daß sie darüber das Vorhandensein eines Verstandes nicht vergaßen, war kaum dazu angetan gewesen, sie mit den spezifischen Tugendzwängen ihres Alters und Geschlechts bekannt zu machen. Sie hatte alles gehabt, was ein Mädchen nur haben konnte: Zuneigung, Bewunderung, Bonbons, Blumensträuße, Komplimente, das Gefühl, von keinem der Privilegien ihrer Umwelt ausgeschlossen zu sein, jede Menge Gelegenheit zum Tanzen, eine Unzahl neuer Kleider, den Londoner *Spectator*, alle literarischen Neuerscheinungen, die Musik von Gounod, die Lyrik von Browning, die Prosa von George Eliot.

Während die Erinnerung all diese Dinge noch einmal durchspielte, lösten sie sich auf in vielfältige Szenen und Figuren. Längst Vergessenes kam zurück; vieles andere, vor kurzem noch für schrecklich wichtig erachtet, verflüchtigte sich. Das Ergebnis war ein Kaleidoskop von Bildern, deren buntes Durcheinanderwirbeln schließlich durch das eintretende Dienstmädchen unterbrochen wurde, das den Besuch eines Herrn meldete. Der Name des Herrn war Caspar Goodwood. Er war ein rechtschaffener junger Mann aus Boston, der Miß Archer seit einem Jahr kannte; der sie für das schönste Mädchen ihrer Zeit hielt, die er aber wegen der von mir bereits angedeuteten allgemeinen Normvorstellungen als eine besonders dumme Epoche der Weltgeschichte ansah. Er schrieb ihr gelegentlich und hatte dies auch vor ein, zwei Wochen aus New York getan. Sie hatte es für durchaus im Bereich des Möglichen gehalten, daß er vorbeischauen würde, hatte eigentlich sogar den ganzen verregneten Tag über irgendwie mit seinem Besuch gerechnet. Dennoch hielt sich jetzt, als sie von seiner Anwesenheit erfuhr, ihre Begeisterung sehr in Grenzen. Von allen jungen Männern, die sie bisher kennengelernt hatte, war er der beste, ja er war eigentlich ein ganz toller junger Mann, der ihr ein Gefühl von Hochachtung, Respekt sogar, abnötigte. Dergleichen war ihr noch bei keinem anderen Menschen widerfahren. Alle Welt rechnete fest damit, daß er sie heiraten wollte, was aber selbstredend eine Angelegenheit war, die nur die beiden etwas anging. Zumindest können wir bestätigen, daß er eigens, um sie zu

sehen, von New York City nach Albany gereist war, da er in der
erstgenannten Stadt, wo er sich einige Tage aufgehalten und
gehofft hatte, sie anzutreffen, erfuhr, daß sie noch in der Hauptstadt des Staates New York weilte. Isabel schob seine Begrüßung
ein paar Minuten hinaus. Mit einer Vorahnung von neuen
Komplikationen ging sie im Zimmer hin und her. Schließlich
begab sie sich dann doch zu ihm und fand ihn bei der Lampe
stehend vor. Er war groß, kräftig und ein wenig steif; außerdem
war er schlank und braungebrannt. Er war nicht auf die romantische Art gutaussehend, sondern eher auf eine geheimnisvolle.
Doch seine Physiognomie besaß etwas, was Beachtung erzwang,
welche dann durch den Charme in den blauen Augen belohnt
wurde, die bemerkenswert fest in die Welt blickten und deren
Farbe nicht zum übrigen Teint paßten, sowie durch ein Kinn, das
ziemlich eckig geraten war und nach gängiger Meinung wohl
Entschlossenheit signalisierte. Isabel war der Ansicht, daß es
zumindest an diesem Abend Entschlossenheit signalisierte.
Nichtsdestoweniger befand sich Caspar Goodwood, der ebenso
hoffnungsfroh wie entschlossen gekommen war, bereits nach
einer halben Stunde wieder auf dem Rückweg zu seinem Quartier, und zwar mit dem Gefühl, eine Niederlage erlitten zu
haben. Allerdings, so muß hinzugefügt werden, war er nicht der
Mann, der eine Niederlage einfach kampflos hinnahm.

5. KAPITEL

Ralph Touchett war zwar Philosoph, klopfte aber dennoch
(um Viertel vor sieben) mit einer gehörigen Portion ungeduldiger Erwartung bei seiner Mutter an die Tür. Selbst
Philosophen haben ihre Vorlieben, und es muß hier eingestanden werden, daß es von seinen beiden Erzeugern der Vater war,
der am meisten zum liebevollen Gefühl eines Kindes gegenüber
den Eltern beitrug. Der Vater, so erkannte er immer wieder, war
in Wirklichkeit der mütterliche Elternteil; die Mutter andererseits hatte eher eine väterliche Rolle inne und bildete, wie man
damals so sagte, die »eigentliche Regierung«. Dessenungeachtet
hing sie sehr an ihrem einzigen Kind und hatte stets darauf
bestanden, daß Ralph jedes Jahr drei Monate mit ihr verbrachte.

Ralph ließ dieser Zuneigung uneingeschränkte Genugtuung widerfahren, wohl wissend, daß er in ihren Gedanken und in ihrem sorgfältig arrangierten und mit dienstbaren Geistern bestückten Leben immer erst nach den anderen ihr nahestehenden Objekten ihrer Besorgtheit rangierte, nach den verschiedenen und prompt durch die Knechte ihres Willens zu erledigenden Obliegenheiten. Er traf sie schon zum Dinner umgekleidet an, aber sie umarmte dennoch ihren Jungen mit behandschuhten Händen und forderte ihn auf, sich neben sie aufs Sofa zu setzen. Eingehend erkundigte sie sich nach dem Gesundheitszustand ihres Gatten und nach des jungen Mannes eigenem, und als sie weder über den einen noch über den anderen besonders Erfreuliches vernahm, bemerkte sie, daß sie nun mehr denn je von der Weisheit ihres Entschlusses überzeugt sei, sich nicht auf Dauer dem englischen Klima auszusetzen. Wahrscheinlich wäre sie ihm ebenfalls nicht gewachsen gewesen. Ralph lächelte bei der Vorstellung, seine Mutter könnte einer Sache nicht gewachsen sein, verzichtete aber darauf, sie daran zu erinnern, daß seine Gebrechlichkeit keineswegs eine Folge des englischen Klimas war, dem er sich ja jedes Jahr für einen beträchtlichen Zeitraum entzog.

Er war noch ein ganz kleiner Junge gewesen, als sein Vater Daniel Tracy Touchett, beheimatet in Rutland im Staat Vermont, als untergeordneter Teilhaber einer Bank nach England gekommen war, an der er zehn Jahre später die Mehrheitsbeteiligung erwarb. Daniel Touchett hatte für sich einen lebenslangen Aufenthalt in dem Land seiner Wahl vor Augen gehabt, von dem er zunächst eine unkomplizierte, gesunde und durchaus ansprechende Meinung hatte. Dennoch dachte er überhaupt nicht daran, seine amerikanische Herkunft zu verleugnen oder seinen Charakter zu verbiegen, noch hegte er den Wunsch, seinen einzigen Sohn in dergleichen subtilen Künsten zu unterweisen. In England zu leben, sich anzupassen, ohne zum Engländer zu werden, war für ihn ein so leicht zu lösendes Problem gewesen, daß er keine Schwierigkeiten bei der Vorstellung hatte, sein Sohn und rechtmäßiger Erbe werde die altehrwürdige englische Bank auf die einmalig professionelle amerikanische Art weiterführen. Allerdings scheute er keine Mühen, diese Professionalität zu gewährleisten, und so schickte er den Knaben zur Ausbildung nach Hause. Ralph besuchte einige Jahre lang eine amerikanische Schule und absolvierte danach ein Studium an einer amerikanischen Universität, woraufhin er nach seiner Rückkehr seinem Vater so übermäßig amerikanisch vorkam, daß dieser ihn gleich für drei weitere Jahre nach Oxford schickte. Oxford neutralisierte Harvard völlig, so daß aus Ralph ein ganz passabler Engländer wurde. Die äußerliche Anpassung an die Verhaltensweisen seiner Umgebung stellte nichts weiter dar als die Maske eines Geistes, der sich seiner Unabhängigkeit über die Maßen erfreute, der sich nichts auf Dauer aufzwingen ließ und der, von Natur aus mit einem Hang zu Abenteuer und Ironie ausgestattet, sich die uneingeschränkte Freiheit einer eigenständigen, kritischen Sicht der Dinge genehmigte. Er begann zunächst als vielversprechender junger Mann. In Oxford zeichnete er sich, zur grenzenlosen Zufriedenheit seines Vaters, in einem Maße aus, daß man es in seiner Umgebung für ein Verbrechen hielt, einem so gescheiten Kopf keine akademische Karriere zu ermöglichen. Ralph hätte vielleicht Karriere machen können, wenn er in sein Heimatland zurückgekehrt wäre (obgleich es sich in diesem Punkt um Spekulationen handelt), doch selbst wenn Mr. Touchett eingewilligt hätte, seinen Sohn für immer ziehen zu lassen (was nicht der Fall war), wäre es Ralph selbst unsäglich schwergefallen, zwischen sich und dem alten Herrn, den er als seinen besten Freund betrachtete, für immer eine Wasserwüste zu wissen. Ralph hing nicht nur sehr an seinem Vater, er bewunderte ihn auch und genoß jede Gelegenheit, ihn zu beobachten und zu studieren. Aus der Sicht seines Sohnes war Daniel Touchett ein genialer Mensch, und obwohl Ralph selbst kein natürliches Talent für die Mysterien des Bankwesens besaß, eignete er sich doch so viel Sachwissen an, daß er ermessen konnte, welch bedeutende Position sein Vater innehatte. Doch das war es nicht, woran er den größten Gefallen fand. Es lag an der elfenbeinernen Oberfläche, die so fein und glatt war, als habe die englische Luft sie poliert, daß sich der alte Herr allen Versuchen einer Infiltration widersetzen konnte. Daniel Touchett hatte weder Harvard noch Oxford besucht, und er hatte es sich selbst zuzuschreiben, seinem Sohn den kritischen Blickwinkel der modernen Zeit eröffnet zu haben. Ralph, dessen Kopf vor Ideen schwirrte, von denen der Vater nicht die leiseste Ahnung hatte, wußte die Originalität des letzteren sehr zu schätzen. An den Amerikanern rühmt man gemeinhin – ob zu Recht oder zu Unrecht – die Leichtigkeit, mit der sie sich an neue und ungewohnte Bedingungen anpassen können. Aber Mr. Touchett hatte seinen Erfolg zur Hälfte gerade seiner *eingeschränkten* Fähigkeit zur geschmeidigen Anpassung zu verdanken. Die meisten Merkmale seiner frühesten Prägung waren noch in alter Frische vorhanden, und in seinem Tonfall bemerkte der Sohn stets mit Vergnügen den blumenreichen Überschwang und die Schnörkel Neuenglands. Am Ende seines Lebens war er, ganz aus sich heraus, so abgeklärt und gesetzt geworden, wie er reich war. In ihm vereinigten sich ein unbestechlicher Scharfsinn mit der Neigung zu oberflächlicher Verbrüderung, und seine »gesellschaftliche Position«, um die er sich von Anfang an nicht gekümmert hatte, wies die Vollkommenheit einer unberührten Frucht auf. Vielleicht lag es an seinem Mangel an Vorstellungskraft und an dem, was man geschichtliches Bewußtsein nennt: Gegenüber vielen jener Eindrücke, die englische Lebensart gemeinhin beim gebildeten Fremden hinterläßt, war seine Wahrnehmungsfähigkeit völlig verschlossen. Gewisse Unterschiede hatte er nie registriert, gewisse Sitten und Gebräuche nie übernommen, gewisse Ungereimtheiten nie ausgelotet. Was letzteres angeht, so wäre er von dem Tag an, an dem er sie tatsächlich ausgelotet hätte, in der Achtung seines Sohnes gesunken.

Nach seiner Zeit in Oxford war Ralph zwei Jahre lang umhergereist. Im Anschluß daran fand er sich auf einem langbeinigen Hocker in der Bank seines Vaters wieder. Die mit einer solchen Position verbundene Verantwortung und Ehre wird meines Wissens nicht nach der Höhe von Hockern bemessen, die wohl von anderen Erwägungen abhängt. Ralph nämlich, der selbst sehr lange Beine hatte, stand ganz gerne bei der Arbeit oder spazierte dabei umher. Dieser Leibesübung konnte er sich allerdings nur eine begrenzte Zeit über hingeben, denn nach etwa eineinhalb Jahren mußte er bei sich eine ernsthafte Zerrüttung seiner Gesundheit feststellen. Er hatte sich eine schwere Erkältung zugezogen, die sich in seinen Lungen festsetzte und deren Funktion auf unheilvolle Weise durcheinanderbrachte. Er mußte seine Arbeit aufgeben und sich hinfort peinlichst genau der traurigen Pflicht unterwerfen, auf seine Gesundheit Rücksicht zu nehmen. Anfänglich tat er alles mit einem Achselzucken ab. Es kam ihm so vor, als habe derjenige, auf den er Rücksicht nahm, nicht im mindesten etwas mit ihm selbst zu tun, sondern sei eine uninteressante und uninteressierte Person, mit der ihn nichts verbinde. Diese Person nahm im Laufe der Bekanntschaft jedoch wertvolle Züge an, und Ralph entwickelte schließlich so etwas wie eine widerwillige Duldung ihr gegenüber, ja sogar eine reservierte Hochachtung. Im Unglück schließt man seltsame Freundschaften, und unser junger Mann, der das Gefühl hatte, daß in dieser Sache einiges auf dem Spiel stand (in der Hauptsache wohl sein Ruf als halbwegs intelligenter und witziger Mensch), widmete seinem wenig anmutigen Schützling fortan ein Maß an Aufmerksamkeit, das gebührend gewürdigt wurde und zumindest die Wirkung zeitigte, den armen Kerl am Leben zu erhalten. Eine seiner Lungen begann zu heilen, die andere versprach, dem Beispiel zu folgen, und man sagte ihm, er könne noch zehn bis zwölf Wintern trotzen, vorausgesetzt, er verfüge sich in jene klimatischen Gefilde, in denen sich Schwindsüchtige vornehmlich zusammenfinden. Da London ihm zwischenzeitlich ganz außerordentlich gefiel, verwünschte er die Eintönigkeit des Exils. Doch in dem Maße, wie er es verwünschte, paßte er sich auch an, und nach und nach bemerkte er die dankbaren Reaktionen seines empfindsamen Organs auf noch so widerwillig gewährte Wohltaten, so daß er dieselben mit immer leichterer Hand erwies. Er überwinterte im Ausland, wie es so schön heißt, wärmte sich in der Sonne, blieb zu Hause, wenn der Wind blies, ging ins Bett, wenn es regnete, und ein- oder zweimal, als über Nacht Schnee gefallen war, hätte er den neuen Tag fast nicht mehr erlebt.

Ein geheimer Vorrat an Gleichgültigkeit (einem großen Stück Kuchen ähnlich, das von einer liebevollen, alten Kinderfrau heimlich in die erste Schultüte gesteckt wird) war sein Kräftereservoir, das ihm half, sich mit den anstehenden Entbehrungen auszusöhnen, weil ihm auch gar nichts anderes übrigblieb, als das kräftezehrende Spiel mitzuspielen. Er redete sich ein, es gebe wahrhaftig gar nichts, was er besonders gern getan hätte, wodurch er das Gefühl bekam, das Feld der Ehre und der Tapferkeit wenigstens nicht unheroisch verlassen zu haben. Im Augenblick allerdings schien ihn der sinnenbetörende Duft der verbotenen Frucht hin und wieder zu umschweben und daran zu erinnern, daß es jäh aufwallender Tatendrang ist, der uns größte Lust beschert. Das Leben, das er momentan führte, glich der Lektüre eines guten Buches in schlechter Übersetzung, ein armseliges Vergnügen für einen jungen Mann, der nach eigener Überzeugung selbst das Zeug zu einem ausgezeichneten Sprachkünstler besaß. Er hatte gute und schlechte Winter überstanden, und im Verlauf der ersteren war er manches Mal zum Spielball der Träume von vollständiger Heilung geworden. Doch drei Jahre vor Eintritt der Begebenheiten, die den Anfang dieser Erzählung bilden, zerstoben diese Träume im Nichts. Damals war er länger als üblich in England geblieben, so daß ihn das schlechte Wetter überraschte, noch ehe er Algier erreichte. Dort kam er völlig entkräftet an und rang mehrere Wochen mit dem Tod. Seine Genesung war ein Wunder, aus dem er für sich sofort die Lehre zog, daß dergleichen nur einmal zu geschehen pflegt. Er hatte erkannt, daß seine Stunde näher rückte und es ihm dieserhalb wohl anstand, ihr ins Auge zu blicken; daß es ihm andererseits aber genauso zukam, die ihm noch verbleibende Spanne so angenehm zu gestalten, wie dies unter solchen Vorzeichen machbar war. Im Bewußtsein des drohenden Verlustes all seiner Fähigkeiten wurde deren simple Ausübung für ihn zu einem erlesenen Vergnügen. Ihm kam es so vor, als seien die Freuden des Nachdenkens und der Meditation noch nie richtig erkundet worden. Jene Phase, in der es ihn bitter angekommen war, sich von den Träumen von individueller Leistung und Auszeichnung verabschieden zu müssen, hatte er weit hinter sich gelassen; Träume, die hartnäckig weil vage waren und trotz allem köstlich wegen der Auseinandersetzungen mit Anfällen kreativer Selbstkritik, die in ein und derselben Brust ausgetragen wurden. Seinen Freunden kam er jetzt fröhlicher vor, was sie einer Theorie zuschrieben, über die sie wissend die Köpfe schüttelten, der Theorie nämlich von der vollständigen Wiederherstellung seiner Gesundheit. Allerdings glich seine Heiterkeit eher einem Strauß wilder Blumen zwischen den Trümmern seiner Existenz.

Höchstwahrscheinlich lag es am süßen Reiz des beobachteten Phänomens selbst, daß Ralphs jäh erwachtes Interesse sich sogleich mit der neu angekommenen jungen Dame beschäftigte, die augenscheinlich alles andere als fad und abgeschmackt war. Eine Stimme in seinem Innern sagte ihm, daß sich hier für eine ganze Reihe von Tagen ein reiches Betätigungsfeld auftat, wenn er sich entsprechend verhielt. Als summarische Ergänzung darf angemerkt werden, daß bei ihm die Vorstellung des Liebens, wohl zu unterscheiden von der des Geliebtwerdens, noch immer einen Stellenwert in seinem reduzierten Lebensentwurf hatte. Lediglich Gefühlsausschweifungen und seelische Tumulte hatte er sich verboten. Wie auch immer: Er würde in seiner Cousine die Flamme der Leidenschaft nicht entfachen, noch würde sie in der Lage sein, sollte sie überhaupt den Versuch unternehmen, ihm zu einer solchen zu verhelfen. »Und jetzt erzähle mir mal etwas über die junge Dame«, sagte er zu seiner Mutter. »Was hast du mit ihr vor?«

Mrs. Touchetts Antwort kam prompt. »Ich werde deinen Vater bitten, sie zu einem drei- bis vierwöchigen Aufenthalt in Gardencourt einzuladen.«

»Diese Förmlichkeit kannst du dir ersparen«, meinte Ralph. »Mein Vater wird sie ganz selbstverständlich einladen.«

»Das weiß ich nicht. Sie ist ja *meine* Nichte, nicht seine.«

»Herr im Himmel, geliebte Mama! Das ist ja das reinste Besitzdenken! Das ist doch für ihn nur ein Grund mehr, sie einzuladen. Aber danach, ich meine, nach den drei Monaten – denn es ist ja wohl schlicht grotesk, das arme Ding bloß für kümmerliche drei oder vier Wochen einzuladen –, was hast du dann mit ihr vor?«

»Ich habe vor, sie mit nach Paris zu nehmen. Ich habe vor, sie dort einzukleiden.«

»Ah ja, ganz klar. Aber davon abgesehen?«

»Werde ich sie einladen, den Herbst mit mir in Florenz zu verbringen.«

»Verschone mich doch mit diesen Details, liebste Mama«, sagte Ralph. »Ich hätte gern gewußt, was du so ganz allgemein mit ihr vorhast.«

»Das zu tun, was meine Pflicht ist!« erklärte Mrs. Touchett. »Ich vermute, du empfindest viel Mitleid mit ihr«, fügte sie hinzu.

»Nein, ich glaube nicht, daß ich sie bemitleide. Sie ist nicht der Typ, der mein Mitgefühl erregt. Ich glaube, ich beneide sie eher. Aber das kann ich erst mit Sicherheit sagen, wenn du mir einen Hinweis darauf gibst, was du für deine Pflicht hältst.«

»Ihr vier europäische Länder zu zeigen, von denen sie sich zwei selbst aussuchen darf, und ihr die Gelegenheit zu bieten, ihr Französisch zu vervollkommnen, das sie schon ganz gut spricht.«

Ralph runzelte ein wenig die Stirn. »Klingt reichlich dürr, auch wenn sie sich zwei Länder selbst aussuchen darf.«

»Falls es dürr sein sollte«, sagte seine Mutter und lachte, »dann kannst du die Bewässerung getrost Isabel selbst überlassen. Sie ist der reinste Sommerregen, Tag für Tag.«

»Du meinst, sie ist ein vielseitiger Mensch?«

»Ich weiß nicht, ob sie ein vielseitiger Mensch ist, aber sie ist jedenfalls ein gescheites Mädchen mit einem starken Willen und jeder Menge Temperament. Langeweile kennt sie überhaupt nicht.«

»Das kann ich mir vorstellen«, sagte Ralph und fügte unvermittelt hinzu: »Wie kommt ihr beide miteinander aus?«

»Soll das heißen, daß *ich* langweilig bin? Ich glaube nicht, daß sie den Eindruck hat. Einige Mädchen finden das vielleicht, aber Isabel ist dafür zu klug. Ich glaube, ich bereite ihr viel Vergnügen. Wir kommen deshalb gut miteinander aus, weil ich sie verstehe. Ich kenne diese Art von Mädchen. Isabel ist sehr geradeheraus, und ich bin es auch. So wissen wir beide, was wir voneinander zu erwarten haben.«

»Aber, Mama!« rief Ralph, »was man von *dir* zu erwarten hat, weiß man sowieso! In meinem ganzen Leben hast du mich noch nicht einmal überrascht, bis auf heute, wo du mir eine hübsche Cousine bescherst, von deren Existenz ich nicht die geringste Ahnung hatte.«

»Findest du sie denn so hübsch?«

»Allerdings, aber das ist für mich nicht das Ausschlaggebende. Was mir auffällt ist, daß sie durch und durch etwas Besonderes zu sein scheint. Wer ist dieses seltene Geschöpf, und was hat sie für einen Charakter? Wo hast du sie aufgespürt, und wie hast du sie kennengelernt?«

»Ich habe sie in einem alten Haus in Albany aufgespürt, wo sie an einem verregneten Tag in einem trostlosen Zimmer saß, ein dickes Buch las und sich zu Tode langweilte. Ihr war gar nicht klar, daß sie sich zu Tode langweilte, aber nachdem ich ihr das klargemacht hatte, war sie ganz offensichtlich dankbar für den erwiesenen Gefallen. Jetzt kannst du natürlich sagen, ich hätte ihr die Augen nicht öffnen und sie in Frieden lassen sollen. Dafür hätte schon einiges gesprochen, aber ich handelte nach meinem Gewissen. Ich dachte mir, sie ist für etwas Besseres bestimmt. Ich hatte diese Vorstellung, ihr einen Gefallen erweisen zu müssen, indem ich sie mitnehme und ihr die Welt zeige. Sie glaubt ja, sie kenne davon schon eine Menge, wie die meisten amerikanischen Mädchen es tun. Aber wie die meisten amerikanischen Mädchen liegt sie da grauenhaft falsch. Und wenn du es unbedingt wissen willst: Ich dachte auch, mit ihr Staat machen zu können. Ich mag es, wenn man eine gute Meinung von mir hat, und für eine Frau meines Alters gibt es dafür wohl nichts Geeigneteres als eine attraktive Nichte. Du weißt, daß ich jahrelang nichts von den Kindern meiner Schwester gesehen hatte.

Den Vater konnte ich überhaupt nicht ausstehen. Aber ich hatte immer vor, etwas für sie zu tun, sobald er das Zeitliche gesegnet hatte. Ich zog Erkundigungen bezüglich ihres Aufenthaltsortes ein, fuhr ohne Vorwarnung hin und stellte mich vor. Es gibt noch zwei andere, die beide verheiratet sind. Aber ich lernte nur die ältere kennen, die übrigens einen äußerst ungehobelten Mann hat. Seine Frau, die Lily heißt, war Feuer und Flamme, daß ich mich um Isabel kümmern wollte, und sagte, das sei genau das, was ihre Schwester brauche: jemanden, der sich um sie kümmere und sich für sie interessiere. Sie sprach von ihr wie von einem kleinen Genie, das eben Ermutigung und den fürsorglichen Schutz einer älteren Person brauche. Es kann schon sein, daß Isabel ein Genie ist, nur habe ich bisher noch nicht herausgefunden, in welcher Hinsicht. Mrs. Ludlow lag besonders viel daran, daß ich sie mit nach Europa nehme. Drüben betrachten sie alle Europa als Auswanderungsland, als Rettungsinsel, als Zufluchtsort für ihren unbrauchbaren Überschuß an Menschen. Da Isabel sich sehr zu freuen schien, war die Sache schnell organisiert. Es gab ein paar Problemchen wegen der Geldfrage, weil ihr die Vorstellung, finanziell von mir abzuhängen, Unbehagen zu bereiten schien. Da sie jedoch selbst ein kleines Einkommen hat, kann sie sich in dem Glauben wiegen, auf eigene Kosten zu reisen.«

Ralph hatte diesem vernünftigen, umfassenden Bericht aufmerksam gelauscht, der sein Interesse am Gegenstand der Darlegungen keineswegs beeinträchtigt hatte. »Na schön«, sagte er, »wenn sie so genial ist, müssen wir herausfinden, auf welchem Gebiet. Ist es vielleicht das Flirten?«

»Das glaube ich nicht. Man könnte es zunächst meinen, aber es stimmt nicht. Ich glaube ohnehin nicht, daß du sie leicht wirst einordnen können.«

»Dann liegt Warburton also falsch!« freute sich Ralph. »Er ist nämlich ganz stolz darauf, sie gleich durchschaut zu haben.«

Seine Mutter schüttelte den Kopf. »Lord Warburton wird sie nicht verstehen. Er braucht es gar nicht erst zu versuchen.«

»Er ist sehr intelligent«, sagte Ralph, »aber es ist ganz gut, wenn er ab und zu einmal kräftig verunsichert wird.«

»Isabel wird ihre helle Freude daran haben, einen Lord zu verunsichern«, bemerkte Mrs. Touchett.

Ihr Sohn zog die Augenbrauen etwas in die Höhe. »Was weiß sie denn schon über Lords?«

»Ganz und gar nichts. Und das wird ihn nur um so mehr verunsichern.«

Ralph gefiel diese Feststellung, und er lachte und warf einen Blick zum Fenster hinaus. »Gehst du nicht hinunter und sagst meinem Vater guten Tag?«

»Um Viertel vor acht«, entgegnete Mrs. Touchett.

Ihr Sohn blickte auf seine Uhr. »Dann hast du ja noch ein Viertelstündchen. Erzähl mir mehr über Isabel.« Da Mrs. Touchett diese Aufforderung ablehnte und erklärte, er müsse selbst herausfinden, was er wissen wolle, fuhr er fort: »Na gut. Ich denke schon, daß du dich mit ihr sehen lassen kannst. Aber wird sie dir nicht auch Schwierigkeiten machen?«

»Ich hoffe nicht. Sollte es jedoch der Fall sein, werde ich nicht kneifen. Das tue ich nie.«

»Mir kommt sie sehr natürlich vor«, sagte Ralph.

»Natürliche Menschen machen die wenigsten Schwierigkeiten.«

»Stimmt«, sagte Ralph, »da bist du selbst der beste Beweis dafür. Du bist absolut natürlich, und ich·bin sicher, daß du noch nie jemandem Schwierigkeiten gemacht hast. Das wäre ja gerade das Schwierige dabei. Doch was mir soeben einfällt: Was meinst du, ob Isabel auch richtig eklig werden kann?«

»Ach!« rief seine Mutter aus. »Du stellst zu viele Fragen. Finde es doch selbst heraus!«

Aber sein Vorrat an Fragen war noch keineswegs erschöpft. »Die ganze Zeit über«, sagte er, »hast du mir nicht verraten, was du mit ihr machen willst.«

»Was soll ich denn mit ihr ›machen‹? Du redest so, als sei sie ein Meter Kattunstoff. Ich werde absolut nichts mit ihr ›machen‹, und sie wird das ›machen‹, was sie eben gerne ›machen‹ will. Das hat sie mir gegenüber bereits verkündet.«

»Das sollte wohl die Formulierung in deinem Telegramm bedeuten, sie sei ›ziemlich selbständig‹?«

»Ich weiß nie, was die Formulierungen in meinen Telegrammen bedeuten sollen, schon gar nicht in jenen, die ich aus Amerika schicke. Eindeutigkeit kommt zu teuer. Jetzt komm mit hinunter zu deinem Vater.«

»Es ist noch nicht Viertel vor acht«, gab Ralph zu bedenken.

»Er wird bestimmt schon ungeduldig«, antwortete Mrs. Touchett.

Ralph wußte, was von der Ungeduld seines Vaters zu halten war, verzichtete aber auf einen entsprechenden Kommentar und bot statt dessen seiner Mutter den Arm. Dies versetzte ihn in die Lage, beim gemeinsamen Hinabschreiten der Treppe – jener ausladenden, flachen Treppe aus altersschwarzer Eiche mit dem massiven Geländer und dem breiten Handlauf, die eine der hervorstechendsten Sehenswürdigkeiten von Gardencourt war – Mrs. Touchett auf dem mittleren Absatz kurz aufzuhalten. »Du hast nicht vor, sie zu verheiraten?« fragte er lächelnd.

»Sie zu verheiraten? Ich käme mir schäbig vor, würde ich ihr einen solchen Streich spielen. Abgesehen davon ist sie durchaus in der Lage, sich selbst zu verheiraten. Da fehlt es ihr an gar nichts.«

»Soll das heißen, sie hat sich schon einen Mann zum Heiraten ausgeguckt?«

»Ich weiß nichts von einem Mann zum Heiraten, aber es gibt da einen jungen Mann in Boston –«

Ralph stieg weiter die Treppe hinab. Er hatte nicht das Bedürfnis, mehr über den jungen Mann in Boston zu erfahren. »Wie mein Vater immer sagt: Sie sind allesamt verlobt!«

Seine Mutter hatte ihm aufgetragen, er möge seine Neugierde doch direkt an der Quelle befriedigen, und es stellte sich bald heraus, daß es ihm dazu an Gelegenheit nicht fehlen sollte. Er hatte eine lange Unterhaltung mit seiner jungen Verwandten, als die beiden sich im Salon selbst überlassen blieben. Lord Warburton, der von seiner etwa zehn Meilen entfernt gelegenen Behausung herübergeritten war, saß noch vor dem Dinner wieder auf und empfahl sich. Eine Stunde nach Beendigung dieses Mahls zogen sich Mr. und Mrs. Touchett, die das Maß ihrer beiderseitigen Förmlichkeiten offenbar erschöpft hatten, unter dem vertretbaren Vorwand von Übermüdung in ihre jeweiligen Gemächer zurück. Der junge Mann plauderte noch eine Stunde mit seiner Cousine. Zwar war diese den halben Tag gereist, doch schien sie in keiner Weise abgespannt zu sein. In Wirklichkeit war sie müde, und sie wußte es und wußte auch, daß sie es am nächsten Tag würde büßen müssen. Damals jedoch war es ihre Gewohnheit, den Zustand der Entkräftung bis zum äußersten zu treiben und ihn erst dann zu akzeptieren, wenn alle Verstellungskünste nichts mehr halfen. Im Augenblick gelang ihr die Heuchelei problemlos. Sie war interessiert; sie befand sich, wie sie zu sich selbst sagte, in einem Schwebezustand. Sie bat Ralph, ihr die Gemälde zu zeigen, von denen es sehr viele im Haus gab und die er zumeist selbst ausgewählt hatte. Die besten waren in einer mit

Eichenholz ausgekleideten und ganz reizend gestalteten Galerie aufgehängt, die an jedem Ende in einen kleinen Raum mit Sitzgelegenheiten mündete und des Abends meist beleuchtet war. Das Licht reichte jedoch nicht aus, um die Bilder in ihrer ganzen Schönheit zur Geltung zu bringen, so daß man die Besichtigung besser auf den nächsten Tag verschoben hätte. Ralph wagte es, den entsprechenden Vorschlag zu unterbreiten, doch Isabel sah enttäuscht drein und sagte mit einem Lächeln: »Ach, bitte, ich würde so gerne nur einen kurzen Blick darauf werfen.« Sie war ungeduldig; sie wußte, daß sie ein ungeduldiger Mensch war und nun auch so erscheinen mußte, aber sie konnte einfach nicht anders. »Sie nimmt keine Rat- und Vorschläge an«, dachte Ralph, aber er dachte es ohne Verstimmung. Ihre Ungeduld amüsierte ihn und gefiel ihm sogar. Die Leuchter waren in regelmäßigen Abständen auf Wandarmen befestigt, und wenn sie die Bilder auch unvollkommen ausleuchteten, so taten sie es dennoch höchst wirkungsvoll. Der Schein des Lichts fiel auf ineinander übergehende Flächen kräftiger Farben, auf die verblaßte Vergoldung der schweren Rahmen und warf einen Schimmer auf den polierten Fußboden der Galerie. Ralph ergriff einen Kerzenleuchter, ging umher und zeigte ihr seine Lieblingsstücke. Isabel beugte sich zu einem Bild nach dem anderen hin und ließ gedämpfte Ausrufe des Entzückens hören. Ganz offenkundig verstand sie etwas von Malerei. Sie hatte einen natürlichen, unverbildeten Geschmack, was ihn beeindruckte. Sie ergriff selbst einen Kerzenleuchter und hielt ihn behutsam gegen die Bilder. Sie hob ihn hoch, und während sie das tat, ertappte er sich dabei, wie er in der Mitte des Raumes innehielt und seine Blicke weitaus weniger auf den Gemälden als auf ihrem Anblick ruhen ließ. In der Tat verpaßte er durch seine abschweifenden Blicke nichts, denn sie stellte ein sehr viel attraktiveres Studienobjekt dar als die meisten der Kunstwerke. Sie war unleugbar schlank und unverkennbar leichtgewichtig und unbestreitbar hochgewachsen. Wollte ihre Umgebung sie von den beiden anderen Miß Archers unterscheiden, hatte man stets von der »Gertenschlanken« gesprochen. Ihr dunkles Haar, das schon fast schwarz zu sein schien, war Objekt des Neides vieler Frauen. Ihre hellgrauen Augen, deren Blick in Momenten feierlichen Ernstes ein wenig zu streng wurde, konnten ansonsten eine reizende Vielfalt freundlicher Nuancen zum Ausdruck bringen. Sie schlenderten geruhsam die eine Seite der Galerie hinauf und dann die andere wieder hinab, und schließlich sagte sie: »So, nun weiß ich also wirklich mehr als zuvor.«

»Du hast offenbar ein großes Bedürfnis nach Wissen«, gab ihr Cousin zurück.

»Ich denke schon. Die meisten Mädchen sind so entsetzlich dumm und ungebildet.«

»Du kommst mir anders vor als die meisten Mädchen.«

»Einige kämen dir ganz sicher dumm und ungebildet vor. Andererseits muß man bedenken, was die sich anhören müssen und worüber man mit ihnen spricht!« sagte Isabel halblaut vor sich hin und hegte nicht das Verlangen, sich im Augenblick weiter über sich selbst zu verbreiten. Und schon hatte sie das Thema gewechselt: »Ach, sag mal – gibt's hier denn keinen Geist?«

»Einen Geist?«

»Ein Schloßgespenst, so ein Dings, das nachts herumspukt. In Amerika sagen wir Geist dazu.«

»Wir auch, wenn wir sie sehen.«

»Dann seht ihr also tatsächlich welche? Das gehört sich ja wohl auch für solch ein romantisches altes Haus.«

»Das ist kein romantisches altes Haus«, sagte Ralph. »Da muß ich dich enttäuschen. Es ist ein schrecklich prosaisches. Hier gibt es weder Romantik noch Romanzen, es sei denn, du hast etwas davon mitgebracht.«

»Ich habe eine Menge davon mitgebracht, und ich habe schon den Eindruck, daß dies hier der richtige Ort für meine Mitbringsel ist.«

»Um sie vor Schaden zu bewahren, ganz bestimmt. Weder mein Vater noch ich werden sich daran vergreifen.«

Isabel sah ihn kurz an. »Ist denn sonst niemand hier außer deinem Vater und dir?«

»Meine Mutter natürlich.«

»Ach, dein Mutter kenne ich; romantisch ist die nicht. Gibt's sonst keine anderen Leute?«

»Ganz wenige.«

»Wie schade! Ich lerne so gerne neue Menschen kennen.«

»Na, dann werden wir dir zuliebe die ganze Grafschaft einladen«, sagte Ralph.

»Jetzt machst du dich aber lustig über mich«, antwortete das Mädchen ziemlich ernst. »Wer war der Gentleman auf dem Rasen, als ich ankam?«

»Ein Nachbar von uns; er kommt nicht allzu oft.«

»Schade, er gefiel mir«, sagte Isabel.

»So? Mir schien, du hast kaum ein Wort mit ihm gewechselt«, wandte Ralph ein.

»Na und? Deswegen gefiel er mir trotzdem. Und dein Vater gefiel mir ebenfalls riesig.«

»So soll's ja auch sein. Er ist der Beste und Liebste von allen.«

»Es tut mir so leid, daß er krank ist«, sagte Isabel.

»Dann hilf mir, ihn zu pflegen. Du müßtest eigentlich eine gute Krankenpflegerin abgeben.«

»Das glaube ich nicht; jedenfalls hat man mir das Gegenteil bescheinigt. Ich hätte zu viele Theorien im Kopf. Aber du hast mir noch immer nichts über den Geist erzählt!« setzte sie hinzu.

Ralph ging allerdings nicht auf die Bemerkung ein. »Dir gefällt mein Vater und dir gefällt Lord Warburton. Ich schließe daraus, daß dir auch meine Mutter gefällt.«

»Ich mag deine Mutter sehr, weil – weil – .« Isabel suchte nach einer Begründung für ihre Zuneigung gegenüber Mrs. Touchett.

»Ach, das weiß man doch sowieso nie, warum!« scherzte ihr Begleiter.

»Ich weiß immer, warum«, gab das Mädchen zurück. »Und zwar ist es deshalb, weil sie nicht erwartet, daß man sie mag. Es ist ihr schlichtweg egal.«

»Das heißt, du schwärmst für sie – aus Trotz? In diesem Fall: Ich schlage ganz nach meiner Mutter«, sagte Ralph.

»Das glaube ich überhaupt nicht. Du möchtest, daß die Leute dich mögen, und du strengst dich auch entsprechend an, um das zu erreichen.«

»Du lieber Himmel, wie du einen durchschaust!« rief er mit einer Verzweiflung, die nur teilweise gespielt war.

»Aber ich mag dich trotzdem«, fuhr seine Cousine fort. »Und um das Thema zu beenden, ist es am besten, du zeigst mir jetzt den Geist.«

Ralph schüttelte betrübt den Kopf. »Ich könnte ihn dir zeigen, aber du würdest ihn nicht sehen. Das Privileg hat nicht jeder, aber es ist auch nichts, worum man jemanden beneiden müßte. Der Geist wurde noch nie von einem jungen, glücklichen, unverdorbenen Menschen wie dir gesichtet. Man muß vorher gelitten haben, und zwar sehr, und schmerzliche Erfahrungen gemacht haben. Das öffnet einem die Augen, so daß man ihn sehen kann. Ich habe ihn vor langer Zeit einmal gesehen«, sagte Ralph.

»Aber ich habe dir doch gerade erzählt, daß ich ein großes Bedürfnis nach Wissen und Erfahrung habe«, antwortete Isabel.

»Ja, ja – aber nach glücklichen Erfahrungen, nach positiven und angenehmen. Aber gelitten hast du noch nicht, und dafür bist du auch gar nicht geschaffen. Ich hoffe, daß du den Geist nie zu Gesicht bekommst!«

Sie hatte aufmerksam zugehört, ein Lächeln auf den Lippen, aber durchaus mit Ernst im Blick. Bei all ihrem Charme erschien sie ihm doch auch reichlich eingebildet – was wiederum einen Teil ihres Charmes ausmachte. Er war gespannt auf ihre Antwort.

»Weißt du, ich habe keine Angst«, sagte sie, was ihm der Gipfel der Eingebildetheit zu sein schien.

»Du hast keine Angst davor zu leiden?«

»Doch, ich habe Angst davor zu leiden. Aber ich habe keine Angst vor Geistern. Und meiner Meinung nach sind die meisten Menschen zu wehleidig«, fügte sie hinzu.

»Von dir glaube ich das nicht«, sagte Ralph und betrachtete sie, beide Hände in den Hosentaschen.

»Was ich nicht für einen Fehler halte«, antwortete sie. »Es ist doch nicht unabdingbar, daß man leidet. Dafür sind wir nicht geschaffen.«

»Du ganz bestimmt nicht.«

»Ich rede jetzt nicht von mir.« Und sie ging ein paar Schritte weiter.

»Nein, es ist kein Fehler«, sagte ihr Cousin. »Es ist ein Vorzug, eine Leistung, stark zu sein.«

»Bloß: In dem Moment, wo du nicht leidest, giltst du gleich als hart«, bemerkte Isabel.

Sie verließen den kleinen Salon, in den sie auf dem Rückweg aus der Galerie gegangen waren, und blieben in der Halle am Fuß der Treppe stehen. Ralph gab seiner Begleiterin eine Kerze aus einer Nische für den Weg in ihr Zimmer. »Es ist völlig gleichgültig, was die Leute über dich sagen. Wenn es dir tatsächlich schlecht geht, nennen sie dich einen Idioten. Der Witz liegt darin, so glücklich wie nur möglich zu sein.«

Sie sah ihn kurz an. Sie hatte die Kerze genommen und einen Fuß auf die Eichentreppe gesetzt. »Tja«, sagte sie, »deswegen bin ich ja nach Europa gekommen, um so glücklich wie möglich zu sein. Gute Nacht.«

»Gute Nacht! Dann wünsche ich dir viel Erfolg und würde mich freuen, wenn ich zu deinem Glück beitragen dürfte.«

Sie wandte sich zum Gehen, und er sah ihr nach, wie sie langsam die Treppe hinaufstieg. Dann kehrte er, die Hände noch immer in den Hosentaschen, in den leeren Salon zurück.

6. KAPITEL

Isabel Archer war eine junge Person mit vielen Theorien; ihre Vorstellungskraft war bemerkenswert rege. Es war ihr glückliches Geschick, einen wacheren Geist zu haben als die meisten Menschen ihrer Umgebung, eine sensiblere Wahrnehmung ihrer Umwelt zu besitzen und einen Drang nach Wissen, das den Beigeschmack des Ausgefallenen hatte. In der Tat galt sie bei ihren Mitmenschen als eine junge Frau von außergewöhnlichem gedanklichen Tiefgang, denn diese vortrefflichen Leute hielten nie mit ihrer Bewunderung hinter dem Berg für einen Intellekt, dessen Reichweite die ihres eigenen bei weitem überschritt; und so sprachen sie von Isabel als von einem Wunder an Gelehrsamkeit, als von einem Geschöpf, das angeblich sogar die klassische Literatur gelesen habe, in Übersetzung. Mrs. Varian, ihre Tante väterlicherseits, verbreitete einst das Gerücht, Isabel schreibe ein Buch (Mrs. Varians eigenes Verhältnis zu Büchern war von Ehrfurcht gekennzeichnet), und sie behauptete, das Mädchen werde sich noch durch das gedruckte Wort auszeichnen. Für Mrs. Varian war Literatur etwas Erhabenes, dem sie die Wertschätzung von Menschen entgegenbrachte, denen Kunstsinn an sich nicht gegeben ist. Ihr eigenes großes Haus mit seiner bemerkenswerten Auswahl an Mosaiktischen und den ausgeschmückten Zimmerdecken war nicht mit einer Bibliothek ausgestattet und enthielt an gedruckten Büchern lediglich ein halbes Dutzend Romane in Pappeinband auf einem Regal im Zimmer einer der Töchter. Mrs. Varians Bekanntschaft mit Literatur beschränkte sich praktisch auf den *New York Interviewer*, und wie sie sehr richtig bemerkte, verlor man nach der Lektüre des *Interviewer* jeden Glauben an Kultur. Der Hintergedanke dabei war, den *Interviewer* außer Reichweite ihrer Töchter zu halten. Und da sie entschlossen war, ihre Töchter anständig zu erziehen, lasen diese überhaupt nichts. Mrs. Varians Meinung bezüglich Isabels Bemühungen war völlig aus der Luft gegriffen;

das Mädchen hatte nie den Versuch unternommen, ein Buch zu schreiben, und strebte mitnichten den Lorbeer einer Schriftstellerin an. Sie besaß kein Talent für sprachlichen Ausdruck und zuwenig von dem Bewußtsein origineller Schöpferkraft. Sie hatte lediglich den unbestimmten Eindruck, daß ihre Mitmenschen recht hatten, wenn sie sie als ihnen überlegen behandelten. Ob sie ihnen nun tatsächlich überlegen war oder nicht: Die Leute hatten allen Grund, sie zu bewundern, wenn das ihre Meinung war, denn sie hatte oft das Gefühl, ihr Verstand arbeite schneller als der anderer Menschen, was bei ihr zu einer Ungeduld führte, die man leicht für Überlegenheit halten konnte. Es darf hier ohne weiteres eingeräumt werden, daß Isabel wahrscheinlich sehr anfällig war für die Sünde des Eigendünkels. Oft begutachtete sie voller Selbstgefälligkeit das weite Feld ihrer eigenen Natur; sie war es gewohnt, es als gegeben hinzunehmen, im Recht zu sein, und waren die Grundlagen dafür noch so fadenscheinig; der Selbstbeweihräucherung zu frönen war ihr nicht fremd. Indessen waren ihre Fehler und Selbsttäuschungen meist so beschaffen, daß ein Biograph, dem die unbeschädigte Würde seines Sujets ein Anliegen ist, vor einer detaillierteren Schilderung derselben zwangsläufig zurückschreckt. Ihre Gedankengänge waren ein einziger Wirrwarr undurchdachter Ideen, die niemals durch ein kompetentes Urteil zurechtgerückt worden waren. Eine eigene Meinung hatte sie sich stets nach ihrem Gutdünken gebildet, wodurch die himmelschreiendsten, widersprüchlichsten Ansichten zustande kamen. Manchmal fiel ihr auf, daß sie in ihren Einschätzungen grotesk falsch lag, woraufhin sie sich eine Woche rigoroser Demut zu verordnen pflegte. Danach trug sie die Nase wieder höher als je zuvor, denn die ganze Übung war fruchtlos angesichts ihres unstillbaren Dranges, von sich selbst eine hohe Meinung zu haben. Eine ihrer Theorien besagte, daß nur unter solchem Vorzeichen das Leben lebenswert sei; daß man zu den Besten gehören sollte, daß man all seine Aktivitäten und Zielsetzungen gut koordinieren und organisieren sollte (sie konnte nun mal nicht anders, als die Qualität ihrer eigenen Koordination und Organisation zur Kenntnis zu nehmen), daß man sich in einem Reich des Lichts, der natürlichen Klugheit, der glücklichen Spontaneität, der unablässig kultivierten Eingebungen bewegen sollte. Zweifel an der eigenen Person zu haben, war damit ebenso überflüssig wie Zweifel an den besten Freunden zu hegen; man sollte versuchen, sich selbst der beste Freund zu sein und sich auf diese Weise in allerbester Gesellschaft zu bewegen. Die Phantasie des Mädchens bewegte sich in bestimmten vornehmen und würdevollen Bereichen, wodurch sie ihr manch gute Dienste leistete und ihr manch bösen Streich spielte. Die Hälfte ihrer Zeit verbrachte sie mit Vorstellungen von Schönheit und Unerschrockenheit und Edelmut. Sie war fest entschlossen, die Welt als einen Ort der Heiterkeit, der freien Entfaltung, der mitreißenden Tat zu sehen. Ihrer Meinung nach war es verabscheuungswürdig, Angst zu haben oder sich zu schämen. Sie hegte die stete Hoffnung, niemals etwas Falsches oder Schlechtes zu tun. So sehr hatte sie sich, nach deren Aufdeckung, ihre eigenen Gefühlsirrtümer verübelt (die Erkenntnis ließ sie jedesmal erbeben, als sei sie im letzten Augenblick einem Fallstrick entkommen, dessen Schlinge bereits um ihren Hals gelegt war und der sie hätte erdrosseln können), daß auch nur die vage Möglichkeit, einem anderen Menschen aus der Zufälligkeit des Augenblicks heraus ein spürbares Leid zuzufügen, ihr den Atem stocken ließ. Dies erschien ihr immer als das Allerschlimmste, was ihr je widerfahren konnte. Theoretisch war sie alles in allem nie im ungewissen bezüglich der Dinge, die falsch waren. Sie mochte deren Anblick überhaupt nicht; aber sobald sie sie gestrengen Blickes fixierte, erkannte sie sie auch als solche: Es war falsch, geizig, kleinlich und niederträchtig, eifersüchtig, heimtückisch und grausam zu sein. Zwar hatte sie noch nicht allzuviel von der Schlechtigkeit der Welt miterlebt, aber sie hatte Frauen kennengelernt, die verlogen waren und bemüht, einander weh zu tun. Dergleichen mitansehen zu müssen, hatte sie mit ihrem ausgeprägten moralischen Bewußtsein in Wallung gebracht. Sie hätte es als ungehörig empfunden, keine Verachtung zu empfinden. Natürlich barg couragiertes Stehvermögen die Gefahr der Inkonsequenz in sich, die Gefahr, die Fahne noch immer hochzuhalten, obwohl sich die Burg längst ergeben hatte – ein so verqueres Verhalten, daß es beinahe einer Entehrung der Fahne gleichkam. Isabel allerdings, die wenig wußte von den schweren Geschützen, von denen junge Frauen gelegentlich unter Beschuß genommen werden, schmeichelte sich, daß man solche Widersprüche in ihrem Verhalten nie bemerken würde. Ihr eigenes Leben sollte sich in immerwährender Harmonie mit dem positivsten Eindruck abspielen, den sie nach außen machen konnte. Sie wollte so sein, wie sie erschien, und sie wollte so erscheinen, wie sie war. Manches Mal ging sie so weit, sich in eine möglichst schwierige Lage zu wünschen, um sich dadurch das Vergnügen zu bescheren, sich als so heroisch zu beweisen, wie es die Situation erforderte. Alles in allem wäre sie mit ihren dürftigen Kenntnissen, ihren übertriebenen Vorstellungen, ihrem so naiven wie anmaßenden Selbstvertrauen, ihrem zugleich anspruchsvollen und nachsichtigen Naturell, ihrer Mischung aus Neugierde und Mäkeligkeit, aus Lebhaftigkeit und Gleichgültigkeit, mit ihrem Drang, gut dazustehen und möglichst noch besser zu sein, mit ihrer Entschlossenheit, alles zu sehen, zu erfahren und zu wissen, mit dieser Verbindung endlich eines empfindsamen, sprunghaften, flammengleichen Geistes und eines eifrigen, individuell geprägten Geschöpfs von Umständen – mit alldem wäre sie leichte Beute jeder wissenschaftlich begründeten literarischen oder psychologischen Kritik geworden, hätte es nicht in unserer Absicht gelegen, beim Leser einen eher mitfühlenden oder wenigstens erwartungsfrohen Impuls auszulösen.

Eine weitere ihrer Theorien ging dahin, daß Isabel Archer sich wegen ihrer Unabhängigkeit glücklich preisen konnte und dieserhalb verpflichtet sei, von diesem Umstand vorurteilsfrei Gebrauch zu machen. Sie sprach dabei nie von Einsamkeit oder gar von Alleinsein; solche Bezeichnungen hielt sie für unzutreffend, zudem ihre Schwester Lily sie andauernd drängte, sie zu besuchen und bei ihr zu wohnen. Isabel hatte eine Freundin, deren Bekanntschaft sie kurz vor ihres Vaters Tod gemacht hatte und die ein so leuchtendes Beispiel sinnvoller Betätigung darstellte, daß Isabel in ihr immer das Vorbild sah. Henrietta Stackpole besaß den Vorzug, eine allgemein bewunderte Fähigkeit ihr eigen nennen zu können. Sie hatte sich als Journalistin einen gewissen Namen gemacht, und ihre Briefe aus Washington, Newport, den White Mountains und anderen Orten an den *Interviewer* wurden überall zitiert. Zwar stufte Isabel die Artikel selbstbewußt als »Eintagsfliegen« ein, doch schätzte sie Mut, Energie und Humor der Verfasserin, die, selbst ohne Eltern und Vermögen, drei Kinder einer kränklichen und verwitweten Schwester adoptiert hatte und deren Schulgelder aus den Einkünften ihrer literarischen Versuche bezahlte. Henrietta war auf den Zug der neuen Zeit aufgesprungen und hatte präzise Ansichten zu den meisten Fragen. Ihr sehnlichst gehegter Wunsch war es die ganze Zeit über gewesen, nach Europa zu reisen und in einer Serie von Briefen kompromißlos von dort zu berichten;

ein Unterfangen, das um so einfacher war, als sie schon im voraus ganz genau wußte, welche Meinungen sie haben würde und wie leicht die meisten europäischen Institutionen, Sitten und Gebräuche zu kritisieren waren. Als sie von Isabels Reiseplänen hörte, wollte sie auch sofort aufbrechen, denn sie stellte sich selbstverständlich gleich vor, wie wunderbar es sei, zu zweit zu verreisen. Leider hatte sie das Projekt verschieben müssen. Sie hielt Isabel für ein strahlendes Geschöpf und hatte sie andeutungsweise in einigen ihrer Artikel beschrieben, obwohl sie diese Tatsache ihrer Freundin gegenüber nie erwähnte, die sich darüber keinesfalls erfreut gezeigt hätte und die auch keine regelmäßige Leserin des *Interviewer* war. Für Isabel war Henrietta schlicht der Beweis dafür, daß eine Frau sich selbst zu genügen und dabei glücklich zu sein vermochte. Ihre Fähigkeiten waren offensichtlich; doch auch wenn man nicht ihr journalistisches Talent und das entsprechende Gespür hatte, um, wie Henrietta es ausdrückte, Erwartungen der Leser vorwegnehmen zu können, durfte man daraus nicht den Schluß ziehen, man habe keine Berufung, keine segensreiche Gabe irgendeiner Art, und sich darauf beschränken, oberflächlich und geistlos zu sein. Isabel war fest entschlossen, nie oberflächlich und geistlos zu sein. Wenn man nur mit der rechten Geduld zuwarten könne, würde sich schon eine beglückende Tätigkeit finden lassen. Selbstverständlich hatte unsere junge Dame unter ihren anderen Theorien auch eine Kollektion von Ansichten zum Thema Heirat und Ehe bei der Hand. Ganz obenauf in ihrer Liste rangierte die Überzeugung, es sei unfein, zu viel darüber nachzudenken. Und sie betete allen Ernstes darum, davor bewahrt zu werden, einem solch unziemlichen Verlangen zu verfallen. Ihrer Meinung nach mußte eine Frau imstande sein, auf eigenen Füßen zu stehen, ohne daß ihr Leben dadurch substanzlos wurde, und außerdem hielt sie es für absolut möglich, glücklich zu sein auch ohne die Gesellschaft eines mehr oder weniger ungehobelten und unkultivierten Vertreters des anderen Geschlechts. Die Gebete des Mädchens wurden hinreichend erhört. Es waren diese Lauterkeit und ihr Stolz gewesen – Kälte und Sprödigkeit hätte es ein abgewiesener Verehrer mit analytischen Neigungen vielleicht genannt –, die sie bislang vor allzu törichten Spekulationen zum Thema möglicher Heiratskandidaten abgehalten hatten. Nur wenige der Männer, die sie kennenlernte, schienen ihr eine ruinöse Selbstverausgabung wert zu sein, und die Vorstellung, einer von jenen würde sich selbst als Hoffnungsschimmer in Person und als Belohnung für geduldiges Abwarten präsentieren, rief bei ihr ein Lächeln hervor. Tief in ihrem Herzen, an der allertiefsten Stelle, ruhte der Glaube, daß sie sich beim Heraufdämmern eines ganz bestimmten Lichtscheins völlig hingeben könnte. Allerdings war dieses Bild insgesamt zu ungeheuerlich, um verlockend zu sein. Isabels Gedanken umkreisten es zwar, doch sie verweilten selten lange dabei; nach kurzer Zeit meist stellten sich Bestürzung und Angst ein. Ihr kam es oft so vor, als denke sie zuviel über sich selbst nach. Man hätte sie an jedem beliebigen Tag des Jahres zum Erröten bringen können, hätte man sie eine krasse Solipsistin genannt. Ununterbrochen entwarf sie Pläne zur Entfaltung ihrer Persönlichkeit, strebte sie ihre Vervollkommnung an, registrierte sie ihre Fortschritte. In ihrer selbstgefälligen Einbildung hatte ihr Wesen etwas von einem Garten an sich, bestand aus einer suggestiven Mischung von Wohlgerüchen und wispernden Zweigen, von schattigen Lauben und weiten Durchblicken zwischen den Baumreihen, wodurch sie insgesamt das Gefühl bekam, ihre Innenschau sei letztlich nichts weiter als eine Turnübung an der frischen Luft und eine Visite in den Schlupfwinkeln ihres Gemüts sei so lange harmlos, wie man danach mit einem Bund frischer Rosen wiederkehrte. Allerdings wurde sie auch oft daran erinnert, daß es auf der Welt noch andere Gärten als denjenigen in ihrer ungewöhnlichen Seelenlandschaft gab und daß darüber hinaus noch eine Menge von Orten existierte, die ganz und gar keine Gärten waren, sondern finstere, verseuchte Gegenden, überwuchert von Bösartigkeit und Not und Elend. Auf der Woge jener belohnten Wißbegierde, auf der sie seit kurzem dahintrieb und die sie in dieses schöne, alte England getragen hatte und sie vielleicht noch weiter mit fortreißen würde, gebot sie sich oftmals selbst Einhalt, indem sie an die Tausenden von Menschen dachte, die in einer weniger glücklichen Lage waren als sie selbst – ein Gedanke, der ihr ausgeprägtes Selbstwertgefühl sogleich wie eine Form von Unbescheidenheit aussehen ließ. Was sollte man mit dem Elend in der Welt anfangen, wenn der Lebensentwurf für einen selbst nur Positives vorsah? Es muß eingestanden werden, daß sie sich nie lange bei dieser Frage aufhielt. Sie war ganz einfach zu jung, zu gespannt auf das Leben, zu wenig vertraut mit dem Leid. So kehrte sie immer wieder zu ihrer Theorie zurück, daß eine junge Frau, die schließlich jedermann für intelligent hielt, damit beginnen müsse, sich einen allgemeinen Eindruck vom Leben zu verschaffen. Ein solcher Eindruck war nötig, um sich selbst vor Fehlern zu bewahren, und hatte sie ihn erst einmal umfassend gewonnen, dann konnte sie ja die mißliche Lage anderer noch immer zum Gegenstand einer gesonderten Betrachtung machen.

England war für sie eine Offenbarung, und sie fand sich hier so gut unterhalten wie ein kleines Mädchen beim Krippenspiel an Weihnachten. Auf den Europareisen ihrer Kindheit hatte sie nur den Kontinent gesehen und das auch nur aus dem Blickwinkel der Kinderstube. Paris, nicht London, war das Mekka ihres Vaters gewesen, und an vielem, was er dort interessant fand, hatten seine Kinder selbstverständlich keinen Anteil genommen. Außerdem waren die Erinnerungsbilder aus jener Zeit verblaßt und undeutlich geworden, und das für die Alte Welt Charakteristische, das sie jetzt erblickte, hatte den ganzen Zauber des Fremdartigen. Das Haus ihres Onkels kam ihr wie ein Wirklichkeit gewordenes Gemälde vor; sie registrierte alle Feinheiten des harmonischen Gesamteindrucks und der gebotenen Annehmlichkeiten. Die prächtige Vollkommenheit von Gardencourt offenbarte ihr eine neue Welt und befriedigte gleichzeitig ein Bedürfnis. Die großen, niedrigen Räume mit den braunen Decken und dämmerigen Winkeln, die schießschartenähnlichen Leibungen und merkwürdigen Flügelfenster, das ruhige Licht auf dunklen, polierten Paneelen, das satte Grün draußen, das andauernd hereinzulugen schien, das Gefühl von wohlgeordneter Ungestörtheit mitten auf einem »Grundbesitz« – ein Ort, wo jedes Geräusch so wunderbar nebensächlich war, wo der Schritt von der Erde selbst gedämpft wurde und wo sich in der schweren, milden Luft jede Mißhelligkeit von allein auflöste und alle Verbissenheit aus den Unterhaltungen verschwand: Das alles war sehr nach dem Geschmack unserer jungen Lady, welcher ohnehin eine beträchtliche Rolle in ihren Gefühlen spielte. Mit ihrem Onkel schloß sie rasch Freundschaft, und sie saß oft neben ihm, wenn er sich seinen Sessel hinaus auf den Rasen tragen ließ. Dort verbrachte er Stunden im Freien, saß mit gefalteten Händen wie ein friedfertiger, gemütlicher Hausgott da, ein Gott der Dienstbarkeit, der seine Arbeit getan und seinen Lohn empfangen hatte und sich nun bemühte, mit den Wochen und Monaten zurechtzukommen, die nur noch aus freien Tagen bestanden. Isabel ergötzte ihn mehr, als sie selbst ahnte; die Wirkung, die sie bei anderen Menschen hervorrief, unterschied sich oft von dem, was sie vermutete. Und so genehmigte sich Mr.

Touchett häufig das Vergnügen, sie zum Plappern und Schwatzen zu bringen. Mit dieser Formulierung charakterisierte er Isabels Konversation, die viel von der Pointiertheit hatte, wie man sie in den Unterhaltungen junger Damen ihres Landes beobachten konnte, denen sich das Ohr der Welt mehr zuneigt als ihren Schwestern in anderen Ländern. Wie die Mehrzahl der amerikanischen Mädchen, so hatte man auch Isabel stets ermuntert, sich zu äußern; ihren Bemerkungen war Gehör geschenkt worden; man hatte erwartet, daß sie Empfindungen und Ansichten kundtat. Viele ihrer Ansichten waren zweifellos nur kümmerlich fundiert, und viele ihrer Empfindungen verflüchtigten sich, noch während sie geäußert wurden; aber sie hatten insofern eine Spur hinterlassen, als sie bei ihr die Gewohnheit ausbildeten, zumindest so zu erscheinen, als empfinde und denke sie etwas, und darüber hinaus, wenn sie tatsächlich bewegt war, ihren Worten jene unmittelbare Anschaulichkeit zu verleihen, die so vielen Menschen als Zeichen von Überlegenheit galt. Mr. Touchett fühlte sich häufig an seine Frau erinnert, als diese noch im Backfischalter gewesen war. Weil sie damals so frisch und so natürlich war und rasch auffaßte und freiheraus redete – so viele Eigenschaften ihrer Nichte –, hatte er sich in Mrs. Touchett verliebt. Doch dem Mädchen gegenüber erwähnte er diese Übereinstimmung mit keinem Wort, denn wenn auch Mrs. Touchett früher einmal wie Isabel gewesen war, war Isabel ihrerseits ganz und gar nicht wie Mrs. Touchett. Der alte Herr war Isabel gegenüber voller Liebenswürdigkeit. Schließlich sei es ja schon eine Ewigkeit her, meinte er, seit jugendlicher Schwung das Haus durchzogen habe, und unsere durch Gardencourt rauschende, quirlige Heldin mit der glockenreinen Stimme war für seine Sinne genauso angenehm wie das Geräusch dahinfließenden Wassers. Er wollte etwas für sie tun und wünschte sich, sie würde ihn darum bitten. Aber das einzige, worum sie ihn bat, waren Antworten auf ihre Fragen; von denen, allerdings, stellte sie eine Menge. Ihr Onkel hatte keinen geringen Fundus an Antworten zur Verfügung, doch die Intensität, mit der sie ihn bestürmte, nahm manchmal Formen an, die ihn ratlos machten. Sie fragte ihn bis ins Detail über England aus, über die britische Verfassung, über den englischen Charakter, die politische Lage, die Sitten und Gebräuche der königlichen Familie, die Eigenheiten der Aristokratie, die Denk- und Lebensgewohnheiten seiner Nachbarn; und indem sie in diesen Punkten um Aufklärung bat, wollte sie gleichzeitig wissen, ob die Antworten mit den Schilderungen in den Büchern übereinstimmten. Dann sah sie der alte Herr immer kurz mit seinem feinen, trockenen Lächeln an und strich dabei die über seine Beine gebreitete Decke glatt.

»Bücher?« sagte er einmal. »Tja, da kenne ich mich nicht besonders gut aus. Frag mal lieber Ralph. Ich habe immer alles selbst herausgefunden, mir meine Kenntnisse auf natürliche Weise verschafft. Sogar Fragen habe ich kaum gestellt. Ich verhielt mich einfach ruhig und paßte auf. Selbstverständlich war ich von vornherein in einer sehr guten Ausgangsposition dafür, in einer viel besseren als eine junge Dame. Ich bin von Natur aus ein neugieriger Mensch, obwohl man das nicht glauben möchte, wenn man mich so beobachtet. Aber: So genau die anderen mich auch beobachten mögen, ich beobachte sie noch genauer. Die Menschen hier beobachte ich nun schon seit über fünfunddreißig Jahren, und ich kann wohl mit Fug und Recht sagen, daß ich beträchtliche Einblicke gewonnen habe. Im großen und ganzen ist das hier ein schönes und gutes Land, schöner und besser vielleicht sogar, als wir drüben zugeben wollen. Wenn es nach mir ginge, gäbe es durchaus einiges zu verbessern; aber es scheint noch kein allgemeines Bedürfnis danach zu bestehen. Von dem Moment an, wo ein allgemeines Bedürfnis besteht, schaffen sie es zumeist, aktiv zu werden. Aber bis dahin scheinen sie erst einmal in aller Ruhe abwarten zu wollen. Auf jeden Fall fühle ich mich unter ihnen mehr zu Hause, als ich bei meinem ersten Besuch hier erwartet hätte. Das liegt vermutlich daran, daß ich einigermaßen erfolgreich war. Wenn man erfolgreich ist, fühlt man sich natürlich heimischer.«

»Heißt das, wenn ich erfolgreich bin, fühle ich mich hier heimisch?« fragte Isabel.

»Das halte ich für sehr wahrscheinlich, und du wirst mit Sicherheit auch erfolgreich sein. Hier mögen sie amerikanische junge Damen sehr. Man begegnet ihnen mit außerordentlicher Liebenswürdigkeit. Aber allzu sehr solltest du dich auch nicht zu Hause fühlen.«

»Oh, ich bin mir überhaupt nicht sicher, daß mich all das hier auch zufriedenstellen würde«, warf Isabel betont kritisch ein. »Der Ort und die Gegend gefallen mir ja ganz gut, aber ich weiß nicht, ob mir die Engländer gefallen.«

»Die Engländer sind gute Menschen, besonders, wenn man sie mag.«

»Ich bezweifle ja nicht, daß sie gute Menschen sind«, erwiderte Isabel, »aber sind sie auch umgänglich? Sie werden mich zwar nicht überfallen oder verprügeln, aber werden sie auch nett zu mir sein? Darauf lege ich im Umgang mit anderen Wert. Ich möchte das ganz offen sagen, weil es mir schon immer wichtig gewesen ist. Ich glaube nicht, daß sie nett zu Mädchen sind – in George Eliots Romanen sind sie es jedenfalls nicht.«

»Von Romanen verstehe ich nichts«, sagte Mr. Touchett. »In Romanen steht sicher viel Kluges drin, aber nach meiner Ansicht haben sie mit der Wirklichkeit nicht sonderlich viel gemein. Einmal hatten wir eine Dame zu Besuch, die hier an ihrem Roman schrieb. Sie war eine Bekannte von Ralph, und er hatte sie eingeladen. Sie wußte über alles mögliche Bescheid und kannte sich in vielem aus, aber sie gehörte nicht zu der Art von Menschen, deren Aussagen man für bare Münze nehmen darf. Eine zu wilde Phantasie – das war's vermutlich bei ihr. Hinterher veröffentlichte sie eine Erzählung, die wahrscheinlich eine Art Porträt meiner bescheidenen Wenigkeit sein sollte, etwas im Stil einer Karikatur, könnte man sagen. Ich habe das Ding nicht gelesen. Ralph gab mir einmal das Buch und hatte darin die wichtigsten Stellen angestrichen. Es sollte eine Schilderung meiner Art von Konversation sein: amerikanische Merkwürdigkeiten, näselnder Tonfall, Yankee-Ausdrücke, Sternenbanner. Jedenfalls entsprach es überhaupt nicht der Wirklichkeit; sie konnte unmöglich aufmerksam zugehört haben. Ich hätte ja nichts dagegen gehabt, daß sie meine Unterhaltung wiedergab, wenn ihr das Spaß machte. Wogegen ich etwas hatte, war der Eindruck, daß sie sich gar nicht die Mühe gegeben hatte zuzuhören. Selbstverständlich rede ich wie ein Amerikaner. Ich kann ja wohl nicht gut wie ein Hottentotte reden. Und mit meiner Redeweise habe ich mich hier immer hervorragend verständigen können. Aber ich rede nicht wie der alte Herr in dem Roman jener Dame. Das war kein Amerikaner; den hätten wir bei uns drüben gar nicht erst reingelassen. Ich will dir damit nur demonstrieren, daß diese Literaten es mit der Wirklichkeit nicht immer genau nehmen. Da ich keine eigenen Töchter habe und Mrs. Touchett in Florenz residiert, hatte ich natürlich auch wenig Gelegenheit, mich bezüglich der jungen Damen auf den neuesten Stand zu bringen. Es kommt mir manchmal so vor, als würden die jungen Frauen aus der Unterschicht nicht gut behandelt. In der Oberschicht und vielleicht sogar bis zu einem gewissen Grad in der Mittelschicht scheint ihre Lage besser zu sein.«

»Du lieber Himmel!« rief Isabel. »Wie viele Schichten haben sie denn? Wahrscheinlich um die fünfzig.«

»Also gezählt habe ich sie freilich nicht. Ich habe mich auch nie viel um ihre Klasseneinteilung gekümmert. Das ist der Vorteil, wenn du hier als Amerikaner lebst: Du gehörst zu keiner Klasse.«

»Hoffentlich!« sagte Isabel. »Kaum auszudenken, man würde einer englischen Klasse angehören!«

»Na – in einigen scheint es sich ja ganz gemütlich zu leben, besonders nach oben hin zu. Aber für mich gibt es nur zwei Klassen: die Leute, denen ich traue, und die Leute, denen ich nicht traue. Wobei du, liebe Isabel, zur ersten Klasse gehörst.«

»Vielen Dank«, beeilte sich das Mädchen zu sagen. Ihre Art, mit Komplimenten umzugehen, hatte mitunter etwas reichlich Sprödes an sich; sie schüttelte sie so schnell wie möglich ab. Dennoch tat man ihr Unrecht, wenn man sie diesbezüglich für unempfänglich hielt, denn in Wahrheit wollte sie es nur nicht zeigen, wie unendlich wohl sie ihr taten. Dies zu zeigen hieße, zuviel zu zeigen. »Die Engländer sind bestimmt sehr konservativ«, lenkte sie ab.

»Bei ihnen verläuft alles in ziemlich festen Bahnen«, stimmte Mr. Touchett zu. »Alles ist schon von vornherein festgelegt; sie überlassen nichts dem letzten Augenblick.«

»Ich mag das nicht, wenn alles schon von vornherein festgelegt ist«, sagte das Mädchen. »Ich bin mehr für Überraschungen.«

Ihr Onkel schien sich über die Entschiedenheit ihrer Vorlieben zu amüsieren. »Jedenfalls steht es schon von vornherein fest, daß du einmal großen Erfolg haben wirst«, warf er ein. »Das dürfte dir doch wohl gefallen.«

»Wenn sie hier so greulich konservativ sind, dann habe ich garantiert keinen Erfolg. Ich bin nämlich alles andere als greulich konservativ. Ich bin das genaue Gegenteil davon. Und das ist es, was ihnen überhaupt nicht gefallen wird.«

»Nein, nein, da liegst du völlig falsch«, sagte der alte Mann. »Das kann man nie im voraus sagen, was ihnen gefallen wird. Sie sind da vollkommen inkonsequent, das macht ja die Sache so spannend mit ihnen.«

»Na gut«, sagte Isabel und stellte sich vor ihren Onkel hin, beide Hände um den Gürtel ihres schwarzen Kleides geklammert, kritischen Blickes den Rasen musternd, »das paßt mir dann schon eher.«

7. KAPITEL

Die beiden hatten immer wieder ihren Spaß daran, sich über die Geisteshaltung der britischen Öffentlichkeit zu unterhalten, ganz so, als sei die junge Dame in einer Position, Aufrufe an die Nation richten zu können. Leider aber verhielt sich die britische Öffentlichkeit derzeit absolut gleichgültig gegenüber Miß Isabel Archer, die das Schicksal, nach den Worten ihres Cousins, in das langweiligste Haus ganz Englands verschlagen hatte. Ihr gichtkranker Onkel empfing nur sehr wenige Besucher, und da Mrs. Touchett niemals Beziehungen zu den Nachbarn ihres Mannes gepflegt hatte, durfte sie auch keinerlei Besuche von diesen erwarten. Allerdings hatte sie einen ausgefallenen Geschmack; sie sammelte Visitenkarten, deren Austausch oftmals den direkten gesellschaftlichen Umgang miteinander ersetzte. Für diesen konnte sie sich nämlich wenig begeistern; doch nichts entzückte sie mehr, als das Ablagetischchen in der Halle übersät mit den länglichen, weißen, symbolischen Kärtchen zu sehen, die beim Personal abgegeben worden waren. Sie schmeichelte sich, eine äußerst gerechte Frau und im Besitz jener höchsten Wahrheit zu sein, daß es in der Welt nur den Tod umsonst gebe. Sie hatte niemals die Rolle einer Hausherrin von Gardencourt wahrgenommen, und es war nicht zu vermuten, daß die Nachbarschaft über ihr Kommen und Gehen peinlich genau Buch führte. Aber es ist durchaus die Frage, ob sie es nicht doch als ungerecht empfand, daß man so wenig Notiz davon nahm, und ob nicht der Mißerfolg ihres Bemühens (an dem sie ohne jede Schuld war), die Aufmerksamkeit der Umgebung auf sich zu ziehen, in unmittelbarer Beziehung stand zu der Bissigkeit ihrer Bemerkungen gegenüber jenem Land, das sich ihr Mann als Wahlheimat auserkoren hatte. So fand sich Isabel in der einzigartigen Situation wieder, die britische Verfassung gegenüber ihrer Tante verteidigen zu müssen, welche es sich zur Gewohnheit gemacht hatte, diese altehrwürdige Einrichtung mit Sticheleien zu piksen. Isabel fühlte sich dann stets gedrängt, die Stacheln wieder zu entfernen, nicht weil sie der Meinung gewesen wäre, sie könnten dem zähen, alten Pergament irgendwelchen Schaden zufügen, sondern weil sie glaubte, ihre Tante könnte besseren Gebrauch von ihrer beißenden Schärfe machen. Isabel war selbst sehr kritisch – wie es für ihr Alter, ihr

Geschlecht und ihre Nationalität typisch war; aber sie war auch sehr feinfühlig, und Mrs. Touchetts trockene Art war dazu angetan, ihre eigenen Quellen moralischer Entrüstung zum Sprudeln zu bringen.

»Was willst du eigentlich?« begehrte sie von ihrer Tante zu wissen. »Da du hier alles kritisierst, müßtest du auch einen eigenen Standpunkt haben. Amerikanisch ist er jedenfalls nicht, denn alles dort drüben war für dich ein Graus. Wenn ich etwas kritisiere, dann tue ich das von meinem Standpunkt aus, und der ist durch und durch amerikanisch!«

»Mein liebes junges Fräulein«, sagte Mrs. Touchett, »es gibt auf der Welt so viele Standpunkte, wie es vernünftige Menschen gibt, die sie einnehmen können. Da kannst du jetzt natürlich einwenden, daß deren Anzahl dann wohl begrenzt sein müsse. Aber amerikanisch? Nie im Leben! Das ist mir zu kleinkariert. Mein Standpunkt ist, Gott sei Dank, ein privater und persönlicher!«

Isabel hielt dies für eine bessere Antwort, als sie zugeben wollte. Es war eine leidlich gute Beschreibung ihrer eigenen Art des Urteilens, aber es hätte ihr schlecht angestanden, das laut zu äußern. Von den Lippen einer Person, die Mrs. Touchett an Jahren, Erfahrung und an Lebensklugheit unterlegen war, hätte eine derartige Erklärung nach Unbescheidenheit, ja sogar nach Arroganz geklungen. In einem Gespräch mit Ralph allerdings ging sie dieses Risiko ein. Sie führte viele Gespräche mit ihm, und Unterhaltungen mit ihm waren so beschaffen, daß sie den Spielraum des Übertriebenen und Überspannten in erheblichem Maß ausschöpfen konnte. Ihr Cousin pflegte sie aufzuziehen und mit ihr zu schäkern, wie man so sagt; schon sehr bald reüssierte er bei ihr als jemand, der wirklich gar nichts ernst nahm, und er war nicht der Mann, der sich die aus einer solchen Reputation ableitbaren Privilegien hätte entgehen lassen. Sie beschuldigte ihn eines abscheulichen Mangels an Ernsthaftigkeit und des Lächerlichmachens von allem und jedem, zuvörderst von sich selbst. Das bißchen Ehrerbietung, zu dem er fähig war, galt einzig und allein seinem Vater; ansonsten ließ er seinen Witz unterschiedslos an seines Vaters Sohn aus, an den schwachen Lungen des besagten Herrn und an seinem unnützen Leben, an seiner exzentrischen Mutter, an seinen Freunden (Lord Warburton im besonderen), an seiner alten und neuen Heimat sowie an seiner charmanten, neu entdeckten Cousine.

»Ich halte mir eine Musikkapelle in meinem Vestibül«, sagte er einmal zu ihr. »Sie hat Order, ununterbrochen zu spielen, und leistet mir so zwei hervorragende Dienste: Sie hält die Geräusche der Welt von meinen Privatgemächern fern und läßt gleichzeitig die Welt vermuten, daß drinnen getanzt wird.« In der Tat hörte man zumeist Tanzmusik, wenn man in Hörweite von Ralphs »Musikkapelle« kam; die flottesten Walzerklänge erfüllten die Luft. Das ständige Gefiedel und Gedudel irritierte Isabel; gar zu gerne wäre sie einmal durch das sogenannte Vestibül hindurchgegangen und zu den sogenannten Privatgemächern vorgedrungen. Es beruhigte sie wenig, daß er sie ihr als trostlosen Ort beschrieb. Liebend gern hätte sie dort einmal sauber gemacht und Ordnung geschaffen, und sie fand es nicht sonderlich gastfreundlich, daß er ihr den Zutritt verwehrte. Um ihn dafür zu bestrafen, drangsalierte sie ihn mit immer neuen Bitten und traktierte ihn mit der Zuchtrute ihres unverblümten, jugendlichen Esprits. Es muß allerdings gesagt werden, daß sie einen großen Teil dieses Esprits zur Selbstverteidigung einsetzen mußte, denn ihrem Vetter bereitete es Vergnügen, sie »Columbia« zu nennen und eines glühenden Patriotismus zu beschuldigen. Er zeichnete eine Karikatur von ihr als sehr hübsche junge Frau, bekleidet mit dem Sternenbanner im Schnitt der aktuellen Mode. Isabels hauptsächliche Angst im damaligen Stadium ihrer Entwicklung war es, für engstirnig oder beschränkt gehalten zu werden, und unmittelbar dahinter rangierte die Furcht, es tatsächlich zu sein. Doch nichtsdestoweniger hatte sie keinerlei Hemmungen, ihrem Cousin reichlich Nahrung für seine Neckereien zu liefern und so zu tun, als sei sie den Reizen ihres eigenen Heimatlandes unrettbar erlegen. Sie gab sich so amerikanisch, wie er sie sehen wollte, und wenn er gerade in der Laune war, sich über sie lustig zu machen, dann bot sie ihm dafür Anlaß zur Genüge. Zwar verteidigte sie England seiner Mutter gegenüber, doch wenn Ralph seine Lobeshymnen anstimmte, um Isabel, wie sie sagte, absichtlich in Rage zu bringen, war sie durchaus in der Lage, in verschiedenen Punkten eine andere Meinung zu äußern. In Wahrheit kam ihr dieses kleine Land mit seiner reichen Vergangenheit vor wie eine saftigsüße Oktoberbirne, und dieser Wohlgeschmack war die Ursache ihrer glänzenden Stimmung, aus der heraus sie die Flachsereien ihres Cousins nicht nur ertragen, sondern auch unbeschwert zurückgeben konnte. Wenn diese gute Laune gelegentlich nachließ, dann nicht, weil sie etwas übelnahm, sondern weil sie jähes Mitleid mit Ralph verspürte. Es kam ihr immer so vor, als rede er wie ein Blinder und mißtraue seinen eigenen Worten.

»Ich weiß nicht, was mit dir los ist«, bemerkte sie einmal, »aber ich habe den Verdacht, daß du ein fürchterlicher Schwindler bist.«

»Das zu glauben steht dir frei«, antwortete Ralph, der es nicht gewohnt war, so freimütig angegangen zu werden.

»Ich weiß nicht, ob dich überhaupt etwas interessiert. Manchmal denke ich, dir ist alles gleich. Du hebst England in den Himmel, aber im Grunde ist dir das Land egal; du ziehst über Amerika her, aber es ist dir genauso egal.«

»Das einzige, was mir nicht egal ist, bist du, geliebte Cousine«, sagte Ralph.

»Ich wäre froh, wenn ich wenigstens das glauben könnte.«

»Das kannst du getrost!« rief der junge Mann.

Sie hätte es tatsächlich getrost tun können und wäre dabei der Wahrheit ziemlich nahe gekommen. Er grübelte viel über sie nach; sie ging ihm nicht aus dem Sinn. Zu einer Zeit, als er angekränkelt war von der Blässe der eigenen Gedanken, hatte Isabels unverhofftes Auftauchen, das nichts versprach und dennoch wie ein großzügiges Geschenk des Himmels für ihn war, jenen Farbe und Leben geschenkt, ihnen Flügel verliehen und einen Grund zum Fliegen dazu. Viele Wochen lang war der bedauernswerte Ralph in tiefer Melancholie versunken gewesen; seine an sich schon düstere Einstellung zum Leben hatte sich im Schatten einer weiteren dunklen Wolke noch mehr verfinstert. Sorge um seinen Vater hatte ihn ergriffen, dessen Gicht, die bislang auf die Beine beschränkt gewesen war, nun auf lebenswichtige Bereiche überzugreifen begann. Der alte Herr war im Frühjahr ernsthaft krank gewesen, und die Ärzte hatten Ralph zu verstehen gegeben, daß es bei einem erneuten Anfall kritisch werden würde. Gegenwärtig war er zwar frei von Schmerzen, doch wurde Ralph den Verdacht nicht los, daß es sich dabei nur um eine List des Feindes handelte, der im Hinterhalt auf einen unbedachten Augenblick lauerte. Sollte dann der Anschlag gelingen, gäbe es wenig Hoffnung auf nennenswerten Widerstand. Ralph war immer davon ausgegangen, daß sein Vater ihn überleben würde, daß Freund Hein zuerst ihn holen käme. Vater und Sohn waren unzertrennliche Gefährten gewesen, und die Vorstellung, allein zurückzubleiben mit dem traurigen Rest eines faden Lebens vor sich, war alles andere als beruhigend für den jungen Mann, der die ganze Zeit über stillschweigend darauf vertraut hatte, der Ältere werde ihm behilflich sein, das Beste aus seiner traurigen Situation zu machen. Die Aussicht, mit seinem Vater die große Antriebskraft seines Lebens zu verlieren, beraubte Ralph jeglichen Elans. Am besten schien es ihm, wenn sie beide zur selben Stunde sterben würden; ohne die Stütze der väterlichen Nähe brächte er kaum die Geduld auf zu warten, bis er selbst an der Reihe war. Es fehlte dazu der Anreiz des Gefühls, für die Mutter unentbehrlich zu sein, denn im Umgang zwischen Mutter und Sohn galt Mrs. Touchetts Regel, nichts zu bedauern oder zu bereuen. Natürlich war ihm klar, daß es nicht gerade von liebevoller Zuneigung zum Vater zeugte, wenn er sich wünschte, daß von ihnen beiden lieber der im bisherigen Leben Aktivere als der Passivere den Verlust erleiden sollte. Er erinnerte sich, wie der alte Herr Ralphs Prophezeiung eines frühen Endes als cleveren Trick abgetan hatte, den er nur allzu gern dadurch zu entlarven gedachte, daß er doch der erste sein würde, der starb. Doch von den beiden Triumphen – zum einen dem spitzfindigen Sohn ein Schnippchen zu schlagen, zum andern es noch ein wenig länger in einem Zustand auszuhalten, den er trotz eingeschränkter Möglichkeiten genoß – schien es Ralph nicht sündhaft zu sein, wenn er hoffte, Mr. Touchett möge der zweite zuteil werden.

Solche Überlegungen waren reizvoll, aber Isabels Ankunft beendete die Grübeleien. Nicht nur das; sie schien einen Ausgleich für den unerträglichen Lebensüberdruß darzustellen, der sich nach dem Tod seines Erzeugers einstellen würde. Ralph überlegte, ob er für diese spontane junge Dame aus Albany so etwas wie »Liebe« empfinde, kam jedoch letztendlich zu dem Schluß, daß dies nicht der Fall sei. Nach einwöchiger Bekanntschaft hatte sich diese Erkenntnis endgültig bei ihm festgesetzt, und jeden Tag fühlte er sich etwas mehr bestätigt. Lord Warburton hatte mit seiner Ansicht recht; sie war wirklich eine interessante kleine Person. Ralph fragte sich, wie sein Nachbar das so schnell entdecken konnte, sah es dann aber als weiteren Beweis für die ausgeprägten Fähigkeiten seines Freundes an, die er schon immer bewundert hatte. Sollte es sich herausstellen, daß seine Cousine für ihn lediglich ein Zeitvertreib war, so war sie jedenfalls ein Zeitvertreib allererster Güte. »Ein Wesen wie sie in Aktion zu sehen«, sagte er sich, »eine echte kleine ungestüme

Naturkraft – was gibt es Schöneres! Es ist schöner als das schönste Kunstwerk, schöner als ein griechisches Flachrelief, schöner als ein prachtvoller Tizian, schöner als eine gotische Kathedrale. Wie schön, wenn einem so etwas Gutes widerfährt, da man am wenigsten damit gerechnet hat. Nie war ich deprimierter gewesen, nie angeöderter als in der Woche, bevor sie kam. Nicht im Traum hätte ich erwartet, daß sich irgend etwas Erfreuliches ereignen würde. Und plötzlich bringt mir die Post einen Tizian zum an die Wand Hängen und ein griechisches Flachrelief für den Platz über dem Kamin. Man drückt mir den Schlüssel zu einem schönen Bauwerk in die Hand und heißt mich hineingehen und es bewundern. Mein lieber Junge, die ganze Zeit über bist du reichlich undankbar gewesen. Jetzt sei mal schön still und hör auf mit dem Gejammer.« Das Grundgefühl hinter diesen Überlegungen war schon richtig; doch es entsprach nicht exakt der Wahrheit, daß man Ralph Touchett einen Schlüssel in die Hand gedrückt hätte. Seine Cousine war ein hochbegabtes Mädchen, das, Ralphs Ansicht nach, seine ganze Intelligenz herausforderte. Die aber war nötig, um sie zu verstehen, und seine Einstellung ihr gegenüber war zwar eine nachdenklich-kritische, aber keineswegs eine unparteiisch-fundierte. Er musterte das Bauwerk von außen und bewunderte es immens; er warf durch die Fenster einen Blick ins Innere und gewann den Eindruck gleichermaßen ausgewogener Proportionen. Aber er erkannte auch, daß er immer nur flüchtige Blicke davon erhaschte und bis jetzt keinen Schritt ins Innere getan hatte. Die Tür war verriegelt, und obwohl er Schlüssel in der Hand hielt, war er sich sicher, daß keiner von ihnen paßte. Sie war gescheit und hochherzig, von edlem, freiem Wesen. Was aber würde sie mit sich anfangen? Diese Frage war ungewöhnlich, denn bei den meisten Frauen stellte sie sich nicht. Die meisten Frauen fingen nichts mit sich an, sondern warteten, in mehr oder weniger graziöser Attitüde, einfach ab, bis zufällig ein Mann ihres Weges kam und ihnen ein Schicksal bescherte. Hingegen bestand Isabels Einmaligkeit darin, den Eindruck zu vermitteln, eigene Absichten und Ziele zu verfolgen. »Und wann immer sie sie in die Tat umsetzt«, redete Ralph sich ein, »kann ich ihr dabei zusehen.«

Selbstverständlich fiel es in Gardencourt ihm zu, die Honneurs zu machen. Mr. Touchett war an seinen Sessel gefesselt, und die Rolle seiner Frau glich eher der eines unbarmherzigen Visitators, so daß sich in Ralphs neuem Aufgabenbereich Pflicht und Neigung harmonisch vermischten. Er zählte eigentlich nicht zu den großen Spaziergängern, aber er schlenderte mit seiner Cousine über das ganze Anwesen – ein Zeitvertreib, der mit einer Beständigkeit von schönem Wetter gekrönt wurde, die in Isabels Erwartung eines erbärmlichen Klimas eigentlich nicht vorgesehen war. Und an den langen Nachmittagen, deren Länge lediglich das Maß von Isabels belohnter Ungeduld darstellte, ruderten sie auf dem Fluß, dem süßen, kleinen Fluß, wie er von ihr genannt wurde, dessen gegenüberliegendes Ufer zum Vordergrund eines Landschaftsgemäldes zu gehören schien. Oder sie fuhren über Land in einem Phaeton, einem niedrigen, geräumigen Zweispänner mit vier dicken Rädern, der früher häufig von Mr. Touchett benutzt worden war, aber ihm nun kein Vergnügen mehr bereitete. Isabel genoß dieses Vergnügen um so mehr, handhabte die Zügel in einer Weise, die der Kutscher als »sachkundig« einstufte, und wurde nie müde, die prachtvollen Pferde ihres Onkels die gewundenen Pfade zwischen den Hecken hindurch und über die Feldwege zu treiben und dabei die ländliche Szenerie so zu erleben, wie sie sich das erhofft hatte: vorbei an strohgedeckten und aus Balken gezimmerten Hütten, an Wirtshäusern mit Butzenscheiben und Rauhputz, vorbei an alten Dorfangern und flüchtigen Durchblicken zwischen sommerdichten Hecken auf leere Parks. Beim Nachhausekommen fanden sie dann den Tee im Freien serviert, wobei Mrs. Touchett nicht vor dem Äußersten zurückschreckte und ihrem Mann eine Tasse einschenkte. Die meiste Zeit über saßen die beiden allerdings schweigend da; der alte Mann mit zurückgelegtem Kopf und geschlossenen Augen, seine Frau mit ihrem Strickzeug beschäftigt und mit jenem Ausdruck seltenen Tiefsinns im Gesicht, mit dem manche Damen die Bewegungen ihrer Nadeln verfolgen.

Eines Tages war tatsächlich Besuch eingetroffen. Die beiden jungen Leute hatten eine Stunde auf dem Fluß zugebracht und spazierten gerade gemächlich zum Haus zurück, als sie Lord Warburton unter einem Baum sitzen und mit Mrs. Touchett in ein Gespräch vertieft sahen, das sie schon von weitem als unzusammenhängendes Gerede ausmachen konnten. Er war von seinem Anwesen herübergefahren mit einem ledernen Handkoffer im Gepäck und hatte, entsprechend den häufigen Aufforderungen von Vater und Sohn, um Nachtmahl und Quartier gebeten. Isabel hatte ihn nur am Tag ihrer Ankunft eine halbe

Stunde lang gesehen und gleich gewußt, daß er ihr gefiel. In Wahrheit hatte er sich ihrem empfindsamen Gemüt ziemlich tief eingeprägt, und sie mußte oft an ihn denken. Sie hatte gehofft, ihn wiederzusehen, und außerdem, weitere Gäste kennenzulernen. Zwar war Gardencourt alles andere als langweilig; im Gegenteil, sie empfand es als einen unvergleichlichen Ort, und ihr Onkel wurde für sie immer mehr zu einer Art Großvater von unschätzbarem Wert; auch Ralph unterschied sich von jedem Vetter, den sie bisher getroffen hatte, wobei ihre Vorstellungen von Vettern zusehends trostloser geworden waren. Zudem waren ihre Eindrücke noch so frisch und wurden immer wieder so schnell erneuert, daß auch nicht die Andeutung einer Leere in Sichtweite kam. Andererseits verspürte Isabel das Bedürfnis, sich daran zu erinnern, daß ihr Interesse dem menschlichen Wesen galt und daß sie sich bei ihrem Auslandsbesuch vor allem darauf gefreut hatte, möglichst viele Leute kennenzulernen. Wenn Ralph zu ihr sagte, wie er es wiederholt getan hatte:»Ich staune, daß du es hier aushältst. Du solltest ein paar von den Nachbarn und von unseren Freunden besuchen, von denen es tatsächlich welche gibt, obwohl du es vielleicht nicht vermutest«, oder wenn er sich erbot,»eine Menge Leute« einzuladen und Isabel in die englische Gesellschaft einzuführen, dann hatte sie diese gastfreundlichen Anwandlungen unterstützt und versprochen, sich ins zu erwartende Getümmel zu stürzen. Leider war aus seinen Angeboten bislang nur wenig geworden, und es darf dem Leser hier verraten werden, daß der Grund für ihre zögerliche Umsetzung in die Tat in den Empfindungen des jungen Mannes zu suchen war, der seine Bemühungen um die Unterhaltung der Cousine keinesfalls als so anstrengend ansah, als daß er dabei einer Hilfestellung von außen bedurft hätte. Isabel hatte ihm gegenüber oft von »Musterexemplaren« gesprochen, ein Wort, das eine bemerkenswerte Stellung in ihrem Vokabular einnahm. Sie hatte ihm zu verstehen gegeben, daß sie die englische Gesellschaft anhand herausragender Beispiele vorgeführt zu sehen wünschte.

»Na also, da hast du dein Musterexemplar«, sagte Ralph, als sie vom Ufer heraufstiegen und er Lord Warburton erkannte.

»Ein Musterexemplar wovon?« fragte das Mädchen.

»Ein Musterexemplar eines englischen Gentleman.«

»Soll das heißen, sie sind alle wie er?«

»Aber nein, die sind überhaupt nicht wie er.«

»Dann ist er also ein positives Musterexemplar«, sagte Isabel, »denn bestimmt ist er nett.«

»Ja, er ist äußerst nett, und ein Glückspilz noch dazu.«

Lord Glückspilz Warburton schüttelte unserer Heldin die Hand und gab seiner Hoffnung Ausdruck, es möge ihr bestens gehen. »Aber eigentlich brauche ich da gar nicht zu fragen«, sagte er, »denn schließlich waren Sie es, die gerudert hat.«

»Ich habe nur ein bißchen gerudert«, antwortete Isabel, »aber woher wissen Sie das?«

»Ach, ich weiß bloß, daß *er* die Ruder nicht in die Hand nimmt; dafür ist er zu bequem«, sagte seine Lordschaft und deutete lachend auf Ralph Touchett.

»Aber er hat eine gute Entschuldigung für seine Bequemlichkeit«, gab Isabel zurück und senkte ein wenig ihre Stimme.

»Ach, der hat doch für alles eine gute Entschuldigung!« rief Lord Warburton gut aufgelegt und mit sonorer Stimme.

»Meine Entschuldigung dafür, daß ich nicht rudere, ist die, daß meine Cousine so gut rudert«, sagte Ralph. »Alles, was sie anpackt, macht sie gut, und alles, was sie anrührt, fängt an zu strahlen und wird zum Schmuckstück.«

»Da wünscht man sich, angerührt zu werden, Miß Archer«, verkündete Lord Warburton.

»Wenn man sich richtig anrühren läßt, wird man von selbst zum Schmuckstück«, sagte Isabel, der es manchmal gefiel, wenn man ihre umfangreichen Fähigkeiten aufzählte, und die dann stolz befand, daß eine solche Selbstgefälligkeit keineswegs ein Anzeichen von Schwachsinn darstellte, denn immerhin gab es ja ein paar Dinge, in denen sie ausgezeichnet war. Ihr Bedürfnis, eine hohe Meinung von sich selbst zu haben, wies insofern zumindest eine Andeutung von Bescheidenheit auf, als es stets durch einen entsprechenden Beweis gestützt werden mußte.

Lord Warburton blieb nicht nur über Nacht, sondern ließ sich überreden, auch noch den nächsten Tag in Gardencourt zu weilen, und als dieser nächste Tag verstrichen war, beschloß er, seine Abreise um einen weiteren Tag zu verschieben. Während all dieser Stunden sprach er Isabel immer wieder direkt an, die diesen Beweis seiner Wertschätzung mit selbstverständlicher Huld entgegennahm. Sie stellte fest, daß er ihr ganz außerordentlich gefiel. Zwar hatte er schon beim ersten Mal einen nachhaltigen Eindruck hinterlassen, doch nach einem Abend in seiner Gesellschaft hätte nicht viel gefehlt und sie hätte in ihm einen Märchenprinzen gesehen, wenn auch ohne all die romantischen Abgründe und Überhöhungen. Voller Glücksgefühle begab sie sich zur Ruhe, voller Herzklopfen im Bewußtsein atemberaubender Möglichkeiten. »Wie schön, wenn man zwei so charmante Menschen wie die beiden kennt«, sagte sie und meinte mit »die beiden« ihren Cousin und dessen Freund. Es muß außerdem noch hinzugefügt werden, daß sich ein Vorkommnis ereignet hatte, das ihre gute Laune auf die Probe zu stellen schien: Mr. Touchett ging um halb zehn zu Bett, doch seine Frau blieb mit der restlichen Gesellschaft noch im Salon zurück. Nach einer knappen Stunde beendete sie ihren Wachdienst, erhob sich und bemerkte zu Isabel, es sei nun Zeit für sie beide, den Herren eine gute Nacht zu wünschen. Isabel verspürte noch kein Verlangen, zu Bett zu gehen; für sie hatte der Abend einen festlichen Charakter, und Feste beendete man gemeinhin nicht so zeitig. Also erwiderte sie schlicht und ohne nachzudenken:

»Muß ich wirklich schon nach oben, Tantchen? Ich komme in einer halben Stunde nach.«

»So lange kann ich nicht auf dich warten«, antwortete Mrs. Touchett.

»Du brauchst ja auch nicht zu warten! Ralph zündet mir meine Kerze schon an«, gab Isabel unbekümmert zurück.

»*Ich* werde Ihre Kerze anzünden! Lassen Sie *mich* Ihre Kerze anzünden, Miß Archer«, rief Lord Warburton dazwischen. »Aber bitte nicht vor Mitternacht!«

Mrs. Touchett fixierte ihn kurz mit ihren funkelnden, kleinen Augen und blickte dann ihre Nichte kalt an. »Du kannst hier nicht mit den Herren allein bleiben. Du bist schließlich nicht in deinem – in deinem verdammten Albany, meine Liebe.«

Isabel wurde rot und stand auf. »Ja, leider nicht«, sagte sie.

»Also hör mal, Mutter!« platzte Ralph heraus.

»Meine liebe Mrs. Touchett«, murrte Lord Warburton auf.

»*Ich* habe Ihr Land ja nicht gemacht, Mylord«, sagte Mrs. Touchett würdevoll. »Ich muß es so nehmen, wie ich es vorfinde.«

»Ich kann also nicht mit meinem eigenen Cousin hier unten bleiben?« wollte Isabel wissen.

»Ich wüßte nicht, daß Lord Warburton dein Cousin ist.«

»Dann ist es wohl am besten, *ich* gehe zu Bett!« schlug der Gast vor. »Damit wäre der Fall ja dann geregelt.«

Mrs. Touchett rollte verzweifelt die Augen und setzte sich wieder. »Na, dann werde ich eben bis Mitternacht aufbleiben, wenn es denn sein muß.«

Inzwischen hatte Ralph Isabel ihre Kerze gegeben. Er hatte sie die ganze Zeit über beobachtet. Es war ihm so vorgekommen, als würde ihr Naturell einer Belastungsprobe unterzogen – ein Glücksfall, der interessant zu werden versprach. Aber wenn er so etwas wie einen Gefühlsausbruch erwartet hatte, so wurde er enttäuscht, denn das Mädchen lachte nur kurz auf, nickte gute Nacht und zog sich, begleitet von der Tante, zurück. Er selbst war über seine Mutter verärgert, obwohl er glaubte, daß sie im Recht war. Droben trennten sich die beiden Damen vor Mrs. Touchetts Tür. Isabel hatte auf der Treppe kein Wort gesprochen.

»Natürlich bist du böse, daß ich mich eingemischt habe«, sagte Mrs. Touchett.

Isabel überlegte. »Ich bin nicht böse, nur überrascht und einigermaßen verwirrt. Das wäre wohl nicht schicklich gewesen, wenn ich im Salon geblieben wäre?«

»Ganz und gar nicht. Hierzulande sitzen junge Mädchen spät nachts nicht allein mit Herren herum, wenigstens nicht in anständigen Häusern.«

»Dann war es richtig von dir, mir das zu sagen«, meinte Isabel. »Ich verstehe es zwar nicht, aber ich bin froh, daß ich es nun weiß.«

»Ich werde es dir immer sagen«, fuhr die Tante fort, »wann immer ich bemerke, daß du dir meiner Meinung nach zu viele Freiheiten herausnimmst.«

»Da bitte ich aber darum! Allerdings sage ich damit nicht, daß ich deine Ermahnungen immer als gerechtfertigt ansehen werde.«

»Wahrscheinlich nicht, dazu handelst du zu gern nach deinem eigenen Kopf.«

»Ja, das tue ich vermutlich ganz gern. Aber trotzdem möchte ich immer wissen, was *man* nicht tut.«

»Um es dann zu tun?« fragte ihre Tante.

»Um die Wahl zu haben.«

8. KAPITEL

Da sich Isabel gern von romantischen Effekten faszinieren ließ, wagte es Lord Warburton, seiner Hoffnung Ausdruck zu verleihen, sie möge doch eines Tages hinüberkommen und sich sein Haus anschauen, das ein recht kurioses, altes Anwesen sei. Mrs. Touchett entlockte er das Versprechen, daß sie ihre Nichte nach Lockleigh bringen werde, und Ralph gab seine Bereitschaft zu verstehen, die Damen zu begleiten, sollte sein Vater ihn entbehren können. Lord Warburton seinerseits versprach unserer Heldin, daß in der Zwischenzeit seine Schwestern Isabel besuchen kämen. Sie wußte bereits einiges über seine Schwestern, da sie ihn während der Stunden, die sie in Gardencourt zusammen verbrachten, über manche Einzelheiten, seine Familie betreffend, ausgefragt hatte. Sobald Isabels Interesse geweckt war, pflegte sie viele Fragen zu stellen, und da ihr Begleiter ein bereitwilliger Plauderer war, brauchte sie ihn nicht erst lange zu drängen. So erzählte er ihr von seinen vier Schwestern und zwei Brüdern, und daß er beide Eltern verloren hatte. Bei den Geschwistern handele es sich um gute Menschen – »nicht sonderlich helle, wissen Sie«, fuhr er fort, »aber sehr anständig und umgänglich«, und artig äußerte er die Hoffnung, Miß Archer möge sie nett finden und sich mit ihnen anfreunden. Einer der Brüder sei im Dienste der Kirche, verwalte die der Familie gehörenden Pfründe der Pfarrstelle von Lockleigh mit ihrer bedeutenden, wachsenden Gemeinde, sei im übrigen ein prima Bursche trotz der Tatsache, daß er grundsätzlich und in allem anderer Ansicht sei als er selbst. Und dann erwähnte Lord Warburton einige der von seinem Bruder vertretenen Ansichten, bei denen es sich um solche handelte, die Isabel schon oft vernommen und von denen sie geglaubt hatte, daß ein beträchtlicher Teil der Menschheit ihnen zuneige. Viele von ihnen hatte sie sogar geteilt, bis der Lord ihr erklärte, daß sie sich irre, daß dies ein Ding der Unmöglichkeit sei, daß sie sich zweifellos nur einbilde, solche Ansichten vertreten zu haben, und daß sie sich darauf verlassen könne, sie bei oberflächlichem Nachdenken als hohl und substanzlos zu entlarven. Und als sie antwortete, sie habe bereits mehrfach die ihren Standpunkten zugrundeliegenden Fragestellungen sorgfältig durchdacht, verkündete er, dies sei nur ein weiteres Beispiel für das, was ihm schon häufig aufgefallen sei, die Tatsache nämlich, daß ausgerechnet die Amerikaner von allen Völkern der Erde den größten Hang zum Aberglauben hätten. Sie seien stockkonservativ und bigott, einer wie der andere, und nicht einmal die britischen Tories könnten den amerikanischen Konservativen das Wasser reichen. Ihr Onkel und ihr Cousin seien dafür die lebenden Beweise, die in vielen ihrer Auffassungen eine unerreicht mittelalterliche Gesinnung verrieten und Vorstellungen hätten, die zu bekennen man sich im heutigen England schämen würde, und darüber hinaus besäßen sie noch die Impertinenz, sagte Seine Lordschaft lachend, so zu tun, als wüßten sie mehr über die Nöte und Gefährdungen dieses armen, lieben, dummen, alten Englands als er, der schließlich hier geboren sei und ein ansehnliches Stück davon besitze – – – und deswegen doppelt Pfui und Schande über ihn! Woraus Isabel entnahm, daß Lord Warburton ein Aristokrat der neuesten Prägung war, ein Reformer, ein Radikaler, ein Verdammer des Althergebrachten. Sein anderer Bruder, derzeit in der Armee in Indien, sei ein ziemlich wilder Sturkopf, der bis jetzt zu nicht viel nütze gewesen sei außer dazu, Schulden zu machen, die Warburton dann begleichen dürfe – eines der hervorragendsten Privilegien eines älteren Bruders. »Ich denke, ich werde mit dem Schuldenbezahlen aufhören«, sagte Isabels Freund. »Er lebt bei weitem auf größerem Fuß als ich, erfreut sich eines unerhörten Luxus und hält sich für den wahren Gentleman von uns beiden. Als konsequenter Radikaler kämpfe ich zwar für Gleichheit, aber gewiß nicht für eine Brüderlichkeit, die nur auf die Bevorzugung jüngerer Brüder hinausläuft.« Zwei seiner vier Schwestern, die zweite und die vierte, seien verheiratet, die eine habe eine gute Partie gemacht, die andere nur so lala. Der Mann der älteren, Lord Haycock, sei ein wirklich guter Kerl, leider aber auch ein fürchterlicher Tory, und seine Frau sei, wie alle braven englischen Ehefrauen, noch schlimmer als ihr Mann. Die andere habe einen eher klein geratenen Landjunker in Norfolk geehelicht und jetzt bereits, obwohl praktisch gerade erst verheiratet, fünf Kinder auf die Welt gebracht. Darüber und über noch anderes ließ Lord Warburton seiner jungen amerikanischen Zuhörerin Aufklärung zuteil werden, wobei er sich alle Mühe gab, ihr manch einen Sachverhalt zu verdeutlichen und ihrem Vorstellungsvermögen die Absonderlichkeiten des englischen Alltags ungeschminkt zu präsentieren. Isabel amüsierte sich immer wieder über die Ausführlichkeit seiner Darlegungen und darüber, wie wenig an eigener Erfahrung beziehungsweise Phantasie er ihr zuzubilligen schien. »Für ihn stamme ich direkt von den Barbaren ab«, dachte sie, »und Gabel und Löffel habe ich seiner Meinung nach auch noch nie gesehen.« Und so fing sie an, ihm naive Fragen zu stellen, nur um ihren Spaß zu haben, wenn er sie todernst beantwortete. Und war er dann in die Falle gegangen, bemerkte sie: »Was für ein Jammer, daß Sie mich nicht in Kriegsbemalung und mit Federschmuck sehen können. Hätte ich's nur gewußt, wie nett Sie zu den armen Wilden sind, hätte ich auch noch meine Stammestracht mitgebracht!« Lord Warburton hatte die Vereinigten Staaten bereist und wußte besser Bescheid als Isabel. Charmant behauptete er, Amerika sei das reizvollste Land der Erde, doch seine Erinnerungen daran schienen so beschaffen zu sein, daß sie ihn in der Ansicht bestärkten, einem Amerikaner oder einer Amerikanerin in England müsse man wirklich alles erklären. »Wenn ich Sie damals in Amerika nur dabei gehabt hätte, um mir alles zu erklären!« sagte er. »Ich war ganz schön ratlos gewesen in Ihrem Land, eigentlich völlig konfus, und das Problem war, daß mich alle Erklärungen bloß noch mehr verwirrten. Wissen Sie was? Ich glaube, die haben mir manchmal ganz absichtlich etwas Falsches gesagt; so was können die ganz besonders gut dort drüben. Aber wenn *ich* Ihnen etwas erkläre, dann können Sie sich darauf verlassen, daß es damit seine Richtigkeit hat.« Seine Richtigkeit hatte es zumindest auch damit, daß er sehr intelligent und kultiviert war und so gut wie alles wußte, was es auf der Welt zu wissen gab. Obwohl er die interessantesten und aufregendsten Einblicke gewährte, hatte Isabel nie das Gefühl, er tue dies als Selbstdarsteller, und obwohl er sich ihm bietende einmalige Gelegenheiten beim Schopf ergriffen, wie sie es formulierte, und dafür Anerkennung erhalten hatte, war er weit davon entfernt, sich das als eigenes Verdienst anzurechnen. Er hatte das Leben von seiner besten Seite genossen, sich aber dennoch seinen Sinn für Proportionen bewahrt. Was sein Wesen auszeichnete, war eine Mischung aus den Resultaten vielfältiger Erfahrungen – quasi im Vorbeigehen gemacht – und einer gelegentlich fast knabenhaften Bescheidenheit, und alles zusammen ergab einen lieblichen und natürlichen, sinnlich auf das Angenehmste wirkenden Reiz, der auch dadurch nichts verlor, daß noch ein Schuß aufrichtiger Liebenswürdigkeit dazu kam.

»Mir gefällt dein Musterexemplar von einem englischen Gentleman außerordentlich«, sagte Isabel zu Ralph, nachdem Lord Warburton gegangen war.

»Mir gefällt er auch, ich mag ihn sehr«, erwiderte Ralph. »Aber noch mehr empfinde ich Mitleid mit ihm.«

Isabel sah ihn entgeistert an. »Also das kommt mir gerade wie sein einziger Fehler vor, daß man ihn nicht ein bißchen bemitleiden kann. Er scheint alles zu haben, alles zu wissen und zu kennen, alles zu verkörpern.«

»Ach, er ist schlimm dran«, insistierte Ralph.

»Du meinst doch hoffentlich nichts Gesundheitliches?«

»Nein, diesbezüglich ist er geradezu widerlich gesund. Was ich meine ist, daß er ein Mann in einer großartigen Position ist, der damit aber allerlei Mätzchen veranstaltet. Er nimmt sich selbst nicht ernst.«

»Hält er sich selbst für einen Witz?«

»Viel schlimmer! Er hält sich für eine Zumutung, für einen personifizierten Mißstand.«

»Tja – vielleicht ist er's ja auch«, sagte Isabel.

»Vielleicht ist er's, obwohl ich's nicht glaube, wenn ich es recht bedenke. Aber das mal angenommen: Was wäre dann bemitleidenswerter als ein sensibler, sich dessen bewußter personifizierter Mißstand, ohne eigenes Zutun als solcher in die Welt gesetzt, tief darin verankert, aber dennoch mit der schmerzlichen Erkenntnis behaftet, eine Ungerechtigkeit zu verkörpern? Wenn ich an seiner Stelle wäre, könnte ich alles mit der Erhabenheit einer Buddha-Statue zelebrieren. Er hat eine Position inne, die meine Phantasie anspricht: große Verantwortung, große Chancen, großes Prestige, großer Reichtum, große Macht und als Lord mit Oberhaussitz ein angestammtes Recht auf Teilhabe an der Politik eines großen Landes. Er aber ist mit sich völlig im Unreinen, mit sich, mit seiner Position, mit seiner Macht, eigentlich mit der ganzen Welt. Er ist das Opfer einer Zeit der kritischen Denkweisen; er hat aufgehört, an sich selbst zu glauben, und jetzt weiß er nicht, woran er überhaupt glauben soll. Und wenn ich versuche, es ihm zu sagen (denn wäre ich an seiner Stelle, wüßte ich sehr genau, woran ich glauben würde), dann nennt er mich einen verhätschelten und scheinheiligen Betbruder. Ich glaube, er hält mich allen Ernstes für einen gräßlichen Spießer. Seiner Meinung nach begreife ich nichts von unserer Zeit. Dabei begreife ich sie mit Sicherheit besser als er, der sich als öffentliches Ärgernis weder selbst abschaffen noch als Institution selbst aufrechterhalten kann.«

»Sonderlich elend sieht er aber nicht aus«, bemerkte Isabel.

»Das zwar nicht, aber als Mann von erlesenem Geschmack hat er wahrscheinlich des öfteren ungemütliche Stunden. Doch was heißt das schon, wenn man von einem Menschen mit seinen Möglichkeiten sagen kann, es gehe ihm nicht schlecht? Außerdem glaube ich, daß es ihm schlecht geht.«

»Ich nicht«, sagte Isabel.

»Na gut«, meinte ihr Cousin, »aber eigentlich sollte es ihm schlecht gehen.«

Am Nachmittag verbrachte sie eine Stunde mit ihrem Onkel auf dem Rasen, wo der alte Herr in seinem Stuhl saß, wie üblich mit der Decke über den Beinen und einer großen Tasse mit verdünntem Tee in der Hand. Im Verlauf der Unterhaltung wollte er von ihr wissen, was sie vom heutigen Gast halte.

Isabel reagierte prompt: »Ich finde ihn charmant.«

»Er ist ein netter Mensch«, sagte Mr. Touchett, »aber ich würde dir raten, dich nicht in ihn zu verlieben.«

»Dann tu ich es natürlich auch nicht. Ich werde mich ausschließlich nur entsprechend Euren Ratschlägen verlieben. Außerdem«, fügte Isabel hinzu, »schildert mir mein Cousin Lord Warburton in reichlich düsteren Farben.«

»Wirklich? Ich wüßte nicht, was es da zu schildern gäbe. Aber denk daran: Ralph redet viel, wenn der Tag lang ist.«

»Er hält Euren Freund für einen radikalen Umstürzler – oder auch für nicht radikal genug, ich habe es nicht ganz verstanden«, sagte Isabel.

Der alte Herr schüttelte bedächtig den Kopf, lächelte und setzte die Tasse ab. »Ich verstehe es auch nicht ganz. Er hat sehr weitreichende Ansichten, aber möglicherweise doch nicht weitreichend genug. Er scheint eine Menge Sachen abschaffen zu wollen, sich selbst allerdings nicht. Das ist wahrscheinlich ganz natürlich, aber es ist auch reichlich inkonsequent.«

»Oh, da hoffe ich doch, daß er uns erhalten bleibt«, sagte Isabel. »Seine Freunde würden ihn sonst schmerzlich vermissen.«

»Na ja«, sagte der alte Herr, »vermutlich bleibt er uns erhalten und unterhält seine Freunde auch weiterhin. Ich würde ihn hier in Gardencourt jedenfalls sehr vermissen. Für mich ist es immer eine Unterhaltung, wenn er herüberkommt, und ich glaube, auch er unterhält sich ganz gut. Zur Zeit laufen eine Menge wie er herum; sie sind gerade sehr in Mode. Ich weiß nicht, worauf sie eigentlich hinauswollen – ob sie eine Revolution anzetteln wollen. Ich für meinen Teil hoffe, sie werden sie so lange verschieben, bis ich nicht mehr bin. Sie wollen nämlich alle Privilegien abschaffen und alles enteignen. Ich aber bin hier ein ziemlich großer Grundbesitzer und will nicht enteignet werden. Hätte ich gewußt, daß sie sich so benehmen, wäre ich gar nicht erst herübergekommen«, fuhr Mr. Touchett mit zunehmender Heiterkeit fort. »Ich bin herübergekommen, weil ich England für ein sicheres Land hielt. Wenn sie jetzt alles umändern und umstürzen wollen, dann ist das für mich ein regelrechter Betrug. Dann wird es eine große Anzahl enttäuschter und um ihre Hoffnungen gebrachter Menschen geben.«

»Ach, hoffentlich machen sie eine Revolution!« rief Isabel. »Für mich wäre es das Größte, wenn ich eine Revolution miterleben könnte.«

»Schau'n wir mal«, sagte ihr Onkel und fuhr augenzwinkernd fort: »Ich vergesse immer, ob du auf der Seite des Alten oder auf der des Neuen stehst. Ich höre, du vertrittst beide Positionen gleichzeitig.«

»Ich stehe auf beiden Seiten. Vermutlich stehe ich ein bißchen auf allen Seiten. In einer Revolution, nach gelungenem Beginn, wäre ich wahrscheinlich eine überzeugte, stolze Königstreue. Denen bringt man mehr Sympathie entgegen, und die haben dann immer die Chance, sich so exquisit zu benehmen, ich meine: so pittoresk.«

»Ich weiß nicht recht, ob ich verstehe, was du mit einem pittoresken Benehmen meinst, aber ich habe das Gefühl, daß du dich schon die ganze Zeit so benimmst, mein Kind.«

»Ach, Ihr seid doch der Allerliebste, Onkel! Wenn ich's nur glauben könnte!« unterbrach ihn das Mädchen.

»Allerdings fürchte ich, daß du im Moment hier wenig Gelegenheit haben wirst, graziös zur Guillotine zu schreiten«, fuhr Mr. Touchett fort. »Wenn du einen großen Aufruhr erleben willst, mußt du lange hier bei uns bleiben. Weißt du, wenn's darauf ankommt, dann haben sie es gar nicht gern, daß man sie beim Wort nimmt.«

»Von wem sprecht Ihr da gerade?«

»Na, von Lord Warburton und seinen Freunden, diesen Oberklassenradikalen. Selbstverständlich beurteile ich sie nur von meinem Standpunkt aus. Sie reden dauernd von Veränderung, aber meiner Meinung nach wissen sie gar nicht, wovon sie reden. Du und ich, wir beide wissen, was es heißt, mit demokratischen Institutionen zu leben. Für mich war das immer eine recht angenehme Angelegenheit, aber ich war ja von Anfang an daran gewöhnt. Und außerdem bin ich ja kein Lord; du bist 'ne Lady, Kleine, aber ich bin kein Lord. Ich glaub' nicht, daß die hier herüben das richtig kapieren. Demokratie ist 'ne Sache, die jeden Tag und jede Stunde passiert, und ich glaube ganz und gar nicht, daß sie vielen von ihnen genausogut gefallen würde wie das, was sie jetzt haben. Klar, wenn sie's ausprobieren wollen, ist das ihre Sache; aber ich kann mir nicht vorstellen, daß sie's ernsthaft wissen wollen.«

»Ihr glaubt nicht, daß sie es ernst meinen?« fragte Isabel.

»Na ja, gefühlsmäßig meinen sie es schon ernst«, räumte ihr Onkel ein, »aber anscheinend gefallen sie sich hauptsächlich als Theoretiker. Ihre radikalen Ansichten haben die Funktion eines Unterhaltungsprogramms. Irgendeine Unterhaltung müssen sie ja haben, und dafür gäbe es Schlimmeres als das. Das sind Leute, die im Luxus leben, verstehst du, und diese progressiven Ideen zu spinnen, stellt für sie den allergrößten Luxus dar. Da können sie sich moralisch vorkommen, ohne dabei ihre eigene Stellung zu beschädigen. Über die denken sie eine Menge nach. Laß dir nie von einem von ihnen weismachen, er täte es nicht, denn dann veralbern sie dich bloß noch.«

Isabel folgte sehr aufmerksam den Darlegungen ihres Onkels, die dieser mit einer drolligen Entschiedenheit vorbrachte. Aber obgleich sie wenig über die britische Aristokratie wußte, so schien sich diese doch im Einklang mit ihren allgemeinen Eindrücken vom Wesen der Menschen zu befinden. Sie fühlte sich allerdings genötigt, zugunsten Lord Warburtons zu protestieren. »Ich mag nicht glauben, daß Lord Warburton ein Schwindler ist. Mir ist es gleich, ob die anderen welche sind. Lord Warburton sähe ich ganz gerne einmal auf die Probe gestellt.«

»Der Himmel bewahre mich vor meinen Freunden!« antwortete Mr. Touchett. »Lord Warburton ist ein äußerst liebenswürdiger junger Mann, ein wunderbarer junger Mensch. Er macht hunderttausend im Jahr. Er besitzt fünfzigtausend Morgen Land von dieser kleinen Insel und noch tausenderlei Sachen nebenher. Er hat ein halbes Dutzend Häuser zum Wohnen. Wo ich einen Sitz an meinem Eßtisch habe, hat er einen Sitz im Parlament. Er hat einen vorzüglichen Geschmack: interessiert sich für

Literatur, für Kunst, für die Wissenschaft, für charmante junge Damen. Und am allervorzüglichsten ist sein Geschmack an neuen Ideen. Das verschafft ihm eine Menge Spaß, mehr vielleicht als alles andere, die jungen Damen ausgenommen. Sein altes Haus dort drüben – wie nennt er's doch schnell wieder, Lockleigh? – ist ausgesprochen hübsch; allerdings halte ich es nicht für so hübsch wie dieses. Spielt auch gar keine Rolle, denn er hat so viele andere. Seine Ansichten tun keinem weh, soweit ich das beurteilen kann; und ihm tun sie schon gar nicht weh. Und sollte es irgendwann einmal eine Revolution geben, käme er ungeschoren davon. Die würden ihn nicht anrühren; die würden ihn lassen, wie er ist. Dazu ist er viel zu beliebt.«

»Och, dann könnte er noch nicht mal zum Märtyrer werden, selbst wenn er es wollte!« seufzte Isabel. »Na, das ist mir vielleicht eine Position!«

»Der wird nie ein Märtyrer, es sei denn, du machst ihn zu einem«, sagte der alte Herr.

Isabel schüttelte den Kopf. Man hätte lachen können über den Anflug von Melancholie, der diese Regung begleitete. »Ich werde niemals jemanden zum Märtyrer machen.«

»Hoffentlich wirst du nicht selbst zur Märtyrerin.«

»Hoffentlich nicht. Ihr bemitleidet Lord Warburton also nicht so wie Ralph?«

Ihr Onkel betrachtete sie eine Weile mit wohlwollender Intensität. »Doch, letztendlich schon.«

9. KAPITEL

Die beiden Damen Molyneux (die Schwestern von besagtem Lord, die den auf normannische Abstammung verweisenden Familiennamen trugen, während »Warburton« der für den Träger des Adelstitels reservierte Name war) statteten Isabel umgehend einen Besuch ab, und die fand sie gleich sympathisch. Sie schienen beide von origineller Prägung zu sein. Zwar erklärte ihr Cousin Ralph, dem sie die Damen mit ebendiesem Ausdruck beschrieb, daß kein Epitheton bezüglich der beiden Fräulein Molyneux weniger treffend sein könnte als dieses, da es in England fünfzigtausend junge Frauen gebe, die ihnen bis aufs Haar glichen. Dieses Vorzugs beraubt, bewahrten sich Isabels Besucherinnen jedoch noch den eines außerordentlich lieben und schüchternen Verhaltens sowie von Augen, die nach Isabels Meinung wie symmetrisch angeordnete Wasserschalen aussahen, von einem Gartenarchitekten als kleine Zierbasins in ein Blumenbeet zwischen Geranien gesetzt.

»Was und wie auch immer sie sein mögen – *miesepetrig* sind sie jedenfalls nicht«, sagte sich unsere Heldin, und schon das allein schien für sie einen großen Reiz auszumachen, denn zwei oder drei Freundinnen aus ihrer Jungmädchenzeit hatten diesen Makel erschreckend deutlich mit sich herumgetragen (wo sie doch ohne ihn so nett gewesen wären), ganz zu schweigen davon, daß Isabel selbst schon ab und zu den Verdacht gehegt hatte, bei sich ähnliche Tendenzen vorzufinden. Die Damen Molyneux hatten zwar das Backfischalter schon hinter sich gelassen, aber sie besaßen einen hellen, frischen Teint und ein Lächeln wie aus Kindertagen. Jawohl, ihre Augen, die Isabel so bewunderte, waren rund und strahlten Ruhe und Zufriedenheit aus. Ihre Figuren, ebenfalls mit großzügig bemessenen Rundungen, steckten in Jacken aus Seehundsfell. Ihre Freundlichkeit war groß, so groß sogar, daß es ihnen selbst schon fast peinlich war, sie zu zeigen. Sie schienen sich ein wenig vor der jungen Dame vom anderen Ende der Welt zu fürchten und vermittelten ihre wohlwollende Begrüßung eher mit Blicken denn mit Worten. Dennoch gaben sie ihrer Hoffnung unmißverständlich Ausdruck, Isabel werde einmal zum Lunch nach Lockleigh kommen, wo sie mit ihrem Bruder lebten, um sie dann recht, recht oft wiedersehen zu dürfen. Vielleicht könne sie sogar einmal über Nacht bleiben; sie erwarteten am neunundzwanzigsten einige Gäste, und ob sie nicht vielleicht herüberkommen könne, wenn diese da seien.

»Leider sind es nur ganz normale Leute«, sagte die ältere Schwester, »aber ich denke einfach, Sie werden uns so nehmen, wie wir sind.«

»Sie sind ganz entzückend; ich finde Sie ganz bezaubernd, so wie Sie sind«, erwiderte Isabel, die oft sehr überschwenglich lobte. Ihre Besucherinnen erröteten, und ihr Vetter ermahnte Isabel, nachdem die beiden gegangen waren, sie solle aufhören, solche Sachen zu den beiden armen Mädchen zu sagen, die sonst nur denken würden, Isabel treibe ein übles Spiel mit ihnen und nutze ihre Gutmütigkeit aus. Er sei sich im übrigen sicher, daß dies das erste Mal gewesen sei, daß jemand sie »ganz bezaubernd« genannt habe.

»Ich kann mir nicht helfen«, antwortete Isabel. »Ich finde es süß, wenn jemand so still und nachdenklich und zufrieden ist. Genauso wäre ich auch gern.«

»Gott bewahre!« entfuhr es Ralph mit Heftigkeit.

»Ich werde mich anstrengen, es ihnen gleichzutun«, sagte Isabel. »Und ganz besonders gern möchte ich sie zu Hause besuchen.«

Dieses Vergnügen hatte sie ein paar Tage später, als sie mit Ralph und seiner Mutter nach Lockleigh hinüberfuhr. Sie traf die Damen Molyneux in einem riesigen Salon sitzend an (erst später erfuhr sie, daß es einer von mehreren war), inmitten einer wilden Anhäufung von verschossenem Chintz. Zur Feier des Tages hatten sie schwarzen Baumwollsamt angelegt. Isabel gefielen sie zu Hause noch besser als in Gardencourt, und sie war mehr denn je beeindruckt von der Tatsache, daß die beiden nicht miesepetrig waren. Zuvor hatte sie gedacht, daß, falls sie überhaupt einen Fehler hätten, es ein Mangel an geistiger Beweglichkeit sei. Doch jetzt erkannte sie, daß sie tiefer Gefühlsregungen fähig waren. Sie war vor dem Lunch einige Zeit lang mit ihnen allein in der einen Hälfte des Raumes, während Lord Warburton sich in geziemender Entfernung mit Mrs. Touchett unterhielt.

»Ist es wahr, daß Ihr Bruder ein großer Radikaler ist?« fragte Isabel. Sie wußte, daß es wahr war, doch mittlerweile kennen wir ihr brennendes Interesse am menschlichen Wesen, und nun verspürte sie das Bedürfnis, die Damen Molyneux auszuhorchen.

»O ja, meine Liebe, ja, ja; er ist ganz wahnsinnig fortschrittlich«, sagte Mildred, die jüngere Schwester.

»Aber gleichzeitig ist Warburton auch sehr vernünftig«, bemerkte Miß Molyneux.

Isabel beobachtete ihn kurz auf der anderen Seite des Raumes. Er gab sich offensichtlich gerade alle Mühe, auf Mrs. Touchett einen guten Eindruck zu machen. Ralph war vor dem Kaminfeuer Opfer unverblümter Annäherungsversuche eines der Hunde geworden; die Temperaturen eines englischen Augusts gaben dem Feuer in diesen ausgedehnten, altehrwürdigen Räumlichkeiten durchaus seine Berechtigung. »Glauben Sie, daß es Ihrem Bruder ernst ist?« wollte Isabel wissen und lächelte dabei.

»Aber ja doch, was denn sonst!« rief Mildred schnell, während die ältere Schwester unsere Heldin stumm anstarrte.

»Glauben Sie, er würde die Probe aufs Exempel bestehen?«

»Die Probe aufs Exempel?«

»Ja, zum Beispiel, all dies hier aufgeben zu müssen.«

»Lockleigh aufgeben zu müssen?« fragte Miß Molyneux, die ihre Stimme wiedergefunden hatte.

»Ja, und die anderen Güter, wie heißen sie doch?«

Die beiden Schwestern tauschten einen erschrockenen Blick aus. »Meinen Sie – meinen Sie wegen der Kosten?« fragte die jüngere.

»Vielleicht vermietet er mal ein oder zwei seiner Häuser«, sagte die andere.

»Würde er sie kostenlos vermieten?« bohrte Isabel weiter.

»Ich kann mir nicht vorstellen, daß er seinen Besitz herschenkt«, sagte Miß Molyneux.

»Aha, dann ist er also doch ein Schwindler!« gab Isabel zurück. »Halten Sie das denn nicht für eine verlogene Position?«

Ihre Gesprächspartnerinnen hatten ganz offensichtlich den Faden verloren. »Die Position meines Bruders?« fragte Miß Molyneux nach.

»Die wird allgemein für eine sehr gute gehalten«, sagte die jüngere Schwester. »Er hat die beste Position in diesem Teil der Grafschaft inne.«

»Wahrscheinlich halten Sie mich für sehr respektlos«, gelang es Isabel einzuwerfen. »Vermutlich beten Sie Ihren Bruder an und fürchten ihn sogar.«

»Selbstverständlich sieht man zu seinem Bruder auf«, war die schlichte Antwort von Miß Molyneux.

»In dem Fall muß er ja ein wirklich guter Mensch sein, denn Sie beide sind ja schon so offensichtlich gute Menschen.«

»Er hat ein sehr gutes Herz. Kein Mensch ahnt, was er an Gutem tut.«

»Seine geistigen Fähigkeiten sind allgemein bekannt«, fügte Mildred hinzu. »Alle halten sie ihn für ein Genie.«

»Ja, das sehe ich«, sagte Isabel. »Aber wenn ich er wäre, würde ich bis zum letzten Blutstropfen kämpfen – für das Erbe der Vergangenheit, meine ich. Ich würde es nicht herschenken.«

»Ich denke, man muß auch liberal sein«, wandte Mildred sanft ein. »Wir sind es immer gewesen, schon seit frühesten Zeiten.«

»Na gut«, sagte Isabel, »damit haben Sie ja auch großen Erfolg gehabt. Kein Wunder, daß Sie es weiter so haben wollen. Ich sehe, Sie mögen Wollstickerei.«

Als Lord Warburton ihr nach dem Lunch das Haus zeigte, empfand sie es fast als Selbstverständlichkeit, daß es einem prachtvollen Gemälde glich. Innen hatte man es erheblich modernisiert und damit einigen der schönsten Teile ihre Ursprünglichkeit genommen. Aber als sie ihn vom Garten aus betrachtete, diesen massiven, grauen Gebäudekomplex, dem jede nur mögliche Wetterunbill einen warmen, dunklen Farbschimmer verliehen hatte und der sich vom Rand eines breiten, ruhigen Wassergrabens erhob – da kam er der jungen Besucherin wie eine Burg aus der Legende vor. Der Tag war kühl und ziemlich glanzlos; der Herbst stand vor der Tür, und der wäßrige Sonnenschein verweilte auf den Mauern in verschwommenen und unsteten Strahlen, wusch sie sozusagen an liebevoll ausgewählten Stellen ab, wo sie der Schmerz des Alters am heftigsten plagte. Der Bruder ihres Gastgebers, der Vikar, war zum Lunch gekommen, und Isabel hatte sich fünf Minuten mit ihm unterhalten können, lange genug, um bei ihm nach Spuren tiefgründiger Geistlichkeit zu forschen und die Suche als müßig einzustellen. Die hervorragenden Merkmale des Vikars von Lockleigh waren eine große, athletische Figur, ein offenes und natürliches Wesen, ein riesiger Appetit und eine Neigung zu spontanen Lachanfällen. Isabel erfuhr später von ihrem Cousin, daß er vor seinem Eintritt in den geistlichen Stand ein fabelhafter Ringkämpfer gewesen und noch immer absolut in der Lage sei, wenn sich die Gelegenheit ergab, im privatesten Familienkreis sozusagen, einen Gegner buchstäblich aufs Kreuz zu legen. Isabel mochte ihn; sie war in einer Stimmung, in der sie alles und jeden mochte. Allerdings war ihre Phantasie zu einem guten Teil damit beschäftigt, in ihm eine Quelle geistig-seelischen Beistands zu erblicken. Nach dem Essen begab sich die ganze Gesellschaft zum Spaziergang ins Freie. Lord Warburtons praktischem Einfallsreichtum war es zu verdanken, daß er mit seinem ihm am wenigsten vertrauten Gast ein Stück abseits der anderen umherschlendern konnte.

»Ich möchte, daß Sie sich alles hier richtig und ernsthaft ansehen«, sagte er. »Und das geht unmöglich, wenn man gleichzeitig durch Klatsch und Tratsch und seichtes Geplauder abgelenkt wird.« Seine eigenen Gesprächsthemen kreisten nicht ausschließlich um architektonische Besonderheiten, obwohl er Isabel viel über das Haus erzählte, das eine sehr interessante Historie hatte. Zwischendurch sprach er immer wieder persönlichere Dinge an – persönlich sowohl in bezug auf die junge Dame als auch auf ihn selbst. Schließlich aber, nach einer Pause von beträchtlicher Dauer, kehrte er kurz wieder zum scheinbaren Gegenstand ihrer Unterhaltung zurück. »Schön«, sagte er, »ich freue mich sehr, daß Ihnen der alte Kasten gefällt. Ich wünschte, Sie könnten noch mehr davon sehen – indem Sie zum Beispiel ein Weilchen bei uns blieben. Meine Schwestern haben Sie voll und ganz ins Herz geschlossen – falls das für Sie ein Anreiz wäre.«

»An Anreizen gibt es überhaupt keinen Mangel«, antwortete Isabel, »aber ich fürchte, ich kann keine Zusagen machen. Da bin ich vollständig von meiner Tante abhängig.«

»Verzeihung, aber das kann ich ja nun wirklich nicht glauben. Ich bin mir sicher, daß Sie tun und lassen, was Sie wollen.«

»Es tut mir leid, wenn ich auf Sie diesen Eindruck mache, und ich finde auch nicht, daß das ein netter Eindruck ist.«

»Er hat den Vorzug, mich hoffen zu lassen.« Und Lord Warburton blieb kurz stehen.

»Worauf zu hoffen?«

»Daß ich Sie in Zukunft oft sehen darf.«

»Ach«, sagte Isabel, »um dieses Vergnügen zu haben, brauche ich nicht so fürchterlich emanzipiert zu sein.«

»Zweifellos nicht. Andererseits bilde ich mir ein, Ihr Onkel mag mich nicht sonderlich.«

»Da irren Sie sich aber gewaltig. Ich habe mit eigenen Ohren gehört, wie er ein Loblied auf Sie gesungen hat.«

»Ich freue mich, daß Sie über mich gesprochen haben«, sagte Lord Warburton. »Trotzdem denke ich, er mag es nicht, daß ich weiterhin nach Gardencourt komme.«

»Für die Vorlieben oder Abneigungen meines Onkels bin ich nicht verantwortlich«, gab das Mädchen zurück, »obgleich ich sie natürlich so weit wie möglich berücksichtigen sollte. Ich jedenfalls würde mich sehr freuen, Sie zu sehen.«

»Genau das wollte ich aus Ihrem Mund hören. Ich bin absolut hingerissen, wenn Sie so etwas sagen.«

»Sie lassen sich aber leicht hinreißen, Mylord«, sagte Isabel.

»Nein, ich lasse mich überhaupt nicht leicht hinreißen!« Und dann blieb er kurz stehen. »Aber von Ihnen bin ich hingerissen, Miß Archer.«

Diese Worte wurden in einem nicht genau definierbaren Tonfall geäußert, der das Mädchen stutzig machte. Der Satz kam ihr wie das Präludium zu etwas Ernstem und Feierlichem vor. Sie hatte diesen Tonfall schon einmal vernommen und erkannte ihn wieder. Und da sie im Moment nicht den Wunsch verspürte, dem Präludium möge sich eine Suite anschließen, sagte sie so leichthin wie nur möglich und so rasch, wie es ein angemessener Grad an Erregung schicklich erscheinen ließ:»Es tut mir leid, aber ich glaube nicht, daß ich noch einmal hierher kommen kann.«

»Nie mehr?« fragte Lord Warburton.

»Ich will nicht sagen, nie mehr; da käme ich mir reichlich melodramatisch vor.«

»Darf ich Sie dann irgendwann in der nächsten Woche besuchen?«

»Aber sicher. Was hindert Sie daran?«

»Nichts Konkretes. Aber bei Ihnen bin ich mir nie sicher. Ich habe irgendwie das Gefühl, daß Sie die Menschen andauernd taxieren.«

»Das muß ja nicht notwendigerweise zu Ihrem Nachteil sein.«

»Sehr freundlich von Ihnen, das zu sagen. Doch auch wenn es nicht zu meinem Nachteil ist, so kann ich mir etwas Schöneres vorstellen, als daß mir unerbittliche Gerechtigkeit widerfährt. Wird Mrs. Touchett Sie bald ins Ausland entführen?«

»Ich hoffe doch.«

»Ist Ihnen England nicht gut genug?«

»Jetzt werden Sie aber sehr sophistisch, weshalb Sie auch keine Antwort verdienen. Ich möchte so viele Länder sehen, wie ich nur kann.«

»Damit Sie sich neue Urteile bilden können?«

»Und um Spaß zu haben.«

»Ja, das scheint Ihnen am meisten Spaß zu machen. Ich kriege einfach nicht heraus, was Sie im Sinn haben«, sagte Lord Warburton.»Sie erwecken in mir den Eindruck, als verfolgten Sie mysteriöse Ziele, als hätten sie große Pläne.«

»Sie sind so gütig, eine Theorie über mich zu haben, die ich in keiner Weise rechtfertigen kann. Was sollen denn das für mysteriöse Ziele sein, die alljährlich von fünfzigtausend meiner Landsleute in aller Öffentlichkeit verfolgt werden, indem sie sich durch Reisen ins Ausland geistig weiterzubilden suchen?«

»*Sie* können sich geistig nicht mehr weiterbilden, Miß Archer«, erklärte ihr Gesprächspartner.»Ihr Geist ist bereits jetzt ein furchteinflößendes Werkzeug. Er sieht auf uns alle herab; er verachtet uns.«

»Verachtet Sie? Sie machen sich über mich lustig«, sagte Isabel und wurde ernst.

»Aber Sie halten uns für skurril – und das ist das gleiche. Und ich will schon gar nicht für skurril gehalten werden, weil ich es nämlich nicht im mindesten bin. Ich protestiere dagegen!«

»Dieser Protest ist mit das Skurrilste, was mir je zu Ohren gekommen ist«, antwortete Isabel lächelnd.

Lord Warburton schwieg einen Augenblick. »Sie urteilen ja nur von außen. Irgendwie interessiert Sie das alles gar nicht«, ergänzte er. »Das einzige, was Sie interessiert, ist, daß Sie Ihren Spaß haben.« Der Tonfall, den sie kurz zuvor in seiner Stimme vernommen hatte, kehrte wieder zurück und vermischte sich jetzt mit einer deutlichen Note der Bitterkeit – einer Bitterkeit, die so abrupt und aus heiterem Himmel aufklang, daß das Mädchen befürchtete, ihn verletzt zu haben. Sie hatte schon oft gehört, daß die Engländer ein höchst exzentrisches Völkchen seien, hatte sogar bei klugen Schriftstellern lesen können, sie seien im Grunde von allen Rassen die am romantischsten veranlagte. Erlitt Lord Warburton im Augenblick einen jähen romantischen Anfall? Stand er womöglich im Begriff, ihr eine Szene zu machen? in seinem eigenen Haus? schon bei ihrem dritten Zusammentreffen? Das Vertrauen in seine großartigen guten Manieren beruhigte sie gleich wieder, und dieses Vertrauen wurde auch nicht durch die Tatsache beeinträchtigt, daß er sich bereits bis an die äußerste Grenze des guten Geschmackes vorgewagt hatte, als er seiner Bewunderung für eine junge Dame Ausdruck verlieh, die sich seiner Gastfreundschaft anheimgegeben hatte. Es war richtig gewesen, auf seine guten Manieren zu vertrauen, denn er ging weiter, lachte kurz und sagte ohne eine Spur jenes Tonfalls, der sie so aus der Fassung gebracht hatte: »Selbstverständlich wollte ich nicht andeuten, daß Sie sich auf oberflächliche Weise amüsieren. Sie haben sich da gewichtige Themen vorgenommen: die Schwächen und Leiden der menschlichen Natur, die Eigenarten der Völker!«

»Was das betrifft«, sagte Isabel, »so finde ich bei meinem eigenen Volk Unterhaltungsstoff für ein ganzes Leben. Aber vor uns liegt jetzt eine lange Fahrt, und meine Tante wird wahrscheinlich bald aufbrechen wollen.« Sie machte kehrt, um sich den anderen anzuschließen, und Lord Warburton schritt schweigend neben ihr einher. Doch ehe sie die anderen eingeholt hatten, sagte er: »Ich werde Sie nächste Woche besuchen kommen.«

Diese Worte versetzten ihr einen beträchtlichen Schock, aber noch während dieser allmählich abklang, spürte sie, daß sie nicht so tun konnte, als sei es ein durch und durch schmerzhafter Schock gewesen. Nichtsdestoweniger nahm sie seine Ankündigung reichlich kühl auf: »Ganz wie Sie meinen!« Und diese Kühle war keineswegs um ihrer Wirkung wegen kalkuliert – ein Spielchen, das sie in weit geringerem Ausmaß betrieb, als es vielen ihrer Kritiker vorkam. Die Kühle entsprang einer ganz bestimmten Angst.

10. KAPITEL

Am Tag nach ihrem Besuch in Lockleigh erhielt sie einen Brief von ihrer Freundin Miß Stackpole, bei dem schon das Erscheinungsbild des Umschlags, bestehend aus dem Poststempel von Liverpool und der sauberen, kalligraphischen Handschrift von Henriettas geschickten Fingern, Isabels Gefühle in beträchtlichen Aufruhr versetzte. »Da bin ich nun, geliebte Freundin«, schrieb Miß Stackpole. »Ich habe es also doch noch geschafft wegzukommen. Erst am Abend vor der Abreise aus New York faßte ich den Entschluß – nachdem der *Interviewer* meine Honorar- und Spesenvorstellungen akzeptiert hatte. Ich habe ein paar Sachen in eine Tasche geschmissen, ganz wie eine alte, abgebrühte Journalistin, und fuhr dann mit der Straßenbahn zum Dampfer. Wo hältst Du Dich gerade auf, und wo können wir uns treffen? Wahrscheinlich bist Du zu Besuch auf irgendeinem Schloß und hast Dir auch schon den richtigen britischen Oberklassenakzent zugelegt. Vielleicht hast Du sogar schon einen Lord geheiratet. Ich wünschte mir fast, daß Du es getan hättest, denn ich brauche Zutritt zu den höchsten Kreisen und zähle da auf Dich. Der *Interviewer* will Berichte über die Aristokratie. Meine ersten Eindrücke von den Leuten ganz allgemein sind nicht sonderlich rosig. Aber ich will mich erst mit Dir darüber unterhalten, denn wie Du weißt, bin ich zwar alles mögliche, aber sicher nicht oberflächlich. Außerdem muß ich Dir was ganz Besonderes mitteilen. Sieh zu, daß Du so schnell wie möglich ein Treffen arrangieren kannst, zum Beispiel in London (ich würde liebend gern die ganzen Sehenswürdigkeiten mit Dir zusammen angucken), oder laß mich einfach Dich besuchen, *wo auch immer Du steckst*. Ich komme mit dem größten Vergnügen. Du weißt ja, ich interessiere mich für alles, und ich möchte so viel wie möglich von der englischen Innenwelt sehen.«

Isabel hielt es für das beste, diesen Brief nicht ihrem Onkel zu zeigen; aber sie machte ihn mit dem Inhalt vertraut, und er bat sie sogleich, wie erwartet, Miß Stackpole in seinem Namen zu versichern, daß er entzückt wäre, dürfte er sie in Gardencourt willkommen heißen. »Obwohl Sie eine Dame der schreibenden Zunft ist«, sagte er. »Ich nehme an, daß sie – als Amerikanerin – mich nicht so vorführen und bloßstellen wird, wie diese andere es tat. Sie hat meinesgleichen sicher schon mal getroffen.«

»Aber niemanden, der so reizend ist!« antwortete Isabel, doch fühlte sie sich bei dem Gedanken an Miß Stackpoles Talent zur schriftstellerischen Verarbeitung von Wirklichkeit keineswegs behaglich, denn dieses gehörte zu jener Seite des Charakters ihrer Freundin, die sie mit dem geringsten Wohlgefallen betrachtete. Dennoch schrieb sie an Miß Stackpole, sie sei unter Mr. Touchetts Dach höchst willkommen, woraufhin jene tüchtige junge Frau keine Zeit verlor und prompt ihre Anreise meldete. Sie war nach London gefahren und nahm vom Stadtzentrum aus den Zug nach der Gardencourt nächstgelegenen Bahnstation, wo Isabel und Ralph auf sie warteten, um sie abzuholen.

»Werde ich sie lieben oder werde ich sie hassen?« fragte Ralph, während sie den Bahnsteig entlanggingen.

»Was auch immer du tust, wird ihr herzlich gleichgültig sein«, sagte Isabel. »Sie schert sich keinen Deut um das, was die Männer von ihr halten.«

»Dann ist sie mir als Mann von vornherein zuwider. Die ist bestimmt ein richtiges Scheusal. Ist sie sehr häßlich?«

»Nein, sie ist ausgesprochen hübsch.«

»Eine Interviewerin – ein Zeitungsmensch im Petticoat? Da bin ich aber mächtig gespannt«, gestand Ralph.

»Es ist ziemlich leicht, über sie zu lachen, aber so couragiert wie sie zu sein, ist überhaupt nicht leicht.«

»Wahrscheinlich nicht. Bei all den Gewaltdelikten und Überfällen muß man schon Schneid mitbringen. Glaubst du, sie wird *mich* interviewen?«

»Nie im Leben. Die hält dich für viel zu unwichtig.«

»Warte es nur ab«, sagte Ralph. »Die schickt einen Artikel über uns alle an ihre Zeitung, Bunchie eingeschlossen.«

»Ich werde sie bitten, das nicht zu tun«, sagte Isabel.

»Du hältst sie also dessen für fähig?«

»Absolut.«

»Und so eine hast du zu deiner Busenfreundin gemacht?«

»Ich habe sie nicht zu meiner Busenfreundin gemacht. Aber ich mag sie, trotz ihrer Fehler.«

»Ich sehe schon«, sagte Ralph, »ich werde sie trotz ihrer Vorzüge nicht mögen.«

»Du wirst dich wahrscheinlich spätestens am dritten Tag in sie verliebt haben.«

»Damit sie meine Liebesbriefe im *Interviewer* veröffentlicht? Nie und nimmer!« rief der junge Mann.

In diesem Augenblick fuhr der Zug ein, und Miß Stackpole, die als eine der ersten ausstieg, erwies sich, wie von Isabel prophezeit, von delikater, wenn auch recht provinzieller Schönheit. Sie war eine adrette, füllige Person von mittlerer Statur, mit rundem Gesicht, kleinem Mund, einem zarten Teint, einer Menge hellbrauner Löckchen am Hinterkopf und einem eigenartig offenen Blick, in dem so etwas wie Überraschung lag. Das Auffälligste an ihrer Erscheinung war die ungewöhnliche Festigkeit, mit der dieser Blick ohne jede schamlose Impertinenz oder trotzige Herausforderung, sondern eher im Gefühl eines ganz bewußt ausgeübten Naturrechts unverwandt auf jedem Objekt verweilte, auf das er zufällig fiel. So verweilte er auch unverwandt auf Ralph, der von Miß Stackpoles elegantem und angenehmem Anblick gehemmt und gebannt wurde, womit sich andeutete, daß es doch nicht so leicht sein dürfte, sie widerlich zu finden. Sie rauschte und schimmerte in neuen, taubengrauen Gewändern. Ralph erkannte auf den ersten Blick, daß sie vor Eigenwilligkeit und Frische knisterte und aktuell und vielversprechend war wie das Andruckexemplar einer Zeitung vor dem Falten. Da gab es wahrscheinlich von vorn bis hinten nicht einen einzigen Druckfehler. Sie sprach mit einer klaren, hohen Stimme, die nicht voll, sondern laut war. Doch nachdem sie zusammen mit ihren Begleitern in Mr. Touchetts Kutsche Platz genommen hatte, erstaunte sie ihn dadurch, daß sie sich überhaupt nicht als ›reißerische‹ Type im Stil gewisser fürchterlicher Schlagzeilen entpuppte, auf die er gefaßt gewesen war. Die Fragen, die ihr von Isabel gestellt wurden und an denen der junge Mann sich zu beteiligen wagte, beantwortete sie statt dessen umfassend und klar, und später, in der Bibliothek von Gardencourt, nachdem sie die Bekanntschaft von Mr. Touchett gemacht hatte (dessen Frau ein Erscheinen nicht für nötig erachtete), fuhr sie damit fort, das Ausmaß ihres Selbstvertrauens in die eigenen Fähigkeiten zu demonstrieren.

»Also – was mich interessieren würde ist, ob Sie sich als Amerikaner oder als Engländer betrachten«, sprudelte sie los. »Dann könnte ich entsprechend mit Ihnen reden.«

»Reden Sie einfach drauflos; wir sind für alles dankbar«, antwortete Ralph großzügig.

Ihre Augen fixierten ihn, und es lag etwas in ihrem Ausdruck, das ihn an große, polierte Knöpfe erinnerte – Knöpfe, die vielleicht mit beweglichen, empfangsbereiten Antennen verbunden waren. Er glaubte, die Spiegelungen von Objekten der Umgebung in den Pupillen sehen zu können. Knöpfe zieht man normalerweise nicht als Vergleich für menschliche Eigenschaften oder Körperteile heran; doch da lag etwas in Miß Stackpoles Blick, das bei ihm, als einem sehr bescheidenen und zurückhaltenden Mann, ein vages Gefühl von peinlicher Verlegenheit und Verwirrung hervorrief. Er kam sich weniger unverwundbar, dafür mehr von oben herab behandelt vor, als ihm lieb war. Diese Empfindung ließ zwar zugegebenermaßen nach ein oder zwei Tagen in ihrer Gesellschaft deutlich nach, aber sie verschwand nie völlig. »Ich will doch nicht hoffen, Sie wollen mir einreden, daß *Sie* Amerikaner sind«, sagte sie.

»Ihnen zuliebe bin ich auch gern Engländer oder vielleicht Türke!«

»Also – wenn Sie sich so schnell verwandeln können: bitte sehr«, gab Miß Stackpole zurück.

»Sie wissen doch bestimmt über alles Bescheid, und unterschiedliche Nationalitäten dürften wohl kein Hindernis für Sie darstellen«, fuhr Ralph fort.

Miß Stackpole blickte ihn unverwandt an. »Meinen Sie fremde Sprachen damit?«

»Sprachen zählen nicht. Ich meine den Geist, den Genius, die Mentalität.«

»Ich weiß nicht, ob ich verstehe, was Sie meinen«, sagte die Korrespondentin des *Interviewer*, »aber bis ich wieder abreise, tue ich das sicher.«

»Er ist das, was man einen Kosmopoliten nennt«, versuchte Isabel auszuhelfen.

»Das heißt, er ist ein bißchen was von jedem, aber nichts ganz. Für mich ist es mit dem Patriotismus wie mit der Nächstenliebe: Beides fängt daheim an.«

»Ach – und wo bitte fängt ›daheim‹ an, Miß Stackpole?« wollte Ralph wissen.

»Ich weiß nicht, wo es anfängt, aber ich weiß, wo es aufhört. Bei mir hörte es lange auf, bevor ich hierher kam.«

»Gefällt es Ihnen hier nicht?« fragte Mr. Touchett mit seiner bejahrten, arglosen Stimme.

»Ach, wissen Sie, Sir, ich habe mir noch keine eigene Meinung gebildet. Ich fühle mich ziemlich eingeschränkt und beengt. Das ging schon auf der Fahrt von Liverpool nach London los.«

»Vielleicht saßen Sie in einem überfüllten Abteil«, gab Ralph zu bedenken.

»Stimmt, aber es war mit Freunden überfüllt, mit einer Gruppe Amerikaner, deren Bekanntschaft ich auf dem Schiff gemacht hatte; sympathische Leute aus Little Rock in Arkansas. Trotzdem fühlte ich mich beengt; es war wie ein Druck von außen. Ich könnte nicht sagen, was es war. Zuerst dachte ich, ich komme vielleicht mit dem ganzen Klima nicht zurecht. Aber ich denke, ich werde mir mein eigenes Klima schaffen. Nur so geht es, dann kann man auch atmen. Die Gegend hier scheint ja recht hübsch zu sein.«

»Aber wir sind doch auch ganz sympathische Leute!« sagte Ralph. »Mit der Zeit kriegen Sie das schon noch heraus.«

Miß Stackpole traf eindeutig Anstalten, sich diese Zeit zu nehmen, und war offensichtlich geneigt, ihren Aufenthalt in Gardencourt nicht so schnell zu beenden. Vormittags beschäftigte sie sich mit schriftstellerischen Tätigkeiten; dessenungeachtet verbrachte Isabel manche Stunde mit ihrer Freundin, die, nach vollbrachtem Tagewerk, Einsamkeit nicht nur nicht schätzte, sondern energisch mißbilligte. Isabel führte rasch eine Gelegenheit herbei, um ihren Wunsch zu unterbreiten, Miß Stackpole möge doch davon Abstand nehmen, diesen reizvollen gemeinsamen Aufenthalt in Gardencourt in Form gedruckter Artikel zu zelebrieren, da sie bereits am zweiten Morgen von Miß Stackpoles Besuch entdeckt hatte, daß ihre Freundin an einem Brief an den *Interviewer* arbeitete, dessen Titel in ihrer makellos sauberen und lesbaren Handschrift (haargenau jener Schönschrift der Schulhefte, an die sich unsere Heldin noch aus ihrer eigenen Schulzeit erinnerte) lautete: »Amerikaner und Tudors – Einblicke in Gardencourt«. Mit dem reinsten Gewissen der Welt bot Miß Stackpole an, Isabel den Artikel vorzulesen, nachdem diese sofort Protest eingelegt hatte.

»Ich finde, das solltest du nicht tun. Ich finde, du solltest nicht über Gardencourt schreiben.«

Henrietta sah sie wie üblich unverwandt an. »Wieso nicht? Die Leute wollen genau so etwas lesen, und es ist doch ganz nett hier.«

»Es ist viel zu nett, um in der Zeitung darüber zu schreiben, und außerdem will es mein Onkel nicht.«

»Glaub bloß das nicht!« rief Henrietta. »Hinterher sind sie immer alle ganz begeistert.«

»Mein Onkel wird nicht begeistert sein, und auch mein Cousin nicht. Sie werden es als einen Mißbrauch ihrer Gastfreundschaft ansehen.«

Miß Stackpole ließ kein Anzeichen von Verblüffung erkennen. Sie wischte einfach ihre Schreibfeder säuberlich an einem kleinen, eleganten Utensil ab, das sie zu diesem Zweck bei sich führte, und verstaute ihr Manuskript. »Wenn du dagegen bist, werde ich es natürlich nicht tun. Aber damit opfere ich ein schönes Thema.«

»Es gibt doch jede Menge anderer Themen; überall um dich herum findest du welche. Wir fahren einfach ein paarmal aus. Da kann ich dir herrliche Landschaften zeigen.«

»Landschaften sind nicht meine Spezialität. Was ich brauche, sind Geschichten aus dem Leben, mit Menschen im Mittelpunkt. Du weißt, daß mich das Menschliche schon immer interessiert hat«, entgegnete Miß Stackpole. »Ich hätte deinen Vetter hineingebracht – den entfremdeten, entwurzelten Amerikaner. Gerade die sind zur Zeit sehr gefragt, und dein Cousin ist dafür ein Prachtexemplar. Den hätte ich schonungslos kritisch beschrieben.«

»Der wäre gestorben!« rief Isabel aus. »Nicht an der schonungslosen Kritik, sondern an der Publicity.«

»Also, ich hätte ihn ganz gern ein bißchen zurechtgestutzt. Und über deinen Onkel hätte ich auch ganz gern was gemacht, der scheint mir ein viel noblerer Typ zu sein – der loyale Amerikaner nach wie vor. Er ist ein großartiger, alter Mann. Ich kann mir nicht vorstellen, wie er etwas dagegen haben könnte, daß ich ihm meine Reverenz erweise.«

Isabel sah ihre Freundin mit größter Verwunderung an. Sie registrierte mit Befremden, wie ein Charakter, an dem sie soviel

Schätzenswertes fand, solche Blößen offenbaren konnte. »Meine arme Henrietta«, sagte sie, »du hast einfach kein Gefühl für Intimsphären.«

Henrietta errötete tief, und das Wasser stieg ihr kurz in die Augen und verschleierte deren Glanz, weshalb Isabel sie mehr denn je als inkonsequent empfand. »Da tust du mir aber sehr Unrecht«, sagte Miß Stackpole würdevoll. »Ich habe noch nie auch nur ein einziges Wort über mich selbst geschrieben!«

»Ganz bestimmt hast du das nicht, aber ich finde, man sollte sich auch in bezug auf andere Mäßigung auferlegen.«

»Oh, das ist sehr gut!« rief Henrietta und nahm wieder die Feder zur Hand. »Das muß ich mir schnell notieren, das kann ich irgendwann mal brauchen.« Sie war eine uneingeschränkt gutmütige Frau, und nach einer halben Stunde war sie wieder so unbeschwert, wie man es von einer Journalistin auf der Suche nach Stoff erwarten konnte. »Ich habe zugesagt, mich auf die gesellschaftlichen Aspekte zu konzentrieren«, informierte sie Isabel, »aber wie soll ich das einhalten, wenn ich keine Anregungen bekomme? Wenn ich schon Gardencourt nicht beschreiben darf, weißt du dann nicht wenigstens etwas anderes, was ich beschreiben *darf?*« Isabel versprach, sich darüber Gedanken zu machen, und am nächsten Tag erwähnte sie so nebenbei im Gespräch mit der Freundin ihren Besuch von Lord Warburtons historischem Anwesen. »Ach, da mußt du mich unbedingt hinbringen! Genau das ist es, was ich suche«, rief Miß Stackpole aus. »Ich muß mir einen Eindruck von der Aristokratie verschaffen.«

»Hinbringen kann ich dich nicht«, sagte Isabel, »aber Lord Warburton kommt hierher, und bei der Gelegenheit kannst du ihn kennenlernen und studieren. Solltest du allerdings vorhaben, das, was er sagt, zu verwenden, werde ich ihn auf jeden Fall vorwarnen.«

»Tu's bitte nicht«, flehte ihre Gefährtin. »Ich möchte doch, daß er sich ganz natürlich gibt.«

»Engländer sind vor allem dann natürlich, wenn sie den Mund halten«, erklärte Isabel.

Nach Ablauf von drei Tagen war noch nicht ersichtlich, daß sich Isabels Prophezeiung erfüllen und ihr Cousin sein Herz an ihre Besucherin verlieren würde, obschon er eine beträchtliche Zeit in ihrer Gesellschaft verbracht hatte. Die beiden schlenderten zusammen durch den Park, setzten sich unter die

Bäume, und am Nachmittag, wenn es auf der Themse am schönsten war, belegte jetzt Miß Stackpole einen Platz in dem Boot, in dem bisher nur eine gewisse andere Person Ralph begleitet hatte. Ihre Präsenz erwies sich als irgendwie leichter auflösbar in Partikel von sanfter Konsistenz, als Ralph es – in der natürlichen Verwirrung seines Gemüts durch die problemlose Reaktion von Isabels Nähe mit der organischen Chemie seiner eigenen Persönlichkeit – erwartet hatte, denn die Korrespondentin des *Interviewer* stimmte ihn heiter, und schon vor längerer Zeit hatte er beschlossen, daß das Crescendo der Heiterkeit die Festmusik seiner schwindenden Tage sein solle. Henrietta ihrerseits versäumte es ein wenig, Isabels Feststellung bezüglich ihrer Gleichgültigkeit gegenüber männlicher Meinung zu bestätigen, denn der arme Ralph schien sich für sie als ein irritierendes Problem darzustellen, das nicht zu lösen schon fast unmoralisch gewesen wäre.

»Womit verdient der eigentlich seinen Lebensunterhalt?« hatte sie von Isabel gleich am Abend ihrer Ankunft wissen wollen. »Läuft er bloß den ganzen Tag mit den Händen in den Taschen herum?«

»Er tut nichts«, antwortete Isabel lächelnd. »Er ist ein Gentleman, der es nicht nötig hat zu arbeiten.«

»Na, das nenne ich ja wohl eine Schande – wo unsereiner wie ein Straßenbahnschaffner schuften muß«, erwiderte Miß Stackpole. »Dem würde ich gerne mal Bescheid sagen!«

»Er ist gesundheitlich recht übel dran; er kann gar nicht arbeiten«, betonte Isabel.

»Hach! Und das glaubst du! Ich arbeite ja auch, wenn ich krank bin«, rief ihre Freundin. Später, als sie ins Boot stieg, um an der Flußfahrt teilzunehmen, ließ sie Ralph gegenüber die Bemerkung fallen, daß sie glaube, er hasse sie und sie vermutlich liebend gern ertränken würde.

»Aber nein«, sagte Ralph, »ich hebe mir meine Opfer immer für ausgedehntere Qualen auf. Und Sie gäben ein besonders interessantes Exemplar ab.«

»Aber Sie quälen mich schon die ganze Zeit, wenn ich das mal sagen darf. Dafür bringe ich alle Ihre Vorurteile ins Wanken – den Trost habe ich.«

»Meine Vorurteile? Leider kann ich mich nicht glücklich schätzen, auch nur eines davon zu haben. Da sehen Sie meine intellektuelle Armut.«

»Um so mehr sollten Sie sich schämen! Ich habe ein paar ganz herrliche. Und außerdem verderbe ich Ihnen natürlich Ihren Flirt, oder wie immer Sie das nennen, mit Ihrer Cousine. Aber das stört mich überhaupt nicht, weil ich ihr damit einen Dienst erweise, indem ich die Wahrheit über Sie herausfinde. Da kann sie dann erkennen, wie wenig an Ihnen dran ist.«

»O ja, finden Sie sie unbedingt raus!« rief Ralph freudig aus. »Die Mühe macht sich ja sonst keiner.«

Und um dies zu bewerkstelligen, schien Miß Stackpole vor keiner Anstrengung zurückzuschrecken, wobei sie sich in der Hauptsache, wann immer die Gelegenheit dafür günstig war, des natürlichen Hilfsmittels der Befragung bediente. Am nächsten Tag war das Wetter schlecht, und so erbot sich der junge Mann, im Rahmen eines häuslichen Unterhaltungsprogramms Miß Stackpole die Gemälde zu zeigen. Henrietta schlenderte mit ihm zusammen durch die lange Galerie, und er wies sie auf die wichtigsten Schmuckstücke hin, erklärte die Maler und ihre Sujets. Miß Stackpole betrachtete die Bilder in völligem Schweigen, gab auch keine Meinung kund, und Ralph war dankbar, daß sie sich nicht zu jenen rituellen Ausrufen des Entzückens hinreißen ließ, die Besucher von Gardencourt üblicherweise und im Übermaß von sich gaben. Diese junge Dame war, um ihr Gerechtigkeit widerfahren zu lassen, in der Tat sehr sparsam im Gebrauch konventioneller Phrasen. In ihrem Tonfall lag etwas Ernsthaftes und Originelles, so daß man hinter dieser bemühten Bedachtsamkeit eine Person von hoher Kultur vermuten konnte, die sich gerade in einer fremden Sprache äußerte. Ralph Touchett erfuhr alsbald, daß sie in der Neuen Welt bereits einmal für ein Journal als Kunstkritikerin tätig gewesen war; trotz dieses Umstandes verzichtete sie auf billige Ohs und Ahs der Bewunderung. Plötzlich, als Ralph sie gerade auf ein ganz reizendes Bild des Landschaftsmalers John Constable aufmerksam gemacht hatte, drehte sie sich um und sah ihn an, als sei er selbst das Gemälde.

»Verbringen Sie Ihre Zeit immer auf diese Weise?« begehrte sie zu wissen.

»Ich verbringe sie selten so angenehm.«

»Ach, kommen Sie. Sie wissen schon, was ich meine: so ohne regelmäßige Beschäftigung.«

»Tja«, meinte Ralph, »ich bin der unbeschäftigtste Mann der Welt.«

Miß Stackpole richtete ihren Blick wieder auf den Constable, und Ralph machte sie auf einen kleinen Lancret aufmerksam, der daneben hing und einen Gentleman in scharlachrotem Wams mit Strümpfen und Halskrause darstellte, welcher, in einem Garten, gegen ein Piedestal mit der Statue einer Nymphe lehnte und Gitarre spielte für zwei Damen, die im Gras saßen. »So sieht mein Ideal einer regelmäßigen Beschäftigung aus«, sagte er.

Miß Stackpole wandte sich wieder ihm zu, und er erkannte, daß sie, obwohl ihr Blick auf das Bild gerichtet gewesen war, von dem dargestellten Motiv nichts wahrgenommen hatte. Sie dachte gerade über Gewichtigeres nach. »Ich begreife nicht, wie Sie das mit Ihrem Gewissen vereinbaren können.«

»Mein gnädiges Fräulein, ich *habe* kein Gewissen!«

»In diesem Fall würde ich Ihnen raten, sich eines zuzulegen. Sie werden es brauchen, wenn Sie das nächste Mal nach Amerika reisen.«

»Da werde ich wahrscheinlich nie mehr hinfahren.«

»Schämen Sie sich, sich dort zu zeigen?«

Ralph überlegte und lächelte nachsichtig. »Ich vermute, wenn man kein Gewissen hat, hat man auch kein Schamgefühl.«

»Na, Sie sind ja überhaupt nicht anmaßend!« erklärte Henrietta. »Halten Sie es für richtig, Ihre Heimat so einfach aufzugeben?«

»Ach was, man gibt seine Heimat genausowenig auf, wie man seine Großmutter aufgibt. Beide sind a priori-Setzungen und stehen nicht zur Disposition; sie sind Bestandteile unserer Existenz, die nicht eliminiert werden können.«

»Wenn ich das recht verstehe, soll es heißen, Sie haben es versucht, aber nicht geschafft. Wofür hält man Sie denn hierzulande?«

»Die Leute haben ihre helle Freude an mir.«

»Weil Sie vor ihnen zu Kreuze kriechen.«

»Ach, schieben Sie es doch ein bißchen auf meinen natürlichen Charme«, seufzte Ralph.

»Von einem natürlichen Charme bemerke ich bei Ihnen nichts. Sollten Sie überhaupt Charme besitzen, dann ist es ein völlig unnatürlicher; dann ist es einer, den Sie sich künstlich zugelegt haben – oder zumindest haben Sie sich enorm angestrengt, sich einen zuzulegen, seit Sie hier leben. Das soll jetzt nicht heißen, daß Ihnen das gelungen wäre. Auf jeden Fall ist es ein Charme, der bei mir nicht verfängt. Machen Sie sich irgendwie nützlich, betätigen Sie sich sinnvoll, dann reden wir weiter.«

»Gut, dann sagen Sie mir doch, was ich tun soll«, sagte Ralph.

»Kehren Sie als erstes in Ihre Heimat zurück.«

»Aha, ich verstehe. Und dann?«

»Packen Sie irgend etwas an.«

»Tja – zum Beispiel was?«

»Irgend etwas, was Ihnen gefällt. Hauptsache, Sie packen etwas an. Irgendeine neue Idee, ein großes Projekt.«

»Ist es sehr schwierig, etwas anzupacken?« wollte Ralph wissen.

»Nicht, wenn man mit dem Herzen bei der Sache ist.«

»O je – mein Herz«, sagte Ralph. »Wenn es von meinem Herzen abhängt – !«

»Haben Sie denn kein Herz?«

»Bis vor ein paar Tagen hatte ich noch eins, aber seitdem habe ich es verloren.«

»Sie können einfach nicht ernst sein«, bemerkte Miß Stackpole. »Das ist das ganze Problem mit Ihnen.« Doch trotz alldem gestattete sie ihm nach ein oder zwei Tagen erneut, ihre Aufmerksamkeit mit Beschlag zu belegen; dieses Mal widmete sie sich in ihrer rätselhaften Verbohrtheit einem anderen Thema. »Ich weiß, was mit Ihnen los ist, Mr. Touchett«, sagte sie. »Sie halten sich für zu gut, um zu heiraten.«

»Das tat ich, bis ich *Sie* kennenlernte, Miß Stackpole«, antwortete Ralph. »Seitdem hat sich bei mir ein jäher Sinneswandel eingestellt.«

»Blödsinn!« knurrte Henrietta.

»Dann sah ich aber ein«, fuhr Ralph fort, »daß ich nicht gut genug bin.«

»Eine Ehe würde einen besseren Menschen aus Ihnen machen. Und außerdem ist es Ihre Pflicht.«

»Du liebes bißchen!« rief der junge Mann aus. »Was hat man nicht alles für Pflichten! Und Heiraten ist jetzt auch Pflicht?«

»Aber selbstverständlich – haben Sie das noch nicht gewußt? Jeder hat die Pflicht zu heiraten.«

Ralph dachte kurz nach; Enttäuschung stieg in ihm auf. Miß Stackpole strahlte etwas aus, was ihm gerade mehr und mehr gefallen hatte. Wenn sie auch nicht unbedingt eine charmante Frau war, so war sie doch zumindest ein ›prima Kerl‹. Zwar fehlte es ihr an Klasse im Sinne britischer Distinguiertheit, aber sie hatte Courage, wie Isabel es formulierte. Sie begab sich ins

Innere eines Käfigs und knallte gekonnt mit der Peitsche wie ein Löwenbändiger in seinem Paillettenkostüm. Er hatte sie irgendwelcher Finessen der vulgären Art einfach nicht für fähig gehalten, und so schrillten ihre letzten Worte wie Mißtöne in seinem Ohr. Wenn eine junge Frau im heiratsfähigen Alter einem jungen Mann ohne Bindungen eine Ehe aufschwätzen will, dann ist die naheliegendste Erklärung für ihr Verhalten nicht die, daß sie das aus einer Aufwallung reiner Nächstenliebe heraus tut.

»Na schön, dazu wäre eine Menge zu sagen«, entgegnete Ralph.

»Kann schon sein, aber es geht ums Prinzip. Ich muß sagen, daß es schon sehr vornehm und unnahbar aussieht, wie Sie so ganz allein durchs Leben gehen und so tun, als sei keine Frau gut genug für Sie. Halten Sie sich etwa für besser als den Rest der Menschheit? In Amerika ist es ganz normal, daß man heiratet.«

»Wenn heiraten für mich Pflicht ist«, fragte Ralph, »ist es das dann nicht logischerweise auch für Sie?«

Miß Stackpole sah ohne zu blinzeln in die Sonne. »Geben Sie sich der trügerischen Hoffnung hin, einen schwachen Punkt in meiner Argumentation zu finden? Selbstverständlich habe ich genausogut ein Recht zu heiraten wie jeder andere auch.«

»Tja, also«, sagte Ralph, »ich möchte nicht behaupten, daß es mich zur Verzweiflung treibt, Sie ledig zu wissen. Ich sehe es eher mit großem Vergnügen.«

»Sie sind immer noch nicht ernst. Sie werden es auch nie sein.«

»Werden Sie mir auch dann nicht glauben, daß ich es doch bin, wenn ich Ihnen eines Tages mitteile, daß ich das Bedürfnis verspüre, die Gewohnheit des Allein-durchs-Leben-Gehens aufzugeben?«

Miß Stackpole sah ihn kurz auf eine Weise an, als liege ihr eine Antwort auf der Zunge, die man rein äußerlich als ermutigend hätte bezeichnen können. Doch sehr zu seiner Überraschung ging dieser Ausdruck in eine verschreckte, ja verdrossene Miene über. »Nein, sogar dann nicht«, antwortete sie trocken. Und drehte sich um und ging davon.

»Ich bin noch immer nicht in Leidenschaft für deine Freundin entbrannt«, sagte Ralph am selben Abend zu Isabel, »obwohl wir heute morgen eine ganze Zeitlang darüber gesprochen haben.«

»Wobei du etwas sagtest, was ihr nicht gefiel«, warf das Mädchen ein.

Ralph machte große Augen. »Hat Sie sich über mich beklagt?«

»Mir sagte sie, daß es in der Art und Weise, wie Europäer mit Frauen reden, etwas sehr Geringschätziges, Gemeines gebe.«

»Bin ich für sie ein Europäer?«

»Einer der schlimmsten. Sie sagte mir, du hättest etwas zu ihr gesagt, was ein Amerikaner niemals sagen würde. Aber sie hat es mir nicht verraten.«

Ralph gönnte sich den Genuß eines schallenden Gelächters. »Sie ist schon eine ganz besondere Mischung. Hat sie etwa geglaubt, ich mache ihr Avancen?«

»Nein; ich vermute, das hätte sie nicht gestört, denn das kennt sie auch von Amerika her. Aber anscheinend glaubt sie, du hättest die Absicht von etwas, das sie sagte, mißverstanden und dem ganzen dann eine bösartige Deutung unterlegt.«

»Ich dachte, sie hätte mir einen Heiratsantrag gemacht, und ich akzeptierte. Und das war bösartig?«

Isabel lächelte. »Es war bösartig *mir* gegenüber. Ich will nicht, daß du heiratest.«

»Meine liebe Cousine, euch Frauen kann man doch wirklich nichts recht machen!« stellte Ralph fest. »Miß Stackpole erklärt mir, genau das sei meine Pflicht und Schuldigkeit, und die ihre sei es ganz allgemein, dafür zu sorgen, daß ich die meine tue!«

»Sie hat ein sehr ausgeprägtes Pflichtgefühl«, sagte Isabel ernst. »Das hat sie wirklich, und es steht hinter allem, was sie sagt. Aus dem Grund mag ich sie auch. Sie meint, es sei gemein von dir, so vieles ganz für dich allein zu behalten. Das war es, was sie ausdrücken wollte. Und falls du geglaubt hast, sie hätte – sie hätte es auf dich abgesehen, dann hast du dich schwer getäuscht.«

»Es war zwar alles ziemlich merkwürdig, aber ich glaubte tatsächlich, sie hätte es auf mich abgesehen. Vergib mir meine Schlechtigkeit.«

»Du bist reichlich eingebildet. Henrietta hatte überhaupt keine Absichten mit dir und wäre nie auf die Idee gekommen, daß du ihr das zutrauen würdest.«

»Dann muß man folglich sehr zurückhaltend sein, wenn man sich mit solchen Frauen unterhält«, sagte Ralph zerknirscht. »Aber das ist schon ein komischer Typ von Frauen. Die Dame wird gleich persönlich und vertraulich, erwartet aber von anderen, daß sie es nicht werden. Sie marschiert einfach herein, ohne anzuklopfen.«

»Stimmt«, gab Isabel zu, »die Existenz von Türklopfern nimmt sie nicht ausreichend zur Kenntnis. Ich weiß nicht einmal, ob sie die Dinger nicht einfach für protzigen Zierat hält. Ihrer Meinung nach sollten Türen immer halb offenstehen. Aber ich bleibe dabei, daß ich sie mag.«

»Und ich bleibe dabei, daß sie mir zu aufdringlich ist«, gab Ralph zurück und fühlte sich naturgemäß bei der Erkenntnis nicht wohl, sich in Miß Stackpole doppelt getäuscht zu haben.

»Also, ich muß leider sagen«, meinte Isabel lächelnd, »daß ich sie wahrscheinlich deshalb mag, weil sie so ungehobelt ist.«

»Von der Begründung fühlt sie sich bestimmt geschmeichelt!«

»Ihr gegenüber würde ich das natürlich nicht so formulieren, wenn überhaupt. Ich würde sagen, ich mag sie, weil sie etwas ›Volkstümliches‹ an sich hat.«

»Was weißt denn du vom Volk? Und was weiß sie eigentlich davon?«

»Sie weiß eine Menge, und ich weiß genug, um zu spüren, daß sie irgendwie ein Produkt unserer großartigen Demokratie ist – des Kontinents, des Landes, der Nation. Das heißt jetzt nicht, daß sie all das in sich vereint; das wäre wirklich zuviel verlangt von ihr. Aber sie ist eine Andeutung all dessen; sie ist ein anschauliches Symbol.«

»Dann magst du sie also aus patriotischen Gründen. Leider sind das genau die Gründe, weswegen ich etwas gegen sie habe.«

»Ach was«, sagte Isabel mit einem fröhlichen Seufzer, »ich mag so viele Dinge! Es braucht mich irgend etwas nur stark genug zu beeindrucken, schon akzeptiere ich es. Ich will ja nicht angeben, aber ich halte mich doch für recht flexibel. Ich mag Leute, die total anders sind als Henrietta – so wie Lord Warburtons Schwestern zum Beispiel. Immer wenn ich mir die Damen Molyneux betrachte, kommen sie mir wie die Verkörperung eines Ideals vor. Dann steht Henrietta vor mir, und ich bin schnurstracks von *ihr* begeistert, und zwar nicht so sehr in bezug auf ihre Person, sondern in bezug auf das, was sich hinter ihr alles verbirgt.«

»Ach, du meinst ihre Hinteransicht«, schloß Ralph scheinheilig.

»Es stimmt, was sie sagt«, antwortete seine Cousine. »Du kannst einfach nicht ernst sein. Ich liebe unser großartiges Heimatland, das sich jenseits der Flüsse ausbreitet und sich über die Prärien erstreckt, das blüht und lächelt und sich weiter und weiter hinzieht, bis es am grünen Pazifik haltmacht. Ein starker, lieblicher, frischer Duft scheint von ihm auszugehen, und Henrietta – verzeih mir den Vergleich – hat etwas von diesem Duft in ihren Kleidern.«

Isabel schoß eine kleine Röte ins Gesicht, während sie ihre Rede beendete, und diese Röte, zusammen mit dem spontanen Enthusiasmus, mit dem sie sie vorgetragen hatte, standen ihr so gut, daß Ralph zunächst einmal einen Augenblick lang lächelnd dastand und sie betrachtete. »Ich bin mir nicht sicher, ob der Pazifik tatsächlich so grün ist«, sagte er, »aber du bist eine junge Frau mit Phantasie. Henrietta riecht auf jeden Fall nach Zukunft, und zwar so intensiv, daß es einen fast umwirft!«

1 1 .   K A P I T E L

Nach diesem Vorfall gelobte sich Ralph, Miß Stackpoles Worte nie mehr falsch zu interpretieren, auch dann nicht, als sie noch persönlicher und vertraulicher und aufdringlicher zu werden schien. Er machte sich klar, daß aus ihrer Sichtweise Menschen einfach strukturierte und homogene Organismen waren, wohingegen er für seinen Teil als ein zu entarteter Vertreter der menschlichen Natur galt, als daß er das Recht gehabt hätte, mit ihr auf gleicher Ebene zu verkehren. Dieses Gelöbnis setzte er mit viel Taktgefühl in die Tat um, so daß die junge Dame bei neuerlichen Kontakten mit ihm kein Hindernis gewahrte, um ihr Talent des unverzagten Forschens und Fragens zu erproben, was ihre gängigste Übung zur Selbstbestätigung darstellte. So gesehen wäre ihre Situation in Gardencourt – mit Isabel, die sie, wie wir sahen, wirklich schätzte; mit dem freien Spiel des Intellekts, das sie selbst so schätzte und das, ihrer Meinung nach, Isabels Wesen als Schwester im Geiste widerspiegelte; mit der nachsichtigen Ehrwürdigkeit von Mr. Touchett, den sie ebenso schätzte und dessen noble Art, wie sie sagte, ihre volle Billigung fand –, so gesehen wäre also ihre Situation in Gardencourt eine uneingeschränkt komfortable gewesen, hätte sie nicht unwiderstehliches Mißtrauen gegenüber jener kleinen Lady verspürt, der als Herrin des Hauses begegnen zu müssen, sie sich zunächst verpflichtet geglaubt hatte. Binnen kurzer Zeit fand sie allerdings heraus, daß es sich bei dieser Verpflichtung um eine der leichtesten handelte, denn Mrs. Touchett kümmerte sich herzlich wenig darum, wie Miß Stackpole sich verhielt. Mrs. Touchett hatte den neuen Gast im Gespräch mit Isabel als Abenteurerin und Nervensäge klassifiziert, wobei man Menschen der ersten Kategorie normalerweise als die anregenderen empfinde. Weiterhin hatte sie ihre Überraschung kundgetan, daß sich ihre Nichte eine solche Freundin ausgesucht habe, hatte aber sofort hinzugefügt, sie wisse, daß Isabels Freundinnen Isabels Privatangelegenheit seien und sie sich nie verpflichtet gesehen habe, sie alle zu mögen oder dem Mädchen den Umgang nur mit jenen zu gestatten, die sie mochte.

»Wenn du nur diejenigen sehen dürftest, die ich mag, mein Kind, dann wäre dein Bekanntenkreis sehr klein«, gab Mrs. Touchett unumwunden zu. »Und ich persönlich mag keinen einzigen Mann oder irgendeine Frau so sehr, als daß ich dir deren Bekanntschaft empfehlen würde. Denn Empfehlungen sind eine ernste Angelegenheit. Ich kann Miß Stackpole einfach nicht leiden; alles an ihr ist mir zuwider. Sie redet zu viel und zu laut und sieht einen an, als habe man das Bedürfnis, *sie* anzusehen, was überhaupt nicht der Fall ist. Ich bin mir sicher, daß sie ihr ganzes bisheriges Leben in Gästehäusern zugebracht hat, und ich verabscheue die Manieren und Freizügigkeiten, die dort herrschen. Wenn du mich fragst, ob ich *meine* Manieren besser finde, die du zweifellos für reichlich schlecht hältst, dann sage ich dir, daß ich sie hunderttausendmal besser finde. Miß Stackpole weiß, daß ich die Gästehauskultur verabscheue, und sie verabscheut mich aus eben dem Grund, denn für sie ist sie das Höchste auf der Welt. Ihr würde Gardencourt noch viel besser gefallen, wenn es ein Gästehaus wäre. Nach meinem Geschmack ist es das schon viel zu sehr! Und so werden wir beide nie miteinander auskommen, weshalb es auch völlig sinnlos ist, es versuchen zu wollen.«

Mrs. Touchett lag mit ihrer Vermutung richtig, daß Henrietta sie unsympathisch fand, aber den eigentlichen Grund dafür hatte sie nicht benannt. Ein oder zwei Tage nach Miß Stackpoles Ankunft hatte sie einige gehässige Bemerkungen über amerikanische Hotels gemacht, die den Widerspruchsgeist auf seiten der Korrespondentin des *Interviewer* heftig pulsieren ließen, denn in Ausübung ihres Berufes hatte sie schon mit allen möglichen

Karawansereien in der westlichen Hemisphäre Bekanntschaft geschlossen. Henrietta vertrat die Auffassung, die amerikanischen Hotels seien die besten der Welt, wohingegen Mrs. Touchett, die jüngste Fehde in ihrem amerikanischen Hotel noch frisch im Gedächtnis, ihre Überzeugung vortrug, daß sie die schlechtesten seien. Ralph, mit erprobter, leutseliger Hilfsbereitschaft, schlug, um die Kluft zu überbrücken, vor, die Wahrheit doch in der Mitte zwischen den Extremen zu suchen, indem man die betreffenden Etablissements als gutes Mittelmaß bezeichnete. Nichtsdestoweniger wurde dieser Diskussionsbeitrag von Miß Stackpole mit Hohn und Spott zurückgewiesen. Mittelmäßig – man stelle sich vor! Entweder waren sie die besten der Welt oder die schlechtesten; Mittelmäßigkeit gebe es nicht bei amerikanischen Hotels.

»Wir urteilen offensichtlich von verschiedenen Standpunkten aus«, sagte Mrs. Touchett. »Ich möchte gern als Individuum behandelt werden, Sie lieber als ›Kundin‹«.

»Ich weiß nicht, was Sie meinen«, entgegnete Henrietta. »Ich möchte jedenfalls gern als amerikanische Lady behandelt werden.«

»Diese armen amerikanischen Ladies!« Mrs. Touchett brach in ein Gelächter aus. »Die sind doch bloß die Sklavinnen von Sklaven.«

»Sie sind die Gefährtinnen freier Männer«, gab Henrietta zurück.

»Sie sind die Gefährtinnen ihrer Dienstboten, ihrer irischen Stubenmädchen und schwarzen Hausdiener. Mit denen teilen sie sich die Arbeit.«

»Nennen Sie die Angestellten eines amerikanischen Haushalts ›Sklaven‹?« verlangte Miß Stackpole zu wissen. »Falls das die Art ist, wie Sie sie gerne behandeln würden, dann wundert es mich nicht, daß Sie Amerika nicht mögen.«

»Ohne gutes Personal ist man verloren«, sagte Mrs. Touchett gelassen. »In Amerika ist das Personal ausgesprochen schlecht. In Florenz dagegen habe ich fünf perfekte Angestellte.«

»Ich wüßte nicht, wozu Sie gleich fünf brauchen«, platzte es aus Henrietta heraus. »Mir würde es nicht gefallen, ständig von fünf Personen umgeben zu sein, die die niederen Arbeiten verrichten müssen.«

»In dieser Position sind sie mir lieber als in manch anderer«, verkündete Mrs. Touchett bedeutungsschwer.

»Wäre ich dir lieber, wenn ich dein Butler wäre?« fragte ihr Mann.

»Das glaube ich kaum. Außerdem fehlt dir die *contenance* eines Butlers.«

»Die Gefährtinnen freier Männer – das gefällt mir, Miß Stackpole«, sagte Ralph. »Es ist eine hübsche Beschreibung.«

»Mit freien Männern habe ich *Sie* nicht gemeint, Sir!«

Und das war der einzige Lohn, den Ralph für sein Kompliment erhielt. Miß Stackpole war verwirrt. Sie war offensichtlich der Meinung, Mrs. Touchett begehe Hochverrat mit ihrer Wertschätzung für eine Klasse, die Henrietta insgeheim für ein mysteriöses Überbleibsel des Feudalismus hielt. Möglicherweise war sie so auf diese Vorstellung fixiert, daß sie erst nach einigen Tagen die Gelegenheit ergriff, zu Isabel zu sagen: »Teure Freundin, ich frage mich, ob du treulos geworden bist.«

»Treulos? Dir gegenüber treulos, Henrietta?«

»Nein. Das wäre zwar ziemlich schmerzhaft, aber das meine ich jetzt nicht.«

»Treulos meinem Land gegenüber?«

»Oh, das wird hoffentlich nie eintreten. In meinem Brief aus Liverpool schrieb ich, daß ich dir etwas Besonderes mitzuteilen hätte. Du hast nie wissen wollen, was das ist. Kommt das daher, weil du es schon vermutest?«

»Was soll ich vermuten? Ich neige grundsätzlich nicht dazu, Vermutungen anzustellen«, sagte Isabel. »Ich kann mich zwar jetzt an die Formulierung in deinem Brief erinnern, aber ich gestehe, ich hatte sie vergessen. Was mußt du mir also mitteilen?«

Henrietta sah enttäuscht drein, und ihr unverwandter Blick verriet sie. »Du fragst nicht richtig, nicht so, als wäre es dir wichtig. Du hast dich verändert, deine Gedanken kreisen um ganz andere Dinge.«

»Sag mir, was du meinst, dann werden meine Gedanken darum kreisen.«

»Werden sie das wirklich? Das muß ich erst ganz sicher wissen.«

»Ich bin zwar meist nicht Herrin meiner Gedanken, aber ich werde mich anstrengen«, sagte Isabel. Henrietta schaute sie eine Zeitlang schweigend an und stellte Isabels Geduld arg auf die Probe, so daß unsere Heldin schließlich fragte: »Willst du mir sagen, daß du heiraten wirst?«

»Nicht, bevor ich mich in Europa umgesehen habe«, sagte Miß Stackpole. »Was gibt es da zu lachen?« fuhr sie fort. »Was ich dir sagen wollte ist, daß Mr. Goodwood mit mir auf dem gleichen Schiff war.«

»Ach«, sagte Isabel.

»Jetzt hast du den richtigen Ton getroffen. Ich habe mich lange mit ihm unterhalten. Er ist dir nachgereist.«

»Hat er dir das gesagt?«

»Nein, er hat es mir nicht gesagt; deshalb weiß ich es ja«, meinte Henrietta schlau. »Er sprach sehr wenig von dir, aber ich habe viel von dir erzählt.«

Isabel zögerte. Bei der Erwähnung von Mr. Goodwoods Namen war sie leicht blaß geworden. »Das hättest du nicht tun sollen«, bemerkte sie schließlich.

»Mir hat es Spaß gemacht, und mir gefiel die Art, wie er zuhörte. Bei so einem Zuhörer hätte ich ewig weiterreden können. Er war so still und so aufmerksam; er hing mir richtig an den Lippen.«

»Was hast du von mir erzählt?« fragte Isabel.

»Ich sagte, du seist im Grunde das beste Geschöpf, das ich kenne.«

»Da haben wir's. Er hat bereits eine viel zu hohe Meinung von mir, und man darf ihn nicht noch mehr ermutigen.«

»Er lechzt nach ein bißchen Ermutigung. Ich habe seine Miene noch richtig vor mir und seinen ernsten, faszinierten Blick, während ich sprach. Noch nie habe ich erlebt, wie ein häßlicher Mann so hübsch dreinsah.«

»Geistig ist er zwar ziemlich einfach gestrickt«, sagte Isabel, »aber gar so häßlich ist er auch wieder nicht.«

»Nichts ist einfacher gestrickt als eine große Leidenschaft.«

»*Ich* verspüre keine große Leidenschaft, mit Sicherheit nicht.«

»Das klingt aber nicht so, als wärst du dir ganz sicher.«

Isabel lächelte kühl. »Das sage ich Mr. Goodwood lieber selbst.«

»Dazu wird er dir bald Gelegenheit geben«, sagte Henrietta. Isabel reagierte nicht auf diese Ankündigung, die ihre Gesprächspartnerin mit der Miene größter Vertraulichkeit machte. »Er wird dich verändert vorfinden«, fuhr sie fort. »Deine neue Umgebung hat dich beeinflußt.«

»Höchstwahrscheinlich. Ich werde von allem beeinflußt.«

»Von allem, außer von Mr. Goodwood!« rief Miß Stackpole mit etwas schrofferer Heiterkeit.

Isabel hatte nicht einmal ein Lächeln dafür übrig und sagte gleich darauf: »Hat er dich gebeten, mit mir zu sprechen?«

»Nicht gerade in Worten. Aber seine Blicke baten mich und sein Händedruck, als er mir Lebewohl sagte.«

»Dann herzlichen Dank, daß du es mir ausgerichtet hast.« Und damit wandte sich Isabel ab.

»Jawohl, und ob du dich verändert hast! Seit du hier bist, spuken dir neue Ideen im Kopf herum«, fuhr ihre Freundin fort.

»Ich hoffe doch«, sagte Isabel. »Man sollte so viele neue Ideen in sich aufnehmen wie möglich.«

»Ja, aber sie sollten sich mit den alten vereinbaren lassen, die sich als richtig herausgestellt haben.«

Isabel wandte sich erneut ab. »Solltest du annehmen, daß ich irgendwelche Ideen bezüglich Mr. Goodwood hatte – !« Doch angesichts des unerbittlichen funkelnden Blickes ihrer Freundin versagte ihre Stimme.

»Mein liebes Kind, du hast ihn bestimmt ermuntert.«

Ganz spontan wollte Isabel diese Anschuldigung zuerst zurückweisen; doch gleich danach antwortete sie: »Es ist nur allzu wahr: Ich habe ihn tatsächlich ermuntert.« Und dann wollte sie wissen, ob ihre Freundin in Erfahrung gebracht hatte, was Mr. Goodwood zu tun beabsichtigte. Es war dies ein Zugeständnis an ihre Neugierde, denn eigentlich verspürte sie keine Neigung, dieses Thema zu bereden, zumal sie bei Henrietta einen Mangel an Taktgefühl feststellte.

»Ich fragte ihn, und er sagte, er beabsichtige, gar nichts zu tun«, antwortete Miß Stackpole. »Aber das glaube ich ihm nicht. Er ist nicht der Typ Mann, der gar nichts tut. Er ist ein Mann der großen, kühnen Tat. Was auch immer ihm widerfahren mag, er wird immer etwas tun, und was immer er auch tun wird, es wird immer richtig sein.«

»Das sehe ich ganz genauso.« Henrietta mochte es an Taktgefühl mangeln, aber dennoch fühlte sich das Mädchen bei dieser Eröffnung gerührt.

»Ah, dann ist er dir also doch nicht gleichgültig!« tönte ihre Besucherin.

»Was immer er auch tut, wird immer richtig sein«, wiederholte Isabel. »Wenn ein Mann von so makellosem Guß ist, was kümmert ihn dann, was ein anderer Mensch empfindet?«

»Ihn mag es nicht kümmern, aber einen selbst bekümmert es.«

»Was mich bekümmert – das ist nicht unser Thema«, sagte Isabel mit kaltem Lächeln.

Dieses Mal wurde ihre Freundin ernst. »Na ja, es geht mich ja nichts an, aber du *hast* dich verändert. Du bist nicht mehr das Mädchen, das du noch vor wenigen Wochen warst, und Mr. Goodwood wird das auffallen. Ich erwarte ihn täglich hier.«

»Hoffentlich haßt er mich dann«, sagte Isabel.

»Vermutlich glaubst du das so sehr, wie ich glaube, daß er dazu fähig wäre.«

Auf diese Bemerkung gab unsere Heldin keine Erwiderung. Sie ging gänzlich in der Bestürzung auf, die Henriettas Mitteilung bei ihr ausgelöst hatte, daß Caspar Goodwood nach Gardencourt kommen wolle. Gleichwohl tat sie einfach so, als sei dies ein Ding der Unmöglichkeit, was sie auch später ihrer Freundin gegenüber äußerte. Dessenungeachtet war sie während der nächsten achtundvierzig Stunden darauf gefaßt, den Namen des jungen Mannes gemeldet zu bekommen. Diese Anspannung bedrückte sie; die Luft kam ihr schwül vor, als stünde ein Wettersturz bevor, wo doch das Klima – im übertragenen, gesellschaftlichen Sinn – während Isabels bisherigem Aufenthalt in Gardencourt so angenehm gewesen war, daß jede Veränderung nur eine Verschlechterung bedeuten konnte. Am zweiten Tag löste sich ihre Angespanntheit allerdings. Sie war mit dem umgänglichen Bunchie in den Park hinausspaziert und hatte sich dann, nach einigem lustlosen und zugleich ruhelosen Umherschlendern, in Sichtweite des Hauses unter einer weit ausladenden Buche auf eine Gartenbank gesetzt, wo sie, in ihrem weißen Kleid mit den schwarzen Schleifen, zwischen den unruhigen Schatten ein anmutiges und harmonisches Bild abgab. Eine Weile vertrieb sie sich die Zeit, indem sie mit dem kleinen Terrier sprach, auf den die Regelung einer zwischen ihr und dem Cousin geteilten Eigentümerschaft so fair und ausgewogen wie nur möglich angewendet wurde – und soweit es Bunchies eigene, etwas launische und unbeständige Sympathien zuließen. Bei dieser Gelegenheit fiel ihr zum ersten Mal der begrenzte Charakter des Hundeverstandes auf; bislang war sie immer über dessen Ausmaße erstaunt gewesen. Schließlich schien es ihr das Beste zu sein, ein Buch zur Hand zu nehmen. Wenn ihr früher das Herz schwer gewesen war, hatte sie es immer mit Hilfe einer überlegt gewählten Lektüre geschafft, den Sitz der Gefühle in das Organ der reinen Vernunft zu verlagern. In letzter Zeit jedoch war die Literatur unleugbar zu einem immer schwächer werdenden Licht verkommen, und selbst nachdem sie sich daran erinnert hatte, daß die Bibliothek ihres Onkels eine vollständige Sammlung jener Autoren bereithielt, die in keiner Sammlung eines Gentleman fehlen sollten, blieb sie reglos und mit leeren Händen sitzen, den Blick auf das kühle Grün des Rasens gesenkt. Gleich darauf wurde die Fülle ihrer Gedanken durch das Herannahen eines Dienstboten unterbrochen, der ihr einen Brief überreichte. Der Brief trug den Poststempel von London und war von der Hand einer Person adressiert, die sie kannte, die jetzt in ihrer Imagination gegenwärtig wurde, welche sowieso bereits um sie kreiste, so daß sie des Schreibers Stimme zu hören beziehungsweise sein Gesicht zu sehen glaubte. Das Dokument erwies sich als kurz und mag hier zur Gänze wiedergegeben werden.

Meine liebe Miß Archer!

Ich weiß nicht, ob Sie von meiner Ankunft in England gehört haben, doch selbst wenn Sie es nicht erfahren haben, wird es Sie wohl kaum überraschen. Sie werden sich erinnern, daß, als Sie mich in Albany aus Ihrer Gunst entließen, vor drei Monaten, ich dies nicht akzeptierte. Ich protestierte dagegen. Sie andererseits schienen meinen Protest zu akzeptieren und einzugestehen, daß ich das Recht auf meiner Seite hatte. Ich hatte Sie damals in der Hoffnung aufgesucht, Sie würden mich darlegen lassen, was meine Überzeugung war und ist. Meine Gründe, diese Hoffnung zu hegen, waren von bester Art gewesen. Aber Sie haben die Hoffnung vereitelt. Ich fand Sie verändert, und Sie sahen sich nicht in der Lage, mir Gründe für diese Veränderung zu nennen. Sie gaben zu, Sie seien unvernünftig, und das war das einzige Zugeständnis, das Sie machen wollten, aber es war ein sehr billiges, denn das ist nicht Ihr Charakter. Sie sind nicht, und werden es nie sein, unberechenbar oder unausgeglichen. Das ist der Grund, warum ich glaube, Sie werden mir gestatten, Sie wiederzusehen. Sie sagten mir, ich sei Ihnen nicht unangenehm, und ich glaube Ihnen, denn ich sehe keinen Grund, warum ich es sein sollte. Ich werde immer an Sie denken; ich werde nie an jemand anders denken. Ich bin einzig aus dem Grund nach England gekommen, weil Sie hier sind. Ich konnte nicht zu Hause bleiben, nachdem Sie abgereist waren: Ich haßte das Land, weil Sie nicht mehr im Land waren. Wenn ich im Moment dieses Land mag, dann nur, weil es Sie beherbergt. Ich war schon zuvor in England, aber es hat mir nie besonders gefallen. Darf ich Sie nicht für eine halbe Stunde besuchen kommen? Dieses ist im Augenblick der sehnlichste Wunsch Ihres getreuen

Caspar Goodwood.

Isabel war so vertieft in die Lektüre dieser Botschaft, daß sie das Näherkommen von Schritten auf dem weichen Gras nicht wahrnahm. Mechanisch faltete sie den Brief zusammen, und als sie aufsah, erblickte sie Lord Warburton direkt vor sich.

12. KAPITEL

Sie steckte den Brief in die Tasche und begrüßte lächelnd ihren Besucher, ohne eine Spur von Verwirrung zu zeigen und selbst halb überrascht von ihrer Kaltblütigkeit.

»Man sagte mir, Sie seien hier draußen«, erklärte Lord Warburton, »und da sich niemand im Salon aufhielt und ich eigens wegen Ihnen gekommen bin, begab ich mich ohne weitere Umstände hierher.«

Isabel war aufgestanden. Sie verspürte in diesem Augenblick den Wunsch, er möge sich nicht neben sie auf die Bank setzen. »Ich war gerade im Begriff hineinzugehen.«

»Bitte, tun Sie's nicht; hier ist es doch viel schöner. Ich bin von Lockleigh herübergeritten; es ist ein wunderbarer Tag.« Sein Lächeln war sonderbar liebenswürdig und freundlich, und seine ganze Person schien jenen strahlenden Glanz von guter Stimmung und allgemeinem Wohlbefinden zu verbreiten, der schon den Zauber des ersten Eindrucks bei dem Mädchen ausgemacht hatte. Er war davon umgeben wie von einer Aura schönen Juniwetters.

»Wir können ja ein paar Schritte gehen«, sagte Isabel, die sich nicht des Eindrucks erwehren konnte, ihr Besucher verfolge mit seinem Besuch eine bestimmte Absicht, und die sich sowohl dieser Absicht entziehen als auch ihre diesbezügliche Neugierde befriedigen wollte. Diese Absicht hatte sich schon einmal vor ihrem geistigen Auge blitzartig enthüllt und sie, wie wir wissen, bei jener Gelegenheit in eine gewisse Bestürzung versetzt. Ihre

Bestürzung setzte sich aus mehreren Faktoren zusammen, von denen nicht alle unangenehm waren. Isabel hatte in der Tat einige Tage damit zugebracht, sie zu analysieren, und es war ihr gelungen, bei der Vorstellung von Lord Warburtons Werbung das Wohltuende vom Schmerzhaften zu trennen. Einigen Lesern mag es scheinen, als sei die junge Dame sowohl vorschnell als auch über Gebühr anspruchsvoll, wobei letzteres, falls denn die Beschuldigung zu Recht bestünde, dazu dienen mag, sie vom Makel des ersteren zu befreien. Isabel war überhaupt nicht auf die Selbstbestätigung aus, daß ein Großgrundbesitzer, wie man Lord Warburton ihr gegenüber schon genannt hatte, von ihrem Charme hingerissen war, denn ein Antrag von solcher Seite hätte wirklich mehr Fragen aufgeworfen als beantwortet. Die Tatsache, daß er eine ›Standesperson‹ war, hatte einen tiefen Eindruck bei ihr hinterlassen, und sie war durchaus damit beschäftigt gewesen, die dadurch bei ihr entstandene Vorstellung zu überprüfen. Auch auf die Gefahr hin, den Augenschein ihres Eigendünkels noch zu verstärken, muß doch gesagt werden, daß es Augenblicke gegeben hatte, in denen ihr diese mögliche Bewunderung durch eine Standesperson als eine Zumutung bis an den Rand eines Affronts, auf jeden Fall wie eine Belästigung vorgekommen wäre. Sie hatte zuvor noch nie eine Standesperson kennengelernt; in ihrem Leben hatte es noch nie eine Standesperson in diesem Sinne gegeben; wahrscheinlich existierte diese Spezies überhaupt nicht in ihrem Heimatland. Wenn sie sich bisher jemanden von herausragendem Rang vorgestellt hatte, dann bezog sich das auf den Charakter, auf Geist, auf Witz – auf Eigenschaften eben, die man am Wesen eines Gentleman und an seiner Unterhaltung so schätzt. Sie war ja selbst ein eigenständiger Charakter und wurde sich dessen immer wieder bewußt, ob sie wollte oder nicht, und bislang hatten sich ihre Visionen von einer vollkommenen Wesensart großenteils mit moralischen Vorstellungen befaßt, mit Dingen, bei denen die Fragestellung lautete, ob sie ihrer erhabenen Seele zusagten oder nicht. Lord Warburton ragte überlebensgroß und strahlend vor ihr auf als eine ganze Kollektion von Eigenschaften und Fähigkeiten, die mit diesem simplen Maßstab einfach nicht zu messen waren, sondern eine anders geartete Art von Würdigung verlangten – eine Würdigung, zu der dem Mädchen mit seiner Angewohnheit des schnellen und spontanen Urteilens nach eigenem Empfinden die nötige Geduld fehlte. Er schien etwas von ihr zu fordern, was bisher noch nie jemand zu fordern gewagt hatte. Ihr Gefühl signalisierte ihr, daß sich da ein Großgrundbesitzer, eine politisch und gesellschaftlich einflußreiche Persönlichkeit, den Plan zurechtgelegt hatte, sie in ein System mit einzubeziehen, in dem er selbst recht ungeniert und zum Neid und Ärger anderer lebte und sich betätigte. Ein gewisser Instinkt, kein übermächtiger, eher ein suggestiver, riet ihr zu widerstehen, flüsterte ihr zu, daß sie ja eigentlich ein eigenes System und eine eigene Einflußsphäre habe. Er sagte ihr auch noch andere Dinge, Dinge, die sich gleichzeitig widersprachen und einander bestätigten: daß es für ein Mädchen Schlimmeres geben könnte, als sich einem solchen Mann anzuvertrauen, und daß es sehr interessant wäre, einen Einblick in dieses System aus seiner Perspektive zu tun; daß es, andererseits, offenbar jedoch auch eine Menge Dinge gäbe, die sie nur als eine Komplizierung jeder Stunde ihres Lebens betrachten würde; daß schließlich das Ganze etwas Steifes und Albernes an sich hatte, was es zur Last machen würde. Außerdem war da dieser kürzlich aus Amerika eingetroffene junge Mann, der überhaupt kein System hatte, dafür aber einen Charakter, dessen nachhaltigen Eindruck auf ihre Seele sie mit keiner noch so großen Anstrengung hinwegdiskutieren konnte. Der Brief, den sie in ihrer Tasche trug, gemahnte sie hinreichend an das Gegenteil. Doch lächle nicht, geneigter Leser, wenn mir die wiederholte Ermahnung gestattet sei, über diese einfache, junge Frau aus Albany, die dabei war zu überlegen, ob sie einen. englischen Adeligen erhören sollte, bevor dieser sich ihr überhaupt erklärt hatte, und die insgesamt eher zu der Ansicht neigte, es ließe sich doch noch etwas Besseres finden. Treu und Glauben gehörten zu den Grundfesten ihrer Persönlichkeit, und wenn auch ihr Verstand eine Menge Närrisches produzierte, so mögen die gestrengen Richter mit Genugtuung feststellen, daß später ihr Verstand nur deshalb so stimmig funktionierte, weil es zuvor dieses Ausmaß an Närrischem gegeben hatte, was freilich selbst schon fast einen direkten Appell an unsere Nachsicht darstellt.

Lord Warburton schien absolut willens, ein paar Schritte zu gehen oder sich auf die Bank zu setzen, oder irgend etwas anderes zu tun, was Isabel vorschlagen würde, und er vermittelte ihr diese Gewißheit mit seiner üblichen Miene – der eines Mannes, der mit ganz besonderem Vergnügen die Tugend gesellschaftlicher Umgangsformen praktiziert. Nichtsdestoweniger war er keineswegs Herr seiner Gefühle, und während er so neben ihr einherschlenderte, schweigend und sie verstohlen betrachtend, lag Verwirrung in seinem Blick und in seinem unangebrachten Lachen. Ja, es stimmt – da wir den Punkt angesprochen haben, dürfen wir hier auch kurz darauf zurückgreifen: Die Engländer sind das romantischste Volk der Welt, und Lord Warburton stand im Begriff, dafür ein Beispiel abzugeben. Er stand im Begriff, einen Schritt zu tun, der all seine Freunde erstaunen und eine große Anzahl von ihnen vergrätzen würde und für den es, dem Anschein nach, keine zwingenden Gründe gab. Die junge Dame, die neben ihm über den Rasen schritt, war von einem kuriosen Land jenseits des Meeres herübergekommen, über das er gut Bescheid wußte. Von ihren früheren Lebensumständen, ihrem gesellschaftlichem Umgang dort, hatte er nur vage Kenntnisse, abstammungsmäßige ausgenommen, die zwar genauer, aber für ihn unwesentlich waren. Miß Archer besaß weder ein Vermögen noch jene Art von Schönheit, die eines Mannes Wahl gegenüber der Welt gerechtfertigt hätten, und seiner Berechnung nach hatte er ganze sechsundzwanzig Stunden in ihrer Gesellschaft zugebracht. Das alles hatte er bedacht: die Abwegigkeit des Impulses, der sich weigerte, sich der großzügigsten Gelegenheiten zum Abklingen zu bedienen, und das Urteil der Welt, wie es sich insbesondere in der eher vorschnell urteilenden Hälfte der Menschheit manifestierte. Alldem hatte er ins Auge geblickt und sich ihm gestellt, um es danach aus seinen Gedanken zu verbannen. Jetzt interessierte es ihn nicht mehr als die Rosenknospe in seinem Knopfloch. Es ist das glückliche Geschick eines Mannes, der es in seinem bisherigen Leben zumeist ohne Mühe vermeiden konnte, das Mißfallen seiner Freunde zu erregen, daß er, wenn er einen solchen Schritt tun zu müssen glaubt, dies tun kann, ohne brüskiert und in Verruf gebracht zu werden durch einen irritierten und verärgerten Bekanntenkreis.

»Ich hoffe, Sie hatten einen angenehmen Ritt«, sagte Isabel, die ihres Begleiters Unschlüssigkeit bemerkte.

»Er war schon deshalb angenehm, weil er mich hierher brachte.«

»Gefällt Ihnen denn Gardencourt so sehr?« fragte das Mädchen, das jetzt mehr denn je davon überzeugt war, daß er vorhatte, ihr einen Antrag zu machen; das ihn nicht dazu provozieren wollte, falls er zauderte; das sich aber auch alle Klarheit des Denkens bewahren wollte, falls er es wirklich tat.

Plötzlich überkam sie die Erkenntnis, daß ihre jetzige Situation genau von der Art war, die sie noch vor wenigen Wochen als zutiefst romantisch empfunden hätte: im Park eines alten englischen Landsitzes, der Vordergrund dekoriert mit einem ›angesehenen‹ (wie sie annahm) Edelmann, der gerade einer jungen Dame seine Liebe erklärte, welchselbe, bei genauem Hinsehen, eine ganz erstaunliche Ähnlichkeit mit ihr selbst aufwies. Doch obwohl sie die Hauptperson der gegenwärtigen Szene war, gelang es ihr dennoch genausogut, sie von außen zu betrachten.

»Mir liegt nichts an Gardencourt«, sagte ihr Begleiter. »Mir liegt ausschließlich etwas an Ihnen.«

»Sie kennen mich viel zu kurz, um das Recht zu einer solchen Aussage zu haben, und deshalb kann ich auch nicht glauben, daß Sie es ernst meinen.«

Diese Worte Isabels waren nicht ganz aufrichtig, denn sie hegte nicht den geringsten Zweifel, daß er es ernst meinte. Sie waren einfach ein Tribut an die Tatsache, deren sie sich absolut bewußt war, daß der Satz, den er gerade geäußert hatte, von einer vulgären Welt mit Überraschung registriert worden wäre. Und falls es zusätzlich zu ihrer Gewißheit, daß Lord Warburton kein wirrer Schwätzer war, noch eines überzeugenden Beweises bedurft hätte, dann wäre dies der Ton gewesen, in dem er antwortete.

»In einer solchen Angelegenheit ist das Recht eines Menschen nicht eine Frage der Zeit, Miß Archer, sondern eine seiner Empfindungen. Wenn ich noch weitere drei Monate warten müßte, würde das keinen Unterschied ausmachen. Ich wäre mir dann meines Anliegens nicht sicherer, als ich es heute bin. Es ist richtig, daß ich Sie nicht oft gesehen habe, doch das Bild, das ich von Ihnen habe, ist das der ersten Stunde unserer Begegnung. Ich verlor keine Zeit und verliebte mich damals sofort in Sie. Es war Liebe auf den ersten Blick, wie es im Roman heißt, und jetzt weiß ich, daß das nicht nur eine kitschige Phrase ist, weshalb meine Achtung vor Romanen deutlich gestiegen ist. Jene beiden Tage, die ich hier verbrachte, verschafften mir Gewißheit. Ich weiß nicht, ob Sie es argwöhnten, doch ich begegnete Ihnen – geistig-seelisch gesprochen – mit der größtmöglichen Aufmerksamkeit. Nichts von dem, was sie sagten oder taten, entging mir. Als Sie dann kürzlich nach Lockleigh kamen, oder genauer: als Sie es wieder verließen, war ich mir uneingeschränkt sicher. Dennoch beschloß ich, erst einmal alles zu durchdenken und mein Gewissen gründlich zu erforschen. Das habe ich getan, und ich tue die ganze Zeit nichts anderes. In solchen Angelegenheiten mache ich keine Fehler; ich bin ein Mensch, der umsichtig zu Werke geht. Ich bin nicht leicht entflammbar, aber wenn es mich gepackt hat, dann ist es fürs ganze Leben. Fürs ganze Leben, Miß Archer, fürs ganze Leben«, wiederholte Lord Warburton mit der liebenswürdigsten, zärtlichsten, angenehmsten Stimme, die Isabel je vernommen hatte, und er sah sie dabei mit einem Blick an, in dem das Licht einer Leidenschaft leuchtete, die sich selbst von allen niederen Regungen gereinigt hatte, von Hitzigkeit, Heftigkeit und Tollheit, und ihr Schein schien so ruhig und beständig wie der einer Lampe an einem windgeschützten Ort.

In stillschweigender Übereinkunft waren sie während seiner Rede immer langsamer gegangen, und schließlich blieben sie ganz stehen, und er ergriff ihre Hand. »Ach, Lord Warburton, wie wenig Sie mich doch kennen!« sagte Isabel sehr sanft, und sehr sanft entzog sie ihm ihre Hand.

»Nun machen Sie mir deswegen nicht noch Vorwürfe! Daß ich Sie nicht besser kenne, macht mich schon unglücklich genug. Darin besteht ja mein ganzes Elend. Aber genau das will ich aus der Welt schaffen, und ich habe den Eindruck, daß ich mich auf dem besten Weg dazu befinde. Wenn Sie meine Frau werden, dann lerne ich Sie ja kennen, und wenn ich Ihnen erst all das Gute erzähle, was ich von Ihnen denke, dann werden Sie nicht sagen können, es beruht alles auf Unkenntnis.«

»Kennen Sie *mich* schon kaum, dann kenne ich *Sie* noch weniger«, sagte Isabel.

»Sie meinen, ich könnte, anders als Sie, bei näherer Bekanntschaft ungünstiger abschneiden? Diese Möglichkeit besteht natürlich durchaus. Aber bedenken Sie bitte: Die Tatsache, daß ich so zu Ihnen spreche, wie ich das tue, dürfte meine Entschlossenheit beweisen, mit allen meinen Kräften Genugtuung zu leisten. Sie mögen mich doch wohl ein bißchen, oder?«

»Ich mag Sie sehr, Lord Warburton«, antwortete sie, und in diesem Augenblick mochte sie ihn über alle Maßen.

»Ich danke Ihnen für diese Antwort. Sie zeigt, daß ich für Sie nicht irgendein Fremder bin. Meiner Ansicht nach habe ich bei allen anderen Beziehungen in meinem Leben durchaus Ehre eingelegt, und ich sehe keinen Grund, warum ich das nicht auch in diesem Fall fertigbringen sollte, wo ich mich selbst anbiete und wo ich weiß, daß mir diese Beziehung so viel mehr am

Herzen liegt. Fragen Sie diejenigen, die mich gut kennen; ich habe Freunde, die für mich bürgen würden.«

»Ich brauche die Empfehlungen Ihrer Freunde nicht«, sagte Isabel.

»Um so besser, das ist sehr liebenswürdig von Ihnen. Dann glauben Sie also selbst an mich.«

»Voll und ganz«, erklärte Isabel. Bei diesen Worten erglühte sie innerlich und genoß das Gefühl, daß sie es tat.

Der Glanz in den Augen ihres Begleiters verwandelte sich in ein Lächeln, und er brach in ausgedehnten Jubel aus. »Sollten Sie sich in mir täuschen, Miß Archer, will ich alles verlieren, was ich besitze!«

Sie überlegte, ob er sie damit seinen Reichtum erinnern wollte, wußte aber im selben Augenblick, daß das nicht seine Absicht war. Er »steckte« ihn einfach »weg«, wie er das genannt hätte, und er konnte ihn tatsächlich getrost irgendwo im Gedächtnis eines Gesprächspartners deponieren, schon gar bei einer Partnerin, der er gerade einen Antrag gemacht hatte. Isabel hatte darum gebetet, nicht die Fassung zu verlieren, und sie war nun tatsächlich gelassen genug, sogar während sie zuhörte und sich fragte, was sie am besten antworten sollte, um sich einen kritischen Seitenblick zu gönnen. Was sie sagen sollte, hatte sie sich gefragt? Ihr erster Impuls war es gewesen, etwas zu sagen, was möglichst nicht weniger liebenswürdig sein sollte als das, was er zu ihr gesagt hatte. Seine Worte hatten ganz und gar überzeugend geklungen; sie spürte, daß sie ihm – auf höchst mysteriöse Weise – etwas bedeutete. »Ich danke Ihnen mehr, als ich es ausdrücken kann, für Ihren Antrag«, erwiderte sie schließlich. »Sie erweisen mir damit eine große Ehre.«

»O nicht doch, sagen Sie nicht so etwas!« brach es aus ihm heraus. »Ich hatte befürchtet, daß Sie so etwas sagen würden. Für dergleichen gibt es keinen Grund. Es gibt nicht den geringsten Grund, warum Sie mir danken sollten. Ich bin es, der Ihnen dafür danken sollte, daß Sie mir zuhörten: mir, einem Mann, den Sie kaum kennen und der Sie gleich mit einem solch ungeheuren Ansinnen überfällt. Selbstverständlich ist ein solcher Antrag eine gewichtige Frage, und ich muß Ihnen gestehen, daß ich sie lieber stelle als sie beantworten zu müssen. Aber die Art, wie Sie zuhörten, oder doch zumindest die Tatsache, daß Sie überhaupt zuhörten, läßt mich ein wenig hoffen.«

»Erhoffen Sie sich nicht zuviel«, sagte Isabel.

»Ach, Miß Archer!« sagte ihr Begleiter leise und lächelte wieder trotz allen Ernstes, als sei eine derartige Warnung lediglich als Ausbruch fröhlicher Stimmung, als überschäumende Freude zu werten.

»Wären Sie sehr überrascht, wenn ich Sie bitten würde, sich gar keine Hoffnungen zu machen?« fragte Isabel.

»Überrascht? Mir ist nicht klar, was Sie diesbezüglich mit Überraschung meinen. Davon wäre keine Rede. Es wäre ein weitaus schlimmeres Gefühl.«

Isabel ging einige Schritte weiter; ein paar Minuten lang schwieg sie. »Ich bin mir vollkommen sicher, daß sich meine Meinung über Sie, die jetzt schon eine hohe ist, im Falle einer besseren Bekanntschaft nur noch weiter zum Positiven verändern würde. Aber ich bin mir absolut nicht sicher, daß Sie keine Enttäuschung erleben würden. Und das sage ich jetzt ganz und gar nicht aus Gründen schicklicher Bescheidenheit, sondern ich meine es völlig aufrichtig.«

»Ich bin bereit, dieses Risiko einzugehen, Miß Archer«, warf ihr Begleiter ein.

»Es *ist* eine gewichtige Frage, wie Sie sagen. Es ist auch eine sehr schwierige Frage.«

»Natürlich erwarte ich nicht, daß Sie mir jetzt sofort eine Antwort darauf geben. Denken Sie darüber nach, so lange es nötig ist. Wenn ich durch Abwarten in Ihrer Gunst steige, warte ich lange mit großem Vergnügen. Vergessen Sie nur nicht, daß am Ende mein höchstes Glück von Ihrer Antwort abhängt.«

»Ich würde es sehr bedauern, Sie im ungewissen zu belassen«, sagte Isabel.

»Ach, das macht nichts. Lieber höre ich eine gute Antwort in einem halben Jahr als eine schlechte heute.«

»Aber wahrscheinlich werde ich Ihnen auch in einem halben Jahr keine geben können, die Sie gut nennen würden.«

»Warum denn nicht, da Sie mich doch wirklich mögen?«

»Oh, daran brauchen Sie nie zu zweifeln.«

»Na also, dann weiß ich nicht, was Sie noch verlangen!«

»Es handelt sich nicht um das, was ich verlange, sondern um das, was ich geben kann. Ich glaube nicht, daß ich zu Ihnen passen würde. Ich glaube es wirklich nicht.«

»Darüber brauchen Sie sich nicht den Kopf zu zerbrechen. Das lassen Sie nur meine Sorge sein. Sie brauchen nicht königlicher zu sein als der König.«

»Es ist nicht nur das«, sagte Isabel, »aber ich bin mir nicht einmal sicher, ob ich überhaupt heiraten möchte.«

»Das kann schon sein. Zweifellos gehen viele Frauen zunächst einmal von dieser Vorstellung aus«, sagte Seine Lordschaft, die, behaupten wir einmal, nicht im geringsten an die These glaubte, mit deren Formulierung sie sich über ihre Befürchtungen zu retten versuchte. »Aber oft lassen sie sich dann doch überreden.«

»Ja, weil sie es eigentlich erwarten!« Und Isabel lachte geringschätzig.

Der Mann, der um ihre Hand angehalten hatte, machte ein bestürztes Gesicht und sah sie eine Weile stumm an. »Ich fürchte, Sie zögern, weil ich Engländer bin«, sagte er dann. »Ich weiß, Ihr Onkel ist der Ansicht, Sie sollten in Ihrer Heimat heiraten.«

Isabel vernahm diese Feststellung mit einigem Interesse; sie wäre nie auf die Idee gekommen, Mr. Touchett könnte ihre Heiratsaussichten mit Lord Warburton besprechen. »Hat *er* Ihnen das gesagt?«

»Ich erinnere mich, daß er eine solche Bemerkung hat fallen lassen. Vielleicht sprach er auch von Amerikanern im allgemeinen.«

»Ihm selbst scheint es allerdings in England ganz gut zu gefallen.« In Isabels Tonfall hätte man vielleicht ein wenig Boshaftigkeit entdecken können, doch drückte diese nur ihre anhaltende Wahrnehmung eines zur Schau gestellten Glückszustandes ihres Onkels aus sowie ihre generelle Neigung, sich Verpflichtungen zu einseitigen Betrachtungsweisen zu entziehen.

Ihr Begleiter schöpfte Hoffnung und rief gleich begeistert aus: »Ach, wissen Sie, liebe Miß Archer, Old England ist schon ein schönes Land! Und haben wir es erst noch ein bißchen hergerichtet, wird es sogar noch schöner.«

»Um Himmels willen, richten Sie es bloß nicht her, Lord Warburton! Lassen Sie es, wie es ist. So gefällt es mir am besten.«

»Ja, also – wenn es Ihnen doch gefällt, dann verstehe ich immer weniger, welche Einwände Sie gegen meinen Vorschlag haben.«

»Ich fürchte, ich kann es Ihnen nicht begreiflich machen.«

»Aber versuchen sollten Sie es wenigstens. Ich bin einigermaßen intelligent. Haben Sie Angst – vielleicht vor dem Klima? Dann könnten wir genausogut sonstwo leben. Sie können sich ein Klima aussuchen, irgendwo auf der ganzen Welt.«

Diese Worte wurden mit solch aufrichtiger Inbrunst geäußert, daß sie wie eine Umarmung durch starke Arme waren, wie ein süßer Hauch von frischen, atmenden Lippen direkt in ihr Gesicht, wie ein Wohlgeruch aus ihr unbekannten Gärten, von duftgeschwängerten Lüften. Ihren kleinen Finger hätte sie in diesem Augenblick hergegeben, hätte sie einfach den Impuls verspüren können zu antworten: »Lord Warburton, es ist mir nicht möglich, mir in dieser Welt etwas Besseres vorzustellen, als mich von ganzem Herzen dankbar Ihrer Redlichkeit anzuvertrauen.« Aber obwohl sie völlig in der Bewunderung dieser einmaligen Gelegenheit aufging, gelang es ihr doch, einen Schritt zurück und in deren schwärzesten Schatten zu treten, ganz wie ein wildes, gefangenes Tier in einem großen Käfig. Die sichere und ›glänzende Partie‹, die ihr hier angetragen wurde, war eben nicht das Höchste, was sie sich vorstellen konnte. Was ihr schließlich zu sagen einfiel, war etwas gänzlich anderes und schob die Notwendigkeit auf, sich dem kritischen Augenblick zu stellen. »Nehmen Sie es mir nicht übel, wenn ich Sie bitte, heute nicht mehr über das Thema zu sprechen.«

»Aber ja doch!« rief ihr Begleiter. »Nicht um alles in der Welt möchte ich Ihnen auf die Nerven gehen.«

»Sie haben mir viel Stoff zum Nachdenken gegeben, und ich verspreche Ihnen, ich werde ernsthaft mit mir zu Rate gehen.«

»Um mehr bitte ich Sie auch nicht – außer daß Sie sich vielleicht noch daran erinnern, wie uneingeschränkt mein Glück in Ihren Händen liegt.«

Isabel lauschte dieser Ermahnung mit größtmöglichem Respekt, sagte aber nach einer Minute: »Ich muß Ihnen mitteilen, daß das, worüber ich nachdenken werde, die Art und Weise betrifft, in der ich Sie wissen lassen möchte, daß ich unmöglich auf Ihren Wunsch eingehen kann, und daß ich Sie das wissen lassen möchte, ohne Ihnen allzu weh zu tun.«

»Da gibt es keine Möglichkeit, Miß Archer. Ich will nicht behaupten, daß ich mich umbringen werde, wenn Sie mich abweisen. Ich werde deshalb nicht sterben. Aber was viel schlimmer ist: Ich werde ohne Sinn und Ziel weiterleben.«

»Sie werden weiterleben und eine bessere Frau heiraten, als ich es bin.«

»Bitte, sagen Sie so etwas nicht«, sprach Lord Warburton mit großem Ernst. »Das ist gegenüber jedem von uns beiden unfair.«

»Dann heiraten Sie eben eine schlechtere.«

»Sollte es bessere Frauen als Sie geben, dann ziehe ich die schlechteren vor. Mehr bleibt mir nicht zu sagen«, fuhr er mit gleichem Ernst fort. »Über Geschmack läßt sich nicht streiten.«

Sein Ernst übertrug sich auf sie, was sie ihm dadurch zeigte, daß sie ihn erneut bat, das Thema vorübergehend ruhen zu lassen. »Ich werde Sie selbst ansprechen, schon sehr bald. Vielleicht schreibe ich Ihnen auch.«

»Ganz wie es Ihnen beliebt«, erwiderte er. »Wieviel Zeit auch immer Sie sich nehmen werden, sie wird mir lang vorkommen, und ich werde einfach das Beste daraus machen müssen.«

»Ich werde Sie nicht im ungewissen lassen. Ich will nur etwas Klarheit in meine Gedanken bringen.«

Er seufzte resigniert, stand einen Moment da, betrachtete sie mit auf den Rücken gelegten Händen und wippte nervös mit seiner Jagdpeitsche. »Wissen Sie, daß ich ziemliche Angst davor habe – vor dieser bemerkenswerten Klarheit Ihrer Gedanken?«

Als Biograph unserer Heldin können wir es auch kaum erklären, aber die Frage jagte ihr einen Schrecken ein und trieb ihr eine schuldbewußte Röte in die Wangen. Sie erwiderte kurz seinen Blick und stieß dann in einem Ton, der schon beinahe an sein Mitgefühl zu appellieren schien, die seltsame Antwort hervor: »Ich auch, Mylord!«

Doch sein Mitgefühl regte sich nicht. All das, was er an Mitleidensfähigkeit besaß, benötigte er für sich selbst. »Seien Sie barmherzig, seien Sie barmherzig«, flüsterte er.

»Ich glaube, Sie sollten nun besser gehen«, sagte Isabel. »Ich werde Ihnen schreiben.«

»Sehr wohl; aber was Sie auch schreiben, ich werde kommen und Sie aufsuchen.« Danach stand er da und überlegte, den Blick starr auf den wachsamen Bunchie gerichtet, der dreinsah, als habe er alles verstanden, was gesprochen worden war, und so tat, als müsse er sein indiskretes Wissen dadurch loswerden, daß er den Wurzeln einer altehrwürdigen Eiche einen Anfall von Neugierde vortäuschte. »Da ist noch etwas«, fuhr Lord Warburton fort. »Für den Fall, daß Sie Lockleigh nicht mögen, weil Sie es für feucht oder dergleichen halten: dann können Sie getrost einen Bogen von fünfzig Meilen darum machen, verstehen Sie? Das Haus ist übrigens nicht feucht; ich habe es gründlich untersuchen lassen; es ist absolut trocken und in Ordnung. Doch sollten Sie es nicht mögen, dann wären Sie nie und nimmer gezwungen, darin zu wohnen. Diesbezüglich gibt es nicht die geringsten Probleme; Häuser sind genug da. Ich dachte, ich sage es Ihnen sicherheitshalber noch. Es gibt Menschen, die Burggräben einfach nicht mögen. Leben Sie wohl!«

»Ich finde Burggräben himmlisch«, sagte Isabel. »Leben Sie wohl!«

Er streckte ihr die Hand hin, und sie gab ihm kurz die ihre, lang genug für ihn, sein hübsches, entblößtes Haupt darüber zu beugen und sie zu küssen. Danach ging er raschen Schrittes davon, wobei mühsam unterdrückte Emotionen sein Jagdutensil in heftige Bewegung versetzten. Er war augenscheinlich sehr aus dem Gleichgewicht gebracht.

Isabel war selbst ein wenig aus dem Gleichgewicht geraten, aber doch nicht in dem Maße, wie sie befürchtet hatte. Was sie empfand, war nicht die große Verantwortung oder die Qual der Wahl; sie hatte eher den Eindruck, gar keine Wahl gehabt zu haben. Sie konnte Lord Warburton einfach nicht heiraten. Eine diesbezügliche Vorstellung war nicht dazu angetan, vorgefaßte und emanzipierte Meinungen von einer ungehinderten Erkundung der Vielfältigkeit des Lebens zu unterstützen, denen sie bislang angehangen hatte beziehungsweise jetzt anzuhängen in der Lage war. Das war es, was sie ihm schreiben, wovon sie ihn überzeugen mußte, und diese Aufgabe war verhältnismäßig leicht. Was ihr aber so zu schaffen machte, daß es sie in Erstaunen versetzte, war die Tatsache an sich, wie leicht sie es fertigbrachte, eine einmalige Chance auszuschlagen. Unter welchen Gesichtspunkten auch immer man es betrachten wollte: Lord Warburton hatte ihr eine großartiges Angebot gemacht. Die Situation als Lady Warburton mochte Unannehmlichkeiten mit sich bringen, mochte bedrückende, einengende Momente bereithalten, mochte sich vielleicht gar nur als betäubendes Schmerzmittel herausstellen; doch sie tat ihrem Geschlecht sicher nicht unrecht, wenn sie davon ausging, daß neunzehn von zwanzig Frauen sich ohne Gewissensbisse darauf eingelassen hätten. Warum war es dann für sie selbst nicht von der gleichen unwiderstehlichen Attraktivität? Wer und was war sie eigentlich, daß sie sich für etwas Besseres hielt? Was für eine Erwartung vom Leben, was für eine Auffassung vom Schicksal, was für eine Vorstellung vom Glück hatte sie nur, die größer zu sein schienen als diese fabelhaften Möglichkeiten? Wenn sie all das ausschlug, mußte sie wirklich Großes vorhaben, mußte sie nach noch Höherem streben. Die arme Isabel fand Gründe genug, um sich von Zeit zu Zeit zu ermahnen, nicht allzu stolz zu sein, und nichts war aufrichtiger als ihr Gebet, vor dieser Gefahr beschützt zu werden, denn die Einsamkeit und Verlassenheit, die der Hochmut mit sich bringt, waren für sie gleichbedeutend mit den Schrecken der Wüste. Wäre es Stolz gewesen, der sie gehindert hätte, Lord Warburtons Antrag anzunehmen, dann hätte sie eine einzigartige Dummheit begangen; und außerdem mochte sie ihn so sehr, daß sie sich einredete, es liege an eben diesem zarten, höchst einsichtigen Mitgefühl, das sie hegte. Sie mochte ihn zu sehr, um ihn zu heiraten – das war die Wahrheit. Und zudem witterte sie einen Trugschluß in der enthusiastischen Logik des Antrags – so wie *er* ihn sah, obwohl sie nicht in der Lage gewesen wäre, auch nur andeutungsweise den Finger darauf zu legen. Und einen Mann, der so viel zu bieten hatte, mit einer Frau zu strafen, die eine Neigung zum Nörgeln mitbrachte, wäre ein besonders schändlicher Akt gewesen. Sie hatte ihm versprochen, über seine Frage nachzudenken, und als sie nach seinem Fortgang zurück zu der Bank spazierte, wo er sie angetroffen hatte, und ihren Gedanken nachhing, hätte man den Eindruck gewinnen können, sie halte ihr Versprechen. Doch dies war nicht der Fall. Sie fragte sich vielmehr, ob sie nicht eine kalte, herzlose, eingebildete Person sei, und als sie sich schließlich erhob und fast eilig ins Haus zurückkehrte, verspürte sie wirklich das, was sie ihrem Freund gestanden hatte: Angst vor sich selbst.

13. KAPITEL

Dieses Gefühl war es und nicht das Bedürfnis nach Ratschlägen, das bei ihr nun wahrhaftig nicht ausgeprägt war, weswegen sie mit ihrem Onkel über den Vorfall sprechen wollte. Sie wollte mit jemandem reden, um selbst wieder natürlicher, menschlicher zu empfinden, und dafür erschien ihr der Onkel der geeignetere Gesprächspartner zu sein als die Tante oder ihre Freundin Henrietta. Auch ihr Cousin wäre als Vertrauensperson in Frage gekommen; aber bei ihm hätte sie sich zwingen müssen, ihn in dieses ganz besondere Geheimnis einzuweihen. Also nahm sie am nächsten Tag nach dem Frühstück die Gelegenheit wahr. Ihr Onkel verließ seine

Gemächer nie vor dem frühen Nachmittag, aber er empfing seine »Spezis«, wie er sie nannte, in seinem Ankleidezimmer. Isabel hatte bereits ihren festen Platz in dieser Kategorie der Freunde, zu welcher sich noch der Sohn des alten Herrn, sein Arzt, sein Kammerdiener und sogar Miß Stackpole zählen durften. Mrs. Touchett kam auf der Liste nicht vor, weshalb sich Isabel um so sicherer sein konnte, den Hausherrn allein anzutreffen. Er saß in einem aufwendig konstruierten Rollstuhl am offenen Fenster seines Zimmers, wo man einen Blick nach Westen über den Park und den Fluß hatte, Zeitungen und Briefe neben sich aufgestapelt, sorgfältig gekleidet, rasiert und frisiert und auf dem glatten, nachdenklichen Gesicht den Ausdruck wohlwollender Erwartung.

Sie kam sofort zur Sache. »Ich finde, Ihr solltet wissen, daß Lord Warburton mich gefragt hat, ob ich ihn heiraten will. Wahrscheinlich müßte ich es auch der Tante sagen, aber mir schien es das Beste zu sein, es Euch zuerst zu sagen.«

Der alte Herr ließ sich keinerlei Überraschung anmerken, sondern dankte ihr für das entgegengebrachte Vertrauen. »Würdest du mir auch verraten, ob du seinen Antrag angenommen hast?« wollte er wissen.

»Ich habe ihm noch keine endgültige Antwort gegeben. Ich habe mir ein wenig Zeit ausbedungen, um darüber nachzudenken, weil ich das rücksichtsvoller finde. Aber ich werde ihn nicht annehmen.«

Mr. Touchett gab dazu keinen Kommentar ab. Seine Miene vermittelte den Anschein, als dürfe er, auch wenn ihn die Angelegenheit vom Aspekt des Geselligen und Gesellschaftlichen her interessierte, nicht Partei ergreifen. »Na also, ich habe es dir doch gleich gesagt, du würdest hier Erfolg haben. Amerikanerinnen stehen hoch im Kurs.«

»Allerdings«, sagte Isabel. »Doch selbst auf die Gefahr hin, für unkultiviert und undankbar gehalten zu werden: Ich kann Lord Warburton nicht heiraten.«

»Tja«, fuhr ihr Onkel fort, »selbstverständlich kann ein alter Mann einer jungen Dame nicht die Entscheidung abnehmen. Ich bin froh, daß du mich nicht gefragt hast, bevor du sie trafst. Ich denke, ich sollte dir sagen«, fügte er langsam hinzu, doch so, als spiele es keine große Rolle, »daß ich alles über die Vorkommnisse der letzten drei Tage weiß.«

»Über Lord Warburtons Gemütszustand?«

»Über seine Absichten, wie sie hierzulande sagen. Er schrieb mir einen sehr netten Brief, in dem er sie ausführlich darlegte. Möchtest du ihn lesen?« fragte der alte Herr entgegenkommend.

»Danke, nein. Es interessiert mich nicht sonderlich. Aber ich bin froh, daß er Euch schrieb. So gehört sich das wohl auch, und er ist ein Mensch, der immer das Rechte tun wird.«

»Na, na – dann magst du ihn vermutlich doch!« stellte Mr. Touchett fest. »Du brauchst gar nicht erst so zu tun, als sei es anders.«

»Ich mag ihn ganz außerordentlich. Das gebe ich unumwunden zu. Aber im Augenblick möchte ich mich einfach noch nicht verheiraten.«

»Du wartest darauf, daß einer daherkommt, den du noch lieber magst. Das ist gar nicht so unwahrscheinlich«, sagte Mr. Touchett, der dem Mädchen seine Liebenswürdigkeit anscheinend dadurch beweisen wollte, daß er ihr den Entschluß ein wenig leichter machte, indem er ihr Argumente von der heiteren Art anbot.

»Es ist mir gleich, auch wenn keiner sonst daherkommt. Lord Warburton gefällt mir soweit ganz gut.« Jetzt erweckte sie wieder den Eindruck eines jähen Sinneswandels, mit dem sie ihre Gesprächspartner mitunter erschreckte oder gar verdroß.

Ihr Onkel schien jedoch gegen dergleichen Wahrnehmungen gefeit. »Er ist ein wirklich feiner Mensch«, resümierte er in einem Ton, aus dem man Aufmunterung hätte heraushören können. »Sein Brief gehört zu den nettesten, die ich seit Wochen erhalten habe. Einer der Gründe, warum er mir so gefiel, ist vermutlich der, daß er ausschließlich von dir handelt. Das heißt, die Stelle ausgenommen, wo er über sich selbst schreibt. Aber wahrscheinlich hat er dir das alles schon erzählt.«

»Er hätte mir alles erzählt, wenn ich es hätte wissen wollen«, sagte Isabel.

»Aber du warst nicht neugierig genug?«

»Das wäre nur Eitelkeit gewesen – nachdem ich mich schon entschieden hatte, sein Angebot abzulehnen.«

»Weil du es nicht attraktiv genug fandest?« forschte Mr. Touchett nach.

Sie schwieg eine Weile. »Ja, so wird es wohl sein«, gab sie dann zu. »Aber ich weiß auch nicht, weshalb.«

»Zum Glück ist eine Dame nicht verpflichtet, Gründe zu nennen«, sagte ihr Onkel. »Die Vorstellung an sich ist schon recht reizvoll, aber ich sehe keinen Grund, warum uns die Engländer unsere Heimat abspenstig machen sollten. Klar versuchen wir unsererseits, sie hinüber zu locken, aber das liegt daran, daß wir zuwenig Menschen haben. Hier leiden sie eher unter Übervölkerung. Andererseits: Für charmante, junge Damen wird sich wohl überall ein Plätzchen finden lassen.«

»Ihr scheint hier ja ein ganz ansehnliches Plätzchen gefunden zu haben«, sagte Isabel und ließ ihren Blick über die ausgedehnten Flächen des Parks schweifen, die ausschließlich dem Lustwandeln und der Erbauung dienten.

Mr. Touchett lächelte verschmitzt und schuldbewußt. »Platz gibt es überall, mein Kind, wenn man das nötige Kleingeld hat. Manchmal denke ich, daß ich hierfür einen zu hohen Preis bezahlt habe. Vielleicht hättest du auch einen zu hohen Preis bezahlt.«

»Ja, vielleicht«, antwortete das Mädchen.

Diese Andeutung gab ihr konkreteren Stoff zum Grübeln, als sie ihn in ihren eigenen Gedankengängen gefunden hatte, und daß ihr Onkel ihr Dilemma mit sanfter Verschmitztheit kommentierte, schien zu beweisen, daß es die natürlichen und erklärbaren Gefühlsregungen des Lebens waren, die sie beschäftigten, und daß sie nicht etwa ein Opfer intellektuellen Übermuts und abstruser Ambitionen war, die weit über Lord Warburtons großartigen Antrag hinausgingen in undefinierbare Gefilde, vielleicht sogar in wenig löbliche. Insofern das Undefinierbare bei diesem Stand der Dinge überhaupt einen Einfluß auf Isabels Verhalten hatte, handelte es sich dabei nicht um die – auch nicht unbewußte – Vorstellung von einer Verbindung mit Caspar Goodwood; denn hatte sie sich schon der Eroberung durch die großen, beruhigenden Hände ihres englischen Verehrers erwehrt, so war sie noch weniger bereit, den jungen Mann aus Boston von sich Besitz ergreifen zu lassen. Die Stimmung, in die sie sich nach der Lektüre seines Briefes geflüchtet hatte, war die einer kritischen Bewertung seiner Reise nach England gewesen, denn ein Teil des Einflusses, den er auf sie ausübte, war dadurch bedingt, daß er sie ihres Bedürfnisses nach Freiheit und Unabhängigkeit zu berauben schien. Sie fühlte sich auf lästige Weise von ihm unter Druck gesetzt, wie er sich da fordernd vor ihr aufbaute. Gelegentlich hatte sie das Bild, ja die Drohung verfolgt, er könne etwas an ihrem Verhalten auszusetzen haben, und sie hatte sich gefragt – was sie in solcher Intensität bei noch keinem anderen Menschen getan hatte –, ob er ihr jetziges Gebaren wohl billigen würde. Das Problem lag darin, daß Caspar Goodwood, stärker als jeder andere Mann, den sie je gekannt hatte, stärker noch als der arme Lord Warburton (sie hatte inzwischen begonnen, Seine Lordschaft mit ebenjenem Beiwort zu schmücken), für sie die Personifizierung einer kraftvollen Energie darstellte, die sie schon als Macht wahrgenommen hatte und die voll und ganz seinem Wesen entsprang. Es war überhaupt keine Frage seiner ›Vorzüge‹, sondern es lag an dem Feuer des Elans, das in seinen klaren Augen loderte und nimmermüde darauf wartete, sich für irgend etwas oder irgend jemanden verzehren zu können. Ob es ihr gefiel oder nicht: Er war mit dem ganzen Nachdruck seiner Energie immerzu präsent; selbst beim ganz alltäglichen Umgang mit ihm hatte man damit zu rechnen. Die Vorstellung von einer eingeschränkten Freiheit empfand sie im Augenblick als besonders unangenehm, denn schließlich hatte sie soeben ihrer Unabhängigkeit so etwas wie einen individuellen Akzent dadurch gegeben, daß sie sich Lord Warburtons grandiosen Bestechungsversuch in aller Ruhe angesehen hatte, um ihn dann doch zurückzuweisen. Manches Mal sah es so aus, als solle Caspar Goodwood ihr Schicksal werden, weil er das hartnäckigste Phänomen war, das sie kannte, und in solchen Momenten pflegte sie sich zu sagen, daß sie ihm zwar eine Zeitlang aus dem Weg gehen könne, aber doch zumindest ein Arrangement mit ihm treffen müsse – eines, bei dem mit Sicherheit *er* die Vorteile auf seiner Seite hätte. Spontan hatte sie daher jede Gelegenheit ergriffen, die ihr helfen konnte, sich solchen Verpflichtungen zu entziehen, was ganz deutlich geworden war bei der spontanen Bereitwilligkeit, mit der sie die Einladung ihrer Tante angenommen hatte, die just zu einem Zeitpunkt ausgesprochen worden war, wo sie täglich mit einem Besuch Mr. Goodwoods rechnen mußte und wo sie froh war, eine Antwort auf das bereit zu haben, was er ihr nach ihrer Meinung bestimmt antragen würde. Als sie ihm damals am Abend von Mrs. Touchetts Visite erklärt hatte, sie könne in diesem Augenblick, völlig benommen von dem unverhofften und herrlichen ›Europa-Angebot‹ ihrer Tante, keine schwierigen Probleme diskutieren, stellte er fest, daß dies keine Antwort sei. Folglich war der Grund, warum er ihr über das Meer folgte, der, sich nun eine bessere zu holen. Sich einzureden, er stelle für sie eine Art grausames Schicksal dar, reicht vielleicht als Argument für eine junge Frau mit lebhafter Phantasie aus, die in der Lage war, vieles an ihm einfach als gegeben hinzunehmen. Der Leser aber hat ein Anrecht auf eine genauere, klarere Betrachtung.

Caspar Goodwood war der Sohn eines bekannten Baumwollfabrikanten aus Massachusetts, eines Gentleman, der in Ausübung dieses Gewerbes ein beträchtliches Vermögen angehäuft hatte. Caspar war hauptverantwortlicher Geschäftsführer für die einzelnen Betriebe, und seinem Urteils- und Durchsetzungsvermögen war es zu verdanken, daß sie trotz harten Wettbewerbs und ertragsarmer Jahre voll ausgelastet waren. Man hatte ihm eine gute Ausbildung am Harvard College zuteil werden lassen, wo er sich allerdings eher einen Ruf als Turner und Ruderer erwarb denn als Sammler des dort ausgebreiteten Wissens. Erst später begriff er, daß man auch mit dem klaren Verstand Sprünge machen und rudern und sich verausgaben konnte, ja sogar Rekorde brechen und spektakuläre Leistungen vollbringen. Auf diesem Weg hatte er bei sich einen scharfen Blick für die Geheimnisse der Mechanik entdeckt und eine Verbesserung für das Spinnen der Baumwolle erfunden, die sich inzwischen allgemein durchsetzte und unter seinem Namen bekannt wurde, den der Leser vielleicht schon im Zusammenhang mit jener segensreichen Vorrichtung in der Zeitung gelesen hat. Er hatte auch nicht versäumt, Isabel einen umfangreichen Artikel im New York *Interviewer* zu zeigen, der sich mit dem Goodwood-Patent befaßte und nicht von Miß Stackpole geschrieben worden war, so entgegenkommend sich diese auch bezüglich seiner mehr gefühlsbetonten Interessen gezeigt hatte. Er fand Spaß an kniffligen, komplizierten Dingen; er organisierte, disputierte und instruierte gern; er konnte Menschen dazu bringen, daß sie ihm zu Willen waren, an ihn glaubten, sich für seine Sache einsetzten und ihn verteidigten. Es hieß, er verstehe sich auf die Kunst der Menschenführung, die in seinem Fall zusätzlich noch auf einem kühnen, wenn auch dumpf brütenden Ehrgeiz beruhte. Wer ihn gut genug kannte, rechnete damit, daß auf ihn noch größere Aufgaben warteten, als eine Baumwollspinnerei zu leiten. Caspar Goodwood hatte, sozusagen, gar nichts Spinnöses an sich, und seine Freunde gingen ganz selbstverständlich davon aus, daß er noch einmal irgendwie und irgendwo ein bedeutender Mann werden würde. Aber es war, als müsse ihn erst noch etwas Großes und Chaotisches, etwas Finsteres und Garstiges herausfordern, denn bloßes, selbstgefälliges Sichzurücklehnen und

Raffgier und Profitstreben, wie man sie allerorten propagierte, waren seine Sache nicht. Isabel gefiel die Vorstellung von ihm als einem furchtlosen Reitersmann, der auf seinem Roß wie ein Wirbelwind durch einen großen Krieg fegte – einen wie den amerikanischen Bürgerkrieg, dessen Schatten die Erinnerungen ihrer Kindheit und die Jahre seiner Reifezeit verdüstert hatten.

Was ihr auf jeden Fall gefiel, war die Vorstellung, daß er von seinem ganzen Wesen her und auch in der Wirklichkeit des Alltags ein Mann voller Dynamik war – was ihr viel besser gefiel als einige andere Punkte in seinem Wesen und Erscheinungsbild. Seine Textilfabrik war ihr gleichgültig; das Goodwood-Patent erregte ihre Phantasie überhaupt nicht. Sie wünschte ihm nicht eine Unze weniger an Männlichkeit, aber zuweilen dünkte ihr, er würde ihr doch besser gefallen, wenn er, zum Beispiel, ein wenig anders aussähe. Sein Kinn war zu eckig und zu hart, seine Haltung zu gerade und steif – für sie alles Dinge, die einen Mangel an unbeschwerter Harmonie mit dem Grundrhythmus des Lebens verrieten. Außerdem stand sie seiner Angewohnheit, sich immer gleich zu kleiden, recht reserviert gegenüber. Nicht daß es den Anschein gehabt hätte, als trüge er ständig dieselben Sachen; ganz im Gegenteil, seine Anzüge sahen immer eine Spur zu neu aus. Aber alle schienen sie vom gleichen Stück gemacht; der Schnitt, das Material waren so trostlos gewöhnlich. Mehr als einmal hatte sie sich selbst ermahnt, daß man damit eine Abneigung gegenüber einer Person von seiner Wichtigkeit nicht stichhaltig begründen könne. Doch gleich hatte sie den Tadel wieder dadurch entkräftet, daß es sich nur dann um eine nicht stichhaltige Begründung handeln könne, wenn sie in ihn verliebt wäre. Da sie aber nicht in ihn verliebt war, durfte sie folglich seine kleinen Fehler genauso kritisieren wie den einen großen, der sich letztlich mit dem Sammelvorwurf benennen ließ, er sei überhaupt zu ehrlich, beziehungsweise er sei es eben nicht, da man ja ohnehin nie zu ehrlich sein könne; zumindest aber erwecke er den Anschein, es zu sein. Er zeigte seine Vorlieben und Absichten zu unverhohlen und unverblümt. Wenn man allein mit ihm war, dann redete er zuviel immer nur über dasselbe Thema, und wenn noch andere zugegen waren, redete er zuwenig über alles. Und doch war er von überaus klarem und kräftigem Zuschnitt, was viel wert war. Sie sah die zusammengefügten Einzelteile von ihm, wie sie, in Museen oder auf Gemälden, die zusammengefügten Einzelteile der Rüstung eines Kriegers betrachtet hatte – die eisernen Platten, so hübsch mit Goldziselierungen verziert. Es war schon höchst absonderlich: Wo, um alles in der Welt, hätte es ein greifbares Bindeglied gegeben zwischen ihrer Sinneswahrnehmung und ihrem Tun? Caspar Goodwood hatte noch nie ihrer Vorstellung von einem bezaubernden Mann entsprochen, und sie vermutete darin den Grund, warum sie letztlich so streng mit ihm ins Gericht ging. Als dann aber Lord Warburton, der dieser Vorstellung nicht nur entsprach, sondern dem Begriff noch eine erweiterte Bedeutung verlieh, sich um ihre Zuneigung bemühte, war sie noch immer nicht zufrieden. In der Tat: höchst absonderlich.

Das Gefühl eigener Inkonsequenz war für die Beantwortung von Mr. Goodwoods Brief keineswegs hilfreich, so daß Isabel beschloß, ihn erst einmal liegen zu lassen. Wer sich in den Kopf gesetzt hatte, sie zu belästigen und zu verfolgen, der mußte auch die Konsequenzen tragen, die in diesem Falle vor allem darin bestanden zu erkennen, wie wenig sie seine Idee entzückte, nach Gardencourt kommen zu wollen. Schließlich war sie hier bereits den Einfällen eines Verehrers ausgesetzt, und obwohl es durchaus angenehm sein mochte, auch im gegnerischen Lager verehrt zu werden, so lag doch eine gewisse Unfeinheit darin, sich zur Unterhaltung gleich zwei derartig leidenschaftliche Anwälte in eigener Sache auf einmal zu gönnen, selbst dann, wenn die Unterhaltung darin bestand, beiden einen Korb geben zu müssen. Mr. Goodwoods Brief beantwortete sie nicht. Aber nachdem drei Tage vergangen waren, schrieb sie an Lord Warburton, und dieser Brief gehört zu unserer Geschichte.

Lieber Lord Warburton!
Auch durch ausgedehntes und ernsthaftes Nachdenken hat sich mein Standpunkt bezüglich des Vorschlags, den mir zu unterbreiten Sie kürzlich die Liebenswürdigkeit hatten, nicht geändert. Ich bin nicht in der Lage, und zwar wirklich und wahrhaftig nicht, Sie im Licht eines Gefährten fürs ganze Leben zu sehen; oder auch mir Ihr Zuhause – beziehungsweise eines Ihrer zahlreichen Zuhause – als den endgültigen Ort vorzustellen, an dem ich mein Leben verbringen möchte. Über diese Dinge läßt sich nicht logisch argumentieren, und ich ersuche Sie eindringlich, dieses Thema, das wir so erschöpfend diskutierten, nicht erneut anzusprechen. Jeder von uns sieht sein Leben von seiner eigenen

Warte aus; das ist das Vorrecht auch des Schwächsten und Niedrigsten; und ich werde das meinige niemals unter den Vorzeichen sehen können, die Sie in Ihrem Antrag nannten. Haben Sie die Freundlichkeit, mit diesem Bescheid Vorlieb zu nehmen, und akzeptieren Sie meine Versicherung, daß ich Ihrem Angebot jene zutiefst ehrerbietige Betrachtung habe angedeihen lassen, die es verdient. Mit dieser Hochachtung verbleibe ich Ihre

Isabel Archer.

Während sich die Verfasserin dieser Zeilen gerade dazu durchrang, die Botschaft auch wirklich abzusenden, faßte Henrietta Stackpole einen Entschluß, der von keinerlei Bedenken begleitet war. Sie lud Ralph Touchett zu einem gemeinsamen Spaziergang im Park ein, und als er mit jener heiteren Bereitwilligkeit zugestimmt hatte, die von seinen beständig anspruchsvollen Erwartungen zu zeugen schien, teilte sie ihm mit, daß sie ihn um einen Gefallen zu bitten habe. Wir müssen gestehen, daß der junge Mann bei dieser Mitteilung zusammenzuckte, denn wir wissen, daß er Miß Stackpole sehr wohl für fähig hielt, ihren eigenen Vorteil wahrzunehmen. Das Erschrecken entbehrte jedoch insofern der Grundlage, als er sich weder über das Ausmaß ihrer Taktlosigkeit im klaren noch bezüglich deren Tiefenwirkung vorgewarnt war, und so bekannte er äußerst höflich sein Bedürfnis, ihr zur Verfügung stehen zu wollen. Er hatte Angst vor ihr, was er ihr auch gleich sagte. »Wenn Sie mich auf diese gewisse Weise ansehen, schlottern mir die Knie und all meine Kräfte verlassen mich. Verzagtheit überfällt mich, und ich bete nur noch um die Stärke, Ihre Befehle ausführen zu können. Sie haben ein Gebaren, das mir noch nie bei einer Frau begegnet ist.«

»Also«, erwiderte Henrietta gutgelaunt, »hätte ich nicht schon zuvor gewußt, daß Sie irgendwie versuchen würden, mich in Verlegenheit zu bringen, dann wüßte ich es jetzt. Natürlich bin ich für Sie eine leichte Beute, denn ich wurde ja schließlich unter völlig anderen Konventionen und Normen erzogen. Die euren sind für mich einfach nicht nachvollziehbar, und in Amerika hat noch nie ein Mensch so mit mir geredet wie Sie. Falls drüben ein Mann sich in einer Unterhaltung mit mir so ausdrücken würde, wüßte ich nicht, was ich davon zu halten hätte. Drüben nehmen wir alles viel natürlicher, und wir sind auch viel, viel unkomplizierter. Ich bin selbst auch schlicht und unkompliziert – zugegeben. Wenn Sie mich deswegen auslachen wollen – bitte sehr. Aber wenn ich es mir recht überlege, dann möchte ich lieber nicht mit Ihnen tauschen. Ich fühle mich wohl, so wie ich bin, und ich will mich nicht ändern. Und es gibt viele Menschen, die mich gerade deshalb mögen, weil ich bin, wie ich bin. Freilich: Das sind alles nette, unverbildete, frei geborene Amerikaner!« Henrietta gefiel sich neuerdings in der Rolle der hilflosen Unschuld, die immer gleich zu Konzessionen bereit ist. »Ich hätte gern, daß Sie mir ein wenig behilflich sind«, fuhr sie fort. »Mir ist es völlig gleich, ob Sie sich dabei über mich amüsieren oder nicht. Im Gegenteil: Ich betrachte es als Ihren Lohn, wenn Sie Ihren Spaß haben. Ich möchte, daß Sie mir wegen Isabel helfen.«

»Hat Sie Ihnen weh getan?« fragte Ralph.

»Nein, das würde mir nichts ausmachen, und ich würde Ihnen auch nichts davon erzählen. Was ich befürchte, ist, daß Sie sich selbst weh tun wird.«

»Das halte ich durchaus für möglich«, sagte Ralph.

Seine Begleiterin unterbrach den Parkspaziergang und fixierte ihn mit jenem Blick, der ihn vermutlich so nervös machte. »Das würde Sie vermutlich auch amüsieren! Sie haben aber schon eine Art, sich auszudrücken! Soviel Gleichgültigkeit ist mir noch nie begegnet.«

»Isabel gegenüber? Aber wirklich nicht!«

»Sie haben sich doch hoffentlich nicht in sie verliebt?«

»Wie soll das gehen, wenn ich mich in jemand anderen verliebt habe?«

»Sie sind in sich selbst verliebt, das ist der andere Jemand!« erklärte Miß Stackpole. »Wohl bekomm' es Ihnen! Aber wenn Sie ein einziges Mal in Ihrem Leben ernst sein möchten, dann haben Sie jetzt dazu Gelegenheit, und falls Ihnen Ihre Cousine wirklich etwas bedeutet, könnten Sie es unter Beweis stellen. Ich erwarte nicht, daß Sie sie verstehen; das wäre zuviel verlangt. Aber das brauchen Sie auch gar nicht, um mir einen Gefallen zu tun. Die dafür nötige Intelligenz bringe ich schon selbst mit.«

»Na, das wird ja ein Heidenspaß!« rief Ralph aus. »Ich spiele Caliban und Sie Ariel.«

»Sie haben überhaupt nichts von Caliban an sich, denn Sie sind ein spitzfindiger Haarspalter, und Caliban war es nicht. Aber ich spreche jetzt nicht von erfundenen Charakteren; ich spreche von Isabel, und die ist äußerst real. Was ich Ihnen begreiflich machen möchte, ist, daß ich sie auf beängstigende Weise verändert vorfinde.«

»Seitdem Sie hier sind, meinen Sie?«

»Seit ich hier bin und auch schon vorher. Sie ist nicht mehr dieselbe, die sie einst so wundervoll war.«

»Die sie in Amerika war?«

»Ja, in Amerika. Möglicherweise haben Sie das ja mitbekommen, daß sie von dort stammt. Dafür kann sie nichts, aber so ist es nun mal.«

»Sie möchten diese Veränderung wieder rückgängig machen?«

»Selbstverständlich, und ich möchte, daß Sie mir dabei helfen.«

»O je«, sagte Ralph, »ich bin doch nur Caliban; ich bin nicht Prospero.«

»Sie waren Prospero genug, um aus ihr das zu machen, was sie nun ist. Sie haben Isabel Archer beeinflußt, seit sie hierher kam, Mr. Touchett.«

»*Ich*, meine liebe Miß Stackpole? Nie im Leben! Isabel Archer hat mich beeinflußt – jawohl! Sie beeinflußt jeden. Ich selbst aber bin total passiv geblieben.«

»Dann sind Sie eben zu passiv. Raffen Sie sich lieber auf und gehen Sie behutsam zu Werke. Isabel ändert sich jeden Tag. Sie läßt sich einfach treiben – direkt aufs offene Meer hinaus. Ich beobachte sie schon die ganze Zeit und kann es mitverfolgen. Sie ist nicht mehr das aufgeweckte amerikanische Mädchen, das sie früher war. Sie hat andere Ansichten und einen ganz anderen Charakter als früher und gibt ihre alten Ideale auf. Diese Ideale will ich retten, Mr. Touchett, und an dieser Stelle kommen Sie ins Spiel.«

»Aber doch nicht als Ideal!«

»Das wollen wir nicht hoffen«, gab Henrietta schlagfertig zurück. »Ich werde einfach die Angst nicht los, daß sie einen von diesen verkommenen Europäern heiratet, und das will ich verhindern.«

»Aha – jetzt verstehe ich«, rief Ralph. »Und um das zu verhindern, möchten Sie mich ins Spiel bringen, damit ich sie heirate?«

»Nicht ganz so. Das hieße nur, den Teufel durch Beelzebub auszutreiben, denn Sie sind ja einer der typischen verkommenen Europäer, vor denen ich sie bewahren und retten möchte. Nein, ich möchte, daß Sie Ihre Aufmerksamkeit einer anderen

Person zuteil werden lassen, einem jungen Mann, dem Isabel früher mal Hoffnungen machte und den sie jetzt offenbar nicht mehr für gut genug hält. Er ist ein durch und durch prachtvoller Mensch und ein sehr lieber Freund von mir, und ich wünschte mir sehr, Sie würden ihn zu einem Besuch nach Gardencourt einladen.«

Ralph war von dieser Bitte reichlich verwirrt, und es gereicht der Reinheit seines Herzens wohl kaum zur Ehre, daß er sie nicht sogleich auf die einfachste Art interpretierte. Das Ganze kam ihm wie ein raffinierter Winkelzug vor, und sein Fehler war es, daß er sich nicht völlig sicher war, ob irgend etwas in der Welt wirklich so harmlos sein könne, wie dieses Ersuchen von Miß Stackpole es vorgab. Daß eine junge Frau darum bat, einem Herrn, den sie als ihren »sehr lieben Freund« beschrieb, die Gelegenheit zu verschaffen, sich vorteilhaft bei einer anderen jungen Frau in Szene zu setzen, deren Interesse sich verlagert hatte und die den größeren Charme von beiden ausstrahlte – dies stellte eine Anomalie dar, die für den Augenblick seinen ganzen Scharfsinn zur Erklärung herausforderte. Zwischen den Zeilen zu lesen war einfacher, als dem Text zu folgen, und anzunehmen, daß Miß Stackpole den Herrn aus egoistischen Motiven nach Gardencourt eingeladen haben wollte, war weniger ein Anzeichen für eine vulgäre Phantasie denn für einen verwirrten Geist. Doch sogar vor diesem verzeihlichen Akt von Vulgarität wurde Ralph bewahrt, und zwar von einer Macht, die ich nur als Inspiration bezeichnen kann. Ohne neue Erkenntnisse von außen, die seine bisherigen Einsichten in der Angelegenheit erweitert hätten, gelangte er mit einem Male zu der Überzeugung, daß man der Korrespondentin des *Interviewer* größtes Unrecht antun würde, unterstellte man irgendeiner ihrer Handlungsweisen unlautere Motive. Diese Überzeugung setzte sich in Windeseile in seinem Kopf fest; möglicherweise war die Ursache dafür im reinen Glanz des unbeirrten Blicks der jungen Dame zu suchen. Einen Augenblick lang erwiderte er die Herausforderung und unterdrückte bewußt ein unwilliges Stirnrunzeln, wie man eben in Gegenwart großer Leuchten unwillig die Stirn runzelt. »Wer ist dieser Gentleman, von dem Sie sprechen?«

»Mr. Caspar Goodwood, aus Boston. Er ist seit längerem von äußerster Zuvorkommenheit gegenüber Isabel, von einer Ergebenheit bis zum letzten Atemzug. Er ist ihr bis hierher gefolgt und hält sich gegenwärtig in London auf. Ich kenne zwar seine Adresse nicht, kann sie mir aber vermutlich besorgen.«

»Ich habe noch nie etwas von ihm gehört.«

»Macht nichts. Sie werden auch nicht jeden kennen. Ich glaube zudem nicht, daß er je von Ihnen hörte, was aber keinen Grund darstellt, warum Isabel ihn nicht heiraten sollte.«

Ralph ließ ein nachsichtiges und vieldeutiges Lachen hören. »Das ist ja eine richtige Sucht bei Ihnen, daß Sie andauernd Leute verheiraten wollen! Erinnern Sie sich noch, wie Sie neulich mich heiraten oder verheiraten wollten?«

»Davon bin ich mittlerweile abgekommen. Sie können mit solchen Vorstellungen nichts anfangen. Mr. Goodwood kann das hingegen, und deswegen mag ich ihn so. Er ist ein brillanter Mann und ein vollendeter Gentleman, und Isabel weiß das.«

»Ist sie sehr in ihn verliebt?«

»Wenn sie es nicht ist, sollte sie es allerdings sein. Er ist völlig fasziniert von ihr.«

»Und Sie möchten, daß ich ihn hierher einlade«, sagte Ralph nachdenklich.

»Das wäre ein Akt wahrer Gastfreundschaft.«

»Caspar Goodwood«, fuhr Ralph fort, »ein ziemlich ungewöhnlicher Name.«

»Sein Name ist mir vollkommen egal. Und wenn er Hesechiel Jenkins hieße, würde ich genauso von ihm sprechen. Er ist der einzige Mann, den ich kenne, der nach meiner Ansicht Isabels würdig ist.«

»Sie sind aber eine sehr selbstlose Freundin«, sagte Ralph.

»Natürlich bin ich das. Sollten Sie mit dieser Bemerkung Hohn und Spott über mich ausgießen wollen, so ist mir das auch egal.«

»Das sage ich nicht, um Hohn und Spott über Sie auszugießen. Ich bin nur sehr beeindruckt.«

»Sie sind heute ganz besonders zynisch, aber ich rate Ihnen, sich nicht über Mr. Goodwood lustig zu machen.«

»Ich versichere Ihnen, ich bin völlig ernst; begreifen Sie es endlich«, sagte Ralph.

Seine Gesprächspartnerin begriff sogleich. »Ich glaube es Ihnen; aber jetzt sind Sie wieder zu ernst.«

»Ihnen kann man aber auch gar nichts recht machen.«

»Oh, jetzt sind wir aber wirklich ernst! Sie werden Mr. Goodwood also nicht einladen.«

»Ich weiß es nicht«, sagte Ralph. »Ich bringe die merkwürdigsten Dinge fertig. Erzählen Sie mir ein bißchen was über Mr. Goodwood. Was ist er für ein Mensch?«

»Er ist das genaue Gegenteil von Ihnen. Er leitet eine Textilfabrik, eine sehr gute.«

»Hat er gute Manieren?« fragte Ralph.

»Ganz ausgezeichnete – nach amerikanischer Art.«

»Wäre er eine positive Bereicherung unseres kleinen Zirkels?«

»Ich glaube nicht, daß er sich viel aus unserem kleinen Zirkel machen würde. Er würde sich auf Isabel konzentrieren.«

»Und wie würde das meiner Cousine gefallen?«

»Wahrscheinlich überhaupt nicht. Aber es wäre zu ihrem Besten. Es wird ihre Gedanken zurückholen.«

»Zurückholen? Von wo?«

»Vom Ausland und von anderen naturwidrigen Orten. Noch vor drei Monaten gab sie Mr. Goodwood allen Grund zu der Annahme, er sei erwünscht, und es ist einfach unter Isabels Würde, einen wahren Freund nur auf Grund eines Ortswechsels fallenzulassen. Bei mir hat der Ortswechsel die Wirkung, daß ich mehr denn je an meiner alten Umgebung hänge. Ich bin der festen Überzeugung: Je eher Isabel zurückfindet, desto besser für sie. Ich kenne sie gut genug, um zu wissen, daß sie hier in England niemals wirklich glücklich werden würde, und deshalb möchte ich, daß sie starke amerikanische Bande ausbildet, die wie ein Schutzmittel wirken.«

»Haben Sic es nicht ein bißchen zu eilig?« forschte Ralph nach. »Finden Sie nicht, man müßte ihr im armen, alten England erst einmal eine richtige Chance geben?«

»Eine Chance, ihr blühendes, junges Leben kaputtzumachen? Um ein kostbares Menschenleben vor dem Ertrinken zu retten, kann man es gar nicht eilig genug haben.«

»Wenn ich das alles richtig verstehe«, sagte Ralph, »wollen Sie also von mir, daß ich Mr. Goodwood über Bord und ihr hinterher werfe. Wissen Sie eigentlich«, fügte er hinzu, »daß sie seinen Namen mir gegenüber nie erwähnte?«

Henrietta strahlte. »Das zu hören freut mich außerordentlich. Es beweist, wie sehr sie an ihn denkt.«

Ralph schien zuzugeben, daß manches dafür spreche, und er sinnierte darüber nach, während seine Begleiterin ihn mißtrauisch beobachtete. »Sollte ich Mr. Goodwood einladen«, sagte er schließlich, »dann nur, um mich mit ihm zu streiten.«

»Tun Sie's nicht; Sie werden den kürzeren ziehen.«

»Sie strengen sich aber sehr an, ihn mir gründlich zu verleiden. Ich glaube wirklich nicht, daß ich ihn herbitten kann. Ich habe zuviel Angst, ich könnte grob werden.«

»Ganz wie es Ihnen beliebt«, erwiderte Henrietta. »Ich hatte ja keine Ahnung, daß Sie selbst in sie verliebt sind.«

»Und das glauben Sie wirklich?« fragte der junge Mann stirnrunzelnd.

»Sie haben soeben die aufrichtigste Rede gehalten, die ich je von Ihnen vernahm. Selbstverständlich glaube ich es«, schloß Miß Stackpole scharfsinnig.

»Tja, dann«, folgerte Ralph, »dann werde ich ihn also einladen, um Ihnen zu beweisen, daß Sie falsch liegen. Selbstverständlich muß ich ihn als *Ihren* Freund einladen.«

»Er wird nicht als *mein* Freund kommen, und Sie werden ihn auch nicht einladen, um *mir* zu beweisen, daß *ich* falsch liege – sondern um es sich selbst zu beweisen!«

Diese letzten Worte Miß Stackpoles (nach denen die beiden sofort auseinandergingen) enthielten ein Maß an Wahrheit, das Ralph Touchett anerkennen mußte. Allerdings wurde die Schärfe der Erkenntnis dadurch abgemildert, daß Ralph trotz seiner Vermutung, es sei taktloser, sein Versprechen zu halten, als es zu brechen, eine sechszeilige Mitteilung an Mr. Goodwood schrieb, in der er vom Vergnügen berichtete, das es Mr. Touchett dem Älteren bereiten würde, sollte sich Mr. Goodwood einer kleinen Gesellschaft in Gardencourt anschließen, der auch Miß Stackpole als geschätztes Mitglied angehöre. Er sandte den Brief zu Händen eines von Henrietta genannten Bankiers und wartete gespannt auf eine Reaktion. Zum ersten Mal war nun diese neu ins Spiel gekommene, fürchterlich eindrucksvolle Person beim Namen genannt worden. Als damals seine Mutter nach ihrer Rückkehr erwähnte, daß es da eine Geschichte gebe mit einem einheimischen »Bewunderer«, war diese Vorstellung so wenig real und konkret gewesen, daß er sich gar nicht erst die Mühe gemacht hatte, Fragen zu stellen, auf welche die Antworten nur nichtssagend oder unangenehm ausgefallen wären. Jetzt aber war die einheimische Bewunderung, deren Objekt seine Cousine darstellte, greifbarer geworden; sie nahm die Gestalt eines jungen Mannes an, der ihr nach London gefolgt und Teilhaber einer Textilfabrik war und über Manieren im besten amerikanischen Stil verfügte. Ralph hatte zwei Theorien über diesen ungebetenen Eindringling: Entweder entsprang seine Leidenschaft einem sentimentalen Hirngespinst von Miß Stackpole (unter Frauen gab es ja immer diese stillschweigende Übereinkunft aus der Solidarität des Geschlechts heraus, derzufolge sie sich andauernd Liebhaber gegenseitig entdecken oder erfinden mußten), in welchem Fall er nicht weiter zu fürchten wäre und auch die Einladung wahrscheinlich nicht annehmen würde. Oder aber er nahm die Einladung an und stellte sich als ein so unmöglicher Bursche heraus, daß man ihm weiter keine Beachtung zu schenken brauchte. Der letzte Punkt in Ralphs Argumentation erscheint vielleicht ein wenig unlogisch; aber er verkörperte seine Überzeugung, daß, wenn Mr. Goodwood auf so ernsthafte Weise an Isabel interessiert wäre, wie es Miß Stackpole beschrieb, er nicht im Traum daran dächte, sich von letztgenannter Dame nach Gardencourt zitieren zu lassen. »Unter dieser Voraussetzung«, überlegte Ralph, »müßte er sie als Dorn am Stiel seiner Rose empfinden, und als Fürsprecherin dürfte sie ihm zu taktlos vorkommen.«

Zwei Tage, nachdem er seine Einladung abgeschickt hatte, erhielt er eine sehr knappe Mitteilung von Caspar Goodwood, mit der dieser sich dafür bedankte, gleichzeitig aber bedauerte, daß anderweitige Verpflichtungen einen Besuch in Gardencourt für ihn unmöglich machten. Ralph zeigte den Brief Henrietta, die ihn durchlas und danach ausrief: »Also, so etwas Steifes und Gestelztes ist mir noch nicht untergekommen!«

»Ich fürchte, er macht sich doch nicht so viel aus meiner Cousine, wie Sie annehmen«, bemerkte Ralph.

»Nein, daran liegt es nicht; da stecken subtilere Motive dahinter. Er hat ein sehr tiefgründiges Wesen, aber ich bin entschlossen, es auszuloten. Ich werde ihm schreiben, um herauszukriegen, was er eigentlich meint.«

Mr. Goodwoods Zurückweisung von Ralphs Angebot erzeugte eine leichte Verwirrung. Von dem Moment an, in dem er es ablehnte, nach Gardencourt zu kommen, wurde er für unseren Freund zur wichtigen Persönlichkeit. Er fragte sich, wie bedeutsam für ihn die Frage sei, ob es sich bei Isabels Verehrern um tollkühne Desperados oder langweilige Siebenschläfer handelte. Sie stellten für ihn keine Rivalen dar und waren deshalb herzlich eingeladen, sich in all ihrer Kreativität zu produzieren. Nichtsdestoweniger verspürte er große Neugierde hinsichtlich der von Miß Stackpole versprochenen Nachforschungen bezüglich der

Ursachen von Mr. Goodwoods Steifheit und Gestelztheit – eine Neugierde, die insofern zunächst unbefriedigt blieb, als Miß Stackpole drei Tage später auf seine Frage, ob sie nach London geschrieben habe, zugeben mußte, es ohne Erfolg getan zu haben. Mr. Goodwood hatte nicht geantwortet.

»Vermutlich überlegt er sich die Sache noch«, sagte sie. »Er überlegt sich immer alles genau. Eigentlich ist er überhaupt nicht der Typ des ungestümen Draufgängers. Aber ich bin es gewohnt, daß meine Briefe noch am selben Tag beantwortet werden.« Und gleich darauf schlug sie Isabel vor, daß sie unbedingt einen gemeinsamen Ausflug nach London machen müßten. »Um die Wahrheit zu sagen«, bemerkte sie, »mir bringt dieser Ort hier nicht allzuviel, und dir wahrscheinlich auch nicht. Ich habe ja noch nicht einmal diesen Aristokraten zu Gesicht bekommen, diesen – wie heißt er doch gleich wieder? Lord Washburton. Er scheint dich geradezu sträflich zu vernachlässigen.«

»Rein zufällig weiß ich, daß Lord Warburton morgen kommt«, erwiderte ihre Freundin, die als Antwort auf ihren eigenen Brief eine kurze Mitteilung des Herrn von Lockleigh erhalten hatte. »Da wirst du jede Gelegenheit haben, ihm Löcher in den Bauch zu fragen.«

»Na gut – für *einen* Artikel gibt er wahrscheinlich was her; aber was ist schon *ein* Artikel, wenn du *fünfzig* schreiben willst? Ich habe bereits jede Landschaft hier in der Umgebung beschrieben und meine Begeisterung über die ganzen alten Weiblein und Esel ausgetobt. Aber du kannst sagen, was du willst: Mit Milieuschilderungen kriegst du keinen lebendigen Artikel hin. Ich muß nach London zurück und mir da Eindrücke vom wirklichen Leben verschaffen. Ich bin dort nur drei Tage gewesen, bevor ich hierher fuhr, und das reicht ja wohl nicht aus, um mit dem Leben in der Großstadt in Berührung zu kommen.«

Da Isabel auf ihrer Reise von New York nach Gardencourt sogar noch weniger von der britischen Hauptstadt gesehen hatte, nahm sie Henriettas Vorschlag mit Freuden auf, einen unterhaltsamen Ausflug dorthin zu machen. Isabel hielt es für einen ganz reizenden Einfall. Sie war gespannt auf diesen Reichtum an interessanten Einzelheiten, denn London war ihr schon immer als etwas Großes und Buntes im Bewußtsein gewesen. Gemeinsam schmiedeten sie Reisepläne und malten sich Stunden voller Romantik aus. Sie würden in einer der alten, malerischen Herbergen absteigen, wie sie Dickens beschrieben hatte, und mit einer jener entzückenden Droschken durch die Stadt fahren. Henrietta war eine Frau der schreibenden Zunft, und der große Vorteil, eine solche zu sein, lag darin, daß man überall hingehen und alles tun konnte. Sie würden in einem *Café* dinieren und hinterher ins Theater gehen; des weiteren würden sie fleißig Westminster Abbey und das Britische Museum besuchen und herausfinden, wo Doctor Johnson und Goldsmith und Addison gelebt hatten. Isabel war so Feuer und Flamme, daß sie Ralph sogleich das verheißungsvolle Programm enthüllte, worauf dieser einen Lachanfall erlitt, der nicht dazu angetan war, die wohlwollende Unterstützung zu vermitteln, auf die sie gehofft hatte.

»Ein ganz entzückendes Programm«, sagte er. »Ich schlage vor, ihr geht ins Duke's Head in Covent Garden, ein unkompliziertes, zwangloses Haus im alten Stil, und außerdem melde ich euch in meinem Klub an.«

»Meinst du denn, es schickt sich nicht?« fragte Isabel. »Du lieber Himmel, gibt's denn hier überhaupt etwas, was sich schickt? Mit Henrietta zusammen kann ich ja wohl überall hingehen; die braucht doch nicht diese Rücksichten zu nehmen wie ich. Immerhin hat sie den ganzen amerikanischen Kontinent bereist, und da wird sie sich wohl auf diesem Inselchen noch zurechtfinden.«

»In diesem Fall«, sagte Ralph, »möchte ich die Gunst ihrer Protektion gleichfalls nutzen und mit euch zusammen nach London fahren. Ich habe vielleicht nie wieder die Chance, so beschützt reisen zu können.«

14. KAPITEL

Miß Stackpole wäre am liebsten auf der Stelle aufgebrochen, doch Isabel war, wie wir erfuhren, unterrichtet worden, daß Lord Warburton nochmals nach Gardencourt kommen wollte, und so hielt sie es für ihre Pflicht, dazubleiben und ihn zu empfangen. Vier oder fünf Tage lang hatte er auf ihren Brief nicht reagiert; dann hatte er ihr kurz geschrieben, er werde am übernächsten Tag zum Lunch kommen. In diesem Hinauszögern und Verschieben lag etwas, was das Mädchen anrührte und sie in ihrem Gefühl bestärkte, daß er sich bemühte, rücksichtsvoll und geduldig zu sein und den Eindruck zu vermeiden, sie allzu heftig zu drängen; und je genauer sie diese Rücksichtnahme prüfte, desto sicherer war sie sich, daß er sie »wirklich gern hatte«. Isabel erzählte es ihrem Onkel, daß sie ihm geschrieben hatte, und auch, daß er kommen wolle, woraufhin der alte Herr seine Gemächer früher als üblich verließ und um zwei zur Mahlzeit erschien. Dies stellte mitnichten einen Akt der Überwachung dar, sondern war die Frucht seines wohlmeinenden Glaubens, daß es seine Anwesenheit bei der Essensgesellschaft den beiden erleichtern würde, sich ohne Aufhebens davonzustehlen, falls Isabel dem noblen Gast noch eine Audienz gewähren sollte. Besagte Standesperson kam von Lockleigh herübergefahren und brachte die ältere seiner Schwestern mit, eine Maßnahme, die vermutlich von Überlegungen der gleichen Art bestimmt war wie die von Mr. Touchett. Beide Besucher wurden Miß Stackpole vorgestellt, die beim Lunch einen Platz neben Lord Warburton einnahm. Isabel war nervös und fand keinen Geschmack an der Aussicht, abermals die Frage, die er so voreilig gestellt hatte, zu diskutieren. Dennoch konnte sie nicht umhin, seine heitere Selbstbeherrschung zu bewundern, hinter der er geschickt alle Symptome von Befangenheit in ihrer Gegenwart verbarg, von der sie selbstverständlich annahm, daß es sie gab. Weder sah noch sprach er sie an, und das einzige Anzeichen für eine Gefühlsregung seinerseits bestand darin, daß er es vermied, ihrem Blick zu begegnen. Alle anderen unterhielt er vorzüglich, und sein Mahl schien er mit dem Appetit des Feinschmeckers zu genießen. Miß Molyneux, die die glatte Stirn einer Klosterfrau hatte und ein großes, silbernes Kreuz an einer Halskette trug, war offenbar von Henrietta Stackpole angetan, auf der ihr Blick ohne Unterlaß mit einem Ausdruck ruhte, der einen Konflikt zwischen tiefem Befremden und schmachtendem Staunen verriet. Von den beiden Damen aus Lockleigh war sie diejenige, die Isabel am besten gefiel; sie strahlte ein solches Maß an angeborener, innerer Ruhe aus. Isabel war sich außerdem sicher, daß die sanftmütige Stirn und das Silberkreuz mit einem dunklen anglikanischen Geheimnis zu tun haben mußten, wie zum Beispiel mit der wunderbaren Wiedereinführung jenes wunderlichen Amtes einer Kanonissin. Sie fragte sich, was Miß Molyneux wohl von ihr denken würde, wenn sie erführe, daß sie ihren Bruder abgelehnt hatte; und gleich darauf verspürte sie die Gewißheit, daß Miß Molyneux es nie erfahren würde – weil Lord Warburton ihr solche Dinge niemals mitteilte. Er mochte seine Schwester und war nett zu ihr, aber im großen und ganzen erzählte er ihr wenig. Zumindest war dies Isabels Theorie. Und wenn sie bei Tisch gerade nicht mit Konversation beschäftigt war, dann meist damit, Theorien über ihre Tischnachbarn aufzustellen. Nach Isabels Meinung wäre Miß Molyneux, sollte sie jemals erfahren, was zwischen Miß Archer und Lord Warburton vorgefallen war, schockiert über das Versäumnis eines solchen Mädchens, die Gelegenheit beim Schopf zu packen und sich gesellschaftlich zu verbessern, beziehungsweise nein: Sie würde der jungen Amerikanerin (und dies wurde Isabels abschließende Meinung) eher die schlichte, aber angebrachte Erkenntnis eigener Unzulänglichkeit unterstellen.

Was auch immer Isabel aus ihren Gelegenheiten gemacht haben würde, Henrietta Stackpole war jedenfalls nicht geneigt, jene verstreichen zu lassen, die sich ihr, sozusagen vor ihrer Nase, anboten. »Wissen Sie eigentlich, daß Sie der erste Lord sind, den ich je zu Gesicht bekommen habe?« sagte sie recht unvermittelt zu ihrem Nachbarn. »Sie werden mich jetzt natürlich für ziemlich dämlich halten.«

»Dann ist Ihnen ja der Anblick einiger sehr häßlicher Männer erspart geblieben«, antwortete Lord Warburton und blickte ein wenig geistesabwesend auf dem Tisch umher.

»Sind sie sehr häßlich? In Amerika wollen sie uns glauben machen, sie wären alle gutaussehend und toll, und daß sie wunderschöne Roben und Kronen tragen.«

»Ach, die Roben und Kronen sind genauso aus der Mode gekommen wie Ihre Tomahawks und Revolver«, sagte Lord Warburton.

»Das tut mir aber leid. Meiner Meinung nach sollte eine Aristokratie immer mit Prunk und Glanz verbunden sein«, erklärte Henrietta. »Und wenn sie das nicht ist, welchen Wert hat sie dann noch?«

»Ach, wissen Sie, so arg viel Wert hat sie nicht mehr«, räumte ihr Nachbar ein. »Sie nehmen keine Kartoffeln?«

»Ich mache mir nicht viel aus diesen europäischen Kartoffeln. Ich könnte Sie nicht von einem normalen amerikanischen Gentleman unterscheiden.«

»Dann reden Sie doch mit mir, als *sei* ich einer«, sagte Lord Warburton. »Ich verstehe nicht, wie Sie es schaffen, ohne Kartoffeln auszukommen. Für Sie wird es bei uns bestimmt nur wenig Eßbares geben.«

Henrietta verstummte kurz. Es bestand die Möglichkeit, daß er sie nicht ernst nahm. »Seit ich hier bin, habe ich praktisch keinen Appetit«, setzte sie schließlich das Gespräch fort. »Also spielt es keine große Rolle. *Sie* sind es, der mir nicht schmeckt, verstehen Sie. Ich habe das Gefühl, ich müßte Ihnen das sagen.«

»Ich schmecke Ihnen nicht?«

»Ja. Vermutlich hat Ihnen noch nie jemand so etwas gesagt, oder? Ich mißbillige den Adel als Institution grundsätzlich. Ich finde, die Entwicklung der Welt ist über die Lords hinweggerollt, und zwar gründlich und endgültig.«

»Oh, das finde ich auch. Ich mißbillige mich selbst ja auf das gründlichste. Wissen Sie, manchmal überkommt mich die Frage, wie ich an mir selbst Anstoß nehmen würde, wenn ich nicht ich wäre. Aber solche Fragen haben ihr Gutes; sie verhindern, daß man zu aufgeblasen wird.«

»Warum geben Sie es dann nicht auf?« wollte Miß Stackpole wissen.

»Warum gebe ich – äh – was nicht auf?« fragte Lord Warburton und begegnete ihrem aggressiven Ton mit Milde.

»Das Lordsein.«

»Ach, ich bin ja schon fast keiner mehr. Unsereiner dächte doch gar nicht mehr daran, wenn Ihr unmöglichen Amerikaner uns nicht dauernd daran erinnern würdet. Wie auch immer: Ich habe tatsächlich vor, es demnächst aufzugeben, das bißchen, was noch davon übrig ist.«

»Das würde ich mir gerne ansehen!« rief Henrietta eher grimmig.

»Ich werde Sie zur Feier einladen: Abendessen mit anschließendem Tanz.«

»Schön«, sagte Miß Stackpole, »ich betrachte mir ein Problem gern von allen Seiten. Ich mißbillige zwar eine privilegierte Klasse, aber ich höre mir auch gern an, was sie zu ihrer eigenen Rechtfertigung vorzubringen hat.«

»Schrecklich wenig, wie Sie ja sehen.«

»Ich würde Sie ganz gerne noch ein wenig aushorchen«, fuhr Henrietta fort. »Aber Sie schauen mich nicht an. Sie haben Angst, meinem Blick zu begegnen. Ich bemerke, daß Sie mir entwischen wollen.«

»Nein, ich sehe mich nur nach diesen verachteten Kartoffeln um.«

»Dann erklären Sie mir doch mal etwas zu dieser jungen Dame, Ihrer Schwester. Ich verstehe das nicht: Ist sie eine Lady?«

»Sie ist ein prachtvolles, gutes Mädchen.«

»Mir gefällt die Art nicht, in der Sie das sagen; als wollten Sie das Thema wechseln. Ist ihre Position niedriger als die Ihre?«

»Wir haben beide keine Positionen inne, die der Rede wert wären. Aber sie ist besser dran als ich, weil sie nicht die ganzen Scherereien hat.«

»Ja, sie sieht nicht so aus, als ob sie große Scherereien hätte. Ich wollte, ich hätte so wenige. Eines muß man euch lassen: Ihr bringt hier einen ruhigen Menschenschlag hervor.«

»Ach, wissen Sie, wir nehmen das Leben halt eher leicht«, sagte Lord Warburton, »und außerdem sind wir ziemlich langweilig, wie Sie ja wissen. Wenn wir uns entsprechend anstrengen, können wir richtig schön langweilig sein!«

»Strengen Sie sich lieber für etwas anderes an. Mir fällt nichts ein, worüber ich mich mit Ihrer Schwester unterhalten könnte; sie sieht so anders aus. Ist dieses Silberkreuz ein Abzeichen?«

»Ein Abzeichen?«

»Ein Rangabzeichen.«

Lord Warburton hatte seine Augen ausgiebig umherschweifen lassen und begegnete nun dem unverwandten Blick seiner Nachbarin. »O ja«, antwortete er kurz darauf, »Frauen mögen solche Sachen. Das Silberkreuz wird immer von der ältesten Tochter eines Viscount getragen.« Was seine harmlose Rache dafür darstellte, daß man in Amerika seine eigene Leichtgläubigkeit allzu oft überstrapaziert hatte. Nach dem Essen machte er Isabel den Vorschlag, sich in der Galerie die Bilder anzusehen, und obwohl sie wußte, daß er sich diese schon zwanzigmal betrachtet hatte, akzeptierte sie kritiklos seinen Vorwand. Ihr Gewissen war nun sehr erleichtert. Seit sie ihm den Brief geschickt hatte, fühlte sie sich auf angenehme Weise unbeschwert. Er wanderte langsam bis ans Ende der Galerie, betrachtete deren Inventar und sagte nichts. Und dann brach es plötzlich aus ihm heraus: »Ich hatte gehofft, Sie würden mir nicht auf diese Art schreiben.«

»Es war die einzig mögliche Art, Lord Warburton«, sagte das Mädchen. »Versuchen Sie doch bitte, mir das zu glauben.«

»Wenn ich es nur glauben könnte, würde ich Sie selbstverständlich in Ruhe lassen. Aber einen Glauben kann man nicht willentlich erzwingen, und ich gebe zu, daß ich nichts begreife. Ich könnte es verstehen, wenn Sie mich einfach nicht mögen würden; damit hätte ich keine Probleme. Aber wenn Sie selbst zugeben, daß Sie es ja – «

»Was habe ich zugegeben?« unterbrach Isabel und wurde ein wenig blaß.

»Daß Sie mich für einen guten Kerl halten, ist es nicht so?« Sie sagte nichts, und er fuhr fort: »Sie scheinen keine Begründung zu haben, und deshalb empfinde ich so etwas wie Ungerechtigkeit.«

»Ich habe eine Begründung, Lord Warburton.« Sie sagte das in einem Ton, daß sich ihm das Herz zusammenzog.

»Die hätte ich ganz gern gehört.«

»Eines Tages werde ich sie Ihnen nennen, wenn ich besser darüber sprechen kann.«

»Verzeihen Sie, wenn ich sage, daß ich bis dahin daran zweifeln muß.«

»Sie machen mich sehr unglücklich«, sagte Isabel.

»Das tut mir leid, aber es hilft Ihnen vielleicht, sich vorzustellen, wie ich mich fühle. Würden Sie mir freundlicherweise eine Frage beantworten?« Isabel gab keine vernehmbare Zustimmung, doch er entdeckte offenbar in ihrem Blick etwas, was ihn ermutigte fortzufahren. »Bevorzugen Sie einen anderen?«

»Das ist eine Frage, die ich lieber nicht beantworte.«

»Aha, dann tun Sie es also!« sagte ihr Verehrer leise und mit Bitterkeit.

Die Bitterkeit rührte sie, und sie rief aus: »Sie irren sich! Ich tue es eben nicht!«

Schroff und verbissen setzte er sich auf eine Bank wie ein Mann, der in Schwierigkeiten steckt. Er stützte die Ellbogen auf den Knien auf und starrte zu Boden. »Auch darüber kann ich mich nicht freuen«, sagte er schließlich, richtete jäh den Oberkörper auf und lehnte ihn gegen die Wand, »denn wenn es einen anderen gäbe, dann bekäme ich wenigstens eine Rechtfertigung.«

Sie zog überrascht die Augenbrauen nach oben. »Eine Rechtfertigung? Muß ich mich rechtfertigen?«

Er schenkte dieser Frage jedoch keine Beachtung. Eine neue Idee hatte sich in seinem Kopf festgesetzt. »Sind es meine politischen Ansichten? Finden Sie, daß ich zu weit gehe?«

»Ich kann gar nichts gegen Ihre politischen Ansichten haben, weil ich sie nicht verstehe.«

»Sie interessieren sich überhaupt nicht für das, was ich denke!« rief er und stand auf. »Ihnen ist das doch alles gleichgültig.«

Isabel schritt auf die andere Seite der Galerie und zeigte ihm ihren entzückenden Rücken, ihre lichte, schlanke Gestalt, die Linie ihres weißen Halses, als sie den Kopf neigte, und die dichte Fülle ihrer dunklen Zöpfe. Vor einem kleinen Bild blieb sie stehen, als wolle sie es sich genau ansehen, und in ihren Bewegungen lag etwas so Jugendliches und Ungezwungenes, daß schon allein ihre Geschmeidigkeit für ihn wie Hohn aussah. Ihre Augen nahmen allerdings nichts wahr; ganz plötzlich schwammen sie in Tränen. Er war ihr sogleich nachgegangen, doch bis er bei ihr stand, hatte sie die Tränen schon fortgewischt. Aber als sie sich umwandte, war sie blaß im Gesicht und hatte einen fremden Ausdruck im Blick. »Diese Begründung, die ich Ihnen nicht nennen wollte – ich werde sie Ihnen doch sagen. Es ist einfach so, daß ich meinem Schicksal nicht entgehen kann.«

»Ihrem Schicksal?«

»Wenn ich Sie heirate, wäre das der Versuch, ihm zu entgehen.«

»Das verstehe ich nicht. Warum könnte es nicht auch genauso gut Ihr Schicksal *sein*?«

»Weil es das nicht ist«, sagte Isabel mit weiblicher Logik. »Ich weiß es, daß es das nicht ist. Es ist nicht mein Schicksal, einfach aufzugeben. Ich weiß, daß es das nicht sein kann.«

Der arme Lord Warburton sah sie bloß an und hatte in jedem Auge ein Fragezeichen. »Mich zu heiraten bedeutet für Sie ›aufgeben‹?«

»Nicht im üblichen Sinn. Es bedeutet – eine ganze Menge zu kriegen. Aber es bedeutet auch, andere Chancen aufzugeben.«

»Welche anderen Chancen?«

»Ich meine nicht andere Heiratschancen«, sagte Isabel, und rasch kehrte Farbe in ihr Gesicht zurück. Und dann blieb sie stehen und blickte mit angestrengtem Stirnrunzeln zu Boden, als sei der Versuch hoffnungslos, das verständlich zu machen, was sie meinte.

»Ich halte mich nicht für vermessen, wenn ich behaupte, daß Sie mehr gewinnen als verlieren würden«, bemerkte ihr Begleiter.

»Ich kann dem Unglücklichsein nicht entfliehen«, sagte Isabel. »Und wenn ich Sie heirate, würde ich genau das versuchen.«

»Ich weiß nicht, ob Sie es versuchen würden, aber Sie würden es mit Sicherheit tun. Das muß ich in aller Offenheit zugeben!« erklärte er mit nervösem Lachen.

»Ich darf es nicht – ich kann es nicht!« rief das Mädchen.

»Also – wenn Sie so versessen darauf sind, sich elend zu fühlen, ist das Ihre Sache. Ich verstehe allerdings nicht, warum Sie mich auch dazu bringen wollen, daß ich mich elend fühle. Welchen Reiz ein trostloses Leben für Sie auch immer haben mag, für mich hat es keinen.«

»Ich bin nicht versessen auf ein trostloses Leben«, sagte Isabel.
»Ich bin immer wild entschlossen gewesen, glücklich zu sein, und oft habe ich geglaubt, daß ich es auch bin. Ich habe das anderen auch erzählt; Sie können sie fragen. Aber ab und zu überkommt es mich eben, daß ich nie glücklich sein werde, wenn ich es auf außergewöhnliche Art versuche; wenn ich mich abwende, wenn ich mich loslöse.«

»Wenn Sie sich wovon loslösen?«

»Vom Leben. Von den ganz normalen Chancen und Gefahren, von dem, was die meisten Leute kennen und erleiden.«

Lord Warburtons Miene verklärte sich zu einem Lächeln, in dem beinahe Hoffnung aufkeimte. »Also, meine liebe Miß Archer«, begann er mit höchst behutsamem Eifer zu erklären, »ich biete Ihnen doch keine Dispens vom Leben oder von welchen Chancen oder Gefahren auch immer an! Könnte ich es, dann würde ich es tun, verlassen Sie sich darauf! Bitte sehr: Für wen halten Sie mich eigentlich? So wahr mir Gott helfe, ich bin nicht der Kaiser von China! Alles, was ich Ihnen anbiete, ist ein ganz normales Los unter einigermaßen komfortablen Umständen. Ein ganz normales Los? Also – ich bin ein ausgesprochener Anhänger des Normalen und fühle mich den normalen Leuten verpflichtet! Verbünden Sie sich mit mir, und ich verspreche Ihnen, eine solche Allianz wird sehr zu Ihrem Vorteil sein. Sie werden sich von gar nichts abwenden oder loslösen müssen, noch nicht einmal von Ihrer Freundin Miß Stackpole.«

»Die würde das auch nie billigen«, sagte Isabel und versuchte lächelnd diese Abschweifung zu ihren Gunsten auszunutzen, um sich im selben Augenblick nicht wenig dafür zu schämen.

»Sprechen wir jetzt von Miß Stackpole?« fragte Seine Lordschaft ungeduldig. »Ich habe noch nie jemanden getroffen, der alles dermaßen theoretisch beurteilt.«

»Nun sprechen Sie wohl von mir«, sagte Isabel in bescheidener Selbsterkenntnis und wandte sich erneut ab, denn sie erblickte Miß Molyneux, die mit Henrietta und Ralph in die Galerie kam.

Lord Warburtons Schwester sprach ihren Bruder mit einer gewissen Schüchternheit an, um ihn daran zu erinnern, daß sie rechtzeitig zum Tee zurück sein müsse, da sie Gäste erwarte. Er gab keine Antwort; augenscheinlich hatte er sie nicht gehört. Er war ganz in Gedanken versunken, wozu er auch allen Grund hatte. Miß Molyneux stand da wie eine Hofdame, ganz so, als sei er ein Mitglied der königlichen Familie.

»Also, ich muß schon sagen, Miß Molyneux!« rief Henrietta Stackpole. »Wenn *ich* gehen möchte, dann hätte er mitzukommen. Wenn *ich* möchte, daß mein Bruder etwas tut, dann hätte der das auch zu tun!«

»Oh, Warburton tut alles, was man von ihm verlangt«, antwortete Miß Molyneux mit kurzem, scheuen Lachen. »Was haben Sie doch für eine Menge Bilder!« fuhr sie fort und wandte sich Ralph zu.

»Das sieht nur deshalb wie eine Menge aus, weil sie alle beisammen hängen«, sagte Ralph. »Das ist wirklich nicht besonders gelungen.«

»Oh, mir gefällt es so. Ich wünschte, wir hätten auf Lockleigh auch eine Galerie. Ich mag doch Bilder so sehr«, plauderte Miß Molyneux hartnäckig weiter mit Ralph, als fürchtete sie, erneut von Miß Stackpole angesprochen zu werden. Henrietta schien sie gleichzeitig zu faszinieren und zu ängstigen.

»O ja, Bilder sind eine praktische Angelegenheit«, sagte Ralph, der besser zu wissen schien, welche Art von Konversation für Miß Molyneux akzeptabel war.

»Sie sind so herrlich wohltuend, wenn es draußen regnet«, fuhr die junge Dame fort. »Und in letzter Zeit hat es doch so oft geregnet.«

»Ich bedaure, daß Sie uns schon verlassen, Lord Warburton«, sagte Henrietta. »Ich hätte Ihnen ganz gern noch eine Menge mehr entlockt.«

»Ich gehe noch nicht«, antwortete Lord Warburton.

»Ihre Schwester sagt aber, Sie müssen. In Amerika gehorchen die Gentlemen den Damen.«

»Wir haben leider ein paar Gäste zum Tee«, sagte Miß Molyneux und sah ihren Bruder an.

»Na schön, meine Liebe, dann gehen wir eben.«

»Ich hoffte, Sie würden sich weigern!« rief Henrietta aus. »Ich hätte gern gesehen, was Miß Molyneux dann getan hätte.«

»Ich tue nie etwas«, antwortete besagte junge Dame.

»Vermutlich ist es in Ihrer Position völlig ausreichend, wenn man nur existiert!« gab Miß Stackpole zurück. »Ich würde Sie zu gern einmal bei sich zu Hause erleben.«

»Sie müssen uns wieder einmal in Lockleigh besuchen«, sagte Miß Molyneux betont liebenswürdig zu Isabel und ignorierte einfach die Bemerkung ihrer Freundin.

Isabel blickte kurz in ihre ruhigen Augen und schien in diesem Augenblick in deren grauen Tiefen die Widerspiegelung von all dem zu erkennen, was sie zurückgewiesen hatte, indem sie Lord Warburton zurückwies: die Seelenruhe, die Liebenswürdigkeit, das Ansehen, die Besitztümer, eine umfassende Sicherheit und eine große Isoliertheit. Sie küßte Miß Molyneux und sagte dann: »Ich fürchte, ich kann nie wieder kommen.«

»Nie wieder?«

»Ich muß leider bald abreisen.«

»Oh, wie schade«, sagte Miß Molyneux. »Ich finde, das ist gar nicht recht von Ihnen.«

Lord Warburton beobachtete dieses Geschehen am Rande, wandte sich dann ab und betrachtete ein Bild. Ralph, der, die Hände in den Taschen, am Holzsims vor dem Bild lehnte, hatte ihn dabei beobachtet.

»Ich möchte Sie gern zu Hause besuchen«, sagte Henrietta, die Lord Warburton neben sich gewahrte. »Ich würde mich gern eine Stunde mit Ihnen unterhalten. Es gibt so viele Fragen, die ich Ihnen stellen möchte.«

»Ich wäre absolut entzückt, wenn Sie kämen«, antwortete der Besitzer von Lockleigh, »aber ich weiß schon jetzt mit Gewißheit, daß ich viele Ihrer Fragen nicht werde beantworten können. Wann wollen Sie denn kommen?«

»Sobald Miß Archer mich mitnimmt. Wir haben zwar vor, nach London zu fahren, aber zuvor werden wir Sie besuchen. Ich bin entschlossen, Satisfaktion von Ihnen einzufordern.«

»Wenn das von Miß Archer abhängt, dann fürchte ich, werden Sie nicht allzu viel davon bekommen. Sie wird nicht nach Lockleigh kommen; sie mag es nicht.«

»Mir sagte sie, es sei ganz reizend dort« entgegnete Henrietta.

Lord Warburton zögerte. »Trotzdem wird sie nicht kommen. Besser also, Sie kommen allein«, fügte er hinzu.

Henrietta stellte sich kerzengerade hin, und ihre großen Augen weiteten sich. »Würden Sie eine solche Einladung auch gegenüber einer englischen Lady in dieser Weise aussprechen?« verlangte sie mit unterdrückter Schroffheit zu wissen.

Lord Warburton sah sie groß an. »Ja, wenn ich sie entsprechend mag.«

»Sie würden sich hüten, die Dame entsprechend zu mögen. Wenn Miß Archer Sie nicht mehr besuchen kommen will, dann deshalb, weil sie mich ungern mitnehmen möchte. Ich weiß, was sie von mir denkt, und ich glaube, Sie denken das gleiche – daß ich Persönliches draußen lassen sollte.« Lord Warburton war verwirrt; man hatte ihn über Miß Stackpoles berufliche Absichten nicht informiert, weshalb er mit der Andeutung wenig anfangen konnte. »Miß Archer hat Sie vorher gewarnt!« fuhr sie fort.

»Mich gewarnt?«

»Hat sie sich nicht deshalb mit Ihnen allein hierher zurückgezogen, um Ihnen zu sagen, Sie müßten auf der Hut sein?«

»Du meine Güte, nein«, sagte Lord Warburton mit metallischer Stimme. »So bedeutsam war unsere Unterhaltung nicht.«

»Na gut – aber Sie sind jedenfalls die ganze Zeit schon auf der Hut, und zwar mächtig. Vermutlich ist das Ihre Natur; das wollte ich nur mal bemerken. Und Miß Molyneux ganz genauso; sie hat sich keine Blöße gegeben. *Sie* sind auf jeden Fall gewarnt worden«, und zu der jungen Dame gewandt fuhr Henrietta fort, »aber bei Ihnen wäre es gar nicht nötig gewesen.«

»Hoffentlich nicht«, sagte Miß Molyneux unbestimmt.

»Miß Stackpole macht sich Notizen«, erklärte Ralph besänftigend. »Sie ist eine große Satirikerin; sie durchschaut uns alle und verarbeitet uns dann literarisch.«

»Ich muß schon sagen, ich hatte noch nie eine Ansammlung von solch unergiebigem Stoff!« verkündete Henrietta und blickte von Isabel zu Lord Warburton und von diesem noblen Herrn zu seiner Schwester und zu Ralph. »Irgend etwas stimmt mit euch allen nicht; ihr schaut so trübsinnig drein, als hättet ihr gerade ein schlimmes Telegramm bekommen.«

»Sie durchschauen uns in der Tat, Miß Stackpole«, sagte Ralph bedrückt und nickte ihr weise zu, während er die kleine Gesellschaft aus der Galerie hinausgeleitete. »Irgend etwas stimmt mit uns allen nicht.«

Isabel ging hinter den beiden. Miß Molyneux, die ihr eindeutig mit großer Sympathie begegnete, hatte sich bei ihr eingehakt und schritt mit ihr über den polierten Boden. Auf der anderen Seite ging Lord Warburton gemessenen Schrittes, die Hände auf dem Rücken, den Blick gesenkt. Er schwieg einige Sekunden und fragte dann: »Ist es richtig, daß Sie nach London fahren?«

»Ich glaube, man hat schon alles arrangiert.«

»Und wann kommen Sie wieder?«

»In ein paar Tagen; aber wahrscheinlich nur für ganz kurz. Ich reise dann mit der Tante nach Paris.«

»Wann werde ich Sie einmal wiedersehen?«

»Fürs erste wohl nicht mehr«, sagte Isabel. »Aber hoffentlich doch irgendwann einmal.«

»Hoffen Sie das wirklich?«

»Aber sehr!«

Schweigend ging er einige Schritte. Dann blieb er stehen und streckte die Hand aus. »Auf Wiedersehen.«

»Auf Wiedersehen«, sagte Isabel.

Miß Molyneux küßte sie erneut, und Isabel ließ die beiden ziehen. Danach gesellte sie sich weder zu Henrietta noch zu Ralph, sondern zog sich auf ihr Zimmer zurück, wo sie, vor dem Dinner, von Mrs. Touchett aufgesucht wurde, die auf dem Weg zum Salon bei ihr vorbeischaute. »Eigentlich kann ich es dir ja sagen«, eröffnete ihr besagte Lady, »daß mich dein Onkel über deine Beziehung zu Lord Warburton informiert hat.«

Isabel überlegte. »Beziehung? So kann man das wohl kaum nennen. Das ist ja das Seltsame, daß er mich bloß drei- oder viermal gesehen hat.«

»Warum hast du es zuerst deinem Onkel erzählt und nicht mir?« erkundigte sich Mrs. Touchett kühl.

Wieder zögerte das Mädchen. »Weil er Lord Warburton besser kennt.«

»Das schon, aber ich kenne dich besser.«

»Da bin ich mir nicht so sicher«, sagte Isabel lächelnd.

»Ich mir eigentlich auch nicht, vor allem dann nicht, wenn du mich so hochnäsig anguckst. Du siehst so eingebildet drein, als wärst du schrecklich mit dir zufrieden und hättest gerade den ersten Preis gewonnen. Wenn du einen Antrag wie den von Lord Warburton ablehnst, dann meiner Meinung nach deshalb, weil du auf etwas Besseres hoffst.«

»Oh! Der Onkel hat das nicht gesagt!« rief Isabel aus und lächelte noch immer.

15. KAPITEL

Man hatte vereinbart, daß die beiden jungen Damen sich in Begleitung von Ralph nach London begeben sollten, obwohl Mrs. Touchett dem Plan reichlich skeptisch gegenüberstand. Das sei genau so ein Plan, sagte sie, wie man ihn von Miß Stackpole erwarten könne, und sie erkundigte sich, ob die Korrespondentin des *Interviewer* die Gruppe in ihrer bevorzugten Pension unterzubringen gedachte.

»Mir ist das völlig gleichgültig, wo sie uns unterbringt, solange wir ein bißchen urtümliche Londoner Atmosphäre mitbekommen«, sagte Isabel. »Deswegen fahren wir ja hin.«

»Ein Mädchen, das einen englischen Lord abblitzen läßt, ist vermutlich zu allem imstande«, erwiderte ihre Tante. »Danach gibt man sich nicht mehr mit Nebensächlichkeiten ab.«

»Hättest du es gern gesehen, wenn ich Lord Warburton geheiratet hätte?« fragte Isabel.

»Aber natürlich hätte ich das.«

»Und ich dachte, du könntest die Engländer nicht ausstehen.«

»Kann ich auch nicht, aber das ist um so mehr Grund, sie sich zunutze zu machen.«

»Ist das deine Vorstellung von Ehe?« Und Isabel wagte auch noch hinzuzufügen, daß ihre Tante sich Mr. Touchett anscheinend recht wenig zunutze machte.

»Dein Onkel ist ja auch kein englischer Adeliger«, sagte Mrs. Touchett, »aber selbst dann hätte ich wahrscheinlich meine Zelte in Florenz aufgeschlagen.«

»Glaubst du, Lord Warburton könnte aus mir etwas Besseres machen, als ich es schon bin?« fragte das Mädchen lebhaft. »Ich meine damit nicht, ich sei zu gut, um besser werden zu können. Ich meine – ich meine damit, daß ich Lord Warburton nicht genug liebe, um ihn zu heiraten.«

»Dann war es auch richtig von dir, ihn abzuweisen«, sagte Mrs. Touchett kaum hörbar und zugeknöpft. »Ich hoffe nur, daß du es beim nächsten großen Antrag schaffst, deinen eigenen Ansprüchen zu genügen.«

»Da warten wir den Antrag doch lieber erst einmal ab, ehe wir darüber sprechen. Ich hoffe inständig, daß mir in nächster Zeit keine Anträge mehr ins Haus stehen. Sie bringen mich völlig durcheinander.«

»Wenn du dir dieses freie Zigeunerleben zur Gewohnheit machst, wird sich das Problem vermutlich von selbst lösen. Wie auch immer: Ich habe Ralph versprochen, nicht herumzumeckern.«

»Ich werde alles tun, was Ralph für richtig hält«, gab Isabel zurück. »Zu ihm habe ich unbegrenztes Vertrauen.«

»Dafür ist dir seine Mutter aber sehr verbunden!« lachte Mrs. Touchett trocken.

»Das sollte sie meiner Ansicht nach auch sein!« konnte sich Isabel nicht verkneifen zu antworten.

Ralph hatte ihr versichert, daß es nicht gegen Anstand und Sitte verstoße, wenn die kleine Dreiergruppe den Sehenswürdigkeiten der Metropole einen Besuch abstattete. Mrs. Touchett war da allerdings anderer Ansicht. Wie zahlreiche Damen ihres Landes, die lange Zeit in Europa gelebt hatten, war ihr in solchen Dingen ihr altes, amerikanisches Taktgefühl vollständig abhanden gekommen, und in ihrer an sich keineswegs negativen Reaktion gegenüber den Freiheiten, die jungen Leuten jenseits des Meeres gestattet wurden, steigerte sie sich hier in grundlose und übertriebene moralische Bedenken hinein. Ralph geleitete seine Gäste in die Stadt und quartierte sie in einem ruhigen Gasthaus in einer Straße ein, die im rechten Winkel zu Piccadilly führte. Anfänglich hatte er daran gedacht, sie im Haus seines Vaters am Winchester Square unterzubringen, einem großen, tristen Gebäude, das um diese Jahreszeit in Grabesstille und braune Staubschutztücher gehüllt war. Da ihm aber einfiel, daß sich die Köchin ja in Gardencourt aufhielt und folglich niemand anwesend war, der ihnen die Mahlzeiten richtete, wurde schließlich Pratt's Hotel die Unterkunft der Damen. Ralph seinerseits nahm Quartier in Winchester Square, wo er eine eigene, gemütliche ›Bude‹ hatte, an der er sehr hing, und eine kalte Küche gehörte ohnedies zu seinen geringsten Sorgen. Er bediente sich vornehmlich der Vorräte von Pratt's Hotel und begann den Tag mit einem frühen Besuch seiner Mitreisenden, die sich von Mr. Pratt persönlich, in weißer, ärmelloser und über dem Bauch gewölbter Jacke, die Warmhaltehauben von ihren Gerichten entfernen ließen. Wie ausgemacht, erschien Ralph immer nach dem Frühstück, und die kleine Gruppe entwarf dann das Unterhaltungsprogramm für den Tag. Da Londons Antlitz im Spätsommer und zu Beginn der Jagdsaison ausdruckslos und öde ist bis auf einige verschmierte Stellen, die von vorhergegangenen

Dienstleistungen zeugen, fühlte sich der junge Mann, der sich gelegentlich eines rechtfertigenden Tonfalls bediente, verpflichtet, seine Begleiterin, zu Miß Stackpoles spöttischer Belustigung, daran zu erinnern, daß sich gerade keine Menschenseele in der Stadt aufhalte.

»Sie wollen damit vermutlich sagen, daß die Aristokratie abwesend ist«, warf Henrietta ein. »Aber ich finde, es gibt gar keinen besseren Beweis dafür, daß kein Mensch sie vermissen würde, wenn es sie überhaupt nicht gäbe. Mir scheint, daß die Stadt gar nicht voller sein könnte. Selbstverständlich hält sich hier keine Menschenseele auf, bis auf drei oder vier Millionen Leute! Wie nennen Sie die eigentlich – die untere Mittelklasse? Die stellen ja bloß die Bevölkerung von London dar, aber die zählt natürlich nicht.«

Ralph erklärte daraufhin, daß seines Erachtens die Aristokratie keine Lücke hinterlasse, die Miß Stackpole nicht leichtestens ausfülle, und daß es im Augenblick keinen zufriedeneren Menschen gebe als ihn selbst. Diesbezüglich sprach er die Wahrheit, denn die faden Septembertage in der riesigen, halbleeren Stadt bargen gleichsam in ihrer Hülle einen eigenen Reiz, so als schlage man einen vielfarbig funkelnden Diamanten in ein staubiges Tuch ein. Wenn er spät abends, nach einer Reihe von Stunden mit seinen doch recht munteren Freundinnen, zu seinem leeren Haus in Winchester Square zurückkehrte, dann schloß er sich das große, düstere Eßzimmer auf, das er sich mit einer einzigen Kerze aus der Vorhalle erleuchtete. Der Platz draußen war still, das Haus war still, und wenn er eines der Fenster des Eßzimmers öffnete, um Luft hereinzulassen, dann hörte er das langsame Knarren der Stiefel eines einsamen Schutzmannes. Seine eigenen Schritte hörten sich in dem leeren Haus laut und hallend an; einige der Teppiche waren zusammengerollt worden, und jede seiner Bewegungen rief ein melancholisches Echo hervor. Er setzte sich in einen der Lehnsessel; der große, dunkle Eßtisch glänzte hier und da im spärlichen Kerzenlicht; die Bilder an den Wänden waren allesamt nachgedunkelt und nur als undeutliche Schemen zu erkennen. Längst verzehrte Abendmahlzeiten, längst unverständlich gewordene Tischgespräche schwebten gespenstisch im Raum. Dieser Anflug des Geisterhaften hatte vielleicht mit der Tatsache zu tun, daß Ralphs Phantasie Flügel wuchsen und daß er lange über jene Stunde hinaus in seinem Sessel blieb, zu der er im Bett hätte sein sollen, und absolut nichts tat, nicht einmal die Abendzeitung lesen. Ich sage »nichts tat« und halte meine Formulierung auch angesichts des Umstandes aufrecht, daß er in diesen Augenblikken an Isabel dachte. An Isabel zu denken konnte für ihn nur ein müßiges Unterfangen sein, das zu nichts führte und niemandem etwas brachte. Noch nie war ihm seine Cousine so reizvoll erschienen wie während dieser Tage, in denen sie, ganz wie neugierige Touristen, die Tiefen und Untiefen der Weltstadt erkundeten. Isabel war voller Erwartungen, Schlußfolgerungen und Emotionen. Wenn sie gekommen war, um das Lokalkolorit zu suchen, kam sie an jeder Ecke voll auf ihre Kosten. Sie stellte mehr Fragen, als er beantworten konnte, und formulierte kühne Theorien bezüglich historischer Ursachen und sozialer Wirkungen, die er weder zu bestätigen noch zu widerlegen imstande war. Die Gruppe ging mehr als einmal ins Britische Museum und zu jenem glitzernden Palast der Künste, der für seine antiken Sammlungen eine so große Fläche in einem langweiligen Vorort beansprucht. Sie verbrachten einen Morgen in Westminster Abbey und fuhren mit dem Pennyboot zum Tower. Sie schauten sich öffentliche und private Gemäldesammlungen an und saßen zwischendurch immer wieder unter den großen Bäumen von Kensington Gardens. Henrietta erwies sich als äußerst strapazierfähige Betrachterin aller Sehenswürdigkeiten und war in ihren Urteilen wesentlich milder, als Ralph zu hoffen gewagt hatte. Sie wurde in der Tat oft enttäuscht, und London hatte ganz allgemein unter ihrem lebhaften Vergleich mit den Vorzügen amerikanischer Stadtkonzepte zu leiden. Aber sie nahm seine leicht schmuddeligen, altehrwürdigen Attraktionen wohlwollend zur Kenntnis und ließ nur ab und an einen Seufzer hören oder gab ein zusammenhangloses »Na ja« von sich, das ohne Konsequenzen blieb und sich in Erinnerungen verlor. In Wirklichkeit war sie jedoch, wie sie zu sich selbst sagte, einfach nicht in ihrem Element. »Ich habe eben keinen Bezug zu unbeseelten Objekten«, vertraute sie Isabel in der National Gallery an, und so litt sie weiterhin unter der Dürftigkeit der Einblicke in Englands Innenleben, die man ihr bislang gnädig bewilligt hatte. Landschaftsbilder von Turner und assyrische Stiere waren ihr ein armseliger Ersatz für literarische Abendgesellschaften, bei denen sie die Genies und Berühmtheiten des Großen Britanniens zu treffen gehofft hatte.

»Wo sind denn eure prominenten Männer, wo stecken die männlichen und weiblichen Intellektuellen?« verlangte sie Auskunft von Ralph mitten auf dem Trafalgar Square, als habe sie erwartet, daß dies der Ort sei, wo sie selbstverständlich einige von ihnen antreffen würde. »Der dort droben auf der Säule sei einer, sagen Sie – Lord Nelson? War der auch ein Lord? Sein Ansehen war wohl nicht hoch genug, so daß man ihn hundert Fuß hoch in die Luft erheben mußte. Das ist doch alles Vergangenheit! Mich interessiert die Vergangenheit nicht. Ich möchte einige der führenden Köpfe der Gegenwart kennenlernen. Von der Zukunft sage ich gar nichts, denn ich glaube nicht sonderlich an eure Zukunft.« Der arme Ralph zählte nur wenige führende Köpfe unter seinen Bekannten und hatte auch sonst selten das Vergnügen, irgendwelcher Prominenz über den Weg zu laufen – ein Umstand, der für Miß Stackpole auf einen jämmerlichen Mangel an Eigeninitiative hinzuweisen schien. »Drüben bei uns«, sagte sie, »würde ich der Person einfach einen Besuch abstatten und dem Gentleman, wer auch immer er sein mag, erklären, daß ich eine Menge über ihn gehört hätte und jetzt vorbeigekommen sei, um mir selbst ein Bild zu machen. Aber ich entnehme Ihren Worten, daß dies hier nicht der Brauch ist. Sie scheinen hier eine Unzahl sinnleerer Bräuche zu haben, aber keinen einzigen, der einem weiterhilft. Da sind wir euch in jedem Fall voraus. Vermutlich muß ich den gesellschaftlichen Aspekt ganz sausen lassen«, und obwohl sie mit Reiseführer und Stift umherging und einen Artikel für den *Interviewer* über den Tower verfaßte (worin sie die Hinrichtung von Lady Jane Grey beschrieb), verspürte Henrietta die traurige Gewißheit, ihre Aufgabe nicht zu erfüllen.

Die Begebenheit in Gardencourt, vor Isabels Abreise, hatte schmerzliche Spuren in der Seele unserer jungen Frau hinterlassen. Wie eine periodisch wiederkehrende Welle spürte sie den kalten Hauch des Erstaunens ihres jüngsten Verehrers im Gesicht und mußte dann den Kopf mit einem Tuch bedecken, bis der Luftzug wieder normal war. Sie hätte nicht anders handeln können, als sie es tat; soviel stand fest. Dennoch hatte die Zwangslage, aus der heraus sie handeln mußte, etwas so Rücksichtsloses an sich wie ein Akt brachialer, physischer Gewalt, und sie verspürte nicht das Bedürfnis, sich ihr Verhalten als Verdienst anzurechnen. Trotzdem war diesem geminderten Stolz ein Gefühl von Freiheit beigemischt, das in sich selbst betörend war und sich gelegentlich, während sie mit ihren ungleichen Begleitern die Großstadt durchwanderte, durch Anfälle sonderbarer

Bewegtheit äußerte. Beim Spaziergang durch Kensington Gardens sprach sie Kinder (hauptsächlich ärmere) an, die sie auf dem Rasen spielen sah. Sie fragte sie nach ihren Namen, schenkte ihnen einen halben Shilling und gab ihnen, wenn sie hübsch waren, ein Küßchen. Ralph registrierte diese merkwürdigen Formen der Nächstenliebe; er registrierte alles, was sie tat. Eines Nachmittags lud er die Damen zur Abwechslung zum Tee nach Winchester Square ein, nachdem er das Haus zuvor so gut wie möglich für einen Besuch hatte herrichten lassen. Es war noch ein weiterer Gast zugegen, ein sympathischer Junggeselle und alter Freund Ralphs, der sich zufällig gerade in der Stadt aufhielt und dem der zwanglose Gedankenaustausch mit Miß Stackpole weder Probleme noch Schrecken zu bereiten schien. Mr. Bantling, ein stämmiger, gepflegter, freundlicher Vierzigjähriger, vorzüglich gekleidet, umfassend gebildet und von spontaner Heiterkeit, lachte unmäßig bei allem, was Henrietta sagte, schenkte ihr immer wieder Tee nach, studierte mit ihr zusammen Ralphs ansehnliche Nippessammlung, und als dann der Gastgeber vorschlug, hinaus auf den Platz zu gehen und so zu tun, als sei man bei einem Fest auf dem Lande, umrundete er mehrmals mit ihr das kleine, eingezäunte Stück Garten, wobei er sich unzählige Male im Verlauf ihres Gesprächs bei Henriettas Bemerkungen zum englischen Innenleben so lebhaft engagierte, als sei er von einer unbezähmbaren Leidenschaft fürs Argumentieren ergriffen.

»O ja, ich verstehe; aber gewiß doch muß das für Sie in Gardencourt einfach zu ruhig gewesen sein. Natürlich ist dort nicht viel los, wo doch alle krank sind. Touchett geht es ziemlich schlecht, wissen Sie. Die Ärzte haben ihm überhaupt verboten, sich in England aufzuhalten, und er ist sowieso nur zurückgekommen, um sich um seinen Vater zu kümmern. Der alte Herr leidet, soviel ich weiß, an einem halben Dutzend Gebrechen. Es heißt zwar, er habe Gicht, aber ich weiß mit ziemlicher Sicherheit, daß es sich um ein organisches Leiden handelt, das schon so weit fortgeschritten ist, daß Sie sich darauf verlassen können, daß es in Bälde ganz schnell mit ihm zu Ende geht. Solche Geschichten drücken selbstverständlich ganz fürchterlich auf die Stimmung im Haus. Ich frage mich, warum überhaupt noch Gäste zu ihnen kommen, wo die Touchetts sich doch so gut wie gar nicht um sie kümmern können. Außerdem glaube ich, Mr. Touchett kabbelt sich die ganze Zeit mit seiner Frau; sie lebt nämlich von ihrem Mann getrennt, wissen Sie, auf diese ausgefallene Art, die ihr Amerikaner so an euch habt. Wenn Sie ein Haus suchen, wo andauernd etwas los ist, dann empfehle ich Ihnen, fahren Sie zu meiner Schwester, Lady Pensil, in Bedfordshire. Ich schreibe ihr gleich morgen, und sie wird sich bestimmt darauf freuen, Sie einzuladen. Mir ist völlig klar, was Sie suchen: Sie suchen Anschluß in einem Haus, wo es Theateraufführungen und Picknicks und dergleichen gibt. Meine Schwester ist dafür genau der richtige Typ Frau. Die ist ununterbrochen am Organisieren und freut sich immer, Leute um sich zu haben, die ihr dabei helfen. Ich bin sicher, daß Sie postwendend eine Einladung kriegen. Sie ist ganz wild auf Prominente und Schriftsteller. Sie schreibt nämlich selbst, wissen Sie, aber ich habe nicht alles gelesen, was sie geschrieben hat. Ganz normale Verse, und ich mache mir nicht viel aus Versen, außer sie sind von Byron. Ich schätze, in Amerika halten sie viel von Byron.« Mr. Bantling redete weiter, blühte in der anregenden und aufmerksamen Gegenwart von Miß Stackpole immer mehr auf, trug seine Sequenzen flüssig vor und wechselte die Themen mit Leichtigkeit im Handumdrehen. Nichtsdestoweniger präsentierte er elegant immer wieder die für Henrietta brillante Idee eines Besuchs bei Lady Pensil in Bedfordshire. »Ich verstehe, was Sie suchen: Sie suchen den original englischen Zeitvertreib. Die Touchetts, wissen Sie, sind ja überhaupt nicht englisch. Die haben ihre eigenen Gewohnheiten, ihre eigene Sprache, ihr eigenes Essen – sogar eine eigene, komische Religion, glaube ich. Der alte Herr hält die Jagd für etwas Gottloses, habe ich mir sagen lassen. Sie müssen einfach zu meiner Schwester fahren, und zwar rechtzeitig zu den Theateraufführungen. Sie teilt Ihnen ganz bestimmt und mit Freuden eine Rolle zu. Und Sie sind bestimmt eine gute Darstellerin; ich weiß, daß Sie sehr intelligent sind. Meine Schwester ist zwar vierzig und hat sieben Kinder, aber sie spielt trotzdem die Hauptrolle. Obwohl sie ansonsten nach nichts aussieht, kommt sie dabei fabelhaft heraus, das muß ich ihr lassen. Natürlich brauchen Sie nicht mitzuspielen, wenn Sie nicht wollen.«

Mr. Bantling setzte sich auf diese Weise in Szene, während sie über die Rasenpartien des Winchester Square schlenderten, die, obgleich mit dem Ruß Londons gesprenkelt, dennoch zum Verweilen einluden. Henrietta hielt ihren erblühenden, leichtzüngigen Junggesellen mit seiner Empfänglichkeit für weibliche

Vorzüge und seinem exzellenten Vorrat an Ideen für einen sehr gefälligen Mann, und sie wußte die Gelegenheit, die er ihr bot, zu schätzen. »Ich weiß nicht recht; aber wenn Ihre Schwester mich tatsächlich einladen würde, dann würde ich auch hinfahren. Ich finde, das wäre meine Pflicht. Wie war doch gleich der Name?«

»Pensil. Ein komischer Name zwar, aber kein schlechter.«

»Für mich ist ein Name wie der andere. Und welchen Rang hat sie?«

»Oh, sie ist die Frau eines Barons; ein ganz brauchbarer Rang. Man ist vornehm genug, aber auch wieder nicht zu vornehm.«

»Na, für mich ist sie wohl nicht zu vornehm. Wie heißt das, wo sie wohnt – Bedfordshire?«

»Sie wohnt ganz im nördlichsten Zipfel davon. Es ist eine langweilige Gegend, aber ich denke, das wird Ihnen nichts ausmachen. Ich werde versuchen, mal vorbeizuschauen, wenn Sie dort sind.«

Dies alles war für Miß Stackpole höchst erfreulich, und sie bedauerte es, sich von Lady Pensils entgegenkommendem Bruder so bald schon trennen zu müssen. Doch zufällig hatte sie am Tag zuvor in Piccadilly einige Freunde getroffen, die sie seit einem Jahr nicht gesehen hatte: die Schwestern Climber, zwei Frauen aus Wilmington, Delaware, die das Festland bereist hatten und sich nun zur Rückreise einschiffen wollten. Henrietta hatte sie auf dem Trottoir von Piccadilly lange ausgefragt, und obwohl alle drei Damen gleichzeitig geredet hatten, war ihnen der Gesprächsstoff bei weitem nicht ausgegangen. Deshalb hatte man verabredet, daß Henrietta anderntags um sechs Uhr zum Abendessen in ihr Quartier in die Jermyn Street kommen solle, und diese Verabredung fiel ihr just wieder ein. Sie schickte sich sogleich an, dort hinzugehen, und verabschiedete sich zuerst von Ralph Touchett und Isabel, die in einem anderen Teil des eingezäunten Rasens auf Gartenstühlen saßen und – falls man es so nennen kann – mit dem Austausch von Liebenswürdigkeiten beschäftigt waren, wobei es weniger hitzig zuging als bei dem praktischen Kolloquium von Miß Stackpole und Mr. Bantling. Nachdem zwischen Isabel und ihrer Freundin verabredet worden war, sich zu angemessener Stunde wieder in Pratt's Hotel zu treffen, merkte Ralph an, daß Miß Stackpole eine Droschke nehmen müsse. Sie könne unmöglich den ganzen Weg zur Jermyn Street zu Fuß gehen.

»Das soll wohl heißen, es schickt sich nicht für mich, allein zu gehen!« platzte Henrietta heraus. »Allmächtiger! Ist es mit mir schon so weit gekommen?«

»Es besteht doch für Sie nicht die geringste Veranlassung, allein zu gehen«, mischte sich Mr. Bantling fröhlich ein. »Es wäre mir ein großes Vergnügen, Sie zu begleiten.«

»Ich meinte ganz einfach«, gab Ralph zurück, »daß Sie sonst zu spät zum Dinner kommen. Die armen Damen glauben womöglich noch, wir würden Sie in letzter Minute nicht gehen lassen.«

»Es wäre wirklich besser, du nimmst eine Droschke, Henrietta«, sagte Isabel.

»Ich werde Ihnen eine besorgen, wenn Sie sich mir anvertrauen wollen«, ergänzte Mr. Bantling. »Wir können ja ein Stück weit zu Fuß gehen, bis wir eine finden.«

»Ich sehe eigentlich keinen Grund, warum ich ihm nicht trauen sollte. Was denkst du?« wollte Henrietta von Isabel wissen.

»Und ich sehe keine Gefahr, daß Mr. Bantling dir etwas antun könnte«, antwortete Isabel verbindlich. »Aber wenn du es möchtest, begleiten wir euch, bis ihr eure Droschke gefunden habt.«

»Ach wo, wir gehen allein. Kommen Sie, Mr. Bantling, und strengen Sie sich an, daß Sie mir eine gute besorgen.«

Mr. Bantling versprach, sein Bestes zu geben; die beiden machten sich auf den Weg und ließen das Mädchen und ihren Cousin auf dem Platz zurück, über den jetzt das Zwielicht einer Septemberdämmerung hereinbrach. Alles war völlig ruhig. Aus keinem der Fenster in dem großen Viereck halbdunkler Häuser drang ein Lichtschein durch die geschlossenen Jalousien oder Fensterläden. Die Bürgersteige waren lediglich eine leere Fläche, und wenn man von zwei kleinen Kindern aus einem angrenzenden Elendsviertel absah, die, von den ungewöhnlichen Lebenszeichen im Innern der Umzäunung angezogen, ihre Köpfe durch die rostigen Stäbe des Gitters steckten, dann war das auffälligste Objekt in Sichtweite die große, rote Briefkastensäule an der südöstlichen Ecke.

»Henrietta wird ihn auffordern, mit einzusteigen und mit ihr in die Jermyn Street zu fahren«, bemerkte Ralph. Er sprach von Miß Stackpole immer als Henrietta.

»Gut möglich«, sagte seine Begleiterin.

»Oder vielmehr nein, das wird sie nicht tun«, überlegte er weiter. »Aber Bantling wird um die Erlaubnis bitten, einsteigen zu dürfen.«

»Auch gut möglich. Es freut mich, daß sie so gute Freunde geworden sind.«

»Sie hat eine Eroberung gemacht. Er hält sie für eine intelligente und geistreiche Frau. Das kann noch weit führen«, sagte Ralph.

Isabel schwieg eine Weile. »Ich halte Henrietta auch für eine intelligente und geistreiche Frau, aber ich glaube nicht, daß das weit führen wird. Die würden einander nie richtig kennenlernen. Er hat nicht die leiseste Ahnung, was für ein Mensch sie wirklich ist, und ihr Einblick in Mr. Bantlings Wesen dürfte auch nicht gerade umfassend und zutreffend sein.«

»Die gängigste Grundlage für eine Verbindung ist beiderseitiges Mißverständnis. Aber Bob Bantling zu verstehen, dürfte nicht sonderlich schwierig sein«, ergänzte Ralph. »Er ist ein einfach gebautes Lebewesen.«

»Ja, aber Henrietta ist noch einfacher gebaut. Und was fange *ich* jetzt an, bitte sehr?« fragte Isabel und blickte sich in dem schwächer werdenden Licht um, in dem die bescheidene Gartenarchitektur des Platzes große und eindrucksvolle Ausmaße annahm. »Du wirst doch hoffentlich nicht vorschlagen, daß wir beide zu unserem Vergnügen mit einer Droschke durch London kutschieren.«

»Es spricht nichts dagegen, hierzubleiben – es sei denn, es gefällt dir nicht. Es ist warm genug, und bis es finster wird, bleibt eine halbe Stunde; wenn du erlaubst, zünde ich mir jetzt eine Zigarette an.«

»Du kannst tun, was du willst«, sagte Isabel, »solange du mich bis sieben Uhr unterhältst. Dann werde ich wohl zurückgehen und mir in Pratt's Hotel ein schlichtes und einsames Mahl genehmigen: zwei pochierte Eier mit einem Muffin.«

»Kann ich nicht mit dir zu Abend essen?« fragte Ralph.

»Nein, du ißt in deinem Klub.«

Sie waren zurück zu ihren Stühlen in der Mitte des Platzes geschlendert, und Ralph hatte sich seine Zigarette angesteckt. Es hätte ihm ein ganz außerordentliches Vergnügen bereitet, bei dem von Isabel skizzierten bescheidenen, kleinen Festmahl dabeisein zu dürfen. In Ermangelung dessen bereitete ihm sogar das Verbot Vergnügen. Im Augenblick allerdings bestand sein größtes Vergnügen darin, mit ihr allein zu sein, in der immer dunkler werdenden Dämmerung, inmitten der dicht bevölkerten Stadt, wo es ihm vorkam, als sei sie auf ihn angewiesen und in seiner Macht. Diese Macht konnte er nur sehr andeutungsweise ausüben, was man am besten dadurch tat, daß man ihre Entscheidungen untertänigst entgegennahm – was durchaus auch zu einer Erregung von Gefühlen führte. »Warum darf ich nicht mit dir zu Abend essen?« fragte er nach einer Pause.

»Weil ich keine Lust dazu habe.«

»Vermutlich bist du meiner überdrüssig.«

»Das werde ich in einer Stunde sein. Du siehst, ich habe die Gabe des Hellsehens.«

»Oh, bis dahin werde ich mich von meiner charmantesten Seite zeigen«, sagte Ralph. Aber mehr sagte er nicht, und da sie nicht auf seine Bemerkung einging, saßen sie eine Zeitlang in einer Stille, die in Widerspruch zu seinem Versprechen zu stehen schien. Er hatte den Eindruck, als gehe ihr etwas nicht aus dem Kopf, und er fragte sich, worüber sie grübelte. Dafür kamen zwei oder drei Themen in Frage. Schließlich sprach er sie an: »Lehnst du meine Gesellschaft heute abend deswegen ab, weil du vielleicht einen anderen Gast erwartest?«

Sie wandte ihm den Kopf zu und blickte ihn aus klaren, hellen Augen an: »Einen anderen Gast? Welchen anderen Gast sollte ich erwarten?«

Er hatte keinen vorzuschlagen, weshalb ihm seine eigene Frage als albern und grundlos gleichzeitig vorkam. »Du hast eine Menge Freunde, die ich nicht kenne. Du hast eine komplette Vergangenheit, von der man mich boshafterweise ausgeschlossen hat.«

»Dich hat man für meine Zukunft reserviert. Du darfst nicht vergessen, daß meine Vergangenheit dort drüben liegt, über dem Wasser. Hier in London gibt es nichts davon.«

»Wunderbar, dann sitzt deine Zukunft jetzt neben dir. Eine tolle Sache, wenn man seine Zukunft so griffbereit neben sich hat.« Ralph zündete sich eine zweite Zigarette an und überlegte, daß Isabel wahrscheinlich andeuten wollte, die Nachricht erhalten zu haben, Mr. Caspar Goodwood sei nach Paris übergesetzt. Nachdem er sich die Zigarette angesteckte hatte, paffte er eine Weile vor sich hin, ehe er resümierte: »Ich habe zwar gerade versprochen, dich gut zu unterhalten, aber du siehst, ich erfülle mein Soll nicht, und es liegt in der Tat eine gehörige Portion Verwegenheit in dem Unterfangen, einen Menschen wie dich unterhalten zu wollen. Was kümmern dich meine kläglichen Versuche? Du hast großartige Vorstellungen und hohe Ansprüche in solchen Dingen. Ich müßte zumindest eine Musikkapelle oder eine ganze Gruppe Marktschreier aufbieten.«

»*Ein* Marktschreier reicht mir völlig, und du machst das sehr schön. Bitte, mach weiter, und nach zehn Minuten beginne ich dann mit dem Lachen.«

»Ich versichere dir, ich bin völlig ernst«, sagte Ralph. »Du verlangst wirklich sehr viel.«

»Ich weiß nicht, was du meinst. Ich verlange gar nichts!«

»Du akzeptierst gar nichts«, sagte Ralph. Sie errötete, und plötzlich hatte sie den Eindruck, sie könne seine Absicht erraten. Aber warum sollte er über solche Dinge mit ihr sprechen wollen? Nach leichtem Zögern fuhr er fort:»Da gibt es etwas, was ich dir gerne einmal sagen möchte. Ich möchte dir eine Frage stellen. Ich denke auch, ich habe ein Recht, diese Frage zu stellen, weil die Antwort gewissermaßen mich auch betrifft.«

»Frage nur drauflos«, erwiderte Isabel nachsichtig, »und ich werde versuchen, dich zufriedenzustellen.«

»Also dann: Du bist mir hoffentlich nicht böse, wenn ich dir sage, daß mir Warburton davon erzählt hat, daß zwischen euch etwas vorgefallen ist.«

Isabel wäre fast vor Entsetzen aufgefahren. Sie saß da und betrachtete ihren geöffneten Fächer.»Na, wunderbar. Wahrscheinlich war das ganz natürlich, daß er es dir weitererzählt.«

»Er hat mir erlaubt, es dir zu sagen. Er hat immer noch Hoffnung«, sagte Ralph.

»Immer noch?«

»Noch bis vor ein paar Tagen.«

»Ich glaube nicht, daß er jetzt noch welche hat«, sagte das Mädchen.

»Mir tut er wirklich leid, denn er ist so ein rechtschaffener Mensch.«

»Bitte, Ralph: Hat er dir aufgetragen, mit mir zu sprechen?«

»Nein, hat er nicht. Aber er hat mir das Ganze erzählt, weil er nicht anders konnte. Wir sind alte Freunde, und er war zutiefst enttäuscht. Er schrieb mir kurz, ob ich ihn nicht mal besuchen könne, und so bin ich am Tag, bevor er und seine Schwester zum Lunch zu uns kamen, nach Lockleigh hinübergefahren. Er war recht niedergeschlagen; er hatte gerade einen Brief von dir bekommen.«

»Hat er dir den Brief gezeigt?« fragte Isabel und klang kurzzeitig pikiert und hochmütig.

»Wo denkst du hin! Aber er sagte mir, er enthalte eine glatte Absage. Ich habe ihn sehr bedauert«, wiederholte Ralph.

Einige Augenblicke sagte Isabel nichts. Dann schließlich: »Weißt du eigentlich, wie oft er mich zu Gesicht bekommen hat?« erkundigte sie sich. »Fünf- oder sechsmal.«

»Das gereicht dir doch zur Ehre!«

»Deswegen habe ich es aber nicht gesagt.«

»Weswegen hast du es denn dann gesagt? Doch wohl nicht als Beweis dafür, daß du den armen Warburton für einen oberflächlichen Charakter hältst, denn ich bin mir ziemlich sicher, daß du das nicht tust.«

Das zu behaupten, war Isabel eindeutig nicht in der Lage; doch unvermittelt kam sie mit etwas anderem: »Wenn Lord Warburton dich nicht gebeten hat, mit mir zu reden, dann tust du das also uneigennützig – aus reiner Lust am Debattieren.«

»Ich habe überhaupt nicht den Wunsch, mit dir zu debattieren. Ich habe nur die Absicht, dich in Frieden zu lassen. Ich bin ganz einfach mächtig an deinen Empfindungen interessiert.«

»Ganz herzlichen Dank!« rief Isabel mit einem leicht nervösen Auflachen.

»Natürlich bist du der Meinung, daß ich mich in Dinge mische, die mich nichts angehen. Aber warum kann ich mit dir nicht über diese Geschichte reden, ohne daß du dich ärgerst und ich mich schämen müßte? Wozu bin ich denn dein Cousin, wenn ich nicht wenigstens ein paar Sonderrechte haben darf? Wozu schwärme ich dich an, ohne Hoffnung auf Belohnung, wenn ich dafür nicht einen kleinen Trost kriege? Wozu bin ich krank und untauglich und bei diesem Spiel des Lebens zu reinem Zuschauen verdammt, wenn ich nicht in der ersten Reihe sitzen darf, obwohl ich so viel für meine Eintrittskarte bezahlt habe? Sag mir mal eines«, fuhr Ralph fort, während sie ihm mit wachsender Aufmerksamkeit zuhörte, »was hast du dir gedacht, als du Lord Warburton abgewiesen hast?«

»Was ich mir gedacht habe?«

»Welche Logik, welche Einschätzung deiner Situation zwang dich zu dieser bemerkenswerten Tat?«

»Ich wollte ihn eben nicht heiraten – falls das logisch ist.«

»Nein, das ist nicht logisch, und das habe ich auch schon vorher gewußt. Das bedeutet gar nichts, verstehst du. Was genau hast du zu dir selbst *gesagt*? Da hast du dir doch mehr gesagt als nur das.«

Isabel überlegte kurz und antwortete dann mit einer Gegenfrage. »Warum nennst du das eine bemerkenswerte Tat? Deine Mutter sieht es genauso.«

»Warburton ist ein so herzensguter Mensch; als Mann hat er nach meiner Ansicht so gut wie keinen Fehler. Und außerdem ist er das, was sie hier einen ›gemachten Mann‹ nennen. Er hat riesige Besitzungen, und seine Frau würde als höheres Wesen angesehen. Er vereint in sich intrinsische und extrinsische Vorzüge.«

Isabel beobachtete ihren Cousin, als wolle sie herausfinden, wie weit er gehen würde. »Dann habe ich ihn eben abgewiesen, weil er zu vollkommen ist. Ich selbst bin nicht vollkommen, und er ist zu gut für mich. Außerdem würde mich seine Vollkommenheit irritieren.«

»Das ist eher geschickt gekontert als aufrichtig geantwortet«, sagte Ralph. »In Wahrheit ist dir nämlich nichts auf der Welt vollkommen genug.«

»Hältst du mich für so gut?«

»Nein, aber du stellst trotzdem Ansprüche, auch ohne den Vorwand, dich für gut zu halten. Von zwanzig Frauen wären jedenfalls neunzehn, und zwar von der anspruchsvollsten Sorte, mit Warburton zufrieden gewesen. Vielleicht weißt du gar nicht, wie sehr sie hinter ihm her sind.«

»Ich will es auch nicht wissen. Aber wenn ich mich recht erinnere«, sagte Isabel, »dann hast du einmal im Gespräch ein paar merkwürdige Dinge an ihm erwähnt.«

Ralph rauchte und dachte nach. »Hoffentlich hat das, was ich damals sagte, dich nicht nachhaltig beeinflußt, denn es handelt sich nicht um *Fehler* bei den Dingen, von denen ich sprach; das sind einfach die Besonderheiten seiner Position. Hätte ich gewußt, daß er dich heiraten wollte, hätte ich nie solche Anspielungen gemacht. Ich glaube, ich sagte, daß er bezüglich dieser Position eher skeptisch eingestellt sei. Du hättest es in der Hand gehabt, ihn davon zu kurieren.«

»Das glaube ich nicht. Ich verstehe das Problem nicht, und eine entsprechende Heilsmission liegt mir fern. Du bist offenbar enttäuscht«, fügte Isabel hinzu und blickte ihren Cousin mit reumütiger Freundlichkeit an. »Du hättest es gern gesehen, wenn ich diese Ehe eingegangen wäre.«

»Nicht im geringsten. In dieser Sache habe ich überhaupt keinen Wunsch. Ich maße mir nicht an, dich zu beraten, sondern begnüge mich damit, dir zuzusehen, und das mit dem größten Interesse.«

Sie seufzte ziemlich bekümmert. »Ich wünschte, ich wäre für mich selbst genauso interessant, wie ich es für dich bin.«

»Jetzt bist du wieder nicht aufrichtig. Du bist für dich selbst von extremem Interesse. Weißt du eigentlich«, sagte Ralph, »daß ich mich, falls das Warburton gegenüber wirklich dein letztes Wort war, darüber eher freue? Damit meine ich nicht, daß ich mich deinetwegen freue und natürlich noch viel weniger seinetwegen. Ich freue mich wegen mir selbst.«

»Hast du auch vor, mir einen Antrag zu machen?«

»Wirklich nicht! Aus meiner Sicht der Dinge wäre das fatal: Damit würde ich die Gans umbringen, die mich mit den Zutaten für meine unvergleichlichen Omeletten versorgt. Ich benutze das Tier als Symbol für meine verrückten Illusionen. Was ich damit sagen will, ist, daß ich jetzt den Nervenkitzel haben und mit ansehen kann, was eine junge Dame machen wird, die Lord Warburton nicht heiraten will.«

»Darauf spekuliert deine Mutter auch.«

»Oh, du wirst jede Menge Zuschauer haben. Wir werden von nun an deine ganze Karriere verfolgen. Ich werde zwar nicht alles davon mitkriegen, aber doch wahrscheinlich die interessantesten Jahre. Würdest du unseren gemeinsamen Freund heiraten, würdest du natürlich auch Karriere machen, noch dazu eine sehr anständige, ja eine richtiggehend glänzende. Aber relativ gesehen, wäre sie doch ein bißchen prosaisch. Sie wäre von Anfang an genau festgelegt; ihr würde das Unerwartete fehlen. Du weißt, daß mich das Unerwartete vollkommen fasziniert, und da du jetzt noch alle Karten in der Hand hältst, verlasse ich mich darauf, daß du uns eine grandiose Probe davon lieferst.«

»Ich verstehe dich nicht besonders gut«, sagte Isabel, »aber doch gut genug, um dir sagen zu können, daß ich dich enttäuschen werde, falls du auf irgendwelche grandiosen Proben von mir hoffst.«

»Damit wirst du nur dich selbst enttäuschen, und das wird dir schwerfallen.«

Darauf gab sie keine direkte Antwort. Ralphs Bemerkung enthielt so viel Wahrheit, daß sie darüber nachdenken mußte. Schließlich meinte sie abrupt: »Ich sehe nicht ein, was denn dabei sein soll, wenn ich mich noch nicht binden will. Ich möchte einfach mein Leben nicht mit einer Ehe beginnen. Da gibt's doch andere Dinge, die eine Frau tun kann.«

»Allerdings keine, die sie so gut kann. Aber du bist natürlich so vielseitig.«

»Zweiseitig reicht schon aus«, sagte Isabel.

»Du bist das charmanteste aller Vielecke!« platzte ihr Begleiter heraus. Doch auf einen Blick seiner Begleiterin hin wurde er gleich wieder ernst, und zum Beweis dafür fuhr er fort: »Du willst das Leben entdecken; eher willst du dich hängen lassen, als es zu verpassen, wie die jungen Männer sagen.«

»Ich glaube nicht, daß ich mir in diesem Punkt die Sichtweise der jungen Männer zu eigen machen möchte. Aber ich möchte mich umsehen.«

»Du möchtest den Becher der Erkenntnis leeren.«

»Nein, den Becher der Erkenntnis möchte ich nicht mal anrühren. Der ist vergiftet! Ich möchte einfach nur selbst sehen, wie ich zurechtkomme.«

»Du möchtest alles sehen, aber nichts fühlen«, bemerkte Ralph.

»Ich glaube nicht, daß man als empfindungsfähiges Wesen diese Unterscheidung machen kann. Ich habe vieles von Henrietta an mir. Als ich sie neulich fragte, ob sie heiraten wolle, sagte sie: ›Nicht, bevor ich mich in Europa umgesehen habe.‹ Ich will auch nicht heiraten, bevor ich mich in Europa umgesehen habe.«

»Du wartest anscheinend darauf, daß du einem gekrönten Haupt ins Auge stichst.«

»Nein, das wäre ja noch schlimmer, als Lord Warburton zu heiraten. Jetzt wird es aber dunkel«, fuhr Isabel fort, »und ich muß nach Hause.« Sie stand auf, doch Ralph blieb reglos sitzen und betrachtete sie. Da er keine Anstalten machte, sich zu rühren, blieb sie stehen, und sie wechselten einen Blick, mit dem sie beide, besonders aber Ralph, eine Fülle von Unausgegorenem und Unaussprechlichem zum Ausdruck brachten.

»Du hast meine Frage beantwortet«, sagte er schließlich. »Du hast mir gesagt, was ich wissen wollte. Ich bin dir sehr zu Dank verpflichtet.«

»Ich habe eher den Eindruck, daß ich dir sehr wenig sagte.«

»Du hast mir etwas Großartiges gesagt: daß dich die Welt interessiert und daß du dich hineinstürzen willst.«

Ihre silbrigen Augen blitzten in der Dämmerung kurz auf. »Das habe ich niemals gesagt.«

»Aber ich glaube, das hast du gemeint. Streite es nicht ab. Es ist so großartig.«

»Ich weiß nicht, was du mir da anhängen willst, denn ich bin alles andere als abenteuerlich veranlagt. Frauen sind einfach nicht wie Männer.«

Ralph erhob sich langsam von seinem Sitz, und sie gingen gemächlich zum Tor der Einzäunung. »Nein«, sagte er, »Frauen geben meist nicht mit ihrer Courage an. Männer tun das mit einer gewissen Regelmäßigkeit.«

»Männer *können* auch damit angeben!«

»Frauen doch auch. Du hast eine Menge Courage vorzuweisen.«

»Gerade so viel, um mit einer Droschke zurück zu Pratt's Hotel zu fahren; mehr aber auch nicht.«

Ralph sperrte das Gartentor auf und verriegelte es wieder, nachdem sie hinausgetreten waren. »Suchen wir dir eine Droschke«, sagte er, und während sie in eine angrenzende Straße einbogen, wo diese Suche erfolgversprechend zu sein schien, fragte er sie noch einmal, ob er sie nicht sicher zum Hotel bringen dürfe.

»Kommt nicht in Frage«, antwortete sie. »Du bist sehr müde und mußt nach Hause und ins Bett.«

Die Droschke wurde gefunden; er half ihr hinein und blieb kurz am offenen Schlag stehen. »Wenn die Leute vergessen, daß ich ein armes Geschöpf bin, bin ich oft inkommodiert«, sagte er, »aber wenn sie daran denken, ist es noch schlimmer!«

16. KAPITEL

Sie hatte keinen verdeckten Grund gehabt für ihren Wunsch, daß er sie nicht nach Hause bringen sollte. Es war ihr nur jählings zu Bewußtsein gekommen, daß sie nun schon einige Tage lang ein ungehöriges Maß seiner Zeit in Anspruch nahm, und der unabhängige Geist eines amerikanischen Mädchens, das ein Übermaß an Fürsorglichkeit zu einer Haltung bringt, die es letztendlich als »gekünstelt« empfindet, hatte sie den Entschluß fassen lassen, sich für diese wenigen Stunden selbst genügen zu müssen. Darüber hinaus hatte sie eine große Vorliebe für Zwischenphasen des Alleinseins, deren es seit ihrer Ankunft in England nur wenige gegeben hatte. Sie waren ein Luxus, den sie sich in ihrer Heimat nach Belieben gönnen konnte und der ihr hier spürbar fehlte. An jenem Abend trug sich allerdings ein Vorfall zu, der – wäre er von einem zufällig anwesenden Kritiker bemerkt worden – besagter Theorie, wonach der Wunsch, ganz für sich allein zu sein, ihr Beweggrund gewesen war, um auf die Anwesenheit ihres Cousins zu verzichten, jeglichen Boden entzogen hätte. Gegen neun Uhr saß sie im spärlichen Schein der Beleuchtung von Pratt's Hotel und versuchte mit Hilfe zweier großer Kerzen, sich in ein Buch zu vertiefen, das sie sich aus Gardencourt mitgebracht hatte, was aber nur dazu führte, daß sie andere Wörter las als die auf der Seite gedruckten – Worte, die Ralph am Nachmittag an sie gerichtet hatte. Plötzlich ertönte das gedämpfte Klopfen des Kellners an der Tür, welche gleich darauf denselben zum Vorschein brachte sowie eine von ihm wie eine glorreiche Trophäe präsentierte Visitenkarte. Dieses Memento offenbarte sich ihrem starren Blick als der Name von Mr. Caspar Goodwood, und sie ließ den Mann vor ihr in seiner Stellung verharren, ohne ihre Wünsche zu äußern.

»Soll ich den Herrn heraufführen, Madam?« fragte er mit leicht aufmunternder Betonung.

Isabel zögerte weiterhin und warf währenddessen einen Blick in den Spiegel. »Er mag hereinkommen«, sagte sie schließlich, und während sie auf ihn wartete, war sie weniger damit beschäftigt, ihre Frisur zu glätten als sich mit ihrem Mut zu wappnen.

Folglich schüttelte ihr Caspar Goodwood schon im nächsten Augenblick die Hand, sprach aber nichts, bis der Bedienstete den Raum verlassen hatte. »Warum haben Sie meinen Brief nicht beantwortet?« fragte er dann ohne Umschweife und in dem nachdrücklichen, leicht gebieterischen Ton eines Mannes, der seine Fragen aus Gewohnheit direkt formuliert und durchaus hartnäckig auf einer Antwort zu bestehen weiß.

Sie antwortete schlagfertig mit einer Gegenfrage: »Woher wußten Sie, daß ich hier bin?«

»Miß Stackpole hat es mich wissen lassen«, sagte Caspar Goodwood. »Sie sagte mir, Sie seien heute abend wahrscheinlich allein und gewillt, mich zu empfangen.«

»Wo hat sie Sie getroffen, um Ihnen das zu sagen?«

»Sie hat mich nicht getroffen, sie hat mir geschrieben.«

Isabel verstummte; keiner von beiden hatte Platz genommen. Sie standen da mit trotzigen, zumindest aber mit streitbaren Mienen. »Henrietta hat mir kein Wort davon erzählt, daß sie Ihnen schreibt«, sagte sie dann. »Das war nicht nett von ihr.«

»Ist es Ihnen denn so unangenehm, mich zu sehen?« fragte der junge Mann.

»Ich war nicht darauf vorbereitet. Ich mag solche Überraschungen nicht.«

»Aber Sie wußten, daß ich in der Stadt war. Also ist es doch ganz natürlich, daß wir einander begegnen.«

»Das nennen Sie eine Begegnung? Ich hatte gehofft, Sie nicht zu sehen. In einer so großen Stadt wie London schien mir das auch möglich zu sein.«

»Offenbar war es Ihnen sogar zuwider, mir auch nur zu schreiben«, fuhr ihr Besucher fort.

Isabel gab keine Antwort. Im Augenblick wurde sie von dem Gefühl überwältigt, von Henrietta hintergangen worden zu sein. »Ein Muster an Takt und Feingefühl ist Henrietta ja wahrhaftig nicht!« rief sie voller Erbitterung. »Sie hat sich da allerhand herausgenommen.«

»Ich glaube, ich bin auch nicht gerade ein Muster, was diese Tugenden oder auch andere angeht. Der Fehler liegt ebenso bei mir.«

Als Isabel ihn ansah, kam es ihr so vor, als sei sein Kinn noch nie so energisch gewesen. Unter anderen Umständen hätte ihr das mißfallen, doch widmete sie sich einem neuen Aspekt. »Nein, der Fehler liegt nicht ebenso auch bei Ihnen. Was Sie taten, war für Sie wahrscheinlich unausweichlich.«

»Das war es allerdings!« rief Caspar Goodwood und lachte kurz auf. »Und wo ich nun einmal da bin, darf ich nicht bleiben?«

»Sie dürfen sich setzen, gewiß doch.«

Sie begab sich wieder zurück zu ihrem Sessel, während ihr Besucher die erstbeste Sitzgelegenheit ergriff, ganz in der Art eines Mannes, der aus Gewohnheit dergleichen Annehmlichkeiten wenig Beachtung schenkt. »Jeden Tag habe ich seither auf eine Antwort gehofft. Sie hätten mir wenigstens ein paar Zeilen schreiben können.«

»Nicht die Mühe des Schreibens hat mich davon abgehalten. Ich hätte Ihnen genausogut vier Seiten oder auch nur eine schreiben können. Doch mein Schweigen war volle Absicht«, sagte Isabel. »Ich hielt das für das beste.«

Er saß da und starrte sie unverwandt an, während sie sprach. Dann senkte er den Blick und betrachtete einen Flecken auf dem Teppich, als strenge er sich gewaltig an, nur das von sich zu geben, was erwartet wurde. Er war ein starker Mann, den man ins Unrecht gesetzt und gekränkt hatte, und er war scharfsinnig genug, um zu erkennen, daß eine kompromißlose Zurschaustellung seiner Stärke das Blamable seiner Position nur noch deutlicher hervortreten lassen würde. Bei einem solchen Mann wäre Isabel durchaus in der Lage gewesen, einen gegebenen Vorteil mit Freuden zu nutzen, und war sie auch im Augenblick nicht geneigt, es ihm herausfordernd unter die Nase zu reiben, so hätte sie doch ohne weiteres mit Vergnügen verkünden können: »Sie wissen ganz gut, daß Sie mir auch nicht hätten schreiben sollen!«, und das mit triumphierender Miene.

Caspar Goodwood schlug die Augen wieder zu ihr auf. Sie schienen durch das geschlossene Visier eines Helms zu funkeln. Er hatte einen stark ausgeprägten Gerechtigkeitssinn und war tagaus, tagein jederzeit bereit, auch über den aktuellen Fall hinaus, die Frage seiner Rechte zu erörtern. »Sie sagten damals, Sie hofften, nie wieder von mir zu hören. Das habe ich nicht vergessen. Aber ich habe eine solche Regelung niemals für mich selbst akzeptiert. Ich hatte Sie darauf aufmerksam gemacht, Sie würden sehr bald wieder von mir hören.«

»Ich sagte damals nicht, ich hoffte, *nie wieder* von Ihnen zu hören«, sagte Isabel.

»Dann wenigstens fünf Jahre lang nicht oder zehn, oder zwanzig, was ja das gleiche ist.«

»Ach, finden Sie? Mir scheint, da gibt es einen großen Unterschied. Ich kann mir vorstellen, daß wir nach Ablauf von zehn Jahren eine höchst angenehme Korrespondenz führen könnten. Bis dahin hätte ich meinen Briefstil optimal verfeinert.«

Während sie diese Worte sprach, sah sie zur Seite, denn sie wußte, daß sie viel weniger Ernst enthielten als der Gesichtsausdruck ihres Zuhörers. Ihr Blick kehrte schließlich zu ihm zurück, gerade als er völlig zusammenhanglos fragte: »Gefällt es Ihnen bei Ihrem Onkel?«

»Ja, sehr.« Sie brach ab, doch dann fuhr sie ihn an: »Was versprechen Sie sich eigentlich von Ihrer Aufdringlichkeit?«

»Daß ich Sie nicht verliere.«

»Sie haben kein Recht, von verlieren zu sprechen, wenn Ihnen gar nichts gehört. Und auch von Ihrer Sicht aus betrachtet«, fügte Isabel hinzu, »sollten Sie wissen, wann Sie jemanden in Frieden lassen müssen.«

»Ich ekle Sie wohl ziemlich an«, sagte Caspar Goodwood düster, nicht um ihr Mitgefühl für einen Mann zu provozieren, der sich dieser schmerzlichen Tatsache bewußt ist, sondern um sich selbst darüber klar zu werden und dann besser dem Feind ins Auge sehen zu können.

»Ja, entzücken tun Sie mich nicht gerade, denn im Augenblick kann ich mit Ihnen gar nichts anfangen, und das Schlimme daran ist, daß Sie das auch unnötigerweise immer wieder aufs neue bestätigen müssen.« Seinem ganzen Wesen nach war er mit Sicherheit nicht so dünnhäutig, daß ihm ein paar Nadelstiche gleich bis ins Herz gedrungen wären und schwere Wunden hinterlassen hätten; und schon zu Beginn ihrer Bekanntschaft hatte sie sich gegen einen ganz bestimmten Zug bei ihm zur Wehr setzen müssen, denn er wußte immer besser als sie selbst, was für sie gut sei, wodurch sie erkannte, daß uneingeschränkte Direktheit ihre beste Waffe darstellte. Jeder Versuch, seine Empfindlichkeiten zu schonen oder ihm einfach seitlich auszuweichen, wie man es bei einem Mann hätte tun können, der einem den Weg weniger störrisch versperrte, wäre bei Caspar Goodwood, der gleich nach allem und jedem grapschte, was man ihm anbot, verlorene Liebesmüh gewesen. Nicht daß er unbeeindruckbar oder unverwundbar gewesen wäre, doch seine passive Oberfläche war genauso großflächig und hart wie seine aktive, und er war sehr wohl imstande, sich seine Wunden, sollte es denn nötig sein, selbst zu verbinden. So kehrte sie wieder zu ihrer alten Auffassung zurück, daß er, auch wenn sie ihn manchmal vielleicht piksen oder ihm gar weh tun konnte, von Natur aus doch mit einer Eisenrüstung ausgestattet und vorwiegend auf Angriff fixiert war.

»Damit kann ich mich nicht abfinden«, sagte er schlicht. Diese Feststellung enthielt eine gefährliche Großzügigkeit, denn sie spürte, wie leicht er mit dem Argument hätte kommen können, daß er sie ja nicht immer »angeekelt« hatte.

»Auch ich kann mich damit nicht abfinden, und so sollte das Verhältnis zwischen uns auch nicht beschaffen sein. Falls Sie nur versuchen wollten, mich für ein paar Monate aus Ihren Gedanken zu verbannen, wäre die Beziehung zwischen uns wieder in Ordnung.«

»Ich verstehe. Falls ich Sie eine vorgeschriebene Zeitlang völlig aus meinem Gedächtnis lösche, würde ich möglicherweise entdecken, daß ich diesen Zustand bis in alle Ewigkeit fortsetzen könnte.«

»Bis in alle Ewigkeit ist länger, als ich erbitte. Es ist sogar länger, als mir gefiele.«

»Sie wissen selbst, daß das, was Sie erbitten, unmöglich ist«, sagte der junge Mann und verwendete sein Adjektiv in einer so selbstverständlichen Art, daß es sie erboste.

»Sie werden doch wohl in der Lage sein, sich einer kalkulierten Anstrengung zu unterziehen!« verlangte sie. »Für alles andere sind Sie ja auch stark genug. Warum dann nicht dafür?«

»Eine Anstrengung, die woraufhin kalkuliert ist?« Und als sie nicht gleich parierte: »In bezug auf Sie bin ich zu gar nichts in der Lage«, fuhr er fort, »außer ganz schrecklich in Sie verliebt zu sein. Und wer von Natur aus ohnehin stark ist, der liebt auch um so stärker.«

»Das hat eine Menge für sich.« Und unsere junge Dame spürte tatsächlich das Bezwingende dieses Satzes, wie er so dahingeworfen wurde in den weiten Raum von Wahrheit und Poesie, wie ein Köder für ihre Phantasie. Doch schnell wurde sie wieder praktisch. »Denken Sie an mich, oder lassen Sie es bleiben – ganz wie es Ihnen möglich ist. Bloß lassen Sie mich in Frieden!«

»Für wie lange?«

»Tja – für ein Jahr oder zwei.«

»Ja, was denn nun? Zwischen einem und zwei Jahren ist ein himmelweiter Unterschied.«

»Dann eben zwei«, sagte Isabel mit geheuchelter Ungeduld.

»Und was hätte ich davon?« fragte ihr Freund, ohne mit der Wimper zu zucken.

»Ich wäre Ihnen sehr zu Dank verpflichtet.«

»Und was wäre mein Lohn?«

»Müssen Sie für einen Akt der Großmut belohnt werden?«

»Ja, wenn er ein großes Opfer darstellt.«

»Ohne gewisse Opfer gibt es keine Großmut. Männer verstehen solche Dinge nicht. Wenn Sie das Opfer bringen, wird Ihnen meine ganze Bewunderung zuteil werden.«

»Auf Ihre Bewunderung gebe ich keinen Pfifferling – nicht einen Pfennig, wenn nichts dabei herausspringt. Wann heiraten Sie mich? Nur darum geht es.«

»Niemals – solange Sie weiterhin in mir die Gefühle hervorrufen, die ich im Moment empfinde.«

»Und was wäre, wenn ich gar nichts unternähme, um andere Gefühle bei Ihnen hervorzurufen?«

»Das wäre so, als würden Sie mich zu Tode quälen!« Caspar Goodwood senkte erneut den Blick und starrte eine Weile in seinen Hut. Eine tiefe Röte überzog sein Gesicht. Sie erkannte, daß sie mit ihrer Schärfe schließlich doch durch seinen Panzer gedrungen war, und diese Erkenntnis bekam bei ihr auch gleich einen Stellenwert – einen klassischen oder romantischen oder versöhnenden, oder was wußte sie schon, was für einen? ›Der starke Mann als Mann der Schmerzen‹ war eine der Kategorien reizvoller menschlicher Erscheinungsweisen, wenn er auch im vorliegenden Fall nur wenig Liebreiz verströmte. »Warum bringen Sie mich auch soweit, Ihnen solche Sachen zu sagen?« rief sie mit bebender Stimme. »Dabei will ich nichts weiter, als höflich sein und von Herzen liebenswürdig. Es ist mir alles andere als ein Vergnügen zu spüren, daß Menschen mich sehr mögen, und es ihnen dennoch ausreden zu müssen. Ich finde, da müßten die anderen auch rücksichtsvoll sein; jeder von uns muß seine Entscheidungen selbst treffen. Ich weiß, daß Sie rücksichtsvoll sind, soweit Sie es können, und daß Sie gute Gründe für Ihr Tun haben. Aber ich will nun mal wirklich nicht heiraten und noch nicht mal darüber sprechen. Wahrscheinlich werde ich es überhaupt nie tun – nein, nie. Auf dieses mein Gefühl habe ich ein unbedingtes Recht, und es ist ganz und gar nicht liebenswürdig gegenüber einer Frau, Sie dermaßen unter Druck zu setzen und Sie gegen ihren Willen in eine bestimmte Richtung zu drängen. Sollte ich Ihnen Schmerzen bereiten, dann kann ich nur sagen: Tut mir sehr leid, es ist nicht meine Schuld. Ich kann Sie doch nicht heiraten, nur um Ihnen einen Gefallen zu tun. Ich will jetzt nicht sagen, daß ich Ihnen immer eine gute Freundin sein möchte, denn wenn Frauen das in solchen Situationen sagen, dann hört sich das, glaube ich, immer gleich wie Hohn und Spott an. Aber eines Tages können Sie mich beim Wort nehmen.«

Caspar Goodwood hatte während dieser Rede starr auf den Namen seines Hutmachers geschaut, und erst nachdem sie schon eine Zeitlang aufgehört hatte zu sprechen, hob er wieder die Augen, und als er dies tat, verursachte der Anblick einer rosigen, allerliebsten Aufgeregtheit in Isabels Antlitz einiges Chaos in seinen Bemühungen, ihre Worte zu analysieren. »Ich fahre nach Hause – morgen reise ich ab – ich werde Sie in Frieden lassen«, stieß er schließlich hervor. »Es ist nur so«, sagte er bewegt, »daß es mir ein Greuel ist, Sie aus den Augen zu verlieren.«

»Keine Angst. Ich stelle schon nichts an.«

»Sie werden einen anderen heiraten, so sicher, wie ich hier sitze«, verkündete Caspar Goodwood.

»Halten Sie das für eine noble Unterstellung?«

»Warum nicht? Eine Menge Männer werden es probieren.«

»Ich habe Ihnen doch gerade eben erklärt, daß ich nicht heiraten will und es ziemlich sicher auch nie tun werde.«

»Ich habe es gehört, und Ihr ›ziemlich sicher‹ gefällt mir besonders gut! Ich schenke dem keinerlei Glauben, was Sie sagen.«

»Recht herzlichen Dank auch! Beschuldigen Sie mich der Lüge, bloß um Sie abzuschütteln? Sie machen da sehr heikle Äußerungen.«

»Warum sollte ich das nicht sagen? Sie haben mir nicht die geringste Zusicherung von irgend etwas gegeben.«

»Nein, und das hätte gerade noch gefehlt!«

»Womöglich glauben Sie es ja selbst, daß Sie nicht in Gefahr sind, weil Sie es sich einfach einreden. Aber Sie sind in Gefahr«, fuhr der junge Mann fort, als mache er sich auf das Schlimmste gefaßt.

»Also gut: Dann einigen wir uns darauf, daß ich in Gefahr bin. Ganz wie es Ihnen beliebt.«

»Andererseits weiß ich auch nicht«, sagte Caspar Goodwood, »ob ich es dadurch verhindern könnte, daß ich Sie im Auge behalte.«

»Ach, das wissen Sie nicht? Wo ich mich doch so vor Ihnen fürchte! Glauben Sie denn, ich sei so anspruchslos?« fragte sie unvermittelt und mit verändertem Tonfall.

»Nein, glaube ich nicht. Ich will auch versuchen, mich damit zu trösten. Aber es gibt nun mal unter den Männern eine gewisse Anzahl von Blendern auf der Welt, und wenn es auch nur einen gäbe, wäre das schon genug. Und der größte Blender von allen wird sich schnurstracks an Sie heranmachen. Schließlich geben Sie sich ja mit keinem ab, der nicht in diese Kategorie fällt.«

»Sollten Sie mit ›Blendern‹ intellektuelle Brillanz bei Männern meinen, wovon ich ausgehe, denn was sonst könnten Sie wohl meinen«, sagte Isabel, »dann kann ich Ihnen versichern: Ich brauche die Hilfe kluger Männer nicht, damit sie mir zeigen, wie man lebt. Das kann ich schon allein herausfinden.«

»Herausfinden, wie man allein lebt? Da wünsche ich mir, daß Sie, sobald *Sie* es herausgefunden haben, *mir* zeigen!«

Sie sah ihn ganz kurz an und sagte dann lächelnd: »Oh, *Sie* sollten heiraten!«

Es ist wirklich verständlich, daß dieser Ausruf ihm kurzzeitig wie ein Höllenton durch Mark und Bein fuhr, und es ist nicht verbürgt, daß es sich bei ihrem Motiv, diesen Pfeil abzuschießen, um ein besonders lauteres gehandelt hätte. Andererseits gehörte es sich auch nicht, ihn abgehärmt und hungrig durch die Gegend ziehen zu lassen – so viel Mitgefühl hatte sie doch mit ihm. »Gott vergebe Ihnen!« murmelte er mit zusammengepreßten Lippen und wandte sich ab.

Ihre spöttische Note hatte sie ein bißchen ins Unrecht gesetzt, und einen Augenblick später verspürte sie das Bedürfnis, sich zu rechtfertigen. Das ging am einfachsten, indem sie den Spieß umdrehte. »Sie tun mir großes Unrecht! Sie reden von Dingen, die Sie nicht verstehen!« schimpfte sie. »Ich bin nun mal keine leichte Beute, und das habe ich bereits bewiesen!«

»Ja – mir gegenüber, sehr überzeugend.«

»Ich habe es anderen ebenfalls bewiesen.« Und hier legte sie eine kleine Pause ein. »Letzte Woche habe ich einen Heiratsantrag abgelehnt, und zwar einen, den man zweifellos einen blendenden nennen würde.«

»Das freut mich sehr zu hören«, sagte der junge Mann feierlich.

»Es handelte sich dabei um einen Antrag, den viele Mädchen angenommen hätten. Er bestand praktisch nur aus Vorteilen.« Isabel hatte keineswegs geplant, die Geschichte zu erzählen; nun aber, da sie damit begonnen hatte, verschaffte es ihr Genugtuung, alles auszuplaudern und sich damit zu rechtfertigen. »Mir wurden eine tolle gesellschaftliche Position und ein tolles Vermögen angeboten – von einer Person, die mir außerordentlich sympathisch ist.«

Caspar beobachtete sie mit gesteigertem Interesse. »Ist er Engländer?«

»Er ist ein englischer Aristokrat«, sagte Isabel.

Ihr Besucher nahm diese Eröffnung zunächst schweigend zur Kenntnis, sagte dann aber schließlich: »Es freut mich, daß er eine Abfuhr erhielt.«

»Na, dann haben Sie ja jetzt einen Leidensgenossen. Machen Sie das beste daraus!«

»Der ist nicht mein Genosse«, sagte Caspar voller Ingrimm.

»Wieso nicht – wo ich doch seinen Antrag rundum abgelehnt habe?«

»Das macht ihn nicht zu meinem Genossen. Außerdem ist er Engländer.«

»Und Engländer sind wohl, bitte sehr, keine Menschen?« fragte Isabel.

»Diese Typen? Für mich gehören die nicht zur Menschheit, und es ist mir egal, was mit denen passiert.«

»Sie sind ziemlich verärgert«, sagte das Mädchen. »Jetzt haben wir aber die Angelegenheit auch zur Genüge diskutiert.«

»Allerdings bin ich sehr verärgert. In dem Punkt bekenne ich mich schuldig!«

Sie kehrte sich von ihm ab, trat ans offene Fenster und blieb dort stehen, um in die düstere Leere der Straße hinauszuschauen, wo das diffuse Licht einer Gaslaterne das einzige Anzeichen dafür darstellte, daß dieses Stück Erde belebt war. Einige Zeit lang sprach keiner der beiden jungen Leute. Caspar stand unschlüssig und finsteren Blickes am Kaminsims herum. Sie hatte ihn praktisch schon zum Gehen aufgefordert, und er wußte es; doch selbst auf die Gefahr hin, sich unbeliebt zu machen, wich er nicht von der Stelle. Isabels Person stellte für ihn ein allzu sorgsam gehegtes Anliegen dar, als daß er so mir nichts, dir nichts hätte darauf verzichten können, und schließlich war er vor allem deshalb übers Meer gekommen, um ihr wenigstens die Andeutung eines Versprechens abzuringen. Da hatte sie auch schon ihren Platz am Fenster verlassen und sich wieder vor ihn hingestellt. »Sie sind mir gegenüber wirklich unfair, nach allem, was ich Ihnen gerade erzählt habe. Und jetzt tut es mir auch leid, daß ich es Ihnen erzählte, da es Ihnen so wenig Eindruck macht.«

»Ach«, rief der junge Mann aus, »wenn Sie wenigstens an *mich* gedacht hätten, als Sie ihn ablehnten!« Und dann schwieg er gleich wieder vor Angst, sie könne dieser beglückenden Vorstellung widersprechen.

»Ein bißchen habe ich schon an Sie gedacht«, sagte Isabel.

»Ein bißchen? Das verstehe ich nicht. Wenn das Wissen um meine Gefühle für Sie auch nur ein bißchen Gewicht hätte, dann wäre die Bezeichnung ›ein bißchen‹ dafür wohl ein bißchen dürftig.«

Isabel schüttelte den Kopf, als müsse sie einen Irrtum richtigstellen. »Ich habe einen äußerst liebenswürdigen und noblen

Gentleman abgewiesen. Bitte halten Sie sich das immer vor Augen.«

»Dann danke ich Ihnen vielmals«, sagte Caspar Goodwood ernst. »Ich danke Ihnen von ganzem Herzen.«

»Und jetzt gehen Sie besser nach Hause.«

»Darf ich Sie nicht wiedersehen?«

»Lieber nicht, denke ich. Denn dann werden Sie gleich wieder mit dem Thema anfangen, und wie Sie ja sehen, führt es zu nichts.«

»Ich verspreche Ihnen, kein Wort zu sagen, das Sie verstimmt.«

Isabel dachte nach und antwortete dann: »Ich fahre in ein oder zwei Tagen zu meinem Onkel zurück und kann Ihnen wohl schlecht vorschlagen, dort hinzukommen. Das wäre denn doch zu inkonsequent.«

Caspar Goodwood dachte seinerseits nach. »Sie müssen auch mir gegenüber fair sein. Ich habe vor mehr als einer Woche eine Einladung Ihres Onkels erhalten und sie abgelehnt.«

Sie konnte ihre Überraschung nicht verhehlen. »Von wem stammte diese Einladung?«

»Von Mr. Ralph Touchett, der Ihr Cousin sein dürfte. Ich habe abgelehnt, da ich nicht Ihre Erlaubnis hatte, sie anzunehmen. Mr. Touchetts Einfall, mich einzuladen, schien mir von Miß Stackpole zu kommen.«

»Von mir kam er ganz sicher nicht. Henrietta nimmt sich wirklich allerhand heraus«, fügte Isabel hinzu.

»Gehen Sie nicht zu streng mit ihr ins Gericht, denn damit treffen Sie mich.«

»Keineswegs. Daß Sie ablehnten, war absolut richtig von Ihnen, und dafür danke ich Ihnen auch.« Und ein gelinder Schauder des Entsetzens packte sie noch nachträglich bei dem Gedanken, Lord Warburton und Mr. Goodwood hätten einander in Gardencourt begegnen können. Für Lord Warburton wäre das eine recht peinliche Angelegenheit gewesen.

»Und von Ihrem Onkel aus, wohin gehen Sie dann?« fragte ihr Gesprächspartner.

»Ich gehe mit meiner Tante ins Ausland – nach Florenz und anderswohin.«

Die Gelassenheit dieser Ankündigung legte sich wie eine eiskalte Hand um das Herz des jungen Mannes. Offenbar sah er Isabel schon in Kreise davonwirbeln, zu denen ihm der Zutritt unerbittlich und unwiderruflich verwehrt war. Dennoch fuhr er rasch mit seinen Fragen fort. »Und wann werden Sie wieder nach Amerika zurückkehren?«

»Wahrscheinlich für lange Zeit nicht. Ich bin hier sehr glücklich.«

»Soll das heißen, Sie kehren Ihrer Heimat den Rücken?«

»Nun werden Sie mal nicht kindisch!«

»Dann verliere ich Sie also doch aus den Augen!« sagte Caspar Goodwood.

»Ich weiß auch nicht«, antwortete sie ein wenig großartig. »Die Welt und all diese Orte, mal hier eine Stadt, mal da eine, dann wieder alles ganz nah beieinander – da kommt sie einem doch recht klein vor.«

»Mir ist das zu groß!« rief Caspar mit einer Schlichtheit aus, die unsere junge Dame rührend gefunden hätte, hätte sie nicht eine kompromißlose Miene zur Schau tragen müssen.

Diese Haltung gehörte zu einem Gedankengebäude, zu einer Theorie, die sie erst kürzlich entwickelt hatte, und der Vollständigkeit halber ergänzte sie gleich darauf: »Halten Sie mich nicht für unfreundlich, wenn ich jetzt sage, daß es mir genau darum geht: Ihnen aus den Augen zu sein. Genau das ist es, was ich möchte. Wenn Sie am selben Ort wären, hätte ich dauernd das Gefühl, von Ihnen beobachtet zu werden, und das gefiele mir gar nicht. Dafür ist mir meine Freiheit viel zuviel wert. Wenn es in der Welt etwas gibt, was ich wirklich liebe«, und sie erlitt einen leichten Rückfall in ihre vorherige Großartigkeit, »dann ist das meine individuelle Unabhängigkeit.«

Aber wie überkandidelt auch immer diese Rede gewesen sein mochte, sie erregte Caspar Goodwoods Bewunderung, und all die Grandezza ließ ihn nicht ein bißchen zusammenzucken. Er hatte nie bezweifelt, daß ihr Flügel gewachsen waren und sie das Bedürfnis nach herrlich freier Bewegung hatte; und er, mit seinen eigenen langen Armen und dem raumgreifenden Schritt, fürchtete sich vor keiner ihrer Kräfte. Isabels Worte hatten, falls sie ihn hätten schockieren sollen, ihr Ziel verfehlt und entlockten ihm lediglich ein Lächeln, da er spürte, daß er sich auf vertrautem Terrain bewegte, weil sie etwas miteinander verband. »Wer außer mir würde weniger wünschen, Ihnen Ihre Freiheit zu beschneiden? Was könnte mir ein größeres Vergnügen bereiten, als Sie vollkommen unabhängig zu wissen, so daß Sie tun und lassen können, was Sie wollen? Gerade um Ihnen diese Unabhängigkeit zu verschaffen, möchte ich Sie heiraten.«

»Das ist ein gelungener Sophismus«, sagte das Mädchen mit einem noch gelungeneren Lächeln.

»Ein Mädchen Ihres Alters – eine unverheiratete Frau ist nun mal nicht unabhängig. Da gibt es eine Menge Dinge, die sie nicht tun kann. Sie ist auf Schritt und Tritt behindert.«

»Kommt darauf an, wie sie die Sache sieht«, antwortete Isabel mit Verve. »Ich bin kein kleines Kind mehr. Ich kann tun, was ich will. Ich gehöre uneingeschränkt zur Klasse der Unabhängigen. Ich habe weder Vater noch Mutter. Ich bin arm und ehrlich. Ich bin nicht hübsch. Ich bin daher nicht verpflichtet, mich schüchtern und konventionell zu geben. Dergleichen Luxus kann ich mir einfach nicht erlauben. Außerdem bemühe ich mich, mir ein eigenes Urteil zu bilden. Einmal falsch zu liegen, ist meines Erachtens ehrenhafter, als überhaupt keine Meinung zu haben. Ich will nicht wie ein x-beliebiges Schaf in der Herde rumlaufen. Ich möchte mein Schicksal selbst bestimmen und etwas über die Menschen und ihre Verhaltensweisen lernen, was mehr ist als das, was mir andere unter Berücksichtigung von Anstand und Sitte bloß erzählen wollen.« Hier legte sie eine kurze Pause ein, die aber für ihren Zuhörer nicht lang genug war, als daß er etwas hätte erwidern können. Augenscheinlich wollte er gerade anheben, dies zu tun, da fuhr sie schon fort: »Lassen Sie mich Ihnen eines sagen, Mr. Goodwood: Sie hatten die Freundlichkeit, Ihrer Befürchtung Ausdruck zu verleihen, ich könnte heiraten. Sollten Sie je ein Gerücht hören, ich stünde im Begriff, dergleichen zu tun – denn schließlich wird den Mädchen ja schnell so etwas angedichtet –, dann dürfen Sie getrost an das denken, was ich Ihnen über meine Freiheitsliebe sagte, und entsprechende Zweifel hegen.«

In dem Ton, mit dem sie ihm diesen Rat erteilte, lag soviel leidenschaftliche Bestimmtheit, und ihr Blick war von einer so leuchtenden Aufrichtigkeit, daß es ihm half, ihr zu glauben. Jetzt fühlte er sich rundum beruhigt, was man auch aus der Art und Weise hätte entnehmen können, mit der er beflissen sagte: »Sie wollen einfach nur mal zwei Jahre herumreisen? Ich bin absolut bereit, dann eben zwei Jahre zu warten, und in dieser Zeit können Sie tun, was Ihnen beliebt. Falls das alles ist, was Sie möchten, brauchen Sie es nur zu sagen. Ich will gar nicht, daß Sie konventionell sind. Komme ich Ihnen denn wie ein konventioneller Mensch vor? Sie wollen Ihren Geist bilden? Für mich sind

Sie gebildet genug; doch wenn es Ihnen gefällt, eine Weile umherzustreifen und sich verschiedene Länder anzusehen, wäre es mir ein Vergnügen, Ihnen dabei zu helfen, soweit es in meiner Macht steht.«

»Sie sind sehr großzügig, und das ist mir nicht neu. Am besten helfen Sie mir dadurch, daß Sie so viele hundert Seemeilen zwischen uns legen wie nur möglich.«

»Man könnte meinen, Sie hätten vor, eine fürchterliche Greueltat zu begehen!« sagte Caspar Goodwood.

»Vielleicht ist das auch so. Ich möchte mir auch diese Freiheit nehmen dürfen, falls mich das Verlangen danach überkommt.«

»Also gut«, sagte er langsam, »dann fahre ich wieder heim.« Und er streckte seine Hand aus und versuchte, zufrieden und zuversichtlich dreinzuschauen.

Isabels Vertrauen in ihn war allerdings erheblich größer als umgekehrt. Nicht daß er sie einer fürchterlichen Greueltat für fähig gehalten hätte. Aber er konnte es drehen und wenden, wie er wollte: In der Art, wie sie sich alle Türen offen hielt, lag etwas Unheilverkündendes. Während sie seine Hand ergriff, empfand sie tiefe Hochachtung vor ihm. Sie wußte, wie gern er sie hatte, und sie hielt ihn für edelmütig. So standen sie für einen Augenblick, sahen einander an, vereint durch einen Händedruck, der von ihrer Seite nicht rein passiv war. »So ist es recht«, sagte sie äußerst liebenswürdig, beinahe zärtlich. »Sie werden nichts dadurch verlieren, daß Sie wie ein vernünftiger Mann handeln.«

»Aber ich komme wieder, wo immer Sie auch sein werden, heute in zwei Jahren«, gab er mit dem für ihn typischen Ingrimm zurück.

Wir haben bereits erlebt, wie inkonsequent unsere junge Dame sein konnte, und auch jetzt änderte sie abrupt den Ton. »Aber denken Sie daran: Ich verspreche nichts – absolut gar nichts!« Und dann etwas sanfter, als wolle sie ihm helfen, sie zu verlassen: »Und denken Sie auch daran, daß ich keine leichte Beute bin!«

»Sie werden von Ihrer Unabhängigkeit bald die Nase voll haben!«

»Vielleicht werde ich das, ja, sogar wahrscheinlich. Und wenn dieser Tag kommt, werde ich mich sehr freuen, Sie zu sehen.«

Sie hatte die Hand auf den Knauf der Tür gelegt, die in ihr Zimmer führte, und wartete einen Moment, um sich zu vergewissern, ob sich ihr Besucher auch entfernen würde. Dieser aber schien unfähig, sich zu rühren. Noch immer lagen eine immense Unwilligkeit in seiner Haltung und ein heftiger Protest in seinem Blick. »Ich muß Sie jetzt verlassen«, sagte Isabel, und sie öffnete die Tür und entschwand in den anderen Raum.

Dieser war dunkel, doch die Dunkelheit wurde durch einen blassen Schein gemildert, der vom Hof des Hotels her durch das Fenster drang, so daß Isabel die Masse der Möbel ausmachen konnte, den trüben Glanz des Spiegels und die unheimlichen Umrisse des großen, vierpfostigen Bettes. Einen Augenblick lang blieb sie reglos stehen, lauschte und hörte endlich, wie Caspar Goodwood aus dem Salon schritt und die Tür hinter sich schloß. Sie blieb noch ein Weilchen still stehen und fiel dann, auf Grund eines unwiderstehlichen Dranges, vor ihrem Bett auf die Knie und barg ihr Gesicht in den Armen.

17. KAPITEL

Sie betete nicht, sie bebte – bebte am ganzen Leib. Es war für sie immer leicht gewesen, in Schwingungen zu geraten, und eigentlich tat sie es andauernd, und jetzt stellte sie fest, daß sie wie eine angeschlagene Harfe vibrierte. Eigentlich wollte sie nichts sehnlicher, als unter die Decke kriechen und sich in dieses Futteral aus ungebleichter Leinwand hüllen; aber gleichzeitig wollte sie ihrer Erregung Herr werden, und diese Haltung knieender Ergebenheit, die sie eine Zeitlang beibehielt, schien ihr zu helfen, ruhiger zu werden. Sie jubelte innerlich, daß Caspar Goodwood fort war. Der Umstand, ihn endlich los geworden zu sein, war wie das ewig lang hinausgeschobene Bezahlen einer Schuld gegen Quittung mit Stempel. Als sie die tiefe Erleichterung verspürte, senkte sie den Kopf ein wenig tiefer; die Empfindung blieb und verursachte ihr Herzklopfen. Zwar war dies Teil ihrer Gefühlswallungen, aber es war auch etwas, dessen man sich schämen mußte, denn es war frevelhaft und fehl am Platze. Erst als gute zehn Minuten verstrichen waren, erhob sie sich von den Knien, und sogar nachdem sie in den Salon zurückgekehrt war, hatte sich das Zittern noch nicht gelegt. In Wahrheit hatte es nämlich zwei Ursachen: Zu einem Teil rührte es von der langen Diskussion mit Mr. Goodwood her;

doch steht zu befürchten, daß der andere Teil ganz einfach der Lust an der Ausübung ihrer Macht zuzuschreiben war. Sie setzte sich wieder in denselben Sessel wie zuvor und nahm ihr Buch zur Hand, ohne auch nur den Versuch anzudeuten, es öffnen zu wollen. Sie lehnte sich zurück mit jenem leisen, sanften, anschwellenden Summen, mit dem sie oft auf Ereignisse reagierte, deren positive und heitere Seite nicht sofort erkennbar war, und gab sich im selben Moment dem wohligen Gefühl hin, innerhalb von zwei Wochen gleich zwei glühende Verehrer abgewiesen zu haben. Jene Freiheitsliebe, die sie gegenüber Caspar Goodwood so kühn skizziert hatte, war bis jetzt eine rein theoretische gewesen, und sie hatte ihr bis dato noch nicht in größerem Umfang frönen können. Aber nun kam es ihr so vor, als habe sie eine Leistung vollbracht. Sie hatte den süßen Geschmack, wenn auch nicht des Kampfes, so doch immerhin des Sieges gekostet, und das getan, was ihren Plänen am meisten entsprach. Im Glanz dieses Bewußtseins präsentierte sich das Bild von Mr. Goodwood, wie er sich durch die schmutzigtrübe Stadt auf seinen traurigen Weg nach Hause machte, mit einer gewissen vorwurfsvollen Nachdrücklichkeit, weshalb sie, als im selben Augenblick die Tür des Salons geöffnet wurde, mit der Befürchtung aufstand, er könnte zurückgekommen sein. Doch es war nur Henrietta Stackpole, die von ihrem Dinner heimkehrte.

Miß Stackpole erkannte sofort, daß unsere junge Dame etwas ›durchgemacht‹ hatte, wozu in der Tat kein allzu großer Scharfblick gehörte. Sie ging ohne Umschweife zu ihrer Freundin hin, von der sie grußlos zur Kenntnis genommen wurde. Isabels gehobene Stimmung ob der Tatsache, daß sie Caspar Goodwood nach Amerika zurückgeschickt hatte, begründete sich letztlich darin, daß sie irgendwie doch froh über seinen Besuch gewesen war; dennoch vergaß sie dabei nicht eine Sekunde lang, daß Henrietta kein Recht gehabt hatte, ihr diese Falle zu stellen. »Ist er denn hier gewesen, Kleines?« fragte die letztere neugierig.

Isabel drehte ihr den Rücken zu und sagte erst einmal eine Weile nichts. »Was du getan hast, war alles andere als recht«, erklärte sie schließlich.

»Was ich tat, war zu deinem Besten. Ich hoffe nur, du hast das gleiche getan.«

»Das hast du nicht zu beurteilen. Dir kann ich nicht trauen«, sagte Isabel.

Diese Feststellung war zwar wenig schmeichelhaft, doch war Henrietta viel zu selbstlos, um die Beschuldigung zu registrieren, die darin enthalten war. Ihr ging es ausschließlich darum, was die Aussage bezüglich ihrer Freundin bedeutete. »Isabel Archer«, verkündete sie schroff und feierlich zugleich, »solltest du einen von diesen Typen heiraten, rede ich nie mehr ein Wort mit dir!«

»Ehe du eine so gräßliche Drohung ausstößt, wartest du vielleicht besser, bis mich überhaupt einer fragt«, erwiderte Isabel. Sie hatte gegenüber Miß Stackpole keinen Ton über Lord Warburtons Avancen verlauten lassen und verspürte auch jetzt nicht die geringste Neigung, sich vor ihr mit der Information zu rechtfertigen, daß sie diesen Edelmann abgewiesen hatte.

»Oh, das geht blitzschnell, sobald du erst mal auf dem Festland bist. Annie Climber hat in Italien gleich drei Anträge gekriegt – die arme, unscheinbare, kleine Annie.«

»Na also – wenn es Annie Climber nicht erwischt hat, warum sollte es dann mich erwischen?«

»Ich glaube nicht, daß sie Annie besonders heftig bedrängt haben; aber bei dir werden sie es tun.«

»Eine sehr schmeichelhafte Gewißheit«, sagte Isabel ohne jede Bestürzung.

»Ich schmeichle dir nicht, Isabel, ich sage dir die Wahrheit!« rief ihre Freundin. »Ich hoffe, du willst mir jetzt nicht erzählen, daß du Mr. Goodwood aller Hoffnungen beraubt hast.«

»Ich sehe keinen Grund, warum ich dir überhaupt etwas erzählen sollte. Wie ich gerade vorhin sagte, kann ich dir nicht trauen. Aber da du ja an Mr. Goodwood so interessiert bist, möchte ich dir nicht verschweigen, daß er unverzüglich nach Amerika zurückkehren wird.«

»Das soll doch wohl nicht heißen, du hast ihm den Laufpaß gegeben?« Es klang fast wie ein Aufschrei.

»Ich bat ihn, mich in Frieden zu lassen, und das gleiche erbitte ich auch von dir, Henrietta.« Miß Stackpole funkelte kurz vor Entrüstung, ging dann aber zum Spiegel über dem Kamin und nahm ihre Kopfbedeckung ab. »Ich hoffe, du hast dich bei deinem Dinner gut unterhalten«, fuhr Isabel fort.

Aber ihre Gefährtin ließ sich nicht durch süffisante Bemerkungen ablenken. »Weißt du eigentlich, welchen Weg du da einschlägst, Isabel Archer?«

»Im Moment den ins Bett«, sagte Isabel mit anhaltender Süffisanz.

»Weißt du denn nicht, in welche Richtung du dich treiben läßt?« beharrte Henrietta und hielt ihre Kopfbedeckung mit spitzen Fingern von sich.

»Nein, ich habe nicht die geringste Ahnung, und ich finde es wunderbar, daß ich es nicht weiß. Eine schnelle Kutsche in finsterer Nacht, die, von vier Pferden gezogen, über Straßen dahinfliegt, die man nicht sehen kann: So sieht meine Vorstellung vom Glück aus.«

»Solches Zeug zu reden, hat dir mit Sicherheit nicht Mr. Goodwood beigebracht. Du hörst dich an wie die Heldin eines Schundromans«, sagte Miß Stackpole. »Du treibst auf einen Riesenfehler zu.«

Isabel war zwar über die Einmischung ihrer Freundin aufgebracht, aber versuchte dennoch, darüber nachzudenken, ob diese Behauptung nicht auch Wahrheit beinhaltete. Doch ihr fiel nichts auf, was sie von der Bemerkung abgehalten hätte: »Du mußt mich sehr mögen, Henrietta, um mich so hartnäckig attackieren zu können.«

»Ich habe dich furchtbar gern, Isabel«, sagte Miß Stackpole mit Inbrunst.

»Gut – wenn du mich so furchtbar gern hast, dann darfst du mich auch furchtbar gern in Frieden lassen. Ich habe Mr. Goodwood darum gebeten und muß nun auch dich darum bitten.«

»Dann gib nur acht, daß man dich nicht allzu sehr in Frieden läßt.«

»Das hat mir Mr. Goodwood auch gesagt. Und ich habe ihm geantwortet, daß ich das riskieren muß.«

»Du bist ja wirklich ein risikofreudiges Geschöpf! Da läuft's mir direkt kalt den Rücken hinunter!« rief Henrietta. »Wann fährt Mr. Goodwood nach Amerika zurück?«

»Ich weiß es nicht; er hat es mir nicht gesagt.«

»Vielleicht hast du es ja auch gar nicht wissen wollen«, sagte Henrietta mit rechtschaffener Skepsis in der Stimme.

»Ich habe ihm zuwenig Anlaß zur Zufriedenheit gegeben, als daß ich das Recht gehabt hätte, ihm Fragen zu stellen.«

Auf diese Aussage hin hätte Miß Stackpole am liebsten gar nichts mehr gesagt, doch nach einer Weile erklärte sie: »Also, Isabel, wenn ich dich nicht so gut kennen würde, müßte ich dich jetzt für herzlos halten!«

»Paß auf,« sagte Isabel, »sonst verwöhnst du mich noch mit deinen Komplimenten!«

»Ich fürchte, das tue ich schon die ganze Zeit. Zumindest hoffe ich«, setzte Miß Stackpole hinzu, »daß er zusammen mit Annie Climber zurückfährt!«

Am nächsten Morgen erfuhr Isabel von ihr, daß sie beschlossen hatte, nicht nach Gardencourt zurückzukehren (wo Mr. Touchett senior ihr ein erneutes Willkommen bereiten wollte), sondern in London auf die Einladung zu warten, die Mr. Bantling ihr von seiner Schwester Lady Pensil versprochen hatte. Miß Stackpole gab sehr freimütig ihre Unterhaltung mit Ralph Touchetts umgänglichem Freund wieder und eröffnete Isabel, daß sie nunmehr davon überzeugt sei, etwas in der Hand zu haben, was sie weiterbringen könne. Sogleich nach Erhalt von Lady Pensils Brief – Mr. Bantling habe das Eintreffen eines solchen Dokuments praktisch garantiert – werde sie unverzüglich nach Bedfordshire abreisen, und falls sich Isabel der Mühe unterziehen wolle, nach Henriettas Impressionen im *Interviewer* Ausschau zu halten, so dürfte sie diese dort wohl finden. Augenscheinlich war Henrietta diesmal der englischen Innenwelt tatsächlich auf der Spur.

»Weißt du, wohin du treibst, Henrietta Stackpole?« fragte Isabel und imitierte den Tonfall ihrer Freundin vom Vorabend.

»Ich treibe auf eine ganz tolle Position zu – auf die einer Königin des amerikanischen Journalismus. Wenn mein nächster Bericht nicht in der Presse des gesamten Westens abgedruckt wird, dann fresse ich meinen Tintenwischer!«

Sie hatte ihrer Freundin Annie Climber, jener jungen Dame mit den kontinentalen Anträgen, zugesagt, mit ihr zusammen die Einkäufe zu tätigen, welche Miß Climbers Lebewohl an jene Hälfte der Welt darstellten, in der man sie wenigstens zu schätzen wußte. Und schon strebte Henrietta abermals der Jermyn Street zu, um ihre Begleiterin abzuholen. Sie war kaum gegangen, als Ralph Touchett gemeldet wurde, und kaum war er eingetreten, sah Isabel, daß ihn etwas bedrückte. Er zog auch gleich seine Cousine ins Vertrauen. Er habe von seiner Mutter ein Telegramm erhalten des Inhalts, daß sein Vater einen schweren Anfall seines alten Leidens erlitten habe, daß sie sehr beunruhigt sei und ihn daher bitte, sofort nach Gardencourt zurückzukommen. Zumindest bei diesem Anlaß war Mrs. Touchetts Vorliebe für Nachrichtenübertragung per elektrischem Draht nicht zu kritisieren.

»Ich hielt es für das beste, zunächst einmal Sir Matthew Hope aufzusuchen«, sagte Ralph, »den großen Arzt, der glücklicherweise gerade in der Stadt ist. Er hat mich auf halb eins bestellt, und ich möchte ihn dazu bewegen, daß er mit nach Gardencourt kommt, was er vermutlich gerne tun wird, da er meinen Vater schon mehrmals untersucht hat, sowohl dort als auch in London. Um zwei Uhr fünfundvierzig gibt es einen Eilzug, den ich nehmen werde, und du kannst entweder gleich mit mir kommen oder noch ein paar Tage hierbleiben, ganz wie du willst.«

»Ich fahre auf jeden Fall mit dir mit«, antwortete Isabel. »Ich glaube zwar nicht, daß ich meinem Onkel irgendwie helfen kann, aber wenn er krank ist, wäre ich gern in seiner Nähe.«

»Ich denke, du magst ihn«, sagte Ralph, eine gewisse schüchterne Freude im Gesichtsausdruck. »Du empfindest wirkliche Wertschätzung für ihn als Mensch, was seine Umgebung bisher nicht getan hat. Dazu ist seine gesellschaftliche Stellung zu hoch.«

»Ich verehre ihn richtig«, sagte Isabel nach einem kurzen Moment.

»Das freut mich. Nach seinem Sohn ist er dein größter Bewunderer.«

Einerseits gefiel ihr diese Versicherung, andererseits seufzte sie insgeheim ein wenig erleichtert auf bei dem Gedanken, daß Mr. Touchett zu jenen Bewunderern gehörte, die ihr keinen Heiratsantrag machen konnten. Das allerdings sagte sie nicht, sondern sie informierte Ralph statt dessen, daß es noch andere Gründe gebe, weswegen sie nicht länger in London bleiben wolle. Sie habe nun genug davon und wünsche fortzugehen, und außerdem wolle auch Henrietta die Stadt verlassen, um sich in Bedfordshire einzuquartieren.

»In Bedfordshire?«

»Bei Lady Pensil, der Schwester von Mr. Bantling, der sich für eine entsprechende Einladung verbürgt hat.«

Trotz seiner gedrückten Stimmung brach Ralph in ein Gelächter aus, wurde dann aber gleich wieder ernst. »Bantling hat wirklich Courage. Was aber, wenn die Einladung unterwegs verloren geht?«

»Ich dachte immer, die Britische Post sei unfehlbar?«

»Irren ist menschlich«, sagte Ralph. »Aber«, fuhr er heiterer fort, »der gute Bantling tut es nie, und gleichgültig, was passiert: Er wird sich um Henrietta kümmern.«

Ralph ging, um seinen Termin bei Sir Matthew Hope wahrzunehmen, und Isabel traf Anstalten, ihre Zimmer in Pratt's Hotel zu räumen. Der bedenkliche Zustand ihres Onkels ging ihr doch recht nahe, und während sie vor ihrem offenen Koffer stand und sich unschlüssig umsah, was sie alles hineinpacken sollte, stiegen ihr plötzlich die Tränen in die Augen. Vielleicht war das der Grund dafür, warum sie noch nicht fertig war, als Ralph um zwei wieder zurückkam, um sie mit zum Bahnhof zu nehmen. Statt dessen traf er Miß Stackpole im Salon an, die sich gerade von ihrem Lunch erhob und ihm sogleich ihr Bedauern über seines Vaters Krankheit ausdrückte.

»Er ist ein großartiger alter Herr«, sagte sie, »aufrecht, loyal und standhaft bis zum Ende. Falls es denn wirklich das Ende sein sollte – – – Pardon, wenn ich das so andeute, aber Sie müssen doch selbst oft schon an die Möglichkeit gedacht haben – – – Es tut mir leid, daß ich nicht in Gardencourt sein kann.«

»Sie werden sich in Bedfordshire viel besser amüsieren.«

»Ich werde es bedauern, mich zu einem solchen Zeitpunkt zu amüsieren«, sagte Henrietta mit geziemendem Anstand. Aber gleich fügte sie hinzu: »Wie gern würde ich das Finale miterleben.«

»Vielleicht lebt mein Vater ja noch lange«, sagte Ralph schlicht. Danach, um sich erfreulicheren Themen zuzuwenden, fragte er Miß Stackpole über ihre eigenen Zukunftspläne aus.

Jetzt, da Ralph Sorgen hatte, schlug sie ihm gegenüber einen versöhnlicheren Ton an und erklärte, sie stehe tief in seiner Schuld, weil er sie mit Mr. Bantling bekannt gemacht habe. »Er hat mir genau das erzählt, was ich wissen wollte«, sagte sie, »diese ganzen Gesellschaftsdinge und alles über die königliche Familie. Ich bin zwar nicht der Meinung, daß das, was er mir über die Royals erzählt hat, ihnen sehr zur Ehre gereicht; aber er sagt, das liege nur an meiner ungewöhnlichen Perspektive. Wie auch immer, alles was ich will, ist, daß er mir die Fakten liefert. Wenn ich die erst mal habe, kann ich mir problemlos selbst einen Reim darauf machen.« Und sie ergänzte, daß Mr. Bantling die Freundlichkeit hatte zu versprechen, sie heute nachmittag auszuführen.

»Wohin auszuführen?« wagte Ralph zu fragen.

»Zum Buckingham Palace. Er will mich dort herumführen, damit ich eine Vorstellung davon kriege, wie sie so leben.«

»Aha«, sagte Ralph, »dann lassen wir Sie ja in guten Händen zurück. Als nächstes werden wir hören, daß man Sie nach Schloß Windsor eingeladen hat.«

»Wenn man mich darum bittet, gehe ich selbstverständlich hin. Sobald ich einmal in Fahrt bin, fürchte ich mich vor gar nichts. Aber dessenungeachtet«, ergänzte Henrietta sogleich, »bin ich nicht richtig zufrieden. Ich mache mir Sorgen wegen Isabel.«

»Was hat sie denn schon wieder angestellt?«

»Na schön, ich habe es Ihnen früher schon erzählt, und es wird wohl niemandem schaden, wenn ich Ihnen jetzt das Neueste erzähle. Wenn ich etwas anfange, führe ich's auch zu Ende. Gestern abend war Mr. Goodwood hier.«

Ralph riß beide Augen auf; er errötete sogar ein wenig, und dieses Erröten war ein Zeichen für eine recht starke Gefühlsaufwallung. Er mußte daran denken, wie Isabel, als sie sich im Winchester Square von ihm trennte, seine Vermutung zurückgewiesen hatte, daß sie es deswegen tue, weil sie noch einen Besucher in Pratt's Hotel erwarte, und so versetzte ihm das schon wieder einen Stich, daß er sie des Doppelspiels verdächtigen mußte. Andererseits sagte er dann rasch zu sich selbst, was es denn wohl ihn angehe, ob sie sich zu einem Stelldichein mit einem Liebhaber verabredete oder nicht. War es nicht zu allen Zeiten als geziemend und taktvoll angesehen worden, daß junge Damen aus solchen Rendezvous ein Geheimnis machten? Ralph gab Miß Stackpole eine diplomatische Antwort. »Eigentlich hätte ich gedacht, daß Ihnen das, nach allem, was Sie mir neulich darlegten, gut ins Konzept paßt.«

»Daß er herkommt und sie besucht? Das war soweit bestens in Ordnung. Ich hatte nämlich ein kleines Komplott geschmiedet. Ich ließ ihn wissen, daß wir in London sind, und sobald alles so arrangiert war, daß ich einen Abend lang nicht da wäre, schickte ich ihm eine Nachricht – das Stichwort, das wir halt dem Eingeweihten geben. Ich hoffte, er würde sie allein antreffen. Ich will gar nicht erst so tun, als hätte ich nicht darauf spekuliert, daß Sie aus dem Weg seien. Also hat er sie aufgesucht, doch genausogut hätte er zu Hause bleiben können.«

»Isabel war herzlos?« fragte Ralph, und seine Miene hellte sich vor Erleichterung darüber auf, daß seine Cousine doch kein doppeltes Spiel getrieben hatte.

»Ich weiß nicht genau, was zwischen den beiden vorfiel. Aber sie gab ihm wenig Anlaß zur Freude. Sie schickte ihn nach Amerika zurück.«

»Der arme Mr. Goodwood!« seufzte Ralph.

»Ihr einziger Gedanke scheint zu sein, wie sie ihn loswerden kann«, setzte Henrietta hinzu.

»Der arme Mr. Goodwood!« wiederholte Ralph. Allerdings muß eingestanden werden, daß es sich bei diesem Ausruf um einen automatischen Reflex handelte, der aber auch in gar keiner Weise Ralphs Gedanken wiedergab, die sich ganz woandershin bewegten.

»Das klingt aber nicht so, als meinten Sie es auch. Ich glaube nicht, daß Sie Mitleid mit ihm haben.«

»Ach was«, sagte Ralph, »erinnern Sie sich doch bitte, daß ich diesen interessanten jungen Mann überhaupt nicht kenne und ihm nie begegnet bin.«

»Aber ich werde ihm begegnen, und ich werde ihm sagen, er soll nur nicht aufgeben. Wenn ich nicht daran glauben würde, daß Isabel es sich eines Tages doch noch anders überlegt«, fügte Miß Stackpole hinzu, »tja, dann würde ich selbst aufgeben. Ich meine, dann würde ich *sie* aufgeben!«

18. KAPITEL

Ralph hatte den Eindruck gewonnen, daß Isabels Abschied von ihrer Freundin unter den gegebenen Umständen von einigen Verlegenheiten und Peinlichkeiten begleitet sein könnte, weshalb er seiner Cousine zum Hoteleingang vorausging, wohin ihm Isabel, mit kurzer Verzögerung, folgte. In ihrem Blick vermeinte er noch Nachwirkungen eines zurückgewiesenen Vorwurfs zu erkennen. Die beiden brachten die Reise nach Gardencourt in nahezu ungebrochenem Schweigen hinter sich, und der Bedienstete, der sie an der Bahnstation abholte, konnte ihnen von keiner Besserung in Mr. Touchetts Befinden berichten, woraufhin sich Ralph erneut dazu beglückwünschte, daß er Sir Matthew Hope das Versprechen abgenommen hatte, mit dem Fünf-Uhr-Zug herzukommen und die Nacht über dazubleiben. Mrs. Touchett, erfuhr Ralph bei der Ankunft zu Hause, war nicht von der Seite des alten Herrn gewichen und hielt sich auch im Augenblick bei ihm auf, was Ralph auf den Gedanken brachte, daß seine Mutter letztlich immer nur auf eine passende Gelegenheit gewartet haben mußte. Der wahre Charakter eines Menschen zeigt sich eben in der Stunde der Prüfung. Isabel begab sich in ihr Zimmer und bemerkte dabei überall im Haus jene gedämpfte Atmosphäre, die einer Krise vorangeht. Nach Ablauf einer Stunde kam sie wieder herunter und suchte ihre Tante, bei der sie sich nach dem Zustand des Onkels erkundigen wollte. Sie ging in die Bibliothek, doch dort war Mrs. Touchett nicht, und weil das ohnehin feuchte und kühle Wetter sich jetzt endgültig verschlechtert hatte, erschien es ihr auch nicht ratsam, den gewohnten Spaziergang durch den Park zu machen. Isabel war gerade im Begriff zu läuten, um bei der Tante anfragen zu lassen, als diese Absicht unversehens von überraschenden Klängen verdrängt wurde, und zwar den Klängen von leiser Musik, die offenbar aus dem Salon an ihr Ohr drangen. Sie wußte, daß ihre Tante das Klavier nie anrührte, weshalb es sich bei dem Pianisten vermutlich um Ralph handelte, der zu seinem eigenen Vergnügen spielte. Die Tatsache, daß er sich just zu diesem Zeitpunkt einer solchen Muße hingab, wies anscheinend darauf hin, daß sich seine Befürchtungen hinsichtlich seines Vaters zerstreut hatten, weshalb sich das Mädchen mit nahezu wiederhergestellter alter Fröhlichkeit auf den Weg zum Ausgangspunkt dieser Harmonien machte. Beim Salon von Gardencourt handelte es sich um einen Raum von beträchtlichen Ausmaßen, und da sich das Klavier an dem Ende befand, das der Tür, durch die sie eintrat, am weitesten entgegengesetzt war, wurde ihr Hereinkommen von der Person am Instrument nicht bemerkt. Diese Person war weder Ralph noch seine Mutter; es war eine Dame, die ihr fremd war, wie Isabel sogleich feststellte, obwohl sie mit dem Rücken zur Tür vor dem Klavier saß. Diesen Rücken – einen fülligen und wohl gekleideten – betrachtete Isabel einige Augenblicke lang voller Überraschung. Bei der Dame handelte es sich um eine Besucherin, die während Isabels Abwesenheit eingetroffen und von keiner der beiden Bediensteten erwähnt worden war, mit denen sie seit ihrer Rückkehr gesprochen hatte, darunter auch die Zofe ihrer Tante. Allerdings hatte sie bereits erfahren dürfen, von welchem Reichtum an Reserviertheit die Pflicht zur Entgegennahme von Befehlen begleitet sein konnte, und insbesondere war ihr nicht entgangen, wie kühl und kurzangebunden sie von der Zofe ihrer Tante behandelt wurde, der sie vielleicht ein wenig zu argwöhnisch begegnet war und sich somit ihrem Zugriff entzogen hatte, wodurch sie dieser um so pfauenhafter und eingebildeter erschien. Die Ankunft eines Gastes war an sich alles andere als unwillkommen. Isabel hatte sich noch nicht des Glaubens der Jugend beraubt, wonach jede neue

Bekanntschaft ihr eigenes Leben unmittelbar und folgenschwer beeinflussen konnte. Und während sie noch diese Überlegungen anstellte, wurde ihr bewußt, daß die Dame am Klavier auffallend gut spielte. Sie spielte irgend etwas von Schubert, wobei Isabel nicht genau wußte, was, aber erkannte, daß es Schubert war und die Virtuosin einen ganz individuellen, zarten Anschlag hatte, der von Fingerfertigkeit und Gefühl zeugte. Isabel ließ sich geräuschlos auf dem nächsten Stuhl nieder und wartete das Ende des Stückes ab. Als es ausgeklungen war, verspürte sie das starke Bedürfnis, der Pianistin zu danken, und stand deswegen auf, während sich die Fremde gleichzeitig umdrehte, als sei sie Isabels Anwesenheit gerade erst gewahr geworden.

»Das war ein schönes Stück, und durch Ihren Vortrag ist es noch schöner geworden«, sagte Isabel mit dem jugendlichen Strahlen, mit dem sie stets aufrichtige Begeisterung zum Ausdruck brachte.

»Dann glauben Sie also nicht, daß ich Mr. Touchett gestört habe?« antwortete die Musikantin so liebenswürdig, wie es dieses Kompliment verdiente. »Das Haus ist so groß und sein Zimmer so weit weg, da dachte ich, ich könnte es wagen, zumal ich nur mit ... nur mit – *du bout des doigts* spiele, mit den Fingerspitzen, sozusagen.«

»Sie ist Französin«, dachte Isabel. »Sie sagt das ganz genauso wie eine Französin.« Und diese Annahme machte die Besucherin für unsere forschende und prüfende Heldin um so interessanter. »Ich hoffe, meinem Onkel geht es gut«, fügte Isabel hinzu. »Wenn er eine so schöne Musik hören könnte, müßte es ihm eigentlich gleich viel besser gehen.«

Die Dame lächelte und erlaubte sich eine Einschränkung. »Ich fürchte, daß es im Leben Augenblicke gibt, wo uns sogar Schubert nichts mehr sagen kann. Und das sind dann die allerschlimmsten, wie wir uns eingestehen müssen.«

»In einer solchen Verfassung befinde ich mich gegenwärtig nicht«, sagte Isabel. »So würde ich mich ganz im Gegenteil freuen, wenn Sie noch etwas spielen würden.«

»Wenn ich Ihnen damit eine Freude mache – gern.« Und diese entgegenkommende Person nahm wieder ihren Platz ein und schlug einige Akkorde an, während sich Isabel näher zum Instrument setzte. Plötzlich brach der neue Gast mitten im Spiel ab und ließ die Hände auf den Tasten ruhen, drehte sich halb um und warf einen Blick über die Schulter. Die Frau war vierzig Jahre alt und nicht hübsch, aber von charmanter Ausstrahlung. »Verzeihen Sie«, sagte sie, »aber sind Sie nicht diese Nichte – die junge Amerikanerin?«

»Ich bin die Nichte meiner Tante«, antwortete Isabel schlicht. Die Dame am Klavier blieb noch einen Moment länger reglos sitzen und sah interessiert über die Schulter zu Isabel hin. »Das ist ja wunderbar; dann sind wir Landsleute.« Woraufhin sie weiterspielte.

»Aha, also doch keine Französin«, murmelte Isabel, und da die gegenteilige Annahme sie romantisch gestimmt hatte, wäre zu vermuten gewesen, daß die Enthüllung der Wahrheit ihre Stimmung gedrückt hätte. Aber das war nicht der Fall, denn Amerikanerin zu sein, war unter diesen interessanten Umständen eine noch größere Rarität, als Französin zu sein.

Die Dame spielte in der gleichen Weise wie zuvor, sensibel und feierlich, und während ihres Spiels wurden die Schatten im Raum immer dunkler. Herbstliches Zwielicht fiel herein, und von ihrem Platz aus konnte Isabel sehen, wie der Regen nun richtig loszuprasseln begann, den kalt aussehenden Rasen durchweichte, und der Wind die großen Bäume durchschüttelte. Als die Musik schließlich verklungen war, stand die Dame auf, kam mit einem Lächeln näher, und noch ehe Isabel sich erneut bedanken konnte, sagte sie: »Ich freue mich sehr, daß Sie zurückgekommen sind. Ich habe schon viel von Ihnen gehört.«

Isabel hielt sie für eine ungewöhnlich attraktive Person, reagierte aber dennoch mit einer gewissen Schroffheit auf diese Rede. »Von wem haben Sie von mir gehört?«

Die Fremde zögerte kurz und sagte dann: »Von Ihrem Onkel. Ich bin seit drei Tagen hier, und am ersten Tag hat er mich zu sich gerufen und mir erlaubt, ihn in seinen Räumen zu besuchen. Da hat er dann ununterbrochen von Ihnen geredet.«

»Das muß Sie ja ziemlich gelangweilt haben, da Sie mich nicht kannten.«

»Es hat in mir den Wunsch geweckt, Sie kennenzulernen. Um so mehr, seit Ihre Tante dauernd bei Mr. Touchett ist und ich deshalb die ganze Zeit allein gewesen und meiner eigenen Gesellschaft reichlich überdrüssig geworden bin. Ich habe mir für meinen Besuch wahrhaftig keinen günstigen Zeitpunkt ausgesucht.«

Ein Diener war mit Lampen hereingekommen, gefolgt von einem zweiten, der das Teetablett trug. Man hatte offenbar Mrs.

Touchett davon unterrichtet, daß der Imbiß aufgetragen wurde, denn sie erschien und bediente sich gleich aus der Teekanne. Die Art und Weise, wie sie ihre Nichte begrüßte, unterschied sich nicht wesentlich von der, mit der sie den Deckel jenes Behältnisses hochhob, um einen Blick auf dessen Inhalt zu werfen; sie hielt es nicht für angebracht, von beidem viel Aufhebens zu machen. Nach ihrem Mann befragt, sah sie sich außerstande zu sagen, daß es ihm besser gehe, doch der örtliche Arzt sei bei ihm, und man verspreche sich einigen Aufschluß von den Konsultationen zwischen diesem Gentleman und Sir Matthew Hope.

»Die Damen haben sich vermutlich schon bekanntgemacht«, fuhr sie fort. »Falls nicht, wäre es jetzt wohl angebracht, denn solange wir, das heißt Ralph und ich, weiter an Mr. Touchetts Bett hocken, werdet ihr außer euch nicht allzuviel Gesellschaft haben.«

»Von Ihnen weiß ich nur, daß Sie eine großartige Musikerin sind«, sagte Isabel zu ihrer Besucherin.

»Da gibt's schon noch ein bißchen mehr als das«, sagte Mrs. Touchett mit der ihr eigenen Trockenheit.

»Ein bißchen davon wird genügen, Miß Archer zufriedenzustellen!« rief die Dame mit leichtem Lachen aus. »Ich bin eine alte Freundin Ihrer Tante. Ich habe lange in Florenz gelebt. Ich bin Madame Merle.« Diese letzte Erklärung gab sie ab, als beziehe sie sich auf eine Person von hinreichend bekannter Identität. Isabel aber sagte der Name wenig; sie hatte nur weiterhin den Eindruck, daß Madame Merle einen Charme austrahlte, wie sie das noch nie erlebt hatte.

»Trotz ihres Namens ist sie keine Ausländerin«, sagte Mrs. Touchett. »Sie wurde geboren in – ich vergesse doch andauernd, wo du geboren wurdest!«

»Dann lohnt es sich auch nicht, daß ich es dir sage.«

»Im Gegenteil«, gab Mrs. Touchett zurück, die keinem logischen Disput aus dem Weg ging. »Wenn ich es nicht vergessen hätte, wäre es ja vollkommen überflüssig, daß du es mir sagst.«

Madame Merle warf Isabel einen flüchtigen Blick zu, den sie mit einem weltläufigen Lächeln begleitete, das sich über alle Grenzen hinwegsetzte. »Ich bin unter dem Sternenbanner geboren.«

»Sie ist eine passionierte Geheimniskrämerin«, sagte Mrs. Touchett, »und das ist ihr großer Fehler.«

»Ach wo«, rief Madame Merle aus, »ich habe zwar große Fehler, aber ich glaube nicht, daß das einer davon ist. Jedenfalls ist das nicht mein größter. Ich kam in der Marinewerft von Brooklyn auf die Welt. Mein Vater war ein ranghoher Offizier in der US-Marine und hatte damals dort einen Posten inne – an leitender Stelle. Demzufolge sollte ich vermutlich das Meer lieben, aber ich hasse es. Deswegen gehe ich auch nicht nach Amerika zurück. Ich liebe das Festland. Die Hauptsache ist ja, daß man überhaupt etwas liebt.«

Isabel, als unbeteiligte Beobachterin, war keineswegs beeindruckt von der nachdrücklichen Charakterisierung, die Mrs. Touchett ihrem Gast Madame Merle hatte angedeihen lassen, welche ein ausdrucksvolles, mitteilsames, einfühlsames Gesicht besaß, das ganz und gar nicht von der Art war, daß es, nach Isabels Ansicht, eine geheimniskrämerische Neigung offenbart hätte. Es war ein Gesicht, das viel Charakter verriet und von raschen und ungehemmten Gemütsbewegungen erzählte, und obwohl es nicht von regelmäßiger Schönheit war, war es doch ganz außerordentlich einnehmend und fesselnd. Madame Merle war eine hochgewachsene, anmutige, geschmeidige Frau von hellem Teint; alles an ihr war rund und reichlich vorhanden, jedoch ohne jene Anhäufungen, die Massigkeit signalisiert hätten. Ihre Gesichtszüge waren ausgeprägt, doch perfekt proportioniert und paßten harmonisch zueinander, und ihre Haut hatte eine gesunde Reinheit und Frische. Ihre grauen Augen waren klein, aber voller Licht und unfähig eines unintelligenten Ausdrucks – unfähig freilich auch, wie manche meinten, zu weinen. Ihr Mund war großzügig bemessen mit vollen Lippen, die sich beim Lächeln schief nach links oben verzogen, was die meisten Menschen für sehr seltsam, andere für sehr affektiert und einige wenige für anmutig hielten. Isabel tendierte dazu, sich eher in die letzte Kategorie einzureihen. Madame Merle hatte dichtes, blondes Haar, irgendwie ›klassisch‹ arrangiert, als sei sie eine Büste, eine Juno oder Niobe vielleicht nach Isabels Urteil, und sie hatte große, weiße Hände von so vollkommener Form, daß ihre Besitzerin es vorzog, sie ungeschmückt zu lassen und nicht mit Diamantringen zu zieren. Wie wir sahen, hatte Isabel sie zunächst für eine Französin gehalten. Nach ausgedehnterer Beobachtung hätte man sie allerdings auch als Deutsche einstufen können – als eine Deutsche von hoher Abkunft, vielleicht als Österreicherin, als Baroneß, Gräfin oder Prinzessin. Kein Mensch hätte je vermutet, daß sie in Brooklyn auf die Welt gekommen war, obgleich man andererseits auch nicht hätte behaupten können, daß das distinguierte Auftreten, das bei ihr ein so hervorstechendes Merkmal war, sich nicht mit einem solchen Geburtsort vereinen ließe. Zwar hatte das Sternenbanner direkt über ihrer Wiege geweht, und die sich im Wind blähende Freiheit der *Stars and Stripes* kann sich sehr wohl in der Einstellung zum Leben niedergeschlagen haben, die sie von dort aus entwickelt hatte. Und doch hatte sie augenscheinlich gar nichts an sich von einem unruhig flatternden und knallenden Stück Flaggentuch. Ihr Habitus strahlte Gelassenheit und Selbstvertrauen aus, wie sie das Resultat vielfältiger Erfahrungen sind. Diese Erfahrungen hatten jedoch ihre Jugendfrische nicht ausgelöscht; sie hatten sie ganz einfach verständnisvoll und anpassungsfähig werden lassen. Sie war, kurzum, eine Frau der starken, aber bewundernswürdig disziplinierten Impulse, was sich Isabel als eine ideale Kombination darbot.

Das Mädchen stellte diese Betrachtungen an, während die Damen sich ihrem Imbiß widmeten. Allerdings wurde die Zeremonie schon bald durch das Eintreffen des berühmten Arztes aus London unterbrochen, der unverzüglich in den Salon geleitet wurde. Mrs. Touchett nahm ihn zu einem Gespräch unter vier Augen mit in die Bibliothek; daraufhin trennten sich Madame Merle und Isabel bis zum Abendessen. Die Aussicht, diese interessante Frau näher kennenzulernen, trug viel dazu bei, Isabels Empfindung der Betrübnis zu mildern, die sich allmählich über Gardencourt senkte.

Als sie vor dem Dinner den Salon betrat, fand sie ihn menschenleer vor, aber schon im nächsten Augenblick trat Ralph ein. Seine Unruhe wegen seines Vaters war besänftigt worden; Sir Matthew Hopes Sicht des Zustandes von Mr. Touchett war weniger deprimierend, als es seine eigene gewesen war. Der Arzt hielt es für ratsam, daß während der nächsten drei oder vier Stunden lediglich die Pflegerin bei dem alten Herrn bleiben sollte, so daß sich Ralph, seine Mutter und der berühmte Doktor selbst zu Tisch begeben konnten. Zuerst traten Mrs. Touchett und Sir Matthew ein; Madame Merle kam als letzte.

Ehe sie kam, sprach Isabel mit Ralph über sie, der vor dem Kamin stand. »Bitte, wer ist diese Madame Merle?«

»Die cleverste Frau, die ich kenne, dich selbst nicht ausgenommen«, sagte Ralph.

»Ich finde sie sehr sympathisch.«

»Das war mir von Anfang an klar, daß du sie sehr sympathisch finden würdest.«

»Hast du sie deswegen eingeladen?«

»Ich habe sie nicht eingeladen, und als wir aus London zurückkamen, wußte ich gar nicht, daß sie da ist. Niemand hat sie eingeladen. Sie ist eine Freundin meiner Mutter, und gleich nachdem du und ich in die Stadt gefahren waren, kriegte meine Mutter eine Nachricht von ihr. Sie war gerade in England angekommen (normalerweise lebt sie im Ausland, obwohl sie hier insgesamt auch schon ganz schön lange gelebt hat) und bat um die Erlaubnis, für ein paar Tage herkommen zu dürfen. Sie gehört zu den Frauen, die ein solches Ansinnen mit der größten Selbstverständlichkeit stellen können, denn überall, wo sie hingeht, ist sie ja so willkommen. Und bei meiner Mutter gibt es da überhaupt kein Zögern; Madame Merle ist der einzige Mensch auf der Welt, den sie außerordentlich bewundert. Wenn meine Mutter nicht sie selbst wäre, was ihr allerdings letztlich doch das liebste ist, dann wäre sie gern Madame Merle. Das wäre dann allerdings mal ganz was Neues.«

»Jedenfalls ist sie ganz reizend«, sagte Isabel. »Und sie spielt so wunderschön Klavier.«

»Sie macht alles wunderschön. Sie ist vollkommen.«

Isabel sah ihren Cousin kurz an. »Du magst sie nicht.«

»Im Gegenteil. Ich war früher einmal in sie verliebt.«

»Aber sie hat sich nichts aus dir gemacht, und deswegen magst du sie nicht.«

»Wie hätten wir damals über dergleichen reden können? Monsieur Merle war noch am Leben.«

»Ist er jetzt tot?«

»Das behauptet sie.«

»Und du glaubst ihr nicht?«

»Doch, denn diese Behauptung deckt sich mit der Wahrscheinlichkeit. Madame Merles Ehemann mußte wohl früher oder später entschwinden.«

Isabel starrte ihren Cousin erneut an. »Ich weiß nicht, was du meinst. Du willst etwas ausdrücken, was du nicht sagen willst. Wer war Monsieur Merle?«

»Der Gemahl von Madame.«

»Du bist ekelhaft! Hat sie Kinder?«

»Nicht ein einziges – zum Glück.«

»Zum Glück?«

»Zum Glück für das Kind, meine ich. Sie hätte es mit Sicherheit völlig verzogen.«

Isabel stand augenscheinlich gerade kurz davor, ihrem Cousin zum dritten Mal zu bescheinigen, daß er ein Ekel sei, aber die Unterhaltung wurde durch den Eintritt jener Dame unterbrochen, die den Stoff zu ihrem Gespräch abgegeben hatte. Sie rauschte eilends herein, entschuldigte sich für die Verspätung, schloß den Verschluß eines Armbandes und hatte ein dunkelblaues Satinkleid an, das einen weißen Busen enthüllte, der nur unzulänglich von einer seltsamen silbernen Halskette bedeckt wurde. Ralph bot ihr den Arm mit der übertriebenen Zuvorkommenheit eines Mannes an, der als Liebhaber ausgedient hatte.

Doch selbst wenn dies noch sein Status gewesen wäre, hätte er jetzt andere Sorgen gehabt. Der berühmte Arzt blieb die Nacht über in Gardencourt, kehrte zwar, nach erneuter Konsultation mit Mr. Touchetts Hausarzt, am nächsten Tag nach London zurück, stimmte aber Ralphs Wunsch zu, den Patienten am darauffolgenden Tag noch einmal zu untersuchen. Am darauffolgenden Tag erschien Sir Matthew Hope also wieder in Gardencourt und zeigte sich nunmehr über das Befinden des alten Herrn, das sich in den vergangenen vierundzwanzig Stunden verschlimmert hatte, weitaus weniger zuversichtlich. Mr. Touchett war extrem schwach geworden, und seinem Sohn, der ihm nicht von der Seite wich, schien es oft, als sei das Ende nun tatsächlich nahe. Der örtliche Arzt, ein sehr kluger und scharfsinniger Mann, dem Ralph insgeheim mehr vertraute als dessen erlauchtem Kollegen, hielt sich fortwährend zur Verfügung, und Sir Matthew Hope selbst kam noch mehrmals herbei. Die meiste Zeit über war Mr. Touchett nicht bei Bewußtsein. Er schlief viel und sprach selten ein Wort. Isabel verspürte das tiefe Bedürfnis, sich nützlich zu erweisen, und so gestattete man ihr, bei ihm in jenen Stunden zu wachen, in welchen die anderen ihn pflegenden Personen (bei denen Mrs. Touchett keinesfalls an letzter Stelle zu nennen war) sich eine Ruhepause gönnten. Er schien sie nie zu erkennen, und ihr kam andauernd der Gedanke: Hoffentlich stirbt er nicht, während ich hier bei ihm sitze – eine Vorstellung, die sie beunruhigte und wach hielt. Einmal machte er eine Zeitlang die Augen auf und sah Isabel fest und wissend an. Doch als sie zu ihm hinging, schloß er sie wieder und fiel in seinen Dämmerzustand zurück. Anderntags kehrten sein Bewußtsein und seine Lebenskraft für eine längere Zeitspanne zurück, doch war diesmal Ralph bei ihm. Der alte

Mann begann zu sprechen, sehr zur Zufriedenheit seines Sohnes, der versicherte, man werde es ihm bald wieder ermöglichen, sich aufrecht hinzusetzen.

»Nein, mein Junge«, sagte Touchett, »es sei denn, ihr begrabt mich in sitzender Haltung, wie es ein paar Völker in der Antike taten – war es wirklich in der Antike?«

»Ach, Daddy, wer wird denn jetzt von so etwas reden«, sagte Ralph leise. »Du wirst doch wohl nicht abstreiten, daß es dir besser geht?«

»Solange du es nicht behauptest, brauche ich es auch nicht abzustreiten«, gab der alte Mann zurück. »Warum sollten wir uns gerade jetzt noch etwas vormachen? Das haben wir doch früher auch nie getan. Irgendwann muß ich einmal sterben, und es ist besser, als Kranker zu sterben denn als Gesunder. Und ich bin sehr krank, kränker als je zuvor. Ich hoffe, du mußt mir jetzt nicht beweisen, daß es immer noch schlimmer kommen kann, oder? Das wäre denn doch zuviel des Guten. Oder etwa nicht? Na also.«

Nachdem er dieses unschlagbare Argument angebracht hatte, verfiel er in Schweigen. Aber als Ralph beim nächsten Mal an seinem Bett saß, begann er wieder eine Unterhaltung. Die Krankenschwester war etwas essen gegangen, und Ralph wachte allein bei ihm, nachdem er soeben Mrs. Touchett abgelöst hatte, die seit dem Dinner bei ihrem Mann gewesen war. Das Zimmer wurde einzig von dem flackernden Feuer erleuchtet, dessen Wärme man seit ein paar Tagen benötigte und das Ralphs großen Schatten an Wand und Decke warf, wobei dieser sich ständig veränderte, aber immer grotesk blieb.

»Wer ist da bei mir – ist es mein Sohn?« fragte der Alte.

»Ja, es ist dein Sohn, Daddy.«

»Und sonst ist niemand da?«

»Niemand.«

Mr. Touchett sagte eine Weile nichts und fuhr dann fort: »Ich will mich ein bißchen unterhalten.«

»Macht dich das nicht zu müde?« meldete Ralph seine Bedenken an.

»Das spielt keine Rolle. Ich kann mich danach ja ewig lang ausruhen. Ich möchte über *dich* sprechen.«

Ralph war näher an das Bett herangerückt. Er hatte sich vorgebeugt und seine Hand auf die des Vaters gelegt. »Du solltest dir lieber ein erfreulicheres Thema aussuchen.«

»Du warst mir immer eine Freude. Ich bin stets stolz auf dich und deine heitere Aufgewecktheit gewesen. Ich wünschte mir so sehr, du würdest irgend etwas damit anfangen.«

»Wenn du uns verläßt«, sagte Ralph, »fange ich erst mal an, dich zu vermissen.«

»Und genau das will ich nicht. Darüber will ich ja mit dir reden. Du brauchst einfach neue Interessen.«

»Ich will keine neuen Interessen, Daddy. Ich habe so viele alte, daß ich gar nicht weiß, was ich mit denen treiben soll.«

Der alte Mann lag da und betrachtete seinen Sohn. Seine Miene war die eines Sterbenden, aber die Augen waren die von Daniel Touchett. Er schien über Ralphs Interessen nachzugrübeln. »Dann ist da natürlich noch deine Mutter«, sagte er schließlich. »Du mußt auf sie aufpassen.«

»Meine Mutter wird immer selbst auf sich aufpassen«, gab Ralph zurück.

»Gut«, meinte sein Vater, »aber wenn sie älter wird, braucht sie vielleicht ein bißchen Hilfe.«

»Das werde ich nicht erleben. Sie wird mich überdauern.«

»Sehr wahrscheinlich, aber das ist kein Grund, um – !« Mr. Touchett ließ den begonnenen Satz in einem hilflosen, aber nicht sonderlich mißmutigen Seufzer ausklingen und verfiel dann wieder in Schweigen.

»Zerbrich dir unsertwegen nicht den Kopf«, sagte sein Sohn. »Meine Mutter und ich kommen nämlich sehr gut miteinander aus.«

»Indem jeder nur für sich lebt; das ist nicht normal.«

»Wenn du uns verläßt, werden wir uns wahrscheinlich häufiger sehen.«

»Na«, bemerkte der alte Mann gedankenverloren und eher nebenbei, »daß mein Tod das Leben deiner Mutter sonderlich verändern wird, kann man wohl wirklich nicht behaupten.«

»Da wird sich wahrscheinlich mehr verändern, als du glaubst.«

»Schön, sie wird mehr Geld haben«, sagte Mr. Touchett. »Ich habe ihr den Anteil vermacht, der einer guten Ehefrau gebührt, ganz so, als sei sie eine gute Ehefrau gewesen.«

»Sie war auch eine, Daddy, jedenfalls nach ihrem Verständnis. Sie hat dir nie Kummer bereitet.«

»Ach, manchmal kann Kummer auch was Angenehmes sein«, murmelte Mr. Touchett. »Zum Beispiel Kummer von der Art, den du mir bereitet hast. Immerhin ist deine Mutter mir weniger – weniger – wie sage ich nur? – weniger aus dem Weg gegangen, seit ich krank bin. Sie weiß doch vermutlich, daß ich das mitbekommen habe.«

»Ich werde es ihr auf jeden Fall sagen. Ich bin so froh, daß du das erwähnst.«

»Das wird ihr egal sein. Sie tut's auch nicht mir zu Gefallen. Sie tut's, weil sie – weil sie – « Und er lag still da und versuchte zu ergründen, warum sie es tat. »Sie tut es, weil es ihr eben gerade paßt. Aber das ist es nicht, worüber ich sprechen wollte«, ergänzte er. »Sondern über dich. Du wirst ein reicher Mann werden.«

»Ja«, sagte Ralph, »das weiß ich. Aber du hast doch hoffentlich nicht unser Gespräch von vor einem Jahr vergessen, als ich dir genau sagte, wieviel Geld ich brauche, und dich bat, den Rest anderweitig sinnvoll zu verwenden.«

»Ja, ja, ich entsinne mich. Ich habe damals ein neues Testament gemacht – innerhalb von ein paar Tagen. So was ist wahrscheinlich zum ersten Mal passiert, daß ein junger Mann versuchte, ein Testament zu seinen Ungunsten abändern zu lassen.«

»Nicht zu meinen Ungunsten«, sagte Ralph. »Zu meinen Ungunsten wäre es, wenn ich ein großes Vermögen verwalten müßte. Für jemanden mit meinem Gesundheitszustand ist es unmöglich, einen Haufen Geld auszugeben, und wenn ich *genug* habe, dann reicht mir das, denn allzuviel ist ungesund.«

»Du wirst genug haben, und noch ein bißchen darüber. Du wirst mehr haben, als einer allein braucht. Du wirst genug für zwei haben.«

»Das ist schon wieder zuviel«, sagte Ralph.

»Ach, sag doch so was nicht. Das beste wäre, wenn du heiraten würdest, sobald ich nicht mehr bin.«

Ralph hatte vorhergesehen, worauf sein Vater hinaus wollte, und die Idee war keineswegs neu. Sie war lange Zeit Mr. Touchetts einfallsreichste Art gewesen, der seinem Sohn noch verbleibenden Lebenserwartung eine fröhliche Seite abzugewinnen. Ralph hatte sich stets darüber mokiert, doch die gegenwärtigen Umstände verboten Witzeleien. Er lehnte sich einfach in seinem Stuhl zurück und erwiderte den flehentlichen Blick seines Vaters.

»Wenn ich es geschafft habe, mit einer Frau, die sich nie viel aus mir gemacht hat, ein recht glückliches Leben zu führen«, sagte der alte Mann mit noch gesteigerter Findigkeit, »was könntest du dann erst für ein Leben führen, wenn du jemanden heiraten würdest, der nicht wie Mrs. Touchett ist. Schließlich gibt es mehr, die nicht so sind wie sie, als solche, die genauso sind wie sie.« Ralph sagte noch immer nichts, und nach einer Pause hob sein Vater vorsichtig an: »Was hältst du denn von deiner Cousine?«

Ralph fuhr zusammen und begegnete der Frage mit einem angestrengten Lächeln. »Verstehe ich dich richtig, daß du mir vorschlägst, Isabel zu heiraten?«

»Tja – also, darauf läuft's wohl letztlich hinaus. Magst du Isabel nicht?«

»Doch, sehr.« Und Ralph erhob sich von seinem Stuhl und begab sich hinüber zum Kaminfeuer. Er blieb kurz stehen, bückte sich dann und stocherte geistesabwesend darin herum. »Ich mag Isabel sogar sehr«, wiederholte er.

»Na also«, sagte sein Vater. »Ich weiß, daß sie dich auch mag. Sie hat es mir gesagt, wie gern sie dich hat.«

»Hat sie etwas davon gesagt, daß sie mich heiraten will?«

»Nein, aber sie kann unmöglich etwas gegen dich haben. Und sie ist die reizendste junge Dame, die mir je begegnet ist. Und sie wäre gut zu dir. Ich habe viel darüber nachgegrübelt.«

»Ich auch«, sagte Ralph und kam wieder ans Bett. »Das will ich dir gar nicht verhehlen.«

»Dann bist du also doch in sie verliebt? Das habe ich mir ja gleich gedacht. Es sieht fast so aus, als sei sie mit einer bestimmten Absicht nach Europa gekommen.«

»Nein, ich bin nicht in sie verliebt. Aber ich wäre es – wenn gewisse Dinge anders wären, als sie sind.«

»Ach, die Dinge sind immer anders, als sie sein sollten«, sagte der alte Herr. »Wenn man bloß darauf wartet, daß sie sich verändern, kommt man nie zu was. Ich weiß nicht, ob du es weißt«, fuhr er fort, »aber ich denke, es richtet keinen Schaden an, wenn man es in einer Stunde wie dieser erwähnt. Da gab es neulich einen, der Isabel heiraten wollte, aber sie hat ihn nicht haben wollen.«

»Ich weiß, daß sie Warburton abgewiesen hat. Er hat es mir selbst erzählt.«

»Na, das beweist doch wohl, daß jemand anderer eine Chance hat.«

»Diese Chance hat kürzlich jemand anderer in London ergriffen – und sich einen Korb geholt.«

»Warst du dieser Jemand?« fragte Mr. Touchett wißbegierig.

»Nein, ein alter Freund von ihr; ein armer Mensch, der eigens von Amerika herübergekommen war, um Klarheit zu erhalten.«

»Nun, da tut er mir leid, wer immer er auch war. Aber das beweist nur erneut, was ich sage: daß der Weg für dich frei ist.«

»Falls er das ist, geliebter Vater, dann ist es nur ein um so größerer Jammer, daß ich ihn unmöglich gehen kann. Ich habe nicht viele Grundsätze, aber ich habe drei oder vier, an die ich mich strikt halte. Einer davon ist, daß es im allgemeinen besser ist, wenn man seine Cousinen nicht heiratet. Ein zweiter ist der, daß Leute in einem fortgeschrittenen Stadium von Lungenschwindsucht besser gar nicht heiraten sollten.«

Der alte Mann hob seine matte Hand und fuhr damit vor seinem Gesicht hin und her. »Was meinst du denn damit? Du hast ja eine Sicht der Dinge, bei der alles verkehrt herum erscheint. Was soll denn ›Cousine‹ bei einer Cousine heißen, die du mehr als zwanzig Jahre ihres Lebens nicht gesehen hast? Wir sind alle Cousins und Cousinen von jemandem, und wenn wir das ernst nehmen wollten, würde die menschliche Rasse völlig aussterben. Mit deiner kaputten Lunge ist es nicht anders. Dir geht es jetzt bedeutend besser als früher. Alles, was du tun müßtest, wäre, ein normales Leben zu führen. Es ist bei weitem normaler und naturgemäßer, eine hübsche, junge Dame zu heiraten, in die du sowieso verliebt bist, als auf Grund falscher Prinzipien allein zu bleiben.«

»Ich bin nicht in Isabel verliebt«, sagte Ralph.

»Aber gerade eben hast du gesagt, du wärst es, wenn du es nicht für falsch hieltest. Und ich möchte dir beweisen, daß es nicht falsch ist.«

»Das macht dich doch alles nur müde, Daddy«, sagte Ralph, der die Zähigkeit seines Vaters bewunderte und die Ausdauer, mit der dieser insistierte. »Wo kämen wir denn da hin?«

»Wo kämst du hin, wenn ich nicht für dich sorgen würde? Du willst nichts mit der Bank zu tun haben und du willst nicht, daß ich mich um dich kümmere. Du sagst, du hättest so viele Interessen, aber ich kann sie einfach nicht entdecken.«

Ralph lehnte sich mit verschränkten Armen in seinem Stuhl zurück; sein Blick blieb eine Weile starr und nachdenklich. Schließlich sagte er mit der Miene eines Mannes, der seinen ganzen Mut zusammennimmt: »Ich nehme großen Anteil an meiner Cousine, aber nicht die Art von Anteil, die du gerne sehen würdest. Ich werde nicht mehr viele Jahre leben, aber ich hoffe doch lange genug, um mitzuerleben, was sie mit sich anfängt. Sie ist in jeder Hinsicht von mir unabhängig; auf ihr Leben habe ich so gut wie keinen Einfluß. Aber ich würde ganz gern was für sie tun.«

»Was würdest du ganz gern für sie tun?«

»Ich würde ihr ganz gern ein wenig Wind in ihre Segel pusten.«

»Was soll denn das nun heißen?«

»Ich würde ihr ganz gern die Möglichkeiten bereitstellen, ein paar von den Dingen tun zu können, die sie tun möchte. Zum Beispiel sich die Welt anschauen. Ich würde ihr gern Geld ins Portemonnaie stecken.«

»Oh, es freut mich, daß du daran gedacht hast«, sagte der alte Mann. »Aber ich habe gleichfalls daran gedacht. Ich habe ihr etwas vererbt – fünftausend Pfund.«

»Nicht schlecht – und sehr liebenswürdig von dir. Aber ich würde gern noch ein bißchen mehr tun.«

Etwas von der unauffälligen Konzentriertheit, mit der sich Daniel Touchett jahrein, jahraus Vorschläge in Geldangelegenheiten angehört hatte, schien seinen Gesichtszügen anzuhaften, die noch ganz den Geschäftsmann widerspiegelten, den auch der Kranke nicht hatte verdrängen können. »Ich würde es mir sehr gerne durch den Kopf gehen lassen«, sagte er ruhig und leise.

»Also: Isabel ist arm. Von meiner Mutter weiß ich, daß sie nur ein paar hundert Dollar im Jahr hat. Ich würde sie gern reich machen.«

»Was meinst du mit ›reich‹?«

»Für mich sind Leute dann reich, wenn sie sich die Bedürfnisse ihrer Phantasie erfüllen können. Isabel hat eine sehr rege Phantasie.«

»Du auch, mein Sohn«, sagte Mr. Touchett, der sehr aufmerksam, doch ein wenig verwirrt lauschte.

»Nach deinen Aussagen werde ich Geld für zwei haben. Ich wünsche mir nun, daß du mich freundlicherweise von meinem Überfluß erlöst und ihn Isabel vermachst. Teile mein Erbe in zwei gleiche Hälften und gib ihr die zweite.«

»So daß sie damit machen kann, was sie will?«

»Alles, was sie will.«

»Und ohne Gegenleistung?«

»Was könnte das für eine Gegenleistung sein?«

»Die, die ich schon erwähnte.«

»Daß sie – irgend jemanden heiratet? Genau das zu verhindern, darauf läuft ja mein Vorschlag hinaus. Wenn sie ein sorgenfreies Einkommen hat, braucht sie nie zu heiraten, nur damit sie versorgt ist. Das möchte ich mit aller Umsicht hintertreiben. Sie will frei sein, und dein Legat wird sie frei machen.«

»Schön, du scheinst ja alles durchdacht zu haben«, sagte Mr. Touchett. »Ich verstehe bloß nicht, warum du dich an mich wendest. Du wirst das ganze Geld erben und kannst es ihr doch problemlos selbst schenken.«

Ralph riß unwillkürlich die Augen auf. »Aber mein lieber Vater, *ich* kann doch Isabel kein Geld anbieten!«

Der alte Herr ließ ein Aufstöhnen hören. »Erzähl du mir noch einmal, daß du nicht in sie verliebt bist! Du willst also, daß die Dankbarkeit auf mich zurückfällt?«

»Voll und ganz. Mir wäre es am liebsten, wenn es einfach eine entsprechende Klausel in deinem Testament gäbe, ohne daß ich im entferntesten erwähnt werde.«

»Dann soll ich also ein neues Testament machen?«

»Ein paar Worte genügen doch. Das könntest du machen, wenn du dich wieder ein wenig kräftiger fühlst.«

»Dann mußt du aber Mr. Hilary telegraphisch verständigen. Ohne meinen Notar mache ich nichts.«

»Morgen kannst du mit Mr. Hilary sprechen.«

»Er wird glauben, wir beide hätten uns zerstritten«, sagte der alte Herr.

»Höchstwahrscheinlich, und mir wäre es sogar recht, wenn er das dächte«, erklärte Ralph und lächelte. »Und um den Gedanken gleich weiterzuspinnen, kündige ich hiermit an, daß ich sehr barsch und ganz abscheulich und distanziert zu dir sein werde.«

Die Komik dieser Idee schien seinen Vater zu ergreifen, der eine Weile einfach dalag, um sie sich plastisch vorzustellen. »Ich werde alles tun, was du möchtest«, sagte Mr. Touchett schließlich, »aber ich bin mir nicht sicher, ob es richtig ist. Du sagst, du willst ihr Wind in ihre Segel pusten. Hast du keine Angst, du könntest ein bißchen zuviel pusten?«

»Ich würde sie gern vor dem Wind segeln sehen«, antwortete Ralph.

»Du redest, als sei das Ganze für dich ausschließlich eine Belustigung.«

»Das ist es auch, zum großen Teil.«

»Na – ich glaube, das ist mir zu hoch«, seufzte Mr. Touchett. »Die jungen Männer heutzutage sind anders als zu meiner Zeit. Wenn ich mir früher was aus einem Mädchen machte, dann wollte ich mehr, als ihr nur zugucken. Du hast Hemmungen, die ich nicht hatte, und du hast Vorstellungen, die ich ebenfalls nicht hatte. Du sagst, Isabel möchte frei sein, und wenn sie reich wäre, bräuchte sie nicht des Geldes wegen zu heiraten. Ist sie deiner Ansicht nach der Typ Mädchen, der so etwas tut?«

»Keineswegs. Aber sie hat jetzt noch weniger Geld als jemals zuvor. Früher hat sie von ihrem Vater alles gekriegt, weil der sein Vermögen ausgegeben hat. Jetzt sind für ihren Lebensunterhalt aber nur noch die Krumen von jener Festtafel übrig, und wie spärlich die sind, weiß sie noch nicht einmal; die Erkenntnis steht ihr noch bevor. Meine Mutter hat mich diesbezüglich umfassend informiert. Isabel wird ihre Lage erst erkennen, wenn sie sich wirklich allein in der Welt zurechtfinden muß, und für mich wäre der Gedanke schon sehr schmerzhaft, daß sie sich vieler Wünsche und Bedürfnisse bewußt wäre, ohne sie je erfüllen zu können.«

»Ich habe ihr fünftausend Pfund vermacht. Damit kann sie sich eine Menge Wünsche erfüllen.«

»Stimmt. Aber sie hätte das Geld wahrscheinlich in zwei oder drei Jahren ausgegeben.«

»Du hältst sie folglich für überspannt und verschwenderisch?«

»Aber sicher«, sagte Ralph und lächelte fröhlich.

Die intensive Aufmerksamkeit des armen Mr. Touchett machte immer mehr einer totalen Konfusion Platz. »Dann wäre es also nur eine Frage der Zeit, bis sie auch den größeren Betrag ausgegeben hätte.«

»Nein, obwohl ich schon glaube, daß sie zunächst einmal recht spendabel damit umgehen würde. Wahrscheinlich würde sie jeder ihrer Schwestern einen Teil davon abgeben. Aber danach würde sie zur Besinnung kommen und begreifen, daß sie ja noch das ganze Leben vor sich hat, und sich ihre Mittel entsprechend einteilen.«

»Na, du hast es ja wirklich bis ins Detail durchgedacht«, sagte der alte Mann hilflos. »Du machst dir wahrlich Gedanken ihretwegen.«

»Du kannst mir nicht vorwerfen, ich ginge zu weit, denn du wolltest ja, daß ich noch weitergehe.«

»Na – ich weiß nicht«, antwortete Mr. Touchett. »Ich kann deine Ideen nicht nachvollziehen. Mir kommen sie unmoralisch vor.«

»Unmoralisch, lieber Vater?«

»Na – ich weiß nicht, ob es richtig ist, daß einem Menschen alles so leicht gemacht wird.«

»Das hängt von dem betreffenden Menschen ab. Ist es ein guter Mensch, dem man es leichter macht, kommt das doch alles der Tugend zugute. Die Umsetzung guter Regungen zu ermöglichen – gibt es eine noblere Handlungsweise?«

Es war nicht einfach, diesem Gedankengang zu folgen, und Mr. Touchett dachte eine Zeitlang nach. Zuletzt sagte er: »Isabel ist ein süßes, junges Ding, aber hältst du sie für so gut?«

»Sie ist so gut, wie sie es sich leisten kann«, antwortete Ralph.

»Tja«, erklärte Mr. Touchett, »dann sollte sie sich für sechzigtausend Pfund eine Menge leisten können.«

»Das wird sie auch zweifellos.«

»Natürlich werde ich tun, was du möchtest«, sagte der alte Mann. »Ich will es nur ein bißchen verstehen können.«

»Also, geliebter Vater, verstehst du es jetzt besser?« fragte sein Sohn liebevoll. »Falls nicht, beenden wir einfach das Thema und belassen alles, wie es ist.«

Lange Zeit lag Mr. Touchett still da. Ralph vermutete, er habe es aufgegeben, den Gedankengang zu begreifen. Aber schließlich begann er, vollkommen klar, wieder von neuem. »Jetzt sag mir mal das eine: Ist dir nicht die Idee gekommen, daß eine junge Dame mit sechzigtausend Pfund leicht irgendwelchen Mitgiftjägern in die Finger fallen kann?«

»Sie wird schwerlich mehr als einem in die Finger fallen.«

»Richtig, aber einer ist schon einer zuviel.«

»Auf jeden Fall. Das ist in der Tat ein Risiko, und ich habe es einkalkuliert. Ich halte es für abschätzbar und bin der Meinung, es ist gering. Ich wäre bereit, es einzugehen.«

Des armen Mr. Touchett Aufmerksamkeit hatte sich in Ratlosigkeit verwandelt, und die Ratlosigkeit verwandelte sich nun endgültig in Bewunderung. »Also – du hast dich wirklich *gründlich* damit befaßt!« wiederholte er. »Ich sehe nur nicht, was für dich dabei herausspringt.«

Ralph beugte sich über die Kissen seines Vaters und strich sie glatt. Er war sich bewußt, daß sich ihre Unterhaltung ungebührlich in die Länge gezogen hatte. »Für mich springt genau das heraus, von dem ich vor ein paar Minuten sagte, daß ich es in Isabels Reichweite rücken möchte: die Wünsche und Bedürfnisse meiner Phantasie zu erfüllen. Aber die Art und Weise, wie ich dich dazu benutzt habe, ist schlicht skandalös!«

19. KAPITEL

Wie Mrs. Touchett prophezeit hatte, waren Isabel und Madame Merle gezwungen, wegen der Krankheit ihres Gastgebers viel Zeit miteinander zu verbringen, so daß sie, wären sie dabei einander nicht nähergekommen, schon beinahe gegen die guten Umgangsformen verstoßen hätten. Zwar waren ihre Umgangsformen die allerbesten, aber zusätzlich begab es sich, daß sie aneinander Gefallen fanden. Es wäre vielleicht übertrieben zu sagen, sie hätten sich ewige Freundschaft geschworen, aber insgeheim riefen sie dafür die Zukunft als Zeugen an. Isabel tat dies mit dem reinsten Gewissen, obschon sie gezögert hätte zu bestätigen, daß es sich um eine innige Freundschaft nach den hohen Maßstäben handelte, die sie für sich persönlich bei diesem Begriff anlegte. Sie hatte sich in der Tat schon oft gefragt, ob sie jemals mit einem Menschen innig vertraut gewesen sei oder dies sein könne. Genau wie von manch anderen Gefühlen, hatte sie eine Idealvorstellung von Freundschaft, die sich ihrer Ansicht nach im vorliegenden Fall nicht zur Gänze zu verwirklichen schien – was sie auch in anderen Fällen früher nicht getan hatte. So erinnerte sie sich oftmals selbst daran, daß es gewichtige Gründe gab, warum die Ideale eines Menschen nie konkrete Gestalt annehmen konnten. Ein Ideal war eine Sache des Glaubens, nicht des Sehens – eine Sache der Hoffnung, nicht der Erfahrung. Indessen vermag die Erfahrung uns sehr achtbare Imitationen zu liefern, und es liegt an unserer Klugheit, aus ihnen das Beste zu machen. Insgesamt gesehen, hatte Isabel mit Sicherheit noch nie eine sympathischere und interessantere Person als Madame Merle kennengelernt. Sie hatte noch nie einen Menschen getroffen, der weniger mit dem Fehler behaftet war, welcher das Haupthindernis für jede Freundschaft ist, nämlich jenes Gebaren, das nur die leidigen, abgeschmackten und bis zum Überdruß bekannten Bestandteile unseres eigenen Charakters reproduziert. Die Tore des Vertrauens standen bei dem Mädchen weiter offen als jemals zuvor; sie sagte dieser liebenswürdigen Zuhörerin Dinge, die sie in ihrem Leben noch keinem anderen Menschen gesagt hatte. Zuweilen erschrak sie über ihre eigene Offenheit, wobei es ihr vorkam, als habe sie einer eigentlich Fremden den Schlüssel zu ihrer Diamantenschatulle gegeben. Diese geistig-seelischen Diamanten waren die einzigen von Wert, die Isabel besaß, und um so mehr Grund bestand, sie sorgfältig zu hüten. Hinterher sagte sie sich jedoch immer, daß man einen Irrtum aus Edelmut nie zu bereuen brauche, und sollte es sich herausstellen, daß Madame Merle nicht die Vorzüge besaß, die Isabel ihr zuordnete – um so schlimmer für Madame Merle. Zweifellos hatte sie große Vorzüge: Sie war charmant, einfühlsam, intelligent, kultiviert. Darüber hinaus (denn Isabel hatte das Glück gehabt, auf ihrem bisherigen Lebensweg schon einigen Personen ihres eigenen Geschlechts begegnet zu sein, von denen mit Fug und Recht zumindest das gleiche gesagt werden konnte) war Madame Merle einzigartig, überragend und ohnegleichen. Es gibt viele liebenswerte Menschen auf der Welt, aber Madame Merle war alles andere als auf gewöhnliche Weise gefällig oder unablässig geistreich und witzig. Sie konnte denken – eine Begabung, die man bei Frauen selten findet; und sie hatte das schon mit großem Erfolg getan. Natürlich verstand sie sich auch auf Gefühle; wäre sich Isabel dessen nicht sicher gewesen, hätte sie nicht eine Woche mit ihr zusammensein können. Dies war Madame Merles eigentliches großes Talent, ihre vollkommenste Gabe. Das Leben hatte bei ihr Spuren hinterlassen; es hatte ihr sichtlich mitgespielt, und ein Teil der Befriedigung, die Madame Merles geneigte Gesellschaft vermittelte, lag darin begründet, daß, wenn das Mädchen etwas ansprach, was es gerne »eine ernsthafte Angelegenheit« nannte, es von jener Dame so spontan und problemlos verstanden wurde. Emotionen hatten bei ihr freilich eher den Stellenwert von etwas Vergangenem. Sie machte kein Geheimnis aus der Tatsache, daß der Bronn der Leidenschaft, aus dem sie vor Jahren in einem bestimmten Abschnitt ihres Lebens sehr heftig geschöpft hatte, nunmehr eher trocken lag. Sie hatte sich vielmehr vorgenommen – und hoffte auch, daß es so weit kam –, ganz damit aufzuhören, Empfindungen zu haben. Freimütig gestand sie ein, es früher ein wenig arg bunt getrieben zu haben, und jetzt gab sie vor, vollständig vernünftig zu sein.

»Ich erlaube mir heute öfter ein kritisches Urteil als früher«, verriet sie Isabel, »aber ich glaube auch, daß man sich in meinem Alter ein Recht darauf erworben hat. Vor vierzig kann man noch nichts beurteilen; da sind wir noch zu hitzig, zu hart, zu grausam und obendrein viel zu unwissend. Ich bedauere Sie; Sie werden noch lange brauchen, bis sie vierzig sind. Aber jeder Gewinn ist irgendwie auch ein Verlust. Oft kommt es mir so vor, daß man nach vierzig gar nicht richtig fühlen *kann*. Dieses Lebhafte, dieses Spontane ist jedenfalls fort. Sie werden es länger bewahren als die meisten. Es wird mir eine große Befriedigung sein, Sie in ein paar Jahren wiederzusehen. Ich bin gespannt, was das Leben aus Ihnen macht. Eines steht fest: Sie werden sich nicht unterkriegen lassen. Es wird Sie vielleicht fürchterlich herumschubsen, aber ich bin mir absolut sicher, daß es Sie nicht zerbrechen wird.«

Isabel nahm diese Beteuerung wie ein junger Soldat entgegen, der, noch immer atemlos von einem leichten Scharmützel, in dem er sich ehrenvoll schlug, von seinem Oberst nun mit einem Schulterklopfen belohnt wird. Genau wie eine solche Anerkennung durch die Autorität des Vorgesetzten schien auch Madame Merles Zusicherung aus berufenem Munde zu kommen. Wie hätte auch die leiseste Bemerkung seitens eines Menschen, der bei fast allem, was Isabel ihm erzählte, sofort sagte: »Oh, das habe ich auch schon hinter mir, meine Liebe. Das vergeht wieder, wie alles andere auch«, nicht ein derartiges Gewicht haben können? Bei vielen ihrer Gesprächspartner hätte Madame Merle damit vielleicht Irritationen hervorgerufen, denn es war aufreizend schwierig, sie mit etwas Neuem zu überraschen. Doch Isabel, die sonst keineswegs einen Mangel an Geltungsbedürfnis verspürte, hatte im Moment keinerlei Ambitionen in dieser Richtung. Sie war zu aufrichtig, zu aufgeschlossen für ihre kritische Gefährtin. Außerdem machte Madame Merle solche Bemerkungen nie triumphierend oder prahlerisch. Sie ließ sie nebenbei fallen wie eine kalte Konfession.

Ein Schlechtwettergebiet hatte sich über Gardencourt festgesetzt. Die Tage wurden kürzer, und die Zeit der netten Teegesellschaften auf dem Rasen war vorbei. Aber unsere junge Freundin führte drinnen im Haus lange Gespräche mit dem zweiten Gast, und trotz des Regens begaben sich die beiden Damen oft kurz entschlossen auf einen Spaziergang, ausgerüstet mit all jenen Schutzvorrichtungen, die englisches Klima und englischer Erfindungsreichtum gemeinsam zu solcher Vollkommenheit entwickelt haben. Madame Merle fand beinahe an allem Gefallen, den englischen Regen eingeschlossen. »Es regnet immer nur leicht und nie zuviel auf einmal«, sagte sie, »und nie wird man patschnaß, und immer riecht er gut.« Sie erläuterte, daß England für den Geruchssinn besonders erfreulich sei, daß es auf diesem einmaligen Eiland eine ganz bestimmte Mischung aus Nebel und Bier und Ruß gebe, die, so merkwürdig das klinge, das nationale Aroma bilde und der Nase aufs angenehmste schmeichle, und dabei lüftete sie den Ärmel ihres britischen Überziehers, barg die Nase darin und inhalierte den reinen, feinen Duft der Wolle. Der arme Ralph Touchett wurde, sobald der Herbst endgültig Einzug gehalten hatte, fast zum Gefangenen. Bei schlechtem Wetter war es ihm unmöglich, einen Schritt vors Haus zu tun, und so stand er hin und wieder an einem der Fenster, die Hände in den Taschen, und beobachtete halb wehmütig, halb argwöhnisch Isabel und Madame Merle, die unter einem Paar von Regenschirmen die Allee entlangspazierten. Die Wege um Gardencourt waren so solide angelegt, daß beide Damen, auch bei schlimmstem Wetter, immer mit einer gesunden Wangenfarbe zurückkamen, die Sohlen ihrer sauberen, festen Stiefel inspizierten und verkündeten, der Spaziergang habe ihnen unbeschreiblich gut getan. Vor dem Lunch hatte Madame Merle stets zu tun. Isabel bewunderte und beneidete sie um die strikte Einteilung ihrer Vormittage. Unsere Heldin hatte zeit ihres kurzen Lebens als vielseitig begabtes Wesen gegolten und war auch durchaus selbst stolz darauf, eines zu sein. Aber diese Ansammlung von Talenten, Kenntnissen und intellektuellen Fähigkeiten bei Madame Merle umkreise sie, als schreite sie die Außenmauer eines privaten Gartens ab, ohne hineingelangen zu können. Sie stellte bei sich den Wunsch fest, diese Eigenschaften für sich selbst zum Vorbild zu nehmen und quasi zu kopieren, denn jene Dame präsentierte sich in zwanzigerlei Hinsicht als Ideal. »*So* möchte ich auch schrecklich gern sein!« seufzte Isabel mehr als einmal im geheimen, wenn die brillanten Facetten der Persönlichkeit ihrer Freundin eine nach der anderen aufblitzten, und schon nach kurzer Zeit begriff sie, daß sie bei einer kundigen Meisterin in die Lehre ging. In der Tat brauchte es nicht lange, bis sie das Gefühl hatte, ›unter Einfluß zu stehen‹, wie man so sagt. »Was soll daran schlimm sein«, überlegte sie, »solange es ein guter Einfluß ist? Je mehr man unter einem guten Einfluß steht, desto besser. Es geht doch darum, daß man sieht, welche Schritte man tut, und daß man versteht, wohin man geht. Das wird bei mir mit Sicherheit immer der Fall sein. Ich brauche keine Angst davor zu haben, zu beeinflußbar zu werden. Ist es nicht im Gegenteil mein Fehler, eben nicht beeinflußbar zu sein?« Es heißt, Nachahmung sei die freimütigste Form von Schmeichelei, und wenn sich Isabel manches Mal gedrängt fühlte, ihre Freundin offenen Mundes und mit brennendem Ehrgeiz oder voller Verzweiflung anzustaunen, dann nicht deshalb, weil sie das Bedürfnis gehabt hätte, selbst zu glänzen, sondern weil sie Madame Merle die Lampe so hoch halten wollte, daß diese im rechten, vollen Licht erschien. Sie mochte sie außerordentlich, war aber von ihrem Glanz eher geblendet als angezogen. Manchmal überlegte sie, was wohl Henrietta Stackpole dazu sagen würde, daß Isabel so fasziniert war von diesem anomalen Produkt ihres gemeinsamen Mutterbodens, und sie gelangte zu der Überzeugung, es würde streng mißbilligt werden. Henrietta würde an Madame Merle kein gutes Haar lassen, eine Erkenntnis, die das Mädchen überfiel, ohne daß es dafür einen Grund hätte nennen können. Andererseits war Isabel sich gleichermaßen sicher, daß – sollte sich die Gelegenheit dazu ergeben – ihre neue Freundin ein positives Bild von ihrer alten zeichnen würde. Madame Merle war viel zu humorvoll und eine viel zu gute Beobachterin, um Henrietta nicht Gerechtigkeit widerfahren zu lassen, und durch die Bekanntschaft mit ihr würde Miß Stackpole wahrscheinlich ein Maß an Taktgefühl kennenlernen, dem auch nur annähernd nachzueifern sie keine Chance hätte. Madame Merle schien, unter dem Schatz ihrer Erfahrungen, einen Prüfstein für alles zu besitzen, und irgendwo in den ausgedehnten Regionen ihres phänomenalen Gedächtnisses würde sie auch den Schlüssel zu Henriettas wertvollen Eigenschaften finden. »Das ist das Allergrößte«, stellte Isabel feierlich fest, »das ist das höchste Glück: in einer besseren Position zu sein, um andere Menschen verstehen und einschätzen zu können, als es diese selbst sind, wenn sie dich einordnen wollen.« Und ergänzend setzte sie hinzu, daß dies, wenn man es recht überlegte, schlicht und ergreifend die Quintessenz der aristokratischen Position war. In diesem Licht betrachtet, allerdings nur in diesem, war eine aristokratische Position erstrebenswert.

Ich kann hier nicht alle Glieder jener Kette aufzählen, die Isabel dazu brachten, Madame Merles Haltung für aristokratisch zu halten, eine Auffassung, welche die betreffende Dame selbst niemals auch nur andeutungsweise provozierte. Sie hatte Großes erfahren und große Persönlichkeiten getroffen, aber sie hatte nie selbst eine große Rolle gespielt. Sie gehörte zu den Kleinen dieser Erde; zu großen Ehren war sie nicht berufen. Sie kannte die Welt zu gut, um einfältige Illusionen bezüglich ihres eigenen Stellenwertes darin zu nähren. Sie hatte viele der wenigen vom Glück Begünstigten kennengelernt und war sich ganz genau jener Punkte bewußt, in denen sich deren Geschicke von dem ihren unterschieden. War sie auch nach ihren eigenen, wohlbegründeten Maßstäben nicht für die Besetzung einer Paraderolle auf der Bühne des Lebens bestimmt, so besaß sie doch in Isabels Vorstellung so etwas wie Größe und Bedeutung. So kultiviert und zivilisiert, so klug und unbekümmert zu sein, ohne je Aufhebens davon zu machen – das war es, was eine große Dame wirklich auszeichnete, vor allem, wenn sie sich so gab und so auftrat wie Madame Merle. Es war, als habe sie irgendwie die Allgemeinheit dazu gebracht, ihr zuzuarbeiten, mit all den Künsten und Umgangsformen, wie sie von der Gesellschaft praktiziert wurden – oder war es vielleicht eher so, daß die Gesellschaft charmante Nutzanwendungen für die subtilen Dienste fand, die Madame Merle, sogar aus der Ferne, einer lärmenden Welt erwies, wo immer sie sich gerade aufhalten mochte? Nach dem Frühstück schrieb sie eine Reihe von Briefen, da die, welche für sie eintrafen, zahllos zu sein schienen. Der Umfang ihrer Korrespondenz war für Isabel immer wieder eine Quelle der Überraschung, wenn sie gelegentlich zusammen zum Dorfpostamt gingen, um Madame Merles Opfergabe an die Britische Post darzubringen. Wie sie Isabel sagte, kannte sie mehr Menschen, als sie eigentlich verkraften konnte, und irgend etwas geschah immer, über das zu schreiben es sich lohnte. Die Malerei betrieb sie mit Hingabe, und eine Skizze pinselte sie genauso nebenbei, wie sie ihre Handschuhe auszog. In Gardencourt nutzte sie jede Stunde Sonnenschein, um mit einem Feldstuhl und einem Kasten voll Wasserfarben ins Freie zu ziehen. Daß sie eine glänzende Musikerin war, haben wir bereits miterlebt, was auch durch die Tatsache bestätigt wurde, daß ihre Zuhörer, sobald sie sich ans Piano setzte, wie sie es des Abends zu tun pflegte, ohne zu murren auf den Liebreiz einer Unterhaltung mit ihr verzichteten. Seit Isabel ihre Bekanntschaft gemacht hatte, schämte sie sich ihrer eigenen Fähigkeiten, die ihr nunmehr als jämmerlich minderwertig vorkamen, und obwohl sie daheim durchaus als eine Art Wunderkind gegolten hatte, wurde der Verlust für die Zuhörerschaft, sobald Isabel dieser den Rücken zukehrte und ihren Platz auf dem Klavierstuhl einnahm, gewöhnlich für größer erachtet als der Gewinn. Wenn Madame Merle weder schrieb noch malte, noch sich dem Piano widmete, war sie zumeist mit wundervollen Stickereien beschäftigt, mit Kissen, Vorhängen und Dekorationsstücken für den Kaminsims – eine Kunstfertigkeit, in der ihr kühner, grenzenloser Einfallsreichtum genauso gerühmt wurde wie ihre flinke Handhabung der Nadel. Müßiggang kannte sie nicht, denn wenn sie sich keiner der von mir erwähnten Beschäftigungen hingab, las sie entweder (Isabel hatte den Eindruck, daß sie ›alles Wichtige‹ las) oder ging spazieren, oder legte Patiencen, oder unterhielt sich mit ihren Mitbewohnern. Und in all diesen Tätigkeiten blieb sie stets umgänglich und gesellig, fiel nie durch taktlose Abwesenheit auf oder durch ungebührlich langes Verweilen. Sie konnte ihre Kurzweil ebenso leicht unterbrechen wie wiederaufnehmen; sie arbeitete und unterhielt sich gleichzeitig und schien ihrem gesamten Tun und Treiben nur geringen Wert beizumessen. Ihre Skizzen und Tapisserien verschenkte sie; vom Klavier stand sie auf oder spielte weiter, ganz nach dem Belieben ihres Publikums, dessen Wünsche sie intuitiv erriet. Sie war kurzum die angenehmste, gewinnbringendste und zugänglichste Person, die man sich als Gesellschafterin nur wünschen konnte. Wenn sie für Isabel überhaupt einen Fehler hatte, dann den, daß sie nicht natürlich war. Womit das Mädchen allerdings nicht meinte, daß sie affektiert oder prätentiös sei, denn von dergleichen vulgären Untugenden hätte keine Frau weiter entfernt sein können. Sie meinte damit, daß ihre wahre Natur zu sehr von Konventionen überlagert und ihre individuellen Ecken und Kanten zu sehr abgeschliffen waren. Sie war im Lauf der Zeit zu anpassungsfähig geworden, zu vielseitig einsetzbar, zu abgeklärt, zu vollkommen. Sie war, mit einem Wort, die perfekte Ausprägung jenes sozialen Wesens, das Mann und Frau nach landläufiger Meinung eigentlich sein sollten, und sie hatte sich aller Überbleibsel jenes erfrischenden Ungestüms entledigt, von dem wir annehmen dürfen, daß es zu den Zeiten, bevor das Leben nach Gutsherrenart allgemein in Mode kam, auch den liebenswürdigsten Menschen nicht unbekannt gewesen war. Isabel fand es schwierig, sich Madame Merle in irgendeiner Form privater Zurückgezogenheit vorzustellen; sie lebte ausschließlich in ihren direkten oder indirekten Beziehungen zu ihren Mitmenschen. Zwar mochte man über der Frage grübeln, welchen Austausch sie wohl mit ihrer eigenen Gedankenwelt pflegte. Man endete dann jedoch unweigerlich bei der Überlegung, daß eine reizende Oberfläche keineswegs zwingend auf einen oberflächlichen Charakter schließen läßt; mit einem solchen Trugschluß kann man schon als Heranwachsender nicht mehr allzuviel anfangen. Madame Merle war jedenfalls nicht oberflächlich – nie und nimmer. Sie war tiefgründig, doch ihr Wesen sprach nichtsdestoweniger aus ihrem Verhalten, denn es sprach eine konventionelle Sprache. »Was ist denn Sprache anderes als eine gesellschaftliche Konvention?« dachte Isabel. »Sie besitzt so viel guten Geschmack, daß sie es, im Gegensatz zu vielen anderen meiner Bekannten, nicht nötig hat, sich unbedingt originell ausdrücken zu müssen.«

»Ich fürchte, Sie haben in Ihrem Leben viel durchgemacht«, fand sie sich einmal bemüßigt einzuwerfen, als Reaktion auf eine Andeutung, die ihr bedeutungsschwer vorkam.

»Wie kommen Sie denn darauf?« fragte Madame Merle mit dem amüsierten Lächeln einer Teilnehmerin bei einem Ratespiel. »Ich mache doch hoffentlich nicht den Eindruck einer weinerlichen Unverstandenen?«

»Nein, aber manchmal sagen Sie Dinge, über die, nach meiner Ansicht, immerwährend glückliche Menschen einfach nichts wüßten.«

»Ich bin nicht immer glücklich gewesen«, sagte Madame Merle noch immer lächelnd, aber mit gespieltem Ernst, als vertraue sie einem Kind ein Geheimnis an. »Gott sei Dank!«

Doch Isabel durchschaute die Ironie. »Bei vielen Menschen habe ich den Eindruck, als hätten sie in ihrem bisherigen Leben noch nie etwas gefühlt.«

»Das ist nur allzu wahr. Es gibt weitaus mehr Blech- als Porzellankannen. Aber Sie können sich darauf verlassen, daß jede einzelne ihre Macken hat. Auch die massivsten Blechkannen haben irgendwo eine kleine Delle oder ein kleines Loch. Zwar schmeichle ich mir, relativ robust zu sein. Doch wenn Sie auf der Wahrheit bestehen: Ich bin an scheußlich vielen Stellen angeschlagen, und Sprünge habe ich auch abbekommen. Als Service für den Alltag bin ich schon noch ganz gut zu gebrauchen, weil ich geschickt wieder zusammengeflickt wurde und jetzt versuche, so oft wie möglich in meinem Schrank zu bleiben, dort, wo es still und finster ist und wo es nach muffigen Gewürzen riecht. Aber wenn ich raus und in grelles Licht muß – dann, meine Liebe, bin ich ein einziger Horror!«

Ich weiß nicht mehr, ob es bei dieser Gelegenheit oder einer anderen war, daß sie, als die Unterhaltung die soeben angedeutete Wendung genommen hatte, Isabel versprach, ihr eines Tages eine Geschichte zu erzählen. Isabel versicherte ihr, sie werde mit dem größten Vergnügen lauschen, und erinnerte sie mehr als einmal an diese Zusage. Madame Merle bat jedoch immer wieder um Aufschub und eröffnete schließlich ihrer jungen Begleiterin rundheraus, sie müsse sich noch gedulden, bis sie einander besser kennten. Dies werde mit Sicherheit rasch der Fall sein, da sich doch eine lange Freundschaft so deutlich vor ihnen abzeichne. Isabel stimmte dem zu, wollte aber gleichzeitig wissen, ob sie nicht vertrauenswürdig genug erscheine, ob man sie gar eines Vertrauensbruchs für fähig halte.

»Der Grund ist nicht der, daß ich Angst hätte, Sie könnten ausplaudern, was ich Ihnen sage«, entgegnete ihre Mitbewohnerin. »Ich fürchte eher im Gegenteil, Sie könnten es zu sehr für sich behalten und es sich zu Herzen nehmen. Sie würden mich einfach zu gnadenlos verurteilen. Sie sind jetzt in diesem mitleidslosen Alter.« Im Moment zog sie es vor, mit Isabel über Isabel zu sprechen, und zeigte das größte Interesse an der Biographie unserer Heldin, an ihren Gefühlen, Ansichten und Vorstellungen von der Zukunft. Sie brachte Isabel dahin, daß sie munter drauflosplauderte, und hörte selbst mit unendlicher Gutmütigkeit zu. Dies wiederum beflügelte und schmeichelte Isabel, die tief beeindruckt war von all den vornehmen Leuten, die ihre Freundin kennengelernt hatte, als sie einst, wie Mrs. Touchett erzählte, in Europas bester Gesellschaft verkehrte. Isabel tat sich nicht wenig darauf zugute, daß sie die Sympathien eines Menschen genoß, der ein so weites Feld an Vergleichsmöglichkeiten hatte, und wahrscheinlich geschah es teilweise aus dem Bedürfnis heraus, sich selbst im Vergleich immer wieder bestätigt zu sehen, daß sie so oft aus dieser Fülle an Erinnerungen unterhalten werden wollte. Madame Merle hatte an vielen Orten gelebt und unterhielt private Kontakte zu Menschen aus einem Dutzend verschiedener Länder. »Ich möchte nicht behaupten, ein gebildeter Mensch zu sein«, pflegte sie zu sagen, »aber ich glaube, mich in meinem Europa auszukennen.« An einem Tag sprach sie davon, nach Schweden zu gehen und dort bei einer alten Freundin zu wohnen; am nächsten wieder wollte sie nach

Malta und einer neuen Bekanntschaft nachreisen. England, wo sie häufig weilte, war ihr gründlich vertraut, und zu Isabels Nutzen war sie in der Lage, ganz vortrefflich die Sitten des Landes und seiner Menschen zu erklären, unter denen es sich »letztendlich«, wie sie gern sagte, am angenehmsten leben ließ.

»Du darfst dir nichts dabei denken, daß sie zu einem Zeitpunkt hier bei uns wohnt, wo Mr. Touchett im Sterben liegt«, bemerkte die Ehefrau des besagten Gentleman zu ihrer Nichte. »Sie ist außerstande, einen Fehler zu begehen. Sie ist die taktvollste Frau, die ich kenne. Sie bleibt nur mir zuliebe hier und verschiebt meinetwegen eine Menge Besuche in vornehmen Häusern«, sagte Mrs. Touchett, die nie vergaß, daß ihr eigenes Ansehen auf der gesellschaftlichen Skala um zwei bis drei Punkte sank, sobald sie sich in England aufhielt. »Sie kann es sich aussuchen, wohin sie gehen möchte, und ist nicht darauf angewiesen, daß man sie irgendwo unterschlüpfen läßt. Aber ich habe sie gebeten, ihre Zeit diesmal bei uns zu verbringen, weil ich wollte, daß ihr euch kennenlernt. Ich denke, daß das ganz gut für dich ist. Serena Merle hat nicht einen Fehler.«

»Wenn ich sie nicht schon sehr mögen würde, könnte mich diese Beschreibung jetzt stutzig werden lassen«, erwiderte Isabel.

»Sie benimmt sich niemals auch nur ein bißchen komisch oder daneben. Ich habe dich hierhergebracht und will nur dein Bestes. Deine Schwester Lily sagte mir, sie hoffe, daß ich dir alle Möglichkeiten eines Auslandsaufenthaltes biete. Eine solche biete ich dir, indem ich dich mit Madame Merle bekannt mache. Sie ist eine der brillantesten Frauen in Europa.«

»Sie selbst gefällt mir besser als deine Beschreibung von ihr«, beharrte Isabel.

»Schmeichelst du dir womöglich, du könntest jemals etwas finden, das es an ihr auszusetzen gäbe? Ich hoffe, du läßt es mich dann wissen, wenn es soweit ist.«

»Das wäre grausam – dir gegenüber«, sagte Isabel.

»Auf mich brauchst du keine Rücksicht zu nehmen. Du wirst keinen Fehler an ihr entdecken.«

»Vielleicht nicht. Aber ich wage zu behaupten, ich würde auch keinen übersehen.«

»Sie weiß einfach alles, was man auf der Welt wissen muß«, sagte Mrs. Touchett.

Isabel bemerkte nach diesem Gespräch gegenüber ihrer Freundin, daß diese doch wohl hoffentlich wisse, wie makellos vollkommen sie nach Mrs. Touchetts Meinung sei. Woraufhin Madame Merle »sehr freundlich von Ihnen« erwiderte und: »Aber ich fürchte, Ihre Tante meint damit, oder will es zumindest andeuten, daß sie keine Abweichungen feststellen kann, die das Zifferblatt der Uhr nicht anzeigen würde.«

»Womit Sie sagen wollen, es gebe bei Ihnen doch noch eine anarchische Seite, die sie nicht kennt?«

»Bewahre! Ich fürchte, daß meine dunkelsten Seiten meine zahmsten sind. Ich will damit sagen, daß keine Fehler zu haben für Ihre Tante bedeutet, daß man nie zu spät zum Dinner kommt, und zwar zu *ihrem* Dinner. Übrigens bin ich neulich nicht zu spät gekommen, als Sie gerade aus London zurückkehrten. Die Uhr zeigte Punkt acht, als ich den Salon betrat. Ihr anderen wart alle zu früh da. Und für Ihre Tante bedeutet das weiter, daß man einen Brief noch am selben Tag beantwortet und daß man, wenn man sie besuchen kommt, nicht mit zuviel Gepäck anrückt und aufpaßt, daß man nicht krank wird. Für Mrs. Touchett sind solche Dinge Tugenden. Es ist schon ein Segen, wenn jemand Tugendhaftigkeit so auf ihre Grundbestandteile reduzieren kann.«

Wie man bemerkt haben wird, war Madame Merles eigene Konversation durchaus mit Anflügen beherzter, freimütiger Kritik durchsetzt, die jedoch, auch wenn sie relativierend wirkten, Isabel nie als bösartig erschienen. Das Mädchen hätte gar nicht auf die Idee kommen können, daß Mrs. Touchetts makelloser und gebildeter Gast die Gastgeberin schmähte – und zwar aus sehr guten Gründen nicht: Erstens kannte Isabel die Schattenseiten ihrer Tante nur allzugut. Zweitens ließ Madame Merle immer durchblicken, daß es da eigentlich noch mehr dazu zu sagen gebe. Und drittens stellte es eindeutig ein liebenswürdiges Zeichen für entgegengebrachtes Vertrauen dar, wenn jemand so ganz ohne Umschweife mit einem über nahe Verwandte sprach. Diese Zeichen inniger Verbundenheit häuften sich im Verlauf der verstreichenden Tage, und am bewußtesten nahm Isabel jene wahr, wenn ihre Gesellschafterin mit Vorliebe Miß Archer selbst zum Gegenstand der Unterhaltung machte. Wenn sie auch häufig auf Ereignisse aus ihrem eigenen Leben zurückgriff, verweilte sie doch nie bei ihnen; sie war ebensowenig eine krasse Egoistin, wie sie eine platte Klatschbase war.

»Ich bin alt und verbraucht und verblichen«, sagte sie mehr als einmal. »Ich bin nicht interessanter als die Zeitung von letzter Woche. Sie sind jung und frisch und von heute; Sie besitzen diese großartige Qualität des Gegenwartsnahen, Zeitgemäßen, Modernen. Die hatte ich auch einmal; wir haben sie alle – eine Stunde lang. Sie aber werden sie länger besitzen. Also wollen wir von Ihnen sprechen. Sie können nichts sagen, was mich nicht interessieren würde. Es ist ein Zeichen dafür, daß ich alt werde, wenn ich mich gern mit jungen Leuten unterhalte. Ich finde, das ist ein sehr schöner Ausgleich. Wenn wir die Jugend schon nicht mehr *in* uns haben können, können wir sie wenigstens *um uns herum* haben, und ich bin davon überzeugt, daß wir sie auf diese Weise besser wahrnehmen und erleben. Natürlich müssen wir ihr wohlwollend gegenüberstehen, was ich immer tun werde. Ich wüßte nicht, warum ich alten Leuten gegenüber je unfreundlich sein sollte, und hoffe, daß ich es nie sein werde. Es gibt im Gegenteil einige, die ich bewundere. Der Jugend aber lasse ich alles durchgehen; dazu fühle ich zu sehr mit und bin viel zu fasziniert von ihr. Das heißt, Sie haben bei mir *carte blanche*. Sie können sogar unverschämt werden, wenn Sie wollen; ich werde es tolerieren und Sie ganz fürchterlich verhätscheln. Sie meinen, ich rede wie eine Hundertjährige? Das bin ich auch, bitte sehr: Ich wurde vor der Französischen Revolution geboren. Ja, ja, mein Kind, *je viens de loin.* Ich gehöre zur ganz alten Welt. Aber über die will ich nicht sprechen; ich will über die neue sprechen. Sie müssen mir mehr über Amerika erzählen; davon erzählen Sie mir nie genug. Seit man mich als hilfloses Kind herbrachte, lebe ich hier, und es ist lachhaft, ja geradezu skandalös, wie wenig ich über jenes grandiose, kolossale, komische Land weiß, das mit Sicherheit von allen Ländern der Erde das großartigste und drolligste ist. Von unserer Sorte gibt es hierzulande eine ganze Anzahl, und ich muß schon sagen, wir sind doch ein recht jämmerlicher Haufen. Man sollte in seinem Heimatland leben. Was immer das sein mag – so hat man dort doch seinen naturbestimmten Platz. Vielleicht sind wir keine guten Amerikaner, aber ganz sicher sind wir schlechte Europäer. Wir sind hier von Natur aus nicht vorgesehen. Wir sind nichts weiter als Parasiten, die auf der Oberfläche umherkriechen. Wir haben keine Wurzeln im Boden. Das sollte man zumindest wissen und sich keine Illusionen machen. Als Frau kommt man damit vielleicht zurecht; als Frau, denke ich, hat man sowieso nirgendwo einen natürlichen Platz. Wo immer sie sich wiederfindet, muß sie an der Oberfläche bleiben und mehr oder weniger kriechen. Sie protestieren, meine Liebe? Sie sind entsetzt? Sie behaupten, Sie würden nie kriechen? Es ist wahr, *Sie* sehe ich in der Tat nicht kriechen; Sie stehen aufrechter da als manch anderes arme Geschöpf. Wunderbar! Im großen und ganzen glaube ich nicht, daß Sie kriechen werden. Aber die Männer, die Amerikaner! *Je vous demande un peu*, was die bloß hier aus sich machen! Ich beneide sie nicht um ihre Versuche, sich zu arrangieren. Schauen Sie sich doch den armen Ralph Touchett an! Was soll man dazu sagen, was der hier für eine Figur abgibt? Gott sei Dank hat er die Schwindsucht. Ich sage Gott sei Dank, weil er dann wenigstens eine Beschäftigung hat. Seine Schwindsucht ist seine *carrière* und definiert bei ihm irgendwie Position und Identität. Man kann von ihm sagen: ›Ach, Mr. Touchett, der paßt auf seine Lungen auf, der weiß 'ne Menge über klimatische Verhältnisse.‹ Aber ohne das, wer wäre er denn schon? Was würde er darstellen? ›Mr. Ralph Touchett: ein Amerikaner, der in Europa lebt.‹ Eine solche Aussage besagt rein gar nichts; nichtssagender geht es überhaupt nicht mehr. ›Er ist sehr kultiviert‹, heißt es, ›er hat eine wunderschöne Sammlung alter Schnupftabaksdosen.‹ Die Sammlung ist das Tüpfelchen auf dem *i* der Wehleidigkeit. Ich kann das Wort nicht mehr hören! Ich finde es einfach grotesk. Bei dem armen alten Vater ist es etwas anderes. Der hat seine Identität, und sogar eine recht fundierte. Er repräsentiert eine große Bank, und das ist heutzutage schon was. Für einen Amerikaner ist das jedenfalls schon ganz gut. Aber ich bleibe bei meiner Meinung, daß Ihr Cousin mit seinem chronischen Leiden Glück hat, solange er nicht daran stirbt. Das ist was viel Besseres als seine Schnupfdosen. Wenn er nicht so krank wäre, würde er etwas arbeiten, meinen Sie? Er würde die Stelle seines Vaters einnehmen? Mein armes Kind, ich bezweifle es; ich glaube, er macht sich nicht das geringste aus der Bank oder dem Haus. Sie kennen ihn allerdings besser als ich, obgleich ich ihn früher einmal ganz gut kannte, und so heißt es: im Zweifel für den Angeklagten. Der Schlimmste von allen ist meiner Ansicht nach ein Freund von mir, ein Landsmann von uns, der in Italien lebt (wohin auch er als unwissender Mensch gebracht wurde) und der einer der reizendsten Männer ist, die ich kenne. Sie müssen ihn einmal kennenlernen. Ich werde Sie beide zusammenbringen, und dann werden Sie verstehen, was ich meine. Er heißt Gilbert Osmond und lebt in Italien; das ist alles, was sich von ihm sagen oder hermachen läßt. Er ist ein ausnehmend intelligenter Mensch, ein Mann, der sofort ins Auge fällt. Aber wie ich schon sagte: Wenn man ihn als Mr. Osmond beschreibt, der *tout bêtement* in Italien lebt, ist das bereits mehr als erschöpfend. Kein Beruf, kein Name, keine Position, kein Vermögen, keine Vergangenheit, kein Garnichts. O ja, er malt, bitte schön – mit Wasserfarben, so wie ich, nur besser als ich. Seine Bilder sind ziemlich schlimm, was mich aber eher freut. Zum Glück ist er recht träge, und zwar so sehr, daß er schon beinahe von Beruf Faulpelz ist. Er kann es sich erlauben zu sagen: ›Ach, ich tu gar nichts; ich bin faul wie die Sünde. Heutzutage kann man ja auch gar nichts tun, es sei denn, man steht um fünf in der Früh auf.‹ Auf diese Art wird er fast zur Ausnahmeerscheinung: Man bekommt den Eindruck, er könnte was tun, wenn er nur früh genug aufstehen würde. Er spricht nie über seine Malerei – in der Öffentlichkeit; dafür ist er zu clever. Aber er hat eine kleine Tochter, ein ganz liebes, kleines Mädchen. Von *ihr* spricht er unentwegt. Er vergöttert sie, und wenn es ein Beruf wäre, ein ausgezeichneter Vater zu sein, dann wäre er darin absolut hervorragend. Doch ich fürchte, das wäre auch nicht besser als die Schnupfdosen, wahrscheinlich nicht einmal so gut. Erzählen Sie mir, was man in Amerika so alles treibt«, fuhr Madame Merle fort, die, wie hier eingeschoben werden muß, all diese Reflexionen nicht auf einmal zum besten gab; sie wurden hier nur dem Leser zuliebe so konzentriert dargeboten. Sie sprach über Florenz, wo Mr. Osmond lebte und wo Mrs. Touchett einen mittelalterlichen Palast bewohnte. Sie sprach über Rom, wo sie selbst eine kleine *pied-à-terre* mit einigen recht guten, alten Damasten besaß. Sie sprach über Orte, über Menschen, sogar über ›Sujets‹, wie das heute heißt, und von Zeit zu Zeit sprach sie über ihren liebenswürdigen alten Gastgeber und die Aussichten seiner Wiedergenesung. Von Anfang an hatte sie diese Aussichten für gering gehalten, und Isabel war aufgefallen, wie selbstsicher, differenziert und kompetent sie die ihm noch verbleibende Lebenszeit beurteilte. Eines Abends verkündete sie definitiv, daß er nicht mehr lange leben werde.

»Sir Matthew Hope hat mir das so klar und deutlich gesagt, wie es die Situation erlaubte«, erklärte sie, »als er dort beim Kamin stand, vor dem Dinner. Er hat eine sehr sympathische Art, der große Doktor. Das soll jetzt nicht heißen, daß seine Auskunft etwas damit zu tun hätte. Aber er sagt so etwas mit viel Taktgefühl. Ich hatte ihm erzählt, daß ich mich unbehaglich fühle, daß ich mir als Besuch hier und jetzt reichlich deplaziert vorkomme – nicht, daß ich den Kranken nicht pflegen könnte. ›Sie müssen bleiben, Sie müssen bleiben‹, hatte er geantwortet, ›Ihre Aufgabe kommt später.‹ War das nicht eine sehr feinfühlige Art, um beides auszudrücken: daß der arme Mr. Touchett von uns gehen wird und ich mich dann als Trostspenderin nützlich machen kann? Diesbezüglich werde ich allerdings nicht von geringstem Nutzen sein. Ihre Tante wird sich selbst trösten; sie, und nur sie allein, weiß, wieviel Trost sie braucht. Für jeden anderen Menschen wäre es ein heikles Unterfangen, die Dosis bemessen zu wollen. Bei Ihrem Cousin ist das etwas anderes; er wird seinen Vater unendlich vermissen. Aber ich würde mich nie unterstehen, Mr. Ralph zu trösten; so vertraut sind wir nicht miteinander.« Madame Merle hatte schon mehr als einmal vage irgendeine Unstimmigkeit in ihrer Beziehung zu Ralph Touchett angedeutet, und so ergriff Isabel nun die Gelegenheit, sie zu fragen, ob sie denn nicht gute Freunde seien.

»Absolut, aber er mag mich nicht.«

»Was haben Sie ihm denn getan?«

»Überhaupt nichts. Aber man muß das ja auch nicht begründen können.«

»Daß man Sie nicht mag? Ich denke, dafür muß man schon einen sehr triftigen Grund haben.«

»Sie sind sehr liebenswürdig. Dann legen Sie sich nur einen zurecht für den Tag, an dem es bei Ihnen soweit ist.«

»Daß ich Sie nicht mehr mag? Der Fall tritt nie ein.«

»Ich hoffe es nicht, denn wenn Sie erst einmal angefangen haben, mich nicht mehr zu mögen, werden Sie nie mehr damit aufhören. Genauso ist's bei Ihrem Cousin. Er kommt nicht drüber hinweg. Es ist eine natürliche Antipathie seinerseits – so muß ich es wohl nennen. Ich habe nicht das geringste gegen ihn und trage es ihm auch nicht im mindesten nach, daß er mir gegenüber nicht fair ist. Ich will nichts weiter als Fairneß. Immerhin, man weiß, daß er ein Gentleman ist und nichts hinter dem Rücken eines anderen Menschen verbreiten würde. *Cartes sur table*«, fügte Madame Merle im nächsten Augenblick hinzu. »Ich fürchte mich nicht vor ihm.«

»Hoffentlich nicht«, bemerkte Isabel und sagte noch etwas in der Art, daß er das liebenswürdigste Wesen unter der Sonne sei. Sie erinnerte sich allerdings, daß er ihre erste Frage nach Madame Merle auf eine Weise beantwortet hatte, die für besagte Dame beleidigend hätte sein können, ohne daß seine Antwort inhaltlich aufschlußreich gewesen wäre. Zwischen den beiden war einmal etwas, dachte Isabel, aber mehr als das dachte sie nicht. Falls es von Bedeutung war, verdiente es Achtung; falls nicht, war es ihre Neugierde nicht wert. Bei all ihrer Wißbegierde hatte sie eine natürliche Hemmschwelle, Vorhänge wegzuziehen und in dunkle Ecken zu sehen. In ihrem Wesen existierten Wißbegierde und eine ausgeprägte Fähigkeit zur Ignoranz nebeneinander.

Aber Madame Merle sagte gelegentlich Dinge, die Isabel so erschreckten, daß sie ihre glatte Stirn unwillkürlich in Falten legte und später noch den Worten nachsann. »Ich würde eine Menge dafür geben, noch einmal in Ihrem Alter zu sein«, brach es eines Tages mit einer Bitterkeit aus Madame Merle heraus, die nur unvollkommen von ihrer üblichen, betonten Leichtigkeit kaschiert wurde. »Könnte ich nur noch einmal von vorn anfangen! Könnte ich mein Leben nur noch einmal vor mir haben!«

»Sie haben Ihr Leben doch noch vor sich!« antwortete Isabel leise, denn sie fühlte sich irgendwie eingeschüchtert.

»Nein, der beste Teil ist vorbei, sinnlos vorbeigerauscht.«

»Doch bestimmt nicht sinnlos«, sagte Isabel.

»Wieso nicht? Was habe ich denn schon? Weder Mann noch Kind, noch Vermögen, noch eine soziale Stellung, noch die Reste einer Schönheit, die ich nie besaß.«

»Sie haben viele Freunde, *dear lady.*«

»Da bin ich mir nicht so sicher!« rief Madame Merle aus.

»Ach was, das stimmt doch nicht. Sie haben Erinnerungen, Kultiviertheit, Talente – «

Aber Madame Merle unterbrach sie. »Was haben mir meine Talente denn eingebracht? Nichts als die Notwendigkeit, mich ihrer weiterhin bedienen zu müssen, um die Stunden, die Jahre zu füllen, um mir Veränderung und Bewegung vorzugaukeln und das Bewußtsein einzulullen. Und was meine Kultiviertheit und meine Erinnerungen angeht, da ist es am besten, man redet erst gar nicht darüber. Auch Sie werden nur so lange meine Freundin sein, bis Sie besseren Gebrauch von Ihrer Freundschaft machen können.«

»Dann sorgen Sie eben dafür, daß es nicht dazu kommt«, erwiderte Isabel.

»Ja, um Sie als Freundin zu behalten, würde ich mich schon anstrengen.« Und ihre Begleiterin blickte sie mit feierlichem Ernst an. »Wenn ich sage, ich wäre gern noch einmal in Ihrem Alter, dann heißt das: mit Ihren Qualitäten – freimütig, hochherzig, aufrichtig wie Sie. So hätte ich etwas Besseres aus meinem Leben gemacht.«

»Was hätten Sie denn gern gemacht, das Sie nicht getan haben?«

Madame Merle nahm ein Notenheft – sie saß gerade am Klavier und hatte den Schemel abrupt herumgewirbelt, als sie zu sprechen begann – und blätterte mechanisch die Seiten um. »Ich bin sehr ehrgeizig!« antwortete sie schließlich.

»Und aus Ihren Ambitionen ist nichts geworden? Dann müssen sie sehr groß gewesen sein.«

»Sie *waren* sehr groß. Ich würde mich jetzt lächerlich machen, wenn ich darüber sprechen wollte.«

Isabel überlegte, wie sie ausgesehen haben konnten – ob Madame Merle vielleicht nach einer Krone gestrebt hatte. »Ich weiß nicht, welche Vorstellung von Erfolg Sie haben, aber auf mich machen Sie den Eindruck einer erfolgreichen Frau. Mehr noch, für mich sind Sie wirklich der wandelnde Inbegriff von Erfolg.«

Madame Merle warf mit einem Lächeln das Notenheft beiseite. »Wie sieht denn *Ihre* Vorstellung von Erfolg aus?«

»Augenscheinlich erwarten Sie, daß ich eine sehr harmlose habe. Für mich ist es die Verwirklichung eines Traums aus der Jugendzeit.«

»Ah«, rief Madame Merle, »das habe ich nie erlebt! Aber meine Träume waren auch so grandios, so absurd! Der Himmel vergebe mir, ich träume schon wieder!« Und sie wandte sich erneut dem Klavier zu und begann mit einem imposanten Vortrag. Anderntags sagte sie zu Isabel, ihre Definition von Erfolg sei sehr hübsch gewesen, aber auch fürchterlich deprimierend. Denn bei einem solchen Maßstab: Wer hätte dann je Erfolg gehabt? Die Träume der Jugendzeit – die seien ja so was von zauberhaft und hinreißend, ja direkt göttlich! Wer habe jemals erlebt, daß dergleichen Wirklichkeit wurde?

»Ich – bei ein paar von ihnen«, wagte Isabel zu entgegnen.

»Jetzt schon? Das müssen dann die Träume von gestern gewesen sein.«

»Ich fing schon sehr jung mit dem Träumen an«, gab Isabel lächelnd zurück.

»Ach so, wenn Sie die Sehnsüchte Ihrer Kindheit meinen – zum Beispiel eine rosa Schärpe zu haben und eine Puppe, die die Augen zumachen kann.«

»Nein, das meine ich nicht.«

»Oder einen jungen Mann mit einem tollen Schnurrbart, der vor Ihnen auf die Knie fällt.«

»Nein, das auch nicht«, erklärte Isabel mit noch mehr Nachdruck.

Madame Merle schien den Eifer dieses Dementis registriert zu haben. »Ich vermute, das meinen Sie doch. Den jungen Mann mit dem tollen Schnurrbart haben wir alle mal gehabt. Das ist der unvermeidliche junge Mann; der zählt nicht.«

Isabel schwieg eine Weile und sprach dann mit größtmöglicher und typischer Inkonsequenz. »Warum sollte der nicht zählen? Bei den jungen Männern gibt es solche und solche.«

»Und der Ihre war der Märchenprinz – wollen Sie das damit ausdrücken?« fragte ihre Freundin und lachte. »Falls Sie also wirklich den identischen jungen Mann aus Ihrem Traum hatten, dann war das ein Erfolg, zu dem ich Ihnen von Herzen gratuliere. Bloß warum sind Sie dann nicht mit ihm auf sein Schloß im Apennin entflogen?«

»Weil er kein Schloß im Apennin hat.«

»Was hat er denn dann? Ein häßliches Backsteinhaus in der Vierzigsten Straße? Kommen Sie mir nicht mit so was! Ich weigere mich, das als eine Idealvorstellung anzuerkennen.«

»Sein Haus ist mir vollkommen gleichgültig«, sagte Isabel.

»Da reden Sie sehr unausgegoren daher. Wenn Sie erst einmal so lange gelebt haben wie ich, werden Sie begreifen, daß jedes menschliche Wesen sein Schneckenhaus hat und daß Sie dieses Schneckenhaus mit in Rechnung stellen müssen. Mit Schnekkenhaus meine ich die ganze Hülle der äußeren Umstände. Es gibt einfach keinen Mann oder keine Frau nur für sich genommen. Jeder von uns besteht aus einem Sammelsurium von Beigaben und Anhängseln. Was soll unser ›Ich‹ denn sein? Wo beginnt es? Wo hört es auf? Es fließt in alles ein, was uns gehört, und fließt von dort wieder zurück. Ich weiß, daß ein großer Teil von mir in der Kleidung steckt, die ich mir zum Anziehen aussuche. Ich habe eine große Achtung vor *Dingen!* Das eigene Ich besteht – für andere – im *Ausdruck* des eigenen Ichs. Und unser Haus, unsere Möbel, unsere Kleidung, die Bücher, die wir lesen, der Bekanntenkreis, den wir haben – all diese Dinge drücken etwas von uns aus.«

Das klang sehr abstrakt, aber auch nicht abstrakter als andere Bemerkungen, die Madame Merle schon früher gemacht hatte.

Isabel hatte zwar eine Vorliebe für Abstraktes, war aber nicht in der Lage, ihrer Freundin bei dieser kühnen Analyse der menschlichen Persönlichkeit zu folgen. »Ich stimme Ihnen nicht zu. Ich bin da entgegengesetzter Meinung. Ich weiß nicht, ob es mir gelingt, mich selbst auszudrücken, aber ich weiß, daß nichts anderes mich ausdrückt. Nichts von dem, was mir gehört, ist ein Wertmesser für mich. Jedes Ding ist im Gegenteil eine Schranke, eine Barriere, und eine absolut willkürliche noch obendrein. Und die Kleider, die ich mir zum Anziehen aussuche, wie Sie sagten, sind schon gleich gar kein Ausdruck meines Ichs, und da sei der Himmel vor, daß sie das jemals werden!«

»Sie sind sehr gut angezogen«, warf Madame Merle leichthin ein.

»Schon möglich, aber danach möchte ich nicht beurteilt werden. Meine Kleider spiegeln vielleicht meine Schneiderin wider, aber nicht mich. Und überhaupt suche ich sie mir ja gar nicht aus freien Stücken aus; die Gesellschaft zwingt sie mir auf.«

»Möchten Sie lieber ohne gehen?« erkundigte sich Madame Merle in einem Ton, der die Diskussion praktisch beendete.

Ich sehe mich zu dem Bekenntnis verpflichtet – obwohl ich damit die Skizze etwas diskreditiere, die ich von der jugendlichen Loyalität unserer Heldin gegenüber dieser wohlbewanderten Frau anfertigte –, daß Isabel derselben kein Sterbenswörtchen über Lord Warburton erzählt und sich gleichermaßen zurückhaltend zum Thema Caspar Goodwood gezeigt hatte. Immerhin hatte sie aber die Tatsache nicht verborgen gehalten, daß ihr Heiratsanträge gemacht worden waren, und sie hatte ihre Freundin sogar wissen lassen, von welch vorteilhaftem Charakter diese gewesen waren. Lord Warburton hatte Lockleigh verlassen und war nach Schottland abgereist, samt Schwestern; und obzwar er mehr als einmal an Ralph geschrieben und sich nach Mr. Touchetts Befinden erkundigt hatte, war das Mädchen selbst nicht der Verlegenheit solcher Nachfragen ausgesetzt gewesen, die persönlich vorzunehmen er, wäre er noch in der Nachbarschaft geblieben, sich wahrscheinlich verpflichtet gefühlt hätte. Seine Manieren waren exzellent; doch sie verspürte die Gewißheit, daß er, wäre er nach Gardencourt gekommen, Madame Merle gesehen und, sobald er sie gesehen, Gefallen an ihr gefunden und ihr gleich verraten hätte, daß er in ihre junge Freundin verliebt sei. Während der früheren Besuche besagter Dame in Gardencourt – allesamt viel kürzer als der jetzige – hatte es sich stets so gefügt, daß er sich entweder gerade nicht in Lockleigh aufgehalten oder Mr. Touchett nicht besucht hatte. So kannte sie ihn also nur dem Namen nach als *den* bedeutenden Mann dieser Grafschaft, hatte aber keinen Grund, in ihm einen Verehrer von Mrs. Touchetts frisch importierter Nichte zu sehen.

»Sie haben doch noch jede Menge Zeit«, erklärte sie damals in Erwiderung auf Isabels lückenhafte vertrauliche Mitteilungen, die unsere junge Frau ihr gemacht hatte und die keinen Anspruch auf Vollständigkeit erhoben, obwohl wir ja schon gesehen haben, daß das Mädchen zuweilen von Bedenken geplagt wurde, ob sie nicht doch zuviel preisgebe. »Ich freue mich, daß Sie bis jetzt noch nichts unternommen haben – daß Sie es noch vor sich haben. Für ein Mädchen ist es nur von Vorteil, wenn es einige gute Anträge ausschlägt, natürlich nur, solange es sich dabei nicht um die besten handelt, die ihm voraussichtlich jemals gemacht werden. Verzeihen Sie mir, wenn ich jetzt recht verworfen klinge, aber manchmal muß man die Sache einfach realistisch betrachten. Und verteilen Sie Körbe nicht bloß um des Körbeverteilens willen. Das ist zwar eine angenehme Erprobung unserer Macht, aber einen Antrag anzunehmen ist schließlich auch eine Art der Machtausübung. Man läuft immer Gefahr, einmal zu oft abzulehnen. In *die* Gefahr bin ich nie gekommen; ich habe nicht oft genug abgelehnt. Sie sind ein exquisites Geschöpf, und ich sähe Sie gern mit einem Premierminister verheiratet. Aber streng genommen sind Sie nicht das, was man mit dem Fachausdruck ›eine gute Partie‹ bezeichnet, wissen Sie. Sie sehen sehr gut aus und sind sehr intelligent. So gesehen sind Sie schon etwas Besonderes. Von Ihren irdischen Besitztümern scheinen Sie so gut wie keine Ahnung zu haben. Aber soweit ich sehe, scheinen Sie sich nicht mit Einkünften herumärgern zu müssen. Ich wünschte, Sie hätten ein bißchen Geld.«

»Ich wünschte selbst, ich hätte welches!« sagte Isabel schlicht und vergaß dabei offensichtlich, daß ihre Armut von zwei stattlichen Gentlemen nur als läßliche Sünde angesehen worden war.

Trotz Sir Matthews gutgemeintem Rat blieb Madame Merle nicht bis zum Ende, wie das Stadium der Krankheit des armen Mr. Touchett nunmehr offen genannt wurde. Sie hatte anderen gegenüber Verpflichtungen, denen sie endlich nachkommen mußte, und so verließ sie Gardencourt mit der Vereinbarung, auf alle Fälle Mrs. Touchett dort oder in London noch einmal zu treffen, ehe sie England verließ. Ihr Abschied von Isabel zeigte noch mehr den Charakter einer beginnenden Freundschaft, als es ihre Begegnung getan hatte. »Ich werde jetzt sechs Freunde hintereinander besuchen, aber darunter befindet sich niemand, den ich so mag wie Sie. Es sind alles alte Freunde, denn in meinem Alter schließt man keine neuen Freundschaften mehr. Für Sie habe ich eine große Ausnahme gemacht. Das dürfen Sie nicht vergessen, und Sie müssen so gut von mir denken, wie Sie nur können. Sie müssen mich dadurch belohnen, daß Sie an mich glauben.«

Statt einer Antwort gab Isabel ihr einen Kuß, und obwohl manche Frauen ein Küßchen nur so leichthin geben, gibt es doch solche und solche, und Isabels Umarmung fiel zu Madame Merles Zufriedenheit aus. Danach war unsere junge Dame viel allein. Cousin und Tante sah sie nur zu den Mahlzeiten, und sie fand heraus, daß von den Stunden, in denen Mrs. Touchett unsichtbar blieb, jetzt nur noch ein geringer Teil der Pflege ihres Mannes gewidmet war. Den Rest verbrachte sie in ihren eigenen Gemächern, zu denen sogar ihrer Nichte der Zutritt verwehrt war und wo sie sich offenbar mysteriösen und unergründlichen Übungen hingab. Bei Tisch zeigte sie sich ernst und stumm, doch konnte Isabel erkennen, daß ihre Feierlichkeit keine Pose war, sondern echt. Sie fragte sich, ob ihre Tante jetzt vielleicht bereue, so lange eigene Wege gegangen zu sein; aber dafür gab es keine sichtbaren Indizien – keine Tränen, keine Seufzer, keinen über das erforderliche Maß hinausgehenden Eifer. Mrs. Touchett schien einfach das Bedürfnis zu verspüren, sich über manches klarzuwerden und ein Fazit zu ziehen. Sie hatte ein kleines moralisches Kontobuch mit fehlerlos aufgereihten Zahlenkolonnen und einer spitzen Stahlschließe, das sie mit mustergültiger Ordentlichkeit führte. Wenn sie ihre Überlegungen kundtat, so hatten diese stets und ausnahmslos eine praktische Komponente. »Hätte ich das alles vorausgesehen, hätte ich dir einen Auslandsaufenthalt nicht zum jetzigen Zeitpunkt vorgeschlagen«, teilte sie Isabel nach Madame Merles Abreise mit. »Ich hätte gewartet und dich nächstes Jahr kommen lassen.«

»So daß ich meinen Onkel vielleicht nie kennengelernt hätte? Für mich bedeutet es ein großes Glück, jetzt gekommen zu sein.«

»Wenn du meinst. Aber eigentlich habe ich dich nicht nach Europa mitgenommen, damit du deinen Onkel kennenlernst.« Eine absolut wahrheitsgetreue Aussage zu einem, nach Isabels Meinung, allerdings unglücklich gewählten Zeitpunkt. Sie hatte

nun ausreichend Muße, darüber und über anderes nachzudenken. Jeden Tag machte sie einen einsamen Spaziergang und
beschäftigte sich mitunter stundenlang in der Bibliothek mit
Büchern. Zu den Dingen, die ihre Aufmerksamkeit fesselten,
gehörten die Abenteuer ihrer Freundin Miß Stackpole, mit der
sie regelmäßig brieflichen Kontakt hatte. Isabel gefiel der Stil
von Henriettas persönlichen Briefen viel besser als die Artikel,
die veröffentlicht wurden; das heißt: Isabel war der Meinung,
daß Henriettas öffentliche Briefe an ihre Zeitung hervorragend
gewesen wären, wären sie nicht gedruckt worden. Henriettas
Karriere verlief allerdings nicht so erfolgreich, wie man es ihr,
auch im Interesse ihres privaten Glücks, hätte wünschen mögen.
In ihrem unbedingten Bemühen, einen Blick in das Innenleben
Großbritanniens zu tun, schien sie immer mehr einem *ignis
fatuus*, einem auf und ab tanzenden Irrlicht, hinterherzujagen.
Die Einladung von Lady Pensil war aus mysteriösen Gründen
niemals eingetroffen, und selbst dem armen Mr. Bantling war es
mit all seinem liebenswürdigen Scharfsinn nicht gelungen, ein
derartig grob pflichtwidriges Verhalten seitens einer Briefbot-
schaft zu erklären, die doch offenkundig abgeschickt worden
war. Augenscheinlich hatte er sich Henriettas Angelegenheiten
sehr zu Herzen genommen und war deshalb der Ansicht, ihr für
den illusorisch gewordenen Besuch in Bedfordshire Ersatz bieten zu müssen. »Er findet, ich solle mir doch mal den Kontinent
ansehen«, schrieb Henrietta, »und da er vorhat, selbst dorthin zu
gehen, halte ich seinen Vorschlag für ehrlich gemeint. Er fragt
immer, warum ich mir nicht Frankreich und die Franzosen
ansehe, und tatsächlich möchte ich die neue Republik gerne
kennenlernen. Mr. Bantling macht sich nicht viel aus der Republik, aber er will sowieso nach Paris. Ich muß sagen, er ist wirklich
so aufmerksam, wie ich es mir nur wünschen kann, und so habe
ich wenigstens *einen* höflichen Engländer erlebt. Andauernd
sage ich Mr. Bantling, daß er eigentlich Amerikaner sein müßte,
und du solltest mal sehen, wie ihm das gefällt. Sobald ich das
sage, kommt er mit dem immer gleichen Protest: ›Also wirklich,
wo denken Sie denn hin!‹« Einige Tage darauf schrieb sie, sie
habe beschlossen, Ende der Woche nach Paris zu fahren, und Mr.
Bantling habe versprochen, sie zum Zug zu bringen, ja – vielleicht begleite er sie gar bis Dover. Sie wolle in Paris warten, bis
Isabel eintreffe, schrieb Henrietta weiter, ohne Mrs. Touchett
auch nur zu erwähnen, ganz so, als könne Isabel allein zu ihrer

Reise auf den Kontinent aufbrechen. Eingedenk seines Interesses an der ehemaligen Besucherin von Gardencourt gab unsere Heldin einige Stellen aus dem Briefwechsel an Ralph weiter, der die Laufbahn der Reporterin des *Interviewer* mit Gefühlen verfolgte, die viel Ähnlichkeit mit Gespanntheit und banger Erwartung hatten.

»Ich finde das eine gute Idee von ihr«, sagte er, »mit einem ehemaligen Leichten Kavalleristen nach Paris zu fahren! Falls sie gerade irgendwas braucht, um darüber zu schreiben, kann sie einfach diese Episode hernehmen.«

»Den gängigen Konventionen entspricht das sicher nicht«, antwortete Isabel, »aber solltest du annehmen, daß das Ganze – soweit es Henrietta betrifft – nicht völlig harmlos ist, dann irrst du dich gewaltig. Du wirst Henrietta wohl nie verstehen.«

»Verzeihung, ich verstehe sie vollkommen. Am Anfang tat ich das überhaupt nicht, aber jetzt sehe ich klar. Allerdings fürchte ich, daß Bantling das nicht tut. Der wird noch seine Überraschungen erleben. Oh, ich verstehe Henrietta, als wäre sie mein eigenes Geschöpf!«

Isabel war sich dessen alles andere als sicher, doch enthielt sie sich weiterer kritischer Anmerkungen, denn dieser Tage war sie eher geneigt, ihrem Cousin mit großer Nachsicht zu begegnen. Eines Nachmittags, knapp eine Woche nach Madame Merles Abreise, saß sie in der Bibliothek mit einem Buch, das sie nicht sonderlich fesselte. Sie hatte auf einer breiten Fensterbank Platz genommen, von wo aus sie in den trüben, nassen Park hinausblickte, und da die Bibliothek im rechten Winkel zur Vorderfront des Hauses stand, konnte sie die Kalesche des Arztes sehen, die schon seit zwei Stunden vor dem Eingang wartete. Sie staunte, daß er so lange blieb, aber schließlich sah sie ihn dann doch im Portikus auftauchen, kurz stehenbleiben, sich langsam die Handschuhe anziehen, die Knie seines Pferdes betrachten, die Kutsche besteigen und davonrollen. Isabel blieb noch eine halbe Stunde auf ihrem Platz sitzen; im Haus herrschte eine große Stille. Sie war so allumfassend, daß das Mädchen beinahe zusammenfuhr, als sie schließlich gedämpfte, langsame Schritte auf dem dicken Teppich vernahm. Sie wandte sich rasch vom Fenster ab und sah Ralph Touchett, wie immer mit den Händen in den Taschen, vor sich stehen, aber mit einer Miene, in der sich nicht die Spur seines üblichen, leichten Lächelns abzeichnete. Sie stand auf, und in dieser Bewegung und in ihrem Blick lag eine Frage.

»Es ist vorbei«, sagte Ralph.

»Willst du mir sagen, daß mein Onkel – ?« Isabel hielt inne.

»Mein Vater starb vor einer Stunde.«

»Ach, mein armer Ralph!« klagte sie leise und streckte beide Hände nach ihm aus.

20. KAPITEL

Etwa vierzehn Tage später fuhr Madame Merle in einer zweirädrigen Droschke vor dem Haus am Winchester Square vor. Beim Aussteigen bemerkte sie, zwischen den Fenstern des Eßzimmers aufgehängt, eine große, saubere Holztafel, auf deren frisch lackiertem, schwarzem Untergrund mit weißer Farbe die Worte aufgemalt waren: »Dieser herrschaftliche Wohnsitz steht zum Verkauf«, dazu der Name des Maklers, bei dem sich Interessenten melden konnten. »Zeit verlieren sie ja nicht«, sagte die Besucherin, die den massiven Türklopfer aus Messing betätigt hatte und nun auf Einlaß wartete. »Was für ein praktisches Land!« Und als sie im Innern zum Salon hinaufstieg, entdeckte sie zahlreiche Anzeichen einer Außerdienststellung: von den Wänden abgehängte und auf Sofas gelegte Bilder; vorhanglose Fenster und entblößte Fußböden. Mrs. Touchett empfing sie umgehend und gab mit wenigen Worten zu verstehen, daß sich Madame Merle verbale Beileidsbezeugungen ersparen könne.

»Ich weiß, was du sagen willst: daß er ein sehr guter Mann war. Aber ich weiß das besser als irgend jemand sonst, denn ich gab ihm die meisten Möglichkeiten, es unter Beweis zu stellen. Und so denke ich, war ich ihm auch eine gute Frau.« Mrs. Touchett ergänzte, daß ihr Mann dies gegen Ende zu offensichtlich auch eingesehen habe. »Er hat mir alle Freiheiten gelassen«, sagte sie. »Ich will nicht sagen mehr Freiheit, als ich erwartete, denn ich hatte keine Erwartungen. Du weißt, daß es nicht meine Art ist, Erwartungen zu haben. Aber ich vermute, daß er letztlich die Tatsache anerkannte, daß ich trotz meiner häufigen und langen Auslandsaufenthalte, wo ich mich – durchaus frei und ungezwungen, könnte man sagen – unter fremde Leute mischte, niemals auch nur die geringste Vorliebe für einen anderen zeigte.«

»Für keinen anderen als dich selbst«, merkte Madame Merle im Geiste an, aber diese Überlegung war akustisch nicht wahrnehmbar.

»Ich habe meinen Gemahl niemals für einen anderen geopfert«, fuhr Mrs. Touchett in ihrer wackeren Schroffheit fort.

»O nein«, dachte Madame Merle, »du hast ja überhaupt nie was für einen anderen Menschen getan!«

In diesen stummen Kommentaren lag ein gewisser Zynismus, welcher der Erläuterung bedarf, um so mehr, als sich diese Gedankengänge weder mit dem Eindruck in Einklang befinden, den wir – vielleicht ein wenig oberflächlich – bisher von Madame Merles Charakter genossen, noch mit den nüchternen Fakten aus Mrs. Touchetts Biographie; um so mehr auch, als Madame Merle die wohlbegründete Überzeugung hegte, daß die letzte Bemerkung ihrer Freundin keinesfalls, nicht einmal andeutungsweise, als ein gezielter Seitenhieb auf sie selbst zu verstehen war. In Wahrheit verhielt es sich so, daß sie in dem Augenblick, in dem sie die Türschwelle überschritt, den Eindruck gewann, daß Mr. Touchetts Tod subtile Konsequenzen nach sich zog und daß diese Konsequenzen vorteilhaft waren für einen kleinen Kreis von Personen, zu dem sie nicht zählte. Selbstverständlich hatte man es hier mit einem Ereignis zu tun, das unbedingt Konsequenzen nach sich ziehen mußte. Während ihres Besuchs in Gardencourt hatte sie sich in ihrer Phantasie mehr als einmal mit diesem Umstand beschäftigt. Aber es war eine Sache, so etwas rein hypothetisch in Gedanken durchzuspielen, und eine andere, sich inmitten der harten Tatsachen wiederzufinden. Die Vorstellung von der gerade vorgenommenen Verteilung eines Besitzes – beinahe hätte sie von Beute gesprochen – beeinträchtigte ihren klaren Verstand und verärgerte sie wegen des Gefühls, ausgeschlossen zu sein. Ich bin weit davon entfernt, sie als eine aus der großen Herde der hungrigen Mäuler oder neiderfüllten Seelen hinstellen zu wollen, doch haben wir ja bereits von Begehrlichkeiten erfahren, deren Erfüllung ihr bis jetzt versagt geblieben war. Hätte man sie befragt, hätte sie selbstverständlich – und mit feinem, stolzem Lächeln – eingeräumt, daß sie nicht den leisesten Anspruch auf einen Anteil an Mr. Touchetts Nachlaß geltend machen konnte. »Zwischen uns beiden hat es nie im Leben etwas gegeben«, hätte sie dann gesagt, »auch nicht *so* viel – der Ärmste!« – begleitet von einem Schnippen mit Daumen und Mittelfinger. Ich beeile mich, darüber hinaus hinzuzufügen, daß sie, wenn sie sich im gegenwärtigen Augenblick schon nicht eines ziemlich verdorbenen Verlangens erwehren konnte, wenigstens sehr darauf bedacht war, sich nicht zu verraten. Letztendlich hatte sie für Mrs. Touchetts Gewinne genausoviel Mitgefühl wie für ihre Verluste.

»Er hat mir dieses Haus vermacht«, sagte die frischgebackene Witwe, »aber ich werde selbstverständlich nicht darin wohnen. Ich habe ja ein weitaus besseres in Florenz. Zwar wurde das Testament erst vor drei Tagen eröffnet, aber ich habe das Haus bereits zum Verkauf angeboten. Außerdem besitze ich einen Anteil an der Bank, weiß aber noch nicht, ob ich ihn dort belassen muß. Falls nicht, lasse ich mich jedenfalls auszahlen. Ralph kriegt natürlich Gardencourt, aber ich weiß nicht, ob er die Mittel haben wird, es zu unterhalten. Er kommt ohne Frage hervorragend weg, aber sein Vater hat auch immense Summen verschenkt; eine ganze Reihe von Verwandten dritten Grades in Vermont hat er bedacht. Aber Ralph hängt nun mal sehr an Gardencourt und könnte dort problemlos leben, im Sommer, mit einem Mädchen für alles und einem Gärtnerburschen. Das Testament meines Mannes enthält übrigens noch eine bemerkenswerte Klausel«, ergänzte Mrs. Touchett. »Er hat meiner Nichte ein Vermögen hinterlassen.«

»Ein Vermögen«, wiederholte Madame Merle leise.

»Sie kriegt einfach so an die siebzigtausend Pfund.«

Madame Merle hatte die Hände im Schoß gefaltet. Als sie den Betrag hörte, hob sie sie, drückte sie, noch immer gefaltet, einen Augenblick lang gegen den Busen, während sie mit leicht geweiteten Augen die Freundin fixierte. »Oh!« rief sie, »ganz schön clever!«

Mrs. Touchett warf ihr einen schnellen Blick zu. »Was willst du damit sagen?«

Madame Merle errötete ganz kurz und senkte den Blick. »Das ist doch wohl eine clevere Leistung, wenn man zu einem solchen Erfolg kommt – ohne jede Anstrengung!«

»Sie hat sich überhaupt nicht angestrengt. Und hör auf, von Leistung zu sprechen.«

Madame Merle konnte man selten der Peinlichkeit zeihen, bereits Gesagtes zurückzunehmen. Ihre Klugheit stellte sie vielmehr dadurch unter Beweis, daß sie bei ihrer Aussage blieb und diese nur in ein vorteilhaftes Licht rückte. »Teure Freundin, man hätte Isabel sicher nicht siebzigtausend Pfund hinterlassen, wenn sie nicht das charmanteste Mädchen der Welt wäre. Und dieser Charme schließt große Cleverneß ein.«

»Ich bin überzeugt, daß sie nie im Traum daran dachte, von meinem Mann eine Unterstützung zu bekommen. Und ich habe auch nie im Traum daran gedacht, da er mir nie etwas von seinem Vorhaben erzählte«, sagte Mrs. Touchett. »Sie hatte keinerlei Ansprüche ihm gegenüber. Für ihn stellte es schließlich keine sonderliche Empfehlung dar, daß sie meine Nichte ist. Wenn das eine Leistung war, dann eine ohne ihr Zutun.«

»Oh«, entgegnete Madame Merle, »das sind ja gerade die genialsten Schachzüge!«

Mrs. Touchett blieb bei ihrer Meinung. »Das Mädchen ist ein Glückskind; das streite ich gar nicht ab. Im Moment aber ist sie einfach nur sprachlos.«

»Willst du sagen, daß sie nicht weiß, wohin mit dem Geld?«

»Ich glaube, *darüber* hat sie sich noch kaum Gedanken gemacht. Sie weiß noch nicht, was sie von der ganzen Angelegenheit halten soll. Sie kommt sich vor wie jemand, hinter dem unverhofft eine große Kanone abgefeuert wurde, und jetzt tastet sie sich ab, um herauszufinden, ob sie verletzt wurde. Es ist erst drei Tage her, daß der Testamentsvollstrecker sie aufsuchte, der höchstpersönlich und sehr gentlemanlike herbeikam, um sie zu unterrichten. Er hat mir später erzählt, sie sei nach seiner kleinen Ansprache urplötzlich in Tränen ausgebrochen. Das Geld bleibt auf der Bank, und sie muß die Zinsen abheben.«

Madame Merle schüttelte den Kopf mit weisem und nun uneingeschränkt gütigem Lächeln. »Ist das nicht herrlich! Wenn sie das zwei- oder dreimal getan hat, wird sie sich bestimmt daran gewöhnen.« Dann fragte sie nach einer Pause unvermittelt: »Was sagt denn dein Sohn dazu?«

»Er hat England vor der Testamentseröffnung verlassen. Er war völlig erschöpft und am Ende wegen der ganzen Anspannung und hat sich schnellstens Richtung Süden begeben. Er wollte an die Riviera, und ich habe bis jetzt noch nichts von ihm gehört. Aber es ist unwahrscheinlich, daß er gegen irgend etwas Einwände hat, was sein Vater veranlaßte.«

»Hast du nicht erzählt, sein eigener Anteil sei reduziert worden?«

»Auf seinen ausdrücklichen Wunsch hin. Ich weiß, daß er seinen Vater bekniet hat, etwas für die Leute in Amerika zu tun.

Er ist überhaupt nicht der Typ Mensch, der sich dauernd als die Nummer eins sieht.«

»Vielleicht sieht er jemand anderen als die Nummer eins!« warf Madame Merle ein. Und nachdenklich betrachtete sie gesenkten Blickes den Boden. »Darf ich deine glückliche Nichte nicht sehen?« fragte sie schließlich und schlug die Augen wieder auf.

»Du darfst sie sehen, aber sehr glücklich wirst du sie nicht gerade vorfinden. Die ganzen drei Tage schon schaut sie so ernst und feierlich wie eine Madonna von Cimabue drein.« Und damit klingelte Mrs. Touchett nach einem Diener.

Kurz nachdem der Bote losgeschickt worden war, um sie zu holen, trat Isabel ein, und Madame Merle fand, als sie ihrer ansichtig wurde, daß Mrs. Touchetts Vergleich einiges für sich hatte. Das Mädchen war blaß und ernst, und ihre dunkle Trauerkleidung trug nichts dazu bei, diesen Eindruck abzumildern. Aber das Lächeln ihrer glücklichsten Augenblicke strahlte auf ihrem Gesicht, als sie Madame Merle erblickte, die vortrat, unserer Heldin die Hand auf die Schulter legte, sie kurz anblickte und dann küßte, als wolle sie den Kuß erwidern, den sie in Gardencourt von ihr bekommen hatte. Dies war die einzige Anspielung, die die Besucherin, großartig wie ihr Taktgefühl war, zum jetzigen Zeitpunkt auf die Erbschaft ihrer jungen Freundin machte.

Mrs. Touchett hatte nicht die Absicht, in London den Verkauf ihres Hauses abzuwarten. Sie suchte sich aus dem Mobiliar die Stücke aus, die sie in ihr anderes Domizil verfrachten lassen wollte, überließ den Rest der Einrichtung dem Auktionator zur Veräußerung und reiste ab Richtung Kontinent. Selbstverständlich wurde sie auf dieser Reise von ihrer Nichte begleitet, die nun reichlich Muße hatte, ihr unerwartetes Glück, zu dem Madame Merle ihr andeutungsweise gratuliert hatte, zu ermessen und abzuwägen und im übrigen zu lernen, damit umzugehen. Der Gedanke, jetzt Zugang zu einem Vermögen zu haben, beschäftigte Isabel sehr, und sie betrachtete diesen Umstand aus einem Dutzend verschiedener Perspektiven. Wir wollen aber zum jetzigen Zeitpunkt nicht versuchen, ihre Gedankengänge nachzuvollziehen oder zu erklären, warum dieses neue Bewußtsein sie zunächst bedrückte. Die Unfähigkeit zu spontaner Freude währte allerdings nur kurze Zeit. Das Mädchen entschied bald, daß reich zu sein eine Tugend sei, weil es bedeutete, daß man etwas *tun* konnte, und etwas tun zu können, war für sie gleichbedeutend mit Freude. Es war das anmutige Gegenteil der faden Seite der Schwachheit – besonders in ihrer weiblichen Variante. Schwach zu sein war für ein zartes, junges Geschöpf durchaus nicht ohne Anmut, doch letztendlich, sagte sich Isabel, gab es dazu sicher noch eine Steigerung. Zwar konnte man im Augenblick nicht allzuviel tun, nachdem sie fürs erste einen Scheck an Lily und einen weiteren an die arme Edith abgeschickt hatte. Aber sie war dankbar für die stillen Monate, die sie in ihrer Trauerkleidung und ihre Tante in dem für sie neuen Status einer Witwe miteinander verbringen mußten. Der Erwerb von Macht und Möglichkeiten ließ sie ernst werden; sie sezierte ihre Macht mit einer Art zärtlicher Grausamkeit, war aber nicht versessen darauf, sie auszuüben. Damit begann sie erst während eines mehrwöchigen Aufenthalts in Paris, wo sie schließlich mit der Tante eintraf, aber sie tat es auf eine Art und Weise, die man zwangsläufig als banal charakterisieren muß. Es war dies die Art und Weise, zu der man ganz natürlich durch eine Stadt verleitet wird, deren Geschäfte Gegenstand weltweiter Bewunderung sind, und die ohne Einschränkung von Mrs. Touchetts Vorgaben diktiert wurde, welche die Umwandlung ihrer Nichte von einem armen Mädchen zu einer reichen jungen Frau unter konsequent praktischen Gesichtspunkten sah. »Jetzt, da du eine junge Frau mit einem Vermögen bist, mußt du auch lernen, wie man diese Rolle spielt – das heißt, wie man sie gut spielt«, hatte sie Isabel unmißverständlich klargemacht und hinzugefügt, es sei die erste Pflicht des Mädchens, nur hübsche Sachen zu haben. »Du weißt noch nicht, wie man mit seinen Sachen umgeht, aber du mußt es lernen«, fuhr sie fort, und darin bestehe Isabels zweite Pflicht. Isabel fügte sich, aber fürs erste war ihre Phantasie dadurch keineswegs angestachelt. Sie träumte durchaus von Chancen und Möglichkeiten, doch sahen die anders aus als diese.

Mrs. Touchett änderte ihre Pläne selten, und da sie vor dem Tod ihres Mannes beschlossen hatte, den Winter teilweise in Paris zu verbringen, sah sie keinen Grund, sich selbst – und noch weniger ihre Mitreisende – dieses Vergnügens zu berauben. Obwohl sie dort ausgesprochen zurückgezogen leben würden, konnte sie doch ihre Nichte ganz formlos in den kleinen Kreis ihrer Landsleute einführen, die längs der Champs-Élysées wohnten. Mrs. Touchett stand mit vielen Vertretern dieser liebenswürdigen Kolonie auf vertrautem Fuß; sie teilte ihre Heimatlosigkeit, ihre Ansichten, ihre Kurzweil, ihre Langeweile. Isabel sah dann

auch die Exilanten mit gewissenhaftem Eifer im Hotel ihrer
Tante auftauchen; denen sagte sie ihre Meinung mit einer
Schärfe, die zweifellos ihrem gegenwärtig übersteigerten Sinn
für menschliches Pflichtgefühl entsprang. Sie befand, daß deren
Lebensführung zwar luxuriös, nichtsdestoweniger aber auch
inhaltslos sei, und sie erregte einiges Mißfallen dadurch, daß sie
diese Meinung an jenen strahlenden Sonntagnachmittagen zum
Ausdruck brachte, an denen die Auslandsamerikaner sich gegenseitig zu besuchen pflegten. Obwohl ihre Zuhörer als Menschen
galten, die von ihren Köchen und Schneidern beispielhaft bei
Laune gehalten wurden, bemängelten doch zwei oder drei von
ihnen nörglerisch, daß Isabels Scharfsinn, der allgemein anerkannt wurde, nicht an den Witz der neuen Theaterstücke heran-
komme. »Sie leben hier alle so dahin, aber wohin führt denn
das?« gefiel sie sich zu fragen. »Es scheint zu gar nichts zu führen,
und daher finde ich, Sie müßten dieses Leben doch eigentlich
ziemlich satt haben.«

Mrs. Touchett fand diese Fragestellung einer Henrietta Stackpole für würdig. Die beiden Damen hatten Henrietta in Paris
aufgespürt, und Isabel traf sich so oft mit ihr, daß Mrs. Touchett
durchaus berechtigten Grund zu der Annahme hatte, daß man,
wäre ihre Nichte nicht klug genug gewesen, um beinahe auf alles
kraft eigener Intelligenz zu kommen, sehr wohl hätte argwöhnen können, sie habe sich diese Art von Bemerkungen von ihrer
journalistischen Freundin geborgt. Zum ersten Mal hatte Isabel
solche Bemerkungen gemacht, als die beiden Damen Mrs. Luce
einen Besuch abstatteten, einer alten Freundin von Mrs. Touchett und der einzige Mensch in Paris, den sie regelmäßig aufsuchte. Mrs. Luce lebte schon seit den Tagen von Louis Philippe
in der Stadt; sie pflegte scherzend zu sagen, sie sei eine aus der
1830er Generation – ein Scherz, dessen Pointe nicht immer verstanden wurde. In diesem Fall lieferte Mrs. Luce die Erklärung
nach: »Ja, ja, ich bin eine Romantische«; ihr Französisch hatte sie
nie bis zur Vollendung entwickelt. An Sonntagnachmittagen war
sie stets zu Hause und von gleichgesinnten Landsleuten umringt,
meist von immer denselben. Eigentlich war sie andauernd zu
Hause, wo sie erstaunlich wirklichkeitsgetreu in ihrem plüschi-
gen kleinen Winkel dieser glitzernden Metropole die heimelige
Atmosphäre ihrer Vaterstadt Baltimore reproduzierte. Dies wiederum reduzierte Mr. Luce, ihren werten Ehegemahl, einen
großen, schlanken, ergrauten, gepflegten Gentleman, der ein

goldenes Augenglas trug und den Hut ein wenig zu weit nach hinten geschoben hatte, auf rein platonische Lobgesänge auf die »Zerstreuungen« von Paris – die er beständig im Munde führte, obgleich kein Mensch auch nur erahnen konnte, welcher Kummer ihn denselben in die Arme hätte treiben sollen. Eine solche »Zerstreuung« war, daß er sich jeden Tag zur amerikanischen Bank begab, in der ein Postamt eingerichtet war, wo es fast genauso gesellig und ungezwungen zuging, als befinde man sich in einem amerikanischen Provinzstädtchen. Danach verbrachte er (bei schönem Wetter) eine Stunde auf einem Stuhl auf den Champs-Élysées, dinierte anschließend ausnehmend gut bei sich zu Hause am eigenen Tisch, der auf einem gebohnerten Fußboden stand, der hinwiederum zu Mrs. Luces umfassender Zufriedenheit dadurch beitrug, daß es ihrer Meinung nach in der gesamten französischen Hauptstadt keinen gab, der mehr glänzte. Gelegentlich speiste er mit einem oder zwei Freunden im Café Anglais, wo sein Talent, ein Menü zusammenzustellen, für seine Begleitung stets zu einer Quelle der Glückseligkeit geriet und sogar zum Objekt der Bewunderung durch den Oberkellner jenes Etablissements. Solcherart waren seine einzigen bekannten Zerstreuungen, aber sie hatten ihm schon seit einem halben Jahrhundert die Zeit vertrieben und rechtfertigten zweifellos seine ständige Beteuerung, daß es keine zweite Stadt wie Paris gebe. An keinem anderen Ort, schmeichelte sich Mr. Luce, könne er sich unter diesen Bedingungen des Lebens so erfreuen. Nichts komme Paris gleich; allerdings muß zugegeben werden, daß Mr. Luce mittlerweile weniger von der Kulisse seiner Kurzweil schwärmte, als er das früher getan hatte. Im Verzeichnis seiner Aktiva sollten auch seine politischen Reflexionen nicht übergangen werden, denn sie waren zweifellos das belebende Element vieler Stunden, die, oberflächlich betrachtet, sonst leer erschienen wären. Wie viele seiner Landsleute in der Pariser Kolonie war Mr. Luce erz- oder besser: stockkonservativ und lehnte es ab, an der vor kurzem in Frankreich eingesetzten Regierung etwas Positives zu entdecken. Er hatte kein Zutrauen in deren Beständigkeit und versicherte seinen Zuhörern jährlich aufs neue, daß ihr Ende kurz bevorstehe. »Bei denen muß man den Daumen draufhalten, Sir, den Daumen drauf. Eine starke Hand und einen eisernen Stiefelabsatz – das ist es, was der Franzose braucht«, sagte er immer wieder, und sein Ideal einer guten, prunkvollen, klugen Obrigkeit war die des verflossenen Empire unter Napoleon III. »Paris hat seit den Tagen des Kaisers viel an Attraktivität verloren. *Der* wußte die angenehmen Seiten einer Stadt zu präsentieren«, hatte Mr. Luce mehr als einmal gegenüber Mrs. Touchett festgestellt, die ganz wie er dachte und die Frage stellte, wozu man denn eigentlich diesen gräßlichen Atlantik überquert habe, wenn nicht deshalb, um vor den Republiken Reißaus zu nehmen.

»Tja, Madam, von meinem Sitzplatz auf den Champs-Élysées aus, gegenüber dem Palais de l'Industrie, habe ich die Hof-equipagen von den Tuilerien bis zu siebenmal täglich hin- und herfahren sehen. Ich erinnere mich, daß es einmal sogar neun-mal war. Was sehen Sie heute? Zwecklos, darüber ein Wort zu verlieren. Jeglicher Stil ist dahin. Napoleon wußte, was das französische Volk braucht, und bis zu dem Tag, an dem sie ihr Empire wiederkriegen, wird eine schwarze Wolke über Paris hängen, über *unserem* Paris.«

Unter Mrs. Luces Gästen an den Sonntagnachmittagen be-fand sich auch ein junger Mann, mit dem sich Isabel oft unter-hielt und der nach ihrer Ansicht außerordentlich wissensreich war. Mr. Edward Rosier – Ned Rosier, wie man ihn rief – war in New York geboren und in Paris aufgewachsen, wo er unter der Aufsicht seines Vaters lebte, der, wie es das Schicksal so wollte, ein alter und sehr guter Freund des verstorbenen Mr. Archer gewe-sen war. Edward Rosier konnte sich noch an Isabel als kleines Mädchen erinnern. Sein Vater war es nämlich gewesen, der sich damals der kleinen Archers in dem Hotel in Neufchâtel ange-nommen hatte (wo er zufällig mit seinem kleinen Sohn abgestie-gen war, weil es auf seiner Reiseroute lag), nachdem deren Kindermädchen mit dem russischen Fürsten durchgegangen und Mr. Archers Aufenthaltsort für einige mysteriöse Tage lang nicht zu ermitteln gewesen war. Isabel erinnerte sich noch genau an den adretten kleinen Knaben, dessen Haar so köstlich nach Pomade duftete und der ein Kindermädchen ganz für sich allein haben durfte, das den strikten Auftrag hatte, ihn unter gar keinen Umständen aus den Augen zu verlieren. Isabel war mit den beiden am See spazierengegangen, und der kleine Edward war ihr schön wie ein Engel erschienen, was in ihrem Bewußtsein alles andere als einen gängigen Vergleich darstellte, da sie eine sehr präzise Vorstellung der typischen Gesichtszüge hatte, die sie für engelshaft hielt und die ihr neuer Freund so makellos zur Schau stellte. Ein rosa Gesichtchen, gekrönt von einer blauen

Samtmütze und noch betont durch einen steifen, bestickten Kragen, war zum Antlitz ihrer kindlichen Träume geworden, und noch einige Zeit danach hatte sie fest daran geglaubt, daß sich die himmlischen Heerscharen untereinander in einem wunderlichen, putzigen englisch-französischen Dialekt unterhielten, mit dem sie die artigsten Empfindungen kundtaten, beispielsweise, als Edward ihr sagte, daß ihm seine *bonne*»verwehre«, sich dem Seeufer zu nähern, und daß man »zu« einer *bonne* immer »gehorsam sein« müsse. Ned Rosiers Englisch war inzwischen besser geworden; zumindest trat der französische Einschlag nicht mehr so deutlich zutage. Sein Vater war inzwischen gestorben und die *bonne* entlassen, aber der junge Mann verkörperte noch immer erkennbar ein Produkt ihrer Erziehung: Nie begab er sich zu nah ans Seeufer. Noch immer schmeichelte er der Nase, und auch die edleren Sinnesorgane wurden durch seine Erscheinung nicht beleidigt. Er war ein sehr zuvorkommender und anmutiger junger Mann mit sogenanntem kultivierten Geschmack: ein Freund von altem Porzellan, von gutem Wein, von Bucheinbänden, ein Kenner des Adelskalenders Gotha, der besten Geschäfte, der besten Hotels, der Eisenbahnfahrpläne. Ein Menü konnte er beinahe genauso gut wie Mr. Luce zusammenstellen, und es lag durchaus im Bereich des Wahrscheinlichen, daß er – wenn er noch weitere Erfahrungen sammelte – ein würdiger Nachfolger des besagten Herrn werden würde, dessen reichlich grimmige politische Ansichten er mit sanfter und treuherziger Stimme propagierte. Er bewohnte einige ganz entzückende Räumlichkeiten in Paris, mit alter spanischer Altarspitze dekoriert, Objekt des Neides seiner weiblichen Bekannten, nach deren Urteil die Schmuckecke über seinem Kaminsims besser drapiert war als die hochgesteckten Schulterpartien so mancher Duchesse. Allerdings verbrachte er alljährlich einen Teil des Winters in Pau und hatte einmal sogar zwei Monate in den Vereinigten Staaten gelebt.

An Isabel zeigte er großes Interesse, und an den Spaziergang in Neufchâtel erinnerte er sich noch genau, als sie so unbedingt ganz nah zum Seeufer hinwollte. Die gleiche Tendenz schien er in der subversiven Fragestellung wieder zu entdecken, die ich soeben zitierte, und nun schickte er sich an, dieselbe mit größerer Weltläufigkeit zu beantworten, als ihr möglicherweise gebührte. »Wohin das führt, Miß Archer? Ja nun, Paris führt überallhin. Man kann einfach nirgendwo sonst hingehen, ehe man nicht hier war. Jeder, der nach Europa kommt, muß als erstes hier durch. Eigentlich haben Sie es nicht so gemeint? Sie wollen wissen, was man davon hat? Ja, also – wer kann schon *le futur* ergründen? Woher soll man wissen, was vor einem liegt? Wenn es ein schöner Weg ist, dann kümmert es mich nicht, wohin er führt. Ich liebe die Straße, Miß Archer; ich liebe den guten alten *asphalte*. Es ist nicht möglich, seiner überdrüssig zu werden – auch nicht, wenn man sich anstrengt. Man denkt es anfangs, aber es ist nicht möglich. Immer wieder gibt es etwas Neues und nie Gekanntes. Nehmen Sie bloß als Beispiel das Hôtel Drouot; dort halten sie manchmal drei, vier Auktionen in der Woche ab. Wo bekommt man schon solche Sachen wie hier? Trotz allen Gejammers bleibe ich dabei, daß die Sachen auch noch billiger sind, wenn man nur weiß, wo man hingehen muß. Ich weiß, wo man hingehen muß, aber ich behalte mein Wissen für mich. Ihnen würde ich ein paar Adressen verraten, wenn Sie möchten – als einen Extra-Gefallen. Sie dürfen sie bloß niemandem weitersagen. Gehen Sie nirgendwo hin, ohne mich vorher zu fragen. Das müssen Sie mir versprechen. Als Grundregel gilt: Meiden Sie die Boulevards. Auf den Boulevards ist fast nichts zu holen. Mal im Ernst gesprochen – *sans blague*: Ich glaube nicht, daß jemand Paris besser kennt als ich. Sie und Mrs. Touchett müssen einmal zum Frühstück zu mir kommen, und dann werde ich Ihnen meine Sachen zeigen; *je ne vous dis que ça!* Neuerdings ist London in aller Munde. Es gilt als schick, für London Reklame zu machen. Aber da steckt nichts dahinter; in London ist nichts zu kriegen: kein Louis Quinze, nichts aus dem Ersten Empire, nichts als ihre ewige Queen Anne. Die kann man höchstens ins Schlafzimmer stellen, die Queen Anne, oder in die Toilette – aber in einem *salon* ist sie total fehl am Platz. Ob ich den ganzen Tag nichts anderes tue, als zu Auktionen zu gehen?« setzte Mr. Rosier auf eine weitere Frage Isabels nach. »O nein, dazu habe ich nicht die Mittel. Ich wollte, ich hätte sie. Sie halten mich für einen Nichtstuer und Tagedieb. Ich kann das aus Ihrem Gesicht lesen. Sie haben ein wunderbar ausdrucksvolles Gesicht. Ich hoffe, Sie nehmen mir diese Feststellung nicht übel. Ich meine das als eine Art Warnung. Sie finden, ich sollte etwas Produktives tun? Das finde ich auch, solange Sie das nicht allzu präzis benennen. Sollten Sie das vorhaben, können Sie gleich damit aufhören. Ich kann nicht heimfahren und einen Laden aufmachen. Sie meinen, ich hätte das Zeug dazu? O je, Miß

Archer, da überschätzen Sie mich aber. Ich kann sehr gut einkaufen, aber ich bin kein Verkäufer. Sie sollten mal erleben, wenn ich gelegentlich versuche, meine Sachen loszuwerden. Man braucht viel mehr Talent, um andere zum Kaufen zu animieren, als selbst etwas zu kaufen. Wenn ich nur daran denke, wie clever diejenigen sein müssen, die *mir* etwas verkaufen! O nein – als Geschäftsmann wäre ich ungeeignet. Als Arzt wäre ich ebenfalls ungeeignet; das ist ja ein widerliches Handwerk. Als Pfarrer wäre ich auch ungeeignet; ich glaube ja an nichts. Und außerdem könnte ich diese ganzen biblischen Namen gar nicht richtig aussprechen. Die sind absolut schwierig, besonders die im Alten Testament. Als Rechtsanwalt wäre ich ungeeignet; da begreife ich diese amerikanische – wie heißt das doch gleich wieder? – *procédure* nicht. Gibt's sonst noch was? Für einen Gentleman gibt es in Amerika nichts. Diplomat wäre ich ganz gern, aber die amerikanische Diplomatie – das ist auch nicht das richtige für einen Gentleman. Ich bin sicher: Hätten Sie gesehen, wie neulich dieser Min ...«

Henrietta Stackpole, die oft mit ihrer Freundin zusammen war, wenn Mr. Rosier am späten Nachmittag seine Aufwartung zu machen und sich in der von mir skizzierten Weise zu ergehen pflegte, unterbrach den jungen Mann meist an dieser Stelle, um ihm die Leviten zu lesen bezüglich der Pflichten eines amerikanischen Bürgers. Sie hielt ihn für höchst unamerikanisch; er war schlimmer als der arme Ralph Touchett. Henrietta ihrerseits frönte zu jenem Zeitpunkt besonders ausgiebig der Kunst der subtilen Kritik, denn ihr Gewissen war in bezug auf Isabel erneut wachgerüttelt worden. Sie hatte dieser jungen Dame nicht zu ihrer materiellen Verbesserung gratuliert, sondern vielmehr darum gebeten, sich das ersparen zu dürfen.

»Wenn Mr. Touchett *mich* gefragt hätte, ob er dir das Geld vermachen soll«, versicherte sie rundheraus, »dann hätte ich zu ihm gesagt: ›Niemals!‹«

»Aha«, antwortete Isabel. »Du glaubst, das wird sich noch als verkappter Fluch entpuppen. Vielleicht.«

»›Geben Sie 's jemandem, den Sie weniger mögen!‹ Das hätte ich zu ihm gesagt!«

»Nämlich beispielsweise dir?« schlug Isabel scherzhaft vor und fuhr dann in einem ganz anderen Ton fort: »Glaubst du wirklich, es wird mein Untergang?«

»Ich hoffe nicht, daß es dein Untergang wird, aber es wird zweifellos deine gefährlichen Neigungen verstärken.«

»Du meinst meine Vorliebe für Luxus, meinen Hang zur Extravaganz?«

»Nein, nein«, sagte Henrietta, »ich meine deine Gefährdung in moralischer Hinsicht. Gegen Luxus habe ich gar nichts. Ich finde, wir sollten so elegant wie möglich sein. Betrachte doch nur mal den Luxus unserer Städte im Westen. Ich habe hier nichts gesehen, was dem gleichkommt. Ich hoffe zwar, daß du nicht vulgärer Sinnenfreude verfällst, aber eigentlich befürchte ich das nicht. Die Gefahr für dich liegt darin, daß du zu sehr in deiner Traumwelt lebst. Du hast nicht genug Kontakt zur Wirklichkeit – zu der schwer schuftenden, sich abrackernden, kranken und leidenden, ja, man kann sogar sagen: sündigen Welt um dich herum. Du bist zu anspruchsvoll und zu verwöhnt; du hast zu viele hehre Illusionen. Deine neu erworbenen Tausender werden dich mehr und mehr abschotten in einem Kreis von wenigen egoistischen und kalten Menschen, die daran interessiert sind, daß du deine Illusionen aufrecht erhältst.«

Isabels Augen weiteten sich, während sie sich diese düstere Szenerie ausmalte. »Was habe ich denn für Illusionen?« fragte sie. »Dabei strenge ich mich doch so an, keine zu haben.«

»Also«, erläuterte Henrietta, »du denkst, du könntest ein romantisches Leben führen, du könntest leben, indem du es dir und anderen schön machst. Du wirst noch entdecken, daß du da falsch liegst. Welches Leben auch immer du führst: Du mußt mit deinem Herzen dabei sein, damit irgendwie etwas Positives dabei herauskommt. Und von dem Augenblick an, wo du das tust, hört die ganze Romantik auf, kann ich dir versichern. Dann wird nämlich rauhe Wirklichkeit daraus! Und man kann es sich nicht immerzu nur selbst schön machen; man muß auch manchmal Dinge tun, die anderen gefallen. Ich gebe zu, daß du dazu den besten Willen hast. Aber da ist etwas, was noch wichtiger ist: Man muß oft auch Dinge tun, die anderen *nicht* gefallen. Und auch dazu muß man den Willen haben und darf nicht davor zurückschrecken. Und das wird dir gar nicht passen, denn du bist viel zu sehr auf Bewunderung aus und hast es gern, wenn man eine gute Meinung von dir hat. Du glaubst, wir könnten uns den unangenehmen Aufgaben dadurch entziehen, daß wir die Welt durch die romantische Brille sehen. Das ist deine große Illusion, meine Liebe! Das können wir nämlich nicht. Im Leben gibt es viele Situationen, wo man niemandem etwas recht machen kann, nicht einmal sich selbst.«

Isabel schüttelte geknickt den Kopf; sie sah bekümmert und eingeschüchtert drein. »Dann muß das jetzt für dich eine solche Situation sein, Henrietta!« sagte sie.

Es traf ohne Einschränkung zu, daß Miß Stackpole während ihres Aufenthalts in Paris, der unter beruflichem Aspekt weitaus ergiebiger verlief als ihr Besuch in England, keineswegs in einer Welt der Träume gelebt hatte. Mr. Bantling, zwischenzeitlich nach England zurückgekehrt, war während der ersten vier Wochen ihr ständiger Begleiter gewesen, und Mr. Bantling hatte nichts Traumhaftes an sich, sondern war Wirklichkeit. Isabel erfuhr von ihrer Freundin, daß die beiden ein Leben in großartiger, beiderseitiger Intimität geführt hatten und daß dies Henrietta zum besonderen Vorteil gereichte, dank der bemerkenswerten Kenntnisse jenes Gentleman bezüglich Paris. Er hatte ihr alles erklärt, alles gezeigt, war ihr unermüdlicher Führer und Dolmetscher gewesen. Sie hatten zusammen gefrühstückt, diniert, das Theater besucht, zu Abend gegessen – irgendwie richtig zusammengelebt. Er sei ein wahrhaftiger Freund, versicherte Henrietta unserer Heldin mehr als einmal. Und nie habe sie sich vorstellen können, daß sie einmal einen Engländer so sehr mögen würde. Isabel hätte uns auch nicht sagen können, warum, aber sie fand, daß etwas an der Allianz, welche die Korrespondentin des *Interviewer* mit Lady Pensils Bruder eingegangen war, doch Anlaß zur Heiterkeit bot. Ihr Amüsement wurde darüber hinaus keineswegs durch die Tatsache eingeschränkt, daß sie der Meinung war, beide würden von ihr profitiercn. Isabel wurde nur den Verdacht nicht ganz los, daß beide auf der Basis eines Mißverständnisses miteinander verkehrten, daß sie sich in ihrer Unbedarftheit gegenseitig in die Falle gegangen waren. Doch diese Unbedarftheit war nichtsdestoweniger eine beiderseits honorige Angelegenheit. Daß Henrietta einerseits glaubte, Mr. Bantling interessiere sich für die Verbreitung eines wirklichkeitsbezogenen, lebendigen Journalismus und für die Stärkung der Stellung weiblicher Korrespondenten, war ebenso herzig wie andererseits die Annahme ihres Gefährten, diese ganze Geschichte mit dem *Interviewer* – eine Zeitschrift, von der er nur eine sehr ungenaue Vorstellung hatte – sei, wenn man der Sache feinsinnig und analytisch auf den Grund ging (eine Aufgabe, der sich Mr. Bantling durchaus gewachsen fühlte), nichts weiter als Ausdruck von Miß Stackpoles Sehnsucht nach demonstrativer Zuneigung. Jeder dieser beiden tastend suchenden Zölibatäre präsentierte sich mit einem eindeutigen Bedürfnis, das der jeweils andere begierig registrierte. Mr. Bantling, in seiner eher bedächtigen und weitschweifigen Art, fand eine zupackende, begeisterungsfähige, positive Frau reizvoll, die ihn mit ihrem leuchtenden, herausfordernden Blick becircte, die, mit ihrer makellosen Frische, immer wie aus dem Ei gepellt aussah und die ein Bild von pikanter Rassigkeit in einem Bewußtsein hervorrief, für das die Hausmannskost des Lebens ohne jede Würze war. Henrietta ihrerseits genoß die Gesellschaft eines Herrn, der irgendwie und auf seine Art auf Grund aufwendiger, komplizierter, ja wunderlich-kunstvoller Vorgänge für sie und ihre Zwecke wie geschaffen zu sein schien, dessen Müßiggang – ein an sich inakzeptables Verhalten – eine richtige Wohltat darstellte für ein ständig gehetztes weibliches Pendant, und der die Gabe besaß, auf fast jedes gesellschaftliche oder praktische Problem, das irgendwie auftauchen konnte, eine einfache, konventionelle, wenn auch keineswegs immer erschöpfende Antwort verfügbar zu haben. Oft genug kamen ihr Mr. Bantlings Antworten sehr gelegen, und unter dem Zeitdruck, die nach Amerika abgehende Post noch erwischen zu müssen, übernahm Henrietta sie einfach und gab sie entsprechend aufgebauscht zur Veröffentlichung weiter. Es stand zu befürchten, daß sie tatsächlich auf jene Abgründe von sophistischen Trugschlüssen zutrieb, vor denen Isabel sie in Erwartung einer witzigen Retourkutsche gewarnt hatte. Möglicherweise lauerten irgendwo Gefahren für Isabel. Was aber Miß Stackpole anging, so war kaum zu erwarten, daß sie auf Dauer ihren Frieden finden würde, wenn sie die Ansichten einer gesellschaftlichen Klasse übernahm, die sich all den alten Mißständen verpflichtet fühlte. Isabel setzte ihre gutgemeinten Warnungen fort. Lady Pensils verbindlicher Bruder wurde zuweilen im Sprachgebrauch unserer Heldin zur Zielscheibe respektloser und spöttischer Anspielungen. Doch Henriettas geduldige Liebenswürdigkeit war in diesem Punkt unübertrefflich. Das, was Isabels ironischer Übertreibung zugrunde lag, gab sie unermüdlich selbst zum besten, und voller Begeisterung zählte sie all die Stunden auf, die sie mit diesem vollkommenen »Mann von Welt« verbracht hatte – ein Ausdruck, der bei ihr nicht mehr wie früher mit Schmähungen belegt wurde. Schon ein paar Augenblicke später vergaß sie aber bereits wieder, daß sie ja eigentlich miteinander herumalberten, und mit impulsivem Ernst schilderte sie irgendeine Exkursion, in deren Genuß sie in seiner Gesellschaft gekommen war. Das hörte sich dann so an: »Oh, über Versailles weiß ich Bescheid. Ich war mit Mr. Bantling da. Ich war wild entschlossen, mir das alles sehr genau anzugucken. Und ich habe ihn vorgewarnt, als wir hinfuhren, daß ich ein sehr genauer Mensch bin. Also quartierten wir uns dort drei Tage lang im Hotel ein und sind das ganze Gelände abgegangen. Wir hatten herrliches Wetter, eine Art Altweibersommer, bloß nicht so schön. Wir haben richtig in dem Park dort gelebt. Nein, nein – mir kann keiner mehr was von Versailles erzählen.« Henrietta schien sich mit ihrem Galan für den nächsten Frühling in Italien verabredet zu haben.

21. KAPITEL

Noch vor ihrer Ankunft in Paris hatte Mrs. Touchett bereits den Tag festgelegt, an dem sie die Stadt wieder verlassen würde, und so machte sie sich Mitte Februar nach Süden auf. Sie unterbrach ihre Reise für einen Besuch ihres Sohnes an der italienischen Mittelmeerküste, wo dieser in San Remo einen langweiligen, sonnigen Winter unter einem weißen Schirm verbrachte, dessen Stellung immer wieder dem Sonnenstand angepaßt wurde. Isabel begleitete ihre Tante selbstverständlich, obgleich ihr Mrs. Touchett mit gewohnter, barscher Logik Alternativen vor Augen geführt hatte.

»Du bist jetzt selbstredend voll und ganz deine eigene Herrin und so frei wie der Vogel auf dem Ast. Das soll nicht heißen, daß du das nicht schon zuvor gewesen wärst, aber jetzt sitzt du auf einem Ast ganz anderer Qualität. Wohlhabenheit wirkt wie eine Barriere. Wenn man reich ist, kann man eine Menge Dinge tun, für die man heftig kritisiert werden würde, wäre man arm. Du kannst nach Belieben kommen und gehen, ohne Begleitung reisen, einen eigenen Haushalt führen – natürlich nur, wenn du dir eine Gesellschafterin dazu nimmst, irgendeine abgetakelte höhere Dame mit gestopftem Kaschmirmantel und gefärbtem Haar, die auf Samt malt. Das gefällt dir nicht so besonders? Selbstverständlich kannst du tun, was du willst. Ich möchte dir nur begreiflich machen, wie viele Freiheiten du nun hast. Du könntest dir Miß Stackpole als deine *dame de compagnie* nehmen; die würde dir hervorragend die Leute vom Leib halten. Allerdings bin ich der Ansicht, es wäre sehr viel besser, wenn du bei mir bliebest, obwohl du dazu keinesfalls verpflichtet bist. Das wäre aus mehreren Gründen besser, mal ganz abgesehen davon, daß du es eventuell selbst möchtest. Ich bilde mir nicht ein, daß du es möchtest, aber ich schlage vor, du bringst dieses Opfer. Der Reiz des Neuen, den meine Gesellschaft anfangs vielleicht für dich besaß, ist natürlich inzwischen verflogen, und jetzt erlebst du mich als das, was ich bin – eine langweilige, starrköpfige, beschränkte alte Frau.«

»Ich halte dich überhaupt nicht für langweilig«, hatte Isabel darauf geantwortet.

»Aber für starrköpfig und beschränkt hältst du mich schon? Ich hab's ja gewußt!« sagte Mrs. Touchett sehr zufrieden, weil sie sich bestätigt sah.

Also blieb Isabel vorläufig bei ihrer Tante, weil sie trotz gelegentlicher exzentrischer Anwandlungen große Hochachtung vor dem hatte, was üblicherweise als schicklich angesehen wurde, und eine junge Dame von Bildung, aber ohne sichtbaren Anhang, war ihr schon immer wie eine Blume ohne Blätter vorgekommen. Wohl war ihr Mrs. Touchetts Konversation nie wieder so brillant erschienen wie an jenem ersten Nachmittag in Albany, als sie in ihrem nassen Regenumhang da saß und ihr all die Möglichkeiten ausmalte, die Europa einer jungen Person mit Geschmack zu bieten hatte. Das allerdings hatte sich das Mädchen in hohem Maße selbst zuzuschreiben. Sie hatte einen flüchtigen Einblick in den Erfahrungsschatz ihrer Tante getan, und Isabel nahm in ihrer Phantasie permanent die Urteile und Gefühle einer Frau vorweg, deren eigene imaginative Fähigkeiten nur schwach ausgeprägt waren. Davon abgesehen hatte Mrs. Touchett ein großes Verdienst: Sie war rechtschaffen und geradlinig wie ein Lineal. Die Tatsache, daß sie sich weder verbog noch verbeugte, hatte etwas Tröstliches an sich. Man wußte immer, wo sie stand, und sah sich nie überraschenden Zusammenstößen und Erschütterungen ausgesetzt. In ihrem eigenen Revier diktierte sie die Spielregeln; für das Nachbargehege zeigte sie nie übermäßiges Interesse. Isabel empfand immer mehr ein verstohlenes Mitleid mit ihr. Es schien etwas so Bedauernswertes in einem Menschen zu liegen, dessen Natur gleichsam eine so geringe Oberfläche hatte – einen so eng begrenzten Raum für das Wachstum menschlicher Beziehungen bot. Nichts Zartes, nichts Teilnahmsvolles hatte je eine Chance gehabt, dort haftenzubleiben – keine vom Wind ausgesäte Blüte; kein die Härte milderndes, einladendes Moos. Die Fläche, die sie anbot, ihre passive Dimension, hatte in etwa die Ausmaße einer Messerschneide. Isabel hatte dennoch Grund zu der Annahme, daß Mrs. Touchett mit fortschreitendem Alter immer mehr Konzessionen zugunsten von etwas machte, was auf eine verborgene Weise nichts zu tun hatte mit dem rein Praktischen und Angemessenen – das heißt, mehr Entgegenkommen zeigte, als sie von anderen haben wollte. Sie lernte es allmählich, ihre Konsequenz jenen Rücksichtnahmen zweiter Ordnung zu opfern, für die nur der jeweilige Fall als Entschuldigung dienen konnte. So gereichte es ihrer rigorosen Geradlinigkeit nicht zur Ehre, daß sie die umständlichste Route nach Florenz genommen hatte, nur um ein paar Wochen bei ihrem invaliden Sohn zu verbringen. Denn in früheren Jahren war es eines ihrer entschiedensten Prinzipien gewesen, daß es Ralph, sollte er den Wunsch verspüren, seine Mutter zu besuchen, freistand, sich daran zu erinnern, daß es im Palazzo Crescentini eine große Wohnung gab, die als das Logis des *Signorino* bezeichnet wurde.

»Ich möchte dich etwas fragen«, sagte Isabel zu selbigem jungen Mann am Tag nach ihrer Ankunft in San Remo, »etwas, was ich dich schon mehr als einmal brieflich fragen wollte, aber letztlich habe ich es nicht fertiggebracht, darüber zu schreiben. Jetzt aber, so direkt und unter vier Augen, fällt es mir eigentlich ganz leicht. Hast du davon gewußt, daß dein Vater mir so viel Geld hinterlassen wollte?«

Ralph streckte seine Beine noch ein wenig weiter von sich und blickte noch etwas angestrengter auf das Mittelmeer hinaus. »Was spielt das für eine Rolle, meine liebe Isabel, ob ich davon wußte? Mein Vater hatte seinen eigenen Kopf.«

»Aha«, sagte das Mädchen, »dann hast du es also gewußt.«

»Ja, er hat es mir gesagt. Wir haben es sogar kurz durchgesprochen.«

»Weswegen hat er es getan?« fragte Isabel schroff.

»Na ja – als eine Art Kompliment.«

»Als Kompliment wofür?«

»Für dieses schöne Wesen Isabel.«

»Er hat mich viel zu gern gehabt«, erklärte sie sofort.

»Das geht uns allen so.«

»Würde ich das glauben, wäre ich sehr unglücklich. Glücklicherweise glaube ich es aber nicht. Ich will nur fair behandelt werden; weiter will ich nichts.«

»Wunderbar. Bloß darfst du nicht vergessen, daß Fairneß gegenüber einem süßen Geschöpf letzten Endes nichts anderes ist als eine besonders blumige Art von Gefühl.«

»Ich bin kein süßes Geschöpf! Wie kannst du so etwas in dem Moment sagen, wo ich diese abscheulichen Fragen stelle! Ich muß dir ja wirklich sehr zart besaitet vorkommen!«

»Du kommst mir beunruhigt vor«, sagte Ralph.

»Ich bin beunruhigt.«

»Weswegen?«

Einen Augenblick lang sagte sie nichts; dann brach es aus ihr heraus: »Glaubst du, es ist gut für mich, plötzlich so reich zu sein? Henrietta glaubt es nicht.«

»Zum Kuckuck mit Henrietta!« gab Ralph grob zurück. »Wenn du *mich* fragst: Ich freue mich ungemein darüber.«

»Hat es dein Vater deshalb getan – damit du dich amüsierst?«

»Ich bin nicht der Meinung von Miß Stackpole«, fuhr Ralph bedeutungsvoll fort. »Ich finde es sehr gut für dich, über Geld zu verfügen.«

Isabel blickte ihn aus ernsten Augen an. »Ich frage mich, woher du wissen willst, was gut für mich ist – und ob dir das nicht überhaupt egal ist.«

»Wenn ich es weiß, ist es mir auch nicht egal – verlaß dich darauf. Soll ich dir sagen, was gut für dich ist? Daß du aufhörst, dich selbst zu quälen.«

»Daß ich aufhöre, dich zu quälen, soll das ja wohl heißen.«

»Das schaffst du gar nicht; dagegen bin ich gefeit. Nimm doch die Dinge leichter. Frag dich nicht andauernd, ob dies oder jenes gut für dich ist. Zermartere dir nicht ständig dein Gewissen; es harmoniert sonst nicht mehr mit dir und hört sich nur noch an wie ein verstimmtes Klavier. Schone es für die großen Augenblicke. Versuche nicht so angestrengt, deinen Charakter auszuformen. Das wäre ja, als wolle man versuchen, eine noch geschlossene, zarte, junge Rosenknospe aufzureißen. Lebe einfach so, wie es dir am besten gefällt; dein Charakter kommt schon allein zurecht. Die meisten Dinge sind gut für dich. Da gibt es nur wenige Ausnahmen, und ein bequemes Einkommen gehört nicht dazu.« Ralph legte eine Pause ein und lächelte; Isabel hatte genau zugehört. »Du denkst einfach zuviel nach, und vor allem machst du dir zu viele Gewissensbisse«, fügte Ralph hinzu. »Es ist jenseits aller Vernunft, was du alles für falsch hältst. Zieh deine Wachtposten ein. Gib deiner Ungeduld ordentlich Futter. Breite die Flügel aus und laß den Boden unter dir. Das ist nie verkehrt.«

Sie hatte, wie schon gesagt, eifrig zugehört, und sie verfügte von Natur aus über eine rasche Auffassungsgabe. »Ich frage mich, ob du selbst an das glaubst, was du da erzählst. Falls ja, übernimmst du eine große Verantwortung.«

»Jetzt jagst du mir aber einen Schrecken ein! Trotzdem denke ich, daß ich recht habe«, sagte Ralph und ließ in seiner Aufmunterung nicht nach.

»Wie auch immer – das, was du sagst, ist absolut richtig«, sprach Isabel weiter. »Richtiger geht es gar nicht mehr. Ich beschäftige mich andauernd mit mir selbst. Ich betrachte das Leben zu sehr als eine vom Doktor verschriebene Arznei. Warum fragen wir uns tatsächlich ununterbrochen, ob etwas gut für uns ist, so, als wären wir Patienten, die im Spital liegen? Warum eigentlich habe ich solche Angst davor, etwas falsch zu machen? Als hätte es irgendeinen Einfluß auf die Welt, ob ich etwas richtig oder falsch mache!«

»Du bist eine hervorragende Klientin für einen Berater«, sagte Ralph. »Du nimmst mir den ganzen Wind aus den Segeln.«

Sie sah ihn an, als hätte sie ihn nicht gehört, verfolgte aber gleichzeitig den Gedankengang weiter, den er provoziert hatte. »Ich versuche zwar, die Welt wichtiger zu nehmen als mich, aber ich lande immer wieder bei mir. Das kommt daher, daß ich Angst habe.« Sie brach ab; ihre Stimme hatte leicht gezittert. »Ja, ich habe Angst; ich kann dir gar nicht sagen, was für eine! Ein großes Vermögen bedeutet Freiheit, und davor habe ich Angst. Es ist eine so tolle Sache, und man sollte was richtig Gutes damit anfangen. Wenn man es nicht täte, müßte man sich schämen. Und man muß andauernd überlegen, was auch wieder eine permanente Anstrengung ist. Ich weiß nicht, ob man nicht glücklicher ist, wenn man diese Macht des Geldes nicht hat.«

»Schwache Menschen sind da sicher glücklicher. Schwache Menschen müssen sich ganz schön anstrengen, nicht verachtenswert zu werden.«

»Und woher weißt du, daß ich nicht schwach bin?« wollte Isabel wissen.

»O weh! » antwortete Ralph und wurde rot, was dem Mädchen nicht entging. »Solltest du es sein, wäre ich verraten und verkauft!«

Der Zauber der Mittelmeerküste wurde für unsere Heldin immer stärker, je länger sie sich ihm aussetzte, denn diese Landschaft stellte die Schwelle nach Italien dar, die zu sämtlichen Herrlichkeiten. Italien, bisher nur mangelhaft erschaut und unvollkommen erfühlt, erstreckte sich vor ihr wie ein Land der Verheißungen, wie ein gelobtes Land, in dem die Liebe zu allem Schönen gestützt wird von ewigem Wissen. Jedesmal wenn sie mit ihrem Cousin an der Küste entlangschlenderte, und sie war seine ständige Begleiterin auf seinen täglichen Spaziergängen, sah sie sehnsüchtigen Blickes übers Meer, dorthin, wo sie Genua wußte. Doch war sie froh über dieses Innehalten vor dem ganz großen Abenteuer; allein der Schwebezustand der Vorfreude ließ sie vor Erregung erschauern. Auch empfand sie dieses Verweilen als ein friedvolles Intermezzo, als Stille im Lärm des klingenden Spiels eines Lebensweges, den als sonderlich turbulent zu betrachten sie bislang eigentlich wenig Anlaß gehabt hatte, den sie sich aber dennoch andauernd im Lichte ihrer Hoffnungen, Ängste, Phantasien, Ambitionen und Vorlieben vor Augen führte, wodurch sich subjektive Nebensächlichkeiten und Zufälliges entsprechend dramatisch widerspiegelten. Madame Merle hatte Mrs. Touchett prophezeit, daß sich ihre junge Freundin, habe sie erst ein paarmal die Hand in die Tasche gesteckt, mit dem Gedanken aussöhnen werde, dieselbe von einem großzügigen Onkel wohl angefüllt vorzufinden; die Ereignisse bestätigten, wie schon so oft zuvor, den Scharfblick dieser Dame. Ralph Touchett hatte seine Cousine dafür gelobt, daß sie moralisch leicht entflammbar sei, weil sie einen Fingerzeig, der als guter Rat gemeint war, rasch verstanden hatte. Sein Rat hatte sich bei der Problemlösung vielleicht als hilfreich erwiesen. Auf jeden Fall hatte sich Isabel, noch ehe sie San Remo wieder verließ, an das Gefühl ihres Reichtums gewöhnt. Die betreffende Empfindung suchte sich ein geeignetes Plätzchen in einer eher in sich geschlossenen kleinen Gruppe von Vorstellungen, die das Mädchen von sich selbst hatte, und oft genug stellte sie sich als die keinesfalls am wenigsten angenehme heraus. Das Vorhandensein von tausend guten Absichten gehörte dabei zu ihrem Standardrepertoire. Isabel verlor sich in einem Labyrinth von Visionen. All die schönen Dinge, die ein reiches, unabhängiges, freigebiges Mädchen tun konnte, das eine großartige menschliche Vorstellung von seinen Möglichkeiten und Verpflichtungen hatte, waren insgesamt edler Natur.

Damit wurde ihr Vermögen in ihrem Bewußtsein zu einem Teil ihres besseren Selbst; es machte sie bedeutend, verlieh ihr sogar, in ihrer Einbildung, eine gewisse ideale Schönheit. Was es in der Phantasie Dritter bewirkte, steht auf einem anderen Blatt, das wir uns zu gegebener Zeit noch vornehmen müssen. Die von mir soeben erwähnten Visionen vermischten sich mit zusätzlichen Erörterungen. Isabel dachte lieber an die Zukunft als an die Vergangenheit; doch gelegentlich, während sie dem Gemurmel der Mittelmeerwellen lauschte, schweiften ihre Gedanken kurz zurück. Sie verweilten bei zwei Gestalten, die – trotz zunehmender Entfernung – noch deutlich genug auszumachen und unschwer als Caspar Goodwood und Lord Warburton zu erkennen waren. Es war seltsam, wie rasch diese Muster an Tatkraft im Leben unserer Heldin in den Hintergrund getreten waren. Sie hatte schon immer dazu geneigt, den Glauben an die Realität von etwas Abwesendem zu verlieren. Im Bedarfsfall konnte sie diesen Glauben mit einiger Anstrengung wieder mobilisieren, doch erwies sich die Anstrengung oftmals als schmerzhaft, auch wenn die Realität von der angenehmen Sorte gewesen war. Die Vergangenheit stellte sich meist als etwas Totes dar, und ihre Wiederbelebung vollzog sich dann eher im bleichen Licht des Jüngsten Tages. Darüber hinaus war Isabel nicht versucht, es als gegeben vorauszusetzen, daß sie im Bewußtsein anderer Menschen verankert blieb; sie besaß nicht die Einfältigkeit anzunehmen, sie hinterlasse unauslöschliche Spuren. Sie war fähig, sich durch die Entdeckung verletzt zu fühlen, daß man sie vergessen hatte; doch von allen Freiheiten war ihr selbst die des Vergessens die liebste. Sie hatte, einmal sentimental gesprochen, nicht ihren letzten Taler hergeschenkt, weder an Caspar Goodwood noch an Lord Warburton; andererseits konnte sie das Gefühl nicht verleugnen, daß die beiden doch beträchtlich in ihrer Schuld stünden. Selbstverständlich hatte sie nicht vergessen, daß sie noch von Mr. Goodwood hören sollte, aber das war vereinbarungsgemäß anderthalb Jahre weit weg, und bis dahin konnte noch allerhand geschehen. Tatsächlich hatte sie nie ernsthaft die Möglichkeit in Betracht gezogen, ihr amerikanischer Verehrer könnte ein anderes Mädchen finden, das sich weniger kräftezehrend umwerben ließ, denn sie hatte trotz der Gewißheit, daß es viele solcher Mädchen gab, nicht die leisesten Befürchtungen, daß dieser Vorzug Mr. Goodwood womöglich anziehen könnte. Dennoch kam ihr der Gedanke, daß auch sie einmal die Demütigung eines Wandels erfahren könnte, daß sie einmal all das, was sozusagen uncasparisch war (obwohl das eine ziemliche Menge zu sein schien), durchprobiert haben und dann schließlich doch Ruhe in genau jenen Elementen seiner Gegenwart finden würde, die ihr im Moment eher wie Hindernisse auf dem Weg zu edler Muße vorkamen. Vorstellbar, daß diese Hindernisse sich eines Tages als heimlicher Segen herausstellten – als ein ruhiger Hafen ohne Untiefen, ringsum geschützt von soliden, granitenen Wellenbrechern. Aber dieser Tag würde erst kommen, wenn er an der Reihe war, und bis dahin konnte sie nicht mit gefalteten Händen dasitzen und abwarten. Daß Lord Warburton ihr Bildnis weiterhin in seinem Herzen trug, schien ihr mehr zu sein, als noble Bescheidenheit oder aufgeklärter Stolz eigentlich erwarten durften. Sie hatte sich so entschieden geweigert, Erinnerungen an das, was sich zwischen ihnen beiden ereignet hatte, zu bewahren, daß ihr eine entsprechende Anstrengung seinerseits nur als im höchsten Maße angemessen erschienen wäre. Dabei handelte es sich nicht einfach, wie der Augenschein suggerieren mag, um sarkastisch gefärbte, theoretische Gedankengänge. Isabel glaubte aufrichtig, Seine Lordschaft werde, wie man so sagt, über seine Enttäuschung hinwegkommen. Er war emotional tief berührt; davon war sie fest überzeugt und auch noch immer in der Lage, diese Überzeugung mit Freude zur Kenntnis zu nehmen. Doch war es grotesk zu glauben, daß ein Mann, der so intelligent war und so angesehen, eine Narbe kultivieren würde, die in keinem Verhältnis zu irgendeiner zugefügten Wunde stand. Die Engländer haben es außerdem gern gemütlich, sagte sich Isabel, und auf Dauer gesehen war es für Lord Warburton mit der Gemütlichkeit nicht weit her, wenn er einem amerikanischen Mädchen nachweinte, das sich selbst genügte und sowieso nur eine Zufallsbekanntschaft darstellte. Sie gefiel sich in der Vorstellung, daß sie, sollte sie plötzlich eines Tages erfahren, er habe irgendeine junge Frau seines Landes geheiratet, die sich mehr bemüht hatte, um ihn sich zu verdienen – daß sie diese Nachricht dann noch nicht einmal mit einer Andeutung von Überraschung zur Kenntnis nehmen würde. Damit wäre für sie bloß bewiesen, daß er sie für konsequent hielt – und genau dieses Bild sollte er von ihr haben. Und das ganz allein tat ihrem Stolz Genüge.

22. KAPITEL

An einem der ersten Maitage, ungefähr ein halbes Jahr nach Mr. Touchetts Tod, hatte sich eine kleine Ansammlung von Personen, die ein Maler als gelungenes Gruppenbild hätte bezeichnen können, in einem der vielen Zimmer einer alten Villa zusammengefunden, die auf einem dicht mit Olivenbäumen bestandenen Hügel jenseits des Römischen Tores von Florenz lag. Bei der Villa handelte es sich um ein langgestrecktes Gebäude mit fast glatten Außenmauern, und es hatte dieses in der Toskana so beliebte weit überstehende Dach, so daß man bei den Häusern auf den Hügeln um Florenz herum, aus der Ferne betrachtet, den Eindruck gewinnt, als bildeten das jeweilige Bauwerk und die kerzengeraden, dunklen, klar umrissenen Zypressen, die meist in Dreier- oder Vierergruppen daneben aufragen, ein Rechteck von vollendeter Harmonie. Die Vorderfront des Hauses blickte auf eine kleine, grasbewachsene, leere ländliche Piazza, die einen Teil der Hügelspitze beanspruchte. Und diese Fassade, nur von wenigen Fenstern unregelmäßig durchbrochen und mit einer Steinbank ausgestattet, die längs des Fundaments angepaßt worden war und ein bis zwei Personen als Sitzgelegenheit diente, damit diese dort die Zeit vertrödeln und dabei mehr oder weniger deutlich jene Miene nicht genügend gewürdigter Verdienste aufsetzen konnten, die, aus welchen Gründen auch immer, in Italien ausnahmslos all die anmutig kleidet, die sich zuversichtlich und selbstsicher mit der Attitüde des konsequenten Nichtstuns ausstaffieren – diese uralte, massive, verwitterte, doch imponierende Fassade also war irgendwie von wenig mitteilsamer Beschaffenheit. Sie war die Maske, nicht das Gesicht des Hauses. Sie hatte schwere Lider, aber keine Augen, und in Wirklichkeit blickte das Haus in die andere Richtung, blickte nach hinten hinaus in die herrliche Weite der Landschaft unter der Nachmittagssonne. Auf jener Seite ragte die Villa über den Hügelabhang hinaus und ein Stückchen hinein in das langgestreckte, diesige Tal des Arno, das in italienischen Farbtönen schimmerte. Zum Haus gehörte eine schmale Gartenterrasse, auf der wildwuchernde Rosen und weitere alte, bemooste und sonnenwarme Steinbänke dominierten. Die Terrassenbrüstung hatte gerade die richtige Höhe, daß man sich darüberlehnen konnte, und unterhalb davon lief der Abhang unbestimmt in Olivenhaine und Weinberge aus. Allerdings sind wir jetzt nicht mit der äußeren Erscheinung des Ortes befaßt; an diesem strahlenden Morgen des voll erblühten Frühlings hatten die Bewohner allen Grund, die schattige Innenseite der Mauern zu bevorzugen. Die Fenster des Erdgeschosses wirkten, wenn man sie von der Piazza aus betrachtete, in ihren vortrefflichen Proportionen außerordentlich architektonisch-funktional. Doch schien es weniger ihre Funktion zu sein, eine Verbindung zur Außenwelt herzustellen, als vielmehr der Welt den Einblick zu verwehren. Sie waren mit massiven Gittern versehen und in solcher Höhe eingelassen, daß sich alle Neugierde, selbst wenn sie auf Zehenspitzen daherkam, vor der Zeit erschöpfte. In einem von einer Dreierreihe dieser mißgünstigen Öffnungen erhellten Raum, einem von mehreren separaten Appartements, in die die Villa unterteilt war und die meist von schon länger in Florenz weilenden Ausländern jeglicher Nationalität okkupiert wurden, saß ein Herr in Gesellschaft eines jungen Mädchens und zweier Ordensschwestern. Der Raum war jedoch nicht so düster, wie er sich nach unseren Andeutungen vielleicht darstellt, denn er besaß eine breite, hohe Tür, die gerade nach dem verwilderten Garten hin offenstand und deren hohe Eisengitterstäbe die Sonne Italiens mitunter im Übermaß einließen. Außerdem war er ein Ort der Entspannung und Ungezwungenheit, ja des Luxus, dem subtilen Arrangement der Einrichtung und den großzügig zur Schau gestellten Raffinessen nach zu urteilen, mit einer Vielfalt von verblichenen Damasten und Wandteppichen, von Truhen und Vitrinen aus geschnitzter Eiche im Altersglanz, von ungelenk gemalten Exemplaren bildnerischer Kunst in ebenso pedantisch-primitiven Rahmen, von abnorm aussehenden Zeugnissen mittelalterlicher Messing- und Töpferarbeiten, für die Italien seit langem schon das noch immer nicht vollständig geplünderte Magazin darstellt. Diese Dinge vertrugen sich gut mit modernem Mobiliar, bei dem man große Zugeständnisse an die Generation der Müßiggänger gemacht hatte: Alle Sessel waren auffallend tief und weich gepolstert, und ein Schreibtisch, dessen einfallsreiche Perfektion den Stempel Londons und des neunzehnten Jahrhunderts verriet, beanspruchte viel Platz. Bücher, Zeitschriften und Tageszeitungen gab es in Hülle und Fülle, dazu einige kleine, eigenartige, kunstvolle Malereien, hauptsächlich in Wasserfarben. Eine dieser Arbeiten befand sich gerade auf einer Staffelei, vor der sich in dem Augenblick, in dem wir uns ihm widmen, das von mir bereits erwähnte junge Mädchen postiert hatte. Schweigend betrachtete es das Bild.

Die anderen in dem Raum schwiegen nicht, zumindest nicht völlig, doch erweckte ihre Unterhaltung den Anschein, als werde sie mehr aus Verlegenheit aufrechterhalten. Die beiden Klosterschwestern hatten es sich in ihren Sesseln nicht bequem gemacht; ihre Haltung drückte eine kompromißlose Reserviertheit aus, und in ihren Mienen lag, wie ein glasierter Überzug, ein Ausdruck von Weltklugheit. Sie waren schlichte, füllige, weichgesichtige Frauen mit einer Art geschäftsmäßiger Bescheidenheit, die durch den unpersönlichen Akzent ihrer gestärkten Hauben und ihrer Klostertracht, welche einen so steifen Faltenwurf hatte, als sei sie auf einem Stützrahmen festgenagelt, noch unterstrichen wurde. Die eine von ihnen, schon fortgeschrittenen Alters, bebrillt und mit frischem Teint und vollen Wangen, hatte individuellere Züge als ihre Kollegin und trug zudem die Verantwortung für den Auftrag, der die beiden hierhergeführt und augenscheinlich mit dem jungen Mädchen zu tun hatte. Dieses Objekt des Interesses hatte seinen Hut aufgesetzt, ein schmückendes Accessoire von extremer Einfachheit und nicht im Widerspruch zu ihrem schmucklosen Musselinkleid, das für ihr Alter eigentlich zu kurz war, obwohl man den Saum sicherlich schon einmal ›ausgelassen‹ hatte. Der Herr, von dem man hätte annehmen können, daß er für die Unterhaltung der beiden Nonnen zuständig war, hatte möglicherweise die Schwierigkeiten dieser Aufgabe erkannt, denn mit den sehr Sanftmütigen Konversation zu treiben ist auf eine Weise genauso mühselig wie mit den sehr Hochmütigen. Gleichzeitig war seine Aufmerksamkeit zweifelsohne von dem schweigsamen Schützling der beiden in Anspruch genommen, und während das Mädchen ihm den Rücken zukehrte, ruhte sein Blick ernst auf ihrer schlanken, kleinen Gestalt. Er war ein Mann von vierzig mit einer hohen, doch wohlgestalteten Kopfform, das noch dichte, aber frühzeitig ergraute Haar trug er recht kurz geschnitten. Er hatte ein feines, schmales, ideal modelliertes und komponiertes Gesicht, dessen einziger Makel darin bestand, daß es eine Idee zu spitz erschien, ein Eindruck, zu dem die Form des Bartes nicht wenig beitrug. Dieser Bart, gestutzt in der Manier der Porträts des sechzehnten Jahrhunderts und von einem hübschen Schnurrbart gekrönt, dessen Enden einen romantischen Aufwärtsschwung nahmen, verlieh seinem Träger ein fremdländisches, historisches Aussehen und ließ vermuten, daß es sich um einen Gentleman handelte, der sich mit Stilstudien befaßte. Seine wissenden, neugierigen Augen allerdings, die gleichzeitig unbestimmt *und* durchdringend, klug *und* mitleidslos blicken konnten und den Beobachter *und* den Träumer verrieten, drückten die beruhigende Gewißheit aus, daß er diese Studien nur innerhalb wohlgesetzter Grenzen betrieb, innerhalb derer er das fand, was er suchte. Ihn nach Heimatgegend und Herkunftsland einordnen zu wollen, hätte erhebliche Schwierigkeiten bereitet; er wies keine jener oberflächlichen Merkmale auf, die üblicherweise die Antwort auf diese Frage zum faden Kinderspiel machen. Falls er englisches Blut in seinen Adern hatte, so war es wahrscheinlich mit französischen oder italienischen Beimischungen versetzt. Er war eine edle Goldmünze, aber ohne Prägung oder Emblem, die sie zum gemeinen Zahlungsmittel gemacht hätte. Er war die elegante, kunstvolle Medaille, die zu besonderen Anlässen geprägt wird. Er hatte eine gewichtslose, schlanke, eher Lauheit vermittelnde Gestalt und war augenscheinlich weder groß noch klein. Gekleidet war er wie ein Mann, der sich Mühe gibt, jede vulgäre Note in seinem Erscheinungsbild zu vermeiden.

»Also, meine Kleine, was hältst du davon?« wollte er von dem jungen Mädchen wissen. Er bediente sich der italienischen Sprache, die er mit müheloser Perfektion benutzte, doch hätte das niemanden davon überzeugt, er sei Italiener.

Die Kleine drehte den Kopf voller Ernst von einer Seite zur anderen. »Es ist sehr hübsch, Papa. Hast du es selbst gemacht?«

»Aber natürlich habe ich es selbst gemacht. Findest du nicht auch, daß ich begabt bin?«

»Ja, Papa, sehr begabt. Ich habe auch malen gelernt.« Und sie wandte sich um und zeigte ihr kleines, schönes Gesicht mit einem starren, betont lieblichen Lächeln.

»Du hättest mir eine Probe deines Könnens mitbringen sollen.«

»Ich habe ganz viele mitgebracht; sie sind in meinem Koffer.«

»Sie zeichnet sehr – sehr genau«, bemerkte die ältere der Nonnen auf französisch.

»Das freut mich. Haben Sie sie unterrichtet?«

»Zum Glück nicht«, sagte die Ordensschwester und errötete ein wenig. »*Ce n'est pas ma partie.* Ich unterrichte überhaupt nicht. Das überlasse ich denen, die intelligenter sind. Wir haben einen ausgezeichneten Zeichenlehrer, Herrn – Herrn – wie heißt er doch wieder?« fragte sie ihre Begleiterin.

Ihre Begleiterin betrachtete angestrengt den Teppich. »Es ist ein deutscher Name«, sagte sie auf italienisch, als müsse der Name erst übersetzt werden.

»Ja«, fuhr die andere fort, »er ist Deutscher, und wir haben ihn schon seit vielen Jahren.«

Das Mädchen schenkte der Unterhaltung keine Beachtung und war zur geöffneten Tür des großen Raumes spaziert, von wo aus es in den Garten hinaussah. »Und Sie, Schwester, Sie sind Französin«, sagte der Gentleman.

»Ja, Sir«, erwiderte der Gast freundlich. »Ich spreche mit den Schülerinnen in meiner Sprache. Ich kann keine andere. Aber wir haben auch Schwestern aus anderen Ländern – Engländerinnen, Deutsche, Irinnen. Sie alle reden in ihrer eigenen Sprache.«

Der Gentleman lächelte. »Befand sich meine Tochter unter der Obhut einer der irischen Damen?« Und fügte hinzu, als er bemerkte, daß seine Gäste einen Scherz vermuteten, den sie jedoch nicht verstanden: »Dann ist ja alles bestens.«

»O ja. Wir haben alles, und alles ist vom Besten.«

»Bei uns gibt es sogar Turnunterricht«, erlaubte sich die italienische Schwester zu bemerken. »Aber ungefährlichen.«

»Das hoffe ich doch. Ist das *Ihr* Unterrichtsfach?« Eine Frage, die bei beiden Damen zu einem Heiterkeitsausbruch führte, nach dessen Abebben ihr Unterhalter mit einem Blick auf seine Tochter feststellte, daß sie gewachsen sei.

»Ja, aber ich denke, jetzt ist sie damit fertig. Sie wird – so bleiben, nicht groß«, sagte die französische Schwester.

»Ich bedaure das gar nicht. Bei Frauen lege ich den gleichen Maßstab an wie bei Büchern: sehr gut müssen sie sein und nicht zu lang. Trotzdem fiele mir jetzt kein besonderer Grund ein«, sagte der Gentleman, »warum mein Kind klein bleiben sollte.«

Die Nonne zuckte leicht mit den Achseln, als wolle sie andeuten, daß dergleichen sich jenseits unserer Einflußmöglichkeiten befinde. »Sie ist bei bester Gesundheit, und das ist die Hauptsache.«

»Ja, so sieht sie auch aus.« Und der Vater des jungen Mädchens beobachtete es kurz. »Was siehst du da im Garten?« fragte er auf französisch.

»Ich sehe viele Blumen«, erwiderte es mit einem süßen, dünnen Stimmchen und einem Akzent, der ebenso rein war wie der des Vaters.

»Ja, aber viel Gutes ist nicht darunter. Trotzdem kannst du mal hinausgehen und ein paar pflücken für *ces dames*.«

Das Mädchen drehte sich herum und lächelte vor Freude noch mehr. »Darf ich wirklich?«

»Sicher, wenn ich es dir sage«, meinte der Vater.

Das Mädchen blickte schnell zu der älteren Nonne hin. »Darf ich wirklich, *ma mère*?«

»Gehorche deinem Herrn Vater, Kind«, sagte die Schwester und errötete abermals.

Das Kind hielt diese Genehmigung für ausreichend, trat über die Türschwelle, stieg die Stufen hinab und war gleich darauf nicht mehr zu sehen. »Sie verwöhnen die Kinder nicht«, sagte der Vater belustigt.

»Sie müssen bei allem um Erlaubnis bitten. Das ist unsere Methode. Die Erlaubnis wird großzügig erteilt, aber sie müssen erst darum bitten.«

»Oh, ich will Ihre Methode ja gar nicht kritisieren. Ich habe keinerlei Zweifel, daß sie ausgezeichnet ist. Ich schickte meine Tochter zu Ihnen, um zu sehen, was Sie aus ihr machen würden. Ich vertraute Ihnen.«

»Ohne Vertrauen geht es nicht«, erklärte die Schwester verbindlich und guckte durch ihre Brille.

»Und – wurde mein Vertrauen belohnt? Was haben Sie aus ihr gemacht?«

Die Schwester schlug kurz die Augen nieder. »Ein gutes Christenkind, Monsieur.«

Ihr Gastgeber schlug ebenfalls die Augen nieder, doch ist nicht auszuschließen, daß die gleichen Reaktionen jeweils unterschiedliche Gründe hatten. »Schön, und außerdem?«

Er besah sich die Dame aus dem Kloster, als wartete er darauf, sie werde gleich verkünden, ein gutes Christenkind sei ja wohl das Höchste. Aber bei aller Einfalt war sie denn doch nicht so unbedarft. »Eine charmante junge Dame – eine richtige kleine Frau – eine Tochter, mit der Sie rundum zufrieden sein werden.«

»Mir kommt sie sehr *gentille* vor«, sagte der Vater. »Und sie ist wirklich hübsch.«

»Sie ist vollkommen. Sie hat keine Fehler.«

»Sie hatte auch als Kind keine, und ich freue mich, daß sie sich bei Ihnen keine angeeignet hat.«

»Dazu lieben wir sie viel zu sehr«, sagte die bebrillte Schwester mit Würde. »Und was Fehler betrifft: Wie soll sie sich bei uns etwas aneignen, was wir nicht haben? *Le couvent n'est pas comme le monde, monsieur.* Sie ist unsere Tochter, sozusagen. Seit sie ganz klein war, haben wir sie bei uns gehabt.«

»Von allen, die wir dieses Jahr verlieren, ist sie diejenige, die uns am meisten fehlen wird«, murmelte die Jüngere respektvoll. »O ja, wir werden noch oft von ihr sprechen«, ergänzte die andere. »Wir werden sie den Neuen als Vorbild hinstellen.« Und bei diesen Worten schien die Klosterschwester eine Trübung ihrer Brillengläser zu registrieren, während ihre Mitschwester, nach kurzem Umherkramen, umgehend ein Taschentuch aus sehr haltbarem Gewebe zutage förderte.

»Es steht noch nicht fest, ob Sie sie verlieren; es ist noch nichts entschieden«, erwiderte ihr Gastgeber rasch, weniger, um ihren Tränen zuvorzukommen, sondern eher im Ton eines Mannes, der die ihm sympathischste Möglichkeit ansprach.

»Wir wären ganz glücklich, wenn das so wäre. Fünfzehn ist ein sehr frühes Alter, um uns zu verlassen.«

»Oh«, rief der Gentleman mit größerer Lebhaftigkeit aus, als er bisher geoffenbart hatte. »Ich bin es nicht, der sie Ihnen wegnehmen will. Ich wollte, Sie könnte immer bei Ihnen bleiben!«

»Ach, Monsieur«, sagte die ältere Schwester, lächelte und stand auf. »Ein so gutes Kind, wie sie ist, so ist sie doch für die Welt bestimmt. *Le monde y gagnera.*«

»Wenn wir alle guten Menschen in Klöstern verstecken wollten, was wäre dann mit der Welt?« lautete die bange Frage ihrer Begleiterin, die sich gleichfalls erhob.

Dies war eine Frage von weitaus größerer Tragweite, als es die gute Frau offensichtlich vermutete, und die Dame mit der Brille versuchte sich daraufhin als Vermittlerin und bemerkte tröstlich: »Gott sei Dank gibt es ja überall gute Menschen.«

»Sollten Sie jetzt gehen wollen, werden es hier zwei weniger sein«, kommentierte ihr Gastgeber galant.

Auf dieses hochgestochene Kompliment wußten seine schlichten Gäste nichts zu antworten; sie sahen einander nur kurz und in sittsamer Verlegenheit an. Ihre Verwirrtheit wurde jedoch rasch von der Rückkehr des jungen Mädchens überdeckt, das zwei große Rosensträuße mitbrachte, einen ganz weißen und einen ganz roten.

»Sie haben die Wahl, Maman Catherine«, sagte das Mädchen. »Der Unterschied besteht nur in der Farbe, Maman Justine; ansonsten sind in jedem Strauß gleich viele Rosen.«

Die beiden Ordensschwestern sahen einander an, lächelten und zögerten, und »Welchen möchtet *Ihr*?« flötete die eine, und »Nein, *Ihr* sollt wählen!« die andere.

»Dann nehme ich den roten, danke«, sagte Mutter Catherine, die Brillenbewehrte. »Ich bin ja selbst ganz rot. Sie werden uns auf unserem Weg zurück nach Rom trösten.«

»Ach, die halten sich ja doch nicht!« rief das Mädchen. »Ich wünschte, ich könnte Ihnen etwas schenken, was sich hält!«

»Du hast uns eine gute Erinnerung an dich geschenkt, meine Tochter. Und die wird sich halten.«

»Ich wünschte, Nonnen dürften hübsche Sachen tragen. Dann würde ich Ihnen meine blauen Perlen schenken«, fuhr das Mädchen fort.

»Und Sie fahren noch heute abend nach Rom zurück?« fragte sein Vater.

»Ja, wir nehmen wieder den Zug. Wir haben so viel zu tun *là-bas.*«

»Sind Sie denn nicht müde?«

»Wir sind nie müde.«

»Na ja, Schwester, manchmal schon«, flüsterte die jüngere Braut Christi.

»Auf jeden Fall nicht heute. Dafür haben wir uns hier viel zu gut ausgeruht. *Que Dieu vous garde, ma fille.*«

Während die beiden Nonnen noch Abschiedsküsse mit seiner Tochter austauschten, ging der Gastgeber bereits vor, um ihnen die Tür aufzumachen. Doch just als er dies tat, stieß er einen leisen Ruf aus, blieb reglos stehen und blickte hinaus. Die Tür führte in ein gewölbtes Antichambre, hoch wie eine Kapelle, der Fußboden mit roten Fliesen ausgelegt. Und in dieses Antichambre war soeben eine Lady von einem Bediensteten geführt worden, einem Burschen in verschlissener Livree, der sie gerade zu der Räumlichkeit geleitete, in der sich unsere Freunde gruppierten. Der Herr an der Tür, nach getanem Ausruf, verharrte schweigend, und schweigend näherte sich auch die Dame. Er ließ ihr keine weitere hörbare Begrüßung zuteil werden und bot ihr auch nicht die Hand, sondern trat nur zur Seite, um sie einzulassen. Auf der Schwelle zauderte sie. »Ist jemand da?« fragte sie.

»Ja, jemand für dich.«

Sie trat ein und sah sich den beiden Nonnen gegenüber und deren Schülerin, die sich eingehängt hatte und zwischen ihnen auf die Tür zuging. Beim Anblick der neuen Besucherin hielten alle inne, auch die Dame, die jetzt dastand und die drei ansah. Das junge Mädchen rief leise und freundlich aus: »Ah, Madame Merle!«

Die Besucherin erschrak zunächst ein wenig, aber schon im nächsten Augenblick zeigte sie sich wieder in ihrer liebenswürdigen Art. »Ja, es ist Madame Merle, die gekommen ist, um dich zu Hause zu begrüßen.« Und sie streckte dem Mädchen beide Hände entgegen, das auch gleich zu ihr hineilte und ihr die Stirn zum Kuß bot. Madame Merle küßte diesen Teil des reizenden kleinen Wesens und lächelte dann die beiden Nonnen an. Sie erwiderten ihr Lächeln mit geziemender Verbeugung, ohne sich allerdings eine direkte und genaue Musterung dieser imposanten, strahlenden Erscheinung zu gestatten, die etwas vom Glanz der Außenwelt mit sich zu bringen schien.

»Die Damen haben meine Tochter heimgebracht und sind gerade auf dem Rückweg in ihr Kloster«, erklärte der Gentleman.

»Oh, Sie kehren nach Rom zurück? Da bin ich erst vor kurzem gewesen. Zur Zeit ist es ganz herrlich dort«, sagte Madame Merle.

Die Ordensschwestern hatten ihre Hände unter den weiten Ärmeln gefaltet und nahmen diese Feststellung kommentarlos auf, und der Hausherr fragte seinen neuen Gast, wie lange es denn her sei, seit sie Rom verlassen habe. »Sie hat mich im Kloster besucht«, sagte das junge Mädchen, noch ehe die angesprochene Dame Zeit für eine Antwort fand.

»Das habe ich mehr als einmal getan, Pansy«, verkündete Madame Merle. »Bin ich in Rom denn nicht deine große Freundin?«

»An das letzte Mal erinnere ich mich am besten«, sagte Pansy, »weil Sie mir da sagten, ich käme weg.«

»Das hast du ihr gesagt?« fragte der Vater des Kindes.

»Das weiß ich nicht mehr genau. Ich habe ihr etwas gesagt, von dem ich annahm, es würde sie freuen. Ich bin eine Woche in Florenz gewesen. Ich hatte gehofft, du würdest mich besuchen kommen.«

»Das hätte ich auch getan, hätte ich es gewußt. Dergleichen erfährt man nicht durch Eingebung, aber vermutlich sollte man es gefälligst. Warum setzt du dich nicht?«

Beide kurzen Ansprachen waren in einer eigentümlichen Tonlage gehalten worden, halblaut und bemüht ruhig, allerdings eher aus Gewohnheit heraus als aus Notwendigkeit. Madame Merle blickte sich um und suchte sich einen Sitzplatz aus. »Du begleitest die Damen gerade zur Tür? Dann will ich die Zeremonie natürlich nicht weiter stören. *Je vous salue, mesdames*«, fügte sie auf französisch und zu den Nonnen gewandt hinzu, als wolle sie sie fortschicken.

»Diese Dame steht uns sehr nahe. Sie werden sie ja im Kloster kennengelernt haben«, sagte ihr Gastgeber. »Wir haben großes Zutrauen zu ihrem Urteil, und sie wird uns bei der Entscheidung helfen, ob meine Tochter am Ende der Ferien wieder zu Ihnen zurückkehrt.«

»Hoffentlich entscheiden Sie zu unseren Gunsten, Madame«, wagte die Schwester mit der Brille zu bemerken.

»Für Nettigkeiten ist Mr. Osmond zuständig; ich treffe keine Entscheidungen«, sagte Madame Merle mit demonstrativer Liebenswürdigkeit. »Ich glaube Ihnen, daß Sie eine sehr gute Schule haben, aber die Freunde von Miß Osmond dürfen nicht vergessen, daß die Natur sie letzlich für die Welt bestimmt hat und nicht fürs Kloster.«

»Genau das habe ich Monsieur ja gesagt«, erwiderte Schwester Catherine. »Genau das haben wir getan: sie für die Welt vorbereitet«, murmelte sie und sah Pansy an, die ein wenig abseits stand und sich von Madame Merles eleganter Erscheinung faszinieren ließ.

»Hast du das gehört, Pansy? Die Natur hat dich letzlich für die Welt bestimmt und nicht fürs Kloster«, sagte Pansys Vater.

Das Kind fixierte ihn kurz mit seinen unverdorbenen, jungen Augen. »Bin ich denn nicht für dich bestimmt, Papa?«

Papa ließ ein kurzes, helles Lachen hören. »Das steht dem doch nicht entgegen! Schließlich bin ich ja von dieser Welt, Pansy.«

»Mit Ihrer gütigen Erlaubnis möchten wir uns nun zurückziehen«, sagte Schwester Catherine. »Bleibe weiterhin ein gutes und kluges und glückliches Kind, meine Tochter.«

»Ich besuche Sie ganz bestimmt einmal«, antwortete Pansy und wollte den Schwestern noch einmal um den Hals fallen, was ihr Madame Merle augenblicklich verwehrte.

»Bleib bei mir, liebes Kind«, sagte sie, »während dein Vater die Schwestern zur Tür begleitet.«

Pansy machte große Augen, war enttäuscht, protestierte aber nicht. Offensichtlich hatte sie die Idee von Gehorsam gegenüber jedem verinnerlicht, der sie im Ton einer Autorität ansprach, und so war sie passive Zuschauerin, während andere ihr Schicksal verhandelten. »Darf ich Maman Catherine nicht zur Kutsche begleiten?« fragte sie dennoch sehr artig.

»Es wäre mir lieber, wenn du hier bei mir bliebst«, sagte Madame Merle, während Mr. Osmond und seine Gäste, die sich noch einmal tief gegenüber der neuen Besucherin verneigt hatten, ins Antichambre hinausgingen.

»O ja, ich bleibe«, antwortete Pansy, stellte sich neben Madame Merle und lieferte ihr willenlos ihre kleine Hand aus, die diese Dame sogleich ergriff. Pansy sah zum Fenster hinaus, und ihre Augen hatten sich mit Tränen gefüllt.

»Ich bin sehr froh, daß man dich Gehorsam gelehrt hat«, sagte Madame Merle. »So gehört sich das auch für artige Mädchen.«

»O ja, ich gehorche aufs Wort«, rief Pansy mit gutmütigem Eifer, beinahe prahlerisch, als spräche sie gerade von ihren Klavierkünsten. Und dann seufzte sie schwach und kaum hörbar auf.

Madame Merle legte Pansys Hand auf ihre eigene, gepflegte Handfläche und betrachtete sie kritischen Blickes, fand aber nichts zu beanstanden. Die kleine Hand des Mädchens war zart und schön. »Ich hoffe, man achtet darauf, daß du immer Handschuhe anhast«, sagte sie dann. »Junge Mädchen mögen das normalerweise nicht.«

»Früher habe ich es nicht gemocht, aber jetzt mag ich's«, gab das Kind zur Antwort.

»Sehr gut, dann werde ich dir ein Dutzend schenken.«

»Dafür danke ich Ihnen schön. Welche Farbe werden sie haben?« wollte Pansy interessiert wissen.

Madame Merle überlegte. »Nützliche Farben.«

»Aber sehr hübsche?«

»Hast du hübsche Sachen sehr gern?«

»Ja, aber nicht allzusehr«, sagte Pansy mit einem Anflug von Askese.

»Na schön, allzu hübsch werden sie nicht sein«, gab Madame Merle lachend zurück. Sie ergriff die andere Hand des Kindes und zog es näher an sich, betrachtete es kurz und fragte dann: »Wird Mutter Catherine dir fehlen?«

»Ja, wenn ich an sie denke.«

»Dann versuche eben, nicht an sie zu denken. Vielleicht wirst du eines Tages eine neue Mutter bekommen«, fuhr Madame Merle fort.

»Ich glaube, das ist nicht nötig«, sagte Pansy und wiederholte ihren kleinen, schwachen, beschwichtigenden Seufzer. »Im Kloster hatte ich über dreißig Mütter.«

Die Schritte ihres Vaters waren wieder aus dem Vorraum zu vernehmen, und Madame Merle erhob sich und ließ das Kind los. Mr. Osmond trat ein, schloß die Tür hinter sich und schob, ohne Madame Merle anzusehen, einen oder zwei Sessel zurecht. Seine Besucherin wartete darauf, daß er etwas sagen würde, und beobachtete ihn bei seiner Tätigkeit. Schließlich meinte sie: »Ich hatte gehofft, du würdest nach Rom kommen. Ich hätte es für denkbar gehalten, daß du Pansy persönlich hättest abholen wollen.«

»Eine naheliegende Vermutung. Doch ich fürchte, es ist nicht das erste Mal, daß ich mich entgegengesetzt zu deinen Vorausplanungen verhalte.«

»Ja«, sagte Madame Merle, »ich glaube, du bist boshaft und renitent.«

Mr. Osmond machte sich noch ein wenig im Zimmer zu schaffen, wofür ihm der Raum genügend Möglichkeiten bot – ganz wie ein Mann, der mechanisch nach Vorwänden sucht, um einer Verlegenheit zu entgehen. Allerdings waren diese Vorwände recht schnell erschöpft, und so blieb ihm nichts anderes übrig – außer vielleicht noch, ein Buch in die Hand zu nehmen –, als sich mit den Händen auf dem Rücken hinzustellen und Pansy zu betrachten. »Warum bist du nicht mit hinausgegangen, um Maman Catherine zu verabschieden?« fragte er sie abrupt auf französisch.

Pansy zögerte und sah Madame Merle an. »Ich bat sie, bei mir zu bleiben«, sagte diese Dame, die sich inzwischen woandershin gesetzt hatte.

»Aha, vielleicht besser so«, gestand Osmond zu, ließ sich damit in einen Sessel fallen und blickte zu Madame Merle hin, leicht vornübergebeugt, die Ellbogen auf den Armlehnen und die Hände ineinander verhakt.

»Sie will mir Handschuhe schenken«, sagte Pansy.

»Das brauchst du nicht gleich jedem zu erzählen, Kleines«, bemerkte Madame Merle.

»Du bist sehr nett zu ihr«, sagte Osmond. »Aber eigentlich müßte sie schon alles haben, was sie braucht.«

»Meiner Meinung nach braucht sie vor allem die Nonnen nicht mehr.«

»Wenn wir jetzt darüber diskutieren wollen, verläßt sie wohl besser das Zimmer.«

»Laß sie hierbleiben«, sagte Madame Merle. »Sprechen wir von etwas anderem.«

»Wenn ihr wollt, hör' ich einfach nicht zu«, schlug Pansy vor und sah dabei so aufrichtig drein, daß es überzeugend wirkte.

»Du kannst gern zuhören, mein reizendes Kind, denn du wirst nichts davon verstehen«, erwiderte ihr Vater. Das Mädchen setzte sich folgsam neben die offene Tür, so daß es seinen unschuldigen, wehmütigen Blick hinaus in den Garten richten konnte. Und im Ton belanglosen Geplauders wandte sich Mr. Osmond an seine zweite Gesprächspartnerin: »Du siehst heute besonders gut aus.«

»Ich finde, ich sehe immer gleich aus«, sagte Madame Merle.

»Du *bist* immer gleich. Du bist nie anders. Du bist eine wunderbare Frau.«

»Ja, das finde ich auch.«

»Allerdings gibt es bei dir gelegentlich einen Sinneswandel. Nach deiner Rückkehr aus England sagtest du mir, du würdest Rom vorläufig nicht wieder verlassen.«

»Ich freue mich, daß du dich so gut an meine Worte erinnerst. Es war auch meine Absicht gewesen. Aber ich bin nach Florenz gekommen, um ein paar Freunde zu treffen, die vor kurzem eingetroffen sind und über deren Pläne ich damals noch nicht unterrichtet war.«

»Eine solche Begründung ist für dich typisch. Andauernd tust du etwas für deine Freunde.«

Madame Merle lächelte ihren Gastgeber direkt an. »Es ist weniger typisch als dein diesbezüglicher Kommentar, der von vorn bis hinten verlogen ist. Trotzdem will ich jetzt keine Staatsaffäre daraus machen«, fügte sie hinzu, »denn wenn du selbst nicht glaubst, was du sagst, gibt es keinen Grund, warum du überhaupt etwas sagen solltest. Ich reibe mich nicht für meine Freunde auf. Ich verdiene dein Lob nicht. Ich denke in der Hauptsache an mich selbst.«

»Genau, aber dein Selbst schließt so viele andere mit ein, so viel von allem und jedem. Noch nie habe ich einen Menschen getroffen, dessen Leben so viele Berührungspunkte mit dem anderer Menschen hatte.«

»Was verstehst du unter dem ›Leben‹ eines Menschen?« fragte Madame Merle. »Seine Erscheinung, seine Bewegungen, seine Verpflichtungen, seine Gesellschaft?«

»Unter *deinem* Leben verstehe ich deine Ambitionen«, antwortete Osmond.

Madame Merle sah kurz zu Pansy hin. »Ich möchte wissen, ob sie das versteht«, sagte sie leise.

»Du siehst, sie kann nicht bei uns bleiben!« Und Pansys Vater zeigte ein freudloses Lächeln. »Geh in den Garten, *mignonne*, und pflücke ein oder zwei Blumen für Madame Merle«, setzte er auf französisch hinzu.

»Genau das hatte ich gerade vor«, rief Pansy, sprang sofort auf und verschwand geräuschlos. Ihr Vater ging ihr nach bis zur offenen Tür, beobachtete sie einen Augenblick lang von dort, kehrte dann wieder zurück, blieb aber stehen, das heißt, eigentlich schlenderte er auf und ab, als zelebriere er damit ein Gefühl von Freiheit, das ihm in einer anderen Pose fehlen würde.

»Meine Ambitionen gelten prinzipiell dir«, sagte Madame Merle und blickte couragiert zu ihm auf.

»Das ist es ja, was ich sage. Ich bin ein Teil deines Lebens, ich und tausend andere dazu. Du bist nicht selbstsüchtig; das könnte ich nicht sagen. Wenn du selbstsüchtig wärst, was wäre ich dann erst? Welches Attribut würde dann wohl mich zutreffend beschreiben?«

»Du bist träge. Für mich ist das dein schlimmster Fehler.«

»Ich fürchte, daß das noch mein bester ist.«

»Dir ist alles gleichgültig«, sagte Madame Merle ernst.

»Stimmt, ich glaube, das meiste läßt mich kalt. Als welche Art von Fehler bezeichnest du das? Jedenfalls war meine Trägheit einer der Gründe, warum ich nicht nach Rom fuhr. Aber es war nur einer von mehreren.«

»Es ist nicht von Bedeutung, zumindest nicht für mich, daß du nicht hinfuhrst, obwohl es mich schon gefreut hätte, dich zu sehen. Ich bin froh, daß du jetzt nicht in Rom bist, wo du sein könntest, ja wahrscheinlich sogar wärst, hättest du dich vor einem Monat dorthin begeben. In Florenz gibt es im Augenblick etwas für dich zu tun, was ich ganz gern sähe, daß du es tätest.«

»Bitte, vergiß meine Trägheit nicht«, sagte Osmond.

»Ich vergesse sie schon nicht, aber nun bitte ich *dich*, sie einmal zu vergessen. Auf diese Weise läge in der Tugend gleich der Lohn. Es sind keine großen Anstrengungen damit verbunden, und es könnte sich als äußerst vorteilhaft erweisen. Wie lange ist das schon her, seit du eine neue Bekanntschaft gemacht hast?«

»Ich glaube, daß du meine letzte warst.«

»Dann wird es Zeit, daß du eine neue machst. Ich habe da eine Freundin, und ich möchte, daß du sie kennenlernst.«

Mr. Osmond war auf seinem Gang durchs Zimmer wieder bei der offenen Tür angekommen und sah seiner Tochter draußen in der grellen Sonne zu. »Was hätte ich davon?« fragte er mit einer Art freundlicher Schroffheit.

Madame Merle ließ sich Zeit. »Es wird dich amüsieren.« Und in dieser Entgegnung lag ganz und gar nichts Schroffes, denn sie war wohlüberlegt.

»Du weißt, daß ich es glaube, wenn du es sagst«, erklärte Osmond und ging auf sie zu. »Es gibt einige Punkte, bei denen ich uneingeschränktes Vertrauen zu dir habe. So hege ich zum Beispiel die absolute Gewißheit, daß du gute und schlechte Gesellschaft auseinanderhalten kannst.«

»Jede Gesellschaft ist schlecht.«

»Verzeihung! Ich unterstelle, daß du selbst weißt, wie wenig verallgemeinerbar eine solche Aussage ist. Zu dieser, für dich richtigen Erkenntnis gelangst du auf Grund deiner eigenen Erfahrungen, indem du eine sehr große Zahl mehr oder weniger unmöglicher Leute miteinander vergleichst.«

»Schön, dann lade ich dich hiermit ein, von meiner Erkenntnis zu profitieren.«

»Zu profitieren? Bist du dir ganz sicher, daß ich das tue?«

»Das hoffe ich doch. Es hängt von dir selbst ab. Könnte ich dich doch nur dazu bringen, dich mal ein bißchen anzustrengen!«

»Na, da haben wir's schon! Ich wußte, es läuft auf etwas Lästiges hinaus. Was in aller Welt könnte es hier denn schon geben, das eine Anstrengung wert wäre?«

Madame Merle errötete, als steige der Ärger in ihr auf. »Mach dich doch nicht lächerlich, Osmond. Keiner weiß besser als du, wann sich eine Anstrengung lohnt. Habe ich es denn in alten Zeiten nicht selbst erlebt?«

»Da gibt's schon ein paar Dinge, zugegeben. Aber wahrscheinlich nicht in diesem erbärmlichen Leben hier.«

»Die Wahrscheinlichkeit ergibt sich aus der Anstrengung«, sagte Madame Merle.

»Da ist was dran. Wer ist dann also deine Freundin?«

»Sie ist diejenige, deretwegen ich nach Florenz fuhr. Sie ist eine Nichte von Mrs. Touchett, an die du dich wohl noch erinnern wirst.«

»Eine Nichte? Das Wort Nichte klingt nach Jugend und Ignoranz. Ich sehe, worauf du hinauswillst.«

»Ja, sie ist jung – dreiundzwanzig Jahre alt. Sie ist eine sehr gute Freundin von mir. Ich habe sie vor einigen Monaten in England kennengelernt, und wir haben ein einzigartiges Bündnis miteinander geschlossen. Ich mag sie ganz furchtbar gern, und ich tue etwas, was ich nicht alle Tage tue: Ich bewundere sie. Dir wird es ebenso ergehen.«

»Nicht, wenn ich es verhindern kann.«

»Genau. Aber du wirst es nicht verhindern können.«

»Ist sie hübsch, gescheit, reich, einzigartig, universell gebildet und beispiellos tugendhaft? Allein unter diesen Bedingungen lege ich Wert auf ihre Bekanntschaft. Du weißt, daß ich dich schon vor einiger Zeit bat, mir nie mit jemandem zu kommen, der dieser Beschreibung nicht entspricht. Dubiose Gestalten kenne ich genug; da brauche ich keine neuen kennenzulernen.«

»Miß Archer ist nicht dubios; sie strahlt wie der lichte Morgen. Sie entspricht deiner Beschreibung, und deshalb möchte ich ja, daß du sie kennenlernst. Sie erfüllt alle deine Kriterien.«

»Mehr oder weniger nur, selbstverständlich.«

»Nein, vielmehr buchstäblich. Sie ist attraktiv, vielseitig, großmütig und großzügig, und – für eine Amerikanerin – von guter Herkunft. Sie ist außerdem sehr gescheit und sehr liebenswürdig, und sie hat ein hübsches Vermögen.«

Mr. Osmond lauschte dem schweigend, schien in Gedanken abzuwägen und hielt dabei den Blick auf seine Informantin gerichtet. »Was hast du mit ihr vor?« fragte er zuletzt.

»Das siehst du doch. Ich sorge dafür, daß sich eure Pfade kreuzen.«

»Ist sie denn nicht zu etwas Besserem bestimmt?«

»Ich bilde mir nicht ein zu wissen, wozu Menschen bestimmt sind«, sagte Madame Merle. »Ich weiß nur, was ich mit ihnen machen kann.«

»Miß Archer tut mir leid!« erklärte Osmond.

Madame Merle erhob sich. »Falls du damit erwachendes Interesse an ihr signalisierst, so nehme ich es zur Kenntnis.«

Auge in Auge standen sich die beiden gegenüber. Sie legte sich ihre Mantille zurecht und senkte dabei den Blick. »Du siehst sehr gut aus«, wiederholte Osmond noch beiläufiger als zuvor. »Du verfolgst eine bestimmte Idee. Und immer dann geht es dir ganz besonders gut. Ideen und Pläne stehen dir einfach.«

In der Art und im Ton, mit der diese beiden immer wieder beim ersten Zusammentreffen und besonders in Gegenwart Dritter miteinander verkehrten, lag etwas Indirektes und Vorsichtiges, als umkreisten sie einander verstohlen und führten ihre Gespräche nach stillschweigenden Übereinkünften. Dabei schien jeder auf den anderen die Wirkung auszuüben, daß er dessen Befangenheit noch deutlich intensivierte. Zwar kompensierte Madame Merle ihre Verlegenheit besser als ihr Freund, doch war sogar sie bei diesem Anlaß nicht in der Verfassung, die sie sich gewünscht hätte: der einer vollkommenen Selbstbeherrschung gegenüber ihrem Gastgeber. Das Entscheidende war allerdings, daß von einem bestimmten Moment an sich diese elementare Spannung zwischen ihnen, oder was immer es war, wieder legte, woraufhin beide sich einander viel näher waren, als das je mit einem anderen Menschen der Fall gewesen wäre. Dies war auch jetzt so. Sie standen da, und jeder kannte den anderen gut, und jeder war grundsätzlich bereit, die Genugtuung dieses Wissens als Gegenleistung für die Unannehmlichkeit – oder was auch immer – zu akzeptieren, daß er selbst durchschaut wurde.

»Ich wünschte mir sehnlichst, du wärst nicht so herzlos«, sagte Madame Merle ruhig. »Das war schon immer das Problem mit dir gewesen, und es wird es auch diesmal sein.«

»Ich bin ja gar nicht so herzlos, wie du denkst. Hin und wieder geht mir sehr wohl etwas zu Herzen, wie zum Beispiel das, was du vorhin sagtest, daß deine Ambitionen mir gälten. Das verstehe ich zwar nicht, und ich begreife auch nicht, wie oder warum das so sein sollte. Aber es geht mir dennoch zu Herzen.«

»Du wirst das in Zukunft wahrscheinlich noch weniger verstehen. Es gibt einfach ein paar Dinge, die du nie verstehen wirst. Und es besteht auch keine besondere Notwendigkeit, daß du es solltest.«

»Immerhin bist du die bemerkenswerteste Frau überhaupt«, sagte Osmond. »In dir steckt mehr als in allen anderen. Deswegen verstehe ich nicht, warum du glaubst, ich müßte mir eine Menge aus Mrs. Touchetts Nichte machen, wenn – wenn – « Aber gleich brach er ab.

»Wenn du dir doch sogar aus mir so wenig gemacht hast?«

»Natürlich habe ich das nicht sagen wollen. Vielmehr, wenn ich solch eine Frau wie dich schon kennen und schätzen gelernt habe.«

»Isabel Archer ist besser als ich«, sagte Madame Merle.

Ihr Gesprächspartner lachte auf. »Wie wenig mußt du von ihr halten, wenn du so etwas sagst!«

»Hältst du mich etwa der Eifersucht für fähig? Bitte, beantworte mir das.«

»In bezug auf mich? Nein, wohl eher nicht.«

»Dann besuche mich in zwei Tagen. Ich wohne in Mrs. Touchetts Palazzo Crescentini, und das Mädchen wird ebenfalls da sein.«

»Warum hast du mich nicht einfach eingeladen, ohne das Mädchen zu erwähnen?« fragte Osmond. »Du hättest sie ja dann trotzdem dabeihaben können.«

Madame Merle sah ihn an wie eine Frau, die auf jede Frage, die er sich hätte ausdenken können, vorbereitet war. »Du möchtest wissen, warum? Weil ich ihr von dir erzählt habe.«

Osmond zog die Augenbrauen hoch und wandte sich ab. »Das hätte ich lieber nicht gewußt.« Doch gleich darauf deutete er auf die Staffelei mit dem Aquarell. »Hast du das schon gesehen, mein neuestes Werk?«

Madame Merle trat prüfend näher. »Sind das die Venezianischen Alpen, eine deiner Skizzen vom Vorjahr?«

»Ja – wie du bloß immer alles errätst!«

Sie betrachtete das Bild noch ein wenig und wandte sich dann ab. »Du weißt, daß ich mir nichts aus deinen Bildern mache.«

»Ich weiß, aber es überrascht mich trotzdem immer wieder. Sie sind wirklich viel besser als die der meisten anderen.«

»Leicht möglich. Aber da Malen das einzige ist, was du überhaupt tust – tja, das ist dann doch ein bißchen zu wenig. Ich hätte es so gern gesehen, wenn du dich mit noch vielen anderen Dingen beschäftigt hättest. Dahin gingen meine Ambitionen.«

»Ja, ja, die hast du mir schon oft vorgehalten – diese Dinge, die unmöglich waren.«

»Diese Dinge, die unmöglich waren«, sagte Madame Merle. Und dann, in einem ganz anderen Ton: »An sich ist dein kleines Bild recht gut.« Sie ließ ihren Blick im Raum umherschweifen – über die alten Vitrinen, Bilder, Wandteppiche, die verblaßten Seiden. »Zumindest deine Zimmer sind perfekt. Jedesmal fällt mir das von neuem auf; ich kenne nirgends schönere. Auf solche Dinge verstehst du dich wie kein Zweiter. Du hast einen so hinreißenden Geschmack.«

»Mein hinreißender Geschmack hängt mir zum Hals heraus«, sagte Gilbert Osmond.

»Trotzdem mußt du Miß Archer einladen und ihr alles zeigen. Ich habe ihr schon davon erzählt.«

»Ich habe nichts dagegen, anderen meine Sachen zu zeigen, solange es sich nicht um Idiotenvolk handelt.«

»Du kannst das wunderbar. Als Cicerone deines eigenen Museums machst du dich ganz besonders vorteilhaft.« In Erwiderung dieses Kompliments setzte Mr. Osmond einfach eine kältere und wachsamere Miene auf. »Sagtest du, sie sei reich?«

»Sie besitzt siebzigtausend Pfund.«

»*En écus bien comptés?*«

»Die Tatsache ihres Vermögens steht außer Zweifel. Ich habe es selbst gesehen, darf ich behaupten.«

»Ganz annehmbar, die Frau – ich meine *dich*! Und wenn ich sie besuche, lerne ich dann auch die Mutter kennen?«

»Die Mutter? Sie hat keine mehr, und auch keinen Vater.«

»Dann eben die Tante – wie heißt sie, sagtest du? – Mrs. Touchett?«

»Die kann ich dir leicht vom Hals halten.«

»Mich stört sie nicht«, sagte Osmond. »Ich mag sie eigentlich ganz gern. Sie hat noch einen so schön altmodischen Charakter, wie sie immer mehr aussterben – so eine lebhafte Persönlichkeit. Aber dieser eingebildete Laffe von einem Sohn – lungert der dort auch herum?«

»Er ist da, aber er wird dich nicht behelligen.«

»Der ist ja wirklich ein rechter Trottel.«

»Ich glaube, da täuschst du dich. Er ist ein sehr kluger Mann. Aber er vermeidet es, gleichzeitig mit mir am selben Ort zu sein, weil er mich nicht mag.«

»Dann ist er ja erst recht vertrottelt! Sagtest du, sie sieht gut aus?« fuhr Osmond fort.

»Ja, aber ich sage es nicht noch einmal, damit du hinterher nicht enttäuscht bist. Komm hin und mach einen Anfang; mehr verlange ich gar nicht.«

»Einen Anfang wovon?«

Madame Merle legte eine kleine Pause ein. »Ich möchte natürlich, daß du sie heiratest.«

»Ich soll den Anfang vom Ende machen? Na, ich schau mir das erst einmal selbst an. Hast du ihr das mit der Heirat auch erzählt?«

»Wofür hältst du mich? Sie ist doch keine gefühllose Marionette – und ich bin's auch nicht.«

»Wahrhaftig«, sagte Osmond nach einigem Überlegen, »ich kann deine Ambitionen einfach nicht nachvollziehen.«

»Diese wirst du nachvollziehen können, sobald du Miß Archer erst einmal gesehen hast. Spare dir dein Urteil solange auf.« Während des Sprechens hatte sich Madame Merle der offenen Tür zum Garten genähert, wo sie jetzt stehenblieb und hinaussah. »Pansy ist wirklich hübsch geworden«, meinte sie dann.

»Den Eindruck habe ich auch.«

»Aber jetzt reicht es mit dem Kloster.«

»Ich weiß nicht«, sagte Osmond. »Mir gefällt, was sie aus ihr gemacht haben. Ein ganz reizendes Resultat.«

»Das liegt nicht am Kloster, sondern am Wesen des Kindes.«

»Vermutlich ist es die Kombination von beidem. Sie ist rein wie eine Perle.«

»Warum kommt sie dann bloß nicht mit meinen Blumen zurück?« fragte Madame Merle. »Sie scheint es überhaupt nicht eilig zu haben.«

»Komm, holen wir sie.«

»Sie mag mich nicht«, flüsterte die Besucherin, während sie ihren Sonnenschirm aufspannte und mit Mr. Osmond in den Garten ging.

23. KAPITEL

Madame Merle, die nach Mrs. Touchetts Ankunft auf Einladung dieser Dame nach Florenz gekommen war – Mrs. Touchett hatte ihr für einen Monat die Gastlichkeit des Palazzo Crescentini angeboten –, die kluge und umsichtige Madame Merle erzählte Isabel erneut von Gilbert Osmond und verlieh dabei ihrer Hoffnung Ausdruck, sie möge ihn kennenlernen, ohne jedoch die Angelegenheit so zu forcieren, wie wir das miterlebten, als sie das Mädchen persönlich der Aufmerksamkeit Mr. Osmonds empfahl. Der Grund hierfür war vielleicht darin zu suchen, daß Isabel gegenüber Madame Merles Vorschlag nicht die geringsten Einwände hatte. Die Dame hatte in Italien, genau wie in England, eine Vielzahl von Freunden, sowohl unter den Einheimischen des Landes wie auch unter dessen buntgemischter Besucherschar. Sie hatte Isabel die meisten der Menschen aufgezählt, deren »Bekanntschaft« zu machen Isabel interessant finden könnte – selbstverständlich, so Madame Merle, könne Isabel jede beliebige Bekanntschaft auf der weiten Welt machen –, und Mr. Osmond hatte sie auf ihrer Liste einen der oberen Plätze zugewiesen. Er sei ein alter Freund von ihr; sie kenne ihn schon seit nunmehr zwölf Jahren; er sei einer der gescheitesten und sympathischsten Männer – na ja, von ganz Europa eben. Er hebe sich entschieden von dem immerhin beachtlichen Durchschnitt ab, sei etwas ganz Besonderes. Er sei kein professioneller Charmeur – weit gefehlt, und die Wirkung, die er hervorrufe, hänge zum großen Teil vom Zustand seiner Nerven und von seinen Stimmungen ab. Bei entsprechend ungünstiger Befindlichkeit könne er genauso der Trübsal verfallen wie jeder andere auch, was er dann dadurch verberge, daß er sich in solchen Stunden wie ein demoralisierter Fürst im Exil gebe. Wenn ihm aber etwas nahegehe oder ihn interessiere, oder auf die richtige Art herausfordere – aber es müsse ganz genau die richtige Art sein –, dann erhalte man einen Eindruck von seiner Klugheit und seinem distinguierten Wesen. Diese Qualitäten beruhten bei ihm nicht, wie bei so vielen anderen Menschen, darauf, daß er vielleicht den Unnahbaren spiele oder sich zur Schau stelle. Er habe seine Wunderlichkeiten – die Isabel im übrigen bei allen Männern entdecken könne, die einer Bekanntschaft wert seien – und verteile den Schein seines Lichtes nicht gleichmäßig auf alle Menschen in seiner Umgebung. Madame Merle glaubte jedoch, sie könne dafür bürgen, daß er sich gegenüber Isabel von seiner strahlendsten Seite zeigen werde. Er sei schnell angeödet, viel zu schnell, und bei begriffsstutzigen Langweilern werde er unweigerlich ungehalten. Doch ein kultiviertes Mädchen mit einer raschen Auffassungsgabe wie Isabel stelle für ihn einen Reiz dar, dessen sein Leben ansonsten doch sehr entbehre. Auf jeden Fall sei er jemand, den man sich nicht entgehen lassen dürfe. Man solle gar nicht erst den Versuch unternehmen, in Italien leben zu wollen, ohne sich Mr. Osmond zum Freund zu machen, der mehr über das Land wisse als jeder andere, zwei oder drei deutsche Professoren vielleicht ausgenommen. Und sollten jene eventuell mehr Wissen haben, so sei er doch derjenige mit dem ausgeprägteren Geschmack und der sensibleren Wahrnehmung – künstlerisch veranlagt durch und durch, wie er nun mal sei. Isabel entsann sich, daß ihre Freundin während ihrer ausgedehnten Gespräche in Gardencourt ihn schon einmal erwähnt hatte, und fragte sich ein wenig verwundert, welcher Art wohl die Bindung zwischen zwei so überragenden Geistern sein mochte. Sie spürte, daß Madame Merles Bindungen immer auch Vorgeschichten hatten, und dieses Gefühl war teilweise der Grund für das Interesse, das diese unkonventionelle Frau bei ihr hervorrief. Hinsichtlich ihrer Beziehung zu Mr. Osmond deutete sie jedoch lediglich eine lange, beständige Freundschaft an. Isabel sagte, sie würde sich glücklich schätzen, die Bekanntschaft eines Menschen machen zu dürfen, der sich über all diese Jahre hinweg eines solchen Vertrauens erfreuen durfte. »Sie sollten ganz viele Männer kennenlernen«, bemerkte Madame Merle. »Sie sollten so viele wie möglich kennenlernen, damit Sie sich an sie gewöhnen.«

»An sie gewöhnen?« wiederholte Isabel mit jenem feierlichen Staunen in den aufgerissenen Augen, das manchmal von ihrer mangelhaften Empfänglichkeit für Komisches zu künden schien. »Wieso denn, ich habe doch keine Angst vor ihnen! Ich bin sie genauso gewohnt wie die Köchin die Schlachterburschen.«

»›An sie gewöhnen‹ soll heißen: um sie zu verachten. Darauf läuft es bei den meisten Männern nämlich hinaus. Und so sucht man sich zur Gesellschaft die wenigen aus, die man nicht verachtet.«

Dies war der Ton des Zynismus, den anzuschlagen sich Madame Merle nicht oft gestattete. Isabel war jedoch keineswegs entsetzt, denn sie hatte ohnehin nie vermutet, daß bei zunehmender Lebenserfahrung das Gefühl der Wertschätzung sich vor allen anderen behaupten würde. Nichtsdestoweniger wurde dieses Gefühl durch die Schönheit von Florenz erweckt, das ihr ganz so gefiel, wie Madame Merle es ihr versprochen hatte; und dort, wo ihre ungeschulte Wahrnehmung die Reize der Stadt nicht im vollen Umfang ermessen konnte, standen ihr kluge Begleiter als Mysterienpriester zur Seite. So konnte sie sich in der Tat nicht über eine mangelhafte Einführung in die Ästhetik beklagen, denn für Ralph stellte es ein Vergnügen dar, das seinen eigenen, früheren Enthusiasmus wiederbelebte, für seine wißbegierige, junge Verwandte als Fremdenführer fungieren zu dürfen. Madame Merle blieb zu Hause; sie hatte die Schätze von Florenz oft genug gesehen, und außerdem hatte sie immer irgend etwas anderes zu tun. Doch erzählte sie von allen Dingen mit einer bemerkenswert lebhaften Erinnerung: Sie hatte beispielsweise die rechte Ecke des großen Perugino-Gemäldes im Kopf und die Haltung der Hände der Heiligen Elisabeth im Bild daneben. Über den Gehalt vieler berühmter Kunstwerke hatte sie ihre eigene Meinung, die von Ralphs Ansicht oft mit großer Schärfe abwich, die sie aber mit brillanten Einfällen und ebensoviel Humor zu verteidigen wußte. Isabel hörte sich die Diskussionen zwischen den beiden in dem Gefühl an, daß sie von ihnen viel lernen konnte und daß es sich bei diesen Streitgesprächen um einige jener Positiva handelte, in deren Genuß sie beispielsweise in Albany nie gekommen wäre. An den klaren Maivormittagen, noch vor dem offiziellen Frühstück, das bei Mrs. Touchett um zwölf Uhr serviert wurde, streifte sie mit ihrem Cousin durch die engen und schattigen Florentiner Straßen, und ab und zu ruhten sie sich in der umfassenden Düsternis einer historischen Kirche oder in den Gewölben eines verlassenen Klosters aus. Sie besuchte die Galerien und Paläste; sie besah sich die Bilder und Statuen, die bis dahin für sie nichts als große Namen gewesen waren, und ihre zumeist recht vagen bis inhaltsleeren Vorstellungen tauschte sie gegen ein Wissen ein, das sich manchmal auch ernüchternd auswirkte. Sie unterwarf sich all jenen Akten geistiger Ehrfurchtsbezeigungen, denen sich Jugend und Schwärmerei beim ersten Besuch Italiens so freimütig hingeben. Sie verspürte Herzklopfen in der Gegenwart eines unsterblichen Genius und erfuhr das liebliche Gefühl aufsteigender Tränen, wenn sich der Blick angesichts verwaschener Fresken und nachgedunkelten Marmors verschleierte. Doch war die Rückkehr jeden Tag noch erfreulicher als das Aufbrechen; die Rückkehr in den ausgedehnten, monumentalen Innenhof des großartigen Hauses, in dem sich Mrs. Touchett viele Jahre zuvor eingerichtet hatte; die Rückkehr in die hohen, kühlen Räume, wo die geschnitzten Dachsparren und pompösen Fresken des sechzehnten Jahrhunderts auf die alltäglichen Gebrauchsgegenstände des Reklamezeitalters herabsahen. Mrs. Touchett bewohnte ein historisches Gebäude in einer engen Straße, deren Name allein schon von mittelalterlichen Fehden zwischen weltlicher und geistlicher Macht kündete. Die Düsterkeit der Fassade wurde durch einen bescheidenen Mietzins kompensiert und durch die Lichtfülle eines Gartens, in dem auch die Natur genauso archaisch aussah wie die zerklüftete Architektur des Palastes und der die regelmäßig benutzten Räume erhellte und aromatisierte. An einem solchen Ort zu wohnen war für Isabel, als hielte sie den ganzen Tag lang eine Muschel aus dem Meer der Vergangenheit ans Ohr. Dieses undeutliche, ewige Rauschen versetzte ihre Vorstellungskraft in beständige Schwingungen.

Gilbert Osmond kam, um Madame Merle zu besuchen, die ihn der jungen Dame vorstellte, welche auf der anderen Seite des Raumes zunächst abwartend verharrte. Isabel beteiligte sich bei diesem Anlaß wenig an der Unterhaltung; sie lächelte kaum, wenn die anderen sich aufmunternd ihr zuwandten; sie saß da, als sitze sie im Theater und habe eine Menge Geld für ihren Platz bezahlt. Mrs. Touchett war nicht zugegen, und die beiden konnten ungehemmt ihre ganze Brillanz versprühen. Sie sprachen von der Welt der Florentiner, von der Welt der Römer, von der Welt der Weltbürger und hätten mit ihrem dramatischen Talent zwei treffliche Akteure bei einer Wohltätigkeitsveranstaltung abgegeben. Ihre gesamte Darbietung zeichnete sich durch jene prompte Wechselrede aus, die sehr wohl hätte einstudiert sein können. Madame Merle wandte sich immer wieder an Isabel, als befinde sich diese mit auf der Bühne; Isabel aber konnte jedes ihr gegebene Stichwort ignorieren, ohne damit die Szene zu verpatzen, obwohl sie natürlich die Freundin ganz schrecklich Lügen strafte, die Mr. Osmond erzählt hatte, wie sehr man mit ihr als Gesprächspartnerin rechnen könne. Doch das war diesmal ohne Gewicht. Selbst wenn sehr viel mehr auf dem Spiel gestanden hätte, wäre Isabel unfähig gewesen zu glänzen. Der Gast hatte etwas an sich, was sie davon Abstand nehmen ließ und zweifelnd in der Schwebe hielt; was es ihr wichtiger erscheinen ließ, einen Eindruck von ihm zu gewinnen, als selbst bei ihm Eindruck zu machen. Zudem war sie wenig geschickt im Eindruckmachen, wenn sie wußte, daß man es erwartete. Zwar löste in der Regel nichts ein größeres Glücksgefühl in ihr aus, als für geistreich und charmant gehalten zu werden, doch verspürte sie einen trotzigen Widerwillen dagegen, sozusagen auf Kommando brillieren zu müssen. Mr. Osmond – um ihm Gerechtigkeit widerfahren zu lassen – hatte eine wohlerzogene Art, nichts zu erwarten, eine stille Ungezwungenheit, die sich auf alles erstreckte, sogar auf die erstmalige Darbietung seines eigenen Esprits. Dies wirkte um so wohltuender, als sein Gesicht, sein ganzer Kopf Sensibilität ausdrückten. Er war nicht hübsch, aber er war edel, so edel wie eines der Bilder in der langen Galerie der Uffizien oberhalb der Brücke. Und erst seine Stimme war edel! Um so merkwürdiger dann, daß sie, bei aller Reinheit, irgendwie doch nichts Liebenswürdiges an sich hatte. Und hierin lag auch die eigentliche Ursache dafür, daß Isabel sich zurückhielt. Seine Artikulation glich vibrierendem Glas, und mit einem ausgestreckten Finger hätte sie die Tonhöhe verändern und das ganze Konzert verderben können. Doch ehe er sich verabschiedete, war es noch an ihr, etwas zu sagen.

»Madame Merle«, schloß er, »erklärt sich bereit, mich irgendwann nächste Woche auf meiner Anhöhe und zum Tee in meinem Garten zu besuchen. Es wäre mir ein großes Vergnügen, wenn Sie sie begleiten würden. Der Ort gilt als recht schön; man hat von dort das, was man einen Rundblick nennt. Auch meine Tochter würde sich außerordentlich glücklich schätzen – beziehungsweise, da sie noch zu jung ist für heftige Gefühle: *Ich* würde mich außerordentlich glücklich schätzen, wirklich –« Und mit einem leichten Anflug von Verlegenheit im Ausdruck brach Mr. Osmond ab, ohne den Satz zu beenden. »Ich würde mich so freuen, wenn Sie meine Tochter kennenlernten«, ergänzte er gleich darauf.

Isabel erwiderte, sie freue sich darauf, Miß Osmond kennenzulernen, und falls Madame Merle ihr den Weg auf die Anhöhe weisen würde, wäre sie ihr sehr zu Dank verpflichtet. Nach dieser Zusicherung empfahl sich der Gast, und Isabel machte sich vollständig darauf gefaßt, von ihrer Freundin gescholten zu werden, weil sie sich so dumm benommen habe. Doch zu ihrer Überraschung sagte jene Dame, die in der Tat nie das tat, was man als das Selbstverständliche erwartete, wenige Augenblicke später: »Sie waren ganz reizend, meine Liebe. Sie waren genau so, wie man es sich gewünscht hätte. Sie enttäuschen einen wirklich nie.«

Ein Tadel hätte Isabel möglicherweise etwas verärgert, obwohl es wahrscheinlicher ist, daß sie ihn gutmütig aufgenommen hätte. Aber so seltsam es klingt: Die Worte, die Madame Merle tatsächlich gebrauchte, riefen bei Isabel eine Empfindung von Unbehagen hervor, die sie zum ersten Mal mit ihrer Bundesgenossin in Verbindung brachte. »Das ist mehr, als ich zu sein beabsichtigte«, gab sie kühl zurück. »Ich wüßte nicht, inwiefern ich verpflichtet wäre, Mr. Osmond zu bezaubern.«

Madame Merle wurde erkennbar rot, aber wir wissen bereits, daß es nicht ihre Gewohnheit war, den Rückzug anzutreten. »Mein liebes Kind, ich habe nicht für ihn gesprochen – den Ärmsten. Meine Aussage bezog sich auf Sie. Es ist selbstverständlich nicht die Frage, ob er Sie mag; es spielt auch so gut wie keine Rolle, ob er Sie mag oder nicht! Aber ich hatte den Eindruck, daß er *Ihnen* gefiel.«

»Das tat er auch«, sagte Isabel aufrichtig. »Aber ich sehe nicht ein, warum das eine Rolle spielen sollte.«

»Alles, was Sie betrifft, spielt für mich eine Rolle«, gab Madame Merle mit müder Großmut zurück, »und ganz besonders dann, wenn es auch noch einen anderen guten Freund betrifft.«

Was auch immer Isabels Verpflichtungen gegenüber Mr. Osmond gewesen sein mögen, so muß zugegeben werden, daß sie sie für schwerwiegend genug hielt, um Ralph eingehend nach ihm zu befragen, auch wenn es sie Überwindung kostete. Sie hielt Ralphs Urteile für verzerrt auf Grund der ihm auferlegten Schicksalsprüfungen, aber sie schmeichelte sich, es gelernt zu haben, ihm dieserhalb mit Nachsicht zu begegnen.

»Ob ich den kenne?« fragte ihr Cousin. »Allerdings *kenne* ich den. Nicht gut, aber dennoch gut genug. Ich habe nie seine Gesellschaft bewußt gesucht, und offensichtlich hielt auch er die meine nie für unverzichtbar für seine Glückseligkeit. Wer er ist und was er ist? Er ist ein dubioser, undurchsichtiger Amerikaner, der die letzten dreißig Jahre, oder auch weniger, in Italien gelebt hat. Warum ich ihn undurchsichtig nenne? Nur um meine Unwissenheit zu verstecken, denn ich weiß nichts über seine Vorfahren, seine Familie, seine Herkunft. Dem bißchen nach, was ich weiß, könnte er auch ein verkleideter Fürst sein, und so sieht er ja auch beinahe aus: wie ein Fürst, der in einem Anfall von beleidigter Überempfindlichkeit abdankte und seitdem seinen Weltekel pflegt. Früher lebte er in Rom, aber seit ein paar Jahren hat er hier seine Zelte aufgeschlagen. Ich erinnere mich, wie er sagte, Rom sei vulgär geworden. Er hat panische Angst vor dem Vulgären; das ist seine besondere Masche. Eine andere kenne ich nicht. Er lebt von einem Einkommen, von dem ich vermute, daß es keine vulgären Ausmaße annimmt. Er ist ein armer, aber ehrlicher Gentleman – als solcher bezeichnet er sich selbst. Er heiratete jung und verlor seine Frau, und ich glaube, er hat auch eine Tochter. Er hat auch eine Schwester, die mit irgendeinem Gräflein aus der Gegend verheiratet ist. Ich erinnere mich, daß ich sie vor Ewigkeiten mal kennenlernte. Sie ist netter als er, meine ich, aber reichlich unmöglich. Ich glaube, da gab's auch ein paar Geschichten über sie. Ich denke nicht, daß ich dir empfehlen sollte, ihre Bekanntschaft zu machen. Aber warum fragst du nicht Madame Merle über diese Leute aus? Sie kennt sie doch allesamt viel besser als ich.«

»Ich frage dich, weil mich deine Meinung genauso interessiert wie ihre«, sagte Isabel.

»Ach, pfeif auf meine Meinung! Sobald du dich in Mr. Osmond verliebst, scherst du dich doch sowieso nicht darum.«

»Wahrscheinlich nicht. Aber bis dahin hat sie ein gewisses Gewicht. Je mehr Informationen man hat über die Gefahr, in der man schwebt, um so besser.«

»Da bin ich anderer Meinung; man kann diese Gefahren auch erst herbeireden. Heutzutage wissen wir viel zuviel über andere Leute; wir hören zuviel. Unsere Ohren, unsere Hirne, unsere Münder sind voller Tratsch und Klatsch über Personen. Man darf sich einfach nicht um das kümmern, was irgend jemand über irgendeinen anderen sagt. Bilde dir dein eigenes Urteil über Menschen und Dinge.«

»Das versuche ich ja gerade«, sagte Isabel. »Aber wenn man das tut, nennen einen die Leute eingebildet und dünkelhaft.«

»Kümmere dich nicht darum – das will ich dir doch gerade begreiflich machen. Kümmere dich um das, was sie über dich sagen, genausowenig wie um das, was sie über deinen Freund oder deinen Feind sagen.«

Isabel überlegte. »Ich denke, du hast recht. Aber ein paar Dinge gibt es, bei denen ich es nicht schaffe, sie einfach zu ignorieren: zum Beispiel, wenn man über meine Freunde herfällt oder wenn man mich lobt.«

»Aber du kannst dir doch immer die Freiheit nehmen, Kritiker selbst kritisch zu beurteilen. Und sobald du die kritischen Leute selbst kritisch *be*urteilst«, setzte Ralph hinzu, »wirst du sie allesamt *ver*urteilen.«

»Ich werde mir Mr. Osmond also selbst angucken«, sagte Isabel. »Ich habe versprochen, ihn zu besuchen.«

»Ihn zu besuchen?«

»Hinzufahren und seinen Rundblick zu inspizieren, seine Bilder, seine Tochter – ich weiß auch nicht genau, was alles. Madame Merle soll mich mitnehmen. Ihrer Aussage nach hat er zahlreiche Damenbesuche.«

»Ah – mit Madame Merle darfst du überall hingehen, *de confiance*«, sagte Ralph. »Sie pflegt nur den allerbesten Umgang.«

Isabel verbreitete sich nicht weiter über Mr. Osmond, erklärte aber ihrem Cousin sogleich, daß ihr der Ton, in dem er über Madame Merle rede, nicht gefalle. »Mir kommt es so vor, als ergingst du dich die ganze Zeit in Andeutungen. Ich weiß nicht, worauf du anspielst, aber solltest du Gründe haben, sie nicht zu mögen, dann solltest du diese entweder geradeheraus nennen oder aber den Mund halten.«

Ralph ärgerte sich über diesen Vorwurf und zeigte mehr Ernst als sonst. »Ich rede *von* Madame Merle haargenau so, wie ich *mit* ihr rede: mit einer sogar übertriebenen Hochachtung.«

»Übertrieben – genau! Das ist es ja, wogegen ich etwas habe.«

»Das tue ich, weil Madame Merles Vorzüge übertrieben werden.«

»Von wem denn, bitte sehr? Falls das so sein sollte, dann erweise ich ihr schlechte Dienste.«

»Nein, nein – von ihr selbst.«

»Oh – da muß ich aber protestieren!« rief Isabel voller Ernst. »Wenn es je eine Frau gegeben hat, die weniger Aufhebens – !«

»Du legst genau den Finger auf die Wunde«, unterbrach Ralph. »Ihre Bescheidenheit ist übertrieben. Sie hat kein Recht dazu, ›wenig Aufhebens zu machen‹. Sie hat jedes Recht der Welt, ein großes Aufhebens zu machen.«

»Dann hat sie also doch große Vorzüge. Du widersprichst dir selbst!«

»Ihre Vorzüge sind immens«, sagte Ralph. »Sie ist unbeschreiblich makellos; eine unbegehbare Wüste der Tugend; die einzige Frau, die ich kenne, die einem niemals eine Chance gibt.«

»Eine Chance wozu?«

»Nun, sagen wir mal: um sie eine Närrin zu nennen! Sie ist die einzige Frau, die ich kenne, die ausschließlich diesen winzigen Fehler hat.«

Isabel wandte sich voller Ungeduld ab. »Ich verstehe dich einfach nicht. Du bist zu widersprüchlich für meinen schlichten Verstand.«

»Dann laß mich mal erklären. Wenn ich sage, sie übertreibt, dann meine ich das nicht im ordinären Sinn, daß sie angibt, zu dick aufträgt, sich selbst übermäßig herausstreicht. Ich meine das buchstäblich so, daß sie ihr Bestreben nach Vollkommenheit zu weit treibt, daß ihre Vorzüge in sich selbst zu überspannt sind. Sie ist zu gut, zu liebenswürdig, zu clever, zu gebildet, zu vielseitig, eben alles zu sehr. In einem Wort: Sie ist zu vollkommen. Ich gestehe, daß sie mich nervös macht und daß ich ihr gegenüber eine Menge der Gefühle hege, die jene grenzenlos humanen Athener gegenüber Aristides dem Gerechten hatten, welcher so unerträglich gerecht war, daß ein Scherbengericht ihn ins Exil verbannte.«

Isabel sah ihren Cousin scharf an. Doch sollte auch diesmal der Spotteufel in seinen Worten gelauert haben, so war er in Ralphs Miene jedenfalls nicht zu entdecken. »Hättest du es gern, wenn man Madame Merle verbannen würde?«

»Ganz und gar nicht. Dazu ist sie viel zu unterhaltsam. Ich habe meine helle Freude an Madame Merle«, antwortete Ralph Touchett treuherzig.

»Sie sind ein ausgesprochenes Ekel, Sir!« rief Isabel. Und gleich darauf wollte sie von ihm wissen, ob ihm etwas von ihrer überragenden Freundin bekannt sei, was ihr nicht zur Ehre gereiche.

»Rein gar nichts. Kapierst du denn nicht, daß ich ja genau das meine? Im Charakter jedes x-beliebigen Menschen findet man einen kleinen, dunklen Fleck, und sollte ich mich eines Tages eine halbe Stunde lang auf den deinigen konzentrieren, dann finde ich todsicher auch bei dir einen. Was mich betrifft, so bin ich selbstverständlich gefleckt wie ein Leopard. Aber bei Madame Merle findest du nichts, nichts, nichts!«

»Genau das denke ich auch!« sagte Isabel und warf den Kopf zurück. »Und genau deswegen habe ich sie so gern.«

»Ihre Bekanntschaft ist für dich unheimlich wichtig. Da du die Welt sehen möchtest, könntest du dir keine bessere Führerin wünschen.«

»Vermutlich meinst du damit, daß sie weltlich gesinnt ist.«

»Weltlich *gesinnt?* Nein«, sagte Ralph, »sie *ist* die große, runde Welt in Person!«

Ganz sicher war es von Ralphs Seite aus nicht – wie es sich Isabel einen Augenblick lang in den Kopf gesetzt hatte zu glauben – als besonders raffinierte Bosheit gemeint gewesen, als er sagte, er habe seine helle Freude an Madame Merle. Ralph Touchett war einer, der ›nichts anbrennen ließ‹, sozusagen, und er hätte es sich selbst niemals verziehen, wäre er von dieser Meisterin der zwischenmenschlichen Künste völlig unbeeindruckt geblieben. Es gibt tief verwurzelte Sympathien und Antipathien, und es hätte leicht der Fall sein können, daß er, trotz der Gerechtigkeit, die ihr von seiner Seite aus widerfuhr, ihre Abwesenheit vom Haus seiner Mutter nicht als eine Verödung seines Lebens betrachtet hätte. Aber Ralph Touchett hatte es gelernt, mit mehr oder weniger unergründlicher Miene zu beobachten, und nichts auf der Welt hätte eine so ›ergiebige Quelle‹ für seine Beobachtungen abgeben können wie Madame Merle in ihren alltäglichen Inszenierungen. Er verkostete sie in kleinen Schlückchen, er ließ sie sprudeln – immer mit einem Gespür für das in der jeweiligen Situation Angemessene, das sogar sie selbst nicht hätte übertreffen können. Es gab Augenblicke, da empfand er beinahe Mitleid mit ihr, und dies waren seltsamerweise jene, wenn er seine Liebenswürdigkeit am wenigsten deutlich zur Schau trug. Er war davon überzeugt, daß sie früher einmal von brennendem Ehrgeiz erfüllt gewesen war und daß das, was sie nach außen erkennbar erreicht hatte, bei weitem nicht den höchsten Markierungen ihres geheimen Maßstabes entsprach. Sie hatte perfekte Trainingsprogramme absolviert, aber keinen der Preise gewonnen. Sie war schlicht Madame Merle geblieben, Witwe eines Schweizer *négociant*, mit kleinem Einkommen und großem Bekanntenkreis, die sich oft und lange zu Besuch bei anderen Leuten aufhielt und beinahe so allgemein ›beliebt‹ war wie ein neu erschienener Trivialschmöker. Der Kontrast zwischen dieser Position und einem halben Dutzend verschiedener anderer, die zu erreichen sie sich zu unterschiedlichen Zeiten nach Ralphs Meinung Hoffnungen gemacht hatte, wies durchaus ein tragisches Element auf. Seine Mutter war der Ansicht, er komme mit dem freundlichen und anregenden Gast blendend aus. Nach Mrs. Touchetts Verständnis mußten zwei Menschen, die sich so ausgiebig mit neunmalklugen Theorien menschlicher Verhaltensweisen – ihren eigenen nämlich – befaßten, eine Menge Gemeinsamkeiten haben. Er hatte sich gebührend Gedanken gemacht über Isabels Vertrautheit mit ihrer außergewöhnlichen Freundin und war schon früh zu der Erkenntnis gelangt, daß er seine Cousine, jedenfalls nicht ohne deren Widerstand, unmöglich für sich behalten konnte. Und so machte er das Beste daraus, wie er es schon in schlimmeren Situationen getan hatte. Er glaubte, daß die Dinge ihren eigenen Gang gehen und sich von selbst erledigen würden. Keines dieser beiden überragenden weiblichen Geschöpfe kannte die andere so gut, wie sie es sich einbildete, und wenn erst jede von ihnen ein oder zwei bedeutsame Entdeckungen gemacht hatte, würde sich das Verhältnis schon abkühlen oder gar auseinanderbrechen. Bis es dahin kam, war er durchaus bereit zuzugestehen, daß der gesellschaftliche Umgang mit der älteren der jüngeren von beiden Damen zum Vorteil gereichte, da diese noch eine Menge lernen mußte, wobei sie zweifellos bei Madame Merle besser aufgehoben war als bei irgendeiner anderen Lehrperson, die sich für die Unterweisung der Jugend zuständig fühlen mochte. Es war nicht sehr wahrscheinlich, daß Isabel dabei Schaden nehmen könnte.

24. KAPITEL

Welcher Schaden ihr aus dem Besuch erwachsen hätte können, den sie gleich darauf Mr. Osmonds Anhöhe abstattete, wäre gewiß nur schwer zu sagen gewesen. Nichts hätte reizvoller sein können als dieses Ereignis: ein lieblicher Nachmittag in der vollen Pracht des toskanischen Frühlings. Die Reisegesellschaft fuhr zum Römischen Tor hinaus, unter dem riesigen, ornamentlosen Aufbau hindurch, der den schönen, schnörkellosen Bogen des Portals krönt und ihn auf eine schlichte Art eindrucksvoll macht, und schlängelte sich zwischen den hohen Mauern schmaler Gassen hindurch, in die reich mit Blüten beladene Zweige aus den Obstgärten hingen und ihren Duft verströmten, bis sie die kleine, rustikale Piazza mit ihrem gekrümmten Grundriß erreichte, von der die lange, braune Mauer der teilweise von Mr. Osmond bewohnten Villa einen sehr großen, zumindest jedoch einen sehr imposanten Teil bildete. Isabel durchschritt mit ihrer Freundin einen weiten, hohen Innenhof, dessen unterer Teil im klar abgegrenzten Schatten lag, während oben zwei einander gegenüberliegende Galerien mit sanft geschwungenen Bögen den Sonnenschein auf ihren schlanken Säulen und den blühenden Pflanzen abfingen, mit denen sie sich schmückten. Der Ort strahlte etwas Gravitätisches und Kraftvolles aus. Man hatte den Eindruck, als müsse man, sobald man ihn einmal betreten hatte, erst einen besonderen Akt der Anstrengung vollbringen, um wieder hinaus zu gelangen. Für Isabel stellte sich die Frage des Hinausgelangens jetzt natürlich noch nicht, nur die des weiteren Eindringens. Mr. Osmond begrüßte sie im kühlen Vorraum, der sogar im Monat Mai kühl war, und geleitete sie, zusammen mit ihrer Führerin, in den Wohnraum, den wir bereits kennengelernt haben. Madame Merle schritt voran, und während Isabel im Gespräch mit Mr. Osmond noch ein wenig verweilte, trat ihre Freundin ohne Umstände ein und begrüßte zwei Personen, die im Salon saßen.

Die eine war die kleine Pansy, die sie mit einem Kuß bedachte; die andere war eine Dame, die Mr. Osmond Isabel als seine Schwester vorstellte, die Gräfin Gemini. »Und das ist mein Töchterlein«, sagte er, »das frisch aus dem Kloster gekommen ist.«

Pansy hatte ein knappes, weißes Kleid an, und ihre blonden Haare wurden ordentlich und adrett von einem Netz zusammengehalten. Sie trug ihre kleinen Schuhe nach Art von Sandalen um die Knöchel gebunden. Vor Isabel machte sie einen kurzen Klosterschulenknicks und kam dann herbei, um sich ein Küßchen abzuholen. Die Gräfin Gemini nickte bloß, ohne sich zu erheben. Isabel erkannte gleich, daß sie eine Frau von vornehmer, eleganter Lebensart war. Sie war dünn und dunkel und überhaupt nicht hübsch, mit Gesichtszügen, die an einen tropischen Vogel erinnerten: eine lange, schnabelgleiche Nase; kleine, flinke Augen und eine sehr stark fliehende Mund- und Kinnpartie. Ihr Gesichtsausdruck hatte allerdings, dank wechselnder Heftigkeit von Momenten des Nachdrucks und des Erstaunens, des Entsetzens und des Jubels, keineswegs menschenunähnliche Qualitäten, und ihrer äußeren Erscheinung nach zu urteilen, war sie offenbar mit sich im reinen und versuchte, das Beste aus sich zu machen. Ihre Gewandung war wallend und zart und ein Ausbund an Eleganz, weshalb sie wie ein schimmerndes Gefieder aussah, und ihre Posen gelangen ihr so leicht und spontan, als sei sie ein Tier, das auf einem Zweig balancierte. Sie bestand fast ausschließlich aus Umgangsformen. Isabel, die noch nie einen so auf Umgangsformen fixierten Menschen kennengelernt hatte, stufte sie sofort als die affektierteste Frau aller Zeiten ein. Sie erinnerte sich wieder, daß Ralph ihr die Bekanntschaft von Mr. Osmonds Schwester nicht ans Herz gelegt hatte; aber sie erkannte auch bereitwillig an, daß – jedenfalls bei oberflächlicher Betrachtungsweise – die Gräfin Gemini keinerlei Abgründe offenbarte. Ihr demonstratives Gehabe suggerierte das Bild einer heftig geschwungenen Fahne, die für einen umfassenden Waffenstillstand warb – weiße Seide mit flatternden Bändern.

»Sie werden mir glauben, daß ich mich freue, Ihre Bekanntschaft zu machen, wenn ich Ihnen sage, daß ich ausschließlich deshalb hergekommen bin, weil ich wußte, daß Sie hier sein würden. Sonst komme ich nie, um meinen Bruder zu besuchen. Er muß kommen und mich besuchen. Dieser Hügel hier, den er hat, ist ja schlicht unmöglich. Ich weiß wirklich nicht, was da in ihn gefahren ist. Ehrlich, Osmond, eines Tages werden meine

Pferde ruiniert sein, und du wirst schuld haben, und sobald sie Schmerzen leiden, wenn sie hier herauf müssen, will ich von dir ein Paar neue. Ich habe heute gehört, wie sie keuchten; ich schwöre dir, ich hab's gehört! Es ist höchst widerlich, die Pferde keuchen zu hören, wenn man im Wagen sitzt. Es hört sich außerdem ganz so an, als wären sie nicht, wie sie sein sollten. Wo ich doch schon immer gute Pferde hatte! Was immer mir auch sonst gefehlt haben mag, für gute Pferde hat's immer gereicht. Mein Mann hat zwar von nicht vielem eine Ahnung, aber bei Pferden scheint er sich auszukennen. Normalerweise tun das die Italiener ja nicht, aber mein Mann ist für alles Englische zu haben – oder was er mit seinem beschränkten Verstand darunter versteht. Und deswegen sind auch meine Pferde englisch, und deswegen ist es ein um so größerer Jammer, daß man sie hier ruiniert. Ich muß Ihnen sagen«, fuhr sie fort und wandte sich dabei direkt an Isabel, »daß mich Osmond nicht oft einlädt. Ich denke, eigentlich will er mich gar nicht bei sich haben. Daher war es auch meine eigene Idee, heute herzukommen. Ich lerne gern neue Menschen kennen, und Sie sind bestimmt noch total neu. Aber setzen Sie sich doch nicht auf *den* Stuhl! Der hält überhaupt nicht, was er verspricht. Hier gibt's ein paar ganz prima Sitzgelegenheiten, aber auch ein paar, die das blanke Grauen sind.«

Diese Feststellungen wurden mit Hack- und Pickbewegungen des Kopfes vorgetragen, mit schrillen Koloraturläufen und mit einem Akzent, in dem entfernt der Wohlklang von gutem Englisch mitschwang beziehungsweise eher von gutem Amerikanisch, notgedrungen.

»Ich will dich nicht bei mir haben, meine Liebe?« unterbrach ihr Bruder. »Du bist absolut unbezahlbar!«

»Ich kann hier nirgends etwas Grauenhaftes erkennen«, warf Isabel ein, während sie sich umsah. »Für mich sieht alles schön und wertvoll aus.«

»Ein paar gute Stücke habe ich schon«, gab Mr. Osmond zu. »Eigentlich habe ich nichts, was ausgesprochen schlecht wäre. Aber ich habe nichts von dem, was ich wirklich gern hätte.«

Ein wenig verlegen lächelnd stand er da und schaute sich um. Sein Verhalten stellte eine merkwürdige Mischung aus Distanziertheit und Betroffenheit dar. Er schien andeuten zu wollen, daß es allein auf die ›wahren Werte‹ ankomme. Isabel gelangte schnell zu der Schlußfolgerung, daß konsequente Schmucklosigkeit nicht das Familienwappen der Osmonds war. Sogar das Mädchen aus dem Kloster, das in seinem sauberen, weißen Kleid mit seinem schmalen, ergebenen Gesicht und den vor dem Körper verschränkten Händen dastand, als feiere es gerade seine Erste Kommunion – selbst Mr. Osmonds klein geratene Tochter wies noch so etwas wie eine künstlerische Oberflächenbehandlung auf.

»Du hättest natürlich gern ein paar Sachen aus den Uffizien und aus dem Pitti gehabt – das hätte dir so gepaßt«, sagte Madame Merle.

»Der arme Osmond, mit seinen alten Vorhängen und Kruzifixen!« rief die Gräfin Gemini dazwischen; sie schien ihren Bruder nur bei seinem Nachnamen zu nennen. Ihr Ausruf war eigentlich an niemanden gerichtet gewesen; sie lächelte dabei Isabel an und musterte sie von Kopf bis Fuß.

Ihr Bruder hatte sie gar nicht gehört. Offenbar überlegte er gerade, wie er Isabel ansprechen könnte. »Möchten Sie nicht ein Täßchen Tee und einen kleinen Imbiß? Sie müssen doch richtig müde sein«, war alles, was anzubringen ihm schließlich einfiel.

»Nein, überhaupt nicht, ich bin nicht müde. Wovon denn?« Isabel verspürte ein gewisses Bedürfnis, direkt zu sein und nicht das geringste vorzutäuschen. Hier lag etwas in der Luft, in dem allgemeinen Eindruck, den sie von ihrer Umgebung in sich aufnahm und den sie kaum genauer hätte beschreiben können, was sie jeglicher Neigung beraubte, sich selbst in den Vordergrund zu spielen. Der Ort, die Situation, die Zusammensetzung der Personengruppe verkörperten mehr, als es oberflächlich den Anschein hatte. Sie wollte sich anstrengen, es herauszufinden, und nicht einfach nur charmante Platitüden von sich geben. Die arme Isabel wußte offenbar nicht, daß viele Frauen charmante Platitüden nur deshalb von sich geben, um die Verarbeitung ihrer Wahrnehmungen dahinter zu verstecken. Es muß bekannt werden, daß ihr Stolz ein wenig beunruhigt war. Ein Mann, von dem ihr Dinge berichtet worden waren, die ihr Interesse erregten, und der offenkundig in der Lage war, seine Qualitäten ohne das Zutun anderer zu definieren, hatte sie, eine junge Dame, die mit ihrer Gunst nicht eben verschwenderisch umging, zu einem Besuch in sein Haus eingeladen. Jetzt, wo sie da war, lastete natürlich die Bürde der Unterhaltung ganz allein auf seinem Witz und Einfallsreichtum. Die Erkenntnis, daß Mr.

Osmond seine Bürde nicht mit der zu erwartenden Selbstzufriedenheit trug, brachte Isabel weder dazu, weniger aufmerksam zu beobachten noch, unserer Einschätzung nach, zum gegebenen Zeitpunkt größere Nachsicht mit ihm zu üben. »Was war ich doch für ein Idiot, daß ich mich unnötigerweise einließ auf – !« konnte sie sich in ihrer Phantasie sein Aufstöhnen vorstellen.

»Bis Sie wieder heimgehen, sind Sie müde«, sagte die Gräfin Gemini, »falls er Ihnen seine ganzen Nippes zeigt und zu jedem Trumm einen Vortrag hält.«

»Davor fürchte ich mich nicht, und wenn ich müde werden sollte, dann habe ich dabei wenigstens etwas gelernt.«

»Nicht allzuviel vermutlich. Meine Schwester hat allerdings fürchterliche Angst davor, überhaupt etwas zu lernen«, sagte Mr. Osmond.

»Oh, dazu stehe ich. Ich will von nichts Neuem mehr wissen; ich weiß jetzt schon zuviel. Je mehr man weiß, desto unglücklicher ist man.«

»Sie sollten in Pansys Gegenwart Wissen nicht so unterbewerten, denn sie ist mit ihrer Ausbildung noch nicht fertig«, gab Madame Merle lächelnd zu bedenken.

»Pansy wird jedes Unglück erspart bleiben«, sagte der Vater des Kindes. »Pansy ist ein Klosterblümchen.«

»Ach, die Klöster, die Klöster!« rief die Gräfin, und die Falten ihrer Gewänder gerieten ins Flattern. »Erzähl du mir nichts von Klöstern! Dort lernt man alles mögliche! Ich bin ja selbst ein Klosterblümchen. *Ich* habe nie so getan, als sei ich tugendhaft. Aber die Nonnen tun es. Verstehen Sie denn nicht, was ich meine?« fuhr sie fort und sprach Isabel direkt an.

Isabel war sich nicht sicher, ob sie es verstand, und antwortete, daß das Argumentieren nicht ihre Stärke sei. Daraufhin erklärte die Gräfin, daß sie selbst das Argumentieren verabscheue, daß dies aber ihr Bruder mit Vorliebe tue; der diskutiere andauernd. »Meiner Meinung nach«, sagte sie, »sollte man etwas mögen oder eben nicht. Selbstverständlich kann man nicht alles mögen. Aber deswegen braucht man doch nicht immer alles gleich logisch zu begründen und auszudiskutieren. Man weiß ja nie, wo einen das hinführt. Es gibt sehr gute Gefühle, die oft sehr schlechte Gründe haben, oder etwa nicht? Und dann gibt es manchmal sehr schlechte Gefühle, die wiederum gute Gründe haben. Verstehen Sie denn nicht, was ich meine? Begründungen sind mir völlig egal, aber ich weiß, was ich mag.«

»Na, das ist ja die Hauptsache«, sagte Isabel lächelnd und hegte dabei den Verdacht, daß ihre Bekanntschaft mit dieser plappernden und flatternden Persönlichkeit nicht sonderlich zu intellektueller Muße beitragen würde. Da die Gräfin keine Lust hatte zu argumentieren, verspürte auch Isabel im Moment kein Verlangen danach, und so streckte sie Pansy ihre Hand hin mit der angenehmen Empfindung, daß eine solche Geste sie zu nichts verpflichtete und auch nicht als Eingeständnis einer Meinungsverschiedenheit gedeutet werden konnte. Gilbert Osmond ließ die Rede seiner Schwester anscheinend mit einer gewissen Hoffnungslosigkeit über sich ergehen und lenkte dann die Unterhaltung auf ein neues Thema. Er setzte sich auf den noch freien Platz neben seiner Tochter, die schüchtern Isabels Finger mit ihren eigenen gestreichelt hatte, zog sie dann aber aus ihrem Sessel, so daß sie zwischen seinen Knien stand und sich an ihn lehnte, während er mit dem Arm ihre schlanke Gestalt umfing. Das Kind hielt die Augen auf Isabel gerichtet und sah sie mit ruhigem, desinteressiertem Blick an, der bar einer bestimmten Absicht zu sein, aber sehr wohl etwas Aufmerksamkeit Erregendes zu registrieren schien. Mr. Osmond sprach über viele Dinge; Madame Merle hatte versichert, er könne ein angenehmer Zeitgenosse sein, wenn er wolle, und heute schien er, nach einem Weilchen, nicht nur zu wollen, sondern sogar entschlossen dazu zu sein. Madame Merle und die Gräfin Gemini saßen ein wenig abseits und unterhielten sich in der unkomplizierten Art von Menschen, die einander gut genug kannten und deshalb keine Rücksicht auf Formalitäten nehmen mußten. Doch hin und wieder bekam Isabel mit, wie die Gräfin auf irgendeine Feststellung ihrer Gesprächspartnerin hin dieser in ihre logisch klare Parade fuhr in der Art eines Pudels, der einem geworfenen Stock hinterherspringt und ins Wasser platscht. Es war ganz so, als legte Madame Merle es darauf an herauszubekommen, wie weit sie gehen würde. Mr. Osmond indessen sprach von Florenz, von Italien, von dem Vergnügen, in diesem Lande zu leben, und von den Dingen, die dieses Vergnügen schmälerten. Es gebe sowohl Erfreuliches als auch Schattenseiten; der Schattenseiten seien viele; Fremde seien zu sehr geneigt, eine solche Welt als durch und durch romantisch zu sehen. Dieses biete sich als elegante Problemlösung an bei menschlichem, bei gesellschaftlichem Versagen – womit er diejenigen meinte, die, nach eigenen Worten, ihre Empfindsamkeit nicht »zu Kapital machen«

konnten. Hier konnten sie sie beibehalten, in ihrer Armut, ohne deswegen verlacht zu werden, so wie man eben ein Erbstück behält oder ein lästiges, aber unveräußerliches Grundstück, das einem nichts einbringt. So habe also das Leben auf dem Lande, dort, wo die Schönheit ohnedies zu Hause sei, seine Vorteile. Gewisse Impressionen könne man nur dort gewinnen. Andere, lebensbejahende, kriege man dagegen nie, und einige erhalte man, die ausgesprochen negativ seien. Aber von Zeit zu Zeit bekomme man einen Anreiz von einer Qualität, die für alles andere entschädige. Dennoch habe Italien schon sehr viele Menschen verdorben; er sei sogar einfältig genug, gelegentlich anzunehmen, daß selbst aus ihm ein besserer Mensch hätte werden können, hätte er nicht so viel Zeit seines Lebens hier verbracht. Das Land verleite zu Müßiggang, Dilettantismus und Zweitklassigkeit; hier gebe es nicht diese Schulung des Charakters, oder anders ausgedrückt, das Land entwickle im Menschen nicht jene erfolgreiche soziale und anderweitige Unverschämtheit, die in Paris und London derzeit so floriere. »Hier sind wir in einer provinziellen Idylle«, sagte Mr. Osmond, »und mir ist völlig klar, daß ich selbst nichts weiter bin als ein rostiger Schlüssel, der kein Schloß mehr hat, in das er paßt. Die Unterhaltung mit Ihnen poliert mich wieder ein bißchen auf – nicht daß ich es wagen würde vorzugeben, ich könnte jenes äußerst komplizierte Schloß aufsperren, für das ich Ihren Verstand halte! Sie werden wieder abgereist sein, noch ehe ich Sie dreimal getroffen habe, und danach werde ich Sie wahrscheinlich nie mehr wiedersehen. So ist das nun mal, wenn man in einem Land lebt, in das andere nur besuchsweise kommen. Sind diese Leute unsympathisch, ist's schon schlimm genug; sind sie sympathisch, ist's noch schlimmer. Kaum mag man sie, sind sie bereits wieder weg. Ich bin da zu oft getäuscht worden. Ich habe es mir abgewöhnt, Bindungen einzugehen, es mir selbst zu gestatten, Sympathie zu empfinden. Sie beabsichtigen hierzubleiben, sich niederzulassen? Das wäre wirklich tröstlich. Ach ja – Ihre Tante ist dafür so etwas wie eine Garantin; ich glaube, auf sie kann man sich verlassen. O ja, sie ist eine alte Florentinerin, und das meine ich jetzt wörtlich: keine dieser modernen ›Zugereisten‹. Sie ist eine Zeitgenossin der Medici; sie muß die Verbrennung von Savonarola noch miterlebt haben, und ich bin mir gar nicht sicher, ob sie nicht selbst eine Handvoll Späne ins Feuer geworfen hat. Ihr Gesicht sieht fast genauso aus wie ein paar Gesichter aus den frühen Gemälden:

kleine, vertrocknete, entschlossene Gesichter, die sehr viel Ausdruck gehabt haben müssen, wenn auch fast immer den gleichen. Auf einem Fresko von Ghirlandaio kann ich Ihnen ihr Porträt wirklich zeigen. Ich hoffe, Sie nehmen es mir nicht übel, wenn ich so von Ihrer Tante spreche, oder? Irgendwie weiß ich, daß Sie's nicht tun. Und vielleicht denken Sie, daß es das noch schlimmer macht. Ich versichere Ihnen, daß darin keinerlei Respektlosigkeit liegt, weder ihr noch Ihnen gegenüber. Sie wissen, daß ich ein ganz besonderer Bewunderer von Mrs. Touchett bin.«

Während Isabels Gastgeber sich abmühte, sie auf diese mehr oder weniger vertrauliche Art zu unterhalten, sah sie gelegentlich zu Madame Merle hinüber, die ihren Blick mit einem zerstreuten Lächeln erwiderte, aus dem man in dieser Situation keine unangebrachte Andeutung herauslesen konnte, daß unsere Heldin sich vorteilhaft in Szene gesetzt hätte. Schließlich schlug Madame Merle der Gräfin Gemini vor, hinaus in den Garten zu gehen, woraufhin die Gräfin sich erhob, ihr Gefieder zurechtschüttelte und in Richtung Tür davonrauschte. »Die arme Miß Archer!« rief sie aus und ließ einen Blick voller sichtbarer Anteilnahme über die andere Gruppe schweifen. »Jetzt hat die Familie sie völlig vereinnahmt.«

»Miß Archer kann einer Familie, der du angehörst, sicher nichts anderes als Sympathie entgegenbringen«, antwortete Mr. Osmond mit einem Lachen, in dem, bei aller Belustigung, auch große Nachsicht mitschwang.

»Ich weiß nicht, was du damit sagen willst. Aber ich bin mir sicher, sie wird in mir nichts Schlechtes sehen, außer dem, was du ihr erzählst. Ich bin besser, als er mich hinstellt, Miß Archer«, fuhr die Gräfin fort. »Ich bin eben nur ziemlich blöd und langweilig. Ist das alles, was er gesagt hat? Und noch etwas: Halten Sie ihn bei Laune. Ist er schon bei einem seiner Lieblingsthemen gelandet? Ich warne Sie hiermit: Er hat zwei oder drei von ihnen, die er *à fond* abhandelt. Wenn es soweit ist, nehmen Sie besser Ihre Kopfbedeckung ab.«

»Ich denke nicht, daß ich Mr. Osmonds Lieblingsthemen schon kenne«, sagte Isabel, die aufgestanden war.

Die Gräfin nahm kurz eine Haltung angestrengten Nachdenkens ein, indem sie die eine ihrer Hände mit zusammengepreßten Fingerspitzen gegen die Stirn drückte. »Gleich hab ich sie. Eines ist Machiavelli, das andere ist Vittoria Colonna, das dritte heißt Metastasio.«

»Aha«, meinte Madame Merle und schob ihren Arm unter den der Gräfin Gemini, als wolle sie diese zum Garten dirigieren, »bei mir wird Mr. Osmond nie so historisch.«

»Ach, Sie«, antwortete die Gräfin im Hinausgehen, »Sie sind ja selbst Machiavelli, Sie sind ja selbst Vittoria Colonna!«

»Und als nächstes werden wir zu hören kriegen, daß die arme Madame Merle auch noch Metastasio ist!« seufzte Gilbert Osmond resigniert.

Isabel hatte sich in der Annahme erhoben, daß auch Mr. Osmond, Pansy und sie in den Garten gehen würden. Aber ihr Gastgeber blieb stehen und zeigte keine erkennbare Neigung, den Raum zu verlassen; er behielt die Hände in den Taschen seiner Jacke, und seine Tochter, die sich bei ihm eingehakt hatte, schmiegte sich an ihn, sah zu ihm hinauf und ließ ihren Blick von seinem Gesicht zu Isabels schweifen. Isabel wartete in einer Art stiller Genügsamkeit darauf, daß man ihr sagen möge, was als nächstes zu tun sei. Sie mochte Mr. Osmonds Unterhaltung und seine Gesellschaft; sie verspürte das, was ihr immer wieder Herzklopfen bescherte: das Bewußtsein einer neuen Beziehung. Durch die geöffneten Türen des großen Raumes sah sie Madame Merle und die Gräfin über das dünne Gras des Gartens schlendern. Dann drehte sie sich um, und ihr Blick wanderte über die Dinge, die um sie herum im ganzen Raum verteilt waren. Die Übereinkunft war gewesen, daß Mr. Osmond ihr seine Schätze zeigen wollte; seine Bilder und Vitrinen sahen allesamt wie Schätze aus. Isabel trat auch gleich zu einem der Bilder hin, um es besser betrachten zu können. Doch kaum hatte sie das getan, fragte er sie abrupt: »Miß Archer, was halten Sie von meiner Schwester?«

Einigermaßen überrascht sah sie ihn an. »Ach, fragen Sie mich doch nicht so etwas. Ich kenne Ihre Schwester doch viel zuwenig.«

»Stimmt, Sie kennen Sie viel zuwenig. Aber Sie müssen doch bemerkt haben, daß es da nicht viel zu kennen gibt. Was halten Sie vom Umgangston unserer Familie?« fuhr er mit seinem kühlen Lächeln fort. »Mich würde interessieren, wie der auf einen unverbrauchten, unvoreingenommenen Geist wirkt. Ich weiß schon, was Sie gleich sagen werden: daß Sie ja noch kaum Gelegenheit zur Beobachtung hatten. Natürlich kann es sich jetzt nur um einen flüchtigen Einblick handeln. Aber achten Sie doch mal in Zukunft darauf, falls sich Gelegenheit dazu ergibt.

Manchmal denke ich, wir sind da in ein schlimmes Fahrwasser geraten, wie wir hier so unter Menschen und Dingen leben, die nicht zu uns gehören, so ohne Verantwortlichkeiten oder Bindungen, ohne etwas, was uns zusammen oder aufrecht hält. Wir heiraten Ausländer, wir züchten uns einen künstlichen Geschmack heran, wir betrügen uns um unsere naturgegebene Bestimmung. Ich darf noch anfügen, daß ich da vor allem für mich spreche und weniger für meine Schwester. Sie ist eine sehr rechtschaffene Frau, noch viel anständiger, als es den Anschein hat. Sie ist ziemlich unglücklich, und da sie keine ernste Veranlagung hat, neigt sie nicht dazu, daraus eine Tragödie zu inszenieren. Sie inszeniert das eher auf die komische Art. Sie hat einen schrecklichen Mann, aber ich bin mir nicht sicher, ob sie sich nicht irgendwie arrangiert hat. Ein schrecklicher Ehemann ist natürlich eine mißliche Sache. Zwar berät Madame Merle sie auf ganz ausgezeichnete Weise, aber das ist in etwa so, wie wenn Sie einem Kind ein Wörterbuch in die Hand drücken, damit es die Sprache lernt. Das Kind kann dann zwar die Wörter nachschlagen, aber es kann sie nicht zusammensetzen. Meine Schwester bräuchte eine Grammatik, aber dummerweise kann sie mit Regeln nichts anfangen. Verzeihen Sie, daß ich Sie mit solchen Einzelheiten belästige. Meine Schwester hatte absolut recht, als sie sagte, die Familie habe Sie vereinnahmt. Ich hänge Ihnen das Bild mal ab; Sie brauchen besseres Licht.«

Er hängte das Bild ab, trug es zum Fenster hin und erzählte einige mit dem Werk verbundene Kuriositäten. Sie betrachtete sich dann die anderen Kunstgegenstände, zu denen er weitere Erläuterungen von einer Art beitrug, wie sie einer jungen Dame, die an einem Sommernachmittag einen Besuch abstattete, mit Wahrscheinlichkeit höchst willkommen waren. Seine Bilder, Medaillons, Wandteppiche und gewirkten Tapeten waren zwar interessant, aber nach einer Weile empfand Isabel deren Besitzer als noch interessanter, und das unabhängig von den Artefakten, so opulent sie seine Persönlichkeit auch zu überschatten schienen. Er glich niemandem, den sie je kennengelernt hatte. Der größte Teil ihres Bekanntenkreises ließ sich in ein halbes Dutzend Kategorien einteilen. Zwei oder drei Ausnahmen gab es da schon; so wäre ihr beispielsweise keine Kategorie für ihre Tante Lydia eingefallen. Dann gab es noch andere Menschen, bei denen es sich – relativ gesehen – um Originale handelte, um Originale ›ehrenhalber‹, sozusagen, wie Mr. Goodwood, wie ihr Cousin

Ralph, wie Henrietta Stackpole, wie Lord Warburton, wie Madame Merle. Wenn man sich diese Personen aber genauer besah, dann gehörten auch sie in ihren Grundzügen zu Kategorien, die sich in ihrem Kopf schon ausgebildet hatten. Dort fand sich indessen keine, in der Mr. Osmond einen angestammten Platz gehabt hätte. Er war eine Klasse für sich. Es war nicht so, daß Isabel nun plötzlich all diese Wahrheiten auf einmal erkannt hätte; es paßte bloß jetzt eines zum anderen. Für den Augenblick sagte sie sich nur, daß sich diese ›neue Beziehung‹ wahrscheinlich als ihre allerdistinguierteste herausstellen und von den anderen abheben werde. Madame Merle hatte auch jene Note des Außergewöhnlichen; doch welche ganz andere, kraftvolle Qualität gewann diese doch gleich, wenn sie von einem Mann ausging! Es war nicht so sehr das, was er sagte und tat, sondern eher das, was er vorenthielt, das ihn für sie als etwas genauso Einmaliges kennzeichnete, wie es jene Signaturen des ganz Besonderen taten, die er ihr auf den Unterseiten alter Teller und in den Ecken der Gemälde aus dem sechzehnten Jahrhundert zeigte. Er versuchte nicht dadurch aufzufallen, daß er sich spektakulär vom Konventionellen unterschied; er war ein Original, ohne ein Exzentriker zu sein. Noch nie hatte sie einen so fein strukturierten Menschen getroffen. Dieses Herausragende begann beim sinnlich Wahrnehmbaren und erstreckte sich bis in den Bereich des kaum Faßlichen. Sein dichtes, weiches Haar, sein markantes, gepflegtes Gesicht, sein reiner Teint, kräftig, aber ohne bäurisch zu wirken, der absolut gleichmäßige Wuchs seines Bartes und jene fast schwerelose, geschmeidige Schlankheit der ganzen Gestalt, durch welche die Bewegung auch nur eines einzigen Fingers zu einer ausdrucksvollen Geste wurde – diese individuellen Charakteristika deutete unsere sensible junge Frau als Zeichen von Klasse und Vornehmheit, von Gefühlstiefe und irgendwie auch als vielversprechend und verheißungsvoll. Ganz sicher war er ebenfalls anspruchsvoll und wählerisch, wahrscheinlich sogar nervös und reizbar. Vermutlich war er ein Opfer seiner eigenen Empfindsamkeit geworden, was ihn unduldsam gegenüber den Widrigkeiten und Niedrigkeiten des Alltags machte und ihn dazu brachte, allein zu leben in einer wohlsortierten, gefilterten, kunstvoll arrangierten Welt, in der er über Kunst und Schönheit und Geschichte nachdenken konnte. In allem folgte er seinem Geschmack und vermutlich ausschließlich diesem, so wie ein kranker Mann, der um sein unheilbares Leiden weiß, gegen Ende zu ausschließlich seinen Anwalt konsultiert – und das war es, was ihn so auffallend von allen anderen unterschied. Ralph hatte ein ähnlich anspruchsvolles Wesen; auch er schien zu denken, daß das Leben nur etwas für Kenner sei. Aber bei Ralph handelte es sich dabei um eine Anomalie, um eine Art Auswuchs des Humors, wohingegen es bei Mr. Osmond den Grundton bildete, mit dem alles andere harmonierte. Mit Sicherheit war sie weit davon entfernt, ihn völlig zu verstehen; nicht jedesmal trat das, was er meinte, klar zutage. Zum Beispiel war es schwer nachvollziehbar, was er meinte, wenn er von seiner provinziellen Seite sprach – welches genau die Seite seines Charakters war, von der sie angenommen hätte, daß es sie so gut wie gar nicht gab. Handelte es sich dabei um ein harmloses Paradoxon mit der Absicht, sie vor ein Rätsel zu stellen? Oder war das die Endstufe höchster kultureller Verfeinerung? Zuversichtlich ging sie davon aus, daß sie es zu gegebener Zeit erfahren würde – und es würde eine interessante Erfahrung werden. Wenn diese Harmonie typisch war für Provinz und Provinzialität, wie sah dann wohl der endgültige weltstädtische Schliff aus? Und sie konnte sich diese Frage stellen, obwohl sie das Scheue im Charakter ihres Gastgebers spürte, denn eine solche unmondäne Befangenheit wie die seine – herrührend von überempfindlichen Nerven und sensibler Wahrnehmung – war absolut im Einklang mit bester Bildung und besten Manieren. Sie war in Wirklichkeit sogar fast ein Beweis für Maßstäbe und Prüfsteine jenseits der Vulgarität; er mußte völlig davon überzeugt sein, daß das Vulgäre, wo immer man sich aufhielt, bereits da war. Er war kein Mann von unbegründeter Selbstsicherheit, der mit der Eloquenz einer oberflächlichen Natur drauflosplauderte und daherschwätzte. Er war ebenso kritisch sich selbst wie anderen gegenüber, und da er von anderen eine Menge verlangte, ehe sie für ihn akzeptabel wurden, betrachtete er wahrscheinlich auch das ironisch, was er selbst anzubieten hatte – obendrein ein Beweis dafür, daß er eben nicht bloß gröblich eingebildet war. Wäre er nicht so scheu und zurückhaltend gewesen, hätte er nicht jene allmähliche, subtile, erfolgreiche Veredelung dieses scheinbaren Makels bewerkstelligen können, der sie beides zu verdanken hatte: das, was ihr an ihm gefiel, und das, was sie vor ein Rätsel stellte. Wenn er sie so unvermutet fragte, was sie von der Gräfin Gemini halte, dann war dies zweifellos ein Beweis dafür, daß er sich für Isabel interessierte; als Hilfestellung zu einem besseren Verständnis seiner eigenen Schwester war die Frage ja wohl kaum gedacht gewesen. Daß er so interessiert war, ließ auf einen forschenden Geist schließen; aber daß er seine brüderlichen Gefühle seiner Neugierde opferte, war schon ein wenig ungewöhnlich. Es war das Ausgefallenste, was er bisher vollbracht hatte.

Jenseits des Raumes, in dem sie empfangen worden war, gab es noch zwei weitere, gleichermaßen angefüllt mit romantischen Objekten, und in diesen Räumen verweilte Isabel eine Viertelstunde. Alles war im höchsten Maß außergewöhnlich und wertvoll, und Mr. Osmond blieb weiterhin der liebenswürdigste aller Kunstführer, als er sie von einem schönen Gegenstand zum nächsten geleitete und dabei noch immer seine Tochter an der Hand hielt. Seine Liebenswürdigkeit überraschte unsere junge Freundin ein wenig, die sich die Frage stellte, warum er sich ihretwegen wohl solche Mühe gab, und schließlich war sie gar vollständig bedrückt von der Ansammlung von Schönem und Wissenswertem, mit der man sie vertraut machte. Für den Augenblick hatte sie genug; sie hatte aufgehört, dem zu folgen, was er sagte. Zwar lauschte sie mit aufmerksamem Blick, dachte aber nicht über das nach, was er ihr erklärte. Wahrscheinlich hielt er sie in jeder Hinsicht für aufnahmefähiger und intelligenter, auch für aufnahmebereiter, als sie es tatsächlich war. Madame Merle hatte vermutlich zu Isabels Gunsten freundlich übertrieben, was sehr schade war, denn letztendlich würde er dahinterkommen, und dann würde ihn sogar ihre tatsächliche Intelligenz nicht über seinen Irrtum hinwegtrösten. Isabels Erschöpfungszustand rührte teilweise von der Anstrengung her, so klug zu erscheinen, wie Madame Merle sie ihrer Ahnung nach beschrieben hatte, sowie von der Angst (sehr ungewöhnlich bei ihr), sich bloßzustellen, und zwar weniger durch Nichtwissen – damit hatte sie eigentlich kaum Probleme – als durch eine mögliche Dumpfheit der Wahrnehmung und Auffassung. So hätte es sie beispielsweise verdrossen, etwas gut und schön zu finden, von dem er, von seiner höheren Warte des Kenners aus, der Meinung war, sie sollte es besser nicht gut und schön finden; oder achtlos etwas zu übersehen, bei dem der wahrhaft gebildete Geist verweilen würde. In diese Situation hanebüchener Lächerlichkeit wollte sie nicht geraten, in der sie schon andere Frauen – die ihr als Warnung dienten – lustig hineinstolpern, doch unwürdig sich abzappeln gesehen hatte. Aus diesem Grunde achtete sie sorgsam auf das, was sie sagte, auf das, was sie wahrnahm oder auch nicht – so sorgsam wie noch nie in ihrem Leben.

Sie kehrten in den ersten Raum zurück, wo der Tee serviert worden war. Da aber die beiden anderen Damen sich noch immer auf der Terrasse aufhielten und da Isabel bisher noch nicht die Aussicht hatte genießen dürfen, die ja die eigentliche und einmalige Attraktion des Hauses und seiner Lage darstellte, lenkte Mr. Osmond ihre Schritte flugs in den Garten. Madame Merle und die Gräfin hatten sich Stühle herausbringen lassen, und da der Nachmittag so herrlich war, schlug die Gräfin vor, den Tee im Freien zu nehmen. Pansy wurde deshalb losgeschickt, den Diener entsprechend anzuweisen. Die Sonne stand bereits tief, das goldene Licht nahm einen kräftigeren Ton an, und auf den Bergen und der unter ihnen liegenden Ebene leuchteten die purpurnen Schatten genauso intensiv wie die Flecken, die noch im Sonnenlicht lagen. Die Szenerie war von außergewöhnlichem Reiz. Es herrschte eine beinahe feierliche Stille, und die ausgedehnte Landschaft mit ihrer gartenähnlichen Bebauung und der imposanten Silhouette, mit dem üppigfruchtbaren Tal und den feingezackten Hügeln und ihren eigentümlich menschlich wirkenden Tupfern der Besiedelung lag da in leuchtender Harmonie und klassischer Schönheit. »Es scheint Ihnen ja so sehr zu gefallen, daß man davon ausgehen könnte, Sie wieder einmal hier sehen zu dürfen«, sagte Osmond und führte seinen Gast an das eine Ende der Terrasse.

»Ich komme sicher wieder«, gab sie zurück, »trotz allem, was Sie an Schlechtigkeiten über das Leben in Italien verbreiten. Was haben Sie doch gleich wieder über unsere naturgegebene Bestimmung gesagt? Ich frage mich, ob ich nicht meiner naturgegebenen Bestimmung entsage, sollte ich mich in Florenz niederlassen.«

»Die naturgegebene Bestimmung einer Frau ist dort, wo man sie am meisten zu schätzen weiß.«

»Dann geht es darum herauszufinden, wo das ist.«

»Sehr richtig, und oftmals verschwendet eine Frau mit ihrer Suche eine Menge Zeit. Eigentlich wäre es die Aufgabe ihrer Umgebung, ihr den Ort ihrer Bestimmung klar vor Augen zu führen.«

»Der müßte mir allerdings sehr klar vor Augen geführt werden«, sagte Isabel lächelnd.

»Jedenfalls freue ich mich, von Ihrem Vorhaben zu hören, daß Sie seßhaft werden wollen. Von Madame Merle gewann ich den Eindruck, Ihnen liege das Vagabundieren vielleicht mehr. Ich meinte, sie davon sprechen zu hören, Sie planten eine Art Weltreise.«

»Manchmal schäme ich mich meiner Pläne, denn jeden Tag mache ich neue.«

»Ich sehe keinen Grund, weswegen Sie sich schämen sollten. Ein größeres Vergnügen gibt es doch gar nicht.«

»Mir kommt es zu impulsiv vor«, sagte Isabel. »Man sollte sich eine Sache vorher gut überlegen und dann dazu stehen.«

»Dieser Regel zufolge bin ich nicht impulsiv gewesen.«

»Sie haben nie Pläne gemacht?«

»Doch, vor Jahren habe ich einen gefaßt, nach dem ich heute handle.«

»Das muß dann ein sehr schöner gewesen sein«, gestattete es sich Isabel zu bemerken.

»Es war ein sehr einfacher: nämlich so still wie möglich zu leben.«

»Still?« wiederholte das Mädchen.

»Sich keine Sorgen zu machen, sich nicht abzumühen, sich nicht herumzustreiten. Mich dreinzuschicken. Mich mit wenigem zu begnügen.« Er formulierte diese Sätze langsam, mit kurzen Pausen dazwischen, und sein kluger Blick begegnete dem seiner Besucherin mit der Verlegenheit eines Mannes, der sich zu einem Geständnis durchgerungen hatte.

»Und das nennen Sie einfach?« fragte sie mit sanfter Ironie.

»Ja, weil es eine Verneinung ist.«

»War Ihr Leben bisher eine Verneinung?«

»Sie dürfen es auch eine Bejahung nennen, wenn Sie wollen. Allerdings ist es nur eine Bejahung meiner Gleichgültigkeit – und bei ihr handelt es sich nicht um eine angeborene, bitte sehr. Es ist vielmehr eine nachträglich angeeignete, vorsätzliche Verweigerung.«

Sie verstand ihn kaum; die Frage schien zu sein, ob er scherzte oder nicht. Warum sollte ein Mann, der auf sie den Eindruck machte, als verfüge er über ein hohes Maß an Reserviertheit, urplötzlich so vertrauensselig sein? Aber das war schließlich seine Sache, und seine Bekenntnisse waren interessant. »Ich sehe keinen Grund für Ihre Verweigerungshaltung«, sagte sie dann.

»Ich konnte rein gar nichts tun. Ich hatte keine Zukunftsaussichten, ich war arm, und ich war kein genialer Mensch. Ich hatte noch nicht einmal Talent. Ich bin frühzeitig in meinem Leben zu einem Urteil gelangt. Ich war ganz einfach der anspruchsvollste und mäkeligste junge Herr auf Gottes Erdboden. Zwei oder drei Menschen gab es auf der Welt, die ich beneidete: den russischen Zaren, zum Beispiel, und den türkischen Sultan. Es gab sogar Momente, in denen ich den Papst von Rom beneidete – wegen der Hochachtung, die er genießt. Ich wäre entzückt gewesen, wenn man mir solchen Respekt entgegengebracht hätte. Aber weil das unmöglich war, wollte ich mich nicht mit weniger zufrieden geben, und ich beschloß, mir aus Ehren und Auszeichnungen nichts zu machen und auch keine anzustreben. Ein mittelloser Gentleman ist zwar arm, aber braucht nicht die Achtung vor sich selbst zu verlieren, und glücklicherweise war ich ein Gentleman, wenn auch ein armer. In Italien konnte ich nichts werden, nicht einmal ein italienischer Patriot. Dazu hätte ich außer Landes gehen müssen, doch ich liebte das Land zu sehr, um es zu verlassen, ganz zu schweigen davon, daß mir der damalige Zustand insgesamt viel zu sehr behagte, als daß ich an einer Veränderung interessiert gewesen wäre. So habe ich denn einige Jährchen hier nach meinem einfachen Plan gelebt, den ich vorhin erwähnte. Dabei bin ich keineswegs immer unglücklich gewesen. Das soll nicht heißen, daß mir alles gleichgültig gewesen wäre; aber bei den Dingen, die mir nicht gleichgültig sind, hat es sich immer um ganz bestimmte und eng begrenzte gehandelt. Das, was sich in meinem Leben tat, wurde ausschließlich von mir wahrgenommen: der Erwerb eines alten, silbernen Kruzifixes zu einem Spottpreis (selbstverständlich habe ich nie etwas Teures gekauft) oder wie damals die Entdeckung einer Skizze von Correggio auf einer Holztafel, die irgendein inspirierter Hornochse übermalt hatte.«

Dies wäre ein recht trockener Bericht über Mr. Osmonds Lebensweg gewesen, wenn Isabel ihn vollständig geglaubt hätte. Doch den menschlichen Akzent, an dem es ihrer Ansicht nach mitnichten gefehlt hatte, steuerte ihre Vorstellungskraft selbst bei. Sein Leben war bestimmt mit anderen Biographien verknüpft gewesen, und zwar enger, als er zugab. Selbstverständlich konnte sie nicht erwarten, daß er dieses Thema ansprach. So sah sie für den Augenblick davon ab, ihm weitere Enthüllungen zu entlocken. Die Andeutung, er habe ihr nicht alles erzählt, wäre viel vertraulicher und weniger rücksichtsvoll gewesen, als Isabel im Moment zu sein beabsichtigte – ja, sie hätte eine himmelschreiende Ungehörigkeit dargestellt. Er hatte ihr wahrhaftig schon genug erzählt. Jedoch war sie in dieser Sekunde geneigt, ihm ihre maßvolle Sympathie für den Erfolg auszusprechen, mit dem er sich seine Unabhängigkeit bewahrt hatte. »Das ist ein sehr angenehmes Leben«, sagte sie, »wenn man alles verweigert bis auf einen Correggio!«

»O ja, auf meine Art habe ich was ganz Gutes daraus gemacht. Sie dürfen nicht glauben, daß ich jetzt mit Greinen beschäftigt bin. Schließlich ist jeder seines eigenen Glückes Schmied.«

Das war ihr zu hoch gegriffen; sie hielt sich lieber an etwas Handlicheres. »Haben Sie schon immer hier gelebt?«

»Nein, nicht immer. Ich lebte lange Zeit in Neapel und viele Jahre in Rom. Dennoch wohne ich nun schon eine ganze Weile hier. Vielleicht müßte ich wieder mal umziehen, um was Neues anzufangen. Ich kann jetzt nicht mehr nur an mich denken. Meine Tochter wird langsam erwachsen, und vielleicht macht sie sich nicht gar so viel aus Correggios und Kruzifixen wie ich. Ich werde das tun müssen, was das Beste für Pansy ist.«

»Ja, tun Sie's«, sagte Isabel. »Sie ist ein so liebes Mädchen.«

»Ach!« rief Gilbert Osmond aus und strahlte. »Sie ist eine kleine Heilige vom Himmel. Sie ist mein ganzes Glück!«

25. KAPITEL

Während dieses hinreichend vertraulichen Gesprächs (das sich, nachdem wir jetzt aufhören, ihm zu folgen, noch ein Weilchen hinzog), hatten Madame Merle und ihr Gegenüber eine Schweigepause von beträchtlichem Ausmaß eingelegt und sie begannen nun wieder, Bemerkungen auszutauschen. Beide saßen in einer Haltung unterdrückter Erwartung da, besonders deutlich bei der Gräfin Gemini zu erkennen, die, von nervöserem Temperament als ihre Freundin, in der Kunst, sich Ungeduld nicht anmerken zu lassen, weit weniger fortgeschritten war. Worauf diese Damen eigentlich warteten, war nicht ganz ersichtlich und existierte vielleicht auch in ihren eigenen Köpfen nicht als etwas sehr Konkretes. Madame Merle wartete darauf, daß Osmond ihre gemeinsame junge Freundin aus dem *tête-à-tête* entließ, und die Gräfin wartete, weil Madame Merle es tat. Der Gräfin schien zudem, während des Wartens, die Zeit gekommen, eine ihrer netten Boshaftigkeiten anzubringen, worauf sie möglicherweise schon minutenlang gelauert hatte. Ihr Bruder spazierte gerade mit Isabel zum Ende des Gartens, wohin ihr Blick ihnen folgte.

»Meine Liebe«, sprach sie ihre Gesprächspartnerin an, »Sie werden entschuldigen, daß ich Ihnen nicht gratuliere!«

»Aber sehr gern, denn ich habe nicht die leiseste Ahnung, warum Sie das tun sollten.«

»Haben Sie da nicht ein kleines Plänchen entworfen, von dem Sie sich einiges versprechen?« Und die Gräfin deutete mit einem Kopfnicken in Richtung des weltabgeschiedenen Paares.

Madame Merles Blick folgte der angedeuteten Richtung; dann wandte sie sich gelassen an ihre Nachbarin. »Sie wissen doch, daß ich Sie nie sehr gut verstehe«, lächelte sie.

»Niemand versteht besser als Sie, wenn Sie nur wollen. Und ich begreife, daß Sie im Moment eben *nicht* wollen.«

»Sie sagen Dinge zu mir, die mir sonst niemand sagt«, entgegnete Madame Merle ernst, aber ohne Bitterkeit.

»Sie meinen Dinge, die Ihnen nicht passen? Sagt denn Osmond nicht auch ab und zu so etwas?«

»Alles, was Ihr Bruder sagt, hat Substanz.«

»Ja, und manchmal auch Brisanz. Falls Sie damit sagen wollen, ich sei nicht so clever wie er, dann dürfen Sie nicht glauben, daß ich unter dieser Ihrer Erkenntnis zusammenbreche. Doch wäre es viel besser, wenn Sie mich verstehen würden.«

»Und zwar warum?« fragte Madame Merle. »Wozu sollte das förderlich sein?«

»Sie sollten für den Fall, daß ich Ihren Plan nicht billige, die Gefahren einschätzen können, denen Sie ausgesetzt sind, sobald ich mich einmische.«

Madame Merle erweckte den Anschein, als sei sie bereit zuzugestehen, daß an der These etwas dran sei. Doch gleich darauf sagte sie ruhig: »Sie halten mich für berechnender, als ich bin.«

»Es ist nicht Ihre Berechnung, die ich Ihnen übelnehme, sondern daß sie falsch ist. Und in diesem Fall ist sie es.«

»Da müssen Sie aber selbst ausgedehnte Berechnungen angestellt haben, um das herauszufinden.«

»Nein, dazu hatte ich keine Zeit. Ich sehe das Mädchen heute zum ersten Mal«, sagte die Gräfin, »und da ist mir jäh ein Licht aufgegangen. Ich mag die Kleine nämlich sehr.«

»Ich auch«, bemerkte Madame Merle.

»Sie haben aber eine komische Art, das zu zeigen.«

»Immerhin habe ich ihr den Vorzug verschafft, Ihre Bekanntschaft zu machen.«

»Das ist wahrscheinlich auch das Beste«, krähte die Gräfin, »was ihr passieren konnte!«

Madame Merle sagte eine Zeitlang nichts. Das Benehmen der Gräfin war zwar abstoßend, war wirklich gemein, aber es war nichts Neues, und den Blick auf den violetten Abhang des Monte Morello gerichtet, überließ sie sich ihren Gedankengängen. »Meine Teuerste«, nahm sie schließlich das Gespräch wieder auf, »ich rate Ihnen, nicht selbst etwas auszuhecken. Die Angelegenheit, auf die Sie anspielen, betrifft drei Personen von weitaus größerer Entschlossenheit und Energie, als Sie sie aufbringen.«

»Gleich drei Personen? Sie und Osmond – selbstredend. Aber ist Miß Archer auch so voller Entschlossenheit und Energie?«

»Im gleichen Maße wie wir.«

»Ja, dann«, sagte die Gräfin und strahlte, »dann brauche ich ihr nur vor Augen zu führen, daß es in ihrem Interesse liegt, euch einen Strich durch die Rechnung zu machen, was ihr dann ja auch problemlos gelingen dürfte!«

»Uns einen Strich durch die Rechnung żu machen? Warum drücken Sie sich dermaßen grob aus? Niemand will Miß Archer zu etwas zwingen oder sie betrügen.«

»Da bin ich mir nicht so sicher. Ihr seid zu allem fähig, Sie und Osmond. Ich meine nicht Osmond allein, und ich meine nicht Sie allein. Aber beide zusammen seid ihr gefährlich – wie so eine chemische Verbindung.«

»Dann wäre es doch für Sie das beste, wenn Sie uns in Ruhe ließen«, lächelte Madame Merle.

»Ich habe auch nicht vor, euch zu nahe zu kommen. Aber ich werde mit dem Mädchen ein Wort reden.«

»Meine arme Amy«, sagte Madame Merle leise. »Ich weiß nicht, was da in Sie gefahren ist.«

»Ich nehme Anteil an ihr: das ist in mich gefahren. Ich mag sie.«

Madame Merle zögerte kurz. »Ich glaube, sie mag aber *Sie* nicht.«

Die kleinen, hellen Augen der Gräfin weiteten sich, und ihr Gesicht verzog sich zu einer Grimasse. »Ah – Sie *sind* gefährlich, sogar ganz allein!«

»Wenn Sie wollen, daß sie Sie mag, dann machen Sie ihr gegenüber nicht Ihren Bruder schlecht«, sagte Madame Merle.

»Sie wollen mir doch hoffentlich nicht weismachen, daß sie sich nach zwei kurzen Unterredungen schon in ihn verliebt hat.« Madame Merle sah kurz zu Isabel und dem Herrn des Hauses. Er hatte sich gegen das Geländer gelehnt, hielt die Arme verschränkt und sah Isabel an. Diese gab sich offensichtlich nicht vollständig der unpersönlichen Aussicht hin, so angelegentlich sie auch so tat. Als Madame Merle sie fixierte, senkte sie den Blick; sie hörte gerade zu, möglicherweise mit einiger Verlegenheit, während sie die Spitze ihres Sonnenschirms in den Weg bohrte. Madame Merle erhob sich von ihrem Stuhl. »Doch, ich glaube schon!« verkündete sie feierlich.

Der von Pansy herbeizitierte erbarmungswürdige junge Diener – er hätte seiner schmuddeligen Livree und seinem exotischen Typus nach einer Studie aus einem alten Skizzenbuch entsprungen und dann vom Pinsel eines Longhi oder eines Goya ›vereinnahmt‹ worden sein können – war mit einem kleinen Tisch ins Freie gekommen, hatte ihn ins Gras gestellt und war wieder nach drinnen gegangen, um das Teetablett zu holen. Danach war er erneut verschwunden, um mit zwei Stühlen wieder aufzutauchen. Pansy hatte diese Vorgänge mit größtem Interesse verfolgt, war dabei gestanden, die schmalen Hände vor dem Brustteil ihres zu kleinen Kleides gefaltet, hatte sich aber nicht erdreistet, ihre Hilfe anzubieten. Als dann der Teetisch gedeckt war, näherte sie sich behutsam ihrer Tante.

»Glaubst du, Papa hätte etwas dagegen, wenn ich den Tee mache?«

Die Gräfin betrachtete sie mit betont kritischem Blick und ignorierte die Frage. »Meine arme Nichte«, sagte sie, »ist das dein bestes Kleid?«

»O nein«, antwortete Pansy, »das ist nur die kleine *toilette* für den Alltag.«

»Ist das für dich Alltag, wenn ich dich besuchen komme? Ganz zu schweigen von Madame Merle und der hübschen Dame dort drüben?«

Pansy dachte kurz nach und sah ernst von einer der genannten Personen zur anderen. Dann breitete sich wieder ihr vollendetes Lächeln im Gesicht aus. »Ich habe schon ein hübsches Kleid, aber auch das ist sehr schlicht. Warum sollte ich es neben euren schönen Sachen zur Schau stellen, wo es dann vielleicht nur unangenehm auffällt?«

»Weil es das schönste ist, das du hast. Für mich mußt du immer deine schönsten Sachen tragen. Bitte, zieh es beim nächsten Mal an. Mir scheint, sie könnten dich überhaupt ein bißchen besser kleiden.« Zaghaft strich das Kind über seinen altmodischen Rockschoß.

»Das ist doch ein gutes Kleidchen, um Tee zu machen, findest du nicht? Glaubst du, Papa würde mich lassen?«

»Ich kann dir das unmöglich sagen, mein Kind«, sagte die Gräfin. »Für mich sind die Gedankengänge deines Vaters unergründlich. Madame Merle versteht sie besser. Frag doch *sie*.«

Madame Merle lächelte mit gewohntem Wohlwollen. »Das ist eine gewichtige Frage – laß mich mal überlegen. Ich finde, es müßte deinen Vater freuen, wenn ihm eine aufmerksame kleine Tochter seinen Tee macht. Das gehört zu den Pflichten der Tochter des Hauses, sobald sie heranwächst.«

»Ich finde das auch, Madame Merle!« rief Pansy. »Sie sollen sehen, wie gut ich es kann. Einen Löffel voll für jeden.« Und sie begann, am Tisch zu hantieren.

»Für mich zwei Löffel«, sagte die Gräfin, die ihr, zusammen mit Madame Merle, eine Weile zuschaute. »Hör mal, Pansy«, begann die Gräfin schließlich wieder. »Ich wüßte gerne, was du von eurem Besuch hältst.«

»Ach, sie ist nicht mein Besuch – sie ist Papas Besuch«, protestierte Pansy.

»Miß Archer kam auch dich besuchen«, erwiderte Madame Merle.

»Es freut mich sehr, das zu hören. Sie ist sehr höflich zu mir.«

»Du magst sie also?« fragte die Gräfin.

»Sie ist reizend, ganz reizend«, wiederholte Pansy in ihrem niedlichen, artigen Konversationston. »Sie gefällt mir durch und durch.«

»Und wie gefällt sie deiner Meinung nach deinem Vater?«

»Also wirklich, Gräfin!« knurrte Madame Merle mißbilligend. »Geh und hol die beiden zum Tee«, fuhr sie zum Kind gewandt fort.

»Ihr werdet gleich sehen, wie er ihnen schmeckt!« erklärte Pansy und lief los, um die anderen zu rufen, die noch immer am entgegengesetzten Ende der Terrasse verweilten.

»Wenn Miß Archer seine Mutter werden soll, ist es doch bestimmt interessant zu erfahren, ob das Kind sie mag«, sagte die Gräfin.

»Falls Ihr Bruder wieder heiratet, dann nicht wegen Pansy«, erwiderte Madame Merle. »Sie wird bald sechzehn, und dann braucht sie allmählich eher einen Mann als eine Stiefmutter.«

»Und den Mann liefern Sie ihr dann auch?«

»Ich werde mit Sicherheit ein Interesse daran haben, daß sie sich glücklich verheiratet. Ich kann mir vorstellen, daß das bei Ihnen nicht anders ist.«

»Aber wirklich nicht!« rief die Gräfin. »Warum sollte ausgerechnet ich einen Preis für einen Mann ausloben?«

»Weil Sie eben nicht glücklich geheiratet haben. Davon rede ich ja die ganze Zeit. Wenn ich ›Mann‹ sage, dann meine ich einen guten Ehemann.«

»Es gibt keine guten Ehemänner. Osmond wird auch kein guter sein.«

Madame Merle schloß kurz die Augen. »Sie sind jetzt irgendwie gereizt. Ich weiß auch nicht, warum«, sagte sie dann. »Ich glaube, Sie werden in Wirklichkeit weder gegen eine Heirat Ihres Bruders noch gegen eine Ihrer Nichte Einwände haben, wenn es für die beiden soweit ist. Und was Pansy angeht, so bin ich zuversichtlich, daß wir beide eines Tages das Vergnügen haben werden, gemeinsam nach einem Mann für sie zu suchen. Ihr großer Bekanntenkreis wird uns dabei eine Hilfe sein.«

»Jawohl, ich bin gereizt«, antwortete die Gräfin. »Sie reizen mich immer wieder. Ihre eigene Abgeklärtheit ist dagegen fabelhaft. Sie sind wirklich eine seltsame Frau.«

»Es wäre viel besser, wenn wir stets gemeinsam handelten«, fuhr Madame Merle fort.

»Soll das eine Drohung sein?« fragte die Gräfin und erhob sich.

Madame Merle schüttelte den Kopf wie in stillem Amüsement. »Weiß Gott, meine Abgeklärtheit haben *Sie* nicht!«

Isabel und Osmond kamen nun langsam herbei, und Isabel hatte Pansy bei der Hand genommen. »Wollen Sie mir einreden, Sie seien der Meinung, er würde sie glücklich machen?« verlangte die Gräfin zu wissen.

»Sollte er Miß Archer heiraten, dann wird er sich meiner Ansicht nach wie ein Gentleman verhalten.«

Die Gräfin verfiel ruckartig von einer Pose in die nächste. »Sie meinen, wie sich die meisten Gentlemen verhalten? Na dann, vielen Dank! Natürlich ist Osmond ein Gentleman; daran braucht man seine eigene Schwester nicht erst zu erinnern. Aber bildet er sich ein, er könne jedes Mädchen heiraten, das er sich herauspickt? Osmond ist ein Gentleman, selbstverständlich. Trotzdem muß ich sagen, daß ich noch nie in meinem ganzen Leben, noch *nie-mals,* jemanden getroffen habe, der solche Ansprüche stellt! Worauf die sich alle gründen, geht über meinen Horizont. Ich bin seine eigene Schwester; ich sollte es eigentlich wissen. Aber wer ist er denn, bitte schön? Was hat er denn je geleistet? Falls an seiner Abstammung irgend etwas Grandioses wäre – falls Gott der Herr ihn aus einem ganz besonderen Lehm geschaffen hätte: dann sollte doch wenigstens ich die Spur einer Ahnung davon haben. Hätte es in unserer Familie Glanz und Gloria gegeben, dann wäre in jedem Fall ich es gewesen, die das ausgenutzt hätte, denn so was liegt mir. Aber von alldem gibt's nichts, nichts, nichts. Unsere Eltern waren natürlich recht nette Leute; aber das waren Ihre bestimmt auch. Alle sind sie heutzutage nette Leute. Sogar ich bin's. Lachen Sie nicht, so wurde das wortwörtlich gesagt. Was Osmond angeht, so scheint der schon immer geglaubt zu haben, daß er direkt von den Göttern abstammt.«

»Sagen Sie, was Sie wollen«, meinte Madame Merle, die diesen emotionalen Ausbruch deshalb nicht weniger aufmerksam verfolgt hatte – dürfen wir zumindest annehmen –, weil ihr Blick von der Sprecherin abgeschweift war und sich ihre Hände damit beschäftigten, die Schleifchen an ihrem Kleid neu zu binden. »Ihr Osmonds seid eine edle Rasse. Euer Blut muß aus einer sehr reinen Quelle fließen. Ihr Bruder hat, als intelligenter Mann, diese Überzeugung schon immer gehegt, auch wenn ihm die Bewcise dafür fehlen. Sie tun das eher bescheiden ab, dabei sind Sie selbst extrem vornehm. Was sagen Sie zu Ihrer Nichte? Das Kind ist eine kleine Prinzessin. Dennoch«, fügte Madame Merle hinzu, »wird es für Osmond kein leichtes Unterfangen sein, Miß Archer zu heiraten. Aber probieren kann er es.«

»Hoffentlich gibt sie ihm einen Korb. Das wird ihm einen kleinen Dämpfer versetzen.«

»Wir dürfen aber nicht vergessen, daß er einer der intelligentesten Männer ist.«

»Das habe ich schon einmal von Ihnen gehört, habe aber bis jetzt noch nicht herausgefunden, was er getan hat, um dieses Prädikat zu verdienen.«

»Was er getan hat? Er hat nichts getan, von dem er später gewünscht hätte, er hätte es nicht getan. Und er versteht es zu warten.«

»Auf Miß Archers Geld? Wieviel hat sie eigentlich?«

»Das meine ich damit nicht«, sagte Madame Merle. »Miß Archer besitzt siebzigtausend Pfund.«

»Ach, was für ein Jammer, daß sie so nett ist«, erklärte die Gräfin. »Als Opferlamm täte es jedes andere Mädchen auch. Dazu bräuchte sie nichts Besonderes zu sein.«

»Wenn sie nichts Besonderes wäre, würde Ihr Bruder sie nicht einmal anschauen. Für ihn ist nur das Beste gut genug.«

»Ja«, erwiderte die Gräfin, während die beiden den anderen ein paar Schritte entgegengingen, »er ist wirklich sehr schwer zufriedenzustellen. Und deshalb ist mir um Miß Archers Glück ganz angst und bange.«

26. KAPITEL

Gilbert Osmond kam zu Besuch, um Isabel wiederzusehen; was bedeutete: Er kam zu Besuch in den Palazzo Crescentini. Dort hatte er auch andere Freunde, und gegenüber Mrs. Touchett und Madame Merle war er stets von neutraler Zuvorkommenheit. Allerdings registrierte die erstere der beiden Damen, daß er nun im Verlauf von zwei Wochen zum fünften Mal vorbeikam, was sie mit einer anderen Tatsache verglich, deren sie sich ohne große Anstrengung sofort entsann. Zwei Besuche jährlich waren bisher regelmäßiger Ausdruck seiner Wertschätzung für Mrs. Touchett gewesen, und niemals hatte sie beobachten können, daß er für diese Besuche jene beinahe periodisch wiederkehrenden Anlässe auswählte, wenn sich gerade Madame Merle unter ihrem Dach aufhielt. Wegen Madame Merle kam er also nicht; die beiden waren alte Freunde, und ihretwegen betrieb er keinen Aufwand. Ralph mochte er nicht sonderlich, was Ralph ihr selbst gesagt hatte, und so brauchte man auch nicht anzunehmen, daß Mr. Osmond an ihrem Sohn unvermutet einen Narren gefressen hatte. Ralph war durch nichts zu erschüttern. Ralph umgab sich mit einer lockeren Weltoffenheit, in die er sich einhüllte, als sei sie ein schlecht geschneiderter Mantel, den er allerdings niemals ablegte. Mr. Osmond bedeutete für ihn eine sehr angenehme Gesellschaft, und so war er jederzeit bereit, ihn als Gast willkommen zu heißen. Aber er schmeichelte sich nicht, daß es das Bedürfnis sei, früheres Unrecht wiedergutzumachen, welches den Beweggrund für Mr. Osmonds Besuche darstellte. Dazu begriff er die Situation viel zu deutlich. Die Attraktion hieß Isabel und bildete den mehr als ausreichenden Grund für seine Visiten. Osmond war ein äußerst kritischer Mensch, ein Experte für das Exquisite, und so war es völlig natürlich, daß eine so seltene und unerwartete Erscheinung seine Neugierde anstachelte. Als dann Mrs. Touchett ihrem Sohn anvertraute, daß ihr klar sei, was Mr. Osmond im Schilde führe, erwiderte Ralph, daß er ganz ihrer Meinung sei. Schon vor sehr langer Zeit hatte Mrs. Touchett diesem Gentleman einen Platz auf der kümmerlichen Liste ihrer Bekannten zugewiesen, und sie versuchte sich jetzt mühsam zu erinnern, durch welches Geschick und auf Grund welcher Vorgänge – so verwerflich und so raffiniert durchdacht sie auch gewesen sein mochten – er sich überall so wirksam in Szene gesetzt hatte. Da er als Besucher nie aufdringlich oder lästig war, hatte er auch nie die Chance gehabt, als beleidigend oder ärgerniserregend dazustehen, und was ihn für sie empfahl, war der Anschein, daß er sehr wohl auch ohne sie auskommen konnte, genauso wie sie ohne ihn, eine Eigenschaft, die – so absurd es erscheinen mag – für sie schon immer als Basis für eine Beziehung mehr oder weniger unabdingbar gewesen war. Der Gedanke, er habe es sich in den Kopf gesetzt, ihre Nichte zu heiraten, verschaffte ihr jedoch keine Befriedigung. Eine solche Allianz hätte von Isabels Seite aus einen Anstrich von beinahe morbider Perversität. Mrs. Touchett war noch frisch in Erinnerung, daß das Mädchen einen englischen Peer abgewiesen hatte; und daß eine junge Dame, um die ein Lord Warburton ohne Erfolg gerungen hatte, sich mit einem obskuren amerikanischen Dilettanten zufriedengeben sollte, einem ältlichen Witwer mit seinem eigenartigen Kind und einem zwielichtigen Einkommen – das entsprach ganz und gar nicht der Vorstellung, die Mrs. Touchett mit Glück und Erfolg verband. Bezüglich der Ehe hatte sie, wie man bemerkt haben wird, weniger sentimentale als vielmehr pragmatische Ansichten – was schon immer von Vorteil war. »Ich hoffe bloß, sie ist nicht so dumm, ihn anzuhören«, sagte sie zu ihrem Sohn, worauf dieser erwiderte, daß bei Isabel das Anhören eine Sache sei, das Antworten aber eine andere. Er wußte, daß sie sich schon verschiedene ›Parteien‹, wie sein Vater es genannt hätte, zunächst angehört hatte, diese aber dann hinterher *sie* anhören mußten, und so fand er die Vorstellung sehr unterhaltsam, daß er in diesen wenigen Monaten, in denen er sie kannte, schon wieder einen ans Tor pochenden Verehrer erleben durfte. Sie wollte das Leben kennenlernen, und Fortuna half ihr dabei nach Kräften; eine Prozession erlesener Gentlemen, die vor ihr auf die Knie fielen, war dazu genausogut geeignet wie alles andere. Ralph freute sich jetzt schon auf einen vierten, einen fünften, einen zehnten Belagerer der Burg; seiner Überzeugung nach würde sie nicht schon nach dem dritten Schluß machen. Sie würde das Tor einen Spalt weit öffnen und dann mit den Unterhandlungen beginnen. Sie würde Nummer drei keinesfalls Einlaß gewähren. Ungefähr auf diese Art brachte er seine Einschätzung der Lage gegenüber seiner Mutter zum Ausdruck, die ihn ansah, als habe er gerade eine Gigue getanzt. Seine Ausdrucksweise war für sie so phantastisch und bildhaft, daß er Mrs. Touchett ebensogut in der Taubstummensprache hätte ansprechen können.

»Ich glaube nicht, daß ich dich verstanden habe«, sagte sie. »Du verwendest zu viele Sprachbilder, und Gleichnisse habe ich noch nie verstanden. Die beiden Wörter einer Sprache, die ich am meisten respektiere, heißen ja und nein. Wenn Isabel Mr. Osmond heiraten will, dann wird sie das all deinen Vergleichen zum Trotz tun. Laß sie in Ruhe selbst eine schöne Umschreibung für all das finden, worauf sie sich einläßt. Ich weiß kaum etwas über diesen jungen Mann in Amerika; meiner Meinung nach verbringt sie nicht allzuviel Zeit mit Gedanken an ihn, und vermutlich ist er es mittlerweile leid, auf sie zu warten. Nichts auf der Welt wird sie hindern, Mr. Osmond zu heiraten; dazu braucht sie ihn nur auf eine gewisse Weise anzugucken. Alles schön und gut. Niemand billigt es mehr als ich, wenn jemand tut, was ihm gefällt. Aber ihr gefallen immer so komische Sachen. Sie ist in der Lage, Osmond bloß wegen der Schönheit seiner Ansichten zu heiraten oder weil er eine Originalunterschrift von Michelangelo besitzt. Sie möchte uneigennützig sein und nicht aus Berechnung heiraten; als wäre sie der einzige Mensch, der in Gefahr ist, das zu tun! Ob *er* dann so uneigennützig ist, wenn er erst mal an ihr Geld herankommt? Solche Vorstellungen hatte sie schon vor dem Tod deines Vaters, und seitdem haben sie für sie nur noch an Reiz gewonnen. Sie sollte jemanden heiraten, von dessen Uneigennützigkeit sie überzeugt ist, wofür der beste Beweis der wäre, daß er ein eigenes Vermögen hat.«

»Meine liebe Mutter, mir ist da gar nicht bange«, erklärte Ralph. »Sie führt uns doch alle ein bißchen an der Nase herum.

Sie wird natürlich das tun, was sie für richtig hält. Und sie wird es tun, indem sie zwar die menschliche Natur aus der Nähe betrachtet, sich dabei aber dennoch ihre Freiheit bewahrt. Sie hat sich auf eine Entdeckungsreise begeben, und ich glaube nicht, daß sie gleich zu Beginn auf ein Signal von Gilbert Osmond hin ihren Kurs ändern wird. Sie hat vielleicht ihre Fahrt für eine Stunde gedrosselt, aber ehe wir uns versehen, wird sie bereits wieder davondampfen. Ich bitte um Verzeihung für das erneute Gleichnis.«

Mrs. Touchett verzieh möglicherweise, war aber nicht so weit beruhigt, als daß sie darauf verzichtet hätte, ihre Befürchtungen gegenüber Madame Merle auszudrücken. »Du, die sonst immer alles weißt«, begann sie, »müßtest dann auch folgendes wissen: ob dieser merkwürdige Mensch meiner Nichte wirklich den Hof macht?«

»Gilbert Osmond?« Madame Merle riß ihre klaren Augen auf und rief, in jäher Erkenntnis: »Gott steh uns bei! Das wäre ja ein Ding!«

»Bist du selbst nie auf die Idee gekommen?«

»Auch wenn du mich jetzt für beschränkt hältst: Ich gebe zu, ich wäre nie darauf gekommen. Mich würde mal interessieren«, fügte sie hinzu, »ob Isabel schon darauf gekommen ist.«

»Oh, die werde ich gleich mal fragen«, sagte Mrs. Touchett.

Madame Merle dachte nach. »Setz ihr nicht erst Flausen in den Kopf. Das beste wäre es, Mr. Osmond zu fragen.«

»Das kann ich nicht machen«, sagte Mrs. Touchett. »Ich möchte nicht, daß er dann von mir wissen will, was mich das eigentlich angeht – wozu er bei Isabels Situation und mit seiner Art durchaus in der Lage wäre.«

»Dann frage ich ihn eben«, verkündete Madame Merle tapfer.

»Und was geht das Ganze dich an – aus *seiner* Sicht?«

»Überhaupt nichts, weshalb ich es mir ja leisten kann, etwas zu sagen. Und da es mich zuallerletzt etwas angeht, kann er mich mit jeder beliebigen Antwort abspeisen. Aber von der Art her, wie er es macht, werde ich es wissen.«

»Laß mich dann bitte wissen, welche Früchte dein Scharfsinn getragen hat«, sagte Mrs. Touchett. »Kann ich schon nicht mit *ihm* reden, so kann ich es doch wenigstens mit Isabel.«

Dies veranlaßte ihre Freundin, eine Warnung anzubringen. »Überstürze nichts bei ihr. Paß auf, daß du ihre Phantasie nicht erst anstachelst.«

»In meinem ganzen Leben habe ich noch nie irgend jemandes Phantasie angestachelt. Aber bei ihr bin ich mir immer sicher, daß sie etwas tut, was – na ja, einfach nicht mein Fall wäre.«

»Nein, das wäre wirklich nicht dein Fall«, stellte Madame Merle lapidar fest.

»Warum um alles in der Welt sollte es auch, bitte sehr? Mr. Osmond hat überhaupt nichts Solides zu bieten.«

Wieder schwieg Madame Merle, während ihr nachdenkliches Lächeln, noch charmanter als sonst, ihren linken Mundwinkel in die Höhe zog. »Da müssen wir differenzieren. Gilbert Osmond ist sicher nicht erste Wahl. Er ist ein Mann, der unter vorteilhaften Umständen sehr wohl einen tiefen Eindruck hinterlassen kann. Diesen tiefen Eindruck hat er meines Wissens schon mehr als einmal hinterlassen.«

»Jetzt komm mir aber nicht mit seinen wahrscheinlich total kaltschnäuzigen Liebesaffären! Die beeindrucken mich überhaupt nicht!« rief Mrs. Touchett. »Was du sagst, ist genau der Grund, warum ich wünschte, er würde seine Besuche hier einstellen. Alles, was er meines Wissens auf der ganzen Welt hat, sind ein oder zwei Dutzend alter Meister und eine mehr oder weniger kesse Tochter.«

»Die alten Meister sind heutzutage eine Menge Geld wert«, sagte Madame Merle, »und die Tochter ist eine sehr junge und sehr unverdorbene und sehr harmlose Person.«

»Mit anderen Worten: Sie ist noch ein halbes Kind und langweilig und geistlos dazu. Meinst du das vielleicht? Ohne ein Vermögen braucht sie sich keine Hoffnungen zu machen, hierzulande standesgemäß heiraten zu können. Das heißt, Isabel wird für sie entweder den Unterhalt oder eine Mitgift berappen müssen.«

»Isabel würde wahrscheinlich nichts dagegen haben, sich ihr gegenüber von einer liebenswürdigen Seite zu zeigen. Ich glaube, sie hat das arme Kind ganz gern.«

»Noch ein Grund mehr für Mr. Osmond, zu Hause zu bleiben! Sonst ist meine Nichte schon nächste Woche bei der Überzeugung angelangt, daß es ihre Lebensaufgabe sei, beweisen zu müssen, wie aufopfernd eine Stiefmutter sein kann, und daß sie, um diesen Beweis führen zu können, zunächst mal eine werden müsse.«

»Sie würde eine ganz reizende Stiefmutter abgeben«, lächelte Madame Merle, »aber ich stimme dir darin völlig zu, daß sie die

Entscheidung über ihre Lebensaufgabe besser nicht zu hastig trifft. Eine Lebensaufgabe läßt sich etwa so schwer ummodeln wie die Form einer Nase: Beide befinden sich direkt in der Mitte des Gesichts und des Charakters. Das heißt, man müßte zu weit hinten anfangen. Aber ich werde Ermittlungen anstellen und dir berichten.«

All das geschah über Isabels Kopf hinweg. Sie hatte nicht den geringsten Verdacht, daß ihre Beziehung zu Mr. Osmond Diskussionsstoff war. Madame Merle hatte nichts gesagt, was sie gewarnt hätte; sie erwähnte ihn nicht ausdrücklicher als all die anderen Herren in Florenz, einheimische und ausländische, die jetzt in beträchtlicher Zahl herbeikamen, um Miß Archers Tante ihre Aufwartung zu machen. Isabel fand ihn interessant – darauf lief es bei ihr immer wieder hinaus; in diesem Licht sah sie ihn am liebsten. Von ihrem Besuch auf seiner Anhöhe hatte sie in ihrer Erinnerung ein Bild mitgenommen, das sich auch dann nicht verwischte, als sie mehr über ihn erfuhr, und das für sie besonders gut harmonierte mit anderen Dingen, Geschichten aus Vorgeschichten, die sie vermutete oder intuitiv erahnte: das Bildnis eines ausgeglichenen, gescheiten, empfindsamen, distinguierten Mannes, wie er über eine moosbewachsene Terrasse oberhalb des lieblichen Arnotales schlendert und dabei ein kleines Mädchen an der Hand hält, dessen glockenklare Reinheit der Kindheit neue Anmut verlieh. Es war ein Bild ohne Schnörkel und Verzierungen, aber sie liebte seine gedämpften Töne und diese Stimmung sommerlichen Zwielichts, wovon es bestimmt wurde. Es sprach zu ihr von der Art subjektiver Fragestellungen, die sie am meisten berührte: von der Qual der Wahl zwischen Objekten, Subjekten, Kontakten – wie sollte man das nennen? – mit unergiebigen und solchen mit vielfältigen Assoziationen und Begleitumständen; von einem einsamen, dem Studium alles Ästhetischen gewidmeten Leben in einem schönen Land; von einem alten Schmerz, der heute noch manchmal aufbrach; von einem Gefühl des Stolzes, das vielleicht übertrieben war, aber ein Element des Noblen hatte; von einer Anteilnahme an allem Schönen und Vollkommenen in einer so natürlichen und kultivierten Verbindung, daß sich der Lebensweg dem unterordnete und unterhalb davon zu verlaufen schien wie die mit Bedacht angelegten Alleen eines klassischen italienischen Gartens mit seiner Auswahl an Stufen und Terrassen und Springbrunnen – worin eventuelle dürre, unfruchtbare Stellen vom natürlichen Tau einer sonderbaren, halb besorgten, halb hilflosen Vaterschaft belebt wurden. Im Palazzo Crescentini blieb Mr. Osmonds Verhalten stets das gleiche: zu Beginn scheu – ach was, ganz eindeutig gehemmt! – und äußerst bemüht (nur dem mitfühlenden Blick ersichtlich), diesen Schwachpunkt zu überspielen; eine Bemühung, die sich üblicherweise in einer Menge leichten, lebhaften, sehr positiven, ziemlich aggressiven, immer suggestiven Geplauders äußerte. Mr. Osmonds Konversation wurde nicht durch ein angestrengtes Streben nach Brillanz beeinträchtigt. Isabel hatte keine Schwierigkeiten zu glauben, daß jemand es aufrichtig meinte, dessen Verhalten so viele Symptome für feste Überzeugungen aufwies, wie zum Beispiel eine ganz ausdrückliche und anmutige Wertschätzung von allem, was seine Darstellung eines Problems unterstützte, insbesondere vermutlich, wenn diese Zustimmung von Miß Archer kam. Und was dieser jungen Dame immer wieder gefiel, war die Tatsache, daß er, während er so zum Amüsement plauderte, dies nicht um des ›Effektes‹ willen tat, wie sie es schon bei anderen erlebt hatte. Er äußerte seine Vorstellungen, so absonderlich diese auch gelegentlich erschienen, als seien sie ihm absolut geläufig und als habe er mit und nach ihnen gelebt: Sie waren wie alte, polierte Knäufe und Köpfe und Griffe aus kostbarem Material, die – notfalls – auf neue Spazierstöcke montiert werden konnten, aber nicht etwa auf simple Stecken, die in Ermangelung von Besserem einfach vom nächstbesten Baum gerissen und dann übertrieben elegant geschwungen wurden. Eines Tages brachte er seine Tochter mit, und Isabel freute sich, die Bekanntschaft mit dem Mädchen auffrischen zu können, das sie, als es jedem der Anwesenden die Stirn zum Kuß darbot, lebhaft an die Figur einer *ingénue* erinnerte, der Unschuld vom Lande in einem französischen Drama. Isabel hatte noch nie ein Kind dieser Art erlebt; amerikanische Mädchen waren ganz anders, und ganz anders waren auch die Maiden in England. Pansy war schon so ausgeformt und fertig entwickelt für ihren winzig kleinen Platz in der realen Welt, dabei jedoch in ihrer Phantasiewelt, wie jeder sehen konnte, so unverdorben und kindlich. Sie setzte sich aufs Sofa neben Isabel. Sie trug einen kleinen Mantel aus Grenadine und ein Paar jener nützlichen Handschuhe, die Madame Merle ihr geschenkt hatte – kleine, graue mit einem einzigen Knopf. Sie war wie ein unbeschriebenes Blatt Papier – das ideale *jeune fille* ausländischer Romane. Isabel hoffte, daß eine so schöne und glatte Seite einmal mit einem erbaulichen Text beschrieben werden würde.

Auch die Gräfin Gemini kam sie besuchen, aber mit der Gräfin war es eine ganz andere Geschichte. Sie war nun wirklich kein unbeschriebenes Blatt. Sie war von oben bis unten mit den unterschiedlichsten Handschriften beschrieben worden, und Mrs. Touchett, die sich durch ihren Besuch alles andere als geehrt fühlte, behauptete, daß man auf dem Bogen eine ganze Reihe von eindeutigen Flecken und Patzern erkennen könne. Die Gräfin wurde in der Tat Anlaß zu Meinungsverschiedenheiten zwischen der Herrin des Hauses und der Besucherin aus Rom, im Verlauf derer Madame Merle (die keineswegs so dumm war, andere damit zu irritieren und zu verärgern, daß sie ihnen immer recht gab) aufs trefflichste von jener großzügigen Lizenz zum Widerspruch Gebrauch machte, die ihre Gastgeberin genauso bereitwillig ausstellte, wie sie sie selbst in Anspruch nahm. Mrs. Touchett hatte erklärt, sie betrachte es als ein starkes Stück, daß diese im höchsten Maße kompromittierte Person sich am hellichten Tag an der Tür eines Hauses sehen ließ, in welchem man so wenig Wert auf ihre Anwesenheit legte, wie sie seit langem schon hätte wissen müssen, daß dies im Palazzo Crescentini der Fall sei. Isabel war inzwischen über die Einschätzung, die unter jenem Dach vorherrschte, unterrichtet worden: Derzufolge handelte es sich bei Mr. Osmonds Schwester um eine Dame, die ihren unschicklichen Lebenswandel so schlecht im Griff gehabt hatte, daß er nicht länger ein zusammengehörendes Ganzes darstellte – was ja wohl das Mindeste war, was man bei derlei Geschichten erwarten konnte –, sondern in einzelne, frei umherschwirrende Trümmer eines ruinierten Rufes zerfiel, wodurch wiederum das gesellschaftliche Zirkulieren der betroffenen Dame erschwert wurde. Sie war von ihrer Mutter verheiratet worden – einer umsichtigeren Person mit einer Schwäche für ausländische Titel, welchselbe die Tochter, um ihr Gerechtigkeit widerfahren zu lassen, zwischenzeitlich vermutlich abgelegt hatte –, und zwar mit einem italienischen Adeligen, der ihr wahrscheinlich tatsächlich zum Teil die Vorwände für ihre Versuche geliefert hatte, ihr Gefühl für skandalöses Verhalten zu betäuben. Die Gräfin hatte sich dann auch auf skandalöse Art getröstet, und die Liste ihrer Vorwände war mittlerweile im Labyrinth ihrer diversen Abenteuer verlorengegangen. Mrs. Touchett hatte sich stets geweigert, sie zu empfangen, obwohl die Gräfin zu früheren Zeiten diesbezüglich formell darum nachgesucht hatte. Florenz war keine sittenstrenge Stadt, aber, wie Mrs. Touchett sagte, irgendwo habe sie die Grenze ziehen müssen.

Madame Merle verteidigte die glücklose Lady mit viel Eifer und Witz. Sie könne nicht verstehen, warum Mrs. Touchett eine Frau zum Sündenbock mache, die wirklich keinem etwas zuleide und nur Gutes auf die falsche Art getan habe. Natürlich müsse man irgendwo eine Grenze ziehen, aber wenn man sie schon ziehe, dann gefälligst gerade, denn der Kreidestrich, der die Gräfin Gemini ausschließen wolle, würde ein reichlich krummer werden. Was bedeute, daß Mrs. Touchett ihr Haus am besten ganz zuschließe; dies stelle für die Dauer ihres Aufenthaltes in Florenz dann vielleicht das beste Verfahren dar. Man müsse fair bleiben und dürfe keine willkürlichen Unterschiede machen. Die Gräfin habe sich zweifellos unklug benommen; sie sei nicht so clever gewesen wie andere Frauen. Sie sei eben nur eine gute Seele und ganz und gar nicht clever. Aber seit wann gelte dies als Grund, um jemanden aus der feinen Gesellschaft auszuschließen? Seit Ewigkeiten schon habe man nichts mehr über sie gehört, und einen besseren Beweis dafür, daß sie sich von den Irrungen ihres früheren Lebenslaufes losgesagt habe, als ihr Begehren, in Mrs. Touchetts Zirkel aufgenommen zu werden, gebe es nicht. Isabel konnte zu diesem interessanten Disput nichts beisteuern, noch nicht einmal geduldige Aufmerksamkeit. Sie beschied sich damit, der unglückseligen Dame einen freundlichen Willkomm entboten zu haben, denn diese hatte, welches auch immer ihre Fehler waren, zumindest den Vorzug, Mr. Osmonds Schwester zu sein. Da sie den Bruder mochte, hielt es Isabel für angebracht, den Versuch zu machen und auch die Schwester zu mögen. Obwohl die Dinge immer komplizierter wurden, war sie dennoch solch einfacher Schlüsse fähig. Zwar hatte sie beim ersten Zusammentreffen in der Villa nicht den glücklichsten Eindruck von der Gräfin gewonnen, war aber jetzt dankbar für die Gelegenheit, ihre Meinung korrigieren zu können. Hatte nicht Mr. Osmond angemerkt, sie sei ein achtbarer Mensch? Aus Gilbert Osmonds Mund war dies eine eher grobe Feststellung, die aber von Madame Merle glänzend aufpoliert wurde. Sie erzählte Isabel mehr über die arme Gräfin, als es Mr. Osmond getan hatte, und berichtete die Geschichte ihrer Heirat und deren Folgen. Ihr zufolge entstammte der Graf einer alten toskanischen Familie, die allerdings kaum Vermögen besaß, weshalb er Amy Osmond mit offenen Armen empfing, trotz ihrer zweifelhaften Schönheit – die sie allerdings nicht in ihrem Lebenswandel behindert hatte – und mit der bescheidenen Mitgift, die ihre Mutter anbieten konnte – eine Summe, die in etwa gleichwertig dem bereits ausgezahlten Anteil des Bruders am väterlichen Erbe war. Inzwischen hatte auch Graf Gemini Geld geerbt, und so waren beide für italienische Verhältnisse gut betucht, trotz Amys verheerender Extravaganz. Der Graf war ein brutaler Primitivling und hatte seiner Frau jeden nur erdenklichen Vorwand geliefert. Sie hatte keine Kinder; drei hatte sie jeweils innerhalb eines Jahres nach der Geburt verloren. Amys Mutter, die voll des Ehrgeizes hinsichtlich schöngeistiger, humanistischer Bildung gewesen war, anschauliche Gedichte veröffentlicht und als Korrespondentin für englische Wochenblätter über italienische Themen geschrieben hatte – ihre Mutter war drei Jahre nach der Hochzeit mit dem Grafen gestorben. Der Vater, zeitweilig verschollen in der grauen Dämmerung des heraufziehenden amerikanischen Morgens nach dem Bürgerkriege, aber angeblich ehemals reich und ungestüm, war schon viel früher gestorben. Man könne das bei Gilbert Osmond noch sehen, behauptete Madame Merle, nämlich daß er von einer Frau großgezogen worden sei, wenn man auch, um ihm Gerechtigkeit widerfahren zu lassen, unterstellen müsse, daß es sich dabei um eine vernünftigere Frau gehandelt habe, als die amerikanische Corinne es gewesen sei, wie Mrs. Osmond sich, in Anspielung auf Madame de Staëls feministischen Roman, gern hatte nennen lassen. Nach dem Tod ihres Mannes hatte sie ihre Kinder nach Italien gebracht, und Mrs. Touchett habe noch Erinnerungen an sie aus dem Jahr nach ihrer Ankunft. Sie habe sie damals für eine gräßlich snobistische Angeberin gehalten, was von seiten Mrs. Touchetts ein ungebührliches Urteil darstelle, denn schließlich billige auch sie, genau wie Mrs. Osmond, eine Heirat aus praktischen Erwägungen heraus sehr wohl. Die Gräfin habe sich als unterhaltsam und ganz und gar nicht als das Hohlköpfchen entpuppt, als das sie erschienen sei. Im Umgang mit ihr brauchte man nichts weiter zu tun, als sich an die einfache Regel zu halten, kein Wort von alldem zu glauben, was sie sagte. Madame Merle habe sie um ihres Bruders willen immer von ihrer besten Seite genommen. Der Bruder sei für jede Liebenswürdigkeit, die man Amy erwies, dankbar gewesen, weil er –

zugestandenermaßen – immer das Gefühl gehabt habe, sie entehre den Familiennamen. Von seinem ganzen Wesen her seien ihm ihr Lebensstil, dieses Schrille, diese Egozentrik, diese Mißachtung des guten Geschmacks und vor allem der Wahrheit, zuwider. Sie gehe ihm ganz gräßlich auf die Nerven; sie gehöre nicht zu der Art von Frauen, mit der *er* etwas anfangen könne. Was das für eine Art von Frauen sei? Oh, einfach das genaue Gegenteil der Gräfin, Frauen, für die die Wahrheit von Natur aus etwas Heiliges darstelle. Isabel war unfähig abzuschätzen, wie viele Male ihre Besucherin im Verlauf einer halben Stunde dieselbe entheiligte, denn der Eindruck, den sie von der Gräfin gewonnen hatte, war der von einfältiger Lauterkeit. Sie hatte nahezu ausschließlich von sich selbst gesprochen: wie gern sie Miß Archer näher kennenlernen würde; wie dankbar sie für eine wahre Freundin wäre; wie gemein die Leute in Florenz seien; wie sehr ihr die Stadt zum Halse heraushänge; wie furchtbar gern sie irgendwo anders leben würde – in Paris, in London, in Washington; wie aussichtslos es sei, in Italien irgendwas Schönes zum Anziehen zu kriegen, ein bißchen alte Spitze ausgenommen; wie teuer das Leben überall auf der Welt werde; was für ein Leben des Leidens und der Entbehrung sie hinter sich habe. Madame Merle lauschte Isabels Wiedergabe dieser Rede mit Interesse, was aber zu ihrer Beruhigung eigentlich nicht nötig gewesen wäre. Insgesamt hatte sie vor der Gräfin keine Angst und konnte es sich leisten, das zu tun, was ohnehin das beste war: sich nichts dergleichen anmerken zu lassen.

Inzwischen hatte Isabel jemanden zu Besuch bekommen, der sich nicht so leicht, auch nicht hinterrücks, bevormunden ließ. Henrietta Stackpole hatte Paris im Anschluß an Mrs. Touchetts Aufbruch nach San Remo verlassen und sich – wie sie es formulierte – durch die norditalienischen Städte »durchgearbeitet« bis zu den Ufern des Arno, wo sie etwa Mitte Mai eintraf. Madame Merle musterte sie mit einem einzigen, prüfenden Blick von Kopf bis Fuß, wurde heftig von einem Anflug der Verzweiflung über einen hoffnungslosen Fall durchzuckt und beschloß dann, Miß Stackpole zu erdulden. Sie beschloß sogar, ihren Spaß an ihr zu haben. Wenn man an ihr auch nicht wie an einer Rose riechen konnte, so konnte man sie doch wie eine Nessel packen. Madame Merle zerquetschte sie mit der ihr eigenen Liebenswürdigkeit bis zur Bedeutungslosigkeit, und Isabel spürte, daß sie, indem sie diese Toleranz vorausgesehen hatte, der Intelligenz ihrer erfahrenen, älteren Freundin gerecht geworden war. Henriettas Ankunft war von Mr. Bantling avisiert worden, der, geradewegs von Nizza kommend, während sie noch in Venedig weilte, gehofft hatte, sie in Florenz anzutreffen, wo sie noch nicht eingetroffen war, weshalb er im Palazzo Crescentini vorgesprochen hatte, um seiner Enttäuschung Ausdruck zu geben. Henrietta traf dann selbst zwei Tage später ein und rief in Mr. Bantling eine Empfindung hervor, deren Beschaffenheit in der Hauptsache durch die Tatsache bestimmt wurde, daß er Miß Stackpole seit dem Ende der Versailler Episode nicht mehr gesehen hatte. Allgemein wurde seine Situation unter dem Blickwinkel der Heiterkeit betrachtet, aber explizit formuliert wurde sie nur von Ralph Touchett, der sich, in der Intimität seiner eigenen Wohnung und während Bantling dort eine Zigarre rauchte, über die Inszenierung der Komödie von der Universalkritikerin und ihrem britischen Beistand ausgelassen amüsierte. Der betroffene Gentleman akzeptierte den Spaß gutgelaunt und bekannte freimütig, daß er die Affäre als positives, intellektuelles Abenteuer betrachte. Er habe Miß Stackpole außerordentlich gern. Er finde, sie sei ein wunderbar kluger Kopf, und die Gesellschaft einer Frau, die nicht permanent darüber nachdenke, was und wie über ihr Tun und Treiben geredet werde, und zwar über ihrer *beider* Tun und Treiben – und wie sie es getrieben hätten! – habe etwas sehr Beruhigendes und Tröstliches für ihn. Miß Stackpole schere sich nie darum, wie andere ihre Handlungsweise auffaßten, und da sie sich nicht darum schere: warum, bitte sehr, solle er es dann tun? Aber jetzt sei er auch neugierig geworden: Er wolle unbedingt herausbekommen, ob ihr jemals etwas (oder jemand) *nicht* gleichgültig sei. Er sei bereit, dafür genauso weit zu gehen wie sie, denn er vermöge nicht einzusehen, warum er als erster nachgeben solle.

Henrietta ließ keinerlei Anzeichen für ein Nachgeben erkennen. Sie hatte nach der Abreise aus England neue Perspektiven für sich erkannt, und jetzt konnte sie ihre vielfältigen Möglichkeiten ungehindert genießen. Zwar hatte sie sich gezwungen gesehen, ihre Hoffnungen bezüglich eines Einblicks in die Innenwelt zu begraben; die soziale Frage auf dem Kontinent strotzte nur so vor Problemen, die noch zahlreicher waren als die, denen sie in England begegnet war. Dafür gab es auf dem Kontinent eine Außenwelt, die auf Schritt und Tritt greif- und sichtbar war und sich viel leichter literarisch aufarbeiten ließ als die Bräuche jener undurchsichtigen Inselbewohner. In fremden Landen sehe man außerhalb der Häuser, wie sie einsichtsvoll bemerkte, die Vorderseite des Wandteppichs; in England sehe man die Rückseite, von der aus man nicht auf das eigentliche Bild schließen könne. Das Eingeständnis fährt ihrem Biographen wie ein Stich durchs Herz, aber da Henrietta an den verborgenen Dingen verzweifelt war, widmete sie sich nun sehr der Außenwelt. Dieselbe hatte sie zwei Monate lang in Venedig studiert, von wo aus sie dem *Interviewer* einen gewissenhaften Bericht über die Gondeln, die Piazza, die Seufzerbrücke, die Tauben und den jungen Gondoliere schickte, der Tasso rezitierte. Der *Interviewer* war möglicherweise enttäuscht, aber Henrietta sah so zumindest etwas von Europa. Im Moment gedachte sie, bis Rom hinunterzureisen, ehe dort die Malaria ausbrach; augenscheinlich vermutete sie, daß dies zu einem bestimmten Termin der Fall sein würde, von daher wollte sie sich gegenwärtig auch nur ein paar Tage in Florenz aufhalten. Mr. Bantling sollte sie nach Rom begleiten, und gegenüber Isabel verwies sie darauf, daß er, da er ja schon einmal dort gewesen sei, da er ja gedient und eine klassische Schulbildung genossen habe – er sei in Eton erzogen worden, wo sie sich, sagte Miß Stackpole, ausschließlich mit Latein und Whyte-Melville befaßten –, einen sehr nützlichen Reisebegleiter in der Stadt der Cäsaren abgeben werde. In diesem bedeutsamen Augenblick hatte Ralph die beglückende Idee, Isabel vorzuschlagen, daß auch sie sich, unter seiner Obhut, auf eine Pilgerfahrt nach Rom begeben könnte. Zwar ging sie davon aus, daß sie ohnehin einen Teil des nächsten Winters dort verbringen würde – so weit schön und gut. Aber es konnte ja nicht schaden, vorher schon ein wenig das Terrain zu sondieren. Der reizende Monat Mai währte noch zehn Tage – der Mai, der kostbarste Monat für jeden echten Romliebhaber. Und Isabel würde eine Romliebhaberin werden; das stand von vornherein fest. Eine vertrauenswürdige Begleitperson des eigenen Geschlechts stand ihr ja zur Seite, deren Gesellschaft sie, dank anderweitiger Verpflichtungen der Dame, wahrscheinlich nicht als Einschränkung empfinden würde. Madame Merle wollte bei Mrs. Touchett bleiben; sie hatte Rom wegen des Sommers verlassen und würde sicher nicht dorthin zurückkehren. Sie zeigte sich entzückt darüber, allein und in Frieden in Florenz gelassen zu werden; sie hatte ihre Wohnung abgeschlossen und ihre Köchin heim nach Palestrina geschickt. Aber sie drängte Isabel, Ralphs

Vorschlag zuzustimmen, und versicherte ihr, daß eine gute allgemeine Führung durch Rom keinesfalls zu verachten sei. Isabel brauchte in Wirklichkeit gar nicht gedrängt zu werden, so daß das Quartett schnell Vorbereitungen zu seiner kleinen Reise traf. Mrs. Touchett nahm diesmal davon Abstand, die Anstandsdame zu spielen; wir haben ja schon gesehen, daß sie nunmehr der Überzeugung anhing, ihre Nichte solle auf eigenen Beinen stehen. Isabel bereitete sich unter anderem dadurch auf die Reise vor, daß sie sich mit Gilbert Osmond traf, ehe sie abreiste, um ihn von ihrem Vorhaben in Kenntnis zu setzen.

»Ich wäre gern mit Ihnen in Rom«, bemerkte er. »Ich sähe Sie gern auf diesem wunderbaren Boden dort.«

Sie zögerte nur unmerklich. »Dann kommen Sie doch mit!«

»Aber Sie haben schon eine Menge Leute dabei.«

»Nun ja«, gab Isabel zu, »natürlich bin ich nicht allein.«

Einen Augenblick lang sagte er nichts weiter. »Es wird Ihnen gefallen«, fuhr er schließlich fort. »Zwar hat man die Stadt verunstaltet, aber Sie werden trotzdem hingerissen sein.«

»Sollte sie mir denn mißfallen, weil Byrons gute alte ›Niobe der Völker‹ verunstaltet wurde?« fragte sie.

»Nein, ich denke nicht. Sie ist schon so oft verunstaltet worden«, lächelte er. »Falls ich mitfahren sollte, was mache ich dann mit meiner Tochter?«

»Können Sie sie denn nicht in der Villa lassen?«

»Ich glaube, das möchte ich nicht – obwohl wir dort eine sehr gute alte Frau haben, die sich um sie kümmert. Eine Gouvernante kann ich mir nicht leisten.«

»Dann nehmen Sie sie eben mit«, erwiderte Isabel prompt.

Mr. Osmond sah ernst drein. »Sie war den ganzen Winter über in Rom in ihrem Kloster, und sie ist noch zu jung für Vergnügungsreisen.«

»Sie möchten ihren Horizont nicht erweitern?« wollte Isabel wissen.

»Nein, ich finde, junge Mädchen sollten von der Welt ferngehalten werden.«

»Da bin ich nach einer anderen Methode erzogen worden.«

»Sie? Oh, bei Ihnen hat das funktioniert, weil Sie – weil Sie außergewöhnlich waren.«

»Ich wüßte nicht, wieso«, sagte Isabel, die sich aber nicht sicher war, ob diese Aussage nicht doch ein Körnchen Wahrheit enthielt.

Mr. Osmond gab keine Erklärung, sondern fuhr einfach fort: »Wenn ich der Meinung wäre, sie würde Ihnen dadurch ähnlich, daß sie sich einer Reisegruppe in Rom anschließt, würde ich sie morgen dort hinbringen.«

»Versuchen Sie nicht, sie mir ähnlich zu machen«, sagte Isabel. »Lassen Sie ihr doch ihre eigene Identität.«

»Ich könnte sie zu meiner Schwester schicken«, bemerkte Mr. Osmond. Fast erweckte er den Eindruck, als erbitte er einen Rat. Er schien mit Miß Archer gern über familiäre Angelegenheiten zu sprechen.

»Ja«, stimmte sie zu, »ich denke, da läuft sie kaum Gefahr, mir ähnlich zu werden.«

Nachdem Isabel Florenz verlassen hatte, traf Gilbert Osmond mit Madame Merle bei der Gräfin Gemini zusammen. Es waren noch weitere Gäste anwesend. Wie üblich, war der Salon der Gräfin voller Menschen und eine allgemeine Unterhaltung im Gange. Nach einer Weile verließ Osmond seinen Platz und setzte sich auf eine Ottomane halb hinter, halb neben Madame Merles Sessel. »Sie möchte, daß ich mit ihr nach Rom fahre«, bemerkte er mit leiser Stimme.

»Daß du mitfährst?«

»Daß ich ebenfalls in Rom bin, wenn sie dort ist. *Ihr* Vorschlag.«

»Das soll wohl heißen: Du hast es vorgeschlagen, und sie stimmte zu.«

»Natürlich habe ich ihr dazu die Möglichkeit gegeben. Aber sie ist schon vielversprechend – sehr vielversprechend.«

»Ich bin entzückt, das zu hören. Aber freu dich bloß nicht zu früh. Selbstverständlich fährst du nach Rom.«

»Ach Gott«, sagte Osmond, »mit deinen Einfällen hat man nichts als Arbeit!«

»Nun tu mal nicht so, als würde es dir keinen Spaß machen! Du bist sehr undankbar! In den ganzen letzten Jahren hast du keine so befriedigende Arbeit gehabt.«

»Die Art, wie du das Ganze nimmst, ist wunderbar«, sagte Osmond. »Dafür sollte ich wirklich dankbar sein.«

»Nun übertreibe nicht gleich«, antwortete Madame Merle. Sie sprach mit ihrem üblichen Lächeln, lehnte sich im Sessel zurück und ließ den Blick durch den Raum schweifen. »Du hast einen guten Eindruck hinterlassen, und ich habe mit eigenen Augen gesehen, daß sie auch auf dich Eindruck gemacht hat.

Meinetwegen bist du wahrscheinlich nicht siebenmal in Mrs. Touchetts Haus gekommen.«

»Das Mädchen ist nicht unangenehm«, gab Osmond ohne weiteres zu.

Madame Merle sah kurz auf ihn hinab und preßte die Lippen zusammen. »Ist das alles, was dir zu diesem edlen Geschöpf einfällt?«

»Ob das alles ist? Reicht das denn nicht? Von wie vielen Menschen hast du mich mehr als das sagen hören?«

Sie gab darauf keine Antwort, sondern stellte für die Anwesenden weiterhin ihre charmante Konversationsmiene zur Schau. »Du bist unergründlich«, flüsterte sie schließlich. »Mir schaudert vor dem Abgrund, in den ich Isabel vermutlich gestoßen habe.«

Er nahm es beinahe fröhlich. »Du kannst jetzt keinen Rückzieher mehr machen. Du bist bereits zu weit gegangen.«

»Na schön. Aber den Rest mußt du allein schaffen.«

»Das schaffe ich schon«, sagte Gilbert Osmond.

Madame Merle verstummte, und er stand auf und suchte sich einen neuen Platz. Aber als sie sich zum Gehen anschickte, empfahl er sich gleichfalls. Mrs. Touchetts Kutsche wartete im Hof, und nachdem er ihr beim Einsteigen behilflich gewesen war, blieb er noch am Wagenschlag stehen. »Du bist reichlich unbesonnen«, sagte sie müde. »Du hättest nicht mit mir zusammen gehen dürfen.«

Er hatte seinen Hut abgenommen und wischte sich mit der Hand über die Stirn. »Das vergesse ich andauernd. Ich bin aus der Übung.«

»Du bist wirklich unergründlich«, wiederholte sie und sah zu den Fenstern des Hauses hinauf, eines Neubaus im modernen Teil der Stadt.

Er schenkte dieser Bemerkung keine Beachtung, sondern dachte laut. »Sie ist wirklich sehr reizend. Ich habe noch nie einen Menschen mit mehr Liebreiz getroffen.«

»Es tut mir gut, dich das sagen zu hören. Je mehr du sie magst, desto besser für mich.«

»Ich habe sie sehr gern. Sie ist genau so, wie du sie beschrieben hast, und darüber hinaus noch zu großer Hingabe fähig, glaube ich. Sie hat nur einen Fehler.«

»Und der wäre?«

»Sie hat zu viele Ideen im Kopf.«

»Ich habe dich vorgewarnt, daß sie gescheit ist.«

»Glücklicherweise handelt es sich um sehr dumme Ideen.«

»Wieso glücklicherweise?«

»Na, wieso wohl? Weil sie sie aufgeben muß!«

Madame Merle lehnte sich zurück, sah starr gerade aus und sprach dann mit dem Kutscher. Aber ihr Freund hielt sie erneut zurück. »Falls ich nach Rom fahre, was soll ich dann mit Pansy machen?«

»Ich werde sie besuchen«, sagte Madame Merle.

27. KAPITEL

Ich versage mir den Versuch, die Reaktion unserer jungen Dame auf die nachhaltige Wirkung Roms in ihrer ganzen Intensität beschreiben zu wollen, oder es zu unternehmen, ihre Empfindungen zu analysieren, während sie über das Pflaster des Forums wandelte, oder ihren Puls zu zählen, als sie die Schwelle von Sankt Peter überschritt. Es reicht aus festzustellen, daß sie so beeindruckt war, wie man es von einer aufnahmebereiten und wißbegierigen Person erwarten konnte. Sie hatte sich schon immer für Geschichte begeistern können, und hier fand sich Geschichte in den Steinen von Straßenbelägen geradeso wie in den Atomen der Sonnenstrahlen. Ihre Vorstellungskraft wurde bei der Erwähnung großer Taten leicht entzündet, und große Taten waren hier praktisch an jeder Ecke vollbracht worden. Dergleichen bewegte sie zutiefst, und zwar innerlich. Rein äußerlich erschien es ihren Begleitern, daß sie weniger als sonst sprach, und wenn Ralph Touchett den Eindruck erweckte, als schweife sein Blick teilnahmslos und verlegen über ihren Kopf hinweg, beobachtete er sie in Wahrheit mit gesteigerter Aufmerksamkeit. Nach ihren eigenen Maßstäben war sie sehr glücklich. Sie wäre sogar bereit gewesen, diese Stunden für die glücklichsten ihres Lebens zu halten. Das Bewußtsein finsterer Kapitel der Menschheitsgeschichte lastete schwer auf ihr, aber das konzentrierte Erleben des Gegenwärtigen verlieh ihm Flügel, so daß es sich in das Blau des Himmels emporschwingen konnte. Ihr Inneres war so verschiedenartigen Impulsen ausgesetzt, daß sie kaum wußte, in welche Richtung sie gerade hinweggerissen wurde, und so wanderte sie umher in einer unterdrückten Verzückung nachdenklicher Betrachtung, interpretierte oft in das, was sie sah, viel mehr hinein, als eigentlich vorhanden war, während sie andererseits manche jener Sehenswürdigkeiten, die ihr Murrays *Reiseführer Rom* aufzählte, gar nicht wahrnahm. Rom bekannte sich, wie Ralph sagte, zu seinem psychologischen Potential. Die Horde der lärmenden Touristen war abgereist, und die meisten der geschichtsträchtigen Orte waren wieder in ihre feierliche Geschichtsträchtigkeit versunken. Der Himmel zeigte ein strahlendes Blau, und das Plätschern der Springbrunnen in ihren moosigen Nischen hatte alles Kühle abgelegt und dafür seine musikalische Klangfarbe verdoppelt. An den Ecken der warmen, hellen Straßen stolperte man über Bündel von Blumen. Eines Nachmittags – am dritten ihres Besuchs – hatten sich unsere Freunde aufgemacht, die jüngsten Ausgrabungen auf dem Forum zu besichtigen, wo man seit kurzem die Arbeiten erheblich ausgeweitet hatte. Sie waren von der Verkehrsstraße auf die Ebene der Via Santa hinabgestiegen, der sie jetzt ehrfürchtigen Schrittes folgten, wobei die Ehrfurcht nicht bei allen denselben Beweggründen entsprang. Henrietta Stackpole war von der Tatsache fasziniert, daß das Straßenpflaster des antiken Rom »jede Menge« gemeinsam hatte mit dem von New York, und sie entdeckte gar eine Parallele zwischen den noch heute leicht erkennbaren, tief eingeschliffenen Karrenfurchen der historischen Straße und den mißtönenden eisernen Fahrrinnen, welche die Geschäftigkeit des amerikanischen Lebens wiedergeben. Die Sonne ging allmählich unter; die Luft war ein goldener Schleier, und die langen Schatten geborstener Säulen und undefinierbarer Sockel fielen über das Ruinenfeld. Henrietta spazierte mit Mr. Bantling davon, der bei ihr sichtliches Entzücken auslöste, als sie ihn Julius Cäsar einen »flotten alten Knaben« nennen hörte, und auch Ralph hielt alle möglichen erhellenden Kommentare für das aufmerksame Ohr unserer Heldin bereit. Einer der leutseligen Archäologen, die dort über das Gelände schwärmten, hatte sich den beiden zur Verfügung gestellt und sagte seinen Vortrag mit einer Gewandtheit auf, welche durch die abflauende Saison in keiner Weise beeinträchtigt war. Eine Grabung in einem entfernten Winkel des Forums sei gerade zur Besichtigung freigegeben, und er fügte sofort hinzu, daß die *signori*, sollten sie sich dort hinbegeben und ein bißchen zuschauen wollen, vielleicht etwas Interessantes zu Gesicht bekämen. Der Vorschlag war für Ralph reizvoller als für Isabel, die des vielen Umhergehens bereits müde war, so daß sie ihrem Begleiter zuredete, er möge seine Neugierde befriedigen, während sie selbst geduldig auf seine Rückkehr warten wolle. Ort und Stunde seien sehr nach ihrem Geschmack – sie würde sich gern für eine kleine Weile dem Alleinsein hingeben. Also ging Ralph mit dem Cicerone davon, und Isabel setzte sich auf eine umgestürzte Säule nahe dem Fundament des Kapitols. Sie brauchte zwischendurch die Einsamkeit, derer sie sich allerdings nicht lange erfreuen durfte. So groß ihr Interesse an den zerfallenen Relikten der römischen Vergangenheit auch war, die da verstreut um sie herum lagen und denen jahrhundertelange Verwitterung noch ein solches Ausmaß an charakteristischer Identität übriggelassen hatte, so waren ihre Gedanken, nachdem sie eine Zeitlang da verweilt hatten, doch etappenweise – wobei die Verkettung der einzelnen Etappen nur mit einiger Findigkeit zu rekonstruieren sein dürfte – immer mehr abgeschweift in Regionen und zu Objekten von einer eher aktuellen Anziehungskraft. Von der Vergangenheit Roms in die Zukunft Isabel Archers war es ein weiter Weg, den aber ihre Phantasie mit einem einzigen Flügelschlag zurückgelegt hatte, um jetzt langsame Kreise über näherliegendere und ergiebigere Gefilde zu ziehen. Sie war so in Gedanken versunken, während ihr Blick auf einer Reihe zersprungener, aber nicht verschobener Steinplatten zu ihren Füßen ruhte, daß sie das Geräusch sich nähernder Schritte erst vernahm, als ein Schatten in ihr Blickfeld fiel. Sie sah hoch und erblickte einen Herrn – einen Gentleman, der nicht der zurückkehrende Ralph mit der Kunde von völlig uninteressanten Ausgrabungen war. Die betreffende Person war ebenso verblüfft wie sie. Ein Herr stand da, entblößte sein Haupt, und sie erblaßte sichtbar.

»Lord Warburton!« rief Isabel aus und erhob sich.

»Ich hatte ja keine Ahnung, daß Sie es sind. Ich biege hier einfach um die Ecke und stoße auf Sie!«

Sie sah um sich und suchte nach einer Erklärung. »Ich bin allein, denn meine Freunde sind gerade kurz weggegangen. Mein Cousin will sich die Arbeiten dort hinten angucken.«

»Ah ja, ich verstehe.« Und Lord Warburtons Blick schweifte. vage in die angezeigte Richtung. Er stand jetzt völlig ruhig vor ihr, hatte sein Gleichgewicht wiedergefunden und schien das demonstrieren zu wollen, wenn auch in sehr liebenswürdiger Weise. »Ich möchte Sie nicht stören«, fuhr er fort und sah auf ihre umgestürzte Säule. »Sie werden ziemlich erschöpft sein.«

»Ja, ich bin ziemlich erschöpft.« Nach kurzem Zögern setzte sie sich wieder. »Lassen *Sie* sich nicht von mir aufhalten«, fügte sie hinzu.

»Um Himmels willen! Ich bin ganz allein und habe absolut gar nichts vor. Ich hatte keine Ahnung davon, daß Sie in Rom sind. Ich komme gerade aus dem Osten und bin nur auf der Durchreise.«

»Sie haben eine lange Reise hinter sich«, sagte Isabel, die von Ralph erfahren hatte, daß Lord Warburton sich nicht in England aufhielt.

»Ja, ich ging für ein halbes Jahr ins Ausland – gleich nachdem ich Sie zum letzten Mal sah. Ich bin in der Türkei und in Kleinasien gewesen und vor kurzem aus Athen gekommen.« Es gelang ihm, seine Verlegenheit zu verbergen, doch war er nicht gelöst, und nach einem langen Blick auf das Mädchen brach es aus ihm heraus: »Möchten Sie, daß ich Sie allein lasse, oder darf ich ein wenig bleiben?«

Sie war die Freundlichkeit in Person. »Ich möchte nicht, daß Sie mich allein lassen, Lord Warburton. Ich freue mich sehr, Sie zu sehen.«

»Ich danke Ihnen, daß Sie das sagen. Darf ich mich setzen?«

Der geriffelte Säulenschaft, auf dem sie saß, hätte mehreren Personen als Ruheplatz dienen können, weshalb er auch genügend Raum für einen ausgewachsenen Engländer bot. Dieses vorzügliche Exemplar jener großartigen Spezies ließ sich neben unsere junge Dame nieder, und im Verlauf der nächsten fünf Minuten hatte er ihr mehrere Fragen gestellt, mehr oder weniger aus der Luft gegriffene und manche sogar zweimal, weil er offenbar die gegebenen Antworten nicht richtig erfaßt hatte; hatte ihr auch einige Informationen über sich selbst gegeben, die für ihr ausgeglicheneres, weibliches Gemüt nicht unwesentlich waren. Mehr als einmal wiederholte er, daß er nicht darauf gefaßt gewesen sei, ihr zu begegnen, und es war offensichtlich, daß ihn ihr Zusammentreffen auf eine Weise berührte, auf die er lieber vorbereitet gewesen wäre. Übergangslos wechselte er von einem Thema zum nächsten, von der Trivialität der Dinge zu deren Förmlichkeit, von ihrer Erfreulichkeit zu deren Unmöglichkeit. Er war prächtig sonnengebräunt; sogar sein dichter Bart war von der Glut Asiens verbrannt worden. Er trug jene losen, uneinheitlichen Kleidungsstücke, in denen der englische Reisende im fremden Land so gern sein Wohlbefinden sucht und zugleich seine Nationalität dokumentiert, und mit seinem sympathischen, festen Blick, seiner bronzenen Gesichtsfarbe, die frisch unter der Reife seines Alters hervorstach, mit seiner männlichen Figur, dem unaufdringlichen Auftreten und der allgemeinen Erscheinung als Gentleman und Forschungsreisender war er ein Vertreter der britischen Rasse, für den man sich in keiner Gegend der Erde zu schämen brauchte, falls man derselben wohlwollend gegenübersteht. Isabel erfaßte all diese Details und war glücklich, daß sie ihn schon immer gemocht hatte. Trotz aller Erschütterungen hatte er offenbar jeden einzelnen seiner Vorzüge behalten, Eigenschaften eben, wie sie – so könnte man es ausdrücken – die Bausubstanz großer, schöner Häuser aufweist, deren Grundstruktur, Inventar und Ornamentik sich darin widerspiegeln und die, dem ordinären Geschmackswandel nicht unterworfen, erst dadurch zu entfernen sind, daß man alles komplett niederreißt. Sie unterhielten sich über die Abfolge der vergangenen Ereignisse: über den Tod ihres Onkels, über Ralphs Gesundheitszustand, wie sie den Winter verbracht hatte, über ihren Besuch in Rom, über ihre Rückkehr nach Florenz, über ihre Pläne für den Sommer und über das Hotel, in dem sie wohnte. Dann waren Lord Warburtons eigene Abenteuer an der Reihe, seine Aktivitäten, Absichten, Eindrücke und sein gegenwärtiges Domizil. Zum Schluß entstand ein Schweigen, das so viel mehr ausdrückte, als jeder der beiden zuvor gesagt hatte, daß es seiner abschließenden Worte kaum noch bedurft hätte. »Ich habe Ihnen mehrmals geschrieben.«

»Mir geschrieben? Ich habe nie einen Brief von Ihnen erhalten.«

»Ich habe sie auch nie abgeschickt, sondern verbrannt.«

»So, so«, lachte Isabel. »War auch besser, daß *Sie* sie verbrannten, als daß ich es getan hätte!«

»Ich dachte mir, Sie machen sich ohnehin nicht viel daraus«, fuhr er mit so entwaffnender Offenheit fort, daß sie ganz gerührt war. »Ich begriff, daß ich schließlich kein Recht hatte, Sie mit meinen Briefen zu belästigen.«

»Ich hätte mich über eine Nachricht von Ihnen sehr gefreut. Sie wissen doch, wie sehr ich hoffte, daß – daß – « Doch dann brach sie ab. Den Gedanken auszusprechen, hätte denn doch zu schal geklungen.

»Ich weiß, was Sie sagen wollen. Sie hofften, wir könnten für immer gute Freunde bleiben.« Von Lord Warburton auf diese Formel gebracht, klang es zwar tatsächlich reichlich schal, aber genau das hatte er beabsichtigt.

So blieb ihr nur übrig zu sagen: »Bitte, sprechen Sie nicht mehr von alldem«, eine Äußerung, die ihr auch nicht gerade besser vorkam als die vorige.

»Ein geringer Trost für mich!« gab ihr Gesprächspartner mit Nachdruck zurück.

»Ich habe auch nicht vor, Sie zu trösten«, sagte das Mädchen, das völlig reglos dagesessen hatte und sich jetzt aufrichtete, weil es innerlich den Triumph spürte wegen der Antwort, die ihm schon vor einem halben Jahr so wenig behagt hatte. Er war sympathisch, er war angesehen, er war ritterlich; einen besseren Mann als ihn gab es nicht. Aber ihre Antwort blieb die gleiche.

»Das ist schon in Ordnung, daß Sie mich nicht trösten wollen. Es stünde sowieso nicht in Ihrer Macht«, hörte sie ihn mitten in ihre eigenartige Hochstimmung hinein sagen.

»Ich hoffte, wir würden einander wieder einmal begegnen, denn ich befürchtete nicht, Sie würden versuchen, mir ein Schuldgefühl zu vermitteln. Aber wenn Sie das tun, dann ist der Schmerz größer als die Freude.« Und sie erhob sich ein wenig betont majestätisch und hielt nach ihren Gefährten Ausschau.

»Ein solches Gefühl will ich Ihnen nicht vermitteln; so etwas würde ich auch nie äußern. Ich möchte nur, daß Sie ein oder zwei Dinge wissen – aus Gründen der Fairneß mir gegenüber, sozusagen. Danach werde ich das Thema nicht wieder ansprechen. Die Gefühle, die ich vergangenes Jahr Ihnen gegenüber äußerte, waren sehr tief empfundene. Ich konnte an nichts anderes mehr denken. Ich versuchte zu vergessen – mit Gewalt und ganz methodisch. Ich versuchte auch, mich für jemand anderen zu interessieren. Das alles erzähle ich Ihnen, weil Sie wissen sollen, daß ich mein Pflichtprogramm absolvierte. Es half nichts. Aus dem gleichen Grund ging ich auch ins Ausland, so weit weg wie möglich. Reisen soll einen angeblich auf andere Gedanken bringen, aber meine Gedanken blieben die gleichen. Ich habe unaufhörlich an Sie gedacht, seit ich Sie das letzte Mal sah. Ich bin noch immer der gleiche. Ich liebe Sie noch genauso, und alles, was ich Ihnen früher sagte, gilt heute noch genauso. In diesem Augenblick, in dem ich jetzt zu Ihnen spreche, erfahre ich aufs neue, wie Sie mich – zu meinem großen Unglück – auf unübertreffliche Art *verzaubern*. So – jetzt wissen Sie's. Ich will jedoch nicht insistieren, und gleich ist es auch wieder vorbei. Ich darf noch hinzufügen, daß ich – bei meiner Ehre – mir in dem Moment, in dem ich vor ein paar Minuten zufällig auf Sie stieß, ohne die leiseste Ahnung zu haben, gerade wünschte, ich wüßte, wo Sie sind.« Er hatte seine Selbstbeherrschung wiedergefunden und sich während des Sprechens in die Gewalt bekommen. Er redete wie zu einer kleinen Versammlung, vor der er völlig ruhig und absolut klar eine Erklärung abgab, unterstützt durch einen gelegentlichen Blick auf einen verborgenen Zettel mit Notizen im Hut, den er noch in der Hand hielt. Und die Versammlung hätte mit Sicherheit die Argumentation für stichhaltig befunden.

»Ich habe oft an Sie gedacht, Lord Warburton«, antwortete Isabel. »Sie dürfen sicher sein, daß ich das immer tun werde.« Und in einem Ton, dessen Liebenswürdigkeit sie beibehalten und dessen Bedeutung sie abschwächen wollte, fügte sie hinzu: »Daran ist ja nichts Schlimmes, weder für Sie noch für mich.«

Sie gingen zusammen weiter, und sie beeilte sich, nach seinen Schwestern zu fragen und ihn zu bitten, diese von ihrer Nachfrage in Kenntnis zu setzen. Eine Zeitlang spielte er nicht mehr auf ihr gemeinsames großes Problem an, sondern steuerte zurück in seichtere und sicherere Gewässer. Doch wollte er wissen, wann sie Rom zu verlassen gedachte, und als sie ihm den Abreisetermin nannte, zeigte er sich erfreut, daß dieser noch so weit weg war.

»Warum sagen Sie so etwas, wenn Sie selbst nur auf der Durchreise sind?« erkundigte sie sich leicht beunruhigt.

»Oh, als ich von Durchreise sprach, meinte ich damit nicht, man könne Rom abhaken, als steige man in Clapham Junction um. ›Auf der Durchreise in Rom‹ bedeutet: Man bleibt eine oder zwei Wochen hier.«

»Geben Sie doch zu, Sie wollen so lange bleiben wie ich!«

Sein flüchtiges, lächelndes Erröten schien sie auf die Probe zu stellen. »Das würde Ihnen nicht gefallen. Sie haben Angst, mich zu oft zu sehen.«

»Es ist unwesentlich, was mir gefällt. Ich kann jedenfalls nicht verlangen, daß Sie diesen reizenden Ort meinetwegen verlassen. Aber ich gestehe, ich habe Angst vor Ihnen.«

»Angst, daß ich wieder von vorn anfange? Ich verspreche, mich sehr in acht zu nehmen.«

Sie waren immer langsamer gegangen und standen sich jetzt kurz von Angesicht zu Angesicht gegenüber. »Armer Lord Warburton!« sagte sie so voll Mitgefühl, daß es ihnen beiden gut tun sollte.

»Armer Lord Warburton, wahrhaftig! Aber ich werde mich in acht nehmen!«

»*Sie* dürfen ja unglücklich sein, aber *mich* werden Sie nicht so weit bringen. Das kann ich nicht zulassen.«

»Würde ich glauben, ich könnte Sie unglücklich machen, würde ich es vermutlich versuchen.« Woraufhin sie davonmarschierte und er ihr hinterdrein. »Ich werde kein Wort sagen, das Sie verstimmt.«

»Sehr schön. Tun Sie es dennoch, ist unsere Freundschaft beendet.«

»Eines Tages vielleicht – irgendwann später – werden Sie es mir erlauben.«

»Ihnen erlauben, mich unglücklich zu machen?«

Er zögerte. »Ihnen noch einmal zu sagen – « Aber er unterbrach sich selbst. »Ich werde es für mich behalten. Ich werde es auf ewig für mich behalten.«

Miß Stackpole und ihr Gefolgsmann hatten sich inzwischen Ralph Touchett bei seinem Besuch der Ausgrabungen angeschlossen, und jetzt tauchten die drei zwischen den Erd- und Steinhügeln auf, die das Loch im Boden rings umgaben, und gelangten in Sichtweite von Isabel und ihrem Begleiter. Der arme Ralph winkte seinem Freund freudig und erstaunt zugleich zu, und Henrietta rief schrill: »Allmächtiger, da ist ja dieser Lord!«

Ralph und sein englischer Nachbar begrüßten einander so nüchtern und sparsam, wie sich eben englische Nachbarn nach langer Trennung begrüßen, und Miß Stackpole ließ ihren großäugigen, intellektuellen Blick auf dem braungebrannten Reisenden ruhen. Doch gleich darauf zeigte sie sich der Situation gewachsen. »Sie werden sich wahrscheinlich nicht an mich erinnern, Sir.«

»Und ob ich mich an Sie erinnere«, sagte Lord Warburton. »Ich habe Sie eingeladen, mich zu besuchen, aber Sie sind nie gekommen.«

»Ich geh' doch nicht gleich überallhin, wohin man mich einlädt«, antwortete Miß Stackpole kühl.

»Na schön, dann lade ich Sie eben nicht wieder ein«, lachte der Herr von Lockleigh.

»Falls Sie es aber doch tun, komme ich – klare Sache!«

Für Lord Warburton schien trotz all seiner Heiterkeit die Sache tatsächlich klar zu sein. Mr. Bantling hatte währenddessen dabeigestanden, ohne sich bemerkbar zu machen, ergriff aber jetzt die Gelegenheit, Seiner Lordschaft zuzunicken, der darauf mit einem freundlichen »Oh – Sie sind auch hier, Bantling?« reagierte und ihm die Hand schüttelte.

»Da schau her«, sagte Henrietta, »ich wußte nicht, daß du ihn kennst!«

»Ich schätze, du wirst nicht alle kennen, die ich kenne«, erwiderte Mr. Bantling scherzend.

»Ich dachte immer, wenn ein Engländer einen Lord kennt, erzählt er das gleich allen Leuten.«

»O je, ich fürchte, Bantling wird sich meiner geschämt haben«, meinte Lord Warburton und lachte wieder. Isabel gefiel dieser Ton, und sie seufzte erleichtert auf, als sie die Schritte heimwärts lenkten.

Am nächsten Tag war Sonntag. Sie brachte den Morgen damit zu, zwei lange Briefe zu schreiben, einen an ihre Schwester Lily, den anderen an Madame Merle. Doch in keiner dieser Botschaften erwähnte sie den Umstand, daß ein abgewiesener Verehrer sie mit einem neuen Antrag bedrohte. Am Sonntagnachmittag befolgen alle guten Römer (und die besten Römer sind oft die Barbaren aus dem Norden) den Brauch, an der Vesper im Petersdom teilzunehmen, und so war zwischen unseren Freunden verabredet worden, gemeinsam zu der großartigen Kirche zu fahren. Nach dem Mittagessen und eine Stunde vor Ankunft der Kutsche tauchte Lord Warburton im Hôtel de Paris auf und stattete den beiden Damen einen Besuch ab, während Ralph Touchett und Mr. Bantling gerade zusammen ausgegangen waren. Den Besucher schien das Bedürfnis zu leiten, Isabel einen Beweis seiner Absicht zu liefern, daß er sein am Abend zuvor gegebenes Versprechen zu halten gedenke, und so war er taktvoll und offen und weder beleidigt aufdringlich noch im entferntesten verkrampft, womit er es ihrer Urteilsfähigkeit überließ zu erkennen, welch anspruchsloser, guter Freund er sein konnte. Er plauderte über seine Reisen, über Persien, über die Türkei, und als Miß Stackpole wissen wollte, ob es sich für sie »rentiere«, diese Länder zu besuchen, versicherte er ihr, sie böten ein weites Betätigungsfeld für weiblichen Unternehmungsgeist. Isabel wußte sein Verhalten zu würdigen, fragte sich aber, was dahintersteckte und was er dadurch gar zu gewinnen hoffte, daß er diesen edlen Zug seiner Lauterkeit herausstrich. Sollte er sich Hoffnungen machen, sie durch die Inszenierung des guten Kameraden zum Schmelzen zu bringen, so konnte er sich die Mühe sparen. Sie kannte alle seine edlen Züge, und nichts von all dem, was er gerade vollführte, wäre nötig gewesen, um dieses Bild noch strahlender zu gestalten. Hinzu kam, daß seine Anwesenheit in Rom von ihr überhaupt als eine Komplikation der falschen Sorte empfunden wurde; Komplikationen der richtigen Sorte liebte sie über alles. Nichtsdestoweniger fühlte sie sich bemüßigt, auf seine gegen Ende seines Besuches gemachte Ankündigung, daß auch er sich in Sankt Peter einfinden und nach ihr und ihren Freunden Ausschau halten wolle, zu antworten, er müsse selbst am besten wissen, was er zu tun und zu lassen beabsichtige.

Als sie gerade über den Mosaikboden des Doms schlenderte, war er die erste Person, der sie begegnete. Isabel hatte nie zu jenen Nobeltouristen gehört, die vom Petersdom »enttäuscht« sind und ihn kleiner als seinen Ruf finden. Als sie zum ersten Mal unter dem riesigen Ledervorhang durchging, der sich über den Eingang spannt und dort schlägt und klatscht, als sie zum ersten Mal unter der weit ausladend gewölbten Kuppel stand und das Licht durch die vom Weihrauch und von Reflexen von Marmor und Gold, von Mosaiken und Bronzen erfüllte Luft dringen sah, wuchs ihre Empfindung von Größe und Großartigkeit und wuchs immer weiter in schwindelerregende Höhen. Von da an mangelte es ihrer Phantasie nie mehr an Raum zu weiteren Höhenflügen. Sie betrachtete alles staunend und verwundert wie ein Kind oder wie eine Bäuerin vom Lande; sie zollte stumme Hochachtung dieser gegenständlich gewordenen Erhabenheit. Lord Warburton ging neben ihr und erzählte von der Hagia Sophia in Konstantinopel. Sekundenlang befürchtete sie, er würde zum Abschluß noch ausdrücklich auf sein mustergültiges Verhalten hinweisen müssen. Der Gottesdienst hatte noch nicht begonnen, aber im Petersdom gibt es vieles zu besichtigen, und da die riesigen Ausmaße der Kirche, die anscheinend sowohl der geistigen als auch der körperlichen Ertüchtigung dienen sollen, schon fast etwas Weltliches an sich haben, können die verschiedenen Einzelbesucher oder Gruppen, die buntgemischten Gläubigen und Beschauer ihren jeweiligen Neigungen frönen, ohne daß es Probleme oder unliebsame Vorfälle gäbe. In dieser prächtigen Unermeßlichkeit würden menschliche Unbesonnenheit oder rüpelhaftes Benehmen nur von wenigen wahrgenommen werden. Isabel und ihre Begleiter ließen sich allerdings nichts dergleichen zuschulden kommen, denn obwohl Henrietta sich bemüßigt fühlte, in schöner Offenheit zu erklären, Michelangelos Kuppel schneide bei einem Vergleich mit der des Kapitols in Washington schlecht ab, richtete sie ihren Protest doch in der

Hauptsache an Mr. Bantlings Ohr und behielt sich die deutlicher akzentuierte Version für die Spalten im *Interviewer* vor. Isabel absolvierte den Rundgang durch die Kirche an der Seite Seiner Lordschaft, und als sie sich dem Chor links vom Eingang näherten, drangen die Stimmen der päpstlichen Sänger über die Köpfe der großen Menschenmenge, die sich vor dem Portal staute, bis zu ihnen. Sie blieben am Rand dieser Menge stehen, die sich zu gleichen Teilen aus römischem Stadtvolk und neugierigen Fremden zusammensetzte, und während sie so da standen, nahmen die heiligen Harmonien ihren Fortgang. Ralph, zusammen mit Henrietta und Mr. Bantling, wurde offenbar von der Menge aufgesogen, und über die dicht gedrängte Gruppe vor ihr hinweg sah Isabel das Licht des Nachmittags, versilbert durch Wolken von Weihrauch, die sich mit dem herrlichen Gesang zu vermischen schienen, schräg hereinfallen durch die mit Steinreliefs geschmückten Nischen hoher Fenster. Bald darauf hörte der Gesang auf, und Lord Warburton wollte offenbar mit ihr weitergehen. Isabel blieb nichts anderes übrig, als ihn zu begleiten, woraufhin sie sich plötzlich Gilbert Osmond gegenüber sah, der offenbar in unmittelbarer Nähe hinter ihr gestanden hatte. Mit aller Förmlichkeit, die er mit Rücksicht auf die Feierlichkeit der Umstände noch zu verdoppeln schien, trat er heran.

»Dann haben Sie sich doch entschlossen zu kommen?« sagte sie und streckte die Hand aus.

»Ja, ich traf gestern nacht ein und schaute heute nachmittag in Ihrem Hotel vorbei. Dort hieß es, Sie seien hier, und so habe ich nach Ihnen Ausschau gehalten.«

Sie entschied sich für die Feststellung: »Die anderen sind irgendwo dort drüben.«

»Wegen der anderen bin ich nicht gekommen«, gab er prompt zurück.

Sie sah zur Seite. Lord Warburton beobachtete sie beide; vielleicht hatte er den Satz gehört. Plötzlich erinnerte sie sich, daß er an dem Morgen, als er nach Gardencourt gekommen war, um sie zu bitten, seine Frau zu werden, genau so etwas gesagt hatte. Mr. Osmonds Worte hatten ihr die Röte ins Gesicht getrieben, und jene Erinnerung hatte nicht die Wirkung, dieselbe zu vertreiben. Sie überspielte eventuelle verräterische Hinweise dadurch, daß sie ihre beiden Begleiter einander vorstellte, und glücklicherweise tauchte in diesem Moment auch noch Mr. Bantling aus dem Chor auf, zerteilte die Menge mit britischer Bravour und bahnte so Miß Stackpole und Ralph den Weg. Ich sage glücklicherweise, was aber vielleicht eine oberflächliche Sicht der Dinge darstellt, denn der Anblick des Herrn aus Florenz schien nicht zu Ralphs Vergnügen beizutragen. Doch ließ er es dieserhalb nicht an Höflichkeit fehlen und bemerkte gleich mit angemessener Gutmütigkeit zu Isabel, daß sie ja nun bald alle ihre Freunde um sich versammelt habe. Miß Stackpole hatte Mr. Osmond erst kürzlich in Florenz kennengelernt, aber bereits Gelegenheit gefunden, Isabel zu sagen, daß sie ihn nicht sympathischer finde als ihre anderen Verehrer, Mr. Touchett und Lord Warburton – und sogar den kleinen Mr. Rosier aus Paris inbegriffen. »Ich weiß nicht, was du an dir hast«, beliebte sie zu bemerken. »Du bist so ein nettes Mädchen und ziehst die komischsten Typen an. Mr. Goodwood ist der einzige, vor dem ich so etwas wie Achtung habe, und genau aus dem machst du dir nichts.«

»Was halten Sie vom Petersdom?« wollte Mr. Osmond indessen von unserer jungen Dame wissen.

»Er ist sehr groß und sehr hell«, begnügte sie sich zu erwidern.

»Er ist zu groß; man kommt sich wie ein Atomteilchen vor.«

»Gehört sich das denn nicht so im größten und großartigsten aller menschlichen Tempel?« fragte sie mit beträchtlichem Wohlgefallen an ihrer eigenen Formulierung.

»Ich denke, das gehört sich nur dort, wo man ein Niemand *ist*; aber in einer Kirche gefällt mir das ebensowenig wie anderswo.«

»Sie sollten wirklich Papst sein!« rief Isabel aus, die sich an eine seiner Aussagen in Florenz erinnerte.

»Ja, das hätte mir Spaß gemacht!« sagte Gilbert Osmond.

Lord Warburton hatte sich mittlerweile zu Ralph Touchett gesellt, und die beiden schlenderten gemeinsam davon. »Wer ist der Bursche, der sich mit Miß Archer unterhält?« wollte Seine Lordschaft wissen.

»Er heißt Gilbert Osmond, er lebt in Florenz«, sagte Ralph.

»Und was ist er außerdem?«

»Gar nichts. O doch, er ist Amerikaner, aber das vergißt man immer, weil er so wenig Amerikanisches an sich hat.«

»Kennt er Miß Archer schon lange?«

»Seit drei oder vier Wochen.«

»Mag sie ihn?«

»Das versucht sie gerade herauszufinden.«

»Und wird sie?«

»Es herausfinden – ?« fragte Ralph.

»Wird sie ihn mögen?«

»Du meinst, ob sie ihn erhört?«

»Ja«, sagte Lord Warburton nach einem Augenblick. »Das ist es wohl, was ich schrecklicherweise meine.«

»Vielleicht nicht, wenn man nichts unternimmt, um sie daran zu hindern«, erwiderte Ralph.

Seine Lordschaft blickte kurz verständnislos drein, begriff dann aber. »Das heißt, wir müssen uns absolut still verhalten?«

»Still wie das Grab. Und nur für den Fall, daß – « sagte Ralph.

»Für den Fall, daß sie vielleicht – ?«

»Für den Fall, daß sie vielleicht nicht – ?«

Lord Warburton verarbeitete diese Informationen zunächst schweigend, machte dann aber wieder den Mund auf. »Ist er schrecklich clever?«

»Schrecklich«, sagte Ralph.

Sein Freund überlegte. »Und weiter?«

»Was willst du denn noch?« stöhnte Ralph.

»Was will *sie* denn noch, sollte das heißen.«

Ralph ergriff ihn am Arm und drehte ihn herum; sie mußten sich wieder den anderen anschließen. »Sie will nichts, was *wir* ihr geben könnten.«

»Na toll, wenn sie nicht mal *dich* haben will – !« sagte Seine Lordschaft großmütig, als sie weitergingen.

BAND 2

28. KAPITEL

Am Abend des folgenden Tages machte sich Lord Warburton erneut auf, um seine Freunde in ihrem Hotel zu besuchen, und in jenem Etablissement wurde ihm mitgeteilt, daß sie in die Oper gegangen waren. So fuhr er zur Oper mit der Absicht, ihnen dort auf die ungezwungene italienische Art einen Besuch in ihrer Loge abzustatten. Das Theater war zweitklassig; er erwarb sich eine Karte und sah sich in dem großen, kahlen, schlecht ausgeleuchteten Haus um. Da gerade ein Akt zu Ende gegangen war, konnte er sich ungehindert auf die Suche begeben. Sein prüfender Blick war bereits über zwei oder drei Logenreihen geschweift, als er in einem der größten dieser Schlupfwinkel eine Dame erblickte, die er sofort erkannte. Miß Archer saß mit dem Gesicht zur Bühne und wurde teilweise vom Vorhang der Loge verdeckt. Neben ihr, in seinem Sessel zurückgelehnt, war Mr. Gilbert Osmond. Sie schienen die Loge für sich allein zu haben, und Warburton vermutete, daß die anderen die kurze Pause dazu benutzten, die relative Kühle des Foyers zu genießen. Eine Zeitlang stand er nur da und betrachtete das interessante Paar. Er fragte sich, ob er hinaufgehen und die Harmonie stören solle. Schließlich gelangte er zu der Ansicht, Isabel habe ihn ohnehin schon gesehen, womit sein Entschluß feststand. Sich als Zauderer erkennen zu geben, kam nicht in Frage. Er machte sich auf in die oberen Regionen und stieß auf der Treppe auf Ralph Touchett, der soeben langsam herabkam, den Hut vor Fadheit schräg auf dem Kopf und die Hände dort, wo sie immer waren.

»Ich habe dich vorhin dort unten gesehen und wollte gerade zu dir kommen. Ich fühle mich einsam und suche ein bißchen Gesellschaft«, lautete Ralphs Begrüßung.

»Dort oben hast du doch die allerbeste Gesellschaft, und trotzdem läufst du davon.«

»Du meinst meine Cousine? Ach, die ist schon in Begleitung und will nichts von mir wissen. Und Miß Stackpole und Bantling sind ebenfalls fortgegangen, ins Café, zum Eisessen; Miß Stackpole ist ganz wild auf Eis. Ich hatte den Eindruck, daß die mich auch nicht haben wollten. Die Oper ist ziemlich mies; die Frauen sehen alle wie Waschweiber aus und singen wie die Pfauen. Ich fühle mich hundeelend.«

»Dann geh am besten heim«, sagte Lord Warburton ungerührt.

»Und lasse meine junge Dame an diesem traurigen Ort zurück? Wirklich nicht! Ich muß auf sie aufpassen.«

»Sie scheint eine Menge Freunde zu haben.«

»Ja, deswegen muß ich ja auf sie aufpassen«, sagte Ralph mit demselben allumfassenden, spöttischen Weltschmerz.

»Wenn sie nichts von dir will, dann ist anzunehmen, daß sie auch nichts von mir will.«

»Nein, bei dir ist das was anderes. Geh in die Loge und bleib dort, und ich spaziere ein bißchen umher.«

Lord Warburton ging zur Loge, wo Isabel ihn wie einen uralten, ehrwürdigen Freund willkommen hieß, so daß ihm nicht ganz klar war, in welch merkwürdiger Zeitepoche sie sich gerade befand. Er tauschte einen Gruß mit Mr. Osmond aus, dem er am Tag zuvor vorgestellt worden war und der nun, nach Warburtons Eintreten, mit ausdruckslosem Gesicht stumm zur Seite rückte, als leugne er jede Zuständigkeit für das zusammenhanglose Geplauder, das nun sehr wahrscheinlich folgen würde. Es fiel ihrem zweiten Gast auf, daß von Miß Archer, selbst noch vor der theatralischen Opernkulisse, ein strahlender Glanz ausging, ja daß sie sogar ein wenig exaltiert wirkte. Weil sie aber zu allen Zeiten eine intensiv blickende, impulsiv reagierende, rundum lebhafte junge Frau war, mochte er sich in diesem Punkt getäuscht haben. Ihre Unterhaltung mit ihm ließ zudem einen wachen, schnellen Verstand erkennen, mit dem sie eine so kluge und bewußte Liebenswürdigkeit zum Ausdruck brachte, als wolle sie vorführen, daß sie uneingeschränkt im Besitze ihrer Fähigkeiten und Kräfte war. Der arme Lord Warburton durchlief Phasen der Verwirrung. Sie hatte ihn nach allen Regeln der weiblichen Kunst verschreckt. Was sollten all diese Tricks und Gunstbezeugungen, vor allem diese Sirenenklänge der Versöhnung – oder der Verheißung? Ihre Stimme *hatte* liebliche Untertöne, aber warum mußte sie diese *ihm* gegenüber anschlagen? Die anderen kehrten zurück; die dürftige, klischeehafte, banale Oper begann wieder. Die Loge war groß und bot auch für ihn Platz, wenn er sich ein wenig nach hinten ins Dunkle setzte. Eine halbe Stunde lang hielt er das auch aus, während Mr. Osmond vorne sitzenblieb, sich vorbeugte, die Ellbogen auf den Knien, direkt hinter Isabel. Lord Warburton hörte nichts, und aus seiner düsteren Ecke heraus sah er auch nichts als das deutliche

Profil der jungen Dame, das sich klar gegen die trübe Beleuchtung des Theaters abzeichnete. Als es wieder eine Pause gab, rührte sich keiner vom Fleck. Mr. Osmond redete auf Isabel ein, und Lord Warburton behauptete seinen Platz in der Ecke. Allerdings nur noch kurze Zeit, nach der er aufstand und den Damen eine gute Nacht entbot. Isabel machte keine Anstalten, ihn zurückzuhalten, was ihn jedoch nicht daran hinderte, erneut verstört zu sein. Warum bediente sie sich derartig nur des *einen* seiner Vorzüge – und zwar des falschen, wenn sie andererseits nichts mit dem anderen zu tun haben wollte – und zwar mit dem richtigen? Er haderte mit sich selbst, weil er so verstört war, und danach, weil er mit sich haderte. Verdis Musik war wenig angetan, ihn zu trösten, und so verließ er das Theater und ging, ohne seinen Weg zu kennen, zu Fuß nach Hause, durch diese verwinkelten, tragischen Straßen Roms, über die schon schwerwiegendere Sorgen als die seinen unter dem Sternenhimmel dahingeschleppt worden waren.

»Wie steht es um den Charakter dieses Herrn?« wollte Osmond von Isabel wissen, nachdem Warburton sich zurückgezogen hatte.

»Untadelig. Haben Sie das nicht bemerkt?«

»Dem gehört so etwa halb England; darin besteht sein ganzer Charakter«, war Henriettas Beitrag. »Das nennen die dann ein freies Land!«

»Ach, Großgrundbesitzer ist er? Der Glückliche!« sagte Gilbert Osmond.

»Das nennen Sie Glück – die Leibeigenschaft erbarmungswürdiger Menschen?« erhitzte sich Miß Stackpole. »Die Pächter sind sein Eigentum, und von denen besitzt er Tausende. Es ist wunderbar, wenn man etwas besitzt, aber mir persönlich genügen dafür leblose Dinge. Ich bestehe nicht auf Fleisch und Blut und Köpfen und Herzen.«

»Ich habe eher den Eindruck, als würdest auch du ein oder zwei Menschen dein eigen nennen«, warf Mr. Bantling schalkhaft ein. »Ich frage mich, ob Warburton seine Pächter genauso herumkommandiert wie du mich.«

»Lord Warburton ist ein großer Radikaler«, sagte Isabel. »Er hat sehr fortschrittliche, moderne Ansichten.«

»Vor allem legt er dem Fortschritt sehr moderne Hindernisse in den Weg. Sein Park ist von einem gigantischen Eisenzaun umschlossen, so um die dreißig Meilen ringsum«, verkündete

Henrietta zu Mr. Osmonds Information. »Der sollte sich mal mit einigen unserer Radikalen in Boston unterhalten.«

»Haben die auch was gegen Eisenzäune?« fragte Mr. Bantling.

»Nicht, wenn man damit üble Konservative einsperren kann. Und bei *dir* habe ich auch immer das Gefühl, als unterhielte ich mich mit dir über so ein Ding hinweg, das diese netten Glasscherben obenauf hat.«

»Kennen Sie ihn gut, diesen unreformierten Reformator?« fuhr Osmond fort, Isabel auszufragen.

»Gut genug für meinen Bedarf.«

»Und wie weit geht dieser Bedarf?«

»Nun – ich mag es, daß ich ihn mag.«

»Mögen um des Mögens willen – das bedeutet die große Liebe!« sagte Osmond.

»Nein« – sie dachte nach – »verstehen Sie darunter: ›mögen um des *Nicht*mögens willen‹.«

»Das heißt, Sie wollen mich provozieren«, lachte Osmond, »und in mir die große Liebe für *ihn* entzünden?«

Einen Augenblick lang sagte sie nichts, beantwortete dann aber die an sich nur so dahingeworfene Frage mit unangemessenem Ernst. »Nein, Mr. Osmond, ich glaube nicht, daß ich es je wagen würde, Sie zu provozieren. Jedenfalls«, fügte sie wieder unbeschwerter hinzu, »ist Lord Warburton ein sehr netter Mann.«

»Und ein fähiger?« forschte ihr Freund nach.

»Und ein äußerst fähiger, so gut, wie er aussieht.«

»So gut, wie er gut aussieht, meinen Sie? Er sieht ja wirklich gut aus. Was für ein abscheuliches Glück aber auch: ein bedeutender englischer Magnat, gescheit und attraktiv obendrein, und als Krönung erfreut er sich auch noch Ihrer besonderen Gunst! Einen solchen Mann könnte ich beneiden!«

Isabel betrachtete ihn voller Interesse. »Mir scheint, Sie sind ununterbrochen auf jemanden neidisch. Gestern war's der Papst, heute ist's der arme Lord Warburton.«

»Mein Neid ist harmlos; ich könnte keiner Fliege was zuleide tun. Ich will die Leute damit ja nicht ruinieren. Ich möchte ja nur sie *sein*. Und damit würde ich bloß mich selbst ruinieren, nicht wahr?«

»Sie möchten gern der Papst sein?« fragte Isabel.

»Aber sehr gern – doch dazu hätte ich mich früher entschließen müssen. Warum eigentlich« – kehrte Osmond zum Thema zurück – »nennen Sie Ihren Freund den *armen* Lord Warburton?«

»Frauen, wenn sie sehr, sehr gnädig sind, bemitleiden die Männer manchmal, die sie zuvor verletzten. Darin besteht ihre unvergleichliche Art, Liebenswürdigkeit zu zeigen«, sagte Ralph, der sich zum ersten Mal an der Unterhaltung beteiligte, und das mit einem so durchsichtig konstruierten Zynismus, daß er direkt wieder treuherzig wirkte.

»Ich muß schon bitten: Habe ich Lord Warburton etwa verletzt?« fragte Isabel und hob die Augenbrauen, als handelte es sich um eine völlig neue Vorstellung.

»Wenn du es getan hast, geschieht es ihm recht!« sagte Henrietta, während sich der Vorhang für das Ballett hob.

Während der nächsten vierundzwanzig Stunden sah Isabel nichts von dem ihr angedichteten Opfer, aber zwei Tage nach dem Opernbesuch traf sie ihn in der Galerie des Kapitols, wo er vor dem Prunkstück der Sammlung stand, der Statue des Sterbenden Gladiators. Sie war mit all ihren Freunden gekommen, unter die sich auch dieses Mal Gilbert Osmond eingereiht hatte, und nachdem die Gruppe die Treppe emporgestiegen war, begab sie sich gleich in den ersten und schönsten Raum. Lord Warburton begrüßte Isabel mit gebührender Aufmerksamkeit, fügte aber gleich hinzu, daß er die Galerie gerade verlassen wolle. »Und Rom verlasse ich auch«, ergänzte er. »Ich muß Ihnen Lebewohl sagen.« Isabel bedauerte insgeheim mit gebührender Inkonsequenz, davon Kenntnis zu erhalten. Das kam vielleicht daher, daß sie aufgehört hatte, sich vor einem neuerlichen Antrag seinerseits zu fürchten; ihre Gedanken waren jetzt woanders. Just als sie schon ihr Bedauern ausdrükken wollte, besann sie sich noch rechtzeitig und wünschte ihm schlicht eine glückliche Reise, woraufhin er recht verdutzt dreinschaute. »Ich fürchte, Sie werden mich jetzt für sehr wankelmütig halten. Erst neulich habe ich Ihnen gesagt, wie gern ich hierbliebe.«

»O nein. Sie dürfen doch jederzeit Ihre Meinung ändern.«

»Genau das habe ich getan.«

»Dann also: *bon voyage!*«

»Sie haben es aber mächtig eilig, mich loszuwerden«, erwiderte Seine Lordschaft ganz niedergedrückt.

»Nicht im mindesten. Aber ich hasse Abschiedsszenen.«

»Ihnen ist es doch egal, was ich tue«, fuhr er jämmerlich fort.

Isabel betrachtete ihn kurz. »Aha«, sagte sie, »Sie halten Ihr Versprechen also doch nicht!«

Er wurde rot wie ein fünfzehnjähriger Knabe. »Sollte ich das nicht tun, dann deswegen, weil ich es nicht kann – weshalb ich auch abreise.«

»Also, dann leben Sie wohl.«

»Leben Sie wohl.« Aber noch immer rührte er sich nicht von der Stelle. »Wann sehe ich Sie wieder?«

Isabel zögerte, sagte dann aber plötzlich wie nach einer glücklichen Eingebung: »Irgendwann nach Ihrer Heirat.«

»Der Fall tritt nie ein. Es wird nach Ihrer Heirat sein.«

»Auch gut«, lächelte sie.

»Ja, genausogut. Leben Sie wohl.«

Sie gaben sich die Hand, und dann ließ er sie allein in dieser Halle der ruhmreichen Krieger aus poliertem antiken Marmor. Sie setzte sich in die Mitte des von diesen Gestalten aus der Vergangenheit gebildeten Kreises, besah sie sich geistesabwesend, ließ ihren Blick auf ihren schönen, ausdrucksleeren Gesichtern ruhen und lauschte ihrem ewigen Schweigen, sozusagen. Es ist unmöglich, wenigstens in Rom, längere Zeit eine größere Gruppe griechischer Skulpturen zu betrachten, ohne die Wirkung ihrer edlen Gelassenheit zu verspüren, die – als schließe man die hohen Portale für die Zeremonie – langsam den großen, weißen Mantel des Friedens über die Seele breitet. Ich sage deshalb ausdrücklich: in Rom, weil die römische Atmosphäre ein ganz exquisites Medium für solche Impressionen ist. Die goldenen Sonnenstrahlen vermischen sich mit den Gestalten; die tiefe Stille der Geschichte, noch so lebendig und dabei nichts weiter als eine Leere voller Namen, scheint einen erhabenen Zauber über sie zu werfen. Die Sonnenschutzvorrichtungen in den Fenstern des Kapitols waren teilweise geschlossen, so daß ein scharf konturierter, warmer Schatten auf den Figuren ruhte und sie sanfter und menschlicher machte. Isabel saß lange dort, ließ die Magie ihrer erstarrten Formvollendung auf sich wirken und hätte gerne gewußt, welches historische Geschehnis diese abwesenden Augen gerade sahen und wie ihre fremden Lippen für unsere Ohren klingen würden. Die dunkelroten Wände ließen sie plastisch hervortreten; der glänzende Marmorfußboden reflektierte ihre Schönheit. Das Mädchen hatte sie alle schon zuvor gesehen, aber ihr Glücksgefühl wiederholte sich und war um so größer, weil sie – wenigstens im Augenblick —

wieder froh war, allein zu sein. Doch schließlich erlahmte ihre Aufmerksamkeit und wurde von einer mächtigeren Gezeitenströmung des Lebens hinweggetragen. Gelegentlich kam ein Tourist herein, blieb stehen, besah sich kurz den Sterbenden Gladiator und ging dann, mit auf dem glatten Boden quietschenden Schuhsohlen, zur anderen Tür wieder hinaus. Nach einer halben Stunde tauchte Gilbert Osmond erneut auf, augenscheinlich als Vorhut des Rests der Gruppe. Langsam schlenderte er zu ihr hinüber, die Hände auf dem Rücken, im Gesicht das übliche fragende, aber nicht eigentlich bittende Lächeln. »Ich bin überrascht, Sie hier allein zu finden. Ich dachte, Sie seien in Gesellschaft.«

»Bin ich ja – in der allerbesten!« Und sah zu Antonius mit dem Faun hin.

»Sind die da für Sie eine bessere Gesellschaft als ein englischer Peer?«

»Oh, mein englischer Peer verließ mich schon vor einiger Zeit.« Sie erhob sich und sprach mit voller Absicht ein wenig sarkastisch.

Mr. Osmond bemerkte ihren Sarkasmus, weshalb ihn die Antwort auf seine Frage noch mehr interessierte. »Ich fürchte, das, was ich da neulich abends hörte, ist wahr: daß Sie ziemlich grausam gegenüber diesem Edelmann sind.«

Isabel warf einen kurzen Blick auf den besiegten Gladiator. »Es ist eben nicht wahr. Ich bin von peinlichster Liebenswürdigkeit.«

»Das meine ich ja gerade«, gab Gilbert Osmond zurück, und zwar mit solch beglückter Heiterkeit, daß sein Frohlocken der Erläuterung bedarf. Wir wissen bereits, daß er sich gern mit Originalen umgab, mit Raritäten, mit dem Erlesenen und Exquisiten; und nun, da er Lord Warburton kennengelernt hatte, den er für ein vorzügliches Exemplar seiner Rasse und seines Ranges hielt, erwuchs ihm ein neuer Reiz aus der Vorstellung, eine junge Dame für sich zu gewinnen, die sich dadurch als Teil seiner Sammlung erstklassiger Objekte qualifizierte, daß sie eine so edle Hand abwies. Gilbert Osmond hatte allergrößte Hochachtung vor speziell diesen Patriziern, weniger aus Gründen der Exklusivität, die er für leicht zu übertreffen hielt, als wegen der geballten Aktualität. Er hatte es seinem Stern niemals verziehen, daß dieser ihm kein englisches Herzogtum zugewiesen hatte, und somit war er sehr wohl in der Lage, Isabels nicht völlig nachvollziehbares

Verhalten in seiner Konsequenz richtig einzuschätzen. Es war nur angemessen, daß die Frau, die er möglicherweise ehelichte, eine Tat dieser Größenordnung vollbracht hatte.

29. KAPITEL

Wie wir bereits wissen, hatte Ralph Touchett im Gespräch mit seinem vortrefflichen Freund ziemlich pointiert seine Einschätzung der persönlichen Vorzüge Gilbert Osmonds geäußert. Im Lichte des Verhaltens besagten Herrns während der restlichen Tage des Rombesuchs betrachtet, dürfte er sich allerdings recht engherzig und unfein vorgekommen sein. Osmond verbrachte tagtäglich einen guten Teil seiner Zeit mit Isabel und ihren Gefährten, und am Ende hatten alle den Eindruck, er sei der umgänglichste und unkomplizierteste Mensch. Wer hätte nicht miterlebt, daß er über Taktgefühl *und* Frohsinn verfügte, was vielleicht genau der Grund dafür war, daß Ralph ihm früher oberflächliche Geselligkeit zum Vorwurf gemacht hatte. Selbst Isabels boshafter Verwandter mußte nunmehr zugeben, daß er derzeit ein ganz reizender Gesellschafter war. Seine gute Laune war unverwüstlich, seine Kenntnis der richtigen Fakten, seine Formulierung des richtigen Wortes konvenierten genauso wie das liebenswürdige Anzünden eines Streichholzes für die Zigarette der anderen. Er amüsierte sich sichtlich, soweit sich ein Mann nur amüsieren konnte, den sonst nichts überraschte, und er ließ sich sogar beinahe zu Beifallsbekundungen hinreißen. Es war nicht so, daß er Ausgelassenheit gezeigt hätte; nie würde er im Konzert der Freude auch nur mit dem Knöchel eines Fingers auf die Pauke hauen; er hatte eine tödliche Abneigung gegenüber allem Schrillen und Tollen, gegenüber hirnlosen Verrücktheiten, wie er es nannte. Miß Archer hielt er manchmal für zu spontan, für zu impulsiv. Es war ein Jammer, daß sie diesen Fehler hatte, denn hätte sie ihn nicht gehabt, hätte sie überhaupt keinen gehabt; dann wäre sie für seine Zwecke so optimal beschaffen gewesen wie ein Stück Elfenbein, das sich glatt in die Hand schmiegt. Osmond war kein unangenehm auffallender, aufdringlicher, lauter Mensch, dafür einer mit Tiefgang, und während dieser letzten Maitage in Rom erlebte er eine Zufriedenheit mit sich selbst, welche in Einklang stand mit gemächlichen, planlosen Spaziergängen unter den Pinien der Villa Borghese, zwischen kleinen, lieblichen Wiesenblumen und bemoosten Marmorstatuen. An allem hatte er seine Freude; nie zuvor hatte er sich an so vielem gleichzeitig erfreut. Alte Eindrücke, alte Hochgefühle wurden wieder lebendig. Eines Abends ging er zurück in seine Unterkunft im Gasthaus und schrieb ein kleines Sonett, das er mit der Überschrift *Wiedersehen mit Rom* versah. Ein oder zwei Tage später zeigte er diese Probe handwerklich sauberer und inhaltlich geistreicher Verskunst Isabel und erklärte ihr, es sei italienischer Brauch, besondere Ereignisse im Leben durch einen Tribut an die Musen zu feiern.

Im allgemeinen genoß er seine Freuden allein. Allzuoft – und er hätte dies auch zugegeben – fiel ihm allzu schmerzlich etwas Fehlerhaftes auf, etwas Häßliches. Der befruchtende Tau eines spürbaren Glücksgefühls legte sich allzu selten auf sein Gemüt. Im Augenblick allerdings war er glücklich, glücklicher, als er es vermutlich je im Leben gewesen war, und diese Empfindung ruhte auf einem soliden Fundament. Es war ganz einfach das Gefühl des Erfolgs – die angenehmste Regung der menschlichen Seele. Osmond hatte davon nie zuviel abbekommen; in dieser Hinsicht verspürte er ein immerwährendes Hungergefühl, wie er sehr gut selbst wußte und sich auch ständig aufs neue vor Augen hielt. »O nein, verwöhnt worden bin ich nicht; verwöhnt worden bin ich wirklich nicht«, sagte er sich immer wieder vor. »Sollte sich vor meinem Tod der Erfolg tatsächlich doch noch einstellen, dann hätte ich das ehrlich verdient«, war seine bevorzugte Schlußfolgerung, als ob man vor allem still vor sich hinleiden und ansonsten nichts unternehmen müsse, um sich eine solche Segnung zu »verdienen«. Außerdem war es ja nun wirklich nicht so, daß er in seinem bisherigen Leben überhaupt nie Erfolg gehabt hätte. Er hätte bei einem Beobachter sehr wohl hie und da den Eindruck erwecken können, daß er sich auf irgendwelchen Lorbeeren ausruhte. Allerdings lagen seine Triumphe, jedenfalls einige davon, schon zu weit zurück; andere waren zu leicht errungen. Der jetzige war weniger mühsam als erwartet, sondern war ein leichter, das heißt: ein schneller Sieg gewesen, aber nur, weil er sich insgesamt einer außergewöhnlichen Anstrengung unterzogen hatte, einer größeren, als er sich selbst zugetraut hätte. Das Verlangen, mit irgend etwas seine

Fähigkeiten irgendwie unter Beweis stellen zu können, war der Traum seiner Jugend gewesen; aber während die Jahre verstrichen, waren ihm die Bedingungen für einen herausragenden Beleg eigener Einmaligkeit immer vulgärer und verabscheuungswürdiger vorgekommen, etwa so wie das Hinunterkippen von einer Maß Bier nach der anderen, nur um zu dokumentieren, wieviel man vertragen könne. Wenn die an der Wand eines Museums hängende Zeichnung eines Anonymus so etwas wie ein gespanntes Bewußtsein haben könnte, dann würde sie dieses ganz besondere Vergnügen kennen, das sich einstellt, wenn sie letztendlich doch noch wegen eines so anspruchsvollen und so unbeachtet gebliebenen Kriteriums wie ›Stil‹ urplötzlich als von der Hand eines großen Meisters stammend identifiziert wird. Osmonds ›Stil‹ war es, was das Mädchen, mit geringfügiger Hilfestellung, herausgefunden hatte. Jetzt konnte sie nicht nur selbst ihre Freude daran haben, sondern ihre Entdeckung der ganzen Welt verkünden, ohne daß er selbst sich in irgendeiner Weise bemühen mußte. Sie würde die Aufgabe für ihn übernehmen, und er hätte nicht umsonst gewartet.

Kurz vor dem im voraus festgesetzten Rückreisetermin erhielt die fragliche junge Dame ein Telegramm von Mrs. Touchett, das sich so las: »Abreise Florenz 4. Juni nach Bellaggio und nehme Dich mit, falls keine anderen Pläne. Aber kann nicht warten wegen Bummelei in Rom.« Zwar war dieses Zeitverbummeln in Rom höchst angenehm, doch hatte Isabel anderes vor und ließ ihre Tante wissen, sie komme unverzüglich zurück. Sie unterrichtete Gilbert Osmond davon, und er erwiderte, daß er, der er ja viele seiner Sommer und auch die Winter in Italien verbringe, selbst gerne noch ein wenig im kühlen Schatten von Sankt Peter zu verweilen gedenke. Er werde die nächsten zehn Tage nicht nach Florenz zurückkehren, und bis dahin sei sie schon nach Bellaggio abgereist. In diesem Falle werde es wohl Monate dauern, bis er sie wiedersehe. Diese Unterhaltung fand in dem von unseren Freunden belegten großen, herausgeputzten Salon im Hotel statt. Es war spät abends, und Ralph Touchett sollte am nächsten Tag seine Cousine nach Florenz zurückbringen. Osmond hatte das Mädchen allein vorgefunden. Miß Stackpole hatte mit einer entzückenden amerikanischen Familie im vierten Stock Freundschaft geschlossen und war die endlos lange Treppe hinaufgestiegen, um ihnen einen Besuch abzustatten. Auf Reisen schloß Henrietta Freundschaften mit großer Leichtigkeit und hatte schon verschiedentlich in Eisenbahnabteils Bande geknüpft, die zu ihren wertvollsten gehörten. Ralph traf gerade Vorkehrungen für die Reise anderntags, und so saß Isabel allein in einem Meer von gelben Polstern. Sessel und Sofas waren orange, Wände und Fenster waren purpurfarben und gülden drapiert, Spiegel und Bilder mit bombastischen Rahmen versehen; die Decke hatte eine tiefe Wölbung und war mit nackten Musen und Cherubinen bemalt. Für Osmond war der Raum zum Fürchten häßlich; die geschmacklosen Farben, die falsche Pracht waren wie ordinäres, großspuriges, verlogenes Geschwätz. Isabel hatte gerade einen Band von Ampère zur Hand genommen, den ihr Ralph bei der Ankunft in Rom geschenkt hatte. Aber obwohl das Buch in ihrem Schoß lag und sie den Finger ungefähr auf die gelesene Stelle gelegt hatte, verspürte sie keineswegs Eile, ihre Studien fortzusetzen. Eine Lampe mit einem schlaff herabhängenden Schirm aus rosa Seidenpapier brannte auf dem Tisch neben ihr und tauchte die Szene in eine merkwürdige rosige Blässe.

»Sie sagen, Sie kommen wieder; aber wer weiß das schon?« fragte Gilbert Osmond. »Ich glaube, es ist viel wahrscheinlicher, daß Sie Ihre Reise um die Welt beginnen werden. Niemand zwingt Sie, wieder hierherzukommen. Sie können absolut tun und lassen, was Sie möchten. Sie können durch die ganze Welt ziehen.«

»Italien ist ein Teil der Welt«, antwortete Isabel. »Das kann ich ja auf meinem Weg mitnehmen.«

»Auf Ihrem Weg um die Welt? Nein, tun Sie das nicht. Schieben Sie uns nicht wie einen Nebensatz bloß so einfach dazwischen; widmen Sie uns ein eigenes Kapitel. Ich möchte Ihnen nicht ›unterwegs‹ begegnen. Ich möchte Sie lieber dann wiedersehen, wenn Ihre Reisen beendet sind. Ich würde Sie gerne sehen, wenn Sie etwas leid sind und es satt haben«, ergänzte Osmond schnell. »In dem Zustand sind Sie mir lieber.«

Gesenkten Blickes blätterte Isabel Monsieur Ampères Seiten um. »Sie ziehen immer alles ins Lächerliche, ohne aber diesen Eindruck zu erwecken, und ich glaube auch, ohne es absichtlich zu tun. Sie haben nichts übrig für meine Reisen; Sie halten sie für lachhaft.«

»Wie kommen Sie denn darauf?«

Sie fuhr im gleichen Ton fort und traktierte dabei den Schnitt ihres Buches mit dem Papiermesser. »Sie sehen meine Dummheit und Unerfahrenheit, die Fehler, die ich mache, die Art und Weise, wie ich durch die Gegend ziehe, als gehörte die Welt mir, einfach weil – weil man mir die Möglichkeiten gegeben hat, es zu tun. Ihrer Meinung nach sollte aber eine Frau so etwas nicht tun. Sie finden das anmaßend und nicht damenhaft.«

»Ich finde das zauberhaft«, sagte Osmond. »Sie kennen doch meine Ansichten; ich habe Ihnen ja mehrfach Kostproben davon gegeben. Wissen Sie denn nicht mehr, daß ich Ihnen sagte, man sollte eigentlich sein ganzes Leben zu einem Kunstwerk machen? Da sahen Sie zunächst reichlich schockiert drein, aber dann sagte ich Ihnen, daß Sie nach meiner Ansicht genau das zu tun im Begriff stünden.«

Sie sah von ihrem Buch auf. »Was Sie auf der Welt am meisten verachten, ist schlechte, geistlose Kunst.«

»Möglich. Aber die Ihre ist für mich sehr klar und sehr gut.«

»Falls ich nächsten Winter nach Japan fahren würde, würden Sie mich auslachen«, fuhr sie fort.

Osmond lächelte, zwar ausgeprägt, doch lachte er nicht, denn der Ton ihrer Unterhaltung war nicht scherzhaft. Isabel war in der Tat ernst zumute; er kannte das bereits an ihr. »Sie haben eine Phantasie, die einen erschreckt!«

»Ich sag's doch gerade: Sie halten eine solche Idee für albern.«

»Ich würde meinen kleinen Finger hergeben, um nach Japan zu reisen. Es ist eines der Länder, die ich am sehnlichsten besuchen möchte. Können Sie sich das nicht vorstellen, bei meiner Vorliebe für alte Lackarbeiten?«

»Eine Vorliebe für alte Lackarbeiten kann *ich* nicht als Vorwand anbringen«, sagte Isabel.

»Sie haben einen besseren Vorwand: Sie haben die Mittel, um dort hinzureisen. Mit Ihrer Theorie, ich würde Sie auslachen, liegen Sie völlig falsch. Ich weiß nicht, wie die in Ihren Kopf gelangte.«

»Es wäre nichts Besonderes, wenn Sie es tatsächlich für lachhaft ansehen würden, daß ich die nötigen Mittel zum Reisen habe und Sie nicht, denn Sie wissen alles, und ich weiß nichts.«

»Um so mehr Grund für Sie, zu reisen und zu lernen«, lächelte Osmond. »Und außerdem«, setzte er hinzu, als müsse er dies noch eigens betonen, »weiß ich eben nicht alles.«

Isabel fiel das eigenartige Pathos, mit dem er diese Feststellung traf, nicht auf. Sie dachte gerade daran, daß die schönste Episode ihres bisherigen Lebens – wie sie sich gefiel, diese viel zu kurze Zeit von nur ein paar Tagen in Rom zu bewerten, mit der sie in ihren Träumereien eigentlich eher das Bild irgendeiner kleinen Prinzessin aus einer der Epochen pompöser Garderoben verband, die in ihrem Staatsumhang fast verschwand und eine Schleppe hinter sich herzog, für die es Edelknaben oder Historiker brauchte, um sie hochzuhalten –, daß also diese Zeit der Glückseligkeit zu Ende ging. Auf den Gedanken, daß sie den interessantesten Teil dieser Zeit Mr. Osmond verdankte, verschwendete sie im Moment keine große Mühe; diesem Punkt hatte sie bereits über Gebühr Gerechtigkeit widerfahren lassen. Aber sie sagte sich auch, daß, im Falle sie beide sich nie wieder begegnen würden, dies vielleicht auch etwas Gutes für sich hätte. Glückliche Zeiten wiederholen sich nicht, und ihr Abenteuer hatte bereits das veränderte, das seewärts gerichtete Aussehen eines romantischen Eilands, auf dem sie sich an purpurroten Trauben gütlich getan hatte und von wo aus sie jetzt wieder ablegte, solange die frische Brise anhielt. Möglich, daß sie wieder einmal nach Italien kam und ihn verändert vorfand, diesen seltsamen Mann, der ihr so gefiel, wie er jetzt war; dann wäre es besser, nicht zurückzukehren, anstatt ein solches Wagnis einzugehen. Wenn sie aber nicht zurückkehrte, war es um so jammervoller, daß das Kapitel dann jetzt beendet wäre. Sie verspürte kurz einen Stich in der Gegend, wo Tränen ihren Ursprung nehmen. Die Empfindung ließ sie stumm bleiben, und auch Gilbert Osmond blieb stumm und sah sie nur an. »Reisen Sie überallhin!« sagte er schließlich mit leiser, liebenswürdiger Stimme. »Unternehmen Sie alles, holen Sie alles aus dem Leben heraus. Seien Sie glücklich – feiern Sie Ihre Triumphe!«

»Was meinen Sie mit ›Triumphe feiern‹?«

»Daß Sie das tun, was Ihnen in den Sinn kommt.«

»Ich denke, dann bedeutet Triumph soviel wie Niederlage! Wenn man all die nichtigen und törichten Dinge tut, die einem in den Sinn kommen, dann ist das oft ermüdend und langweilig.«

»Genau«, sagte Osmond mit der für ihn typischen gelassenen Schlagfertigkeit. »Wie ich ja vorhin andeutete: Eines Tages werden Sie es leid sein.« Er legte eine kleine Pause ein und fuhr dann fort: »Ich weiß nicht, ob ich mit dem, was ich Ihnen sagen möchte, nicht besser bis dahin warten sollte.«

»Oh, dann kann ich Ihnen so lange keinen Rat geben, wie ich nicht weiß, worum es geht. Aber wenn ich etwas leid bin, bin ich greulich«, fügte Isabel mit geziemender Inkonsequenz hinzu.

»Das nehme ich Ihnen nicht ab. Sie sind vielleicht manchmal ungehalten; das halte ich für möglich, obwohl ich es noch nicht erlebt habe. Aber mit Sicherheit sind Sie niemals böse oder vergrätzt.«

»Nicht einmal, wenn ich die Beherrschung verliere?«

»Sie verlieren sie ja nicht – Sie finden sie, und das muß wunderbar sein.« Osmond sprach mit erhabenem Ernst. »Solche Momente mitzuerleben, muß großartig sein.«

»Wenn ich Sie nur gerade jetzt finden würde!« rief Isabel voller Nervosität.

»Und wenn nicht, fürchte ich mich auch nicht vor Ihnen. Ich werde die Arme verschränken und Sie bewundern. Und das sage ich jetzt mit vollem Ernst.« Er beugte sich vor, eine Hand auf jedem Knie, und einige Sekunden lang senkte er den Blick zu Boden. »Was ich Ihnen sagen möchte, ist«, fuhr er schließlich fort und sah wieder auf, »daß ich feststelle, mich in Sie verliebt zu haben.«

Sie erhob sich augenblicklich. »Ach, heben Sie sich das auf, bis ich es *wirklich* leid bin!«

»Leid, es von anderen zu hören?« Er saß da, hob den Blick und sah sie an. »Nein, Sie können es jetzt oder nie zur Kenntnis nehmen, ganz wie Sie wollen. Aber sagen muß ich es jetzt.« Sie hatte sich von ihm weggedreht, aber in der Drehung innegehalten, und schaute auf ihn hinab. Die beiden verharrten eine Weile so und tauschten einen langen Blick – den großen, wissenden Blick einer Schicksalsstunde des Lebens. Dann stand er auf und schritt auf sie zu, mit größter Ehrerbietung, als befürchtete er, zu weit gegangen zu sein. »Ich habe mich rettungslos in Sie verliebt.«

Er wiederholte diese Erklärung in einem Ton von beinahe unpersönlicher Bedachtsamkeit wie ein Mann, der sich sehr wenig davon versprach, der aber unbedingt eine Last loswerden mußte. Die Tränen stiegen ihr in die Augen; dieses Mal reagierten sie auf die Schärfe des Stiches, den Isabel wie den feinen, gleitenden Riegel eines Schlosses empfand – vor, zurück, sie hätte es nicht sagen können. Die Worte, die er gesprochen hatte, machten ihn schön und edel, wie er so dastand, ummantelten ihn mit dem goldenen Licht des frühen Herbstes. Doch wich sie, moralisch gesprochen, vor ihnen zurück, ihn noch immer direkt anblickend, wie sie es schon zuvor in den anderen Fällen einer solchen Konfrontation getan hatte. »O bitte, sagen Sie so etwas nicht«, erwiderte sie mit einer Heftigkeit, in der ihre ganze Angst lag, schon wieder eine Wahl und eine Entscheidung treffen zu müssen. Was ihre Angst so groß werden ließ, war genau jene Kraft, die ihr eigentlich jegliche Angst hätte nehmen müssen – die Empfindung von etwas in ihrem Innern, ganz tief drinnen, von dem sie vermutete, daß es sich um eine entbrannte und ganz harmlose Liebe handelte. Da lag sie wie ein großer Geldbetrag im Safe einer Bank – begleitet von dem Schrecken, daß man jetzt mit dem Ausgeben beginnen mußte. Sobald sie daran rührte, würde sie sich restlos verausgaben.

»Ich habe nicht den Eindruck, daß Sie sich viel daraus machen«, sagte Osmond. »Ich habe Ihnen wenig zu bieten. Was ich habe, ist genug für mich, aber es ist nicht genug für Sie. Ich habe weder Vermögen, noch Berühmtheit, noch äußere Vorzüge irgendeiner Art. Das heißt, ich biete nichts. Ich sage Ihnen das nur, weil ich meine, es kann Sie nicht kränken, und eines Tages wird es Ihnen vielleicht sogar Vergnügen bereiten. Es bereitet mir Vergnügen, kann ich Ihnen versichern«, sprach er weiter, stellte sich vor sie hin, aufmerksam ihr zugeneigt, drehte seinen Hut, den er in die Hände genommen hatte, in langsamer Bewegung, in der das ganze feine Beben der Verlegenheit, nichts aber von deren Wunderlichkeit lag, und kehrte ihr sein entschlossenes, kultiviertes, etwas zerfurchtes Antlitz zu. »Es bereitet mir keine Pein, denn alles ist vollkommen einfach. Für mich werden Sie immer die wichtigste Frau auf der Welt sein.«

Isabel betrachtete sich selbst in ihrer Rolle, sah ganz genau hin und war der Meinung, sie fülle sie mit einer gewissen Grazie aus. Was sie dann sagte, war allerdings kein Ausdruck einer solchen Zufriedenheit. »Sie kränken mich zwar nicht, doch sollten Sie daran denken, daß man, ohne gekränkt zu sein, sehr wohl inkommodiert sein kann, beunruhigt.« »Inkommodiert« hörte sie sich sagen, und das Wort kam ihr lächerlich vor. Aber dummerweise war ihr nichts Besseres eingefallen.

»Ich denke absolut daran! Selbstverständlich sind Sie jetzt überrascht und aufgewühlt. Aber wenn es weiter nichts ist, wird es wieder vergehen. Und dann bleibt vielleicht etwas zurück, dessen ich mich nicht zu schämen brauche.«

»Ich weiß nicht, was da zurückbleiben könnte. Auf jeden Fall sehen Sie ja, daß ich nicht überwältigt bin«, sagte Isabel mit eher blassem Lächeln. »Ich bin nicht zu beunruhigt, um zu denken. Und ich denke, ich bin froh, daß wir uns trennen – daß ich Rom morgen verlasse.«

»Natürlich stimme ich Ihnen darin nicht zu.«

»Ich *kenne* Sie ja überhaupt nicht«, fügte sie abrupt an, und dann wurde sie rot, als sie sich sagen hörte, was sie vor fast einem Jahr zu Lord Warburton gesagt hatte.

»Wenn Sie nicht abreisen würden, würden Sie mich besser kennenlernen.«

»Das werde ich ein andermal nachholen.«

»Das hoffe ich doch. Mich kann man sehr leicht kennenlernen.«

»Nein, nein«, antwortete sie mit Nachdruck, »jetzt sind Sie aber gar nicht aufrichtig. Bei Ihnen kennt man sich eben nicht so leicht aus. Sie sind völlig undurchsichtig.«

»Also«, lachte er, »das habe ich gesagt, weil ich mich kenne. Das klingt vielleicht ein wenig großspurig, aber es ist so.«

»Sehr wahrscheinlich, aber Sie sind auch sehr klug.«

»Sie aber auch, Miß Archer!« rief Osmond aus.

»Im Moment komme ich mir gar nicht so vor. Trotzdem: Ich bin klug genug zu denken, Sie sollten jetzt besser gehen. Gute Nacht.«

»Gott segne Sie!« sagte Gilbert Osmond und ergriff die Hand, die sie ihm freiwillig nicht geben wollte. Worauf er hinzusetzte: »Falls wir uns wiedersehen, werden Sie mich so vorfinden, wie Sie mich jetzt zurücklassen. Falls wir uns nicht wiedersehen, werde ich dennoch bleiben, wie ich bin.«

»Recht herzlichen Dank. Leben Sie wohl!«

Da war eine unbeirrbare Sicherheit, die Isabels Besucher an sich hatte. Wenn er ging, dann aus eigenem Antrieb, aber nicht, weil er entlassen wurde. »Da ist noch eine Sache. Ich habe Sie bis jetzt um nichts gebeten, noch nicht einmal um einen Gedanken in der Zukunft – das müssen Sie zugeben. Dennoch möchte ich Sie jetzt um eine kleine Gefälligkeit bitten. Ich werde noch einige Tage lang nicht nach Hause kommen. Rom ist wunderbar und ein guter Ort für einen Mann in meiner Verfassung. Ja, ich weiß, Sie sind ganz betrübt, weil Sie es verlassen, aber Sie tun recht daran, dem Wunsch Ihrer Tante zu folgen.«

»Wenn sie diesen Wunsch nur wirklich hätte!« brach es ganz befremdlich aus Isabel heraus.

Osmond stand augenscheinlich im Begriff, eine passende Äußerung zu machen, besann sich dann aber anders und gab schlicht zurück: »Wie auch immer, es schickt sich, daß Sie sie begleiten; es schickt sich sogar sehr. Tun Sie alles, was sich schickt. Für so was schwärme ich. Entschuldigen Sie, wenn ich jetzt so gönnerhaft klinge. Sie sagen, Sie würden mich nicht kennen; aber wenn es soweit ist, werden Sie entdecken, welche Verehrung ich für das Schickliche und Angemessene habe.«

»Sind Sie etwa ein konventioneller Mensch?« fragte Isabel bedeutungsschwer.

»Ich mag die Art, wie Sie das Wort aussprechen! Nein, ich bin nicht konventionell. Ich bin die Konvention in Person. Das verstehen Sie nicht?« Und er legte eine Pause ein und lächelte. »Ich will es gern erklären.« Dann, mit plötzlicher, heftiger, heiterer Natürlichkeit: »Bitte, bitte, kommen Sie wieder«, flehte er. »Es gibt so vieles, über das wir uns unterhalten könnten.«

Gesenkten Blickes stand sie da. »Von welcher Gefälligkeit haben Sie gerade gesprochen?«

»Besuchen Sie mein Töchterchen, ehe Sie Florenz verlassen. Sie ist ganz allein in der Villa. Ich entschloß mich, sie nicht zu meiner Schwester zu schicken, die nicht alle meine Ansichten teilt. Sagen Sie ihr, sie soll ihren armen Vater ganz lieb behalten«, bat Gilbert Osmond bescheiden.

»Es wird mir ein großes Vergnügen sein, sie zu besuchen«, antwortete Isabel. »Ich werde ihr ausrichten, was Sie sagten. Noch einmal: Leben Sie wohl.«

Daraufhin nahm er unverzüglich und achtungsvoll seinen Abschied. Nachdem er gegangen war, blieb sie noch kurz stehen, sah um sich und setzte sich dann langsam mit nachdenklicher Miene. So blieb sie sitzen, bis ihre Freunde zurückkamen, mit gefalteten Händen, den häßlichen Teppich anstarrend. Ihre Erregung war nicht weniger geworden, sondern noch immer sehr, sehr tiefgreifend. Was geschehen war, war etwas, auf das sich ihre Vorstellungskraft schon seit einer Woche vorbereitet hatte; aber als es jetzt soweit war, hielt sie inne – die erhabene, beschwingte Grundstimmung brach irgendwie ab. Die Funktionsweise des Verstandes dieser jungen Dame war seltsam, und ich kann sie nur so an den Leser weitergeben, wie ich sie begreife, ohne die Hoffnung, sie als normal hinstellen zu können. Ihre Phantasie wollte, wie ich schon sagte, nicht mehr weiter. Da gab es einen letzten dunklen Raum, den sie nicht durchqueren wollte, eine düstere, ungewisse Strecke, die trügerisch und sogar ein wenig tückisch aussah wie ein Heidemoor im winterlichen Zwielicht. Trotzdem würde sie noch hinüber müssen.

30. KAPITEL

Am darauffolgenden Tag kehrte sie unter der Obhut ihres Cousins nach Florenz zurück, und Ralph Touchett, der sich sonst immer nur widerwillig der von der Eisenbahn auferlegten Disziplin unterwarf, sah die im Zug verstreichenden Stunden positiv, da sie seine Begleiterin hinwegexpedierten von der Stadt, die gerade den Vorzug von Gilbert Osmonds Anwesenheit genießen durfte – Stunden, welche den ersten Abschnitt eines umfassenderen Reiseprogramms bilden sollten. Miß Stackpole war in Rom geblieben; sie plante einen Ausflug nach Neapel, den sie mit Mr. Bantlings Hilfe durchzuführen gedachte. Isabel hatte bis zum vierten Juni, dem Tag von Mrs. Touchetts Abreise, noch drei Tage in Florenz, und sie beschloß, den letzten davon ihrem Versprechen zu widmen und Pansy Osmond zu besuchen. Kurzzeitig sah es allerdings so aus, als würde ihr Vorhaben mit Rücksicht auf eine Idee Madame Merles eine Abänderung erfahren. Besagte Dame hielt sich noch immer in der Casa Touchett auf, stand aber selbst im Begriff, Florenz zu verlassen und als nächstes in einem alten Schloß in den toskanischen Bergen Station zu machen, der Residenz einer adeligen Familie aus der Gegend, deren Bekanntschaft zu genießen (Madame Merle kannte sie, nach ihren eigenen Worten, »schon ewig«) Isabel auf Grund einiger Fotografien von einer riesigen und mit Zinnen versehenen Behausung als ein kostbares Privileg erschien. Sie erzählte der solchermaßen vom Glück begünstigten Dame, daß Mr. Osmond sie gebeten habe, einmal nach Pansy zu sehen, erzählte ihr aber nicht, daß er ihr auch eine Liebeserklärung gemacht hatte.

»*Ah, comme cela se trouve!*« rief Madame Merle aus. »Ich dachte schon selbst die ganze Zeit daran, daß es ein Akt der Nächstenliebe sein würde, das Kind einmal kurz zu besuchen, ehe ich abreise.«

»Dann können wir ja zusammen hinfahren«, sagte Isabel vernünftig. ›Vernünftig‹ deshalb, weil dieser Vorschlag nicht mit allerletzter Begeisterung geäußert wurde. Sie hatte sich vorgestellt, die kleine Pilgerfahrt in aller Einsamkeit zu absolvieren, was ihr auch besser gefallen hätte. Dennoch war sie bereit, dieses mystische Erlebnis der großen Hochachtung für ihre Freundin zu opfern.

Besagte Persönlichkeit überlegte scharf. »Warum sollten wir denn beide dort hinfahren, wo wir doch alle zwei in diesen letzten Stunden so viel zu tun haben?«

»Sehr schön. Ich kann genausogut allein fahren.«

»Na, ich weiß nicht so recht – allein ins Haus eines attraktiven Junggesellen? Zwar war er mal verheiratet gewesen, aber das ist schon so lange her!«

Isabel machte größe Augen. »Was spielt denn das für eine Rolle, wenn Mr. Osmond gar nicht da ist?«

»Das wissen ja die anderen nicht, daß er nicht da ist.«

»Die anderen? Wen meinen Sie?«

»Alle – die Leute. Aber vielleicht hat es ja auch nichts zu bedeuten.«

»Wenn *Sie* hinfahren können, warum kann *ich* es dann nicht?« wollte Isabel wissen.

»Weil ich eine alte Vogelscheuche bin und Sie eine hübsche junge Frau.«

»Selbst wenn das zuträfe: Sie haben aber kein Versprechen abgegeben.«

»Ihre Versprechen sind Ihnen wohl heilig, wie?« sagte die ältere Frau mit mildem Spott.

»Das sind sie allerdings. Überrascht Sie das?«

»Sie haben recht«, überlegte Madame Merle laut. »Ich glaube, Sie wollen wirklich nur gut zu der Kleinen sein.«

»Ich möchte furchtbar gern gut zu der Kleinen sein.«

»Dann fahren Sie hin und besuchen Sie das Kind. Es wird sowieso keiner spitzkriegen. Und sagen Sie ihr, ich wäre selbst gekommen, wenn *Sie* nicht gekommen wären. Vielmehr«, fuhr Madame Merle fort, »sagen Sie es ihr *nicht.* Es wird ihr ohnehin egal sein.«

Während Isabel, in einem offenen Wagen und in aller Öffentlichkeit, die Serpentinen zu Mr. Osmonds Anhöhe hinauffuhr, fragte sie sich, was ihre Freundin damit gemeint hatte, es werde sowieso keiner »spitzkriegen«. Immer wieder einmal, in großen Abständen, ließ diese Dame, deren welterfahrener Umsicht im allgemeinen etwas von der Weite des offenen Meeres eignete und sie von den Untiefen schmaler Fahrrinnen fernhielt, eine Bemerkung zweideutigen Inhalts fallen, vergriff sie sich im Ton. Was kümmerte Isabel Archer das dumme Urteil unbekannter Menschen? Und dachte Madame Merle denn allen Ernstes, sie sei fähig, etwas zu tun, was sich nur in aller Heimlichkeit tun ließe?

Natürlich nicht; sie mußte etwas anderes gemeint haben, etwas, was sich in der Hektik der Stunden vor ihrer Abreise aus Zeitgründen nicht mehr erklären ließ. Isabel nahm sich vor, eines Tages darauf zurückzukommen; bezüglich mancher Dinge hatte sie gern Klarheit. Sie hörte Pansy in einem anderen Zimmer auf dem Klavier klimpern, während man sie in Mr. Osmonds Salon geleitete. Das Mädchen ›übte‹ wohl gerade, und Isabel gefiel die Vorstellung, daß Pansy diese Obliegenheit mit solchem Eifer ausführte. Sie kam unverzüglich herbei, glättete ihr Kleid und übernahm an Stelle ihres Vaters die Gastgeberrolle, mit großen Augen und großem Ernst und nach allen Regeln der Höflichkeit. In der halben Stunde, in der Isabel dasaß, steigerte sich Pansy immer mehr in ihre Rolle hinein, schwebte umher wie die kleine Fee aus dem Puppenspiel mit Flügeln und an unsichtbaren Drähten, plapperte nicht, sondern unterhielt sich und zeigte an Isabels Angelegenheiten das gleiche respektvolle Interesse, das diese die Güte hatte, den ihren zu erweisen. Isabel staunte über sie; noch nie war ihr die weiße Blume kultivierter Lieblichkeit so dicht vor Augen geführt worden. Wie gut hatte man das Kind unterwiesen, dachte unsere junge Dame voller Bewunderung; wie schön hatte man sie angeleitet und geformt und dabei doch ihre Schlichtheit, Natürlichkeit und Unschuld bewahrt! Isabel hatte sich schon immer gern mit der Frage von Charakter und Wert beschäftigt, mit dem Ausloten, wie man es nennen könnte, des letzten Geheimnisses einer Persönlichkeit, und bis zu diesem Tag hatte sie sich bereitwillig dem Zweifel hingegeben, ob dieses zarte Persönchen nicht doch schon ganz schön Bescheid wußte. Ob diese ihre extreme Lauterkeit doch nichts anderes war als Selbstbewußtsein in Vollendung? War sie nur ›aufgesetzt‹, um dem Gast ihres Vaters zu gefallen, oder war es der unverfälschte Ausdruck eines makellosen Charakters? Die Stunde, die Isabel in Mr. Osmonds schönen, leeren, dunklen Räumlichkeiten zubrachte – die Fenster hatte man halb abgeschattet, um die Hitze nicht einzulassen, und hier und da drang durch einen kleinen Spalt der Glanz des Sommertages herein und brachte verblichene Farben oder blind gewordene Vergoldungen in der Dunkelheit zum Glänzen – ihr Gespräch also mit der Tochter des Hauses, sage ich einmal, beantwortete diese Frage endgültig: Pansy war wirklich ein unbeschriebenes Blatt, eine reine, weiße Oberfläche, die man erfolgreich als solche erhalten hatte. Sie kannte weder Affektiertheit noch Tücke, hatte weder Temperament noch Talent, nur zwei oder drei sehr fein ausgebildete Instinkte: einen Freund zu erkennen, Fehler zu vermeiden, auf ein altes Spielzeug oder ein neues Kleid achtzugeben. Doch war ein solches Ausmaß an Reinheit und Zerbrechlichkeit auch wieder rührend, und man konnte sich vorstellen, daß Pansy leicht einem verhängnisvollen Schicksal zum Opfer fallen mochte. Sie hätte nicht den Willen, nicht die Kraft zum Widerstand, kein Gefühl für ihren eigenen Selbstwert; sie wäre leicht zu täuschen, zu verführen, zu vernichten. Ihre einzige Stärke läge in dem Wissen, wann und wo sie sich festhalten mußte. Sie spazierte mit ihrer Besucherin durchs Haus, weil Isabel gerne die anderen Räume noch einmal sehen wollte, und gab dabei ihr Urteil über verschiedene Kunstwerke ab. Sie sprach von ihrer Zukunft, über ihre Tätigkeiten, über ihres Vaters Pläne. Sie tat das nicht aus Ichbezogenheit heraus, sondern weil sie es für angebracht hielt, die Informationen, die ein so erlesener Gast vermutlich erwartete, auch zu geben.

»Bitte, sagen Sie mir doch«, fragte sie, »hat Papa in Rom Madame Catherine besucht? Er sagte, er wolle es tun, falls er Zeit hätte. Vielleicht hatte er ja keine Zeit. Papa hat gern viel Zeit. Er wollte mit ihr über meine Schulausbildung sprechen, die ja noch nicht zu Ende ist, wissen Sie. Ich weiß zwar auch nicht, was sie sonst noch mit mir machen könnten, aber sie scheint noch lange nicht beendet zu sein. Papa sagte mal, er wolle sie selbst zu Ende führen, denn in den letzten ein oder zwei Jahren sind die Lehrer für die großen Mädchen im Kloster so teuer. Papa ist nicht reich, und es täte mir leid, wenn er so viel Geld für mich ausgeben müßte, denn ich glaube, ich bin es gar nicht wert. Ich lerne nicht schnell genug und habe kein Gedächtnis. Für das, was man mir *sagt*, schon – vor allem, wenn es etwas Schönes ist. Aber das, was ich aus Büchern lernen soll, kann ich mir nicht merken. Da war dieses junge Mädchen, meine beste Freundin, und sie haben sie aus dem Kloster genommen, als sie vierzehn war – bloß, um – wie heißt das wieder auf englisch? – bloß, *um eine Aussteuer zu machen.* So sagt man nicht auf englisch? Hoffentlich sage ich nichts Verkehrtes. Ich meine, sie wollten sich das Geld sparen, um sie verheiraten zu können. Ich weiß nicht, ob Papa deshalb das Geld sparen will – um mich zu verheiraten. Eine Heirat kostet ja so viel Geld!« Mit einem Seufzer redete Pansy weiter: »Es kann schon sein, daß Papa zu solchen Sparmaßnahmen greifen muß. Jedenfalls bin ich noch zu jung, um jetzt schon darüber nachzudenken, und aus Männern mache ich mir überhaupt nichts, Papa natürlich ausgenommen. Wenn er nicht mein Papa wäre, würde ich ihn gern heiraten. So bin ich aber lieber seine Tochter, als die Frau von – irgendeinem Wildfremden. Er fehlt mir schon sehr, aber auch wiederum nicht so sehr, wie Sie vielleicht denken, weil ich ja schon so oft und so lange von ihm getrennt war. Die Ferien waren immer ausschließlich für Papa da. Madame Catherine fehlt mir fast noch mehr. Aber das dürfen Sie ihm nicht verraten. Sie werden ihn nicht wiedersehen? Das tut mir aber sehr leid, und ihm wird es auch leid tun. Von allen, die hierherkommen, mag ich Sie am liebsten. Ein großartiges Kompliment ist das nicht, denn viele kommen ja nicht. Es war sehr lieb von Ihnen, daß Sie heute hergekommen sind – bei einem so weiten Weg, denn eigentlich bin ich ja noch ein richtiges Kind. O ja, meine Beschäftigungen sind alle kindlich. Wann haben *Sie* sie aufgegeben, diese kindlichen Sachen? Ich würde ganz gern wissen, wie alt Sie sind, weiß aber nicht, ob es recht ist, wenn man das fragt. Im Kloster haben sie uns beigebracht, daß man niemals nach dem Alter fragt. Ich tu nicht gern etwas, was nicht erwartet wird; das sieht dann so aus, als sei man nicht ordentlich erzogen worden. Ich selbst möchte ja auch nicht so plötzlich von etwas überrascht werden. Papa hat Anweisungen für alles hinterlassen. Ich gehe sehr früh ins Bett. Wenn die Sonne dort drüben verschwindet, gehe ich in den Garten. Papa hat streng befohlen, ich soll mir keinen Sonnenbrand holen. Die Aussicht gefällt mir jedesmal wieder; die Berge sind so reizend. In Rom, vom Kloster aus, haben wir immer bloß Dächer und Glockentürme gesehen. Ich übe drei Stunden. Ich spiele nicht sehr gut. Spielen Sie selbst? Wenn Sie mir etwas vorspielen könnten, wäre das ganz famos; nach Papas Meinung sollte ich gute Musik hören. Madame Merle hat mir öfters etwas vorgespielt; das finde ich am besten an Madame Merle; sie hat viel Geschick. Und eine Stimme habe ich auch nicht; bei mir klingt das so quietschig, wie wenn man mit einem Griffel Krakel auf die Schiefertafel malt.«

Isabel kam dem bescheidenen Wunsch nach, zog ihre Handschuhe aus und setzte sich ans Klavier, während Pansy neben sie trat und zusah, wie ihre weißen Hände rasch über die Tasten glitten. Als sie geendet hatte, gab sie Pansy einen Abschiedskuß, drückte sie an sich und sah sie lange an. »Sei recht brav«, sagte sie, »und mach deinem Vater viel Freude.«

»Ich denke, dazu bin ich auf der Welt«, antwortete Pansy. »Er hat nicht viel Freude; er ist ein ziemlich trauriger Mensch.«

Isabel vernahm diese Aussage mit einem Interesse, das verbergen zu müssen sie wie eine Qual empfand. Der Stolz erlegte ihr diesen Zwang auf und ein gewisses Gefühl für Sittsamkeit. Ihr gingen noch andere Dinge im Zusammenhang mit Pansys Vater durch den Kopf, bei denen sie einen starken, doch gleich wieder kontrollierten Impuls verspürte, sie dem Mädchen zu sagen. Da gab es Dinge, die sie gern aus dem Mund des Mädchens gehört, die sie dem Mädchen gern in den Mund gelegt hätte. Kaum aber daß ihr diese Gedanken bewußt geworden waren, brachte die Ungeheuerlichkeit der Vorstellung, sie könnte das Mädchen ausnutzen (und dessen hätte sie sich angeklagt) oder mit ihrem Atem kleinste Partikel ihres Zustands der Verzauberung in der Luft zurücklassen, die er dann mit seinem feinen Gespür wahrnähme, ihre Phantasie zum Schweigen. Sie war in sein Haus gekommen. Sie war in sein Haus gekommen, aber nur eine Stunde geblieben. So erhob sie sich rasch von ihrem Klavierstuhl, zögerte dann aber gleich wieder, hielt ihre Zuhörerin weiter fest, zog die liebliche, schmächtige Gestalt näher an sich und sah beinahe neidisch auf das Mädchen hinab. Sie mußte es sich eingestehen, daß es ihr ein tiefempfundenes Vergnügen gewesen wäre, diesem unschuldigen, kleinen Wesen von Gilbert Osmond zu erzählen, dem es so nahe war. Doch sie sagte kein Wort mehr; sie gab Pansy nur noch einen Kuß. Zusammen gingen sie durchs Vestibül zu der Tür, die zum Hof führte, und dort blieb ihre junge Gastgeberin stehen und sah wehmütig hinaus. »Weiter darf ich nicht. Ich habe Papa versprochen, nicht durch diese Tür zu gehen.«

»Du tust recht daran, ihm zu gehorchen. Er wird nie etwas Unvernünftiges von dir verlangen.«

»Ich werde ihm immer gehorchen. Aber wann werden Sie wiederkommen?«

»Leider nicht so bald.«

»Aber so bald wie möglich, hoffe ich. Ich bin zwar nur ein kleines Mädchen«, sagte Pansy, »aber bei mir sind Sie immer willkommen.« Und die kleine Gestalt blieb unter dem hohen, dunklen Eingang stehen und sah zu, wie Isabel den leeren, grauen Hof überquerte und in der Helligkeit jenseits des großen *portone* verschwand, das beim Öffnen den Sonnenschein gleißend zurückwarf.

31. KAPITEL

Isabel kehrte nach Florenz zurück, doch erst nach mehreren Monaten, einem außerordentlich ereignisreichen Zeitraum. Allerdings werden wir uns mit diesem Zeitraum zunächst nicht näher befassen. Unsere Aufmerksamkeit gilt wieder einem bestimmten Tag im späten Frühling, kurz nach ihrer Rückkehr in den Palazzo Crescentini und ein Jahr nach den soeben berichteten Begebenheiten. Sie hielt sich gerade allein in einem der zahlreichen Räume auf, die Mrs. Touchett für gesellige Anlässe vorgesehen hatte, und in ihrer Miene und ihrer ganzen Haltung lag etwas, aus dem man hätte schließen können, daß sie Besuch erwartete. Das große Fenster stand offen, und obwohl seine grünen Jalousien teilweise heruntergezogen waren, drang das helle Licht aus dem Garten durch eine breite Öffnung herein und erfüllte den Raum mit Wärme und Wohlgeruch. Unsere junge Dame stellte sich eine Weile daneben, die Hände auf den Rücken gelegt, und sah in unbestimmter Unruhe hinaus. Zu abgelenkt, um sich konzentrieren zu können, bewegte sie sich ziellos im Kreis. Allerdings konnte sie gar nicht erwarten, einen Blick auf ihren Besucher zu erhaschen, ehe er das Haus betrat, denn der Eingang zum Palast führte nicht durch den Garten, wo beständig Stille und Ungestörtheit herrschten. Sie wollte vielmehr seine Ankunft durch einen Versuch vorauseilender Mutmaßungen vorwegnehmen, und dem Ausdruck auf ihrem Gesicht nach zu schließen, kostete sie dieser Vorgang einige Mühe. Sie empfand sich selbst als ernster und durchaus auch bedrückter auf Grund der Erfahrungen des verstrichenen Jahres, das sie damit zugebracht hatte, sich die Welt anzusehen. Sie war, so hätte sie es genannt, durch den Raum gereist, hatte sich die Menschheit, auch die Männerwelt, genau besehen und war deshalb jetzt, in ihren eigenen Augen, ein anderer Mensch geworden, eine ganz andere Persönlichkeit als jene leichtsinnige junge Frau aus Albany, die zwei Jahre zuvor auf dem Rasen von Gardencourt damit angefangen hatte, Europas Maß zu nehmen. Sie schmeichelte sich, Weisheit und Einsicht gesammelt und weitaus mehr über das Leben gelernt zu haben, als es jenes gedankenlose Wesen damals auch nur zu vermuten gewagt hätte. Hätten sich ihre Gedanken im Augenblick einer Rückschau zugewandt, anstatt aufgeregt wegen der Gegenwart mit den Flügeln zu schlagen, hätten sie eine Vielzahl interessanter Bilder heraufbeschwören können. Landschaften und Personendarstellungen wären es gewesen, die letzteren allerdings in der Überzahl. Mehrere dieser Projektionen kämen uns vertraut vor.

Da wäre zum Beispiel die ausgleichende Lily, Schwester unserer Heldin und Ehefrau von Edmund Ludlow, die von New York herbeigekommen war und fünf Monate mit ihrer Verwandten verbracht hatte. Ihren Mann hatte sie zurückgelassen, dafür die Kinder mitgebracht, für die Isabel gleichermaßen freigebig und liebevoll die unverheiratete Tante spielte. Mr. Ludlow hatte es ganz zum Schluß doch noch geschafft, ein paar Wochen lang ohne seine Triumphe im Gerichtssaal auszukommen, und nach einer äußerst schnellen Atlantiküberquerung verbrachte er einen Monat mit beiden Damen in Paris, ehe er seine Ehefrau wieder mit nach Hause nahm. Die kleinen Ludlows hatten, auch nach amerikanischem Maßstab, noch nicht das richtige Touristenalter erreicht, so daß Isabel, solange ihre Schwester bei ihr weilte, ihre Aktivitäten auf einen kleinen Radius beschränkte. Lily und die Babys waren im Juli in der Schweiz zu ihr gestoßen, und sie hatten einen Sommer voll schönen Wetters in einem Alpental verbracht, wo die Wiesen üppig mit Blumen bestanden waren und die Schatten großer Kastanienbäume zum Ausruhen einluden nach Bergwanderungen, wie sie von Damen und Kindern an warmen Nachmittagen unternommen werden konnten. Anschließend trafen sie in der französischen Hauptstadt ein, der Lily auf kostspielige Art ihre Huldigung erwies und die Isabel laut und inhaltsleer vorkam, so daß sie in jenen Tagen immer wieder ihre Erinnerungen an Rom auffrischte, als benutze sie in einem heißen, stickigen Raum ein im Taschentuch verstecktes Riechfläschchen.

Mrs. Ludlow brachte zwar, wie ich es nenne, Paris ihr Opfer dar, hegte aber auch Zweifel und Verwunderungen, die freilich vor diesem Altar keine Beschwichtigung erfuhren, und nachdem ihr Mann zu ihr gestoßen war, fand sie zusätzlichen Verdruß in seiner Weigerung, sich mit ihr zusammen in Spekulationen zu ergehen. Sie alle hatten Isabel zum Gegenstand, aber Edmund Ludlow lehnte es, wie er dies schon immer getan hatte, schlichtweg ab, wegen irgend etwas, was seine Schwägerin getan oder nicht getan hatte, befremdet oder besorgt oder entgeistert oder begeistert zu sein. Mrs. Ludlow drehte geistige Runden von erheblicher Variationsbreite. Das eine Mal dachte sie, es müsse für diese junge Dame ja wohl das Natürlichste der Welt sein, heimzureisen und sich in New York ein Haus zu nehmen, zum Beispiel das der Rossiters, das einen eleganten Wintergarten hatte und gleich um die Ecke von ihrem eigenen lag; dann wieder konnte sie ihre Überraschung nicht verhehlen, daß das Mädchen keinen Vertreter der berühmten Adelsgeschlechter heiratete. Insgesamt aber war sie, wie ich bereits darlegte, der hehren Zwiesprache mit der Wahrscheinlichkeit verlustig gegangen. Sie hatte sich mehr darüber gefreut, daß Isabel nun über ein Vermögen verfügte, mehr gefreut, als wenn sie es selbst geerbt hätte. Es schien ihr für Isabels sehr schlanke, doch deshalb kaum weniger herausragende Gestalt genau den passenden Hintergrund abzugeben. Allerdings hatte sich Isabel weitaus weniger entwickelt, als Lily es für wahrscheinlich gehalten hätte, wobei ›Entwicklung‹ nach Lilys Verständnis auf geheimnisvolle Weise mit morgendlichen Besuchen und abendlichen Parties verknüpft war. Intellektuell hatte sie zweifellos immense Fortschritte gemacht; was aber gesellschaftliche Eroberungen anging, deren Trophäen Mrs. Ludlow nur allzu gern bewundert hätte, schien Isabel wenig vorzuweisen zu haben. Lilys Vorstellungen von solchen Großtaten waren extrem undeutlich, doch hatte sie ja genau das von Isabel erwartet: daß diese für die entsprechenden inhaltlichen und formalen Konkretisierungen sorgte. Isabel hätte es in New York ebensoweit bringen können, und Mrs. Ludlow begehrte von ihrem Gatten Auskunft darüber, ob sich Isabel in Europa etwa irgendeines Privilegs erfreue, das besagte Stadt ihr nicht zu bieten habe. Wir wissen ja, daß Isabel Eroberungen gemacht hatte – zu entscheiden, ob diese minderwertiger waren als jene, die sie in ihrem Heimatland hätte machen können, wäre durchaus nicht ohne Delikatesse; und es ist kein ganz ungetrübtes Gefühl der Befriedigung, welches mich erneut darauf verweisen läßt, daß sie diese ehrenvollen Siege nicht öffentlich bekanntgegeben hatte. Weder hatte sie ihrer Schwester die Geschichte mit Lord Warburton erzählt noch ihr gegenüber eine Andeutung über Mr. Osmonds seelische Verfassung fallen lassen, und der einzige Grund für ihr Schweigen war lediglich der, daß sie nicht über diese Dinge sprechen wollte. Es war viel romantischer, nichts zu sagen, und während sie heimlich und in tiefen Zügen Romantik und Romanze genoß, war sie ebensowenig geneigt, die arme Lily um Rat zu fragen, wie diese einmalige Ausgabe des Buchs der Liebe für immer zuzuklappen.

Doch Lily wußte nichts von solch feinen Unterscheidungen, weshalb für sie der Lebenslauf ihrer Schwester nur einen seltsamen Abstieg gegenüber dem Vorangegangenen darstellte, ein Eindruck, der durch die Tatsache verstärkt wurde, daß zum Beispiel Isabels Schweigen bezüglich Mr. Osmond in einem direkten Verhältnis stand zur Häufigkeit, mit der dieser sie in Gedanken beschäftigte. Und da dies sehr oft der Fall war, hatte Mrs. Ludlow manchmal das Gefühl, als habe Isabel ihre Courage verloren. Ein so unheimliches Resultat eines so erfreulichen Ereignisses, wie es die Erbschaft eines Vermögens darstellte, brachte die fröhliche Lily selbstverständlich völlig durcheinander. Es bestärkte sie in ihrer Ansicht, daß Isabel ganz und gar nicht wie andere Menschen war.

Was die Courage unserer jungen Dame betrifft, so darf sehr wohl festgestellt werden, daß diese nach der Heimreise ihrer Verwandten einen Höhepunkt erreichte. Sie konnte sich größere Herausforderungen vorstellen, als den Winter in Paris zu verbringen (Paris hatte Seiten, in denen es New York absolut ähnlich war; Paris war wie flotte, freche Prosa), und ihre rege Korrespondenz mit Madame Merle trug viel dazu bei, sie zu solchen Fluchten zu animieren. Nie hatte sie das Gefühl von Freiheit stärker wahrgenommen, nie Kühnheit und Wollust und Übermut der Ungebundenheit intensiver verspürt als in dem Augenblick, wo sie an einem der letzten Novembertage den Bahnsteig von Euston Station nach der Abfahrt des Zuges verließ, der die arme Lily, ihren Mann und ihre Kinder zum Schiff nach Liverpool brachte. Es hatte ihr gut getan, die anderen zu unterhalten und zu verwöhnen. Sie war sich dessen ausgesprochen bewußt. Sie achtete, wie wir gesehen haben, überhaupt sehr darauf, ob etwas gut für sie war, und es blieb ihr stetes Bemühen, etwas zu finden, was gut genug war. Um die Vorzüge der Situation bis zum letzten Augenblick auszukosten, hatte sie mit den von ihr ganz und gar nicht beneideten Reisenden die Fahrt von Paris nach London gemacht. Sie hätte sie auch noch bis Liverpool begleitet, wenn Edmund Ludlow nicht um den Gefallen gebeten hätte, es nicht zu tun. Es mache Lily so nervös, und sie stelle lauter unmögliche Fragen. Isabel sah dem davonfahrenden Zug nach. Sie warf dem älteren ihrer kleinen Neffen eine Kußhand nach, bei dem es sich um ein temperamentvolles Kind handelte, das sich gefährlich weit aus dem Fenster des Waggons beugte und den Abschied zu einer Demonstration heftiger Ausgelassenheit benutzte, und ging dann zurück in den Londoner Straßennebel. Die Welt stand ihr offen; sie konnte tun, was immer sie wollte. Es war ein höchst aufregendes Gefühl, doch das, wofür sie sich entschied, war von leidlicher Besonnenheit. Sie entschied sich, einfach zu Fuß vom Euston Square in ihr Hotel zurückzugehen. Die frühe Dämmerung eines Novembernachmittags war bereits hereingebrochen; die Straßenlaternen schienen in der dicken, braunen Suppe schwach und rot. Unsere Heldin war ohne Begleitung und Euston Square ein ganz schönes Stück weit weg von Piccadilly. Aber Isabel legte die Strecke mit einer deutlichen Lust an der Gefahr zurück und verirrte sich beinahe absichtlich, nur um den Nervenkitzel zu erhöhen, weshalb sie auch enttäuscht war, als ein zuvorkommender Polizist sie ohne weiteres zurück auf den rechten Weg brachte. Sie war so begeistert vom Schauspiel des menschlichen Lebens, daß sie sich sogar über die immer stärker hereinbrechende Dunkelheit in den Londoner Straßen freute, über die wogende Menschenmenge, die eiligen Droschken, die beleuchteten Läden, die grellen Buden und diese dunkle, glänzende Feuchte von allem. Am gleichen Abend schrieb sie in ihrem Hotel an Madame Merle, daß sie in ein oder zwei Tagen nach Rom reisen wolle. Sie fuhr nach Rom, und zwar nicht über Florenz, da sie zuvor in Venedig gewesen und von dort weiter über Ancona nach Süden gefahren war. Sie legte diese Strecke einzig und allein mit ihrer Zofe zurück, denn ihre üblichen Beschützer standen im Augenblick nicht zur Verfügung. Ralph Touchett verbrachte gerade den Winter auf Korfu, und Miß Stackpole war im September per Telegramm vom *Interviewer* nach Amerika zurückbeordert worden. Jenes Journal bot seiner brillanten Korrespondentin jetzt ein unverdorbeneres Betätigungsfeld für ihr Genie an, als es die zerfallenden Städte Europas gewesen waren, und Henrietta wurde der Abschied durch ein Versprechen Mr. Bantlings versüßt, er werde bald hinüberkommen und sie besuchen. Isabel schrieb an Mrs. Touchett und entschuldigte sich dafür, daß sie sich jetzt noch nicht in Florenz einfand, woraufhin ihre Tante in ihrer charakteristischen Art zurückschrieb; Entschuldigungen, gab Mrs. Touchett zu verstehen, hätten für sie den Stellenwert von Seifenblasen, ein Artikel, den sie im übrigen in ihrem Sortiment nicht führe. Entweder tue man eine Sache oder eben .nicht, und das, was man »getan hätte – wenn«, gehöre ins Reich des Nebensächlichen, ähnlich der Vorstellungen von einem

Leben nach dem Tode oder vom Ursprung aller Dinge. Ihr Brief war freimütig, doch – eine Rarität bei Mrs. Touchett – wiederum nicht so freimütig, wie er zu sein vorgab. Es fiel ihr leicht, ihrer Nichte zu vergeben, daß sie in Florenz nicht haltmachte, da sie es als Zeichen dafür nahm, daß Gilbert Osmond weniger auf der Tagesordnung stand als noch vor einiger Zeit. Natürlich hielt sie die Augen offen, um herauszubekommen, ob er jetzt einen Vorwand fand, um nach Rom zu reisen, und vermerkte es durchaus mit Genugtuung zu erfahren, daß er sich keiner Abwesenheit von Florenz schuldig machte.

Isabel ihrerseits war noch keine zwei Wochen in Rom gewesen, als sie schon Madame Merle den Vorschlag zu einer kleinen Wallfahrt gen Osten unterbreitete. Madame Merle bemerkte, ihre Freundin sei ein unruhiger Geist, fügte aber hinzu, sie selbst sei schon immer von dem Wunsch verzehrt worden, einmal Athen und Konstantinopel zu besuchen. Folglich brachen beide Damen zu einer entsprechenden Expedition auf und verbrachten drei Monate in Griechenland, in der Türkei und in Ägypten. Isabel fand in diesen Ländern vieles, was sie interessierte, obwohl Madame Merle fortwährend bemerkte, sie sei selbst an den berühmtesten klassischen Stätten und an den Orten, die zu Ruhe und Nachdenklichkeit bestimmt seien, von einer gewissen Unausgeglichenheit befallen. Isabel reiste im Eilschritt und voller Unbekümmertheit; sie war wie jemand, der Durst hatte und Becher um Becher leerte. Madame Merle indessen, als Hofdame im Dienste einer Prinzessin, die *incognita* unterwegs war, kam in ihrem Schlepptau ein wenig ins Keuchen. Sie war auf Isabels Einladung hin mitgefahren und begegnete dem unbeschützten Status und dem unausgeglichenen Zustand des Mädchens mit gebührender, würdevoller Rücksicht. Sie spielte ihre Rolle mit jenem Takt, den man von ihr erwarten durfte, indem sie sich selbst bescheiden im Hintergrund hielt und die Position einer Begleiterin akzeptierte, der alle Auslagen großzügig beglichen wurden. Allerdings war diese Situation mit keinerlei Mühsal behaftet, und die Menschen, die diesem reservierten, doch auffallenden Paar unterwegs begegneten, wären nicht imstande gewesen zu sagen, wer von den beiden nun die Beschützerin und wer der Schützling war. Die Feststellung, daß Madame Merle bei näherer Bekanntschaft noch gewann, gibt nur ungenügend den Eindruck wieder, den sie auf ihre Freundin machte, die sie vom ersten Tag an als so umfassend gebildet

und problemlos im Umgang empfunden hatte. Nach dreimona-
tigem vertrautem Miteinander hatte Isabel das Gefühl, sie besser zu kennen. Ihr Charakter hatte sich offenbart, und diese
bewundernswürdige Frau hatte schließlich auch ihr Versprechen eingelöst und die Geschichte ihres Lebens aus eigener
Sicht erzählt, was eine um so begrüßenswertere Leistung darstellte, als Isabel dieselbe schon aus anderer Sicht erzählt worden war. Diese Geschichte war eine so traurige (insoweit sie den
verstorbenen Monsieur Merle betraf, einen ausgemachten
Abenteurer, könnte man sagen, obwohl anfänglich durchaus
vertrauenswürdig und einnehmend, der, Jahre zuvor, ihre Jugend ausgenutzt und sich ihrer damaligen Unerfahrenheit in
einem Maß bedient hatte, an das zu glauben denjenigen, die sie
nur von heute her kannten, schwerfallen würde) und so über-
voll mit bestürzenden und schmerzlichen Einzelheiten, daß
Isabel staunte, wie sich ein so schwer geprüfter Mensch eine
solche Frische und ein solches Interesse am Leben hatte bewahren können. Von dieser Frische Madame Merles konnte sie sich
einen beträchtlichen Eindruck verschaffen; sie schien ihr pro-
fessionell vorzukommen, leicht routiniert, in einem Kasten ver-
staut und mit umhergetragen wie die Violine eines Virtuosen,
oder aber gestriegelt und gezäumt wie der Lieblingsgaul eines
Jockeys. Isabel mochte sie genauso sehr wie immer, doch gab es
da einen Zipfel des Vorhangs, der nie gelüftet wurde. Es war, als
habe sie trotz allem immer etwas von einer Theaterschauspie-
lerin an sich, die dazu verdammt war, sich in der Öffentlichkeit
nur innerhalb ihrer Rolle und ihrer Kostümierung zu bewegen.
Einst hatte sie gesagt, sie komme von weit her und gehöre der
»alten, alten Welt« zu, und Isabel verlor nie den Eindruck, daß
sie das Produkt eines von dem ihren verschiedenen moralischen und gesellschaftlichen Umfelds war und unter einem
anderen Stern aufgewachsen.

Folglich glaubte sie, daß ihre Freundin im Grunde ganz
andere moralische Grundsätze hatte. Natürlich gibt es bei der
Moral von zivilisierten Menschen einen größeren gemeinsamen
Nenner; doch hatte unsere junge Dame das Gefühl, daß die
Wertentwicklung bei Madame Merle einen falschen Verlauf
genommen hatte oder daß ihre Werte, wie es in den Geschäften
heißt, »herabgesetzt« worden seien. Mit der Überheblichkeit der
Jugend folgerte sie, daß es sich bei einer von der ihrigen abwei-
chenden Moral um eine geringerwertige handeln müsse, und

diese Überzeugung war ihr Hilfsinstrument beim Aufspüren einer gelegentlich aufblitzenden Härte, eines gelegentlichen Abweichens vom Prinzip der Offenheit in der Konversation eines Menschen, der feinfühlige Liebenswürdigkeit zur Kunst erhoben hatte und dessen Stolz zu erhaben war für die kleinlichen Pfade der Täuschung. Ihre Auffassung von den Motiven menschlicher Handlungsweisen schien sich Madame Merle am Hof irgendeines dekadenten, dem Niedergang geweihten Königreichs angeeignet zu haben, und auf ihrer Liste menschlicher Beweggründe gab es viele, von denen unsere Heldin noch nie gehört hatte. Sie wußte vieles noch nicht, das war ganz klar, und offenbar gab es Dinge auf der Welt, von denen nichts zu wissen durchaus vorteilhafter war. Ein- oder zweimal hatte sie es richtig mit der Angst zu tun bekommen, und zwar so sehr, daß sie im Geiste ausrief: »Der Himmel vergebe ihr, sie versteht mich nicht!« So absurd dies auch erscheinen mag, so wirkte diese Entdeckung dennoch wie ein Schock und hinterließ bei ihr ein unbestimmtes Entsetzen, das sogar ein Element von Vorahnung kommenden Unheils mit einschloß. Das Entsetzen verschwand natürlich im Licht irgendeines unvermittelten Beweises für Madame Merles beträchtliche Intelligenz wieder. Aber es bildete von nun an die Hochwassermarke im Wechsel von Ebbe und Flut gegenseitigen Vertrauens. Madame Merle hatte einmal ihrer Überzeugung Ausdruck verliehen, daß eine Freundschaft in dem Moment, in dem sie aufhöre zu wachsen, bereits im Schwinden begriffen sei, ohne daß es ein Stadium des Gleichgewichts gebe zwischen mal mehr, mal weniger Sympathie. Mit anderen Worten: Eine gleichbleibende Zuneigung sei unmöglich; diese müsse sich immer entweder in die eine oder in die andere Richtung bewegen. Wie auch immer sich das verhält – in jenen Tagen hatte die junge Frau tausenderlei Möglichkeiten, ihren schwärmerischen Neigungen freien Lauf zu lassen, die lebhafter waren als je zuvor. Ich spiele jetzt nicht auf die Regungen an, die sie verspürte, als sie im Verlauf einer Exkursion von Kairo aus die Pyramiden betrachtete oder als sie zwischen den geborstenen Säulen der Akropolis stand und den Blick auf den Ort richtete, den man ihr als den Sund von Salamis gezeigt hatte, so tief sich diese Empfindungen auch bei ihr eingeprägt hatten. Ende März kam sie aus Ägypten und Griechenland zurück und machte erneut Station in Rom. Wenige Tage nach ihrer Ankunft kam Gilbert Osmond von Florenz herbei und blieb drei Wochen, im

Verlauf derer es sich auf Grund der Tatsache, daß sie mit seiner alten Freundin Madame Merle zusammen war und in deren Haus Quartier genommen hatte, praktisch nicht vermeiden ließ, daß er sie jeden Tag traf. Der April neigte sich seinem Ende zu, und Isabel schrieb an Mrs. Touchett, sie freue sich, jetzt eine lang zuvor ausgesprochene Einladung annehmen zu können, woraufhin sie dem Palazzo Crescentini einen Besuch abstattete, während Madame Merle in Rom zurückblieb. Sie traf ihre Tante allein an. Cousin Ralph war noch immer in Korfu, wurde jedoch täglich in Florenz erwartet, und Isabel, die ihn seit über einem Jahr nicht mehr gesehen hatte, bereitete sich darauf vor, ihn auf das herzlichste willkommen zu heißen.

32. KAPITEL

Nicht ihm allerdings galten ihre Gedanken, während sie noch an dem Fenster stand, bei dem wir sie vor einer Weile antrafen, und auch nicht einer von den Angelegenheiten, die ich soeben flüchtig skizzierte. Nicht der Vergangenheit war sie zugewandt, sondern der unmittelbar bevorstehenden Stunde. Sie hatte allen Grund, eine Szene zu erwarten, und Szenen waren ihr zuwider. Sie stellte sich nicht die Frage, was sie ihrem Besucher sagen sollte, denn diese Frage war bereits beantwortet. Was er ihr zu sagen hatte, das war das Interessante. Es konnte sich um nichts handeln, was auch nur in Ansätzen begütigend oder tröstlich wäre, wofür sie eindeutige Hinweise hatte, und die Gewißheit dessen offenbarte sich ebenso eindeutig auf ihrer umwölkten Stirn. Im übrigen war sie jedoch völlig klaren Sinnes. Sie hatte ihre Trauerkleidung abgelegt und schritt nun in nicht zu übersehender, schimmernder Großartigkeit durch die Welt. Sie fühlte sich nur älter, und zwar um einiges, kam sich aber vor, als sei sie nun ›im Wert gestiegen‹ – wie ein besonderes Stück im Fundus eines Antiquitätensammlers. Jedenfalls blieb sie nicht endlos ihren Befürchtungen und Vorahnungen überlassen, denn auf einmal stand ein Diener vor ihr mit einer Karte auf seinem Tablett. »Bitten Sie den Herrn herein«, sagte sie und blickte nach dem Abgang des Boten weiter unverwandt zum Fenster hinaus. Erst als sie gehört hatte, wie die

Tür hinter der rasch eingetretenen Person ins Schloß gefallen war, drehte sie sich um.

Caspar Goodwood stand vor ihr, stand da und wurde ganz knapp und von Kopf bis Fuß von einem wachsamen, trockenen Blick gestreift, mit dem sie einen Gruß eher zurückhielt als entbot. Ob sein Gefühl des Erwachsenseins mit dem Isabels Schritt gehalten hatte, werden wir vielleicht gleich feststellen. In der Zwischenzeit darf ich so viel sagen, daß er ihrem kritischen Blick keinerlei Spuren verstrichener Zeit offenbarte. Aufrecht, stark und hart – nichts an seiner Erscheinung deutete unmißverständlich auf Jugend oder Alter hin. Einerseits ließ er weder Naivität noch Schwäche erkennen, andererseits fehlte es ihm an praktischer Philosophie. Sein Kinn besaß noch immer den gleichen energischen Zug wie früher, doch eine kritische Situation wie die gegenwärtige verlieh ihm natürlich zusätzlich etwas Grimmiges. Er vermittelte den Eindruck eines Mannes, der eine anstrengende Reise hinter sich hatte. Eine ganze Weile sagte er nichts, als sei er außer Atem. Damit verschaffte er Isabel Zeit für die folgende Überlegung: »Armer Kerl, welch großer Dinge er doch fähig ist, und welch ein Jammer, daß er seine herrliche Kraft so schrecklich sinnlos vergeudet! Welch ein Jammer obendrein, daß man es nicht allen recht machen kann!« Er verschaffte ihr die Zeit, auch noch mehr zu tun, nämlich nach einer verstrichenen Minute zu sagen: »Ich kann Ihnen gar nicht sagen, wie sehr ich gehofft habe, Sie würden nicht kommen!«

»Daran habe ich keinen Zweifel.« Und er sah sich nach einer Sitzgelegenheit um. Nicht nur, daß er hergekommen war; er hatte auch vor, sich zu setzen und vielleicht gar zu verhandeln.

»Sie müssen sehr müde sein«, sagte Isabel und setzte sich selbst, um ihm großzügig – ihrer Meinung nach – auch die Gelegenheit dazu anzubieten.

»Nein, ich bin überhaupt nicht müde. Haben Sie mich schon jemals müde erlebt?«

»Niemals. Ich wünschte, ich hätte es! Wann sind Sie angekommen?«

»Gestern nacht, sehr spät, mit einem Bummelzug, den sie hier Expreß nennen. Diese italienischen Züge haben ungefähr das Tempo eines amerikanischen Leichenzuges.«

»Das paßt dann ja ganz gut. Da war Ihnen bestimmt zumute, als kämen Sie zu meiner Beerdigung!« Und sie zwang sich zu einem aufmunternden Lächeln, um die Situation ein wenig zu entspannen. Sie hatte die Angelegenheit gründlich durchdacht und war zu der klaren Erkenntnis gelangt, daß sie weder Vertrauen hintergangen noch eine Absprache nicht eingehalten habe. Trotzdem verspürte sie Angst vor ihrem Besucher. Sie schämte sich zwar ihrer Angst, war aber gleichzeitig zutiefst dankbar, daß es da sonst nichts gab, dessen sie sich hätte schämen müssen. Er sah sie mit seiner zähen Beharrlichkeit an, mit einer Unbeugsamkeit, der es durch und durch an Feingefühl mangelte, insbesondere dann, wenn der stumpfe, dunkle Glanz seines Blickes wie ein Bleigewicht auf ihr lastete.

»Nein, das Gefühl hatte ich nicht. Ich kann Sie mir nicht tot vorstellen. Ich wünschte, ich könnte es!« erklärte er freimütig.

»Da bin ich Ihnen aber äußerst dankbar.«

»Mir wäre es lieber, Sie wären tot als mit einem anderen verheiratet.«

»Das ist aber sehr egoistisch von Ihnen!« gab sie mit der Heftigkeit wahrer Überzeugung zurück. »Auch wenn Sie selbst nicht glücklich sind, dann dürfen andere das doch wohl sein!«

»Sehr wahrscheinlich ist das egoistisch, und ich habe auch nicht im mindesten etwas dagegen, wenn Sie es so nennen. Ich habe überhaupt nichts gegen irgend etwas, das Sie jetzt möglicherweise sagen, weil es mir nicht unter die Haut geht. Die größten Grausamkeiten, die Sie sich ausdenken könnten, wären weiter nichts als Nadelstiche. Nach allem, was Sie mir angetan haben, werde ich nie mehr etwas empfinden, das heißt, nichts anderes mehr als eben das. Aber das mein ganzes Leben lang.«

Mr. Goodwood stellte diese kühlen Behauptungen mit emotionsloser Bedächtigkeit und in seinem harten, amerikanischen Tonfall auf, der diesen in sich schon so unausgegorenen Thesen auch nicht den geringsten stimmungsmäßigen Farbtupfer aufsetzte. Der Tonfall machte Isabel eher wütend, als daß er sie gerührt hätte, was sich aber insofern als positiv erwies, als es ihr einen zusätzlichen Beweggrund lieferte, ihre Selbstbeherrschung nicht zu verlieren. Und unter dem Druck dieser Selbstbeherrschung gelang es ihr recht schnell, beiläufig zu klingen. »Wann haben Sie New York verlassen?«

Er warf den Kopf zurück, als rechne er nach. »Vor sieben Tagen.«

»Dann müssen Sie rasch vorangekommen sein, trotz Ihrer Bummelzüge.«

»Ich bin so rasch gekommen, wie ich konnte. Ich wäre schon fünf Tage früher gekommen, hätte ich es gekonnt.«

»Das hätte keinen Unterschied gemacht, Mr. Goodwood«, lächelte sie kalt.

»Für Sie nicht, nein. Aber für mich.«

»Ich wüßte nicht, was Sie davon gehabt hätten.«

»Das zu beurteilen, müssen Sie schon mir überlassen.«

»Selbstverständlich. Mir scheint aber, Sie quälen sich nur selbst.« Und dann wechselte sie das Thema und fragte, ob er Henrietta Stackpole getroffen habe. Er machte eine Miene, als sei er nicht deshalb von Boston nach Florenz gekommen, um über Henrietta Stackpole zu sprechen, tat dann aber doch einigermaßen deutlich kund, daß besagte junge Dame bei ihm gewesen sei, kurz vor seiner Abreise aus Amerika. »Sie hat Sie besucht?« wollte Isabel wissen.

»Ja, sie war in Boston und suchte mich in meinem Büro auf. Und zwar an dem Tag, an dem ich Ihren Brief erhielt.«

»Haben Sie ihr davon erzählt?« fragte Isabel mit einer leichten Unruhe.

»Aber nein«, sagte Caspar Goodwood schlicht. »Das wollte ich nicht. Sie erfährt es schon noch früh genug. Sie erfährt sowieso alles.«

»Ich werde ihr schreiben, und dann wird sie zurückschreiben und mich ausschimpfen«, verkündete Isabel und versuchte erneut zu lächeln.

Caspar blieb hingegen streng und feierlich. »Ich vermute, sie wird ohnedies bald herüberkommen«, sagte er.

»Um mich auszuschimpfen?«

»Weiß ich nicht. Sie scheint zu glauben, sie habe Europa noch nicht richtig gesehen.«

»Ich bin froh, daß Sie mir das sagen«, meinte Isabel. »Ich muß entsprechende Vorkehrungen treffen.«

Mr. Goodwood fixierte eine Weile den Fußboden und hob dann schließlich wieder den Blick. »Kennt sie Mr. Osmond?« forschte er.

»Flüchtig. Und sie mag ihn nicht. Aber ich heirate ja auch nicht, um Henrietta zu gefallen«, fügte sie hinzu. Für den armen Caspar wäre es allerdings besser gewesen, wenn Isabel sich ein wenig mehr angestrengt hätte, Henriettas Vorstellungen entgegenzukommen, was er aber nicht aussprach. Er wollte nur gleich wissen, wann die Hochzeit stattfinden sollte. Worauf sie zur

Antwort gab, sie wisse es noch nicht. »Ich weiß nur, daß es bald sein wird. Ich habe es noch keinem gesagt, außer Ihnen und einer weiteren Person – einer alten Freundin von Mr. Osmond.«

»Ist es denn eine Heirat, mit der die Ihre Freunde nicht einverstanden sein werden?« verlangte er zu wissen.

»Da habe ich wirklich keine Ahnung. Wie gesagt, ich heirate ja nicht meiner Freunde zuliebe.«

Er ließ nicht locker, protestierte nicht, kommentierte nicht, sondern stellte nur Fragen, und das ohne jedes Zartgefühl. »Wer oder was ist denn dieser Mr. Gilbert Osmond eigentlich?«

»Wer oder was? Niemand und nichts, dafür ein sehr guter und ehrenwerter Mann. Er ist nicht geschäftlich tätig«, sagte Isabel, »er ist auch nicht reich. Er hat sich durch nichts Besonderes ausgezeichnet.«

Zwar mißfielen ihr Mr. Goodwoods Fragen, aber sie sagte sich, daß sie es ihm einfach schuldig sei, seine Neugierde zu befriedigen. Die Befriedigung, die der arme Caspar zur Schau stellte, hielt sich jedoch sehr in Grenzen. Er saß ziemlich steif und aufrecht da und starrte sie an. »Wo kommt er her? Wo ist er daheim?«

Noch nie zuvor hatte ihr seine Aussprache des Wortes »daheim« mehr mißfallen. »Er kommt von nirgendwo. Er hat den größten Teil seines Lebens in Italien verbracht.«

»In Ihrem Brief schrieben Sie, er sei Amerikaner. Hat er denn keinen Geburtsort?«

»Doch, aber den hat er vergessen. Er ging da schon als kleiner Junge weg.«

»Ist er nie zurückgekehrt?«

»Warum hätte er zurückkehren sollen?« fragte Isabel und wurde rot vor Ärger. »Er hat keinen erlernten Beruf.«

»Er hätte ja zu seinem Vergnügen zurückkehren können. Mag er etwa die Vereinigten Staaten nicht?«

»Er kennt sie nicht. Außerdem ist er sehr still und sehr schlicht. Er begnügt sich mit Italien.«

»Mit Italien und Ihnen«, sagte Mr. Goodwood mit finsterer Direktheit und ohne den Versuch einer epigrammatischen Formulierung. »Was hat er überhaupt vollbracht?« fügte er abrupt hinzu.

»Damit ich ihn heirate? Ganz und gar nichts«, erwiderte Isabel, deren Geduld sich nun ein wenig der Barschheit bediente. »Wenn er etwas Großes vollbracht hätte, würden Sie mir dann eher verzeihen? Lassen Sie mich ziehen, Mr. Goodwood. Ich heirate eine vollkommene Null. Sparen Sie sich Ihr Interesse; es ist sinnlos.«

»Ich weiß ihn nicht zu schätzen – das ist es doch, was Sie meinen. Und Sie meinen auch nicht im mindesten, daß er eine vollkommene Null ist. Sie halten ihn für großartig, für grandios, obwohl das außer Ihnen niemand tut.«

Isabels Röte wurde intensiver. Sie empfand das als wirklich sehr scharfsinnig von ihrem Gast, und es war sicher ein Beweis dafür, daß Leidenschaft eine Hellsichtigkeit verleiht, wie sie es nie für möglich gehalten hätte. »Warum kommen Sie andauernd auf das zurück, was andere denken? Ich kann nicht mit Ihnen über Mr. Osmond debattieren.«

»Selbstverständlich nicht«, sagte Caspar vernünftig. Und er saß da mit seiner Miene steifer Hilflosigkeit, als sei nicht nur diese Tatsache unumstößlich, sondern als gebe es rein gar nichts mehr, woüber sie beide debattieren konnten.

»Sie sehen ja selbst, wie wenig Sie davon haben«, schloß sie mit logischer Vehemenz, »wie wenig an Trost oder Zufriedenheit ich Ihnen geben kann.«

»Ich habe auch nicht erwartet, daß Sie mir viel geben werden.«

»Dann begreife ich nicht, warum Sie herkamen.«

»Ich kam her, weil ich Sie noch einmal sehen wollte – sogar in der Verfassung, in der Sie jetzt sind.«

»Sehr nett von Ihnen. Aber hätten Sie noch ein bißchen abgewartet, hätten wir uns früher oder später ohnehin getroffen, und unser Zusammentreffen wäre dann für beide Seiten viel angenehmer verlaufen als heute.«

»Abgewartet bis nach Ihrer Hochzeit? Genau das wollte ich auf keinen Fall. Denn danach werden Sie ein anderer Mensch sein.«

»Nicht unbedingt. Ich werde weiterhin ein großer Freund von Ihnen sein. Sie werden schon sehen.«

»Um so schlimmer!«, sagte Mr. Goodwood voller Ingrimm.

»Ach, Sie sind einfach ein uneinsichtiger Dickkopf! Ich kann nun mal nicht versprechen, Sie unsympathisch zu finden, bloß damit Sie sich leichter mit Ihrem Schicksal abfinden können.«

»Das wäre mir auch egal!«

Isabel erhob sich mit einer Bewegung unterdrückter Ungeduld und trat ans Fenster, wo sie einen Augenblick lang stehenblieb und hinaussah. Als sie sich umdrehte, saß ihr Besucher noch immer reglos auf seinem Sitz. Sie ging wieder zu ihm hinüber, blieb stehen und legte die Hand auf die Lehne des Sessels, den sie soeben verlassen hatte. »Wollen Sie mir erzählen, Sie sind nur hergekommen, um mich anzugucken? Das gefällt vielleicht Ihnen besser als mir.«

»Ich wollte den Klang Ihrer Stimme hören«, sagte er.

»Den haben Sie nun vernommen, und Sie haben ja bemerkt, daß er sich nicht sehr lieblich anhört.«

»Trotzdem freue ich mich daran.« Und damit stand er auf.

Sie hatte Schmerz und Verdruß empfunden, als ihr am frühen Morgen mitgeteilt wurde, er sei in Florenz und wolle sie, mit ihrer Erlaubnis, innerhalb der nächsten Stunde besuchen. Verärgert war sie gewesen und unglücklich, hatte aber dennoch seinen Boten mit dem Bescheid zurückgeschickt, er könne kommen, wann er wolle. Und als sie ihn dann vor sich sah, hatte sie sich auch nicht besser gefühlt. Daß er sich überhaupt in Italien aufhielt, war schon voller schwerwiegender Implikationen. Es implizierte Dinge, die sie niemals würde billigen können: Rechthabereien und Ansprüche, Vorwürfe und Tadel, Zurechtweisungen und Proteste – und auch die Hoffnung, sie doch noch dazu zu bringen, daß sie sich anders entschied. War all das auch impliziert, so wurde es gleichwohl nicht ausgesprochen, und jetzt begann unsere junge Dame, reichlich seltsam, sich über die bemerkenswerte Selbstbeherrschung ihres Besuchers zu ärgern. Er hatte so etwas Stumm-vor-sich-Hinleidendes an sich, das sie aufbrachte; er hatte so etwas Männlich-Zurückhaltendes an sich, das ihr Herz schneller schlagen ließ. Sie spürte, wie ihre Erregung wuchs, und sie sagte sich, daß sie auf eine Weise wütend sei, wie eine Frau eben wütend ist, wenn sie sich im Unrecht befindet. Sie befand sich aber nicht im Unrecht; glücklicherweise brauchte sie diese bittere Pille nicht zu schlucken. Aber dennoch wünschte sie, er möge sie ein bißchen attackieren. Zwar hatte sie sich auch gewünscht, sein Besuch werde kurz sein; er hatte weder einen Sinn, noch war er schicklich. Allein da Mr. Goodwood nun doch Anstalten zu machen schien, sich von ihr abzuwenden, packte sie ein jähes Entsetzen, er könne sie ohne ein Wort verlassen, das ihr die Gelegenheit gäbe, sich besser zu rechtfertigen als in ihrem Brief vor einem Monat, in dem sie ihm mit wenigen ausgesuchten Worten ihre Verlobung mitgeteilt hatte. Andererseits wieder: Wenn sie überhaupt nicht im Unrecht war, warum sollte sie dann das Bedürfnis verspüren, sich zu rechtfertigen? Es handelte sich um einen Ausbund an Großmut von Isabels Seite, der sich als das

Bedürfnis äußerte, Mr. Goodwood möge doch wütend sein. Und hätte er sich nicht die ganze Zeit schon so im Zaum gehalten, dann wäre er es vielleicht auch geworden, als er den Ton vernahm, in dem sie urplötzlich ausrief, als verdächtige sie ihn, sie beschuldigt zu haben: »Ich habe Sie nicht hintergangen! Ich war ein absolut freier Mensch!«

»Ja, weiß ich«, sagte Caspar.

»Ich habe Sie eindringlich darauf hingewiesen, daß ich tun werde, was mir paßt!«

»Sie sagten, Sie würden wahrscheinlich nie heiraten, und Sie sagten es auf eine Weise, daß ich's doch tatsächlich geglaubt habe.«

Sie ließ sich das Argument kurz durch den Kopf gehen. »Es gibt niemanden, der von meinem gegenwärtigen Entschluß mehr überrascht wäre als ich selbst.«

»Mir haben Sie gesagt: Sollte ich einmal davon hören, Sie seien verlobt, bräuchte ich es nicht zu glauben«, fuhr Caspar fort. »Vor zwanzig Tagen habe ich es von Ihnen persönlich gehört, erinnerte mich aber an das, was Sie mir gesagt hatten. Ich dachte mir, irgend etwas stimmt da nicht, und unter anderem deshalb bin ich hier.«

»Sollten Sie eine mündliche Wiederholung wünschen, so läßt sich das sofort einrichten. Da ist nichts, was nicht stimmt.«

»Das habe ich sofort begriffen, als ich dieses Zimmer betrat.«

»Was hätten Sie eigentlich davon, wenn ich nicht heiraten würde?« fragte sie reichlich heftig.

»Es wäre mir einfach lieber.«

»Sie sind sehr egoistisch, wie ich schon sagte.«

»Weiß ich. In meinem Egoismus bin ich stahlhart.«

»Sogar Stahl schmilzt manchmal! Wenn Sie vernünftig sind, werden wir uns wiedersehen.«

»Ihrer Meinung nach bin ich jetzt nicht vernünftig?«

»Ich weiß nicht, was ich Ihnen sagen soll«, antwortete sie mit plötzlicher Bescheidenheit.

»Ich werde Sie jetzt lange Zeit nicht mehr behelligen«, fuhr der junge Mann fort. Er tat einen Schritt zur Tür hin, blieb dann aber wieder stehen. »Ein weiterer Grund, warum ich vorbeikam, war der, daß ich mir anhören wollte, was Sie zur Erklärung Ihres Sinneswandels vorbringen würden.«

Ihre Bescheidenheit war im Nu verflogen. »Zur Erklärung? Sie meinen, ich müsse Erklärungen abgeben?«

Er warf ihr einen seiner langen, stummen Blicke zu. »Sie waren damals sehr bestimmt. Und ich habe es geglaubt.«

»Ich auch. Glauben Sie denn, ich könnte es erklären, falls ich es überhaupt wollte?«

»Nein, vermutlich nicht. Na gut«, setzte er hinzu. »Ich habe das getan, was ich tun wollte. Ich habe Sie gesehen und gehört.«

»Wie wenig Sie doch aus diesen fürchterlichen Reisen machen!« Sie spürte die Armseligkeit ihrer eigenen Worte sofort.

»Sollten Sie befürchten, ich sei nun am Boden zerstört oder so etwas in dieser Richtung, dann können Sie ganz beruhigt sein.« Er wandte sich ab, diesmal im Ernst, und weder ein Händedruck noch eine andere Geste des Abschieds wurde zwischen ihnen ausgetauscht. An der Tür blieb er stehen, die Hand auf dem Knauf. »Morgen verlasse ich Florenz«, sagte er ohne jegliches Schwanken der Stimme.

»Freut mich sehr zu hören!« antwortete sie hitzig. Fünf Minuten, nachdem er gegangen war, brach sie in Tränen aus.

33. KAPITEL

Der Strom ihrer Tränen versiegte allerdings bald wieder, und alle Spuren davon waren verflogen, als sie eine Stunde später ihre Tante offiziell in Kenntnis setzte. Ich wähle diese Formulierung deshalb, weil Isabel überzeugt war, Mrs. Touchett werde alles andere als erfreut sein. Isabel hatte nur darum so lange damit gewartet, weil sie zuerst Mr. Goodwoods Besuch hinter sich bringen wollte. Eine kuriose Ahnung sagte ihr, es sei nicht ehrenwert, die Tatsache publik zu machen, ehe sie sich Mr. Goodwoods Stellungnahme angehört habe. Diese war knapper ausgefallen als erwartet, und so hatte sie nun irgendwie das ärgerliche Gefühl, bloß Zeit vertan zu haben. Sie wollte jetzt keine weitere mehr vertun. Sie wartete, bis Mrs. Touchett zum mittäglichen Frühstück in den Salon gekommen war, und begann dann: »Tante Lydia, ich muß dir etwas sagen.«

Mrs. Touchett fuhr leicht zusammen und warf ihr einen fast bitterbösen Blick zu. »Du brauchst es mir nicht zu sagen; ich weiß sowieso, worum es geht.«

»Ich wüßte nicht, wie du das wissen könntest.«

»Auf die gleiche Weise, wie ich weiß, daß das Fenster offensteht: indem ich Zugluft verspüre. Du wirst diesen Mann heiraten.«

»Von welchem Mann sprichst du?« forschte Isabel mit großer Würde nach.

»Von Madame Merles Freund, Mr. Osmond.«

»Ich weiß nicht, warum du ihn Madame Merles Freund nennst. Ist er in der Hauptsache als solcher bekannt?«

»Falls er nicht ihr Freund ist, sollte er es jetzt sein – nach allem, was sie für ihn getan hat!« rief Mrs. Touchett. »Das hätte ich ihr nicht zugetraut! Ich bin enttäuscht.«

»Solltest du annehmen, daß Madame Merle irgend etwas mit meiner Verlobung zu tun hat, dann irrst du dich gründlich«, erklärte Isabel mit einer Art hitziger Kälte.

»Du meinst, deine Vorzüge allein reichten aus, ohne daß man dem Herrn erst ein wenig die Sporen geben mußte? Du hast schon recht; sie sind immens, deine Vorzüge. Aber er hätte sich nie erdreistet, ein Auge auf dich zu werfen, wenn sie ihn nicht auf die Idee gebracht hätte. Er ist sehr von sich eingenommen, aber er ist nicht der Mann, um sich großartig anzustrengen. Madame Merle hat sich für ihn angestrengt.«

»Er hat sich aber auch selbst ganz schön angestrengt!« rief Isabel mit bemühtem Lachen.

Mrs. Touchett nickte heftig. »Mußte er wohl auch, sonst hättest du ihn jetzt nicht so gern.«

»Ich dachte, dir hätte er auch gefallen.«

»Hat er auch, früher einmal; deswegen habe ich ja einen solchen Zorn auf ihn.«

»Sei zornig auf mich, nicht auf ihn«, sagte das Mädchen.

»Oh, auf dich bin ich andauernd zornig; das ist kein Trost! Hast du seinetwegen Lord Warburton einen Korb gegeben?«

»Bitte, fang nicht mit den alten Geschichten an. Warum sollte ich Mr. Osmond nicht mögen, wo es doch andere vor mir auch schon taten?«

»Diese anderen dachten auch in ihren verrücktesten Anwandlungen nicht daran, ihn zu heiraten. Der Mann ist eine Null«, erklärte Mrs. Touchett.

»Dann kann er mir auch nicht weh tun«, sagte Isabel.

»Glaubst du, du wirst glücklich? Bei solchen Geschichten wird keiner glücklich, kann ich dir sagen.«

»Dann mache ich eben damit den Anfang. Aus welchem Grund heiratet man denn sonst?«

»Aus welchem Grund du heiratest, weiß allein der Himmel. Normalerweise heiratet man, um eine Partnerschaft einzugehen, um einen gemeinsamen Hausstand zu gründen. Aber in deiner Partnerschaft wirst du es sein, die alles mitbringt.«

»Liegt's also daran, daß Mr. Osmond nicht reich ist? Ist das der Inhalt deiner Rede?« fragte Isabel.

»Er hat kein Geld, er hat keinen Namen, er hat keine Substanz. Ich schätze solche Dinge, und ich habe auch den Mut, das laut zu sagen. Ich denke, sie sind sehr wertvoll. Viele andere Menschen denken genauso und verhalten sich auch entsprechend. Sie begründen es nur anders.«

Isabel zögerte ein wenig. »Ich denke, ich schätze alles, was schätzenswert ist. Ich mache mir viel aus Geld, und deshalb möchte ich ja, daß auch Mr. Osmond ein bißchen was davon hat.«

»Dann gib's ihm einfach, aber heirate einen anderen.«

»Sein Name ist für mich gut genug«, fuhr das Mädchen fort. »Es ist ein sehr hübscher Name. Ist denn meiner etwa so besonders?«

»Um so mehr hättest du Grund gehabt, dich diesbezüglich etwas zu verbessern. Renommierte amerikanische Namen gibt es bloß ein Dutzend. Heiratest du ihn etwa aus Barmherzigkeit und christlicher Nächstenliebe?«

»Es war meine Pflicht, es dir zu sagen, Tante Lydia, aber ich halte es nicht für meine Pflicht, es dir zu erklären. Selbst wenn ich es müßte, könnte ich es nicht. Also bitte: keine Vorwürfe. Wenn ich darüber reden soll, ziehe ich den kürzeren. Ich kann nicht darüber reden.«

»Und ich mache dir keine Vorwürfe, ich reagiere nur. Schließlich muß ich ja irgendwie zeigen, daß ich einen Verstand habe. Ich habe es kommen sehen und nichts gesagt. Ich mische mich niemals ein.«

»Das tust du nie, was ich dir auch hoch anrechne. Du bist die ganze Zeit über sehr taktvoll gewesen.«

»Das war nicht taktvoll, sondern praktisch«, sagte Mrs. Touchett. »Aber mit Madame Merle werde ich ein Wörtchen reden.«

»Ich verstehe nicht, warum du fortwährend sie mit hineinziehst. Sie hat sich mir gegenüber beständig als sehr gute Freundin erwiesen.«

»Schon möglich. Aber mir gegenüber als eine miserable.«

»Was hat sie dir denn getan?«

»Sie hat mich hintergangen. Sie hatte mir so gut wie versprochen, deine Verlobung zu verhindern.«

»Die hätte sie gar nicht verhindern können.«

»Sie kann alles; deswegen habe ich sie ja immer gemocht. Ich wußte, daß sie jede Rolle spielen kann, habe aber immer gedacht, daß sie eine nach der anderen spielt. Ich habe eben nicht begriffen, daß sie auch zwei zur selben Zeit spielen würde.«

»Ich weiß nicht, welche Rolle sie dir gegenüber gespielt haben könnte«, sagte Isabel. »Das müßt ihr untereinander ausmachen. Mir gegenüber war sie bis jetzt immer ehrlich und nett und treu ergeben.«

»Selbstverständlich war sie dir treu ergeben. Sie wollte ja auch, daß du ihren Kandidaten heiratest! Mir hat sie erzählt, sie beobachte dich nur deshalb, um rechtzeitig einschreiten zu können.«

»Das hat sie doch nur gesagt, um dir einen Gefallen zu tun«, antwortete das Mädchen, allerdings durchaus um die Unzulänglichkeit ihrer Erklärung wissend.

»Mir dadurch einen Gefallen zu tun, daß sie mich hintergeht? Da kennt sie mich besser. Gefällt mir denn der heutige Tag?«

»Ich glaube nicht, daß dir irgend etwas jemals sonderlich gefällt«, sah Isabel sich genötigt zu entgegnen. »Wenn Madame Merle wußte, daß du die Wahrheit ja eines Tages sowieso erfährst, was hätte sie dann davon, unaufrichtig zu sein?«

»Den Zeitgewinn hatte sie davon, wie du siehst. Während ich darauf wartete, daß sie einschreitet, warst du schon losmarschiert, und sie hat noch die Trommel dazu geschlagen.«

»Alles schön und gut. Aber nach deiner eigenen Einlassung hast du selbst auch gesehen, daß ich ›losmarschiert‹ bin, und sogar wenn sie Alarm geschlagen hätte, hättest du auch nicht versucht, mich aufzuhalten.«

»Nein, aber jemand anderer.«

»Wen meinst du?« fragte Isabel und sah ihre Tante scharf an. Mrs. Touchetts kleine, funkelnde Augen, so unruhig sie sonst auch hin und her wanderten, hielten ihrem Blick eher stand, als daß sie ihn zurückgaben. »Hättest du auf Ralph gehört?«

»Nicht, wenn er über Mr. Osmond hergezogen wäre.«

»Ralph zieht nicht über andere her; das weißt du ganz genau. Außerdem hängt er sehr an dir.«

»Das weiß ich«, sagte Isabel, »und jetzt weiß ich es ganz besonders zu schätzen, denn er weiß, daß ich nichts, was immer ich auch tue, ohne Grund tue.«

»Er hätte nie geglaubt, daß du so etwas tun würdest. Ich sagte ihm, daß du sehr wohl dazu imstande wärst, und er bestritt es.«

»Das tat er, weil er gerne streitet«, lächelte das Mädchen. »Ihn beschuldigst du nicht, dich hintergangen zu haben. Warum tust du es dann bei Madame Merle?«

»Weil er nie so getan hat, als wolle er deine Verlobung verhindern.«

»Na, da bin ich aber froh!« rief Isabel überschwenglich. »Und ich möchte ausdrücklich«, setzte sie gleich hinzu, »daß du es ihm sofort sagst, sobald er hier auftaucht.«

»Selbstverständlich werde ich es ihm erzählen«, sagte Mrs. Touchett. »Mit dir werde ich nicht mehr darüber sprechen, aber ich mache dich darauf aufmerksam, daß ich mit anderen darüber reden werde.«

»Das machst du, wie du willst. Ich finde es nur besser, wenn du es bekannt gibst, als wenn ich es tue.«

»Da stimme ich dir völlig zu; das ist bei weitem angebrachter!« Und damit begaben sich Tante und Nichte zum Frühstück, im Verlauf dessen Mrs. Touchett, wie angekündigt, Gilbert Osmond mit keinem Wort erwähnte. Nach längerem Schweigen wollte sie jedoch von ihrer Nichte wissen, wer sie eine Stunde zuvor aufgesucht hatte.

»Ein alter Freund, ein amerikanischer Gentleman«, sagte Isabel mit Farbe auf den Wangen.

»Ein amerikanischer Gentleman – na, wer denn sonst! Nur ein amerikanischer Gentleman macht um zehn Uhr in der Frühe Besuche!«

»Es war halb elf, und er war in großer Eile. Er reist heute abend ab.«

»Hätte er nicht gestern vorbeischauen können, zu einer normalen Zeit?«

»Er kam ja gestern nacht erst an.«

»Er bleibt ganze vierundzwanzig Stunden in Florenz?« rief Mrs. Touchett. »Wahrhaftig, ein echter Amerikaner!«

»Das ist er allerdings«, sagte Isabel und erinnerte sich mit selbstquälerischer Bewunderung an all das, was Caspar Goodwood ihretwegen fertiggebracht hatte.

Zwei Tage später traf Ralph ein. Obwohl Isabel davon überzeugt war, daß Mrs. Touchett keine Zeit verloren und ihm die große Neuigkeit unverzüglich übermittelt hatte, ließ er sich zunächst nichts anmerken. Ihre erste Unterhaltung drehte sich natürlich um seinen Gesundheitszustand, und Isabel fragte ihn über Korfu aus. Sie war über seine äußere Erscheinung ganz entsetzt gewesen, als er ins Zimmer trat; sie hatte vergessen, wie schlecht er schon früher ausgesehen hatte. Jetzt aber wirkte er trotz Korfu richtig leidend, und sie fragte sich, ob es ihm tatsächlich schlechter ging oder ob sie es einfach nicht mehr gewohnt war, einen Kranken in ihrer unmittelbaren Umgebung zu haben. Der arme Ralph hatte sich mit zunehmendem Alter keineswegs dem konventionellen Ideal von Schönheit angenähert, und der nun anscheinend völlige Verlust seiner Gesundheit trug wenig dazu bei, die naturgegebene Eigenartigkeit seiner Erscheinung zu mildern. Zwar arg mitgenommen, doch noch immer wachsam und ironisch, glich sein Antlitz einer brennenden, mit Papier notdürftig verklebten Laterne, die unstet gehalten wurde. Sein dünner Backenbart hing matt über eingefallenen Wangen, die exorbitante Krümmung der Nase trat noch deutlicher hervor. Überhaupt war der ganze Mensch hager – hager und lang und schlaksig, eine zufallsbedingte Anordnung, irgendwie zusammengehalten von Knochen und erschlaffter Haut. Seine braune Samtjacke war mittlerweile zum Ganzjahreskleidungsstück geworden; die Hände schienen in den Hosentaschen festgewachsen, und er watschelte und stolperte und schlurfte auf eine Weise daher, die auf eine generelle körperliche Gebrechlichkeit hindeutete. Vielleicht war es genau dieser wunderliche Gang, der dazu beitrug, mehr als sonst seinen Charakter als den eines humorvollen Invaliden zu veranschaulichen; eines Invaliden, für den sogar die eigene Hinfälligkeit zum Bestandteil alles und alle umfassender Juxereien wurde. In der Tat mochte eine schwache Physis sehr wohl die Hauptursache für Ralphs Mangel an Ernsthaftigkeit darstellen, der seinen Blickwinkel gegenüber einer Welt bestimmte, die ihm keinen plausiblen Grund für seine fortdauernde Existenz in ihr geben konnte. Isabel war seine Häßlichkeit mehr und mehr ans Herz gewachsen, seine Unbeholfenheit war ihr lieb und teuer geworden. Beides hatte sich durch den Umgang mit ihm verklärt, und sie begriff diese Eigenschaften als die eigentlichen Voraussetzungen für den Charme, den er ausstrahlte. Einen solchen Charme besaß er, daß ihre bisherigen Vorstellungen vom Kranksein etwas Tröstliches beinhaltet hatten. Ralphs Gesundheitszustand war ihr nicht als eine Einschränkung erschienen, sondern eher als intellektueller Vorteil, der ihn von allen beruflichen und förmlichen

Gefühlswallungen suspendierte und ihm den Luxus kompromißloser Individualität ermöglichte. Die daraus resultierende Persönlichkeit war wunderbar. Ralph hatte sich als immun gegen die Fadesse des Siechtums erwiesen. Er hatte zwar akzeptieren müssen, elend krank zu sein, hatte es aber irgendwie geschafft, nicht andauernd wie ein elend Kranker auszusehen. Dieserart war das Bild der jungen Dame von ihrem Cousin beschaffen gewesen, und wenn sie ihn bemitleidet hatte, dann erst nach einigem Nachdenken. Und da sie ziemlich viel nachdachte, hatte sie ihm auch eine begrenzte Portion Mitgefühl zugestanden. Schon immer allerdings war da in ihr die Furcht gewesen, diese Substanz zu vergeuden, jene kostbare Essenz, die für den Spender wertvoller war als für irgend jemanden sonst. Jetzt aber bedurfte es keiner großen Feinfühligkeit, um zu spüren, daß des armen Ralph Lebensdauer sich als weniger dehnbar zeigte, als dies hätte der Fall sein sollen. Er war ein glänzender, freier, großherziger Geist; sein Verstand war hell und klar, ohne je in Pedanterie zu verfallen – und doch lag dieser Mensch schon jämmerlich und qualvoll im Sterben.

Isabel registrierte aufs neue, daß für einige Menschen das Leben zweifellos hart war, und sie spürte eine leichte Hitze der Beschämung, wenn sie daran dachte, wie problemlos es für sie selbst zu werden versprach. Sie war bereit, zur Kenntnis zu nehmen, daß Ralph sich über ihre Verlobung nicht freute. Doch war sie, trotz aller Zuneigung für ihn, nicht bereit, sich durch diese Tatsache die ganze Situation verleiden zu lassen. Sie war noch nicht einmal bereit – glaubte sie wenigstens –, sich über seinen Mangel an freudiger Anteilnahme zu ärgern, denn sie erachtete es als sein Privileg, ja als in seiner Natur liegend, daß er an jedem Schritt etwas auszusetzen hätte, den sie in Richtung auf eine Heirat hin tat. Alle Cousins mußten so tun, als haßten sie die Ehemänner ihrer Cousinen; so war es schon immer, so gehörte sich das. Es war auch Teil jener Verehrung, welche Cousins angeblich stets für ihre Cousinen empfinden. Ralph war ein äußerst kritischer Mensch, und obwohl sie glücklich gewesen wäre, wenn er oder irgend jemand sonst sich, unter gleichen Bedingungen, über ihre Heirat gefreut hätte, fand sie es doch grotesk, es für wesentlich zu halten, ob sich ihre Wahl mit seinen Ansichten deckte. Was waren das überhaupt für Ansichten? Er hatte den Anschein erweckt, als halte er eine Ehe mit Lord Warburton für besser – dies aber doch nur, weil sie jenen hervorragenden Mann abgelehnt hatte. Hätte sie ihn akzeptiert, hätte Ralph mit Sicherheit neue Töne angeschlagen, denn er bezog ohnehin immer die Gegenposition. Jede Heirat konnte man kritisieren! Es lag ja schier im Wesen einer Heirat, Kritik herauszufordern. Wie prächtig könnte sie selbst, würde sie sich entsprechend anstrengen, ihre eigene Eheschließung kritisieren! Allerdings war sie gerade anderweitig beschäftigt, und so war Ralph willkommen, weil er sie dieser Sorge enthob. Isabel war bereit zu absoluter Geduld und äußerster Nachsicht. Das mußte er doch erkannt haben, weshalb es um so befremdlicher war, daß er gar nichts sagte. Nachdem drei Tage verstrichen waren, ohne daß er etwas gesagt hatte, war unsere junge Dame das Warten leid. Auch wenn ihm das Ganze nicht paßte, so hätte er wenigstens die Form wahren können! Wir, die wir den armen Ralph besser kennen, als es seine Cousine tut, dürfen ohne weiteres glauben, daß er in den Stunden nach seinem Eintreffen im Palazzo Crescentini für sich selbst mehr als nur eine Form gewahrt hatte. Seine Mutter hatte ihn praktisch noch an der Haustür mit der großen Neuigkeit überfallen, die ihn spürbar mehr frösteln ließ als Mrs. Touchetts mütterlicher Kuß. Ralph war schockiert und beschämt gewesen; seine Berechnungen hatten sich als falsch herausgestellt, und die Person auf der ganzen Welt, der sein größtes Interesse galt, war nun verloren. Er trieb durchs Haus wie ein steuerloses Schiff in felsiger Strömung; er saß im Garten des Palazzo in einem großen Korbsessel, die langen Beine von sich gestreckt, den Kopf zurückgelegt und den Hut über die Augen geschoben. Kalt war ihm ums Herz, und noch nie war ihm irgend etwas mehr zuwider gewesen. Was konnte er tun, was konnte er sagen? Falls das Mädchen sich als unbelehrbar erwies: Konnte er dann Verständnis heucheln? Der Versuch, sie eines Bessern belehren zu wollen, war nur dann legitim, wenn er erfolgreich verlief. Der Versuch, sie davon zu überzeugen, daß der Mann, dessen undurchsichtigen Machenschaften sie erlegen war, etwas Gemeines und Unheilvolles an sich hatte, wäre nur dann schicklich und taktvoll, wenn sie sich überzeugen ließe. Ansonsten wäre das Experiment gleichbedeutend mit einem Verdammungsurteil für ihn selbst. Es war für ihn genauso anstrengend, diese Gedanken auszusprechen wie sie für sich zu behalten. Er konnte weder seine ehrliche Zustimmung geben noch mit Aussicht auf Erfolg protestieren. In der Zwischenzeit wußte er – beziehungsweise vermutete er –, daß das verlobte Paar täglich die gegenseitigen Schwüre erneuerte. Osmond ließ sich kaum mehr im Palazzo Crescentini blicken, doch Isabel traf ihn jeden Tag außerhalb, was ihr ja auch freistand, nachdem die Verlobung öffentlich bekanntgegeben war. Sie hatte sich für einen Monat eine Kutsche gemietet (um nicht bei ihrer Tante auch noch für das Transportmittel in der Schuld zu stehen, mit dem sie einen Weg einschlug, den Mrs. Touchett nicht billigte) und fuhr allmorgendlich zum Cascine-Park. Diese Vorstadtwildnis war in den frühesten Stunden des Tages menschenleer, und unsere junge Dame traf sich im stillsten Teil mit ihrem Geliebten, schlenderte mit ihm eine Weile durch die grauen italienischen Schatten und lauschte den Nachtigallen.

34. KAPITEL

Eines Morgens kehrte sie, ungefähr eine halbe Stunde vor dem Lunch, von ihrer Ausfahrt zurück, verließ ihr Gefährt im Hof des Palazzo, und anstatt die große Treppe hinaufzusteigen, überquerte sie den Hof, ging durch einen weiteren Bogengang hindurch und betrat den Garten. Zu dieser Stunde hätte man sich keinen lieblicheren Ort vorstellen können. Stille und Frieden der Mittagszeit lagen darüber, und der warme, reglose, von den Mauern eingefangene Schatten schuf lauschige Plätzchen von der Größe geräumiger Höhlen. Ralph saß dort, ganz eindeutig in Trübsal versunken, zu Füßen einer Statue der Terpsichore, einer tanzenden Nymphe mit spitz zulaufenden Fingern und gebauschten Gewändern im Stil Berninis. Die völlige Gelöstheit seiner Körperhaltung ließ Isabel zunächst vermuten, er schlafe. Ihre leichten Schritte im Gras hatten ihn nicht aufgeschreckt, und ehe sie sich wieder zum Gehen wandte, blieb sie kurz stehen, um ihn zu betrachten. In diesem Moment öffnete er die Augen, woraufhin sie sich in einem rustikalen Sessel niederließ, der das Gegenstück zu dem seinigen war. Obwohl sie ihn in ihrer Verärgerung der Teilnahmslosigkeit beschuldigt hatte, konnte sie dennoch vor der Tatsache nicht die Augen verschließen, daß er erkennbar über irgend etwas nachgrübelte. Allerdings hatte sie diese scheinbare Geistesabwesenheit teils einer Ermüdung auf Grund seiner zunehmenden Schwäche zugeschrieben, teils seiner Sorgen im Zusammenhang mit dem väterlichen Erbe – Ergebnis exzentrischer Arrangements, die Mrs. Touchett mißbilligte und die, wie sie Isabel erzählt hatte, nun auf Widerstand seitens der anderen Teilhaber der Bank stießen. Er hätte eigentlich nach England fahren sollen, sagte seine Mutter, anstatt nach Florenz zu kommen. Seit Monaten habe er sich dort nicht mehr blicken lassen, und er bringe für die Bank in etwa so viel Interesse auf wie für die Geschicke von Patagonien.

»Tut mir leid, daß ich dich weckte«, sagte Isabel. »Du siehst furchtbar müde aus.«

»Ich fühle mich auch furchtbar müde. Aber ich habe nicht geschlafen. Ich habe gerade an dich gedacht.«

»Und deshalb bist du müde?«

»Ja, ich bin es wirklich müde, darüber nachzudenken, denn es führt zu nichts. Das ist wie ein langer Weg, und ich komme nie an.«

»Wo willst du denn hingelangen?« bohrte sie nach und klappte ihren Sonnenschirm zusammen.

»An den Punkt, wo ich mir klar werde, was ich von deiner Verlobung halte.«

»Denk nicht zuviel darüber nach«, gab sie leichthin zurück.

»Soll das heißen, daß es mich nichts angeht?«

»Von einem gewissen Punkt an: ja.«

»Und diesen Punkt will ich eben herauskriegen. Ich hatte so eine Ahnung, du könntest meinen, mir fehle es an guten Manieren. Ich habe dir bis heute nicht gratuliert.«

»Natürlich ist mir das aufgefallen. Ich fragte mich, warum du so schweigsam bist.«

»Dafür gibt es eine ganze Reihe von Gründen. Ich werde sie dir gleich nennen«, sagte Ralph. Er nahm den Hut ab und legte ihn auf die Erde. Dann setzte er sich auf und sah sie an, lehnte sich zurück unter den Schutz Berninis, den Kopf gegen den Marmorsockel gelegt, die Arme zu beiden Seiten herabhängend, die Handflächen auf den Armlehnen des breiten Sessels. Er sah betreten drein, unangenehm berührt; er zögerte lange. Isabel sagte nichts. Wenn andere verlegen waren, tat ihr das meist leid, aber jetzt war sie fest entschlossen, Ralph nicht die geringste Hilfestellung für Formulierungen zu geben, welche ihrer hehren Entscheidung nicht zur Ehre gereichten. »Vermutlich habe ich meine Überraschung noch immer nicht überwunden«, sagte er endlich. »Du warst die allerletzte, von der ich angenommen hätte, daß sie ins Netz geht.«

»Ich weiß nicht, warum du von ›ins Netz gehen‹ sprichst.«

»Weil man dich in einen Käfig sperren wird.«

»Wenn mir mein Käfig gefällt, braucht das doch dich nicht zu stören«, antwortete sie.

»Genau darüber zerbreche ich mir ja den Kopf. Darüber denke ich ja andauernd nach.«

»Dann kannst du sicher leicht nachvollziehen, wie sehr ich mir den Kopf zerbrochen habe. Ich bin davon überzeugt, das Richtige zu tun.«

»Dann mußt du dich enorm verändert haben. Vor einem Jahr ging dir deine Freiheit über alles. Du wolltest unbedingt die Welt sehen.«

»Ich habe sie gesehen«, sagte Isabel. »Und ihre Weite ist, zugegeben, für mich im Moment nicht sonderlich verlockend.«

»Ich will auch nicht so tun, als sei sie es. Ich hatte bloß den Eindruck, daß du sie von einem positiven Blickwinkel aus betrachten und das ganze weite Feld vermessen wolltest.«

»Ich habe erkannt, daß man etwas so Umfassendes nicht schafft. Man muß sich eine Ecke suchen und die bestellen.«

»Das ist auch meine Meinung. Und man muß sich eine möglichst gute Ecke aussuchen. Den ganzen Winter über, wenn ich deine wunderbaren Briefe las, hatte ich keine Ahnung davon, daß du auf der Suche warst. Du hattest nichts davon erwähnt, und dein Schweigen hat meine Wachsamkeit erlahmen lassen.«

»Da war nichts, was ich dir hätte schreiben können. Außerdem kannte ich ja die Zukunft nicht. Es ist alles erst vor kurzem so gekommen. Andererseits: Wenn du in deiner ›Wachsamkeit‹ nicht ›erlahmt‹ wärst«, fragte Isabel, »was hättest du unternommen?«

»Ich hätte gesagt: Warte noch ein Weilchen.«

»Warten worauf?«

»Tja, auf ein bißchen Erleuchtung«, sagte Ralph mit reichlich albernem Lächeln, während seine Hände gleichzeitig ihren Weg in die Taschen fanden.

»Von woher hätte meine Erleuchtung kommen sollen? Von dir?«

»Ich hätte dir vielleicht ein oder zwei Lichter aufstecken können.«

Isabel hatte ihre Handschuhe ausgezogen; sie lagen auf ihrem Knie, und sie strich sie glatt. Die Sanftheit dieser Bewegung stand ganz und gar nicht im Zusammenhang mit ihrer Miene, die alles andere als versöhnlich war. »Du redest um den heißen Brei herum, Ralph. Du möchtest mir eigentlich sagen, daß du Mr. Osmond nicht magst, aber du hast Angst und traust dich nicht.«

»›Willens zu verletzen, und doch zu furchtsam zuzuschlagen‹? Ihn zu verletzen bin ich willens, jawohl, aber nicht dich. Vor dir habe ich Angst, nicht vor ihm. Solltest du ihn heiraten, dann habe ich mich jetzt in etwas hineingeredet.«

»Sollte ich ihn heiraten! Hast du ernsthaft geglaubt, du könntest mir das ausreden?«

»Das kommt dir jetzt natürlich ziemlich idiotisch vor.«

»Nein«, sagte Isabel nach kurzem Überlegen. »Es kommt mir rührend vor.«

»Das ist das gleiche. Ich stehe so lächerlich da, daß du Mitleid mit mir hast.«

Erneut strich sie ihre langen Handschuhe glatt. »Ich weiß, daß du mich sehr magst, und kann das nicht so ohne weiteres abschütteln.«

»Um Himmels willen, versuche es auch nicht! Halte dir das immer vor Augen. Es wird dir die Gewißheit geben, wie uneingeschränkt ich immer nur dein Bestes will.«

»Und wie wenig du mir traust!«

Eine Weile herrschte Schweigen; der warme Mittag schien zu lauschen. »Dir traue ich, aber ihm nicht«, sagte Ralph.

Sie hob das Antlitz und warf ihm mit großen Augen einen tiefen Blick zu. »Jetzt hast du es ausgesprochen, und ich bin froh, daß du das so klar gesagt hast. Aber es wird dir noch leid tun.«

»Nicht, wenn du fair bist.«

»Ich bin sehr fair«, sagte Isabel. »Welch besseren Beweis gibt es dafür als den, daß ich jetzt nicht wütend auf dich bin? Ich weiß auch nicht, was mit mir los ist, aber ich bin eben nicht wütend. Ich war es, als du anfingst, aber mein Zorn ist inzwischen verraucht. Vielleicht müßte ich jetzt wütend sein, aber Mr. Osmond wäre nicht dieser Meinung. Er will, daß ich alles kennenlerne; deswegen mag ich ihn ja so. Du hast nichts zu gewinnen, und das weiß ich. Ich bin, als unverheiratetes Mädchen, dir gegenüber nie so nett gewesen, als daß du jetzt viele Gründe hättest zu wünschen, ich möge dieses Mädchen bleiben. Du gibst sehr gute Ratschläge und hast sie oft gegeben. Nein, ich bin ganz ruhig; ich habe immer an deinen Scharfsinn geglaubt«, fuhr sie fort, ihre Ruhe demonstrativ zur Schau stellend, doch gleichzeitig mit irgendwie verhaltener Erregung in der Stimme. Es war ihr ein leidenschaftliches Anliegen, fair zu sein; es ergriff Ralph zutiefst und berührte ihn wie die zärtliche Geste eines Wesens, das er verletzt hatte. Er wollte sie unterbrechen, wollte sie beschwichtigen; für einen Augenblick war er auf eine groteske Weise inkonsequent; er hätte am liebsten alles wieder zurückgenommen, was er gesagt hatte. Doch ließ sie ihm dazu keine Chance. Sie machte weiter, erspähte – ihrer Einbildung nach – flüchtig die Möglichkeit zu heldenhafter Beweisführung und wollte in dieser Richtung fortfahren. »Ich sehe dir an, daß du gerade einen wichtigen Gedanken hast. Ich würde ihn sehr gerne hören. Ich bin mir sicher, es ist etwas Selbstloses; ich spüre das. Es kommt mir merkwürdig vor, darüber zu debattieren, und selbstverständlich müßte ich dir ein für allemal sagen: Solltest du erwarten, mir mein Vorhaben ausreden zu können, gibst du am besten gleich auf. Du wirst mich keinen Zentimeter von meiner Haltung abbringen. Dafür ist es zu spät. Wie du sagtest: Ich bin ins Netz gegangen. Ganz bestimmt ist es für dich nicht angenehm, daran erinnert zu werden, aber der Schmerz darüber entspringt deinen eigenen Gedanken. Ich werde dir niemals Vorwürfe machen.«

»Ich glaube nicht, daß du das je tun wirst«, sagte Ralph. »Deine Heirat hat nicht die geringste Ähnlichkeit mit dem, was ich mir vorgestellt hätte.«

»Und was wäre das gewesen, bitte sehr?«

»Tja, schwer zu sagen. Ein genaues, positives Bild hatte ich davon eigentlich nicht, aber ich hatte ein Negativ. Ich hätte jedenfalls nicht gedacht, daß du dir diesen – nun ja, einen solchen Typen aussuchen würdest.«

»Was ist mit Mr. Osmonds Typ, falls er ein solcher ist? Seine Unabhängigkeit, seine Individualität – das ist es, was ich in der Hauptsache in ihm sehe«, erklärte das Mädchen. »Was kennst du denn Nachteiliges an ihm? Du kennst ihn doch so gut wie gar nicht.«

»Ja«, sagte Ralph, »ich kenne ihn kaum, und ich gebe zu, ich habe keine handfesten Beweise dafür, daß er ein Gauner ist. Trotzdem komme ich nicht gegen mein Gefühl an, daß du ein ernstes Risiko eingehst.«

»Jede Ehe ist ein ernstes Risiko, und sein Risiko ist genauso ernst wie meines.«

»Das ist aber sein Problem! Wenn er jetzt weiche Knie kriegt, dann laß ihn doch ziehen! Bei Gott, ich wünschte, er täte es!«

Isabel lehnte sich in ihrem Sessel zurück, verschränkte die Arme und betrachtete ihren Cousin eine Weile. »Ich glaube, ich verstehe dich einfach nicht«, sagte sie schließlich kalt. »Ich habe keine Ahnung, wovon du eigentlich sprichst.«

»Ich nahm an, du würdest einen Mann von mehr Gewicht und Geltung heiraten.«

Als ›kalt‹ hatte ich ihren Ton bezeichnet, doch bei dieser Bemerkung schoß ihr die Farbe wie Feuer ins Gesicht. »Von mehr Gewicht und Geltung für wen? Es scheint mir ausreichend zu sein, wenn der Ehemann für einen selbst wichtig ist!«

Auch Ralph war rot geworden. Seine Haltung war ihm peinlich. Was die äußere anging, schickte er sich an, diese zu verändern; er richtete sich auf, beugte sich vor und legte eine Hand auf jedes Knie. Den Blick hielt er zu Boden gesenkt; seine Miene drückte absoluten Respekt und Behutsamkeit aus. »Ich werde dir gleich erklären, was ich meine«, sagte er kurz darauf. Er spürte, daß er aufgeregt und außerordentlich angespannt war. Nun da er die Diskussion entfacht hatte, wollte er auch das loswerden, was ihm im Kopf herumging. Aber er wollte gleichzeitig mit allergrößter Sanftheit vorgehen.

Isabel wartete ein wenig – und fuhr dann majestätisch fort. »In allen Dingen, um derentwillen man andere Menschen gern hat, ragt Mr. Osmond über den Durchschnitt hinaus. Da mag es durchaus noch edlere Charaktere geben, aber ich hatte noch nicht das Vergnügen, einen solchen kennenzulernen. Mr. Osmond ist der beste, den ich kenne. Für mich ist er gut genug und interessant genug und klug genug. Ich bin viel stärker von dem fasziniert, was er hat und was er darstellt, als von dem, was ihm vielleicht mangelt.«

»Ich hatte mir mit großem Vergnügen ein ganz reizendes Bild von deiner Zukunft ausgemalt«, bemerkte Ralph, ohne auf Isabels Feststellung einzugehen. »Ich hatte mich damit unterhalten, für dich ein edles Lebensziel zu entwerfen. Und darin war nichts dergleichen vorgesehen, wie zum Beispiel, daß du so schnell und so leicht abstürzt.«

»Abstürzt, sagtest du?«

»Na ja, das gibt meine Vorstellung von dem, was dir passiert ist, ganz gut wieder. Mir kam es so vor, als stiegst du ganz weit hinauf ins Blaue, als schwebtest du im strahlenden Licht nur so über die

Köpfe der Männer dahin. Und urplötzlich wirft da jemand eine welke Rosenknospe hinauf, ein Geschoß, das dich nie hätte erreichen dürfen – und schon fällst du wie ein Stein vom Himmel. Mir tut das weh«, sagte Ralph verwegen, »und zwar so, als wäre ich selbst abgestürzt.«

Der Ausdruck von Schmerz und Bestürzung verstärkte sich in der Miene seiner Zuhörerin. »Ich habe nicht die geringste Ahnung, wovon du sprichst«, wiederholte sie. »Du sagst, du hast dich mit einem Entwurf für meinen Lebensweg amüsiert. Das verstehe ich nicht. Amüsiere dich bloß nicht zu sehr, sonst muß ich annehmen, daß du das auf meine Kosten tust.«

Ralph schüttelte den Kopf. »Ich befürchte eigentlich nicht, daß du es mir nicht abnimmst, welch großartige Vorstellungen ich von deiner Zukunft hatte.«

»Was meinst du denn mit meinem ›Hinaufsteigen‹ und ›Dahinschweben‹?« insistierte sie. »Ich habe mich noch nie auf einer höheren Ebene bewegt als auf der jetzigen. Und für ein Mädchen gibt es nichts Höheres als zu heiraten, und zwar einen – jemanden, den sie gern hat«, sagte die Arme mit einem Abstecher ins Schulmeisterliche.

»Dieses Gernhaben jenes Jemands, von dem wir gerade sprechen, ist es ja, das ich zu kritisieren wage, geliebte Cousine. Ich hätte angenommen, daß der Mann für dich von seinem Charakter her unternehmungslustiger, vorurteilsfreier, offener wäre.« Ralph zögerte und fuhr dann fort: »Ich werde einfach das Gefühl nicht los, daß Osmond irgendwie – ja, bloß bescheidener Durchschnitt, ein Kleingeist ist.« Letztes hatte er ohne großen Nachdruck vorgebracht; er fürchtete, sie würde wieder aufbrausen. Aber zu seiner Überraschung blieb sie ruhig; ihre Miene signalisierte Nachdenklichkeit.

»Ein Kleingeist?« Aus ihrem Mund klang es riesig.

»Ich halte ihn für beschränkt und egoistisch. Er nimmt sich selbst viel zu wichtig.«

»Er hat große Achtung vor sich selbst. Ich werfe ihm das nicht vor«, sagte Isabel. »Dadurch respektiert man doch die anderen nur um so mehr.«

Kurzfristig fühlte sich Ralph durch ihren vernünftigen Ton wieder auf sicherem Grund. »Ja, aber alles ist relativ. Man sollte sich immer in Beziehung setzen zu anderen Dingen, zu anderen Menschen. Und das tut Mr. Osmond meines Erachtens nicht.«

»Mich betrifft am meisten seine Beziehung zu mir, und in dieser Hinsicht ist er hervorragend.«

»Er ist die Verkörperung des guten Geschmacks«, fuhr Ralph fort und überlegte angestrengt, wie er Gilbert Osmonds schlechte Eigenschaften artikulieren konnte, ohne sich selbst dadurch ins Unrecht zu setzen, daß er ihn zu undifferenziert beschrieb. Er wollte ihn unpersönlich, wissenschaftlich objektiv beschreiben. »Er beurteilt und mißt, billigt und verdammt ausschließlich nach diesem Maßstab.«

»Dann ist es ja ein besonders glücklicher Umstand, daß er einen solch erlesenen Geschmack hat.«

»Der ist in der Tat erlesen, denn durch ihn ist seine Wahl auf dich als seine Braut gefallen. Aber hast du es schon einmal erlebt, wenn ein Mensch mit einem solch wirklich erlesenen Geschmack wütend wird?«

»Ich hoffe, mir bleibt das Schicksal erspart, jemals meinen Gemahl zu enttäuschen.«

Bei diesen Worten ging mit Ralph die Leidenschaft durch. »Das ist doch der reine Eigensinn und unter deiner Würde! Du bist doch nicht dafür geschaffen, daß man dich an einem solchen Maßstab mißt. Du bist für etwas Besseres geschaffen, als andauernd auf die Empfindlichkeiten eines impotenten Dilettanten aufpassen zu müssen!«

Isabel war rasch aufgesprungen und Ralph ebenfalls, so daß sie sich kurz gegenüberstanden und einander ansahen, als hätte Ralph sie bewußt herausgefordert oder ihr eine Kampfansage hingeschleudert. Doch sie hauchte nur: »Jetzt gehst du zu weit.«

»Ich habe das gesagt, was mir auf der Seele lag, und ich habe es gesagt, weil ich dich liebe!«

Isabel wurde blaß. War er auch einer auf dieser leidigen Liste? Sie verspürte den jähen Wunsch, ihn davon zu streichen. »Ach, dann bist du doch nicht so uneigennützig?«

»Ich liebe dich zwar, aber diese Liebe ist ohne Hoffnung«, sagte Ralph schnell, zwang sich zu einem Lächeln und begriff, daß er mit dieser letzten Erklärung mehr preisgegeben hatte, als er beabsichtigte.

Isabel ließ ihn stehen und betrachtete die sonnenbeschienene Ruhe des Gartens. Nach einer Weile wandte sie sich wieder Ralph zu. »In diesem Fall wird dein Gerede wohl nichts weiter als wilde Verzweiflung gewesen sein. Ich verstehe es zwar nicht, aber das macht auch nichts. Ich streite mich nicht mit dir, was ich auch gar nicht fertigbrächte. Ich habe nur versucht, dir zuzuhören. Ich danke dir dafür, daß du dir die Mühe gemacht hast, mir deine Einstellung zu erklären«, sagte sie nachsichtig, als sei der Zorn, mit dem sie aufgesprungen war, bereits wieder verflogen. »Es ist sehr nett von dir, daß du mich warnen wolltest, wenn du wirklich so beunruhigt bist. Aber ich verspreche gar nicht erst, daß ich mir das alles durch den Kopf gehen lassen werde, was du gesagt hast. Ich werde es so rasch wie möglich wieder vergessen. Versuch du es ebenfalls zu vergessen. Du hast deine Pflicht getan, und mehr kann ein Mann nicht tun. Ich kann dir nicht erklären, was ich fühle, was ich glaube, und selbst wenn ich es könnte, würde ich es nicht tun.« Sie legte eine Pause ein, um dann mit einer Unlogik fortzufahren, die Ralph sogar inmitten seines angestrengten Bemühens registrierte, aus ihrer Rede die Andeutung eines Zugeständnisses herauszuhören. »Ich kann deine Vorstellung von Mr. Osmond nicht teilen. Ich kann da nicht fair sein, weil ich ihn ganz anders sehe. Er hat kein Gewicht – nein, Gewicht hat er nicht. Er ist ein Mann, dem Gewicht und Geltung im höchsten Maß gleichgültig sind. Wenn es das ist, was du mit ›Kleingeist‹ ausdrücken wolltest, dann ist er eben ein Kleingeist, bitte sehr. Ich nenne das großzügig. Für mich ist es das Großzügigste, was ich kenne. Aber ich werde mich nicht mit dir über einen Menschen streiten, den ich im Begriff bin zu heiraten«, wiederholte Isabel. »Ich denke nicht im mindesten daran, Mr. Osmond zu verteidigen; schließlich ist er nicht so schwach, als daß er meine Verteidigung bräuchte. Vermutlich kommt es sogar dir sonderbar vor, daß ich so ruhig und kalt über ihn spreche, als sei er sonst jemand. Außer mit dir würde ich sowieso mit keinem über ihn sprechen. Und dir antworte ich jetzt – nach dem, was du gesagt hast – ein für allemal: Würdest du dir, bitte sehr, wünschen, daß ich eine Geldheirat einginge? Das, was man eine ambitionierte Ehe nennt? Ich habe nur einen einzigen Ehrgeiz: die Freiheit zu haben, einem guten Gefühl folgen zu können. Früher hatte ich andere Ambitionen, aber die sind wieder vergangen. Beschwerst du dich, weil Mr. Osmond nicht reich ist? Genau aus diesem Grund mag ich ihn ja. Glücklicherweise habe ich nun genug Geld, und noch nie bin ich dafür so dankbar gewesen wie heute. Zwischendurch gibt es Augenblicke, da möchte ich am liebsten am Grab deines Vaters niederknien. Er hat damals vielleicht ein besseres Werk vollbracht, als er ahnte, indem er mir die Möglichkeit gab, einen armen Mann zu heiraten –

einen Mann, der schon die ganze Zeit seine Armut mit einer solchen Würde trägt, mit solcher Gleichgültigkeit. Mr. Osmond ist nie dem Geld nachgejagt, hat nie darum gekämpft, hat sich nie etwas aus weltlicher Anerkennung gemacht. Wenn das beschränkt ist, wenn das egoistisch ist, dann soll es mir recht sein. Solche Begriffe schrecken mich nicht, sie verärgern mich nicht einmal. Mir tut es nur leid, daß du einem Irrtum aufsitzt. Bei anderen hätte ich damit gerechnet, aber bei dir wirklich nicht. Du solltest eigentlich einen Gentleman erkennen, wenn du einen siehst. Gerade du solltest einen kultivierten Geist als solchen erkennen, Mr. Osmond sitzt keinerlei Irrtümern auf! Er weiß alles, versteht alles, hat den liebenswürdigsten, edelsten, feinsten Charakter. Du hast dich in eine völlig falsche Idee verrannt. Das ist zwar jammerschade, aber ich kann es nicht ändern. Und außerdem betrifft dich das mehr als mich.« Isabel machte eine kleine Pause und warf ihrem Cousin einen Blick zu, in dem das Licht einer Empfindung leuchtete, die im Widerspruch stand zu der betonten Gelassenheit ihres Gebarens – eine gemischte Empfindung, die sich zu gleichen Teilen aus dem von seinen Worten hervorgerufenen Zorn und Schmerz sowie aus dem verletzten Stolz zusammensetzte, eine Wahl rechtfertigen zu müssen, die für sie selbst ausschließlich von Qualitäten wie ›edle Gesinnung‹ und ›Lauterkeit‹ bestimmt worden war. Obwohl sie verstummte, sagte Ralph nichts; er erkannte, daß sie noch mehr zu sagen hatte. Sie war großartig und imposant, aber gleichzeitig auch im höchsten Maße angestrengt; sie tat distanziert und war doch zugleich voller Leidenschaft. »Welch eine Sorte Mensch hätte ich denn deiner Ansicht nach heiraten sollen?« fragte sie unvermittelt. »Du redest da von ›hinaufsteigen‹ und ›dahinschweben‹, aber falls man überhaupt heiratet, dann hat man erst einmal Bodenberührung. Man hat menschliche Gefühle und Bedürfnisse, man hat ein Herz in der Brust und man muß ein ganz bestimmtes Individuum heiraten. Deine Mutter hat es mir nie verziehen, daß ich mit Lord Warburton nicht zu einem besseren Einverständnis gelangt bin, und sie ist entsetzt darüber, daß ich mich mit einem Menschen begnüge, der nicht einen seiner großen Vorzüge aufweist: keinen Besitz, keine Titel, keine Auszeichnungen, weder Häuser noch Ländereien, noch eine Position, noch eine Reputation oder sonstiges brillantes Drumherum. Es ist genau diese vollständige Abwesenheit solcher Dinge, die mir gefällt. Mr. Osmond ist weiter nichts als

ein sehr einsamer, sehr kultivierter und sehr ehrlicher Mann –
und kein überlebensgroßer Grundbesitzer.«

Ralph hatte mit konzentrierter Aufmerksamkeit zugehört, als
verdiente alles, was sie vorbrachte, tiefgründige Beachtung. In
Wirklichkeit dachte er aber nur halbherzig über das nach, was
sie sagte, und war ansonsten damit beschäftigt, das Gewicht seines Gesamteindrucks von ihr auszutarieren, des Eindrucks von
einem inbrünstigen Vertrauen in die Zukunft. Sie war im Irrtum,
aber gläubig; sie war voller Illusionen, aber sie war entsetzlich
konsequent. Es war so wunderbar typisch für sie, diese prächtige
Theorie über Gilbert Osmond aufzustellen, wonach sie ihn nicht
wegen dem liebte, was er tatsächlich besaß, sondern wegen
seiner Armseligkeiten, die sie zu Tugenden verklärte. Ralph
erinnerte sich an das Gespräch mit seinem Vater, dem er damals
von seinem Wunsch erzählt hatte, ihr die Mittel zu verschaffen,
damit sie die Bedürfnisse ihrer Phantasie befriedigen könne.
Das war ihm gelungen, und das Mädchen hatte sich dieses
Überflusses uneingeschränkt bedient. Der arme Ralph fühlte
sich elend; er fühlte sich beschämt. Isabel hatte ihre letzten
Worte mit der leisen Feierlichkeit der Überzeugung geäußert
und die Diskussion damit praktisch beendet; sie schloß sie auch
formell, indem sie sich umdrehte und zurück ins Haus ging.
Ralph ging neben ihr, und zusammen schritten sie durch den
Hof und kamen an der großen Treppe an. Dort blieb er stehen,
und auch Isabel hielt inne und zeigte ihm eine Miene freudiger
Erregung und allumfassender und widersinniger Dankbarkeit.
Durch seinen Widerspruch war ihr ihr eigenes Verhalten erst
richtig klar geworden. »Gehst du nicht mit hinauf zum Frühstück?«

»Nein, ich will kein Frühstück. Ich habe keinen Hunger.«

»Du solltest aber etwas essen«, sagte das Mädchen. »Du lebst
ja bloß von der Luft.«

»Stimmt, zum großen Teil, und deshalb gehe ich in den
Garten zurück und nehme mir noch einen Mundvoll. Ich bin
nur bis hierher mitgekommen, um noch folgendes loszuwerden:
Vergangenes Jahr erzählte ich dir, daß ich mir, solltest du in
Schwierigkeiten geraten, verraten und verkauft vorkäme. Und
so komme ich mir heute vor.«

»Du glaubst, ich befinde mich in Schwierigkeiten?«

»Man befindet sich in Schwierigkeiten, wenn man sich im
Irrtum befindet.«

»Na schön«, sagte Isabel, »ich werde mich niemals bei dir über meine Schwierigkeiten beklagen!« Und damit stieg sie die Treppe hinauf.

Ralph stand da, die Hände in den Taschen, und folgte ihr mit den Augen. Dann ergriff ihn die latente Kälte des von einer hohen Mauer umgebenen Hofes und ließ ihn frösteln, woraufhin er in den Garten zurückkehrte, um dort vom Florentiner Sonnenschein zu frühstücken.

35. KAPITEL

Wenn Isabel mit ihrem Liebsten durch die Cascine schlenderte, verspürte sie kein Bedürfnis, ihm zu erzählen, wie wenig er im Palazzo Crescentini geschätzt wurde. Die diskrete Opposition, auf die ihre Heirat seitens ihrer Tante und ihres Cousins stieß, hinterließ im großen und ganzen wenig Eindruck bei ihr. Im Kern lief es einfach darauf hinaus, daß sie eine Abneigung gegen Gilbert Osmond hatten. Diese Abneigung war für Isabel kein Grund zur Beunruhigung; sie bedauerte sie nicht einmal, denn sie diente ihr hauptsächlich dazu, die in jeder Hinsicht so ehrenhafte Tatsache, daß sie zu ihrem eigenen Vergnügen heiratete, um so deutlicher hervortreten zu lassen. Andere Dinge tat man, um anderen Menschen einen Gefallen zu tun. Dies aber tat man vor allem um der eigenen Zufriedenheit willen, und Isabels Zufriedenheit wurde durch das bewundernswerte, vorbildliche Verhalten ihres Liebsten nur bestätigt. Gilbert Osmond war verliebt, und nie hatte er weniger als in diesen stillen, sonnigen Tagen, deren jeder einzelne gezählt war und die der Erfüllung all seiner Hoffnungen vorangingen, die harsche Kritik verdient, die Ralph Touchett an ihm übte. Der vorwiegende Eindruck, den diese Kritik in Isabels Seele hinterließ, war der, daß die Leidenschaft der Liebe ihr Opfer auf grausame Weise von allen anderen, außer vom geliebten Objekt, absondert. Sie fühlte sich von allen, die sie jemals zuvor gekannt hatte, losgelöst: von ihren beiden Schwestern, die schriftlich und pflichtschuldigst ihrer Hoffnung, sie möge glücklich werden, sowie, etwas weniger deutlich, der Überraschung Ausdruck verliehen, daß sie sich nicht einen Lebensgefährten ausgesucht hatte, welcher der Held einer reichhaltigeren Anhäufung von Anekdoten gewesen wäre; von Henrietta, die mit Sicherheit, wenn auch zu spät, herüberkommen würde, um ihr Vorhaltungen zu machen; von Lord Warburton, der sich gewißlich selbst zu trösten verstand, und von Caspar Goodwood, der dies vielleicht nicht tat; von ihrer Tante, die kaltherzige, oberflächliche Vorstellungen von der Ehe hatte, welche Isabel bedenkenlos der Geringschätzung anheimgeben konnte; und von Ralph, dessen Gerede von den großartigen Perspektiven, die er für sie sah, nichts weiter als ein grillenhafter Vorwand für seine persönliche Enttäuschung war. Ralph wollte ganz augenscheinlich, daß sie überhaupt nicht heiratete – darauf lief es nämlich insgesamt hinaus –, weil er sich an dem Spektakel ihrer Abenteuer als alleinstehende Frau verlustieren wollte. In seiner Enttäuschung und seinem Zorn äußerte er schlimme Dinge über den Mann, dem sie sogar ihm gegenüber den Vorzug gegeben hatte. Isabel schmeichelte sich mit der Vorstellung von einem wütenden Ralph. Diese Vorstellung zu hegen war für sie um so leichter, als sie, wie schon gesagt, im Augenblick nur wenige freie oder ungebundene Gefühlsregungen für Unwichtiges übrig hatte, als sie es als eine Nebensächlichkeit, eigentlich als ein dekoratives Detail ihres Loses hinnahm, daß einem Gilbert Osmond den Vorzug zu geben, wie sie es tat, notgedrungen auch hieß, alle anderen Bindungen zu lösen. Sie verkostete die Süße dieses Vorzugs und wurde sich, beinahe mit ehrfürchtiger Scheu, des boshaften und mitleidlosen Elements im wechselvollen Zustand der Verzauberung und der Obsession bewußt, soviel Ehrenhaftigkeit und Tugend man dem Verliebtsein traditionellerweise auch unterstellte. Dies war der tragische Teil des Glücks; des einen Freud' war immer zugleich des andern Leid.

Die Euphorie des Erfolgs, deren Flammen in Osmonds Innerem dieser Tage auf jeden Fall hoch loderten, erzeugte indes recht wenig Rauch für ein so brillantes Feuer. Zufriedenheit nahm bei ihm niemals vulgäre Formen an. Erregung war für diesen ichbezogensten aller Männer gleichbedeutend mit einer Art Ekstase der Selbstbeherrschung. Dieser Charakterzug jedoch machte ihn zu einem bewunderungswürdigen Liebhaber; er verlieh ihm das beständige Aussehen des Hingerissenen und Verliebten. Er vergaß sich, wie gesagt, nie; und so vergaß er nie, taktvoll und liebevoll zu sein und sich den Anschein aufgewühlter Sinne und aufrichtiger Absichten zu geben, was ihm in der Tat keinerlei Schwierigkeiten bereitete. Er war von seiner jungen Dame immens angetan; Madame Merle hatte ihm da ein Geschenk von unermeßlichem Wert gemacht. Was konnte es Besseres geben, als mit einem lebhaften, klugen Geist, den man sich weich und zart heranzog, zusammenzuleben? Hatte man dann nicht diese Weichheit und Zartheit ganz für sich allein, während die eher anstrengende Komponente für die Gesellschaft reserviert blieb, die ja ohnedies die Attitüde von Großartigkeit bewunderte? Welch beglückenderes Talent konnte eine Lebensgefährtin mitbringen als einen rasch auffassenden, phantasievollen Verstand, der einem Wiederholungen ersparte und die eigenen Gedanken wie auf einer polierten, anmutigen und eleganten Oberfläche widerspiegelte? Osmond haßte es, wenn man seine Gedankengänge wortwörtlich nachplapperte, wodurch diese nur abgedroschen und geistlos klangen. Er zog es vor, wenn sie durch die Wiedergabe neu belebt wurden, etwa wie bedeutungsschwere Worte durch musikalische Untermalung. Seine Selbstgefälligkeit hatte sich nie so primitiv geäußert, daß er sich eine begriffsstutzige Frau gewünscht hätte. Der Verstand der in Frage kommenden Dame hatte ein Silberteller zu sein, kein irdenes Geschirr; ein Teller, auf den er reife Früchte häufen konnte, für die das Edelmetall das dekorative Element beisteuerte, so daß ein Gespräch für ihn zum krönenden Dessert wurde. In Isabel fand er die Qualität des Silbers in Vollendung. Er brauchte nur mit dem Fingerknöchel gegen ihre Vorstellungskraft zu klopfen, und schon brachte er sie zum Klingen. Er wußte sehr genau, ohne daß es ihm jemand gesagt hätte, daß die Verbindung zwischen ihm und ihr vor den Augen von Isabels Verwandtschaft wenig Gnade fand; doch hatte er sie stets so uneingeschränkt als eine unabhängige Person behandelt, daß es kaum nötig zu sein schien, Bedauern über die Einstellung ihrer Familie zu äußern. Nichtsdestoweniger spielte er eines Morgens unvermittelt darauf an. »Es sind unsere unterschiedlichen Vermögensverhältnisse, die sie stören«, sagte er. »Sie glauben, ich sei in dein Geld verliebt.«

»Sprichst du jetzt von meiner Tante und von meinem Cousin?« fragte Isabel. »Woher weißt du, was sie glauben?«

»Du hast mir nichts davon erzählt, daß sie sich freuen, und kürzlich schrieb ich Mrs. Touchett ein paar Zeilen, die sie bis heute nicht beantwortet hat. Wären sie begeistert gewesen, hätten sie es mich irgendwie wissen lassen, und die offensichtlichste Erklärung für ihre Reserviertheit ist die Tatsache, daß ich arm bin und du reich. Selbstverständlich muß sich ein armer Mann, der ein reiches Mädchen heiratet, auf Unterstellungen gefaßt machen. Die sind mir gleichgültig. Mir ist nur eine einzige Sache nicht gleichgültig, daß nämlich du niemals den Schatten eines Zweifels hegst. Mir ist es egal, was die anderen denken, von denen ich sowieso nichts will. Wahrscheinlich bin ich noch nicht einmal fähig, es wissen zu wollen. Ich habe mich noch nie für die anderen interessiert, Gott vergebe mir, warum sollte ich dann ausgerechnet heute damit beginnen, wo mir eine Entschädigung für all das zuteil wird? Ich will gar nicht erst so tun, als täte es mir leid, daß du reich bist. Mir gefällt es; mir gefällt alles, was zu dir gehört, ob es Geld oder Tugend ist. Dem Geld nachzurennen, ist gräßlich, aber ihm zu begegnen, ist ganz reizend. Ich glaube allerdings, daß ich die Begrenztheit meines Verlangens danach bereits zur Genüge bewiesen habe. Mein ganzes Leben lang habe ich noch nicht versucht, Geld zu verdienen, und von daher sollte ich weitaus weniger irgendwelchen Verdächtigungen ausgesetzt sein als die meisten von denen, die man schaffen und raffen sieht. Vermutlich ist es ihre Pflicht, daß sie mich verdächtigen, deine Verwandten, und so gehört sich das wohl auch. Eines Tages werden sie mich diesbezüglich sympathischer finden; und du übrigens auch. In der Zwischenzeit besteht meine Aufgabe nicht darin, mich zu grämen, sondern ganz einfach dankbar zu sein für das Leben und die Liebe.« – »Die Liebe zu dir hat aus mir einen besseren Menschen gemacht«, sagte er bei anderer Gelegenheit. »Sie hat mich weiser und unbeschwerter gemacht und – das will ich gar nicht erst abstreiten – heiterer und liebenswürdiger und sogar stärker. Früher hatte ich immer eine Menge Wünsche und ärgerte mich, wenn ich nicht bekam, was ich wollte. Theoretisch war ich ganz zufrieden, wie ich dir schon erzählte. Ich schmeichelte mir damit, meine Bedürfnisse eingeschränkt zu haben. Aber ich war leicht gereizt; ich litt unter selbstzerstörerischen, sinnlosen, unausstehlichen Anfällen von Hunger und Begierde. Heute bin ich wirklich zufrieden, weil ich mir nichts Besseres vorstellen kann. Es ist ungefähr so, als hätte man versucht, in der Dämmerung ein Buch zu entziffern, und plötzlich geht ein Licht an. Ich hatte mir über dem Buch des Lebens die Augen ruiniert und dabei nichts gefunden, was mich für meine Mühen entschädigt hätte. Aber jetzt, wo ich es richtig lesen kann, erkenne ich, daß es sich um eine wunderbare Geschichte handelt. Mein geliebtes Mädchen, ich kann dir gar

nicht beschreiben, wie herrlich sich das Leben vor uns zu er-
strecken beginnt – welch langer Sommernachmittag da auf uns
wartet. Es ist die zweite Hälfte eines italienischen Tages, mit
einem goldenen Dunstschleier, und die Schatten werden allmählich länger, und dann ist da dieser feine, himmlische Hauch
im Licht, in der Luft, in der Landschaft, die ich schon mein
ganzes Leben lang geliebt habe und die auch dir heute gefällt.
Bei meiner Ehre: Ich sehe keinen Grund, warum wir nicht miteinander auskommen sollten. Wir haben, was das Herz begehrt,
ganz zu schweigen davon, daß wir einander haben. Wir haben
die Fähigkeit zur Bewunderung und mehrere vorzügliche Prinzipien. Wir sind nicht dumm, nicht von niederer Gesinnung,
weder mit Ignoranz noch mit Trübsal geschlagen. Du bist von
bemerkenswert blühender Jugendlichkeit, und ich bin bemerkenswert gut erhalten und ausgereift. Wir haben meine arme
Tochter zu unserer Unterhaltung; wir werden uns bemühen und
uns ein schönes Leben für sie ausdenken. Alles ist angenehm
und dezent und hat italienisches Kolorit.«

Sie schmiedeten viele Pläne, ließen sich aber auch gegenseitig
viel Bewegungsfreiheit. Allerdings stand es so gut wie fest, daß sie
fürs erste in Italien leben würden. In Italien hatten sie sich
kennengelernt, Italien war mit von der Partie gewesen, als sie
ihre ersten Eindrücke voneinander gewannen, und Italien sollte
der Dritte im Bunde ihres Glücks sein. Osmonds Bindung an das
Land beruhte auf alter Vertrautheit; für Isabel hatte es den Reiz
des Neuen, und es schien ihr eine Zukunft auf einer hohen
Ebene bewußter Ästhetik zu garantieren. Der Drang nach uneingeschränkter Entfaltung war in ihrem Herzen von dem Gefühl
abgelöst worden, daß das Leben leer sei ohne eine persönliche
Aufgabe, in welcher sich die eigenen Energien punktförmig
bündelten. Sie hatte Ralph erzählt, sie habe in den ein, zwei
Jahren »die Welt gesehen« und sei ihrer bereits müde geworden,
zwar nicht der Welt an sich, doch des Betrachtens derselben. Was
war aus all ihren Begeisterungen, ihren Vorsätzen, ihren Theorien, ihrer unbedingten Wertschätzung der eigenen Unabhängigkeit und ihrer früheren Überzeugung, daß sie nie heiraten
würde, geworden? All das war in einem viel einfacheren Bedürfnis aufgegangen – einem Bedürfnis, dessen Befriedigung unzählige Fragen einfach hinwegfegte, aber gleichzeitig unendlich
viele Sehnsüchte stillte. Es vereinfachte ihre Situation mit einem
Schlag; es kam wie das Licht der Sterne von oben über sie und

bedurfte keiner Erklärung. Die Tatsache, daß er ihr Geliebter, ihr eigen war und sie ihm von Nutzen sein konnte, war Erklärung genug. Sie konnte sich ihm hingeben mit einer Art Demut, sie konnte ihn heiraten mit einer Art Stolz. Jetzt nahm sie nicht mehr nur, jetzt gab sie auch.

Zwei- oder dreimal brachte er Pansy in die Cascine mit. Pansy war nur wenig größer als ein Jahr zuvor und sah auch nicht viel älter aus. Daß sie stets ein Kind bleiben würde, war die von ihrem Vater geäußerte Überzeugung, der sie noch in ihrem sechzehnten Lebensjahr bei der Hand hielt und sie zum Spielen fortschickte, während er sich mit der hübschen Dame ein wenig niederließ. Pansy trug ein kurzes Kleid und einen langen Mantel. Ihr Hut sah immer zu groß für sie aus. Sie machte sich einen Spaß daraus, mit schnellen, kurzen Schritten bis ans Ende der Allee zu gehen und dann wieder zurückzukommen mit einem Lächeln, das um ein Lob zu bitten schien. Isabel lobte sie überschwenglich, und in dieser Überschwenglichkeit lag genau jene persönliche Note, nach der sich die liebesbedürftige Natur des Mädchens sehnte. Isabel beobachtete Pansys Verhaltensweisen, als hänge für sie selbst viel von ihnen ab, und so stellte Pansy bereits einen Teil der Dienste dar, die sie erweisen, einen Teil jener Verantwortung, der sie sich stellen konnte. In den Augen ihres Vaters war die Kleine noch ein solches Kind, daß er ihr nichts von der neuen Beziehung erzählt hatte, in der er nunmehr zu der eleganten Miß Archer stand. »Sie weiß nichts«, sagte er zu Isabel, »sie ahnt nichts. Sie hält es für absolut normal, daß du und ich uns hier treffen und einfach als gute Freunde ein wenig herumspazieren. Für mich hat das etwas hinreißend Unschuldiges an sich; so habe ich sie am liebsten. Nein, ich bin nicht der Versager, für den ich mich hielt. Zwei Dinge sind mir gelungen: Ich werde die Frau heiraten, die ich innig liebe, und ich habe mein Kind auf die althergebrachte Weise erzogen, so wie ich es wollte.«

Bei allen Dingen lag ihm »das Althergebrachte« sehr am Herzen, was Isabel schon als einer seiner edlen, ruhigen, aufrichtigen Wesenszüge aufgefallen war. »Ich denke allerdings, daß du erst dann wissen wirst, ob es dir gelungen ist, wenn du es ihr erzählst«, sagte sie. »Du mußt erst abwarten, wie sie deine Mitteilung aufnimmt. Sie könnte entsetzt sein, sie könnte eifersüchtig sein.«

»Davor habe ich keine Angst; sie hat ja schon jetzt und ganz von sich aus einen Narren an dir gefressen. Ich möchte sie gern noch ein wenig länger im dunkeln lassen, um zu sehen, ob ihr von allein der Gedanke kommt, daß wir uns verloben sollten, falls wir es noch nicht getan hätten.«

Isabel war beeindruckt von Osmonds künstlerischer, irgendwie bildhauerischer Wahrnehmung von Pansys Unschuld, während die ihre eine eher bänglich moralische war. Nichtsdestoweniger freute sie sich wahrscheinlich, als er ihr wenige Tage später erzählte, daß er seiner Tochter Mitteilung gemacht habe, woraufhin diese spontan eine so nette kleine Rede gehalten habe: »Oh, da kriege ich ja eine hübsche Schwester!« Sie sei weder überrascht noch bestürzt gewesen; sie habe auch nicht geweint, wie er erwartet hatte.

»Vielleicht hat sie es doch geahnt«, meinte Isabel.

»Sag so etwas nicht! Es würde mich anwidern, wenn ich das glauben müßte. Ich ging davon aus, daß es ihr einen kleinen Schock versetzen würde. Aber die Art und Weise, wie sie es aufnahm, beweist, daß ihre guten Manieren einfach nicht zu überbieten sind. Das ist auch etwas, was ich mir gewünscht habe. Morgen kannst du dich selbst davon überzeugen; sie wird dir persönlich gratulieren.«

Das Zusammentreffen fand anderntags bei der Gräfin Gemini statt, wohin Pansy von ihrem Vater geleitet worden war, der wußte, daß Isabel dort am Nachmittag einen Besuch erwidern wollte, den ihr die Gräfin auf Grund der Nachricht abgestattet hatte, daß sie beide nun Schwägerinnen werden würden; als sie in der Casa Touchett vorgesprochen hatte, war Isabel nicht zu Hause gewesen. Nachdem unsere junge Dame in den Salon der Gräfin gebeten worden war, erschien zunächst Pansy und vermeldete, ihre Tante werde sich sogleich einfinden. Pansy verbrachte schon den ganzen Tag bei besagter Dame, die ihre Nichte nunmehr für alt genug hielt, um zu lernen, wie man sich in Gesellschaft bewegte. Nach Isabels Ansicht hätte eher das kleine Mädchen ihrer Verwandten Unterricht in Benimm geben können, und nichts rechtfertigte diese Überzeugung mehr als die Art und Weise, mit der Pansy ihre Wohlerzogenheit unter Beweis stellte, während sie beide auf die Gräfin warteten. Ein Jahr zuvor hatte sich ihr Vater schließlich doch entschlossen, sie noch einmal für den letzten erzieherischen Schliff ins Kloster zurückzuschicken, und Madame Catherine hatte offenbar ihre Theorie in die Praxis umgesetzt und Pansy auf die große Welt vorbereitet.

»Papa hat mir gesagt, daß Ihr liebenswürdigerweise zuge-stimmt habt, ihn zu heiraten«, sagte die Schülerin jener vortreff-lichen Frau. »Das ist ganz entzückend. Ich finde, Ihr paßt sehr gut zu ihm.«

»Findest du auch, daß ich gut zu dir passe?«

»Ihr paßt ganz wunderbar zu mir. Aber was ich meine, ist, daß Ihr und Papa gut zueinander passen werdet. Ihr seid beide so ruhig und ernsthaft. Zwar seid Ihr nicht ganz so ruhig wie er – oder auch wie Madame Merle; aber Ihr seid ruhiger als viele andere. Er sollte beispielsweise keine Frau wie meine Tante ha-ben. Sie ist immerzu in Bewegung, in Erregung, besonders heute. Ihr werdet es ja erleben, sobald sie hereinkommt. Im Konvent hat man uns beigebracht, es sei nicht recht, über Erwachsene zu urteilen, aber vermutlich ist es nicht weiter schlimm, wenn wir sie positiv beurteilen. Ihr werdet eine reizende Lebensgefährtin für Papa abgeben.«

»Für dich hoffentlich auch«, sagte Isabel.

»Ich erwähne ihn mit Absicht zuerst. Ich habe Euch ja schon gesagt, was ich von Euch halte. Ich mochte Euch gleich von Anfang an. Ich bewundere Euch so sehr, daß ich es für ein Glück halte, Euch immer vor Augen zu haben. Ihr werdet mein Vorbild sein. Ich werde versuchen, Euch in allem nachzueifern, obwohl ich befürchte, daß dies ein kläglicher Versuch werden wird. Ich freue mich sehr für Papa; er braucht mehr als nur mich. Ohne Euch könnte ich mir gar nicht vorstellen, wie er dieses Mehr bekommen sollte. Zwar werdet Ihr meine Stiefmutter sein, aber wir brauchen dieses Wort ja nicht zu benutzen. Stiefmütter sind immer gemein, sagt man, aber bei Euch kann ich mir nicht einmal vorstellen, daß Ihr mich kneift oder mir gar einen Stoß gebt. Da habe ich überhaupt keine Angst.«

»Meine gute, kleine Pansy«, sagte Isabel zärtlich, »ich werde immer ganz lieb zu dir sein.« Eine unbestimmte, durch nichts gerechtfertigte Vision, Pansy könne auf dramatische Weise diese Liebe eines Tages benötigen, stieg in ihr auf und ließ sie frösteln.

»Na also, dann habe ich ja nichts zu befürchten«, erwiderte das Kind im Tonfall prompter Beflissenheit, der vielleicht an-deuten sollte, welche Erziehung sie genossen hatte – oder wel-che Strafen sie bei fehlendem Wohlverhalten fürchtete.

Pansys Beschreibung ihrer Tante war nicht unrichtig gewe-sen. Die Gräfin Gemini war weiter denn je davon entfernt, ihre Fittiche einzuziehen. Sie kam buchstäblich hereingeflattert und küßte Isabel zuerst auf die Stirn und dann auf jede Wange, als sei dies von einem antiken Ritual so vorgeschrieben. Sie zog die Besucherin zu einem Sofa, betrachtete sie unter den verschiedenartigsten Drehungen des Kopfes und begann ein Gespräch, als säße sie mit dem Pinsel in der Hand vor einer Staffelei und wollte noch eine Reihe wohlüberlegter Striche an einer bereits vorskizzierten Figurenkomposition anbringen. »Sollten Sie erwarten, daß ich Ihnen jetzt gratuliere, muß ich Sie bitten, daß Sie mir das erlassen. Vermutlich ist es Ihnen ziemlich gleichgültig, ob ich es tue oder nicht. Vermutlich erwartet man von Ihnen, daß Sie, da Sie ja so gescheit sind, sich gegenüber den gewöhnlichen Dingen des Alltags gleichgültig zeigen. Mir aber ist es nicht egal, wenn ich schwindeln soll. Ich tue das nie, es sei denn, es springt etwas recht Gutes dabei heraus. Aber bei Ihnen wüßte ich nicht, was für mich herausspringen sollte, vor allem deswegen nicht, weil Sie mir sowieso nicht glauben würden. Ich gebe genausowenig falsche Beteuerungen ab, wie ich Papierblumen oder gerüschte Lampenschirme bastle – ich wüßte gar nicht, wie das geht. Meine Lampenschirme würden sofort Feuer fangen, und meine Rosen und Lügen wären total überzogen. Ich freue mich sehr für mich selbst, daß Sie Osmond heiraten; aber ich will gar nicht erst so tun, als freute ich mich für Sie. Sie sind intelligent und eine brillante Partie – das ist so das allgemeine Urteil über Sie. Sie haben geerbt, sehen sehr gut aus und sind originell, nicht banal. Von daher ist es eine prima Sache, Sie in der Familie zu haben. Unsere Familie ist sehr gut, wissen Sie. Osmond wird es Ihnen ja schon gesagt haben. Und meine Mutter war eine sehr distinguierte Person; man nannte sie die amerikanische Corinne. Aber ich denke, jetzt sind wir furchtbar heruntergekommen, und vielleicht werden Sie uns ja wieder hochbringen. Ich habe großes Vertrauen in Sie. So vieles gibt es, was ich Ihnen sagen möchte. Ich gratuliere niemals einem Mädchen zur Hochzeit. Ich finde, man sollte die Ehe nicht zu solch einem schrecklichen Fangeisen machen. Vermutlich sollte Pansy das alles gar nicht hören; aber deswegen ist sie ja zu mir gekommen – um den gesellschaftlichen Umgangston mitzukriegen. Es schadet nichts, wenn sie über die Schrecken Bescheid weiß, die ihr vielleicht noch bevorstehen. Als mir zum ersten Mal der Gedanke kam, daß mein Bruder ein Auge auf Sie geworfen haben könnte, wollte ich Ihnen schreiben und Ihnen den Rat geben, und zwar ganz unmißverständlich, ihn keinesfalls anzuhören. Dann dachte ich mir, das sei Verrat, und solche Sachen hasse ich von Grund auf. Außerdem war ich persönlich ganz entzückt, wie gesagt, und letztendlich bin ich nun mal sehr egoistisch. Sie werden übrigens keinerlei Respekt vor mir haben, nicht ein bißchen, und wir werden auch nie auf vertrautem Fuß miteinander stehen. Mir wäre es zwar ganz lieb, Ihnen aber nicht. Trotzdem werden wir eines Tages bessere Freundinnen sein, als Sie es zunächst annehmen. Mein Mann wird Sie mal besuchen, obwohl er, wie Sie ja wahrscheinlich wissen, Osmond nicht ausstehen kann. Er ist ganz wild darauf, schöne Frauen zu besuchen, aber bei Ihnen habe ich keine Bedenken. Erstens ist es mir völlig egal, was er treibt. Zweitens wird er Ihnen total egal sein; er ist nämlich nie und nimmer Ihr Typ, und trotz seiner Dummheit wird er kapieren, daß Sie nicht seiner sind. Irgendwann einmal, wenn Sie's vertragen können, erzähle ich Ihnen alles über ihn. Finden Sie, meine Nichte sollte lieber hinausgehen? Pansy, geh und übe ein bißchen in meinem Boudoir.«

»Lassen Sie sie bitte hierbleiben«, sagte Isabel. »Ich möchte lieber nichts hören, was Pansy nicht auch hören darf.«

36. KAPITEL

Eines Nachmittags im Herbst des Jahres 1876, in der Abenddämmerung, läutete ein junger Mann von angenehmem Äußeren an der Tür eines kleinen Appartements im dritten Stock eines alten römischen Hauses. Als man ihm öffnete, fragte er nach Madame Merle, woraufhin die Dienerin, eine gepflegte, schlichte Frau mit französischem Gesicht und den Umgangsformen einer Kammerzofe, ihn in einen winzigen Salon führte und fragte, wen sie melden dürfe. »Mr. Edward Rosier«, sagte der junge Mann und setzte sich, um auf das Erscheinen seiner Gastgeberin zu warten.

Der Leser wird vielleicht nicht vergessen haben, daß Mr. Rosier zur Zierde des amerikanischen Zirkels von Paris gehörte, aber es darf gleichfalls daran erinnert werden, daß er gelegentlich aus dessen Dunstkreis verschwand. Mehrere Winter hatte er teilweise in Pau verbracht, und da er ein Mann fester Gewohnheiten war, hätte er vielleicht noch lange Zeit diesem reizenden

Urlaubsort seine jährlichen Besuche abgestattet. Im Sommer 1876 jedoch widerfuhr ihm etwas, was nicht nur den Lauf seiner Gedanken, sondern auch den seiner üblichen Gepflogenheiten veränderte. Er verbrachte einen Monat im Oberengadin und lernte in St. Moritz ein reizendes junges Mädchen kennen. Dieser kleinen Person begann er flugs seine ganz besondere Aufmerksamkeit zu widmen, da sie ihm als haargenau der Engel für ein Leben an seiner Seite erschien, nach dem er schon lange Ausschau gehalten hatte. Nie handelte er überstürzt, nie war er taktlos und indiskret, weshalb er es sich fürs erste versagte, seine leidenschaftlichen Gefühle zu erklären; doch dünkte ihm beim Abschied – die junge Dame reiste nach Italien hinunter, während ihr Bewunderer von anderen Freunden unabkömmlich in Genf erwartet wurde –, daß ihn ein Herzeleid wie aus einem romantischen Bilderbuch zu Boden drücken und ruinieren würde, sollte er sie nie mehr wiedersehen. Das einfachste war, im Herbst nach Rom zu fahren, wo Miß Osmond mit ihrer Familie ihr Domizil aufgeschlagen hatte. Mr. Rosier machte sich also auf zu seiner Wallfahrt in die italienische Kapitale und traf dort am ersten November ein. Das Unterfangen war insgesamt zwar durchaus erfreulich, aber der junge Mann stand dennoch unter dem Druck heldenhafter Anspannung. Mußte er sich doch unter Umständen, und ungewohnt dazu, dem Gift der römischen Luft aussetzen, das im November notorisch auf der Lauer lag. Das Glück jedoch ist mit dem Mutigen, und unser Abenteurer, der täglich drei Gran Chinin schluckte, hatte zum Ende des Monats keinen Grund, seine Unerschrockenheit zu bereuen. In gewissem Maße hatte er seine Zeit durchaus vorteilhaft genutzt, indem er sie vergebens darauf verwandte, einen dunklen Punkt in Pansy Osmonds Wesen zu finden. Sie war bewundernswert vollendet; den letzten Schliff hatte sie bereits erfahren; sie war wirklich ein erlesenes und makelloses Exemplar. In seinen Betrachtungen eines Verliebten sah er sie oft vor sich wie die Figur einer Schäferin aus Meißener Porzellan. Miß Osmond hatte in der Tat, jetzt in der Blüte ihrer Jugend, einen Hauch von Rokoko an sich, was Rosier, dessen Geschmack diesbezüglich sehr ausgeprägt war, unverzüglich mit Kennerblick registrierte. Daß er Schöpfungen aus vergleichsweise frivolen Epochen goutierte, hätte man auch aus der Aufmerksamkeit schließen können, die er Madame Merles Salon zuteil werden ließ, welcher, obgleich mit typischen Objekten jeglicher Stilrichtung ausgestattet, besonders mit Gegenständen der vergangenen beiden Jahrhunderte reich bestückt war. Er hatte ohne Umschweife sein Monokel ins Auge geklemmt, sich umgesehen und dann neidvoll »Donnerwetter, sie hat ein paar verteufelt gute Sachen!« gemurmelt. Der Raum war klein und mit Mobiliar dicht angefüllt; er vermittelte einen Eindruck von verblichenen Seidenstoffen und kleinen Statuetten, die aussahen, als fingen sie gleich an zu wackeln, sobald man sich im Raum bewegte. Rosier erhob sich und schlenderte behutsamen Schrittes umher, beugte sich über die mit Krimskrams und Nippes beladenen Tische und über die Kissen, die Gaufragen mit fürstlichen Wappen zeigten. Als Madame Merle eintrat, traf sie ihn vor dem Kamin stehend an, die Nase dicht an dem prächtigen Spitzenvolant, der den Damastbezug des Simses schmückte. Er hatte ihn ganz vorsichtig angehoben, als rieche er daran.

»Alte venezianische Spitze«, sagte sie, »und ziemlich gute.«

»Zu gut für diesen Sims; Sie sollten sie tragen.«

»Wie ich höre, haben Sie noch bessere in Paris, an der gleichen Stelle.«

»O ja, aber ich kann meine Spitze nicht tragen«, lächelte der Besucher.

»Ich wüßte nicht, warum Sie das nicht tun könnten! Ich habe bessere Spitzen als die hier zum Tragen.«

Seine Augen wanderten wieder genießerisch durch den Raum. »Sie haben da ein paar sehr gute Sachen!«

»Ja, aber ich hasse sie.«

»Wollen Sie sie loswerden?« fragte der junge Mann schnell.

»Nein, es ist ganz gut, wenn man etwas zum Hassen hat. Man kann sich daran abreagieren.«

»Ich liebe meine Sachen«, sagte Mr. Rosier und setzte sich ganz gerötet wegen all der Kleinode, die der Kunstkenner in ihm zu schätzen wußte. »Aber nicht, um über meine oder Ihre Stücke zu sprechen, bin ich gekommen.« Er pausierte kurz und fuhr dann gedämpfter fort: »Miß Osmond liegt mir mehr am Herzen als alle Bibelots Europas.« .

Madame Merle riß erstaunt die Augen auf. »Um mir das zu sagen, sind Sie gekommen?«

»Ich kam, um Ihren Rat zu erbitten.«

Sie betrachtete ihn mit freundlichem Stirnrunzeln und strich sich mit ihrer großen, weißen Hand übers Kinn. »Wissen Sie was? Ein verliebter Mann erbittet keinen Rat.«

»Wieso denn nicht, wenn er in einer schwierigen Lage ist? Und das ist bei verliebten Männern oft der Fall. Ich bin schon zuvor verliebt gewesen und weiß es. Aber ich war noch nie so verliebt wie diesmal – wirklich noch nie. Von Ihnen wüßte ich vor allem gern, wie Sie meine Chancen einschätzen. Ich befürchte nämlich, daß ich für Mr. Osmond kein – nun, nicht gerade ein gediegenes Sammlerstück abgebe.«

»Wünschen Sie meine Fürsprache?« fragte Madame Merle, die schönen Arme verschränkt und den attraktiven Mund nach links oben gezogen.

»Wenn Sie ein gutes Wort für mich einlegen könnten, wäre ich Ihnen sehr zu Dank verpflichtet. Es wäre sinnlos, Miß Osmond zu behelligen, solange ich nicht mit gutem Grund annehmen kann, daß ihr Vater zustimmen wird.«

»Sie sind sehr rücksichtsvoll; das spricht für Sie. Aber Sie gehen so ohne weiteres davon aus, daß ich Sie für einen Hauptgewinn halte.«

»Sie sind immer sehr nett zu mir gewesen«, sagte der junge Mann. »Deshalb bin ich ja gekommen.«

»Ich bin immer nett zu Leuten, die einen guten Louis Quatorze bei sich herumstehen haben. Die sind zur Zeit recht selten, und es ist noch gar nicht abzusehen, wieviel man einmal dafür kriegen kann.« Und der linksseitige Winkel von Madame Merles Mund verlieh dem Scherz sichtbaren Ausdruck.

Mr. Rosier hingegen sah trotzdem richtiggehend verzagt und gleichbleibend angestrengt aus. »Ach, und ich dachte, Sie mögen mich um meiner selbst willen!«

»Ich mag Sie sehr, aber wenn es Ihnen recht ist, wollen wir das jetzt nicht analysieren. Verzeihen Sie, wenn ich gönnerhaft klinge. Ich persönlich halte Sie schon für einen vollkommenen kleinen Gentleman. Allerdings muß ich Ihnen auch sagen, daß ich nicht damit befaßt bin, Pansy Osmond unter die Haube zu bringen.«

»Das habe ich auch nicht angenommen. Aber Sie schienen mir mit ihrer Familie auf vertrautem Fuß zu stehen, und da dachte ich, Sie hätten vielleicht Einflußmöglichkeiten.«

Madame Merle überlegte. »Was verstehen Sie unter Ihrer Familie?«

»Nun, ihren Vater; und dann – wie heißt das auf englisch? – ihre *belle-mère*.«

»Mr. Osmond ist ihr Vater, ganz recht. Aber seine Frau kann wohl kaum als Mitglied von Pansys Familie bezeichnet werden.

Mrs. Osmond hat mit der Verheiratung des Mädchens nichts zu schaffen.«

»Das tut mir aber leid«, sagte Rosier mit einem liebenswürdigen Seufzer reinster Aufrichtigkeit.»Ich glaube, Mrs. Osmond wäre auf meiner Seite.«

»Sehr wahrscheinlich – falls ihr Mann es nicht wäre.«

Er hob die Brauen.»Vertritt sie stets den gegenteiligen Standpunkt?«

»In allem. Sie haben völlig verschiedene Auffassungen.«

»Tja«, sagte Rosier.»Das tut mir zwar leid, aber es geht mich nichts an. Sie liebt Pansy sehr.«

»Ja, sie liebt Pansy sehr.«

»Und Pansy hat auch ihr gegenüber eine große Zuneigung. Sie hat mir erzählt, wie sehr sie sie mag, als sei sie ihre richtige Mutter.«

»Dann müssen Sie mit dem armen Kind ziemlich vertrauliche Gespräche geführt haben«, sagte Madame Merle.»Haben Sie ihr Ihre Gefühle geoffenbart?«

»Niemals!« rief Rosier und hob eine tadellos behandschuhte Hand.»Nicht ehe ich mich jener der Eltern versichert habe.«

»So lange warten Sie jedesmal? Sie haben ja exzellente Grundsätze; Sie verfahren nach den Regeln von Anstand und Sitte.«

»Ich glaube, Sie machen sich über mich lustig«, meinte der junge Mann leise, sank in seinen Stuhl zurück und befühlte seinen kleinen Oberlippenbart.»Das hätte ich von Ihnen nicht erwartet, Madame Merle.«

Sie schüttelte ruhig den Kopf wie jemand, der die Dinge eben so sieht, wie sie sie sah.»Sie tun mir Unrecht. Ich glaube, Ihr Verhalten zeugt von hervorragendem Geschmack und könnte gar nicht besser sein. Jawohl, genau das glaube ich.«

»Ich möchte sie nicht aufregen, nur um des Aufregens willen. Dazu liebe ich sie viel zu sehr«, sagte Ned Rosier.

»Ich bin trotz allem froh, daß Sie es mir gesagt haben«, fuhr Madame Merle fort.»Lassen Sie mich ein wenig machen. Ich denke, ich kann Ihnen helfen.«

»Ich hab's ja gewußt, daß Sie diejenige sind, an die ich mich wenden muß!« rief ihr Besucher mit promptem Überschwang.

»Sie waren sehr clever«, erwiderte Madame Merle eher trocken.»Wenn ich sage, ich könnte Ihnen helfen, dann meine ich damit zunächst, daß ich unterstelle, daß Ihre Absichten lauter sind. Denken wir das doch ein bißchen durch, ob es so ist.«

418

»Ich bin ein grundanständiger Mensch, wissen Sie«, sagte Rosier voller Ernst. »Ich will nicht behaupten, ich hätte keine Fehler, aber ich kann behaupten, ich habe keine Laster.«

»Das sind alles Negativa, und außerdem kommt es immer darauf an, was man unter Laster versteht. Was sind denn Ihre Positiva? Welche Vorzüge haben Sie? Was können Sie denn außer Ihrer spanischen Spitze und Ihren Meißener Teetassen noch vorweisen?«

»Ich habe ein beruhigendes kleines Einkommen – ungefähr vierzigtausend Francs im Jahr. Bei meinem Talent, mich mit den Gegebenheiten zu arrangieren, könnten wir von einem solchen Einkommen wunderschön leben.«

»Wunderschön – nein. Recht und schlecht – ja. Und auch das hängt noch davon ab, wo Sie leben wollen.«

»Tja, in Paris. Ich würde es mit Paris versuchen.«

Madame Merles Mund verzog sich nach links oben. »Besonders famos ist die Idee nicht. Sie müßten Ihre Teetassen benutzen, und die würden dann kaputtgehen.«

»Wir wollen auch nicht famos sein. Es ist doch vollkommen ausreichend, wenn Miß Osmond hübsch ausstaffiert ist und alles erdenkliche Schöne hat. Wenn man so schön ist wie sie, dann kann man sich auch – eh – ganz billige Fayencen leisten. Und bei Kleidern sollte sie sowieso nie etwas anderes tragen als Musselin – ohne diese Blümchen«, sagte Rosier versonnen.

»Sie würden ihr noch nicht einmal die Blümchen erlauben? Na, sie wird sich für diese Einstellung schön bedanken.«

»Es ist die einzig wahre, versichere ich Ihnen, und ich bin überzeugt, daß sie verstehen wird. Sie kann das alles nachvollziehen; deswegen liebe ich sie ja.«

»Sie ist ein sehr gutes, kleines Mädchen, sehr ordentlich – und äußerst charmant und nett. Aber ihr Vater kann ihr, soweit ich informiert bin, nichts mitgeben.«

Rosier legte nur schwachen Widerspruch ein. »Ich hege auch nicht im mindesten das Verlangen, daß er das tut. Dennoch darf ich anmerken, daß er das Leben eines reichen Mannes führt.«

»Das Geld gehört seiner Frau; sie hat ein großes Vermögen mitgebracht.«

»Wenn Mrs. Osmond ihre Stieftochter so sehr liebt, dann kann sie ja wohl etwas für sie tun.«

»Für einen liebestollen Gockel haben Sie aber einen bemerkenswert klaren Blick!« rief Madame Merle lachend aus.

»Ich weiß eine Mitgift sehr wohl zu schätzen. Ich kann zwar auch ohne auskommen, aber ich weiß sie dennoch zu schätzen.«

»Mrs. Osmond«, sprach Madame Merle weiter, »wird es wahrscheinlich vorziehen, ihr Geld für ihre eigenen Kinder aufzuheben.«

»Ihre eigenen Kinder? Sie hat doch gar keine.«

»Sie kann aber noch welche kriegen. Sie hatte einen armen kleinen Buben, der vor zwei Jahren starb, ein halbes Jahr nach seiner Geburt. Sie könnte also noch Kinder bekommen.«

»Ich hoffe es für sie, wenn es sie glücklich macht. Sie ist eine prächtige Frau.«

Madame Merle ließ sich über dieses Thema nicht weiter aus. »Oh, über sie läßt sich manches sagen. Prächtig – wie Sie wollen. Wir haben jedoch noch immer nicht endgültig herausgefunden, ob Sie eine gute Partie wären. Die Abwesenheit von Lastern dürfte wohl kaum eine Einnahmequelle darstellen.«

»Verzeihen Sie, ich denke doch«, sagte Rosier durchaus klaren Sinnes.

»Ihr werdet ein rührendes Paar abgeben, wenn ihr euch von eurer Unverdorbenheit und Naivität ernähren wollt!«

»Ich glaube, Sie unterschätzen mich.«

»So tugendhaft und naiv sind Sie doch wieder nicht? Mal im Ernst«, sagte Madame Merle. »Vierzigtausend Francs im Jahr und ein guter Charakter machen natürlich eine überlegenswerte Kombination aus. Zwar keine, wo man sofort zugreift, aber es gibt durchaus schlechtere. Mr. Osmond wird allerdings eher zu der Annahme neigen, er könne noch was Besseres kriegen.«

»Er vielleicht schon; aber kann das seine Tochter auch? Für sie gibt es doch nichts Besseres, als den Mann zu heiraten, den sie liebt. Und das tut Sie, müssen Sie wissen«, fügte Rosier eiligst hinzu.

»Das tut sie – ich weiß es.«

»Ach«, rief der junge Mann, »ich hab's ja gewußt, daß Sie diejenige sind, an die ich mich wenden muß!«

»Aber mir ist nicht klar, woher Sie es wissen, wenn Sie sie nicht gefragt haben«, fuhr Madame Merle fort.

»In einem solchen Fall braucht es kein Fragen und Reden. Wie Sie schon sagten, wir sind ein unverdorbenes Paar. Und woher wissen Sie es?«

»Ich, die ich nicht unverdorben bin? Wegen meiner Schläue und Geriebenheit. Überlassen Sie's nur mir; ich werd's für Sie herausfinden, wie Ihre Chancen stehen.«

Rosier erhob sich, stand da und glättete seinen Hut. »Sie sagen das mit ziemlicher Kälte. Finden Sie bitte nicht nur heraus, wie es steht, sondern versuchen Sie es so zu arrangieren, wie es sein sollte.«

»Ich werde mein Bestes tun. Ich werde versuchen, Ihre Vorzüge optimal zur Geltung zu bringen.«

»Haben Sie recht herzlichen Dank. In der Zwischenzeit werde ich ein Wort mit Mrs. Osmond sprechen.«

»*Gardez-vous-en bien!*« Madame Merle war aufgesprungen. »Machen Sie sie nicht unnötig verrückt, oder Sie verderben sich alles.«

Rosier starrte in seinen Hut. Er fragte sich, ob er sich mit seiner Gastgeberin wirklich an die richtige Person gewandt hatte. »Ich glaube, ich verstehe das nicht so recht. Ich bin ein alter Freund von Mrs. Osmond, und ich denke, sie sähe mich ganz gern erfolgreich in meinen Bemühungen.«

»Seien Sie ein alter Freund, so sehr Sie wollen. Je mehr alte Freunde sie hat, desto besser, denn mit einigen ihrer neuen Freunde kommt sie nicht sonderlich gut zurecht. Aber veranlassen Sie sie vorerst nicht, daß sie für Sie eine Lanze bricht. Ihr Mann hat vielleicht andere Pläne, und als jemand, der für sie das Beste will, gebe ich Ihnen den Rat, die Anzahl der Meinungsverschiedenheiten zwischen den beiden nicht noch zu multiplizieren.«

Des armen Rosiers Miene drückte Bestürzung aus. Das Anhalten um Pansy Osmonds Hand stellte sich als eine weitaus kompliziertere Angelegenheit heraus, als es sein Sinn für formal korrekte Veränderungen im Familienstand zuließ. Aber sein ausgeprägter gesunder Menschenverstand, den er unter einer Oberfläche verbarg, die nach außen wie das ›Vorzeigestück‹ aus der Porzellansammlung eines achtsamen Besitzers wirkte, kam ihm jetzt zu Hilfe. »Ich sehe nicht ein, warum ich andauernd auf Mr. Osmond Rücksicht nehmen sollte!« rief er.

»Nein, aber auf Mrs. Osmond sollten Sie Rücksicht nehmen. Sie behaupten, Sie seien ein alter Freund. Soll sie dann Ihretwegen leiden?«

»Nicht um alles in der Welt!«

»Dann seien Sie vorsichtig und lassen Sie die Sache so lange ruhen, bis ich die Lage sondiert habe.«

»Die Sache ruhen lassen, meine liebe Madame Merle? Denken Sie daran, daß ich verliebt bin!«

»Ach, Sie werden schon nicht völlig verglühen! Warum sind Sie eigentlich zu mir gekommen, wenn Sie nicht auf mich hören wollen?«

»Sie sind sehr liebenswürdig, und ich werde sehr brav sein«, versprach der junge Mann. »Aber ich fürchte, Mr. Osmond ist ein schwieriger Fall«, setzte er in seinem sanften Tonfall hinzu, während er zur Tür ging.

Madame Merle lachte kurz auf. »Das hat schon mal jemand gesagt. Aber mit seiner Frau ist es auch nicht viel leichter.«

»Oh, sie ist eine prächtige Frau!« wiederholte Ned Rosier zum Abschied.

Er, der ohnehin schon ein Muster an Diskretion und Takt darstellte, beschloß, sein Verhalten so einzurichten, daß es eines potentiellen Ehekandidaten würdig war. Dennoch konnte er in keinem der Madame Merle gegebenen Versprechen etwas entdecken, was es als unziemlich hätte erscheinen lassen, wenn er sich durch einen gelegentlichen Besuch in Miß Osmonds Haus bei Laune hielt. Er grübelte anhaltend über das nach, was ihm seine Ratgeberin gesagt hatte, und zerbrach sich lange den Kopf über die Bedeutung ihrer eher vorsichtigen Haltung. Er hatte sie *de confiance* aufgesucht, wie man das in Paris nannte; doch war es denkbar, daß darin schon eine Übereilung lag. Er hatte Probleme mit der Vorstellung, ein unbesonnener Mensch zu sein – ein Vorwurf, dem er sich bislang so gut wie gar nicht ausgesetzt gesehen hatte. Dennoch blieb die Tatsache bestehen, daß er Madame Merle erst seit vergangenem Monat kannte und daß der Umstand, daß er sie für eine entzückende Frau hielt, bei näherem Hinsehen nicht als Begründung für die Annahme ausreichte, sie werde ihm nun voller Begeisterung Pansy Osmond in die Arme schubsen, so graziös er diese Glieder seines Körpers auch zu ihrer Begrüßung arrangieren würde. Madame Merle hatte sich ihm in der Tat von einer wohlwollenden Seite gezeigt, und in der Umgebung des Mädchens war sie jemand, mit dem man rechnen mußte, machte sie doch ganz deutlich den Eindruck einer Person (und Rosier hatte sich mehr als einmal gefragt, wie sie das bewerkstelligte), die vertrauten, aber nicht vertraulichen Umgang mit der Familie pflegte. Möglicherweise übertrieb er aber diese Qualitäten auch. Eine besondere Veranlassung, sich seinetwegen Unannehmlichkeiten zu bereiten, hatte sie ja wohl nicht. Eine charmante Frau war gegenüber jedermann charmant, und Rosier kam sich als ziemlicher Narr vor, daß er sich aus dem

Grund an sie gewandt hatte, weil er der Meinung gewesen war, sie hätte ihm ihre Gunst zuteil werden lassen. Sehr gut möglich also, obwohl scheinbar im Scherz gesagt, daß sie nur seine Bibelots im Sinn hatte. Ob ihr gar der Gedanke gekommen war, er könne ihr zwei oder drei der Glanzstücke aus seiner Kollektion offerieren? Verhülfe sie ihm nur zu einer Heirat mit Miß Osmond, würde er ihr sein ganzes Museum verehren. Das konnte er ihr wohl schlecht ins Gesicht sagen; es sähe denn doch allzu unverhohlen nach plumper Bestechung aus. Andererseits wollte er sie ganz gern in dem Glauben lassen.

Mit diesen Gedanken im Kopf begab er sich erneut zu Mrs. Osmond, die gerade wieder ihren ›geselligen Abend‹ gab – wofür sie sich allwöchentlich den Donnerstag frei hielt – und wo seine Anwesenheit unter die üblichen Formen allgemeiner Höflichkeit fiel. Das Objekt von Mr. Rosiers wohlregulierter Zuneigung wohnte in einem hohen Haus genau im Herzen Roms, in einem dunklen und massiven Gebäude, das eine sonnige *piazzetta* in der Nähe des Palazzo Farnese überblickte. Auch die kleine Pansy wohnte also in einem Palast – in einem Palast nach römischen Maßstäben, in einem Kerker nach des armen Rosier banger Empfindung. Es dünkte ihn ein böses Omen, daß die junge Dame, die er zu ehelichen gedachte und deren sehr anspruchsvollen Vater zu einer Einwilligung bewegen zu können er bezweifelte, in einer Art häuslicher Festung eingemauert war, in einem Bau mit einem furchterregenden alten römischen Namen, der nach historischen Großtaten, nach Verbrechen und Intrige und Gewalt roch; der im *Murray* erwähnt und von Touristen besucht wurde, die nach einem flüchtigen Blick enttäuscht und deprimiert dreinguckten; der im *piano nobile* Fresken von Caravaggio zur Schau stellte und in der breiten Loggia mit den feudalen Bogengängen eine Reihe verstümmelter Statuen sowie verstaubter Urnen, die den feuchten Innenhof überblickten, wo der Wasserstrahl eines Brünnleins aus moosbewachsener Nische hervorsprudelte. Wäre seine Gemütsverfassung weniger einseitig ausgerichtet gewesen, hätte er den Palazzo Roccanera unbefangen und objektiv auf sich wirken lassen und der Sichtweise Mrs. Osmonds folgen können, die ihm einst erklärt hatte, daß sie und ihr Gatte sich, als sie sich in Rom niederließen, deshalb für dieses Domizil entschieden hatten, weil sie dessen Lokalkolorit liebten. Und damit war es in der Tat reichlich ausgestattet, und obgleich er weniger von Architektur verstand als von Emailgeschirr aus Limoges, erkannte er doch, daß Symmetrie und Harmonie der Fenster und sogar die Details an den Gesimsen durchgängig einen großartigen Stil atmeten. Rosier jedoch wurde von der Überzeugung geplagt, daß man in gewissen pittoresken Epochen dort junge Mädchen eingesperrt hatte, um sie von den Menschen fernzuhalten, die sie wahrhaft liebten, um sie anschließend unter der Drohung, sie ins Kloster zu stecken, zu ruchlosen Eheschließungen zu zwingen. In einem Punkt hatte er jedoch nie Probleme, Anerkennung zu zollen, sobald er sich erst einmal in Mrs. Osmonds warmen und üppig wirkenden Empfangsräumen befand, die im zweiten Stock lagen. Er stellte beifällig fest, daß die Herrschaften hervorragend mit ›guten Stücken‹ ausgestattet waren. Hier schlug ausschließlich Osmonds persönlicher Geschmack durch – der ihrige nicht im geringsten, was sie ihm schon gleich bei seinem ersten Besuch im Haus erzählt hatte, worauf er, nachdem er sich eine Viertelstunde lang mit der Frage abgequält hatte, ob sie vielleicht sogar noch bessere ›Franzosen‹ besaßen als er in Paris, dann unumwunden zugeben mußte, daß sie sie besaßen, und zwar sehr viele, woraufhin er seinen Neid unterdrückte und sich, ganz Gentleman, sogar dazu brachte, seiner Gastgeberin seine uneingeschränkte Bewunderung ihrer Schätze auszusprechen. Er erfuhr von Mrs. Osmond, daß ihr Gatte schon vor der Ehe eine große Sammlung zusammengetragen hatte und daß, obwohl er in den vergangenen drei Jahren eine Anzahl schöner Stücke erworben hatte, seine besten Funde doch aus einer Zeit stammten, in der er noch ohne den Vorzug ihrer Beratung habe auskommen müssen. Rosier interpretierte diese Informationen getreu seinen eigenen Grundsätzen. Für »Beratung« sprich: »Geld«, sagte er sich; und die Tatsache, daß Gilbert Osmond die größten Schätze während seiner weniger liquiden Phase an Land gezogen hatte, bestätigte Rosiers liebste Doktrin, daß ein Sammler nämlich ohne weiteres arm sein konnte, wenn er nur geduldig war. Im allgemeinen galt Rosiers erste Anerkennung, wenn er sich donnerstags abends einfand, den Wänden des Salons. Dort gab es drei oder vier Objekte, nach denen sich sein Blick in der Tat verzehrte. Doch nach seinem Gespräch mit Madame Merle empfand er, wie äußerst ernst seine Lage war, so daß er, als er diesmal eintrat, sich so eifrig nach der Tochter des Hauses umsah, wie man es einem Gentleman zugesteht, dessen Lächeln beim Überschreiten der Schwelle darauf hindeutet, daß er alle Annehmlichkeiten des Lebens für selbstverständlich hält.

Pansy hielt sich nicht im ersten Zimmer auf, einem großen Raum mit konkaver Decke und mit roten, damastbespannten Wänden. Hier pflegte Mrs. Osmond zu sitzen und einen Kreis besonders enger Freunde um den Kamin zu versammeln; heute abend traf man sie allerdings nicht an ihrem Lieblingsplatz an. Der Raum schien förmlich in gedämpfter, diffuser Farbenpracht zu glühen. Er beinhaltete die größeren Sachen und duftete, fast immer, nach Blumen. Pansy befand sich vermutlich gerade in einem der angrenzenden Zimmer, dem Zufluchtsort jüngerer Besucher, wo Tee und ein Imbiß serviert wurden. Osmond stand vor dem Kamin, nach hinten gebeugt, die Hände auf dem Rücken. Einen Fuß hielt er hoch und wärmte sich die Sohle. Ein halbes Dutzend Gäste verteilte sich in seiner Nähe und unterhielt sich. Er selbst nahm nicht an der Konversation teil; in seinem Blick fand sich ein bei ihm häufig anzutreffender Ausdruck, der zu signalisieren schien, daß sich seine Augen gerade mit Objekten befaßten, die des Verweilens mehr wert waren als jene Phänomene, die sich ihnen momentan aufdrängten. Rosier, der ungemeldet eintrat, gelang es nicht, Mr. Osmonds Aufmerksamkeit zu erregen; aber der junge Mann wußte die Feinheiten guten Benehmens wohl zu beachten, obgleich er sich nur allzu klar darüber war, daß er der Ehefrau, nicht deren Ehemann einen Besuch abstattete, und ging zu ihm hin, um ihm die Hand zu geben. Osmond streckte ihm die Linke entgegen, ohne seine Körperhaltung zu verändern.

»'n Abend. Meine Frau ist hier irgendwo in der Gegend.«

»Keine Angst, ich finde sie schon«, sagte Rosier munter.

Osmond jedoch musterte ihn von Kopf bis Fuß. Noch nie in seinem Leben war sich Rosier so peinlich taxiert vorgekommen. »Madame Merle hat es ihm gesagt, und er ist dagegen«, räsonierte er bei sich. Er hatte gehofft, Madame Merle hier vorzufinden, aber sie war nicht zu sehen. Vielleicht hielt sie sich ja in einem der anderen Räume auf oder kam später. Gilbert Osmond hatte er nie sonderlich sympathisch gefunden, denn er hatte ihn im Verdacht, ein eingebildeter Laffe zu sein. Andererseits war Rosier nicht so leicht zu kränken, und wo es um Höflichkeit ging, war es ihm schon immer ein starkes Bedürfnis gewesen, sich absolut korrekt zu verhalten. Er sah sich um, lächelte, fand sich ganz auf sich alleine gestellt und sagte kurz darauf:»Ich habe heute ein recht gutes Stück Capo di Monte zu Gesicht bekommen.«

Osmond antwortete zuerst überhaupt nicht, erwiderte dann aber, sich weiter die Stiefelsohle wärmend:»Capo di Monte ist mir schnurzegal.«

»Sie werden doch nicht jedes Interesse daran verlieren?«

»An alten Kannen und Tellern? Allerdings verliere ich da jedes Interesse.«

Einen Augenblick lang vergaß Rosier seine delikate Situation. »Sie denken nicht zufällig daran, sich von ein oder zwei Stücken – eh – zu trennen?«

»Nein, Mr. Rosier, ich denke nicht zufällig daran, mich von überhaupt etwas zu trennen«, sagte Osmond und begegnete dem Blick seines Gastes weiterhin unnachgiebig.

»Aha, Sie behalten Ihre Sammlung, aber Sie erweitern sie nicht«, merkte Rosier aufgeweckt an.

»Genau. Und ich habe nichts, wofür ich das passende Gegenstück suchen würde.«

Der arme Rosier bemerkte, wie er rot wurde; er litt unter seinem Mangel an Selbstsicherheit.»Aber ich!« war alles, was er murmeln konnte, wissend, daß sein Gemurmel unterging, während er sich abwandte. Er lenkte seine Schritte zum angrenzenden Raum und stieß auf Mrs. Osmond, die gerade durch die Türnische trat. Sie war in schwarzen Samt gekleidet; sie sah edel und wunderbar aus, wie er schon früher festgestellt hatte, und verströmte dabei, ach, eine solch gütige Freundlichkeit! Wir wissen bereits, was Mr. Rosier von ihr dachte, und kennen die Worte, mit welchen er gegenüber Madame Merle seine Bewunderung ausgedrückt hatte. Genau wie seine Wertschätzung für ihre kleine Stieftochter beruhte sie teilweise auf seinem Auge für das Dekorative, auf seinem Instinkt für das Echte – aber auch auf einem Gespür für nicht katalogisierbare Werte, für jenes Geheimnis eines ›Lüsters‹ jenseits seines katalogmäßig erfaßten Verschwindens oder Wiederauftauchens, den er bei aller schwärmerischen Begeisterung für zerbrechliches und damit vergängliches Porzellan noch immer zu erkennen vermochte. Mrs. Osmond konnte zu diesem Zeitpunkt einen solchen Geschmack sehr gut zufriedenstellen. Die verstrichenen Jahre hatten sie nur noch schöner werden lassen; die Blüte ihrer Jugend war nicht verwelkt, sie hing nur ruhiger an ihrem Stengel. Jene

Impulsivität, an der ihr Gatte insgeheim Anstoß genommen hatte, war schwächer geworden; nun vermittelte sie eher den Eindruck, als könne sie abwarten. Auf jeden Fall erschien sie unserem jungen Mann jetzt, eingerahmt von der vergoldeten Türfassung, wie das Abbild einer anmutigen Dame. »Sie sehen, ich bin Stammgast«, sagte er. »Aber wer sonst sollte einer sein, wenn nicht ich?«

»Ja, ich kenne Sie länger als jeden anderen hier. Aber lassen Sie uns jetzt nicht in Erinnerungen schwelgen. Ich möchte Sie einer jungen Dame vorstellen.«

»O bitte, was für einer jungen Dame?« Rosier war die Verbindlichkeit in Person; aber deshalb war er eigentlich nicht hergekommen.

»Der dort in Rosa, die beim Kamin sitzt und keinen Gesprächspartner hat.«

Rosier zögerte ein wenig. »Könnte sich Mr. Osmond nicht mit ihr unterhalten? Er ist keine zwei Meter weit weg von ihr.«

Auch Mrs. Osmond zögerte ein wenig. »Sie ist nicht gerade sehr temperamentvoll, und er mag keine Langweiler.«

»Aber für mich ist sie gut genug? Na, das ist ganz schön hart!«

»Ich meine doch nur, daß Sie Einfälle für zwei haben. Und außerdem sind Sie so verbindlich.«

»Ihr Gatte auch.«

»Nein, ist er nicht – wenigstens nicht zu mir.« Und dazu lächelte Mrs. Osmond unbestimmt.

»Dann müßte er es gegenüber anderen Frauen um so mehr sein.«

»Das sage ich ihm auch immer«, entgegnete sie und lächelte weiter.

»Schauen Sie, ich hätte gern ein Täßchen Tee«, fuhr Rosier fort und blickte sich sehnsüchtig um.

»Ganz ausgezeichnet! Dann bringen Sie meiner jungen Dame auch gleich welchen.«

»Wird gemacht. Aber danach überlasse ich sie wieder ihrem Schicksal. Die simple Wahrheit ist nämlich die, daß ich mich schrecklich gern ein bißchen mit Miß Osmond unterhalten möchte.«

»Ach«, sagte Isabel und wandte sich ab, »da kann ich Ihnen nicht helfen.«

Fünf Minuten später und noch während er der rosaroten Maid, die er in den anderen Raum geführt hatte, eine Tasse Tee reichte, fragte er sich, ob er, indem er Mrs. Osmond das soeben zitierte Geständnis ablegte, gegen den Geist seines Versprechens gegenüber Madame Merle verstoßen hatte. Eine derartige Fragestellung war durchaus dazu angetan, den Sinn dieses jungen Mannes eine beträchtliche Zeit lang zu beschäftigen. Schlußendlich wurde er jedoch, für seine Verhältnisse, verwegen und scherte sich so gut wie gar nicht mehr um irgendwelche Versprechen, die er vielleicht brechen könnte. Das Schicksal, dem er die rosarote Maid zu überlassen gedroht hatte, erwies sich als keineswegs so schrecklich, denn Pansy Osmond, die ihm den Tee für seine Konversationsdame gegeben hatte und die aufs Teezubereiten versessen war wie eh und je, Pansy Osmond also kam kurz darauf herbei und unterhielt sich mit ihr. Edward Rosier trug zu diesem milden Kolloquium wenig bei; verstimmt saß er daneben und beobachtete seinen kleinen Schatz. Betrachten wir sie jetzt mit seinen Augen, werden wir zunächst nicht vieles erkennen, was uns an das folgsame kleine Mädchen erinnert, das drei Jahre zuvor in den Cascine von Florenz immer wieder ein paar Meter fortgeschickt worden war, damit sich ihr Vater und Miß Archer über Themen unterhalten konnten, die ›den Großen‹ vorbehalten sind. Bald aber werden wir wahrnehmen, daß Pansy zwar mit neunzehn eine junge Dame geworden ist, daß sie aber diese Rolle eigentlich nicht ausfüllt; daß sie zwar sehr hübsch herangewachsen ist, daß ihr aber in einem bedauerlichen Maße jene Qualität fehlt, die man an einer weiblichen Erscheinung als ›Stil‹ erkennt und schätzt; und daß sie zwar frisch und adrett gekleidet daherkommt, daß sie aber ihr hübsches Gewand in der eindeutigen Absicht trägt, es zu schonen, ganz so, als habe sie es sich für diesen Anlaß ausgeborgt. Edward Rosier, so sollte man meinen, hätte eigentlich derjenige sein müssen, dem diese Schwächen sofort aufgefallen wären, und in der Tat gab es nicht eine einzige Besonderheit an dieser jungen Dame, welcher Art auch immer, die er nicht registriert hätte. Nur daß er diese Besonderheiten mit seinen eigenen Worten benannte und so fürwahr zu manch glücklicher Formulierung gelangte: »Nein, sie ist einmalig – sie ist absolut einmalig«, sagte er sich immer wieder, und wir dürfen versichert sein, daß er uns gegenüber nicht eine Sekunde lang zugegeben hätte, daß es ihr an Stil gebrach. An Stil? Ja – hatte sie denn nicht den Stil einer kleinen Prinzessin? Wer das nicht erkennen konnte, mußte keine Augen im Kopf haben! Es war kein moderner Stil, es war kein bewußt ausgeprägter Stil, und am

Broadway würde er keinen Eindruck machen. Die kleine, ernste Demoiselle in ihrem steifen Kleidchen sah zwar nur aus wie eine Infantin von Velasquez. Für Edward Rosier jedoch, der sie auf entzückende Art altmodisch fand, war dies genug. Ihr banger Blick, ihre reizenden Lippen, ihre zierliche Figur waren anrührend wie ein kindliches Gebet. Er verspürte jetzt ein brennendes Verlangen herauszufinden, wie sehr sie ihn mochte, und so brennend war das Verlangen, daß er auf seinem Stuhl zu zappeln begann. Ganz heiß wurde ihm, weshalb er sich die Stirn mit dem Taschentuch abtupfen mußte. Noch nie hatte er sich derart unbehaglich gefühlt. Sie war ein so vollkommenes *jeune fille*, und bei einem *jeune fille* ließen sich schwerlich die Erkundigungen einziehen, die unabdingbar gewesen wären, um eine solche Frage zu erhellen. Ein *jeune fille* war es, von dem Rosier schon immer geträumt hatte – ein *jeune fille*, das allerdings keine Französin sein sollte, denn er hatte irgendwie das Gefühl, daß diese Nationalität die Angelegenheit komplizieren würde. Er war sich sicher, daß Pansy noch nie einen Blick in eine Zeitung geworfen hatte, und was Romane anging, so dürfte es wohl das Höchste gewesen sein, wenn sie Sir Walter Scott gelesen hatte. Ein amerikanisches *jeune fille* – was konnte es Besseres geben? Ein solches Mädchen wäre geradlinig und lustig, wäre trotzdem noch nie allein ausgegangen oder hätte Briefe von Herren bekommen, noch wäre sie ins Theater ausgeführt worden, um sich eine sogenannte Sittenkomödie anzusehen. Rosier konnte nicht leugnen, daß es, so wie die Dinge standen, einen Bruch der Gastfreundschaft bedeuten würde, wollte er von diesem ungekünstelten Geschöpf direkt Auskunft erheischen. Dennoch befand er sich nunmehr in der unmittelbaren Gefahr, sich die Frage stellen zu müssen, ob denn Gastfreundschaft das Allerheiligste in dieser Welt sei. Waren denn nicht die Empfindungen, die er für Miß Osmond hegte, von unendlich größerer Bedeutung? Von größerer Bedeutung für ihn: jawohl. Aber vermutlich nicht für den Herrn des Hauses. Einen Trost gab es. Selbst wenn dieser Herr von Madame Merle einschlägig vorgewarnt worden wäre, so würde er diese Warnung keinesfalls an Pansy weitergegeben haben. Es hätte einfach nicht zu seiner Taktik gepaßt, sie wissen zu lassen, daß sich ein sympathischer junger Mann in sie verliebt hatte. Doch er hatte sich in sie verliebt, der sympathische junge Mann, und all diese einschränkenden Begleiterscheinungen hatten dazu geführt, daß er jetzt gereizt und aufgebracht war. Was hatte das zu bedeuten, daß Gilbert Osmond ihm zwei Finger seiner linken Hand reichte? Wenn Osmond sich rüpelhaft gab, dann durfte er selbst doch wohl kühn sein! Er fühlte sich außerordentlich kühn, nachdem die Langweilerin in ihrer unnützen rosaroten Vermummung dem Ruf der Mama gefolgt war, die hereingeschaut und mit affektiertem Lächeln zu Rosier hin verkündet hatte, sie müsse ihre Tochter entführen, fort zu neuen Triumphen. Mutter und Tochter gingen gemeinsam dahin, und nun hing es ausschließlich von ihm ab, ob er tatsächlich mit Pansy allein blieb. Er war noch nie zuvor mit ihr allein gewesen; er war überhaupt noch nie mit einem *jeune fille* allein gewesen. Es war ein großer Augenblick; der arme Rosier begann erneut, seine Stirn abzutupfen. Jenseits des Raumes, in dem sie standen, gab es noch einen weiteren – ein kleines Zimmer, das offenstand und erleuchtet war, das aber, weil die Gesellschaft nicht sehr groß geworden, den ganzen Abend leer geblieben war. Es stand noch immer leer. Die Polstermöbel waren von fahlem Gelb; es gab mehrere Lampen, und durch die offene Tür hindurch sah es ganz und gar wie ein legaler Liebestempel aus. Rosier starrte einen Moment lang durch diese Öffnung; er hatte Angst, Pansy werde davonrennen, und hielt sich fast für imstande, eine Hand auszustrecken und sie zurückzuhalten. Indes, sie verweilte, wo die andere Jungfer sie verlassen, machte keinerlei Anstalten, sich zu einer Traube von Gästen an der entgegengesetzten Wand des Zimmers zu gesellen. Eine kleine Weile hatte er den Eindruck, sie sei eingeschüchtert – vielleicht so sehr, daß sie sich schier nicht bewegen konnte. Doch bei genauerem Hinsehen erkannte er beruhigt, daß sie das nicht war, woraufhin ihm die Überlegung kam, sie sei dafür eindeutig zu unverdorben. Nach einem allerletzten Zögern fragte er sie, ob er sich einmal das gelbe Zimmer ansehen dürfe, das so anziehend und doch so jungfräulich aussehe. Er war mit Osmond schon einmal drin gewesen, um das Mobiliar zu inspizieren, welches erstes französisches Empire war, und um insbesondere die Uhr zu bewundern (welche er eigentlich überhaupt nicht bewunderte), ein riesiges klassisches Ungetüm derselben Periode. Deshalb hatte er jetzt auch das Gefühl, mit dem Taktieren begonnen zu haben.

»Aber sicher dürfen Sie das«, sagte Pansy, »und wenn Sie wollen, führe ich Sie herum.« Sie war keine Spur von eingeschüchtert.

»Wie sehr hatte ich gehofft, Sie würden das sagen. Sie sind so überaus liebenswürdig«, flüsterte Rosier.

Sie traten zusammen ein. Eigentlich hielt Rosier das Zimmer für ausgesprochen häßlich, und kalt schien es darin auch zu sein. Offenbar war das Pansy ebenfalls aufgefallen. »Für die Winterabende ist es hier drin nicht so gut; es ist eher für den Sommer gedacht«, sagte sie. »Das ist alles Papas Geschmack; er hat so viel davon.«

Davon hat er eine Menge, dachte Rosier, aber teilweise auch sehr schlechten. Er blickte sich um; er wußte nicht so recht, was er darauf sagen sollte. »Interessiert sich Mrs. Osmond nicht dafür, wie Ihre Räume ausgestattet werden? Hat sie keinen Geschmack?« fragte er.

»O doch, sehr viel; aber der bezieht sich mehr auf Literatur«, sagte Pansy, »und auf Konversation. Aber auch Papa interessiert sich für solche Dinge. Ich glaube, der weiß alles.«

Rosier verstummte kurz. »Und eines weiß er ganz bestimmt!« brach es dann aus ihm heraus. »Er weiß, daß wenn ich hierherkomme, dann – bei allem Respekt ihm gegenüber, bei allem Respekt Mrs. Osmond gegenüber, die so reizend ist – dann komme ich«, sagte der junge Mann, »um Sie zu sehen!«

»Um mich zu sehen?« Und Pansy hob leicht beunruhigt den Blick.

»Um Sie zu sehen, deswegen komme ich«, wiederholte Rosier und verspürte das berauschende Gefühl eines eklatanten Verstoßes gegen die Erwartungen einer ganz bestimmten Autorität.

Pansy stand da und schaute ihn klaren, unverwandten, freien Blickes an. Die leichte Röte wäre gar nicht nötig gewesen, um ihr Gesicht noch sittsamer wirken zu lassen. »Ich dachte mir schon, daß das der Grund ist.«

»Und es war Ihnen nie unangenehm?«

»Das kann ich nicht sagen; ich wußte es ja nicht. Sie haben es mir ja nie gesagt«, erwiderte Pansy.

»Ich wollte Ihnen nicht zu nahe treten.«

»Sie treten mir nicht zu nahe«, sprach das Mädchen mit leiser Stimme und lächelte, als habe es soeben ein Engel geküßt.

»Dann mögen Sie mich also, Pansy?« fragte Rosier sehr einfühlsam und voller Glück.

»Ja – ich mag Sie.«

Sie waren zum Kaminsims hinübergegangen, auf dem die große, alte Empireuhr thronte. Sie standen nun gänzlich im

Zimmer und waren der Beobachtung von außen entzogen. Der Ton, in dem sie diese vier Worte zu ihm gesprochen hatte, kam ihm wie der reine Atem der Natur vor, und seine einzig mögliche Reaktion konnte nur darin bestehen, daß er ihre Hand ergriff und sie einen Augenblick lang festhielt. Dann hob er sie an seine Lippen. Sie ließ es geschehen, noch immer mit ihrem ungezierten, vertrauensvollen Lächeln, in dem etwas unaussprechlich Ergebenes lag. Sie mochte ihn, hatte ihn die ganze Zeit über schon gern gehabt. Nun war alles möglich! Sie war ihm geneigt, war ihm die ganze Zeit gewogen gewesen und hatte darauf gewartet, daß er etwas sagte. Hätte er nichts gesagt, hätte sie bis in alle Ewigkeit gewartet. Doch als es nun ausgesprochen ward, fiel sie wie der Pfirsich vom geschüttelten Baum. Rosier spürte, würde er sie jetzt an sich ziehen und ans Herz drücken, würde sie es ohne Widerrede geschehen lassen, würde, ohne Fragen zu stellen, an seiner Brust verweilen. Zwar wäre dies, in einem gelben Empire-*salottino*, ein tollkühnes Experiment. Andererseits hatte sie die ganze Zeit über gewußt, daß er vor allem ihretwegen kam, und hatte darauf in bravouröser Weise wie eine vollendete junge Dame reagiert!

»Sie sind mir sehr lieb und teuer«, flüsterte er und bemühte sich, daran zu denken, daß es schließlich so etwas wie Gastfreundschaft gab.

Sie betrachtete kurz die Stelle auf ihrer Hand, wo er sie geküßt hatte. »Sagten Sie, Papa weiß Bescheid?«

»Gerade vorhin sagten Sie, er wisse alles.«

»Ich glaube, das müssen Sie erst noch herausbekommen«, schränkte Pansy ein.

»Ach, meine Liebe, wenn ich nur Sie bekommen kann!« hauchte Rosier ihr ins Ohr, woraufhin sie sich umwandte und in die anderen Räume zurückkehrte, mit einem Anflug von Entschlossenheit in der Miene, was zu bedeuten schien, ein entsprechender Begehr möge doch ohne Umschweife bei der zuständigen Instanz vorgetragen werden.

In den anderen Räumen hatte man inzwischen von Madame Merles Eintreffen Kenntnis genommen, die, wohin immer sie auch ging, bei ihrem Eintritt Aufmerksamkeit erregte. Wie sie das bewerkstelligte, hätte uns auch der aufmerksamste Beobachter nicht verraten können, denn weder sprach sie laut, noch lachte sie übertrieben oder bewegte sich hektisch oder kleidete sich glanzvoll oder versuchte sonstwie auf bemerkenswerte Art das Wohlwollen des Publikums zu erringen. Groß, blond, lächelnd, gelassen – ihre Ruhe mußte es sein, die sich ihrer Umgebung mitteilte, und wenn die Menschen sich unvermittelt umsahen, dann wegen einer plötzlichen Stille. Unspektakulärer als diesmal hätte ihr Erscheinen nicht sein können; nachdem sie Mrs. Osmond umarmt hatte, was noch das Auffälligste gewesen war, setzte sie sich auf ein kleines Sofa, um mit dem Herrn des Hauses Zwiesprache zu halten. Zunächst gab es einen kurzen Austausch allgemeiner Floskeln zwischen den beiden – in der Öffentlichkeit gehörte ein gewisser förmlicher Tribut ans Floskelhafte zu ihrem Ritual –, und dann wollte Madame Merle, die ihren Blick bereits hatte schweifen lassen, wissen, ob der kleine Mr. Rosier auch gekommen sei.

»Er kam schon vor fast einer Stunde, ist dann aber verschwunden«, sagte Osmond.

»Und wo ist Pansy?«

»Im anderen Zimmer. Dort sind auch weitere Gäste.«

»Dann wird er wohl bei denen sein«, sagte Madame Merle.

»Möchtest du ihn sprechen?« fragte Osmond provozierend tonlos.

Madame Merle warf ihm einen kurzen Blick zu; sie kannte die Nuancen seines Tonfalls bis auf die Achtelnote genau. »Ja, ich hätte ihm gern gesagt, daß ich dich über seinen Wunsch informiert habe und daß es dich nur sehr mäßig interessiert.«

»Sag's ihm nicht. Sonst versucht er bloß, mich stärker für sich einzunehmen, und das ist genau das, was ich nicht will. Sag ihm, ich finde seinen Antrag abscheulich.«

»Aber du findest ihn doch gar nicht abscheulich.«

»Das besagt gar nichts; jedenfalls habe ich etwas dagegen. Ich habe es ihm heute abend auch schon selbst zu verstehen gegeben, indem ich betont unhöflich zu ihm war. Solche Sachen sind immer nur lästig. Außerdem hat das Ganze keine Eile.«

»Ich werde ihm sagen, daß du dir alles noch einmal in Ruhe überlegen willst.«

»Nein, tu das nicht. Sonst läßt er nicht locker.«

»Wenn ich ihn von seinem Vorhaben abzubringen versuche, tut er das gleiche.«

»Ja, aber im ersten Fall wird er dann das Reden und Erklären anfangen, was mir außerordentlich auf die Nerven gehen würde. Im zweiten wird er wahrscheinlich den Mund halten und sich eine raffiniertere Taktik ausdenken. Damit habe ich dann meine

Ruhe. Ich hasse es, mich mit einem Trottel unterhalten zu müssen.«

»Und für einen solchen hältst du den armen Mr. Rosier?«

»Ach, der Mensch regt mich einfach auf – mit seinen ewigen Majoliken.«

Madame Merle senkte den Blick; sie zeigte ein feines Lächeln. »Er ist ein Gentleman, er hat eine charmante Art – und er hat noch dazu ein Einkommen von vierzigtausend Francs!«

»Es ist ein Jammer. Vornehm geht die Welt zugrunde«, unterbrach Osmond. »Meine Traumvorstellung für Pansy sieht völlig anders aus.«

»Na gut. Er hat mir versprochen, nicht mit ihr zu sprechen.«

»Das glaubst du ihm?« fragte Osmond zerstreut.

»Voll und ganz. Pansy hat sich zwar seinetwegen eine Menge Gedanken gemacht, aber ich nehme nicht an, daß das in deinen Augen eine Rolle spielt.«

»Das spielt in meinen Augen überhaupt keine Rolle. Aber genausowenig glaube ich, daß sie sich seinetwegen Gedanken gemacht hat.«

»Eine solche Einstellung ist natürlich noch bequemer«, sagte Madame Merle ruhig.

»Hat sie dir erzählt, sie sei in ihn verliebt?«

»Wofür hältst du sie? Und wofür hältst du mich?« ergänzte Madame Merle sofort.

Osmond hob den Fuß und ließ nun sein schlankes Fußgelenk auf dem anderen Knie ruhen. Ungezwungen ergriff er den Knöchel mit der Hand – sein langer, schlanker Zeigefinger und der genauso feingliedrige Daumen konnten ihn ringförmig umspannen – und starrte eine Weile vor sich hin. »Ich habe mit so etwas früher oder später gerechnet. Für diesen Fall habe ich sie erzogen. Alles war darauf hin ausgerichtet – daß sie nämlich, wenn es einmal soweit ist, das tut, was ich gerne hätte.«

»Ich hege keine Bedenken, daß sie das nicht tun wird.«

»Und wo soll dann der Haken sein?«

»Ich sehe keinen. Dennoch empfehle ich, Mr. Rosier nicht völlig fallenzulassen. Halte ihn bei Laune; er kann noch nützlich sein.«

»Ich halte den einfach nicht aus; du kannst ihn für dich haben.«

»Auch gut. Dann stelle ich ihn in eine Ecke, aus der er ab und zu mal ein bißchen heraus darf.« Während ihrer Unterhaltung hatte sich Madame Merle fortwährend umgeblickt. Sie tat das gewohnheitsmäßig in einer solchen Situation, genauso wie sie gewohnheitsmäßig immer wieder scheinbar desinteressierte Pausen einlegte. Ein langes Schweigen folgte den soeben wiedergegebenen Worten, und noch ehe es beendet war, sah sie Pansy aus dem angrenzenden Zimmer kommen, gefolgt von Edward Rosier. Das Mädchen kam noch ein paar Schritte näher, blieb dann stehen und sah Madame Merle und ihren Vater an.

»Er hat mit ihr geredet«, nahm Madame Merle das Gespräch mit Osmond wieder auf.

Der Angesprochene wandte noch nicht einmal den Kopf. »Wie war das doch mit deinem Glauben an seine Versprechungen? Man sollte ihm die Reitpeitsche geben!«

»Er will ja schon beichten, der arme Kleine!«

Osmond stand auf und sah seine Tochter scharf an. »Es spielt keine Rolle«, brummte er und ging davon.

Nach einem Moment trat Pansy mit rührender, unfamiliärer Höflichkeit zu Madame Merle. Die Begrüßung durch besagte Dame fiel auch nicht viel intimer aus; sie erhob sich vom Sofa und lächelte Pansy nur freundlich an.

»Sie sind sehr spät gekommen«, sagte das junge Wesen sanft.

»Mein liebes Kind, ich komme nie später, als ich es vorhabe.«

Madame Merle war nicht aus Liebenswürdigkeit gegenüber Pansy aufgestanden; sie ging zu Edward Rosier hinüber. Er kam ihr einen Schritt entgegen und flüsterte hastig, als müsse er es unbedingt loswerden: »Ich habe es ihr gesagt!«

»Ich weiß, Mr. Rosier.«

»Hat sie es Ihnen gesagt?«

»Ja, das hat sie. Benehmen Sie sich ordentlich für den Rest des Abends, und morgen, um Viertel nach fünf, besuchen Sie mich.« Sie gab sich streng, und in der Art, wie sie ihn danach stehenließ, lag eine gewisse Verachtung, die ihn veranlaßte, ihr leise eine dezente Verwünschung hinterher zu schicken.

Er hatte nicht die Absicht, mit Osmond zu sprechen; jetzt war weder die Zeit noch der Ort dazu. Doch instinktiv schlenderte er zu Isabel, die mit einer alten Dame beisammensaß. Er setze sich ihr gegenüber; die alte Dame war Italienerin, und Rosier nahm als selbstverständlich an, daß sie kein Englisch verstand. »Sie sagten vorhin, sie würden mir nicht helfen«, begann er zu Mrs. Osmond gewandt. »Vielleicht denken Sie anders darüber, wenn Sie wissen – wenn Sie wissen – !«

Isabel beendete sein Stottern. »Wenn ich was weiß?«

»Daß es ihr gut geht.«

»Was wollen Sie damit sagen?«

»Daß wir uns einig sind.«

»Ihr geht es wohl zu gut«, sagte Isabel. »Die Sache ist aussichtslos.«

Der arme Rosier sah sie halb flehentlich, halb ärgerlich an. Ein plötzliches Erröten bezeugte sein Empfinden von Unbill und Kränkung. »Noch niemals bin ich so behandelt worden«, sagte er. »Was hat man hier eigentlich gegen mich? Normalerweise begegnet man mir völlig anders. Ich hätte schon zwanzigmal heiraten können.«

»Ein Jammer, daß Sie es nicht taten. Zwanzigmal hätte es ja nicht sein müssen, aber einmal und glücklich«, setzte Isabel freundlich lächelnd hinzu. »Für Pansy sind Sie nicht reich genug.«

»Sie schert sich einen Pfifferling darum, wieviel Geld jemand hat.«

»Sie nicht, aber ihr Vater schon.«

»O ja, das hat er zur Genüge bewiesen!« rief der junge Mann.

Isabel erhob sich, wandte sich von ihm ab und ließ die alte Dame ohne Aufhebens allein zurück. Rosier beschäftigte sich während der nächsten zehn Minuten damit, so zu tun, als betrachte er Gilbert Osmonds Kollektion von Miniaturen, die säuberlich auf einer Reihe kleiner Samtunterlagen angeordnet waren. Er betrachtete sie, ohne sie wahrzunehmen; seine Wangen brannten, denn zu heftig war das Gefühl, gekränkt worden zu sein. Zweifellos war er noch nie zuvor so behandelt worden; er war es nicht gewohnt, daß man ihn für nicht gut genug hielt. Er kannte seinen eigenen Wert, und wäre eine derartige Fehleinschätzung nicht so bösartig gewesen, hätte er darüber lachen können. Er suchte erneut nach Pansy, aber sie war verschwunden, und so verspürte er nur noch das Bedürfnis, das Haus zu verlassen. Zuvor sprach er aber noch einmal Isabel an. Der Gedanke verschaffte ihm Pein, sich ihr gegenüber zu einer ungebührlichen Aussage verstiegen zu haben – das einzige Argument, mit dem man jetzt eine schlechte Meinung von ihm hätte rechtfertigen können.

»Ich habe mich vorhin auf eine Weise über Mr. Osmond geäußert, die unangemessen war«, begann er. »Aber Sie müssen auch meine Lage bedenken.«

»Mir ist entfallen, was Sie sagten«, antwortete sie kühl.

»Ach, jetzt sind Sie beleidigt und werden mir erst recht nicht helfen.«

Sie verstummte kurz und fuhr dann in einem anderen Ton fort: »Nicht, daß ich nicht wollte – ich kann es schlichtweg nicht!« Sie wurde beinahe heftig.

»Wenn Sie es doch nur ein klein bißchen könnten, würde ich von Ihrem Gatten nur noch als von einem Engel sprechen.«

»Das ist allerdings eine große Versuchung«, sagte Isabel ernst, ja unergründlich, wie er es im nachhinein nannte, und dabei schaute sie ihm direkt in die Augen, ebenfalls unergründlich. Irgendwie erinnerte ihn dieser Blick daran, daß er sie schon als Kind gekannt hatte. Doch der Blick war durchdringender, als ihm lieb war, und so empfahl er sich.

38. KAPITEL

Er suchte Madame Merle am folgenden Tag auf, und zu seiner Überraschung kam er relativ glimpflich davon. Allerdings mußte er ihr versprechen, von sich aus nichts mehr zu unternehmen, bis eine Entscheidung gefallen sei. Mr. Osmond habe mit seiner Tochter Höheres im Sinn, und so sei es nur allzu berechtigt, wenn man, da er ja seiner Tochter keinerlei Mitgift mitzugeben gedenke, dergleichen hochgespannte Erwartungen kritisiere oder sogar, wenn man denn meine, verspotte. Sie jedoch empfehle Mr. Rosier nicht, einen solchen Ton anzuschlagen; wollte er sich nur in Geduld üben, gelange er vielleicht doch noch ans Ziel seiner Wünsche. Zwar stehe Mr. Osmond seiner Werbung nicht gerade wohlwollend gegenüber, doch würde es keineswegs an ein Wunder grenzen, wenn er sich nicht nach und nach anders besänne. Pansy werde sich nie den Wünschen ihres Vaters widersetzen, worauf er sich verlassen könne; folglich sei auch durch überstürztes Vorgehen nichts zu gewinnen. Mr. Osmond müsse sich innerlich erst mit einem Antrag vertraut machen, der von einer von ihm bis dato nie erwogenen Beschaffenheit sei, und dieser Vorgang müsse aus sich heraus zu einem Ergebnis führen, weshalb es zwecklos wäre, dies erzwingen zu wollen. Rosier merkte an, daß während dieses

Zeitraums seine Lage die erdenklich unerfreulichste sei, woraufhin Madame Merle ihn ihres Mitgefühls versicherte. Dennoch könne man, wie sie zu Recht erklärte, nicht alles haben, was man haben wolle, eine Lektion, die auch ihr nicht erspart geblieben sei. Es wäre im übrigen sinnlos, sollte er sich schriftlich an Gilbert Osmond wenden wollen, der sie beauftragt habe, ihm das auszurichten. Er wünsche die Angelegenheit für einige Wochen ruhen zu lassen und werde selbst schreiben, sollte er etwas mitzuteilen haben, das zu vernehmen Mr. Rosiers Herz erfreuen würde.

»Es gefällt ihm nicht, daß Sie mit Pansy gesprochen haben. Oh – das gefällt ihm ganz und gar nicht«, sagte Madame Merle.

»Ich bin voll und ganz bereit, ihm die Gelegenheit zu geben, mir das selbst zu sagen!«

»Sollten Sie das tun, wird er Ihnen mehr sagen, als Sie zu hören wünschen. Betreten Sie einen Monat lang sein Haus so wenig wie möglich und überlassen Sie alles weitere mir.«

»So wenig wie möglich? Wer bestimmt darüber, wieviel möglich ist?«

»Lassen Sie mich es bestimmen. Gehen Sie donnerstags abends hin wie alle Welt auch, aber tauchen Sie nicht zu den unmöglichsten Zeiten auf und machen Sie sich keinen Kummer wegen Pansy. Ich werde dafür sorgen, daß sie alles richtig versteht. Sie ist ein ruhiges kleines Ding; sie wird es gelassen aufnehmen.«

Mr. Rosier machte sich eine Menge Kummer wegen Pansy, tat aber, wie ihm geraten, und wartete bis zum nächsten Donnerstag abend, ehe er sich wieder im Palazzo Roccanera einfand. Da es dort eine Dinnerparty gab, waren, obwohl er schon recht früh eintraf, bereits zahlreiche Gäste zugegen. Osmond hielt sich, wie gewohnt, im ersten Raum am Kamin auf, von wo aus er direkt auf die Tür blickte, so daß Rosier, wollte er nicht ausgesprochen unhöflich sein, zu ihm hingehen und ihn ansprechen mußte.

»Ich freue mich, daß Sie einen Wink mit dem Zaunpfahl verstehen«, sagte Pansys Vater und kniff dabei seine scharfen, wachen Augen leicht zusammen.

»Auf Zaunpfähle verstehe ich mich nicht. Aber ich habe eine Botschaft erhalten, die wohl auch als solche gedacht war.«

»Sie haben eine gedachte Botschaft erhalten? Was es nicht alles gibt!«

Der arme Rosier gewann den Eindruck, daß man ihn verhöhnte, und so fragte er sich stumm einen Augenblick lang, was sich ein wahrer Liebhaber denn alles gefallen lassen müsse.

»Madame Merle hat mir, so habe ich es jedenfalls verstanden, eine Botschaft von Ihnen übermittelt, und zwar des Inhalts, daß Sie es ablehnen, mir die gewünschte Gelegenheit zu geben, die Gelegenheit nämlich, Ihnen meine Vorstellungen zu erläutern.« Und er schmeichelte sich selbst, sehr bestimmt gesprochen zu haben.

»Ich verstehe nicht, was Madame Merle mit der Sache zu tun hat. Warum haben Sie sich denn an Madame Merle gewandt?«

»Ich bat sie um eine Meinung – das ist alles. Ich tat das, weil ich den Eindruck hatte, sie kenne Sie recht gut.«

»Sie kennt mich nicht so gut, wie sie glaubt«, sagte Osmond.

»Das tut mir leid, denn sie hat mir ein klein wenig Grund zur Hoffnung gegeben.«

Osmond sah kurz ins Feuer. »Ich habe den Preis für meine Tochter sehr hoch angesetzt.«

»Sie können keinen höheren Preis ansetzen als ich. Ist die Tatsache, daß ich sie heiraten möchte, nicht der Beweis dafür?«

»Ich möchte sie sehr gut verheiraten«, fuhr Osmond mit solch trockener Unverfrorenheit fort, daß es den armen Rosier mit Bewunderung erfüllt hätte, wäre er anderer Stimmung gewesen.

»Und ich behaupte selbstverständlich, daß sie sehr gut heiratet, indem sie mich heiratet. Sie könnte keinen heiraten, der sie mehr liebt – oder den sie, wie ich hinzufügen darf, mehr liebt.«

»Ich bin nicht geneigt, Ihren Spekulationen zu folgen bezüglich der Person, die meine Tochter liebt« – und Osmond sah dabei mit einem schnellen, kalten Lächeln auf.

»Ich spekuliere nicht. Ihre Tochter hat sich erklärt.«

»Mir gegenüber nicht«, erwiderte Osmond und beugte sich ein wenig vor, um seine Stiefelspitzen zu inspizieren.

»Ich habe das Wort Ihrer Tochter, Sir!« rief Rosier mit der Heftigkeit des Verzweifelten aus.

Da sie sich zuvor sehr gedämpften Tones unterhalten hatten, erregte eine so schrille Note Aufmerksamkeit seitens der Abendgesellschaft. Osmond wartete, bis die Unruhe wieder abgeklungen war, und sagte dann völlig ungerührt: »Ich glaube, an ein solches Wort erinnert sie sich nicht.«

Sie waren mit dem Gesicht zum Feuer gestanden, und nachdem er diese letzten Worte geäußert hatte, drehte sich der Herr des Hauses um und wandte sich wieder dem Raum zu. Noch ehe Rosier Zeit zu einer Erwiderung fand, wurde er eines Gentleman gewahr, eines Fremden, der soeben das Zimmer betreten hatte, ungemeldet entsprechend römischer Sitte, und der gerade im Begriff stand, sich dem Gastgeber vorzustellen. Letzterer lächelte ausdruckslos, aber auch etwas ratlos. Der Gast sah gut aus, hatte einen großen, blonden Bart und war offensichtlich Engländer.

»Anscheinend erkennen Sie mich nicht wieder«, sagte er mit einem Lächeln, das mehr beinhaltete als Osmonds.

»O ja, jetzt erkenne ich Sie. Ich hatte nur nicht mit Ihnen gerechnet.«

Rosier entfernte sich und machte sich unverzüglich auf die Suche nach Pansy. Er forschte, wie üblich, im angrenzenden Raum nach ihr, wo ihm erneut Mrs. Osmond über den Weg lief. Er bedachte seine Gastgeberin mit keinerlei Gruß; seine rechtschaffene Entrüstung war zu groß. Er sagte lediglich barschen Tones: »Ihr Gatte ist ja so was von kaltblütig!«

Wieder zeigte sie das gleiche rätselhafte Lächeln, das er schon zuvor bemerkt hatte. »Sie können doch nicht erwarten, daß jeder so heißblütig ist wie Sie!«

»Ich behaupte ja nicht, eiskalt zu sein, aber ich behalte meinen kühlen Kopf. Was hat er mit seiner Tochter angestellt?«

»Ich habe keine Ahnung.«

»Sie interessieren sich nicht dafür?« begehrte Rosier zu wissen und stellte fest, daß auch sie ihm zusehends auf die Nerven ging.

Zunächst gab sie keine Antwort, sagte dann aber abrupt: »Nein!«, während ein rasches Aufblitzen in ihren Augen ihre Aussage Lügen strafte.

»Verzeihen Sie mir, aber ich glaube Ihnen nicht. Wo ist Miß Osmond?«

»Dort in der Ecke beim Teezubereiten. Bitte lassen Sie sie in Ruhe.«

Rosier entdeckte jetzt seine Freundin hinter dazwischenstehenden Gruppen, die ihm die Sicht verwehrt hatten. Er beobachtete Pansy, doch ihre volle Aufmerksamkeit galt den Tätigkeiten, die sie gerade ausführte. »Was um Himmels willen hat er mit ihr angestellt?« fragte er noch einmal flehentlich. »Mir hat er erklärt, sie hätte mich aufgegeben.«

»Sie hat Sie nicht aufgegeben«, sagte Isabel mit leiser Stimme und ohne ihn anzusehen.

»Oh, ich danke Ihnen für diese Nachricht! Von nun an lasse ich sie in Ruhe, solange Sie es für richtig halten!«

Er hatte den Satz kaum beendet, als er sah, wie sie sich verfärbte, und gewahr wurde, daß Osmond auf sie zukam und den Gentleman mitbrachte, der kurz zuvor eingetroffen war. Trotz des Vorzugs eines attraktiven Äußeren und trotz erkennbarer Gewandtheit im gesellschaftlichen Umgang schien Rosier der letztere doch ein wenig verlegen zu sein. »Isabel«, sagte ihr Gatte, »hier bringe ich dir einen alten Freund.«

Mrs. Osmonds Miene strahlte, ungeachtet eines Lächelns, ebensowenig uneingeschränkte Selbstsicherheit aus wie die ihres alten Freundes. »Ich freue mich sehr, Lord Warburton zu begrüßen«, sagte sie. Rosier entfernte sich, und da nun sein Gespräch mit ihr unterbrochen worden war, fühlte er sich von dem kleinen Gelübde entbunden, das er soeben abgelegt hatte. Er begriff rasch, daß Mrs. Osmond jetzt auf sein Tun nicht achten würde.

Und in der Tat, um ihm Gerechtigkeit widerfahren zu lassen, unterbrach Isabel eine Weile ihre Beobachtung von Rosiers Treiben. Man hatte sie unvorbereitet konfrontiert, und sie wußte kaum, ob sie nun Schmerz oder Vergnügen empfand. Lord Warburton hingegen war sich, da er ihr jetzt von Angesicht zu Angesicht gegenüberstand, seiner eigenen Empfindungen in dieser Situation deutlich bewußt, obwohl seine grauen Augen noch immer die alte, feine Eigenschaft hatten, die Freude des Wiedererkennens und deren Bekräftigung mit strikter Gemessenheit zu zelebrieren. Er war, im Vergleich zu früher, ›gewichtiger‹ geworden und sah älter aus; sehr solid und sehr präsent stand er da.

»Sie haben mich vermutlich nicht erwartet«, sagte er. »Ich bin heute erst angekommen, genaugenommen sogar erst heute abend. Und wie Sie sehen, habe ich keine Zeit vertan, Ihnen meine Aufwartung zu machen. Ich wußte, daß Sie donnerstags immer zu Hause sind.«

»Du siehst, der Ruhm deiner Donnerstage ist schon bis nach England gedrungen«, bemerkte Osmond zu seiner Frau.

»Es ist sehr liebenswürdig von Lord Warburton, uns so schnell aufzusuchen. Wir fühlen uns sehr geschmeichelt«, sagte Isabel.

»Und außerdem ist es hier bei uns besser, als in einem dieser gräßlichen Gasthöfe abzusteigen«, fuhr Osmond fort.

»Das Hotel scheint recht gut zu sein. Ich glaube, es ist dasselbe, in dem ich Sie vor vier Jahren traf. Hier in Rom sind wir ja einander zum ersten Mal begegnet; es ist schon lange her. Wissen Sie noch, wo ich mich von Ihnen verabschiedete?« fragte

Seine Lordschaft die Gastgeberin. »Es war im Kapitol, im ersten Raum.«

»Daran erinnere sogar ich mich«, sagte Osmond. »Ich war damals auch dort.«

»Ja, das weiß ich noch. Ich habe Rom damals sehr ungern verlassen – so ungern, daß ich es aus mancherlei Gründen nur noch in trauriger Erinnerung behielt und bis heute keine Lust hatte zurückzukommen. Aber ich wußte, daß Sie hier wohnen«, wurde Isabel von ihrem alten Freund direkt angesprochen, »und ich versichere Ihnen, ich habe oft an Sie gedacht. Hier muß es sich ja ganz entzückend leben lassen«, setzte er hinzu und ließ über ihr etabliertes Heim einen Blick schweifen, aus dem sie schwach den Schatten seines früheren Seelenschmerzes herauszulesen glaubte.

»Wir hätten uns jederzeit glücklich gepriesen, wenn Sie uns besucht hätten«, bemerkte Osmond artig.

»Vielen Dank, sehr freundlich. Ich habe England seit damals nicht verlassen. Noch bis vor einem Monat bin ich der Meinung gewesen, die Zeit meines Umherreisens sei vorbei.«

»Ich habe immer wieder einmal von Ihnen gehört«, sagte Isabel, die mit ihrer seltenen Begabung für dergleichen seelische Kunststückchen bereits herausgefunden hatte, wieviel ihr das Wiedersehen mit ihm bedeutete.

»Hoffentlich haben Sie da nichts Schlimmes gehört. Mein Leben war zwischenzeitlich von einer bemerkenswert umfassenden Ereignislosigkeit geprägt.«

»Wie die Zeiten guter Regierungen in der Geschichte«, unterstellte Osmond. Er schien seine Aufgabe als Gastgeber nunmehr für beendet zu halten – die er doch so gewissenhaft wahrgenommen hatte. Nichts hätte seinem Stil mehr entsprechen, nichts von außen liebenswürdiger bewertet werden können als seine Verbindlichkeit gegenüber dem alten Freund seiner Frau. Sein Verhalten war formvollendet, war unmißverständlich, war alles, nur nicht natürlich – ein Mangel, der Lord Warburton, welcher selbst über ein gerüttelt Maß an Natürlichkeit verfügte, aller Wahrscheinlichkeit nach nicht entgangen sein dürfte. »Ich werde Sie mit Mrs. Osmond jetzt alleinlassen«, setzte Osmond hinzu. »Ihr habt beide gemeinsame Erinnerungen, die ich nicht stören möchte.«

»Ich fürchte, da versäumen Sie einiges!« rief ihm Lord Warburton beim Weggehen in einem Ton nach, der vielleicht ein wenig zuviel der Wertschätzung für Osmonds Großzügigkeit verriet. Danach schenkte er Isabel einen tiefen Blick, den tiefsten und gefühlvollsten aller Blicke, in den erst allmählich wieder Ernsthaftigkeit zurückkehrte. »Ich freue mich wirklich außerordentlich, Sie zu sehen.«

»Sehr freundlich. Sie sind sehr liebenswürdig.«

»Wissen Sie, daß Sie sich verändert haben – ein bißchen?«

Sie zögerte nur kurz. »Ja – ein bißchen sehr.«

»Ich meine natürlich nicht zum Schlechteren. Und doch: Wie könnte ich sagen zum Besseren?«

»Ich meinerseits kann das bedenkenlos von Ihnen sagen«, gab sie kühn zurück.

»Na ja – in meinem Fall macht das wohl die verstrichene Zeit aus. Wäre ja auch schlimm, wenn sie so ganz spurlos an mir vorübergegangen wäre.« Sie setzten sich, und dann fragte sie ihn nach seinen Schwestern und anderen, eher beiläufigen Dingen. Er beantwortete ihre Fragen, als interessierten sie ihn wirklich, und nach wenigen Augenblicken erkannte sie – beziehungsweise glaubte sie zu erkennen –, daß er sie nicht mehr in dem Maße und mit dem ganzen Gewicht seiner Persönlichkeit bedrängen wollte wie ehedem. Der Atem der Zeit hatte sein Temperament gestreift und ihm, ohne es abzukühlen, das erleichternde Gefühl verschafft, frische Luft geschöpft zu haben. Isabel spürte, wie ihre ohnehin schon vorhandene Wertschätzung des Faktors Zeit noch einmal sprunghaft gesteigert wurde. Ihr Freund legte eindeutig das Verhalten eines zufriedenen Mannes an den Tag, dem durchaus daran gelegen war, allgemein – oder doch zumindest bei ihr – als ein solcher zu gelten. »Es gibt da etwas, was ich Ihnen ohne weitere Umschweife sagen muß«, nahm der das Gespräch wieder auf. »Ich habe Ralph Touchett mitgebracht.«

»Sie haben ihn mitgebracht?« Isabels Überraschung war groß.

»Er ist im Hotel; er war zu müde, um noch einmal wegzugehen, und hat sich ins Bett gelegt.«

»Ich werde ihn besuchen«, sagte sie sofort.

»Genau das habe ich mir von Ihnen erhofft. Ich hatte den vagen Eindruck, daß Sie seit Ihrer Heirat nicht allzu viel von ihm gesehen haben und daß Ihre gegenseitigen Beziehungen vielleicht eher – ein wenig förmlich geworden sind. Deshalb habe ich gezögert – ganz wie ein verlegener Brite eben.«

»Ich habe Ralph gern wie eh und je«, antwortete Isabel. »Aber warum ist er nach Rom gekommen?« Die Feststellung hatte sehr warmherzig geklungen; die Frage klang ein wenig scharf.

»Weil es gar nicht gut um ihn steht, Mrs. Osmond.«

»Dann ist Rom nicht der richtige Ort für ihn. Er hat mir erzählt, daß er sich entschlossen habe, seine Gewohnheit des Überwinterns im Ausland aufzugeben und statt dessen in England zu bleiben, innerhalb des Hauses, in einem künstlichen Klima, wie er es nannte.«

»Armer Kerl, mit dem Künstlichen kommt er überhaupt nicht zurecht! Vor drei Wochen hatte ich ihn in Gardencourt besucht und fand ihn absolut krank vor. Es ist ihm von Jahr zu Jahr schlechter gegangen, und jetzt hat er gar keine Kraft mehr. Er raucht nicht einmal mehr seine Zigaretten! Er hatte sich tatsächlich ein künstliches Klima geschaffen; in dem Haus herrschte eine Hitze wie in Kalkutta. Trotzdem hatte er es sich plötzlich in den Kopf gesetzt, nach Sizilien aufzubrechen. Ich habe es nicht für ernst genommen, seine Ärzte genausowenig wie alle seine Freunde. Seine Mutter hält sich, wie Sie wohl wissen werden, in Amerika auf, und somit gab es niemanden, der ihn von seinem Vorhaben hätte abbringen können. Er verbohrte sich in die Idee, daß es seine Rettung wäre, wenn er den Winter in Catania verbrächte. Er sagte, er könne doch Dienstpersonal mitnehmen und Möbel und es sich dort gemütlich einrichten; aber Tatsache ist, daß er nichts mitgenommen hat. Ich wollte haben, daß er wenigstens mit dem Schiff reist, damit er sich die Strapazen einer Überlandfahrt erspart. Er hingegen behauptete, er hasse das Meer, und außerdem wolle er in Rom Station machen. Schließlich habe ich mich entschlossen, obwohl ich das Ganze für aberwitzig hielt, ihn zu begleiten. Ich habe im Moment die Funktion, einen mäßigenden Einfluß auszuüben und die Rolle eines – wie heißt das doch in Amerika – Moderators zu spielen. Der arme Ralph ist zur Zeit wirklich sehr moderat beieinander. Vor zwei Wochen sind wir aus England abgereist, und während der ganzen Fahrt ist es ihm sehr schlecht gegangen. Er friert andauernd, und je weiter wir nach Süden kommen, desto mehr spürt er die Kälte. Er hat einen recht guten Diener, aber ich fürchte, Ralph befindet sich schon jenseits aller menschlichen Hilfsmöglichkeiten. Ich hatte darauf gedrungen, daß er irgendeinen klugen Burschen mitnimmt – irgendeinen strengen jungen Arzt, meine ich, doch er wollte nichts davon hören. Falls Sie mir die Bemerkung gestatten, finde ich den Zeitpunkt, zu dem sich Mrs. Touchett zu ihrer Amerikareise entschloß, doch recht eigenartig gewählt.«

Isabel hatte voller Anteilnahme zugehört; in ihrem Gesicht spiegelten sich Schmerz und Erstaunen wider. »Meine Tante tut dergleichen zu genau festgesetzten Terminen und läßt sich durch nichts davon abbringen. Wenn der Tag da ist, bricht sie auf. Ich glaube, sie wäre selbst dann aufgebrochen, wenn Ralph im Sterben gelegen hätte.«

»Manchmal glaube ich, er liegt im Sterben«, sagte Lord Warburton.

Isabel sprang auf. »Dann gehe ich jetzt gleich zu ihm.«

Er hielt sie zurück; er war selbst ein wenig betroffen von der unmittelbaren Wirkung seiner Worte. »Ich wollte nicht ausdrükken, daß ich es für heute abend befürchte. Im Gegenteil: Tagsüber im Zug schien es ihm besonders gut zu gehen. Der Gedanke, daß wir nun in Rom ankommen würden – und er liebt Rom sehr –, gab ihm Kraft. Vor einer Stunde, als ich ihm gute Nacht wünschte, sagte er mir, daß er zwar sehr müde, aber auch sehr glücklich sei. Besuchen Sie ihn morgen vormittag; mehr wollte ich eigentlich nicht sagen. Ich habe ihm nichts davon erzählt, daß ich zu Ihnen gehe; ich habe mich erst nachträglich dazu entschlossen, als mir wieder einfiel, daß er Ihre regelmäßigen Abende erwähnt hatte und daß heute einer dieser Donnerstage ist. Da dachte ich mir, ich schaue mal vorbei, sage Ihnen, daß er hier ist, und lasse Sie wissen, daß Sie besser nicht warten, bis er Sie besucht. Ich glaube, er sagte auch noch, er habe Ihnen nicht geschrieben.« Isabel hätte gar nicht zu erklären brauchen, daß sie entsprechend Lord Warburtons Rat handeln werde. Wie sie so dasaß, glich sie einer geflügelten Kreatur, der man es verwehrte fortzufliegen. »Abgesehen davon, daß ich selbst Sie wiedersehen wollte«, fügte ihr Gast galant hinzu.

»Ich begreife nicht, was Ralph vorhat. Mir kommt das reichlich verrückt vor«, sagte sie. »Ich war beruhigt, wenn ich ihn mir zwischen diesen dicken Mauern von Gardencourt vorstellte.«

»Dort war er ja völlig allein. Die dicken Mauern waren seine einzige Gesellschaft.«

»Sie haben ihn besucht; das war wirklich außerordentlich nett von Ihnen.«

»Du lieber Himmel, ich hatte ja sonst nichts zu tun«, sagte Lord Warburton.

»Wir hören hier im Gegenteil, daß Sie große Dinge vollbringen. Alle Welt spricht von Ihnen als von einem großen Politiker, und ich sehe Ihren Namen andauernd in der *Times*, die ihn übrigens nicht gerade mit Hochachtung zu nennen scheint. Offenbar sind Sie noch immer der kämpferische Radikale von früher.«

»Ich komme mir nicht annähernd so kämpferisch vor. Es scheint mich nur plötzlich die Welt entdeckt zu haben. Touchett und ich führen schon seit London eine Art parlamentarischer Debatte. Ich heiße ihn den letzten Tory, und er nennt mich den König der Goten, behauptet, ich gliche dem Barbaren aufs Haar und bis in alle Einzelheiten meiner äußeren Erscheinung. Sie sehen also, er steckt noch voller Leben.«

Isabel hätte noch viele Fragen bezüglich Ralph gehabt, verzichtete aber darauf, sie alle zu stellen. Sie wollte sich am folgenden Tag selbst ein Bild machen. Sie erkannte, daß Lord Warburton nach einer Weile dieses Gesprächsstoffs überdrüssig werden würde; er hatte sein eigenes Konzept möglicher anderer Themen. Sie gelangte mehr und mehr zu der Überzeugung, daß er sich von seiner Enttäuschung erholt hatte, und – was in diesem Zusammenhang wichtiger ist – sie konnte sich diese Tatsache ohne Bitterkeit eingestehen. In der Vergangenheit war er für sie ein solcher Inbegriff von Ungeduld, von Hartnäckigkeit gewesen, von etwas, dem man Widerstand entgegensetzen und mit dem man sich auseinandersetzen mußte, daß sein erneutes Auftauchen in ihrem Leben zunächst wie eine drohende Ankündigung neuer Probleme wirkte. Jetzt aber sah sie sich beruhigt; ihr wurde klar, daß ihm lediglich an einem freundschaftlichen Umgang mit ihr gelegen war, daß er ihr zu verstehen geben wollte, er habe ihr verziehen und sei nicht zu Geschmacklosigkeiten in der Lage, wie etwa spitze Bemerkungen zu machen. Selbstverständlich stellte dies keine Form einer Rache dar; sie hegte auch nicht den Argwohn, er könnte sie durch eine Zurschaustellung resignierter Leidenschaftslosigkeit bestrafen wollen; sie gab sich bereitwillig dem Glauben hin, er habe nun einfach begriffen, daß sie ihm jetzt mit freundlichem Interesse begegnen konnte, da sie wußte, er hatte alle Ambitionen aufgegeben. Dabei handelte es sich ihrer Meinung nach um die Resignation einer gesunden, männlichen Natur, bei der sentimentale Verletzungen niemals weiterschwären konnten. Die britische Politik hatte ihn kuriert; sie hatte es im voraus gewußt. Sie verweilte einen neidvollen Gedanken lang beim glücklicheren Los der Männer, denen jederzeit die Möglichkeit gegeben ist, sich in die lindernde Flut von Taten zu stürzen. Natürlich sprach Lord Warburton auch von der Vergangenheit, aber er sprach ohne alle Vieldeutigkeiten von ihr. Er ging sogar so weit, ihr damaliges Zusammentreffen in Rom als eine recht lustige Angelegenheit zu bezeichnen. Und des weiteren erzählte er ihr, wie immens interessiert er die Nachrichten von ihrer Verehelichung verfolgt habe und wie sehr er sich darüber freue, Mr. Osmonds Bekanntschaft zu machen, denn bei ihrer früheren Begegnung sei das wohl kaum der Fall gewesen. Zwar hatte er ihr anläßlich jenes Scheidewegs in ihrem Lebenslauf nicht geschrieben, aber er entschuldigte sich auch nicht dafür. Die einzige Andeutung, die er machte, zielte auf die Feststellung, daß sie alte Freunde seien, ja enge Freunde. Und ganz wie ein enger Freund sagte er zu ihr, unvermittelt, nach einer kurzen Pause, die er lächelnd hatte verstreichen lassen, während er sich gleichzeitig umblickte wie jemand, der sich, vielleicht auf einem Fest in der Provinz, bei einem harmlosen Ratespiel amüsiert:

»Tja, also – ich nehme an, Sie sind jetzt sehr glücklich, mit allem, was dazugehört?«

Isabel antwortete mit einem schnellen Auflachen. Der Ton seiner Bemerkung erinnerte sie fast an den Stil einer Komödie. »Nehmen Sie denn an, ich würde es Ihnen sagen, wenn ich es nicht wäre?«

»Tja – das weiß ich nicht. Ich sähe keinen Grund, warum Sie das nicht tun könnten.«

»Aber ich. Gott sei Dank bin ich sogar sehr glücklich.«

»Sie haben hier ein ganz tolles Haus.«

»Ja, es ist ganz nett. Aber das ist nicht mein Verdienst, sondern das meines Mannes.«

»Sie meinen, er hat es eingerichtet?«

»Ja, als wir einzogen, war es ein Nichts.«

»Dann ist er sicher sehr geschickt.«

»Er hat ein ausgesprochenes Talent für Möbel und Dekorationen.«

»Da ist ja zur Zeit überall die Sammelwut ausgebrochen. Aber Sie müssen doch auch einen persönlichen Geschmack haben.«

»Ich habe meine Freude an Dingen, wenn sie fix und fertig sind; aber ich habe selbst keine Ideen. Ich könnte nie Vorschläge machen.«

»Heißt das, Sie akzeptieren, was andere Ihnen vorschlagen?«

»Sehr gern, meistens jedenfalls.«

»Gut zu wissen. Dann werde ich Ihnen einen Vorschlag machen.«

»Das wäre sehr liebenswürdig. Ich muß allerdings einräumen, daß ich bei gewissen Kleinigkeiten selbst initiativ werden kann. So würde ich Sie beispielsweise jetzt gern mit einigen der Anwesenden bekannt machen.«

»Ach, bitte – nicht. Ich bleibe lieber hier sitzen. Es sei denn, es handelt sich um diese junge Dame dort im blauen Kleid. Sie hat ein so reizendes Gesicht.«

»Die sich gerade mit dem rosigen jungen Mann unterhält? Das ist die Tochter meines Mannes.«

»Ein glücklicher Mann, Ihr Gemahl. Was für ein liebenswertes kleines Geschöpf!«

»Sie müssen ihre Bekanntschaft machen.«

»Gleich – mit Vergnügen. Mir gefällt es, wenn ich sie von hier aus betrachten kann.« Allerdings stellte er seine Betrachtung ziemlich schnell wieder ein. Sein Blick kehrte immer wieder zu Mrs. Osmond zurück. »Wissen Sie was? Ich habe mich doch getäuscht, als ich vorhin sagte, Sie hätten sich verändert«, sprach er gleich darauf weiter. »Jetzt scheinen Sie mir doch im wesentlichen noch die gleiche zu sein.«

»Ich allerdings empfinde es als eine große Veränderung, verheiratet zu sein«, sagte Isabel leicht belustigt.

»Die meisten Menschen sind davon mehr beeindruckt als Sie. Ich persönlich habe mich bis jetzt noch nicht dazu durchringen können.«

»Das überrascht mich schon ein wenig.«

»Gerade Sie müßten es eigentlich verstehen, Mrs. Osmond. Aber ich würde wirklich gern heiraten«, setzte er weniger dramatisch hinzu.

»Das sollte doch wohl nicht allzu schwer sein«, sagte Isabel und stand auf – und gleich verspürte sie den Stich der Erkenntnis, vermutlich deutlich sichtbar, daß ausgerechnet sie kaum die Person war, die eine solche Aussage machen durfte. Es lag vielleicht daran, daß Lord Warburton diesen Stich intuitiv erahnte, weshalb er auch großmütig davon Abstand nahm, darauf hinzuweisen, daß sie selbst nicht willens gewesen war, einen Beitrag zu dieser so leichten Übung zu leisten.

Inzwischen hatte Edward Rosier auf einer Ottomane neben Pansys Teetisch Platz genommen. Zuerst tat er so, als wolle er mit ihr über Belangloses plaudern, und sie fragte ihn, wer der neue Gentleman sei, der sich gerade mit ihrer Stiefmutter unterhielt.

»Ein englischer Lord«, sagte Rosier. »Mehr weiß ich auch nicht.«

»Ich frage mich, ob er wohl gern einen Tee hätte. Die Engländer sind ja so närrisch auf Tee.«

»Das ist doch jetzt völlig uninteressant. Ich muß Ihnen etwas ganz Wichtiges sagen.«

»Sprechen Sie nicht so laut, es kann ja jeder hören«, sagte Pansy.

»Kein Mensch wird etwas hören, wenn Sie nur weiterhin so gucken, als gälte Ihr einziges Interesse in diesem Leben der Hoffnung, daß das Wasser endlich kocht!«

»Der Kessel ist ja gerade erst aufgefüllt worden. Das Personal wird's wohl nie lernen!« – und Pansy seufzte auf unter der Last ihrer Verantwortung.

»Wissen Sie, was mir Ihr Vater soeben eröffnete? Daß Sie das gar nicht so gemeint hätten, was Sie vor einer Woche sagten.«

»Ich meine auch nicht alles so, was ich sage. Schließlich bin ich ein junges Mädchen. Aber ich meine alles so, was ich zu Ihnen sage.«

»Mir sagte er, Sie hätten mich vergessen.«

»Aber woher denn, ich vergesse doch nichts«, sagte Pansy und zeigte ihre hübschen Zähne in einem erstarrten Lächeln.

»Dann ist also alles noch ganz beim alten?«

»Aber woher denn – nicht alles. Papa ist fürchterlich streng mit mir gewesen.«

»Was hat er mit Ihnen gemacht?«

»Er fragte mich, was Sie mit mir gemacht hätten, und da habe ich ihm alles erzählt. Und da hat er mir verboten, Sie zu heiraten.«

»Daran müssen Sie sich ja nicht halten.«

»O doch, das muß ich schon. Ungehorsam gegenüber Papa kommt für mich nicht in Frage.«

»Auch nicht wegen jemandem, der Sie so liebt wie ich und den Sie ja angeblich auch lieben?«

Sie hob den Deckel des Teekessels an und sah kurz in das Gefäß. Dann ließ sie sechs Worte in dessen wohlriechende Tiefe fallen. »Ich liebe Sie noch genauso sehr.«

»Und was habe ich nun davon?«

»Ach«, sagte Pansy und schlug ihre süßen, ausdruckslosen Augen auf. »Das weiß ich doch nicht.«

»Sie enttäuschen mich«, stöhnte der arme Rosier auf.

Sie verstummte für kurze Zeit; sie gab eine Tasse Tee an eine Dienerin weiter. »Bitte, sprechen Sie nicht weiter.«

»Und damit muß ich mich jetzt zufriedengeben?«

»Papa sagt, ich darf nicht mit Ihnen reden.«

»Und Sie geben mich so einfach auf? Das ist wirklich zuviel!«

»Ich wünschte, Sie würden noch ein bißchen warten«, sagte das Mädchen mit einer Stimme, die gerade so deutlich war, daß sie ein Beben verriet.

»Selbstverständlich warte ich, wenn Sie mir nur Hoffnung geben. Aber damit blockieren Sie mein Leben.«

»Ich werde Sie nicht aufgeben – nein!« fuhr Pansy fort.

»Er wird Sie mit jemand anderem verheiraten wollen.«

»Da mache ich nie mit!«

Sie zögerte erneut. »Ich werde mit Mrs. Osmond sprechen, und sie wird uns helfen.« In der Regel wählte sie diese Form der Anrede für ihre Stiefmutter.

»Die wird uns nicht viel helfen. Sie hat Angst.«

»Angst wovor?«

»Vor Ihrem Vater, nehme ich an.«

Pansy schüttelte ihren kleinen Kopf. »Die hat vor niemandem Angst. Wir müssen nur Geduld haben.«

»Ach – was für ein grauenvolles Wort«, stöhnte Rosier und war zutiefst verstört. Die Regeln guten Benimms ignorierend, ließ er den Kopf in die Hände fallen, stützte ihn mit melancholischer Grazie auf und starrte den Teppich an. Es dauerte nicht lange, und er registrierte eine beträchtliche Unruhe um sich herum, und als er den Blick hob, sah er Pansy einen Knicks machen, der noch immer ihr kleiner Knicks aus der Klosterzeit war, und zwar machte sie ihn vor dem englischen Lord, der von Mrs. Osmond in die Abendgesellschaft eingeführt worden war.

39. KAPITEL

Den aufmerksamen Leser wird es nicht überraschen, daß Ralph Touchett seine Cousine nach deren Heirat nicht mehr so oft zu Gesicht bekommen hatte wie vor diesem Ereignis, zu welchselbem er im übrigen eine Meinung vertrat, die kaum dazu angetan war, als Beweis für eine vertrauensvolle Freundschaft dienen zu können. Er hatte, wie wir wissen, laut ausgesprochen, was er dachte, und sich danach bedeckt gehalten, denn von Isabel erfuhr er keine Ermunterung, eine Diskussion wieder aufzunehmen, die damals einen Einschnitt in der Geschichte ihrer gegenseitigen Beziehung markierte. Jene Diskussion hatte alles verändert, und zwar so, wie er es befürchtet, und nicht, wie er es erhofft hatte. Sie hatte nicht nur den Enthusiasmus des Mädchens, sein Eheversprechen einzulösen, nicht dämpfen können, sondern beide waren gefährlich nahe an den Punkt herangekommen, an dem eine Freundschaft zerbricht. Seitdem war Ralphs Urteil über Gilbert Osmond nie wieder angesprochen worden, und indem sie dieses Thema mit feierlichem Schweigen tabuisierten, gelang es ihnen, den Anschein beiderseitiger Offenheit aufrechtzuerhalten. Doch etwas war anders, wie sich Ralph immer wieder vorsagte; es war etwas anders als zuvor. Sie hatte ihm nicht verziehen und würde ihm nie verziehen, und das war alles, was er nun davon hatte. Sie bildete sich ein, sie hätte ihm verziehen; sie glaubte vielleicht, es mache ihr nichts mehr aus, und da sie sowohl sehr großzügig als auch sehr stolz war, spiegelten diese Überzeugungen in gewissem Maße die Realität wider. Aber ob nun besagtes Ereignis ihm schließlich recht geben würde oder nicht, so hatte er ihr doch in jedem Fall eine Kränkung zugefügt, und diese war von einer Beschaffenheit, wie sie Frauen am allerbesten im Gedächtnis behalten. Als Osmonds Gattin konnte sie nie mehr mit ihm befreundet sein. Sollte sie in dieser Rolle das erhoffte Glück empfinden, konnte sie für den Mann, der es noch im Vorstadium unternommen hatte, eine solch glückselige Fügung zu hintertreiben, nichts als Verachtung übrig haben. Sollte sich andererseits seine Warnung als berechtigt erweisen, dann läge jener Schwur von ihr, er solle nie davon erfahren, als eine solche Last auf ihrer Seele, daß sie ihren eigenen Cousin hassen mußte. So deprimierend hatte Ralphs Ausblick in die Zukunft während des Jahres nach der Eheschließung seiner Cousine ausgesehen, und falls uns jetzt seine Gedankengänge morbid vorkommen, dann müssen wir berücksichtigen, daß er nicht gerade vor blühender Gesundheit strotzte. Er tröstete sich, so gut es ging, indem er sich (nach eigener Einschätzung) tadellos verhielt und bei jener Zeremonie zugegen gewesen war, durch die Isabel zu einem Lebensbund mit Mr. Osmond vermählt wurde und die in Florenz im Monat Juni vollzogen worden war. Von seiner Mutter erfuhr er, daß Isabel zuerst daran gedacht hatte, ihre Trauung in ihrer Heimat zu feiern, daß sie aber schließlich, weil Unkompliziertheit und

Schlichtheit für sie die Hauptkriterien darstellten, trotz Osmonds erklärter Bereitschaft, eine Reise von beliebigen Ausmaßen mitzumachen, doch befand, diese Bedingungen würden am idealsten dadurch erfüllt, wenn sie sich von dem nächstbesten Pfarrer in der kürzestmöglichen Zeit trauen ließen. Daher brachte man die Sache in der kleinen amerikanischen Kapelle hinter sich, an einem sehr heißen Tag und nur in Gegenwart von Mrs. Touchett und ihrem Sohn sowie von Pansy Osmond und der Gräfin Gemini. Jene Schmucklosigkeit des Procedere, die ich gerade erwähnte, war zum Teil das Resultat der Abwesenheit von zwei Personen, die bei diesem Anlaß eigentlich zu erwarten gewesen wären und die dem Ganzen auch einen gewissen Glanz verliehen hätten. Zwar war eine Einladung an Madame Merle ergangen, aber Madame Merle, die Rom nicht verlassen konnte, hatte sich mit einem huldvollen Brief entschuldigt. Henrietta Stackpole war nicht eingeladen gewesen, da ihre Abreise aus Amerika, Isabel durch Mr. Goodwood angekündigt, in letzter Minute durch berufliche Verpflichtungen vereitelt worden war. Aber sie hatte einen Brief geschickt, einen weniger huldvollen als Madame Merle, in dem sie mitteilte, sie wäre, hätte sie den Atlantik rechtzeitig überqueren können, nicht nur als Zeugin zugegen gewesen, sondern auch als Kritikerin. Ihre Rückkehr nach Europa war erst etwas später erfolgt, und sie hatte dann im Herbst ein Treffen mit Isabel in Paris arrangiert, anläßlich dessen sie ihrem kritischen Talent vielleicht ein kleines bißchen zuviel Spielraum bewilligt hatte. Der arme Osmond, welcher in der Hauptsache die Zielscheibe dafür abgab, hatte so energisch protestiert, daß sich Henrietta gegenüber Isabel zu der Erklärung genötigt fühlte, ihre Freundin habe einen Schritt getan, welcher der Errichtung einer Barriere zwischen ihnen beiden gleichkomme. »Das Problem ist nicht im mindesten, daß du geheiratet hast; das Problem ist, daß du den da geheiratet hast«, hatte sie zu verkünden für ihre Pflicht gehalten, womit sie sich, wie sich noch zeigen wird, mit Ralph Touchett weitaus mehr im Einklang fand, als sie vermutet hätte, obwohl ihr nur wenige seiner Bedenken und Gewissensbisse zu eigen waren. Dennoch war Henriettas zweiter Besuch in Europa augenscheinlich nicht ganz vergeblich, denn justament zu dem Zeitpunkt, als Osmond Isabel seine massiven Vorbehalte gegen »dieses Zeitungsweib« klargemacht und Isabel darauf geantwortet hatte, sie habe den Eindruck, er reagiere auf Henrietta gar zu übertrieben, genau da also war der gute Mr. Bantling auf der Bildfläche erschienen mit dem Vorschlag, sie beide könnten doch mal eben nach Spanien hinunter. Henriettas Briefe aus Spanien stellten sich als die annehmbarsten heraus, die sie bisher veröffentlicht hatte; insbesondere der eine unter der Ortsangabe Alhambra und mit dem Titel »Mauren und Mondschein« galt allgemein als ihr Meisterstück. Isabel war insgeheim darüber enttäuscht gewesen, daß ihr Gatte keine Möglichkeit gefunden hatte, das arme Mädchen von der komischen Seite zu nehmen. Sie stellte sich sogar die Frage, ob nicht sein Sinn für Komik, fürs Spaßige, Lustige überhaupt – worin sich doch letztlich sein Sinn für Humor zeigen würde, gelt? – am Ende reichlich unterentwickelt war. Selbstverständlich betrachtete sie selbst die Angelegenheit wie jemand, der für Henriettas gestörten Seelenfrieden keine Verantwortung trug. Für Osmond hatte ihre Freundschaft fast den Charakter einer Abnormität; er konnte sich nicht vorstellen, welche Gemeinsamkeiten es zwischen ihnen gab. Für ihn war Mr. Bantlings Reisegefährtin schlichtweg die vulgärste Frau der Welt, und die liederlichste und verworfenste obendrein. Gegen jene letzte Klausel seines Urteilsspruchs hatte Isabel solch glühenden Einspruch erhoben, daß er sich erneut wundern mußte über die Skurrilität, die seine Frau in Geschmacksfragen gelegentlich an den Tag legte. Isabel konnte als Erklärung nur anbieten, daß sie eben die Bekanntschaft von Menschen schätzte, die möglichst ganz anders als sie selbst sein sollten. »Warum freundest du dich dann nicht mit deiner Wäscherin an?« hatte sich Osmond erkundigt, worauf Isabel geantwortet hatte, sie habe Angst, ihre Wäscherin würde sich nicht viel aus ihr machen. Ganz anders dagegen Henrietta.

Während des größten Teils der zwei Jahre nach ihrer Heirat hatte Ralph seine Cousine nicht zu Gesicht bekommen. Den ersten Winter, der den Auftakt von Isabels ständigem Aufenthalt in Rom bildete, hatte er wieder in San Remo verbracht, wohin im Frühjahr seine Mutter nachgefolgt war, die dann später zusammen mit ihm nach England zurückkehrte, da sie bei der Bank nach dem Rechten sehen wollte – eine Aufgabe, die zu übernehmen sie ihn nicht überreden konnte. Ralph hatte sich in San Remo ein kleines Landhaus gemietet, das er noch einen weiteren Winter bewohnte; Ende April dieses zweiten Jahres war er dann aber nach Rom gefahren. Es war dies das erste Mal seit Isabels Hochzeit gewesen, daß er ihr von Angesicht zu Angesicht gegenübergestanden hatte. Sein Verlangen, sie wiederzusehen, war damals schier unbezähmbar gewesen. Sie hatte ihm von Zeit zu Zeit geschrieben, doch ihre Briefe enthielten nichts, was er wirklich wissen wollte. Er hatte seine Mutter befragt, was Isabel denn aus ihrem Leben mache, und seine Mutter hatte nur geantwortet, sie glaube, Isabel mache das Beste daraus. Mrs. Touchett fehlte es an Phantasie, um sich etwas nicht konkret Wahrnehmbares ausmalen zu können, weshalb sie jetzt auch keinerlei Vertraulichkeit mit ihrer Nichte vortäuschte, die sie ohnehin nur selten traf. Zwar schien diese junge Frau einen leidlich rechtschaffenen Lebensstil zu pflegen, doch blieb Mrs. Touchett weiterhin bei ihrer Meinung, daß es sich bei der Hochzeit um eine schäbige Angelegenheit gehandelt habe. Auch der Gedanke an Isabels Führung des Hauses war für sie ein freudloser, denn sie war sich sicher, daß das Ganze eine ziemlich lahme Veranstaltung sein müsse. Von Zeit zu Zeit lief sie in Florenz der Gräfin Gemini über den Weg, tat aber stets ihr möglichstes, den Kontakt zu minimieren, denn die Gräfin erinnerte sie an Osmond, der sie wiederum an Isabel denken ließ. Die Gräfin war in jenen Tagen nicht mehr ganz so sehr in aller Munde, aber Mrs. Touchett las daraus nichts Gutes, denn es bewies nur, wie sehr es die Komteß zuvor gewesen war. Einen direkteren Bezug zu Isabel stellte Madame Merle dar, doch Madame Merles Verhältnis zu Mrs. Touchett hatte einen deutlichen Wandel erfahren. Isabels Tante hatte ihr ohne alle Umschweife erklärt, die Rolle, die Madame Merle gespielt habe, sei denn doch zu raffiniert gewesen, und Madame Merle, die sich niemals mit irgend jemandem stritt, weil sie offenbar niemanden dessen für wert erachtete, und die das Wunder vollbracht hatte, jahrelang mehr oder weniger mit Mrs. Touchett zurechtzukommen, ohne Symptome von Reizbarkeit zu zeigen – Madame Merle also hatte daraufhin spitz verkündet, daß es sich hierbei um eine Beschuldigung handele, gegen die zu verteidigen sie sich nicht herabzulassen gedenke. Allerdings setzte sie hinzu (ohne Herablassung), ihr persönliches Verhalten sei jederzeit offen und ehrlich gewesen; auch habe sie nur das geglaubt, was sie gesehen habe, und sie habe gesehen, daß Isabel nicht versessen darauf gewesen sei zu heiraten und Osmond nicht versessen darauf, den Galan zu spielen (seine häufigen Besuche hätten nichts bedeutet; er habe sich einfach auf seinem Hügel zu Tode gelangweilt und sei bloß zu seiner Unterhaltung vorbeigekommen). Isabel habe sich über ihre Empfindungen ausgeschwiegen und mit ihren Reisen nach Griechenland und Ägypten der Gefährtin Sand in die Augen gestreut. Sie, Madame Merle, akzeptiere die Begebenheit und sei nicht willens, sie als Skandal einzustufen. Aber daß sie bei dem Ganzen irgendeine Rolle gespielt hätte, ob doppelt oder nicht, sei eine Bezichtigung, die sie voller Stolz zurückweise. Zweifellos als Konsequenz der Einstellung Mrs. Touchetts und der daraus resultierenden Herabwürdigung alter, geheiligter Gewohnheiten während so manch reizvoller Saison hatte sich Madame Merle dann entschieden, viele Monate in England zu verbringen, wo ihr guter Ruf noch intakt war. Mrs. Touchett hatte ihr unrecht getan, und es gibt nun einmal Dinge, die nicht verziehen werden können. Madame Merle litt allerdings stumm vor sich hin; auch ihre Würde besaß immer den Anstrich des Exquisiten.

Ralph, wie gesagt, beabsichtigte damals, sich persönlich einen Eindruck zu verschaffen; aber noch während er mit diesem Vorhaben befaßt war, mußte er von neuem erkennen, wie sehr er sich mit seiner Warnung zum Narren gemacht hatte. Er hatte die falsche Karte gespielt und nun das Spiel verloren. Nichts würde er sehen, nichts würde er erfahren; ihm gegenüber würde sie stets eine Maske aufsetzen. Die richtige Strategie wäre es gewesen, sich über die Verbindung erfreut zu zeigen, so daß Isabel später, wenn, wie Ralph es formulierte, das Kartenhaus ihrer Träume in sich zusammengefallen war, das Vergnügen gehabt hätte, ihm sagen zu können, welch ein Esel er gewesen sei. Er hätte fürwahr nichts dagegen gehabt, als Esel dazustehen, um Isabels wahre Lage in Erfahrung zu bringen. Zur Zeit allerdings verhöhnte sie ihn weder wegen seiner Fehlschlüsse, noch tat sie so, als habe sich ihr eigenes Vertrauen bestätigt; falls sie eine Maske trug, so bedeckte diese ihr Gesicht vollständig. Es lag etwas Starres und Mechanisches in dieser aufgesetzten Gelassenheit. Das war kein Ausdruck von irgend etwas, sagte sich Ralph, das war eine Zurschaustellung, ja eine Reklame. Sie hatte ihr Kind verloren; sicher war das ein Grund für ihren Kummer. Aber es war ein Kummer, über den sie so gut wie nie sprach, und darüber hätte es mehr zu sagen gegeben, als sie Ralph sagen konnte. Außerdem gehörte dieser Schmerz der Vergangenheit an; sein Anlaß lag schon ein halbes Jahr zurück, und sie hatte die Zeichen der Trauer schon wieder abgelegt. Sie schien jetzt ein weltläufiges Leben zu führen; Ralph hatte gehört, wie jemand von der »attraktiven Position« sprach, in der sie sich befinde. Er bemerkte, wie sie den Eindruck erweckte, in einer ganz besonders beneidenswerten Lage zu sein, so daß man (jedenfalls viele) es sogar als Privileg zu betrachten habe, sie zu kennen. Ihr Haus stand nicht für jeden offen, und es gab einen Abend in der Woche, an dem nur auserwählte Gäste eingeladen wurden. Sie lebte im Stil einer bestimmten Großartigkeit, an der man aber nur teilhatte, wenn man zu ihrem Zirkel gehörte, denn in den alltäglichen Abläufen im Leben des Ehepaares Osmond gab es nichts zu begaffen, nichts zu kritisieren, noch nicht einmal etwas zu bewundern. In alldem erkannte Ralph die Hand des Herrn und Meisters; er wußte, daß Isabel nicht die Gabe hatte, einen einstudierten Eindruck zu vermitteln. Es kam ihm so vor, als habe sie ein großes Bedürfnis nach Bewegung, nach Frohsinn und Geselligkeit, nach Spät-zu-Bett-Gehen, nach langen Ausritten, nach körperlicher Verausgabung; als habe sie ein Verlangen danach, unterhalten, neugierig gemacht, sogar gelangweilt zu werden, neue Bekanntschaften zu schließen, Menschen kennenzulernen, die gerade öffentliche Aufmerksamkeit genossen, die Umgebung Roms zu erkunden und Beziehungen zu knüpfen mit gewissen besonders verknöcherten Relikten seiner ältesten Gesellschaft. In all diesen Aktivitäten lag viel weniger kritischer Anspruch als in jenem früheren Bestreben nach einer möglichst umfassenden individuellen Entfaltung, für dessen Erfüllung auch Ralphs persönlicher Einfallsreichtum immer wieder gefordert gewesen war. Es lag eine Heftigkeit in einigen ihrer spontanen Einfälle, eine Geschmacklosigkeit in einigen ihrer Experimente, die ihn erstaunten. Er hatte sogar den Eindruck, als spreche sie schneller, als bewege sie sich schneller, als atme sie schneller als vor ihrer Heirat. Ganz zweifellos übertrieb sie – ausgerechnet sie, die früher so großen Wert auf unverfälschte Echtheit gelegt hatte; und wo sie ehedem ein so großes Vergnügen an launigen Disputen, an intellektuellem Geplänkel an den Tag gelegt hatte (nie hatte sie reizender ausgesehen, als wenn sie im gutmütigen Eifer des Gefechts einen vernichtenden Schlag ins Gesicht erhielt und ihn unbeeindruckt wegsteckte), schien sie nun der Ansicht zu sein, daß es nichts gebe, über das es sich zu streiten oder auch einer Meinung zu sein lohne. In den alten Tagen war sie neugierig gewesen, heute war sie gleichgültig; und doch waren – trotz dieser Gleichgültigkeit – ihre Aktivitäten zahlreicher denn je. Noch immer schlank, nur reizender als zuvor, hatte sie rein äußerlich nicht viel an Reife gewonnen. Aber ihr Erscheinungsbild strahlte eine Opulenz und einen Glanz aus, die ihrer Schönheit einen Anflug von Überheblichkeit verliehen. Arme, mitfühlende Isabel – auf welche abwegige Lebensbahn war sie da nur geraten? Ihr leichter Schritt zog eine schwere Schleppe hinter sich her; auf ihrem intelligenten Kopf lastete prachtvoller Schmuck. Aus dem freien, lebhaften Mädchen war ein völlig anderer Mensch geworden. Was er sah, war die feine Dame, die zu repräsentieren hatte. Aber was repräsentierte sie eigentlich? fragte sich Ralph, und als einzige Antwort fiel ihm ein, daß sie Gilbert Osmond repräsentierte. »Du lieber Himmel, was für eine Aufgabe!« ächzte er. Er kam aus dem Staunen über die Rätselhaftigkeit der Dinge nicht heraus.

Er sah Osmond am Werk, wie bereits gesagt; er erkannte dessen Handschrift bei jeder Gelegenheit. Ralph konnte beobachten, wie Osmond alles unter Kontrolle hielt, wie er den gemeinsamen Lebensstil anpaßte, reglementierte, durchdrang. Osmond war in seinem Element; jetzt endlich verfügte er über Material, das er bearbeiten konnte. Schon immer hatte er einen Blick für das Effektvolle besessen, und seine Effekte waren durch und durch kalkuliert. Zwar waren die Mittel, mit denen er sie erzielte, nicht anstößig, doch das dahinterstehende Motiv war es in dem Maße, wie seine Kunst großartig war. Sein Innenreich mit einer irgendwie Ärgernis und Neid erregenden Heiligmäßigkeit zu umgeben; die Gesellschaft mit dem Getue von Exklusivität auf die Folter zu spannen; alle Welt glauben zu machen, sein Haus sei etwas ganz Besonderes; die Fassade, die er der Welt zeigte, mit einem Anstrich kalter Originalität zu versehen – darin bestand die geschickte Strategie einer Persönlichkeit, der Isabel eine höhere Moralität bescheinigt hatte. »Er arbeitet jetzt mit edlerem Material«, sagte sich Ralph; »es ist der reinste Luxus, verglichen mit dem, was ihm früher zur Verfügung stand.« Ralph war ein intelligenter Mann, aber nie hatte er, nach eigener Überzeugung, einen größeren Beweis seiner Intelligenz erfahren als in dem Augenblick, wo er erkannte, daß Osmond unter der Maske eines Menschen, dem angeblich ausschließlich innere Werte wichtig sind, in Wahrheit ausschließlich für die Außenwelt lebte. Weit davon entfernt, über sie erhaben zu sein, wie er vorgab, war er ihr sehr ergebener Diener, und sein einziger Maßstab für Erfolg war der Grad an Beachtung, den diese ihm zuteil werden ließ. Von morgens bis abends schielte er darauf, und die Welt war tatsächlich so dumm, diesen Trick nicht zu durchschauen. Alles, was er tat, war Pose, und zwar eine so berechnende Pose, daß jeder, der nicht bewußt und genau hinsah, sie fälschlich für Spontaneität hielt. Noch nie hatte Ralph einen Menschen getroffen, der so total nach dem Prinzip der Berechnung lebte. Seine Neigungen, seine Studien, seine Kenntnisse, seine Sammlungen dienten alle einem bestimmten Zweck. Sein Leben auf seinem Hügel bei Florenz war eine seit Jahren zelebrierte Attitüde. Sein Einsiedlertum, sein Weltekel, seine Liebe zu seiner Tochter, seine guten Manieren und seine schlechten Manieren waren die verschiedenartigsten Ausformungen eines geistigen Bildes, das ihm als ein Modellentwurf für Impertinenz und Mystifizierung ständig gegenwärtig war. Es war nicht sein Ehrgeiz, der Welt zu gefallen, sondern sich selbst dadurch zu gefallen, daß er die Neugierde der Welt erregte, um sich anschließend zu weigern, sie auch zu stillen. Schon immer hatte es in ihm ein Gefühl von Großartigkeit hervorgerufen, die Welt an der Nase herumzuführen. Die zielstrebigste Unternehmung, die er in seinem bisherigen Leben zu seinem persönlichen Vergnügen bewerkstelligt hatte, war seine Vermählung mit Miß Archer gewesen. In diesem Fall allerdings wurde die leichtgläubige Welt gewissermaßen durch die arme Isabel verkörpert, die sich zuvor nach allen Regeln der Kunst hatte täuschen, ja foppen lassen. Ralph hatte für sich natürlich eine schlüssige, widerspruchsfreie Theorie formuliert. Er hatte ein Credo aufgestellt, und da dies mit Schmerzen verbunden gewesen war, konnte er es ohne Ehrverlust nicht einfach wieder umwerfen. Ich skizziere dessen einzelne Glaubensartikel unter dem Gesichtspunkt ihres damaligen Wertes. Unbestritten war er sehr geschickt darin, Tatsachen in sein Gedankengebäude einzupassen, sogar die Tatsache, daß während des einen Monats, den er sich damals in Rom aufhielt, der Ehemann der Frau, die Ralph liebte, ihn nicht im geringsten als einen Feind zu betrachten schien.

Für Gilbert Osmond hatte Ralph noch nicht diesen Stellenwert; er hatte auch nicht den Stellenwert eines Freundes. Es war einfach so, daß er überhaupt keinen Stellenwert hatte. Er war Isabels Cousin und litt unter einer ziemlich unangenehmen Krankheit; das war die Basis, auf der Osmond mit ihm verkehrte. Wie es sich gehörte, erkundigte er sich jedesmal nach seinem Befinden, nach Mrs. Touchett, nach Ralphs Meinung über das Winterklima in den verschiedenen Gegenden und ob er im Hotel gut untergebracht sei. Bei den wenigen Anlässen, bei denen sie sich begegneten, richtete er kein überflüssiges Wort an ihn, aber sein Gehabe besaß immer jene weltmännische Überlegenheit, so typisch für den personifizierten Erfolg angesichts des personifizierten Mißerfolgs. Trotzdem hatte sich Ralph gegen Ende seines Aufenthalts ganz eindeutig der Eindruck aufgedrängt, daß Osmond beginnen würde, seiner Frau weitere Besuche Mr. Touchetts zu verleiden. Er war nicht eifersüchtig; diesen Vorwand hatte er nicht, denn auf Ralph konnte niemand eifersüchtig sein. Aber er ließ Isabel für ihre frühere Liebenswürdigkeit gegenüber Ralph büßen, von der sie noch soviel besaß, und da Ralph keine Ahnung hatte, daß sie im Übermaß büßen mußte, reiste er in dem Augenblick ab, als sich sein Verdacht erhärtete. Dadurch beraubte er gleichzeitig Isabel einer höchst interessanten Beschäftigung. Sie hatte sich nämlich fortwährend gefragt, welche subtile Kraft Ralph am Leben erhielt. Sie war zu dem Schluß gekommen, es sei seine Freude an Konversation; seine Konversation war besser denn je gewesen. Das Umherspazieren hatte er aufgegeben; den humorvollen Schlenderer gab es nicht mehr. Den ganzen Tag über saß er in einem Sessel, und fast jeder Sessel war ihm dazu recht, und dort war er so abhängig von der Hilfe anderer, daß man ihn, hätte er nicht so hochgeistige Betrachtungen über seine Wahrnehmungen angestellt, für einen Blinden hätte halten können. Der Leser weiß bereits mehr von ihm, als Isabel je wissen wird, und deshalb mag der Leser den Sehlüssel zu diesem Geheimnis erhalten. Was Ralph noch am Leben erhielt, war ganz schlicht die Tatsache, daß er jenen Menschen noch nicht zur Genüge erlebt hatte, der ihn von allen auf der Welt am meisten interessierte. Er war noch nicht zufriedengestellt. Da mußte noch mehr kommen; er konnte sich nicht dazu durchringen, darauf zu verzichten. Er wollte sehen, wie sich ihr Verhältnis zu ihrem Mann weiter gestalten würde – oder seines zu ihr. Im Moment sah er nur den ersten Akt des Dramas, und er war entschlossen, bis zum Ende der Vorstellung zu bleiben. Seine Entschlossenheit hatte sich bisher gelohnt; sie hatte ihm weitere anderthalb Jahre beschert, bis zum Zeitpunkt seiner Rückkehr nach Rom mit Lord Warburton. Sie hatte außerdem zu dem Eindruck beigetragen, er beabsichtige, überhaupt nie zu sterben, so daß sich Mrs. Touchett, obwohl inzwischen weitaus anfälliger für gedankliche Verwirrung bezüglich dieses ihres seltsamen, zu nichts nützen – und mit nichts entschädigten – Sohnes als jemals zuvor, ohne alle Skrupel, wie wir gesehen haben, zur Reise in ein fernes Land einschiffte. Wenn es die Spannung war, die Ralph bisher am Leben gehalten hatte, dann handelte es sich zu einem guten Teil um die gleiche Emotion – um die Erregung nämlich, die der Spekulation anhaftete, in welchem Zustand sie ihn antreffen würde –, mit der Isabel zu seiner Wohnung hinaufstieg, am Tag, nachdem Lord Warburton sie von Ralphs Ankunft in Rom unterrichtet hatte.

Sie blieb eine Stunde lang bei ihm; es war der erste einer Reihe von Besuchen. Gilbert Osmond kam ebenfalls prompt vorbei, und da sie ihm ihre Kutsche schickten, kam auch Ralph mehr als einmal in den Palazzo Roccanera. Zwei Wochen verstrichen so, bis Ralph Lord Warburton erklärte, er wolle nun doch nicht mehr nach Sizilien. Die beiden Männer hatten am Ende eines Tages zusammen diniert, den der Letztgenannte mit Streifzügen durch die Campagna verbracht hatte. Sie hatten die Tafel aufgehoben, und Warburton zündete sich gerade vor dem Kamin eine Zigarre an, die er jedoch sogleich wieder aus dem Mund nahm.

»Du gehst nicht nach Sizilien? Wohin gehst du dann?«

»Ja, also – ich glaube, ich gehe nirgendwohin«, sagte Ralph vom Sofa aus und ziemlich schnippisch.

»Soll das heißen, du kehrst nach England zurück?«

»Um Himmels willen, nein. Ich bleibe in Rom.«

»Rom ist auf Dauer nicht das richtige für dich. Rom ist nicht warm genug.«

»Es wird das richtige sein müssen. Ich werde es dazu machen. Schau dir doch an, wie gut es mir schon die ganze Zeit geht.«

Lord Warburton betrachtete ihn eine Weile und zog an seiner Zigarre, als müsse er sich anstrengen, etwas zu sehen. »Es geht dir besser als während der Reise, das stimmt. Ich frage mich, wie du sie überhaupt überstanden hast. Aber deine momentane Verfassung verstehe ich nicht. Ich empfehle dir, es doch mit Sizilien zu versuchen.«

»Ich kann nichts mehr versuchen«, sagte der arme Ralph. »Mit dem Versuchen ist es aus. Ich kann nicht noch weiter reisen. Das würde ich nicht schaffen. Stell dir doch mal mich zwischen Scylla und Charybdis vor! Ich will auch nicht in den Weiten der sizilianischen Ebenen sterben, so einfach am gleichen Ort wie Proserpina geschnappt werden, und ab geht's ins plutonische Schattenreich.«

»Was zum Kuckuck sollte dann diese Reise?« begehrte Seine Lordschaft zu wissen.

»Mich hatte einfach die Vorstellung fasziniert. Aber mir ist nun klar, daß es nicht geht. Es spielt jetzt keine Rolle mehr, wo ich mich aufhalte. Ich habe alle Mittelchen ausprobiert und es mit jedem Klima versucht. Und weil ich jetzt gerade hier bin, bleibe ich auch hier. In Sizilien habe ich nicht eine einzige Cousine, und eine verheiratete schon gar nicht.«

»Deine Cousine ist auf jeden Fall ein Grund. Aber was sagt denn der Arzt dazu?«

»Ich habe ihn nicht gefragt, und es ist mir auch herzlich egal. Sollte ich hier sterben, wird mich Mrs. Osmond begraben. Aber ich sterbe hier nicht.«

»Hoffentlich nicht.« Lord Warburton rauchte weiter nachdenklich vor sich hin. »Also, ich muß zugeben«, resümierte er, »für meine Person bin ich sehr froh, daß du nicht auf Sizilien bestehst. Ich hatte einen Horror vor dieser Reise.«

»Ach was, das hätte dich doch völlig kaltlassen können. Ich hatte nie vorgehabt, dich auch noch mitzuschleppen.«

»Und ich hätte dich nie und nimmer allein ziehen lassen.«

»Mein lieber Warburton, ich bin nie davon ausgegangen, daß du weiter als bis nach Rom mitkommst«, rief Ralph.

»Ich wäre mitgefahren und hätte mich vergewissert, daß du ordentlich untergebracht bist«, erwiderte Lord Warburton.

»Du bist ein vorbildlicher Christ; so was ist wahre Nächstenliebe!«

»Danach wäre ich wieder hierher zurückgefahren.«

»Und dann wärst du wieder nach England gereist.«

»Nein, nein, ich wäre hier geblieben.«

»Na also«, sagte Ralph, »da wir das ja nun beide wollen, frage ich mich, warum wir andauernd über Sizilien reden!«

Sein Freund schwieg; er saß da und starrte ins Feuer. Schließlich sah er auf. »Jetzt sag mir bitte bloß mal das eine«, brach es aus ihm heraus. »Hattest du wirklich vor, nach Sizilien zu gehen, als wir losfuhren?«

»Ach, *vous m'en demandez trop!* Gestatte mir zuvor eine Frage: Bist du mitgekommen aus rein – eh – platonischen Gründen?«

»Ich weiß nicht, was du damit meinst. Ich wollte mit ins Ausland.«

»Ich habe den Verdacht, daß da jeder von uns sein Spielchen gespielt hat.«

»Wie du das siehst, ist deine Sache. Ich habe kein Geheimnis daraus gemacht, daß ich ganz gern eine Weile hier bleiben wollte.«

»Ja, ich erinnere mich, daß du sagtest, du wolltest den Außenminister aufsuchen.«

»Ich habe mich schon dreimal mit ihm getroffen; ein sehr unterhaltsamer Mann.«

»Ich denke, du hast vergessen, weswegen du herkamst«, sagte Ralph.

»Kann schon sein«, antwortete sein Freund ziemlich ernst.

Unsere beiden Herren waren Vertreter einer Rasse, die sich nicht gerade durch fehlende Reserviertheit auszeichnet, und so waren die Herren gemeinsam von London bis Rom gereist, ohne im geringsten die Dinge zu erwähnen, die einem jeden von ihnen schwer auf der Seele lasteten. Da gab es jenes alte Thema, über das sie einst diskutiert hatten, das aber seinen angestammten Platz in der Liste ihrer Prioritäten verloren hatte, und sogar nach ihrer Ankunft in Rom, wo vieles auf die Vergangenheit zurückverwies, hatten sie dieses halb befangene, halb anmaßende Schweigen aufrechterhalten.

»Trotzdem rate ich dir, die Zustimmung deines Arztes einzuholen«, fuhr Lord Warburton nach einer Pause abrupt fort.

»Die Zustimmung meines Arztes verdirbt mir bloß alles. Wenn es sich vermeiden läßt, frage ich den nie.«

»Was hält denn eigentlich Mrs. Osmond von deiner Idee?« wollte Ralphs Freund wissen.

»Ich habe ihr noch nichts davon erzählt. Sie wird wahrscheinlich sagen, Rom sei zu kalt, und mir vielleicht sogar anbieten, mit mir nach Catania zu fahren. Die brächte das fertig.«

»Wenn ich du wäre, würde mir das gefallen.«

»Ihrem Mann würde das weniger gefallen.«

»Kann ich mir lebhaft vorstellen. Andererseits denke ich, daß du nicht verpflichtet bist, auf das Rücksicht zu nehmen, was ihm gefällt oder auch nicht gefällt. Das ist seine Angelegenheit.«

»Ich will die Probleme zwischen ihnen nicht noch vergrößern.«

»Gibt's denn jetzt schon so viele?«

»Da hat sich einiges zusammengebraut. Würde sie mit mir verreisen, gäbe es eine Explosion. Osmond hat für den Cousin seiner Frau nicht sonderlich viel übrig.«

»Dann würde er natürlich Krach schlagen. Aber wird er das nicht auch tun, wenn du hierbleibst?«

»Das will ich ja herausfinden. Er hat sich aufgeführt, als ich letztes Mal in Rom war, woraufhin ich es für meine Pflicht hielt zu verschwinden. Jetzt halte ich es für meine Pflicht, dazubleiben und seine Attacken auf sie abzuwehren.«

»Mein lieber Touchett, mit deinen Abwehrkräften –!« begann Lord Warburton lächelnd. Dann aber sah er etwas in der Miene seines Freundes, was ihn innehalten ließ. »Deine Pflichten in dieser Hinsicht scheinen mir eine etwas heikle Angelegenheit zu sein«, bemerkte er statt dessen.

Ralph sagte zunächst nichts darauf. »Meine Abwehrkräfte sind zwar bescheiden«, räumte er schließlich ein, »aber da meine Angriffskräfte noch bescheidener sind, gelangt Osmond vielleicht zu der Ansicht, ich sei ohnehin keinen Schuß seines Pulvers wert. Auf jeden Fall«, fuhr er fort, »gibt es ein paar Dinge, auf die ich neugierig bin.«

»Du opferst also deine Gesundheit deiner Neugierde?«

»Meine Gesundheit interessiert mich nicht sonderlich; dafür interessiert mich Mrs. Osmond um so mehr.«

. »Mich auch. Aber nicht mehr so wie früher«, beeilte sich Lord Warburton zu ergänzen. Hierbei handelte es sich um eine jener Anspielungen, die zu machen er bis jetzt noch keine Gelegenheit gefunden hatte.

»Hast du den Eindruck, daß sie sehr glücklich ist?« forschte Ralph nach, ermutigt durch diesen Vertrauensbeweis.

»Tja, ich weiß nicht so recht. Darüber habe ich noch kaum nachgedacht. Neulich abends erzählte sie mir, sie sei glücklich.«

»Ach – das hat sie natürlich dir als erstem erzählt«, rief Ralph aus und lächelte dabei.

»Das weiß ich nicht. Es kommt mir eher so vor, als sei ich für sie jemand zum Ausweinen.«

»Zum Ausweinen? Sie wird sich nie irgendwo ausweinen. Sie hat das getan, was sie eben getan hat, und sie weiß, was das bedeutet. Und bei dir wird sie sich am allerwenigsten ausweinen. Dazu ist sie zu vorsichtig.«

»Das braucht sie gar nicht zu sein. Ich habe ja nicht vor, mich wieder in sie zu verlieben.«

»Na, ganz entzückend! Zumindest gibt es ja jetzt keinen Zweifel, was deine Pflichten betrifft.«

»Allerdings«, sagte Lord Warburton feierlich. »Keinen!«

»Dann gestatte mir eine Frage«, fuhr Ralph fort. »Willst du damit, daß du so zuvorkommend gegenüber dem kleinen Mädchen bist, die Tatsache unterstreichen, daß du dich nicht wieder in ihre Stiefmutter zu verlieben gedenkst?«

Lord Warburton zuckte kurz zusammen. Er erhob sich, stellte sich vor den Kamin und sah angelegentlich ins Feuer. »Kommt dir das sehr lächerlich vor?«

»Lächerlich? Überhaupt nicht, falls du sie wirklich magst.«

»Für mich ist sie eine reizende kleine Person. Ich wüßte nicht, wann mir ein Mädchen dieses Alters je besser gefallen hätte.«

»Sie ist ein süßes Ding. Sie zumindest ist echt.«

»Selbstverständlich ist da der Altersunterschied zwischen uns: über zwanzig Jahre.«

»Mein lieber Warburton«, sagte Ralph, »ist es dir etwa ernst?«

»Absolut – so wie die Dinge nun mal liegen.«

»Das freut mich ungemein. Und, der Himmel steh uns bei«, rief Ralph, »Freund Osmond wird erst entzückt sein!«

Sein Gesprächspartner runzelte die Stirn. »Hör zu, verdirb nichts. Ich würde doch nie um die Hand seiner Tochter anhalten, bloß um ihm eine Freude zu machen.«

»Trotzdem wird er sich das perverse Gefühl von Freude gönnen.«

»So toll findet er mich nun auch wieder nicht«, meinte Seine Lordschaft.

»So toll? Mein lieber Warburton, das Dumme an deiner Position ist, daß die Leute dich überhaupt nicht toll zu finden brauchen, um sich zu wünschen, mit dir in Beziehung zu treten. Ich allerdings hätte in einem solchen Fall die fröhliche Gewißheit, daß sie mich mögen.«

Lord Warburton schien jedoch kaum in der Stimmung für eher allgemeine Spekulationen zu sein; er dachte gerade über etwas Konkretes nach. »Wird sie sich, deiner Meinung nach, darüber freuen?«

»Das Mädchen? Das wird hingerissen sein, ganz klar.«

»Nein, nein; ich meine Mrs. Osmond.«

Ralph sah ihn kurz an. »Mein lieber Freund, was hat denn sie damit zu tun?«

»Alles oder nichts. Sie mag Pansy sehr gern.«

»Sehr wahr – sehr wahr.« Und Ralph stand langsam auf. »Eine interessante Frage, wohin ihre Zuneigung zu Pansy sie noch bringen wird.« Einen Augenblick lang stand er mit den Händen in den Taschen und reichlich finsterem Blick da. »Ich hoffe bloß, daß du dir sehr – sehr sicher bist. Zum Kuckuck!« unterbrach er sich. »Ich weiß nicht, wie ich es ausdrücken soll.«

»Doch, das weißt du. Du kannst alles ausdrücken, wenn du nur willst.«

»Na schön, aber irgendwie ist es peinlich. Ich hoffe, daß von allen Vorzügen, die Miß Osmond hat, derjenige der – eh – Nähe zu ihrer Stiefmutter für dich nicht der ausschlaggebende ist.«

»Um Himmels willen, Touchett!« fuhr Lord Warburton verärgert auf. »Wofür hältst du mich denn!?«

40. KAPITEL

Seit ihrer Heirat hatte Isabel nicht mehr viel von Madame Merle zu sehen bekommen, da sich besagte Lady derzeit häufige Abwesenheiten von Rom gönnte. Einmal war sie gleich ein halbes Jahr in England geblieben, ein andermal hatte sie einen Teil des Winters in Paris verbracht. Sie war mehrfach bei entfernten Freunden zu Besuch gewesen und gefiel sich jetzt in der Vorstellung, in Zukunft nicht mehr so sehr die passionierte Römerin geben zu wollen. Da sich diese Passion in der Vergangenheit auf ein eigenes Appartement – das zudem oft genug leerstand – in einer der sonnigsten Nischen auf dem Pincio beschränkt hatte, deutete dies für die Zukunft auf eine so gut wie dauernde Absenz hin; eine bedrohliche Aussicht, die zu beklagen Isabel in einem bestimmten Stadium sehr geneigt gewesen war. Der vertraute Umgang hatte ihren ersten Eindruck von Madame Merle teilweise verändert, ihn aber nicht grundlegend gewandelt; noch immer dominierte staunende Bewunderung. Besagte Person war rundum und für alles gewappnet. Es war ein Vergnügen, einem so perfekt gerüsteten Charakter im gesellschaftlichen Gefecht zuzusehen. Sie trug ihre Fahne mit Zurückhaltung, aber ihre Waffen waren aus blankpoliertem Stahl, und sie gebrauchte sie mit einer Kunstfertigkeit, die Isabel mehr und mehr an einen kampferprobten Kriegsveteranen denken ließ. Nie war sie abgekämpft, nie entrüstet oder angewidert; nie schien sie eine Erholungspause oder Trost zu benötigen. Sie hatte eigene Vorstellungen; früher hatte sie davon Isabel eine ganze Reihe erläutert, die auch wußte, daß ihre höchst kultivierte Freundin hinter einer Fassade extremer Selbstbeherrschung eine ausgeprägte Empfindsamkeit verbarg. Doch war es die

Willenskraft, die ihr Leben diktierte; die Art und Weise, wie sie unermüdlich vorwärts schritt, hatte etwas von einem tapferen Ritter an sich. Es sah ganz so aus, als hätte sie das Geheimnis schlechthin entdeckt, als bestünde die Kunst des Lebens in einem klugen Trick, den sie durchschaut hatte. In dem Maße, wie Isabel selbst älter wurde, hatte auch sie Bekanntschaft gemacht mit Gefühlsumschwüngen und Lebensüberdruß. Es gab Tage, an denen die Welt nur noch schwarz aussah und sie sich heftig mit der Frage quälte, was es denn eigentlich sei, wofür sie zu leben vorgab. Früher war es ihre Gewohnheit gewesen, von ihrer Begeisterungsfähigkeit zu leben, sich in urplötzlich wahrgenommene Möglichkeiten zu verlieben, welche die Aussicht auf ein neues Abenteuer in sich bargen. Als jüngerer Mensch war sie es gewohnt gewesen, daß zu leben bedeutete, von einer kleinen Verzückung in die nächste zu taumeln; dazwischen kannte sie so gut wie gar keine langweiligen Perioden. Madame Merle hingegen hatte bei sich jeglichen Enthusiasmus unterdrückt. Sie verliebte sich in nichts mehr; sie lebte ausschließlich auf der Basis von Vernunft und Klugheit. Es gab durchaus Stunden, in denen Isabel für eine Unterweisung in dieser Kunst alles gegeben hätte. Wäre ihre brillante Freundin in der Nähe gewesen, hätte sie sie darum gebeten. Deutlicher als je zuvor war ihr der Vorteil bewußt geworden, den eine solche Wesensart in sich barg – wenn es einem gelungen war, sein innerstes Selbst in ein undurchdringliches Äußeres zu verwandeln, in einen Harnisch aus Silber.

Aber, wie gesagt, es dauerte bis zu dem Winter, in dessen Verlauf wir die Bekanntschaft mit unserer Heldin erneuerten, daß fragliche Person einen länger andauernden Aufenthalt in Rom einlegte. Isabel bekam sie jetzt wieder öfter zu Gesicht als sonst seit ihrer Heirat; in der Zwischenzeit allerdings hatten sich Isabels Bedürfnisse und Neigungen doch beträchtlich verändert. Zum gegenwärtigen Zeitpunkt hätte sie sich an Madame Merle wohl kaum mit der Bitte um Belehrung gewandt; der drängende Wunsch, jenen klugen Trick besagter Dame kennenzulernen, war ihr abhanden gekommen. Hatte sie Probleme, so mußte sie diese für sich behalten, und wenn das Leben schwierig war, würde es nicht dadurch einfacher werden, daß sie ihre Niederlage eingestand. Madame Merle war fraglos eine große Hilfe für sich selbst und eine Zierde jedes gesellschaftlichen Zirkels. Aber war sie auch – wäre sie auch – eine Hilfe für andere in Zeiten seelischer Bedrängnis? Die beste Methode, um von ihrer Freundin zu profitieren – Isabels Auffassung seit jeher –, war, sie zu kopieren, genauso undurchdringlich und brillant wie sie zu sein. Bedrängnisse existierten für die Dame nicht, und unter Berücksichtigung dieser Tatsache schwor sich Isabel zum fünfzigsten Male, ihre eigene Seelenpein zu ignorieren. Es schien ihr auch, als sie sich anschickte, eine Beziehung zu erneuern, die praktisch unterbrochen war, daß sich ihre alte Bundesgenossin verändert habe, daß sie fast auf Distanz gegangen sei, da sie sich ganz extrem einer ziemlich künstlichen Angst hingab, womöglich aufdringlich zu erscheinen. Ralph Touchett war, wie wir wissen, der Meinung gewesen, daß Madame Merle zur Übertreibung neigte, sozusagen den richtigen Ton erzwingen wollte, oder, um es vulgär auszudrücken, gern ›ein wenig zu dick auftrug‹. Isabel hatte diese Beschuldigung nie gelten lassen, hatte sie eigentlich auch nie so recht begriffen. Aus ihrer Sicht trugen Madame Merles Umgangsformen ausnahmslos den Stempel des guten Geschmacks, waren ausnahmslos ›dezent‹. Aber was im vorliegenden Fall ihr Bestreben anging, sich um keinen Preis in die Familieninterna der Osmonds einmischen zu wollen, so dämmerte es unserer jungen Frau schließlich doch, daß Madame Merle ›ein wenig zu dick auftrug‹. Und das hatte selbstverständlich nichts mit gutem Geschmack zu tun; das war schon eher ›ein starkes Stück‹. Sie nahm betont darauf Rücksicht, daß Isabel ja nun verheiratet war; daß sie ja jetzt andere Interessen hatte; daß sie, Madame Merle, zwar Gilbert Osmond und seine kleine Pansy schon lange und gut kannte, besser als fast alle anderen, daß sie aber schließlich doch nicht zum engsten Kreis gehörte. Sie war auf der Hut. Sie äußerte sich nie zu Angelegenheiten der Familie, wenn man sie nicht dazu aufforderte, sogar drängte, sie beispielsweise ausdrücklich um ihre Meinung bat. Sie hatte große Angst davor, den Anschein zu erwecken, als wolle sie sich einmischen. Madame Merle war so offen und ehrlich, wie wir sie kennen, und eines Tages bekundete sie Isabel gegenüber diese Angst ebenso offen und ehrlich.

»Ich muß ganz einfach aufpassen«, sagte sie. »Ich könnte Sie sonst so leicht kränken, ohne daß ich es wüßte. Und Sie wären dann zu Recht gekränkt, selbst wenn meine Absichten die allerlautersten gewesen wären. Ich darf auch nicht vergessen, daß ich ja Ihren Mann lange vor Ihnen kannte; ich darf mich dadurch zu nichts verleiten lassen. Wären Sie eine dumme Frau, könnten Sie leicht eifersüchtig werden. Sie sind aber keine dumme Frau; daran habe ich keinen Zweifel. Ich bin es jedoch ebensowenig, und deshalb bin ich fest entschlossen, mir keine Probleme zu schaffen. Wie schnell hat man jemandem ein Leid zugefügt; wie schnell macht man einen Fehler, noch ehe man ihn selbst bemerkt. Hätte ich mit Ihrem Gatten eine Romanze beginnen wollen, dann hätte ich dazu immerhin zehn Jahre Zeit gehabt, ohne daß mich etwas gehindert hätte. Aus diesem Grund ist es nicht wahrscheinlich, daß ich heute damit anfange, wo ich bei weitem nicht mehr so attraktiv bin, wie ich es einmal war. Gesetzt den Fall, ich würde Sie dadurch verärgern, daß ich mir scheinbar einen Platz anmaße, der mir nicht zusteht, dann würden Sie Ihrerseits solche Überlegungen nicht anstellen. Sie würden einfach feststellen, daß ich mich über gewisse Grenzen hinwegsetze. Ich bin entschlossen, diese Grenzen nicht zu vergessen. Natürlich denkt eine gute Freundin nicht andauernd an so etwas; man verdächtigt doch seine Freundin nicht, sie würde einem zu Unrecht etwas andichten. Ich verdächtige Sie dessen nicht im mindesten, meine Liebe; aber ich bin argwöhnisch bezüglich der menschlichen Natur. Sie müssen jetzt nicht glauben, daß ich mir damit das Leben schwer mache. Ich beobachte mich durchaus nicht fortwährend selbst. Meiner Ansicht nach stelle ich das auch dadurch genügend unter Beweis, daß ich so mit Ihnen spreche, wie ich das jetzt gerade tue. Ich möchte aber nur so viel sagen: Sollten Sie jemals eifersüchtig werden, und darauf würde es ja wohl hinauslaufen, dann würde ich mit Sicherheit glauben, daß das ein bißchen meine Schuld wäre. Die Ihres Mannes wäre es bestimmt nicht.«

Isabel hatte inzwischen drei Jahre Zeit gehabt, um über Mrs. Touchetts Theorie nachzudenken, daß es Madame Merle gewesen sei, die Gilbert Osmonds Ehe eingefädelt habe. Wir wissen um ihre anfängliche Reaktion: Madame Merle hatte vielleicht Gilbert Osmonds Ehe eingefädelt, aber ganz bestimmt nicht die von Isabel Archer. Diese war das Werk von – Isabel wußte es auch nicht so recht: das Werk der Natur, der Vorsehung, des Schicksals, des ewigen Geheimnisses der Dinge. Der Vorwurf ihrer Tante hatte sich allerdings weniger auf Madame Merles Aktivitäten als auf ihr Doppelspiel bezogen: Sie habe das denkwürdige Ereignis zuwege gebracht und danach jede Schuld geleugnet. Nach Isabels Meinung wäre die Schuld nur gering gewesen; sie konnte kein Verbrechen in der Tatsache erkennen, daß Madame

Merle die Stifterin der wichtigsten Freundschaft gewesen war, die sie je geschlossen hatte. Solcherart waren ihre Gedankengänge kurz vor ihrer Heirat gewesen, nach der kleinen Debatte mit ihrer Tante und zu einem Zeitpunkt, zu dem sie noch dieses umfassenden inneren Bezuges fähig war, dieser fast philosophischen Betrachtungsweise ihrer jungen Jahre, quasi aus dem Blickwinkel einer Historikerin. Sollte Madame Merle eine Veränderung von Isabels Familienstand geplant haben, so konnte sie nur sagen, daß dies ein sehr glücklicher Gedanke gewesen war. Außerdem war sie zu Isabel immer vollkommen offen gewesen; nie hatte sie mit ihrer hohen Meinung von Gilbert Osmond hinter dem Berg gehalten. Nach ihrer Vermählung entdeckte Isabel, daß ihr Ehemann eine weniger positive Sicht der Dinge hatte; nur selten ließ er sich herbei, diese rundeste und glatteste aller Perlen ihres gesellschaftlichen Rosenkranzes in die Finger zu nehmen, gesprächsweise.

»Du magst Madame Merle wohl nicht?« hatte ihn Isabel einmal angesprochen. »Sie hält große Stücke von dir.«

»Laß dir ein für allemal gesagt sein«, hatte Osmond geantwortet: »Ich mochte sie früher einmal mehr als heute. Jetzt habe ich sie satt und ich schäme mich dessen. Sie ist ja so was von gut, daß es schon nicht mehr wahr ist! Ich bin froh, daß sie nicht in Italien ist. Das ist für mich eine richtige Erholung, eine Art *détente*. Sprich nicht so viel von ihr; du redest sie ja noch herbei. Sie kommt sowieso bald genug zurück.«

Madame Merle war tatsächlich zurückgekehrt, ehe es zu spät war, zu spät, will ich damit sagen, um möglicherweise verlorenen Boden wieder gutzumachen. Wenn sie sich zwischenzeitlich, wie bereits ausgeführt, merklich verändert hatte, so waren auch Isabels Gefühle nicht mehr ganz die gleichen. Innerlich nahm sie zwar die Situation noch genauso intensiv wahr wie früher, doch vermittelte ihr diese Wahrnehmung bei weitem kein so angenehmes Gefühl mehr. Eine unzufriedene Seele mag mancherlei vermissen, aber an Begründungen mangelt es ihr selten; solche stehen dicht an dicht umher wie Butterblumen im Juni. Die Tatsache, daß Madame Merle bei Gilbert Osmonds Eheschließung die Hand mit im Spiel gehabt hatte, war nun nicht länger mehr gleichbedeutend mit einem Anspruch auf Hochachtung beziehungsweise Gegenleistung. Man könnte hier sogar formulieren, daß zu überschwenglichen Danksagungen ein so zwingender Grund nicht vorlag. Mit fortschreitender Zeit

wurden die Gründe immer weniger, und einmal kam Isabel
sogar der Gedanke, daß ohne besagte Dame die Dinge gar nicht
so wären, wie sie jetzt waren. Allerdings wurde diese Überlegung
von ihr schon im Keim erstickt, und ein sofortiges Entsetzen
ergriff sie, weil sie sie überhaupt angestellt hatte. »Was auch
immer mit mir geschehen mag, ich will nicht ungerecht werden«, sagte sie, »ich will mein schweres Los allein tragen und es
nicht anderen aufbürden!« Diese Auffassung wurde denn auch
gleich auf die Probe gestellt anläßlich jener findigen Rede zur
Rechtfertigung ihres gegenwärtigen Verhaltens, die zu halten
Madame Merle für richtig erachtet hatte und die ich skizziert
habe. Denn in all ihren feinen Unterscheidungen und glaskla-
ren Überzeugungen lag etwas Irritierendes, ja fast ein Hauch
von Spott. Isabels Inneres war an diesem Tag alles andere als
glasklar; dort herrschten ein Durcheinander von Schmerz und
Trauer und eine Verflechtung von allerlei Ängsten. Sie fühlte
sich hilflos, als sie sich von ihrer Freundin abwandte, die gerade
die von mir zitierte Erklärung abgegeben hatte. Madame Merle
wußte so wenig von dem, was ihr gerade durch den Kopf ging!
Außerdem war Isabel selbst so gar nicht in der Lage, sich zu
erklären. Eifersucht wegen ihr – Eifersucht wegen ihr und Gilbert? Eine solche Vorstellung entbehrte gerade zu diesem Zeitpunkt jeder Realität. Fast wünschte sie sich eine Möglichkeit zur
Eifersucht herbei, die wenigstens ein bißchen frischen Wind in
die Angelegenheit gebracht hätte. Wäre das denn nicht so etwas
wie ein Glückssymptom gewesen? Madame Merle hingegen war
klug, war so klug, daß sie fast hätte behaupten können, Isabel
besser zu kennen, als diese sich selbst kannte. Unsere junge Frau
war schon immer von einer besonders ausgeprägten Entschluß-
freudigkeit gewesen, und viele ihrer Vorsätze waren edler Natur.
Doch nie zuvor in ihrem Leben war sie darin (in der Stille ihres
Herzens) so produktiv gewesen wie an diesem Tag. Gewiß – alle
waren sie untereinander verwandt, die Vorsätze, und wiesen die
Ähnlichkeit von Familienmitgliedern auf; man hätte sie unter
der Entschlossenheit zusammenfassen können, daß es, sollte aus
ihr ein unglücklicher Mensch werden, nicht aus eigenem Ver-
schulden dazu kommen sollte. Ihr armer, flügelschlagender Geist
war immer heftig bestrebt gewesen, sein Bestes zu geben, und bis
heute hatte er sich darin noch nicht ernstlich entmutigen lassen.
Aus diesem Grunde war er bemüht, unbeirrbar gerecht zu bleiben und sich nicht durch kleinliche Rachegelüste schadlos zu

halten. Und Madame Merle in ursächlichen Zusammenhang mit ihrer Enttäuschung zu bringen, wäre eine kleinliche Rache gewesen, insbesondere da eine daraus bezogene Genugtuung von Grund auf unredlich gewesen wäre. Ihrem Gefühl der Bitterkeit hätte sie vielleicht Nahrung gegeben; ihre Fesseln hätte sie nicht gelockert. Es war unmöglich, so zu tun, als habe sie nicht sehenden Auges gehandelt; wenn je ein Mädchen hatte frei schalten und walten können, dann war sie es gewesen. Zweifellos kann ein verliebtes Mädchen nicht frei schalten und walten; aber die einzige Ursache ihres Mißgriffs war sie selbst gewesen. Weder hatte es eine Verschwörung gegeben, noch wurde sie in einer Schlinge gefangen; sie hatte sich umgesehen, sich die Sache überlegt und sich entschieden. Wenn eine Frau einen derartigen Mißgriff getan hatte, gab es nur einen einzigen Weg, den Schaden zu begrenzen: sich voll und ganz (aber mit größtmöglicher Grandeur!) damit abzufinden. Eine Dummheit war genug, besonders dann, wenn diese immer währte; eine zweite würde nichts verbessern. In diesem Schweigegelübde lag eine gewisse Noblesse, die Isabel aufrecht hielt. Dennoch war Madame Merle gut beraten gewesen, ihre Vorsichtsmaßnahmen zu treffen.

Eines Tages, ungefähr einen Monat nach Ralph Touchetts Ankunft in Rom, kam Isabel von einem Spaziergang mit Pansy zurück. Es war nicht nur Teil ihrer allgemeinen Entschlossenheit, nicht unfair zu sein, daß sie im Augenblick sehr dankbar für Pansys Gegenwart war; es war auch Teil ihrer zarten Empfindungen gegenüber Dingen, die unverdorben und schwach waren. Pansy war ihr lieb und teuer, und kein anderes Wesen gab es in Isabels Leben, das eine solch aufrichtige Anhänglichkeit zeigte oder eine solch süße Gewißheit davon vermittelte. Beides äußerte sich als sanfte, spürbare Nähe, wie eine kleine Hand in der ihren. Von Pansys Seite aus war es mehr als nur Zuneigung; es war eine Art glühenden, zwingenden Glaubens. Von Isabels Seite aus empfunden, war die Abhängigkeit des Mädchens mehr als nur ein Vergnügen; sie wirkte wie eine bestimmende Antriebskraft, wenn andere Motive nicht mehr auszureichen drohten. Sie hatte es sich zum Wahlspruch gemacht, man müsse seine Pflicht dort tun, wo man sie finde, und man müsse nach ihr suchen, so sehr man könne. Pansys Liebe stellte diesbezüglich eine direkte Mahnung dar des Inhalts, daß sich hier eine Gelegenheit bot, zwar keine außergewöhnliche, aber doch eine eindeutige. Aber eine Gelegenheit wofür – das hätte Isabel schwerlich zu sagen gewußt; vielleicht ganz allgemein: mehr für das Kind zu tun, als das Kind für sich selbst zu tun in der Lage war. Isabel hätte in jenen Tagen bei der Erinnerung schmunzeln können, daß ihre kleine Gefährtin ihr damals widersprüchlich vorgekommen war, denn jetzt begriff sie, daß Pansys Widersprüchlichkeiten nur in der Grobschlächtigkeit ihres eigenen Vorstellungsvermögens begründet gewesen waren. Sie hatte einst nicht glauben wollen, daß irgend jemand so darauf bedacht sein könnte, so überaus angestrengt, andern zu gefallen. Aber in der Zwischenzeit hatte sie diese Kraft am Werk gesehen und wußte jetzt, was sie davon zu halten hatte. Diese Kraft und das kleine Geschöpf waren eins; alles war irgendwie eine natürliche Veranlagung. Pansy verspürte auch keinerlei Ehrgeiz, sich in das Wirken dieses Genius' einzumischen, und obwohl sie ihre Eroberungen beständig ausweitete, bildete sie sich nichts darauf ein. Die beiden waren ununterbrochen zusammen; Mrs. Osmond wurde selten ohne ihre Stieftochter gesehen. Isabel fühlte sich wohl in ihrer Gesellschaft; sie hatte die Wirkung, als trage man ein aus der gleichen Blumensorte* gebundenes Biedermeiersträußchen mit sich herum. Und Pansy nicht zu vernachlässigen, niemals und unter keinen Umständen schlecht zu behandeln – dies hatte sie zu einem religiösen Gebot erhoben. Das junge Mädchen vermittelte uneingeschränkt den Anschein, als sei sie in Isabels Gesellschaft glücklicher als in irgendeiner anderen, die ihres Vaters ausgenommen, den sie mit einer Hingabe anbetete, wie sie durch die Tatsache gerechtfertigt wurde, daß sich Gilbert Osmond, dem seine Vaterschaft ein exquisites Vergnügen war, stets von liebevoller und verschwenderisch praktizierter Nachsicht gezeigt hatte. Isabel wußte, wie gern Pansy mit ihr zusammen war und wie sie die Möglichkeiten studierte, Isabel zu gefallen. Sie hatte entschieden, daß die beste Methode, ihr zu gefallen, die des Nichttuns war und darin bestand, Isabel keinen Kummer zu bereiten – eine Auffassung, die mit dem bereits existierenden Kummer sicherlich nichts zu tun hatte. So war Pansy auf einfallsreiche Art passiv und auf fast schon erfinderische Weise fügsam. Sie achtete sogar darauf, die Begeisterung zu dämpfen, mit der sie Isabels Vorschlägen zustimmte und die man möglicherweise so hätte deuten können, daß sie eigentlich etwas anderes im Sinn gehabt hatte. Nie unterbrach sie eine Rede, nie stellte sie persönliche Fragen, und obwohl jedes Lob sie so sehr freute, daß sie ganz bleich wurde, wenn man ein solches aussprach, bettelte sie doch

*Anm. d. Ü.: engl. *pansy* = Stiefmütterchen

nie darum. Sie sah ihm nur sehnsüchtigen Blickes entgegen – eine Haltung, die ihre Augen mit zunehmendem Alter zu den schönsten der Welt machten. Als sie während des zweiten Winters im Palazzo Roccanera anfing, auf Gesellschaften zu gehen und zu Tanzveranstaltungen, war sie immer die erste, die, aus Furcht, Mrs. Osmond könnte müde sein, zu früher Stunde schon zum Aufbruch mahnte. Isabel wußte das Opfer der letzten Tänze zu würdigen, denn sie kannte die leidenschaftliche Hingabe, mit der ihre kleine Begleiterin ihre Freude an Bewegung umsetzte, indem sie, wie eine gewissenhafte Elfe, ihre Schritte mit der Musik abstimmte. In Gesellschaft zu sein, hatte für sie zudem keinerlei Schattenseiten; sie mochte sogar die strapaziösen Dinge daran: die Hitze der Ballsäle, den Stumpfsinn der Abendessen, die Drängeleien an der Tür, das lästige Warten auf den Wagen. Jetzt am Tage saß sie in besagtem Vehikel neben ihrer Stiefmutter, klein, reglos und achtungsvoll, vornübergebeugt und fein lächelnd, als habe man sie zu ihrer ersten Ausfahrt mitgenommen.

An dem Tag, von dem ich erzähle, hatten sie sich durch eines der Stadttore hinauskutschieren lassen, waren nach einer halben Stunde ausgestiegen und hatten den Wagen an den Straßenrand beordert, wo er auf sie warten sollte, während sie über das kurze Gras der Campagna davonwanderten, das sogar in den Wintermonaten mit zarten Blumen durchsetzt ist. Für Isabel gehörte dies schon beinahe zur täglichen Gewohnheit, denn sie ging gern spazieren und schritt forsch aus, wenn auch nicht mehr so forsch wie bei ihrem ersten Besuch des Kontinents. Zwar war dies nicht Pansys liebste Bewegungsart, aber ihr gefiel auch das, denn ihr gefiel alles. Mit kürzerer Schrittfrequenz ging sie neben ihres Vaters Frau einher, die dann anschließend, bei der Rückfahrt nach Rom, als Entschädigung Pansys Lieblingsrunde über den Pincio oder die Villa Borghese einschlagen ließ. Mrs. Osmond hatte in einer sonnigen Mulde, weit außerhalb der Mauern Roms, eine Handvoll Blumen gepflückt, und gleich nach der Ankunft im Palazzo Roccanera begab sie sich auf ihr Zimmer, um sie ins Wasser zu stellen. Sie betrat den Salon, denjenigen, den sie üblicherweise selbst bewohnte, den zweiten Raum von dem großen Vorzimmer aus gesehen, das man von der Treppe aus erreichte und das nicht einmal durch Gilbert Osmonds zahlreiche Kunstobjekte den Anschein grandioser Nacktheit verlor. Direkt hinter der Schwelle zum Salon hielt sie inne, wobei der Grund hierfür darin lag, daß sie etwas wahrgenommen hatte. Diese Wahrnehmung hatte, streng genommen, nichts Ungeheuerliches im Sinne von etwas noch nie Dagewesenem an sich; aber doch empfand sie sie als irgendwie andersgeartet, und die Lautlosigkeit ihres Schrittes gab ihr die Zeit, den Anblick in sich aufzunehmen, ehe sie die Szene unterbrach. Madame Merle war anwesend und hatte ihren Hut aufbehalten, und Gilbert Osmond sprach gerade auf sie ein. Eine Minute lang waren sich die beiden nicht bewußt, daß Isabel eingetreten war. Isabel hatte dieses Bild schon oft gesehen, gewiß; aber was sie bislang nicht gesehen oder doch zumindest nicht bemerkt hatte, war das Schweigen von irgendwie familiärer Vertrautheit, in das die Unterhaltung der beiden für einen Moment übergegangen war und von dem sie sofort erkannte, daß ihr Eintreten die beiden daraus aufschrecken würde. Madame Merle stand auf der Teppichbrücke, ein wenig vom Feuer weg; Osmond saß in einem tiefen Sessel, hatte sich zurückgelehnt und betrachtete sie. Den Kopf hielt sie erhoben wie stets, aber ihr Blick war in den seinen gesenkt. Was Isabel als erstes auffiel, war, daß er saß, während Madame Merle stand; dieser Sachverhalt stellte eine solche Unregelmäßigkeit dar, daß er ihre Aufmerksamkeit fesselte. Als nächstes erkannte sie, daß die beiden eine Pause bei ihrem Gedankenaustausch eingelegt hatten und jetzt verständnisinnig vor sich hin sinnierten mit der Freiheit, die sich alte Freunde herausnehmen, wenn sie zuweilen ihre Gedanken austauschen, ohne sie laut auszusprechen. An sich lag darin nichts Schockierendes, denn sie waren ja alte Freunde, in der Tat. Aber die Einzelheiten fügten sich zu einem flüchtigen Bild zusammen, das wie ein kurz aufblitzender Lichtschein gleich wieder verschwand. Die beiderseitige Körpersprache, der selbstvergessene Blickkontakt sprangen ihr wie eine jähe Erkenntnis ins Auge. Doch kaum hatte sie das Bild in sich aufgenommen, war es auch schon wieder weg. Madame Merle hatte sie erblickt und sie begrüßt, ohne sich von der Stelle zu rühren; ihr Ehemann jedoch war augenblicklich aufgesprungen. Unverzüglich murmelte er etwas von einem Spaziergang, den er machen wolle, bat den Gast, ihn zu entschuldigen, und verließ den Raum.

»Ich wollte Sie besuchen und dachte, Sie seien schon zurück; und da Sie das nicht waren, habe ich auf Sie gewartet«, sagte Madame Merle.

»Hat er Ihnen denn keinen Sessel angeboten?« fragte Isabel mit einem Lächeln.

Madame Merle sah sich um. »Ah – stimmt; ich war aber ohnehin schon im Gehen.«

»Jetzt müssen Sie aber bleiben.«

»Aber ja. Ich kam auch aus einem bestimmten Grund. Ich habe etwas auf dem Herzen.«

»Ich habe es Ihnen schon einmal gesagt«, warf Isabel ein, »daß Sie offenbar nur dann in dieses Haus zu bringen sind, wenn Sie einen außergewöhnlichen Grund haben.«

»Und Sie wissen, was ich Ihnen darauf sagte: daß ich, ob ich nun komme oder fortbleibe, immer denselben Grund dafür habe – die Zuneigung Ihnen gegenüber.«

»Ja, das haben Sie gesagt.«

»Jetzt sehen Sie aber so aus, als glaubten Sie mir nicht«, sagte Madame Merle.

»Ach«, antwortete Isabel, »die Fundiertheit Ihrer Motive wäre das letzte, was ich bezweifeln würde!«

»Eher bezweifeln Sie wohl die Aufrichtigkeit meiner Worte.«

Isabel schüttelte ernst den Kopf. »Ich weiß, daß Sie immer sehr nett zu mir waren.«

»So oft Sie es mich sein ließen. Sie nehmen es nicht immer an, und in diesem Fall muß man Sie dann in Ruhe lassen. Allerdings kam ich heute nicht her, um nett zu Ihnen zu sein; eher im Gegenteil. Ich möchte selbst ein persönliches Problem loswerden – und es Ihnen aufbürden. Ich habe gerade mit Ihrem Mann darüber gesprochen.«

»Das überrascht mich aber schon. Probleme mag er sonst nämlich gar nicht.«

»Besonders nicht die von anderen Leuten; das weiß ich sehr wohl. Sie vermutlich auch nicht. Ob das nun stimmt oder nicht, Sie müssen mir helfen. Es handelt sich um den armen Rosier.«

»Aha«, sagte Isabel und überlegte. »Dann geht's um sein Problem, nicht um Ihres.«

»Es ist ihm gelungen, mir das seinige aufzuhalsen. Er sucht mich zehnmal die Woche auf, um mit mir über Pansy zu sprechen.«

»Ja, er will sie heiraten. Ich bin informiert.«

Madame Merle zögerte. »Ihr Gemahl vermittelte eher den Eindruck, als seien Sie das vielleicht nicht.«

»Woher will er wissen, was ich weiß? Er hat noch nie mit mir über die Angelegenheit gesprochen.«

»Wahrscheinlich weiß er nicht, wie er sich ausdrücken soll.«

»Sonst hat er keine Schwierigkeiten bei solchen Dingen.«

»Ja, im allgemeinen weiß er sehr wohl, was er von einer Sache zu halten hat. Bloß heute eben nicht.«

»Und Sie haben ihm keinen Vorschlag gemacht?« fragte Isabel.

Madame Merle lächelte spontan und strahlend. »Sie wissen schon, daß Sie ein wenig gallig sind?«

»Das ist halt so. Mr. Rosier hat auch mit mir gesprochen.«

»Dafür gibt's durchaus gute Gründe. Sie stehen dem Kind ja so nahe.«

»Ach«, sagte Isabel, »und deshalb hat er auch von mir so besonders viel Trost bekommen! Wenn Sie mich schon für gallig halten, dann möchte ich wissen, wofür *er mich* hält.«

»Ich glaube, er hält Sie für jemanden, der mehr tun könnte, als Sie getan haben.«

»Ich kann gar nichts tun.«

»Sie können immer noch mehr tun als ich. Ich weiß nicht, welch mysteriöse Beziehung er zwischen mir und Pansy entdeckt hat, aber von Anfang an kam er gleich zu mir, als hielte ich den Schlüssel zu seinem Glück in der Hand. Und jetzt kommt er immer wieder, um mich anzustacheln; um zu erfahren, welche Chancen er hat; um mir sein Herz auszuschütten.«

»Er ist eben sehr verliebt«, sagte Isabel.

»Ja, sehr – was ihn betrifft.«

»Sehr – was Pansy betrifft, hätten Sie ebenfalls sagen können.«

Madame Merle senkte kurz den Blick. »Halten Sie sie nicht für attraktiv?«

»Sie ist das allerliebste kleine Wesen – aber recht beschränkt.«

»Um so leichter wird Mr. Rosier sie dann lieben können. Mr. Rosier selbst ist nicht unbeschränkt.«

»Nein«, sagte Isabel, »er hat in etwa das Format eines Taschentuchs – eines von den kleinen mit den Spitzenbordüren.« Ihr Humor schlug in letzter Zeit in der Tat erheblich in die sarkastische Richtung, aber gleich schämte sie sich, ihn an einem so harmlosen Objekt auszulassen, wie es Pansys Verehrer darstellte. »Er ist sehr nett, sehr ehrlich«, fügte sie sofort hinzu, »und er ist nicht der Dummkopf, als der er dasteht.«

»Mir gegenüber behauptet er, sie fände ihn ganz reizend«, sagte Madame Merle.

»Weiß ich nicht; ich habe sie nicht gefragt.«

»Sie haben sie kein bißchen ausgehorcht?«

»Das steht mir nicht zu; das ist Sache ihres Vaters.«

»Ach, Sie sind aber auch zu korrekt!« sagte Madame Merle.

»Das muß ich selbst beurteilen.«

Madame Merle ließ wieder ihr Lächeln sehen. »Es ist nicht einfach, Ihnen zu helfen.«

»Mir zu helfen?« fragte Isabel mit großer Ernsthaftigkeit. »Was soll das heißen?«

»Es ist einfach, Sie zu verärgern. Sehen Sie jetzt, wie klug es von mir war, auf der Hut zu sein? Ich darf Sie jedenfalls davon in Kenntnis setzen, wie ich das auch schon gegenüber Osmond tat, daß ich wegen der Liebesaffäre zwischen Miß Pansy und Mr. Edward Rosier meine Hände in Unschuld wasche. *Je n'y peux rien, moi!* Ich kann mit Pansy nicht über ihn sprechen. Besonders«, ergänzte Madame Merle, »da ich ihn nicht für ein Prachtexemplar von einem Ehemann halte.«

Isabel dachte ein wenig nach. Gleich darauf meinte sie lächelnd: »Also waschen Sie Ihre Hände doch nicht in Unschuld!« Danach setzte sie wieder in verändertem Ton hinzu: »Sie können es nämlich gar nicht. Dazu sind Sie viel zu sehr interessiert.«

Madame Merle erhob sich langsam. Sie hatte Isabel einen Blick zugeworfen, der so rasch aufgeblitzt war wie jene Ahnung, die unsere Heldin kurz zuvor überkommen hatte. Nur bemerkte letztere diesmal nichts davon. »Fragen Sie ihn das nächste Mal, und Sie werden ja sehen.«

»Ich kann ihn gar nicht fragen. Er kommt nicht mehr ins Haus. Gilbert hat ihn wissen lassen, er sei nicht willkommen.«

»Ach, richtig«, sagte Madame Merle, »das habe ich ja ganz vergessen, obwohl dies den Hauptgrund für sein Gejammer darstellt. Er sagt, Osmond habe ihn beleidigt. Dennoch«, fuhr sie fort, »Osmond lehnt ihn nicht so sehr ab, wie er sich das einbildet.« Sie war aufgestanden, als wolle sie die Unterhaltung damit beenden, stand aber noch unschlüssig da, ließ ihren Blick schweifen und hatte augenscheinlich noch etwas zu sagen. Isabel durchschaute sie sehr wohl und sah auch, worauf sie hinauswollte; andererseits hatte Isabel aber auch ihre Gründe, ihr nicht entgegenzukommen.

»Falls Sie ihn darüber aufklärten, müßte ihm das sehr gefallen haben«, antwortete sie lächelnd.

»Natürlich habe ich es ihm gesagt; in dieser Hinsicht habe ich ihm schon die ganze Zeit Mut gemacht. Ich habe Geduld gepredigt, habe gesagt, sein Fall sei nicht hoffnungslos, wenn er nur seine Zunge im Zaum hielte und überhaupt stillhalten würde. Unglücklicherweise hat er es sich jetzt in den Kopf gesetzt, eifersüchtig zu sein.«

»Eifersüchtig?«

»Eifersüchtig auf Lord Warburton, der, sagt er, andauernd hier sei.«

Isabel war müde und deshalb sitzen geblieben; nach dieser Bemerkung erhob sie sich ebenfalls. »Ach!« rief sie einfach und ging langsam zum Kamin. Madame Merle beobachtete sie, wie sie an ihr vorbeiging und sich kurz vor den Spiegel überm Kaminsims stellte, um eine lose Haarsträhne ordentlich zurückzustecken.

»Der arme Mr. Rosier behauptet in einem fort, es sei ganz und gar nicht unmöglich, daß sich Lord Warburton in Pansy verliebt«, sprach Madame Merle weiter.

Isabel blieb zunächst stumm; sie wandte sich wieder vom Spiegel ab. »Stimmt, es ist nicht unmöglich«, gab sie schließlich zurück, ernst und freundlicher.

»Ich mußte Mr. Rosier gegenüber das gleiche einräumen. Ihr Mann denkt es ebenfalls.«

»Das weiß ich nicht.«

»Fragen Sie ihn, und Sie werden es erfahren.«

»Ich werde ihn nicht fragen«, sagte Isabel.

»Pardon – ich hatte ganz vergessen, daß Sie dies schon erwähnten. Aber selbstverständlich«, fuhr Madame Merle fort, »haben Sie unendlich mehr Möglichkeiten, Lord Warburtons Verhalten zu studieren, als ich.«

»Ich sehe keinen Grund, warum ich Ihnen nicht sagen sollte, daß er meine Stieftochter sehr gern hat.«

Madame Merle warf ihr erneut einen ihrer raschen Blicke zu. »Sie gern hat – in Mr. Rosiers Sinn, meinen Sie?«

»Ich kenne Mr. Rosiers Sinn nicht; Lord Warburton jedoch hat mich wissen lassen, daß er von Pansy bezaubert ist.«

»Und das haben Sie Osmond nicht gesagt?« Diese Frage kam prompt, hastig gar; sie sprudelte richtig heraus.

Isabel sah sie ruhigen Blickes an. »Das wird er vermutlich rechtzeitig mitbekommen. Lord Warburton hat einen Mund und weiß sich auszudrücken.«

Madame Merle registrierte augenblicklich, daß sie schneller als sonst gesprochen hatte, und die Erkenntnis brachte Farbe in ihre Wangen. Sie ließ dem verräterischen Impuls Zeit abzuklingen und sagte dann, als habe sie soeben ein wenig darüber nachgedacht: »Das wäre doch eine bessere Sache, als den armen Rosier zu heiraten.«

»Eine viel bessere, nach meiner Ansicht.«

»Es wäre ganz entzückend! Das gäbe eine großartige Verbindung. Es ist wirklich sehr liebenswürdig von ihm.«

»Sehr liebenswürdig von ihm?«

»Sein Auge auf ein einfaches kleines Mädchen zu werfen.«

»So sehe ich das nicht.«

»Das ehrt Sie sehr. Aber dennoch ist Pansy Osmond – «

»Aber dennoch ist Pansy Osmond die attraktivste Person, der er je begegnet ist!« rief Isabel aus.

Madame Merles Augen wurden groß, und sie war zu Recht verwirrt. »Ach – vor einem Moment noch dachte ich, Sie hätten eine eher geringschätzige Meinung von ihr.«

»Ich sagte, sie sei beschränkt. Und das ist sie auch. Und Lord Warburton ist das ebenfalls.«

»Dann sind wir es alle, wenn Sie das so meinen. Wenn Pansy nichts anderes verdient, um so besser. Falls sich aber ihre Sympathien auf Mr. Rosier konzentrieren sollten, würde ich nicht meinen, daß sie das verdient. Das wäre denn doch zu pervers.«

»Mr. Rosier ist eine Nervensäge!« schimpfte Isabel abrupt.

»Ich stimme da völlig mit Ihnen überein und bin entzückt zu erkennen, daß man nicht von mir erwartet, seine Glut weiter anzufachen. Sollte er sich künftig wieder vor meiner Tür einfinden, so wird sie ihm verschlossen bleiben.« Und ihren Überwurf zusammenraffend, machte Madame Merle Anstalten aufzubrechen. Jedoch wurde sie auf ihrem Weg zur Tür durch eine inkonsequente Bitte Isabels aufgehalten.

»Ach, wissen Sie, seien Sie trotzdem nett zu ihm.«

Madame Merle hob Schultern und Augenbrauen und sah ihre Freundin an. »Ich blicke durch Ihre Widersprüche einfach nicht durch! Auf gar keinen Fall werde ich nett zu ihm sein, weil das eine falsche Nettigkeit wäre. Ich will Pansy mit Lord Warburton verheiratet sehen.«

»Da warten Sie wohl besser, bis er sie fragt.«

»Falls das alles stimmt, was Sie sagen, dann wird er sie auch fragen. Besonders«, fuhr Madame Merle gleich fort, »wenn Sie ihn ein wenig anstupsen.«

»Wenn ich ihn anstupse?«

»Es liegt in Ihrer Macht. Sie haben großen Einfluß auf ihn.«

Isabel runzelte ein wenig die Stirn. »Woher wissen Sie das?«
»Von Mrs. Touchett. Ganz sicher nicht von Ihnen selbst!«
sagte Madame Merle und lächelte.

»Ganz sicher habe ich Ihnen nie etwas Derartiges erzählt.«

»Sie hätten es tun können – jedenfalls was die Gelegenheit
dazu betraf, als wir damals auf vertrautem Fuß miteinander
standen. Aber in Wirklichkeit haben Sie mir fast nie etwas
erzählt. Der Gedanke ist mir seither oft gekommen.«

Auch Isabel war der Gedanke oft gekommen, und durchaus
mit einer gewissen Befriedigung zuweilen. Allerdings ließ sie ihn
im Augenblick nicht zu, vielleicht weil sie nicht den Anschein
erwecken wollte, deshalb zu triumphieren. »Sie scheinen ja in
meiner Tante eine ausgezeichnete Informantin gehabt zu haben«, gab sie schlicht zurück.

»Sie ließ mich wissen, Sie hätten einen Heiratsantrag von Lord
Warburton abgelehnt, denn sie war damals außerordentlich
beunruhigt und verärgert und sprach von nichts anderem.
Selbstverständlich glaube ich, daß es so, wie Sie gehandelt
haben, besser war. Und wenn Sie schon Lord Warburton nicht
selbst heiraten wollten, dann können Sie ihm doch als Entschädigung dazu verhelfen, jemand anderen zu heiraten.«

Isabel hörte mit einer Miene zu, die es weiterhin ablehnte,
Madame Merles strahlenden Gesichtsausdruck widerzuspie-
geln. Gleich darauf sagte sie aber einigermaßen angemessen
und freundlich: »Sollte es so kommen, würde ich mich für Pansy
wirklich sehr freuen.« Woraufhin ihre Gesprächspartnerin, welche diese Aussage für ein gutes Omen zu halten schien, sie mit
größerer Zärtlichkeit umarmte, als zu erwarten gewesen wäre,
und sich glorios empfahl.

41. KAPITEL

Osmond brachte die Angelegenheit zum ersten Mal noch
am selben Abend zur Sprache; zu später Stunde kam er
in den Salon, wo sie allein saß. Man war den Abend zu
Hause geblieben und Pansy schon zu Bett gegangen. Er selbst
hatte seit dem Abendessen in einem kleinen Raum gesessen, in
dem er alle seine Bücher untergebracht hatte und den er sein

Studierzimmer nannte. Um zehn Uhr war Lord Warburton noch vorbeigekommen, wie er es immer tat, wenn er von Isabel wußte, daß sie zu Hause sein würde. Er war unterwegs zu einer anderen Verabredung und blieb nur für eine halbe Stunde. Isabel erkundigte sich, was es Neues von Ralph gebe, und wurde danach absichtlich etwas einsilbig; sie wollte, daß er mit ihrer Stieftochter sprach. Sie tat, als lese sie, setzte sich überdies nach einer Weile ans Klavier, überlegte sogar, ob sie nicht besser aus dem Zimmer gehen solle. Die Vorstellung, daß Pansy einmal die Ehefrau des Herrn von Lockleigh, dieses prächtigen Gutes, werden könnte, war ihr mit der Zeit immer sympathischer geworden, obwohl der Gedanke daran zunächst keinerlei Begeisterung in ihr ausgelöst hatte. Doch Madame Merle hatte am Nachmittag ein Streichholz an einen ganzen Berg leicht entzündlichen Materials gehalten. Wenn Isabel unglücklich war, suchte sie stets – teils spontan, teils bewußt – nach einer Möglichkeit positiver Betätigung. Sie konnte nie das Gefühl loswerden, daß unglücklich zu sein eine Art Krankheit war, ein Zustand passiven Leidens im Gegensatz zu aktivem Tun. Etwas zu ›tun‹ – gleichgültig was – stellte folglich einen Ausweg dar, vielleicht sogar eine Medizin, bis zu einem gewissen Grad. Außerdem wollte sie sich selbst suggerieren, daß sie alles Mögliche getan hatte, um ihren Ehemann zufriedenzustellen. Sie war fest entschlossen, sich nicht von Visionen von einer Ehefrau heimsuchen zu lassen, die unter seinen Beschuldigungen zusammenbrach. Er würde Pansys Verheiratung mit einem englischen Adeligen mit großem Wohlgefallen sehen, erst recht, da es sich bei diesem Adeligen um einen so tadellosen Charakter handelte. Isabel glaubte, sie könne dadurch die Rolle einer guten Ehefrau spielen, daß sie es zu ihrer Aufgabe machte, das Ereignis zustande zu bringen. Und sie wollte die gute Ehefrau sein; sie wollte aufrichtig daran glauben und Beweise dafür vorlegen können, eine solche gewesen zu sein. Zudem hätte ein solches Unterfangen noch weitere Vorteile. Es würde sie beschäftigen, und sie sehnte sich nach Beschäftigung. Es würde sie sogar amüsieren, und sollte sie sich wirklich amüsieren können, gäbe es vielleicht noch eine Rettung für sie. Und schließlich würde sie damit noch Lord Warburton einen Dienst erweisen, der ganz offensichtlich großen Gefallen an dem reizenden Mädchen fand. Ein bißchen arg verrückt war die Sache schon – für einen Mann wie ihn; doch über solche Eindrücke zu streiten, war müßig. Pansy konnte vermutlich jedem den Kopf verdrehen –

jedem, außer Lord Warburton. Isabel hätte eher angenommen, sie sei für ihn zu klein, zu schmächtig, vielleicht sogar zu unnatürlich. Sie hatte immer etwas Puppenhaftes an sich, und das war es doch wohl nicht, wonach er Ausschau hielt. Andererseits: Wer konnte schon sagen, wonach Männer überhaupt Ausschau halten? Sie halten nach dem Ausschau, was sie finden. Sie wissen erst dann, was ihnen gefällt, wenn sie es sehen. Für solche Sachen gab es keine gültige Theorie, und nichts war merkwürdiger oder natürlicher als etwas x-beliebig anderes. Falls er ihr gegenüber wirkliche Zuneigung empfunden haben sollte, dann war es höchst bemerkenswert, daß er jetzt Zuneigung für Pansy empfand, die doch so ganz anders war. Aber er hatte für sie eben nicht eine solche Zuneigung empfunden, wie er selbst angenommen hatte. Oder falls doch, dann war er schon völlig darüber hinweg, und dann war es wiederum ganz normal, daß er sich dachte: Ging es dort schief, klappt es vielleicht in einem gänzlich anders gelagerten Fall. Begeisterung also war es, wie schon erwähnt, nicht gewesen, was Isabel zu Beginn empfunden hatte, aber sie empfand sie heute und war fast glücklich deswegen. Es war erstaunlich, welches Glück sie noch immer aus der Vorstellung schöpfen konnte, ihrem Mann eine Freude zu bereiten. Welch ein Jammer deshalb, daß Edward Rosier sich ihnen in den Weg gestellt hatte.

Bei diesem Gedanken verlor das Licht, das unvermutet diesen Weg beschienen hatte, einiges von seinem Glanz. Isabel war sich leider so sicher, daß Pansy Mr. Rosier für den liebenswertesten aller Männer hielt, als hätte sie mit ihr über dieses Thema schon eine Unterredung geführt. Und diese Sicherheit war deswegen so lästig, weil Isabel es ja sorgsam vermieden hatte, sich Gewißheit zu verschaffen; und sie war fast genauso lästig wie die Tatsache, daß sich der arme Mr. Rosier diese Sicherheit in den Kopf gesetzt hatte. Im Vergleich mit Lord Warburton schnitt er eindeutig schlechter ab. Das lag weniger am Unterschied im Vermögen als am Unterschied im Typ Mann. Der junge Amerikaner war einfach ein Leichtgewicht. Er gehörte viel eher zur Spezies der nichtsnutzigen, eleganten Gentlemen als der englische Aristokrat. Zwar gab es keinen besonderen Grund dafür, warum Pansy einen Politiker heiraten sollte; wenn aber ein Politiker sie anhimmelte, dann war das seine Sache, und sie würde eine perfekte kleine Perle von Gemahlin für ein Mitglied des Oberhauses abgeben.

Der Leser könnte vielleicht den Eindruck gewinnen, Mrs. Osmond sei neuerdings seltsam zynisch geworden, wenn er vernimmt, daß sie zu dem Schluß gelangte, die erwähnte Schwierigkeit sei wahrscheinlich zu meistern. Ein Hemmschuh in Gestalt des armen Rosier konnte sich so gut wie gar nicht als gefährlich herausstellen. Um zweitrangige Hindernisse auszuräumen, fanden sich immer Mittel und Wege. Isabel war sich wohl bewußt, daß sie keine Vorstellung bezüglich des Ausmaßes von Pansys Hartnäckigkeit hatte, das sich durchaus als unangenehm groß erweisen konnte. Sie neigte aber eher zu der Ansicht, daß Pansy, bei gutem Zureden, Mr. Rosier wahrscheinlich eher loslassen würde, als ihn, unter heftiger Mißbilligung, festzuhalten, da bei ihr die Fähigkeit zur Einwilligung eindeutig ausgeprägter entwickelt war als die Fähigkeit zur Auflehnung. Natürlich würde sie sich festklammern, ganz ohne Zweifel; aber in Wirklichkeit kam es kaum darauf an, woran sie sich festklammerte. Dafür war Lord Warburton genauso geeignet wie Mr. Rosier, insbesondere deshalb, da sie ihn ziemlich zu mögen schien. Sie hatte Isabel gegenüber dieses Gefühl ohne jeden Vorbehalt geäußert; sie hatte gesagt, sie finde seine Konversation höchst interessant – hatte er ihr doch alles über Indien erzählt. Sein Verhalten Pansy gegenüber war absolut gebührlich und völlig unverkrampft – das hatte Isabel selbst bemerkt, genauso wie sie registrierte, daß er mit Pansy nicht im mindesten anmaßend und von oben herab plauderte oder sich andauernd ihre Jugend und Schlichtheit vor Augen hielt, sondern es einfach auf eine Art und Weise tat, als verstehe sie seine Anliegen mit gleicher Hinlänglichkeit wie die Sujets der Opern, die gerade in aller Munde waren. Bei letzteren verstand sie so viel, daß sie die Musik und den Bariton aufmerksam verfolgen konnte. Er war darauf bedacht, nur liebenswürdig zu sein; er war so liebenswürdig, wie er es seinerzeit gegenüber einem anderen aufgeregten jungen Ding in Gardencourt gewesen war. Ein Mädchen konnte sich sehr wohl davon beeindrucken lassen. Sie erinnerte sich, wie sie damals selbst beeindruckt gewesen war, und sie sagte sich, wenn sie Pansys schlichtes Gemüt besessen hätte, wäre der Eindruck noch tiefer gegangen. Doch sie hatte nicht schlichten Gemüts gehandelt, als sie ihn ablehnte; jener Prozeß war genauso kompliziert gewesen wie später ihre Annahme von Osmonds Werbung. Pansy aber verstand, trotz ihrer Schlichtheit, wirklich, was er sagte, und sie war froh, daß Lord Warburton mit ihr nicht über Tanzpartner, Komplimente und Buketts sprach, sondern über die Lage in Italien, die Lebensbedingungen der Bauern, die berühmte Mahlsteuer, die Pellagra und über seine Eindrücke von der römischen Gesellschaft. Während sie Nadel und Faden durch ihr Gobelinmuster zog, sah sie ihn zwischendurch mit freundlichen, ergebenen Augen an, und wenn sie die Augen wieder niederschlug, warf sie kurze, ruhige, verstohlene Blicke auf seine Figur, seine Hände, seine Füße, seine Kleidung, als taxierte sie ihn. Isabel hätte sie darauf aufmerksam machen können, daß er sogar figurmäßig besser abschnitt als Mr. Rosier. Aber Isabel begnügte sich in solchen Momenten mit Herumrätseln, wo jener Gentleman sich wohl gerade aufhalten mochte; in den Palazzo Roccanera kam er nicht mehr. Sie war schon überraschend, wie ich bereits feststellte, diese fixe Idee, von der sie besessen war – die Idee, ihrem Mann zu seiner Zufriedenheit zu verhelfen.

Sie war überraschend aus einer Vielzahl von Gründen, die ich gleich anschließend erörtern werde. An dem besagten Abend, als Lord Warburton bei ihnen saß, hatte sie gerade im Begriff gestanden, den entscheidenden Schritt aus dem Zimmer hinaus zu tun und die beiden allein zu lassen. Ich spreche deshalb von einem entscheidenden Schritt, weil Gilbert Osmond es unter diesem Aspekt gesehen hätte und Isabel nach Kräften bemüht war, alles so zu sehen wie ihr Mann. In gewisser Weise gelang ihr das auch, aber in dem erwähnten Punkt versagte sie. Letzten Endes brachte sie es nicht fertig; etwas hielt sie zurück und vereitelte den Schritt. Nicht etwa, daß es ihr unedel oder hinterhältig vorgekommen wäre; denn im allgemeinen veranstalten Frauen solche Manöver mit dem reinsten Gewissen der Welt, und rein instinktiv stand Isabel eher zur naturgegebenen Veranlagung ihres Geschlechts, als daß sie diese verleugnete. Es war ein unbestimmter Zweifel, der sich da eingeschlichen hatte, ein Gefühl, dessen sie sich nicht ganz sicher war. Folglich blieb sie im Salon, und nach einer Weile brach Lord Warburton zu seiner anderen Gesellschaft auf, nicht ohne Pansy zu versprechen, ihr am nächsten Tag detailliert Bericht zu erstatten. Nachdem er gegangen war, fragte sie sich, ob sie etwas vereitelt hatte, was geschehen wäre, hätte sie sich für eine Viertelstunde verabsentiert. Doch dann verkündete sie – immer im Geiste: Sollte ihr geschätzter Gast es wünschen, daß sie sich verabsentierte, würde er problemlos einen Weg finden, sie das wissen zu lassen. Pansy sprach nach seinem Weggang mit keiner Silbe von ihm, und

Isabel erwähnte ihn mit Fleiß nicht, da sie unter dem selbst auferlegten Gelübde der Zurückhaltung stand, bis er sich von selbst erklären würde. Dafür nahm er sich ein wenig mehr Zeit, als angesichts der Schilderung angemessen gewesen wäre, die er Isabel von seiner Gefühlslage gegeben hatte. Pansy ging zu Bett, und Isabel mußte sich eingestehen, daß sie keine Ahnung davon hatte, was im Kopf ihrer Stieftochter gerade vor sich ging. Ihre ansonsten so transparente Gefährtin war im Augenblick recht undurchschaubar.

Sie blieb allein zurück und sah ins Feuer, bis nach einer halben Stunde ihr Mann hereinkam. Eine Weile ging er stumm hierhin und dorthin; schließlich setzte er sich und sah genau wie sie ins Feuer. Sie allerdings hatte bereits ihren Blick von den unsteten Flammen im Kamin gelöst und auf Osmonds Gesicht gerichtet; so beobachtete sie ihn, während er weiter stumm blieb. Verstohlenes Beobachten war ihr zur Gewohnheit geworden; zu selbiger hatte es ein Instinkt werden lassen, von dem ohne Übertreibung festgestellt werden kann, daß er ein Verbündeter von jenem der Notwehr war. Sie wünschte sich nichts sehnlicher, als seine Gedanken zu kennen, im voraus zu wissen, was er sagen würde, um sich so auf eine Antwort vorbereiten zu können. Vorbereitete Antworten waren früher nicht ihre Stärke gewesen; diesbezüglich war sie kaum über den Punkt hinaus gelangt, daß ihr immer erst hinterher all die gescheiten Sachen einfielen, die sie hätte erwidern sollen. Aber sie hatte gelernt, vorsichtig zu sein, hatte es gewissermaßen auf Grund des Gesichtsausdrucks ihres Mannes gelernt. Es war das gleiche Gesicht, in das sie vielleicht genauso ernst, aber weniger durchdringend, auf der Terrasse einer Florentiner Villa geblickt hatte; nur daß Osmond seit seiner Heirat ein wenig zugenommen hatte. Doch noch immer konnte man ihn als sehr distinguierten Mann bezeichnen.

»War Lord Warburton hier?« fragte er sodann.

»Ja, er blieb eine halbe Stunde.«

»Hat er Pansy gesehen?«

»Ja, er saß neben ihr auf dem Sofa.«

»Hat er viel mit ihr gesprochen?«

»Er hat fast nur mit ihr gesprochen.«

»Ich finde, er verhält sich sehr aufmerksam. Würdest du das nicht auch so nennen?«

»Ich benenne es gar nicht«, sagte Isabel. »Ich habe darauf gewartet, daß du das Kind beim Namen nennst.«

»Eine solche Rücksichtnahme zeigst du nicht immer«, antwortete Osmond nach kleiner Pause.

»Diesmal habe ich eben beschlossen, das tun zu wollen, was du möchtest. Ich habe das so oft versäumt.«

Osmond wandte langsam den Kopf und sah sie an. »Versuchst du, Streit mit mir anzufangen?«

»Nein, ich versuche, in Frieden zu leben.«

»Nichts ist leichter als das! Du weißt ja, daß ich selbst nicht streite.«

»Wie nennst du das dann, wenn du versuchst, mich wütend zu machen?« fragte Isabel.

»Ich versuche es nicht. Falls ich dich wütend machte, wäre es die natürlichste Sache der Welt gewesen. Und im Moment versuche ich es schon überhaupt nicht.«

Isabel lächelte. »Ist auch gleichgültig. Ich habe beschlossen, nie wieder wütend zu sein.«

»Ein ganz ausgezeichneter Entschluß. Du bist schlechter Laune.«

»Ganz recht.« Sie schob das Buch weg, in dem sie gelesen hatte, und nahm die Stickerei auf, die Pansy auf dem Tisch zurückgelassen hatte.

»Das ist auch teilweise der Grund, warum ich nicht mit dir über diese Angelegenheit meiner Tochter gesprochen habe«, sagte Osmond und wählte die Formulierung für Pansy, die er zumeist benutzte. »Ich befürchtete, daß ich auf Opposition stoßen würde – daß du in der Sache eigenwillige Ansichten haben könntest. Den kleinen Rosier habe ich nämlich kurz abgefertigt.«

»Du hast befürchtet, ich würde für Rosier Partei ergreifen? Ist dir denn nicht aufgefallen, daß ich ihn dir gegenüber mit keinem Wort erwähnt habe?«

»Dazu habe ich dir ja auch keine Gelegenheit gegeben. In letzter Zeit unterhalten wir uns kaum noch. Ich weiß, er war ein alter Freund von dir.«

»Ja, er ist ein alter Freund von mir.« Isabel machte sich aus ihm nicht viel mehr als aus der Stickerei in ihrer Hand; doch es stimmte, daß er ein alter Freund war und daß sie ihrem Mann gegenüber nicht das Verlangen verspürte, eine solche Beziehung herabzusetzen. Er hatte eine Art, seiner Geringschätzung ihres Bekanntenkreises Ausdruck zu verleihen, die sie in ihrer Loyalität zu diesem nur bestärkte, auch wenn es sich, wie im vorliegenden Fall, nur um eine sehr oberflächliche Beziehung handelte. Manches Mal hatte sie leidenschaftliche Anwandlungen von zarten Erinnerungen, deren einziges Verdienst es war, zu ihrer Mädchenzeit vor der Ehe zu gehören. »Doch was Pansy angeht«, setzte sie kurz danach hinzu, »so habe ich ihn nicht ermutigt.«

»Zum Glück«, bemerkte Osmond.

»Zum Glück für mich, soll das vermutlich heißen. Für ihn ist das wohl kaum von Bedeutung.«

»Es ist sinnlos, über ihn zu sprechen«, sagte Osmond. »Wie ich dir schon sagte, ich habe ihn hinausgeworfen.«

»Ja, aber ein Liebhaber draußen vor der Tür bleibt dennoch ein Liebhaber. Manchmal mehr denn je. Mr. Rosier hat noch immer Hoffnung.«

»Dieser Trost sei ihm gegönnt! Meine Tochter braucht nichts weiter zu tun, als vollkommen ruhig dazusitzen, und schon ist sie Lady Warburton.«

»Das würde dir gefallen?« fragte Isabel mit einer Einfältigkeit, die nicht so affektiert war, wie sie vielleicht erscheint. Sie war entschlossen, nichts vorauszusetzen, denn Osmond hatte eine Art, ihre Vermutungen unverhofft gegen sie zu verwenden. Die Intensität, mit der er sich wünschte, seine Tochter als Lady Warburton zu sehen, hatte gleichzeitig auch den Ausgangspunkt für ihre eigenen jüngsten Überlegungen abgegeben. Aber das behielt sie für sich. Sie würde sich auf nichts einlassen, bevor Osmond es nicht ausgesprochen hatte; sie würde es ihm nicht so ohne weiteres abnehmen, daß er Lord Warburton als Belohnung für ein Ausmaß an Anstrengung betrachtete, für welches die Osmonds weniger bekannt waren. Gilbert hatte bisher beharrlich zu verstehen gegeben, daß das Leben für ihn nicht einen Anreiz bot, für den sich eine Anstrengung lohnte; daß er aber andererseits mit den vornehmsten Personen der Welt von gleich zu gleich verkehre, und daß sich seine Tochter nur umzusehen und sich einen Prinzen herauszupicken brauche. Aus diesem Grunde kostete es ihn auch das Eingeständnis einer Inkonsequenz, wenn er explizit erklärte, daß er Lord Warburton unbedingt haben wollte und daß, sollte dieser Edelmann entwischen, nie mehr etwas Gleichwertiges gefunden werden könnte; wobei es darüber hinaus zu einer weiteren seiner gewohnheitsmäßigen Unterstellungen gehörte, daß er niemals inkonsequent sei. Er hätte es gern gesehen, wenn seine Frau diesen Punkt stillschwei-

gend übergangen hätte. Doch wie seltsam: Nun, da sie ihm von
Angesicht zu Angesicht gegenübersaß, und obwohl sie noch vor
einer Stunde schon fast einen fertigen Plan entworfen hatte, wie
sie ihm eine Freude bereiten könnte, tat ihm Isabel den Gefallen
nicht und wollte auch den Punkt nicht übergehen. Aber sie
wußte ganz genau, welche Wirkung ihre Frage in seinem Bewußtsein hatte: nämlich die einer Demütigung. Geschah ihm recht;
er selbst verstand es prächtig, sie zu demütigen – und das um so
wirkungsvoller, als er es auch verstand, dafür dramatische Gelegenheiten abzuwarten, während er weniger dramatische mit
einer manchmal verblüffenden Gleichgültigkeit ungenützt verstreichen ließ. Isabel ergriff eine weniger dramatische Gelegenheit, möglicherweise weil sie sich einer dramatischen nicht zu
bedienen gewußt hätte.

Osmond zog sich hier ehrenhaft aus der Affäre. »Das würde
mir äußerst gefallen; das gäbe eine großartige Heirat. Und
außerdem hat Lord Warburton noch einen Vorteil: Er ist ein
alter Freund von dir. Er würde sich freuen, in die Familie
aufgenommen zu werden. Es ist doch eigenartig, daß Pansys
Bewunderer alles deine alten Freunde sind.«

»Ist doch völlig natürlich, daß sie mich besuchen kommen.
Wenn sie mich besuchen kommen, sehen sie Pansy. Und wenn
sie sie sehen, ist es natürlich, daß sie sich in sie verlieben.«

»Ganz meiner Meinung. Aber du bist nicht verpflichtet, genauso zu denken.«

»Sollte sie Lord Warburton heiraten, würde ich mich sehr
freuen«, fuhr Isabel freimütig fort. »Er ist ein exzellenter Mann.
Du behauptest allerdings, sie müsse dazu nur vollkommen ruhig
dasitzen. Vielleicht bleibt sie aber nicht vollkommen ruhig sitzen.
Wenn sie Mr. Rosier verliert, könnte sie aufspringen!«

Osmond schien dem keine Beachtung zu schenken; er saß da
und starrte ins Feuer. »Pansy wäre gern eine feine Lady«, bemerkte er kurz darauf mit einer gewissen Zärtlichkeit in der
Stimme. »Sie will vor allem gefallen«, setzte er hinzu.

»Mr. Rosier gefallen, vielleicht.«

»Nein, mir gefallen.«

»Auch mir ein bißchen, glaube ich«, sagte Isabel.

»Ja, sie hat eine hohe Meinung von dir. Aber sie wird das tun,
was ich will.«

»Wenn du dir dessen sicher bist, ist ja alles in Ordnung«, fuhr
sie fort.

»Inzwischen«, sagte Osmond, »wäre es mir ganz recht, wenn unser nobler Gast den Mund aufmachen würde.«

»Er hat den Mund aufgemacht – bei mir. Er hat mir gesagt, es wäre ihm eine große Freude, könnte er glauben, sie hege eine Zuneigung für ihn.«

Osmond drehte ruckartig den Kopf, sagte aber zunächst nichts. Dann fragte er scharf: »Warum hast du mir das nicht gesagt?«

»Dazu hatte ich keine Gelegenheit. Du weißt selbst, wie wir leben. Ich habe die erste Chance benutzt.«

»Hast du ihm von Rosier erzählt?«

»O ja, ein bißchen was.«

»Das war wohl kaum nötig.«

»Ich hielt es für das beste, wenn er Bescheid wüßte, damit er – damit er – « Und Isabel brach ab.

»Damit er was?«

»Damit er entsprechend handeln kann.«

»Damit er einen Rückzieher machen kann, meinst du?«

»Nein, damit er angreift, solange noch Zeit dazu ist.«

»Diese Wirkung scheint es allerdings nicht gehabt zu haben.«

»Du solltest mehr Geduld aufbringen«, sagte Isabel. »Du weißt doch, daß die Engländer schüchtern sind.«

»Der da nicht. Jedenfalls war er's nicht, als er in dich verliebt war.«

Davor hatte sie sich gefürchtet, daß Osmond damit anfangen würde; sie fand es widerlich. »Ich bitte vielmals um Verzeihung«, gab sie zurück, »aber er war extrem schüchtern.«

Einige Zeit lang antwortete er nichts. Er nahm ein Buch zur Hand und blätterte darin herum, während sie stumm dasaß und sich mit Pansys Gobelinmuster beschäftigte. »Du mußt doch eine Menge Einfluß auf ihn haben«, nahm Osmond das Gespräch schließlich wieder auf. »Sobald du es nur richtig wolltest, hättest du ihn schon soweit.«

Das war noch beleidigender. Aber sie spürte, wie sehr ein solcher Satz charakteristisch für ihn war, und außerdem beinhaltete er fast haargenau das, was sie sich schon selbst gesagt hatte. »Warum sollte ich Einfluß auf ihn haben?« fragte sie. »Was hätte ich denn je getan, daß er mir gegenüber in einer Schuld stünde?«

»Du hast ihm einen Korb gegeben«, sagte Osmond, den Blick aufs Buch gerichtet.

»Darauf darf ich mir nicht zuviel einbilden«, erwiderte sie.

Er warf unverzüglich das Buch hin, stand auf und stellte sich vor das Feuer, die Hände auf dem Rücken. »Schön, ich behaupte, daß du es in deiner Hand hast. Dort werde ich den Fall belassen. Mit ein wenig gutem Willen könntest du die Sache hinbekommen. Überleg' es dir und denke daran, wie sehr ich auf dich zähle.« Er wartete noch kurz, um ihr Zeit für eine Antwort zu geben. Als sie keine gab, verließ er gemächlich den Raum.

42. KAPITEL

Sie hatte keine Antwort gegeben, weil seine Worte ihr die Situation klar vor Augen führten und sie davon ganz in Anspruch genommen war. Etwas in seiner Darlegung berührte sie so tief, daß sie sich nicht getraut hatte, darauf zu antworten. Nachdem er gegangen war, lehnte sie sich in ihrem Sessel zurück und schloß die Augen, und lange Zeit, bis tief in die Nacht hinein und über den Tageswechsel hinaus, saß sie in dem stillen Salon und hing ihren Gedanken nach. Ein Diener kam herein, um nach dem Feuer zu sehen, und sie bat ihn, ihr ein paar frische Kerzen zu bringen und dann selbst zu Bett zu gehen. Osmond hatte sie geheißen, über seine Worte nachzudenken, und nun dachte sie darüber nach und über vieles andere ebenfalls. Die Behauptung eines Dritten, sie habe bestimmenden Einfluß auf Lord Warburton, war für sie jener Anstoß gewesen, der mitunter zu unverhofften Einsichten führt. Entsprach es der Wirklichkeit, daß da noch etwas zwischen ihnen beiden war, was ihn veranlassen könnte, sich Pansy zu erklären? Ein Bedürfnis nach Lob und Anerkennung bei ihm? Der Wunsch, ihr eine Freude zu bereiten? Isabel hatte sich diese Frage bislang nicht gestellt, weil dazu keine Veranlassung gegeben war. Jetzt aber, da sie direkt mit ihr konfrontiert wurde, sah sie die Antwort, und die Antwort erschreckte sie. Ja, da gab es etwas – etwas seitens Lord Warburtons. Bei seinem ersten Besuch in Rom hatte sie geglaubt, daß das Band zwischen ihnen vollständig zerrissen sei. Doch nach und nach war ihr aufgegangen, daß es noch greifbar vorhanden war. Zwar war es dünn wie ein Haar, aber es gab Augenblicke, in denen sie seine Schwingungen zu hören glaubte. Für sie persönlich hatte sich nichts verändert; sie dachte noch immer so von ihm, wie sie früher gedacht hatte; einen Grund, warum sich ihre Empfindungen ändern sollten, gab es nicht, und eigentlich hatte sie jetzt ein besseres Gefühl als je zuvor. Aber er? Ging er noch immer davon aus, sie sei für ihn mehr als andere Frauen? Wollte er von der Erinnerung an die wenigen Momente vertrauten Umgangs zehren, die sie beide einst miteinander erlebt hatten? Isabel wußte, sie hatte einige Signale einer solchen Stimmung aufgefangen. Aber welche Hoffnungen hegte er, welchem Ziel galt sein Trachten und auf welch seltsame Art war dies verknüpft mit seiner augenscheinlich sehr ernst gemeinten Sympathie für die arme Pansy? War er in Gilbert Osmonds Ehefrau verliebt, und falls ja, welche Tröstungen versprach er sich davon? Wenn er in Pansy verliebt war, war er doch nicht gleichzeitig in ihre Stiefmutter verliebt, und wenn er in ihre Stiefmutter verliebt war, dann doch nicht gleichzeitig in Pansy. Sollte sie ihren Vorteil ausspielen, um ihn somit an Pansy zu binden, wohl wissend, er täte das ihretwegen, nicht um des zarten Wesens willen? Und war es das, was ihr Mann von ihr verlangte? Auf jeden Fall war dies die Aufgabe, der sie sich gegenüber sähe – von dem Augenblick an, in dem sie sich eingestehen würde, daß ihr alter Freund noch immer eine tief verwurzelte Vorliebe für ihre Nähe hatte. Es wäre keine angenehme Aufgabe; in Wahrheit wäre es eine widerliche. Voller Abscheu stellte sie sich die Frage, ob Lord Warburton so tat, als sei er in Pansy verliebt, um sich eine ganz andere Befriedigung zu verschaffen beziehungsweise, um sich ›Chancen auszurechnen‹, wie man so sagt. Von der Anklage solch raffinierten Doppelspiels sprach sie ihn augenblicklich frei; sie zog es vor, an seine uneingeschränkte Aufrichtigkeit zu glauben. Sollte es sich allerdings bei seiner Bewunderung für Pansy um eine Selbsttäuschung handeln, dann wäre das fast genauso schlimm wie Heuchelei. Isabel spielte diese gräßlichen Möglichkeiten so lange durch, bis sie vollständig jeden Überblick verloren hatte, und einige von denen, die unvermittelt auftauchten, waren wirklich gräßlich. Daraufhin brach sie das chaotische Spiel ab, rieb sich die Augen und stellte fest, daß die Ausschweifungen ihrer Phantasie ihr eindeutig nicht zur Ehre gereichten und daß dies bei ihrem Mann noch viel weniger der Fall war. Lord Warburton war so desinteressiert, wie es sich gehörte, und sie bedeutete ihm nicht mehr, als ihr recht war. Dabei würde sie es so lange belassen, bis das Gegenteil erwiesen war, und zwar eindeutiger und zweifelsfreier als nur durch eine zynische Unterstellung Osmonds.

Allerdings trug ein solcher Entschluß an ebendiesem Abend wenig zu ihrem Seelenfrieden bei, denn ihr Inneres wurde von Schreckensvisionen heimgesucht, die sich in dem Augenblick in den Vordergrund ihrer Gedanken drängten, sobald sie ihnen auch nur ein bißchen Raum gab. Wodurch sie plötzlich in eine so lebhafte Bewegung versetzt worden waren, hätte sie kaum zu sagen vermocht, es sei denn, die Ursache lag in jenem eigenartigen Eindruck, den sie des Nachmittags von dem unvermutet direkten Meinungsaustausch ihres Mannes mit Madame Merle erhalten hatte. Dieses Bild tauchte immer wieder vor ihr auf, und nun fragte sie sich, warum es ihr nicht zuvor aufgefallen war. Dazu kam noch ihre kurze Unterredung mit Osmond vor einer halben Stunde, die ein schlagendes Beispiel für seine Fähigkeit abgab, alles verdorren zu lassen, was er anfaßte, und ihr alles zu verderben, sobald er seinen Blick darauf richtete. Der Wunsch, ihm einen Beweis ihrer Loyalität zu geben, war schön und gut; die Wirklichkeit sah jedoch so aus, daß ihr Wissen um eine bestimmte Erwartung seinerseits bei ihr umgehend einen Vorbehalt dagegen entstehen ließ. Es war, als habe er den bösen Blick, als sei seine Gegenwart ein Fluch und sein Wohlwollen ein Unglück. Lag der Fehler in ihm selbst, oder war es nur das tiefe Mißtrauen, das sie ihm gegenüber entwickelt hatte? Dieses Mißtrauen war nicht das eindeutigste Ergebnis ihres kurzen Ehelebens. Zwischen ihnen hatte sich ein Abgrund aufgetan, über den hinweg sie sich beide mit Blicken ansahen, die von dem Ausmaß der erlittenen Täuschung kündeten. Sie befanden sich in einer befremdlichen Opposition zueinander, wie sie es sich niemals hätte träumen lassen, in einer Opposition, in der die lebenswichtigen Grundsätze des einen zum Gegenstand der Verachtung durch den anderen wurden. Ihr Fehler war es nicht – sie hatte keine Täuschungsmanöver inszeniert; sie hatte nur bewundert und geglaubt. Ihre ersten Schritte hatte sie ausnahmslos im ungetrübtesten Vertrauen getan, bis sie dann plötzlich entdecken mußte, wie aus dem unendlich weit gespannten Ausblick auf ein vielgestaltiges Leben eine finstere, schmale Gasse geworden war, an deren Ende eine nackte Mauer aufragte. Statt zu den Höhen des Glücks, wo man die Welt zu Füßen liegend glaubt, so daß man mit einem Gefühl von Euphorie und Überlegenheit hätte hinabblicken und prüfen und auswählen

und bedauern können, führte sie vielmehr abwärts und erd-
wärts in die Regionen von Einschränkung und Depression, wo
die Klänge eines anderen, leichteren und freieren Lebens wie
von oben herunterdrangen und damit das Gefühl von einer
erlittenen Katastrophe verstärkten. Es war ihr tiefes Mißtrauen
gegenüber ihrem Mann – das war es, was ihr die Welt verfinsterte.
Eine solche Empfindung ist schnell festgestellt, aber nicht so
ohne weiteres erklärt, und sie ist so vielschichtig zusammenge-
setzt, daß es reichlich Zeit und noch mehr Leiden bedurft hatte,
sie zu ihrer jetzigen Ausformung zu bringen. Leiden war für
Isabel ein aktiver Zustand; es war keine fiebrige Erkältung, keine
Taubheit eines Körperteils, keine Verzweiflung. Es war eine
Heftigkeit der Gedankengänge, der Vermutungen, der Reaktionen auf jede Form von Zwang. Sie schmeichelte sich jedoch, daß
sie ihr schwindendes Vertrauen für sich behalten hatte, daß
niemand etwas argwöhnte, Osmond ausgenommen. O ja – er
wußte Bescheid, und es gab Zeiten, wo sie dachte, er habe seinen
Spaß daran. Nach und nach war es so weit gekommen, gegen
Ablauf ihres ersten gemeinsamen Jahres, das so wunderbar innig
begonnen hatte; als es zu Ende ging, hatte sie zum ersten Mal
alarmierende Anzeichen wahrgenommen. Danach hatten sich
die Schatten immer mehr verdichtet, als hätte Osmond vor-
sätzlich, ja böswillig, ein Licht nach dem anderen gelöscht. Die
sich anschließende Dämmerung war zunächst unbestimmt und
schwach gewesen, und sie konnte noch immer ihren Weg sehen.
Aber stetig wurde es finsterer um sie herum, und wenn auch hin
und wieder ein Lichtschein die Finsternis durchdrang, gab es in
ihrem Blickfeld dennoch Winkel von undurchdringlicher
Schwärze. Diese Schatten waren nicht ein Produkt ihres eigenen
Bewußtseins; dessen war sie sich ganz sicher. Sie hatte ihr Bestes
getan, um gerecht und gelassen zu bleiben und nur die Wahrheit
zu sehen. Sie waren ein Teil der bloßen Gegenwart ihres Mannes,
eine Folge davon und irgendwie auch sein Werk. Es waren nicht
seine Missetaten, nicht seine Niederträchtigkeiten; sie erhob
keine Beschuldigungen – bis auf eine, die aber keine Untat zum
Gegenstand hatte. Sie wußte von keinem Unrecht, das er begangen hätte; er war nicht jähzornig, er war nicht brutal. Sie glaubte
schlichtweg, daß er sie haßte. Das war alles, dessen sie ihn beschuldigte, und das Elende daran war eben genau die Tatsache,
daß es keine Untat darstellte, denn gegen eine solche hätten sich
Gegenmaßnahmen ergreifen lassen. Er hatte herausgefunden,

daß sie völlig anders war, daß sie nicht das war, als was sie sich seiner Erwartung nach hätte erweisen sollen. Zuerst hatte er noch geglaubt, sie ändern zu können, und sie hatte ihr möglichstes getan, um das zu werden, was er sich wünschte. Letzten Endes war sie aber, wie sie eben war, und konnte nicht aus ihrer Haut heraus; und jetzt war es sinnlos geworden, sich zu maskieren oder zu verkleiden, denn er kannte ihr wahres Wesen und hatte sich seine Meinung gebildet. Sie fürchtete sich nicht vor ihm; sie erwartete nicht, daß er sie körperlich attackieren würde, denn der Groll, den er gegen sie hegte, war nicht von dieser Art. Soweit auch immer möglich, würde er ihr nie einen Vorwand liefern, würde er sich nie ins Unrecht setzen. Wenn Isabel die Zukunft gefühllosen, starren Blickes kritisch überschaute, erkannte sie, daß sie ihm langfristig unterlegen sein würde. Sie würde ihm viele Vorwände liefern, sie würde sich oft ins Unrecht setzen. Es gab Zeiten, da bemitleidete sie ihn fast; denn gerade weil sie ihn nicht absichtlich getäuscht hatte, begriff sie, wie umfassend sie es unabsichtlich getan haben mußte. Sie hatte sich völlig zurückgenommen, als er sie kennenlernte; sie hatte sich klein gemacht und so getan, als sei weniger von ihr da, als tatsächlich der Fall war. Der Grund dafür hatte darin gelegen, daß sie von seinem ungewöhnlichen Charme verzaubert war, den er nach allen Regeln der Kunst ausspielte. Er hatte sich nicht verändert; er hatte sich, während des Jahres seiner Werbung um sie, nicht mehr verstellt als sie. Aber damals hatte sie nur die eine Hälfte seines Charakters gesehen, so wie man nur die Sichel des Mondes sieht, wenn dieser teilweise vom Erdschatten verdeckt wird. Jetzt sah sie den vollen Mond – jetzt sah sie den ganzen Mann. Sie hatte stillgehalten, sozusagen, damit er sich frei entfalten konnte, und dennoch hatte sie irrtümlich einen Teil für das Ganze gehalten.

Ach, wie unendlich war sie doch seinem Charme verfallen gewesen! Dieser war keineswegs verflogen; er war noch immer da. Sie wußte ganz genau, was es war, das Osmond so anziehend machte, wenn er es sein wollte. Und er hatte gewollt, als er ihr den Hof machte; und da sie willens gewesen war, sich verzaubern zu lassen, grenzte es auch nicht an ein Wunder, daß er Erfolg gehabt hatte. Und Erfolg hatte er gehabt, weil er glaubwürdig gewesen war; nie wäre es ihr eingefallen, ihm das abzusprechen. Er hatte sie bewundert – er hatte ihr auch gesagt, warum: weil sie die phantasievollste Frau sei, die er kenne. Das konnte durchaus der Wirklichkeit entsprochen haben, denn während jener Monate gingen ihr hunderttausend Hirngespinste ohne jede Substanz im Kopf herum. Ihre Vision von ihm hatte sich gar ins Wunderbare gesteigert, genährt durch ihre verzauberten Sinne und eine ach so aufgewühlte Phantasie! Sie hatte ihn einfach nicht richtig wahrgenommen. Eine bestimmte Kombination von Eigenschaften hatte sie fasziniert und sie die attraktivste Persönlichkeit erblicken lassen. Daß er arm und einsam war und doch irgendwie vornehm – das war es gewesen, was sie interessiert hatte und ihr damals die Chance ihres Lebens zu bieten schien. Eine undefinierbare Kultiviertheit war von ihm ausgegangen – von seiner Situation, von seinem Geist, von seinem Gesicht. Gleichzeitig hatte sie gespürt, daß er hilflos und untüchtig war, aber dieses Gefühl hatte sich in eine Zärtlichkeit verwandelt, aus der heraus Achtung entsproß. Er war wie ein skeptischer Reisender zur See, der den Strand entlangschlenderte, während er auf die Flut wartete, dabei seewärts blickte und dann doch nicht ablegte. Darin hatte sie ihre Chance gesehen. Sie wollte sein Boot für ihn zu Wasser lassen; sie wollte für ihn Vorsehung spielen; ihn zu lieben, wäre ein gutes Werk. Und sie hatte ihn geliebt, hatte sich so ängstlich und zugleich so leidenschaftlich hingegeben – zum großen Teil als Dank für das, was sie in ihm fand, zum großen Teil aber auch wegen all dem, was sie ihm bescherte und wodurch das Geschenk noch wertvoller werden sollte. Wie sie so zurückblickte auf diese Wochen voller Leidenschaft, entdeckte sie darin einen mütterlichen Zug – das Glück einer Frau nämlich, die spürte, daß sie einen Beitrag leistete, daß sie mit vollen Händen kam. Aber wenn ihr Geld nicht gewesen wäre, das sah sie heute ein, hätte sie es nie getan. Und dann wanderten ihre Gedanken davon zum armen Mr. Touchett, der schon unter englischem Rasen ruhte, dem wohlmeinenden Urheber unendlichen Leids. Denn das war ja das Groteske. Im Grunde war ihr das Geld eine Bürde gewesen und hatte sie andauernd belastet, so daß sie nur den Wunsch verspürt hatte, das Gewicht loszuwerden und es jemand anderem zu überantworten, der für seine Verwahrung besser geeignet war. Was hätte ihr Gewissen wirkungsvoller erleichtern können, als das Geld dem Mann zu vermachen, der den besten Geschmack der Welt hatte? Außer es einem Hospital zu schenken, hätte sie damit nichts Besseres anstellen können, und es gab nun mal keine wohltätige Einrichtung, die sie damals genauso sehr interessiert hätte wie Gilbert Osmond. Er würde ihr Vermögen auf eine Weise verwenden, die es ihr sympathischer erscheinen lassen und eine gewisse Unanständigkeit tilgen würde, mit dem der Glücksfall einer unerwarteten Erbschaft nun einmal behaftet ist. Siebzigtausend Pfund zu erben, war für sich genommen kein edler Zug; dieser war allein in Mr. Touchetts Legat an sie zu suchen. Aber Gilbert Osmond zu heiraten und ihm eine solche Mitgift zu bringen – darin lag auch für sie etwas Edles. Für ihn weniger – das war richtig; aber das war seine Angelegenheit, und wenn er sie liebte, dürfte er nichts dagegen haben, daß sie reich war. Hatte er denn nicht den Mut gehabt zu sagen, er freue sich, daß sie reich sei?

Isabels Wange glühte, als sie sich die Frage stellte, ob sie wirklich nur auf Grund einer aufgeblasenen Theorie geheiratet hatte, um mit ihrem Geld etwas Hochlöbliches anzufangen. Aber sie konnte diese Frage rasch dahingehend beantworten, daß dies nur die eine Hälfte der Geschichte darstellte. Es war so gewesen, daß sie von einem gewissen Feuer ergriffen worden war, von einem Gefühl der Ernsthaftigkeit seiner Zuneigung und von seinen persönlichen Qualitäten, die sie hinreißend fand. Er war besser als jeder andere. Diese unerschütterliche Überzeugung hatte ihr Leben monatelang ausgefüllt, und es war noch genügend davon übriggeblieben, um ihr zu bestätigen, daß sie gar nicht anders hätte handeln können. Das feinste – in der Bedeutung von: das feinsinnigste – männliche Wesen, das sie jemals zu Gesicht bekommen hatte, war ihr Eigentum geworden, und die Erkenntnis, daß sie nur die Hand auszustrecken und es zu ergreifen brauchte, war ihr anfänglich wie eine quasireligiöse Erfahrung erschienen. Bezüglich der Kultiviertheit seines Geistes hatte sie sich nicht getäuscht; sie kannte jenes Organ inzwischen genau. Sie hatte damit gelebt, hatte beinahe darin gelebt – fast schien es ihre Wohnung geworden zu sein. Falls sie denn gefangen worden war, hatte es einer starken Hand bedurft, sie zu fesseln; dieses Argument hatte vielleicht einiges Gewicht. Einem klügeren, flexibleren, niveauvolleren, mit bewundernswerteren intellektuellen Fähigkeiten ausgestatteten Geist war sie noch nie begegnet; und mit genau diesem exquisiten Instrument hatte sie jetzt zu rechnen. Sie verlor sich in unendlicher Verzweiflung, wenn sie sich das Ausmaß seiner Täuschung vergegenwärtigte. Aus dieser Sicht war es vielleicht sogar ein Wunder, daß er sie nicht mehr haßte. Sie erinnerte sich noch ganz genau an das erste Signal für diesen Haß, das sie von ihm empfing; es war wie die Glocke gewesen, die zum Heben des Vorhangs für das eigentliche Drama ihres Lebens läutete. Eines Tages hatte er zu ihr gesagt, sie habe zu viele Ideen im Kopf und sie müsse sie aufgeben. Er hatte ihr das auch schon vor der Hochzeit gesagt, doch damals hatte sie nicht darauf geachtet. Erst später war es ihr wieder eingefallen. Diesmal hätte sie es sich besser merken sollen, denn er hatte es tatsächlich ernst gemeint. Die Worte waren nicht oberflächlich dahingesprochen gewesen; aber erst im Licht gemachter Erfahrungen waren sie ihr unheilverkündend erschienen. Er hatte es tatsächlich so gemeint; am liebsten wäre ihm gewesen, sie hätte gar nichts Eigenes mehr besessen außer ihrer hübschen Erscheinung. Sie war sich damals bewußt, daß sie zu viele Ideen im Kopf hatte; sie hatte sogar noch mehr, als er vermutete, viel mehr, als sie ihm gegenüber geäußert hatte bis zu dem Tag, an dem er um ihre Hand anhielt. Jawohl, sie hatte sich damals verstellt; sie hatte ihn doch so gern gehabt. Sie hatte zu viele eigene Ideen mit sich herumgetragen; aber deshalb heiratet man doch, weil man sie mit jemandem teilen möchte! Man konnte sie ja nicht mit der Wurzel ausreißen; man konnte sie wohl unterdrücken und achtgeben, daß man sie nicht äußerte. Aber daran hatte es nicht gelegen, daß er ihre Ansichten bekämpfte; das war es nicht gewesen. Sie hatte keine Ansichten – keine, die sie nicht bereitwillig geopfert hätte für das befriedigende Gefühl, geliebt zu werden. Worauf er es abgesehen hatte, war die Ganzheit gewesen: ihr Charakter, die Art, wie sie fühlte, die Art, wie sie urteilte. Diese Dinge waren es, die sie ihm vorenthalten hatte; diese Dinge waren es, die er nicht gekannt hatte, bis sie ihm vor die Nase gesetzt wurden, nachdem sozusagen die Tür schon hinter ihm ins Schloß gefallen war. Sie hatte eine gewisse Art, das Leben zu sehen, die er als persönliche Beleidigung begriff. Der Himmel wußte, daß diese Art zumindest jetzt eine sehr bescheidene, willfährige war! Das Seltsame war nur, daß ihr nicht von Anfang an der Verdacht gekommen war, die seine könne so ganz anders sein. Sie hatte sie für so großzügig, so aufgeklärt, so vollkommen für die eines aufrichtigen Mannes und Gentleman gehalten. Hatte er ihr denn nicht versichert, er kenne keinen Aberglauben, keine Engstirnigkeiten, keine Vorurteile – alles Relikte aus finsteren Epochen? Machte er denn nicht Zoll für Zoll den Eindruck eines Mannes, der als freier, weltzugewandter Mensch erhaben ist über kleinliche Bedenken und dem ausschließlich Wahrheit und Bildung und der Glaube wichtig sind, daß zwei intelligente Menschen sich gemeinsam auf die Suche danach begeben sollten, so daß sie – ob sie nun am Ziel ankamen oder nicht – wenigstens auf dem Weg dorthin Glück erfuhren? Er hatte ihr gesagt, er liebe die Konvention; doch damals hatte es geklungen wie ein erhabenes Manifest. In diesem Sinne, im Sinn einer Liebe von Harmonie und Ordnung und Anstand und Sitte und von all den würdevollen Verrichtungen des Lebens, war sie unbefangen mit ihm gezogen, und seine Warnung hatte nichts Unheilverkündendes beinhaltet. Doch als die Monate vergingen und sie ihm immer weiter gefolgt war und er sie zu dem Herrensitz geführt hatte, in dem er eigentlich zu Hause war, da – erst da hatte sie gesehen, wo sie sich wirklich befand.

Sie konnte es heute noch nachempfinden, dieses unglaubliche Entsetzen, von dem sie ergriffen worden war, als sie den ihr zugedachten Bewegungsraum ermaß. Zwischen jenen vier Wänden hatte sie seitdem gelebt; auch für den Rest ihres Lebens würde sie von ihnen umgeben sein. Sie befanden sich im Haus der Finsternis, im Haus der Sprachlosigkeit, im Haus der Atemnot. Osmonds kultivierter Geist verlieh ihm weder Licht noch Luft. Osmonds kultivierter Geist schien vielmehr von einem winzigen, hohen Fenster herabzulugen und sich über sie lustig zu machen. Natürlich hatte sie nicht körperlich leiden müssen, denn dagegen hätten sie etwas unternehmen können. Sie konnte nach Belieben kommen und gehen; sie hatte ihre Freiheiten; ihr Ehemann war ausnehmend höflich. Sich selbst nahm er in einem Maße ernst, daß es schon erschreckend war. Unter all seiner Kultiviertheit, seiner Klugheit, seiner Zuvorkommenheit, seiner Gefälligkeit, seiner Gewandtheit, seiner Lebenserfahrung lag sein krasser Egoismus verborgen wie eine Schlange in einem Blumenbeet. Sie hatte Osmond zwar ernst genommen, aber doch wiederum nicht so ernst. Wie konnte sie auch! – besonders, nachdem sie ihn besser kannte! Sie sollte ihn für das halten, wofür er sich selbst hielt – für den Ersten Gentleman Europas. Also hatte sie ihn zunächst auch dafür gehalten, und dies stellte den eigentlichen Grund dar, warum sie ihn geheiratet hatte. Aber als sie allmählich verstand, was dies beinhaltete, zog sie sich zurück; das Bündnis zwischen ihnen implizierte mehr, als sie damals hatte unterschreiben wollen. Es implizierte eine souveräne Verachtung für alle (drei oder vier sehr erhabene

Persönlichkeiten ausgenommen, die er beneidete) und für alles auf der Welt (ein halbes Dutzend seiner eigenen Ideen ausgenommen). Auch das konnte sie hinnehmen; auch diesen Weg wäre sie mit ihm über weite Strecken gegangen, denn er wies sie auf so viele Gemeinheiten und Schäbigkeiten des Lebens hin, öffnete ihr die Augen so weit für die Dummheit, die Sittenlosigkeit, die Ignoranz der Menschheit, daß sie anschließend auch gebührend beeindruckt gewesen war von der unendlichen Vulgarität der Dinge und der Tugend, die darin bestand, sich selbst davon nicht beschmutzen zu lassen. Aber diese niedere, unedle Welt war es augenscheinlich, für die man zu leben hatte; man hatte sie ständig im Auge zu behalten, nicht um sie zu erhellen oder zu bekehren oder zu erlösen, sondern um aus ihr die Erkenntnis der eigenen Überlegenheit und Großartigkeit zu beziehen. Einerseits war sie verachtenswert, andererseits lieferte sie einen Maßstab. Osmond hatte zu Isabel von seiner Entsagung, seiner Unbekümmertheit und der Leichtigkeit gesprochen, mit der er die üblichen Hilfsmittel des Erfolgs ablehnte, und alles das war ihr bewunderungswürdig vorgekommen. Sie hatte es für eine großartige Unbekümmertheit gehalten, für die höchste Form von Unabhängigkeit. Aber Unbekümmertheit war wirklich die letzte seiner Qualitäten; noch nie hatte sie einen Menschen gekannt, der sich so um die Meinungen anderer kümmerte. Sie selbst hatte, eingestandenermaßen, die Welt immer interessiert, und dem Studium ihrer Mitmenschen hatte ihre beständige Leidenschaft gegolten. Dennoch wäre sie bereit gewesen, auf ihre Neugierde und ihre Sympathien zu verzichten um eines Lebens in trauter Zweisamkeit willen, wenn es dem betreffenden Partner nur gelungen wäre, ihren Verzicht glaubhaft als Gewinn darzustellen. Zumindest war dies ihre gegenwärtige Überzeugung; und außerdem hätte sich das Ganze viel einfacher bewerkstelligen lassen, als sich mit einer Geselligkeit anzufreunden, wie Osmond sie bevorzugte.

Er war unfähig, ohne die Gesellschaft zu leben, und sie begriff, daß er das auch noch nie wirklich getan hatte. Er hatte sie sogar dann von seinem Fenster aus betrachtet, wenn er scheinbar weitestmöglich von ihr distanziert war. Er hatte sein Ideal, so wie sie versucht hatte, ihres zu haben; es war nur seltsam, daß Menschen in so unterschiedlichen Richtungen nach Selbstbestätigung suchten. Sein Ideal war ein Entwurf von großem Wohlstand und tadellosem Ansehen, von einem aristokratischen Leben, das er, wie sie jetzt erkannte, seiner Einbildung nach, zumindest im Grundsatz, schon immer geführt hatte. Nicht eine Stunde lang war er davon abgewichen; nie hätte er sich von der Schmach erholt, hätte er es getan. Auch das wäre noch angegangen; auch hierbei hätte sie mitgemacht. Doch verbanden sie beide zu unterschiedliche Ideen, zu unterschiedliche Assoziationen und Wünsche mit den gleichen Formulierungen. Ihre Auffassung vom aristokratischen Leben war schlicht die Verbindung von umfassender Bildung mit großen Freiheiten; die Bildung würde Pflichtgefühl vermitteln, die Freiheit ein Gefühl der Freude. Doch für Osmond war alles nur eine Sache von Förmlichkeiten, eine bewußt kalkulierte Attitüde. Er konnte sich für das Alte, Geheiligte, Überlieferte begeistern; sie auch, aber sie beanspruchte, damit nach ihrem Gutdünken zu verfahren. Das Althergebrachte hatte einen immensen Stellenwert für ihn. Einmal hatte er ihr erklärt, daß es auf der Welt nichts Beßres gebe, als eine Tradition zu haben; sei man allerdings in der unglücklichen Lage, keine zu haben, müsse man unverzüglich damit beginnen, eine zu schaffen. Sie wußte, daß er damit ausdrücken wollte, daß sie selbst eben keine hatte und er besser dran war; doch hatte sie nie herausbekommen, aus welchen Quellen sich seine Tradition schöpfte. Er besaß allerdings eine sehr große Kollektion von Althergebrachtem, das war unbestritten, und nach einer Weile fing sie an zu begreifen. Das Allerwichtigste war, in Übereinstimmung mit dem Althergebrachten zu handeln; das Allerwichtigste nicht nur in bezug auf ihn, sondern auch auf sie. Isabel hing der undeutlichen Überzeugung an, daß Traditionen, wenn sie noch anderen Menschen als ihrem Besitzer dienen sollten, von absolut überragender Art sein müßten; nichtsdestoweniger folgte sie dem Fingerzeig, daß auch sie nach den imposanten Klängen der Musik zu marschieren habe, die aus unbekannten Epochen der Vergangenheit ihres Mannes herüberschallten; ausgerechnet sie, die früher so leichtfüßig, so sprunghaft gewesen und so gern aus der Reihe getanzt war, so ganz das Gegenteil einer Gläubigen in einer Prozession. Da gab es gewisse Dinge, die sie tun mußten, eine gewisse Haltung, die sie einnehmen mußten, gewisse Leute, die sie kennen mußten und die sie nicht kennen durften. Als sie sah, wie sich dieses rigide System, obgleich dekoriert mit bemalten Wandbehängen, um sie schloß, ergriff das bereits erwähnte Gefühl von Finsternis und Atemnot Besitz von ihr. Sie schien in einem geschlossen Raum eingesperrt und vom

Geruch von Moder und Verfall umgeben zu sein. Natürlich hatte sie sich gewehrt; zunächst sehr humorvoll, ironisch, zartfühlend; dann, als die Lage ernster wurde, immer energischer, heftiger, flehentlicher. Sie hatte die Sache der Freiheit vertreten, der Freiheit von aufgezwungenen Handlungsweisen, der Freiheit, sich nicht um Lebensansichten und -ziele anderer kümmern zu müssen – für andere Neigungen und Sehnsüchte hatte sie gefochten, für ein ganz anderes Ideal.

An diesem Punkt war die Persönlichkeit ihres Mannes hervorgetreten, getroffen wie noch nie, und hatte sich vor ihr aufgebaut. Alles, was sie geäußert hatte, wurde von ihm lediglich mit Spott und Hohn übergossen, und sie konnte erkennen, wie unsagbar er sich ihrer schämte. Wofür hielt er sie jetzt – für niedrig, vulgär, unedel? Jetzt wußte er endgültig, daß sie in keinerlei Traditionen verankert war! In seiner vorausschauenden Planung hatte er nicht mit einbezogen, daß sie eine solche Plattheit an den Tag legen würde. Ihre Ansichten waren eines radikalen Blattes oder eines unitarischen Predigers würdig! Ihr wahres Vergehen lag, wie sie schließlich begriff, darin, daß sie überhaupt ein eigenes Bewußtsein hatte. Ihr Bewußtsein hatte ihm zu gehören, war gefälligst ein Anhängsel des seinigen wie ein Stückchen Garten am Rande eines Wildparks. Er war es, der dort gefühlvoll mit der Harke den Boden bearbeitete und die Blumen goß; er war es, der die Beete jätete und ab und zu einen Blumenstrauß pflückte. Welch ein hübsches Fleckchen für einen Eigentümer, dem ohnehin schon das meiste gehörte! Er wünschte sich Isabel nicht als Dummerchen. Im Gegenteil, es war ja ihre Intelligenz, die ihm gefallen hatte. Aber von selbiger erwartete er, daß sie voll und ganz zu seinem Vorteil funktionierte, und obwohl er weit davon entfernt war, sich ihr Bewußtsein als unbeschriebenes Blatt zu wünschen, hatte er sich doch geschmeichelt, es sei überaus empfänglich für seine Impulse. Er war davon ausgegangen, daß seine Ehefrau mit ihm und für ihn empfand, daß sie sich seine Ansichten, seine Ambitionen, seine Vorlieben zu eigen machte, und Isabel mußte eingestehen, daß dies keine ausgesprochene Zumutung dargestellt hatte seitens eines so fein gebildeten Mannes und eines (wenigstens am Anfang) so zärtlichen Gatten. Mit gewissen Dingen aber konnte sie sich nie abfinden. Um es gleich zu sagen: Es handelte sich um abscheuliche, obszöne Sachen. Sie war keine Tochter der Puritaner, aber dennoch glaubte sie an solche Dinge wie Keuschheit, ja auch Ehrbarkeit. Es sah ganz so aus, als sei Osmond weit davon entfernt, etwas dergleichen zu tun. Einige seiner diesbezüglichen Traditionen waren so schmutzig, daß sie buchstäblich ihre Röcke raffte. Hatten denn alle Frauen noch einen Geliebten? Waren sie denn alle verlogen und sogar die besten unter ihnen käuflich? Gab es wirklich nur drei oder vier, die ihre Männer nicht betrogen? Als Isabel von solchen Dingen hörte, empfand sie darob eine noch größere Verachtung als über den Klatsch und Tratsch in einem Dorfwirtshaus – eine Verachtung, die sich ihre Reinheit trotz verpesteter Luft behielt. Da war dieser Schandfleck von Schwägerin; nahm ihr Mann ausschließlich die Gräfin Gemini als Maßstab? Besagte Dame log sehr oft, und sie hatte nicht nur mit Worten betrogen. Es reichte voll aus, diese Tatsachen als festen Bestandteil von Osmonds sogenannten Traditionen akzeptiert zu sehen; das allein reichte schon völlig aus, ohne daß man sie verallgemeinern mußte. Es war ihre Verachtung gegenüber dieser Akzeptanz, die ihn veranlaßte, sich aufzuplustern. Da er selbst einen reichlichen Vorrat an Verachtung zur Verfügung hatte, war es nur angemessen, daß auch seine Frau damit ebensogut ausgestattet sein sollte; aber daß sie den Bannstrahl ihrer hochmütigen Geringschätzung auf seine persönliche Sicht der Dinge richtete – dies war eine Gefahr, die er nicht in Rechnung gestellt hatte. Er hatte bis zu diesem Ausbruch geglaubt, ihre Gefühle in seinem Sinne reguliert zu haben, und Isabel konnte sich leicht vorstellen, wie ihm die Ohren gebrannt haben mußten, als er entdeckte, daß er zu selbstsicher gewesen war. Und wenn man eine Frau hatte, die einem dieses Gefühl vermittelte, dann blieb einem Mann nichts anderes mehr übrig als der Haß.

Sie war sich jetzt so gut wie sicher, daß sein Gefühl des Hasses, welches ihm anfangs als Zuflucht und Stärkung gedient hatte, mittlerweile Hauptinhalt und Trost seines Lebens geworden war. Dieses Gefühl saß tief, denn es war echt. Er hatte wie eine Offenbarung erlebt, daß er letztlich für sie entbehrlich war. Wenn diese Vorstellung schon für sie bestürzend war und sich anfangs sogar als eine Art von Untreue darstellte, als potentielle Schändung schier – welch unermeßliche Wirkung hatte diese Erkenntnis erst auf ihn haben müssen? Es war ganz einfach: Er verachtete sie. Sie besaß keine Tradition und den moralischen Horizont eines unitarischen Pfarrers. Ausgerechnet die arme Isabel, die die Unitarier noch nie hatte verstehen können! Mit dieser Gewißheit lebte sie nun schon eine ganze Zeit lang, die zu messen sie aufgegeben hatte. Was kam als nächstes – was lag noch vor ihnen? Das waren ihre beständigen Fragen. Was würde er tun – was sollte sie tun? Wenn ein Mann seine Frau haßte, wohin führte das? Sie haßte ihn nicht, dessen war sie sich sicher, denn immer wieder zwischendurch verspürte sie den heißen Wunsch, ihm eine freudige Überraschung zu bereiten. Sehr oft allerdings war ihr bange, und dann überkam sie die Angst, daß sie ihn, wie schon angedeutet, ganz zu Anbeginn vielleicht im unklaren gelassen hatte. Auf jeden Fall führten sie eine absonderliche Ehe, und das Leben war fürchterlich. Bis zum Morgen dieses Tages hatte er seit einer Woche kaum mit ihr geredet; sein Verhalten war kalt wie ein ausgegangenes Feuer. Sie wußte, daß es dafür einen besonderen Grund gab. Es mißfiel ihm, daß sich Ralph Touchett weiterhin in Rom aufhielt. Seiner Meinung nach traf sie sich zu oft mit ihrem Cousin; eine Woche zuvor hatte er ihr erklärt, es sei unschicklich, daß sie Ralph in seinem Hotel aufsuche. Er hätte noch mehr als das gesagt, hätte Ralphs gebrechlicher Zustand es nicht als rüde erscheinen lassen, ihn zu verdächtigen. Die Tatsache aber, daß er sich zusammennehmen mußte, hatte seinen Widerwillen nur vertieft. Isabel konnte das alles so klar von seinem Gebaren ablesen, als lese sie die Zeit von einem Zifferblatt. Es war ihr so völlig bewußt, daß ihr deutlich erkennbares Interesse an ihrem Cousin den Ingrimm ihres Mannes entfachte, als hätte sie dieser in ihrem Zimmer einge-sperrt – was er mit Sicherhcit am liebsten getan hätte. Es war ihre ehrliche Überzeugung, daß man ihr Trotz eigentlich nicht vor-werfen konnte, aber genauso gewiß konnte sie nicht so tun, als sei ihr Ralph gleichgültig. Sie glaubte, daß er nunmehr doch im Sterben lag und daß sie ihn nie wieder sehen würde, und dies ließ sie eine nie gekannte Zärtlichkeit für ihn empfinden. Sie hatte jetzt an nichts mehr Freude. Wie konnte eine Frau auch an etwas Freude haben, wenn sie wußte, daß sie ihr Leben weggeworfen hatte? Ein ständiges Gewicht drückte auf ihr Herz, ein bleifarbe-nes Licht fiel auf alles. Aber der kurze Besuch bei Ralph war ein Lämpchen in der Finsternis; in der Stunde, während der sie bei ihm saß, wurden die eigenen Leiden zu einem Leiden mit ihm. An diesem Tag kam es ihr vor, als sei er ihr Bruder. Sie hatte nie einen Bruder gehabt, aber hätte sie einen und wäre sie in Schwierigkeiten und läge er im Sterben, dann wäre er ihr so lieb und teuer wie Ralph. Ach ja – wenn Gilbert eifersüchtig war, dann vielleicht nicht ganz grundlos; Gilbert stand insgesamt nicht besser da, wenn sie eine halbe Stunde bei Ralph saß. Nicht, daß sie über ihn gesprochen hätten; nicht, daß sie sich beklagt hätte. Sein Name fiel niemals zwischen ihnen. Es war nur einfach so, daß Ralph hochherzig war und ihr Mann nicht. Da war etwas in Ralphs Reden, in seinem Lächeln, in der bloßen Tatsache, daß er in Rom weilte, was den Radius des Teufelskreises, in dem sie sich befand, weiter machte. Er ließ sie das Gute in der Welt spüren; er ließ sie fühlen, was hätte sein können. Letztlich war er genauso intelligent wie Osmond – abgesehen davon, daß er ein besserer Mensch war. Und so schien es ihr ein Akt der Liebe und Verehrung zu sein, ihr Elend vor ihm zu verbergen. Sie verbarg es kunstvoll; ununterbrochen zog sie während ihrer Unterhaltung Vorhänge vor und postierte Wandschirme. Er lebte erneut vor ihr auf – hatte nie Zeit gehabt zu verschwinden: jener Morgen im Garten in Florenz, als Ralph sie vor Osmond gewarnt hatte. Sie brauchte nur die Augen zu schließen, um den Ort zu sehen, seine Stimme zu hören, die warme, liebliche Luft zu spüren. Wie hatte er es wissen können? Welch ein Mysterium, welch ein Wunder an Weisheit! So intelligent wie Gilbert? Er war viel intelligenter – zu einer solchen Beurteilung zu gelangen! Gilbert war nie so ehrlich gewesen, so gerecht. Damals sagte sie ihm, daß er zumindest von ihr niemals erfahren würde, ob er recht hätte, und genau dem galten jetzt ihre Bemühungen. Damit hatte sie vollauf zu tun, denn es ging auch um Leiden und Leidenschaft, um Überschwenglichkeit, um Herzenspflichten. Frauen erkennen ihre Herzenspflichten manchmal in seltsamen Verrichtungen, und Isabel war von der Idee durchdrungen, Ralph einen Liebesdienst zu erweisen, indem sie ihm etwas vorspielte. Vielleicht wäre es auch ein Liebesdienst geworden, wäre Ralph nur für eine Sekunde lang ein leichtgläubiger Gimpel gewesen. So lief es darauf hinaus, daß der Liebesdienst hauptsächlich in dem Versuch bestand, ihn glauben zu machen, er hätte sie einst sehr verletzt und müßte sich eigentlich dessen sehr schämen, daß sie aber, weil sie sehr großzügig und er sehr krank war, ihm deshalb nicht mehr grollte und es sogar rücksichtsvollerweise unterließ, ihm ihr Glück unter die Nase zu reiben. Ralph lächelte über diese ungewöhnliche Form von Rücksichtnahme in sich hinein, während er auf dem Sofa lag, aber er vergab ihr, daß sie ihm vergeben hatte. Sie wollte eben nicht, daß er unter dem Schmerz des Wissens um ihr Unglück litt. Das war das Wichtigste, und so spielte es keine Rolle, daß dieses Wissen ihm letztlich recht gegeben hätte.

Was sie selbst betraf, so blieb sie noch lange, nachdem das Feuer ausgegangen war, in dem vollkommen stillen Salon. Die Gefahr, die Kälte zu spüren, bestand nicht; sie war wie im Fieber. Sie hörte die ganz frühen Morgenstunden schlagen, dann die späteren, aber ihre Nachtwache achtete nicht der Zeit. Ihr Inneres, bestürmt von Visionen, befand sich in einem Zustand außergewöhnlicher Erregtheit, und ihre Visionen konnten sie ebensogut hier heimsuchen, wo sie im Sessel saß, um ihnen zu begegnen, wie auf dem Kopfkissen, wo sie ihrer Nachtruhe Hohn gesprochen hätten. Wie ich schon sagte, hielt sie ihr Betragen nicht für trotzig, und was wäre wohl ein besserer Beweis dafür gewesen, als daß sie die halbe Nacht aufblieb in dem Versuch, sich einzureden, daß es keinen Grund gab, warum Pansy nicht so problemlos zu verheiraten sein sollte, wie man einen Brief im Postamt aufgibt. Als die Uhr vier schlug, stand sie auf; sie ging nun endlich zu Bett, denn die Lampe war schon vor langer Zeit erloschen und die Kerzen bis auf die Stümpfe niedergebrannt. Aber sogar jetzt blieb sie noch einmal in der Mitte des Raums stehen und betrachtete eine zurückgekehrte Vision – das Bild von ihrem Mann und Madame Merle in ihrer unbefangenen und einträchtigen Zweisamkeit.

43. KAPITEL

Drei Abende später nahm sie Pansy zu einer großen Tanzveranstaltung mit, zu welcher Osmond, der nie auf Bälle ging, sie nicht begleitete. Pansy freute sich wie eh und je aufs Tanzen; sie neigte nicht dazu, aus einem Einzelfall Schlüsse aufs Allgemeine zu ziehen und hatte deshalb das Verbot, das man ihr hinsichtlich der Freuden der Liebe auferlegt hatte, nicht auch auf andere Freuden ausgedehnt. Falls sie nur den rechten Augenblick abwartete oder darauf baute, ihren Vater überlisten zu können, dann mußte sie sich ihres Erfolges sicher sein. Isabel hielt das allerdings für unwahrscheinlich; viel wahrscheinlicher war es, daß Pansy einfach beschlossen hatte, ein braves Mädchen zu sein. Noch nie hatte sie eine solche

Chance gehabt, und Chancen wußte sie angemessen zu würdigen. Sie gab sich nicht weniger achtsam als sonst und hütete ihre duftigen Röcke genauso besorgten Auges wie immer; sie hielt ihr Bukett an sich gepreßt und zählte die Blumen wohl zum zwanzigsten Mal. Isabel fühlte sich alt neben ihr; es schien ihr schon eine Ewigkeit her, daß sie wegen eines Balles aufgeregt gewesen war. Pansy mangelte es nicht an Bewunderern und damit auch nicht an Tanzpartnern, und schon bald nach ihrem Eintreffen gab sie Isabel, die nicht tanzte, ihren Strauß zu halten. Isabel war diesem Wunsch schon einige Minuten lang nachgekommen, als sie sich der Anwesenheit von Edward Rosier bewußt wurde. Er stand direkt vor ihr; sein verbindliches Lächeln hatte er verloren, und er trug eine Miene fast soldatischer Entschlossenheit zur Schau. Sein verändertes Aussehen hätte Isabel normalerweise zum Schmunzeln gebracht, hätte sie nicht gespürt, daß sein Fall im Grunde ein tragischer war; er hatte schon immer viel stärker nach Vanille als nach Pulverdampf gerochen. Ganz kurz sah er sie besonders grimmig an, als wolle er sie davon in Kenntnis setzen, daß mit ihm erheblich zu rechnen sei; dann senkte er die Augen auf ihr Bukett. Nachdem er es in Augenschein genommen hatte, wurde sein Blick sanfter, und er sagte rasch:»Lauter Stiefmütterchen – das muß Pansys sein!«

Isabel lächelte liebenswürdig.»Ja, es gehört ihr; sie hat es mir zum Halten gegeben.«

»Darf ich es ein bißchen halten, Mrs. Osmond?«fragte der arme junge Mann.

»Nein, Ihnen kann ich nicht trauen. Ich fürchte, Sie geben es sonst nicht wieder zurück.«

»Dessen wäre ich mir auch nicht so sicher. Ich würde damit schnurstracks davongehen. Aber darf ich nicht wenigstens eine einzige Blume haben?«

Isabel zögerte einen Augenblick und hielt ihm dann lächelnd den Strauß entgegen.»Suchen Sie sich eine aus. Es ist gräßlich, was ich alles für Sie tue.«

»Ach, wenn's nur das ist, Mrs. Osmond!«rief Rosier aus und suchte sich bedächtig, das Monokel im Auge, seine Blume aus.

»Stecken Sie sie nur nicht ins Knopfloch!«sagte sie.»Um Himmels willen, bloß nicht!«

»Ich hätte aber gern, daß sie es sieht. Sie weigert sich, mit mir zu tanzen, aber ich möchte ihr zeigen, daß ich dennoch an uns glaube.«

»Es ihr zu zeigen, ist schon in Ordnung, aber es anderen zu zeigen, wäre nicht angebracht. Pansys Vater hat ihr verboten, mit Ihnen zu tanzen.«

»Und das ist jetzt alles, was Sie für mich tun können? Ich hätte mehr von Ihnen erwartet, Mrs. Osmond«, sagte der junge Mann mit feiner, beziehungsreicher Anspielung. »Sie wissen, daß unsere Bekanntschaft sehr weit zurückreicht – bis zu den Tagen unserer unschuldigen Kindheit.«

»Machen Sie mich nicht gar zu alt«, antwortete Isabel nachsichtig. »Sie kommen immer wieder darauf zurück, und ich habe es nie geleugnet. Aber lassen Sie mich Ihnen das eine sagen, unter alten Freunden: Hätten Sie mir die Ehre erwiesen und um meine Hand angehalten, hätte ich Ihnen auf der Stelle einen Korb gegeben.«

»Ach so, Sie halten nichts von mir! Dann sagen Sie doch gleich, daß ich für Sie nichts weiter bin als ein Pariser Flaneur!«

»Ich halte sehr viel von Ihnen, aber ich bin nicht in Sie verliebt. Was ich damit natürlich sagen wollte, ist, daß ich Pansys wegen nicht in Sie verliebt bin.«

»Sehr schön; ich sehe klar. Sie bemitleiden mich – das ist alles.« Und Edward Rosier blickte mit seinem Monokel ziellos in die Runde. Für ihn war es wie eine Offenbarung, daß man sich nicht erfreuter über ihn zeigte; aber er besaß zumindest genug Stolz, um sich nicht anmerken zu lassen, daß ihm dieses Defizit immer wieder vor Augen geführt wurde.

Isabel schwieg eine Weile. Sein Verhalten und sein Äußeres vermittelten nicht die Erhabenheit tiefster Tragik; unter anderem sprach sein kleines Monokel dagegen. Aber plötzlich stieg Ergriffenheit in ihr auf; schließlich hatte ihr eigenes Unglück mit dem seinigen etwas gemeinsam, und es überkam sie, stärker als zuvor, daß sich hier unverkennbar, wenn auch nicht in romantischer Form, die anrührendste Sache der Welt ereignete: junge Liebe im Kampf mit Widrigkeiten. »Wären Sie denn wirklich ganz lieb zu ihr?« fragte sie schließlich mit leiser Stimme.

Voller Inbrunst senkte er den Blick und hob die kleine Blume, die er in den Fingern hielt, an seine Lippen. Dann sah er sie an. »Sie bemitleiden mich; aber haben Sie denn gar kein Mitleid mit ihr?«

»Ich weiß es nicht; ich bin mir nicht sicher. Sie wird sich immer des Lebens freuen.«

»Das wird davon abhängen, was Sie Leben nennen!« sagte Mr. Rosier mit Nachdruck. »Sie wird sich nicht freuen, wenn das Leben eine Tortur darstellt.«

»Dergleichen wird nie geschehen.«

»Das freut mich zu hören. Sie weiß, was sie will. Sie werden schon sehen.«

»Ich glaube, das weiß sie tatsächlich, und sie wird nie ungehorsam gegenüber ihrem Vater sein. Aber da kommt sie gerade«, fügte Isabel hinzu, »und ich muß Sie bitten zu gehen.«

Rosier zögerte noch einen Augenblick, bis Pansy am Arm ihres Kavaliers auftauchte; er blieb nur so lange stehen, bis er ihr ins Gesicht sehen konnte. Dann schritt er erhobenen Hauptes davon, und die Art und Weise, wie er dieses Opfer der Zweckdienlichkeit darbrachte, überzeugte Isabel davon, daß er sehr verliebt war.

Pansy, deren Äußeres beim Tanzen selten in Unordnung geriet, sah nach dieser Übung uneingeschränkt frisch und überhaupt nicht erhitzt aus; sie wartete eine Sekunde und nahm dann ihr Bukett wieder an sich. Isabel beobachtete sie und sah, wie sie die Blumen zählte, woraufhin sie sich sagte, daß hier eindeutig tiefer reichende Kräfte am Werk waren, als sie bisher geglaubt hatte. Pansy hatte Rosier zwar fortgehen sehen, machte Isabel gegenüber aber keine Anspielungen. Sie sprach ausschließlich von ihrem Tanzpartner, nachdem dieser seine Verbeugung gemacht und sich zurückgezogen hatte, erzählte von der Musik, von der Tanzfläche, von dem seltenen Mißgeschick, schon beim ersten Tanz ihr Kleid zerrissen zu haben. Isabel war sich jedoch sicher, daß Pansy entdeckt haben mußte, daß sich ihr Geliebter eine Blume aus dem Strauß genommen hatte, obgleich diese Erkenntnis nicht nötig war, um die pflichtschuldige Grazie zu rechtfertigen, mit der sie die Aufforderung des nächsten Tänzers entgegennahm. Diese vollendete Artigkeit unter akutem Zwang war bei ihr Teil eines umfassenderen Systems. Erneut wurde sie von einem erhitzten jungen Mann entführt, diesmal mit Bukett, und danach verstrichen nur wenige Minuten, bis Isabel Lord Warburton sah, der sich durch die Menge einen Weg zu ihr bahnte. Im Nu war er da und entbot ihr einen guten Abend. Sie hatte ihn seit dem Vortag nicht gesehen. Er schaute sich um und fragte dann: »Wo ist die kleine Maid?« Er hatte es sich zur harmlosen Angewohnheit gemacht, Miß Osmond mit diesem Titel zu belegen.

»Sie tanzt gerade«, sagte Isabel. »Irgendwo werden Sie sie schon entdecken.«

Er musterte die Tanzpaare und erhaschte schließlich ihren Blick. »Sie sieht mich, aber sie nimmt keine Notiz von mir«, bemerkte er. »Sie tanzen nicht?«

»Wie Sie sehen, bin ich ein Mauerblümchen.«

»Möchten Sie nicht mit mir tanzen?«

»Vielen Dank; mir wäre es lieber, wenn Sie mit der kleinen Maid tanzten.«

»Das eine schließt doch das andere nicht aus – zumal die Maid ja vergeben ist.«

»Sie ist ja nicht voll und ganz vergeben, und Sie können sich noch schonen. Sie tanzt sehr fleißig, und Sie sind dann um so frischer.«

»Sie tanzt wunderbar«, sagte Lord Warburton und verfolgte sie mit seinen Blicken. »Na endlich«, meinte er dann, »jetzt hat sie einmal zu mir her gelächelt.« Gelassen stand er da, eine gut aussehende, herausragende Erscheinung, und während Isabel ihn beobachtete, wunderte sie sich ein weiteres Mal, wie seltsam es war, daß sich ein Mann seines Schlages für eine kleine Maid interessierte. Ihr schien das großenteils unvereinbar zu sein: Weder Pansys bescheidene Reize noch seine eigene Herzlichkeit, noch seine angenehme Wesensart, noch nicht einmal sein Bedürfnis nach Unterhaltung, das sehr groß und anhaltend war, reichten für eine Erklärung aus. »Ich möchte gerne mit Ihnen tanzen«, sprach er gleich darauf weiter und wandte sich wieder Isabel zu. »Aber ich glaube, noch lieber möchte ich mit Ihnen plaudern.«

»Ja, das ist auch besser und entspricht eher Ihrer Würde. Große Staatsmänner sollten nicht herumhopsen.«

»Seien Sie nicht so roh! Warum haben Sie mir denn dann empfohlen, mit Miß Osmond zu tanzen?«

»Ach, das ist was anderes. Wenn Sie mit ihr tanzen, dann sieht das einfach wie eine Nettigkeit aus, als täten Sie's zu Pansys Vergnügen. Wenn Sie mit mir tanzen, dann würde es gleich so aussehen, als täten Sie's für sich.«

»Und ich, bitte sehr, habe wohl keinen Anspruch auf Vergnügen?«

»Nein, nicht solange Sie mit den Angelegenheiten des Britischen Empire alle Hände voll zu tun haben.«

»Zum Henker mit dem Britischen Empire! Sie machen sich ja bloß lustig.«

»Vergnügen Sie sich damit, daß Sie mit mir plaudern«, sagte Isabel.

»Ich bin mir gar nicht sicher, ob das die reine Entspannung ist. Sie sind mir zu spitz; ununterbrochen muß ich mich verteidigen. Und heute abend kommen Sie mir noch gefährlicher als sonst vor. Werden Sie auf gar keinen Fall tanzen?«

»Ich kann nicht von hier weg. Pansy muß mich hier finden können.«

Er verstummte eine Weile. »Sie sind so wundervoll gut zu ihr«, sagte er plötzlich.

Isabel machte große Augen und lächelte. »Können Sie sich vorstellen, daß man das nicht ist?«

»Eigentlich nicht. Ich kenne ja die Faszination, die von ihr ausgeht. Aber Sie müssen wirklich eine Menge für sie getan haben.«

»Ich gehe mit ihr aus«, sagte Isabel, noch immer lächelnd, »und ich passe auf, daß sie was Ordentliches zum Anziehen hat.«

»Ihre Gesellschaft muß ein wahrer Segen für sie sein. Sie reden mit ihr, beraten sie, haben ihr geholfen, erwachsen zu werden.«

»Ja, ja – wenn sie nicht selbst die Rose ist, so ist sie doch dicht bei ihr gewachsen.«

Sie lachte, und ihr Gegenüber tat desgleichen; doch aus seiner Miene war abzulesen, wie ihn ein bestimmter Gedanke hinderte, in ungetrübte Heiterkeit auszubrechen. »Wir versuchen alle, der Rose so nahe zu kommen, wie wir können«, sagte er nach einem Augenblick des Zögerns.

Isabel wandte sich ab; Pansy wurde gerade wieder zurückgebracht, und diese Ablenkung kam ihr sehr gelegen. Wir wissen, wie sehr sie Lord Warburton mochte; sie fand ihn noch sympathischer, als es die Summe seiner Vorzüge ohnehin garantierte. In seiner Freundschaft lag etwas, das eine Art Kräftereservoir zu sein schien für den Fall einer irgendwie gearteten Notlage, so etwas wie ein großes Bankguthaben. Sie fühlte sich glücklicher, wenn er anwesend war; es lag etwas Beruhigendes in seiner Art des Umgangs; der Klang seiner Stimme erinnerte sie an die Wohltätigkeit der Natur. Trotz alledem paßte es ihr nicht, daß er ihr zu nahe kam, daß er zuviel von ihrer Gutmütigkeit als gegeben voraussetzte. Sie fürchtete sich davor; sie wehrte sich dagegen; sie wünschte, er täte es nicht. Sie spürte, daß sie durchaus in der Lage wäre, sollte er ihr sozusagen zu nahe treten, zu explodieren und ihn aufzufordern, die nötige Distanz zu wahren. Pansy kam zu

Isabel zurück und hatte einen zweiten Riß im Rock, welcher die unvermeidliche Konsequenz des ersten darstellte und welchen sie Isabel ernsten Blickes zeigte. Es waren einfach zu viele Herren in Uniform anwesend, und sie trugen diese fürchterlichen Sporen – mit fatalen Folgen für die Kleider zierlicher Fräuleins. Bei dieser Gelegenheit erwies es sich, daß der Improvisationskunst der Frauen keine Grenzen gesetzt sind. Isabel widmete sich Pansys entweihter Gewandung. Sie kramte eine Nadel hervor und behob den Schaden; dabei lauschte sie lächelnd dem Bericht ihrer Abenteuer. Ihre Anteilnahme, ihr Mitgefühl waren spontan und lebhaft; sie standen außerdem in einem direkten Verhältnis zu einer Empfindung, mit der sie in keiner Weise verknüpft waren: mit der aufregenden Mutmaßung, ob wohl Lord Warburton gerade dabei war, ihr erneut den Hof zu machen. Es waren nicht nur die zuletzt geäußerten Worte; es waren auch noch andere; es waren diese ständigen Rückverweise. Das war es, worüber sie nachdachte, während sie Pansys Kleid mit der Nadel richtete. Wenn es so war, wie sie befürchtete, tat er es bestimmt unwissentlich; er selbst legte sich darüber gar keine Rechenschaft ab. Doch das machte die Sache nicht vielversprechender, machte die Situation nicht weniger unmöglich. Je früher er die Dinge wieder ins rechte Lot brachte, desto besser. Unverzüglich begann er ein Gespräch mit Pansy – für die es mit Sicherheit verwirrend war zu sehen, wie er sie mit züchtiger Zuneigung von oben anlächelte. Pansy reagierte darauf, wie stets, mit einer Miene, die konzentrierte Beflissenheit andeutete. Er mußte sich bei der Unterhaltung ein schönes Stück weit zu ihr hinabbeugen, und ihre Blicke wanderten, wie stets, seine kräftige Gestalt hinauf und hinunter, als stelle er auf Wunsch dieselbe für sie zur Schau. Sie sah immer ein wenig verängstigt drein; doch hatte ihre Angst nicht jenen schmerzhaften Charakter, der auf Abneigung schließen ließe. Im Gegenteil; sie sah aus, als wisse sie, daß er wußte, daß sie ihn gern hatte. Isabel überließ die beiden einander und spazierte kurz zu einem Bekannten in der Nähe, mit dem sie sich so lange unterhielt, bis die Musik für den nächsten Tanz aufspielte, für den sie Pansy schon versprochen wußte. Das Mädchen war flugs an ihrer Seite, ein bißchen aufgeregte Röte im Gesicht, und Isabel, die peinlich genau Osmonds Vorstellung von der totalen Kontrolle über seine Tochter in die Tat umsetzte, überantwortete sie, als kostbare und zeitlich begrenzte Leihgabe, dem auserkorenen Tanzpartner. Hinsichtlich dieser Dinge hatte sie ihre eigenen

Vorstellungen, ihre eigenen Vorbehalte; es gab Augenblicke, in denen, nach Isabels Auffassung, Pansys extreme Anhänglichkeit sie beide albern dastehen ließ. Aber Osmond hatte ihr ihre Funktion als Duenja seiner Tochter klar umrissen, die aus einer mit Fingerspitzengefühl zu praktizierenden Abfolge von freiem Auslauf und fester Kandare bestand; dazu gab es Anweisungen von ihm, die sie ihrer Meinung nach bis auf den Punkt genau ausführte. Vielleicht war das auch der Grund dafür, daß sich dann zumindest einige von ihnen selbst ad absurdum zu führen schienen.

Nachdem Pansy entführt worden war, fand sie sich erneut in Lord Warburtons Gesellschaft wieder. Sie ließ ihren Blick fest auf ihm ruhen; sie wünschte sich, seine Gedanken lesen zu können. Er aber zeigte keinerlei Anzeichen von Unsicherheit. »Sie hat mir einen Tanz für später versprochen«, sagte er.

»Das freut mich. Ich vermute, Sie haben sie um den Kotillon gebeten.«

Daraufhin sah er ein wenig verlegen aus. »Nein, darum habe ich sie nicht gebeten. Das ist schließlich eine Quadrille.«

»Oh, das war aber gar nicht klug!« sagte Isabel schon beinahe verärgert. »Ich habe ihr nämlich gesagt, sie solle sich den Kotillon aufheben, für den Fall, daß Sie sie auffordern.«

»Die arme kleine Maid! Hätt’ ich’s nur geahnt!« und Lord Warburton lachte frei heraus. »Natürlich mache ich es, wenn Sie es wünschen.«

»Wenn ich es wünsche? Ach – wenn Sie nur aus dem Grund mit ihr tanzen, weil ich es wünsche – !«

»Ich fürchte, ich langweile sie. Sie scheint eine Menge junger Burschen auf ihrer Liste zu haben.«

Isabel schlug die Augen nieder und überlegte geschwind. Lord Warburton stand bei ihr und sah sie an, und sie spürte seinen Blick auf ihrem Gesicht. Sie verspürte große Lust, ihn zu bitten, das zu unterlassen. Sie tat es aber nicht. Sie sagte dann nur eine Minute später, indem sie ihren Blick wieder hob: »Bitte, erklären Sie mir etwas.«

»Was soll ich Ihnen erklären?«

»Vor zehn Tagen haben Sie mir erzählt, Sie würden gerne meine Stieftochter heiraten. Sie werden es doch wohl nicht vergessen haben!«

»Es vergessen haben? Heute morgen habe ich deswegen an Mr. Osmond geschrieben.«

»Ach«, sagte Isabel, »das hat er mir ja gar nicht gesagt, daß er von Ihnen hörte.«

Lord Warburton stotterte ein wenig. »Ich – ich habe den Brief nicht abgeschickt.«

»Vielleicht haben Sie das vergessen?«

»Nein, ich war nur nicht damit zufrieden. Wissen Sie, einen solchen Brief zu schreiben, ist eine schwierige Angelegenheit. Aber ich schicke ihn noch heute ab.«

»Um drei Uhr früh?«

»Ich meine später, im Verlauf des Tages.«

»Sehr schön. Sie wollen sie also immer noch heiraten?«

»Und ob.«

»Befürchten Sie denn nicht, daß Sie sie langweilen?« Und während sich bei ihrem Gegenüber nach dieser Frage die Augen weiteten, fügte Isabel hinzu: »Wenn sie mit Ihnen nicht einmal eine halbe Stunde tanzen kann, wie soll sie dann mit Ihnen durchs ganze Leben tanzen können?«

»Ach«, sagte Lord Warburton bereitwillig, »Sie darf dann eben mit anderen tanzen. Und wegen des Kotillon: Da dachte ich eigentlich, daß Sie – daß Sie – «

»Daß ich ihn mit Ihnen tanzen würde? Ich sagte Ihnen doch, daß ich nicht tanze.«

»Richtig. Deshalb würde ich uns ja in der Zeit ein stilles Eckchen suchen, wo wir uns setzen und miteinander reden könnten.«

»Oh«, sagte Isabel feierlich, »Sie machen sich meinetwegen viel zu viele Umstände.«

Als der Kotillon begann, stellte sich heraus, daß Pansy sich schon einen Partner gesucht hatte, weil sie in ihrer abgrundtiefen Bescheidenheit davon ausgegangen war, daß Lord Warburton keine diesbezüglichen Absichten verfolgte. Isabel empfahl ihm, sich eine andere Partnerin zu suchen, aber er bestand darauf, daß er mit niemandem als mit ihr tanzen würde. Da sie aber, trotz entsprechender Proteste seitens ihrer Gastgeberin, schon andere Aufforderungen abgelehnt hatte mit der Begründung, sie tanze überhaupt nicht, war es ihr nun nicht möglich, zugunsten Lord Warburtons eine Ausnahme zu machen.

»Letztendlich interessiert mich die Tanzerei gar nicht so sehr«, sagte er. »Sie ist ein unzivilisiertes Amüsement. Viel lieber unterhalte ich mich.« Er teilte ihr mit, er habe genau die Ecke gefunden, nach der er Ausschau gehalten habe – einen stillen Winkel in einem der kleineren Räume, wohin die Musik nur gedämpft dringe und ein Gespräch nicht störe. Isabel hatte sich entschlossen, ihn gewähren zu lassen; sie wollte Gewißheit haben. So verließ sie mit ihm zusammen den Ballsaal, obwohl sie wußte, daß ihr Ehemann wünschte, sie solle Pansy nicht aus den Augen lassen. Da sie es aber zusammen mit dem *prétendant* ihrer Tochter tat, würde Osmond das sicher billigen. Beim Verlassen des Ballsaals stieß sie auf Edward Rosier, der mit verschränkten Armen in einem Durchgang stand und den Tanzenden in der Haltung eines jungen Mannes zuschaute, der keine Illusionen mehr hatte. Sie blieb kurz stehen und fragte ihn, ob er denn nicht tanze.

»Wirklich nicht – da ich nicht mit ihr tanzen darf!« antwortete er.

»Dann wäre es doch besser, wenn Sie gingen«, sagte Isabel nach Art einer guten Ratgeberin.

»Ich gehe nicht, bevor sie nicht geht!« Und er ließ Lord Warburton passieren, ohne ihn eines Blickes zu würdigen.

Besagter Edelmann hatte seinerseits den melancholischen jungen Mann registriert und fragte Isabel, wer denn ihr trübsinniger Freund sei, den er meinte, schon irgendwo einmal gesehen zu haben.

»Das ist der junge Mann, von dem ich Ihnen erzählt habe und der in Pansy verliebt ist.«

»Ach ja, ich erinnere mich. Er sieht reichlich schlecht aus.«

»Nicht ohne Grund. Mein Mann weigert sich, ihn anzuhören.«

»Was ist denn mit ihm?« wollte Lord Warburton wissen. »Er macht doch einen recht harmlosen Eindruck.«

»Er hat nicht genug Geld und er ist nicht sonderlich gescheit.«

Lord Warburton hörte mit Interesse zu; diese Charakterisierung Edward Rosiers schien ihn zu erstaunen. »Meine Güte – dabei hält man ihn für einen gut bestückten jungen Burschen.«

»Ist er auch, aber mein Mann ist da sehr eigen.«

»Oh, ich verstehe.« Und Lord Warburton machte eine kleine Pause. »Wieviel Geld hat er denn?« wagte er dann zu fragen.

»Etwa vierzigtausend Francs im Jahr.«

»Sechzehnhundert Pfund? Hören Sie mal, das ist doch recht gut.«

»Das finde ich auch. Mein Mann hat da jedoch höher gespannte Erwartungen.«

»Ja, das ist mir schon aufgefallen, daß Ihr Mann sehr hoch gespannte Erwartungen hat. Ist er wirklich so eine Pflaume, der junge Mann?«

»Eine Pflaume? Nicht im geringsten; er ist reizend. Als er zwölf war, bin ich selbst in ihn verliebt gewesen.«

»Heute sieht er auch nicht viel älter aus als zwölf«, gab Lord Warburton ausdruckslos zurück und sah sich um. Dann fragte er mit mehr Nachdruck: »Meinen Sie nicht, wir könnten uns hierhersetzen?«

»Wo immer Sie wollen.« Der Raum war eine Art Boudoir und von gedämpftem, rosarotem Licht durchdrungen; eine Dame und ein Herr verließen es, als unsere Freunde eintraten. »Sehr freundlich von Ihnen, daß Sie an Mr. Rosier solchen Anteil nehmen«, sagte Isabel.

»Er sieht aus, als werde er ziemlich schlecht behandelt. Das Gesicht, das er macht, ist einen Meter lang. Ich frage mich, was ihn wohl bedrückt.«

»Sie sind ein fairer Mann«, sagte Isabel. »Sogar noch für Ihren Konkurrenten haben Sie einen freundlichen Gedanken.«

Lord Warburton fuhr mit großen Augen herum. »Für meinen Konkurrenten? Das soll mein Konkurrent sein?«

»Sicher – wenn Sie beide dieselbe Person heiraten wollen.«

»Ja – aber der hat doch keine Chancen!«

»Wie immer dem sei – ich mag Sie, weil Sie sich in seine Lage versetzen können. Das zeugt von Phantasie.«

»Deswegen mögen Sie mich?« Und Lord Warburton betrachtete sie skeptischen Blickes. »Ich glaube, Sie meinen, daß Sie deswegen über mich lachen.«

»Ja, ein bißchen lache ich über Sie. Aber ich mag Sie als jemanden, über den man lachen kann.«

»Na gut, schön – dann darf ich mich wohl noch ein wenig intensiver mit der Situation befassen. Was könnte man also Ihrer Meinung nach für ihn tun?«

»Da ich gerade ein Loblied auf Ihre Phantasie gesungen habe, überlasse ich die Antwort ganz derselben«, sagte Isabel. »Auch Pansy würde Sie deswegen mögen.«

»Miß Osmond? Oh, da schmeichle ich mir, daß sie mich bereits mag.«

»Sehr sogar, denke ich.«

Er wartete ein wenig; noch immer studierte er ihre Miene. »Tja, also – dann verstehe ich Sie wohl nicht. Sie meinen doch nicht etwa, daß sie sich etwas aus ihm macht?«

»Ich habe Ihnen doch sicherlich gesagt, daß sie das meiner Ansicht nach tut.«

Eine jähe Röte zeigte sich auf seiner Stirn. »Sie sagten mir, daß ihre Wünsche die ihres Vaters seien, und da ich den Eindruck gewann, daß er mich favorisiert – !« Nach kurzem Schweigen fragte er drängend und noch immer errötet: »Verstehen Sie denn nicht?«

»Ja, ich sagte Ihnen, daß sie den absoluten Wunsch hat, ihrem Vater zu gefallen, und daß sie darin vermutlich sehr weit gehen wird.«

»Ich finde, daß das eine anständige Einstellung ist«, sagte Lord Warburton.

»Ganz recht, es ist eine anständige Einstellung.« Isabel verstummte eine Weile. Das Zimmer blieb menschenleer; der Klang der Musik verlor auf dem Weg durch die dazwischenliegenden Räume an Fülle und Lautstärke. Dann sagte sie schließlich: »Nach meinem Dafürhalten ist das allerdings nicht die Einstellung, weswegen sich ein Mann einer Frau verbunden fühlen sollte.«

»Das weiß ich nicht – wenn es sich um eine gute Frau handelt und er der Meinung ist, sie fährt gut dabei?«

»Ja – freilich müssen Sie so denken.«

»Das tue ich auch – ich kann gar nicht anders. Sie werden das selbstverständlich sehr britisch nennen.«

»Nein, das tue ich nicht. Ich finde, Pansy würde ganz wunderbar dabei fahren, wenn sie Sie heiratet, und ich wüßte nicht, wer das besser wissen sollte als Sie. Aber Sie sind ja gar nicht verliebt.«

»O doch, ich bin es, Mrs. Osmond!«

Isabel schüttelte den Kopf. »Das bilden Sie sich nur ein, während Sie hier mit mir sitzen. Aber Sie machen mir nicht den Eindruck, als wären Sie's wirklich.«

»Ich bin nicht wie der junge Mann dort im Durchgang. Zugegeben. Aber was ist daran so ungewöhnlich? Könnte denn irgend jemand auf der Welt liebenswerter sein als Miß Osmond?«

»Nein, bestimmt nicht. Aber Liebe hat doch nichts mit guten Argumenten zu tun.«

»Da bin ich nicht Ihrer Meinung. Ich freue mich sehr darüber, gute Argumente zu haben.«

»Selbstverständlich tun Sie das. Aber wenn Sie wirklich verliebt wären, würden Sie sich keinen Deut darum scheren.«

»Was heißt denn wirklich verliebt – wirklich verliebt!« rief Lord Warburton aus, verschränkte die Arme, legte den Kopf in den Nacken und streckte sich ein wenig. »Sie dürfen nicht vergessen, daß ich zweiundvierzig Jahre alt bin. Ich tue gar nicht erst so, als sei ich noch der alte.«

»Schön, wenn Sie sich Ihrer Sache so sicher sind«, sagte Isabel, »ist ja alles in Ordnung.«

Er erwiderte nichts. Er saß da, den Kopf im Nacken, und sah vor sich hin. Unvermittelt aber änderte er seine Haltung; heftig wandte er sich an seine Freundin. »Warum sind Sie so ablehnend, so kritisch?«

Sie schaute ihn direkt an, und einen Augenblick lang blickten sie einander in die Augen. So sie auf der Suche nach Gewißheit gewesen war, sah sie jetzt etwas, das ihr Gewißheit gab. Sie sah den Widerschein einer Idee durchschimmern, die besagte, sie fühle sich vielleicht unbehaglich, empfinde womöglich sogar Angst. Sein Blick offenbarte Argwohn, nicht Hoffnung, sagte aber das aus, was sie wissen wollte. Nicht für eine Sekunde sollte er argwöhnen, daß sie in seinem Antrag, ihre Stieftochter zu heiraten, die unterschwellige Absicht einer damit verbundenen größeren Nähe zu ihr entdeckt haben könnte; nicht eine Sekunde sollte er glauben, sie halte seinen Antrag, auf Grund eines solchen Verrats, für unheilvoll. In diesem kurzen, ungemein persönlichen Blick tauschten sie aber noch Tiefergreifendes aus, als ihnen in dem Moment bewußt war.

»Mein lieber Lord Warburton«, sagte sie lächelnd. »Was mich betrifft, so dürfen Sie tun, was immer Ihnen in den Sinn kommt.«

Und damit erhob sie sich und wanderte in den angrenzenden Raum, wo sie, im Blickfeld ihres Gesprächspartners, auf der Stelle von zwei Herren angesprochen wurde, hohen Persönlichkeiten der römischen Gesellschaft, die ihr begegneten, als hätten sie die ganze Zeit nach ihr gesucht. Während sie sich mit ihnen unterhielt, stellte sie bei sich Reue darüber fest, daß sie einfach weggegangen war; es sah ein wenig nach einem Weglaufen aus, um so mehr, als Lord Warburton ihr nicht folgte. Darüber war sie allerdings wieder froh, und jedenfalls wußte sie nun Bescheid. Sie wußte so gut Bescheid, daß sie, als sie beim Zurückgehen in den Ballsaal auf Edward Rosier stieß, der sich noch immer in seinem Türrahmen aufgepflanzt hatte, diesen erneut ansprach: »Es war richtig von Ihnen, nicht fortzugehen. Ich habe etwas Tröstliches für Sie.«

»Das habe ich auch nötig«, jammerte der junge Mann leise, »wenn ich sehe, wie Sie mit dem da so dick befreundet sind.«

»Sprechen Sie nicht von ihm. Ich tue für Sie, was ich kann. Ich fürchte, es wird nicht viel sein, aber was ich tun kann, werde ich auch tun.«

Er warf ihr einen schrägen und finsteren Blick zu. »Was haben Sie denn, daß Sie so plötzlich auf meiner Seite sind?«

»Das Gefühl, daß Sie in Durchgängen immer im Weg stehen!« antwortete sie und lächelte, während sie an ihm vorbeiging. Eine halbe Stunde später verabschiedete sie sich mit Pansy, und die beiden Damen mußten, zusammen mit vielen anderen aufbrechenden Gästen, eine ganze Weile am Fuß der Eingangstreppe auf ihren Wagen warten. Gerade als er vorfuhr, kam Lord Warburton aus dem Haus und begleitete sie zu ihrem Gefährt. Einen Augenblick lang blieb er am Wagenschlag stehen und fragte Pansy, ob sie sich gut amüsiert habe; gleich nachdem sie seine Frage beantwortet hatte, ließ sie sich mit leichten Anzeichen von Erschöpfung zurückfallen. Danach hielt Isabel ihn vom Fenster aus mit einer Bewegung des Fingers auf und flüsterte leise: »Vergessen Sie nicht, den Brief an ihren Vater abzuschicken!«

44. KAPITEL

Die Gräfin Gemini war häufig unendlich gelangweilt – und zwar zum Sterben gelangweilt, nach ihren eigenen Worten. Gestorben war sie freilich nicht, und sie kämpfte durchaus tapfer mit ihrem Schicksal, das ihr die Ehe mit einem bockigen Florentiner beschert hatte, der darauf bestand, in seiner Heimatstadt zu leben, wo er sich eines Ansehens erfreute, wie es einem Herrn zukommt, dessen Talent, beim Kartenspiel zu verlieren, nicht den Vorzug eines ursächlichen Zusammenhangs mit einer insgesamt zuvorkommenden Wesensart hatte. Der Graf Gemini war nicht einmal bei jenen beliebt, die ihm das Geld aus der Tasche zogen. Zudem war er Träger eines Namens, der zwar in Florenz ein meßbares Gewicht hatte, der aber, wie seinerzeit die nur regional geltenden Münzen der alten italienischen Staaten, in anderen Teilen der Halbinsel keine Gültigkeit besaß. In Rom war er ganz einfach der begriffsstutzige Langweiler aus Florenz, und so ist es nicht verwunderlich, daß er nicht versessen darauf war, einen Ort zu frequentieren, wo es, um keck auftreten zu können, ausführlicherer Erklärungen für des Herren Dumpfheit bedurft hätte, als genehm war. Die Gräfin hatte schon immer nur Rom im Visier gehabt, und es war der Dauerkummer ihres Lebens, daß sie dort kein Domizil ihr eigen nennen konnte. Sie schämte sich zu erzählen, wie selten sie diese Stadt hatte sehen dürfen, und der Umstand, daß es noch andere Angehörige des Florentiner Adels gab, die überhaupt noch nie dort gewesen waren, machte die Sache auch nicht besser. Sie fahre hin, wann immer sich Gelegenheit biete; das war alles, was sie dazu sagen konnte; beziehungsweise doch nicht alles, aber alles, was sie sagte, daß sie dazu sagen könne. In Wirklichkeit hatte sie nämlich sehr viel mehr dazu zu sagen, und schon oft hatte sie die Gründe dafür dargelegt, warum sie Florenz haßte und sich wünschte, das Ende ihrer Tage im Schatten von Sankt Peter zu verleben. Allerdings handelt es sich dabei um Gründe, die uns nicht so direkt betreffen und die zumeist in der Erklärung zusammengefaßt wurden, daß Rom eben, kurz und bündig, die Ewige Stadt sei und Florenz nichts weiter als ein netter kleiner Ort wie jeder andere. Für die Gräfin war es offenbar wichtig, die Idee des Ewigen mit ihren Vergnügungen zu verknüpfen. Sie war davon überzeugt, daß das gesellschaftliche Leben in Rom unvergleichlich interessanter war, wo man den ganzen Winter hindurch bei den Abendgesellschaften der Prominenz begegnete. In Florenz gab es keine Prominenz; jedenfalls keine, von der man je gehört hätte. Seit der Verheiratung ihres Bruders hatte ihre Ungeduld erheblich zugenommen; sie war sich so sicher, daß seine Frau ein viel glanzvolleres Leben führte als sie selbst. Zwar war sie nicht so intellektuell wie Isabel, doch war sie intellektuell genug, um Roms Vorzüge richtig würdigen zu können; nicht die Ruinen und die Katakomben, vielleicht noch nicht einmal die Monumente und Museen, die kirchlichen Zeremonien und das Stadtbild – dafür aber den ganzen Rest. Sie hörte eine Menge über ihre Schwägerin und wußte haargenau, daß Isabel sich grenzenlos amüsierte. Mit eigenen Augen hatte sie sich davon überzeugen können anläßlich des einzigen Mals, an dem sie die Gastfreundschaft des Palazzo Roccanera genoß. Während des ersten Winters nach der Heirat ihres Bruders war sie eine Woche lang dort gewesen, war dann aber nicht wieder ermuntert worden, diese Befriedigung ihrer Neugierde zu wiederholen. Osmond wollte sie nicht dorthaben – das war ihr völlig klar; dennoch wäre sie hingefahren, denn letzten Endes war ihr

Osmond piepegal. Ihr Mann war es, der sie nicht ließ, und die Geldfrage bildete das beständige, leidige Thema. Isabel war sehr nett gewesen; die Gräfin, die ihre Schwägerin von Anfang an gut leiden konnte, hatte sich den Blick auf Isabels Vorzüge nicht vom Neid verstellen lassen. Ihr war schon immer bewußt gewesen, daß sie mit klugen Frauen besser zurechtkam als mit dummen, wie sie eine war. Die dummen waren nie imstande, ihre Klugheit zu kapieren, wohingegen die klugen – die wirklich gescheiten – ihre Dummheit immer begriffen. Sie gewann den Eindruck, daß Isabel und sie, so verschieden sie auch waren in der Erscheinung und vom Typus her, irgendwo ein Stückchen gemeinsamen Bodens hatten, auf das sie beide einmal den Fuß setzen würden. Es war nicht besonders groß, aber es war sicherer Grund, und beide würden sie es in dem Moment wissen, wo sie tatsächlich dort angelangten. Dazu kam, daß für sie der Kontakt mit Mrs. Osmond eine angenehme Überraschung bereithielt. Sie wartete tagtäglich darauf, daß Isabel sie ›von oben herab‹ behandeln würde, und genauso tagtäglich erlebte sie, wie diese Prozedur verschoben wurde. Sie fragte sich, wann es denn losgehe, so wie man sich fragt, wann das Feuerwerk beginnt oder die Fastenzeit oder die Opernsaison. Nicht, daß sie sich groß etwas daraus gemacht hätte; sie überlegte nur, was der Grund für die Verzögerung war. Ihre Schwägerin verkehrte mit ihr ausschließlich von gleich zu gleich und bekundete für die arme Gräfin genausowenig Geringschätzung wie Bewunderung. In Wirklichkeit lag Isabel der Gedanke, die Gräfin zu verachten, so fern wie der, über einen Grashüpfer ein moralisches Urteil fällen zu wollen. Aber sie stand der Schwester ihres Mannes auch nicht gleichgültig gegenüber; sie fürchtete sich eher ein bißchen vor ihr. Sie wunderte sich über sie; sie fand sie schon ziemlich ausgefallen. Die Gräfin schien ihr keine Seele zu haben; sie war wie eine glänzende, seltene Muschel, mit einer polierten Oberfläche und einem auffallend rosaroten Mund, und wenn man sie schüttelte, schepperte es im Innern. Dieses Geschepper war augenscheinlich identisch mit dem geistigen Funktionsprinzip der Gräfin – eine kleine lockere Schraube, die in ihrem Inneren umherkullerte. Sie war zu skurril für Schmähungen, zu abnorm für Vergleiche. Isabel hätte sie wieder eingeladen (den Grafen einzuladen, wurde nie erwogen); aber Osmond hatte nach seiner Heirat mit seiner Ansicht nicht mehr hinter dem Berg gehalten und seine Schwester eine Närrin der schlimmsten

Sorte genannt – eine Närrin, deren Narreteien von unbändiger Genialität seien. Ein andermal sagte er, sie habe kein Herz, und gleich darauf setzte er hinzu, daß sie es nach und nach verschenkt habe, in kleinen Stücken, wie eine glasierte Hochzeitstorte, bis nichts mehr übrig war. Die Tatsache, daß man sie nicht wieder eingeladen hatte, war natürlich ein weiterer Hinderungsgrund für eine neuerliche Romreise der Gräfin; doch für den Zeitraum, den diese Geschichte nun abhandeln soll, war sie im Besitz einer Einladung zu einem mehrwöchigen Aufenthalt im Palazzo Roccanera. Der Vorschlag war von Osmond höchstpersönlich gekommen, der seiner Schwester schrieb, sie müsse allerdings bereit sein, sich sehr still zu verhalten. Ob sie aus dieser Formulierung den vollen Umfang des von ihm hineingelegten Sinnes herauslas oder nicht, vermag ich nicht zu sagen; jedenfalls akzeptierte sie die Einladung zu allen Bedingungen. Außerdem war sie neugierig; denn bei ihrem vorangegangenen Besuch war es einer ihrer Eindrücke gewesen, daß ihr Bruder nunmehr seine Meisterin gefunden habe. Vor der Hochzeit hatte sie Isabel bedauert, und zwar so sehr, daß sie ernsthaft überlegte – falls die Gräfin jemals ernsthafte Überlegungen anstellte –, ob sie das Mädchen nicht warnen sollte. Sie hatte dann einfach gar nichts getan, und nach einer Weile war sie beruhigt. Osmond trug die Nase hoch wie immer, doch seine Frau würde kein leichtes Opfer sein. Die Gräfin hatte es nicht mit dem Maßnehmen, aber es kam ihr so vor, als sei Isabel, wenn sie sich zu voller Größe aufrichtete, von beiden der größere Geist. Und was sie jetzt herausbekommen wollte, war, ob sich Isabel inzwischen zu ihrer vollen Größe aufgerichtet hatte. Ihr würde es eine enorme Freude machen zu sehen, wie jemand Osmond überragte.

Einige Tage vor ihrer geplanten Abreise nach Rom brachte ihr ein Bediensteter eine Visitenkarte – eine Karte mit der schlichten Aufschrift Henrietta C. Stackpole. Die Gräfin preßte die Fingerspitzen gegen die Stirn; sie erinnerte sich nicht, eine solche Henrietta kennengelernt zu haben. Der Diener bemerkte daraufhin, die Dame habe ihm aufgetragen zu sagen, für den Fall, daß der Frau Gräfin der Name nicht mehr geläufig sei, würde sie sie vom Ansehen her wiedererkennen. Bis sie dann vor ihrem Gast stand, hatte sie sich tatsächlich wieder daran erinnert, daß da einmal bei Mrs. Touchett eine schreibende Dame gewesen war, die einzige Literatin, der sie je begegnet war – das heißt die einzige moderne, weil sie ja selbst die Tochter einer toten Dichterin war. Sie erkannte Miß Stackpole sofort wieder, um so mehr, als sich Miß Stackpole überhaupt nicht verändert zu haben schien; und die Gräfin, die von Grund auf gutmütig war, fand es eigentlich eine feine Sache, von einer solch ausgezeichneten und berühmten Person besucht zu werden. Sie fragte sich, ob Miß Stackpole wegen ihrer Mutter gekommen war – ob sie vielleicht von der amerikanischen Corinne gehört hatte. Ihre Mutter war ganz anders gewesen als Isabels Freundin; die Gräfin erkannte auf den ersten Blick, daß diese Dame viel zeitgemäßer war, und so gewann sie einen Eindruck von den Verfeinerungen – hauptsächlich in entfernten Ländern – im Charakter (beruflich gesehen) literarischer Damen. Der Aufzug ihrer Mutter hatte zumeist darin bestanden, daß sie sich eine römische Stola über die Schultern warf, die schüchtern des eng anliegenden schwarzen Samtes (hach, die alten Kleider!) entblößt waren, und sich dazu einen güldenen Lorbeerkranz auf eine Unzahl glänzender Ringellöckchen setzte. Sie hatte leise und wolkig gesprochen, mit dem Akzent ihrer »kreolischen« Vorfahren, wie sie ununterbrochen bekannte; sie hatte viel geseufzt und ganz und gar nichts Verwegenes an sich gehabt. Henrietta dagegen war, wie die Gräfin sehen konnte, stets bis oben zugeknöpft und trug das Haar kompakt gebunden. In ihrer Erscheinung lag etwas Forsches und Sachliches, ihr Verhalten war von fast gewissenhafter Ungezwungenheit. Es war genauso unmöglich, sie sich nur andeutungsweise seufzend vorzustellen, wie es unvorstellbar war, einen Brief ohne Adresse aufzugeben. Die Gräfin konnte sich des Gefühls nicht erwehren, daß die Korrespondentin des *Interviewer* weitaus mehr mit der Zeit ging als weiland die amerikanische Corinne. Sie erklärte, sie habe die Gräfin deswegen aufgesucht, weil sie der einzige Mensch sei, den sie in Florenz kenne, und daß sie, wenn sie eine fremde Stadt besuche, gerne mehr als nur oberflächliche Touristen kennenlernen wolle. Zwar kenne sie Mrs. Touchett, aber Mrs. Touchett halte sich in Amerika auf, und selbst wenn sie in Florenz gewesen wäre, hätte sich Henrietta ihretwegen keine Umstände gemacht, da Mrs. Touchett nicht Objekt ihrer Bewunderung sei.

»Soll das heißen, daß ich es bin?« fragte die Gräfin kokett.

»Also – ich mag Sie lieber als sie«, sagte Miß Stackpole. »Ich meine mich zu erinnern, Sie beim letzten Mal sehr interessant gefunden zu haben. Ich weiß nicht, ob das nun Zufall war oder ob das Ihr normaler Stil ist. Auf jeden Fall hat mich das, was Sie sagten, ziemlich beeindruckt. Ich habe das dann hinterher verarbeitet und veröffentlicht.«

»Du lieber Himmel!« rief die Gräfin und riß halb entsetzt die Augen auf. »Ich hatte keine Ahnung, irgend etwas von Bedeutung gesagt zu haben! Ich wünschte, mir wäre das damals aufgefallen.«

»Es ging um die Stellung der Frau in dieser Stadt«, merkte Miß Stackpole an. »Sie haben da einen sehr erhellenden Einblick gegeben.«

»Die Stellung der Frau ist eine sehr ungemütliche. Meinen Sie das? Und das haben Sie aufgeschrieben und veröffentlicht?« fuhr die Gräfin fort. »Ach, lassen Sie's mich doch mal sehen!«

»Wenn Sie möchten, schreibe ich denen, daß sie Ihnen die betreffende Ausgabe zuschicken«, sagte Henrietta. »Ihren Namen habe ich nicht genannt; ich schrieb nur von einer Dame hohen Ranges. Und dann habe ich Ihre Ansichten zitiert.«

Die Gräfin warf sich ungestüm nach hinten und rang die Hände in der Luft. »Wissen Sie, daß ich es ewig schade finde, daß Sie meinen Namen nicht genannt haben? Ich hätte nämlich so gerne meinen Namen in der Zeitung gesehen. Meine Ansichten habe ich vergessen; ich habe davon so viele! Aber ich schäme mich ihrer nicht. Ich bin ganz und gar nicht wie mein Bruder – Sie kennen doch wahrscheinlich meinen Bruder? Er hält es für so was wie einen Skandal, wenn man in der Zeitung steht. Sollten Sie jemals ihn zitieren, würde er Ihnen das nie verzeihen.«

»Da braucht er keine Bedenken zu haben; ihn werde ich nie erwähnen«, sagte Miß Stackpole mit milder Kälte. »Das ist ein weiterer Grund«, fuhr sie fort, »warum ich Sie besuchen wollte. Sie wissen, daß Osmond meine liebste Freundin geheiratet hat.«

»Ach ja, Sie waren ja eine Freundin von Isabel. Ich überlege schon die ganze Zeit, was ich noch alles über Sie weiß.«

»Wenn Sie mich als eine solche im Gedächtnis behalten, wäre mir das sehr recht«, erklärte Henrietta. »Ihr Bruder sieht mich nämlich gar nicht gern in dieser Rolle. Er hat versucht, meine Beziehung zu Isabel zu hintertreiben.«

»Lassen Sie das nicht zu«, sagte die Gräfin.

»Darüber möchte ich mit Ihnen sprechen. Ich fahre nämlich nach Rom.«

»Ich auch!« rief die Gräfin. »Dann fahren wir zusammen.«

»Mit großem Vergnügen. Und in meinem Artikel über meine Reise werde ich Sie namentlich als meine Begleiterin erwähnen.«

Die Gräfin sprang von ihrem Sessel auf, ging hinüber und setzte sich aufs Sofa neben ihren Gast. »Sie müssen mir die Ausgabe unbedingt schicken! Meinem Mann wird das zwar nicht passen, aber er braucht sie ja nicht zu Gesicht zu bekommen. Außerdem kann er gar nicht lesen.«

Henriettas ohnehin große Augen wurden riesengroß. »Er kann nicht lesen? Darf ich das in meinem Brief schreiben?«

»In Ihrem Brief?«

»Für den *Interviewer*. Das ist mein Blatt.«

»O ja, sehr gern; mit seinem Namen. Werden Sie bei Isabel wohnen?«

Henrietta reckte das Kinn vor und starrte ihr Gastgeberin eine Weile schweigend an. »Sie hat mich nicht eingeladen. Ich schrieb ihr, daß ich käme, und sie antwortete, sie würde mir ein Zimmer in einer Pension besorgen. Gründe hat sie nicht genannt.«

Die Gräfin lauschte mit höchstem Interesse. »Der Grund heißt Osmond«, bemerkte sie bedeutungsschwer.

»Isabel sollte sich das nicht gefallen lassen«, sagte Miß Stackpole. »Ich befürchte, sie hat sich sehr verändert. Ich habe ihr das schon vorausgesagt.«

»Tut mir leid, das zu hören; ich hoffte, sie könnte sich durchsetzen. Warum kann mein Bruder Sie nicht leiden?« fügte die Gräfin treuherzig hinzu.

»Ich weiß es nicht, und es interessiert mich nicht. Es ist voll und ganz seine Sache, ob er mich leiden kann oder nicht. Ich will auch gar nicht, daß mich alle leiden können; wenn das alle täten, müßte ich mir selbst gegenüber mißtrauisch werden. Ein Journalist kann erst dann annehmen, gute Arbeit geleistet zu haben, wenn er weithin verhaßt ist. Dann weiß er wenigstens, daß seine Arbeit etwas bewirkt. Und für eine Frau gilt das gleiche. Aber von Isabel hätte ich das nicht erwartet.«

»Sie meinen, sie haßt Sie?« wollte die Gräfin wissen.

»Ich weiß es nicht; ich will's herausbekommen. Deshalb fahre ich ja nach Rom.«

»Du meine Güte, was für ein unangenehmer Gang!« rief die Gräfin aus.

»Sie schreibt mir auch nicht mehr so wie früher; man sieht den Unterschied auf den ersten Blick. Falls Sie entsprechende Informationen haben«, fuhr Miß Stackpole fort, »dann würde ich die am liebsten vorher erfahren, damit ich mir überlegen kann, wie ich am besten vorgehe.«

Die Gräfin schob die Unterlippe vor und hob langsam die Schultern. »Ich weiß sehr wenig; ich höre und sehe sehr wenig von Osmond. Mich kann er anscheinend um keinen Deut besser leiden als Sie.«

»Sie sind aber doch keine Korrespondentin«, meinte Henrietta tiefsinnig.

»Oh, der hat jede Menge Gründe. Dennoch haben sie mich eingeladen – und ich soll in ihrem Haus wohnen!« Die Gräfin lächelte beinahe grimmig, und in ihrem Triumph scherte sie sich in dem Moment wenig um Miß Stackpoles Enttäuschung.

Besagte Dame ließ die Mitteilung jedoch sehr gelassen über sich ergehen. »Ich wäre nicht zu ihr gegangen, auch wenn sie mich eingeladen hätte. Wenigstens glaube ich das, und ich bin froh, daß ich mich nicht entscheiden mußte. Es wäre eine sehr schwierige Frage gewesen. Ich hätte ihr nicht gern eine Absage gegeben, aber unter ihrem Dach wäre ich auch nicht froh geworden. Eine Pension ist mir ganz recht. Aber das ist nicht alles.«

»Rom ist gerade jetzt sehr gut«, sagte die Gräfin. »Dort halten sich allerhand tolle Leute auf. Haben Sie je von Lord Warburton gehört?«

»Ob ich von ihm gehört habe? Ich kenne ihn ziemlich gut. Den halten Sie für einen tollen Mann?« forschte Henrietta nach.

»Ich kenne ihn nicht persönlich, aber es heißt, er sei so wahnsinnig grandseigneurmäßig. Er macht Isabel den Hof.«

»Er macht ihr den Hof?«

»So heißt es. Über Einzelheiten weiß ich nicht Bescheid«, sagte die Gräfin leichthin. »Aber Isabel droht wohl keine Gefahr.«

Henrietta fixierte ihre Gastgeberin ernsten Blickes; eine Weile sagte sie nichts. »Wann fahren Sie nach Rom?« wollte sie dann abrupt wissen.

»Leider erst in einer Woche.«

»Ich fahre morgen«, sagte Henrietta. »Ich denke, ich warte besser nicht zu lange.«

»Du meine Güte, wie schade! Ich lasse mir gerade ein paar Kleider machen. Es heißt, Isabel gibt andauernd Empfänge. Aber ich werde Sie ja dort treffen; ich werde Sie in Ihrer Pension aufsuchen.« Henrietta saß reglos da, in Gedanken versunken; plötzlich fuhr die Gräfin auf: »Oh – wenn Sie nicht mit mir fahren, können Sie ja unsere Reise gar nicht beschreiben!«

Miß Stackpole schien diese Überlegung ungerührt hinzunehmen; sie dachte gerade über etwas anderes nach und sprach es auch gleich aus. »Ich glaube, bezüglich Lord Warburton verstehe ich Sie nicht richtig.«

»Sie verstehen mich nicht? Ich sage, er ist ein netter Mann, und das ist alles.«

»Sie halten es für nett, wenn ein Mann einer verheirateten Frau den Hof macht?« fragte Henrietta mit ungewohnter Nachdrücklichkeit.

Die Gräfin riß die Augen auf und sagte dann, mit einem kleinen, gekünstelten Auflachen:»Jedenfalls tun das alle netten Männer. Heiraten Sie erst mal, dann werden Sie's schon merken!« setzte sie hinzu.

»Allein die Vorstellung würde schon ausreichen, um mich davon abzuhalten«, sagte Miß Stackpole. »Ich möchte meinen eigenen Mann haben und nicht den einer anderen. Glauben Sie, daß Isabel etwas getan hat, was – was – ?« und sie brach ab und suchte nach dem richtigen Wort.

»Ob ich glaube, daß sie was Schlimmes getan hat? Du meine Güte, nein, noch nicht, hoffe ich. Ich bin nur der Meinung, daß Osmond sehr lähmend ist, und wie ich höre, ist Lord Warburton sehr oft bei ihnen im Haus. Ich fürchte, jetzt sind Sie schockiert.«

»Nein, ich bin nur beunruhigt«, sagte Henrietta.

»Oh, das ist aber nicht sehr schmeichelhaft für Isabel! Sie sollten mehr Vertrauen haben. Ich sag' Ihnen jetzt was«, fuhr die Gräfin schnell fort:»Wenn es ein Trost für Sie ist, starte ich ein Ablenkungsmanöver für ihn.«

Miß Stackpole reagierte zunächst nur mit noch mehr feierlichem Ernst im Blick. »Sie verstehen mich nicht«, sagte sie nach einer Weile. »Ich hege nicht die Befürchtung, die Sie mir zu unterstellen scheinen. Ich habe keine Angst um Isabel – in diesem Sinn. Ich habe nur Angst, daß sie unglücklich sein könnte – und das möchte ich herausfinden.«

Die Gräfin drehte ein dutzendmal den Kopf hin und her; sie sah ungeduldig aus und blickte sarkastisch drein. »Kann schon sein. Ich für meinen Teil wüßte gern, ob Osmond es ist.« Miß Stackpole hatte begonnen, sie ein wenig anzuöden.

»Falls sie sich wirklich verändert hat, dann muß das der Grund dafür sein«, fuhr Henrietta fort.

»Sie werden's ja sehen; sie wird's Ihnen ja erzählen«, sagte die Gräfin.

»Sie wird's mir vielleicht eben nicht erzählen – davor habe ich Angst!«

»Also – wenn Osmond keinen Spaß mehr hat, so auf seine übliche Art, dann schmeichle ich mir, das herauszukriegen«, erwiderte die Gräfin.

»Das interessiert mich nicht«, sagte Henrietta.

»Aber mich interessiert es brennend! Wenn Isabel unglücklich ist, dann tut mir das sehr leid für sie, aber ich kann's nicht ändern. Ich könnte ihr etwas sagen, was ihr Unglück noch verschlimmern würde, aber ich kann ihr nichts sagen, was sie tröstet. Warum ist sie bloß losgezogen und hat ihn geheiratet? Hätte sie auf mich gehört, hätte sie ihm den Laufpaß gegeben. Aber ich werde ihr vergeben, wenn ich feststelle, daß sie ihm ordentlich einheizt! Wenn sie ihm allerdings nur gestattet, auf ihr herumzutrampeln, dann werde ich vermutlich noch nicht mal Mitleid mit ihr haben. Doch ich halte das nicht für sehr wahrscheinlich. Ich hoffe allerdings sehr, daß sie, wenn's ihr schlecht geht, es ihm mit gleicher Münze zurückzahlt.«

Henrietta erhob sich; dies schienen ihr, verständlicherweise, recht schreckliche Aussichten zu sein. Sie glaubte aufrichtig, daß sie selbst nicht den Wunsch verspürte, Mr. Osmond unglücklich zu sehen; eigentlich stellte er für sie keinen Anlaß dar, der ihre Phantasie beflügelt hätte. Von der Gräfin war sie insgesamt ziemlich enttäuscht, weil sich deren Geist doch in engeren Umlaufbahnen bewegte als erwartet, obwohl sie auch bei diesem begrenzten Radius noch genügend Kapazitäten für Ruppigkeiten freihatte. »Alles wird besser, wenn sie einander lieben«, formulierte sie als moralischen Lehrsatz.

»Geht nicht. Er ist unfähig, irgend jemanden zu lieben.«

»Das habe ich zwar vermutet, aber es vergrößert meine Angst um Isabel noch. Ich reise auf jeden Fall morgen ab.«

»Isabel hat bestimmt ein paar Verehrer«, sagte die Gräfin und lächelte munter. »Ich erkläre hiermit, daß ich sie nicht bemitleide.«

»Vielleicht kann ich ihr gar nicht helfen«, überlegte Miß Stackpole weiter, als sei es das beste, sich keinen Illusionen hinzugeben.

»Sie haben's immerhin probiert, und das ist auch schon was. Sie sind ja deswegen eigens aus Amerika gekommen«, fügte die Gräfin plötzlich hinzu.

»Ja, ich wollte mich ein wenig um sie kümmern«, sagte Henrietta ruhig.

Ihre Gastgeberin stand da und lächelte sie mit kleinen, funkelnden Augen, einer vor lauter Hektik geröteten Nase und ebensolchen Bäckchen an. »Ah, das ist aber ganz süß – *c'est bien gentil!* Nennt man so was nicht Freundschaft?«

»Ich weiß nicht, wie man das nennt. Ich dachte nur, ich käme besser mal rüber.«

»Sie ist sehr glücklich – sie hat großes Glück«, fuhr die Gräfin fort. »Sie hat noch andere Menschen.« Und dann brach es heftig aus ihr heraus. »Sie ist glücklicher dran als ich! Ich bin genauso unglücklich wie sie, und ich habe einen sehr schlechten Mann; der ist noch erheblich schlimmer als Osmond. Und ich habe keine Freunde. Ich dachte, ich hätte welche, aber die haben sich alle verdünnisiert. Niemand, weder Mann noch Frau, würde für mich tun, was Sie für sie tun.«

Henrietta war gerührt; in dem Ausbruch von Bitterkeit lag etwas Unverfälschtes. Sie fixierte ihr Gegenüber kurz und sagte dann: »Schauen Sie, Gräfin: Ich tue alles für Sie, was Sie möchten. Ich warte noch und reise dann mit Ihnen.«

»Schon gut«, antwortete die Gräfin und hatte rasch den Ton gewechselt. »Hauptsache, Sie beschreiben mich in Ihrer Zeitung.«

Henrietta fühlte sich allerdings vor ihrem Aufbruch verpflichtet, sie darauf hinzuweisen, daß sie nicht einfach eine Darstellung ihrer Reise nach Rom erfinden könne. Miß Stackpole war eine streng der Wahrheit verpflichtete Reporterin. Sie verabschiedete sich und begab sich zum Lung' Arno, der sonnigen Uferpromenade längs des gelben Flusses, wo die allen Touristen vertrauten Wirtshäuser mit den hellen Fassaden in einer Reihe nebeneinander stehen. Sie hatte sich zuvor über die Straßen von Florenz ortskundig gemacht (in solchen Dingen war sie sehr fix), weshalb sie nun in der Lage war, sehr bestimmten Schrittes den kleinen Platz, der den Zugang zur Brücke der Heiligen Dreifaltigkeit bildet, zu verlassen. Sie wandte sich nach links, in Richtung Ponte Vecchio, und blieb vor einem der Hotels stehen, die auf dieses reizende Bauwerk hinausblicken. Dort brachte sie ein kleines Notizbuch zum Vorschein, entnahm ihm eine Visitenkarte und einen Stift, überlegte ein wenig und schrieb dann ein paar Worte darauf. Wir haben das Privileg, ihr über die Schulter sehen zu dürfen, und in Ausübung desselben dürfen wir die kurze Frage lesen: »Könnte ich Dich heute abend kurz in einer sehr wichtigen Sache sprechen?« Henrietta schrieb dazu, sie werde am folgenden Tag nach Rom aufbrechen. Mit diesem kleinen Dokument bewaffnet, ging sie auf den Portier zu, der bereits seinen Posten am Eingang bezogen hatte, und fragte ihn, ob Mr. Goodwood anwesend sei. Der Portier erwiderte das, was Portiers immer erwidern, nämlich daß der betreffende Herr vor etwa zwanzig Minuten ausgegangen sei, woraufhin Henrietta ihm ihre Karte gab und darum bat, man möge sie dem Herrn bei seiner Rückkehr aushändigen. Dann verließ sie das Hotel und ging weiter die Uferpromenade entlang zum strengen Säulengang der Uffizien, durch den hindurch sie gleich darauf zum Eingang der berühmten Gemäldegalerie gelangte. Sie begab sich hinein und stieg die lange Treppe hinauf, die zu den oberen Räumen führt. Der lange Gang, auf der einen Seite verglast und mit antiken Büsten dekoriert, der den Zugang zu diesen Räumen ermöglicht, bot einen Anblick von Leere, und das helle, winterliche Licht glitzerte auf dem Marmorfußboden. Die Galerie ist sehr kalt und wird mitten im Winter nur spärlich besucht. Miß Stackpole scheint uns jetzt vielleicht weitaus enthusiastischer in ihrer Suche nach künstlerischer Schönheit zu sein, als uns das bislang aufgefallen ist; aber schließlich hatte auch sie ihre Vorlieben und ihre bevorzugten Objekte der Bewunderung. Zu den letzteren gehörte der kleine Correggio in der Tribuna – die Heilige Jungfrau, die sich vor dem Jesuskind niederkniet, das auf ein Strohlager gebettet ist, und ihm Beifall klatscht, während das Kind vor Entzücken lacht und jubelt. Henrietta liebte diese intime Szene mit besonderer Hingabe; sie hielt sie für das schönste Bild der Welt. Auf ihrer jetzigen Reiseroute von New York nach Rom blieb sie nur drei Tage in Florenz, doch sie hatte sich ermahnt, diese nicht verstreichen zu lassen ohne einen weiteren Besuch bei ihrem Lieblingswerk. Sie hatte einen ausgeprägten Schönheitssinn in jeder Hinsicht, der eine Menge intellektueller Konsequenzen nach sich zog. Gerade wollte sie in die Tribuna hinein, als ein Herr herauskam, was bei ihr einen kleinen Ausruf der Überraschung bewirkte, denn sie stand vor Caspar Goodwood.

»Ich bin soeben bei deinem Hotel gewesen«, sagte sie. »Ich habe dir eine Nachricht hinterlassen.«

»Da fühle ich mich aber sehr geehrt«, antwortete Caspar Goodwood, als meinte er es wirklich.

»Ich habe es nicht deiner Ehre wegen getan. Ich habe dich ja schon öfter besucht und weiß, daß du es nicht magst. Ich wollte etwas mit dir besprechen.«

Er warf einen kurzen Blick auf die Spange an ihrem Hut. »Es wird mich sehr freuen zu erfahren, was du mir zu sagen hast.«

»Du redest nicht gern mit mir«, sagte Henrietta. »Aber das ist mir egal; ich rede ja nicht zu deinem Vergnügen daher. Ich habe dir ein paar Worte geschrieben und dich gebeten, mal bei mir vorbeizuschauen. Aber da ich dich hier getroffen habe, können wir's genausogut gleich erledigen.«

»Ich wollte zwar gerade gehen«, stellte Goodwood fest, »werde jetzt aber selbstverständlich bleiben.« Er war höflich, aber nicht überschwenglich.

Henrietta ihrerseits scherte sich nie groß um irgendwelche falschen oder echt gemeinten Bekundungen, und ihr Anliegen war ihr so ernst, daß sie ihm dankbar war, wenn er ihr überhaupt zuhörte. Dennoch fragte sie ihn als erstes, ob er alle Gemälde gesehen habe.

»Alle, die ich sehen wollte. Ich bin seit einer Stunde hier.«

»Mich würde interessieren, ob du meinen Correggio gesehen hast«, sagte Henrietta. »Ich bin eigens deshalb heraufgekommen, um ihn zu betrachten.« Sie ging in die Tribuna, und er folgte ihr langsam.

»Ich habe ihn vermutlich gesehen, wußte aber nicht, daß es deiner ist. Ich vergesse Bilder schnell wieder – vor allem diese Sorte.« Sie hatte zu ihrem Lieblingswerk hingedeutet, und er fragte, ob es Correggio sei, über den sie mit ihm sprechen wolle.

»Nein«, sagte Henrietta, »es ist etwas weniger Einträchtiges!« Sie hatten den kleinen, kostbaren Raum, eine glanzvolle Schatzkammer, ganz für sich allein; nur ein einziger Kustos drückte sich um die Mediceische Venus herum. »Ich möchte dich um einen Gefallen bitten«, fuhr Miß Stackpole fort.

Caspar Goodwood hob ein wenig die Augenbrauen, ließ aber nicht erkennen, daß ihm seine mangelnde Begeisterung Verlegenheit bereitet hätte. Sein Gesicht war das eines viel älteren Mannes, als es unser Freund von früher gewesen ist. »Mit Sicherheit ist es etwas, was mir nicht gefallen wird«, sagte er mit einigem Nachdruck.

»Nein, ich glaube auch nicht, daß es dir gefallen wird. Sonst wär's ja auch kein Gefallen.«

»Na, dann laß mal hören«, sprach er weiter im Tonfall eines Mannes, der sich seiner Geduld überdeutlich bewußt ist.

»Du kannst natürlich sagen, daß du eigentlich keinen Grund hast, mir einen Gefallen zu erweisen. Ich kenne auch nur einen einzigen, nämlich den, daß ich gerne dir einen erweisen würde, wenn du mich ließest.« Ihr leiser, bestimmter Ton, in dem auch nicht andeutungsweise Effekthascherei lag, war von äußerster Aufrichtigkeit, und ihr Gesprächspartner war trotz seiner zur Schau gestellten unzugänglichen Miene unwillkürlich gerührt. Allerdings zeigte er seine Rührung selten auf die gängige Weise; weder wurde er rot, noch sah er weg, noch schaute er betreten drein. Seine Aufmerksamkeit wurde nur immer konzentrierter, seine Gedankengänge wurden immer angestrengter. Henrietta machte aus diesem Grund gleichgültig und ohne sich eines Vorteils bewußt zu sein weiter. »Ich möchte jetzt sagen, eigentlich – es scheint ein guter Zeitpunkt – daß, falls ich dich je geärgert habe (und manchmal glaube ich, daß ich es habe), dann war das, weil ich wußte, daß ich bereit war, mich deinetwegen ärgern zu lassen. Ich bin für dich anstrengend gewesen – kein Zweifel. Aber jetzt würde ich mich für dich anstrengen.«

Goodwood zögerte. »Du strengst dich im Moment schon mächtig an.«

»Ja – ein bißchen. Ich möchte gern, daß du dir deine Reise nach Rom noch einmal überlegst.«

»Das habe ich mir doch gedacht!« antwortete er ziemlich direkt.

»Dann hast du es dir also überlegt?«

»Selbstverständlich habe ich das, und zwar sehr gründlich. Und von allen Seiten. Sonst wäre ich wohl kaum bis hierher gekommen. Aus dem Grund bin ich zwei Monate in Paris geblieben. Weil ich's mir überlegt habe.«

»Ich fürchte, du hast dich nach deinem Gefühl entschieden. Du hast dich entschieden, es sei so am besten, weil du dich so hingezogen fühlst.«

»Am besten für wen, deiner Meinung nach?« verlangte Goodwood zu wissen.

»Na, für dich selbst, zunächst mal. Und dann für Mrs. Osmond.«

»Die hat doch nichts davon. Das bilde ich mir wirklich nicht ein.«

»Aber vielleicht schadet es ihr. Das ist nämlich die Frage!«

»Ich wüßte nicht, was es ihr ausmachen sollte. Für Mrs. Osmond bin ich ein Nichts. Aber wenn du es genau wissen willst: Ich möchte sie gern wiedersehen.«

»Ja, und deshalb fährst du hin.«

»Selbstverständlich deshalb. Gäb's denn da noch einen anderen Grund?«

»Was bringt dir das Ganze? Das würde ich gerne mal wissen«, sagte Miß Stackpole.

»Und genau das kann ich dir nicht sagen. Genau darüber habe ich ja in Paris nachgedacht.«

»Es bringt dir doch nur mehr Unzufriedenheit.«

»Was soll das heißen – mehr?« fragte Goodwood ziemlich streng. »Woher weißt du denn, daß ich unzufrieden bin?«

»Tja«, sagte Henrietta und zögerte ein klein wenig. »Du scheinst dir ja nie etwas aus einer anderen gemacht zu haben.«

»Woher willst du wissen, woraus ich mir was mache?« rief er und wurde tiefrot. »Im Moment mache ich mir was aus einer Fahrt nach Rom.«

Henrietta betrachtete ihn schweigend mit trauriger, doch kluger Miene. »Schön«, bemerkte sie schließlich. »Ich wollte dir auch nur sagen, was ich denke; es ging mir eben im Kopf herum. Du denkst natürlich, daß mich das alles nichts angeht. Aber nach diesem Grundsatz geht nichts jemals jemanden etwas an.«

»Sehr freundlich von dir. Ich danke sehr für deine Anteilnahme«, sagte Caspar Goodwood. »Ich werde nach Rom fahren und ich werde Mrs. Osmond nicht weh tun.«

»Du wirst ihr vielleicht nicht weh tun. Aber wirst du ihr denn helfen? Darum geht's ja in Wirklichkeit.«

»Braucht sie denn Hilfe?« fragte er langsam und mit bohrendem Blick.

»Die brauchen die meisten Frauen«, sagte Henrietta, bewußt ausweichend, wobei diese Verallgemeinerung weniger optimistisch gefärbt war als ihre sonstigen. »Wenn du nach Rom fährst«, fügte sie hinzu, »dann hoffe ich, du wirst dich als wahrer Freund erweisen – nicht als egoistischer!« Und damit ließ sie ihn stehen und begann, die Gemälde zu betrachten.

Caspar Goodwood ließ sie gehen und beobachtete sie, während sie durch den Raum wanderte; aber gleich darauf gesellte er sich wieder zu ihr. »Du hast hier etwas über sie in Erfahrung gebracht«, nahm er das Gespräch wieder auf. »Ich wüßte gern, was du erfahren hast.«

Henrietta hatte noch nie in ihrem Leben Ausflüchte nötig gehabt, und obwohl es bei dieser Gelegenheit vielleicht angebracht gewesen wäre, entschied sie nach minutenlangem Nachdenken, keine billige Ausnahme zu machen. »Ja, ich habe etwas erfahren«, antwortete sie. »Aber da ich ja nicht will, daß du nach Rom fährst, werde ich es dir auch nicht sagen.«

»Ganz wie's beliebt. Ich werde ja selbst sehen, was los ist.«
Dann setzte er, für einen Goodwood sehr inkonsequent, hinzu:
»Du hast gehört, daß sie unglücklich ist!«

»Tja, das wirst du nicht sehen!« rief Henrietta aus.

»Hoffentlich nicht. Wann fährst du los?«

»Morgen, mit dem Abendzug. Und du?«

Goodwood zauderte; er hatte keine Lust, die Fahrt nach Rom
in Miß Stackpoles Gesellschaft anzutreten. Sein Desinteresse an
den Vorzügen einer solchen war nicht von der gleichen Natur
wie das von Gilbert Osmond, hatte aber zum gegebenen Zeitpunkt die gleiche Intensität. Dabei handelte es sich hier eher um
einen Tribut an Miß Stackpoles Tugenden als um eine Bezug-
nahme auf ihre Fehler. Er hielt sie für einen überaus bemerkenswerten, geistreichen Menschen und hatte auch, theoretisch,
keine Vorbehalte gegen die Kaste, der sie angehörte. Weibliche
Korrespondenten schienen ihm Teil des ganz normalen Alltags
in einem fortschrittlichen Land zu sein, und obwohl er ihre
Artikel nie las, nahm er an, daß sie doch irgendwie zur Bereicherung des Gemeinwohls beitrugen. Und doch war es genau die
außergewöhnliche Position dieses Berufsstandes, die ihn wünschen ließ, Miß Stackpole möge nicht soviel als selbstverständlich voraussetzen. Sie setzte als selbstverständlich voraus, daß er
immer in der Stimmung war, über Mrs. Osmond zu plaudern; so
hatte sie es bei ihrer Begegnung in Paris gehalten, sechs Wochen
nach seiner Ankunft in Europa, und bei jeder sich bietenden
nachfolgenden Gelegenheit hatte sie diesen Anspruch wiederholt. Dabei verspürte er nicht den geringsten Wunsch, über Mrs.
Osmond zu plaudern. Er dachte nicht andauernd an sie; dessen
war er sich zweifelsfrei sicher. Er war der reservierteste, der am
wenigsten geschwätzige aller Männer, und da kam diese neugierige Schreiberin und leuchtete beständig mit ihrer Lampe in der
stillen Finsternis seiner Seele herum! Er wünschte, sie würde
nicht soviel Interesse an den Tag legen; er wünschte sogar, obwohl das vielleicht schon ein bißchen sehr roh gewesen wäre, sie
möge ihn in Ruhe lassen. Ungeachtet all dessen stellte er jedoch
sofort andere Überlegungen an, die bewiesen, wie vollkommen
verschieden in Wirklichkeit seine Vergrätztheit im Vergleich zu
der von Gilbert Osmond war. Ihn verlangte, auf der Stelle nach
Rom zu reisen; er wäre gern allein gefahren, mit dem Nachtzug.
Er haßte die in Abteile gegliederten europäischen Eisenbahn-
wagen, in denen man stundenlang wie in einem Schraubstock

saß, Knie an Knie und Nase an Nase mit einem Ausländer, gegen den man auf der Stelle eine Aversion entwickelte, gepaart mit dem vehementen Verlangen nach einem geöffneten Fenster; und wenn sie des Nachts sogar noch schlechter waren als tagsüber, dann konnte man des Nachts doch wenigstens schlafen und von einem riesigen amerikanischen Salonwagen träumen. Aber einen Nachtzug konnte er nicht nehmen, falls Miß Stackpole erst am Morgen fahren sollte; das wäre ihm als Affront gegenüber einer schutzlosen Frau vorgekommen. Ebensowenig konnte er bis nach ihrer Abreise warten, denn das hieße, länger zu warten, als seine Geduld reichte. Am Tag danach zu fahren – das gehörte sich nicht. Sie bereitete ihm Kopfzerbrechen; sie lastete auf seiner Seele; die Vorstellung, den ganzen Tag mit ihr in einem europäischen Eisenbahnabteil zu verbringen, bot sich ihm als ein Konglomerat aus Ärger und Verwirrung dar. Dennoch: Sie war eine allein reisende Dame; es war seine Pflicht, sich ihretwegen Umstände zu machen. Daran gab es nichts zu deuteln; es handelte sich um eine absolut klare Notwendigkeit. Einige Augenblicke lang sah er äußerst ernst drein, und dann sagte er, ohne alle Fanfarenstöße edler Ritterlichkeit, sondern im Ton extremer Entschiedenheit: »Wenn du morgen fährst, fahre ich selbstverständlich mit, denn vielleicht kann ich dir ja behilflich sein.«

»Tja, Meister Goodwood, das will ich aber auch hoffen!« gab Henrietta ungerührt zurück.

45. KAPITEL

Ich hatte bereits Grund zu der Feststellung, daß Isabel um das Mißvergnügen ihres Mannes wegen Ralphs fortdauerndem Aufenthalt in Rom wußte. Dieses Wissen war ihr sehr gegenwärtig, als sie zum Hotel ihres Cousins ging, am Tag nachdem sie Lord Warburton aufgefordert hatte, er möge doch einen konkreten Beweis für seine Aufrichtigkeit vorlegen. Und auch jetzt, wie bei anderen Anlässen zuvor, erhielt sie ausreichend Einsicht in die Wurzeln von Osmonds Opposition. Seinem Willen nach hätte es für sie keine Freiheit einer eigenen Meinung gegeben, und er wußte nur allzu gut, daß Ralph ein Apostel von Freiheit und Selbstbestimmung war. Und eben weil er das war, sagte sich Isabel, hatten die Besuche bei ihm diese herzerfrischende Wirkung. Man wird bemerkt haben, daß sie sich diese Erfrischungen trotz der Mißbilligung ihres Mannes gönnte, wobei das ›Sichgönnen‹, wie sie sich schmeichelte, diskret vor sich ging. Sie hatte es bislang noch nicht unternommen, seinen Wünschen direkt zuwiderzuhandeln. Er war ihr vom Gesetz bestellter und beglaubigter Gebieter; in manchen Augenblicken starrte sie mit irgendwie fassungsloser Bestürzung auf diese Tatsache. Sie belastete sie außerdem in ihrem Ideenreichtum; unaufhörlich standen ihr all die überkommenen Schicklichkeiten und geheiligten Unverrückbarkeiten der Ehe vor Augen. Die Vorstellung, dagegen zu verstoßen, erfüllte sie mit Scham und ebenso mit Furcht, denn als sie sich damals zum Altar führen ließ, hatte sie in dem bedingungslosen Glauben, ihr Mann habe genauso großzügige Ansichten wie sie, der Konsequenzen nicht weiter geachtet. Gleichzeitig schien für sie der Tag rasch näher zu rücken, an dem sie etwas zurückzunehmen gezwungen sein könnte, was sie feierlich versprochen hatte. Ein solches Zeremoniell wäre widerwärtig und ungeheuerlich, und sie versuchte einstweilen, die Augen davor zu verschließen. Osmond würde ihr die Sache nicht erleichtern, indem er die Initiative ergriff; er würde ihr die gesamte Last bis zum Ende aufbürden. Noch hatte er ihr nicht förmlich untersagt, Ralph zu besuchen; doch war sie sich sicher, daß dieses Verbot kommen würde, wenn Ralph nicht in Bälde abreiste. Wie aber konnte der arme Ralph abreisen? Vom Wetter her war es noch unmöglich. Sie konnte es voll und ganz nachvollziehen, wieso ihr Mann dieses Ereignis herbeisehnte; fairerweise sah sie für ihn keinen Grund, warum es ihm gefallen sollte, daß sie mit ihrem Cousin zusammensteckte. Ralph äußerte zwar nie ein negatives Wort über ihn, doch Osmonds beleidigter, stummer Protest war nichtsdestoweniger begründet. Sollte er sich ihr definitiv in den Weg stellen, sollte er seine Autorität ausspielen, dann würde sie sich entscheiden müssen, und das wäre nicht einfach. Bei dieser Aussicht begann ihr Herz zu klopfen, und die Wangen brannten ihr sozusagen schon im voraus. Es gab Momente, in denen sie bei sich den Wunsch verspürte, Ralph möge doch, damit es nicht zum offenen Bruch käme, auch auf ein gesundheitliches Risiko hin abreisen. Und es nützte gar nichts, daß sie sich, wenn sie sich in dieser Gemütsverfassung ertappte, einen schwachen Geist schimpfte, einen Feigling. Nicht daß sie Ralph weniger gemocht hätte; aber nahezu alles andere erschien ihr erträglicher, als die ernsthafteste Handlung – diesen einzigen, geheiligten Akt – ihres Lebens zu widerrufen. Damit würde für sie die ganze Zukunft zum Schrecken werden. Mit Osmond einmal zu brechen, hieße für immer mit ihm zu brechen; jedes offene Eingeständnis einer Unvereinbarkeit von Bedürfnissen wäre ein Bekenntnis, daß sich ihr gemeinsamer Versuch insgesamt als Fehlschlag erwiesen hatte. Für sie beide könnte es keine Vergebung, keinen Kompromiß, kein schnelles Vergessen, keinen förmlichen Neubeginn mehr geben. Sie hatten nur eine einzige Sache angestrebt, aber diese eine Sache hätte etwas ganz Erlesenes werden sollen. Schafften sie es nicht, gäbe es keinen zweiten Versuch; für dieses Gelingen fand sich kein vorstellbarer Ersatz. Gegenwärtig ging Isabel so oft zum Hôtel de Paris, wie sie es für angebracht hielt; die Richtschnur des guten Geschmacks bestimmte das Maß der Sittsamkeit, und es hätte keinen besseren Beweis dafür geben können, daß Moral sozusagen eine Sache gewissenhafter Abwägungen ist. Isabel machte an diesem Tag besonders großzügigen Gebrauch von diesem Maß, denn zusätzlich zu der Selbstverständlichkeit, daß sie Ralph nicht gut einsam und allein sterben lassen konnte, gab es etwas Wichtiges, was sie ihn fragen mußte. Und das betraf nun Gilberts Angelegenheiten genauso wie die ihren.

Sie kam sehr schnell auf den Punkt, über den sie sprechen wollte. »Ich möchte, daß du mir eine Frage beantwortest. Es geht um Lord Warburton.«

»Ich glaube, ich errate deine Frage«, antwortete Ralph von seinem Lehnsessel her, aus dem seine dünnen Beine länger hervorragten als je zuvor.

»Na, wenn das so ist: dann beantworte sie mir, bitte.«

»Oh, ich habe nicht gesagt, daß ich das kann.«

»Du bist eng mit ihm befreundet«, sagte sie. »Du beobachtest vieles und nimmst vieles wahr.«

»Stimmt genau. Aber berücksichtige dabei, wie sehr er sich verstellen muß.«

»Warum sollte er sich verstellen? Das entspräche nicht seinem Charakter.«

»Oh – da darfst du nicht vergessen, daß es sich um eine heikle Situation handelt«, sagte Ralph mit einem Anflug klammheimlichen Vergnügens.

»Bis zu einem gewissen Grad – ja. Aber ist er wirklich verliebt?«

»Sehr, glaube ich. Das ist ziemlich eindeutig.«

»Ach!« sagte Isabel mit einer gewissen Tonlosigkeit.

Ralph sah sie an, als sei auf seine milde Fröhlichkeit plötzlich ein Schatten von Verblüffung gefallen. »Du sagst das, als wärst du enttäuscht.«

Isabel stand auf, strich langsam ihre Handschuhe glatt und besah sie sich gedankenvoll. »Letzten Endes geht es mich ja auch nichts an.«

»Du bist sehr philosophisch«, sagte ihr Cousin. Und gleich darauf: »Darf ich fragen, wovon du eigentlich sprichst?«

Isabel guckte. »Ich dachte, das weißt du! Lord Warburton erzählt mir, er wünscht sich nichts sehnlicher, als Pansy zu heiraten. Ich habe dir das schon mal erzählt, ohne dir einen Kommentar entlocken zu können. Aber heute morgen könntest du doch einen riskieren, oder? Glaubst du ernsthaft, daß sie ihm viel bedeutet?«

»Woher denn! Pansy doch nicht!« rief Ralph im Brustton der Überzeugung.

»Aber gerade hast du gesagt, sie bedeute ihm viel.«

Ralph wartete einen Augenblick. »*Du* bedeutest ihm viel, Mrs. Osmond.«

Isabel schüttelte ernst den Kopf. »So was ist doch Unsinn.«

»Selbstverständlich. Aber der Unsinn stammt von Warburton, nicht von mir.«

»Das wäre ausgesprochen unangenehm.« Sie bediente sich, wie sie sich schmeichelte, einer ausgesuchten Wortwahl.

»Außerdem muß ich dir gestehen«, fuhr Ralph fort, »daß er es mir gegenüber abgestritten hat.«

»Ich finde es wunderbar von euch, daß ihr das miteinander besprecht! Hat er dir auch gesagt, daß er in Pansy verliebt ist?«

»Er hat in den höchsten Tönen von ihr gesprochen – wie sich das gehört. Und selbstverständlich hat er mich wissen lassen, daß sie sich seiner Meinung nach in Lockleigh sehr gut machen würde.«

»Glaubt er das wirklich?«

»Ach – was Warburton wirklich glaubt – !« sagte Ralph.

Isabel beschäftigte sich wieder mit dem Glätten ihrer Handschuhe, langen, weichen Handschuhen, bei denen sie sich hemmungslos verausgaben konnte. Bald darauf hob sie jedoch wieder den Blick. »Ach, Ralph, du hilfst mir aber auch gar kein bißchen!« rief sie unvermittelt und heftig.

Es war das erste Mal, daß sie ein Bedürfnis nach Hilfe angedeutet hatte, und diese Worte erschütterten ihren Cousin wegen ihrer Leidenschaftlichkeit. Er stieß einen langen Seufzer der Erleichterung, des Mitleids, der Zärtlichkeit aus; er hatte den Eindruck, daß die Kluft zwischen ihnen nun doch noch überbrückt worden war. Diese Empfindung war es auch, die ihn gleich darauf sagen ließ:»Wie unglücklich du doch sein mußt!«

Kaum hatte er den Mund geschlossen, hatte sie ihre Selbstbeherrschung auch schon wiedergefunden, und den ersten Gebrauch davon machte sie, indem sie so tat, als habe sie seinen Ausruf nicht gehört.»Mein Gerede, daß du mir helfen sollst, ist natürlich der blanke Unsinn«, sagte sie mit schnellem Lächeln.»Schon allein die Vorstellung, daß ich dich mit meinen familiären Schwierigkeiten belästige! Die Sache ist ganz einfach: Lord Warburton muß selbst sehen, wie er zurechtkommt. Es kann nicht meine Aufgabe sein, ihm da durchzuhelfen.«

»Das müßte er doch problemlos allein schaffen«, sagte Ralph.

Isabel überlegte.»So problemlos hat er das keineswegs immer geschafft.«

»Sehr wahr. Allerdings weißt du auch, wie mich das stets überrascht hat. Ist Miß Osmond imstande, uns eine Überraschung zu bescheren?«

»Das wird wohl eher Lord Warburton tun. Mir sieht es ganz danach aus, als würde er irgendwann einfach Schluß machen.«

»Er wird nichts Unanständiges tun«, sagte Ralph.

»Davon bin ich absolut überzeugt. Nichts könnte für ihn anständiger sein, als das arme Kind in Ruhe zu lassen. Sie ist in einen anderen verliebt, und es wäre herzlos, sie mit phantastischen Angeboten dahingehend bestechen zu wollen, daß sie diesen anderen aufgibt.«

»Das wäre vielleicht dem anderen gegenüber herzlos – gegenüber demjenigen, in den sie verliebt ist. Aber Warburton ist nicht verpflichtet, darauf Rücksicht zu nehmen.«

»Nein, es wäre herzlos ihr gegenüber«, sagte Isabel.»Sie wäre hinterher sehr unglücklich, ließe sie sich überreden, den armen Mr. Rosier zu verlassen. Diese Idee scheint dich zu amüsieren; du bist ja nicht in ihn verliebt. Er hat – für Pansy – den Vorzug, daß er in Pansy verliebt ist. Bei Lord Warburton sieht sie auf den ersten Blick, daß er es nicht ist.«

»Er wäre aber sehr gut zu ihr«, sagte Ralph.

»Er ist schon die ganze Zeit gut zu ihr. Zum Glück hat er aber noch kein Wort gesagt, das sie verwirrt hätte. Er könnte morgen daherkommen und ihr Adieu sagen nach allen Regeln des Anstandes.«

»Wie würde das deinem Mann gefallen?«

»Ganz und gar nicht, und das vielleicht mit gutem Recht. Aber für seine Zufriedenheit ist er selbst zuständig.«

»Hat er diese Zuständigkeit an dich delegiert?« wagte Ralph zu fragen.

»Es ist doch ganz natürlich, daß ich als alte Freundin Lord Warburtons – schließlich bin ich länger mit ihm befreundet als mit Gilbert – ein Interesse an seinen Absichten habe.«

»Ein Interesse am Verzicht auf seine Absichten, soll das heißen?«

Isabel zögerte und runzelte leicht die Stirn. »Damit ich's auch richtig verstehe: Bist du eigentlich sein Anwalt?«

»Nicht im geringsten. Ich werde mich sehr freuen, wenn er nicht der Ehemann deiner Stieftochter wird. Daraus hätte sich sonst eine sehr fragwürdige Beziehung zu dir ergeben!« sagte Ralph lächelnd. »Aber ich bin ziemlich beunruhigt, daß dein Mann vielleicht denken könnte, du hättest dich bei Warburton nicht genügend ins Zeug gelegt.«

Isabel brachte ein genauso überzeugendes Lächeln zustande wie er. »Er kennt mich viel zu gut, um anzunehmen, ich würde mich ins Zeug legen. Vermutlich würde er selbst es auch nicht tun. Ich befürchte eigentlich nicht, daß ich nicht in der Lage wäre, mich zu rechtfertigen!« sagte sie leichthin.

Eine Sekunde lang war ihre Maske heruntergefallen, doch zu Ralphs grenzenloser Enttäuschung hatte sie sie gleich wieder aufgesetzt. Er hatte nur einen flüchtigen Blick auf ihr wahres Gesicht erhascht und wünschte sich nichts sehnlicher, als einen umfassenden Blick darauf werfen zu können. Er verspürte ein schon fast wildes Verlangen danach, sie über ihren Mann klagen zu hören – sie sagen zu hören, daß man sie für Lord Warburtons eventuelle Abtrünnigkeit zur Rechenschaft ziehen werde. Ralph hatte keinen Zweifel über die Situation, in der sie sich befand; instinktiv wußte er im voraus, in welcher Form sich Osmonds Unmut äußern würde. Es kam nur die gemeinste und mitleidsloseste in Frage. Er hätte Isabel gern davor gewarnt, sie zumindest erkennen lassen, wie er für sie die Lage prüfte und einschätzte und wie gut er Bescheid wußte. Es spielte kaum eine Rolle, daß

Isabel ja noch besser Bescheid wissen mußte als er; es war mehr zu seiner eigenen Beruhigung als zu ihrer, daß es ihn drängte, ihr zu zeigen, wie er sich nicht hatte täuschen lassen. Wieder und wieder hatte er versucht, sie dahingehend zu beeinflussen, daß sie Osmond verriet; er war sich dabei kaltblütig, brutal, fast charakterlos vorgekommen. Aber es spielte beinahe keine Rolle mehr, denn es war ihm gründlich mißlungen. Warum hatte sie ihn dann nur aufgesucht, und warum erweckte sie den Anschein, als böte sie ihm eine Gelegenheit, ihre gemeinsame stillschweigende Übereinkunft zu verletzen? Warum fragte sie ihn um Rat, wenn sie ihm nicht den Freiraum gewährte, ihr zu antworten? Wie konnten sie über ihre »familiären Schwierigkeiten« sprechen, wie es ihr spaßigerweise beliebte, dieselben zu bezeichnen, wenn deren Hauptursache nicht beim Namen genannt werden durfte? Diese Widersprüche waren schon an sich ein Symptom für Isabels Dilemma, und ihr Hilferuf von vor wenigen Minuten war das einzige, worüber er sich Gedanken machen mußte. »Trotzdem wird es erhebliche Meinungsverschiedenheiten zwischen euch geben«, sagte er gleich darauf. Und da sie nichts antwortete, sondern dreinsah, als sei sie schwer von Begriff, fuhr er fort: »Ihr werdet feststellen, daß ihr sehr verschieden denkt.«

»Das kann leicht sein und passiert auch den einträchtigsten Paaren!« Sie nahm ihren Sonnenschirm auf; er sah, daß sie nervös war und Angst vor dem hatte, was er sagen könnte. »Wie auch immer – in dieser Angelegenheit können wir so gut wie gar nicht miteinander streiten«, fuhr sie fort, »denn der Hauptinteressierte an der Sache ist ja fast ausschließlich er. Das ist auch ganz natürlich. Pansy ist schließlich seine Tochter, nicht die meine.« Und damit streckte sie ihm die Hand zum Lebewohl entgegen.

Ralph faßte innerlich den Entschluß, sie nicht eher gehen zu lassen, als bis sie von ihm erfahren hatte, daß er alles wußte. Die Gelegenheit dazu erschien ihm zu günstig, um sie ungenutzt verstreichen zu lassen. »Weißt du, was sein Hauptinteresse ihn sagen lassen wird?« fragte er, als er ihre Hand ergriff. Sie schüttelte den Kopf, ziemlich emotionslos, aber nicht entmutigend, und so redete er weiter. »Es wird ihn sagen lassen, daß dein Mangel an Eifer von Eifersucht herrührt.« Er unterbrach sich kurz; ihre Miene jagte ihm Angst ein.

»Von Eifersucht?«

»Von deiner Eifersucht auf seine Tochter.«

Sie wurde tiefrot und warf den Kopf zurück. »Das war nicht nett«, sagte sie in einem Ton, den er noch nie aus ihrem Mund vernommen hatte.

»Sei offen und ehrlich zu mir, und du wirst es verstehen«, antwortete er.

Sie aber gab keine Antwort mehr; sie entzog ihm nur ihre Hand, die er festzuhalten versuchte, und verließ rasch das Zimmer. Sie beschloß, mit Pansy zu reden, und noch am selben Tag fand sie dazu Gelegenheit und ging vor dem Abendessen in das Zimmer des jungen Mädchens. Pansy hatte sich bereits umgezogen; sie war immer der Zeit voraus, was ihren niedlichen Gleichmut und die taktvolle Reglosigkeit erklärte, mit der sie einfach dasitzen und abwarten konnte. Im Moment saß sie in frischer Aufmachung vor dem Feuer im Schlafzimmer. Nach Beendigung ihrer Toilette hatte sie die Kerzen ausgeblasen, getreu der anerzogenen Gewohnheit zur Sparsamkeit, die sie mit gleichbleibender Sorgfalt befolgte, so daß der Raum nur von ein paar brennenden Holzscheiten erleuchtet wurde. Die Zimmer im Palazzo Roccanera waren so geräumig wie zahlreich, und Pansys jungfräuliches Gemach war eine immens große Kammer mit einer dunklen, schweren Holzdecke. Dessen winzige Herrin wirkte mittendrin wie ein Menschlein von der Größe eines Punktes, und als sie sich mit beflissener Ehrerbietung erhob, um Isabel zu begrüßen, war die letztere mehr denn je beeindruckt von ihrer schüchternen Lauterkeit. Isabel sah sich vor einer schwierigen Aufgabe; der einzige Weg war, sie so einfach wie möglich zu lösen. Sie verspürte Bitterkeit und Zorn, erlegte sich aber selbst auf, nichts von ihrer Erregung nach außen dringen zu lassen. Sie befürchtete sogar, zu ernst dreinzuschauen oder zumindest zu streng; sie befürchtete, Bestürzung hervorzurufen. Aber Pansy hatte anscheinend erraten, daß sie mehr oder weniger als Beichtmutter gekommen war, denn nachdem sie den Sessel, in dem sie gesessen hatte, ein wenig näher ans Feuer gerückt und Isabel darin Platz genommen hatte, kniete sie sich auf ein Kissen vor sie hin, schaute zu ihr hinauf und ließ ihre gefalteten Hände auf den Knien ihrer Stiefmutter ruhen. Isabel wollte aus ihrem eigenen Munde hören, daß es nicht Lord Warburton war, der ihr im Kopf und im Herzen herumging; aber auch wenn sie sich dringlich diese Bestätigung wünschte, fühlte sie sich doch keineswegs berechtigt, eine solche Aussage zu provozieren. Der Vater des Mädchens hätte das als glatten Verrat eingestuft, und Isabel wußte nur zu gut, daß es, sollte Pansy auch nur andeutungsweise Absichten zugunsten Lord Warburtons erkennen lassen, ihre Pflicht war, den Mund zu halten. Es war schwierig, jemanden auszufragen, ohne den Anschein zu erwekken, ihm die Antworten in den Mund legen zu wollen. Pansys völlige Unkompliziertheit – die eine weitaus umfassendere Naivität war als von Isabel bisher vermutet – verlieh noch der zaghaftesten Anfrage die Wirkung eines Tadels. Wie sie so dakniete in dem diffusen Schein des Feuers, in ihrem hübschen, schwach glänzenden Kleid, die Hände gefaltet, halb flehentlich, halb unterwürfig, den sanften, aufwärts gerichteten, starren Blick voll des Ernstes der Lage – da kam sie Isabel wie eine kindliche Märtyrerin vor, die man zur Opferung kostbar hergerichtet und die so gut wie keinen Funken Hoffnung mehr hatte, daß der Kelch an ihr vorübergehen werde. Als Isabel ihr dann sagte, daß sie ihr gegenüber zwar noch nie das Thema möglicher Aktivitäten hinsichtlich einer eventuellen Eheschließung angesprochen habe, daß ihr Stillschweigen aber keineswegs in Gleichgültigkeit oder Unwissenheit, sondern ausschließlich in dem Wunsch begründet gewesen sei, ihr die Freiheit der Entscheidung nicht zu nehmen, da beugte sich Pansy vor, schob ihr Gesicht immer dichter heran und antwortete mit einem kleinen Seufzer, der offensichtlich ein tiefes Verlangen ausdrückte, daß sie sich sehnlichst gewünscht habe, Isabel würde etwas sagen, und daß sie jetzt ihren Rat erbitte.

»Für mich ist es schwierig, dir einen Rat zu erteilen«, gab Isabel zurück. »Ich wüßte nicht, wie ich diese Aufgabe übernehmen könnte. Das ist Sache deines Vaters. Seinen Rat mußt du einholen, und vor allem mußt du danach handeln.«

Darauf schlug Pansy die Augen nieder; eine Weile sagte sie nichts. »Ich denke, ich hätte lieber deinen Rat als den von Papa«, bemerkte sie dann.

»Das ist aber gar nicht recht«, sagte Isabel kalt. »Ich liebe dich sehr, aber dein Vater liebt dich noch mehr.«

»Es hat nichts damit zu tun, daß du mich liebst, sondern damit, daß du eine Dame bist«, antwortete Pansy und setzte eine Miene auf, als habe sie etwas sehr Vernünftiges gesagt. »Eine Dame kann ein junges Mädchen besser beraten als ein Mann.«

»Dann rate ich dir hiermit, den Wünschen deines Vaters mit größtem Respekt zu begegnen.«

»Natürlich«, sagte die Kleine folgsam, »das muß ich wohl.«

»Aber wenn ich jetzt mit dir übers Heiraten spreche, dann nicht um deinetwillen, sondern um meinetwillen«, fuhr Isabel fort. »Wenn ich von dir erfahren möchte, was du dir erwartest, was du dir erwünschst, dann nur deshalb, damit ich mich entsprechend verhalten kann.«

Pansy guckte und fragte dann rasch: »Wirst du alles tun, was ich will?«

»Bevor ich ja sage, muß ich erst wissen, was ›alles‹ bedeutet.«

Pansy vertraute ihr ohne Umschweife an, daß es der größte Wunsch ihres Lebens sei, Mr. Rosier zu heiraten. Er habe ihr einen Antrag gemacht, und sie habe ihn angenommen unter der Voraussetzung, daß Papa es erlaube, und jetzt wolle es Papa nicht erlauben.

»Schön, dann ist es auch nicht möglich«, verkündete Isabel.

»Ja, es ist nicht möglich«, sagte Pansy ohne einen Seufzer und mit der gleichen gespannten Aufmerksamkeit in ihrem klaren, kleinen Gesicht.

»Dann mußt du eben an etwas anderes denken«, fuhr Isabel fort.

Doch Pansy, diesmal mit einem Seufzer, erzählte ihr, daß sie dieses Kunststück versucht habe, allerdings ohne den geringsten Erfolg. »Man denkt an die, die an einen selbst denken«, sagte sie mit dünnem Lächeln. »Ich weiß, daß Mr. Rosier an mich denkt.«

»Das sollte er aber nicht«, sagte Isabel hochmütig. »Dein Vater hat ausdrücklich verlangt, daß er das nicht tut.«

»Er kann nicht anders, weil er weiß, daß ich an ihn denke.«

»Du sollst aber nicht an ihn denken. Für ihn gibt es vielleicht noch eine Entschuldigung, für dich jedoch nicht.«

»Ich wünschte, du würdest versuchen, eine zu finden«, rief das Mädchen aus, als schicke sie ein Gebet zur Madonna.

»Diesen Versuch würde ich mir nie verzeihen«, sagte die Madonna mit ungewohnter Frostigkeit. »Falls du wüßtest, daß ein anderer an dich denkt, würdest du dann an ihn denken?«

»Niemand darf so an mich denken wie Mr. Rosier; keiner hat das Recht dazu.«

»Ach so – aber ich bestreite Mr. Rosier dieses Recht!« rief Isabel scheinheilig.

Pansy starrte sie bloß an, augenscheinlich sehr verdutzt; Isabel nutzte ihren Vorteil aus und fing an, die entsetzlichen Konsequenzen eines Ungehorsams gegenüber dem Vater vor ihr auszubreiten. Pansy unterbrach sie gleich mit der Versicherung, sie werde nie ungehorsam sein und werde nie ohne seine Zustimmung heiraten. Und in aller Seelenruhe und Einfalt erklärte sie, daß sie, obwohl sie Mr. Rosier vielleicht niemals heiraten werde, doch nie aufhöre wolle, an ihn zu denken. Sie schien sich mit der Vorstellung von ewiger Ehelosigkeit abgefunden zu haben, während sich Isabel selbstverständlich der Überlegung hingeben durfte, daß Pansy keine Ahnung von deren Bedeutung hatte. Pansy meinte es vollkommen aufrichtig; sie war bereit, ihren Geliebten aufzugeben. Dies hätte vielleicht einen wichtigen Schritt in Richtung auf einen anderen bedeuten können, aber bei Pansy führte er nicht in diese Richtung. Sie empfand keine Bitterkeit gegenüber ihrem Vater; es war überhaupt keine Bitterkeit in ihrem Herzen. Dort befand sich nur das süße Gefühl von Treue zu Edward Rosier und eine sonderbare, köstliche Ahnung, daß sie diese Treue besser unter Beweis stellen konnte, indem sie gar nicht heiratete, auch ihn nicht.

»Dein Vater sähe dich gern besser verheiratet«, sagte Isabel. »Mr. Rosiers Vermögen ist nicht gerade riesig.«

»Was meinst du mit ›besser‹, wenn ›nicht gerade riesig‹ völlig ausreicht? Und ich habe selbst so wenig Geld – warum sollte ich da nach einem Vermögen Ausschau halten?«

»Daß du so wenig hast, wäre ein Grund, nach mehr Ausschau zu halten.« Und bei diesem Satz war Isabel dankbar für die Dunkelheit im Raum; es kam ihr so vor, als stünde ihr eine abscheuliche Unaufrichtigkeit ins Gesicht geschrieben. Das also tat sie für Osmond; das also sah sie sich gezwungen, für Osmond zu tun! Pansys eindringlicher, fest auf sie gerichteter Blick brachte sie fast in Verlegenheit; sie schämte sich bei dem Gedanken, mit der Zuneigung des Mädchens so leichtfertig umzugehen.

»Was hättest du denn gerne, daß ich tue?« fragte das Mädchen leise.

Die Frage war schrecklich, und Isabel flüchtete sich in eine verzagte Unbestimmtheit. »Daß du daran denkst, wie sehr es in deinen Händen liegt, deinem Vater Freude zu bereiten.«

»Daß ich einen anderen heirate, meinst du – sollte er mich fragen?«

Die Antwort ließ einen Augenblick lang auf sich warten; dann hörte sich Isabel in die Stille sagen, die von Pansys Aufmerksamkeit auszugehen schien: »Ja – daß du einen anderen heiratest.«

Der Blick des Kindes wurde durchdringender; Isabel glaubte, es stellte gerade ihre Ehrlichkeit in Frage, und dieser Eindruck verstärkte sich, während das Mädchen sich langsam vom Kissen erhob. Pansy stand einen Moment lang da, die kleinen Hände nicht gefaltet, und stieß dann bebend hervor: »Gut, dann hoffe ich, daß mir keiner diese Frage stellt!«

»Diese Frage stellt sich bereits. Jemand anderer wäre bereit, dich zu fragen.«

»Ich glaube nicht, daß er dazu bereit wäre«, sagte Pansy.

»Es scheint aber so – wenn er nur sicher wäre, Erfolg zu haben.«

»Wenn er nur sicher wäre? Dann ist er auch nicht bereit!«

Isabel fand dies reichlich spitz. Sie erhob sich ebenfalls, stand kurz da und blickte ins Feuer. »Lord Warburton war immer sehr höflich und aufmerksam zu dir«, nahm sie das Gespräch wieder auf. »Natürlich weißt du, daß ich von ihm spreche.« Wider Erwarten fand sie sich beinahe in eine Lage versetzt, in der sie sich rechtfertigte, was dazu führte, daß sie diesen Edelmann viel taktloser ins Gespräch brachte, als sie beabsichtigt hatte.

»Bis jetzt ist er sehr nett zu mir gewesen, und ich mag ihn sehr. Aber falls du glaubst, er wird mir einen Antrag machen, dann täuschst du dich nach meiner Meinung.«

»Vielleicht. Aber deinem Vater gefiele das ganz außerordentlich.«

Pansy schüttelte den Kopf mit einem kleinen, weisen Lächeln. »Lord Warburton macht mir keinen Antrag, bloß um Papa einen Gefallen zu tun.«

»Dein Vater sähe es gern, wenn du Lord Warburton ein wenig ermutigen würdest«, fuhr Isabel mechanisch fort.

»Wie kann ich ihn ermutigen?«

»Ich weiß es nicht. Das muß dir dein Vater sagen.«

Pansy sagte eine Weile nichts; sie lächelte nur in einem fort, als sei sie im Besitz einer einmaligen Garantie. »Da besteht keinerlei Gefahr – keinerlei Gefahr!« verkündete sie schließlich.

Es lag eine Überzeugung in der Art, wie sie das sagte, und eine Glückseligkeit in ihrem Glauben, daß es so war, die Isabels Verlegenheit verstärkten. Sie fühlte sich der Unaufrichtigkeit beschuldigt, und diese Vorstellung empfand sie als abscheulich. Um ihre Selbstachtung wiederherzustellen, war sie schon kurz davor zu sagen, daß Lord Warburton sie habe wissen lassen, eine solche Gefahr bestehe durchaus. Aber sie sagte es nicht; sie sagte lediglich, in ihrer Verwirrtheit reichlich zusammenhanglos, daß er sich doch gewiß sehr liebenswürdig, sehr freundlich verhalten habe.

»Ja, er ist immer sehr liebenswürdig gewesen«, antwortete Pansy. »Deshalb mag ich ihn ja so.«

»Warum gibt es dann ein so großes Problem?«

»Ich habe immer das sichere Gefühl, daß er weiß, ich will ihn nicht – was hast du gesagt, daß ich tun soll? – ich will ihn nicht ermutigen. Er weiß, ich will ihn nicht heiraten, und er gibt mir zu verstehen, daß er mich damit nicht behelligen wird. Das ist der Sinn seiner Liebenswürdigkeit. Es ist ganz so, als würde er mir sagen: ›Ich habe dich sehr gern, aber wenn du es nicht hören willst, sag ich's auch nie wieder.‹ Ich finde das sehr liebenswürdig, sehr nobel.« Pansy fuhr mit immer stärkerer Entschiedenheit fort. »Das ist alles, was wir bisher zueinander gesagt haben. Und er macht sich auch nichts aus mir. O nein, da besteht keine Gefahr.«

Isabel wurde von Staunen ergriffen über die tiefgründige Wahrnehmung, deren diese demutsvolle, kleine Person fähig war. Sie bekam Angst vor Pansys Klugheit, begann fast, sich davor in acht zu nehmen. »Das mußt du alles deinem Vater sagen«, bemerkte sie zurückhaltend.

»Ich glaube, das lasse ich lieber«, antwortete Pansy gar nicht zurückhaltend.

»Du solltest aber nicht zulassen, daß er sich falsche Hoffnungen macht.«

»Vielleicht nicht; aber für mich ist das gut, wenn er sich welche macht. Solange er glaubt, daß Lord Warburton irgendwas in der Art beabsichtigt, die du erwähnt hast, wird er mit keinem anderen Kandidaten ankommen. Und darin liegt mein Vorteil«, sagte das Kind sehr präzise und einleuchtend.

In dieser einleuchtenden Präzision lag so viel Brillanz, daß die Ältere tief durchatmen mußte. Es befreite diese Freundin von einer schweren Verantwortung. Pansy verfügte über eine eigene, ausreichend helle Klarsicht, und Isabel spürte, daß sie selbst im Moment nicht ein einziges Lichtchen aus ihrem knappen Vorrat entbehren konnte. Dessenungeachtet ließ sie die Vorstellung nicht los, daß sie Osmond gegenüber loyal bleiben müsse, daß sie bei der Diskussion mit seiner Tochter eine moralische Verpflichtung ihm gegenüber habe. Unter dem Einfluß dieser Empfindung warf sie noch einen Vorschlag ein, ehe sie sich zurückzog – einen Vorschlag, mit dem sie ihr Äußerstes getan zu haben glaubte. »Dein Vater geht davon aus, daß du zumindest einen Aristokraten heiratest.«

Pansy stand in der offenen Tür; sie hatte den Vorhang zurückgezogen, um Isabel passieren zu lassen. »Ich finde, Mr. Rosier sieht wie einer aus!« bemerkte sie sehr gravitätisch.

46. KAPITEL

Lord Warburton war bereits mehrere Tage lang nicht mehr in Mrs. Osmonds Salon gesehen worden, und Isabel konnte nicht umhin zu vermerken, daß ihr Mann nichts von einem Brief erwähnte, den er von ihm erhalten hätte. Sie konnte ebenfalls nicht umhin zu vermerken, daß sich Osmond in einem erwartungsvollen Zustand befand und daß er, obwohl es ihm unangenehm war, dies preiszugeben, glaubte, der gemeinsame vornehme Freund lasse ihn denn doch ein wenig zu lange warten. Nach vier Tagen kam er beiläufig auf seine Abwesenheit zu sprechen.

»Was ist eigentlich aus Warburton geworden? Was denkt er sich dabei, daß er wie ein Krämer seinen Wechsel nicht einlöst?«

»Ich weiß nichts von ihm«, sagte Isabel. »Ich sah ihn vergangenen Freitag auf dem deutschen Ball. Da sagte er mir, er wolle dir schreiben.«

»Er hat mir nie geschrieben.«

»Ich dachte mir das schon, weil du nichts gesagt hast.«

»Ein komischer Kauz«, sagte Osmond kurz und bündig. Und da Isabel nichts erwiderte, wollte er als nächstes wissen, ob Seine Lordschaft etwa fünf Tage benötige, um einen Brief zu verfertigen. »Bereitet es ihm solche Schwierigkeiten, sich in Worte zu fassen?«

»Ich weiß es nicht«, war das einzige, was Isabel erwidern konnte. »Ich habe nie einen Brief von ihm erhalten.«

»Nie einen Brief erhalten? Ich war eher der Meinung, ihr hättet früher einmal sehr innig miteinander korrespondiert.«

Sie antwortete, das sei nicht der Fall gewesen, und beendete damit die Unterhaltung. Am nächsten Tag jedoch kam ihr Mann am späten Nachmittag erneut in den Salon und griff das Thema wieder auf.

»Als dir Lord Warburton von seiner Absicht zu schreiben erzählte – was hast du da zu ihm gesagt?« fragte er.

Sie zögerte kurz. »Ich glaube, ich sagte ihm, er solle es nicht vergessen.«

»Hat deiner Ansicht nach diese Gefahr bestanden?«

»Wie du schon sagtest: Er ist ein komischer Kauz.«

»Offenbar hat er es vergessen«, sagte Osmond. »Sei doch so nett, ihn daran zu erinnern.«

»Du hättest wohl gern, daß ich ihm schreibe?« wollte sie wissen.

»Dagegen hätte ich nicht das geringste einzuwenden.«

»Du erwartest zuviel von mir.«

»O ja, ich erwarte eine Menge von dir.«

»Ich fürchte, ich werde dich enttäuschen«, sagte Isabel.

»Meine Erwartungen haben schon eine Reihe von Enttäuschungen überlebt.«

»Aber sicher doch, ich weiß. Dann kannst du dir ja auch das Ausmaß meiner Enttäuschungen vorstellen! Wenn du dir Lord Warburton wirklich holen willst, dann mußt du es eigenhändig tun.«

Einige Minuten lang antwortete Osmond nichts; dann sagte er: »Das wird nicht einfach sein, wenn du gegen mich arbeitest.«

Isabel fuhr zusammen; sie spürte, wie sie anfing zu zittern. Er hatte eine Art, sie durch halb geschlossene Lider anzusehen, als denke er über sie nach, ohne sie richtig wahrzunehmen, und dahinter schien sich eine faszinierend grausame Absicht zu verstecken. Offenbar sah er sie als einen zu berücksichtigenden, aber nichtsdestoweniger lästigen Faktor bei seinen Überlegungen an und ignorierte sie gleichzeitig in ihrer körperlichen Gegenwart. Dieser Effekt war noch nie so frappant zutage getreten wie heute. »Ich denke, du beschuldigst mich einer sehr schändlichen Sache«, gab sie zurück.

»Ich beschuldige dich des Vertrauensbruchs. Wenn er sich jetzt nicht bald erklärt, dann deshalb, weil du ihn davon abhältst. Ob das schändlich ist, weiß ich nicht; es ist eben das, wovon die Frauen immer meinen, sie könnten es tun. Zweifellos hast du die raffiniertesten Ideen in der Angelegenheit.«

»Ich sagte dir, ich würde tun, was ich kann«, fuhr sie fort.

»Ja, damit hast du Zeit gewonnen.«

Nach diesem Satz überkam es sie, daß sie ihn einmal für bewundernswert gehalten hatte. »Wieviel muß dir doch daran liegen, ihn zu kriegen!« rief sie dann aus.

Kaum hatte sie das gesagt, begriff sie die volle Bedeutung ihrer Worte, die ihr beim Sprechen gar nicht bewußt gewesen war. Sie stellten einen Vergleich dar zwischen Osmond und ihr selbst, riefen ihr wieder die Tatsache ins Gedächtnis zurück, daß sie einst diesen heftig begehrten Schatz selbst in Händen gehalten und sich damals reich genug gefühlt hatte, um ihn fallen zu lassen. Ein flüchtiges Triumphgefühl ergriff von ihr Besitz, ein schauriges Entzücken darüber, ihn verwundet zu haben, denn seine Miene zeigte ihr augenblicklich, daß die Heftigkeit ihres Ausrufs ihn mit voller Wucht getroffen hatte. Weitere Regungen offenbarte er jedoch nicht; er sagte nur schnell: »Ja, es liegt mir immens viel daran.«

In diesem Augenblick kam ein Bediensteter herein, um Besuch zu melden, und auf dem Fuße folgte ihm Lord Warburton, der beim Anblick Osmonds sichtlich zusammenzuckte. Er blickte rasch vom Herrn des Hauses zur Herrin, eine Bewegung, die den Widerwillen auszudrücken schien, als Störenfried zu gelten, oder sogar die Wahrnehmung einer unheilschwangeren Stimmung bedeuten konnte. Dann trat er mit seinen englischen Umgangsformen näher, bei denen eine vage Zurückhaltung offenbar als Element guter Erziehung einen festen Bestandteil bildet und deren einziger Mangel eine Schwierigkeit beim Finden von Überleitungen ist. Osmond war peinlich berührt; es hatte ihm die Sprache verschlagen. Isabel aber bemerkte einigermaßen reaktionsschnell, daß man sich gerade über den Besucher unterhalten habe. Daraufhin fügte ihr Mann hinzu, man habe nicht gewußt, was aus ihm geworden sei – man habe schon befürchtet, er sei abgereist. »Nein«, erklärte der Besucher lächelnd und sah Osmond an. »Ich bin erst im Begriff abzureisen.« Und dann erwähnte er, daß man ihn plötzlich nach England zurückgerufen habe; er werde am folgenden Tag oder am Tag danach aufbrechen. »Ich bin schrecklich traurig, daß ich den armen Touchett hierlassen muß!« rief er abschließend aus.

Einen Augenblick lang fand keiner seiner beiden Gesprächspartner ein passendes Wort. Osmond lehnte sich nur in seinem Sessel zurück und hörte zu. Isabel sah ihn nicht an; sie konnte sich lediglich vorstellen, wie er dreinschaute. Ihr Blick war auf das Gesicht des Besuchers gerichtet, wo er um so ungehinderter ruhen durfte, als der Seiner Lordschaft sorgfältig den ihren mied. Dennoch war sich Isabel sicher, daß sie, hätten sich ihre Blicke getroffen, den seinen ausdrucksvoll gefunden hätte. »Es wäre doch besser, Sie nähmen den armen Touchett mit«, hörte sie ihren Mann gleich darauf und anscheinend leichthin sagen.

»Für ihn ist es besser, wärmeres Wetter abzuwarten«, antwortete Lord Warburton. »Ich möchte ihm nicht raten, gerade jetzt zu reisen.«

Eine Viertelstunde lang saß er da und plauderte, als würde er sie so bald nicht wiedersehen, es sei denn, sie kämen nach England – ein Ortswechsel, den er wärmstens empfehle. Warum kamen sie nicht einfach im Herbst nach England? Ihm schien das ein sehr glücklicher Einfall zu sein. Es würde ihm ein solches Vergnügen bereiten, sie nach Strich und Faden zu verwöhnen, wenn sie doch bloß kommen und einen Monat seine Gäste sein wollten. Osmond sei ja bisher, nach eigenem Eingeständnis, erst einmal in England gewesen, was für einen Mann mit seiner frei verfügbaren Zeit und seinen Geistesgaben ein geradezu grotesker Zustand sei. Es sei das ideale Land für ihn – er würde sich mit Sicherheit dort wohl fühlen. Dann fragte Lord Warburton Isabel, ob sie sich noch erinnere, welch schöne Zeit sie damals dort verlebt habe und ob sie nicht Lust auf eine Wiederholung hätte. Wolle sie denn Gardencourt nicht noch einmal sehen? Gardencourt sei wirklich ein sehr guter Ort. Zwar kümmere sich Touchett nicht richtig darum, aber es sei ein Anwesen, das man auch dann kaum kaputtkriegen könne, wenn man es sich selbst überließ. Warum kamen sie nicht einfach und statteten Touchett einen Besuch ab? Er hatte sie doch sicher eingeladen, oder etwa nicht? Das hatte er nicht? Was für ein ungehobelter Bube! Und Lord Warburton versprach, dem Herrn von Gardencourt gehörig den Marsch zu blasen. Selbstverständlich handele es sich hier um ein reines Versehen; natürlich wäre er entzückt, sie bei sich zu haben. Einen Monat bei Touchett zu verbringen und einen Monat bei ihm, und dann all die übrigen Leute zu besuchen, die sie dort kennenlernen mußten – das wäre doch wirklich keine üble Sache! Lord Warburton fügte an, daß sich auch Miß Osmond amüsieren würde, die ihm erzählt habe, sie sei noch nie in England gewesen, woraufhin er ihr versicherte, England sei ein Land, das zu besuchen sie verdiene. Natürlich müsse sie nicht eigens nach England fahren, um bewundert zu werden – das sei ihr Schicksal überall; dennoch käme sie dort riesig gut an, ganz bestimmt, falls das einen Anreiz zu einem Besuch darstelle. Er fragte, ob sie nicht im Hause sei – ob er sich nicht von ihr verabschieden könne. Nicht daß er Abschiednehmen liebe – er pflege sich da immer zu drücken. Als er neulich aus England abgereist sei, habe er keinem einzigen zweibeinigen Wesen

Lebewohl gesagt. Halb sei er auch entschlossen gewesen, Rom zu verlassen, ohne Mrs. Osmond mit einem Abschiedsbesuch zu behelligen. Was gebe es schließlich Deprimierenderes als Abschiedsbesuche? Man sage ohnedies nie die Dinge, die man sagen wolle; die fielen einem immer erst eine Stunde später ein. Andererseits sage man meist eine Menge Dinge, die man lieber nicht gesagt hätte, einfach aus dem Gefühl heraus, irgend etwas sagen zu müssen. Ein solches Gefühl sei unangenehm; es mache einen ganz konfus. Er verspüre es im Moment, und das sei die Wirkung, die es bei ihm hervorrufe. Sollte Mrs. Osmond finden, er rede unangemessenes Zeug daher, dann möge sie es seinem bewegten Gemüt zuschreiben; es sei keine leichte Sache, sich von Mrs. Osmond zu trennen. Es tue ihm wirklich außerordentlich leid, abreisen zu müssen. Er habe daran gedacht, ihr zu schreiben, anstatt sie aufzusuchen, aber er werde ihr sowieso schreiben, um ihr eine Menge Dinge zu sagen, die ihm mit Sicherheit einfallen würden, sobald er das Haus verlassen habe. Sie beide müßten ernsthaft über einen Besuch in Lockleigh nachdenken.

Falls in den Umständen seines Besuchs oder in der Ankündigung seiner Abreise irgendeine Peinlichkeit gelegen hatte, so gelangte sie nicht an die Oberfläche. Zwar sprach Lord Warburton von seinem bewegten Gemüt, aber auf eine andere, nichtverbale Weise ließ er nichts davon erkennen, und Isabel stellte fest, daß er, seit er sich zum Rückzug entschlossen hatte, denselben auch mit aller Ritterlichkeit durchzuführen in der Lage war. Sie freute sich sehr für ihn; sie mochte ihn gern genug, um es ihm zu gönnen, daß er sich als einer präsentierte, der mannhaft eine Sache zu Ende führte. So würde er es bei jedem entsprechenden Anlaß tun – nicht aus Impertinenz, sondern schlichtweg aus der Gewohnheit des Erfolgs heraus; und Isabel empfand es als außerhalb der Macht ihres Mannes liegend, diese Fähigkeit zu unterlaufen. Während sie so dasaß, ging in ihrem Innern eine komplexe Operation vor sich. Auf der einen Seite hörte sie ihrem Besucher zu, machte geziemende Bemerkungen, las mehr oder weniger zwischen den Zeilen seiner Aussagen und fragte sich, was er wohl alles von sich gegeben hätte, hätte er sie allein angetroffen. Auf der anderen Seite konnte sie Osmonds Gefühle voll und ganz nachvollziehen. Beinahe empfand sie Mitleid mit ihm; er war zum stechenden Schmerz des Verlustes verurteilt, ohne sich durch kräftige Verwünschungen Erleichterung verschaffen zu dürfen. Er hatte große Hoffnungen gehegt und mußte jetzt, da er sie in Rauch aufgehen sah, still sitzenbleiben, lächeln und Däumchen drehen. Nicht daß er sich bemüht hätte, besonders strahlend zu lächeln; er ließ dem gemeinsamen Freund alles in allem eine so nichtssagende Miene zuteil werden, wie sie einem so cleveren Mann sehr gut anstand. In der Tat war es Teil von Osmonds Cleverneß, vollständig unbeeindruckt dreinschauen zu können. Seine momentane Pose bedeutete aber nicht das Eingeständnis einer Enttäuschung; sie war einfach Teil von Osmonds gewohnheitsmäßiger Taktik, die darin bestand, nach außen hin genau so ausdrucksleer zu erscheinen, wie er innerlich angespannt war. Von Anfang an hatte der Kaperung dieser Beute seine ganze Anspannung gegolten; doch niemals hatte er es zugelassen, daß sich sein heftiges Verlangen in seinem kultivierten Antlitz widerspiegelte. Er hatte seinen potentiellen Schwiegersohn so behandelt, wie er jeden Menschen behandelte – mit der Attitüde dessen, der ausschließlich zum Vorteil des Betroffenen an diesem interessiert ist und nicht zugunsten eines Mannes, der ohnehin schon so umfassend, so perfekt mit allem ausgestattet war wie Gilbert Osmond. Kein Anzeichen für einen innerlichen Groll als Ergebnis einer entschwundenen Aussicht auf Zugewinn würde er jetzt zulassen – weder das leiseste noch das subtilste. Isabel konnte sich dessen sicher sein, sollte es ihr Befriedigung verschaffen. Einerseits wünschte sie sich, daß Lord Warburton nun über ihren Mann triumphierte; andererseits wünschte sie sich aber auch, daß ihr Mann Lord Warburton gegenüber seine Überlegenheit demonstrierte. Osmond war auf seine Art bewundernswert; er hatte, wie ihr Gast, den Vorteil einer festen Gewohnheit. Es war nicht die, erfolgreich zu sein, aber es war eine fast genauso gute: die des Nichtversuchens. Während er sich so in seinem Sitz zurücklehnte und nur halb interessiert den freundlichen Offerten und verhaltenen Erklärungen des anderen lauschte, als sei es nur recht und billig anzunehmen, daß sie im Grunde ja doch an seine Frau gerichtet seien – währenddessen also konnte er sich wenigstens (da ihm ja sonst kaum etwas übrigblieb) dem tröstlichen Gedanken hingeben, daß er sich persönlich ganz hervorragend aus dem Ganzen herausgehalten hatte und daß die Pose der Teilnahmslosigkeit, die er nun an den Tag legen durfte, noch zusätzlich durch die Schönheit konsequenter Beständigkeit gewann. Es war immerhin etwas, daß er den Eindruck erwecken konnte, als hätte das Tun und Treiben des Abschied nehmenden Herrn keinerlei Bezug zu dem, was ihn beschäftigte. Jener Herr machte seine Sache gut, ganz bestimmt; aber Osmonds Darbietung war schon von ihrer Natur her ausgereifter. Lord Warburtons Position war schließlich eine unkomplizierte: Es gab keinen Grund der Welt, warum er nicht Rom verlassen sollte. Er hatte löbliche Absichten gehabt, sie aber kurz vor dem Ziel aufgegeben; er hatte sich nie zu etwas verpflichtet oder sich eine Blöße gegeben, und seine Ehre war unversehrt geblieben. Osmond schien nur mäßiges Interesse an dem Vorschlag eines Aufenthalts in Lockleigh zu nehmen und an dem Hinweis auf den Erfolg, den ein solcher Besuch Pansy bescheren könne. Er murmelte etwas Anerkennendes, überließ es aber Isabel festzuhalten, die Sache bedürfe reiflicher Überlegung. Und noch während sie diese Bemerkung machte, konnte Isabel die grandiose Aussicht erkennen, die sich ihrem Mann ganz plötzlich aufgetan hatte und in deren Mitte Pansys kleine Gestalt anstolziert kam.

Lord Warburton hatte um die Erlaubnis gebeten, sich von Pansy verabschieden zu dürfen, doch weder Isabel noch Osmond hatten Anstalten gemacht, nach ihr zu schicken. Er hatte die ganze Zeit über den Anschein erweckt, als könne er nur kurz bleiben; er saß auf einem kleinen Stuhl, als sei es nur für einen Augenblick, und hielt den Hut in der Hand. Doch er blieb und blieb; Isabel fragte sich, worauf er denn noch warte; ihrer Meinung nach nicht darauf, Pansy zu sehen. Sie hatte den Eindruck, daß er Pansy wohl lieber nicht sehen wollte. So blieb er folglich deshalb, um sie allein zu sprechen – er mußte ihr etwas sagen. Isabel verspürte kein besonderes Verlangen, es zu hören, denn sie befürchtete, es könne eine Erklärung werden, und von Erklärungen hatte sie vollauf genug. Osmond hingegen stand augenblicklich auf, wie es sich für einen taktvollen Mann gehörte, dem soeben der Gedanke gekommen war, ein so dauerhafter Gast in seinem Hause möge vielleicht den Wunsch verspüren, sein allerletztes Wort an die Damen zu richten. »Ich muß vor dem Dinner noch einen Brief schreiben«, sagte er. »Sie müssen mich entschuldigen. Ich werde nachsehen, ob meine Tochter gerade frei ist, und falls ja, werde ich sie wissen lassen, daß Sie da sind. Wenn Sie nach Rom kommen, werden Sie uns natürlich immer willkommen sein. Mrs. Osmond wird mit Ihnen die englische Expedition besprechen; solche Sachen entscheidet sie ganz allein.«

Das Nicken, mit dem er – statt eines Händedrucks – diese kleine Rede beschloß, stellte vielleicht eine etwas magere Form des Grußes dar; doch insgesamt war es alles, was die Situation verlangte. Isabel überlegte, daß Lord Warburton, nachdem Osmond den Raum verlassen hatte, keinen Vorwand zu der Bemerkung haben könne:»Ihr Mann ist aber sehr verärgert«, was Isabel außerordentlich unangenehm gewesen wäre. Nichtsdestoweniger – hätte er sie gemacht, hätte sie geantwortet:»Oh, seien Sie ganz unbesorgt. Er haßt nicht Sie; ich bin's, die er haßt!«

Erst nachdem man sie allein gelassen hatte, offenbarte ihr Freund eine gewisse unbestimmte Verlegenheit; er setzte sich auf einen anderen Stuhl und hantierte mit zwei oder drei der Gegenstände herum, die in seiner Reichweite waren.»Ich hoffe, er schickt uns Miß Osmond«, sagte er dann.»Ich würde sie so gern sehen.«

»Ich bin froh, daß es das letzte Mal ist«, sagte Isabel.

»Ich auch. Sie empfindet keine Zuneigung zu mir.«

»Nein, sie empfindet keine Zuneigung zu Ihnen.«

»Es wundert mich auch nicht«, gab er zurück. Dann setzte er zusammenhanglos hinzu:»Sie kommen doch nach England, nicht wahr?«

»Ich glaube, das tun wir besser nicht.«

»Aber – Sie schulden mir noch einen Besuch! Wissen Sie denn nicht mehr, daß Sie einmal nach Lockleigh hätten kommen sollen und nie gekommen sind?«

»Seitdem hat sich alles verändert«, sagte Isabel.

»Aber doch bestimmt nicht zum Schlechteren – was uns beide angeht. Sie unter meinem Dach zu sehen« – und er pausierte nur eine Sekunde lang –»wäre eine große Genugtuung.«

Sie hatte eine Erklärung befürchtet; doch mehr als diese Bekundung gab es nicht. Sie sprachen gerade ein wenig über Ralph, als im nächsten Moment auch schon Pansy hereinkam, bereits fürs Dinner angezogen und mit einem kleinen, roten Fleck auf jeder Backe. Sie schüttelte Lord Warburton die Hand, blieb vor ihm stehen und sah ihn mit starrem Lächeln an – mit einem Lächeln, das Isabel kannte und von dem Lord Warburton wohl nie vermutet hätte, daß es in enger nachbarschaftlicher Beziehung stand zu einem Tränenausbruch.

»Ich reise ab«, sagte er.»Ich möchte Ihnen Lebewohl sagen.«

»Leben Sie wohl, Lord Warburton.«Ihre Stimme bebte merklich.

»Und ich möchte Ihnen sagen, wie sehr ich mir wünsche, Sie mögen sehr glücklich werden.«

»Ich danke Ihnen, Lord Warburton«, antwortete Pansy.

Einen Augenblick lang verweilte er unschlüssig und warf Isabel einen Blick zu. »Eigentlich müßten Sie wirklich sehr glücklich werden – Sie haben ja einen Schutzengel.«

»Ganz bestimmt werde ich glücklich«, sagte Pansy im Ton eines Menschen, welcher der Zukunft ausschließlich mit heiterem Optimismus entgegensah.

»Mit einer solchen Zuversicht werden Sie es noch weit bringen. Aber sollte Sie diese einmal im Stich lassen, dann denken Sie daran – denken Sie daran – «. Und ihr Gesprächspartner stotterte ein wenig. »Ach – denken Sie einfach ab und zu an mich!« sagte er mit einem unbestimmten Lachen. Danach gab er Isabel stumm die Hand und verließ sogleich den Raum.

Nach seinem Fortgehen hatte Isabel eine Flut von Tränen seitens ihrer Stieftochter erwartet; doch Pansy ließ ihr etwas ganz anderes zuteil werden.

»Ich glaube, du bist wirklich mein Schutzengel!« rief sie liebevoll.

Isabel schüttelte den Kopf. »Ich bin überhaupt kein Engel. Ich bin höchstens deine gute Freundin.«

»Dann bist du aber eine sehr gute Freundin – weil du Papa gebeten hast, ganz lieb zu mir zu sein.«

»Ich habe deinen Vater um gar nichts gebeten«, sagte Isabel erstaunt.

»Er hat mir gerade gesagt, ich soll in den Salon gehen, und dann hat er mir einen sehr lieben Kuß gegeben.«

»Ach so«, sagte Isabel. »Das war ganz seine eigene Idee.«

Sie durchschaute die Idee voll und ganz; sie war ungemein typisch für ihn, und sie sollte noch mehr davon mitbekommen. Selbst bei Pansy konnte er sich kein bißchen ins Unrecht setzen. Sie speisten an diesem Abend außer Haus und gingen nach dem Essen noch zu einer Veranstaltung, so daß Isabel ihn erst zu sehr fortgeschrittener Stunde unter vier Augen sah. Als ihm Pansy vor dem Zubettgehen einen Kuß gab, erwiderte er ihre Umarmung noch überschwenglicher als sonst, so daß Isabel sich fragte, ob er das als einen Hinweis darauf verstanden haben wollte, daß seine Tochter durch die Machenschaften ihrer Stiefmutter verletzt worden sei. Auf jeden Fall war es teilweise Ausdruck dessen, was er weiterhin von seiner Ehefrau erwartete. Sie wollte Pansy eben folgen, als er anmerkte, er wünsche, daß sie noch bleibe; er habe ihr etwas zu sagen. Dann ging er im Salon ein wenig auf und ab, während sie in ihrem Umhang dastand.

»Ich verstehe nicht, was du vorhast«, sagte er kurz darauf. »Ich würde es aber gern erfahren, damit ich weiß, was ich zu tun habe.«

»Im Moment habe ich vor, zu Bett zu gehen. Ich bin sehr müde.«

»Setz dich hin und ruh dich aus; ich werde dich nicht lange aufhalten. Nicht da – setz dich bequemer hin.« Und er richtete für sie eine Vielzahl von Kissen, die in pittoresker Unordnung auf einem großen Diwan verstreut lagen. Dort allerdings setzte sie sich nicht hin; sie ließ sich in den nächstbesten Sessel fallen. Das Feuer war erloschen; der Lichter waren in dem großen Raum nur wenige. Sie zog ihren Umhang fester um den Körper; es war ihr schrecklich kalt. »Ich glaube, du versuchst, mich zu demütigen«, fuhr Osmond fort. »Und das ist ein völlig absurdes Unterfangen.«

»Ich habe nicht die geringste Ahnung, was du meinst«, gab sie zurück.

»Du hast ein sehr raffiniertes Spiel gespielt; du hast das wunderbar hingekriegt.«

»Was habe ich hingekriegt?«

»Allerdings hast du es noch nicht ganz geschafft; wir werden ihn wiedersehen.« Und dann stellte er sich direkt vor sie hin, die Hände in den Taschen, und schaute auf seine übliche nachdenkliche Weise auf sie hinab, mit der er ihr offenbar zu verstehen geben wollte, daß sie für ihn keine ins Gewicht fallende Sache sei, sondern lediglich eine eher unangenehme Belanglosigkeit, die gedanklichen Aufwand bedeutete.

»Solltest du annehmen, Lord Warburton habe irgendeine Verpflichtung zurückzukommen, dann täuschst du dich«, sagte Isabel. »Dazu hat er nicht die geringste.«

»Genau darüber beklage ich mich ja. Aber wenn ich sage, er wird zurückkommen, dann meine ich damit nicht, daß er das aus einem Pflichtgefühl heraus tun wird.«

»Einen anderen Grund hat er nicht. Ich glaube, er hat Rom nun ziemlich erschöpfend kennengelernt.«

»Aber nein – was für ein oberflächliches Urteil. Rom ist unerschöpflich.« Und Osmond nahm sein Hinundhergehen wieder auf. »Wie auch immer, diesbezüglich besteht ja wahrscheinlich keine Eile«, sprach er weiter. »Eigentlich ist seine Idee ganz gut, daß wir nach England fahren sollen. Hätte ich nicht Angst, deinen Cousin dort vorzufinden, würde ich vermutlich versuchen, dich dazu zu überreden.«

»Vielleicht wirst du ja meinen Cousin gar nicht vorfinden«, sagte Isabel.

»Dessen wäre ich mir gern sicher. Na ja – ich werde mich entsprechend vergewissern. Gleichzeitig würde ich gern sein Haus einmal sehen, von dem du mir früher so viel erzählt hast – wie heißt es doch gleich wieder? – Gardencourt. Es muß ein ganz reizendes Objekt sein. Und außerdem empfinde ich eine Verehrung gegenüber dem Andenken deines Onkels, weißt du; du hast mich sehr für ihn eingenommen. Ich würde gerne sehen, wo er lebte und starb. Das allerdings sind nebensächliche Einzelheiten. Dein Freund hat recht. Pansy sollte einmal England sehen.«

»Ich habe keinen Zweifel, daß es ihr gefallen wird«, sagte Isabel.

»Aber bis dahin dauert es noch lange; der nächste Herbst ist weit«, fuhr Osmond fort. »Und in der Zwischenzeit gibt es Dinge, die uns unmittelbarer betreffen. Hältst du mich eigentlich für so eingebildet?« fragte er plötzlich.

»Ich halte dich für sehr sonderbar.«

»Du verstehst mich nicht.«

»Nein, nicht einmal, wenn du mich kränkst.«

»Ich kränke dich nicht; dessen bin ich gar nicht fähig. Ich spreche nur über gewisse Tatsachen, und wenn deren Erwähnung für dich schon eine Beleidigung darstellt, dann liegt die Schuld nicht bei mir. Und es ist nun mal eine erwiesene Tatsache, daß du diese ganze Angelegenheit allein gehandhabt hast.«

»Kommst du jetzt wieder auf Lord Warburton zurück?« fragte Isabel. »Ich kann seinen Namen schon nicht mehr hören.«

»Du wirst ihn noch öfter hören, ehe die Sache ausgestanden ist.«

Sie hatte davon gesprochen, daß er sie kränke; aber plötzlich schien es ihr, daß dies aufgehört hatte, ihr Schmerz zu bereiten. Sein Stern war im Sinken begriffen – unwiderruflich; die Vision eines solchen Absturzes machte sie fast schwindlig; das war ihr einziger Schmerz. Er war zu sonderbar, zu anders geartet; er traf sie nicht mehr. Trotzdem: Die Funktionsweise seiner morbiden Leidenschaft war außergewöhnlich, und sie verspürte eine wachsende Neugierde herauszufinden, in welchem Licht er sich selbst gerecht betrachtet sah. »Dann darf ich dir sagen, daß du mir nichts mehr mitzuteilen hast, was nach meinem Urteil anhörenswert wäre«, erwiderte sie gleich darauf. »Aber vielleicht täusche ich mich auch. Eine Sache gibt es nämlich, die mir anhörenswert erschiene: in ganz einfachen Worten zu erfahren, wessen du mich eigentlich beschuldigst.«

»Pansys Heirat mit Warburton hintertrieben zu haben. Sind die Worte einfach genug?«

»Das Gegenteil ist richtig; ich habe mich in der Sache sehr engagiert und habe dir das auch mitgeteilt. Und als du mir sagtest, du würdest auf mich zählen – das war es, glaube ich, was du sagtest –, habe ich das für mich als eine Verpflichtung aufgefaßt. Zwar war das reichlich dumm von mir, aber ich habe es getan.«

»Du hast so getan als ob, und du hast sogar so getan, als gehe es dir gegen den Strich, damit ich dir um so bereitwilliger vertraute. Und anschließend hast du deinen ganzen Einfallsreichtum eingesetzt, um ihn loszuwerden.«

»Ich glaube, ich verstehe jetzt, was du meinst«, sagte Isabel.

»Wo ist der Brief, den er mir deiner Aussage nach geschrieben hat?« begehrte ihr Ehemann zu wissen.

»Ich habe nicht die leiseste Ahnung; ich habe ihn nicht gefragt.«

»Du hast ihn abgefangen«, sagte Osmond.

Isabel erhob sich langsam. In ihrem weißen Umhang, der sie bis zu den Füßen einhüllte, hätte sie, wie sie dastand, den Engel der Verachtung vorstellen können, einen unmittelbaren Verwandten des Engels des Mitleids. »Ach, Gilbert, für einen Mann, der einmal so brillant war – !« rief sie mit einem langen Seufzer aus.

»Ich war nie so brillant wie du. Du hast alles erreicht, was du wolltest. Du bist ihn losgeworden, ohne den Eindruck zu erwecken, es geplant zu haben, und du hast mich in die Position gebracht, in der du mich sehen wolltest – in die eines Mannes, der versucht hat, seine Tochter mit einem Lord zu verheiraten, der aber auf himmelschreiende Art damit gescheitert ist.«

»Pansy macht sich nichts aus ihm. Sie ist sehr froh, daß er weg ist«, sagte Isabel.

»Das spielt doch überhaupt keine Rolle.«

»Und er macht sich nichts aus Pansy.«

»Das stimmt doch gar nicht! Du hast mir selbst gesagt, daß er sich etwas aus ihr macht. Ich weiß nicht, warum du genau diese

Genugtuung haben wolltest«, fuhr Osmond fort. »Eine andere hätte es ja vielleicht auch getan. Ich habe nicht den Eindruck, als sei ich die ganze Zeit über zu anmaßend und vermessen gewesen, als hätte ich zuviel einfach vorausgesetzt. Ich bin in der ganzen Angelegenheit sehr moderat gewesen, sehr zurückhaltend. Die Idee stammte auch nicht von mir. Er fing an, Sympathie für sie zu zeigen, bevor mir auch nur der Gedanke gekommen war. Ich habe alles dir überlassen.«

»Ja, du warst sehr froh, daß du alles mir überlassen konntest. In Zukunft mußt du dich um solche Sachen selbst kümmern.«

Er betrachtete sie einen Moment lang; dann wandte er sich wieder ab. »Ich glaubte, du hättest meine Tochter gern.«

»Heute mehr als je zuvor.«

»Deine Zuneigung geht mit immensen Einschränkungen einher. Wie auch immer, vielleicht ist das normal.«

»Ist das alles, was du mir zu sagen wünschtest?« fragte Isabel und ergriff eine Kerze, die auf einem der Tische stand.

»Bist du jetzt zufrieden? Bin ich jetzt genügend enttäuscht worden?«

»Im großen und ganzen glaube ich nicht, daß du enttäuscht bist. Das war doch für dich bloß wieder eine Gelegenheit, um zu versuchen, mich für dumm zu verkaufen.«

»Darum geht es überhaupt nicht. Aber es hat sich herausgestellt, daß Pansy nach Höherem streben kann.«

»Die arme kleine Pansy!« sagte Isabel, als sie sich mit ihrer Kerze zum Gehen wandte.

47. KAPITEL

Henrietta Stackpole war es, durch die sie erfuhr, wie Caspar Goodwood nach Rom gekommen war; ein Ereignis, das drei Tage nach Lord Warburtons Abreise stattfand. Letzterem Umstand ging ein Vorkommnis von einiger Bedeutung für Isabel voraus: die zeitweise Abwesenheit – wieder einmal – von Madame Merle, welche nach Neapel gereist war, um dort eine Freundin zu besuchen, die glückliche Besitzerin einer Villa in Posilippo. Madame Merle hatte inzwischen ihre Besorgtheit um Isabels Glück eingestellt, die sich jetzt mitunter fragte, ob die umsichtigste und taktvollste aller Frauen zufälligerweise nicht gleichzeitig auch die gefährlichste war. Manchmal, des Nachts, beschlichen sie merkwürdige Visionen; ihr Ehemann und ihre Freundin – seine Freundin – erschienen ihr dann als undeutliche, im einzelnen nicht mehr unterscheidbare Interessengemeinschaft. Es kam ihr so vor, als sei sie mit ihr noch nicht fertig, als halte besagte Dame noch etwas in der Hinterhand. Isabels Phantasie beschäftigte sich ausgiebig mit diesem schwer faßbaren Punkt, aber immer wieder zwischendurch gebot eine namenlose Furcht ihrer Aktivität Einhalt, so daß es ihr beinahe wie eine Schmerzunterbrechung oder wie der Aufschub einer unangenehmen Sache erschien, als sich diese reizende Frau nicht länger in Rom aufhielt. Sie hatte bereits von Miß Stackpole erfahren, daß Caspar Goodwood in Europa war, denn Henrietta hatte ihr unverzüglich von Paris aus gemeldet, ihn getroffen zu haben. Er selbst schrieb Isabel niemals, und obwohl er in Europa weilte, hielt sie es für durchaus möglich, daß er nicht den Wunsch verspürte, sie zu sehen. Ihre letzte Unterhaltung, vor ihrer Hochzeit, hatte ganz den Charakter eines vollständigen Bruches gehabt; falls sie sich richtig erinnerte, hatte er den Wunsch geäußert, sie ein letztes Mal betrachten zu dürfen. Seitdem stellte er das mißtönendste Überbleibsel aus ihrem früheren Leben dar – eigentlich sogar das einzige, mit dem ein permanenter Schmerz verbunden war. An jenem Morgen hatte er sie mit der Empfindung eines gänzlich überflüssigen Zusammenstoßes zurückgelassen – als wären zwei Schiffe bei hellem Tageslicht karamboliert. Weder Nebel noch verborgene Strömung konnten als Entschuldigung angeführt werden, und sie selbst hatte nichts weiter beabsichtigt, als einen weiten Bogen zu steuern. Er jedoch war ihr gegen den Bug geprallt, während ihre Hand auf der Ruderpinne lag, und hatte – um das Sprachbild abzurunden – dem leichteren Fahrzeug eine Deformation beschert, die sich noch immer gelegentlich durch ein feines Knarren bemerkbar machte. Ihn damals wiederzusehen, war für sie schrecklich gewesen, denn er verkörperte das einzige ernsthafte Leid, das sie (nach eigener Einschätzung) jemals auf der Welt verursacht hatte; er war der einzige Mensch, der ihr gegenüber einen unbeglichenen Anspruch hatte. Sie hatte ihn unglücklich gemacht; sie konnte auch nichts dafür; sein Unglück war grausame Wirklichkeit. Sie hatte vor Wut geheult, nachdem er gegangen war, weil – sie wußte selbst kaum, warum; sie versuchte sich einzureden, es sei wegen seines Mangels an Rücksichtnahme gewesen. Er war mit seinem Jammer angekommen, gerade als ihr eigenes Glück so vollkommen gewesen war; er hatte sein möglichstes getan, ihr den Glanz jener reinen Strahlen zu trüben. Grob war er nicht gewesen, und doch hatte er einen Eindruck von Grobheit hinterlassen. Wie auch immer: Irgendwo und irgendwann war die Situation von Grobheit bestimmt gewesen, vielleicht auch nur während ihres eigenen Heulanfalls und des Gefühls danach, das noch drei oder vier Tage angehalten hatte.

Die Nachwirkungen seines letzten Appells waren schnell verklungen, und im ersten Jahr ihrer Ehe war er ihrem Gedächtnis ganz und gar entschwunden. Nun aber war er ein undankbares Subjekt der Erinnerung; es war unangenehm, an einen Menschen denken zu müssen, der wegen einem beleidigt und betrübt war, ohne daß man etwas tun konnte, um ihm Linderung zu verschaffen. Alles wäre anders gewesen, hätte sie – wenigstens ein bißchen – an der Unversöhnlichkeit seiner Einstellung zweifeln können, wie damals bei Lord Warburton. Unglücklicherweise kam das nicht in Frage, und dieser aggressive, kompromißlose Anstrich der ganzen Geschichte war es, der sie so unattraktiv machte. Isabel vermochte sich nie mit der Feststellung zu beruhigen, daß es da zwar einen Leidensmann gab, der sich aber anderweitig tröstete, wie sie sich das seinerzeit im Falle ihres englischen Verehrers vorsagen konnte. Sie hatte kein Zutrauen in Mr. Goodwoods Tröstungen und auch keine Wertschätzung für sie übrig. Mit einer Textilfabrik konnte man sich über nichts hinwegtrösten, schon gar nicht über die erfolglosen Bemühungen, Isabel Archer zu heiraten. Und was ihm darüber hinaus zu Gebote stand, wußte sie so gut wie gar nicht – seine eigenständigen Qualitäten natürlich ausgenommen. O ja – er war ein durchaus eigenständiger Mensch. Ihr wäre niemals der Gedanke gekommen, er müsse sich nach zusätzlichen, künstlichen Hilfsmitteln umsehen. Sollte er zum Beispiel sein Unternehmen vergrößern – nach ihrer festen Überzeugung die einzige Form von Verausgabung, die für ihn in Frage kam –, dann deshalb, weil es ein kühner Schritt war oder gut fürs Geschäft, nicht im mindesten aber aus der Hoffnung heraus, die Vergangenheit damit zudecken zu können. Das verlieh seiner Persönlichkeit irgendwie eine Nacktheit und Rauheit, wodurch der Zu- oder Unglücksfall eines Zusammentreffens mit dem

Menschen Caspar Goodwood, in der Erinnerung oder in der Vorwegnahme, zu einer eigentümlichen Erschütterung geriet. Ihm fehlte einfach eine dekorative Ummäntelung für den gesellschaftlichen Umgang, die, in einem überzivilisierten Zeitalter, für gewöhnlich den zwischenmenschlichen Kontakten ihre Schärfe nimmt. Sein völliges Schweigen noch dazu, die Tatsache, daß sie seitdem nie von ihm und sehr selten etwas über ihn gehört hatte, verstärkte ihren Eindruck von seiner Einsamkeit. Von Zeit zu Zeit hatte sie sich bei Lily nach ihm erkundigt; aber Lily wußte über Boston gar nichts zu sagen; ihre Vorstellungskraft Richtung Osten reichte nur bis zur Madison Avenue. Mit verrinnender Zeit hatte Isabel immer öfter an ihn gedacht und mit immer weniger Hemmungen; mehr als einmal war ihr die Idee gekommen, ihm zu schreiben. Sie hatte ihrem Mann nie von ihm erzählt, hatte Osmond nie etwas von seinen Besuchen in Florenz wissen lassen – eine Zurückhaltung, in der Anfangsphase, die nicht von einem Mangel an Vertrauen in Osmond diktiert gewesen, sondern einfach der Überlegung entsprungen war, daß die Enttäuschung des jungen Mannes nicht ihr Geheimnis, sondern das seinige darstellte. Es wäre nicht recht gewesen, hatte sie geglaubt, es einem Dritten mitzuteilen, und letztendlich konnten Mr. Goodwoods Angelegenheiten für Gilbert auch nur von geringem Interesse sein. Aber immer, wenn es soweit gewesen war, hatte sie dann doch nicht geschrieben; es schien ihr, angesichts seines Seelenschmerzes, das mindeste zu sein, was sie für ihn tun konnte, daß sie ihn in Frieden ließ. Dennoch hätte sie sich gefreut, hätte sie irgendwie näher bei ihm sein können. Nicht daß ihr je der Gedanke gekommen wäre, sie hätte ihn heiraten können; selbst nachdem ihr die Folgen der Verbindung, die sie dann tatsächlich eingegangen war, immer plastischer vor Augen getreten waren, hatte eine diesbezügliche Überlegung, eine von vielen, nie eine so starke Überzeugungskraft ausgestrahlt, um sich als attraktiv zu präsentieren. Aber seit ihre Probleme immer größer wurden, war er ein Bestandteil jener Gruppe von Dingen geworden, mit denen sie innerlich ins reine kommen wollte. Ich erwähnte schon, wie unbedingt sie das Gefühl brauchte, ihr Leid nicht selbst verschuldet zu haben. Obwohl es für sie keinen Grund gab, mit einem frühen Tod zu rechnen, wollte sie dennoch ihren Frieden mit der Welt machen – ihren Geist und ihre Seele ordnen. Immer wieder fiel ihr dabei ein, daß sie mit Caspar noch eine Rechnung begleichen mußte, und sie sah sich jetzt in der Verfassung beziehungsweise in der Lage, sie zu Bedingungen zu begleichen, die für ihn günstiger waren als je zuvor. Als sie aber erfuhr, er komme nach Rom, fürchtete sie sich dennoch; es wäre für ihn unangenehmer als für jeden anderen zu entdecken – und er würde es entdecken wie die Ungereimtheit in einer gefälschten Bilanz oder etwas Vergleichbares –, welches Chaos ihre ungeordneten Angelegenheiten in ihrem Innern verursacht hatten. Tief in ihrem Innern glaubte sie, daß er zu einem Zeitpunkt sein Herz völlig ihrem Glück überantwortet hatte, wo die anderen immer nur einen Teil von sich hergeben mochten. Er war ein weiterer aus dem Kreis derjenigen, vor denen sie ihre Angespanntheit verbergen mußte. Zu ihrer Beruhigung trug allerdings bei, daß er nach seinem Eintreffen in Rom mehrere Tage in der Stadt verbrachte, ohne sie aufzusuchen.

Henrietta Stackpole war da, wie man sich gut vorstellen kann, sehr viel prompter, und Isabel wurde ausgiebig mit der Gesellschaft ihrer Freundin beglückt. Sie gab sich dieser Gesellschaft auch uneingeschränkt hin, denn da sie nun so fest entschlossen war, ihr Gewissen rein zu halten, stellte dies eine Möglichkeit dar zu beweisen, daß sie nicht oberflächlich zu Werke ging – um so mehr, als die Jahre, wie im Flug vergangen, jene Eigenheiten Henriettas eher wertvoll gemacht als eingeschwärzt hatten, die von jenen Menschen mit humorvoller Kritik bedacht worden waren, welche ein geringeres Interesse an Miß Stackpole nahmen als Isabel, die aber noch immer ausgeprägt genug waren, um der Freundestreue einen Schuß Heldenhaftigkeit zu verleihen. Henrietta war zupackend und hellwach und temperamentvoll wie eh und je, und auch genauso adrett und strahlend und schön. Ihre auffallend offenen Augen leuchteten wie zwei große, verglaste Bahnhöfe und hatten sich auch in der Zwischenzeit keine Jalousien zugelegt; ihre Kleidung hatte nichts von ihrem flotten Chic verloren, ihre Ansichten nichts von ihrem amerikanischen Patriotismus. Dennoch war sie keineswegs unverändert; Isabel fiel auf, daß sie unpräziser, unbestimmter geworden war. In alten Zeiten war sie das nie gewesen; auch wenn sie viele Recherchen zur selben Zeit durchgeführt hatte, konnte sie sich stets jeder einzelnen uneingeschränkt und pointiert widmen. Sie hatte eine Begründung für alles gehabt, was sie tat, und richtiggehend vor Motivationen gestrotzt. Wenn sie früher nach Europa kam, dann deshalb, weil sie es besichtigen wollte; aber jetzt, nachdem sie es besichtigt hatte, war ihr dieser Vorwand abhanden gekommen. Nicht eine Sekunde lang tat sie so, als hätte etwa das dringende Bedürfnis, untergehende Kulturen zu studieren, irgend etwas mit ihrer gegenwärtigen Unternehmung zu tun; ihre Reise stellte eher einen Ausdruck ihrer Unabhängigkeit von der Alten Welt dar als einen des Gefühls, derselben gegenüber weitere Verpflichtungen zu haben. »Nach Europa zu kommen bedeutet gar nichts«, sagte sie zu Isabel. »Ich finde überhaupt nicht, daß man dafür viele Gründe haben müßte. Zu Hause zu bleiben bedeutet etwas; das ist viel wichtiger.« Daher geschah es auch nicht mit dem Empfinden, etwas sehr Wichtiges zu vollbringen, daß sie sich eine neuerliche Pilgerreise nach Rom gönnte. Sie hatte die Stadt schon zuvor besucht und gründlich inspiziert; so war ihr momentaner Besuch einfach ein Symbol familiärer Vertrautheit, ein Zeichen dafür, daß sie bereits alles kannte und wußte, daß sie das gleiche Recht wie jeder andere auch hatte, hier zu sein. Das war alles schön und richtig – und Henrietta unruhig. Selbstverständlich hatte sie auch jedes Recht der Welt, unruhig zu sein. Aber letztendlich hatte sie dennoch einen triftigeren Grund für ihre Reise nach Rom als den, daß die Stadt sie ziemlich kalt ließ. Ihre Freundin erkannte den Grund unschwer und damit auch das Ausmaß der Loyalität dieses Menschen. Sie hatte den stürmischen Ozean mitten im Winter überquert, weil sie Isabels Elend erraten hatte. Henrietta erriet eine Menge, aber noch nie hatte sie so ins Schwarze getroffen. Die Zahl von Isabels Freuden war gerade jetzt gering, doch auch wenn es deren mehr gewesen wären, hätte sie immer noch eine ganz persönliche Genugtuung darin gesehen, daß sie mit ihrer unverändert hohen Meinung von Henrietta recht behalten hatte. Sie hatte bezüglich Henrietta große Konzessionen gemacht, jedoch darauf bestanden, daß sie, bei allen Negativa, ein sehr wertvoller Mensch sei. Es war jedoch nicht ihr persönlicher Triumph, der ihr gut tat; es war einfach die Erleichterung, sich gegenüber dieser Vertrauensperson offenbaren zu können als dem ersten Menschen, dem sie gestehen konnte, daß sie alles andere als unbeschwert war. Henrietta selbst hatte diesen Punkt mit der geringstmöglichen Verzögerung angesprochen und ihr auf den Kopf zugesagt, daß sie unglücklich sei. Henrietta war eine Frau, sie war eine Schwester; sie war nicht Ralph, nicht Lord Warburton, nicht Caspar Goodwood, und so konnte Isabel reden.

»Ja, ich bin unglücklich«, sagte sie sehr mild. Sie haßte es, sich so reden zu hören; eigentlich hätte sie es so abschätzig wie nur möglich sagen wollen.

»Was macht er mit dir?« fragte Henrietta stirnrunzelnd, als recherchiere sie gerade die Behandlungsmethoden eines Kurpfuschers.

»Er macht gar nichts mit mir. Aber er mag mich nicht.«

»Der ist ja wirklich schwer zufriedenzustellen!« rief Miß Stackpole. »Warum verläßt du ihn nicht?«

»Ich kann keine solche Kehrtwendung machen«, sagte Isabel.

»Und warum nicht, würde ich gerne mal wissen? Du willst doch bloß nicht zugeben, daß du einen Fehler gemacht hast. Du bist einfach zu stolz.«

»Ich weiß nicht, ob ich zu stolz bin. Aber ich kann meinen Fehler nicht in die Öffentlichkeit tragen. Ich finde, das gehört sich nicht. Da würde ich lieber sterben.«

»So wirst du nicht immer denken«, sagte Henrietta.

»Ich weiß nicht, welch großes Elend mich dazu bringen könnte, anders zu denken; aber ich glaube, ich würde mich mein Leben lang dafür schämen. Man muß zu seinen Taten stehen. Ich habe ihn vor aller Welt geheiratet; ich war absolut frei gewesen; ich war so klaren Sinnes, wie ich nur sein konnte. Man kann sich nicht so total ändern.«

»Aber du hast dich schon verändert, trotz der Unmöglichkeit. Ich hoffe, du willst mir jetzt nicht erzählen, daß du ihn gern magst.«

Isabel ging mit sich zu Rate. »Nein, ich mag ihn nicht gern. Dir kann ich es sagen, weil ich mein Geheimnis leid bin. Aber mehr geht nicht; ich kann es nicht an die große Glocke hängen.«

Henrietta lachte auf. »Meinst du nicht auch, du nimmst ein bißchen zuviel Rücksicht?«

»Auf ihn nehme ich ja keine Rücksicht, sondern auf mich!« antwortete Isabel.

Es konnte nicht verwundern, daß Miß Stackpoles Anwesenheit so gar nichts Tröstliches für Gilbert Osmond bereithielt. Sein Instinkt hatte ihn auf ganz natürliche Weise in Gegnerschaft zu einer jungen Dame gesetzt, die es fertigbrachte, seiner Frau zu raten, den ehelichen Hausstand aufzukündigen. Nach Henriettas Ankunft in Rom hatte er zu Isabel gesagt, er hoffe, sie werde ihre Freundin Interviewerin sich selbst überlassen, und Isabel hatte geantwortet, daß er am allerwenigsten etwas von ihr zu befürchten habe. Henrietta sagte sie, daß sie, da Osmond sie unsympathisch finde, sie auch nicht zum Essen einladen könne, daß man sich aber ohne Schwierigkeiten auf andere Art sehen werde. Isabel empfing Miß Stackpole ausgiebig in ihrem eigenen Wohnzimmer und nahm sie auch wiederholt zu Ausfahrten mit, bei denen ihre Freundin Pansy gegenüber saß, welche sich vom anderen Sitz der Kutsche aus ein wenig nach vorn beugte und die berühmte Schriftstellerin mit einer ehrfürchtigen Aufmerksamkeit anstarrte, die Henrietta gelegentlich als irritierend empfand. Sie beklagte sich bei Isabel, Miß Osmond habe so einen Blick, als merke sie sich alles, was man sagte. »Ich will aber nicht, daß man mich auf diese Weise in Erinnerung behält«, erklärte Miß Stackpole. »Für mich bezieht sich das, was ich im Gespräch sage, immer nur auf den Augenblick – genau wie die Morgenzeitung. So wie deine Stieftochter dasitzt, sieht sie drein, als hebe sie auch alle früheren Nummern auf, um sie eines Tages hervorzuholen und gegen mich zu verwenden.« Sie konnte sich nicht zu einer positiven Meinung über Pansy durchringen, bei der sie die Abwesenheit von Initiative, von Konversationstalent, von individuellen Ansprüchen als für ein zwanzigjähriges Mädchen unnatürlich, ja sogar unheimlich empfand. Schon nach kurzer Zeit erkannte Isabel, daß Osmond es gern gesehen hätte, wenn sie ihre Freundin ihm gegenüber verteidigt und ein wenig darauf bestanden hätte, daß er sie empfing, damit er dann als derjenige hätte dastehen können, der um der guten Manieren willen litt. Ihre sofortige Hinnahme seiner Einwände hatte ihn zu sehr ins Unrecht gesetzt – was letzten Endes ein Nachteil der Pose des Verächters war, daß man nicht zur selben Zeit die Anerkennung aus der Pose des Sympathikus einheimsen konnte. Osmond wollte diese Anerkennung einheimsen und seine Einwände aufrecht erhalten – Dinge, die schwer unter einen Hut zu bringen waren. Das korrekte Verfahren wäre gewesen, wenn Miß Stackpole ein- oder zweimal zum Dinner in den Palazzo Roccanera gekommen wäre, damit sie sich (trotz seiner nach außen zur Schau gestellten Höflichkeit, dieser ach so großartigen!) selbst ein Urteil darüber hätte bilden können, wie wenig Vergnügen sie ihm bereitete. Von dem Moment an allerdings, wo beide Damen sich so unzugänglich zeigten, blieb Osmond nur noch der Wunsch übrig, die Dame aus New York möge sich hinwegbegeben. Er hielt es für erstaunlich, wie wenig Genugtuung er für sich selbst aus dem Freundes- und Bekanntenkreis seiner Frau bezog. Bei sich bietender Gelegenheit lenkte er Isabels Aufmerksamkeit auf diesen Umstand.

»Bei der Wahl deiner Freunde hast du ja alles andere als eine glückliche Hand. Ich wünschte mir, du legtest dir eine neue Kollektion zu«, sagte er eines Morgens ohne erkenntlichen direkten Bezug, aber im Ton reiflicher Überlegung, welcher die Bemerkung all ihrer brutalen Schroffheit beraubte. »Es ist, als hättest du dir mit Fleiß aus der ganzen Welt genau die Menschen herausgepickt, mit denen ich am wenigsten gemeinsam habe. Deinen Cousin habe ich schon immer für einen eingebildeten Esel gehalten, abgesehen davon, daß er das häßlichste Wesen ist, das ich kenne. Außerdem finde ich es unerträglich lästig, daß man ihm das nicht sagen darf; man muß ihn ja wegen seines Gesundheitszustandes schonen. Sein Gesundheitszustand scheint mir sowieso das Beste an ihm zu sein; er gibt ihm Privilegien, deren sich niemand sonst erfreuen darf. Wenn er wirklich so hoffnungslos krank ist, dann kann er das nur auf eine einzig mögliche Art unter Beweis stellen; aber die scheint ihm ja nicht in den Sinn zu kommen. Und zu Warburton dem Großen fällt mir auch nicht viel Besseres ein. Wenn man es sich recht überlegt, so hatte die kalte Arroganz seiner Darbietung Seltenheitswert! Er kommt daher und inspiziert meine Tochter, als sei sie eine Suite von Appartements. Er probiert die Türgriffe aus und schaut zu den Fenstern hinaus, klopft an die Wände und denkt schon fast, er nimmt das Ganze. Wären Sie wohl so freundlich, einen Vertrag aufzusetzen? Und dann befindet er letztendlich doch, daß die Zimmer zu klein sind; er glaubt nicht, daß er im dritten Stock leben kann; was er braucht, ist ein *piano nobile*. Und fort geht er, nachdem er einen Monat lang in dem armseligen, kleinen Appartement umsonst gewohnt hat. Miß Stackpole ist allerdings deine prachtvollste Errungenschaft. Mir kommt sie wie eine Art Monster vor. Man hat nicht einen einzigen Nerv im Körper, den sie nicht zum Flattern brächte. Für mich ist sie nämlich alles andere, bloß keine Frau. Weißt du, woran sie mich erinnert? An eine neue, stählerne Schreibfeder – das abscheulichste Ding überhaupt auf der Welt. Sie spricht so, wie eine Stahlfeder schreibt. Verfaßt sie ihre Artikel übrigens nicht auf liniertem Papier? Sie denkt und handelt und geht und schaut genau so, wie sie spricht. Du kannst natürlich vorbringen, daß sie mir ja nichts tut, da ich sie ja nicht sehe. Ich sehe sie zwar nicht, aber ich höre sie; ich höre sie den ganzen Tag lang. Ihre Stimme ist mir andauernd im Ohr; ich kriege sie nicht los. Ich kenne jedes Wort, das sie spricht, und jede Schwingung des Tons, in dem sie spricht. Sie sagt reizende Dinge über mich, die dir großen Trost spenden. Der Gedanke gefällt mir ganz und gar nicht, daß sie über mich spricht; ich habe dabei das gleiche Gefühl, als wüßte ich, daß mein Diener meinen Hut trägt.«

Henrietta sprach über Gilbert Osmond, wie ihn seine Frau beruhigte, weitaus weniger oft, als er argwöhnte. Sie hatte eine Menge anderer Themen, und man darf unterstellen, daß der Leser an zwei von ihnen besonders interessiert sein wird. Sie ließ ihre Freundin wissen, daß Caspar Goodwood ganz allein herausgefunden hatte, wie unglücklich sie sei, wenn es ihr auch trotz allen Einfallsreichtums nicht gelinge zu erraten, welchen Trost er Isabel dadurch zu spenden hoffte, daß er nach Rom kam und sie dann nicht aufsuchte. Sie waren ihm zweimal auf der Straße begegnet, aber er machte nicht den Eindruck, als hätte er sie gesehen; sie waren gerade in der Kutsche unterwegs gewesen, und er hatte die Angewohnheit, stur geradeaus und vor sich hin zu sehen, als beabsichtigte er, immer nur ein Objekt auf einmal wahrzunehmen. Isabel hätte sich ohne weiteres vorstellen können, ihn erst tags zuvor gesehen zu haben; mit ebendem Gesicht und ebendem Gang mußte er, nach ihrer letzten Unterredung, zu Mrs. Touchetts Tür hinausmarschiert sein. Er war genau wie an jenem Tag gekleidet; sogar an die Farbe seiner Krawatte erinnerte sich Isabel noch. Und doch lag trotz der Vertrautheit seines Anblicks in seiner Gestalt auch etwas Fremdartiges, etwas, das ihr erneut das Gefühl gab, wie schrecklich es doch eigentlich war, daß er sich nach Rom aufgemacht hatte. Er sah kräftiger und noch überragender aus als früher, wo er doch damals bereits überragend genug gewesen war. Sie bemerkte, daß sich die Menschen, an denen er vorüberging, hinter seinem Rücken nach ihm umdrehten; er aber schritt geraden Wegs fürbaß, mit hoch über die Masse erhobenem Haupt und mit einem Gesicht wie ein Stück Himmel im Februar.

Miß Stackpoles zweites Thema war ein gänzlich anderes; sie brachte Isabel auf den neuesten Stand der Dinge bezüglich Mr. Bantling. Er war im Vorjahr in die Vereinigten Staaten gekommen, und sie erzählte voller Freude, daß sie in der Lage gewesen sei, sich in erheblichem Maße um ihn zu kümmern. Sie wisse zwar nicht, wie sehr er es genossen habe, aber sie wolle dennoch unterstellen, es habe ihm gut getan. Er sei bei seiner Abreise nicht mehr derselbe Mann gewesen wie bei seiner Ankunft. Sein Aufenthalt in Amerika habe ihm die Augen geöffnet, und er habe erkannt, daß England nicht alles sei. Man habe ihn fast überall sympathisch und außergewöhnlich unkompliziert gefunden, viel unkomplizierter, als man es gemeinhin von einem Engländer erwartete. Manche hätten ihn für affektiert gehalten; sie wisse auch nicht, ob sie vielleicht seine Unkompliziertheit als Affektiertheit betrachtet hätten. Einige seiner Fragen seien für andere aber wirklich zu abschreckend gewesen. So habe er alle Zimmermädchen für Bauerntöchter gehalten – oder alle Bauerntöchter für Zimmermädchen –, sie konnte sich auch nicht mehr genau erinnern, welche für welche. Anscheinend war er ebenfalls nicht imstande gewesen, das großartige Schulsystem zu begreifen; damit sei er hoffnungslos überfordert gewesen. Insgesamt habe er sich verhalten, als hätte es von allem zuviel gegeben, als hätte er nur einen kleinen Teil in sich aufnehmen können. Und der Teil, den er sich ausgesucht hatte, habe aus dem Hotelsystem und der Flußschiffahrt bestanden. Von den Hotels schien er wirklich fasziniert gewesen zu sein; von jedem Hotel, das er aufgesucht hatte, besitze er eine Photographie. Aber sein eigentliches Interesse habe den Flußdampfern gegolten; immerzu habe er nur auf den großen Schiffen fahren wollen. Sie waren zusammen von New York nach Milwaukee gereist und hatten in den interessantesten Städten auf der Route Station gemacht; und wann immer sie wieder aufgebrochen waren, hatte er wissen wollen, ob sie mit dem Dampfer fahren konnten. Von Geographie schien er keine Ahnung zu haben; seiner Vorstellung nach war Baltimore eine Stadt im Westen, und andauernd habe er darauf gewartet, den Mississippi zu erreichen. Offenbar sei der Mississippi der einzige amerikanische Fluß, von dem er je zuvor gehört habe, und so sei er zunächst nicht gewillt gewesen, die Existenz des Hudson anzuerkennen, obwohl er schließlich zugeben mußte, daß dieser dem Rhein absolut gleichwertig war. Sie hätten einige vergnügte Stunden in den Luxusabteils der Salonwagen verbracht, wo er bei den farbigen Kellnern fortwährend Eiscreme bestellt habe. Die Idee, daß man im Zug Eis bekommen konnte, habe ihn unaufhörlich beschäftigt. In englischen Zügen bekomme man es selbstverständlich nicht, auch keine Fächer, keine Süßigkeiten, eben rein gar nichts! Die Hitze sei für ihn absolut überwältigend gewesen, und sie habe es ihm schon im voraus gesagt, daß er wahrscheinlich noch nie einer so großen Hitze ausgesetzt gewesen sein dürfte. Im Augenblick sei er in England beim Jagen – beim »durch die Gegend Jagen«, wie es Henrietta nannte. In Amerika sei das der Zeitvertreib der Rothäute. »Wir haben ja dergleichen schon lange hinter uns gelassen, diesen Spaß an der Jagd. In England scheinen sie allgemein zu glauben, daß wir Tomahawk und Federschmuck tragen; aber eine solche Kostümierung paßt doch wohl eher zu englischen Sitten und Gebräuchen.« Mr. Bantling habe also keine Zeit, sich ihr in Italien anzuschließen, aber wenn sie wieder nach Paris reise, wolle er sich dort mit ihr treffen. Er wolle unbedingt noch einmal Versailles besuchen; er sei ganz närrisch auf das *ancien régime*. In diesem Punkt stimmten sie zwar nicht überein, aber auch sie mochte Versailles, wenn auch aus dem Grund, daß man dort sehen könne, daß das *ancien régime* hinweggefegt worden sei. Es gebe dort jetzt keine Herzöge und Grafen mehr; sie erinnere sich im Gegenteil an einen Tag, als dort fünf amerikanische Familien umherspazierten. Mr. Bantling drängele immerzu, sie solle sich das Thema England noch einmal vornehmen, und seiner Ansicht nach könne sie nunmehr besser damit umgehen. England habe sich nämlich in den vergangenen zwei oder drei Jahren erheblich verändert. Sollte sie hinüberkommen, sei er fest entschlossen, dieses Mal seine Schwester Lady Pensil aufzusuchen, damit deren Einladung sie auch ohne Verzögerung erreiche. Das Rätsel um jene andere habe nie eine Aufklärung erfahren.

Caspar Goodwood kam schlußendlich doch in den Palazzo Roccanera; er hatte Isabel zuvor kurz geschrieben und um Erlaubnis gebeten. Dieselbe wurde prompt erteilt; um sechs Uhr abends würde sie zu Hause sein. Den Tag verbrachte sie damit, sich zu überlegen, weshalb er wohl herkam und was er sich von einem solchen Besuch versprach. Bislang hatte er sich als ein Mensch präsentiert, dem die Fähigkeit zum Kompromiß nicht gegeben war, der nur das akzeptierte, was er verlangte, oder eben gar nichts. Isabels vollendete Gastfreundschaft ließ allerdings auch keinerlei Fragen aufkommen, und sie fand es nicht weiter schwierig, hinreichend glücklich aufzutreten, um ihn hinters Licht zu führen. Zumindest war es ihre Überzeugung, ihn so weit hinters Licht führen zu können, daß er einsah, falsch informiert worden zu sein. Aber sie erkannte auch, so glaubte sie jedenfalls, daß er nicht in dem Maß enttäuscht war, wie es einige andere Männer ihrer Meinung nach mit Sicherheit gewesen wären. Er war nicht nach Rom gereist, weil er sich Chancen ausgerechnet hatte. Warum er gekommen war, fand sie nie heraus; er bot ihr keine Erklärung an. Also konnte es auch keine andere dafür geben als die ganz simple, daß er sie eben sehen wollte. Mit anderen Worten: Er war zu seinem Vergnügen gekommen. Isabel betrieb diese induktive Beweisführung mit einigem Eifer und war ganz begeistert davon, eine Formel gefunden zu haben, die das alte Gespenst eines grollenden Herrn Goodwood endgültig beerdigen würde: Wenn er zu seinem Vergnügen nach Rom gekommen war, dann deckte sich das genau mit dem, was sie sich wünschte; denn wenn ihm der Sinn nach Vergnügen stand, dann war er über sein Herzeleid hinweggekommen. Und wenn er über sein Herzeleid hinweggekommen war, dann war alles so, wie es sein sollte, und ihre Verpflichtungen ihm gegenüber hatten ein Ende. Zwar genoß er seinen Erholungsurlaub ein wenig verkniffen, aber schließlich war er noch nie einer von der lockeren und lässigen Sorte gewesen, und sie hatte allen Grund zu der Annahme, ihm gefalle das, was er sah. Henrietta durfte sich nicht seines Vertrauens erfreuen, obwohl ihm das ihre zuteil wurde, und folglich konnte Isabel auch keine Seitenblicke in seinen Gemütszustand werfen. Er war nur sehr mäßig zu Konversation über Allgemeines aufgelegt; sie erinnerte sich, wie sie vor Jahren einmal über ihn gesagt hatte: »Mr. Goodwood spricht viel, aber er plaudert nicht.« Im Moment sprach er gerade viel, aber er plauderte wahrscheinlich so wenig wie eh und je – das heißt, wenn man bedenkt, über wie vieles in Rom man plaudern konnte. Sein Eintreffen war nicht dazu angetan, die Beziehungen zu ihrem Ehemann einfacher zu gestalten, denn wenn Mr. Osmond ihre Freunde im allgemeinen schon nicht mochte, dann hatte auch Mr. Goodwood keinen Anspruch auf Beachtung durch ihn, es sei denn wegen der Tatsache, daß er einer ihrer ältesten Freunde war. Isabel konnte nur so viel von ihm sagen, daß er eben der älteste Freund war, den sie hatte; mit dieser eher dürftigen Zusammenfassung erschöpften sich auch schon die Fakten. Sie hatte nicht umhin gekonnt, ihn Gilbert vorzustellen; es war unmöglich, ihn nicht zum Dinner an ihren Donnerstagabenden einzuladen, deren sie mittlerweile reichlich überdrüssig geworden war, an denen ihr Gemahl aber noch immer festhielt, weniger, um Leute einzuladen, als vielmehr, um welche nicht einzuladen.

Mr. Goodwood kam regelmäßig zu den Veranstaltungen an den Donnerstagen, feierlich, überpünktlich. Für ihn schienen sie eine ziemlich ernste Angelegenheit zu sein. Immer wieder zwischendrin durchlebte Isabel einen Augenblick des Zorns; er hatte etwas so Nüchtern-Pedantisches an sich. Sie fand, er müßte eigentlich wissen, daß sie nicht wußte, was sie mit ihm anfangen sollte. Doch dumm konnte sie ihn auch wieder nicht nennen, denn das war er nicht im geringsten; er war nur außerordentlich rechtschaffen. Eine solche Rechtschaffenheit unterschied einen Mann von den meisten anderen Menschen; man mußte beinahe genauso rechtschaffen mit ihm verfahren. Diese letztere Überlegung stellte sie exakt zu jenem Zeitpunkt an, als sie sich schmeichelte, ihn davon überzeugt zu haben, die unbeschwerteste aller Frauen zu sein. Er äußerte zu diesem Punkt niemals einen Zweifel, stellte ihr auch niemals persönliche Fragen. Mit Osmond kam er viel besser zurecht, als zu erwarten gewesen wäre. Osmond hatte eine große Abneigung dagegen, sich festlegen zu lassen; in solchen Fällen verspürte er den unwiderstehlichen Drang, den anderen zu enttäuschen. Kraft dieses Grundsatzes gönnte er sich das Amüsement, einen Narren an einem stocksteifen Bostoner zu fressen, den mit Kälte zu behandeln man von ihm erwartet hätte. Er fragte Isabel, ob Mr. Goodwood sie ebenfalls zu heiraten begehrt habe, und verlieh seiner Überraschung darüber Ausdruck, daß sie ihn abgewiesen hatte. Das wäre doch eine exzellente Sache gewesen, so als lebe man unter einem hohen Glockenturm, der alle Stunden anschlage und in den luftigeren Regionen für kuriose Schwingungen sorge. Osmond erklärte, er plaudere gern mit dem großen Goodwood. Das sei zunächst nicht einfach gewesen; man müsse eine unendlich lange, steile Treppe bis zur Spitze des Turms hinaufklettern. Aber sei man oben angelangt, habe man eine großartige Aussicht und werde von einer kleinen, frischen Brise umfächelt. Osmond hatte, wie wir wissen, ausgesprochen reizende Qualitäten, und er ließ sie Caspar Goodwood ohne Ausnahme angedeihen. Isabel konnte erkennen, daß Mr. Goodwoods Meinung von ihrem Mann eine bessere war, als er es sich je gewünscht hatte; an jenem Morgen in Florenz hatte er bei ihr den Anschein erweckt, als sei er unzugänglich für einen guten Eindruck. Wiederholt lud Gilbert ihn zum Dinner ein, und Mr. Goodwood rauchte hinterher mit ihm eine Zigarre und begehrte sogar, seine Sammlungen sehen zu dürfen. Gilbert sagte zu Isabel,

Goodwood sei sehr urwüchsig; er sei so stabil und so stilvoll wie ein lederner englischer Reisekoffer; er habe eine Menge Riemen und Schnallen, die nie kaputtgehen würden, und dazu noch ein kapitales Patentschloß. Caspar Goodwood fand Gefallen an Ausritten in die Campagna und widmete dieser Tätigkeit viel Zeit. Aus diesem Grund sah ihn Isabel auch meist erst abends. Eines Tages faßte sie sich ein Herz und teilte ihm mit, er könne ihr, wenn er wolle, einen Dienst erweisen. Und dann fügte sie lächelnd hinzu:

»Ich weiß allerdings nicht, welches Recht ich hätte, Sie um einen Dienst zu bitten.«

»Sie sind der Mensch auf der Welt, der das größte Recht hat«, antwortete er. »Sie haben bei mir einen Vertrauensvorschuß wie niemand sonst.«

Der Dienst sei der, daß er ihren Cousin Ralph im Hôtel de Paris, wo dieser krank und allein lebe, besuchen und möglichst nett zu ihm sein solle. Zwar habe Mr. Goodwood ihn nie persönlich kennengelernt, aber er werde noch wissen, wer der arme Mensch sei. Falls sie sich nicht täusche, habe Ralph ihn einst nach Gardencourt eingeladen. Caspar erinnerte sich an die Einladung noch sehr genau, und obwohl er nicht als ein Mann mit reger Phantasie galt, so hatte er doch genug davon, um sich in die Lage eines bedauernswerten Gentleman zu versetzen, der sterbend in einer römischen Herberge lag. Also sprach er im Hôtel de Paris vor, woraufhin er zum Herrn von Gardencourt geführt wurde, bei dessen Sofa sitzend er Miß Stackpole vorfand. In der Beziehung besagter Dame zu Ralph Touchett hatte in der Tat eine einzigartige Veränderung stattgefunden. Henrietta war nicht von Isabel gebeten worden, ihn zu besuchen, doch als sie vernommen hatte, er sei zu krank, um das Hotel zu verlassen, hatte sie sich unverzüglich und aus eigenem Antrieb dorthin aufgemacht. Im Anschluß daran hatte sie ihm tagtäglich einen Besuch abgestattet – immer in der festen Überzeugung, daß sie beide große Feinde seien. »O ja, wir sind Intimfeinde«, pflegte Ralph zu sagen, und er beschuldigte sie freiheraus – so freiheraus, wie es der Humor der Situation erlaubte –, sie komme nur deshalb, um ihn vollends zu Tode zu ärgern. In Wirklichkeit wurden sie die allerbesten Freunde, wobei sich Henrietta fragte, warum sie ihn nicht schon zuvor gemocht hatte. Ralph mochte sie noch genauso sehr, wie er es schon immer getan hatte; nicht einen Augenblick lang hatte er daran gezweifelt, daß sie ein prächtiger Kerl war. Sie redeten über alles und waren immer verschiedener Meinung – wobei ›alles‹ heißt, das Thema Isabel ausgenommen, bei dem Ralph stets einen dünnen Zeigefinger an seine Lippen legte. Andererseits erwies sich Mr. Bantling als ein ergiebiger Gesprächsstoff; Ralph konnte mit Henrietta stundenlang über Mr. Bantling diskutieren. Naturgemäß wurde die Diskussion durch ihre unvermeidlichen Differenzen im Urteil gewürzt, wobei sich Ralph mit der Behauptung amüsierte, daß der joviale Exgardist im Grunde ein regelrechter Machiavelli sei. Caspar Goodwood konnte zu einer solchen Debatte nichts beitragen; doch nachdem er mit seinem Gastgeber alleingelassen worden war, fand er heraus, daß es verschiedene andere Sachen gab, über die sie sich unterhalten konnten. Es muß betont werden, daß die Dame, die soeben hinausgegangen war, nicht dazu gehörte. Caspar räumte alle Vorzüge Miß Stackpoles von vornherein ein, hatte aber keine weiteren Anmerkungen zu ihrer Person zu machen. Ebensowenig verbreiteten sich die beiden Männer, nach ein paar ersten Andeutungen, weiter über Mrs. Osmond – ein Thema, in dem Goodwood genausoviel Brisanz sah wie Ralph. Er empfand tiefes Mitleid mit dem nirgendwo einzuordnenden Phänotypus des kranken Ralph. Er ertrug es nicht, einen so sympathischen Mann, so sympathisch trotz all seiner Kauzigkeit, dermaßen jenseits aller Möglichkeiten zu sehen, wo man etwas für ihn unternehmen konnte. Ein Goodwood fand allerdings immer etwas, das er unternehmen konnte, was er im vorliegenden Fall dadurch bewerkstelligte, daß er seinen Besuch im Hôtel de Paris mehrfach wiederholte. Isabel kam sich dabei sehr clever vor: Listenreich hatte sie sich des überflüssigen Caspars entledigt. Sie hatte ihm eine Beschäftigung zugewiesen; sie hatte aus ihm einen Krankenpfleger für Ralph gemacht. Ihr schwebte der Plan vor Augen, ihn mit ihrem Cousin nordwärts reisen zu lassen, sobald es das erste milde Wetter erlauben würde. Lord Warburton hatte Ralph nach Rom gebracht, und Mr. Goodwood sollte ihn wieder wegbringen. Ihr schien darin eine glückliche Symmetrie zu liegen, und so war sie jetzt außerordentlich darauf bedacht, daß Ralph abreiste. Sie lebte in der ständigen Angst, er könnte hier vor ihren Augen sterben, und in dem Entsetzen, daß dies womöglich in einem Gasthof geschah, praktisch vor ihrer Tür, durch die er so selten getreten war. Ralph mußte in seinem eigenen, geliebten Haus zur letzten Ruhe kommen, in einem jener tiefen, dämmrigen Gemächer von Gardencourt, wo sich dunkler Efeu um den Rahmen des schwach schimmernden Fensters rankte. In diesen Tagen schien Gardencourt für Isabel etwas Heiliges an sich zu haben; kein Kapitel ihrer Vergangenheit war so absolut unwiederbringlich. Wenn sie an die Monate zurückdachte, die sie dort verlebt hatte, stiegen ihr die Tränen in die Augen. Sie gratulierte sich zwar, wie ich schon sagte, zu ihrer Findigkeit, aber sie brauchte davon auch jedes Quentchen, dessen sie habhaft werden konnte, denn es ereigneten sich mehrere Begebenheiten, die eine feindselige Herausforderung darzustellen schienen. Die Gräfin Gemini kam aus Florenz herbei – kam herbei mit ihren Koffern, ihren Gewändern, ihrem Geschnatter, ihren Falschheiten, ihrer Frivolität, ihrer befremdlichen und skandalösen Anekdotensammlung über ihre zahlreichen Liebhaber. Edward Rosier, der sich irgendwo aufgehalten hatte – niemand, nicht einmal Pansy wußte, wo –, tauchte wieder in Rom auf und fing an, ihr lange Briefe zu schreiben, die sie nie beantwortete. Madame Merle kehrte aus Neapel zurück und fragte sie mit einem seltsamen Lächeln: »Was um Himmels willen haben Sie nur mit Lord Warburton gemacht?« Als ob das ausgerechnet sie etwas anginge!

48. KAPITEL

Eines Tages, gegen Ende Februar, faßte Ralph Touchett den Entschluß, nach England zurückzukehren. Er hatte seine eigenen Gründe für seine Entscheidung, die mitzuteilen er sich nicht genötigt sah; aber Henrietta Stackpole, der gegenüber er seine Absicht erwähnte, schmeichelte sich, sie erraten zu haben. Sie unterließ es jedoch, sie auszusprechen; sie sagte nur gleich darauf, während sie bei seinem Sofa saß: »Du wirst wohl selbst wissen, daß du nicht allein reisen kannst.«

»Das käme mir auch gar nicht in den Sinn«, antwortete Ralph. »Ich werde in Gesellschaft reisen.«

»Was heißt das: ›in Gesellschaft‹? Diener, die du bezahlst?«

»Na«, sagte Ralph scherzend, »das sind ja wohl auch Menschen.«

»Sind darunter auch Frauen?« begehrte Miß Stackpole zu erfahren.

»Du redest, als hätte ich davon ein Dutzend! Nein, ich gestehe, eine Soubrette habe ich nicht in meinen Diensten.«

»Na also«, sagte Henrietta ruhig, »auf diese Weise kannst du nicht nach England reisen. Du gehörst unter die Obhut einer Frau.«

»Ich bin in den letzten zwei Wochen so ausgiebig unter der deinen gewesen, daß ich davon noch eine ganze Weile zehren kann.«

»Das war längst nicht genug. Ich schätze, ich werde mit dir mitkommen«, sagte Henrietta.

»Mit mir mitkommen?« Ralph erhob sich langsam von seinem Sofa.

»Ja. Ich weiß zwar, daß du mich nicht leiden kannst, aber ich komme trotzdem mit. Und für deine Gesundheit wäre es besser, wenn du dich jetzt wieder hinlegen würdest.«

Ralph sah sie kurz an; dann sank er langsam zurück. »Ich kann dich sogar sehr gut leiden«, sagte er gleich darauf.

Miß Stackpole ließ ein seltenes Lachen hören. »Du brauchst dir gar nicht einzubilden, du könntest dich damit von mir loskaufen. Ich werde dich begleiten, und vor allem werde ich mich um dich kümmern.«

»Du bist wirklich sehr lieb«, sagte Ralph.

»Warte mal erst ab, bis ich dich sicher heimgebracht habe, bevor du so etwas sagst. So einfach wird das nämlich nicht. Trotzdem ist es besser, wenn du abreist.«

Ehe sie ging, sagte Ralph zu ihr: »Du hast wirklich vor, dich um mich zu kümmern?«

»Na ja, ich habe vor, es zu versuchen.«

»Dann setze ich dich hiermit davon in Kenntnis, daß ich mich ergebe. Oh, und wie ich mich ergebe!« Und möglicherweise war es ja ein Zeichen der Ergebung, daß er ein paar Minuten nachdem sie ihn alleingelassen hatte, einen kräftigen Lachanfall bekam. Er empfand es als so grotesk, als einen solch unschlagbaren Beweis dafür, daß er nunmehr jede Eigenverantwortung abgetreten und auf alle Eigeninitiative verzichtet hatte, indem er ausgerechnet unter der Oberaufsicht von Miß Stackpole zu einer Reise quer durch Europa aufbrechen wollte. Und das Allerkomischste daran war, daß ihm die Aussicht darauf gefiel. Er ließ es in überschwenglicher Dankbarkeit mit sich geschehen. Am liebsten wäre er sofort aufgebrochen, und er verspürte tatsächlich eine enorme Sehnsucht danach, sein eigenes Heim wiederzusehen. Das Ende aller Dinge war greifbar nahe; er vermeinte, einfach nur die Hand ausstrecken und das Zielband berühren zu können. Aber er wollte zu Hause sterben. Es war der einzige Wunsch, der ihm noch geblieben war – sich in dem großen, stillen Raum auszustrecken, wo er zum letzten Mal seinen Vater hatte liegen sehen, und die Augen in der Dämmerung des Sommermorgens zu schließen.

Am selben Tag kam ihn Caspar Goodwood besuchen, und Ralph informierte den Besucher darüber, daß sich Miß Stackpole seiner angenommen habe und ihn zurück nach England geleiten wolle. »Ach, wenn das so ist«, sagte Caspar, »dann werde ich wohl leider das fünfte Rad am Wagen sein. Ich habe nämlich Mrs. Osmond versprechen müssen, daß ich mit Ihnen fahre.«

»Du lieber Himmel – das ist ja wie im Paradies! Ihr seid alle viel zu nett zu mir!«

»Die Nettigkeit meinerseits bezieht sich auf Mrs. Osmond, weniger auf Sie.«

»In Ordnung – dann ist eben sie viel zu nett«, lächelte Ralph.

»Weil sie Leute dazu bringt, Sie zu begleiten? Ja, das ist schon irgendwie nett«, antwortete Goodwood, ohne sich auf den Scherz einzulassen. »Was allerdings mich angeht«, fügte er hinzu, »darf ich die Feststellung wagen, daß ich viel lieber mit Ihnen und mit Miß Stackpole reise als mit Miß Stackpole allein.«

»Und am liebsten blieben Sie hier und täten keines von beidem«, sagte Ralph. »Es ist wirklich nicht nötig, daß Sie mitkommen. Henrietta ist außergewöhnlich tüchtig.«

»Dessen bin ich mir sicher. Aber ich habe es Mrs. Osmond versprochen.«

»Sie können sie doch leicht dazu bringen, Sie wieder davon zu entbinden.«

»Sie würde mich nicht um alles in der Welt davon entbinden. Sie wünscht, daß ich mich um Sie kümmere, aber das ist für sie nicht die Hauptsache. Die Hauptsache ist, daß sie meine Abreise aus Rom wünscht.«

»Ach, da legen Sie wohl zuviel hinein«, meinte Ralph.

»Ich langweile sie«, fuhr Goodwood fort. »Sie weiß nicht, worüber sie mit mir reden soll, und so hat sie sich das ausgedacht.«

»Ja, dann – wenn wir ihr damit einen Gefallen tun, dann werde ich Sie auf jeden Fall mitnehmen. Obwohl ich nicht sehen kann, warum wir ihr damit einen Gefallen täten«, fügte er sofort hinzu.

»Tja«, sagte Caspar Goodwood schlicht, »sie glaubt, daß ich sie beobachte.«

»Daß Sie sie beobachten?«

»Um herauszubekommen, ob sie glücklich ist.«

»Das ist doch ganz einfach herauszubekommen«, sagte Ralph. »Sie ist die sichtbar glücklichste Frau, die ich kenne.«

»Genau – das wollte ich wissen«, antwortete Goodwood trokken. Bei aller Trockenheit hatte er trotzdem noch etwas zu sagen. »Ich beobachte sie nämlich schon länger. Als ihr alter Freund war ich der Meinung, das Recht dazu zu haben. Sie täuscht vor, glücklich zu sein, und glücklich zu sein war das, was sie erreichen wollte, und da dachte ich mir, ich sehe mir mal selbst an, wie das aussieht. Nun habe ich es gesehen«, fuhr er mit schroffem Klang in der Stimme fort, »und mir reicht es auch. Ich habe absolut nichts dagegen, jetzt abzureisen.«

»Wissen Sie, ich bin auch der Meinung, daß es für Sie an der Zeit ist«, erwiderte Ralph. Und das war die einzige Unterhaltung, die diese Herren über Isabel Osmond führten.

Henrietta traf ihre Vorbereitungen zur Abreise, und im Rahmen derselben hielt sie es für angebracht, ein paar Worte zur Gräfin Gemini zu sagen, die in Miß Stackpoles Pension den Besuch erwiderte, den besagte Dame ihr in Florenz abgestattet hatte.

»Sie lagen völlig falsch in bezug auf Lord Warburton«, bemerkte sie gegenüber der Gräfin. »Ich halte es für richtig, daß Sie das wissen.«

»Daß er Isabel den Hof machte? Sie Ärmste, er war dreimal am Tag bei ihr zu Hause. Sein Ein- und Ausgehen hat Spuren hinterlassen!« rief die Gräfin.

»Er wollte Ihre Nichte heiraten. Das war der Grund, warum er kam.«

Die Gräfin riß die Augen auf und sagte dann unter taktlosem Gelächter: »Ist das die Story, die Isabel auftischt? Gar nicht mal so übel. Wenn er meine Nichte heiraten will, warum bitte tut er es dann nicht? Vielleicht ist er ja nur die Trauringe kaufen gegangen und kommt nächsten Monat mit ihnen zurück, wenn ich wieder fort bin.«

»Nein, er kommt nicht zurück. Miß Osmond will ihn nicht heiraten.«

»Das trifft sich aber sehr gut! Ich wußte zwar, daß sie an Isabel hängt, aber daß das so weit gehen würde, hätte ich nicht gedacht.«

»Ich verstehe Sie nicht«, sagte Henrietta kühl und fand die Gräfin unangenehm boshaft. »Ich muß wirklich noch einmal betonen, daß Isabel niemals von sich aus Lord Warburton ermuntert hat, ihr den Hof zu machen.«

»Teure Freundin, was wissen denn Sie und ich schon darüber? Wir wissen lediglich, daß mein Bruder zu allem fähig ist.«

»Ich weiß nicht, wozu Ihr Bruder fähig ist«, sagte Henrietta würdevoll.

»Ich beschwere mich nicht darüber, daß sie den Warburton ermuntert hat, sondern darüber, daß sie ihn fortgeschickt hat. Ich wollte mir den unbedingt mal ansehen. Glauben Sie, sie dachte, ich würde ihn ihr abspenstig machen?« fuhr die Gräfin mit verwegener Hartnäckigkeit fort. »Wie auch immer, sie hält ihn sich ja doch warm, das spürt man eindeutig. Das ganze Haus ist voll von ihm; der schwebt richtig in der Luft. O ja, er hat Spuren hinterlassen. Den kriege ich mit Sicherheit noch mal zu Gesicht.«

»Tja«, sagte Henrietta nach einer kleinen Pause auf Grund einer jener Eingebungen, welche den Reiz ihrer Briefe an den *Interviewer* ausgemacht hatten, »vielleicht hat er ja dann bei Ihnen mehr Erfolg als bei Isabel!«

Als sie ihrer Freundin von dem Angebot erzählte, das sie Ralph gemacht hatte, sagte Isabel darauf, daß Henrietta ihr mit nichts eine größere Freude hätte machen können. Sie habe schon immer die Überzeugung gehegt, daß Ralph und diese junge Frau letztlich dafür geschaffen seien, sich miteinander zu verstehen. »Es ist mir egal, ob er mich versteht oder nicht«, erklärte Henrietta. »Mir geht's in der Hauptsache darum, daß er mir nicht im Zug stirbt.«

»Das wird er nicht tun«, sagte Isabel und schüttelte den Kopf mit der allergrößten Überzeugung.

»Das wird er auch nicht, wenn's nach mir geht. Ich habe kapiert, daß du uns alle loshaben möchtest. Ich weiß aber nicht, was du eigentlich vorhast.«

»Ich möchte allein sein«, sagte Isabel.

»Das wirst du so lange nicht sein, wie du dein Haus voller Gäste hast.«

»Ach, die sind Teil der Komödie. Ihr anderen seid Zuschauer.«

»Nennst du das Ganze eine Komödie, Isabel Archer?« fragte Henrietta ziemlich grimmig.

»Dann eben eine Tragödie, wenn du möchtest. Ihr guckt alle andauernd auf mich; ich kriege ein ganz ungutes Gefühl dabei.«

Henrietta betätigte sich eine Weile auf die angesprochene Weise und guckte sie an. »Du bist wie das verwundete Reh, das sich im finstersten Wald verkriecht. Oh – du vermittelst mir wirklich ein solches Gefühl von Hilflosigkeit!« brach es aus ihr heraus.

»Ich bin überhaupt nicht hilflos. Es gibt vieles, was ich zu tun gedenke.«

»Ich spreche ja nicht von dir; ich spreche von mir. Ich verkrafte das nicht, daß ich eigens wegen dir rübergekommen bin und dich genauso wieder verlassen soll, wie ich dich vorgefunden habe.«

»Das tust du doch nicht. Du verläßt mich erfrischt und gestärkt«, sagte Isabel.

»Eine reichlich schwache Stärkung – und saure Limonade als Erfrischung! Ich möchte, daß du mir etwas versprichst.«

»Das kann ich nicht. Ich werde nie wieder etwas versprechen. Ich habe vor vier Jahren ein so feierliches Versprechen abgelegt und so erbärmlich versagt, als ich es halten sollte.«

»Du hattest ja auch keine Unterstützung. In diesem Fall bekämst du von mir jede nur erdenkliche. Verlaß deinen Mann, bevor es zum Schlimmsten kommt; das ist es, was du mir versprechen sollst.«

»Zum Schlimmsten? Was nennst du das Schlimmste?«

»Bevor dein Charakter verdorben wird.«

»Meinst du meine Natur? Die wird nicht verdorben«, antwortete Isabel lächelnd. »Da passe ich schon sehr gut darauf auf. Was mir aber erheblich zu schaffen macht«, setzte sie hinzu und wandte sich ab, »ist die beiläufige Art, mit der du einer Frau vorschlägst, ihren Mann zu verlassen. Da merkt man gleich, daß du noch nie einen hattest!«

»Jetzt hör mal zu«, sagte Henrietta, als wolle sie ein Streitgespräch beginnen, »nichts ist in unseren Städten im Westen normaler als das, und die sind's schließlich, an denen wir uns für die Zukunft orientieren müssen.« Ihre diesbezügliche Streitbarkeit betrifft aber nicht diese Geschichte, in der es noch zu viele andere Handlungsfäden aufzurollen gilt. Henrietta erklärte Ralph Touchett, sie sei bereit, Rom mit jedem Zug zu verlassen, den er bestimme, und Ralph raffte sich unverzüglich auf, um seine Abreise vorzubereiten. Isabel besuchte ihn ein letztes Mal, und er machte dieselbe Bemerkung, die Henrietta gemacht hatte. Ihm falle auf, daß Isabel ungewöhnlich froh sei, sie alle loszuwerden.

Ihre einzige Antwort darauf bestand darin, daß sie sanft ihre Hand auf die seine legte und mit leiser Stimme und einem raschen Lächeln sagte: »Mein lieber Ralph – «

Das war ihm Antwort genug, und er gab sich zufrieden. Aber er fuhr in der gleichen Art fort, scherzend, treuherzig: »Ich habe dich weniger oft zu sehen gekriegt, als mir recht war, aber es war besser als gar nichts. Und außerdem habe ich eine Menge über dich gehört.«

»Ich wüßte nicht von wem, bei dem Leben, das du führst.«

»Von Stimmen aus der Luft! Und sonst von niemandem. Ich erlaube es anderen nie, von dir zu sprechen. Die sagen immer bloß, du seist so ›reizend und charmant‹, und das ist mir zu einfallslos.«

»Ich hätte dich unbedingt öfter sehen sollen«, sagte Isabel. »Aber als verheiratete Frau ist man dauernd mit irgend etwas beschäftigt.«

»Gott sei Dank bin ich nicht verheiratet. Wenn du mich in England besuchen kommst, werde ich dich mit der ganzen Freiheit eines Junggesellen verwöhnen.« Er plauderte weiter im Ton der Gewißheit eines Wiedersehens, bis er seine Hypothese als nahezu wohlbegründet hingestellt hatte. Er machte keine Anspielungen auf sein bevorstehendes Ende, auf die Wahrscheinlichkeit, daß er den Sommer nicht überstehen werde. Da er es so sehen wollte, war Isabel nur allzu bereit, darauf einzugehen. Die Wirklichkeit präsentierte sich deutlich genug, auch ohne daß sie in ihrer Unterhaltung Hinweisschilder aufstellen mußten. Das war zu früheren Zeiten angebracht gewesen, obwohl sich Ralph weder in dieser Hinsicht noch bezüglich seiner anderen Angelegenheiten jemals selbst in den Mittelpunkt gestellt hatte. Isabel sprach von seiner Reise, von den einzelnen Etappen, in die man sie unterteilen konnte, von den Vorsichtsmaßnahmen, die er ergreifen sollte. »Meine größte Vorsichtsmaßnahme ist Henrietta«, redete er weiter. »Das Pflichtgefühl dieser Frau ist grandios.«

»Sie wird mit Sicherheit sehr gewissenhaft sein.«

»Was heißt hier ›wird‹? Das ist sie schon die ganze Zeit! Sie fährt ausschließlich aus dem Grund mit, weil sie es für ihre Pflicht hält. Nimm dir ein Beispiel daran!«

»Ja, sie hat eine selbstlose Pflichtauffassung«, sagte Isabel, »und sie beschämt mich tief. Ich sollte eigentlich auch mit dir fahren.«

»Deinem Mann würde das nicht gefallen.«

»Nein, das würde es nicht. Aber ich fahre vielleicht trotzdem mit.«

»Die Kühnheit deiner Phantasie läßt mich richtig erschrekken. Nicht auszudenken: ich die Ursache eines Streits zwischen einer Dame und ihrem Ehemann!«

»Aus diesem Grunde fahre ich auch nicht mit«, sagte Isabel einfach – wenn auch nicht sehr einleuchtend.

Ralph verstand dennoch nur zu gut. »Ist auch besser so, bei all den Dingen, mit denen du beschäftigt bist.«

»Die sind es nicht. Ich habe Angst«, sagte Isabel. Nach einer Pause wiederholte sie mehr für sich selbst als für ihn: »Ich habe Angst.«

Ralph wußte sich ihren Tonfall kaum zu erklären; er war so seltsam überlegt, so augenscheinlich ohne jedes Gefühl. Wollte sie öffentlich Buße tun für ein Vergehen, dessen sie gar nicht für schuldig erklärt worden war? Oder waren ihre Worte nur der Versuch einer einsichtsvollen Selbstanalyse? Was auch immer: Ralph konnte einer so günstigen Gelegenheit nicht widerstehen. »Angst vor deinem Mann?«

»Angst vor mir selbst!« sagte sie und stand auf. Einen Augenblick lang blieb sie stehen und fuhr dann fort: »Wenn ich Angst vor meinem Mann hätte, dann wäre das lediglich meine Pflicht. Das ist es doch, was man von Frauen erwartet.«

»Jaja«, lachte Ralph, »aber zum Ausgleich findet sich immer wieder ein Mann, der fürchterliche Angst vor einer Frau hat.«

Sie ging nicht weiter auf diese Witzelei ein, sondern wechselte jäh das Thema. »Mit Henrietta an der Spitze deiner kleinen Schar Getreuer bleibt für Mr. Goodwood gar nichts mehr übrig!« rief sie unvermittelt aus.

»Ach, meine liebe Isabel«, antwortete Ralph, »das ist er doch schon gewohnt. Für Mr. Goodwood bleibt einfach nie etwas übrig!«

Sie wurde rot und bemerkte dann hastig, sie müsse ihn verlassen. Einen Moment lang standen sie nah beieinander; ihre beiden Hände lagen in den seinen. »Du bist immer mein bester Freund gewesen«, sagte sie.

»Du warst der Grund dafür, daß ich – daß ich weiterleben wollte. Aber davon hast du jetzt nichts.«

Da überkam es sie noch schmerzlicher, daß sie ihn wahrscheinlich nie wiedersehen würde. Sie konnte sich nicht damit abfinden; sie konnte nicht auf diese Weise von ihm scheiden. »Solltest du einmal nach mir schicken, werde ich kommen«, sagte sie schließlich.

»Dein Mann wird damit nicht einverstanden sein.«

»O doch, das kriege ich schon hin.«

»Dann hebe ich mir das als mein letztes Vergnügen auf!« sagte Ralph.

Worauf sie ihm statt einer Antwort einfach einen Kuß gab. Es war Donnerstag, und an jenem Abend kam Caspar Goodwood in den Palazzo Roccanera. Er war unter den ersten Ankömmlingen und verbrachte einige Zeit im Gespräch mit Gilbert Osmond, der fast immer anwesend war, wenn seine Frau Gäste empfing. Sie setzten sich zueinander, und Osmond, gesprächig, mitteilsam, ja schwatzhaft, schien von einer Art intellektueller Heiterkeit befallen zu sein. Er hatte sich mit übereinandergeschlagenen Beinen lässig zurückgelehnt und parlierte, während Goodwood, nicht ganz so ruhig, aber auch nicht lebhaft, auf seinem Platz hin und her rutschte, mit seinem Hut spielte und das kleine Sofa unter sich zum Ächzen brachte. Osmonds Gesicht offenbarte ein schlaues, aggressives Lächeln; er verhielt sich wie ein Mann, dessen Auffassungsgabe durch gute Nachrichten noch beschleunigt wurde. Er erklärte Goodwood, wie sehr er es bedauere, daß sie ihn verlören; insbesondere er werde ihn vermissen. Er treffe so wenige intelligente Menschen; sie seien so erstaunlich rar in Rom. Er müsse unbedingt wiederkommen; für einen eingefleischten Italiener wie ihn sei es sehr erfrischend, mit einem echten Außenseiter zu plaudern.

»Ich mag Rom wirklich außerordentlich, wissen Sie«, sagte Osmond, »aber nichts bereitet mir mehr Vergnügen, als Menschen zu treffen, die nicht diese Abgötterei betreiben. Die moderne Welt ist ja schließlich auch sehr schön. Sie beispielsweise sind durch und durch modern und trotzdem überhaupt nicht gewöhnlich. So viele moderne Menschen, auf die wir stoßen, taugen nicht viel. Wenn das die Kinder der Zukunft sein sollen, dann sterben wir gerne jung. Natürlich sind auch die Alten oftmals recht nervtötend. Meine Frau und ich mögen alles, was wirklich neu ist – und nicht bloß die Maske des Neuen trägt. Leider gibt es in den Bereichen von Ignoranz und Dummheit nichts Neues. Wir treffen sie reichlich an in äußeren Formen, die sich selbst als die Offenbarung des Fortschritts präsentieren, als Erleuchtung. Offenbarungen der Geschmacklosigkeit! Es gibt eine bestimmte Art der Geschmacklosigkeit, die ich für wirklich neu halte. Ich glaube nicht, daß es jemals zuvor schon dergleichen gegeben hat. Eigentlich entdecke ich vor dem jetzigen Jahrhundert überhaupt keine Geschmacklosigkeit. Zwar sieht man sie im Vergangenen hier und da drohend heraufziehen, aber heutzutage ist die Atmosphäre damit so dicht aufgeladen, daß man das Feine, Elegante buchstäblich nicht mehr erkennt. In diesem Zusammenhang haben Sie uns so gefallen – !« Woraufhin er eine Sekunde zögerte, dann aber die Hand sacht auf Goodwoods Knie legte und mit einer Mischung aus Selbstsicherheit und Verlegenheit lächelte. »Ich bin im Begriff, etwas extrem Kränkendes und Herablassendes zu sagen, aber Sie müssen mir diese Genugtuung gestatten. Sie haben uns deshalb so gefallen, weil Sie uns ein wenig mit der Zukunft ausgesöhnt haben. Sollte es nur ein paar Leute wie Sie geben, dann – *à la bonne heure!* Ich spreche jetzt für meine Frau genauso wie für mich, wissen Sie. Sie spricht ja auch für mich, meine Frau; warum sollte ich da nicht für sie sprechen? Wissen Sie, wir sind so eins miteinander wie der Kerzenhalter und die Lichtputzschere. Liege ich da sehr falsch, wenn ich sage, daß ich glaube, mich erinnern zu können: Sie sind von Berufs wegen – eh – kaufmännisch tätig? Wissen Sie, da liegt schon eine Gefahr darin. Aber es ist die Art, wie Sie ihr entkommen sind, die wir so bemerkenswert finden. Entschuldigen Sie, wenn mein kleines Kompliment sich nach einer greulichen Taktlosigkeit anhört; glücklicherweise hört mich meine Frau nicht. Was ich sagen will, ist, daß Sie unter Umständen vielleicht auch so ein – eh – Dings hätten werden können, von dem ich vorhin eben gesprochen habe. Die ganze amerikanische Welt hatte sich verschworen, Sie zu einem solchen zu machen. Aber Sie widerstanden; Sie haben etwas in sich, was Sie gerettet hat. Und doch sind Sie so modern, so modern – der modernste Mann, den wir kennen! Wir werden stets entzückt sein, Sie wiederzusehen.«

Ich sagte vorhin, daß Osmond guter Stimmung gewesen sei, und diese Bemerkungen dürften den Sachverhalt wohl ausgiebig belegen. Sie waren unendlich viel persönlicher ausgefallen, als es ihm sonst ein Anliegen war, und hätte Caspar Goodwood genauer hingehört, wäre ihm vielleicht der Gedanke gekommen, daß sich die Verteidigung des Feinen und Eleganten in recht sonderbaren Händen befand. Wir jedoch dürfen davon ausgehen, daß Osmond sehr genau wußte, was er wollte, und daß er, wenn er sich absichtlich eines so herablassenden Tones mit solcher Plumpheit bediente, die nicht seinen Gewohnheiten entsprach – daß er dann einen hervorragenden Grund für dieses mutwillige Benehmen hatte. Goodwood hatte nur eine ungefähre Ahnung davon, daß Osmond irgendwie ein wenig dick auftrug, aber er wußte kaum, an welcher Stelle die Mixtur appliziert wurde. Eigentlich wußte er kaum, wovon Osmond überhaupt redete. Er wollte mit Isabel allein sein, und diese Vorstellung sprach mit lauterer Stimme zu ihm als die wohlmodulierte ihres Ehemanns. Er beobachtete, wie sie sich mit anderen unterhielt, und überlegte, wann sie wohl Zeit haben werde und ob er sie dann in einen der übrigen Räume bitten könne. Im Gegensatz zu Osmond war seine Laune nicht die beste; es lag ein Element von dumpfer Wut in seiner inneren Verarbeitung der Dinge. Bis zu diesem Zeitpunkt war ihm Osmond persönlich nie zuwider gewesen; er hatte ihn lediglich als gut informiert und verbindlich empfunden und mehr, als er vermutete, der Persönlichkeit entsprechend, die Isabel Archer auf Grund ihres Charakters heiraten würde. Sein Gastgeber hatte in offener Feldschlacht die Oberhand errungen, und Goodwoods Sinn für Fair play war zu ausgeprägt, als daß er sich hätte verleiten lassen, ihm deshalb mit Geringschätzung zu begegnen. Er hatte sich nicht sonderlich bemüht, den anderen sympathisch zu finden; dies wäre ein Anflug menschenfreundlicher Sentimentalität gewesen, deren Goodwood selbst in den Tagen, als er sich mit dem Geschehenen beinahe ausgesöhnt hatte, absolut nicht fähig war. Er akzeptierte ihn als eine ziemlich brillante Persönlichkeit der dilettantischen Sorte, geplagt von einem Überfluß an Müßiggang, den er zu seinem Amüsement in raffinierten Portiönchen geistreicher Konversation abbaute. Aber er traute ihm nur zur Hälfte; er bekam nie heraus, warum zum Teufel Osmond gerade ihn mit Portiönchen von irgend etwas überhäufen sollte. In ihm keimte der Verdacht auf, daß Osmond darin eine private Belustigung fand, und es verfestigte sich sein allgemeiner Eindruck, daß sein triumphierender Rivale in seiner Natur eine perverse Ader hatte. Er wußte zweifelsfrei, daß Osmond keinen Grund haben konnte, ihm etwas Böses zu wünschen; er hatte nichts von ihm zu befürchten. Der andere hatte einen überlegenen Sieg davongetragen und konnte es sich leisten, herzlich gegenüber einem Mann zu sein, der alles verloren hatte. Es entsprach der Wahrheit, daß ihm Goodwood gelegentlich voller Ingrimm den Tod gewünscht und ihn liebend gern umgebracht hätte. Doch Osmond konnte davon unmöglich erfahren haben, denn ständige Übung hatte den Jüngeren mittlerweile zu einem Meister in der Kunst werden lassen, für heftige Gemütsbewegungen völlig unzugänglich zu erscheinen. Zwar kultivierte er diese Kunst, um sich selbst zu täuschen, aber in erster Linie täuschte er die anderen. Darüber hinaus kultivierte er sie mit nur sehr begrenztem Erfolg, wofür es gar keinen besseren Beweis geben konnte als die tiefgreifende, stumme Verärgerung, die in seiner Seele regierte, wenn er Osmond von den Gefühlen seiner Frau reden hörte, als sei dieser befugt, in deren Auftrag zu sprechen.

Das war alles, was er aus dem an ihn gerichteten Vortrag seines Gastgebers an diesem Abend heraushörte. Er hatte sehr wohl bemerkt, daß Osmond mehr Wert als üblich auf die Schilderung ehelicher Harmonie legte, die im Palazzo Roccanera angeblich dominierte. Mehr denn je hatte er sich sprachlich um den Eindruck bemüht, daß es zwischen ihm und seiner Frau nur liebevollste Übereinstimmung gebe und daß es für sie beide genauso normal sei, ›wir‹ zu sagen wie ›ich‹. Durch all das schimmerte etwas so Absichtsvolles durch, daß unser armer Bostoner völlig verwirrt und verärgert war und sich nur mit der Überlegung trösten konnte, Mrs. Osmonds Verhältnis zu ihrem Ehemann gehe ihn nichts an. Er hatte nicht den geringsten Beweis dafür, daß ihr Mann ein falsches Bild von ihr wiedergab, und wenn er sie dem äußeren Anschein nach beurteilte, war er genötigt zu glauben, ihr gefalle ihr Leben. Sie hatte ihm gegenüber nie das kleinste Anzeichen von Mißvergnügen erkennen lassen. Zwar hatte Miß Stackpole ihm erzählt, Isabel habe ihre Illusionen verloren, aber andererseits neigte Miß Stackpole durch ihre journalistische Tätigkeit zum Aufbauschen. Sie war zu versessen auf Schlagzeilen. Dazu kam, daß sie seit ihrem Eintreffen in Rom sehr auf der Hut war; sie hatte so gut wie ganz damit aufgehört, ihn mit ihrer Lampe ausleuchten zu wollen. Das allerdings, man muß es zu ihren Gunsten sagen, wäre auch ganz gegen ihr Gewissen gewesen. Sie hatte inzwischen den Ernst von Isabels Lage erkannt, eine Erkenntnis, die bei ihr eine angemessene Reserviertheit bewirkte. Was auch immer zur Verbesserung von Isabels Situation im Rahmen einer möglichst sinnvollen Hilfestellung unternommen werden konnte – ihre früheren Verehrer durch Informationen über ihr zugefügte Unbill aufzubringen, gehörte nicht dazu. Miß Stackpole nahm weiterhin großen Anteil an Mr. Goodwoods Gefühlslage, was sie momentan allerdings nur dadurch zeigte, daß sie ihm ausgewählte Exzerpte, humorvoller und anderer Art, aus amerikanischen Zeitschriften zusandte, von denen sie mit jeder Post mehrere erhielt und die sie regelmäßig mit der Schere in der Hand durchstudierte. Die ausgeschnittenen Artikel steckte sie dann in einen an Mr. Goodwood adressierten Umschlag, den sie eigenhändig in seinem Hotel hinterlegte. Er stellte ihr nie eine Frage bezüglich Isabel. War er nicht schließlich fünftausend Meilen nur deshalb gereist, um sich selbst ein Bild zu machen? So war er insgesamt nicht im mindesten berechtigt, Mrs. Osmond für unglücklich zu halten. Aber genau dieses Nichtvorhandensein einer Berechtigung wirkte irritierend und steigerte noch die Unerbittlichkeit, mit der er jetzt – trotz seiner Theorie, daß er ja aufgehört habe, sich bei ihr gefühlsmäßig zu engagieren – erkannte, daß die Zukunft, soweit sie Isabel betraf, nichts mehr für ihn bereithielt. Er hatte noch nicht einmal die Genugtuung, die Wahrheit zu kennen; anscheinend konnte man ihm noch nicht einmal so weit vertrauen, daß er Isabel in Ruhe lassen würde, sollte sie tatsächlich unglücklich sein. So war er hoffnungslos, hilflos, nutzlos. Auf diese seine eigene Befindlichkeit hatte sie seine Aufmerksamkeit gelenkt durch ihren findigen Plan, ihn dazu zu bringen, daß er Rom verließ. Er hatte nicht das mindeste dagegen, alles, was in seinen Kräften stand, für ihren Cousin zu tun. Doch bei der Vorstellung, daß sie von all den Diensten, die sie von ihm hätte erbitten können, mit Fleiß ausgerechnet diesen ausgewählt hatte, knirschte er mit den Zähnen. Sie hatte sich nic in die Gefahr begeben, ihn um einen Gefallen zu bitten, der ihn in Rom zurückgehalten hätte.

An diesem Abend dachte er hauptsächlich darüber nach, daß er sie morgen verlassen würde und daß er durch seinen Besuch nichts gewonnen hatte als die Erkenntnis, so unerwünscht zu sein wie zuvor. Erkenntnisse über sie hatte er nicht gewonnen; sie war unerschütterlich, unerforschlich, undurchdringlich geblieben. Er spürte, wie diese alte Bitterkeit, die hinunterzuschlucken er sich so angestrengt hatte, wieder in seiner Kehle hochstieg, und er begriff, daß es Enttäuschungen gab, die ein Leben lang anhielten. Osmond plauderte weiter. Goodwood bekam vage mit, daß er erneut auf die vollkommene Zweisamkeit mit seiner Frau anspielte. Einen Moment lang hatte er den Eindruck, als besäße der Mann so etwas wie eine dämonische Phantasie; es war unmöglich, daß Osmond ein so ungewöhnliches Thema anschnitt, wenn nicht aus Boshaftigkeit. Doch was spielte es letztlich für eine Rolle, ob er dämonisch war oder nicht und ob sie ihn liebte oder haßte? Sie konnte ihn bis auf den Tod hassen, und er würde dadurch nicht einen Strohhalm gewinnen. »Ach, übrigens: Sie brechen ja mit Ralph Touchett auf«, sagte Osmond. »Das wird wohl bedeuten, daß Sie nur langsam reisen können?«

»Das weiß ich nicht. Ich werde einfach das tun, was er möchte.«

»Sie sind sehr erbötig. Wir sind Ihnen immens verpflichtet; das müssen Sie mich wirklich einmal aussprechen lassen. Meine Frau hat Ihnen wahrscheinlich schon bekundet, was wir empfinden. Touchett hat uns den ganzen Winter über auf der Seele gelegen; mehr als einmal hat es so ausgesehen, als würde er Rom nie mehr verlassen. Er hätte eigentlich gar nicht herkommen sollen. Es ist mehr als nur eine Unbedachtheit, wenn sich Leute in einem solchen Zustand auf Reisen begeben; irgendwie ist das unfein. Nicht um alles in der Welt möchte ich Touchett gegenüber so zu Dank verpflichtet sein, wie er es gegenüber – gegenüber meiner Frau und mir ist. Er ist unausweichlich auf die Hilfe anderer Menschen angewiesen, und nicht jeder ist da so großherzig wie Sie.«

»Ich habe sowieso nichts Besseres zu tun«, sagte Caspar trocken.

Osmond beäugte ihn einen Moment lang mißtrauisch. »Sie sollten heiraten, dann hätten Sie gleich eine Menge zu tun! Allerdings wären Sie in dem Fall auch nicht mehr so verfügbar für Akte der Barmherzigkeit.«

»Finden Sie, daß Sie als verheirateter Mann viel mehr zu tun haben?« fragte der junge Mann mechanisch nach.

»Ach, sehen Sie, verheiratet zu sein, ist ja an sich schon eine Beschäftigung. Zwar nicht immer aktiv; oft auch passiv; aber das erfordert dann noch mehr Aufmerksamkeit. Dazu kommt, daß meine Frau und ich so vieles gemeinsam unternehmen. Wir lesen, wir lernen, wir musizieren, wir gehen spazieren, wir fahren aus – wir reden sogar miteinander, als hätten wir uns gerade erst kennengelernt. Bis zu dieser Stunde genieße ich die Konversation meiner Frau. Falls Sie sich jemals langweilen: Nehmen Sie meinen Rat an und heiraten Sie. Zwar kann es schon sein, daß Ihre Frau Sie langweilt; Sie aber werden sich nie mit sich selbst langweilen. Sie werden immer etwas mit sich zu bereden haben, immer ein Thema zum Nachdenken.«

»Ich bin nicht gelangweilt«, sagte Goodwood. »Ich habe eine Menge zu überlegen und mit mir zu bereden.«

»Mehr als mit anderen!« rief Osmond unter leichtem Lachen aus. »Wohin werden Sie anschließend gehen? Ich meine, nachdem Sie Touchett an seine eigentlich zuständige Pflegerin übergeben haben; ich glaube, seine Mutter kommt endlich zurück, um sich um ihn zu kümmern. Diese kleine Lady ist schon superb! Sie vernachlässigt ihre Pflichten mit Stil! Bleiben Sie den Sommer über vielleicht in England?«

»Ich weiß es nicht. Ich habe keine Pläne.«

»Sie Glücklicher! Hört sich zwar ein bißchen fad an, aber auch sehr frei.«

»O ja, ich bin sehr frei.«

»So frei, um nach Rom zurückzukommen, wie ich hoffe«, sagte Osmond, während er eine Gruppe neuer Gäste den Raum betreten sah. »Denken Sie daran, daß wir mit Ihnen rechnen, sollten Sie tatsächlich wiederkommen!«

Eigentlich hatte Goodwood frühzeitig wieder gehen wollen, aber der Abend zog sich dahin, ohne daß er eine Chance gehabt hätte, mit Isabel anders als in Gemeinschaft mit anderen zu sprechen. Es lag etwas Verstocktes in der Hartnäckigkeit, mit der sie ihn mied. Seine unversöhnliche Erbitterung entdeckte eine dahinterliegende Absicht, wo bestimmt nicht einmal der Anschein einer solchen vorhanden war. Es war absolut keine auszumachen. Sie begegnete seinem Blick mit ihrem offenen, gastfreundlichen Lächeln, das schon beinahe eine Aufforderung darzustellen schien, er möge doch herbeikommen und ihr helfen, einige der Gäste zu unterhalten. Einem solchen Ansinnen begegnete er jedoch lediglich mit steifer Ungeduld. Er schlenderte umher und wartete; er plauderte mit den wenigen Leuten, die er kannte und die ihn zum ersten Mal als in sich recht widersprüchlich empfanden. Dies war in der Tat etwas Seltenes bei Caspar Goodwood, der gerne anderen widersprach. Im Palazzo Roccanera wurde oft musiziert, und zwar zumeist sehr gut. Unter dem Schutz der Musik gelang es ihm, seine Gefühle im Zaum zu halten. Aber als er gegen Ende sah, wie die Gäste allmählich aufbrachen, näherte er sich Isabel und fragte sie mit leiser Stimme, ob er sie nicht in einem anderen Raum sprechen dürfe, von dem er sich gerade überzeugt hatte, daß er leer war. Sie lächelte, als wolle sie ihm gern den Gefallen tun, dies aber umständehalber unmöglich bewerkstelligen könne. »Das geht jetzt leider nicht. Die Gäste verabschieden sich, und ich muß mich dort aufhalten, wo sie mich sehen können.«

»Dann warte ich eben, bis alle gegangen sind.«

Sie zögerte kurz. »Oh – das wäre ganz reizend!« rief sie aus. Und so wartete er, obwohl es noch lange dauerte. Es waren einige Gäste übriggeblieben, die förmlich am Teppich angekettet zu sein schienen. Die Gräfin Gemini, die nach eigener Bekundung immer erst nach Mitternacht zu ihrer wahren Form fand, ließ nicht erkennen, daß sie das Ende der Abendunterhaltung registriert hätte. Noch immer hatte sie einen kleinen Kreis von Herren vor dem Kaminfeuer um sich geschart, die immer wieder in kollektives Gelächter ausbrachen. Osmond war verschwunden; er verabschiedete sich niemals von irgend jemandem. Und als die Gräfin ihren akustischen Wirkungsbereich auszudehnen begann, wie sie es zu dieser nächtlichen Stunde immer zu tun pflegte, hatte Isabel Pansy zu Bett geschickt. Isabel saß ein wenig abseits; auch sie schien zu wünschen, ihre Schwägerin möge sich eines gedämpfteren Tons bedienen und die letzten Nachzügler in Frieden ziehen lassen.

»Dürfte ich nicht wenigstens jetzt ein Wort an Sie richten?« fragte Goodwood ohne Umschweife.

Sie erhob sich sofort und lächelte. »Aber ja – gehen wir woandershin, wenn es Ihnen recht ist.« Sie verließen zusammen den Raum, überließen die Gräfin ihrem kleinen Zirkel, und nachdem sie die Schwelle überschritten hatten, sprach zunächst keiner von beiden ein Wort. Isabel wollte sich nicht setzen; sie stand in der Mitte des Zimmers und fächelte sich langsam Luft zu; sie strahlte für ihn noch immer den altvertrauten Liebreiz aus. Sie schien darauf zu warten, daß er etwas sagte. Jetzt, da er mit ihr allein war, wogte die ganze Leidenschaft, die er nie erstickt hatte, in alle seine Sinne hinein. Sie vibrierte in seinen Augen und ließ die Dinge in seiner Umgebung verschwimmen. Der helle, leere Raum wurde trübe und bekam verwischte Konturen, und durch den sich hebenden und senkenden Schleier hindurch war es ihm, als schwebte sie vor ihm mit glänzenden Augen und geöffneten Lippen. Hätte er klarer gesehen, hätte er erkannt, daß ihr Lächeln starr und ein wenig gezwungen war, daß sie sich vor dem fürchtete, was sie aus seinem Gesicht las. »Sie wollen mir vermutlich Lebewohl sagen?« fragte sie.

»Ja – aber es gefällt mir gar nicht. Ich will nicht von Rom fort«, antwortete er mit beinahe weinerlicher Offenheit.

»Das kann ich mir gut vorstellen. Es ist ganz, ganz lieb von Ihnen. Ich kann Ihnen gar nicht sagen, für wie liebenswürdig ich Sie halte.«

Wieder schwieg er eine Weile. »Mit noch ein paar solchen Worten können Sie mich auf der Stelle loswerden.«

»Sie müssen irgendwann einmal wiederkommen«, erwiderte sie strahlend.

»Irgendwann einmal? Sie meinen, möglichst lange nicht.«

»O nein, das meine ich ganz und gar nicht.«

»Was meinen Sie denn dann? Jetzt verstehe ich überhaupt nichts mehr. Aber ich sagte, ich werde gehen, und nun gehe ich auch«, setzte Goodwood hinzu.

»Kommen Sie wieder, wann immer Sie Lust haben«, ließ sich Isabel mit gezwungener Leichtigkeit vernehmen.

»Ihr Cousin ist mir total egal!« brach es aus Caspar heraus.

»Ist es das, was Sie mir sagen wollten?«

»Nein, nein; ich wollte Ihnen überhaupt nichts sagen. Ich wollte Sie nur fragen – «, hier stockte er kurz und fuhr dann mit leiser, drängender Stimme fort, »was Sie nun wirklich aus Ihrem Leben gemacht haben?« Wieder unterbrach er sich, als warte er auf Antwort. Da sie aber keine gab, sprach er weiter: »Ich kann Sie nicht verstehen, ich werde nicht schlau aus Ihnen! Was soll ich denn eigentlich glauben – was hätten Sie gerne, daß ich denke?« Noch immer sagte sie nichts; sie stand nur da und sah ihn an, jetzt ohne Gelassenheit vorzutäuschen. »Man erzählt mir, Sie seien unglücklich, und wenn das so ist, hätte ich es gern gewußt. Damit könnte ich etwas anfangen. Aber nach Ihren Worten sind Sie glücklich, aber gleichzeitig sind Sie so still, so glatt, so hart. Sie haben sich völlig verändert. Sie verbergen alles. Ich bin einfach nicht an Sie herangekommen.«

»Das sind Sie sehr wohl«, widersprach Isabel nachsichtig, aber mit warnendem Unterton.

»Und doch dringe ich nicht bis in Ihr Inneres durch. Ich will die Wahrheit wissen. Geht es Ihnen gut?«

»Sie verlangen eine Menge.«

»Ja – ich habe immer eine Menge verlangt. Selbstverständlich werden Sie es mir nicht sagen. Und wenn es nach Ihnen geht, werde ich es nie erfahren. Und damit geht es mich auch nichts an.« Während des Sprechens hatte er sich sichtbar darum bemüht, die Selbstbeherrschung nicht zu verlieren, hatte versucht, seiner rücksichtslosen Gemütsverfassung eine rücksichtsvolle Form zu verleihen. Aber die Erkenntnis, daß dies seine letzte Chance war, daß er sie liebte und verloren hatte, daß sie ihn für einen Narren halten würde, gleichgültig, was immer er auch sagte – dies alles traf ihn wie ein Peitschenhieb und unterlegte seine leise Stimme mit tiefen Schwingungen. »Sie sind durch und durch unergründlich, und das bringt mich zu der Annahme, daß Sie etwas zu verbergen haben. Wenn ich Ihnen sage, daß mir Ihr Cousin total egal ist, dann heißt das nicht, daß ich ihn nicht mag. Ich will damit sagen, daß ich nicht deshalb mit ihm wegfahre, weil ich ihn mag. Auch wenn er ein Idiot wäre, würde ich mitfahren, wenn Sie mich darum bitten. Und wenn Sie mich darum bitten, gehe ich auch morgen bis nach Sibirien. Warum wollen Sie, daß ich Rom verlasse? Dafür müssen Sie doch einen Grund haben. Wenn Sie so rundum zufrieden sind, wie Sie vorgeben, könnte es Ihnen gleichgültig sein, ob ich hier bin oder nicht. Ich wüßte lieber die Wahrheit über Sie, auch wenn sie abscheulich ist, als völlig umsonst hergekommen zu sein. Deshalb bin ich nicht hergekommen. Ich dachte, es würde mir nichts mehr ausmachen. Ich kam, weil ich mich vergewissern wollte, daß ich nicht mehr an Sie zu denken brauche. Ich habe an nichts anderes gedacht, und Sie haben ganz recht, wenn Sie mich loshaben wollen. Aber wenn ich schon gehen muß, dann ist es doch wohl nicht schlimm, wenn ich nur ein einziges Mal sage, was in mir vorgeht, oder? Sollten Sie verletzt sein – sollte er Ihnen weh tun: Nichts von dem, was ich sage, wird Sie verletzen. Wenn ich Ihnen sage, daß ich Sie liebe, dann ist das der einfache Grund dafür, warum ich herkam. Ich dachte, es sei wegen etwas anderem, aber es war deshalb. Ich würde es auch nicht sagen, wenn ich nicht wüßte, daß ich Sie niemals wiedersehen werde. Es ist das letzte Mal – lassen Sie mich Ihnen diese eine Rose überreichen! Ich habe kein Recht, das zu sagen, ich weiß; und Sie haben kein Recht, sich das anzuhören. Aber Sie hören es sich ja gar nicht an; Sie hören nie zu, Sie denken immer an etwas anderes. Nach alldem muß ich natürlich gehen; auf diese Weise habe ich wenigstens einen Grund. Ihre Bitte ist für mich kein Grund, wenigstens kein echter. Ihr Mann verhilft mir auch nicht zu einer Einschätzung«, fuhr er unvermittelt, fast zusammenhanglos fort. »Ich verstehe ihn nicht. Mir erzählt er, Sie beide würden einander innig lieben. Warum erzählt er mir so was? Was hat das mich zu interessieren? Wenn ich Ihnen das sage, schauen Sie befremdet drein. Aber Sie schauen ja dauernd befremdet drein. Ja, Sie haben etwas zu verbergen. Und es hat mich nicht zu interessieren – sehr richtig. Aber ich liebe Sie«, sagte Caspar Goodwood.

Wie er gesagt hatte, sah sie befremdet drein. Sie wandte den Blick zu der Tür, durch die sie eingetreten waren, und hob ihren Fächer wie zur Warnung. »Sie haben sich bislang so tadellos verhalten. Machen Sie nicht alles kaputt«, sagte sie sanft.

»Kein Mensch hört mir zu. Es ist phantastisch, was Sie alles versucht haben, um mich hinzuhalten und abzuwimmeln. Ich liebe Sie, wie ich Sie noch nie geliebt habe.«

»Ich weiß. Ich wußte es in dem Moment, wo Sie zustimmten mitzufahren.«

»Sie können einfach nicht anders – selbstverständlich nicht. Könnten Sie anders, handelten Sie auch anders, aber Sie können es nicht, leider. Leider in bezug auf mich, meine ich. Ich bitte Sie um nichts – das heißt um nichts, was sich nicht gehört. Aber ich bitte Sie um diese eine Gunst: – daß Sie mir sagen – daß Sie mir sagen – !«

»Daß ich Ihnen was sage?«

»Ob ich Mitleid mit Ihnen haben darf.«

»Möchten Sie das gern?« fragte Isabel und versuchte erneut ein Lächeln.

»Mitleid mit Ihnen haben? Aber ganz bestimmt! Dann hätte ich wenigstens etwas zu tun. Ich würde es zu meinem Lebensinhalt machen.«

Sie hob ihren Fächer ans Gesicht, so daß es bis unter die Augen verdeckt wurde. Eine kurze Weile sahen sie sich an. »Machen Sie es nicht zu Ihrem Lebensinhalt, aber verschwenden Sie hin und wieder einen Gedanken darauf.« Und damit ging sie zurück zur Gräfin Gemini.

49. KAPITEL

Madame Merle hatte sich am Abend jenes Donnerstags, von dem ich soeben einige Begebenheiten berichtete, nicht im Palazzo Roccanera blicken lassen, und Isabel war, obwohl sie ihre Abwesenheit bemerkte, davon nicht überrascht. Zwischen ihnen beiden waren Dinge vorgefallen, die keinen Anreiz zu geselligem Miteinander boten, und zu ihrem besseren Verständnis müssen wir einen kleinen Blick in die Vergangenheit werfen. Es ist bereits erwähnt worden, daß Madame

Merle, kurz nachdem Lord Warburton Rom verlassen hatte, aus Neapel zurückkehrte und daß sie sich bei ihrem ersten Zusammentreffen mit Isabel (die sie, wie gerechterweise festzuhalten ist, unverzüglich aufsuchte) als erstes nach dem Verbleib dieses Edelmannes erkundigte, für den sie ihre teuere Freundin verantwortlich zu machen schien.

»Bitte, sprechen Sie nicht von ihm«, hatte Isabel zur Antwort gegeben. »Wir haben in jüngster Zeit so viel von ihm gehört.«

Madame Merle neigte daraufhin ihren Kopf ein wenig zur Seite, protestierend, und lächelte mit dem linken Mundwinkel. »Sie haben von ihm gehört, ganz recht. Aber Sie müssen bedenken, daß ich es nicht habe, in Neapel. Ich hoffte, ihn hier anzutreffen und in der glücklichen Lage zu sein, Pansy gratulieren zu dürfen.«

»Sie können Pansy noch immer gratulieren; aber nicht zur Hochzeit mit Lord Warburton.«

»In welchem Ton Sie das sagen! Wissen Sie denn nicht, daß mir das eine Herzensangelegenheit war?« fragte Madame Merle mit deutlichem Engagement, aber noch immer im Tonfall guter Laune.

Isabel war beunruhigt, aber auch entschlossen, ebenfalls gut gelaunt zu sein. »Dann hätten Sie eben nicht nach Neapel fahren dürfen. Sie hätten hier bleiben und die Affäre überwachen sollen.«

»Ich hatte zuviel Vertrauen in Sie gesetzt. Aber meinen Sie, es ist nun zu spät?«

»Da fragen Sie besser Pansy«, sagte Isabel.

»Ich werde sie nach dem fragen, was Sie zu ihr sagten.«

Diese Worte schienen den Impuls zur Notwehr zu rechtfertigen, der bei Isabel dadurch ausgelöst worden war, daß sie bei ihrer Besucherin eine tadelsüchtige Haltung wahrgenommen hatte. Madame Merle war, wie wir wissen, bislang sehr im Hintergrund geblieben. Sie hatte nie Kritik geübt und eine deutliche Scheu vor Einmischung an den Tag gelegt. Aber anscheinend hatte sie mit Absicht nur auf diese Gelegenheit gewartet, denn ihr Blick offenbarte eine gefährliche Unstetigkeit, und sie war nicht einmal mit ihrer bewundernswerten Gelassenheit in der Lage, ihre gereizte Miene zu unterdrücken. Sie hatte eine Enttäuschung erlitten, die bei Isabel Überraschung auslöste, da unsere Heldin keine Kenntnis von Madame Merles brennendem Interesse an Pansys Verheiratung gehabt hatte, und zudem verriet sie dasselbe auf eine Weise, die Mrs. Osmonds Befürchtungen noch steigerte. Klarer als jemals zuvor vernahm Isabel eine kalte, spöttische Stimme, die von wer weiß woher aus der halbdunklen Leere um sie herum kam und verkündete, daß diese brillante, starke, energische, weltzugewandte Frau, diese Verkörperung des Pragmatismus, des Individualismus, des Direkten, ein bestimmender Faktor in ihrem Schicksal war. Die Dame hatte mehr mit ihr zu schaffen, als Isabel bislang bewußt gewesen war, und ihre Nähe wurde ganz und gar nicht von jener reizenden Zufälligkeit diktiert, an die sie so lange geglaubt hatte. Die Empfindung einer Zufälligkeit war endgültig an jenem Tag in ihr erstorben, als sie unerwartet Zeugin der Art und Weise geworden war, in der sich diese erstaunliche Frau und ihr eigener Mann vertraulich zusammensetzten. Noch war kein konkreter Verdacht an ihre Stelle getreten; aber er reichte aus, um die Freundin mit anderen Augen zu betrachten und Überlegungen anzustellen, daß in deren Verhalten in der Vergangenheit doch wohl mehr Zielstrebigkeit gelegen haben könnte, als sie es sich früher hatte eingestehen wollen. O ja – und ob sie zielstrebig gewesen war! – und wie zielstrebig sie zu Werke gegangen war! – sagte Isabel zu sich selbst und schien gleichsam aus einem langen, schlimmen Traum zu erwachen. Was war es eigentlich, das ihr die Erkenntnis vermittelte, Madame Merles Absichten seien keine gutartigen gewesen? Nichts weiter als das Mißtrauen, das kürzlich erst Gestalt angenommen hatte und sich jetzt mit der nachhaltigen Verwunderung paarte, die von der Kampfansage ihrer Besucherin wegen der armen Pansy ausging. In dieser Kampfansage lag etwas, was von vornherein Isabels trotzigen Widerstand provozierte; es war eine namenlose Vitalität, von der sie erkannte, daß sie in den Bekundungen ihrer Freundin hinsichtlich Feingefühl und Umsicht bisher nicht vorgekommen war. Madame Merle hatte sich nicht einmischen wollen, ganz recht, aber nur, solange es nichts zum Einmischen gab. Es wird dem Leser vielleicht so vorkommen, als ziehe Isabel vorschnell und auf einen bloßen Verdacht hin eine Lauterkeit in Zweifel, die in mehrjährigen, ehrenvoll erwiesenen Diensten erprobt war. In der Tat reagierte Isabel schnell, und das mit gutem Grund, denn eine ihr noch nicht geläufige Wahrheit sickerte eben in ihr Herz. Madame Merles Interesse war identisch mit dem Osmonds – und das genügte vollauf. »Ich denke, Pansy wird Ihnen nichts erzählen, was Sie noch wütender machen könnte«, gab sie als Antwort auf die letzte Bemerkung ihrer Gesprächspartnerin zurück.

»Ich bin nicht im geringsten wütend. Ich hege nur den dringenden Wunsch, die Situation zu retten. Halten Sie es für möglich, daß Warburton uns für immer verlassen hat?«

»Ich kann Ihnen das nicht sagen; ich verstehe nicht, was Sie eigentlich wollen. Es ist alles vorbei; bitte, lassen Sie die Sache auf sich beruhen. Osmond hat ausgiebig mit mir darüber gesprochen, und für mich gibt es nichts mehr, was ich sagen oder hören möchte. Ich habe keinen Zweifel«, setzte Isabel hinzu, »daß er das Thema mit größtem Vergnügen mit Ihnen diskutieren wird.«

»Ich kenne seine Meinung bereits; er hat mich gestern abend aufgesucht.«

»Schon gleich nach Ihrer Ankunft? Dann wissen Sie ja bereits alles und brauchen sich nicht bei mir um Informationen zu bemühen.«

»Es sind nicht Informationen, was ich suche. Im Grunde ist es Mitgefühl. Diese Ehe war mir eine Herzensangelegenheit. Die Vorstellung davon schaffte das, was so wenige Dinge schaffen: Sie befriedigte die Phantasie.«

»Ihre Phantasie, ja. Aber nicht die der betroffenen Personen.«

»Damit wollen Sie natürlich sagen, daß mich die Angelegenheit nicht betrifft. Das tut sie freilich nicht direkt. Aber wenn man eine so alte Freundin ist, kann man gar nicht anders, als persönlich Anteil zu nehmen. Sie vergessen, wie lange ich Pansy schon kenne. Sie wollen damit natürlich auch sagen«, fügte Madame Merle hinzu, »daß Sie sich selbst zu den betroffenen Personen zählen.«

»Nein; das wäre das letzte, was ich sagen wollte. Ich bin die ganze Geschichte einfach ziemlich leid.«

Madame Merle zögerte ein wenig. »Klar, Sie haben Ihren Beitrag ja geleistet.«

»Seien Sie vorsichtig mit Ihren Äußerungen«, sagte Isabel mit gemessenem Ernst.

»Oh, ich bin vorsichtig; am meisten dann, wenn es am wenigsten danach aussieht. Ihr Gatte geht streng mit Ihnen ins Gericht.«

Zunächst gab Isabel darauf keine Antwort; Bitterkeit verschlug ihr den Atem. Nicht die Unverschämtheit Madame Merles traf sie am schwersten, die sie somit davon in Kenntnis setzte, daß Osmond sie gegen seine Frau ins Vertrauen gezogen hatte; denn sie wollte nicht so ohne weiteres glauben, daß dies als Unverschämtheit gemeint war. Madame Merle war sehr selten unverschämt, und immer nur dann, wenn es absolut angebracht war. Jetzt war es nicht angebracht, oder zumindest noch nicht. Was Isabel aber schmerzte wie ein Tropfen ätzender Säure in einer offenen Wunde, das war das Wissen, daß Osmond ihre Ehre mit seinen Worten genauso beleidigte, wie er es in seinen Gedanken tat. »Möchten Sie gerne wissen, wie ich mit ihm ins Gericht gehe?« fragte sie schließlich.

»Nein, denn das würden Sie mir nie erzählen. Und es wäre schmerzlich für mich, es zu erfahren.«

Eine Pause trat ein, und zum ersten Mal, seit Isabel sie kannte, war ihr Madame Merle zuwider. Sie wünschte, die andere würde sie endgültig in Ruhe lassen. »Vergessen Sie nicht, wie attraktiv Pansy ist, und verzweifeln Sie deshalb nicht«, sagte sie abrupt, in dem Wunsch, daß damit ihre Unterredung beendet sein möge.

Aber Madame Merles erdrückende Präsenz offenbarte keinerlei Symptome für ein Nachlassen derselben. Sie zog sich nur den Umhang etwas enger um den Leib und verteilte mit dieser Bewegung einen schwachen, angenehmen Duft in der Luft. »Ich verzweifle nicht; ich fühle mich ermutigt. Und ich kam auch nicht, um Sie zu schelten. Ich kam, um nach Möglichkeit die Wahrheit zu erfahren. Ich weiß, Sie werden sie mir sagen, wenn ich Sie darum bitte. Es ist ein immenser Segen, daß man sich bei Ihnen darauf verlassen kann. Nein, Sie würden es nicht glauben, welch einen Trost das für mich darstellt.«

»Von welcher Wahrheit sprechen Sie?« fragte Isabel verwundert.

»Ganz kurz: Hat Lord Warburton seine Pläne völlig aus eigenem Antrieb geändert, oder weil Sie es ihm nahelegten? Ihm zum Gefallen, meine ich, oder Ihnen selbst. Stellen Sie sich das Vertrauen vor, das ich noch zu Ihnen haben muß, obwohl ich ein wenig davon verlor«, fuhr Madame Merle mit einem Lächeln fort, »wenn ich eine solche Frage stelle!« Sie saß da und betrachtete ihre Freundin, um die Wirkung ihrer Worte zu beurteilen, und sprach dann weiter: »Jetzt seien Sie doch nicht so heroisch, seien Sie nicht unvernünftig, seien Sie nicht gekränkt! Ich finde nämlich, es gereicht Ihnen zur Ehre, wenn ich so zu Ihnen spreche. Ich kenne keine andere Frau, bei der ich das tun würde. Ich wüßte überhaupt keine andere Frau, die mir die Wahrheit sagen würde. Und sehen Sie denn nicht ein, wie gut es wäre, wenn auch Ihr Mann sie kennen würde? Es stimmt schon, daß er offenbar nicht das geringste Taktgefühl bei dem Versuch zeigte, sie herauszubekommen; er hat sich haltlosen Unterstellungen hingegeben. Doch das ändert nichts an der Tatsache, daß es für ihn einen Unterschied bei der Beurteilung der Chancen seiner Tochter machen würde, wenn er genau wüßte, was da eigentlich wirklich geschah. Wenn Lord Warburton des armen Kindes einfach überdrüssig wurde, dann ist das eben so, und es ist ein Jammer. Wenn er sie aufgab, um Ihnen einen Gefallen zu tun, ist das etwas anderes. Auch das wäre ein Jammer, aber von anderer Art. Denn in letzterem Fall würden Sie vielleicht auf diesen Gefallen verzichten, einfach um Ihre Stieftochter verheiratet zu sehen. Geben Sie ihn frei – geben Sie ihn uns!«

Madame Merle war zunächst sehr überlegt vorgegangen, hatte dabei ihre Gesprächspartnerin beobachtet und anscheinend geglaubt, sie könne ihr Ziel ungefährdet erreichen. Als sie aber weitergesprochen hatte, war Isabel blaß geworden; sie preßte die Hände fester im Schoß zusammen. Es lag nicht daran, daß ihre Besucherin schließlich den Zeitpunkt für gekommen hielt, um doch noch unverschämt zu werden, denn das war nicht das Offenkundigste. Es war ein viel schlimmerer Schrecken. »Wer sind Sie – was sind Sie?« flüsterte Isabel. »Was haben Sie mit meinem Mann zu schaffen?« Es war sonderbar, daß sie sich einen Augenblick lang ihrem Mann so nahe zur Seite stellte, als liebte sie ihn.

»Aha, Sie nehmen es also doch heroisch! Das tut mir aber sehr leid. Glauben Sie allerdings nicht, daß ich das auch mache.«

»Was geht eigentlich Sie mein Leben an?« fuhr Isabel fort.

Madame Merle erhob sich langsam, strich über ihren Muff, wandte dabei aber den Blick nicht von Isabels Gesicht. »Alles!« antwortete sie.

Isabel blieb sitzen und sah zu ihr hinauf; ihre Miene war schon fast ein Gebet um Erleuchtung. Aber das Licht aus den Augen dieser Frau glich einer Finsternis. »O Elend!« flüsterte sie schließlich, ließ sich zurücksinken und bedeckte ihr Gesicht mit den Händen. Wie eine alles verschlingende Woge war die Erkenntnis über sie gekommen, daß Mrs. Touchett im Recht gewesen war: Madame Merle hatte ihre Ehe eingefädelt. Bevor sie die Hände wieder vom Gesicht nahm, war die bewußte Dame schon nicht mehr anwesend.

An jenem Nachmittag machte Isabel eine Ausfahrt ohne die anderen. Sie wollte weit weg sein, unter freiem Himmel, wo sie aus ihrer Kutsche aussteigen und durch Wiesenblumen schreiten konnte. Schon lange vor diesem Ereignis hatte sie das alte Rom in ihr Vertrauen gezogen, denn in einer Welt voller Ruinen erschienen ihr die ihres eigenen Glücks als eine weniger naturwidrige Katastrophe. Sie lud ihre Lebensmüdigkeit auf Dinge ab, die schon vor Jahrhunderten zerfallen waren, doch noch immer aufrecht dastanden. Sie ließ ihre heimliche Trauer in die Stille einsamer Orte fallen, wo sich die sehr moderne Qualität ihrer Empfindungen verselbständigte und selbst zum Objekt wurde, so daß Isabel, während sie an einem Wintertag in einem sonnenwarmen Winkel saß oder in einer modrigen Kirche stand, die keiner besuchte, schon fast darüber lächeln und sich die Kleinheit ihrer privaten Sorgen und Nöte vor Augen halten konnte. Klein waren sie wirklich, gemessen an der großen römischen Geschichte, und das sie beständig plagende Bewußtsein von der Kontinuität menschlichen Schicksals weitete mühelos ihren Blick vom Kleineren zum Größeren. Sie hatte eine tiefe, zärtliche Bekanntschaft mit Rom geschlossen, die ihre Schmerzen durchdrang und linderte. Aber mehr und mehr wurde Rom in ihrer Vorstellung vorwiegend zu einem Ort, an dem Menschen gelitten hatten. Dies war es, was sich in den kalten Kirchen auf sie übertrug, deren Marmorsäulen, aus heidnischen Ruinen herbeigeschleppt, ihr eine Kumpanei im Leid anzubieten schienen und wo sich der abgestandene Weihrauch als eine Essenz aus lange Zeit unerhörten Gebeten darbot. Isabel war alles andere als eine überzeugte und kämpferische protestantische ›Ketzerin‹; der glaubensstärkste Andächtige hätte, wenn er die dunklen Altarbilder oder die haufenweise und dicht an dicht stehenden Kerzen auf sich wirken ließ, die suggestive Ausstrahlung dieser Dinge nicht intensiver verspüren noch in solchen Momenten für eine spirituelle Heimsuchung empfänglicher sein können. Wie wir wissen, war Pansy fast immer ihre Begleiterin, und in jüngster Zeit hatte die Gräfin Gemini, einen rosafarbenen Parasol balancierend, der Equipage schillernden Glanz verliehen; doch gelegentlich, wenn Isabel der Sinn danach stand und der Ort danach war, zog sie auch allein durch die Gegend. Für solche Stimmungen hatte sie mehrere Zufluchtsorte, von denen der vielleicht am leichtesten zugängliche ein Sitzplatz auf der niedrigen Brüstung war, die die weite, grasbewachsene Fläche vor der hohen, kalten Fassade von Sankt Johannes im Lateran begrenzt und von wo aus man über die Campagna hinwegsieht bis zu den sich weit am Horizont erstreckenden Umrissen der Albaner Berge und bis zu jener mächtigen Ebene dazwischen, die noch immer so voll ist von Zeugnissen der Vergangenheit. Seit der Abreise ihres Cousins und seiner Begleiter streifte sie mehr als sonst umher; sie trug ihre Schwermut von einem vertrauten Schrein zum nächsten. Sogar wenn Pansy und die Gräfin bei ihr waren, verspürte sie die Berührung mit einer verschwundenen Welt. Ihre Kutsche rollte, die Mauern Roms hinter sich lassend, über schmale Wege, wo das wilde Geißblatt anfängt, sich durch die Hecken zu ranken, oder wartete auf sie an stillen Orten in der Nähe der Felder, während sie immer weiter über die blumenübersäten Wiesen wanderte oder sich auf einen Stein setzte, der einst einem bestimmten Zweck gedient hatte und von dem aus sie durch den Schleier ihrer Melancholie hindurch die prachtvolle Melancholie der Landschaft betrachtete – das kräftige, warme Licht, die vielfältigen Abstufungen und weichen Vermischungen der Farben, die reglosen Schafhirten in Posen der Verlassenheit, die Hügel, wo die Wolkenschatten wie ein zartes Erröten kamen und gingen.

An jenem Nachmittag, von dem ich zu erzählen begann, hatte sie zwar den Entschluß gefaßt, nicht an Madame Merle zu denken; doch der Entschluß entpuppte sich als nichtig, und das Bildnis dieser Dame schwebte ihr beständig vor Augen. Mit fast kindlichem Entsetzen vor der Konsequenz ihrer Mutmaßung stellte sie sich die Frage, ob auf diese intime Freundin mehrerer Jahre das große, historische Attribut ›von Grund auf böse‹ angewendet werden konnte. Sie kannte solche Charaktere nur aus der Bibel und aus anderen literarischen Werken; soweit ihr bewußt war, hatte sie bislang noch keine persönliche Bekanntschaft mit dem Bösen an sich gemacht. Zwar hatte sie sich um eine umfassende Bekanntschaft mit dem Leben bemüht, doch war ihr, obwohl sie sich schmeichelte, eine derartige einigermaßen erfolgreich gepflegt zu haben, dieses elementare Privileg verweigert geblieben. Vielleicht war es ja – im historischen Sinn – nicht ›von Grund auf böse‹, wenn man ›nur‹ zutiefst falsch war; denn als solches hatte sich Madame Merle herausgestellt: als eine bodenlos, zutiefst, ja abgrundtief falsche Person. Isabels Tante Lydia hatte diese Entdeckung schon vor langer Zeit gemacht und es ihrer Nichte erzählt; doch Isabel hatte sich damals eingebildet, eine viel umfassendere Sicht der Dinge zu haben, vor allem bezüglich der Spontaneität ihres eigenen Lebensweges und der moralischen Erhabenheit ihrer eigenen Deutungen, als die arme, undifferenziert argumentierende Mrs. Touchett. Madame Merle hatte erreicht, was sie wollte; sie hatte ihre beiden Freunde zum Bund fürs Leben vereint – ein Gedankengang, der unweigerlich zu einem Staunen darüber anregte, daß sie ein solches Ereignis so unbedingt hatte herbeiführen wollen. Es gab Menschen, die von der Leidenschaft des Ehestiftens besessen waren wie die Kunstverehrer von ihrer Kunst; doch Madame Merle – große Künstlerin, die sie war – gehörte dennoch kaum zu jenen. Dafür hatte sie eine zu schlechte Meinung von der Ehe, eine zu schlechte vom Leben; sie hatte auch nur diese spezielle Heirat angestrebt und keine andere. Folglich mußte sie eine Aussicht auf einen Gewinn gehabt haben, und Isabel fragte sich, worin für sie der Profit gelegen haben mochte. Naturgemäß brauchte sie lange dazu, um es herauszufinden, und selbst dann war ihre Entdeckung noch unvollständig. Sie erinnerte sich wieder, wie Madame Merle, die sie zwar schon von ihrer ersten Begegnung in Gardencourt an zu mögen schien, ihre Zuneigung nach Mr. Touchetts Tod und nach Vernehmen der Kunde verdoppelt hatte, daß ihre junge Freundin zum Objekt der tätigen Nächstenliebe des gütigen alten Mannes geworden war. Ihr Profit hatte nicht etwa in dem ungeschlachten Kunstgriff bestanden, sich Geld zu pumpen, sondern in dem raffinierteren Konzept, einem ihrer engen Freunde Zugang zu dem neu erworbenen, jungfräulichen Vermögen der jungen Frau zu verschaffen. Natürlich hatte sie dazu ihren intimsten Freund auserkoren, und Isabel hatte bereits überdeutlich zu spüren bekommen, daß Gilbert diese Position innehatte. Auf diese Weise fand sich Isabel mit der Gewißheit konfrontiert, daß ausgerechnet der Mann, der für sie der am wenigsten niederträchtige und selbstsüchtige von allen gewesen war, sie wie ein dahergelaufener Abenteurer nur ihres Geldes wegen geheiratet hatte. So seltsam es klingt, aber dieser Gedanke war ihr nie zuvor gekommen; wenn sie Osmond insgeheim auch alles mögliche zugetraut hatte, für so schlecht hatte sie ihn doch nicht gehalten. Das war nun das Schlimmste, was sie sich vorstellen konnte und von dem sie sich immer gesagt hatte, es stehe ihr noch bevor. Ein Mann durfte sehr wohl eine Frau ihres Geldes wegen heiraten; so etwas geschah alle Tage. Aber zumindest sollte er es sie dann wissen lassen. Sie fragte sich, ob ihn ihr Geld, hinter dem er ja hergewesen war, nun zufriedenstellte. Würde er ihr Geld nehmen und sie gehen lassen? Ach, wenn Mr. Touchetts uneigennützige

Hilfsbereitschaft ihr doch nur heute beistehen würde, dann wäre sie in der Tat ein Segen gewesen! Es dauerte nicht allzu lange, bis ihr einfiel, daß, falls Madame Merle wirklich Gilbert hatte einen Dienst erweisen wollen, dessen Dankbarkeit wegen der empfangenen Wohltat inzwischen an Wärme verloren haben mußte. Wie waren seine heutigen Gefühle gegenüber seiner allzu eifrigen Wohltäterin beschaffen, und welche Ausdrucksformen mußten sie bei einem solchen Meister der Ironie und des Zynismus gefunden haben? Es ist eine einzigartige, doch charakteristische Tatsache, daß, noch ehe Isabel von ihrer schweigsamen Ausfahrt zurückkehrte, sie deren Stille mit dem gedämpften Ausruf durchbrochen hatte: »Arme, arme Madame Merle!«

Ihr Mitleid hätte vielleicht noch am selben Nachmittag seine Berechtigung erfahren, wäre sie hinter einem der wertvollen Vorhänge aus altem und deshalb geschmeidigem Damast verborgen gewesen, die den interessanten kleinen Salon jener Dame dekorierten, auf die sich dieses Mitgefühl bezog; jenes sorgfältig arrangierte Appartement, dem wir schon einmal, in Gesellschaft des umsichtigen Mr. Rosier, einen Besuch abstatteten. In diesem Appartement hatte, gegen sechs Uhr, Gilbert Osmond Platz genommen, und seine Gastgeberin stand genau so vor ihm, wie Isabel sie anläßlich einer Begebenheit hatte stehen sehen, welcher man sich in dieser Geschichte mit einer Nachdrücklichkeit erinnern sollte, die nicht so sehr von ihrer scheinbaren als vielmehr von ihrer wirklichen Bedeutung herrührt.

»Ich glaube nicht, daß du unglücklich bist; ich glaube, dir gefällt dein Leben«, sagte Madame Merle.

»Sagte ich etwas davon, daß ich unglücklich wäre?« fragte Osmond mit einem Gesicht, das ernst genug war, um eine solche Annahme zu bestätigen.

»Nein, aber du sagst auch nicht das Gegenteil, wie du es aus Gründen allgemeiner Dankbarkeit tun solltest.«

»Komm mir nicht mit Dankbarkeit«, gab er trocken zurück. »Und rege mich nicht auf«, setzte er gleich hinzu.

Madame Merle setzte sich langsam mit verschränkten Armen, so daß die eine weiße Hand als Stütze für den einen Arm diente und die andere sozusagen den Schmuck für den zweiten darstellte. Sie sah ungemein ruhig, doch beeindruckend betrübt aus.

»Und du deinerseits versuche nicht, mich einzuschüchtern. Ich frage mich, ob du in etwa errätst, was ich denke.«

»Über deine Gedanken zerbreche ich mir den Kopf so wenig wie möglich. Ich habe genug mit meinen eigenen zu tun.«

»Das kommt daher, weil sie so besonders erfreulich sind.« Osmond legte den Kopf gegen die Sessellehne und sah seine Gefährtin mit zynischer Direktheit an, die auch zum Teil ein Ausdruck von Erschöpfung hätte sein können. »Du regst mich ja doch auf!« bemerkte er kurz darauf. »Ich bin fix und fertig.«

»*Eh moi donc!*« rief Madame Merle.

»Du machst dir selbst das Leben schwer. Ich aber kann für meinen Zustand nichts.«

»Wenn ich mir das Leben schwermache, dann deinetwegen. Ich habe dir schließlich zu einem kapitalen Interesse verholfen – und zu einem interessanten Kapital. Das ist ein großes Geschenk.«

»Das nennst du interessant?« erkundigte sich Osmond gleichgültig.

»Aber sicher, denn es hilft dir, die Zeit zu vertreiben.«

»Noch nie ist mir die Zeit so lang vorgekommen wie diesen Winter.«

»Noch nie hast du besser ausgesehen; noch nie bist du so nett gewesen, so großartig.«

»Zum Teufel mit meiner Großartigkeit!« brummte er nachdenklich. »Wie wenig du mich doch letztlich kennst!«

»Wenn ich dich nicht kenne, kenne ich gar nichts«, lächelte Madame Merle. »Du verspürst das Gefühl eines vollen Erfolgs.«

»Nein; das verspüre ich erst, wenn ich dich so weit gebracht habe, daß du nicht mehr an mir herumkritisierst.«

»Damit habe ich schon vor langer Zeit aufgehört. Ich spreche jetzt aus viel früherer Erkenntnis. Und du teilst dich neuerdings auch mehr mit.«

Osmond zögerte nur kurz. »Ich wünschte, du würdest dich weniger mitteilen!«

»Du möchtest mich gern zum Schweigen verdonnern? Dann denk daran, daß ich noch nie ein Plappermaul gewesen bin. Jedenfalls gibt es da drei oder vier Dinge, die ich dir noch sagen möchte. Deine Frau weiß nicht, was sie mit sich anfangen soll«, fuhr sie in verändertem Ton fort.

»Bitte um Verzeihung – das weiß sie sehr genau. Sie folgt einer klaren Linie. Sie wird ihre Vorstellungen auch verwirklichen.«

»Ihre momentanen Vorstellungen müssen bemerkenswert sein.«

»Das sind sie absolut. Und davon hat sie mehr denn je.«

»Heute morgen war sie allerdings nicht in der Lage, mir ein paar davon aufzuzeigen«, sagte Madame Merle. »Sie schien mir in einer sehr einfältigen, fast beschränkten Verfassung zu sein. Sie war völlig durcheinander.«

»Dann sag doch gleich, daß sie ein Bild des Jammers bot.«

»Ach nein, ich will dich nicht zu sehr in deiner Einstellung bestärken.«

Er hatte noch immer den Kopf gegen das Kissen hinter sich gelehnt; der Knöchel seines einen Fußes ruhte auf dem anderen Knie. So saß er eine Weile da. »Ich möchte wirklich gerne wissen, was eigentlich mit dir los ist«, sagte er schließlich.

»Was los ist – was los ist –!« Und hier brach Madame Merle ab. Dann sprach sie in einem plötzlichen, leidenschaftlichen Ausbruch weiter – ein sommerlicher Donnerschlag aus heiterem Himmel: »Was los ist? Daß ich meine rechte Hand dafür geben würde, wenn ich weinen könnte, aber ich kann es nicht!«

»Was hättest du davon, wenn du heulst?«

»Ich würde mich fühlen wie zu der Zeit, bevor ich dich kennenlernte.«

»Wenn ich deine Tränen ausgetrocknet hätte, dann wäre das doch immerhin etwas. Aber ich habe gesehen, wie du welche vergossen hast.«

»Oh, ich habe keine Zweifel, daß du mich noch immer zum Heulen bringen kannst. Und zwar so, daß ich wie ein Wolf heule. Darauf hoffe ich unbedingt – das brauche ich unbedingt. Heute morgen bin ich ekelhaft gewesen, einfach scheußlich«, sagte sie.

»Wenn Isabel sich in der von dir angesprochenen Verfassung einfältiger Beschränktheit befunden hat, dürfte sie das eigentlich gar nicht mitgekriegt haben«, antwortete Osmond.

»Es waren ja genau meine Teufeleien, die sie so lähmten. Ich konnte nicht anders; ich war bis oben voll mit Bosheit. Vielleicht auch mit etwas Gutem; ich weiß es nicht. Du hast nicht nur meine Tränen ausgetrocknet, du hast auch meine Seele ausgetrocknet.«

»Somit bin also nicht ich es, der für den Zustand meiner Frau verantwortlich ist«, sagte Osmond. »Es ist ein sympathischer Gedanke, daß ich von deinem Einfluß auf sie profitieren werde. Weißt du nicht, daß die Seele unsterblich ist? Wie kann sie da Veränderungen durchmachen?«

»Ich glaube ganz und gar nicht, daß sie unsterblich ist. Ich glaube, man kann sie total vernichten. Und genau das ist mit meiner geschehen, die früher einmal eine gute gewesen ist. Und dir habe ich es zu verdanken. Du bist wirklich sehr schlecht«, ergänzte sie mit feierlichem, ernstem Nachdruck.

»Ist das jetzt unsere Schlußszene?« fragte Osmond mit unvermindert vorsätzlicher Kälte.

»Ich weiß nicht, wie unsere Schlußszene aussehen wird. Ich wollte, ich wüßte es! Wie enden schlechte Menschen? – besonders im Hinblick auf ihre gemeinsamen Verbrechen? Du hast mich zu einem so schlechten Menschen gemacht, wie du selbst einer bist.«

»Das verstehe ich nicht. Ich finde dich eigentlich ganz gut«, sagte Osmond, und seine betonte Gleichgültigkeit steigerte die Wirkung seiner Worte.

Im Gegensatz dazu schien Madame Merles Selbstbeherrschung im Schwinden begriffen zu sein, und sie war näher daran, sie vollends zu verlieren, als bei jedem anderen Anlaß, bei dem wir das Vergnügen hatten, ihr zu begegnen. Ihr glühender Blick verfinsterte sich; ihr Lächeln verriet schmerzliche Anspannung. »Ganz gut für all das, was ich aus mir gemacht habe? Das wird es wohl sein, was du meinst.«

»Ganz gut, weil du immer so charmant bist!« rief Osmond aus und lächelte ebenfalls.

»O Gott!« flüsterte seine Gefährtin. Und so saß sie da in ihrer reifen Frische und bediente sich der gleichen Geste, die sie am Morgen bei Isabel provoziert hatte: Sie senkte den Kopf und bedeckte ihr Gesicht mit den Händen.

»Fängst du jetzt doch noch an zu heulen?« fragte Osmond. Und da sie reglos verharrte, fuhr er fort: »Habe ich mich jemals bei dir beklagt?«

Sie ließ rasch die Hände fallen. »Nein, du hast dir deine Rache anderweitig verschafft – nämlich bei ihr.«

Osmond warf den Kopf noch weiter in den Nacken. Er sah eine Weile zur Decke hinauf, so daß man hätte vermuten können, er rufe, auf eine unzeremonielle Art, die himmlischen Mächte an. »Ach, die Phantasie der Frauen! Sie ist im Grunde immer geschmacklos. Du redest da was von Rache daher wie ein drittklassiger Romanschreiber.«

»Natürlich hast du dich nicht bei mir beklagt. Dazu hast du deinen Triumph viel zu sehr genossen!«

»Da bin ich doch recht neugierig, was du meinen Triumph nennst.«

»Du hast es soweit gebracht, daß deine Frau Angst vor dir hat.«

Osmond veränderte seine Körperhaltung; er beugte sich vor, stützte die Ellbogen auf den Knien auf und betrachtete eine Zeitlang die schöne, alte Perserbrücke zu seinen Füßen. Sein Gebaren signalisierte die Weigerung, von irgend jemandem irgendeine Taxierung von irgend etwas zu akzeptieren, und sei es auch nur die Bestimmung der Uhrzeit, statt dessen es aber vorzuziehen, sich selbst treu zu bleiben – eine seiner Absonderlichkeiten, die ihn gelegentlich zu einem aufreizenden Partner im Umgang machten. »Isabel hat keine Angst vor mir, und sie soll auch keine haben«, sagte er schließlich. »Zu was willst du mich eigentlich herausfordern, wenn du solche Sachen sagst?«

»Ich habe mir bloß alles Leid vorgestellt, das du mir noch antun kannst«, antwortete Madame Merle. »Deine Frau hatte heute morgen vor mir Angst, aber du warst es, den sie in meiner Person wirklich fürchtete.«

»Du hast wahrscheinlich Dinge gesagt, die taktlos und geschmacklos waren; dafür bin ich nicht verantwortlich. Warum du sie aufgesucht hast, ist mir sowieso nicht klar; du bist doch sehr wohl in der Lage, ohne sie zu handeln. Soweit ich sehen kann, habe ich dir keine Angst vor mir eingeflößt«, fuhr er fort. »Wie hätte ich es dann bei ihr schaffen sollen? Du bist zumindest genauso trotzig. Es ist mir unbegreiflich, wo du einen solchen Quatsch aufgelesen hast; eigentlich sollte man ja annehmen, du würdest mich allmählich kennen.« Er erhob sich während des Sprechens und schlenderte zum Kamin, wo er einen Moment lang stehenblieb und, als sähe er sie zum ersten Mal, aufmerksam die zerbrechlichen, seltenen Porzellanobjekte betrachtete, mit denen der Sims dekoriert war. Er nahm eine kleine Tasse auf und hielt sie in der Hand; mit dem Täßchen in der Hand und dem Arm auf dem Sims sprach er weiter: »Du siehst immer zuviel in allem; du übertreibst; du verlierst den Bezug zur Wirklichkeit. Ich bin viel einfacher, als du denkst.«

»Ich denke, du bist sehr einfach.« Und Madame Merle hielt den Blick auf ihre Tasse gerichtet. »Das ist mir im Lauf der Zeit schon aufgegangen. Ich habe dich, wie schon gesagt, aus früherer Sicht beurteilt; aber erst seit deiner Heirat verstehe ich dich. Ich verstehe besser, was du für deine Frau bedeutest, als ich je verstanden habe, was du für mich bedeutet hast. Bitte, sei ganz vorsichtig mit diesem kostbaren Stück.«

»Das hat ohnedies schon einen leichten Knacks weg«, sagte Osmond trocken, als er es zurückstellte. »Wenn du mich nicht vor meiner Heirat verstanden hast, dann war es gräßlich unbesonnen von dir, mich in eine solche Kiste hineinzustecken. Allerdings habe ich später Gefallen an meiner Kiste gefunden; ich hielt sie für komfortabel und genau auf mich zugeschnitten. Ich habe doch nicht viel verlangt; ich habe nur verlangt, daß sie mich gern hat.«

»Daß sie dich ganz arg gern hat!«

»Ganz arg – selbstverständlich; in einem solchen Falle strebt man nach dem Maximum. Daß sie mich anhimmelt, wenn du so willst. O ja, genau das wollte ich.«

»Ich habe dich nie angehimmelt«, sagte Madame Merle.

»Oh – du hast aber so getan als ob!«

»Mich hast du in der Tat nie beschuldigt, ein ›komfortabler Zuschnitt‹ für dich zu sein«, fuhr Madame Merle fort.

»Meine Frau hat es abgelehnt – abgelehnt, irgend etwas in dieser Richtung zu sein«, sagte Osmond. »Wenn du daraus unbedingt eine Tragödie machen mußt, dann ist das wohl kaum ihre Tragödie.«

»Es ist meine Tragödie!« rief Madame Merle aus und stand mit einem langen, leisen Seufzer auf, wobei sie aber gleichzeitig den Zierat auf dem Kaminsims im Auge behielt. »Es sieht danach aus, als bekäme ich gerade eine bittere Lektion erteilt über die Nachteile einer falschen Position.«

»Du klingst wie eine Phrase aus dem Aufsatzheft. Wir müssen uns dort trösten, wo wir Trost finden. Wenn meine Frau mich schon nicht mag, dann tut es doch zumindest mein Kind. Als Ersatz werde ich mich an Pansy halten. Glücklicherweise habe ich an ihr nichts auszusetzen.«

»Ach«, sagte Madame Merle leise, »wenn ich ein Kind hätte – !«

Osmond wartete zunächst ab und sagte dann ein wenig förmlich: »Die Kinder anderer Leute können ein großes Kapital sein!« verkündete er.

»Du klingst noch mehr wie ein Aufsatzheft als ich. Immerhin gibt es etwas, was uns zusammenhält.«

»Ist es die Idee von dem Leid, das ich dir noch antun kann?« fragte Osmond.

»Nein, es ist die Idee von dem Guten, das ich noch für dich tun kann. Das ist es«, spann Madame Merle den Gedanken weiter, »was mich so eifersüchtig auf Isabel macht. Ich will, daß es mein Werk ist«, ergänzte sie, wobei sich ihre Miene, die hart und bitter geworden war, wieder zu ihrer üblichen glatten Weichheit entspannte.

Ihr Freund nahm Hut und Schirm auf, ließ dem erstgenannten Objekt zwei oder drei bürstende Striche mit dem Ärmelaufschlag angedeihen und sagte dann: »Insgesamt gesehen finde ich es besser, wenn du alles mir überläßt.«

Nachdem er sie verlassen hatte, ging sie als erstes zum Kaminsims hinüber und nahm die geschmähte Kaffeetasse auf, an der er die Existenz eines Sprungs festgestellt hatte. Aber sie betrachtete sie reichlich geistesabwesend. »Bin ich denn ganz umsonst so gemein gewesen?« jammerte sie vor sich hin.

50. KAPITEL

Da die Gräfin Gemini nicht mit den Monumenten des Altertums vertraut war, erbot sich Isabel ab und an, ihr diese interessanten Relikte vergangener Zeiten vorzustellen und der nachmittäglichen Ausfahrt eine sozusagen antiquarische Zielsetzung zu geben. Die Gräfin, die eingestandenermaßen ihre Schwägerin für ein Wunder an Gelehrsamkeit hielt, erhob nie Einwände und staunte die Massen römischen Mauerwerks so geduldig an, als handele es sich um Haufen moderner Textilien. Sie hatte keinen Sinn fürs Historische, obwohl sie auf gewissen Gebieten einen Sinn fürs Anekdotische hatte und, soweit es sie selbst betraf, einen fürs Apologetische; aber sie freute sich so sehr, in Rom zu sein, daß sie weiter nichts wollte, als sich mit der Strömung treiben zu lassen. Sie würde mit Vergnügen jeden Tag eine Stunde in der feuchten Dunkelheit der Titusthermen verbracht haben, wenn davon ihr weiterer Aufenthalt im Palazzo Roccanera abgehangen hätte. Isabel war jedoch keine gestrenge Fremdenführerin; sie besuchte die Ruinen hauptsächlich deswegen, weil sie einen Vorwand lieferten, um über andere Themen zu sprechen als die Liebeshändel der Damen von Florenz, zu denen ihre Begleiterin unermüdlich Informationen anbot. Es muß hinzugefügt werden, daß die Gräfin während solcher Besuche sich jeglicher Form aktiver historischer Forschungsarbeit enthielt; sie zog es vor, in der Kutsche sitzen zu bleiben und in Ausrufen kundzutun, daß alles höchst interessant sei. Auf diese Weise hatte sie bisher das Kolosseum besichtigt, zum unendlichen Bedauern ihrer Nichte, die – bei allem Respekt, den sie ihr schuldete – nicht verstehen konnte, warum die Tante das Fahrzeug nicht verlassen und das Bauwerk betreten wollte. Pansy hatte ansonsten so wenig Gelegenheit zu eigenmächtigen Streifzügen, daß ihre Sicht des Falles eine nicht völlig uneigennützige war; es läßt sich wohl leicht ihre geheime Hoffnung erahnen, daß der Gast ihrer Eltern, war er erst einmal im Innern, überredet werden könnte, mit in die oberen Ränge hinaufzuklettern. Und es kam der Tag, an dem die Gräfin ihre Bereitschaft verkündete, dieses Bravourstück in Angriff zu nehmen – ein milder Nachmittag im März, an dem der windige Monat gelegentlich einen Hauch von Frühling zum Besten gab. Die drei Damen betraten das Kolosseum gemeinsam, aber dann verließ Isabel ihre Begleiterinnen und spazierte allein in dem Amphitheater umher. Sie war schon oft zu diesen trostlosen und verlassenen Gesimsen hinaufgestiegen, von denen die römischen Massen ihren Beifall hinuntergebrüllt hatten und wo nun wilde Blumen (wenn man sie ließ) in den tiefen Ritzen blühten; und am heutigen Tag fühlte sie sich abgespannt und in der Stimmung, sich einfach in der geplünderten Arena hinzusetzen. Es stellte für sie auch eine Erholungspause dar, denn oftmals nahm die Gräfin mehr Aufmerksamkeit für sich in Anspruch, als sie an andere zurückgab, und Isabel ging davon aus, daß ihre Schwägerin, wenn sie mit ihrer Nichte allein war, den Staub sich ein Weilchen setzen lassen würde auf den Skandalen der Arniden. So blieb sie also unten, während Pansy ihre unkritische Tante zu der steilen Treppe aus Quadersteinen führte, an deren Fuß ein Wärter das hohe Holztor aufsperrt. Die große Arena lag halb im Schatten; die im Westen stehende Sonne brachte die blaßrote Nuance der massiven Travertinblöcke zum Vorschein, einen latenten Farbton, der das einzige lebendige Element in der riesigen Ruine ist. Hier und da schlenderten ein Bauer oder ein Tourist umher, sahen zu der Kontur der Mauer hinauf, die sich weit oben vor dem Himmel abzeichnete und wo, in der klaren Stille, eine große Anzahl Schwalben ihre Kreise zog und Sturzflüge vorführte. Kurz darauf wurde Isabel gewahr, daß einer der anderen Besucher, der sich mitten in der Arena aufgepflanzt hatte, seine ganze Aufmerksamkeit ihrer Person widmete und sie mit einer ganz bestimmten leichten Schiefhaltung des Kopfes betrachtete, die ihr vor einigen Wochen als charakteristischer Ausdruck einer zwar momentan blockierten, doch ansonsten felsenfesten Entschlossenheit aufgefallen war. Eine solche Pose konnte auch am heutigen Tage nur zu Mr. Edward Rosier gehören, und in der Tat stellte sich heraus, daß dieser Gentleman gerade mit sich zu Rate ging, ob er Isabel ansprechen solle. Nachdem er sich vergewissert hatte, daß sie ohne Begleitung war, trat er näher und bemerkte, sie werde, obwohl sie seine Briefe nicht zu beantworten beliebe, vielleicht ihr Ohr seiner mündlichen Eloquenz nicht völlig versagen. Sie erwiderte, daß ihre Stieftochter ganz in der Nähe sei und sie ihm nur fünf Minuten gewähren könne, woraufhin er seine Uhr herausholte und sich auf einen geborstenen Quader setzte.

»Es ist schnell erzählt«, sagte Edward Rosier. »Ich habe meine ganzen Nippes verkauft!« Unwillkürlich gab Isabel einen Ausruf des Entsetzens von sich; es war, als hätte er ihr erzählt, er habe sich alle Zähne ziehen lassen. »Ich ließ sie bei einer Auktion im Hotel Drouot versteigern«, erzählte er weiter. »Der Verkauf hat vor drei Tagen stattgefunden, und das Ergebnis wurde mir telegraphisch mitgeteilt. Es ist großartig.«

»Das freut mich zu hören; aber ich wollte, Sie hätten Ihre hübschen Sachen behalten.«

»Statt dessen habe ich nun das Geld – fünfzigtausend Dollar. Wird Mr. Osmond mich jetzt für reich genug halten?«

»Haben Sie es deshalb getan?« fragte Isabel freundlich.

»Weshalb in aller Welt denn sonst? Das ist das einzige, woran ich denke. Ich fuhr nach Paris und traf meine Vorkehrungen. Beim Verkauf konnte ich nicht dabei sein; ich hätte es nicht mit ansehen können; ich denke, es hätte mich umgebracht. Aber ich legte meine Stücke in gute Hände, und sie erzielten hohe Preise. Ich sollte Ihnen noch sagen, daß ich meine Emailsachen nicht verkaufte. Jetzt habe ich das Geld in der Tasche, und er kann nicht mehr behaupten, ich sei arm!« rief der junge Mann trotzig.

»Er wird jetzt behaupten, Sie seien nicht ganz gescheit«, sagte Isabel, als hätte Gilbert Osmond dies noch nie zuvor gesagt.

Rosier sah sie scharf an. »Soll das heißen, daß ich ohne meine Bibelots nichts wert bin? Soll das heißen, die waren das Beste an mir? Das haben schon die in Paris immer gesagt; oh – die haben da überhaupt kein Blatt vor den Mund genommen. Aber die haben ja auch Pansy nicht gesehen!«

»Mein lieber Freund, Sie verdienen es, Erfolg zu haben«, sagte Isabel mit aller Liebenswürdigkeit.

»Sie sagen das so traurig, daß Sie genausogut auch das Gegenteil hätten sagen können.« Und mit Zweifel und Verzagtheit im eigenen Blick suchte er eine Antwort in dem ihren. Er machte den Eindruck eines Mannes, der weiß, daß er eine Woche lang Stadtgespräch von Paris gewesen und auf Grund dessen mindestens um einen halben Kopf größer geworden ist, der aber auch unter dem schmerzlichen Verdacht leidet, daß trotz seiner gewachsenen Statur ein oder zwei Personen noch immer die Boshaftigkeit besitzen, ihn für zu kleinformatig zu halten. »Ich weiß, was hier vor sich ging, während ich fort war«, sprach er weiter. »Was erwartet Mr. Osmond nun, nachdem sie Lord Warburton einen Korb gegeben hat?«

Isabel überlegte. »Daß sie einen anderen Adeligen heiratet.«

»Was für einen anderen Adeligen?«

»Einen, den er aussucht.«

Rosier erhob sich langsam und steckte seine Uhr in die Westentasche. »Sie machen sich über jemanden lustig, aber ich glaube, dieses Mal nicht über mich.«

»Ich wollte mich nicht lustig machen«, sagte Isabel. »Ich bin sehr selten lustig. Aber jetzt gehen Sie besser wieder.«

»Ich fühle mich hier durchaus sicher!« erklärte Rosier und rührte sich nicht von der Stelle. So mochte es wohl sein, aber anscheinend konnte er das Gefühl noch dadurch steigern, daß er diese Bekanntmachung mit reichlich lauter Stimme abgab, wobei er selbstzufrieden ein bißchen auf den Zehenspitzen wippte und einen Blick durch das Rund des Kolosseums warf, als seien alle Plätze mit Zuschauern besetzt. Plötzlich sah Isabel, wie er die Farbe wechselte; er hatte mehr Zuschauer als erwartet. Sie drehte sich um und erblickte ihre beiden Begleiterinnen, die von ihrer Exkursion zurückgekehrt waren. »Sie müssen jetzt wirklich gehen«, sagte sie rasch.

»Ach, werte Dame, habt Erbarmen!« flüsterte Edward Rosier mit einer Stimme, die in merkwürdigem Gegensatz zu der Bekanntmachung stand, die ich soeben zitierte. Und dann setzte er beflissen hinzu wie ein Mann, dem inmitten all seines Elends ein glücklicher Einfall kommt: »Ist diese Dame dort die Gräfin Gemini? Ich verspüre ein großes Bedürfnis, ihr vorgestellt zu werden.«

Isabel sah ihn kurz an. »Sie hat keinen Einfluß auf ihren Bruder.«

»Oh – Sie stellen ihn aber wirklich wie ein Monster hin!« Und damit wandte sich Rosier mutig der Gräfin zu, die Pansy mit einer Lebhaftigkeit vorauseilte, welche man vielleicht zum Teil

611

dem Umstand zuschreiben konnte, daß sie ihrer Schwägerin in angeregter Unterhaltung mit einem sehr attraktiven jungen Mann ansichtig geworden war.

»Ich bin froh, daß Sie Ihre Emailsachen behalten haben!« rief Isabel und ließ ihn stehen. Sie begab sich stracks zu Pansy, die beim Anblick Edward Rosiers kurz und mit gesenktem Blick stehengeblieben war. »Gehen wir zur Kutsche zurück«, sagte sie sanft.

»Ja, es wird schon spät«, gab Pansy noch sanfter zurück. Und ging mit, ohne Protest, ohne Zögern, ohne einen Blick zurück.

Isabel allerdings gestattete sich ebendiese Freiheit und sah, daß es sogleich zu einer Begegnung zwischen der Gräfin und Mr. Rosier gekommen war. Er hatte seinen Hut abgenommen und verbeugte sich und lächelte; offensichtlich stellte er sich gerade vor, währenddessen sich die ausdrucksstarke Rückseite der Gräfin mit einer graziösen Schrägstellung Isabels Blick darbot. Diese Tatbestände entschwanden nichtsdestoweniger gleich wieder dem Gesichtsfeld, da Isabel und Pansy ihre Plätze in der Kutsche einnahmen. Pansy, die ihrer Stiefmutter gegenübersaß, hielt die Augen zunächst starr auf ihren Schoß gerichtet; dann hob sie sie und sah Isabel in die Augen. Aus beiden leuchtete ein kleiner, melancholischer Schimmer – ein Funke schüchterner Leidenschaft, der Isabel im Grunde ihres Herzens rührte. Gleichzeitig brach eine Woge des Neids über ihre Seele herein, als sie das furchtsam bebende Verlangen, die klar umrissene Idealvorstellung der Kleinen mit ihrer eigenen, sterilen Verzweiflung verglich. »Arme kleine Pansy!« sagte sie liebevoll.

»Ach, macht doch nichts!« antwortete Pansy im Ton beflissener Rechtfertigung.

Und danach herrschte Schweigen; die Gräfin ließ erheblich auf sich warten. »Hast du deiner Tante alles gezeigt, und hat es ihr gefallen?« fragte Isabel schließlich.

»Ja, ich habe ihr alles gezeigt. Ich glaube, sie war sehr zufrieden.«

»Und du bist hoffentlich jetzt nicht müde?«

»O nein, danke, ich bin nicht müde.«

Die Gräfin blieb noch immer aus, so daß Isabel den Diener bat, ins Kolosseum zu gehen und ihr auszurichten, daß man auf sie warte. Er kam gleich wieder mit dem Bescheid, die Signora Contessa bitte darum, nicht auf sie zu warten – sie werde mit einer Droschke heimfahren!

Ungefähr eine Woche, nachdem sich die rasch erwachten Mitgefühle dieser Dame in Mr. Rosiers Dienst gestellt hatten, begab sich Isabel ziemlich spät in ihre Räumlichkeiten, um sich für das Dinner umzukleiden, und fand Pansy in ihrem Zimmer sitzend vor. Das Mädchen schien sie erwartet zu haben; es stand von seinem Hocker auf. »Entschuldige, daß ich mir die Freiheit genommen habe«, sagte sie leise und mit dünner Stimme. »Es ist die letzte – für einige Zeit.«

Ihre Stimme klang befremdlich, und ihre weit aufgerissenen Augen blickten aufgeregt und verängstigt. »Du gehst doch wohl nicht fort!« rief Isabel aus.

»Ich gehe ins Kloster.«

»Ins Kloster?«

Pansy trat näher, bis sie nahe genug war, um die Arme um Isabel zu schlingen und ihren Kopf auf deren Schulter zu legen. So blieb sie einen Augenblick lang reglos stehen, aber Isabel konnte spüren, wie sie bebte. Das Zittern ihres kleinen Körpers drückte alles aus, was sie nicht sagen konnte. Dennoch drang Isabel in sie: »Warum gehst du ins Kloster?«

»Weil Papa es für das Beste hält. Er sagt, daß es für ein junges Mädchen nichts Beßres gibt, als wenn es sich ab und zu ein wenig zu innerer Einkehr zurückzieht. Er sagt, daß die Welt – und besonders alles Weltliche – für ein junges Mädchen sehr schlecht ist. Das ist jetzt bloß die Gelegenheit für ein wenig innere Versenkung – für ein bißchen Nachdenken.« Pansy sprach in kurzen, abgehackten Sätzen, als könne sie sich selbst nicht so recht trauen. Und dann setzte sie als Triumph ihrer Selbstzucht hinzu: »Ich finde, Papa hat recht; ich bin diesen Winter soviel in der Welt gewesen.«

Ihre Mitteilung übte eine sonderbare Wirkung auf Isabel aus; sie schien eine größere Bedeutung zu beinhalten, als dem Mädchen selbst bewußt war. »Wann wurde das entschieden?« fragte sie. »Ich habe nichts davon gewußt.«

»Papa sagte es mir vor einer halben Stunde; er hielt es für besser, wenn im voraus nicht zuviel darüber geredet würde. Madame Catherine soll mich um Viertel nach sieben abholen, und ich soll nur zwei Kleider mitnehmen. Es ist ja nur für ein paar Wochen; es ist bestimmt sehr gut für mich. Ich treffe dort all die Damen wieder, die immer so nett zu mir waren, und ich werde die kleinen Mädchen sehen, die gerade ihre Ausbildung bekommen. Ich mag kleine Mädchen wahnsinnig gern«, sagte Pansy mit einem winzigen Schuß Großartigkeit. »Und Mutter Catherine mag ich auch wahnsinnig gern. Ich werde ganz brav sein und eine Menge nachdenken.«

Isabel hörte ihr mit angehaltenem Atem zu; sie war wie vom Donner gerührt. »Und denk auch manchmal an *mich*!«

»Oh – komm mich doch bald besuchen!« rief Pansy, und ihr Aufschrei klang ganz anders als die heroischen Bekundungen, die sie soeben von sich gegeben hatte.

Isabel konnte nichts weiter sagen; sie verstand nichts mehr; sie spürte nur, wie wenig sie ihren Mann kannte. Ihre Antwort für seine Tochter war ein langer, liebevoller Kuß.

Eine halbe Stunde später erfuhr sie von ihrer Zofe, daß Madame Catherine mit einer Droschke vorgefahren und mit der Signorina wieder abgefahren war. Als sie vor dem Dinner in den Salon ging, traf sie dort die Gräfin Gemini allein an, und diese Dame bewertete das Ereignis mit einem wundervollen Zurückwerfen des Kopfes und dem Ausruf: *»En voilà, ma chère, une pose!«* Aber wenn das alles nur Theater sein sollte, dann konnte Isabel nicht begreifen, was ihr Mann mit dieser Inszenierung bezweckte. Ihr dämmerte nur vage, daß er wieder einer seiner sogenannten Traditionen folgte, die sie nicht kannte. Es war ihr so zur Gewohnheit geworden, sorgsam auf das zu achten, was sie ihm gegenüber äußerte, daß sie, so seltsam das auch klingen mag, nach seinem Eintreten einige Minuten lang zögerte, ehe sie die plötzliche Abreise seiner Tochter erwähnte. Sie kam erst darauf zu sprechen, als sie bei Tisch saßen. Doch sie hatte es sich ein für allemal verboten, Osmond eine Frage zu stellen. Alles, was sie tun konnte, war eine Feststellung zu treffen, und als solche bot sich die sehr natürliche an: »Ich werde Pansy sehr vermissen.«

Eine Weile betrachtete er mit leicht geneigtem Kopf den Blumenkorb in der Mitte des Tisches. »Ach ja«, sagte er dann, »das hatte ich mir schon gedacht. Du mußt sie unbedingt besuchen, nicht wahr; aber nicht zu oft. Ich unterstelle, daß du dich fragst, warum ich sie zu den Schwestern schickte; allerdings bezweifle ich, daß ich dir das begreiflich machen kann. Letztlich spielt es auch keine Rolle; also belaste dich gar nicht erst damit. Deswegen habe ich auch nicht darüber gesprochen. Ich habe nicht angenommen, daß du mir folgen würdest. Aber die Idee an sich hatte ich schon immer; ich bin schon immer der Ansicht gewesen, daß das zur Erziehung einer Tochter dazugehört. Eine Tochter hat frisch und schön zu sein, unverdorben und von vornehmer

Zurückhaltung. Bei den Sitten, wie sie heutzutage herrschen, wirkt sie schnell mitgenommen und damit uninteressant. Pansy ist bereits ein bißchen mitgenommen, ein bißchen ramponiert; sie hat sich zuviel herumgetrieben. Dieser umtriebige Pöbel da, der sich Gesellschaft nennt – da sollte man sie hin und wieder herausnehmen. Ein Konvent konveniert da hervorragend; er ist sehr ruhig, sehr heilsam. Mir gefällt die Vorstellung, wie sie sich dort in dem alten Garten aufhält, unter den Arkaden, inmitten dieser ausgeglichenen, tugendhaften Frauen. Viele von denen stammen aus höheren Kreisen, manche sind sogar adelig. Dort hat sie ihre Bücher und ihre Malsachen, dort hat sie ihr Klavier. Ich habe alles äußerst großzügig arrangiert. Nichts von wegen Askese – nur ein gewisses kleines Gefühl von Zurückgezogenheit. Sie wird Zeit zum Nachdenken haben, und ich möchte, daß sie über eine Sache besonders nachdenkt.« Osmond formulierte wohlüberlegt, vernünftig, den Kopf noch immer leicht schräg, als betrachte er den Blumenkorb. Sein Ton jedoch war der eines Mannes, der weniger eine Erklärung anbot, als vielmehr eine Sache in Worte kleidete – ja fast in Bilder, um selbst herauszufinden, wie sie dann aussehen würde. Eine Weile prüfte er das Bild, das er entworfen hatte, und schien höchst zufrieden damit zu sein. Und dann sprach er weiter: »Die Katholiken sind eigentlich sehr weise. Ein Kloster ist eine großartige Einrichtung; wir könnten ohne diese Institution gar nicht auskommen. Sie erfüllt ein wesentliches Bedürfnis in den Familien, in der Gesellschaft. Sie ist eine Schule der guten Umgangsformen, sie ist eine Schule der Besinnung. Oh, ich habe nicht vor, meine Tochter von der Welt zu isolieren«, setzte er hinzu. »Ich will nicht, daß sie ihre Gedanken auf eine andere ausrichtet. Unsere diesseitige ist durchaus gut, wenn sie sie nur entsprechend zu nehmen weiß, und sie darf in Gedanken bei ihr verweilen, soviel sie will. Sie muß es nur auf die richtige Weise tun.«

Isabel widmete dieser kleinen Skizze höchste Aufmerksamkeit; sie fand sie in der Tat ungemein interessant. Sie schien ihr zu demonstrieren, wie weit ihr Mann in seinem Bestreben nach effektvollem Auftreten gehen konnte – nämlich soweit, daß er auf Kosten des empfindlichen Organismus seiner Tochter theoretische Mätzchen aufführte. Sie konnte nicht begreifen, was er damit bezweckte, jedenfalls nicht restlos; aber sie verstand den Sinn besser, als er es ahnte oder sich wünschte, insofern sie davon überzeugt war, daß das ganze Theater ein einziges, raffiniertes

Verwirrspiel war, an sie selbst gerichtet und dazu bestimmt, ihre Phantasie zu beschäftigen. Seine Absicht war es gewesen, etwas Überraschendes und Willkürliches zu tun, etwas Unerwartetes und Ausgeklügeltes, um den Unterschied zwischen der Qualität ihrer Zuneigung und der seinen hervorzuheben und um zu zeigen, daß es für ihn, der seine Tochter als ein kostbares Kunstwerk betrachtete, nur natürlich war, daß er sich bei der Sorgfalt des letzten Schliffs von niemandem übertreffen ließ. Falls er vorgehabt hatte, effektvoll zu sein, so war ihm das gelungen; der Vorfall ließ Isabels Seele frösteln. Zwar kannte Pansy das Kloster seit ihrer Kindheit und hatte dort auch ein glückliches Zuhause gefunden; sie mochte die Schwestern sehr gern, und diese mochten sie, weswegen ihr Schicksal im Moment keine besonderen Leiden bereithielt. Aber dennoch hatte das Mädchen einen Schrecken bekommen; der Eindruck, den sein Vater machen wollte, würde allem Anschein nach deutlich und dauerhaft sein. Die alte, freiheitlich ausgerichtete protestantische Tradition war aus Isabels Vorstellungswelt nie völlig verschwunden, und während sie, genau wie er, den Korb mit den Blumen betrachtete und ihre Gedanken um dieses schlagende Beispiel für den Erfindungsreichtum ihres Mannes kreisten, wurde aus der armen kleinen Pansy die Heldin einer Tragödie. Osmond wollte kundtun, daß er vor nichts zurückschreckte, und seine Frau fand es schwierig, so zu tun, als lasse sie sich ihr Essen schmecken. Gleich darauf entspannte sich die Situation ein wenig, da die hohe, angestrengte Stimme ihrer Schwägerin zu vernehmen war. Die Gräfin hatte anscheinend ebenfalls die Sache durchdacht, war aber zu einer völlig anderen Schlußfolgerung gelangt als Isabel.

»Es ist absolut albern, mein lieber Osmond«, sagte sie, »sich so viele hübsche Begründungen dafür auszudenken, daß du die arme Pansy aus dem Verkehr ziehst. Warum sagst du nicht einfach, daß du sie von mir fernhalten willst? Hast du denn nicht mitgekriegt, daß mir Mr. Rosier sehr sympathisch ist? Und wie er mir sympathisch ist! Ich finde ihn sogar *simpaticissimo*. Er hat es geschafft, daß ich an wahre Liebe glaube, was ich vorher nie getan habe! Und daraufhin hast du natürlich beschlossen, daß ich mit einer solchen Ansicht für Pansy ein fürchterlich schlechter Umgang bin.«

Osmond nippte an einem Glas Wein; er blickte rundum gut gelaunt und gutmütig drein. »Meine liebe Amy«, antwortete er lächelnd, als mache er ihr ein artiges Kompliment, »deine Ansichten sind mir völlig unbekannt. Aber sollte ich den Verdacht haben, daß sie den meinen zuwiderlaufen, dann wäre es viel einfacher, dich aus dem Verkehr zu ziehen.«

51. KAPITEL

Zwar wurde die Gräfin nicht aus dem Verkehr gezogen, aber sie erkannte, daß an der Fortdauer der brüderlichen Gastfreundschaft Zweifel erlaubt waren. Eine Woche nach jenem Zwischenfall erhielt Isabel ein Telegramm aus England, das in Gardencourt abgefaßt worden war und als dessen Verfasserin Mrs. Touchett zeichnete. »Ralph wird's nicht mehr lange machen«, lautete der Text, »und wenn genehm würde Dich gerne sehen. Soll ausrichten, Du sollst nur kommen, falls keine anderen Pflichten. Bin selbst neugierig, ob Du das mit Deinen Pflichten rausgefunden, von denen Du dauernd erzählt und überlegt hast. Ralph stirbt wirklich, und sonst ist niemand da.« Isabel war auf diese Nachricht vorbereitet gewesen, denn sie hatte von Henrietta Stackpole einen detaillierten Bericht ihrer Reise mit ihrem dankbaren Patienten nach England erhalten. Ralph sei mehr tot als lebendig dort angekommen, aber sie habe es dennoch geschafft, ihn nach Gardencourt zu transportieren, wo er gleich das Bett aufgesucht habe, das er, wie Miß Stackpole schrieb, wohl nicht wieder verlassen werde. Sie hatte weiterhin angemerkt, daß sie es eigentlich mit zwei Patienten statt nur mit einem zu tun gehabt habe, insofern als Mr. Goodwood nicht nur von überhaupt keinem erkennbaren Nutzen, sondern, auf eine andere Weise, genauso leidend wie Mr. Touchett gewesen sei. Später schrieb sie, sie habe das Feld Mrs. Touchett überlassen müssen, die gerade aus Amerika zurückgekommen sei und ihr prompt zu verstehen gegeben habe, daß sie in Gardencourt keine Interviewerinnen wünsche. Isabel hatte damals kurz nach Ralphs Ankunft in Rom an ihre Tante geschrieben, sie von seinem kritischen Zustand in Kenntnis gesetzt und angedeutet, sie möge keine Zeit verlieren und nach Europa zurückkehren. Mrs. Touchett hatte daraufhin den Erhalt dieser Ermahnung telegraphisch bestätigt, und die einzige weitere Nachricht, die

Isabel von ihr bekommen hatte, war das zweite Telegramm, welches ich soeben zitierte.

Isabel stand noch eine Weile da und starrte auf die bewußte Botschaft; dann stopfte sie sie in die Tasche und begab sich direkt zur Tür von Osmonds Studierzimmer. Dort zögerte sie wieder einen Augenblick, worauf sie die Tür öffnete und eintrat. Osmond saß an einem Tisch beim Fenster und hatte vor sich einen Folianten gegen einen Stapel Bücher gestützt. Der Band war auf einer Seite mit kleinen, kolorierten Stichen aufgeschlagen, und Isabel erkannte sofort, daß er gerade die Abbildung einer antiken Münze von der Vorlage abmalte. Ein Kasten mit Wasserfarben und mehrere feine Pinsel lagen vor ihm, und er hatte bereits die fein strukturierte und farblich meisterhaft abgestufte Scheibe auf einen makellos weißen Bogen übertragen. Den Rücken hatte er der Tür zugewandt, aber er erkannte sein Frau, auch ohne sich umzudrehen.

»Entschuldige, daß ich dich störe«, sagte sie.

»Bevor ich in dein Zimmer komme, klopfe ich stets an«, antwortete er und machte mit seiner Arbeit weiter.

»Ich habe es vergessen; ich mußte gerade an etwas anderes denken. Mein Cousin liegt im Sterben.«

»Ach, das glaube ich nicht«, sagte Osmond und betrachtete seine Malerei durch ein Vergrößerungsglas. »Der ist schon gestorben, als wir heirateten; der überlebt uns noch allesamt.«

Isabel verschwendete keine Zeit und keinen Gedanken mit der Würdigung des ausgefeilten Zynismus dieser Feststellung; sie sprach einfach rasch weiter, um ihr Vorhaben loszuwerden: »Meine Tante hat mich telegraphisch hingebeten; ich muß nach Gardencourt.«

»Warum mußt du nach Gardencourt?« fragte Osmond im Tonfall unbeteiligter Neugierde.

»Um Ralph noch einmal zu sehen, bevor er stirbt.«

Darauf erwiderte er zunächst eine Zeitlang nichts. Er fuhr fort, sein Hauptaugenmerk auf seine Arbeit zu richten, die von einer Beschaffenheit war, welche keinerlei Achtlosigkeit duldete. »Diese Notwendigkeit sehe ich nicht«, sagte er schließlich. »Er hat dich hier besucht, und mir war das damals schon nicht recht. Ich hielt seinen Aufenthalt in Rom für einen großen Fehler. Aber ich habe ihn toleriert, weil es ja das letzte Mal sein sollte, daß du ihn sahst. Und jetzt erzählst du mir, daß es doch nicht das letzte Mal war. Oh – dankbar bist du ja nicht gerade!«

»Wofür sollte ich dankbar sein?«

Gilbert Osmond legte seine kleinen Gerätschaften auf den Tisch, blies ein Staubkörnchen von seinem Bild, erhob sich langsam und sah zum ersten Mal seine Frau an. »Dafür, daß ich mich nicht eingemischt habe, während er hier war.«

»Ach ja, da bin ich natürlich sehr dankbar. Ich erinnere mich noch genau, wie deutlich du es mir zu verstehen gegeben hast, daß dir das nicht recht war. Und so war ich sehr froh, als er abreiste.«

»Dann laß ihn jetzt in Ruhe und lauf ihm nicht nach.«

Isabel wandte den Blick von ihm und ließ ihn auf seinem kleinen Bild ruhen. »Ich muß nach England fahren«, sagte sie in dem vollen Bewußtsein, daß ihr Ton einem reizbaren Mann mit erlesenem Geschmack wie eine alberne Halsstarrigkeit vorkommen mußte.

»Das wird mir aber gar nicht gefallen, wenn du das tust«, bemerkte Osmond.

»Warum sollte mich das kümmern? Wenn ich es nicht tue, gefällt es dir auch nicht. Dir gefällt ohnehin nichts, was ich tue oder nicht tue. Du gibst ja vor, mich für eine Lügnerin zu halten.«

Osmond wurde ein wenig blaß; er lächelte kalt. »Und aus diesem Grund mußt du fahren? Nicht etwa, um deinen Cousin zu besuchen, sondern um an mir Rache zu nehmen.«

»Von Rache verstehe ich nichts.«

»Aber ich«, sagte Osmond. »Verschaffe mir nicht die Gelegenheit dazu.«

»Du wartest doch schon die ganze Zeit auf einen Vorwand. Dein sehnlichster Wunsch ist es sowieso, ich möge irgendeine Dummheit begehen.«

»In diesem Falle wäre ich dankbar, wenn du mir nicht gehorchen würdest.«

»Wenn ich dir nicht gehorchen würde?« sagte Isabel mit leiser Stimme, die nach milder Nachsicht klang.

»Damit das klar ist: Solltest du Rom zum jetzigen Zeitpunkt verlassen, dann wird das für mich einen ungeheuerlichen Akt vorsätzlicher, kalkulierter Opposition darstellen.«

»Was redest du da von kalkuliert? Ich habe das Telegramm meiner Tante erst vor drei Minuten erhalten.«

»Im Kalkulieren bist du fix; dafür hast du ein großes Talent. Ich wüßte nicht, warum wir unsere Diskussion in die Länge

ziehen sollten; du kennst jetzt meinen Wunsch.« Und er stand
da, als erwartete er, daß sie sich zurückzog.

Aber Isabel rührte sich nicht von der Stelle; sie war wie
angewurzelt, so sonderbar es auch erscheinen mochte. Sie wollte
sich weiter rechtfertigen; er besaß eine solch außergewöhnliche
Macht über sie, welche dieses Bedürfnis in ihr erzeugte. Es gab
eine Instanz in ihrem Bewußtsein, an die er immer appellieren
konnte, um ein von ihr gefälltes Urteil anzufechten. »Dir fehlt
jede Begründung für einen solchen Wunsch«, sagte Isabel, »aber
ich habe jede nur mögliche Begründung, um zu fahren. Ich
kann dir gar nicht sagen, für wie unfair ich dich halte. Aber ich
glaube, das weißt du. Es ist deine eigene Opposition, die kalkuliert ist. Und sie ist bösartig.«

Noch nie zuvor hatte sie ihrem Mann ihren schlimmsten
Gedanken geoffenbart, und ihn jetzt zu hören, war für Osmond
offensichtlich eine neue Erfahrung. Aber er zeigte keine Überraschung, und seine Kühle war anscheinend der Beweis für seine
Annahme, daß seine Frau letztlich doch nicht in der Lage wäre,
auf Dauer seinen schlauen Bemühungen zu widerstehen, sie aus
der Reserve zu locken. »Um so intensiver ist sie dann«, antwortete er. Und fast als wollte er ihr einen freundschaftlichen Rat
geben, fügte er hinzu: »Die Sache ist von erheblicher Tragweite.«
Das erkannte sie auch; ihr war die Gewichtigkeit der Situation
voll bewußt; sie begriff, daß die Beziehung zwischen ihnen
beiden einen kritischen Punkt erreicht hatte. Der Ernst der Lage
machte sie vorsichtig; sie sagte nichts, und er sprach weiter. »Du
sagst, mir fehle jede Begründung? Ich habe die allerbeste. Ich
mißbillige das, was du vorhast, aus tiefstem Herzen. Es ist ent-
ehrend, es ist unziemlich, es ist unanständig. Ich habe nicht das
geringste mit deinem Cousin zu schaffen, und ich stehe unter
keinerlei Verpflichtung, ihm gegenüber Zugeständnisse machen
zu müssen. Ich habe nämlich bereits die nobelsten gemacht.
Während er hier war, saß ich wie auf glühenden Kohlen, so wie
du mit ihm verkehrt bist. Aber ich habe darüber hinwegge-
sehen, weil ich von Woche zu Woche erwartete, er werde abreisen. Ich habe ihn nie gemocht, und er hat mich nie gemocht.
Aus diesem Grund magst du ihn ja – weil er mich haßt«, sagte
Osmond mit einem flüchtigen, kaum vernehmbaren Beben in
der Stimme. »Ich habe eine Idealvorstellung von dem, was meine
Frau tun sollte und was nicht. Sie sollte nicht, meinem dringlich-
sten Wunsch zum Trotz, allein quer durch Europa reisen, um

sich bei anderen Männern ans Bett zu setzen. Dein Cousin bedeutet dir nichts; er bedeutet uns nichts. Du lächelst so hintergründig, weil ich von uns spreche; aber ich versichere dir, daß ich nichts anderes kenne als uns, uns, Mrs. Osmond. Ich nehme unsere Ehe ernst; anscheinend hast du eine Möglichkeit gefunden, das nicht zu tun. Ich wüßte nicht, daß wir geschieden wären oder getrennt lebten; für mich sind wir in einem unauflöslichen Bund vereint. Du stehst mir näher als irgendein anderes menschliches Wesen, und ich stehe dir näher. Das mag vielleicht eine unangenehme Nähe sein; aber auf jeden Fall ist es eine, die du mit voller Absicht gewählt hast. Du möchtest nicht daran erinnert werden, ich weiß; aber darauf kann ich überhaupt keine Rücksicht nehmen, weil – weil – «. Und hier pausierte er kurz und erweckte den Anschein, als hätte er etwas zu sagen, das genau den Nagel auf den Kopf traf. »Weil ich der Meinung bin, wir sollten die Konsequenzen unseres Handelns akzeptieren, und das, was ich bei einer Sache am allerhöchsten schätze, ist deren Ehrenhaftigkeit!«

Er sprach voller Ernst und beinahe freundlich; der sarkastische Unterton war aus seiner Stimme verschwunden. In ihr lag eine Feierlichkeit, welche der Impulsivität seiner Frau Zügel anlegte. Die feste Entschlossenheit, mit der sie das Zimmer betreten hatte, zappelte in einem Gespinst aus feinen Fäden. Seine letzten Worte waren kein Befehl; sie stellten eine Art Appell dar. Und obwohl sie fühlte, daß jede Äußerung von Wertschätzung seinerseits mit Sicherheit nichts anderes war als raffinierte Egozentrik, standen sie doch für etwas Transzendentes und Absolutes – wie das Zeichen des Kreuzes oder die Fahne des Vaterlandes. Er sprach im Namen von etwas Heiligem und Kostbarem – von der Wahrung einer erhabenen Form. Gefühlsmäßig waren sie so vollständig entzweit, wie es ein desillusioniertes Liebespaar nur sein konnte; aber bisher hatten sie sich noch niemals tatsächlich getrennt. Isabel hatte sich nicht verändert; ihr alter leidenschaftlicher Sinn für Gerechtigkeit war noch in ihr lebendig, und jetzt, wo sie die gotteslästerlichen Spitzfindigkeiten ihres Mannes überdeutlich empfand, begann sich dieser heftig pochend zu seinen Gunsten bemerkbar zu machen. Es fuhr ihr durch den Sinn, daß er in seinem Bemühen, den Schein zu wahren, doch immerhin aufrichtig war und daß dies, wenigstens begrenzt, einen Wert darstellte. Zehn Minuten zuvor hatte sie noch die uneingeschränkte Freude an spontanem Handeln verspürt – eine Freude, der sie schon so lange entfremdet gewesen war. Aber ganz plötzlich war aus dem Handeln mehr und mehr Verzicht geworden, war ihr Tatendrang nach dem Kontakt mit dem von Osmond versprühten Gift abgestorben. Wenn sie aber schon verzichten mußte, dann wollte sie ihn wissen lassen, daß sie sich eher als Opfer denn als genasführte, einfältige Gans sah. »Ich weiß, du bist ein Meister theatralischer Spötterei«, sagte sie. »Aber wie kannst du von einem unauflöslichen Bund sprechen? Wie kannst du von deiner Zufriedenheit sprechen? Wo ist denn unser Bund, wenn du mich der Falschheit bezichtigst? Wo ist denn deine Zufriedenheit, wenn du nichts als deinen grauenhaften Argwohn im Herzen hast?«

»Sie liegt in unserem ehrbaren Zusammenleben, trotz solcher Schattenseiten.«

»Wir leben aber nicht ehrbar zusammen!« rief Isabel.

»Das tun wir in der Tat nicht, wenn du nach England fährst.«

»Das ist das wenigste; das zählt überhaupt nicht. Ich könnte noch ganz andere Dinge tun.«

Er hob die Augenbrauen und sogar die Schultern ein wenig an; er hatte schon lange genug in Italien gelebt, um diesen Trick zu lernen. »Ach, wenn du gekommen bist, um mir zu drohen, dann male ich lieber.« Und damit ging er zu seinem Tisch zurück, nahm den Bogen Papier wieder auf, an dem er gearbeitet hatte, stellte sich hin und studierte sein Werk.

»Ich nehme an, daß ich, wenn ich fahre, nicht mehr zurückzukommen brauche«, sagte Isabel.

Er fuhr herum, und sie konnte erkennen, daß zumindest diese Reaktion keine einstudierte war. Er sah sie kurz an und fragte dann: »Bist du noch bei Verstand?«

»Wie kann denn etwas anderes als ein Bruch dabei herauskommen«, fuhr sie fort, »vor allem dann, wenn alles, was du sagst, der Wahrheit entspricht?« Sie war nicht in der Lage zu erkennen, wie etwas anderes als ein Bruch dabei herauskommen sollte; sie wollte ehrlich wissen, welche Möglichkeit es sonst gäbe.

Er setzte sich an seinen Tisch. »Ich kann mit dir wirklich nicht auf der Basis deines andauernden Widerstands gegen mich diskutieren«, sagte er. Und damit nahm er einen seiner kleinen Pinsel wieder auf.

Sie verweilte nur noch einen Moment länger, lange genug, um mit einem Blick seine ganze, demonstrativ gleichgültige, doch höchst ausdrucksvolle Gestalt zu umfassen; danach verließ sie rasch das Zimmer. Ihre Fähigkeiten, ihre Energie, ihr leidenschaftliches Engagement waren allesamt wieder zerstoben; sie fühlte sich, als hätte sich ein feiner, feuchter, kalter, dunkler Nebel über sie gelegt. Osmond beherrschte in höchstem Maße die Kunst, Schwächen jeder Art aufzuspüren. Als sie zu ihren Räumlichkeiten zurückging, stieß sie auf die Gräfin Gemini unter der Tür eines kleinen Salons, in dem eine nicht sehr umfangreiche Sammlung unterschiedlichster Bücher untergebracht war. Die Gräfin hatte einen aufgeschlagenen Band in der Hand; sie machte den Eindruck, als habe sie gerade eine Seite überflogen, der es allerdings nicht gelungen war, ihr Interesse zu wecken. Beim Geräusch von Isabels Schritten hob sie den Kopf.

»Ach, mein liebes Kind«, sagte sie, »die du ja so gebildet bist, empfiehl mir doch mal eine amüsante Lektüre! Alles hier drin ist ja so was von einschläfernd! Meinst du, das da wäre was für mich?«

Isabel warf einen Blick auf den Titel des Buches, das sie ihr entgegenstreckte, aber ohne ihn zu lesen oder zu verstehen. »Da kann ich dir leider keinen Rat geben. Ich habe gerade eine schlechte Nachricht erhalten. Mein Cousin Ralph Touchett liegt im Sterben.«

Die Gräfin warf das Buch hin. »Ach – und er war so *simpatico*. Da tust du mir aber sehr leid.«

»Ich täte dir noch mehr leid, wenn du alles wüßtest.«

»Was gibt es noch zu wissen? Du schaust sehr schlecht aus«, fügte die Gräfin hinzu. »Du warst bestimmt bei Osmond.«

Noch vor einer halben Stunde hätte sich Isabel auch nur eine Andeutung, sie könnte jemals ein Verlangen nach dem Mitgefühl ihrer Schwägerin entwickeln, sehr kühl angehört, und es konnte keinen besseren Beweis für ihre momentane Bestürzung geben als die Tatsache, daß sie sich an die flatterhafte Anteilnahme besagter Dame schon beinahe klammerte. »Ich war bei Osmond«, sagte sie, während die Gräfin sie mit strahlenden, glitzernden Augen ansah.

»Dann war er bestimmt wieder ekelhaft!« rief die Gräfin. »Hat er gesagt, er freue sich, daß der arme Mr. Touchett stirbt?«

»Er hat gesagt, es sei ausgeschlossen, daß ich nach England fahre.«

Der Verstand der Gräfin funktionierte immer dann behende, wenn ihre eigenen Interessen betroffen waren. So sah sie bereits das Ende von Heiterkeit und Glanz für ihren weiteren Romaufenthalt voraus. Ralph Touchett würde sterben, Isabel würde in Trauer gehen, und mit den Dinnerpartys wäre es aus und vorbei. Eine solche Aussicht führte in ihrem Mienenspiel zwar vorübergehend zu ausdrucksvollem Grimassieren; doch diese flüchtige, anschauliche Darbietung stellte den einzigen Tribut an ihre Enttäuschung dar. Letzten Endes, überlegte sie, war das Spiel sowieso fast zu Ende; sie war bereits ungebührlich lange geblieben. Und zudem nahm sie doch genug Anteil an Isabels Kummer, um ihren eigenen zu vergessen, und sie erkannte, daß Isabels Kummer tief saß. Er schien tiefer zu reichen als nur bis zum Tod eines Cousins, und die Gräfin war ohne Zögern bereit, einen Zusammenhang herzustellen zwischen ihrem Ärgernis erregenden Bruder und dem Ausdruck im Blick ihrer Schwägerin. Ihr Herz schlug vor beinahe freudiger Erwartung, denn wenn sie sich schon immer gewünscht hatte, einmal zu erleben, wie jemand Osmond Paroli bot, dann waren die Aussichten dafür jetzt günstig. Sollte Isabel nach England reisen, würde sie selbst natürlich den Palazzo Roccanera unverzüglich verlassen; nichts konnte sie dazu bringen, mit Osmond dort allein zu bleiben. Dessenungeachtet verspürte sie den übergroßen Wunsch zu hören, daß Isabel nach England reisen würde. »Für dich, mein liebes Kind, ist gar nichts ausgeschlossen«, sagte sie schmeichelnd. »Wozu sonst bist du so reich und gescheit und attraktiv?«

»Tja, wozu eigentlich? Ich komme mir auf eine dumme Art schwach vor.«

»Warum sagt Osmond, es sei ausgeschlossen?« fragte die Gräfin in einem Ton, der hinreichend suggerierte, daß sie sich keinen Grund vorstellen könne.

Von dem Augenblick an, als die Gräfin sie auf diese Weise auszufragen begann, gab sich Isabel wieder reserviert. Sie entzog der Gräfin ihre Hand, die diese mitleidsvoll ergriffen hatte. Dennoch beantwortete sie die Frage mit freimütiger Bitterkeit. »Weil wir so glücklich miteinander sind, daß wir uns keine zwei Wochen trennen können.«

»Ach so!« rief die Gräfin, während Isabel sich zum Gehen wandte. »Wenn ich verreisen will, dann sagt mir mein Mann immer nur, daß ich kein Geld kriege!«

Isabel begab sich auf ihr Zimmer, wo sie eine Stunde hin und her ging. Es mag einigen Lesern vielleicht so erscheinen, als bereite sie sich selbst unnötig viel Kummer, und ganz gewiß hatte sie es für eine couragierte Frau zu leicht zugelassen, daß man ihre Freiheit einschränkte. Es kam ihr so vor, als ermesse sie erst jetzt so richtig den vollen Umfang dessen, was der Ehestand bedeutete. Verheiratet zu sein hieß in einem Fall wie diesem, daß man sich, wenn man sich entscheiden mußte, selbstverständlich immer zugunsten des Ehemanns entschied. »Ich habe Angst – jawohl, ich habe Angst«, sagte sie sich mehr als einmal und unterbrach dabei ihr Aufundabgehen. Aber wovor sie eigentlich Angst hatte, war nicht ihr Ehemann – sein Mißvergnügen, sein Haß, seine Rache; es war nicht einmal ihre eventuelle Beurteilung des eigenen Verhaltens in späteren Jahren – eine Überlegung, die ihr oft Einhalt geboten hatte; es waren einfach die Endgültigkeit und die damit verbundene Unrechtmäßigkeit, die in ihrem Fortgehen liegen würden, obwohl Osmond ihr Bleiben wünschte. Ein Abgrund von Differenzen hatte sich zwischen ihnen aufgetan, aber dennoch bestand da sein Wunsch, daß sie hier blieb, und es kam für ihn einer Schreckensvorstellung gleich, sollte sie fahren. Sie wußte um seine feinnervige Wahrnehmung, mit der er Widerstand wittern konnte. Was er von ihr dachte, wußte sie auch; was er zu ihr zu sagen imstande war, hatte sie zu spüren bekommen. Und trotz allem waren sie miteinander verheiratet, und verheiratet zu sein bedeutete eben, daß eine Frau dem Manne anhangen solle, mit dem sie, unter Ableistung ungeheuerlicher Eide, vor dem Altar gestanden hatte. Zum Schluß sank sie auf ihrem Sofa zusammen und vergrub den Kopf in einem Berg von Kissen.

Als sie den Kopf wieder hob, flatterte die Gräfin Gemini vor ihren Augen umher. Sie war völlig unbemerkt eingetreten; sie hatte ein sonderbares Lächeln auf ihren dünnen Lippen, und binnen einer Stunde war ihre Miene zu einem einzigen, aus den Augen springenden Mitteilungsbedürfnis geworden. Sie lebte normalerweise schon unbefangen dicht beim Fenster ihres Geistes, wie man sagen könnte; jetzt aber beugte sie sich weit hinaus. »Ich habe angeklopft«, begann sie, »aber du hast keine Antwort gegeben. Also habe ich mich hereingewagt. Ich schaue dir schon seit fünf Minuten zu. Du bist sehr unglücklich.«

»Ja, aber ich glaube nicht, daß du mich trösten kannst.«

»Ob du mir wohl einen Versuch gestattest?« Und die Gräfin setzte sich neben sie aufs Sofa. Sie hörte nicht auf zu lächeln, und in ihrem Gesichtsausdruck lag etwas Redseliges und Triumphierendes. Sie schien eine Menge zu sagen zu haben, und zum ersten Mal kam Isabel der Gedanke, ihre Schwägerin könnte vielleicht etwas richtig Menschliches sagen wollen. Sie rollte bedeutsam mit ihren funkelnden Augen, in denen eine unliebsame Faszination lag. »Ich muß dir«, nahm sie bald das Gespräch wieder auf, »gleich zu Beginn einmal sagen, daß ich deine seelische Verfassung nicht begreife. Du scheinst so viele Skrupel, so viele Argumente, so viele Hemmungen zu haben. Als ich vor zehn Jahren draufkam, daß es der sehnlichste Wunsch meines Mannes war, mich unglücklich zu machen – seit neuestem läßt er mich einfach in Ruhe –, ach, wie war das wunderbar unkompliziert! Meine arme Isabel, du bist zu kompliziert.«

»Ja, ich bin zu kompliziert«, sagte Isabel.

»Es gibt da etwas, was du meiner Ansicht nach wissen mußt«, erklärte die Gräfin, » – weil ich eben glaube, du solltest es wissen. Vielleicht weißt du's auch schon; vielleicht hast du's schon erraten. Und falls ja, dann kann ich bloß sagen, daß ich noch weniger kapiere, warum du nicht tust und läßt, was du willst.«

»Was soll ich deiner Ansicht nach wissen?« Isabel verspürte eine Ahnung, die ihr Herz schneller schlagen ließ. Die Gräfin stand im Begriff, sich zu rechtfertigen, und schon allein das war unheilverkündend.

Aber gleichzeitig war sie dazu aufgelegt, ihre Probandin noch ein wenig zappeln zu lassen. »An deiner Stelle hätte ich es schon vor einer Ewigkeit erraten. Hast du wirklich nie einen Verdacht gehabt?«

»Ich habe nichts erraten. Welchen Verdacht hätte ich denn haben sollen? Ich weiß nicht, was du meinst.«

»Das kommt daher, weil du so scheußlich unverdorben bist. Noch nie habe ich eine so unverdorbene Frau getroffen!« rief die Gräfin.

Isabel stand langsam auf. »Du willst mir etwas Schreckliches sagen.«

»Du kannst dem Kind jeden Namen geben, den du willst!« Und auch die Gräfin stand auf, und ihre konzentrierte Wunderlichkeit und Verderbtheit steigerten sich zu furchterregender Intensität. Ganz kurz stand sie da und funkelte vor Berechnung und, wie Isabel sogar jetzt zu sehen vermeinte, vor Garstigkeit; dann sagte sie: »Meine erste Schwägerin hatte gar keine Kinder.«

Isabel starrte sie mit großen Augen an; ihre Angespanntheit ließ nach dieser Eröffnung jäh nach. »Deine erste Schwägerin?«

»Vermutlich weißt du zumindest, wenn man das erwähnen darf, daß Osmond schon einmal verheiratet war! Ich habe seine

Frau dir gegenüber nie ins Gespräch gebracht; ich dachte, es wäre vielleicht taktlos oder respektlos. Aber andere, weniger rücksichtsvolle Personen müssen das ja getan haben. Die arme kleine Frau lebte kaum drei Jahre lang und starb dann kinderlos. Pansy tauchte erst nach ihrem Tod auf.«

Isabels Augenbrauen hatten sich zu einem Stirnrunzeln zusammengezogen; ihr Mund stand in blasser, unsicherer Verwunderung offen. Sie versuchte zu begreifen; es schien noch viel mehr zu kommen, als sie absehen konnte. »Dann ist Pansy gar nicht das Kind meines Ehemannes?«

»Deines Ehemannes – in Vollendung! Es geht nicht um einen anderen Ehemann. Es geht um die Ehefrau eines anderen Mannes! Ach, meine gute Isabel«, rief die Gräfin aus, »dir muß man es wirklich mit dem Holzhammer beibringen!«

»Ich verstehe gar nichts. Um wessen Ehefrau?« fragte Isabel.

»Um die Ehefrau eines gräßlichen kleinen Schweizers, der vor – wie lang ist's jetzt her? – zwölf oder gut fünfzehn Jahren starb. Er hat Miß Pansy nie als seine Tochter anerkannt noch – aus gutem Grund – jemals etwas zu ihr gesagt, wozu er auch keine Veranlassung hatte. Die aber hatte Osmond, und das war auch besser so, obwohl er sich dann hinterher erst mal das Ammenmärchen ausdenken mußte von seiner eigenen Frau, die da im Kindbett gestorben sei, woraufhin er, vor lauter Gram und Entsetzen, das kleine Mädchen so lange wie möglich aus seinen Augen verbannt habe, ehe er sie dann von der Pflegemutter zurückholte und in seinem Haus aufnahm. Seine Frau war zwar wirklich gestorben, aber an was ganz anderem und an einem ganz anderen Ort: nämlich in den Piemonteser Bergen, wohin sie einmal im August gefahren waren, weil sie aus Gesundheitsgründen die dortige Luft zu brauchen schien, wo es ihr dann aber plötzlich ganz schlecht ging und sie todkrank wurde. Das Märchen funktionierte ganz passabel; es deckte sich mit dem Augenschein, solange niemand genau hinsah, solange niemand sich die Mühe machte nachzuforschen. Aber ich wußte selbstverständlich gleich Bescheid – ohne Nachforschungen«, fuhr die Gräfin mit ihrer zwingenden Logik fort, »ohne daß, wie du verstehen wirst, auch nur ein Wort zwischen uns darüber gefallen wäre – ich meine zwischen Osmond und mir. Bemerkst du nicht, wie er mich manchmal so anguckt, so verstohlen und verschwörerisch, damit ich ja die Klappe halte und kein Sterbenswörtchen sage? Ich habe nichts gesagt, niemals und zu keiner Menschenseele, falls du mir das abnimmst. Ehrenwort, meine Liebe: Ich erzähle dir jetzt die Sache, nach dieser ganzen langen Zeit, weil ich nie, nie darüber gesprochen habe. Für mich galt von Anfang an, daß das Kind meine Nichte war – von dem Moment an, wo sie die Tochter meines Bruders war. Was ihre wirkliche Mutter angeht – !« Doch an dieser Stelle brach Pansys vortreffliche Tante ab – unwillkürlich durch die Wahrnehmung der Miene ihrer Schwägerin dazu veranlaßt, aus deren Gesicht sie so viele Augen anzusehen schienen, wie es ihr noch niemals widerfahren war.

Zwar hatte sie keinen Namen genannt, aber Isabel konnte dennoch ein Echo des Unausgesprochenen nur mit Mühe auf ihren eigenen Lippen zurückhalten. Sie sank wieder auf ihren Sitz zurück und ließ den Kopf hängen. »Warum hast du mir das erzählt?« fragte sie mit einer Stimme, die die Gräfin kaum wiedererkannte.

»Weil ich deine Ahnungslosigkeit nicht mehr mit ansehen konnte. Offen gestanden hielt ich es nicht mehr aus, meine Liebe, daß ich es dir nicht schon längst gesagt hatte; als sei ich die ganze Zeit über zu blöd gewesen, um es dir beizubringen! *Ça me dépasse* – das ging über meinen Horizont, wenn ich das mal so sagen darf, wie es dir gelungen ist, von all den Dingen, die da um dich herum passierten, nichts mitzukriegen. Für eine gewisse Art von Hilfestellung – nämlich der Beihilfe zur Dummheit aus Naivität – bin ich schon immer absolut ungeeignet gewesen; und in dem Zusammenhang hat es sich auch herausgestellt, daß meine Bereitschaft, für meinen Bruder stillzuhalten, sich endlich definitiv erschöpft hat. Dazu kommt noch, daß rein gar nichts gelogen ist«, fügte die Gräfin auf unnachahmliche Weise hinzu. »Die Tatsachen sind haargenau so, wie ich sie dir erzählt habe.«

»Ich hatte keine Ahnung«, sagte Isabel unmittelbar darauf und sah auf eine Art zu ihr hinauf, die dem offenkundigen Unverstand ihres Geständnisses zweifelsfrei entsprach.

»So habe ich mir das auch vorgestellt – obwohl es kaum vorstellbar war. Ist dir denn nie der Gedanke gekommen, daß er sechs oder sieben Jahre lang ihr Liebhaber gewesen sein könnte?«

»Ich weiß nicht. Mir sind schon Gedanken gekommen, und vielleicht haben sie letztlich all das bedeutet.«

»Sie ist bewundernswert clever gewesen, sie ist fabelhaft gewesen, in bezug auf Pansy!« rief die Gräfin, im nachhinein hingerissen von dieser Sicht der Dinge.

»Oh – keine meiner Ahnungen«, fuhr Isabel fort, »hatte je diese konkrete Form angenommen.« Sie schien gerade dabei herauszufinden, was eigentlich gewesen war und was nicht. »Und ich verstehe es noch immer nicht.«

Sie sprach wie jemand, der aufgewühlt und verwirrt war; der armen Gräfin hingegen schien es, als seien ihre Enthüllungen mehr oder weniger wirkungslos verpufft. Sie hatte als Reaktion wild auflodernde Flammen eines leidenschaftlichen Ausbruchs erwartet, dabei aber kaum ein Fünkchen entfacht. Isabel zeigte sich beinahe so wenig beeindruckt wie eine junge Frau von erprobter Vorstellungskraft, der man irgendeine herrlich verworfene Episode aus dem öffentlichen Leben erzählte. »Siehst du denn nicht, daß das Kind niemals als das ihres Ehemanns vorgezeigt und anerkannt werden konnte? Das heißt, als das von Monsieur Merle«, resümierte die Gräfin. »Dafür hatten die viel zu lange schon getrennt gelebt, und er war irgendwo weit weg ins Ausland gegangen, ich glaube nach Südamerika. Sollte sie jemals Kinder gehabt haben, was ich nicht genau weiß, dann hat sie sie verloren. Die Umstände waren damals gerade so beschaffen, daß Osmond (der ja ganz schön in der Patsche saß) das kleine Mädchen als sein Kind ausgeben konnte. Seine Frau war tot – völlig richtig; aber sie war noch nicht so lange tot, als daß man nicht eine gewisse Übereinstimmung von Daten hätte anzweifeln können – von dem Moment an, will ich sagen, wo jemand Verdacht geschöpft hätte; und genau das mußten sie vermeiden. Was war daher plausibler, als daß die arme Mrs. Osmond – die ja weit weg war – für eine Welt, die sich nicht mit Nebensächlichkeiten aufhielt, das Pfand ihres kurzen Glücks hinterließ, das sie, *poverina*, das Leben gekostet hatte? Mit Hilfe eines Ortswechsels – zum Zeitpunkt ihres Aufenthalts in den Alpen hatte Osmond mit ihr in Neapel gelebt, das er, nach einer angemessenen Zeitspanne, für immer verließ – wurde die ganze Geschichte erfolgreich inszeniert. Meine arme Schwägerin lag im Grab und konnte sich nicht wehren, und die leibliche Mutter rettete ihre Haut dadurch, daß sie auf jeden erkennbaren Anspruch auf das Kind verzichtete.«

»Ach, die arme, arme Frau!« rief Isabel und brach gleichzeitig in Tränen aus. Es war schon lange her, seit sie welche vergossen hatte; Weinen hatte alles immer nur schlimmer gemacht. Aber jetzt flossen sie so überreichlich, daß sie der Gräfin Gemini nur neues Unbehagen bescherten.

»Es ist ja sehr nett, daß du sie bedauerst!« lachte sie schrill.
»Du hast wirklich eine merkwürdige Art – !«

»Er muß doch seine Frau betrogen haben – und zwar schon ziemlich bald!« sagte Isabel und hielt plötzlich inne.

»Das hat uns noch gefehlt – daß du jetzt ihre Sache zu der deinen machst!« fuhr die Gräfin fort. »Allerdings stimme ich dir darin völlig zu, daß er viel zu früh damit anfing.«

»Aber mir gegenüber – mir gegenüber –?« Und Isabel zögerte, als hätte sie nicht gehört; als wäre ihre Frage, die ihr doch auch deutlich in den Augen geschrieben stand, nur für sie allein bestimmt.

»Ob er dir gegenüber treu gewesen ist? Tja, meine Liebe, das hängt davon ab, was du unter treu verstehst. Als er dich geheiratet hat, war er nicht mehr der Liebhaber einer anderen Frau – und was für ein großer Liebhaber konnte er denn schon gewesen sein, *cara mia*, so lange die Sache noch andauerte, mit dem ganzen Risiko und den Vorsichtsmaßnahmen drum herum! Über dieses Stadium war die Affäre hinaus; die Dame hatte Reuegefühle entwickelt oder sich halt aus persönlichen Gründen zurückgezogen. Sie hatte auch ununterbrochen ein solches Theater um das Wahren des Scheins und des guten Rufs aufgeführt, daß es sogar Osmond zuviel wurde. Du kannst dir sicher vorstellen, wie es gewesen sein muß – wenn er ihre Ansprüche an Äußerlichkeiten mit keinem einzigen von denen in Einklang bringen konnte, auf die er so großen Wert legt! Aber sie hatten eine gemeinsame Vergangenheit.«

»Ja«, echote Isabel mechanisch, »sie haben eine gemeinsame Vergangenheit.«

»Ach, was danach kam, zählt nicht. Aber wie ich schon sagte: Sechs oder sieben Jahre lang hatten sie was miteinander.«

Isabel blieb eine Weile stumm. »Warum wollte sie eigentlich, daß er mich heiratet?«

»Ach, meine Liebe, das ist eben ihr überlegener Weitblick! Weil du Geld hattest und sie glaubte, du würdest gut zu Pansy sein.«

»Die arme Frau – und dann noch Pansy, die sie nicht mag!« rief Isabel.

»Das ist ja der Grund, warum sie jemanden haben wollte, den Pansy mögen würde. Sie weiß Bescheid; sie weiß alles.«

»Wird sie auch wissen, daß du mir alles erzählt hast?«

»Das wird davon abhängen, ob du es ihr erzählst. Sie ist darauf vorbereitet, und weißt du, womit sie, zu ihrem Schutz, rechnet?

Damit, daß du mich für eine Lügnerin hältst. Vielleicht tust du's auch; mach's dir nicht dadurch unnötig schwer, daß du es verbergen willst. Die Sache ist bloß die, daß ich diesmal nicht lüge. Ich habe schon unheimlich oft geflunkert und geschwindelt, damit aber niemandem weh getan, außer mir selbst.«

Isabel saß da und betrachtete sich die Geschichte ihrer Besucherin, als wäre sie ein Haufen exotischer Gegenstände, die ein umherziehender Zigeuner zu ihren Füßen auf dem Teppich ausgebreitet hatte. »Warum hat Osmond sie nie geheiratet?« fragte sie schließlich.

»Weil sie kein Geld hatte.« Die Gräfin wußte auf alles eine Antwort, und falls sie log, log sie sehr überzeugend. »Niemand weiß, niemand hat es je gewußt, wovon sie eigentlich lebt oder woher sie all diese schönen Sachen hat. Ich glaube, das weiß nicht einmal Osmond. Außerdem hätte sie ihn gar nicht geheiratet.«

»Wie kann sie ihn denn dann geliebt haben?«

»So sehr liebt sie ihn auch wieder nicht. Das hat sie zu Beginn getan, und damals hätte sie ihn vermutlich auch geheiratet. Aber damals lebte ja ihr Mann noch. Bis zu dem Zeitpunkt, als Monsieur Merle heimgegangen war – ich möchte nicht sagen, zu seinen Ahnen, weil er nie welche hatte –, hatte sich ihre Beziehung zu Osmond schon verändert, und sie war ehrgeiziger geworden. Außerdem hat sie in bezug auf ihn«, sprach die Gräfin weiter und überließ es Isabel, hinterher darüber erschüttert zusammenzufahren, »hatte sie in bezug auf ihn niemals das gehabt, was man Illusionen hinsichtlich seiner Intelligenz nennen könnte. Sie hoffte, eines Tages einen bedeutenden Mann heiraten zu können; das war schon immer ihre Idee gewesen. Sie hat abgewartet und sich umgesehen und Pläne geschmiedet und gebetet; aber sie hat nie Erfolg gehabt. Für mich ist Madame Merle nämlich alles andere als erfolgreich. Ich weiß nicht, was sie in Zukunft möglicherweise noch schafft, aber im Moment hat sie recht wenig vorzuweisen. Das einzig greifbare Ergebnis, das sie je zustande gebracht hat – selbstverständlich abgesehen davon, daß sie Gott und die Welt kennt und überall umsonst wohnen kann –, ist, dich und Osmond verbandelt zu haben. O ja, das hat sie getan, meine Liebe; da brauchst du gar nicht so zu gucken, als hättest du Zweifel. Ich habe sie jahrelang beobachtet; ich weiß alles – alles. Ich gelte zwar als ziemlich schußliger Wirrkopf, aber so viel hat mein Grips noch hergegeben, um diesen beiden auf die Schliche zu kommen. Sie haßt mich, und ihre Art, das zu zeigen, besteht darin, daß sie sich als meine unermüdliche Fürsprecherin aufspielt. Wenn die Leute behaupten, ich hätte fünfzehn Liebhaber gehabt, dann schaut sie entsetzt und erklärt, daß noch nicht einmal die Hälfte davon erwiesen sei. Sie hat schon seit Jahren vor mir Angst und sich auch schon immer mit all dem gemeinen, falschen Zeug getröstet, das man mir anhängt. Sie lebt in der Angst, ich könnte sie bloßstellen, und einmal hat sie mir auch gedroht, als Osmond gerade anfing, dir den Hof zu machen. Es war in seinem Haus in Florenz; erinnerst du dich an den Nachmittag, als sie dich mitbrachte und wir im Garten Tee tranken? Sie gab mir damals zu verstehen, daß sie, sollte ich irgendwelche Geschichten verbreiten, den Spieß sehr wohl umdrehen könne. Sie behauptet, über mich gebe es eine Menge mehr zu erzählen als über sie. Ein solcher Vergleich wäre interessant! Ich schere mich einen Dreck um das, was sie sagen könnte, ganz einfach weil ich weiß, daß du dich einen Dreck darum scherst. Gleichgültiger als jetzt kann ich dir gar nicht sein. Also soll sie sich rächen, wie sie will. Ich glaube nicht, daß sie dir viel Angst einjagen wird. Ihre große Vorstellung von sich selbst ist immer die von der fürchterlich Untadeligen gewesen, von der reinen Lilie in ihrer ganzen Pracht, von der personifizierten Schicklichkeit. Diesen Götzen hat sie schon immer angebetet. Cäsars Frau muß über Klatsch und Tratsch erhaben sein, und wie ich bereits sagte, hatte sie schon immer darauf spekuliert, einen Cäsar zu heiraten. Das war ein Grund, warum sie Osmond nicht heiraten wollte: die Angst nämlich, daß die Leute, sobald sie sie mit Pansy sahen, eins und eins zusammenzählen würden – ja sogar vielleicht eine Ähnlichkeit entdeckten. Ihre Schreckensvision ist es schon immer gewesen, die Mutter in ihr könnte sich selbst verraten. Sie hat entsetzlich aufgepaßt, und die Mutter hat sich nie verraten.«

»O doch, die Mutter hat sich verraten«, sagte Isabel, die sich das alles mit immer blasser werdendem Gesicht angehört hatte. »Sie hat sich neulich mir gegenüber verraten, obwohl ich da die Mutter noch gar nicht kannte. Für Pansy hatte sich die Chance für eine sehr gute Partie aufgetan, und in ihrer Enttäuschung darüber, daß die Heirat nicht zustande kam, hätte sie beinahe die Maske fallen lassen.«

»Ach, an den gedeckten Tisch wollte sie sich setzen!« schrie die Gräfin. »Sie selbst hat solch grandiosen Schiffbruch erlitten, daß ihre Tochter sie jetzt für alles entschädigen soll.«

Isabel fuhr bei den Worten »ihre Tochter« zusammen, die ihre Besucherin so familiär hingeworfen hatte. »Es kommt einem alles so erstaunlich vor«, flüsterte sie, und unter dem Eindruck dieser Verblüffung hatte sie schon beinahe das Gefühl verloren, persönlich von der Geschichte betroffen zu sein.

»Jetzt laß aber bloß nicht das arme, unschuldige Kind dafür büßen!« fuhr die Gräfin fort. »Die Kleine ist ganz nett, trotz ihrer beklagenswerten Abkunft. Ich mag Pansy; selbstverständlich nicht, weil sie ihre Tochter ist, sondern weil sie deine geworden ist.«

»Ja, sie ist meine geworden. Und was muß die arme Frau gelitten haben, als sie sah, wie ich – !« stieß sie hervor und errötete tief bei dem Gedanken.

»Ich glaube nicht, daß sie gelitten hat; im Gegenteil, sie hat Gefallen daran gefunden. Osmonds Heirat hat sich für Pansy nur positiv ausgewirkt. Zuvor hat sie in einem Loch gelebt. Und weißt du, was die Mutter dachte? Daß du einen solchen Gefallen an der Kleinen finden könntest, daß du etwas für sie tun würdest. Osmond könnte ihr selbstverständlich niemals eine Aussteuer finanzieren. Osmond war wirklich extrem arm gewesen; aber das weißt du natürlich längst. Ach, meine Liebe«, rief die Gräfin, »warum hast du bloß dieses Geld geerbt?« Sie unterbrach sich kurz, als sähe sie etwas Ungewöhnliches in Isabels Gesicht. »Du erzählst mir doch wohl jetzt nicht, daß du ihr eine Mitgift schenken willst!? Dazu wärst du glatt imstande, aber ich würde mich weigern, es zu glauben. Versuche nicht, ein zu guter Mensch zu sein. Sei ein bißchen locker und natürlich und gemein; leiste dir mal zum Trost ein bißchen ein boshaftes Gefühl, nur einmal in deinem Leben!«

»Es ist schon komisch. Eigentlich hätte ich es wissen sollen, aber es tut mir leid«, sagte Isabel. »Ich bin dir sehr verbunden.«

»Ja, genauso siehst du auch aus!« platzte die Gräfin mit spöttischem Lachen heraus. »Vielleicht bist du's ja – vielleicht bist du's nicht. Jedenfalls nimmst du's nicht so, wie ich gedacht hätte.«

»Und wie sollte ich es nehmen?« fragte Isabel.

»Tja, ich würde sagen, wie eine Frau, die man ausgenutzt hat.« Isabel gab darauf keine Antwort. Sie hörte nur zu, und die Gräfin sprach weiter. »Die beiden sind nie voneinander losgekommen, sogar dann nicht, als sie Schluß gemacht hatte – oder er. Aber er hat ihr immer mehr bedeutet als sie ihm. Nachdem ihr kleiner

Karneval vorbei war, trafen sie ein Abkommen miteinander, wonach jeder den anderen vollständig freigab, aber jeder sollte auch alles in seiner Kraft Stehende tun, um dem anderen weiterzuhelfen. Jetzt kannst du mich natürlich fragen, woher ich so etwas weiß. Ich weiß es aus der Art, wie sie sich seitdem verhalten haben. Da sieht man wieder, um wie vieles besser Frauen sind als Männer! Sie hat Osmond eine Ehefrau besorgt, während Osmond für sie niemals auch nur den kleinen Finger gerührt hat. Sie hat für ihn geschuftet, Komplotte geschmiedet und gelitten. Mehr als einmal hat sie sogar Geld für ihn herbeigeschafft. Und das Ende vom Lied ist, daß er sie satt hat. Jetzt ist sie bloß noch eine alte Gewohnheit; es gibt Momente, wo er sie braucht, aber im großen und ganzen würde er sie nicht vermissen, wenn sie plötzlich nicht mehr da wäre. Und was noch dazukommt: Sie weiß es mittlerweile. Also brauchst du auch nicht eifersüchtig zu sein!« setzte die Gräfin spaßig hinzu.

Isabel stand wieder von ihrem Sofa auf. Sie fühlte sich wie zerschlagen und als kriege sie zuwenig Luft; der Kopf schwirrte ihr von all den neuen Erkenntnissen. »Ich bin dir sehr verbunden«, wiederholte sie. Und dann fügte sie hinzu, in gänzlich anderem Ton: »Woher weißt du eigentlich das alles?«

Diese Nachfrage schien die Gräfin mehr zu verstimmen, als Isabels Ausdruck der Verbundenheit sie erfreute. Sie warf ihrem Gegenüber einen herausfordernden Blick zu und polterte dann: »Sagen wir einfach, ich hab's erfunden!« Jedoch auch sie änderte plötzlich den Ton, legte Isabel die Hand auf den Arm und sagte unter der Penetranz ihres schlauen, strahlenden Lächelns: »Was ist: Läßt du deine Reise jetzt bleiben?«

Isabel zuckte ein wenig zusammen; dann wandte sie sich ab. Aber sie fühlte sich so schwach, daß sie gleich den Arm auf den Kaminsims legen mußte, um sich abzustützen. Eine Minute lang stand sie so da und ließ dann ihren betäubten Kopf auf den Arm sinken, mit geschlossenen Augen und blassen Lippen.

»Es war verkehrt, dir was zu sagen – ich hab' dich damit ja ganz krank gemacht!« jammerte die Gräfin.

»Ach – ich muß Ralph besuchen!« klagte Isabel; nicht voller Groll oder Unmut, nicht aus einem impulsiven Ausbruch heraus, auf den die Gräfin gewartet hatte, sondern im Ton einer tiefgreifenden, unendlichen Trauer.

52. KAPITEL

Am gleichen Abend gab es noch einen Zug über Turin nach Paris, und nachdem die Gräfin gegangen war, hatte Isabel eine rasche und entscheidende Besprechung mit ihrer Zofe, die verschwiegen, loyal und tüchtig war. Danach dachte sie (außer an ihre Reise) nur noch an eines. Sie mußte Pansy aufsuchen; sie durfte sie nicht so einfach im Stich lassen. Sie war bislang noch nicht bei ihr gewesen, da ihr Osmond zu verstehen gegeben hatte, daß es für Besuche noch zu früh sei. Um fünf Uhr fuhr sie vor einem hohen Tor in einer schmalen Straße in der Gegend der Piazza Navona vor, wo sie von der Pförtnerin des Klosters, einer liebenswerten, unterwürfigen Frau, eingelassen wurde. Isabel war schon zuvor einmal in diesem Stift gewesen; sie hatte zusammen mit Pansy die Schwestern besucht. Sie wußte, daß sie herzensgute Frauen waren, und sie sah die großen, sauberen und heiteren Räume und den viel genutzten Garten, der im Winter Sonne und im Frühjahr Schatten bot. Aber sie mochte den ganzen Konvent nicht, der ihre Gefühle verletzte und ihr fast Angst einjagte; nicht um alles in der Welt hätte sie eine Nacht darin zugebracht. Und an diesem Tag rief er mehr als je den Eindruck eines gut ausgestatteten Gefängnisses hervor, denn es war illusorisch, so zu tun, als könnte Pansy es verlassen. Dieses unschuldige, unverdorbene Wesen war ihr zwar in einem neuen und grellen Licht präsentiert worden, doch bestand eine Folgewirkung dieser Enthüllung darin, daß Isabel das Bedürfnis verspürte, ihr die Hand entgegenzustrecken.

Die Pförtnerin ließ sie im Besuchszimmer des Klosters warten und ging davon, um Bescheid zu sagen, daß jemand für die liebe junge Dame da sei. Das Besuchszimmer war ein großer, kalter Raum mit neu aussehender Einrichtung; ein großer, sauberer Ofen aus weißem Porzellan, ohne Feuer; eine Anzahl Wachsblumen unter Glas sowie eine Reihe von Stichen mit religiösen Motiven an den Wänden. Beim letzten Mal war sie sich hier mehr wie in Philadelphia als in Rom vorgekommen, aber an diesem Tag stellte sie diesbezüglich keine Überlegungen an; das Zimmer kam ihr nur sehr leer und sehr still vor. Nach Ablauf von etwa fünf Minuten kehrte die Pförtnerin zurück und geleitete eine weitere Person herein. Isabel stand auf in Erwartung einer der

Damen aus der Schwesternschaft, fand sich aber zu ihrer allergrößten Überraschung mit Madame Merle konfrontiert. Die Wirkung war eine eigentümliche insofern, als sich Isabel schon die ganze Zeit über so intensiv mit Madame Merle beschäftigt hatte, daß ihr leibhaftiger Auftritt dem Gefühl glich, als erlebe man urplötzlich, und einigermaßen entsetzt, wie ein Bild anfängt, lebendig zu werden. Isabel hatte den ganzen Tag lang an ihre Falschheit, ihre Dreistigkeit, ihre Geschicklichkeit und an ihr mutmaßliches Leid gedacht, und all diese finsteren Dinge schienen blitzartig vor ihr aufzuleuchten, als die andere den Raum betrat. Ihre schiere Anwesenheit allein trug schon den Charakter von abstoßendem Beweismaterial, von handschriftlichen Zeugnissen, beschmutztem Andenken, von schrecklichen Dingen, die bei Gericht vorgelegt werden. Sie verursachte in Isabel ein Gefühl von Kraftlosigkeit und Kleinmut; hätte sie auf der Stelle etwas sagen müssen, wäre sie dazu niemals in der Lage gewesen. Aber eine solche Notwendigkeit zeichnete sich für sie nicht ab; sie hatte im Gegenteil das Gefühl, Madame Merle absolut nichts zu sagen zu haben. Allerdings gab es in den Beziehungen zu dieser Dame nie irgendwelche absoluten Notwendigkeiten; sie hatte eine Art an sich, mit der sie nicht nur ihre eigenen Schwächen überging, sondern auch die anderer Menschen. Jetzt aber war sie anders als sonst; sie trat langsam ein, hinter der Pförtnerin, und Isabel erkannte sofort, daß sie wahrscheinlich nicht auf ihre üblichen Tricks und Finessen zurückgreifen würde. Auch für sie war die Situation außergewöhnlich, und sie hatte sich vorgenommen, ihr mit der Inspiration des Augenblicks zu begegnen. Dies verlieh ihr etwas besonders Gravitätisches; sie tat so, als sei sie noch nicht einmal zu einem Lächeln imstande, und obwohl Isabel sah, daß sie mehr als üblich schauspielerte, kam es ihr insgesamt so vor, als sei diese erstaunliche Frau noch nie so natürlich gewesen. Sie musterte ihre junge Freundin von Kopf bis Fuß, aber weder abweisend noch herausfordernd; eher mit einer kalten Sympathie und ohne die geringste, wahrnehmbare Anspielung auf ihre letzte Begegnung. Es war, als wollte sie einen Strich unter etwas ziehen: Neulich hatte sie sich geärgert; nun war sie wieder versöhnlich gestimmt.

»Sie können uns jetzt allein lassen«, sagte sie der Pförtnerin. »In fünf Minuten wird diese Dame nach Ihnen läuten.« Und dann wandte sie sich Isabel zu, die, nachdem sie all das vorhin

Erwähnte in sich aufgenommen und danach ihre Wahrnehmungen eingestellt hatte, ihre Augen so weit umherschweifen ließ, wie es die Begrenzungen des Zimmers erlaubten. Sie wollte Madame Merle nie wieder ansehen. »Sie sind überrascht, mich hier vorzufinden, und ich fürchte, Sie freuen sich nicht darüber«, fuhr die bewußte Dame fort. »Sie sehen keinen Grund für meine Anwesenheit hier; es ist, als wäre ich Ihnen zuvorgekommen. Ich bekenne, reichlich taktlos gewesen zu sein; ich hätte Sie um Erlaubnis bitten sollen.« Diese Aussage beinhaltete keinerlei hintergründige, ironische Tendenz; sie wurde schlicht und freundlich vorgetragen. Aber Isabel, weit abgetrieben auf einem Meer des Staunens und des Leidens, hätte nicht sagen können, mit welcher Absicht sie gemacht wurde. »Aber ich bin noch nicht lange da«, sprach Madame Merle weiter; »das bedeutet, ich bin nicht lange bei Pansy gewesen. Ich habe sie besucht, weil mir heute nachmittag der Gedanke kam, daß sie sich bestimmt recht einsam fühlt und vielleicht sogar ein bißchen unglücklich. Möglicherweise ist das für ein junges Mädchen mal ganz gut; ich weiß so wenig über junge Mädchen; ich kann nichts dazu sagen. Wie auch immer: Das Ganze ist ein wenig trostlos. Deshalb kam ich her, ›für den Fall, daß‹. Ich wußte natürlich, Sie würden sie ebenfalls mal besuchen und auch ihr Vater; aber mir wurde andererseits nicht gesagt, daß weitere Besuche darüber hinaus nicht zugelassen seien. Diese gute Frau – wie heißt sie doch gleich wieder? Madame Catherine – hatte jedenfalls keine Einwände. Ich bin zwanzig Minuten bei Pansy geblieben. Sie hat ein reizendes kleines Zimmer, ganz und gar nicht klösterlich, mit Blumen und einem Klavier. Sie hat es ganz entzückend eingerichtet; sie hat ja so viel Geschmack. Natürlich geht mich das alles nichts an, aber mir ist jetzt sehr viel wohler, seit ich sie gesehen habe. Sie darf sogar eine Zofe haben, wenn sie möchte; aber um sich groß herauszuputzen, findet sie hier selbstverständlich keinen Anlaß. Sie trägt ein kleines, schwarzes Kleid; sie sieht so süß darin aus. Hinterher habe ich Mutter Catherine aufgesucht, die auch ein sehr schönes Zimmer hat. Also ich empfinde die armen Schwestern hier überhaupt nicht als nonnenhaft. Mutter Catherine hat einen ganz neckischen kleinen Toilettentisch, auf dem etwas steht, was einem Fläschchen Kölnisch ungewöhnlich ähnlich sieht. Sie spricht ganz reizend von Pansy und sagt, es sei ein großes Glück, sie hier zu haben. Sie sei eine kleine Heilige aus dem Himmel und auch noch für die Ältesten ein Vorbild. Gerade als ich mich von Madame Catherine verabschiedete, kam die Pförtnerin und meldete, daß eine Lady für die Signorina gekommen sei. Ich wußte natürlich gleich, daß das nur Sie sein konnten, und so bat ich die Schwester, daß ich Sie an ihrer Stelle empfangen dürfte. Sie reagierte sehr spröde – das muß ich Ihnen schon sagen – und meinte, es sei ihre Pflicht, zuerst die Mutter Oberin zu verständigen. Es sei äußerst wichtig, daß man Ihnen mit gebührender Achtung begegne. Da bat ich sie, die Mutter Oberin doch in Frieden zu lassen, und ich fragte sie, wie sie sich wohl vorstelle, daß ich Ihnen begegne!«

Und Madame Merle plauderte drauflos, mit der ganzen Brillanz einer Frau, die es in der Kunst der Konversation schon seit langem zur Meisterschaft gebracht hatte. Aber in ihrer Rede gab es Schwingungen und Nuancen, die Isabels Ohren keineswegs entgingen, während ihre Augen das Gesicht der anderen mieden. Jene war mit ihrem Parlando noch nicht weit gekommen, als Isabel einen unerwarteten Bruch in der Stimme bemerkte, eine Unterbrechung des Redeflusses, welche für sich genommen ein vollständiges Drama darstellten. Diese subtile Modulation war Ausdruck einer folgenschweren Entdeckung – der Empfindung einer gänzlich neuen Haltung seitens ihrer Zuhörerin. Madame Merle hatte innerhalb einer Sekunde erraten, daß zwischen ihnen beiden alles zu Ende war, und innerhalb einer weiteren hatte sie den Grund dafür erraten. Die Person, die hier vor ihr stand, war nicht dieselbe, die sie bislang gesehen hatte, sondern war eine andere Person – eine Person, die ihr Geheimnis kannte. Diese Entdeckung war ungeheuerlich, und in dem Moment, als sie sie machte, geriet die perfekteste aller Frauen ins Stocken und verlor ihren Mut. Aber nur für diesen Moment. Und gleich sammelte sich der in seinem Lauf aufgehaltene Strom ihrer vollendeten Umgangsformen wieder und floß so ruhig, wie man sich nur vorstellen konnte, seinem Endpunkt entgegen. Aber nur weil sie diesen Endpunkt im Visier hatte, war sie in der Lage fortzufahren. Sie war mit der Spitze eines Dolches touchiert worden, zitterte darob und benötigte die ganze Konzentration ihres Willens, um ihre Erregung zu unterdrücken. Ihre einzige Sicherheit lag darin, sich nichts anmerken zu lassen. Sie kämpfte gegen ihre Gemütsbewegung an, aber der alarmierte Ton in ihrer Stimme weigerte sich zu verschwinden; sie war schlicht machtlos und hörte sich selbst sprechen, ohne recht zu wissen, was sie sagte. Die Woge ihres Selbstvertrauens verebbte immer mehr, und so glitt ihr angeschlagenes Schiff nur mit Mühe und Not und unter leichter Grundberührung in den Hafen.

Isabel sah all das so deutlich, als wären es Widerspiegelungen auf einer großen, klaren Glasscheibe. Es hätte ein großer Augenblick für sie sein können, denn es hätte ein Augenblick des Triumphes sein können. Daß Madame Merle ihr Schneid abhanden gekommen war und sie das Gespenst der Entlarvung und Bloßstellung vor sich sah: Das allein war schon Rache genug, das allein war schon die Verheißung eines heitereren Tages. Und einen Augenblick lang, während sie dastand und über die Schulter scheinbar aus dem Fenster schaute, genoß Isabel dieses Wissen. Draußen vor dem Fenster lag der Klostergarten; aber das war es nicht, was sie sah, und die knospenden Pflanzen und den strahlenden Nachmittag sah sie auch nicht. Sie sah im grellen Licht jener überraschenden Entdeckung, die bereits zu einem Bestandteil ihrer Lebenserfahrung geworden war und der eben jene Angeschlagenheit des Vehikels, in dem man sie präsentiert hatte, ihren eigentlichen Wert verlieh – in jenem Licht also sah sie die nüchterne, nackte Tatsache, daß sie nichts weiter gewesen war als ein praktisches, zuerst benutztes, dann an die Wand gehängtes Werkzeug, so gefühllos und zweckdienlich wie ein bloßes Trumm geformtes Holz oder Eisen. Die ganze Bitterkeit dieses Wissens ergoß sich aufs neue in ihr Herz; ihr war, als spürte sie auf den Lippen den Geschmack von Entehrung. Es gab einen Augenblick, in dem sie, hätte sie sich umgedreht und gesprochen, etwas gesagt hätte, was wie ein Peitschenschlag durch die Luft gezischt wäre. Aber sie schloß die Augen, und die häßliche Vision löste sich auf. Was übrigblieb, war die cleverste Frau der Welt, die nur ein paar Fuß weit weg von ihr stand und genausowenig wie die erbärmlichste wußte, was sie denken sollte. Isabels einzige Rache bestand darin, daß sie stumm blieb – und damit Madame Merle in einer beispiellosen Situation sich selbst überließ, und das für eine Zeitspanne, die besagter Dame lang vorgekommen sein mußte, so daß sie sich schließlich hinsetzte, wobei ihr diese Bewegung zu einem Eingeständnis ihrer ganzen Hilflosigkeit geriet. Dann wandte Isabel ihr langsam den Blick zu und schaute auf sie hinab. Madame Merle war sehr blaß; ihr eigener Blick suchte Isabels Gesicht ab. Was immer sie dort herauslas: Die Gefahr war für sie vorüber. Isabel würde sie nie anklagen, ihr nie Vorwürfe machen; vielleicht, weil sie ihr nie die Gelegenheit geben würde, sich zu verteidigen.

»Ich bin gekommen, um mich von Pansy zu verabschieden«, sagte unsere junge Frau schließlich. »Ich reise heute nacht noch nach England.«

»Nach England heute nacht!« wiederholte Madame Merle von ihrem Sitz aus und sah sie an.

»Ich fahre nach Gardencourt. Ralph Touchett liegt im Sterben.«

»Oh – das tut bestimmt weh.« Madame Merle gewann ihre Fassung zurück; sie hatte die Möglichkeit, Mitgefühl zu äußern. »Fahren Sie allein?«

»Ja, ohne meinen Mann.«

Madame Merle flüsterte leise etwas Unbestimmtes in der Art einer allgemeinen Erkenntnis über den traurigen Zustand der Dinge. »Mr. Touchett hat mich zwar nie gemocht, aber es tut mir dennoch leid, daß er im Sterben liegt. Werden Sie auch seine Mutter treffen?«

»Ja, sie ist aus Amerika zurück.«

»Sie war früher immer sehr nett zu mir gewesen; aber sie hat sich verändert. Auch andere haben sich verändert«, sagte Madame Merle mit stillem, noblem Pathos. Nach einer kleinen Pause fügte sie hinzu: »Und Sie werden das liebe, alte Gardencourt wiedersehen!«

»Viel Freude werde ich dabei nicht haben«, antwortete Isabel.

»Natürlich nicht – bei Ihrem Schmerz. Aber insgesamt gesehen ist es von allen Häusern, die ich kenne, und ich kenne viele, dasjenige, in dem ich am liebsten gelebt hätte. Ich getraue mich nicht, den Bewohnern mein Beileid zu übermitteln«, fuhr Madame Merle fort, »aber an das Haus würde ich gerne Grüße schicken.«

Isabel wandte sich ab. »Ich gehe jetzt lieber zu Pansy. Ich habe nicht viel Zeit.«

Während sie sich noch nach dem richtigen Ausgang umsah, öffnete sich die Tür und ließ eine der Damen des Hauses herein, die mit zurückhaltendem Lächeln herbeikam und dabei ein Paar weißer, plumper Hände sanft unter den langen, losen Ärmeln rieb. Isabel erkannte Madame Catherine wieder, deren Bekanntschaft sie schon einmal gemacht hatte, und bat darum, gleich Miß Osmond besuchen zu dürfen. Madame Catherine sah doppelt so zurückhaltend drein, lächelte aber sehr gütig und sagte: »Es wird ihr gut tun, Sie zu sehen. Ich selbst führe Sie hin.« Dann richtete sie ihren zufriedenen, wachsamen Blick auf Madame Merle.

»Lassen Sie mich noch ein wenig hier verweilen?« fragte diese Dame. »Es tut so gut, hier zu sein.«

»Sie dürfen auch gern für immer hierbleiben!« Die Schwester lachte verschmitzt.

Sie geleitete Isabel aus dem Zimmer hinaus, mehrere Gänge entlang und eine lange Treppe hinauf. Alle diese Bereiche des Gebäudes waren solide gebaut und schmucklos, hell und sauber, ganz genauso, dachte Isabel, wie die großen Strafanstalten auch. Madame Catherine drückte sacht die Tür zu Pansys Zimmer auf und bat die Besucherin einzutreten; dann stand sie lächelnd und mit gefalteten Händen da und sah zu, wie die beiden anderen einander begrüßten und sich umarmten.

»Wie sie sich freut, Sie zu sehen! Das wird ihr guttun«, wiederholte sie. Und sie rückte Isabel sorgsam den besten Stuhl hin, traf aber selbst keine Anstalten, Platz zu nehmen, sondern schien sich eher zurückziehen zu wollen. »Welchen Eindruck haben Sie von diesem lieben Kind?« wollte sie von Isabel wissen und blieb noch einen Augenblick.

»Blaß sieht es aus«, antwortete Isabel.

»Aus lauter Freude, Sie zu sehen. Sie ist sehr glücklich. *Elle éclaire la maison*«, sagte die Schwester.

Wie Madame Merle gesagt hatte, trug Pansy ein kleines, schwarzes Kleid; vielleicht lag darin der Grund, daß sie blaß aussah. »Sie sind alle so gut zu mir hier – sie denken an alles!« rief sie so eifrig bemüht wie eh und je, sich als gefällig zu erweisen.

»Wir denken immer an dich – du bist ein kostbarer Schützling«, bemerkte Madame Catherine im Ton einer Frau, die gewohnheitsmäßig gutmütig war und deren Pflichtauffassung sich darin äußerte, daß sie jede Betreuungsaufgabe übernahm. Die Worte fielen wie Bleigewichte in Isabels Seele; sie schienen etwas über die totale Hingabe eines Menschen auszusagen, über die Autorität der Kirche.

Nachdem Madame Catherine sie alleingelassen hatte, kniete sich Pansy auf den Boden und barg den Kopf im Schoß ihrer Stiefmutter. So verharrte sie eine kleine Weile, während Isabel ihr sanft übers Haar strich. Dann erhob sie sich, wandte ihr Gesicht ab und ließ den Blick durchs Zimmer schweifen. »Findest du nicht, daß ich es nett eingerichtet habe? Ich habe alles, was ich auch zu Hause habe.«

»Es ist sehr hübsch; recht komfortabel hast du's hier.« Isabel wußte kaum, worüber sie mit ihr reden sollte. Auf der einen Seite konnte sie das Mädchen nicht in dem Glauben lassen, sie sei nur hergekommen, um sie zu bemitleiden, und auf der anderen wäre es eine dumme Farce gewesen, so zu tun, als freue man sich mit ihr. So sprach sie kurz darauf einfach weiter: »Ich bin gekommen, um mich von dir zu verabschieden. Ich gehe nach England.«

Pansys weißes, kleines Gesicht wurde rot. »Nach England! Und kommst nicht zurück?«

»Ich weiß nicht, wann ich zurückkomme.«

»Oh, Verzeihung«, hauchte Pansy. Sie sagte es, als hätte sie kein Recht auf Kritik; aber ihr Tonfall verriet einen Abgrund an Enttäuschung.

»Mein Cousin Mr. Touchett ist sehr krank und wird wahrscheinlich sterben. Ich möchte ihn noch einmal sehen«, sagte Isabel.

»Ach ja, du hast es mir gesagt, daß er im Sterben liegt. Selbstverständlich mußt du hin. Und fährt Papa mit?«

»Nein, ich fahre allein.«

Das Mädchen sagte eine Weile nichts. Isabel hatte sich oft gefragt, was sie über das scheinbare Verhältnis ihres Vaters zu seiner Frau dachte; aber sie hatte niemals durch einen Blick oder durch eine Andeutung zu erkennen gegeben, daß sie es in bezug auf Intimität für mangelhaft hielt. Isabel war überzeugt, daß sie sich ihre Gedanken machte, und sie wußte auch mit Sicherheit, daß es Ehemänner und Ehefrauen gab, die intimer miteinander verkehrten als ihre Eltern. Doch Pansy war noch nicht einmal in Gedanken taktlos. Sie hätte sich genausowenig ein Urteil über ihre liebenswürdige Stiefmutter erlaubt, wie sie es gewagt hätte, ihren fabelhaften Vater zu kritisieren. Vermutlich wäre ihr Herz dabei ebenso stehengeblieben, als hätte sie mit angesehen, wie zwei der Heiligenfiguren auf dem großen Gemälde in der Klosterkapelle einander kopfschüttelnd Blicke zuwarfen. Aber wie sie in diesem letzteren Fall (um des religiösen Ernstes willen) das schreckliche, ehrfurchtgebietende Phänomen niemals erwähnt hätte, so schob sie auch alle Kenntnis von den Geheimnissen größerer Lebewesen, als sie eines war, beiseite. »Da bist du dann aber weit weg«, sagte sie gleich darauf.

»Ja, ich werde weit weg sein. Aber das wird kaum einen Unterschied machen«, erklärte Isabel, »denn solange du hier bist, bin ich ja auch alles andere als in deiner Nähe.«

»Ja, aber du kannst mich besuchen kommen, obwohl du es bisher nicht oft getan hast.«

»Ich habe es nicht getan, weil dein Vater es verbot. Heute habe ich dir nichts mitgebracht. Unterhaltung kann ich dir auch keine bieten.«

»Ich soll auch gar keine Unterhaltung haben. Das ist nicht Papas Wunsch.«

»Dann macht es kaum einen Unterschied, ob ich in Rom oder in England bin.«

»Du bist nicht glücklich, Mrs. Osmond«, sagte Pansy.

»Nicht besonders. Aber was macht das schon?«

»Das sage ich mir auch immer. Was macht das schon? Trotzdem würde ich gerne hier herauskommen.«

»Ich wünsche es dir von Herzen.«

»Laß mich nicht hier zurück«, sagte Pansy leise.

Isabel schwieg eine Minute lang; ihr Herz schlug schnell. »Würdest du jetzt gleich mit mir kommen?«

Pansy sah sie flehentlich an. »Hat Papa gesagt, du sollst mich mitnehmen?«

»Nein, der Vorschlag stammt von mir.«

»Ich glaube, dann warte ich lieber noch. Läßt Papa mir nichts ausrichten?«

»Ich glaube, er weiß gar nicht, daß ich dich besuche.«

»Er glaubt, daß ich noch nicht soweit bin«, sagte Pansy. »Aber ich habe genug. Die Damen sind alle sehr nett zu mir, und die kleinen Mädchen kommen mich besuchen. Da sind ganz kleine dabei – so süße Kinder. Und dann mein Zimmer – du siehst ja selbst. Das ist alles ganz wunderbar. Aber jetzt habe ich genug. Papa wollte, daß ich ein bißchen nachdenke – und ich habe lange nachgedacht.«

»Und was kam dabei heraus?«

»Na ja, daß ich Papa nie verärgern darf.«

»Das wußtest du doch schon zuvor.«

»Ja, aber jetzt weiß ich es noch sicherer. Ich werde alles tun – ich werde alles tun«, sagte Pansy. Als sie ihre eigenen Worte hörte, wurde ihr Gesicht tiefrot. Isabel verstand die Bedeutung dieser Verfärbung; man hatte das arme Mädchen endgültig unterworfen. Wie gut, daß Mr. Edward Rosier seine Emailarbeiten behalten hatte! Isabel blickte ihr in die Augen und sah dort in erster Linie eine Bitte um wohlwollende Nachsicht. Sie legte ihre Hand auf Pansys, als wollte sie sie wissen lassen, daß ihr

Blick keine Minderung ihrer Wertschätzung bedeutete; der Zusammenbruch von Pansys vorübergehendem Aufbegehren (so stumm und verhalten es auch gewesen war) schien ihr lediglich der Tribut des Mädchens an die wahre Natur der Dinge zu sein. Pansy unterfing sich nicht, ein Urteil über andere zu fällen, aber bezüglich ihrer eigenen Lage hatte sie eines gefällt. Sie hatte die Wirklichkeit erkannt. Sie war nicht geschaffen für den Kampf gegen eine Interessengemeinschaft; die feierliche Abgeschiedenheit des Klosters barg etwas in sich, was sie überwältigte. Sie beugte ihr hübsches Köpfchen der Autorität, von der sie nichts weiter als Gnade erbat. Jawohl, es war sehr gut, daß sich Edward Rosier ein paar Stücke zurückbehalten hatte!

Isabel stand auf; ihre Zeit wurde rasch knapper. »Dann lebe wohl. Ich verlasse Rom heute nacht.«

Pansy hielt sie am Kleid fest; der Gesichtsausdruck der Kleinen hatte sich rasch verändert. »Du siehst so fremd aus; du machst mir Angst.«

»Ach, ich bin doch ganz harmlos«, sagte Isabel.

»Du kommst vielleicht nicht wieder?«

»Vielleicht nicht. Kann ich noch nicht sagen.«

»Ach – Mrs. Osmond, du wirst mich doch nicht verlassen!«

Isabel erkannte jetzt, daß Pansy alles erraten hatte. »Mein liebes Kind, was kann ich nur für dich tun?« fragte sie.

»Ich weiß es nicht – aber ich bin glücklicher, wenn ich an dich denke.«

»Du kannst doch immer an mich denken.«

»Nicht, wenn du so weit fort bist. Ich fürchte mich ein wenig«, sagte Pansy.

»Wovor fürchtest du dich?«

»Vor Papa – ein bißchen. Und vor Madame Merle. Sie hat mich gerade besucht.«

»So was darfst du nicht sagen«, bemerkte Isabel.

»Oh, ich werde alles tun, was sie von mir wollen. Aber wenn du da bist, dann fällt mir das leichter.«

Isabel dachte nach. »Ich lasse dich nicht im Stich«, sagte sie schließlich. »Auf Wiedersehen, mein Kind.«

Dann hielten sie einander einen Moment lang wie zwei Schwestern schweigend umschlungen, und danach begleitete Pansy ihre Besucherin den Korridor entlang bis zur Treppe. »Madame Merle ist hier gewesen«, erzählte sie im Gehen, und da Isabel keine Antwort gab, setzte sie abrupt hinzu: »Ich mag Madame Merle nicht!«

Isabel zögerte zunächst und blieb dann stehen. »Das darfst du niemals sagen – daß du Madame Merle nicht magst.«

Pansy sah sie voller Verwunderung an, aber Verwunderung war bei Pansy noch nie ein Grund zur Unbotmäßigkeit gewesen. »Ich tu's nie wieder«, sagte sie mit erlesener Sanftmut. Am oberen Treppenabsatz mußten sie sich trennen, denn es schien Teil des lockeren, doch klar definierten Reglements zu sein, unter dem Pansy lebte, daß sie nicht hinunter durfte. Isabel stieg die Treppe hinab, und als sie unten angekommen war, stand das Mädchen noch immer oben. »Kommst du wieder?« rief sie mit einer Stimme, an die sich Isabel später noch erinnerte.

»Ja – ich komme wieder.«

Madame Catherine nahm Mrs. Osmond drunten in Empfang und führte sie zur Tür des Salons, vor der sich die beiden noch eine Minute lang unterhielten. »Ich gehe nicht mit hinein«, sagte die Schwester. »Madame Merle wartet auf Sie.«

Bei dieser Ankündigung verkrampfte sich Isabel; sie stand kurz davor zu fragen, ob es keine anderen Ausgänge aus dem Kloster gab. Doch nach einem Augenblick des Nachdenkens gelangte sie zu der Überzeugung, daß es angebracht sei, der ehrwürdigen Nonne ihren Wunsch zu verheimlichen, Pansys zweiter Freundin nicht mehr begegnen zu wollen. Ihre Begleiterin ergriff sie sehr freundlich am Arm, fixierte sie kurz aus weisen, gutmütigen Augen und sagte dann, beinahe familiär, auf französisch: »*Eh bien, chère Madame, qu'en pensez-vous?*«

»Über meine Stieftochter? Oh, das kann ich Ihnen nicht in ein paar Worten sagen.«

»Wir sind der Meinung, es reicht nun«, bemerkte Madame Catherine mit Nachdruck. Und damit drückte sie die Tür zum Salon auf.

Madame Merle saß noch genauso da, wie Isabel sie verlassen hatte: wie eine Frau, die so in Gedanken versunken war, daß sie nicht einmal den kleinen Finger bewegt hatte. Als Madame Catherine die Tür schloß, erhob sie sich, und Isabel erkannte, daß ihr Nachdenken zu einem Ergebnis geführt hatte. Sie hatte ihr Gleichgewicht wiedergefunden; sie war wieder im Vollbesitz ihrer Kräfte. »Ich habe doch noch auf Sie warten wollen«, sagte sie verbindlich. »Aber nicht, um über Pansy zu sprechen.«

Isabel fragte sich, worüber sie dann reden wollte, und trotz Madame Merles Erklärung antwortete sie nach einem Augenblick: »Madame Catherine sagt, es reicht nun.«

»Ja, ich finde auch, daß es reicht. Ich wollte Sie noch einmal etwas zu Mr. Touchett fragen«, fuhr Madame Merle fort. »Haben Sie Grund zu der Annahme, daß es wirklich mit ihm zu Ende geht?«

»Meine einzige Information ist ein Telegramm. Leider bestätigt es nur diese Wahrscheinlichkeit.«

»Ich möchte Ihnen eine ausgefallene Frage stellen«, sagte Madame Merle. »Haben Sie Ihren Cousin sehr gern?« Und ihr Lächeln war genauso ausgefallen wie ihre Äußerung.

»Ja, ich habe ihn sehr gern. Aber ich weiß nicht, was das soll.«

Madame Merle zögerte ihre Erläuterung noch ein wenig hinaus. »Das ist ziemlich schwer zu erklären. Mir ist da etwas in den Sinn gekommen, was Ihnen vielleicht noch nie in den Sinn gekommen ist, und ich möchte Sie an meiner Ansicht teilhaben lassen. Ihr Cousin hat Ihnen einmal einen großen Dienst erwiesen. Sind Sie da nie draufgekommen?«

»Er hat mir viele Dienste erwiesen.«

»Ja, aber einer stach aus dem Rest hervor. Er hat Sie zu einer reichen Frau gemacht.«

»Er hat mich – ?«

Madame Merle schien sich erfolgreich zu wähnen und fuhr triumphierender fort: »Er verlieh Ihnen jenen Extraglanz, der nötig war, um Sie zu einer brillanten Partie zu machen. Im Grunde genommen ist er es, dem Sie alles zu verdanken haben.« Sie unterbrach sich; sie sah etwas in Isabels Blick.

»Ich verstehe nicht, was Sie meinen. Es war das Geld meines Onkels.«

»Ja, es war das Geld Ihres Onkels, aber es war die Idee Ihres Cousins. Er hat seinen Vater überredet. Ach, meine Liebe, was für ein schönes Sümmchen!«

Isabel stand da und riß die Augen auf. Sie schien an diesem Tag in einer Welt zu leben, die von wilden Blitzen durchzuckt wurde. »Ich weiß nicht, warum Sie solche Sachen erzählen. Ich weiß nicht, was Sie alles wissen.«

»Ich weiß nur das, was ich erraten habe. Und das habe ich erraten!«

Isabel ging zur Tür, öffnete sie und blieb kurz, mit der Hand auf der Klinke, stehen. Dann sagte sie – und das war ihre einzige

Rache: »Und ich hatte geglaubt, ich hätte Ihnen alles zu verdanken!«

Madame Merle schlug die Augen nieder; in einer Haltung stolzen Schuldbewußtseins stand sie da. »Sie sind sehr unglücklich, ich weiß. Aber ich bin es noch mehr.«

»Ja, das kann ich mir vorstellen. Ich denke, ich möchte Sie nie wiedersehen.«

Madame Merle hob den Blick. »Ich gehe nach Amerika«, bemerkte sie ruhig, während Isabel hinausging.

53. KAPITEL

Es war nicht Überraschung; es war eher eine Empfindung, die, unter anderen Umständen, sehr einem Gefühl von Freude gleichgekommen wäre, welche Isabel verspürte, als sie in Charing Cross aus dem Postzug von Paris stieg und direkt in die Arme, oder richtiger gesagt: in die Hände, von Henrietta Stackpole lief. Sie hatte ihrer Freundin von Turin aus telegraphiert, und obwohl sie nicht fest damit gerechnet hatte, daß Henrietta sie abholen würde, so war ihr wohl doch bewußt gewesen, daß ihr Telegramm eine hilfsbereite Reaktion auslösen würde. Auf der langen Reise von Rom nach England hatte sie sich innerlich dem Ungewissen hingegeben; sie war nicht in der Lage gewesen, die Zukunft zu befragen. Sie vollzog diese Reise mit Augen, die nichts sahen, und so konnte sie sich nur wenig an den Ländern erfreuen, die sie durchquerte, obgleich sich diese in der mannigfaltigsten Pracht des Frühlings vor ihr ausbreiteten. Ihre Gedanken nahmen ihren Lauf durch andere Länder – durch fremdartige, weglose Gefilde mit dünnem Licht, in denen es keinen Wechsel der Jahreszeiten gab, sondern anscheinend nur die immerwährende Düsternis des Winters. Sie hatte reichlich Stoff zum Nachdenken; aber was ihr durch den Kopf ging, waren weder allgemeine Betrachtungen noch konkrete Überlegungen. Zusammenhanglose Traumgesichte zogen vorüber und plötzliche, schwache Schimmer der Erinnerung, der Hoffnung. Vergangenheit und Zukunft wechselten einander willkürlich ab, aber sie nahm sie nur als irrlichtelierende Bilder wahr, die, ihrer eigenen Logik folgend, auftauchten und wieder verschwanden.

Sie erinnerte sich an die ausgefallensten Dinge. Nun da sie in das Geheimnis eingeweiht war, nun da sie etwas wußte, was sie so sehr betraf und beunruhigte und was ihr Leben in einem Maße verdunkelte, daß es dem Versuch glich, mit einem unvollständigen Kartenblatt Whist zu spielen, nun stiegen der wahre Kern der Dinge, ihre Verknüpfungen untereinander, ihre eigentlichen Bedeutungen und zumeist auch der ihnen innewohnende Schrecken mit fast architektonisch durchkonstruierter Riesenhaftigkeit vor ihr auf. Tausend Bagatellen fielen ihr ein; sie erwachten zum Leben mit der Plötzlichkeit eines Schüttelfrosts. Früher hatte sie sie für Bagatellen gehalten; jetzt erkannte sie, daß sie mit Bleigewichten behaftet gewesen waren. Doch letztendlich waren sie sogar jetzt noch Bagatellen, denn was nützte es ihr, wenn sie deren Sinn verstand? Im Augenblick schien ihr nichts einen Sinn, einen Nutzen zu haben. Die Kategorien von Sinn und Zweck waren außer Kraft gesetzt, desgleichen Wünsche und Bedürfnisse, ausgenommen das einzige Bedürfnis, ihren heißersehnten Zufluchtsort zu erreichen. Gardencourt war ihr Ausgangspunkt gewesen, und in dessen stille Gemächer zurückzukehren, stellte zumindest eine provisorische Lösung dar. Stark war sie von dort in die Welt gezogen, schwach würde sie nun zurückkommen; und wenn Gardencourt ihr damals eine Stätte der Ruhe gewesen war, so würde es ihr jetzt Asyl gewähren. Sie beneidete Ralph um sein Sterben, denn wenn man sich nach vollkommener Ruhe sehnte, dann gab es nur diese eine. Die Existenz endgültig zu beenden, alles aufzugeben und von nichts mehr zu wissen – dieser Gedanke war so lieblich wie die Vorstellung von einem kühlen Bad in einer Wanne aus Marmor, in einem abgedunkelten Raum, in einem heißen Land.

Während ihrer Reise von Rom durchlebte sie in der Tat Augenblicke, die beinahe die Süße des Todes in sich bargen. Sie saß in ihrer Ecke, so reglos, so passiv, so einfach mit dem Gefühl des Fortgetragenwerdens, so losgelöst von Hoffnung und Bedauern, daß sie sich selbst wie eine jener etruskischen Statuen vorkam, die auf den Gefäßen ihrer eigenen Asche kauern. Jetzt gab es nichts mehr zu bedauern – das war alles vorbei. Nicht nur die Zeit ihrer Torheit, auch die Zeit ihrer Reue war weit weg. Das einzige, was es noch zu beklagen gab, war, daß Madame Merle so – nun ja, so unfaßbar und unergründlich gewesen war. An genau diesem Punkt versagte ihr Scharfsinn wegen einer buchstäblichen Unfähigkeit, einen Begriff für das zu finden, was und wie

Madame Merle eigentlich gewesen war. Was und wie auch immer: Madame Merle hatte Anlaß zu bereuen, und sie würde es auch zweifellos tun in Amerika, wohin sie ihrer Ankündigung nach gehen wollte. Es war für Isabel nicht mehr von Belang; sie hatte lediglich den Eindruck, daß sie Madame Merle nie wieder sehen sollte. Dieser Eindruck trug sie fort in die Zukunft, von der sie zwischendurch einen flüchtigen, verzerrten Blick erhaschte. Sie sah sich selbst, Jahre später, noch immer mit der Einstellung einer Frau, die das Leben vor sich hatte, und diese schemenhafte Projektion stand im Widerspruch zu ihrer gegenwärtigen Verfassung. Es wäre schon erstrebenswert gewesen, sich ganz davonzumachen, wirklich davon, noch weiter fort als nur bis ins kleine, graugrüne England; aber dieses Privileg war ihr offenbar nicht vergönnt. Tief drunten in ihrem Herzen, tiefer noch als jede Lust auf Entsagung, ruhte das Gefühl, daß die Pflicht zu leben sie noch lange Zeit in Anspruch nehmen würde. Und für kurze Augenblicke erwuchs etwas Ermutigendes, etwas Aufmunterndes aus dieser Überzeugung. Es war ein Beweis von Stärke, es war ein Beweis dafür, daß sie eines Tages wieder glücklich sein würde. Es konnte nicht sein, daß sie nur um des Leidens willen lebte; schließlich war sie ja noch jung, und sie konnte noch eine Menge erleben. Nur um des Leidens willen zu leben, nur um zu spüren, wie sich die Ungerechtigkeit des Lebens wiederholte und vergrößerte – dazu war sie, ihrer Ansicht nach, zu wertvoll, zu talentiert. Dann überlegte sie gleich, ob es nicht eitel und dumm sei, eine so hohe Meinung von sich selbst zu haben. Wann war es je eine Garantie gewesen, wertvoll zu sein? Bestand denn nicht die ganze Menschheitsgeschichte aus der Zerstörung kostbarer Dinge? War es denn nicht viel wahrscheinlicher so, daß derjenige leiden mußte, der edel war? Allerdings beinhaltete diese These möglicherweise das Eingeständnis einer gewissen eigenen Derbheit. Aber Isabel erkannte, als er vor ihren Augen vorüberhuschte, den undeutlichen Schatten einer langen Zukunft. Sie würde nie davonlaufen, sie würde bis zum Ende ausharren. Dann hüllten sie wieder die unmittelbar vor ihr liegenden Jahre ein, und der graue Vorhang ihrer Teilnahmslosigkeit senkte sich über sie.

Henrietta küßte sie so, wie Henrietta immer küßte, nämlich als hätte sie Angst, dabei erwischt zu werden; und dann stand Isabel inmitten der Menge, sah sich um und suchte nach ihrer Zofe. Sie stellte keine Fragen, sie bat um nichts, sie wollte einfach abwarten. Sie hatte plötzlich die Vorstellung, daß man ihr helfen werde. Sie freute sich, daß Henrietta gekommen war; eine Ankunft in London hatte etwas Schreckliches an sich. Das düstere, verräucherte Bahnhofsgebäude mit der weitgespannten Wölbung, das eigenartige, fahle Licht, die dichtgedrängte, finstere, schiebende Masse erzeugten bei ihr eine nervöse Furcht und veranlaßten sie, sich bei der Freundin einzuhängen. Sie erinnerte sich, daß sie all diese Dinge einmal gemocht hatte; sie schienen ihr Teil eines prachtvollen Schauspiels zu sein, von dem etwas ausging, was sie gefühlsmäßig berührte. Sie erinnerte sich, wie sie vor fünf Jahren von Euston Station aus in die winterliche Abenddämmerung hinaus und durch die bevölkerten Straßen gegangen war. Jetzt hätte sie das nicht fertiggebracht, und die damalige Begebenheit kam ihr wie die Unternehmung einer anderen Person vor.

»Wie schön, daß du doch noch gekommen bist«, sagte Henrietta und sah sie an, als erwartete sie, daß Isabel Einwände gegen diese Aussage erheben könnte. »Wenn du nicht – wenn du nicht – tja, dann weiß ich auch nicht«, bemerkte Miß Stackpole unter ominöser Andeutung ihrer Möglichkeiten der Mißbilligung.

Isabel sah sich suchend um, ohne ihre Zofe zu entdecken. Ihr Blick verweilte indessen auf einer anderen Gestalt, von der sie meinte, sie schon einmal gesehen zu haben, und gleich darauf erkannte sie auch die liebenswürdige Miene von Mr. Bantling. Er stand ein wenig abseits, und die um ihn herum wogende Menge vermochte es nicht, ihn auch nur einen Zoll breit von seiner einmal bezogenen Position zu verdrängen – einer Position taktvoller Distanz, während die beiden Damen ihre Umarmungen austauschten.

»Da ist ja Mr. Bantling«, sagte Isabel leichthin und beiläufig, und es kümmerte sie nicht sonderlich, ob sie nun ihre Zofe fand oder nicht.

»Ja, ja, er begleitet mich überallhin. Komm her, Mr. Bantling!« rief Henrietta. Woraufhin der furchtlose Junggeselle mit einem Lächeln nähertrat, das allerdings, dem Ernst der Situation entsprechend, gemäßigt ausfiel. »Ist es nicht schön, daß sie gekommen ist?« fragte Henrietta. »Er weiß über alles Bescheid«, ergänzte sie. »Wir haben richtig gestritten; er sagte, du fährst nicht – ich sagte, du fährst.«

»Ich dachte, ihr seid immer einer Meinung«, gab Isabel lächelnd zurück. Sie wußte, daß sie jetzt lächeln durfte; schon im ersten Moment hatte sie aus Mr. Bantlings beherztem Blick gelesen, daß er gute Nachrichten für sie hatte. Seine Augen schienen zu sagen, sie möge doch bitte daran denken, daß er ein alter Freund ihres Cousins war; daß er sie verstand; daß er es richtig fand. Isabel gab ihm die Hand; in ihrer Überspanntheit kam er daher als edler Ritter ohne Furcht und Tadel.

»Oh, ich bin immer einer Meinung«, sagte Mr. Bantling, »nur sie nicht.«

»Habe ich dir nicht gesagt, daß du mit einer Zofe nur Ärger hast?« wollte Henrietta wissen. »Deine junge Dame ist wahrscheinlich in Calais geblieben.«

»Ist mir egal«, sagte Isabel und betrachtete Mr. Bantling, der ihr noch nie so interessant vorgekommen war.

»Bleib mal hier bei Isabel, während ich mich umsehe«, kommandierte Henrietta und überließ die beiden vorübergehend sich selbst.

Zuerst standen sie schweigend da, und dann fragte Mr. Bantling Isabel, wie die Überfahrt über den Kanal gewesen sei.

»Sehr schön. Nein, ich glaube, sie war sehr stürmisch«, sagte sie zur offenkundigen Überraschung ihres Gesprächspartners. Wonach sie gleich hinzufügte: »Sie sind in Gardencourt gewesen, wie ich weiß.«

»Woher wissen Sie denn das?«

»Das weiß ich auch nicht. Sie sehen halt aus wie einer, der kürzlich in Gardencourt gewesen ist.«

»Sie meinen, ich sehe schrecklich traurig drein? Es ist aber auch schrecklich traurig dort.«

»Ich glaube nicht, daß Sie überhaupt jemals schrecklich traurig dreinsehen. Sie sehen schrecklich liebenswürdig aus«, sagte Isabel mit einer Großzügigkeit, die ihr problemlos von den Lippen ging. Sie hatte das Gefühl, nie wieder unter einer äußeren Verlegenheit leiden zu müssen.

Der arme Mr. Bantling hingegen befand sich noch auf dieser niederen Stufe. Er errötete ziemlich kräftig und lachte dabei, versicherte ihr, oftmals sehr melancholisch zu sein, und daß er dann, wenn er so melancholisch sei, schrecklich aufbrause. »Da können Sie ruhig Miß Stackpole fragen. In Gardencourt war ich vor zwei Tagen.«

»Haben Sie meinen Cousin gesehen?«

»Nur ganz kurz. Aber er hatte auch von anderen Besuch gehabt; Warburton war am Tag zuvor da gewesen. Ralph war ganz der alte, nur daß er im Bett liegt, fürchterlich krank aussieht und nicht sprechen kann«, erzählte Mr. Bantling weiter. »Dennoch war er schrecklich lustig und komisch. Er war einfach genauso klar im Kopf wie sonst auch. Es ist ein entsetzlicher Jammer.«

Sogar in dem überfüllten, lärmenden Bahnhof wirkte diese einfache Beschreibung noch lebendig. »War das schon spät am Tage?«

»Ja; ich bin mit Absicht noch mal hingegangen. Wir meinten, Sie würden gern den neuesten Stand wissen wollen.«

»Ich danke Ihnen sehr. Kann ich noch heute abend hinfahren?«

»Ach, ich glaube nicht, daß *sie* das erlauben wird«, sagte Mr. Bantling. »Sie möchte, daß Sie sich erst mal bei ihr ausruhen. Ich habe mir von Touchetts Diener versprechen lassen, daß er mir heute telegraphiert, und vor einer Stunde fand ich das Telegramm in meinem Klub vor. ›Ruhig und schmerzfrei‹ steht drin, und es ist um zwei Uhr abgestempelt. Sie sehen also, Sie können bis morgen warten. Sie müssen ja schrecklich müde sein.«

»Ja, ich bin schrecklich müde. Und ich danke Ihnen nochmals.«

»Oh«, sagte Mr. Bantling, »wir wußten, daß diese Nachricht Sie freuen würde.« Woraufhin Isabel vage anmerkte, daß er und Henrietta anscheinend doch einer Meinung seien. Miß Stackpole kam mit Isabels Zofe zurück, die sie dabei angetroffen hatte, wie sie gerade eine Probe ihrer Nützlichkeit zum Besten gab. Diese hervorragende Person hatte, anstatt in der Menge umherzuirren, einfach das Gepäck ihrer Herrin bewacht, so daß letztere nunmehr in der Lage war, den Bahnhof zu verlassen. »Den Gedanken, heute abend noch aufs Land zu fahren, kannst du dir gleich aus dem Kopf schlagen«, verkündete Henrietta. »Es ist völlig gleichgültig, ob es noch einen Zug gibt oder nicht. Du kommst jetzt erst mal mit zu mir in die Wimpole Street. Zwar ist in ganz London kein Eckchen mehr frei, aber ich habe trotzdem noch was für dich gefunden. Keinen römischen Palast, aber für eine Nacht geht's schon.«

»Ich tu alles, was du willst«, sagte Isabel.

»Du kommst mit mir und beantwortest ein paar Fragen; das ist es, was ich will.«

»Von einem Dinner hat sie bisher keinen Ton gesagt, oder, Mrs. Osmond?« fragte Mr. Bantling schalkhaft.

Henrietta fixierte ihn kurz mit ihrem prüfenden Blick. »Ich sehe, du hast es sehr eilig, zu dem deinigen zu kommen. Morgen früh um zehn bist du in Paddington Station.«

»Meinetwegen brauchen Sie aber nicht zu kommen, Mr. Bantling«, sagte Isabel.

»Er kommt ja auch meinetwegen«, erklärte Henrietta und bugsierte ihre Freundin in eine Droschke. Und später, in einem großen, dämmerigen Salon in der Wimpole Street – wo es, um Henrietta gegenüber fair zu sein, ein ausreichendes Dinner gab – stellte sie jene Fragen, die sie im Bahnhof angekündigt hatte. »Hat dir dein Mann wegen deiner Reise eine Szene gemacht?« lautete Miß Stackpoles erste Erkundigung.

»Nein, ich kann nicht sagen, daß er mir eine Szene gemacht hat.«

»Dann hatte er gar nichts dagegen?«

»Doch, er hatte eine Menge dagegen. Aber eine Szene würde man das nicht nennen.«

»Was denn dann?«

»Es war eine sehr ruhige Unterredung.«

Henrietta warf ihrer Besucherin einen kurzen Blick zu. »Das muß ja teuflisch gewesen sein«, bemerkte sie dann. Und Isabel stritt nicht ab, daß es teuflisch gewesen war. Aber sie beschränkte sich darauf, Henriettas Fragen zu beantworten, was ihr nicht schwerfiel, weil sie von leidlicher Genauigkeit waren. Für den Augenblick bot sie ihr keine neuen Erkenntnisse an. »Tja – also«, sagte Miß Stackpole zum Schluß, »meine Kritik erstreckt sich nur auf einen Punkt: Ich verstehe nicht, warum du der kleinen Miß Osmond versprochen hast zurückzukommen.«

»Ich bin mir nicht sicher, ob ich das heute selbst verstehe«, erwiderte Isabel. »Aber damals tat ich es.«

»Wenn du den Grund vergessen hast, gehst du vielleicht gar nicht zurück.«

Isabel zögerte kurz. »Vielleicht finde ich dann ja einen neuen.«

»Aber du wirst mit Sicherheit keinen stichhaltigen finden.«

»Dann wird eben, in Ermangelung eines beßren, mein Versprechen genügen müssen«, warf Isabel ein.

»Ja, weshalb ich dieses Versprechen auch hasse.«

»Sprich jetzt nicht mehr davon. Ich habe noch ein bißchen Zeit. Fortzukommen war schon kompliziert genug; wie wird dann erst das Zurückkehren sein?«

»Dann denk dir einfach, daß er dir keine Szene machen wird!«
sagte Henrietta mit großem Nachdruck.

»Das wird er aber«, antwortete Isabel ernst. »Und zwar nicht
eine Szene für den Augenblick, sondern eine Szene für den Rest
meines Lebens.«

Einige Minuten lang stellten die beiden Frauen noch Überlegungen zu diesem Rest an, und dann verkündete Miß Stackpole
abrupt, um das Thema zu wechseln, wie Isabel verlangt hatte:
»Ich bin bei Lady Pensil gewesen!«

»Ach, dann ist die Einladung ja doch noch eingetroffen!«

»Ja – fünf Jahre hat sie gebraucht. Aber dieses Mal wollte sie
mich kennenlernen.«

»Ist doch ganz natürlich.«

»Viel natürlicher, als du vermutlich weißt«, sagte Henrietta
und richtete den Blick auf einen Punkt in der Ferne. Und dann
setzte sie hinzu, wobei sie sich unvermittelt umdrehte: »Isabel
Archer, ich bitte dich um Verzeihung. Du weißt nicht, warum?
Weil ich dich zuerst kritisiert habe, aber jetzt selbst weitergegangen bin als du. Mr. Osmond wurde wenigstens noch drüben
geboren.«

Es dauerte einen Augenblick, ehe Isabel die Bedeutung des
Gesagten erfaßte, dessen Sinn so bescheiden, oder doch zumindest so geistreich, verschleiert worden war. Zum gegenwärtigen
Zeitpunkt litt Isabel eigentlich nicht unter einer übertriebenen
Wahrnehmung der Komik aller Dinge, aber sie begrüßte mit
raschem Gelächter das Bild, das ihre Freundin beschworen
hatte. Sie faßte sich jedoch gleich wieder, und mit dem richtigen
Übermaß an Eifer fragte sie: »Henrietta Stackpole, stehst du
etwa im Begriff, deiner Heimat den Rücken zu kehren?«

»Ja, meine arme Isabel, so ist es. Ich versuche auch gar nicht
erst, es zu leugnen; ich stelle mich der Tatsache. Ich stehe im
Begriff, Mr. Bantling zu heiraten und mich direkt hier in London
niederzulassen.«

»Daran muß ich mich erst gewöhnen«, sagte Isabel und
lächelte nunmehr.

»Tja – sehr wahrscheinlich. Bei mir hat sich das auch in
kleinen Schritten entwickelt. Ich glaube, ich weiß, was ich tue;
aber ich weiß nicht, wie ich's erklären soll.«

»Die eigene Heirat kann man nicht erklären«, antwortete
Isabel. »Und die deinige braucht nicht erklärt zu werden. Mr.
Bantling ist ja kein Rätsel.«

»Nein, und er ist weder ein schlechter Witz* noch gar Ausgeburt eines Höhenflugs amerikanischer Grillenhaftigkeit. Er hat einen bewundernswerten Charakter«, fuhr Henrietta fort. »Ich studiere ihn nun seit vielen Jahren und durchschaue ihn voll und ganz. Er ist so klar wie der Stil eines guten Studienführers. Er ist nicht intellektuell, aber er weiß Intellekt zu schätzen. Dabei gibt er nicht zu viel auf dessen angebliche Überlegenheit. Ich denke manchmal, daß wir in den Vereinigten Staaten dazu neigen.«

»Oh«, sagte Isabel, »du hast dich aber gründlich geändert! Das ist das erste Mal, daß ich dich etwas gegen unser Heimatland sagen höre.«

»Ich sage ja nur, daß wir uns zu stark von Verstandesleistungen beeindrucken lassen; doch das ist schließlich kein unanständiger Fehler. Aber ich *habe* mich geändert; als Frau muß man sich gehörig ändern, wenn man heiraten will.«

»Ich hoffe, du wirst richtig glücklich. Und endlich wirst du hier drüben auch etwas von der Innenwelt mitbekommen.«

Henrietta stieß einen kleinen, vielsagenden Seufzer aus. »Das ist der Schlüssel zu dem ganzen Geheimnis, glaube ich. Ausgeschlossen zu sein, war für mich unerträglich. Jetzt habe ich das gleiche Zugangsrecht wie alle anderen!« schloß sie mit ungekünsteltem Stolz.

Isabel war gebührend belustigt, aber in ihre Sicht der Dinge schlich sich eine gewisse Melancholie ein. Da hatte sich Henrietta nun letzten Endes doch als menschlich und fraulich entpuppt – Henrietta, die sie bislang als helle, lodernde Flamme gesehen hatte, als eine Stimme ohne Körper. Es stellte eine Enttäuschung dar zu entdecken, daß sie auch individuelle Gefühlsregungen kannte, daß sie ganz normalen Leidenschaften unterlag und daß ihr Verhältnis zu Mr. Bantling nicht ganz so originell gewesen war. Ihrer ehelichen Verbindung mit ihm fehlte es an Originalität. Sie schloß sogar ein Element von Unbedarftheit mit ein, und einen Augenblick lang nahm die Trostlosigkeit der Welt in Isabels Wahrnehmung eine dunklere Färbung an. Freilich kam ihr schon gleich darauf wieder der Gedanke, daß wenigstens Mr. Bantling ein Original war. Aber sie verstand nicht, wie Henrietta der Heimat den Rücken zukehren konnte. Zwar hatte sie selbst die Bindungen zu ihrem Land gelockert, doch es war auch nie in dem Maße ihr Heimatland gewesen wie für ihre Freundin. Dann erkundigte sie sich, ob Henrietta der Besuch bei Lady Pensil gefallen habe.

*Anm. d. Ü.: engl. *bantling* = Balg, Bankert

»O ja«, sagte Henrietta, »sie wußte nicht, was sie von mir halten sollte.«

»Und das hat dir gefallen?«

»Und wie! – weil sie ja angeblich die große Durchschauerin ist. Sie glaubt, sie weiß und kennt alles, aber eine moderne Frau wie mich versteht sie nicht. Für sie wäre es viel einfacher, wenn ich nur ein bißchen besser oder ein bißchen schlechter wäre. Sie ist vollkommen durcheinander; ich glaube, sie hält es für meine Pflicht, daß ich etwas ganz Unmoralisches tue. Sie hält es für unmoralisch, daß ich ihren Bruder heirate; aber es ist ihr auch wieder nicht unmoralisch genug. Und eine Melange wie mich wird sie nie begreifen – nie!«

»Dann ist sie also nicht so intelligent wie ihr Bruder«, sagte Isabel. »Er scheint die ja begriffen zu haben.«

»Aber nein, das hat er nicht!« rief Miß Stackpole mit Entschiedenheit. »Ich glaube im Gegenteil, daß das der Grund ist, warum er mich heiraten will – bloß um das Geheimnis und das Mischungsverhältnis rauszufinden. Da hat er 'ne fixe Idee – das fasziniert ihn irgendwie.«

»Das ist ja sehr großzügig von dir, daß du ihn da gewähren läßt.«

»Na ja«, sagte Henrietta, »ich möchte ja selbst etwas herausfinden.« Und Isabel verstand, daß Henrietta nicht ein Loyalitätsverhältnis aufgekündigt hatte, sondern eine Attacke plante. Sie wollte sich nun endgültig und ernsthaft mit England auseinandersetzen.

Allerdings sah Isabel anderntags auch, und zwar in Paddington Station, wo sie sich um zehn Uhr in Gesellschaft von sowohl Miß Stackpole als auch von Mr. Bantling einfand, daß besagter Herr seine Irritationen von der lockeren Seite nahm. Wenn er auch nicht alles herausgefunden hatte, so hatte er doch zumindest die maßgebliche Ingredienz herausgefunden – nämlich daß es Miß Stackpole nie an Tatkraft mangeln würde. Es war offenkundig, daß er sich bei der Auswahl seiner Ehefrau sehr vor einer solchen Unzulänglichkeit in acht genommen hatte.

»Henrietta hat mich eingeweiht, und ich freue mich sehr«, sagte Isabel, als sie ihm die Hand gab.

»Ich wage zu behaupten, daß Sie es für schrecklich ausgefallen halten«, entgegnete Mr. Bantling auf seinen eleganten Schirm gestützt.

»Ja, ich halte es für schrecklich ausgefallen.«

»Sie können es gar nicht für so ausgefallen halten, wie ich selbst es tue. Aber ich bin schon immer gern eigene Wege gegangen«, sagte Mr. Bantling heiter.

54. KAPITEL

Isabels Ankunft in Gardencourt verlief bei diesem zweiten Anlaß sogar noch weniger aufsehenerregend als beim ersten Mal. Ralph Touchett führte nur einen kleinen Haushalt, und für die neue Dienerschaft war Mrs. Osmond eine Fremde, so daß sie nicht zu ihrem eigenen Zimmer, sondern statt dessen kühl in den Salon geführt wurde, wo man sie warten hieß, während ihr Name nach oben zu ihrer Tante durchgegeben wurde. Sie wartete lange; Mrs. Touchett schien es nicht eilig zu haben, zu ihr zu kommen. Schließlich wurde sie ungeduldig; sie wurde nervös und verstört – so verstört, als hätten die Gegenstände um sie herum ein eigenes Bewußtsein entwickelt und sähen ihrer Not mit grotesken Grimassen zu. Es war ein dunkler und kalter Tag; in den Winkeln der großen, braunen Räume hatte sich Düsternis eingenistet. Das Haus lag in völliger Stille, in einer Stille, die Isabel bekannt vorkam; vor dem Tod ihres Onkels hatte sie das ganze Anwesen auch tagelang erfüllt. Sie verließ den Salon und spazierte umher; schlenderte in die Bibliothek und die Bildergalerie entlang, wo ihre Schritte in der tiefen Stille ein Echo warfen. Nichts hatte sich verändert; sie erkannte alles wieder, was sie schon Jahre zuvor gesehen hatte; es hätte genausogut erst gestern sein können, daß sie hier gestanden hatte. Sie neidete den wertvollen ›Stücken‹ ihre Sicherheit, weil diese sich um kein Jota veränderten, dafür aber immer wertvoller wurden, während ihre Eigentümer Zoll um Zoll an Jugend, Glück und Schönheit verloren; und es wurde ihr bewußt, daß sie hier genauso umherspazierte, wie ihre Tante es an jenem Tag getan hatte, als sie sie in Albany besuchen gekommen war. Seitdem hatte sie sich gründlich verändert; das war damals der Anfang von allem gewesen. Der Gedanke durchzuckte sie, daß möglicherweise alles anders gekommen wäre, hätte Tante Lydia an jenem Tag eben nicht auf diese Weise vorbeigeschaut und sie allein vorgefunden. Sie würde dann vielleicht ein anderes Leben führen und wäre eine glücklichere Frau. Vor einem kleinen Bild in der Galerie blieb sie stehen, vor einem reizenden und kostbaren Bonington, auf dem ihr Blick lange Zeit verweilte. Doch sie betrachtete das Bild nicht; sie fragte sich, ob sie, wäre ihre Tante an jenem Tag nicht nach Albany gekommen, dann wohl Caspar Goodwood geheiratet hätte.

Mrs. Touchett erschien schließlich doch, gerade als Isabel in den großen, menschenleeren Salon zurückgekehrt war. Sie sah um etliches älter aus, aber ihr Blick war noch genauso leuchtend wie immer, und auch den Kopf hielt sie aufrecht wie gewohnt; ihre schmalen Lippen schienen Hüterinnen hintergründiger Bedeutsamkeiten zu sein. Sie trug ein kleines, graues Kleid der unvorteilhaftesten Machart, und Isabel stellte sich die Frage, die sie sich schon beim ersten Mal gestellt hatte, ob ihre bemerkenswerte Verwandte mehr Ähnlichkeit mit einer herrschenden Königin oder mit der Aufseherin eines Gefängnisses hatte. Ihre Lippen fühlten sich in der Tat sehr schmal auf Isabels heißer Wange an.

»Ich habe dich deshalb warten lassen, weil ich bei Ralph gesessen bin«, sagte Mrs. Touchett. »Die Pflegerin war zum Essen gegangen, und ich hatte ihren Platz eingenommen. Er hat zwar einen Diener, der nach ihm sehen soll, aber der Mann ist zu nichts zu gebrauchen. Er sieht bloß andauernd zum Fenster hinaus, als ob es dort etwas zu sehen gäbe! Ich wollte mich nicht von der Stelle rühren, weil Ralph zu schlafen schien und ich Angst hatte, das Geräusch würde ihn aufschrecken. So wartete ich, bis die Schwester zurückkam; ich wußte ja, daß du das Haus kennst.«

»Ich habe festgestellt, daß ich es besser kenne, als ich geglaubt hatte; ich bin überall herumspaziert«, antwortete Isabel. Und dann fragte sie, ob Ralph viel schlafe.

»Er liegt mit geschlossenen Augen da; er bewegt sich nicht. Aber ich bin mir nicht sicher, ob er dann auch immer schläft.«

»Wird er mich zu sich lassen? Kann er mit mir sprechen?«

Mrs. Touchett lehnte es ab, Auskunft zu geben. »Versuch's mal«, stellte schon das Äußerste an Überschwenglichkeit dar. Und dann bot sie an, Isabel zu ihrem Zimmer zu bringen. »Ich dachte, sie hätten dich schon hingeführt; aber es ist ja nicht mein Haus, es ist Ralphs, und ich weiß nicht, was sie hier alle eigentlich treiben. Sie müßten doch zumindest dein Gepäck hinaufgetragen haben; ich nehme nicht an, daß du viel dabei hast. Nicht, daß mich das sonderlich kümmert. Ich glaube, sie haben dir dasselbe Zimmer wie früher gegeben. Als Ralph hörte, daß du kommst, sagte er, du müßtest das haben.«

»Hat er noch etwas anderes gesagt?«

»Ach, meine Liebe, er schwatzt nicht mehr so munter drauflos wie einst!« rief Mrs. Touchett, während sie ihrer Nichte treppaufwärts voranging.

Es war dasselbe Zimmer, und irgend etwas sagte Isabel, daß seitdem niemand darin geschlafen hatte. Ihr Gepäck stand da und war nicht umfangreich; Mrs. Touchett setzte sich kurz hin und hielt den Blick darauf gerichtet. »Gibt es wirklich keine Hoffnung mehr?« fragte unsere junge Frau und stellte sich vor sie hin.

»Überhaupt keine. Es hat nie eine gegeben. Ein erfolgreiches Leben war es nicht gerade.«

»Nein – bloß ein schönes.« Isabel war schon dabei, ihrer Tante zu widersprechen; sie war wegen deren Gefühllosigkeit aufgebracht.

»Ich weiß nicht, was du damit meinst. Schönheit ohne Gesundheit gibt es nicht. Das ist ein sehr komisches Kleid für eine Reise.«

Isabel besah sich ihre Gewandung. »Ich hatte für meine Abreise aus Rom nur eine Stunde Zeit; also habe ich das erstbeste genommen.«

»Deine Schwestern in Amerika wollten wissen, wie du dich anziehst. Das schien deren Hauptinteresse zu sein. Ich konnte es ihnen nicht sagen; aber sie schienen die zutreffende Vorstellung zu haben – daß es bei dir mindestens schwarzer Brokat sein muß.«

»Die halten mich für großartiger, als ich bin. Ich getraue mich nicht, ihnen die Wahrheit zu sagen«, gestand Isabel. »Lily schrieb mir, daß du bei ihr zum Dinner warst.«

»Sie hat mich viermal eingeladen, und ich ging einmal hin. Sie hätte mich schon nach der zweiten Einladung in Ruhe lassen sollen. Das Essen war sehr gut; es muß teuer gewesen sein. Ihr Mann hat ein sehr unangenehmes Wesen an sich. Ob mir mein Amerikabesuch Spaß gemacht hat? Warum hätte er mir Spaß machen sollen? Ich fuhr ja nicht zum Vergnügen hin.«

Dies waren interessante Punkte, aber Mrs. Touchett verließ ihre Nichte bald, die sie eine halbe Stunde später beim Mittagessen wiedersehen sollte. Zum Zwecke dieser Mahlzeit saßen beide Damen einander an einer verkürzten Tafel in dem düsteren Speisezimmer gegenüber. Hier erkannte Isabel nach kurzer Zeit, daß ihre Tante doch nicht so gefühllos war, wie sie erschien, und ihr altes Mitgefühl für die Ausdrucksarmut der armen Frau, für deren Unfähigkeit, Bedauern oder Enttäuschung zu empfinden, kehrte wieder zurück. Ganz eindeutig hätte Mrs. Touchett es an diesem Tag als Segen empfunden, wäre sie in der Lage gewesen, das Gefühl einer Niederlage zu spüren, eines Fehlers, oder sich sogar wegen ein oder zwei Sachen zu schämen. Isabel fragte sich, ob ihre Tante diese Bereicherungen des Bewußtseins nicht sogar vermißte und insgeheim den Versuch machte, ja die Hand ausstreckte, um doch noch einen Nachgeschmack vom Leben zu erhaschen und die Überreste vom Bankett, den Beweis für Schmerzempfinden oder die kühle Erfrischung von Mitgefühl. Vielleicht hatte sie aber auch Angst; lernte sie das Gefühl des Mitleidens erst einmal kennen, könnte es sie leicht davontragen. Isabel konnte jedoch erkennen, wie es ihrer Tante allmählich dämmerte, daß sie irgendwo versagt hatte, daß sie ihre Zukunft als die einer alten Frau ohne Erinnerungen sah. Ihr kleines, scharfes Gesicht hatte einen tragischen Zug angenommen. Sie erzählte ihrer Nichte, daß sich Ralph noch nicht gerührt habe, daß sie ihn aber wahrscheinlich vor dem Abendessen besuchen könne. Und danach setzte sie gleich hinzu, daß tags zuvor Lord Warburton bei ihr gewesen sei, eine Eröffnung, die Isabel ein wenig in Unruhe versetzte, da sie ein Hinweis darauf zu sein schien, daß besagte Persönlichkeit sich in der Nachbarschaft aufhielt und daß der Zufall sie beide sehr wohl zusammenbringen könnte. Ein solcher Zufall wäre kein glücklicher; sie war nicht nach England gekommen, um sich erneut mit Lord Warburton auseinanderzusetzen. Nichtsdestoweniger teilte sie ihrer Tante unverzüglich mit, wie außerordentlich liebenswürdig er sich gegenüber Ralph verhalten habe; in Rom sei sie teilweise Zeugin davon gewesen.

»Der hat jetzt andere Dinge im Kopf«, gab Mrs. Touchett zurück. Sie legte eine Pause ein, ihr Blick hatte die Durchdringungskraft eines Holzbohrers.

Isabel spürte, daß sie etwas andeuten wollte, und erriet auch gleich, was sie andeuten wollte. Mit ihrer Antwort kaschierte sie allerdings ihre Vermutung; ihr Herz schlug schneller, und sie wollte eine Sekunde Zeit gewinnen. »O ja – das *House of Lords* und das alles.«

660

»Die Lords hat er nicht im Kopf, sondern die Ladys; zumindest eine von ihnen. Ralph hat er erzählt, er sei verlobt und wolle heiraten.«

»Oh – heiraten will er!« rief Isabel gedämpft.

»Wenn er die Verlobung nicht wieder löst. Anscheinend dachte er, das würde Ralph interessieren. Der arme Ralph kann leider nicht zur Hochzeit gehen, obwohl ich glaube, daß die schon sehr bald stattfinden wird.«

»Und wer ist die junge Dame?«

»Eine Angehörige der Aristokratie; Lady Flora, Lady Felicia – irgendwas in der Art.«

»Das freut mich aber«, sagte Isabel. »Es muß sich um einen plötzlichen Entschluß handeln.«

»Um einen ziemlich plötzlichen, glaube ich – nach dreiwöchiger Werbung. Es ist erst vor kurzem bekanntgegeben worden.«

»Das freut mich aber«, wiederholte Isabel mit größerer Bestimmtheit. Sie wußte, daß ihre Tante sie beobachtete und nach Anzeichen inkriminierenden Gekränktseins Ausschau hielt, und ihr Bestreben, ihrer Tante keinesfalls den Anblick von irgend etwas in dieser Richtung zu gönnen, befähigte sie, im Ton prompter Genugtuung zu sprechen, ja fast im Ton von Erleichterung. Mrs. Touchett folgte selbstverständlich der Tradition, wenn sie davon ausging, daß Damen, sogar verheiratete, die Verehelichung ihrer früheren Liebhaber als persönliche Beleidigung zu betrachten pflegen. Deshalb bestand Isabels Anliegen zuvörderst darin zu demonstrieren, daß sie – wie auch immer das allgemeine Brauchtum – jetzt nicht beleidigt war. Aber inzwischen, wie schon gesagt, schlug ihr Herz schneller; und wenn sie einige Augenblicke lang nachdenklich dasaß und kurzzeitig vergaß, daß sie von Mrs. Touchett observiert wurde, dann nicht deshalb, weil sie einen Bewunderer verloren hatte. Ihre Phantasie durchquerte gerade halb Europa; in Rom kam sie keuchend und sogar ein wenig zitternd zum Stillstand. Sie malte sich aus, wie sie ihrem Mann mitteilte, daß Lord Warburton kurz davor stand, eine Braut zum Altar zu führen, und sie war sich natürlich nicht bewußt, wie überaus bleich sie bei dieser geistigen Anstrengung ausgesehen hatte. Schließlich faßte sie sich doch wieder und sagte zu ihrer Tante: »Früher oder später mußte er es ja mal tun.«

Mrs. Touchett schwieg. Dann schüttelte sie kurz und heftig den Kopf. »Bei dir komme ich einfach nicht mehr mit, meine

Liebe!« rief sie plötzlich. Schweigend aßen sie weiter. Isabel fühlte sich, als hätte sie soeben von Lord Warburtons Tod erfahren. Für sie war er immer nur ein Verehrer gewesen, und nun war alles vorbei. Für die arme Pansy war er tot; mit Pansy hätte er weitergelebt. Ein Bediensteter hatte sich die ganze Zeit im Hintergrund herumgedrückt; Mrs. Touchett forderte ihn schließlich auf, sie allein zu lassen. Sie hatte ihr Mahl beendet; mit auf der Tischkante gefalteten Händen saß sie da. »Ich möchte dir drei Fragen stellen«, bemerkte sie, nachdem der Diener gegangen war.

»Drei sind ganz schön viele.«

»Darunter geht's nicht. Ich habe sie mir überlegt, und es sind alles sehr gute Fragen.«

»Genau davor habe ich Angst. Die besten Fragen sind die schlimmsten«, antwortete Isabel. Mrs. Touchett hatte ihren Stuhl zurückgeschoben, und als ihre Nichte vom Tisch aufstand und ziemlich befangen zu einer der tiefen Fensternischen hinüberging, fühlte sie sich von ihrem Blick verfolgt.

»Hat es dir jemals leid getan, daß du Lord Warburton nicht geheiratet hast?« wollte Mrs. Touchett wissen.

Isabel schüttelte langsam, aber nicht bedeutsam den Kopf. »Nein, liebe Tante.«

»Gut. Ich sollte dir sagen, daß ich beabsichtige, dir zu glauben.«

»Daß du mir glauben willst, ist eine immense Versuchung«, erklärte sie und lächelte noch immer.

»Eine Versuchung zu lügen? Ich empfehle dir nicht, das zu tun, denn wenn man mich falsch informiert, bin ich gefährlich wie eine vergiftete Ratte. Ich habe nicht vor, dich mit meiner Schadenfreude zu übergießen.«

»Es ist mein Mann, der nicht mit mir zurechtkommt«, sagte Isabel.

»Das hätte ich ihm gleich sagen können. Aber das ist jetzt keine Schadenfreude *dir* gegenüber«, fügte Mrs. Touchett hinzu. »Magst du Serena Merle noch immer?« fuhr sie fort.

»Nicht mehr so wie früher. Aber das spielt keine Rolle, denn sie geht nach Amerika.«

»Nach Amerika? Dann muß sie aber etwas sehr Böses getan haben.«

»Ja – etwas sehr Böses.«

»Darf ich fragen, was es ist?«

»Sie hat mich ausgenützt.«

»Ach Gott«, rief Mrs. Touchett, »das hat sie mit mir auch getan! Das tut sie bei jedem.«

»Sie wird auch Amerika ausnützen«, sagte Isabel, lächelte wieder und war froh, daß die Fragen ihrer Tante vorbei waren. Erst am Abend konnte sie zu Ralph hinein. Er hatte den ganzen Tag über im Halbschlaf gelegen; zumindest war er nicht bei Bewußtsein gewesen. Der Arzt war bei ihm, ging aber nach einer Weile wieder; es handelte sich um den örtlichen Arzt, der schon seinen Vater behandelt hatte und den Ralph mochte. Er kam drei- oder viermal am Tag; er kümmerte sich sehr um seinen Patienten. Zwar hatte Ralph auch Sir Matthew Hope zu sich gebeten, war aber dieses berühmten Mannes so überdrüssig geworden, daß er seine Mutter ersucht hatte, ihm mitzuteilen, er sei nun tot und bedürfe weiteren ärztlichen Rates nicht mehr. Mrs. Touchett hatte Sir Matthew schlicht geschrieben, daß ihr Sohn ihn unsympathisch finde. Am Tag von Isabels Eintreffen gab Ralph, wie ich bereits berichtete, stundenlang kein Lebenszeichen von sich, aber gegen Abend kam er wieder zu Bewußtsein und sagte, er wisse, daß sie gekommen sei. Woher er das wußte, war nicht ersichtlich, insofern niemand ihm aus Angst, ihn aufzuregen, die Nachricht hatte zukommen lassen. Isabel trat ein und setzte sich in dem schwachen Licht an sein Bett; es gab nur eine abgeschirmte Kerze in einer Ecke des Zimmers. Isabel sagte der Pflegerin, sie könne gehen; sie wolle selbst den ganzen Abend bei ihm wachen. Er hatte die Augen geöffnet und sie erkannt, und er hatte seine Hand bewegt, die hilflos neben ihm lag, damit sie sie ergriff. Aber er war nicht in der Lage zu sprechen; er schloß die Augen wieder, lag völlig reglos da und hielt nur ihre Hand in der seinen. Sie blieb lange bei ihm sitzen – bis die Pflegerin zurückkam; aber er rührte sich nicht mehr. Er hätte dahinscheiden können, während sie ihn betrachtete; er sah schon jetzt wie der leibhaftige Tod aus. Bereits in Rom war sie der Meinung gewesen, er nähere sich dem Endstadium, aber dies hier war schlimmer; jetzt war nur noch eine einzige Veränderung möglich. Eine sonderbare Gelassenheit hatte sich über sein Gesicht gebreitet; in seiner Starre glich es dem Deckel einer Kiste. So war er letztlich nur noch ein Knochengerüst; als er die Augen aufmachte, um sie zu begrüßen, schien ihr, als blickte sie in die Unendlichkeit des Raums. Die Pflegerin kam erst um Mitternacht zurück, doch Isabel waren die Stunden nicht lang geworden; genau deshalb war sie ja hergekommen. Und wenn sie nur zum Warten gekommen war, fand sie dazu reichlich Gelegenheit, denn drei Tage lang lag er in einer Art dankbarer, stummer Ruhe. Er erkannte sie und schien manchmal sprechen zu wollen, doch seine Stimme versagte ihm den Dienst. Danach schloß er wieder die Augen, als warte auch er auf etwas – auf etwas, das bestimmt kommen würde. Er war so absolut ruhig und still, daß sie schon glaubte, das Erwartete sei bereits eingetreten; und doch verlor sie nie das Gefühl, daß sie beide noch immer zusammen waren. Aber sie waren nicht immer zusammen; es gab andere Stunden, die sie damit verbrachte, durch das leere Haus zu wandern, und in denen sie erwartete, eine Stimme zu hören, die nicht dem armen Ralph gehörte. Sie lebte in einer beständigen Furcht; sie hielt es für möglich, daß ihr Mann ihr schrieb. Doch der blieb stumm, und sie erhielt nur einen Brief aus Florenz von der Gräfin Gemini. Ralph aber sprach doch noch – am Abend des dritten Tages.

»Heute abend fühle ich mich besser«, murmelte er unvermittelt in das lautlose Halbdunkel ihrer Nachtwache. »Ich glaube, ich kann sprechen.« Sie sank neben seinem Kopfkissen in die Knie, legte seine Hand in die ihre, bat ihn, sich nicht anzustrengen, sich nicht unnötig zu verausgaben. Seine Miene war notgedrungen ernst; das Zusammenspiel seiner Gesichtsmuskeln zu einem Lächeln funktionierte nicht mehr. Doch deren Besitzer war anscheinend noch immer in der Lage, Ungereimtheiten aufdecken zu können. »Was spielt es für eine Rolle, daß ich mich verausgabe, wenn ich mich eine ganze Ewigkeit lang ausruhen kann? Es ist nichts dabei, sich anzustrengen, wenn es ohnehin die allerletzte Anstrengung ist. Fühlt man sich direkt vor dem Ende nicht sowieso immer besser? Das habe ich schon oft gehört; auf diesen Zeitpunkt habe ich gewartet. Seit du hier bist, habe ich geglaubt, nun sei es soweit. Ich habe zwei oder drei Anläufe genommen; ich hatte Angst, du könntest es satt haben, hier zu sitzen.« Er sprach langsam, mit schmerzhaften Unterbrechungen und langen Pausen; seine Stimme schien von weither zu kommen. Als er geendet hatte, lag er da, das Gesicht Isabel zugewandt, und sah sie mit großen, starren Augen direkt an. »Es war sehr lieb von dir, daß du gekommen bist«, sprach er weiter. »Ich habe schon angenommen, daß du kommst; aber sicher war ich mir nicht.«

»Ich war mir auch erst sicher, als ich da war«, sagte Isabel.

»Du warst die ganze Zeit über wie ein Engel neben meinem Bett. Man spricht ja allgemein auch vom Engel des Todes. Das ist der schönste von allen. Genau so einer bist du gewesen, als würdest du auf mich warten.«

»Ich habe nicht auf deinen Tod gewartet. Ich habe auf – auf diesen Moment gewartet. Das ist nicht der Tod, lieber Ralph.«

»Nicht für dich – nein. Nichts vermittelt uns ein stärkeres Lebensgefühl, als andere sterben zu sehen. Darin besteht das Erlebnis des Lebens – in dem Gefühl, daß wir weiterleben. Ich hab's einmal gehabt – sogar ich. Aber jetzt tauge ich zu nichts weiter, als es anderen zu verschaffen. Mit mir ist's endgültig vorbei.« Und danach legte er eine Pause ein. Isabel ließ den Kopf tiefer sinken, bis er auf den beiden Händen ruhte, welche die seinen umklammerten. Zwar konnte sie ihn nicht mehr sehen, aber seine von weither kommende Stimme war dicht an ihrem Ohr. »Isabel«, fuhr er plötzlich fort, »ich wünschte, daß für dich alles vorbei wäre.« Sie gab keine Antwort; sie hatte zu schluchzen begonnen; sie blieb so und vergrub ihr Gesicht weiterhin. Schweigend lag er da und lauschte ihrem Schluchzen. Schließlich seufzte er lang anhaltend. »Ach Gott, was hast du alles für mich getan!?«

»Was hast *du* alles für mich getan!?« rief sie unter Tränen, und ihre nun recht heftige Gemütsbewegung wurde zur Hälfte durch ihre Körperhaltung erstickt. Sie schämte sich nicht länger und wollte auch nichts mehr verbergen. Nun mußte sie es ihm sagen; sie wollte, daß er alles wußte, denn das ließ sie beide im höchsten Maße eins werden, und er war jetzt jenseits des Zugriffs von Schmerzen. »Du hast einmal etwas für mich getan – du weißt schon, was. O Ralph, du bist mir die ganze Zeit alles gewesen! Und was habe ich für dich getan – was kann ich heute noch tun? Ich würde gern sterben, wenn du dafür leben könntest. Aber ich möchte eigentlich nicht, daß du lebst; ich würde lieber selbst sterben, bloß um dich nicht zu verlieren.« Ihre Stimme war so brüchig wie die seine und voller Tränen und Seelenqual.

»Du wirst mich nicht verlieren – du wirst mich behalten. Behalte mich in deinem Herzen; ich werde näher bei dir sein, als ich es je gewesen bin. Liebe Isabel, das Leben ist besser, denn im Leben gibt es Liebe. Der Tod ist schon in Ordnung – aber bei ihm gibt's keine Liebe.«

»Ich habe dir nie gedankt – ich habe nie meinen Mund aufgemacht – ich bin nie gewesen, was ich hätte sein sollen«, fuhr

Isabel fort. Sie empfand ein leidenschaftliches Bedürfnis, loszuschreien und sich selbst zu bezichtigen, sich von ihrem Leid überwältigen zu lassen. Alle ihre Sorgen verschmolzen einen Augenblick lang zu einem einzigen, momentanen Schmerz. »Was mußt du nur von mir gedacht haben? Aber wie hätte ich denn etwas wissen sollen? Ich war ja völlig ahnungslos, und heute weiß ich nur deshalb mehr, weil es andere Menschen gibt, die nicht ganz so dumm sind wie ich.«

»Laß doch die anderen!« sagte Ralph. »Ich glaube, ich bin froh, daß ich die Menschen hinter mir lassen kann.«

Sie hob den Kopf und ihre gefalteten Hände; einen Moment lang sah es so aus, als betete sie zu ihm. »Ist es wahr – ist es denn wirklich wahr?« fragte sie.

»Daß du dumm gewesen bist? Ach, woher denn«, sagte Ralph mit der spürbaren Absicht zu scherzen.

»Daß du mich reich gemacht hast – daß ich alles, was ich habe, dir verdanke?«

Er drehte den Kopf weg und sagte eine Weile gar nichts. Dann schließlich: »Ach, sprich nicht davon – es hat kein Glück gebracht.« Langsam wandte er ihr wieder das Gesicht zu, und sie sahen einander noch einmal an. »Ohne das – ohne das – !« Und er legte eine Pause ein. »Ich glaube, ich habe dich ins Verderben gestürzt«, klagte er.

Sie war sich jetzt ganz sicher, daß er jenseits aller Schmerzen war; er schien schon kaum mehr von dieser Welt zu sein. Aber auch wenn sie das nicht gespürt hätte, hätte sie weitergesprochen, denn nun kam es auf nichts anderes an als auf die einzige Erkenntnis, die nicht ausschließlich aus Qualen bestand – auf das Wissen, daß sie nun gemeinsam die Wahrheit betrachteten. »Er hat mich wegen des Geldes geheiratet«, sagte sie. Sie wollte alles aussprechen; sie befürchtete, er könnte sterben, bevor ihr das gelungen war.

Er sah sie eine Weile fest an, und zum ersten Mal senkten sich die Lider über seine starren Augen. Aber er schlug sie gleich wieder auf und antwortete: »Er war sehr in dich verliebt.«

»Ja, er war in mich verliebt. Aber er hätte mich nicht geheiratet, wenn ich arm gewesen wäre. Ich will dir nicht weh tun, indem ich das sage. Wie könnte ich? Ich will nur, daß du Bescheid weißt. Ich habe die ganze Zeit über alles getan, damit du nichts mitbekommst; aber das ist jetzt vorbei.«

»Ich habe immer Bescheid gewußt«, sagte Ralph.

»Ich habe es mir gedacht, und es war mir überhaupt nicht recht. Aber jetzt ist es mir sehr recht.«

»Du tust mir nicht weh – du machst mich sehr glücklich.« Und als Ralph dies sagte, lag ein ganz besonderes Glücksgefühl in seiner Stimme. Sie beugte wieder ihren Kopf nach unten und preßte ihre Lippen auf den Rücken seiner Hand. »Ich habe immer Bescheid gewußt«, fuhr er fort, »obwohl alles so merkwürdig war – so erbarmungswürdig. Du wolltest ganz allein das Leben kennenlernen, aber du durftest nicht; du wurdest für diesen Wunsch bestraft. Die Mühlen der Konvention haben dich zermahlen!«

»Und wie ich bestraft worden bin!« schluchzte Isabel.

Er ließ sie eine Weile gewähren und sprach dann weiter: »War er sehr böse wegen deiner Reise zu mir?«

»Er hat es mir sehr schwer gemacht; aber es ist mir egal.«

»Dann ist es zwischen euch endgültig aus?«

»O nein; ich glaube nicht, daß irgendwas aus ist.«

»Wirst du zu ihm zurückgehen?« keuchte Ralph.

»Ich weiß es nicht – ich kann es dir nicht sagen. Ich werde hier bleiben, solange ich darf. Ich will nicht nachdenken – ich muß nicht nachdenken. Das einzige, was mich interessiert, bist du, und mehr will ich in diesem Augenblick nicht, und der ist kurz genug. Hier auf Knien, mit dir als Sterbendem im Arm, bin ich zum ersten Mal seit langem wieder glücklich. Und du sollst auch glücklich sein – und an nichts Trauriges denken; du sollst nur spüren, daß ich ganz nahe bei dir bin und daß ich dich liebe. Was sollen wir jetzt mit Schmerzen? Was haben wir in einer Stunde wie dieser mit Schmerzen zu schaffen? Die sind nicht das Wichtigste; da gibt es etwas viel Wichtigeres.«

Für Ralph wurde es offenkundig von Minute zu Minute schwieriger zu sprechen; er mußte längere Pausen einlegen, um Kräfte zu sammeln. Zunächst sah es so aus, als reagiere er gar nicht auf diese letzten Bemerkungen; er ließ eine lange Zeitspanne verstreichen. Dann flüsterte er nur: »Du mußt hierbleiben.«

»Ich bleibe gerne – solange es nicht ungebührlich ist.«

»Nicht ungebührlich – nicht ungebührlich!« Er wiederholte ihre Worte. »Ja, darüber denkst du eine Menge nach.«

»Das muß man doch auch. Du bist sehr müde«, sagte Isabel.

»Ich bin sehr müde. Du hast gerade gesagt, Schmerz sei nicht das Wichtigste. Nein – ist er auch nicht. Aber er geht schon ganz schön tief. Wenn ich weiterleben könnte – «

»Für mich wirst du immer weiterleben«, unterbrach sie sanft. Es war leicht, ihn zu unterbrechen.

Aber er sprach gleich darauf weiter:»Irgendwann vergeht er wieder; er vergeht jetzt schon. Aber die Liebe bleibt. Ich weiß nicht, warum wir so viel leiden. Vielleicht finde ich es ja heraus. Das Leben bietet vieles. Du bist noch sehr jung.«

»Ich fühle mich sehr alt«, sagte Isabel.

»Du wirst wieder jung werden. So sehe ich dich jedenfalls. Ich glaube nicht – ich glaube nicht – « Aber wieder hielt er inne; seine Kräfte schwanden.

Sie bat ihn, jetzt still zu sein.»Wir brauchen nicht zu sprechen, um einander zu verstehen«, sagte sie.

»Ich glaube nicht, daß ein so großmütiger Irrtum wie der deine dir länger als nur eine kleine Weile Schmerzen bereiten kann.«

»Oh, Ralph, nun bin ich sehr glücklich«, rief sie unter Tränen.

»Und denk immer daran«, fuhr er fort, »falls jemand dich tatsächlich haßte, so hat dich mit Sicherheit auch jemand geliebt. Ach was, Isabel – *angebetet!*« hauchte er schleppend und kaum hörbar.

»Oh, mein Bruder!« rief sie aus und beugte sich mit noch größerer Ergriffenheit zu ihm nieder.

55. KAPITEL

An ihrem allerersten Abend in Gardencourt hatte er ihr gesagt, sie werde, sollte sie in ihrem Leben genug Leid erfahren haben, eines Tages das Gespenst sehen, mit dem das alte Haus ordnungsgemäß ausgestattet sei. Offenbar hatte sie nun die dafür notwendige Voraussetzung erfüllt, denn am darauffolgenden Morgen, in der kalten, schwachen Dämmerung, spürte sie, daß neben ihrem Bett ein Geist stand. Sie hatte sich angekleidet zur Ruhe gelegt, da sie der Überzeugung gewesen war, Ralph würde die Nacht nicht überstehen. Sie war auch nicht schläfrig gewesen; sie wartete einfach, und ein solches Warten hieß Wachen. Aber sie schloß die Augen; sie war darauf gefaßt, im Verlauf der Nacht ein Klopfen an ihrer Tür zu hören. Ein Klopfen hörte sie nicht, doch während sich die Finsternis allmählich in ein Grau zu verwandeln begann, schreckte sie von ihrem Kissen so jählings hoch, als sei ein Ruf an sie ergangen. Einen Augenblick lang schien es ihr, als stehe er da – eine schemenhafte, schwankende Gestalt inmitten der schemenhaften Konturen des Raums. Sie starrte das Wesen einen Moment lang an; sie sah sein weißes Gesicht – seine liebenswürdigen Augen. Dann sah sie, daß da nichts war. Sie hatte keine Angst; sie hatte nur Gewißheit. Sie verließ das Zimmer, und ihre Gewißheit ließ sie zielsicher durch dunkle Korridore und eine Treppe mit Eichenstufen hinab gleiten, die im unbestimmten Licht eines Dielenfensters schimmerte. Vor Ralphs Tür hielt sie kurz an und lauschte, aber sie schien nur das Schweigen zu hören, das den Raum erfüllte. Sie öffnete die Tür mit so sanfter Hand, als höbe sie einen Schleier vom Gesicht des Toten, und sie sah Mrs. Touchett regungslos und aufrecht neben dem Sofa ihres Sohnes sitzen und eine Hand von ihm in der ihren halten. Der Arzt war auf der anderen Seite; das zweite Handgelenk des armen Ralph ruhte in seinen kundigen Fingern. Die zwei Pflegerinnen standen am Fußende zwischen beiden. Mrs. Touchett nahm keine Notiz von Isabel, aber der Arzt sah sie sehr bedeutungsvoll an. Dann brachte er Ralphs Hand behutsam in eine angemessene Lage, dicht neben dem Rumpf. Auch die Pflegerin blickte sie sehr bedeutungsvoll an, und niemand sagte ein Wort; doch Isabel sah nur das, was zu sehen sie gekommen war. Der Anblick war schöner, als Ralph jemals im Leben gewesen war, und sie erkannte eine sonderbare Ähnlichkeit mit dem Gesicht seines Vaters, das sie, vor sechs Jahren, auf dem gleichen Kissen hatte liegen sehen. Sie ging zu ihrer Tante und legte den Arm um sie, und Mrs. Touchett, die Zärtlichkeiten grundsätzlich weder suchte noch genoß, unterwarf sich kurzzeitig dieser, indem sie aufstand, um sie sozusagen entgegenzunehmen. Doch war sie steif und trockenen Auges, ihr hartes, weißes Gesicht furchterregend.

»Liebe Tante Lydia«, flüsterte Isabel.

»Geh und danke Gott, daß du kein Kind hast«, sagte Mrs. Touchett und befreite sich aus der Umarmung.

Drei Tag danach fand eine beträchtliche Anzahl von Personen die Zeit, und zwar auf dem Höhepunkt der Veranstaltungssaison in London, den Morgenzug zu einer ruhigen Bahnstation in Berkshire zu nehmen und eine halbe Stunde in einer kleinen Kirche zuzubringen, die einen gemächlichen Spaziergang weit davon entfernt lag. Es war in der grünen Begräbnisstätte bei

diesem Bauwerk, wo Mrs. Touchett ihren Sohn der Erde über-
gab. Sie stellte sich an den Rand des Grabes, und Isabel stellte
sich neben sie. Der Totengräber selbst hatte kein praktischeres
Interesse an der Szene als Mrs. Touchett. Es war eine feierliche
Begebenheit, aber weder eine unschöne noch eine düstere; es
lag eine gewisse Freundlichkeit über der äußeren Erscheinung
aller Dinge. Das Wetter hatte sich zum Besseren verändert; der
Tag, einer der letzten der tückischen Maienzeit, war warm und
windstill und hatte die Heiterkeit von Weißdorn und Amsel-
schlag. Wenn es auch traurig war, des armen Touchett zu geden-
ken, dann war es doch wiederum nicht allzu traurig, da der Tod
für ihn kein gewaltsamer Akt gewesen war. Sein Sterben hatte
sich dafür zu lange hingezogen; er war dafür zu bereit gewesen;
alles war zu erwartungsgemäß verlaufen. Tränen standen in
Isabels Augen, aber es waren keine Tränen, die sie blind gemacht
hätten. Sie schaute durch sie hindurch auf die Schönheit des
Tages, auf die Pracht der Natur, auf den Charme des alten, englischen Friedhofs, auf die gesenkten Köpfe guter Freunde. Lord
Warburton war da und eine Gruppe von Gentlemen, die sie allesamt nicht kannte, von denen einige, wie sie hinterher erfuhr,
mit der Bank zu tun hatten; und es waren noch andere da, die sie
kannte. Miß Stackpole war als erste zu nennen, mit dem wackeren Mr. Bantling an ihrer Seite; und Caspar Goodwood, der den
Kopf höher trug als der Rest – und ihn auch weniger tief senkte.
Die meiste Zeit über spürte Isabel Mr. Goodwoods Blick unverwandt auf sich ruhen; er sah sie direkter an, als er das normalerweise in der Öffentlichkeit tat, während die anderen ihre Augen
auf den Friedhofsrasen gerichtet hielten. Aber sie ließ ihn nie
erkennen, daß sie ihn wahrnahm; sie dachte nur insofern an ihn,
als sie sich wunderte, daß er sich noch immer in England aufhielt. Sie war insgeheim offenbar davon ausgegangen, er sei
abgereist, nachdem er Ralph nach Gardencourt begleitet hatte;
sie erinnerte sich, wie wenig England ein Land war, an dem er
Gefallen fand. Jetzt war er jedoch anwesend, ganz eindeutig anwesend, und irgend etwas in seiner Haltung schien zu besagen,
daß er mit einer vielschichtigen Absicht anwesend war. Sie wich
seinem Blick aus, obwohl darin zweifellos Mitgefühl zu finden
gewesen wäre. Er verursachte ihr eher Unbehagen. Als die kleine
Gesellschaft sich zerstreute, verschwand er, und die einzige, die
sie ansprach – obwohl mehrere andere Mrs. Touchett ansprachen –, war Henrietta Stackpole. Henrietta hatte geweint.

Ralph hatte zu Isabel gesagt, er hoffe, sie werde in Gardencourt bleiben, und so traf sie keine unmittelbaren Vorkehrungen, den Ort zu verlassen. Sie sagte sich, es gehöre sich einfach aus Gründen allgemeiner Nächstenliebe, noch ein wenig bei der Tante zu bleiben. Es traf sich gut, daß sie eine so überzeugende Formulierung fand; ansonsten wäre sie möglicherweise arg in Bedrängnis gekommen. Ihre Aufgabe war erledigt; sie hatte das getan, weswegen sie ihren Mann verlassen hatte. Wenn man einen Ehemann in einer Stadt im Ausland hatte, der die Stunden der eigenen Abwesenheit mitzählte, dann brauchte man schon ein exzellentes Motiv. Zwar gehörte er nicht zu den besten Ehemännern, aber das änderte nichts am Sachverhalt. Mit der bloßen Tatsache einer Eheschließung waren nun einmal gewisse Verpflichtungen verbunden, und diese waren völlig unabhängig vom Umfang der Freuden, die einem daraus zuteil wurden. Isabel dachte ohnehin so wenig an ihren Mann, wie ihr nur möglich war. Jetzt aber, da sie in der Ferne weilte und außerhalb des Zauberbanns der Stadt, dachte sie irgendwie mit seelischem Schaudern an Rom. Der Gedanke allein bescherte ihr ein durchdringendes Frösteln, und sie verkroch sich in die abgelegensten Winkel von Gardencourt. Sie lebte von einem Tag auf den anderen, schob die Probleme vor sich her, verschloß die Augen und versuchte, nicht nachzudenken. Sie wußte, sie mußte eine Entscheidung treffen, aber sie entschied nichts. Nicht einmal ihr Herkommen war eine Entscheidung gewesen; sie war einfach aufgebrochen. Osmond hatte sich bisher nicht gerührt und würde das vermutlich auch weiterhin nicht tun; er würde alles ihr überlassen. Von Pansy hörte sie nichts, aber dafür gab es eine sehr einfache Erklärung: Ihr Vater hatte ihr verboten zu schreiben.

Mrs. Touchett akzeptierte Isabels Gesellschaft, bot ihr aber keine Hilfestellung an. Sie schien vollständig damit beschäftigt zu sein, ohne Begeisterung, aber mit absoluter Klarheit, die neuen, vorteilhaften Konsequenzen für ihre eigene Lage zu bedenken. Mrs. Touchett gehörte zwar nicht zu den Optimisten, doch vermochte sie auch aus schmerzlichen Geschehnissen einen gewissen Nutzen zu ziehen. Dieser bestand in der Überlegung, daß es schließlich andere waren, denen so etwas widerfuhr, und nicht sie selbst. Beim Tod handelte es sich zwar um eine unangenehme Sache, aber im vorliegenden Fall war es ja der Tod ihres Sohnes, nicht ihr eigener. Sie hatte sich nie damit geschmeichelt, daß ihr eigener Tod für irgend jemanden unangenehm sein könnte,

Mrs. Touchett selbst ausgenommen. Sie war besser dran als der arme Ralph, der sein ganzes Vermögen und alle materiellen Annehmlichkeiten des Lebens hinter sich gelassen hatte und damit auch alle Sicherheiten; denn nach Mrs. Touchetts Verständnis war das Schlimmste am Sterben, daß es einen der Ausnutzung durch andere preisgab. Was sie selbst anging, so war sie auf der Hut und vor Ort – das Beste, was man tun konnte. Sehr akkurat und pünktlich – es war der Abend der Beerdigung ihres Sohnes – machte sie Isabel mit einigen von Ralphs testamentarischen Verfügungen bekannt. Er hatte seiner Mutter schon zuvor alles mitgeteilt, hatte sie in jedem Punkt um Rat gefragt. Er hinterließ ihr kein Geld; selbstredend hatte sie daran keinen Bedarf. Er hinterließ ihr das Mobiliar von Gardencourt, die Bilder und Bücher ausgenommen, und gewährte ihr die Nutznießung des Anwesens für ein Jahr; danach sollte es verkauft werden. Der Erlös aus dem Verkauf sollte in eine Stiftung fließen und ein Hospital für Arme finanzieren, die an der gleichen Krankheit litten, an der er gestorben war; für diesen Teil des Testaments hatte er Lord Warburton als Vollstrecker eingesetzt. Der Rest seines Vermögens, das von der Bank abzuheben war, wurde in verschiedene Nachlaßtitel aufgeteilt, von denen mehrere an jene Cousins in Vermont fielen, die schon von seinem Vater so freigebig bedacht worden waren. Dann gab es da noch eine Anzahl kleinerer Legate.

»Einige von ihnen sind höchst sonderbar«, sagte Mrs. Touchett. »Er hat beträchtliche Summen für Personen hinterlassen, von denen ich noch nie gehört habe. Er gab mir eine Liste, und ich fragte daraufhin, wer der oder die seien, und da sagte er mir, das seien Leute, die zu verschiedenen Zeiten anscheinend Gefallen an ihm gefunden hatten. Offenbar war er der Meinung, daß das auf dich nicht zutrifft, denn dir hat er nicht einen Penny vermacht. Seiner Ansicht nach bist du schon von seinem Vater ganz ordentlich bedacht worden, und ich muß sagen, daß das auch meine Ansicht ist – obwohl ich damit nicht andeuten will, daß er sich in meiner Gegenwart jemals darüber beschwert hätte. Die Bilder werden weggegeben; er hat sie ringsum verteilt, jedes einzeln, als kleine Andenken. Das wertvollste Stück der Sammlung geht an Lord Warburton. Und was glaubst du, hat er mit seiner Bibliothek gemacht? Es klingt wirklich wie ein Witz. Er hat sie deiner Freundin Miß Stackpole hinterlassen – ›in Anerkennung ihrer Verdienste um die Literatur‹. Meint er damit, daß sie ihm von Rom bis hierher folgte? War das ein Verdienst um die Literatur? Es befindet sich eine ziemliche Menge seltener und wertvoller Bücher darunter, und da sie sie wohl schlecht in ihrem Koffer mit sich in der Welt herumschleppen kann, empfiehlt er ihr, sie versteigern zu lassen. Sie wird sie natürlich bei Christie's zur Auktion geben und mit dem Erlös eine eigene Zeitung gründen. Und damit wird sie sich dann um die Literatur verdient machen?«

Isabel nahm von der Beantwortung dieser Frage Abstand, da sie den Rahmen des kleinen Verhörs sprengte, dem sich bei ihrer Ankunft zu unterwerfen sie für unabwendbar erachtet hatte. Zudem war sie nie weniger an Literatur interessiert gewesen als zu diesem Zeitpunkt, wie es sich herausstellte, wenn sie hin und wieder einen der seltenen und wertvollen Bände aus dem Regal nahm, von denen Mrs. Touchett gesprochen hatte. Sie war völlig außerstande zu lesen; nie war ihr ihre Aufmerksamkeit so wenig zu Willen gewesen. Eines Nachmittags in der Bibliothek, etwa eine Woche nach der Zeremonie auf dem Kirchhof, versuchte sie, sich eine Stunde lang zu konzentrieren; aber immer wieder wanderten ihre Augen von dem Buch in ihrer Hand zum offenen Fenster, das den Blick auf die lange Allee freigab. Und so geschah es auch, daß sie ein bescheidenes Gefährt sich dem Tor nähern sah, in welchem sie, in einer Ecke, Lord Warburton in reichlich unbequemer Haltung sitzend gewahrte. Er hatte schon immer ein ausgeprägtes Empfinden für Umgangsformen besessen, und deshalb war es nicht weiter erstaunlich, daß er sich unter den gegebenen Umständen der Mühe unterzogen hatte, von London herzukommen, um Mrs. Touchett zu besuchen. Es war selbstverständlich Mrs. Touchett, die aufzusuchen er gekommen war, und nicht Mrs. Osmond; und um die Gültigkeit dieser These zu beweisen, trat Isabel augenblicklich aus dem Haus und spazierte in den Park davon. Seit ihrem Eintreffen in Gardencourt hatte sie sich nur wenig im Freien aufgehalten, denn das Wetter war für einen Besuch der Parkanlagen wenig einladend gewesen. Doch dieser Abend war schön, und zunächst schien es ihr ein glücklicher Einfall, sich ins Freie begeben zu haben. Die von mir soeben erwähnte Hypothese war zwar einigermaßen plausibel, trug aber wenig zu Isabels Ausgeglichenheit bei, und hätte der Leser sie dort auf und ab schreiten sehen, hätte er gesagt, sie habe ein schlechtes Gewissen. Sie war nicht ruhiger geworden, als sie sich nach einer Viertelstunde in Sichtweite des Hauses befand und Mrs. Touchett in Begleitung ihres Gastes aus dem Portal heraustreten sah. Ihre Tante hatte Lord Warburton offensichtlich vorgeschlagen, sich auf die Suche nach der jungen Dame zu begeben. Dieselbe war nicht in der Laune für Besuch, und hätte sie die Chance gehabt, hätte sie sich hinter einen der großen Bäume verzogen. Aber sie bemerkte, daß man sie gesehen hatte und daß ihr nichts weiter übrigblieb, als den beiden entgegenzugehen. Da es sich bei dem Rasen in Gardencourt um ausgedehnte Flächen handelte, brauchte das seine Zeit, so daß sie Gelegenheit hatte zu registrieren, wie Lord Warburton, während er neben seiner Gastgeberin ging, seine Hände ziemlich verkrampft auf dem Rücken hielt und die Augen zu Boden gerichtet. Beide Personen schwiegen offenbar; aber Mrs. Touchetts knapper, flüchtiger Blick war, als sie ihn auf Isabel richtete, sogar über diese Entfernung hinweg ausdrucksvoll. Er schien, mit schneidender Schärfe, zu besagen: »Hier ist dieser unglaublich zugängliche Edelmann, den du hättest heiraten können!« Als allerdings Lord Warburton seinen eigenen Blick hob, stand davon ganz und gar nichts darin zu lesen. Er besagte lediglich: »Mir ist das alles ziemlich peinlich, wissen Sie, und ich bin darauf angewiesen, daß Sie mir helfen.« Er war sehr ernst, sehr gemessen und begrüßte sie zum ersten Mal, seit sie ihn kannte, ohne ein Lächeln. Sogar in den Tagen seines Kummers hatte er stets mit einem Lächeln begonnen. Jetzt sah er im höchsten Maße befangen drein.

»Lord Warburton hatte die Freundlichkeit, mir einen Besuch abzustatten«, sagte Mrs. Touchett. »Er sagte, er habe nicht gewußt, daß du noch hier bist. Da ich weiß, daß er ein alter Freund von dir ist, und weil man mir sagte, du seist nicht im Haus, brachte ich ihn hierher, damit er sich selbst davon überzeugen kann.«

»Ja, ich sah, daß es einen günstigen Zug um 6.40 Uhr gibt, der mich rechtzeitig zum Dinner zurückbringen wird«, erklärte Mrs. Touchetts Begleiter reichlich zusammenhanglos. »Ich freue mich sehr, daß Sie noch nicht abgereist sind.«

»Ich bleibe allerdings nicht lange hier«, sagte Isabel mit einer gewissen Eilfertigkeit.

»Das dachte ich mir schon; aber ein paar Wochen werden es doch hoffentlich sein. Sie sind früher nach England gekommen, als Sie – eh – als Sie ursprünglich vorhatten?«

»Ja, das kam alles sehr plötzlich.«

Mrs. Touchett wandte sich ab, als prüfe sie den Zustand der Parkanlagen, der wirklich nicht so war, wie er sein sollte, während Lord Warburton ein wenig zögerte. Isabel nahm an, daß er gerade im Begriff gewesen war, sich – einigermaßen verwirrt – nach ihrem Ehemann zu erkundigen, und sich dann im letzten Moment noch eines Besseren besonnen hatte. Er trug weiter einen unverminderten Ernst zur Schau, entweder, weil er ihn für einen Ort angemessen hielt, über den vor kurzem der Tod hinweggeschritten war, oder aus eher persönlichen Gründen. Wenn seine Befangenheit auf persönlichen Gründen beruhte, dann traf es sich gut, daß er das erstere Motiv zur Tarnung hatte, weil es für ihn das praktischste war. Solchergestalt waren Isabels Gedankengänge. Nicht daß er traurig dreingesehen hätte; das wäre etwas anderes gewesen. Nein, seine Miene war merkwürdig ausdruckslos.

»Meine Schwestern wären so gerne mitgekommen, wenn sie gewußt hätten, daß Sie noch hier sind – wenn sie gewußt hätten, ob Sie sie sehen wollen«, fuhr Lord Warburton fort. »Seien Sie so nett und machen Sie ihnen diese Freude, bevor Sie England verlassen.«

»Es wäre mir ein großes Vergnügen; ich habe sie so sympathisch in Erinnerung.«

»Ob Sie wohl Lust hätten, für einen oder zwei Tage nach Lockleigh zu kommen? Sie wissen ja, es gibt da noch immer das alte Versprechen.« Und Seine Lordschaft errötete ein wenig, als er diesen Vorschlag unterbreitete, wodurch sein Gesicht einen etwas vertrauteren Ausdruck erhielt. »Vielleicht ist es nicht recht von mir, daß ich das gerade jetzt erwähne; natürlich denken Sie im Augenblick nicht daran, Besuche zu machen. Ich hatte auch nicht so einen offiziellen Besuch im Sinn. Meine Schwestern werden sich an Pfingsten fünf Tage lang in Lockleigh aufhalten, und falls Sie da kommen könnten – weil Sie ja sagen, Sie werden nicht lange in England bleiben –, würde ich dafür sorgen, daß auch wirklich niemand sonst da ist.«

Isabel fragte sich, ob dann nicht einmal die junge Lady, die er zu heiraten gedachte, mit ihrer Mama da sein würde; aber sie sprach diesen Gedanken nicht aus. »Ich danke Ihnen außerordentlich«, begnügte sie sich zu sagen. »Ich fürchte, ich weiß noch nicht sicher, wo ich an Pfingsten sein werde.«

»Aber ich habe Ihr Versprechen – nicht wahr? – für irgendwann einmal.«

Diese Worte waren als Frage artikuliert; doch Isabel ließ sie einfach verklingen. Sie sah ihren Gesprächspartner einen Moment lang an, und das Ergebnis ihrer Betrachtung war – wie auch schon früher –, daß er ihr leid tat. »Passen Sie auf, daß Sie Ihren Zug nicht versäumen«, sagte sie. Und ergänzte dann: »Ich wünsche Ihnen jedes nur erdenkliche Glück.«

Er errötete von neuem, noch mehr als zuvor, und blickte auf seine Uhr. »Ach ja, 6.40 Uhr; ich habe nicht mehr viel Zeit, aber eine schnelle Droschke vor der Tür. Vielen Dank.« Es war nicht offensichtlich, ob sich der Dank darauf bezog, daß sie ihn an seinen Zug erinnert hatte, oder auf die gefühlvollere von Isabels Bemerkungen. »Auf Wiedersehen, Mrs. Osmond; auf Wiedersehen.« Er schüttelte ihr die Hand, ohne sie dabei anzusehen, und wandte sich dann Mrs. Touchett zu, die zu ihnen zurückgeschlendert war. Von ihr verabschiedete er sich gleichermaßen kurz, und einen Augenblick später sahen ihn die beiden Damen schon mit langen Schritten über den Rasen davongehen.

»Weißt du sicher, daß er heiraten möchte?« wollte Isabel von ihrer Tante wissen.

»Ich kann es nicht sicherer wissen als er selbst; aber er scheint sich sicher zu sein. Ich habe ihm gratuliert, und er hat es akzeptiert.«

»Herrje«, sagte Isabel, »ich geb's auf!« – indes ihre Tante schon zum Haus und zu den Beschäftigungen zurückkehrte, bei denen sie der Besucher unterbrochen hatte.

Sie gab es auf, dachte aber weiter darüber nach – dachte darüber nach, während sie wieder unter den großen Eichen umherspazierte, deren Schatten lang auf den ausgedehnten Rasenflächen lagen. Nach wenigen Minuten fand sie sich bei einer schlichten Holzbank wieder, die ihr, nachdem sie einen kurzen Blick darauf geworfen hatte, plötzlich irgendwie bekannt vorkam. Es lag nicht bloß daran, daß sie sie schon einmal gesehen hatte; auch nicht daran, daß sie sogar darauf gesessen hatte. Es lag an der Tatsache, daß ihr hier an dieser Stelle etwas Bedeutsames widerfahren war – daß sich mit dem Ort Bilder und Erinnerungen verknüpften. Dann fiel ihr wieder ein, wie sie vor sechs Jahren gerade hier gesessen hatte, als ihr ein Bediensteter vom Haus den Brief brachte, in dem Caspar Goodwood sie davon in Kenntnis setzte, daß er ihr nach Europa gefolgt sei; und wie sie nach Lektüre des Briefes aufgeschaut und Lord Warburtons Erklärung vernommen hatte, daß er sie gern heiraten würde. Es war in der Tat eine geschichtsträchtige, eine interessante Bank. Isabel stand da und betrachtete sie, als hätte die Bank ihr etwas zu sagen. Darauf setzen wollte sie sich jetzt nicht; sie fürchtete sich sogar vor ihr. Sie stellte sich nur vor sie hin, und während sie so dastand, kam die Vergangenheit in einer jener alles verschlingenden Wogen von Gefühlen zurück, von denen empfindsame Gemüter zu den unmöglichsten Zeiten heimgesucht werden. Die Folge dieser Erregung war ein plötzlicher Anfall von großer Müdigkeit, der sich dahingehend auswirkte, daß sie ihre Ängste überwand und auf die rustikale Sitzgelegenheit sank. Ich habe gesagt, sie sei unruhig gewesen und unfähig, sich mit etwas zu beschäftigen; und ob nun der Leser, hätte er sie dort erlebt, die Übereinstimmung des ersten Epithetons mit der Wirklichkeit zu schätzen gewußt hätte oder nicht, so hätte er doch zumindest eingeräumt, daß sie in diesem Moment das Bild eines Opfers von Müßiggang bot. Ihre Haltung drückte eine einmalige Abwesenheit von Zielbewußtsein und Entschlußkraft aus. Ihre Hände hingen an den Seiten herab und verloren sich in den Falten ihres schwarzen Kleides; die Augen starrten unbestimmt geradeaus. Es gab nichts, was sie zum Haus zurückgerufen hätte; die beiden Damen in ihrer Klausur dinierten früh und nahmen den Tee zu ungewissen Zeiten. Wie lange sie in dieser Haltung gesessen war, hätte sie uns nicht sagen können; aber die Dämmerung hatte sich schon voll entfaltet, als ihr bewußt wurde, daß sie nicht allein war. Rasch richtete sie sich auf, warf einen Blick in die Runde und erkannte dann, was aus ihrer Abgeschiedenheit geworden war. Sie teilte sie mit Caspar Goodwood, der wenige Meter weit weg stand und sie ansah, und dessen näherkommende Schritte sie auf dem geräuschdämpfenden Rasen nicht gehört hatte. Mittendrin durchfuhr es sie, daß Lord Warburton sie vor langer Zeit einmal auf die gleiche Weise überrascht hatte.

Sie erhob sich augenblicklich, und kaum hatte Goodwood erkannt, daß er bemerkt worden war, rückte er bereits vor. Sie hatte gerade noch die Zeit aufzustehen, als er sie schon mit einer Bewegung, die gewalttätig aussah, sich aber anfühlte wie – sie wußte auch nicht, wie was, am Handgelenk packte und wieder auf ihren Sitz niederzwang. Sie schloß die Augen; er hatte ihr nicht weh getan; es war nur ein Griff gewesen, dem sie gehorcht hatte. Aber in seinem Gesicht war etwas, das sie nicht sehen wollte. Genauso hatte er sie neulich auf dem Friedhof angesehen; nur war es jetzt noch schlimmer. Zunächst einmal sagte er nichts; sie spürte nur seine Nähe – neben sich auf der Bank und aufdringlich ihr zugewandt. Ihr kam es schon beinahe so vor, als wäre ihr noch nie jemand so nahegetreten. All das war jedoch in Sekundenbruchteilen vor sich gegangen, nach deren Ablauf sie ihr Handgelenk befreite und den Besucher anblickte. »Sie haben mich erschreckt«, sagte sie.

»Das war nicht meine Absicht«, antwortete er. »Aber falls ich's ein bißchen tat, macht's auch nichts. Ich kam schon vor einer Weile mit dem Zug aus London, konnte aber nicht gleich herkommen. Am Bahnhof ist mir ein Mann zuvorgekommen. Er nahm sich die Droschke, die dort stand, und ich hörte, wie er Anweisung gab, hierher zu fahren. Ich weiß nicht, wer er war, aber ich wollte nicht mit ihm zusammen ankommen; ich wollte Sie allein sehen. Also habe ich gewartet und bin dann losspaziert. Ich habe den ganzen Weg zu Fuß zurückgelegt, und gerade, als ich zum Haus gehen wollte, habe ich Sie hier gesehen. Da war auch ein Verwalter, jemand, der mich ansprach; aber das ging dann schon in Ordnung, weil ich seine Bekanntschaft bereits gemacht hatte, als ich mit Ihrem Cousin herkam. Ist der betreffende Herr weg? Sind Sie wirklich allein? Ich möchte mit Ihnen reden.« Goodwood sprach sehr schnell; er war genauso aufgeregt wie einst in Rom, als sie auseinandergegangen waren. Isabel hatte gehofft, daß sein damaliger exaltierter Zustand inzwischen abgeklungen sein würde, und als sie erkannte, daß Goodwood, im Gegenteil, seine Segel nur hatte beistehen lassen, verschloß sie sich. Sie registrierte in ihrem Innern eine neue Empfindung. Noch nie zuvor hatte er eine solche hervorgerufen: ein Gefühl von Gefahr. Es lag tatsächlich etwas Furchtbares in seiner Entschlossenheit. Sie starrte stur geradeaus; er, eine Hand auf jedem Knie, beugte sich vor und sah ihr eindringlich ins Gesicht. Die Dämmerung um sie herum schien in Dunkelheit überzugehen. »Ich möchte mit Ihnen reden«, wiederholte er. »Ich habe etwas Wichtiges, Persönliches zu sagen. Ich will Sie nicht belästigen – so wie kürzlich in Rom. Das war völlig sinnlos; das hat Sie nur in Bedrängnis gebracht. Ich konnte nicht anders; ich wußte, daß es nicht richtig war. Aber heute ist es richtig; bitte denken Sie nicht das Gegenteil«, sprach er mit seiner harten, tiefen Stimme weiter, die einen Moment lang einen flehentlichen Schmelz annahm. »Ich kam heute mit einer bestimmten Absicht her. Heute ist alles anders. Es war unsinnig und anmaßend von mir, daß ich Sie damals angesprochen habe; aber heute kann ich Ihnen helfen.«

Sie hätte nicht sagen können, ob es in ihrer Furcht begründet war oder daran lag, daß eine solche Stimme in der Dunkelheit zwangsläufig wie Balsam wirkt. Aber sie lauschte seinen Worten aufmerksam wie nie zuvor, und seine Worte fielen tief in ihre Seele. Sie bewirkten eine Art Bewegungslosigkeit in ihrem ganzen Sein, und nur mit Mühe konnte sie ihm kurz darauf antworten. »Wie können Sie mir helfen?« fragte sie mit leiser Stimme, als nähme sie das, was er gesagt hatte, ernst genug, um diese vertrauliche Frage stellen zu können.

»Indem ich Sie dazu bringe, mir zu glauben. Ich weiß jetzt Bescheid – heute weiß ich Bescheid. Erinnern Sie sich an meine Frage in Rom? Damals tappte ich noch im dunkeln. Heute aber weiß ich es aus seriöser Quelle; heute ist mir alles klar. Es war richtig, daß Sie mich auf diese Reise mit Ihrem Cousin schickten. Er war ein guter Mensch, ein feiner Mensch, einer der besten. Er hat mir erzählt, wie Ihr Fall gelagert ist. Er hat mir alles erklärt; er hat meine Gefühle erraten. Er war ein Mitglied Ihrer Familie und hat Sie – für die Dauer Ihres Aufenthalts in England – unter meine Obhut gestellt«, sagte Goodwood, als bringe er eine großartige Pointe an. »Wissen Sie, was er mir sagte, als ich ihn das letzte Mal sah – als er dort lag, wo er dann auch starb? Er sagte: ›Tun Sie alles für sie, was Sie nur können; tun Sie alles, was sie Sie tun läßt.‹«

Isabel stand unvermutet auf. »Ihr hattet kein Recht, über mich zu sprechen!«

»Warum denn nicht? Warum denn nicht – wenn wir's auf diese Weise taten?« fragte er und folgte rasch ihrer Bewegung. »Und außerdem lag er im Sterben. Wenn ein Mann im Sterben liegt, ist es etwas anderes.« Sie hielt mitten in ihren Anstalten inne, die sie getroffen hatte, um ihn einfach stehenzulassen. Sie lauschte seiner Rede aufmerksam wie nie zuvor. Es traf zu, daß er nicht derselbe war wie letztesmal. Damals war es ziellose, fruchtlose Leidenschaft gewesen, während er jetzt eine bestimmte Vorstellung verfolgte, deren Witterung sie mit ihrer ganzen Natur aufnahm. »Aber das ist jetzt unwichtig!« rief er aus und bedrängte sie noch heftiger, ohne aber auch nur den Saum ihres Gewandes zu berühren. »Auch wenn Touchett nie den Mund aufgemacht hätte, hätte ich's dennoch gewußt. Ich brauchte Sie ja nur bei der Beerdigung Ihres Cousins anzusehen, um zu wissen, was mit Ihnen los ist. Sie können mir nicht länger was vormachen. Nun seien Sie doch um Gottes willen mal ehrlich zu einem Mann, der so ehrlich zu Ihnen ist! Sie sind die unglücklichste Frau der Welt, und Ihr Mann ist der größte Teufel.«

Sie fuhr ihn an, als hätte er sie geschlagen. »Sind Sie verrückt geworden?«

»Ich bin noch nie so normal gewesen; ich überschaue das Ganze. Sie müssen ihn jetzt nicht unbedingt verteidigen. Aber ich werde kein Wort mehr gegen ihn sagen; ich werde nur noch von Ihnen sprechen«, setzte Goodwood schnell hinzu. »Wie können Sie so tun, als litten Sie *nicht* an gebrochenem Herzen? Sie wissen nicht, was Sie tun sollen – Sie wissen nicht, wohin. Es ist zu spät, um Theater zu spielen. Haben Sie denn nicht das alles in Rom zurückgelassen? Touchett wußte haargenau, und ich wußte es auch, was es Sie kosten würde, hierher zu kommen. Kostet es Sie vielleicht gar das Leben? Sagen Sie ja!« Er brauste fast auf vor Zorn. »Sagen Sie mir einmal die Wahrheit! Wenn ich von so etwas Grauenvollem erfahre, wie kann ich da den Wunsch unterdrücken, Sie zu retten? Wofür würden Sie mich wohl halten, wenn ich mich einfach hinstellen und zusehen würde, wie Sie nach Hause gehen und sich Ihre Strafe abholen?! ›Sie wird fürchterlich dafür bezahlen müssen!‹ – genau das hat Touchett zu mir gesagt. Das darf ich Ihnen ja wohl erzählen, oder? Wo er doch ein so naher Verwandter war!« rief Goodwood und brachte erneut seine verquere, grimmige Pointe an. »Ich würde mich lieber erschießen lassen, als daß ein anderer Mann mir solche Dinge sagen dürfte. Aber bei ihm war es was anderes; er schien mir das Recht dazu zu haben. Es war nach seiner Rückkehr gewesen – als er begriff, daß er im Sterben lag, und als auch ich es begriffen hatte. Mir ist jetzt alles völlig klar: Sie haben Angst davor zurückzukehren. Sie sind vollkommen allein; Sie wissen nicht, wohin Sie sich wenden sollen. Sie können sich auch nirgendwohin wenden, und das wissen Sie ganz genau. Und aus diesem Grund möchte ich, daß Sie an *mich* denken.«

»Daß ich an *Sie* denke?« sagte Isabel und stellte sich in der beginnenden Dunkelheit vor ihn hin. Die Vorstellung, von der sie vor wenigen Minuten einen flüchtigen Eindruck erhascht hatte, nahm nun bedrohliche Ausmaße an. Sie warf den Kopf ein wenig in den Nacken; sie riß die Augen auf, als hätte sie einen Kometen am Himmel gesehen.

»Sie wissen nicht, wohin Sie sich wenden sollen. Wenden Sie sich doch einfach an *mich*! Ich möchte Sie gern dazu überreden, mir zu vertrauen«, wiederholte Goodwood. Und dann machte er eine Pause, und seine Augen glänzten. »Warum sollten Sie zurückgehen? Warum sollten Sie sich diesem gräßlichen Ritual unterwerfen?«

»Um vor *Ihnen* Reißaus zu nehmen!« antwortete sie. Doch das drückte nur einen kleinen Teil dessen aus, was sie empfand. Der Rest bestand darin, daß sie noch nie zuvor geliebt worden war. Sie hatte es geglaubt, aber dies hier war etwas anderes; dies war der heiße Wind der Wüste, bei dessen Herannahen die anderen Winde erstarben, als seien sie bloß liebliche Lüftchen eines Gartens. Und der Wüstensturm umfing sie; er hob sie hoch und roch dabei und schmeckte irgendwie so stark, herb und eigenartig, daß er schon allein dadurch ihre zusammengebissenen Zähne auseinanderzwang.

Zunächst hatte es den Anschein, als würde er auf ihre Bemerkung mit noch größerer Heftigkeit reagieren. Aber innerhalb einer Sekunde war er wieder völlig ruhig; er wollte beweisen, daß er normal war, daß er alles logisch durchdacht hatte. »Das eben möchte ich verhindern, und ich glaube, das kann ich auch, wenn Sie mir nur ein einziges Mal zuhören wollen. Die Idee ist einfach zu grotesk, Sie könnten in dieses Elend zurückfallen oder diese vergiftete Atmosphäre weiter atmen wollen. *Sie* sind es, die nicht mehr ganz richtig im Kopf ist. Vertrauen Sie mir doch einfach, als hätte ich das Sorgerecht für Sie. Warum sollten wir nicht glücklich sein – wo doch das Glück vor unseren Füßen liegt, wo doch alles ganz einfach ist? Ich bin für immer der Ihre – für immer und ewig. Hier stehe ich; ich bin solide wie ein Fels. Worüber machen Sie sich Sorgen? Sie haben keine Kinder; die wären eventuell ein Hinderungsgrund. Eigentlich gibt es für Sie nichts zu überlegen. Sie müssen noch möglichst viel von Ihrem Leben retten; Sie dürfen doch nicht alles verloren geben, nur weil Sie einen Teil davon verloren haben. Es wäre Ihnen gegenüber eine Beleidigung zu unterstellen, Sie scherten sich um den äußeren Anschein der Dinge, um das mögliche Gerede der Leute, um die bodenlose Dummheit der Welt. Mit diesem ganzen Zeug haben wir nichts zu tun; da stehen wir vollkommen drüber. Wir betrachten die Dinge, wie sie sind. Sie haben bereits den großen Schritt getan und sind auf und davon; der nächste ist gar nichts; er ist der folgerichtige. Ich schwöre, so wahr ich hier stehe, daß eine Frau, die man mit voller Absicht hat leiden lassen, zu allem im Leben berechtigt ist – sogar dazu, auf die Straße zu gehen, wenn es ihr hilft! Ich weiß, wie sehr Sie leiden, und aus diesem Grunde bin ich ja hier. Wir können voll und ganz tun, was uns gefällt. Wem unter der Sonne wären wir irgend etwas schuldig? Was hält uns denn noch auf? Wer oder was hätte auch nur das geringste Recht, sich in einer solchen Angelegenheit einzumischen? Eine solche Angelegenheit geht nur uns beide etwas an – Problem benannt, Gefahr gebannt! Wurden wir geboren, um in unserem Elend zu verkommen? Wurden wir geboren, um Angst zu haben? *Sie* habe ich nie ängstlich gesehen! Wenn Sie mir nur vertrauen würden – wie wenig wären Sie enttäuscht! Die ganze Welt liegt vor uns – und die Welt ist sehr groß. Darüber weiß ich ein bißchen was.«

Isabel stöhnte lang anhaltend und leise, wie eine schmerzgeplagte Kreatur. Ihr war, als übe er einen Druck auf etwas aus, das ihr weh tat. »Die Welt ist sehr klein«, sagte sie aufs Geratewohl. Sie hatte das immense Bedürfnis, als kämpferisch dazustehen. Sie sagte es aufs Geratewohl, um sich selbst etwas sagen zu hören; aber es war nicht das, was sie meinte. In Wirklichkeit war ihr die Welt noch nie so weit vorgekommen; sie schien sich rings um sie herum aufzutun und die Gestalt eines riesigen Meeres anzunehmen, wo sie in unergründlichen Wassern dahintrieb. Sie hatte Hilfe gesucht, und jetzt war Hilfe da; als rauschender Sturzbach war sie herbeigeeilt. Ich weiß nicht, ob sie alles glaubte, was er sagte; aber in diesem Moment glaubte sie jedenfalls, daß es, nächst dem Sterben, das Zweitbeste wäre, ihm zu gestatten, sie in die Arme zu nehmen. Dieser Glaube steigerte sich ganz kurz zu einer Art Verzückung, in die sie tiefer und tiefer versank. Im Verlauf dieses Vorgangs schien sie mit den Füßen zu strampeln, um sich wieder zu fangen, um festen Halt zu bekommen.

»Oh, sei die meine, wie ich der deine bin!« hörte sie ihren Gefährten rufen. Er hatte unvermittelt Logik Logik sein lassen, und seine Stimme schien rauh und schrecklich durch ein Gewirr eher undefinierbarer Geräusche zu kommen.

Dies alles war jedoch, selbstverständlich, nur ein ›subjektives Faktum‹, wie es bei den Metaphysikern heißt; das Gewirr, das Geräusch von Wasser, all die anderen Sachen existierten nur in ihrem eigenen, schwindeligen Kopf. In kürzester Zeit wurde ihr das klar. »Erweisen Sie mir den größten Liebesdienst von allen«, keuchte sie. »Ich flehe Sie an, gehen Sie fort!«

»Ach, sag so was nicht. Du bringst mich ja sonst um!« rief er.

Sie faltete die Hände; die Tränen rannen ihr nur so aus den Augen. »Wenn du mich liebst, wenn du Mitleid mit mir hast, dann laß mich in Ruhe!«

Einen Moment lang funkelte er sie durch die Dunkelheit an, und im nächsten Augenblick spürte sie seine Arme um sich und seine Lippen auf den ihren. Sein Kuß war wie ein grellweißer Blitz, wie ein Mündungsfeuer, das sich ausbreitete, und nochmals ausbreitete, und dann so blieb; und das Außergewöhnliche war, daß sie spürte, während sie es geschehen ließ, wie jeder einzelne der Teile seiner harten Männlichkeit, die ihr früher am meisten mißfallen hatten, jedes aggressive Detail seines Gesichts, seiner Gestalt, seiner Gegenwart, seine Berechtigung erfuhr aus eigener, leidenschaftlicher Intensität heraus und zu einem Ganzen verschmolz durch diesen Akt der Inbesitznahme. Ähnliches hatte sie gehört von Schiffbrüchigen und Ertrinkenden, die noch eine Abfolge von Bildern in ihrem Innern vorüberziehen sehen, ehe sie untergehen. Doch als die Dunkelheit zurückkam, war sie frei. Sie sah sich kein einziges Mal um; sie stürzte einfach davon. In den Fenstern des Hauses leuchteten Lichter; ihr Schein fiel weit über den Rasen. In unglaublich kurzer Zeit – denn die Entfernung war beträchtlich – war sie durch die Dunkelheit geeilt (denn sie sah nichts) und bei der Tür angelangt. Erst hier hielt sie inne. Sie blickte sich nach allen Seiten um; sie lauschte ein wenig; dann legte sie die Hand auf die Klinke. Sie hatte nicht gewußt, wohin sie sich wenden sollte; jetzt aber wußte sie es. Es gab da einen sehr geraden Weg.

Zwei Tage später pochte Caspar Goodwood an die Tür des Hauses in der Wimpole Street, in dem Henrietta Stackpole möbliert wohnte. Er hatte noch kaum die Hand vom Klopfer genommen, als die Tür auch schon aufging und Henrietta leibhaftig vor ihm stand. Sie trug Hut und Jacke und war im Begriff auszugehen. »Oh, guten Morgen«, sagte er, »ich hatte eigentlich gehofft, Mrs. Osmond anzutreffen.«

Henrietta ließ einen Augenblick lang mit ihrer Antwort auf sich warten; aber sogar Miß Stackpoles Schweigen war ganz außerordentlich beredt. »Was, bitte sehr, bringt dich zu der Annahme, sie könnte hier sein?«

»Ich war heute früh in Gardencourt, und der Diener sagte mir, sie sei nach London gefahren. Er war der Meinung, sie habe zu dir kommen wollen.«

Erneut spannte ihn Miß Stackpole – die Liebenswürdigkeit in Person – auf die Folter. »Sie kam gestern an und verbrachte die Nacht hier. Aber heute morgen ist sie nach Rom aufgebrochen.«

Caspar Goodwood sah sie nicht an; sein Blick war starr auf die Türschwelle gerichtet. »Ach, sie ist nach – ?« stammelte er. Und ohne den Satz zu beenden oder aufzusehen, wandte er sich steif ab. Zu einer weiteren Bewegung war er aber nicht in der Lage.

Henrietta war aus dem Haus getreten, hatte die Tür hinter sich geschlossen und streckte jetzt die Hand aus, um ihn am Arm zu ergreifen. »Moment, Mr. Goodwood«, sagte sie, »nun mal nicht so hastig!«

Woraufhin er zu ihr aufsah, aber nur, um – voller Abscheu – aus ihrer Miene zu lesen, daß sie lediglich meinte, er sei noch jung. Sie stand da und strahlte ihn an voll jenes billigen Trostes, der ihn auf der Stelle um dreißig Jahre älter machte. Sie zog ihn jedoch einfach mit sich, als habe sie ihm soeben den Schlüssel zu Geduld und Langmut überreicht.

ENDE

Henry James
Im Käfig
Deutsch von Gottfried Röckelein
Leinen, 147 Seiten
ars vivendi Bibliothek Band 2

London um 1900: Von ihrem eintönigen Arbeitsplatz aus, einem Postschalter in einem Gemischtwarenladen, erlebt die Protagonistin, wie sich die zur »London Season« angereiste High-Society aus den Luxusappartements von nebenan die Zeit vertreibt. Heimlichkeiten, Verabredungen, Mißverständnisse und Seitensprünge laufen in Form von Telegrammtexten vor ihren Augen ab und erzeugen in der Phantasie ein Kontrastprogramm zum braven Einerlei ihrer Beziehung mit dem biederen Mr. Mudge.

»Gottfried Röckelein ... hat die Erzählung großartig übersetzt.«
tageszeitung

Henry James
Eine transatlantische Episode
Deutsch von Elke Link und Sabine Roth
Leinen, 105 Seiten
ars vivendi Bibliothek Band 4

Lord Lambeth und Percy Beaumont, zwei junge Engländer, werden auf einer Amerikareise von Mr. und Mrs. Westgate eingeladen und sind angetan von ihrer weltoffenen Gastgeberin, vor allem aber von deren hübscher Schwester Bessie Alden, die den beiden Aristokraten gänzlich unbefangen gegenübertritt. Beaumont, auf die Standesehre seines Freundes bedacht, veranlaßt die Abreise. Als die Schwestern jedoch im Jahr darauf England besuchen, kommt es in London zu einem unverhofften Wiedersehen.

»Der Verlag ars vivendi geht daran, uns mit einem deutschsprachigen Henry James vertraut zu machen, der aus der großen Partitur des Originals mehr Stimmen rettet, als dies bisher der Fall war.«
Tagesspiegel

Kate Chopin
Das Erwachen
Deutsch von Ingrid Rein
Leinen, 200 Seiten
ars vivendi Bibliothek Band 13

Ein fesselnder Roman über den Bewußtwerdungsprozeß einer Frau: Edna Pontellier empfindet das ihrer Gesellschaftsschicht angemessene Leben in Muße als unbefriedigend. Nicht willens, in Haushalts- und Erziehungspflichten aufzugehen, bricht sie aus der Rolle der braven Ehegattin und guten Mutter aus und läßt sich auf ein Verhältnis ein. Doch auch da muß sie erkennen, daß sie nicht frei ist – und dies wohl niemals sein wird.

»Die ebenso mutige wie stilsichere Übersetzung beweist, daß Kate Chopins Roman in die Klasse von Edith Wharton und Henry James gehört.«
Paul Ingendaay, FAZ

Birgit Fromkorth (Hrsg.)
Die Frau hinter der gelben Tapete
Anthologie
Leinen, 236 Seiten
ars vivendi Bibliothek Band 11

Elf brillante Kurzgeschichten von »New Women« aus der bewegten Zeit zwischen dekadenten Nineties und goldenen Zwanzigerjahren: Ihre Autorinnen – unter ihnen Kate Chopin, Charlotte Perkins Gilman, Edith Wharton, Katherine Mansfield und Djuna Barnes – zählen zu den bekanntesten englischsprachigen Schriftstellerinnen dieser Epoche, und es ist zu wünschen, daß sie auch hier und heute die ihnen zustehende Anerkennung erhalten.

Die Short stories – ein Großteil erscheint in deutscher Erstveröffentlichung – erzählen das Unerhörte und Ungehörte mit Witz, Ironie und Gelassenheit, gleichzeitig enthüllen sie aber die dunkle Unterseite des normalen Frauenalltags. Zwischen 1880 und 1920 geschrieben, haben sie bis heute nichts von ihrer ursprünglichen Sprengkraft eingebüßt.

Elizabeth Gaskell
Das Leben der Charlotte Brontë
Deutsch von Irmgard und Peter Schmitt
Leinen, 553 Seiten
ars vivendi Bibliothek Band 10

Als Charlotte Brontë 1855 im Alter von nur 39 Jahren starb, bat der
Vater ihre Freundin und Schriftstellerkollegin Elizabeth Gaskell,
einen Lebensbericht über die Künstlerin zu verfassen. So entstand die einzige autorisierte Biographie Charlottes, die bis heute
als Standardwerk zu ihrem Leben und Schaffen gilt. Die Fülle
der darin geschilderten Details bietet nicht nur ein Lebensbild
der Dichterin, sie gibt auch Einblick in die Existenzbedingun-
gen einer schreibenden Frau im frühen 19. Jahrhundert und in
den Alltag Nordenglands am Beginn des Industriezeitalters.

*»Es ist ein Verdienst, dass diese berühmte und wichtige Biographie nun
in einer gelungenen deutschen Erstübersetzung vorliegt.«*
Neue Zürcher Zeitung

George Eliot
Silas Marner
Deutsch von Elke Link und Sabine Roth
Leinen, 254 Seiten
ars vivendi Bibliothek Band 7

Der Roman erzählt die Geschichte eines fleißigen Leinenwebers,
den die Intrige eines Nebenbuhlers um sein künftiges Eheglück
bringt. Von den Bürgern seiner Heimatstadt verstoßen, muß er
aufs Land ziehen, wo es ihm jedoch kaum besser ergeht. Einen
Sinn erhält Silas' Leben erst wieder, als er die zweijährige Eppie
an Kindes Statt annimmt. Durch das kleine Mädchen wird dem
Schwergeprüften das Vertrauen zur Menschheit zurückgegeben.

*»Die Neuübersetzung von Link und Roth ist (im besten Sinne) zeitgerechter
ausgefallen, präziser, schlichter, aber auch plastischer. Sie bringt uns
George Eliots Text nahe …«*
Neue Zürcher Zeitung